GOLDMANN

Buch

Über die wildromantische Landschaft von Cornwall mit ihren rauhen Klippen, weiten Mooren und uralten Herrenhäusern ragt, weithin sichtbar, Schloß Penmarric. Ein Symbol des Stolzes und der Kraft, aber auch ein Magnet zerstörerischen Hasses und Neides, ist dieses Haus der Mittelpunkt einer Familiensaga. Auf diesem alten Herrensitz, zu dem auch die berühmte Zinnmine Sennen-Garth gehört, ereignet sich die Geschichte des Mark Castallack und seiner Erben.

Nach Penmarric bringt der stolze und empfindliche Mark seine schöne Frau Janna. Hier werden ihre Kinder geboren. Aber hierher holt er auch seine beiden außerehelichen Nachkommen, nachdem seine Ehe zerstört, seine Familie zerrüttet ist.

In den kalten Mauern von Penmarric, rauh und alt wie die sie umgebenden Hügel und Moore, wachsen die Kinder der rivalisierenden Mütter auf, teilen sie Mitgefühl und Neid, wächst der Haß zwischen Adrian, dem »Bastard« und Lieblingssohn des Vaters, und Philip, dem legitimen Erben, der Penmarric haben will, weil er Sennen-Garth, die Mine, haben muß.

Aber nur einer kann der Erbe sein: der, dessen Herz am leidenschaftlichsten an Penmarric hängt.

Autorin

Susan Howatch, 1940 in der englischen Grafschaft Surrey geboren, studierte in London Rechtswissenschaft und arbeitete dann in New York als Sekretärin, bis sie sich nur noch dem Schreiben widmete. Seit ihrer Rückkehr nach England lebt sie in Salisbury.

Außer dem vorliegenden Band sind von Susan Howatch als Goldmann-Taschenbücher erschienen:

Blendende Bilder. Roman (9735)
Gefährliche Visionen. Roman (41057)
Die Reichen sind anders. Roman (41355)
Die Sünden der Väter. Roman (6606)
Die Versuchung. Roman (42360)
Der Zauber von Oxmoon. Roman (9123)

SUSAN
HOWATCH

Die Erben von Penmarric

ROMAN

Aus dem Englischen
von Günter Panske

GOLDMANN VERLAG

Ungekürzte Ausgabe

Titel der Originalausgabe: Penmarric

Umwelthinweis:
Alle bedruckten Materialien dieses Taschenbuches
sind chlorfrei und umweltschonend.
Das Papier enthält Recycling-Anteile.

Der Goldmann Verlag
ist ein Unternehmen der Verlagsgruppe Bertelsmann

Umschlagentwurf: Design Team München
Umschlagfoto: Bavaria-Verlag, Gauting
Druck: Elsnerdruck, Berlin
Verlagsnummer: 42578
MV · Herstellung: Heidrun Nawrot
Made in Germany
ISBN 3-442-42578-6

1 3 5 7 9 10 8 6 4 2

Inhalt

Für Joseph

Mark: 1890
Ehre und Schmach

1

Ich war zehn Jahre alt, als ich zum erstenmal Penmarric, und zwanzig, als ich zum erstenmal Janna Roslyn sah, doch meine Reaktion auf beide war dieselbe: Ich wollte sie haben.

Penmarric wollte ich, weil der gotische Stil dieses architektonischen Alptraums meine Kinderphantasie gefangennahm; weil der Kampf meiner Mutter, mir den Besitz zu sichern, in meinen Kinderaugen nicht schäbig und entwürdigend wirkte, sondern strahlend vor Adel und Mut; weil man mir den Besitz verweigerte und ein Kind natürlich unbedingt haben will, was es nicht haben kann. Und Janna Roslyn wollte ich, weil ich zwanzig Jahre alt war und vernarrt in Frauen, in schöne vor allem, und besonders in solche, die Rasse hatten und nicht der Klasse angehörten, in die ich hineingeboren worden war.

Wir begegneten einander rein zufällig. Einen besonderen Grund, um zwei Uhr nachmittags im heißen Juli des Jahres 1890 auf dem Kirchhof von Zillan zu sein, hatte ich nicht: genaugenommen nicht mal einen, überhaupt in Zillan zu sein. In jenem Teil Cornwalls war ich fremd, denn der Ort meiner Jugend lag in der Nähe des Helford River. Die Sanftheit und Milde Südcornwalls mit seinen Bäumen, Flußmündungen und rollenden Hügeln ist um Welten verschieden von der kahlen Bergwerksküste des Nordens mit ihren windgepeitschten Mooren, ihren steilen Klippen und ihrer trügerischen Brandung.

An jenem Nachmittag war ich nach einem Streit mit meinem Vater, der sich vorübergehend in der Nachbarschaft aufhielt, in blinder Erregung die Dorfstraße entlanggewandert, bis ich mich schließlich nahe der Kirche wiederfand. Ich öffnete die Pforte zum Kirchhof und schlenderte im Schatten des normannischen Turms ziellos auf das Haupttor zu.

Unschlüssig darüber, was ich nun beginnen sollte, verhielt ich in der Vorhalle. Mein einziger Wunsch war, die mich bedrängenden Gedanken zu verjagen. Den Streit mit meinem Vater, die unaufhörlichen Auseinandersetzungen mit meiner Mutter, selbst Penmarric, das ich mir seit langem so sehr wünschte, alles das wollte ich vergessen. Dumpf wurde mir bewußt, daß ich einsamer war als je zuvor in meinem Leben. Der Wind blies über die Heide, die Nachmittagssonne brannte aus wolkenlosem Sommerhimmel. Es war so friedlich auf dem Kirchhof. Plötzlich wurde ich die Stille gewahr, die überwältigende Ruhe. Die ganze Landschaft ringsum schien in geheimnisvolle Erwartung gesunken. Bewegungslos, wie hypnotisiert stand ich da, blickte durch die Friedhofspforte auf die Straße und erkannte in der Ferne eine Frauengestalt, die sich von der Heide her langsam dem Dorf näherte.

Sie war schwarz gekleidet und trug Rosen in der Hand.

Ich beobachtete sie aus dem Schatten der Pforte, und hoch über mir im Kirchturm begann eine Glocke die Stunde zu schlagen.

Jetzt erreichte die Frauengestalt die erste Hütte am Rande des Ortes. Ihre Bewegungen waren so leicht und von solchem Ebenmaß, daß sie ohne jeden Laut durch die enge Straße zu gleiten schien. Sie sah weder nach links noch nach rechts. Für eine Sekunde hob der Wind den Schleier ihres Hutes hoch, doch sie strich ihn sofort mit schwarzbehandschuhter Hand zurück.

Sie kam zur Kirchhofspforte. Die Blumen waren einfache Wildrosen, wie sie überall an den Mauern der Hütten wuchsen. Die Schwarzgekleidete strebte auf die Kirche zu, und eben wollte ich aus dem Schatten ins Sonnenlicht treten, als sie mich erblickte.

Unwillkürlich geriet ich in Bewegung. Ich griff zum Kopf, um einen nicht vorhandenen Hut abzunehmen, und besann mich.

„Guten Tag“, sagte ich.

Sie gestattete sich einen knappen Blick. Für einen Augenblick sah ich blaue Augen und schwarze Wimpern. Soviel war durch den Schleier zu erkennen. Eine halbe Sekunde später neigte sie, als Antwort auf meinen Gruß, kurz den Kopf und ging wortlos an mir vorbei.

Ich starrte hinter ihr her und schlenderte schließlich zur Kirchhofsmauer, von wo ich einen verstohlenen Blick zu den Gräbern hinter der Kirche warf. Sie war dort. Die roten Rosen lagen jetzt neben einem neuen Grabstein. Sie stand bewegungslos, den Kopf gebeugt, die Hände ineinander verschlungen. Sie sah mich nicht.

Ich setzte mich auf die Mauer und betrachtete ein nahes Gebäude, das Pfarrhaus vermutlich. Endlose Zeit schien zu vergehen, bis ich plötzlich die Kirchhofspforte zufallen hörte. Die Schwarzgekleidete ging die Straße hinunter. Außerhalb des Ortes schlug sie wieder den Pfad durch die Heide ein, und ich starrte ihr nach, bis sie meinen Blicken entschwand.

Kaum war sie fort, hatte ich auch schon meinen Entschluß gefaßt. Ich eilte zurück zu dem Haus in Morvah, wo mein Vater wohnte. Ich wollte seine Einwilligung, länger hier bei ihm in Nordcornwall bleiben zu dürfen. Und während der ganzen Wanderung durch die Heide dachte ich an nichts anderes als an die rote Rosenglut auf dem stillen Kirchhof und an den schwarzen, windbewegten Schleier.

Bis zu jenem Augenblick war wohl, wie ich mir widerstrebend eingestehe, meine Mutter die wichtigste Frau für mich gewesen – eine Binsenwahrheit, da es kaum einem Sohn anders ergeht. Aber meine Mutter war nicht wie andere Mütter, und meine Gefühle für sie waren so zwiespältig, daß unser Verhältnis zueinander kaum normal zu nennen war.

Als sie wieder in mein Leben trat, nach sechsjähriger Trennung – ich war damals zehn Jahre alt gewesen –, hatte sie zu mir gesagt: „Du mußt eines begreifen: Was unser Erbe anlangt, so ist es für mich *Ehren*sache, daß *Recht* geschieht."

Ich entdeckte bald, daß meine Mutter von Ehre und Recht stets wie mit Fanfarenklängen sprach.

„Denn", fügte sie hinzu, „Penmarric hätte mir gehören

sollen." Wir saßen im großen, düsteren Salon des Stadthauses in London, ich ein kleiner Junge in steifem schwarzem Anzug und noch steiferem Kragen, sie sehr hübsch in violetter Seide, schwarzen Spitzen und mit riesiger Perlenkette. „Der Besitz und das ganze Vermögen wären mir zugefallen, hätte nicht mein Vater wie die meisten Männer gegen Frauen ein eingefleischtes Vorurteil gehabt. Auf seine Art mochte er mich durchaus, aber meinen Bruder Arthur, den liebte er. Und es spielte für ihn nicht die geringste Rolle, daß Arthur einen schwachen Charakter hatte, während ich tüchtig war und mit jeder Faser meines Herzens an Penmarric hing. Arthur war eben sein Sohn und Erbe, ich nur ein Mädchen, kaum mehr wert als irgendein Gartenkraut – eine Last, derer man sich am besten entledigte, indem man sie möglichst früh und möglichst gut an den Mann brachte... Selbst nachdem Arthur beim Segeln ertrunken war, änderte sich Vaters Einstellung nicht. Eine Zeitlang hoffte ich darauf, er würde endlich begreifen, daß ich alles verdiente, was er mir vermachen konnte. Aber dann..." Sie brach ab. Ihr Mund wurde zu einer schmalen, harten Linie. „Dann", sagte sie, „kam Giles."

In diesem Punkt hatte mich bereits Robert Yorke eingeweiht, der Vetter meiner Mutter und ihr ergebener Sklave. „Daß du ihr gegenüber unter keinen Umständen den Namen Giles Penmar erwähnst", sagte er, als er mich, auf Befehl meiner Mutter, mit dem Wagen vom Bahnhof abholte und zum Stadthaus begleitete. Und während der Fahrt hatte er weiter Warnung auf Warnung und Hinweis auf Hinweis gesetzt, bis ich aus lauter Angst am liebsten davongelaufen wäre. Dabei lag ihm nichts ferner, als mir einen Schrecken einzujagen. Ihm ging es lediglich darum, die Wiederbegegnung mit meiner Mutter möglichst reibungslos über die Bühne gehen zu lassen. Er war ein kleiner Mann und so sanftmütig und freundlich, daß ich mich an den Cockerspaniel meines Vaters erinnert fühlte. Das Stadthaus in Park Lane, wo meine Mutter wohnte, gehörte Robert. Er wurde von der Kraft ihrer Persönlichkeit in solchem Maße unterjocht, daß er ihren Befehlen widerspruchslos gehorchte und ihr gab, was immer sie haben wollte – ohne je etwas anderes zu erwarten, oder zu empfangen, als eine Art hochmütiger Zuneigung.

„Der gute Robert", sagte meine Mutter später zu mir. „Wäre ich noch frei gewesen, so hätte er mich geheiratet. Gottlob hat ihn meine eheliche Bindung an deinen Vater vor einem solchen Unsinn bewahrt. Männer sind solche Narren! Selbst mein Vater, dieser ganz ungewöhnlich intelligente Mann, hat sich hinsichtlich Giles zum kompletten Narren gemacht..."

„Daß du zu deiner Mutter ja nicht von Giles sprichst", hatte Robert Yorke mich während der Fahrt in der Kutsche gewarnt. „Was Giles Penmar betrifft, ist Maud sehr empfindlich."

„... natürlich hieß er eigentlich gar nicht Giles Penmar", sagte meine Mutter. Mir ist, als sähe ich sie noch jetzt: Tee aus einer Silberkanne eingießend, blitzende Ringe an den Fingern, Hochmut in jeder Linie ihres Körpers, vom straff emporgereckten Hals über den geraden Rücken bis zum gewinkelten Ellbogen. „Giles Baker hieß er. Baker war nämlich unser Familienname, ehe mein Großvater dem Prinzregenten beim Würfelspiel Penmarric abgewann und dann seinen Namen änderte. Giles war ein entfernter Vetter. Ein Abenteurer natürlich. Alle Penmars sind Abenteurer, mit einem Spürsinn für Geld. Mein Vater zum Beispiel hat das Familienvermögen mehr als verdoppelt, als er in jungen Jahren in Indien war... Und so war es wohl nur logisch, daß Giles, der arme Verwandte, seinerseits hinter dem Geld her war. Der Tod meines Bruders war seine goldene Chance. Kaum in Penmarric angekommen, erschlich er sich die Zuneigung meines kranken Vaters, nahm den Namen Penmar an und gewann sogar meine Sympathien – o ja, auf Charme verstand er sich! Wie alle erfolgreichen Abenteurer und Glücksritter. Und Erfolg hatte er ja, unser Giles. Mit einer Mischung aus Täuschung, Betrug und Gemeinheit brachte er es so weit, daß beim Tode meines Vaters..."

„Giles erbte den gesamten Grundbesitz der Familie", berichtete mir Vetter Robert in der Kutsche. „Eine himmelschreiende Ungerechtigkeit und ein vernichtender Schlag für die arme Maud. Ihr Vater brachte gerade noch genügend Anstand auf, ihr eine bescheidene Jahresrente auszusetzen. Doch Penmarric selbst und der Rest des Penmar-Vermögens fielen diesem Lumpen in die Hände. Falls Giles sich aber eingebildet hatte, daß Maud sich damit abfinden würde, so war er doch sehr im Irrtum..."

„... und so", sagte meine Mutter, die Teekanne mit einem

Ruck absetzend, „hielt ich es natürlich für meine moralische Pflicht, die Angelegenheit vor Gericht zu bringen. Es ging mir um Ehre und Recht. Und ich hoffe sehr, daß dich dein Vater, wenn schon in nichts sonst, so doch in *diesen* beiden Punkten zu einem ordentlichen Menschen erzogen hat..."

„... daß du zu deiner Mutter ja nicht von deinem Vater sprichst", hatte Vetter Robert Yorke mich zuvor gewarnt. „Was ihre unglückliche Ehe betrifft, ist Maud überaus empfindlich."

„... vermutlich hat dir dein Vater kein Wort über das *Erbe* verraten", sagte meine Mutter verächtlich, während sie nach einem heißen, gebutterten Toast langte. „Wie typisch! Kein Wort, nicht wahr? Weder über die Erbschaft noch über die Kämpfe um mein Recht, die ich durchgestanden habe und weiterhin durchstehen muß. Oder darüber, daß das alles doch eines Tages dir gehören soll. Nun, überraschen kann mich das ja kaum. Wahrscheinlich hat er dein junges Gehirn in den vergangenen sechs Jahren mit Lügen über mich vergiftet."

Es bereitete mir unendliche Mühe, den Mund zu öffnen. Und die zitternden Laute, die ich hervorbrachte, klangen nicht wie meine Stimme. Ich sagte: „Er spricht nie von Ihnen, Madam."

„Nenn mich ruhig Mama. Schließlich bin ich ja nicht die Königin. Laurence spricht also nie von mir? *Sehr* bemerkenswert! Aber du und Nigel – sprecht ihr denn nie in seiner Gegenwart über mich?"

„Nein, Mama. Das hat unsere Nanny uns verboten."

„Lieber Himmel, was für ein abscheuliches Frauenzimmer! Aber warum hat dein Vater dich dann überhaupt für diese eine Woche zu mir gelassen, wenn schon mein Name für ihn unausstehlich ist?"

Und plötzlich fühlte ich mich zurückversetzt nach Gweek, in jenes schöne alte Herrenhaus, Sitz der Familie meines Vaters schon seit Jahrhunderten. lange bevor der Emporkömmling Baker zu Vermögen und neuem Namen gekommen war. Ich stand im Arbeitszimmer meines Vaters und sah den Brief, den er in der Hand hielt, ein Schreiben meiner Mutter. Mit jener ruhigen Stimme, die ich so sehr liebte, sagte er: „Aber natürlich mußt du zu ihr, Mark. Schließlich bist du ihr Sohn und somit zu einem Besuch verpflichtet, wenn sie es so wünscht."

Trotzig erwiderte ich: „Aber warum? Was will sie auf einmal

von mir? Sie hat sich ja noch nie um mich gekümmert. Und warum nur ich und nicht auch Nigel? Er ist doch auch ihr Sohn."

„Vielleicht lädt sie ihn später einmal ein."

Im Kinderzimmer hatte dann Nigel beschwichtigend zu mir gesagt: „Na, wenn schon. Das macht mir nichts. Sicher ist sie nicht halb so nett wie Nanny." Nigel war Nannys Liebling. Er hatte goldene Locken, blaue Augen und ein schon fast unerträglich engelhaftes Gesicht. „Mir", fuhr er fort, „ist es sogar ganz lieb, wenn Mamas Wahl auf dich fällt. Ansonsten zieht ja alle Welt immer mich vor, und das ist sicher oft nicht ganz fair."

Er schien überrascht, daß ich mich, auf diese Bemerkung hin, sofort mit ihm zu prügeln begann; er hätte es besser wissen sollen, da ich jede Gelegenheit dazu wahrnahm. Aber manche Kinder sind eben etwas schwer von Begriff.

„Mark", mahnte mein Vater mich immer wieder, „wenn du doch bloß lernen wolltest, dich zu beherrschen. Du und dein unglückliches Temperament!"

Womit zugleich wohl auch das unglückliche Temperament meiner Mutter gemeint war. Die Erinnerung an ihre Zornesausbrüche war im Herrenhaus immer noch wach, trotz der inzwischen vergangenen sechs Jahre. Besonders die Diener wußten ein Lied davon zu singen.

„Du schlägst deiner Mutter nach", war Nannys stete Rede, und nie vergaß sie hinzuzufügen: „Leider."

„Also gut", sagte meine Mutter jetzt, während sie sich eine zweite Tasse Tee eingoß. Im trüben Licht des Salons betrachtete sie mich kritisch. „Ein wenig kurz bist du ja geraten und etwas plump dazu. Äußerlich gibst du nicht allzuviel her. Aber da ist so etwas in deinen Augen. Du bist zäh. Du bist genau wie ich. Mach kein so entsetztes Gesicht. Das ist ein Kompliment. Ja, du wirst dich schon machen. Ich brauche einen Sohn, der stark und zäh ist. Nimm dir noch einen Toast und höre, was ich dir zu sagen habe. Ich bin sicher, daß wir beide uns gut verstehen werden."

Da irrte sie sich. Wir verstanden uns ganz und gar nicht. Rückblickend begreife ich, wo ihr Fehler lag; sie glaubte einen charakterfesten Sohn nötig zu haben. Sie hatte ihn nicht nötig. Was sie in Wirklichkeit brauchte, war ein Schwächling, der sich ihr willenlos unterwarf. Und den Zehnjährigen, der ich damals war, beherrschte sie denn auch, wie sie Robert Yorke beherrschte. Später, als ich älter wurde, hielt es mich immer weniger in diesem Joch. Doch das Band blieb fortan zwischen uns geknüpft, und zehn Jahre sollten vergehen, bis es mir schließlich gelang, ihren Willen zu brechen und unsere Rollen zu vertauschen. Und wenn eines festzustellen ist, dann dies: So oder so – gleichgültig waren wir einander nie.

„Du bist jetzt zehn", sagte meine Mutter während dieser ersten Begegnung in London, „und hast immer noch nicht dein Erbe gesehen. Gleich morgen fahren wir nach Penzance."

Offenbar war das der einzige Grund für ihre Einladung an mich gewesen. Mit meinen zehn Jahren war ich für sie gerade im richtigen Alter, um beim Anblick des Erbes jubelnd in die Hände zu klatschen.

Und so unrecht hatte sie nicht. Denn natürlich erregte mich der Gedanke, Penmarric zu sehen. Ich glaubte, ich könnte den Besitz durchstreifen, herumreiten, das Haus besichtigen. Doch solche Dinge lagen ganz und gar nicht in der Absicht meiner Mutter. Nach der anstrengenden Reise nach Penzance, vierhundertfünfzig Kilometer von London im Südwesten, nahmen wir in einem Hotel namens Metropole Aufenthalt und mieteten gleich am nächsten Morgen eine Kutsche, mit der wir eine beschwerliche Fahrt nach St. Just zurücklegten. Die Landschaft war öde und doch von eigentümlicher Kraft, weite, unfruchtbare Heideflächen ohne Baum oder Haus: Land, das sich immer wieder hochreckte zu Hügeln und Bergen, die von schwarzen Felsen gekrönt waren.

Je weiter wir landeinwärts fuhren, desto häufiger tauchten Bergwerke auf, und zum erstenmal in meinem Leben sah ich die steinernen Türme der Maschinenhäuser, schwarz qualmende Rauchschwaden, riesige Schlackenhaufen. Meine Mutter berichtete, auch auf dem Penmarric-Anwesen befänden sich zwei Minen, von denen jedoch nur noch eine, Sennen-Garth, in Betrieb sei. Die andere, King Walloe, sei seit Jahrzehnten stillgelegt.

„Darf ich in die Mine?" fragte ich voller Hoffnung.

„Lieber Himmel, Kind, natürlich nicht. Du bist doch kein Arbeiter... Schau jetzt aus dem Fenster, dann kannst du die Nordküste sehen. Dort! Ist das nicht ein herrlicher Anblick hier vom Hügelkamm? Dort am Meer liegen drei Gemeinden nebeneinander: St. Just im Westen, Morvah direkt vor uns und Zennor nach Osten zu. Penmarric gehört natürlich zur Gemeinde von St. Just.“

„Und wo sind wir jetzt?“

„Auf dem Gebiet, das zu Zillan gehört, einer weiteren Gemeinde, mehr landeinwärts ... Sag dem Kutscher, er soll sich beeilen, Robert!“

Wir fuhren weiter, in westlicher Richtung durch das graue Bergwerkstal von St. Just. Doch plötzlich bogen wir von der Straße ab, nach Norden auf die Küste zu.

„Jetzt!“ sagte meine Mutter schließlich. „Sag dem Kutscher, er soll halten, Robert.“

Die Kutsche hielt.

„Steig aus, Kind.“

Ich tat, wie geheißen. Sanft strich der Frühlingswind gegen mein Gesicht, und aus blauem Himmel strahlte warm die Sonne herab. Am Straßenrand wuchsen Wildblumen, und dahinter drängte sich Stechginster, bereit, die gelben Blüten zu entfalten.

Meine Mutter packte meinen Arm. „Schau!“

Ich folgte ihrem Befehl. Ich sah hinweg über ein enges Tal und erblickte hoch oben auf den Meeresklippen eine Burg. Mein Herz schlug rascher. Dann erkannte ich, daß es gar keine Burg war, sondern ein riesiges Gebäude aus grauschwarzem Stein, beladen mit Türmen und Türmchen, Zinnen und Zacken: eine wahre Orgie viktorianischer Architektur.

„Dieses Haus will ich haben“, sagte meine Mutter und sprach damit nur meine Gedanken aus; das Band, das uns für viele schlimme Jahre aneinanderfesseln sollte, war endgültig geschmiedet. „Ich will das Haus haben, und ich werde es auch haben – wenn schon nicht für mich, dann wenigstens für dich.“

Ich fragte: „Warum halten wir hier? Warum fahren wir nicht näher an das Haus heran? Wollen wir denn Vetter Giles nicht besuchen?“

Sie blickte mich an, als wäre ich übergeschnappt. „Giles besuchen? Mein liebes Kind! Du glaubst doch nicht etwa im Ernst, daß er mich wie einen willkommenen Gast empfangen würde, nachdem wir uns seit sechs Jahren vor Gericht in den Haaren liegen?“ Sie wandte sich dem Kutscher zu: „Zurück nach Penzance!“

Bevor ich ihr in die Kutsche folgte, warf ich einen letzten Blick auf Penmarric. Es sollten vier Jahre vergehen, ehe ich mein Erbe wiedersah.

Ich war vierzehn, als meine Mutter ihren Prozeß gewann und wieder mit mir nach Penmarric fuhr, diesmal mit dem Vorsatz, das Haus zu betreten, da Giles vor dem Gesetz nicht länger sein Besitzer war. Doch Giles hatte gegen das Urteil Berufung eingelegt, und die Angelegenheit war noch nicht entschieden.

Die Eingangstür wurde uns vor der Nase zugeknallt und verriegelt. Zitternd vor Wut trommelte meine Mutter mit den Fäusten gegen das Holz. Giles saß nach wie vor auf Penmarric.

Der Prozeß zog sich über weitere zwei Jahre hin, und dann kam die Katastrophe. Das Appellationsgericht entschied zu Giles' Gunsten, und das gegen ihn ergangene Urteil wurde aufgehoben.

„Ich werde beim Oberhaus Berufung einlegen!" rief meine Mutter. „Ich gebe nicht auf! Niemals!"

Aber das Oberhaus wies ihre Klage ab. Jahre endloser Prozeßhändel und ungeheurer finanzieller Anstrengungen hatten mit einem vernichtenden Schlag geendet.

Dennoch dachte sie auch jetzt nicht daran aufzugeben. Sie verbohrte sich in die Idee, irgend etwas müsse noch zu retten sein aus dem Wrack ihrer gestrandeten Hoffnungen. Sofort schmiedete sie Pläne. Sie wollte nach Penmarric reisen, mit Giles Frieden schließen und ihm zumindest die Erlaubnis abschmeicheln, das Haus dann und wann besuchen zu dürfen. Vergeblich wiesen Vetter Robert und ich darauf hin, daß Giles sich, nach allem, was gewesen war, kaum dazu bewegen lassen würde; vergeblich beteuerten wir ihr, sie verschwende nur ihre Zeit. Wie stets, wenn sie ihren Willen durchsetzen wollte, blieb sie hochmütig, herrschsüchtig und unbeugsam.

„Na schön", sagte ich schließlich mit dem ganzen Trotz eines Sechzehnjährigen, der seine Unabhängigkeit unter Beweis stellen möchte. „Wie du willst. Aber dann fahre allein. Erwarte von mir nicht, daß ich dich begleite."

„Du kommst mit, ob dir das paßt oder nicht!" Mit einem sechzehnjährigen Rebellen nahm meine Mutter es noch jederzeit auf. „Erinnere den Jungen an seine Sohnespflicht, Robert!"

Und gehorsam sprang Vetter Robert ein. „Du bist es deiner Mutter wirklich schuldig, Mark. Sie hat das alles doch für dich getan."

Mit viel Theater fügte ich mich schließlich drein.

Auf dieser meiner dritten Reise nach Penmarric begegnete ich zum erstenmal Giles Penmars Kindern Raymond, Harry und Clarissa. Eigentlich hatte Giles nur ein Kind, meinen Vetter Raymond, im gleichen Alter wie ich, doch Giles' inzwischen verstorbene Frau hatte aus Mitleid einen Neffen und eine Nichte, beide verwaist, an Kindes Statt genommen. Harry war jetzt achtzehn, seine Schwester Clarissa ein oder zwei Jahre jünger als ich. Weiter wußte ich über die drei nichts, und später wünschte ich oft, es wäre dabei geblieben, besonders, was Clarissa betraf.

Die Schwierigkeiten begannen damit, daß uns der Butler den Eintritt ins Haus verwehrte – zu niemandes Verwunderung, meine Mutter natürlich ausgenommen. Sofort verlangte sie, Giles persönlich zu sprechen, doch der Butler versicherte mit blutleerem Gesicht, Mr. Penmar sei indisponiert und könne niemanden empfangen. In diesem Augenblick kam mir die unglückliche Idee, nach meinem Vetter Raymond zu verlangen. Vermutlich bildete ich mir ein, daß zwei Sechzehnjährige eher zueinander finden könnten als ihre miteinander zerstrittenen Eltern. Aber das war Irrtum. Als Raymond vorsichtig aus dem Hintergrund auftauchte, war sein erstes, mir zu sagen, ich solle mich aus der Halle scheren.

„Raus mit dir!" schrie er. Er war lang aufgeschossen und hatte einen schlaffen Mund, weiche Hände und ein finsteres Gesicht. Und damit auch meine Mutter, die mit Vetter Robert in der Kutsche wartete, ihn hören könne, fügte er noch schriller hinzu: „Penmarric wird nie euch gehören!"

„Aber, aber – mein lieber Freund", sagte ich mit all der Höflichkeit, die mir meine Jahre in Eton eingetragen hatten – und gab dem unüberwindbaren Wunsch nach, ihm die Faust unters Kinn zu setzen.

Er fiel wie ein Stein.

Ich genoß die Wirkung dieser Maßarbeit, als auch schon ein zweiter Feind erschien, im Gegensatz zu Raymond eine wirkliche Gefahr. Es war Harry, hochgewachsen und rauhbeinig, mit kraftvollen Schultern und nicht weniger kräftigen Fäusten. Ich beschloß, in aller Eile, wenn auch keineswegs ohne Würde, zum Rückzug zu blasen.

„Du verdammter Hund", zischte Harry Penmar mir nach. „Du verdammter Hund, scher dich raus, wenn dir dein Leben lieb ist."

Ehe mir eine passende Antwort einfiel, erschien seine Schwester und schob sich atemlos an ihm vorbei, um neben Raymonds schlaffem Körper niederzuknien. Während unter meinen Füßen schon der Kies des Weges knirschte, blickte das Mädchen von der obersten Stufe zu mir herab. Und plötzlich sah ich nur ihr Gesicht: die dunkelblauen Augen und den wilden, leidenschaftlichen Mund.

„Du häßliches kleines Scheusal!" fauchte sie mich an. „Du widerwärtiger Kretin! Verschwinde!"

Ich starrte sie an, mein Gesicht brannte vor ohnmächtiger Wut. Doch dann scholl die Stimme meiner Mutter herrisch aus der Kutsche: „Mark! Wir fahren! Sofort!"

Zum erstenmal sah ich meine Mutter weinen. Während das Haus unseren Blicken entschwand, rannen zwei große Tränen über ihre Wangen. Doch das von Vetter Robert dargebotene Taschentuch schob sie beiseite.

„Was soll das?" fragte sie verächtlich. „Nun, das war wohl der Schlußstrich. In Zukunft keine unsinnigen Prozesse mehr. Es gibt ja so viele andere Dinge, an die man seine Kraft setzen kann. Der Kampf für die Gleichberechtigung der Frau zum Beispiel."

Robert und ich tauschten einen Blick. Wir ahnten wohl beide, daß es ihr unmöglich war, die Hoffnung auf Penmarric aufzugeben. Sie war viel zu besessen von dem Gedanken, um sich endgültig geschlagen zu geben. Selbst jetzt.

Äußerlich schien sie sich damit abzufinden. Im Metropole-Hotel in Penzance angekommen, sprach sie mit mir allein. Und plötzlich war ich es, der sich nun – anstelle von Penmarric – im Mittelpunkt ihrer Zukunftspläne befand.

„Mark", sagte sie, „unser Kampf um das Erbe ist zwar vorbei, aber es wäre mir eine Freude, wenn du zu mir nach London ziehen wolltest. Du hättest dort deine eigenen Räume und bekämst ein großzügiges Taschengeld."

„Nein, danke, Mama."

„Aber warum denn nicht?“ sagte sie gekränkt. „Das finde ich sehr undankbar von dir.“

„Ich fühle mich in Gweek bei meinem Vater zu Hause.“

„Bei deinem Vater! Einem Landjunker in der tiefsten Provinz, der sich bis über beide Ohren in Geschichtsbücher vergräbt! Willst du mir etwa weismachen, daß du mit dem etwas gemein hast? Hör mal zu: Ich . . .“

„Nein“, sagte ich in plötzlichem Zorn, „jetzt hörst du mir einmal zu! Als ich klein war, hast du dich jahrelang nicht um mich gekümmert. Erst als ich später in deine Pläne paßte, war ich dir gut genug. Und jetzt soll ich alles aufgeben, um einer deiner Sklaven zu werden wie der arme Vetter Robert!“

Jetzt geriet auch sie in Wut, und wir schrien einander minutenlang an, ehe sie schließlich, rot vor Erregung, kreischte: „Dann gehe doch zurück nach Gweek! Geh zurück zu deinem langweiligen Vater! Aber laß dir ja nicht einfallen, jemals zu mir gekrochen zu kommen, wenn es dich plötzlich nach London zieht!“

Ich schrie zurück: „Und komm du nicht zu mir gekrochen, wenn du im Alter vor Einsamkeit verrückt wirst!“

Ich kehrte nach Gweek zu meinem Vater zurück und beschloß, sie endgültig aus meinem Leben zu streichen.

Ich hatte angenommen, daß mein Vater sich über meinen Entschluß befriedigt zeigen würde, doch er hüllte sich in Schweigen. Sosehr er stets darauf gedrungen hatte, ich möge den Wünschen meiner Mutter zu Willen sein, so wenig schien er an den Ergebnissen meiner Besuche bei ihr interessiert, und schon früh war mir klar gewesen, daß er weder über ihre Pläne noch über sie selbst sprechen wollte. Das Unausgesprochene wuchs zwischen uns zur Barriere empor, und mit den Jahren entstand, trotz all seines väterlichen Wohlwollens, eine Mauer der Entfremdung, die für mich ebenso rätselhaft wie schmerzlich war. Gewiß: Daß ich ihn nur allzu oft an meine Mutter erinnerte, war mir klar. Auf die umgänglichere Art Nigels einzugehen, mußte ihm leichter fallen. Aber ich war doch sein ältester Sohn, der zu allem auch noch seine Liebe für Geschichte teilte – wie hart hatte ich daran gearbeitet! –, und unter seinem Vorurteil leiden zu müssen, erschien mir ungerecht, sehnte ich mich doch danach, genau so zu sein wie er, seine Anschauungen und Gewohnheiten mit ihm zu teilen.

Er war ein ruhiger Mann. Ich verstand, warum meine Mutter ihn für langweilig und provinziell hielt. Er haßte das Stadtleben und fühlte sich nirgendwo glücklicher als im ländlichen Gweek, wo er alles hatte, was er vom Leben verlangte: gelegentliche Ausritte, die Gesellschaft seiner Freunde aus dem Landadel, wenn ihn einmal danach verlangte, und vor allem natürlich jene Beschäftigung, die mehr für ihn war als nur ein Hobby: das Verfassen geschichtlicher Abhandlungen. Jene Begriffe, von denen meine Mutter soviel hermachte, Recht und Ehre, führte er kaum im Munde; und ebensowenig fiel es ihm je ein, Nigel und mir lange Vorträge über untadeliges moralisches Benehmen zu halten. Für ihn war es selbstverständlich, daß wir uns nach seinem Vorbild richteten, und das Vorbild, das er uns setzte, war exemplarisch.

Getrieben von dem Wunsch, ihm nachzueifern, gelang es mir auch wirklich, meine natürlichen Neigungen lange Zeit im Zaum zu halten. Dann jedoch schlug die Art der Penmars in mir durch: Welcher Tugenden sie sich immer rühmen mochten – der Verzicht auf Fleischeslust gehörte jedenfalls nicht dazu.

Eigentümlicherweise war es der Streit mit meiner Mutter, der mich straucheln ließ. Unlogisch und völlig unerklärlich: Sie fehlte mir, und am liebsten hätte ich ihr geschrieben, um den Bruch zwischen uns wieder zu kitten. Das jedoch ließ mein Stolz nicht zu, und so suchte ich wohl instinktiv nach Ersatz für die Weiblichkeit, die meine Mutter für mich verkörperte.

Sie war die Frau eines Fischers. Ihr Mann war auf See, und sie hatte gleichermaßen für Gesellschaft wie Geld Verwendung. Ich gab ihr fünf Shilling. Sie zeigte sich dankbar – und dankbar war auch ich zuerst. Aber sobald die Sache vorüber war, quälten mich Gewissensbisse, und ich fühlte mich unglücklicher als zuvor. Schlimmer noch: ich sah mich völlig außerstande, zu meinem früheren Leben der Enthaltsamkeit zurückzukehren. Schuldbewußt gegen meinen Vater, dem meine Schwäche entging, vergrub ich mich verbissen in meine Studien und schwor, nicht eher zu ruhen, als bis ich Vaters Rang als Gelehrter erreicht hatte.

Früh schon ging ich nach Oxford, und mit noch nicht ganz

einundzwanzig Jahren bestand ich mein Examen mit höchster Auszeichnung. Mein Professor redete mir zu, die akademische Laufbahn einzuschlagen, doch ich war der Studien etwas müde und beschloß, einige Zeit auszusetzen. Ein Freund lud mich zu sich nach London ein, und ich nahm die Einladung an. Es war das Jahr 1890, ein herrlicher, friedlicher Sommer. Die irische Frage war von der Regierung Lord Salisburys in einen Zustand der Schwebe manipuliert worden, und die Streikwellen der frühen neunziger Jahre standen noch aus. Internationale Krisen gab es zur Zeit nicht. Niemand rasselte mit dem Säbel. Und genau wie die Welt ringsum fühlte ich mich in London eingebettet in eine trügerische Sicherheit. Doch dann trat plötzlich ohne jegliche Vorwarnung meine Mutter wieder in mein Leben und brachte den Stein ins Rollen. Die schicksalhafte Kette der Ereignisse führte mich zu jenem Kirchhof in Morvah – und zu Janna Roslyn mit ihren blauen, schwarzbewimperten Augen unter dem Witwenschleier.

2

Als ich meiner Mutter wiederbegegnete, war ich eben drauf und dran, mir eine Wohnung in der Bruton Street zu mieten, da ich die Gastfreundschaft meines Freundes nicht zu sehr in Anspruch nehmen wollte. Meine ursprüngliche Absicht, nach Gweek zurückzukehren, fand ich plötzlich vereitelt. Völlig überraschend hatte Vater sich entschlossen, für einige Zeit nach Morvah an die Nordküste von Cornwall zu übersiedeln, wo er ein von seiner Mutter ererbtes kleines Gut, die Deveral-Farm, besaß. Das Land war seit Jahrzehnten verpachtet gewesen, doch als der Pächter im Frühjahr 1890 starb, sah Vater sich zu einer Reise dorthin gezwungen.

Der Aufenthalt in Morvah schien ihm gutzutun. In London

erreichte mich sein Brief, in dem er mir mitteilte, daß er bis zum Herbst auf Deveral-Farm zu bleiben beabsichtige. „Falls du nach Gweek zurückkehren möchtest", schrieb er, „so lasse es mich wissen, damit ich Anweisung geben kann, dir das Haus verfügbar zu machen. Wahrscheinlich wirst du es aber vorziehen, zumindest bis zum Ende der Saison in London zu bleiben, und dann wirst du wohl eine Menge Einladungen zu den Landsitzen deiner Freunde erhalten..."

Mein Aufenthalt in London hatte mich bereits einiger Illusionen beraubt. Ich war jener Anlässe, bei denen ich Gelegenheit hatte, junge Damen meines Alters und meiner Gesellschaftsschicht kennenzulernen, ehrlich müde. Denn wenn ich auch der älteste Sohn eines Landedelmannes war, so verfügte ich doch weder über Titel noch über Reichtum, und auch von blendender Erscheinung konnte, wie Clarissa Penmar ja nur allzu deutlich festgestellt hatte, bei mir keine Rede sein. Mochte ich auf die Näherinnen oder Stubenmädchen in Oxford auch wie ein reicher Aristokrat gewirkt haben – für die jungen Damen der Gesellschaft und deren ehrgeizige Mütter war ich eine Null.

Und dennoch: Jenseits dieser Enttäuschungen hatte London seinen prickelnden Reiz, und so beschloß ich nach Erhalt von Vaters Brief, in der Stadt zu bleiben. Nur für eine knappe Sekunde kam mir der Wunsch, zu ihm nach Morvah zu reisen. Doch dazu hatte er mich nicht eingeladen, und mein Stolz erlaubte mir nicht, ihm wie ein schwanzwedelnder Hund nachzulaufen.

Als ich eines Morgens den Piccadilly hinabschritt, um in der Bruton Street Wohnungen zu besichtigen, stieß ich vor der Königlichen Akademie auf meine Mutter.

„Mark!" begrüßte sie mich, als hätten wir uns vor einigen Tagen das letztemal gesehen. „Du kommst mir gerade recht. Hast du schon gehört?"

„Was?"

„Ja, um Himmels willen, liest du denn nicht die Todesanzeigen in der Times? Dein Vetter Raymond Penmar ist tot! In Ägypten an der Cholera gestorben. Sehr traurig für Giles. Doch überleg nur, was das bedeutet, Mark. Giles bleiben jetzt nur die beiden Adoptivkinder, Harry und Clarissa, und die sind ja keine richtigen Penmars. Außerdem, nach allem, was ich höre, ist der junge Harry ein recht wilder Kerl."

Angewidert hörte ich ihr zu. Dennoch war die Macht ihrer Persönlichkeit so stark, daß es mir keinen Augenblick einfiel, mich umzudrehen und sie einfach stehenzulassen. Noch ehe ich protestieren konnte, manövrierte sie mich in den Green-Park und zwang mich neben sich auf eine Bank nieder. „... ich habe dir nach Gweek geschrieben – hast du meine Briefe nicht bekommen? Was für ein Glück, daß wir uns hier getroffen haben!"

„Mama ..."

„Nun sei nicht widerspenstig, Mark. Wir müssen diese Sache unbedingt besprechen ..."

Es gab keine Flucht. Ich kreuzte die Arme und starrte finster auf das üppige Gras zu unseren Füßen.

„... mich natürlich sofort an Giles gewandt. Mit einem Beileidsschreiben natürlich, worin ich andeutete, daß ..."

Eine Unverfrorenheit von ihr, diesen Mann zu behelligen, der gerade seinen Sohn verloren hatte, und ihn darauf hinzuweisen, daß jetzt *ich* sein einziger männlicher Blutsverwandter sei – Nigel war von ihr dabei, wie üblich, vergessen worden – und er mich zu seinem Erben einsetzen müsse.

„Ich habe erklärt", sagte sie, „daß Penmarric im Besitz der Familie verbleiben sollte."

Ich war sprachlos. „Ich weiß schon, was du denkst!" rief sie triumphierend. „Aber du irrst dich. Gewiß glaubst du, daß Giles sich beleidigt gefühlt und mich keiner Antwort gewürdigt hat. Im Gegenteil! Innerhalb einer Woche war sein Brief da, der alles enthält, was ich mir nur wünschen kann."

„Willst du damit etwa sagen, daß ..."

„Ja", erwiderte sie, „das will ich damit sagen. Giles möchte dich kennenlernen. Er hat uns nach Penmarric eingeladen."

Wieder war ich sprachlos. Aber dann kam plötzlich die Erinnerung an Penmarric, an die weiten, gewellten Heideflächen, an die felsigen Gipfel der Hügel und Berge, an die grauen Steinmauern, an die kantigen Kirchtürme. Und ich dachte an das große Gebäude auf den Klippen mit seinen Türmchen und Zinnen – jenen schimmernden Traum, den ich mir als meine Wirklichkeit wünschte.

„Überrascht dich das tatsächlich?" fragte meine Mutter abrupt. „Blut ist dicker als Wasser, das weißt du doch."

Ich schwieg. Immer noch stand Penmarric vor meinen Augen.

„Mark, da ist etwas, worüber ich mit dir reden muß. Bisher habe ich es für mich behalten. Aber jetzt, wo so viel von deiner Unterredung mit Giles abhängt ...“ Sie unterbrach sich. „Du hörst mir ja gar nicht zu.“

Ich nahm mich zusammen. „Verzeihung.“

„Ich habe versucht, Giles eine Beschreibung von dir zu geben. Und ihm versichert, du seist ein Penmar durch und durch.“

Ihre Bemerkung machte mich wütend. Nicht umsonst hatte ich mein Leben lang versucht, meinem Vater nachzustreben. Ich sagte scharf: „Ich bin ebensosehr ein Castallack wie ein Penmar!“

„Wirklich?“ sagte meine Mutter. „Wenn ich da nur so sicher sein könnte wie du.“

Für einen Moment blieb alles still.

Ich starrte sie an. Sie trug ein üppiges purpurfarbenes Kleid, das am Hals mit einer Diamantbrosche geschlossen war, und nur dieses Schmuckstück sah ich. Ich sehe es heute noch vor mir: Diamant an Diamant – eine Reihe gezackter Raubtierzähne, die grell in der stechenden Mittagssonne blitzten.

„Ich hatte nicht die Absicht, dir je etwas davon zu sagen, weil ich mir nicht völlig sicher war, aber da ich nun Giles geschrieben habe, daß ...“ Sie sprach rasch und ohne mich anzusehen, und ihre Stimme klang fremd und fern – die Stimme einer Unbekannten, die von Dingen sprach, die ich gar nicht wissen wollte.

„... fühlte mich so unglücklich als junges Mädchen, daß ich jeden Gedanken an Heirat von mir schob. Viel lieber wollte ich in Penmarric bleiben. Doch Vater drohte, mich zu enterben, wenn ich nicht binnen Jahresfrist unter der Haube wäre. Und so heiratete ich den nächsten, der um meine Hand anhielt. Wie konnten dein Vater und ich unter solchen Umständen je glücklich werden? Ich liebte ihn ja nicht und war die widerspenstigste Gattin, die man sich nur denken kann. Schließlich bestand er auf Trennung. Und wo hätte ich hinsollen, außer wieder zu meinem Vater nach Penmarric? Es war Sommer, und Giles war dort. Der Rhododendron blühte, eine wahre Pracht, wie alles in diesem Sommer ... Ich wollte mich von Laurence scheiden lassen und Giles heiraten. Doch davon wollte Vater nichts hören. Er schätzte Laurence. In den Augen der Gesellschaft galten die Penmars immer noch als Emporkömmlinge und Neureiche. Die Castallacks von Gweek hingegen waren ein altes und angesehenes Geschlecht. Auch mißbilligte Vater die Heirat zwischen so nahen Verwandten und hatte für Giles bereits einen anderen Plan, eine reiche Erbin von Launceston. Ich hätte meinem Vater selbst jetzt noch getrotzt, doch Giles... Giles dachte anders. Als alles vorbei war, ging ich wieder zurück nach Gweek zu Laurence, obwohl ich Giles immer noch liebte. Aber ich wollte ihm beweisen, daß ich genauso herzlos handeln könne wie er. Warum Laurence mich wieder bei sich aufnahm, weiß nur Gott. Wahrscheinlich hielt er es für seine Pflicht. Fünf Jahre lang lebten wir als Mann und Frau. Fünf Schwangerschaften, du, Nigel, zwei Fehlgeburten und – doch an das Kleine, das bald nach seiner Geburt starb, wirst du dich kaum erinnern. Und dann starb endlich mein Vater, und ich kam in den Besitz der Mittel, die mir eine Flucht nach London gestatteten... Giles sah ich zum letzten Mal bei Vaters Begräbnis. Sechzehn Jahre... Zu den Prozessen in London kam er nie. Das erledigten alles seine Anwälte für ihn. Von Vaters Begräbnis abgesehen, war ich mit Giles das letzte Mal kurz vor Weihnachten 1868 zusammen – neun Monate vor deiner Geburt..."

Sie brach ab und fuhr erst nach Sekunden fort: „Als ich von Raymonds Tod hörte, wußte ich, daß ich Giles schreiben mußte, denn wenn er jetzt erfuhr... Ich hatte nie zu jemandem davon gesprochen, weil ich mir nicht sicher war... Aber da du Laurence Castallack so völlig unähnlich bist..."

Ich erhob mich.

„Du begreifst doch, Mark, nicht wahr? Wenn Giles dich für seinen Sohn hält, wird es ihm nicht im Traum einfallen, Harry als Erben einzusetzen! In *deinem* Interesse habe ich so gehandelt, Mark! Und wenn du eines Tages als Herr auf Penmarric sitzt..."

„Penmarric kann mir gestohlen bleiben."

„Mark!"

„Und *du* mir auch, werte Mama", sagte ich langsam und deutlich und begann dann zu laufen. Ich rannte durch den Park in glühender Sommerhitze, hinweg über glattgemähte Rasenflächen, vorbei an plaudernden Mädchen und spielenden Kindern. Ich rannte, bis ich vor Atemnot zu keuchen begann – doch sie dachte nicht daran, mich entkommen zu lassen. Sie kam hinter mir her, und so gab ich meine Flucht schließlich auf und fügte mich in das Unvermeidliche. Auf einer Bank Platz nehmend, wartete ich auf sie.

„Mark!" rief sie atem-, aber keineswegs sprachlos. „Mark! Bitte, hör mir zu! Ich..."

„Nein", sagte ich. „Ich habe dir genug zugehört. Ich werde weder nach Penmarric fahren noch Giles Penmar besuchen. Und *dich* möchte ich nie im Leben wiedersehen."

Unser Streit war in vollem Gange. Sie schrie und drohte, flehte und weinte sogar. Und schließlich führte sie jenes eine Argument ins Feld, mit dem sie mich am ehesten umstimmen konnte.

„Aber, Mark", sagte sie schluchzend, „wie soll ich denn je auf Penmarric leben, wenn Giles dich nicht zu seinem Erben macht? Du weißt doch, daß es meine ganze Sehnsucht ist, mein Leben dort zu beschließen. Wenn du nicht nach Penmarric ziehen möchtest, dann zwingt dich doch auch niemand dazu, aber... bitte, Mark, mir zuliebe..."

Und plötzlich sah ich alles klar und deutlich vor mir: sah, wie ich mich rächen konnte. Als sie endlich verstummte, um zu Atem zu kommen, hörte ich mich kurz sagen: „Also gut, Mama, ich füge mich. Es ist gegen meinen Wunsch und Willen, aber wenn du darauf bestehst, zu Giles zu fahren, werde ich dich wohl begleiten müssen."

Es waren noch zwei Monate bis zu meinem einundzwanzigsten Geburtstag, als ich Penmarric zum erstenmal wirklich betrat. Und das Haus erschien mir nicht länger als Zauberburg; bloß als ein altes Haus, von meinem Großvater Mark Penmar in pseudogotischem Stil umgebaut und entsprechend häßlich. Die Eingangshalle war düster, und an der Wandtäfelung zeigten sich die Spuren von Mäusen. Wir wurden in ein schäbiges, dunkel tapeziertes Zimmer mit klobigen Möbeln und abgewetztem Teppich geführt. Fenstertüren gingen hinaus auf eine Terrasse, von der man Ausblick aufs Meer hatte. Sie war überwuchert von Unkraut. Auf den Fliesen stand ein absurdes Schaustück – eine Kanone, über und über verrostet.

Das Ganze sah eher aus wie ein halb verfallenes Grabgewölbe.

„Alles wirkt so verändert", sagte meine Mutter mit blassem Gesicht. „Warum hat Giles alles so verkommen lassen? Er war doch immer so anspruchsvoll. Ich glaube, er wird dir gefallen. Er ist groß, sieht sehr gut aus und hat vollendete Manieren."

Doch die Zeit ändert die Menschen. Als die Tür aufging, verstand ich, warum er so völlig zurückgezogen lebte. Eine Krankenschwester schob einen Rollstuhl herein. Darin hockte, wie eingeschrumpft, ein in sich zusammengekauerter Invalide mit gefurchtem Gesicht und leblosen Augen. Nie zuvor hatte ich einen Menschen gesehen, der dem Tode so nahe zu sein schien.

Die Schwester entfernte sich, und ich wartete darauf, daß meine Mutter sprechen würde. Doch sie brachte kein Wort hervor. Ein langes Schweigen trat ein. Er sah sie an. Mich schien er nicht wahrzunehmen. Sein müder, dunkler Blick umfaßte sie, und nach einer Ewigkeit erklang seine Stimme. Er sagte langsam: „Gut siehst du aus, Maud" – als sei ihre offenbar gute Gesundheit ein Grund zu tiefer Verwunderung.

„Giles", sagte sie. Und verstummte wieder. Sekundenlang lag ihr Blick auf ihm. Dann wanderte ihr Blick durch den schäbigen Raum.

„Mir ist alles so gleichgültig geworden", sagte er. „Vor langer Zeit schon, als ich krank wurde. Und wenn ich den Kampf trotzdem fortführte, dann nur für Raymond. Jetzt, da er tot ist, hat alles keinen Sinn mehr."

„Ja", sagte sie. Immer noch schien sie nicht sprechen zu können. Langsam wandte sie den Kopf zur Seite. „Mark."

Ich trat einen Schritt vor. Der Mann im Rollstuhl sah mich ausdruckslos an.

„Giles, das ist Mark."

Er schwieg.

„Guten Tag, Sir", sagte ich mit belegter Stimme.

Er schwieg auch jetzt. Seine ganze Kraft schien von dem Bemühen beansprucht, mich näher ins Auge zu fassen. Unwillkürlich machte ich mich auf die Bemerkung gefaßt, daß ich wie ein Penmar aussähe. Doch diese Feststellung kam nicht.

„Ich höre", sagte er schließlich voller Höflichkeit, doch mit messerscharfer Stimme, „daß du ein begabter Historiker bist."

„Danke, Sir."

„Auch dein Vater ist ja ein Historiker von einigem Ruf, nicht wahr? Wie schön für ihn, einen Sohn zu haben, der so erfolgreich auf seinen Spuren wandelt. Habe ich nicht recht, Maud?"

Tiefe Röte überzog ihr Gesicht. Es war das erste Mal, daß ich sie verlegen sah.

„Es ist schon viele Jahre her, seit ich deinen Vater gesehen habe", sagte er zu mir, „aber ich erinnere mich noch gut an ihn. Ein ehrenwerter Mann. Es freut mich zu hören, daß du ihm nachschlägst und nicht der Familie deiner Mutter. Denn ich würde meinen Besitz keinem Mann hinterlassen mögen, der die schlimmsten Eigenschaften der Penmars geerbt hat."

Den Hals meiner Mutter bedeckten jetzt häßliche rote Flecken. Daß sie es je fertigbringen würde, so lange zu schweigen, hätte ich nie für möglich gehalten.

„Nun, Maud", sagte er mit schneidender Stimme zu ihr, „da ich leicht ermüde, schlage ich vor, daß wir sofort zur Sache kommen. Dank der enormen Summen, die ich an meine Anwälte zahlen mußte, hat mein Vermögen sich verringert, aber es ist immer noch beträchtlich. Meine Absicht ist es, ein Drittel davon meinen Adoptivkindern Harry und Clarissa zu hinterlassen und die restlichen zwei Drittel deinem Sohn. Zu den zwei Dritteln wird auch das Haus gehören. Darüber hinauszugehen, sehe ich keinen Anlaß, da er ja eines Tages sowohl von dir wie von seinem Vater ein Vermögen erben wird. In der Tat finde ich zwei Drittel meines Geldes außerordentlich generös. Im übrigen ist der einzige Grund für meine Großmut darin zu finden, daß ich mit Harry im Augenblick zerstritten bin und nicht die geringste Neigung verspüre, ihm auch nur einen Penny zu hinterlassen. Ich darf doch wohl annehmen, daß ein solches Arrangement dich zufriedenstellt."

„Ja, Sir", sagte ich statt meiner Mutter, die immer noch keine Worte zu finden schien. „Vielen Dank."

Er sah mich an. „Ich würde dich ja einladen, hier zu bleiben, damit du dich mit allem vertraut machen kannst", sagte er, „aber ich fürchte, Harry und Clarissa würden dir einen unfreundlichen Empfang bereiten." Er versuchte, die Hand nach der Glocke auszustrecken, war jedoch zu schwach dazu. „Läute doch bitte für mich, Junge . . . Danke. Gibt es noch etwas, was du sagen möchtest, Maud, ehe ich mich zurückziehe?"

Sie schüttelte den Kopf.

„Dann wäre das also abgemacht", sagte er matt. „Ich werde meine Anwälte kommen lassen und ein neues Testament aufsetzen. Sobald das geschehen ist, geht dir eine Abschrift davon zu, damit du sichergehen kannst, daß ich mein Wort jetzt besser zu halten verstehe als vor zweiundzwanzig Jahren."

Tränen glänzten in ihren Augen. Plötzlich wirkte sie alt und verhärmt. „Giles ..."

„Du hattest recht, Maud", sagte er. „Ich hätte dich heiraten sollen. Aber ich war zu schwach und habsüchtig. Es ging mir einzig darum, deinem Vater zu Gefallen zu sein, damit ich sein Vermögen erben und in Penmarric wohnen konnte. Du hattest allen Anlaß, mich mit diesen ewigen Prozessen zu quälen – den besten Anlaß für eine Frau. Es ging dir weniger um Recht und Wahrheit und Ehre, nicht wahr, Maud? Es ging dir um Rache. Hast du das je deinen Anwälten gesagt? Oder deinem dich so bewundernden Vetter Robert Yorke? Oder wenigstens deinem Sohn hier? Nein, natürlich nicht! Du gabst dir lieber den Anschein einer Frau, die edelmütig Unrecht leidet. Von Vergeltung aus enttäuschter Liebe war nie die Rede, nicht wahr? Aber lassen wir das. Am Ende bist du ja doch Siegerin geblieben. Wie fühlt man sich so im Triumph, Maud? Hat in deinen Augen nun das Recht das Unrecht bezwungen? Oder bekennst du endlich vor dir selbst, daß es einzig die Rache war, die dich trieb? Um ans Ziel zu gelangen, hast du schließlich deinen eigenen Sohn bezichtigt, ein Bastard zu sein. Selbst eine Verfälschung der Wahrheit war dir für deine Zwecke recht."

„Nein! Ich lüge nie!"

„Aber dein ganzes Leben ist eine Lüge, Maud. Seit siebzehn Jahren jedenfalls, seit dem Tode deines Vaters."

„Aber Mark *ist* dein Sohn! Da bin ich ganz sicher."

„Wie kannst du ganz sicher sein, wenn du keine Beweise dafür hast?"

„Aber ..."

„Die schlichte Wahrheit ist doch, daß du selber nicht weißt, wer sein Vater ist."

„Aber Giles, würde ich es dir denn eingestehen, wenn ..."

„Warum solltest du es mir nicht eingestehen? Durch ein solches Geständnis hast du doch nichts zu verlieren. Aber mußtest du auch dem Jungen damit in den Ohren liegen? Denn ich sehe, daß du es ihm gesagt hast. Das finde ich grausam und gemein von dir, Maud."

Es klopfte an der Tür, und die Krankenschwester trat ein. „Sie haben geläutet, Mr. Penmar?"

„Ja. Bringen Sie mich auf mein Zimmer zurück. Und sagen Sie Medlyn, er möge die Gäste zur Tür geleiten."

„Giles ..."

„Es bleibt nichts weiter zu sagen, Maud. Doch ich hege keinen Groll gegen dich. Auf Wiedersehen, Mark. Oder besser: Adieu. Ich wünsche dir alles Gute und bedaure nur, daß sich für mich keine Gelegenheit finden wird, dich näher kennenzulernen."

„Danke, Sir", sagte ich. „Adieu."

„Adieu, Maud."

Doch sie brachte keine Antwort hervor. Während der Rollstuhl draußen auf dem Korridor davongeschoben wurde, schlug sie die Hände vors Gesicht und sank auf einen Stuhl.

Ich schloß die Tür. Wir waren allein.

Schließlich sagte sie, ohne mich anzusehen. „Ich muß mich erst fassen. All die Aufregungen: Giles krank, am Rande des Grabes, das Haus – so ganz anders als früher. Aber ..." Sie zögerte einen Augenblick, ehe sie mit gewohnter Arroganz und Entschlossenheit hinzufügte: „... aber wir können das ja alles wieder ins Lot bringen, nicht wahr? Ein paar Reparaturen, neue Möbel ... Bald könnte alles wieder so sein wie in den Tagen meines Vaters. Ich könnte in das Turmzimmer ziehen, von wo man einen herrlichen Blick auf das Meer hat ..."

Der Augenblick der Rache war gekommen. Ich stand reglos auf dem abgetretenen Teppich und sagte, ihr starr in die Augen blickend: „Nein, Mama."

Sie sah mich verdutzt an. Sie begriff nicht. „Aber gewiß kann ich mir meine Zimmer nach Gefallen auswählen! Wenn ich hier wohne, Mark, dann will ich auch ..."

„Du wirst nicht hier wohnen, Mama."

Fassungslos starrten ihre Augen auf mich. Dann dämmerte erstes Verstehen, das allmähliche Begreifen, auf welch ungeheuerliche Weise ich an ihr Rache nahm; und unwillkürlich fragte ich mich, warum ich in dieser Stunde meines Triumphes keinerlei Genugtuung empfand, sondern nur eine Leere, die von keinem Rachegefühl je ausgefüllt werden konnte.

„Du hast doch stets betont, daß du das Haus für mich wolltest", hörte ich mich sagen, und meine Stimme klang so ruhig, als spräche ich mit einer Fremden. „Nun werde ich es bald in Besitz nehmen, womit dein sehnlichster Wunsch erfüllt wäre. Doch wenn du glaubst, daß wir jemals in Frieden unter einem Dach zusammenleben könnten, so hast du dich geirrt. Ich will mein eigener Herr sein."

Sie war jetzt so wütend, daß sie kein Wort hervorbringen konnte. Sie zitterte vor Zorn. Dann brach sie plötzlich in Schluchzen aus. „Mark, bitte ... Ich kann es nicht ertragen, wenn du so gemein zu mir bist ... Bitte ... Ich liebe dich doch ... Laß mich doch bleiben ... Schick mich nicht fort ..."

Und unvermittelt wünschte ich mir nichts sehnlicher, als daß sie hier mit mir wohne, und sehnte mich nach ihrer Dankbarkeit und Zuneigung. Aus Furcht, meinen unsinnigen und sentimentalen Gefühlswandel zu verraten, wagte ich kaum zu sprechen. Aber dann nahm ich mich zusammen. „Mein Entschluß ist gefaßt – unabänderlich. Tut mir leid."

Sie begann auf mich loszuschreien. Ich sagte, es sei wohl das beste, wenn wir das Haus jetzt verließen. Draußen befahl ich dem Kutscher, über Morvah nach Penzance zurückzufahren.

„Über Morvah?" fragte meine Mutter. „Warum?"

„Vater wohnt zur Zeit dort, und ich werde mich einige Tage bei ihm aufhalten. In Penzance wird sich Vetter Robert um dich kümmern. Ich brauche dich also nicht nach London zurückzubegleiten."

„Aber ..."

„Ich möchte meinen Vater besuchen."

„Aber warum denn ausgerechnet jetzt?" rief sie halb zornig, halb verzweifelt. „Ich habe dich jetzt nötiger als er."

„Kann sein", sagte ich. „Aber ich habe ihn nötiger als dich."

Sie gab keine Antwort und wußte vielleicht auch keine. Während der Fahrt nach Morvah weinte sie ununterbrochen, doch als die Kutsche bei der kleinen Dorfkirche hielt, hatte sie ihren Hochmut wiedergewonnen. Ich versuchte, sie zum Abschied zu küssen. Sie wandte das Gesicht ab.

„Bei meinem nächsten Aufenthalt in London werde ich dich besuchen, Mama", sagte ich nach kurzem Zögern. „Ich wünsche dir eine gute Reise."

„Du brauchst mich nicht zu besuchen", sagte sie eisig, und dann brach sie plötzlich wieder in Tränen aus und klammerte sich an mich und bat mich, bei ihr zu bleiben. Ich sei doch ihr Sohn, nicht wahr...

„Ich bin nicht dein einziger Sohn", sagte ich. „Da ist auch noch Nigel."

„Nigel", sagte sie mit leerer Stimme. „O ja. Bei seiner Geburt wäre ich beinahe gestorben. Später habe ich wohl nie mehr das richtige Verhältnis zu ihm gewonnen."

„Er wird dich besuchen, wenn du ihn einlädtst." Ich sprang von dem Gefährt hinunter und befahl dem Kutscher weiterzufahren. „Auf Wiedersehen, Mama."

Sie antwortete nicht. Langsam rollte die Kutsche auf der Straße, die nordwärts über die Heide führte, weiter, und ich folgte ihr mit den Augen, bis sie über den Hügelkamm entschwand. Dann erkundigte ich mich bei einem Bauern nach dem Weg, und fünf Minuten später strebte ich mit eiligen Schritten auf Deveral-Farm zu.

Der Anblick des Hauses, das mein Vater für seinen Sommeraufenthalt erwählt hatte, versetzte mir einen Schock. Gewiß war in Gesprächen über die Deveral-Farm immer von einem Bauernhof die Rede gewesen, aber ich hatte geglaubt, daß es sich dabei um ein kleines Herrenhaus mit einem Bauerngut handele. Als ich jetzt, von der Straße nach Penzance abbiegend, auf die Ansammlung grauer Steingebäude zuging, meinte ich, das Herrenhaus müsse irgendwo hinter Ställen und Scheunen verborgen liegen. Erst als ich den eigentlichen Hof erreichte, machte ich die unerfreuliche Entdeckung.

Ein Herrenhaus gab es nicht.

Es gab nicht einmal einen Bauernhof, denn die Stallungen waren verfallen, und nur das Bauernhaus schien noch in Gebrauch zu sein – ein rechteckiger, häßlicher Bau, der höchstens zehn Zimmer haben konnte. Ich durchquerte ein unkrautüberwuchertes Gartenstück und klopfte zögernd an die Haustür. Daß mein Vater in dieser Umgebung hausen sollte, vermochte ich immer noch nicht zu glauben.

Ich wurde von einer grauhaarigen, einfach gekleideten Frau eingelassen, die mich in den „Salon" führte, einen trübseligen Raum, der völlig unbewohnt wirkte. Ich begann mich zu fragen, ob mein Vater denn von Sinnen sei. Ich dachte an Gweekellis Manor, dieses schöne alte Herrenhaus mit seiner prachtvoll gewölbten Halle und dem Garten in der Senke, in der man unschwer den früheren Burggraben erkannte; an die Wälder, die sich bis zur Flußmündung erstreckten; und an die Stille und den Frieden des Südens von Cornwall. Vater war dort so fest verwurzelt gewesen, daß ich ihn mir woanders gar nicht vorstellen konnte, am allerwenigsten in einem primitiven Bauernhaus hier in dieser herben nördlichen Landschaft. Ich überlegte, ob ich den Mut aufbringen würde, ihn geradeheraus nach seinen Gründen zu befragen, als die Tür aufging und er eintrat.

„Mark!“ rief er. „Was für eine nette Überraschung! Wie geht es dir?“ Er umarmte mich und lächelte überrascht, als ich ihn mit festem Griff an mich preßte. Dann sagte er: „Komm mit in mein Studierzimmer. Ich werde Mrs. Mannack bitten, uns Tee zu bringen.“

Ich musterte das mir so vertraute Gesicht, und plötzlich sah ich ihn wie mit den Augen eines Fremden: den offenen Blick, den sensiblen Mund, die hohe, schlanke Gestalt, das graubraune, dünne Haar, die schmalen Gelehrtenhände. Ich dachte an die hastig hingeworfenen, unfairen Worte meiner Mutter in jenem Londoner Park, und wilder Schmerz erfaßte mich. Doch meine Stimme sagte ruhig: „Ich bin überrascht, wie klein Deveral-Farm ist, Vater.“

„Ich kann deine Überraschung gut verstehen.“ Ich folgte ihm in das Studierzimmer, wo er hatte, wovon er sich nie trennen mochte: Schreibzeug, Bücher, seine Lieblingspfeife. Auf der Fensterbank lag ein Exemplar der Times, und durch das Fenster bot sich ein herrlicher Ausblick auf Carn Kenidjack und das Meer. „Der Wechsel der Szenerie hat mir gutgetan“, sagte er entschuldigend, als wüßte er nur zu gut, wie exzentrisch sein Aufenthalt in diesem Haus wirken mußte. Doch dann klang in seiner Stimme plötzlich Begeisterung durch. „Und was für eine Szenerie das ist! Die Landschaft fasziniert mich. Der Blick über die Heide – auf der einen Seite bis hin zur See und auf der anderen bis zu den Bergwerken... Ja, Mrs. Mannack, wir nehmen Tee und diese vorzüglichen Biskuits, falls Sie noch davon haben... Nimm Platz, Mark. Wo war ich stehengeblieben? Richtig. Die Schönheit des Landes... auch historisch ist das hier eine äußerst interessante Gegend. Auf dem Hügel hinter dem Haus stand einmal eine Burg – etwa vor zweitausend Jahren errichtet... Chûn Castle, auf kornisch ‚Chy-An-Wonn', was soviel wie ‚Haus auf dem Hügel' bedeutet..."

Erst nachdem die Haushälterin den Tee gebracht hatte, fiel es ihm ein, mich nach dem Grund meines überraschenden Kommens zu fragen.

„Ich war mit meiner Mutter auf Penmarric", erwiderte ich.

„So", sagte er nur und fuhr dann fort: „Nigel hat mir aus Florenz eine wunderhübsche Postkarte geschickt, die muß ich dir gleich zeigen."

„Vater..."

„Ja?"

„Wir waren auf Penmarric, weil Giles Penmar mich eingeladen hatte. Da sein einziger Sohn gestorben ist, will er mich zu seinem Erben einsetzen. Nach seinem Tode gehört Penmarric mir."

Er schwieg, doch ich sah, daß seine Hand beim Stopfen der Pfeife leicht zitterte. Ich sagte unsicher: „Wenn du willst, Vater, werde ich ablehnen. Deine Wünsche sind mir wichtiger als die meiner Mutter."

„Sei nicht töricht, Mark!" sagte er sofort. „Natürlich wirst du annehmen, denn das ist dein gutes Recht. Wenn ich es immer vermieden habe, von deiner Mutter oder von Penmarric zu sprechen, dann nur, weil es mir schmerzlich ist. Deine Mutter hat mir viel Unglück gebracht." Zerstreut legte er die Pfeife auf den Tisch und blickte aus dem Fenster. „Doch wenn der Streit zwischen Giles Penmar und deiner Mutter jetzt beigelegt ist, so sollte es mich wohl freuen, daß es so gut ausgegangen ist für sie – und für dich. Penmarric wird einen prachtvollen Besitz abgeben."

Er schwieg einen Augenblick, griff dann wieder nach seiner Pfeife. „Das befreit mich von der Last einer Entscheidung", sagte er, und aus seiner Stimme klang Erleichterung. „Da du jetzt so wohlversorgt bist, kann ich ja Gweekellis Manor getrost Nigel hinterlassen."

Noch ehe ich recht wußte, was ich tat, war ich aufgesprungen und sprach, nein, schrie auf ihn ein und sah sein bestürztes Gesicht, seinen Mund, der vergeblich gegen mich anzureden versuchte, während ich rief, daß Gweekellis mir gehöre, mir, mir,

mir, denn ich sei ja der älteste Sohn, und wie könne er es wagen, Nigel mir vorzuziehen und mich zu behandeln wie einen ...

Plötzlich brach ich ab. Angst würgte mir in der Kehle. Schritt für Schritt wich ich zur Tür zurück.

„Mark", sagte er bedrückt. „Mark, bitte. Ich fürchte, du hast dich vergessen."

Ich stand an der Tür. Meine Finger tasteten blind nach der Klinke.

„Deine Mutter muß dich gegen mich aufgehetzt haben", sagte er. „Was hat sie dir erzählt? Bitte, sag es mir."

Mit schwankenden Schritten trat ich hinaus und ging durch die kleine Diele zur Haustür.

„Mark ..."

Ich tappte wie blind und taub voran. Und spürte dann, daß ich draußen war, weil frische Luft in meine Kehle strömte und der Seewind mit leichten Fingern über mein brennendes Gesicht strich. Ich begann zu laufen. Rauhes Heidekraut riß an meinen Hosenbeinen und kratzte mir über die Schuhe. Rings um mich die verlassene, schweigende Heide, wo es nichts gab außer meinen keuchenden Atemstößen und meinem starrköpfigen Entschluß, zu laufen, bis ich umfiele. Und so rannte ich, rannte über den Hügelkamm hinweg nach Zillan, wo ich dann unter der Pforte der Dorfkirche zum erstenmal Janna Roslyn sah und beschloß, trotz allem in Cornwall zu bleiben und meine Rückkehr nach London aufzuschieben.

3

Nachdem Janna Roslyn den Kirchhof verlassen hatte, ging ich langsam zu dem Grab, wo im stillen Gras die roten Rosen zu glühen schienen.

„Hier ruhen *John Henry Roslyn*", lautete die Inschrift auf

dem Grabstein, „gestorben am 15. Mai 1890 im Alter von 66 Jahren, und seine Frau, *Rebecca Mary*, gestorben am 12. April 1885 im Alter von 58 Jahren. Mögen ihre Seelen in Frieden ruhen. Diesen Gedenkstein errichteten ihnen im Jahre des Herrn 1890 ihre Söhne *Jared John Roslyn* und *Jonas Henry Roslyn.*"

Ich grübelte noch darüber nach, wer die verschleierte Frau gewesen sein mochte, als hinter mir eine Stimme erklang: „Mrs. Roslyn hat also wieder Rosen gebracht! Wie gut, daß sie bei sich zu Hause so viele davon hat."

Als ich mich umwandte, sah ich mich dem Pfarrer von Zillan gegenüber. Er war ein schlanker Mann, etwa Mitte vierzig, mit vorzeitig ergrautem Haar und fremdartigen dunklen Augen.

„Guten Tag", sagte er liebenswürdig. „Und willkommen in Zillan. Wir haben sehr selten Besucher aus England. Oder sind Sie vielleicht doch aus Cornwall? ... Gestatten Sie mir, daß ich mich Ihnen vorstelle. Mein Name ist Edward Barnwell, und wie Sie meiner geistlichen Gewandung bereits angesehen haben werden, bin ich der Pfarrer dieser Gemeinde."

Als ich ihm sagte, wer ich war, schien er überrascht und erklärte, daß er meinen Vater gut kenne; vor Zeiten hätten sie gemeinsam die Schulbank gedrückt; außerdem besuche Vater seit Beginn seines Aufenthalts hier regelmäßig den Sonntagsgottesdienst, um im Anschluß daran ebenso regelmäßig im Pfarrhaus mit Mr. Barnwell und seiner Familie zu Mittag zu essen.

„Sofern Sie die Absicht haben, einige Tage bei Ihrem Vater zu bleiben", sagte der Geistliche, „so hoffe ich, daß Sie ihn begleiten, wenn er nächsten Sonntag zu uns ins Pfarrhaus zum Essen kommt. Meine Frau wird sich gewiß sehr freuen und auch meine Tochter Miriam, die glücklich ist, wenn sie endlich einmal ein neues Gesicht sieht. Wir leben hier in Zillan doch ziemlich einsam ... Miriam ist jetzt achtzehn und schon recht erwachsen, obschon ich da als Vater natürlich voreingenommen bin. Aber ich darf Sie nicht länger aufhalten. Übermitteln Sie bitte Ihrem Vater meine besten Empfehlungen. Hoffentlich habe ich bald Gelegenheit, Sie wiederzusehen."

„Danke, gewiß", sagte ich höflich. Und hörte dann meine Stimme fragen: „Haben Sie nicht gesagt, daß es eine Mrs. Roslyn war, die diese Blumen gebracht hat? Handelt es sich um die Frau eines der beiden Söhne, die diesen Grabstein gesetzt haben?"

Er sah mich an, und seine fremdartigen Augen verrieten mir nichts. Doch dann, als ich mich eben verfluchte, eine solche Frage gestellt zu haben, sagte er so beiläufig, als sprächen wir über das Wetter: „Nein, Mrs. Roslyn war die zweite Frau des verstorbenen John Henry Roslyn und die Stiefmutter der beiden Söhne. Sie lebt noch auf Roslyn-Farm, das jenseits der Heide in Richtung Chûn liegt. Haben Sie Chûn Castle schon besichtigt? Meine Frau behauptet zwar, es handle sich nur um einen Haufen alter Steine, aber für Sie dürfte es schon von Interesse sein, sofern Sie die Hingabe Ihres Vaters zur Geschichte teilen."

„Ich werde es auf dem Rückweg nach Morvah besichtigen", sagte ich hastig und entkam endlich. Doch während ich die Straße hinabschritt, spürte ich, wie seine dunklen Augen mir folgten.

Auf Deveral-Farm ging ich sofort in das Studierzimmer meines Vaters und entschuldigte mich in aller Form für mein Verhalten. „Es war wohl die Unterredung mit Giles Penmar, die mich so völlig die Fassung verlieren ließ", fügte ich hinzu, und meine Stimme, ruhig und unter Kontrolle jetzt, verriet nichts. „Mein Benehmen war einfach unerhört."

„Schon gut", sagte er sofort. „Laß uns nicht mehr davon sprechen." Doch in seinem Gesicht stand immer noch tiefes Unbehagen.

„Und natürlich sollte Nigel Gweekellis bekommen, wenn ich Penmarric erbe", sagte ich. „Das ist nur fair. Bitte, verzeih mir, was ich vorhin gesagt habe."

„Ja ... natürlich." Aber er sah unglücklicher aus denn je.

Um das Thema zu wechseln, sagte ich rasch: „Wäre es dir genehm, wenn ich einige Zeit hierbliebe, Vater? Ich möchte eine Arbeit über König Johann fertigschreiben, und ..."

„Aber selbstverständlich!" sagte er sofort. „Bleib, solange du willst! Eine Arbeit über König Johann? Warum hast du dir gerade einen so widerwärtigen Menschen ausgesucht? Von allen Plantagenets ist er gewiß ... Aber darüber können wir später in aller Ruhe sprechen. Ich werde Mrs. Mannack bitten, eines der unbenutzten Zimmer für dich herzurichten."

„Ich möchte dich aber keinesfalls bei deiner Arbeit stören ..."

„Du störst mich nicht im geringsten – ganz im Gegenteil: Nach meinem Einsiedlerdasein wird mir deine Gesellschaft guttun ... Morgens arbeite ich, und zwei- oder dreimal in der Woche mache ich einen Spaziergang die Klippen entlang, das ist aber auch alles. Wir werden Zeit genug für einander haben."

„Die Gegend hier scheint ja sehr interessant zu sein..." Ich berichtete von meinem Zusammentreffen mit Mr. Barnwell in Zillan. Doch wenn ich geglaubt hatte, mich wieder völlig unter Kontrolle zu haben, so sah ich mich zu meinem Schrecken getäuscht. Denn unvermittelt entschlüpfte mir die Frage: „Vater, kennst du jemanden in Zillan – außer der Pfarrerfamilie, meine ich?"

„Nun, vom Sehen wohl schon", erwiderte er unsicher. „Da ich jeden Sonntag zum Gottesdienst gehe. Aber außer Barnwell gibt es dort niemanden von Stand. Der einzige Großgrundbesitzer in der Gemeinde Zillan ist ein alter Junggeselle namens Meredith. Doch der leidet so stark an Arthritis, daß er nicht zur Kirche kommen kann."

„Ich verstehe." Ich konnte nicht mehr zurück. Ich mußte weiterfragen. „Kennst du zufällig eine gewisse Mrs. Roslyn – eine sehr schöne Frau von etwa dreißig?" Auf seinen erstaunten Blick hin sagte ich behende: „Ich sah sie vorhin auf dem Kirchhof, und der Pfarrer sprach von ihr. Kennst du sie?"

„Vom Sehen vielleicht." Er lächelte leise. „Eine Frau ‚von etwa dreißig' scheint mir aber etwas alt für einen Jungen wie dich."

„Sie fiel mir nur auf, weil sie so schön ist", murmelte ich und suchte verzweifelt nach einer plausiblen Ausrede, um mich zu empfehlen. Doch ehe mir etwas Vernünftiges einfallen wollte, begann er schon zu sprechen.

„Aber du brauchst dich doch nicht zu genieren", sagte er freundlich und offenbar gerührt über das, was er für naive Bewunderung hielt. „Schließlich bist du jetzt in einem Alter, wo das andere Geschlecht seine Anziehungskraft auf dich auszuüben beginnt. Und da wir schon einmal bei diesem Thema sind, sollte ich dir vielleicht sagen..."

Ja, da war er nun, der längst schon erwartete Vortrag über jene Dinge, die das Privatleben eines Gentleman betrafen. Ich wünschte mich weit weg von hier.

„... wie erfreut ich über dein vorzügliches Verhalten in Oxford war", fuhr er fort. „Ich hatte zwar volles Vertrauen zu dir, aber du warst sehr jung und diese plötzliche Freiheit nicht gewohnt. Unter solchen Umständen kann ein junger Mann schon einmal in Versuchung kommen ..."

Ich dachte an die Frauen, die ich in Oxford gekannt hatte: jene Mädchen niederen Standes, die nur allzu willig waren, einem jungen Gentleman wie mir zu Gefallen zu sein und von deren Existenz nicht einmal meine engsten Freunde etwas geahnt hatten. Und plötzlich überkam mich Schamgefühl, ein brennendes Bewußtsein von Schuld.

„... aber ich wußte, daß du mein Vertrauen rechtfertigen würdest", sagte mein Vater und übersah taktvoll meine Verlegenheit, die er wohl für ein weiteres Zeichen von Naivität hielt. „Ich werde jetzt Mrs. Mannack bitten, dir ein Zimmer herzurichten ..."

In der folgenden Nacht schlief ich schlecht. Ich wachte immer wieder auf und schwor mir, einen Schlußstrich unter das Gewesene zu ziehen. Aber als der Morgen heraufdämmerte, konnte ich an nichts anderes denken als an Janna Roslyn. Nach dem Frühstück verließ ich das Haus und wanderte über die Heide in Richtung Roslyn-Farm.

Chûn Castle war zweifellos archäologisch interessant, doch an diesem Morgen stand mir der Sinn kaum nach Archäologie, und so verweilte ich nicht bei dem doppelten Ring alter Mauern auf dem Hügel, sondern bewunderte nur den herrlichen Ausblick, der sich von dort nach allen Seiten bot, ehe ich den Hang hinabstieg ins Tal des Ortes Zillan. Bald tauchten unterhalb des Hügelkamms, auf dem Chûn Castle stand, zwei Bauernhöfe auf; der eine mit stattlichem Wohnhaus und vielen Stallungen, der andere eine ärmliche Hütte mit einer einzigen Scheune. Wahrscheinlich hatte der verstorbene Mr. Henry Roslyn das größere Gehöft bewohnt und das kleinere verpachtet – sofern ihm das Land überhaupt gehört haben sollte. Denn auch in der Gemeinde Zillan war der Grundbesitz der Penmars beträchtlich, und vielleicht war Roslyn nur Pächter gewesen.

Ich näherte mich dem Bauernhaus. Es war alt, viel älter als Deveral-Farm, und trotz seiner düsteren kornischen Steinmauern strahlte es die gleiche Atmosphäre sanfter Freundlichkeit aus wie Gweekellis Manor. Um die Vorveranda wuchsen wilde Rosen und Heckenkirschen. Vor dem Haus gab es einen kleinen, sorgfältig gepflegten Kräutergarten. Es roch nach Thymian und Lavendel. Einige Sekunden verhielt ich vor dem Gartentor, genoß die Düfte und den Frieden des alten Hauses. Dann betrat ich den Hof. Zwischen gackernden Hühnern hindurch ging ich über den schmutzigen Boden zur Hintertür des Hauses.

Sie war nur angelehnt. Und plötzlich klang durch die stille Morgenluft die rauhe Stimme eines Mannes: „Du verlogenes Luder! Das war ein wahrer Unglückstag, an dem Vater dich von St. Ives herholte."

Ich blieb wie angewurzelt stehen. Und dann, während mein Herzschlag für eine Sekunde auszusetzen schien, hörte ich, wie eine Frau kühl erwiderte: „Es war ein Unglückstag für euren Vater, als er euch zeugte." Der Ton war verächtlich. „Nette Söhne seid ihr ihm gewesen. Und wenn nicht ihr den Hof geerbt habt, so ist das ganz allein eure Schuld."

„*Deine* Schuld ist es!" schrie eine zweite Männerstimme. „Wenn du nicht gewesen wärst ..."

„Sei still, Joss", befahl der erste Mann. „Und du hör mir mal zu, Janna. Woher du das Geld nimmst, um den Hof in Ordnung zu halten, weiß ich nicht, und es ist mir auch egal. Aber ich werde dir jetzt ein letztes Angebot für Haus und Land machen – ein gutes Angebot in gutem Geld. Und an deiner Stelle würde ich's nicht ablehnen. Ich will diesen Hof haben, und ich werde ihn haben. Wenn du ihn mir nicht verkaufst, dann werde ich alles daransetzen, dich von hier zu vertreiben, und du wirst bedauern, daß du mir je über den Weg gelaufen bist, so wahr ich Jared Roslyn heiße."

Mit einem Sprung war ich bei der Tür und riß sie weit auf. Und dann sagte ich laut und deutlich: „Nehmen Sie sich gefälligst in acht, Mr. Roslyn. Derartige Drohungen sind strafbar."

Während des plötzlich eingetretenen Schweigens überschritt ich die Schwelle und betrat die große Bauernküche.

Janna stand mit dem Rücken zum Fenster und hatte das Licht hinter sich, so daß ich ihr Gesicht nur undeutlich sehen konnte. Sie schwieg. Beim Herd sah ich einen wohlgebauten jungen Mann meines Alters stehen, den ich für Joss, den jüngeren Bruder, hielt. Nicht weit von mir stand Jared, ein dunkelhaariger, stämmiger Bauer von dreißig mit harten Augen und schmalem Mund.

Ich sah ihn an, ich maß ihn, wie man einen Gegner beim Ringkampf mißt. Und dann benutzte ich die einzige Waffe, die ich gegen ihn besaß: die Vorrechte meines Standes.

„Ich habe Ihre Bekanntschaft noch nicht gemacht, Sir", sagte ich mit der ganzen Überheblichkeit eines ehemaligen Eton-Schülers. „Und ich habe auch nicht die Absicht, sie zu machen. Ich verabscheue nämlich Lümmel, die eine schutzlose Witwe bedrohen. Im übrigen bin ich mit den Penmars verwandt, die Ihnen ja nicht ganz unbekannt sein dürften. Wenn Sie nicht in Schwierigkeiten kommen wollen, so rate ich Ihnen, sich mit Ihrem Bruder unverzüglich vom Hof zu scheren, wo Sie ohnehin nichts zu suchen haben. Und sollte ich hören, daß einer von Ihnen es noch einmal wagt, Mrs. Roslyn zu behelligen, so werden Sie es bedauern, daß Sie mir je über den Weg gelaufen sind – um Ihren impertinenten Ausdruck zu gebrauchen."

Er lief rot an. Ich fixierte ihn stumm, und schließlich sagte er mit belegter Stimme: „Du hast Glück mit deinen Freunden, Janna."

Ihr Gesicht war noch im Schatten. Auch jetzt schwieg sie. Jared gab seinem Bruder einen Wink, und beide gingen.

Ich schloß die Tür, drehte mich dann um und blieb vor Janna stehen. Eine Sekunde lang standen wir da und blickten einander an. Und erst jetzt, da sie ohne Schleier war, sah ich ihre Schönheit. Die blauen Augen mit den schwarzen Wimpern, die helle Haut – und das Goldhaar, das mir auf dem Kirchhof verborgen geblieben war. Aufgelöst mußte es lang und üppig sein und wunderbar glatt und weich unter streichelnder Hand.

„Vielen Dank, Sir", sagte sie kühl und ohne eine Spur von Dankbarkeit. „Es war nett von Ihnen, mich aus dieser peinlichen Szene zu befreien. Würden Sie mir sagen, mit wem ich die Ehre habe zu sprechen?"

Ihre Sprechweise und ihr Benehmen mir gegenüber boten einen erstaunlichen Kontrast zu der Art, in der sie mit den Brüdern umgegangen war. Der leichte, singende Tonfall Cornwalls war zwar nicht zu überhören, doch ihre Ausdrucksweise zeugte von einer Bildung, die für eine Frau ihres Standes sehr ungewöhnlich war. So angestrengt ich auch versuchte, sie irgendwo ins übliche Klassenschema einzuordnen, es wollte mir nicht gelingen.

„Mein Name ist Castallack“, sagte ich langsam. „Mark Castallack. Ich stamme aus Gweek.“

„Castallack?“ sagte sie. „Zwischen Moushole und Lamorna liegt ein Dorf dieses Namens... Nun, Mr. Castallack, darf ich Ihnen vielleicht ein Gläschen Holunderwein anbieten?“

„Das wäre reizend, Mrs. Roslyn. Vielen Dank. Ich komme gerade von meines Vaters Haus in Morvah und bin auf dem Wege nach Zillan. Leider habe ich mich verirrt, und ich wollte hier bei Ihnen nach dem Weg fragen...“ Glatt gingen mir die Lügen über die Lippen, während wir von der Küche durch einen schmalen Gang zum Vorderteil des Hauses gingen. Sie war recht groß für eine Frau, doch schlank und graziös. Sie ging vor mir her, ihr schäbiges schwarzes Kleid lag eng um ihre schmale Taille und schmiegte sich in sanften Falten um ihre Hüften. Sie öffnete eine Tür und führte mich in ein nettes, auffallend sauberes Wohnzimmer. Es gab sogar Blumen auf dem Kaminsims, was mich überraschte, denn ich hatte immer geglaubt, das Leben der arbeitenden Klasse spiele sich in der Küche, nicht aber in den vorderen Zimmern ab. Nicht weit von dem Fenster, das auf den Garten hinausging, stand ein kleiner Eichentisch, und Janna bat mich, Platz zu nehmen, während sie den Wein holte.

Sie kam nach wenigen Minuten zurück und setzte sich mir gegenüber an den Tisch. Ihr Kleid war hochgeschlossen, und mein Blick wanderte unablässig zwischen Hals und Hüften hin und her, bis ich mich schließlich besann und angestrengt aus dem Fenster starrte.

„Haben Sie die Absicht, sich für längere Zeit in diesem Teil Cornwalls aufzuhalten, Mr. Castallack?“ fragte sie geläufig, während ich mit einem unerwarteten Anfall von Befangenheit zu kämpfen hatte. Ich war zu jung, zu klein, zu plump, zu unansehnlich.

„Für einige Wochen vielleicht.“ Angespannt versuchte ich, mich wieder in die Gewalt zu bekommen. Schließlich war sie, trotz ihrer Schönheit, nichts als eine Bauersfrau. Es gab nicht den geringsten Grund für meine lähmende Schüchternheit. Ich trank einen Schluck Holunderwein und erklärte dann, daß ich soeben mein Studium in Oxford beendet hätte und mich jetzt besuchsweise bei meinem Vater aufhielte, der den Sommer über auf Deveral-Farm wohne. Bald machte der starke Wein mir genügend Mut, um Fragen an sie zu richten. War sie ihr Leben lang in Cornwall gewesen? Wurde sie von ihren Stiefsöhnen oft in so widerwärtiger Weise belästigt? Hatte sie es nach dem Tode ihres Mannes nicht überhaupt sehr schwer? Ja, sie war immer nur in Cornwall gewesen. Ja, ihre Stiefsöhne grollten ihr, seit sie das Haus von ihrem Mann geerbt hatte, aber sie fürchtete ihre Drohungen nicht. Ansonsten kam sie gut zurecht; sehr harte Arbeit, natürlich, doch sie hatte ja Hilfe, Annie, die etwas schwachsinnige, aber recht anstellige Magd. Und dann sei ja immer noch Griselda da.

„Griselda?“ fragte ich.

„Griselda kam von St. Ives mit hierher, als ich heiratete“, sagte sie, und die Schroffheit in ihrer Stimme verriet, daß sie über das Thema nicht zu sprechen wünschte.

„St. Ives soll ja ein sehr malerisches Städtchen sein“, sagte ich nach kurzer Pause. „Ich wünsche mir schon seit langem, es einmal zu besichtigen.“

Sie lächelte, schwieg jedoch, und mir wurde klar, daß nicht die unbekannte Griselda der Punkt war, den sie zu meiden wünschte, sondern die Stadt, in der sie bis zu ihrer Verheiratung gelebt hatte.

„Ich habe Freunde dort“, sagte ich hastig. „Die St. Enedocs – ich war mit Russell St. Enedoc zusammen auf der Schule, habe ihn allerdings seit ein oder zwei Jahren nicht mehr gesehen...“ Und ich fuhr fort, über Belanglosigkeiten zu reden, über Cornwall, über den Landadel, soweit er mir bekannt war, über Morvah und Zillan – bis ihr höfliches Schweigen mir schließlich einen deutlichen Wink gab.

Ich erhob mich so ungeschickt, daß ich beinahe mein leeres Weinglas umwarf. „Wenn Sie mich jetzt entschuldigen wollen, Mrs. Roslyn. Ich muß mich wohl wieder auf den Weg machen...“

„Ach, richtig“, sagte sie, „Sie haben mir ja erzählt, daß Sie sich auf dem Wege nach Zillan verirrt hätten und bei mir nach dem Weg fragen wollten.“ In ihrem Blick, der klar und fest auf meine Augen geheftet war, schien sich ein Schimmer von Ironie zu zeigen. „Nun, nehmen Sie den Pfad zur Straße, und hinter der Heide können Sie schon Zillan sehen.“

„Vielen Dank.“ Sie ging hinaus, und ich folgte ihr, während sie schon die Tür öffnete. Als sie sich zu mir umwandte, streckte ich meine Hand aus. Einen Augenblick zögerte sie. Dann spürte ich ihre langen, sehnigen Finger. Unter anderen Umständen, so glaubte ich zu ahnen, würden sie sich auch anders anfühlen. Und da sich diese Vorstellung in meiner Phantasie eindringlich abzeichnete, hielt ich ihre Hand zu lange, so daß sie sich schließlich gezwungen sah, den Händedruck zu lösen.

Ich sagte linkisch: „Darf ich Sie wieder besuchen?"

„Natürlich", sagte sie, „wenn Sie gerade in der Nachbarschaft sind." Doch aus ihrer Stimme klang nichts als Höflichkeit. Sehr ermutigend war die Einladung nicht. „Morgens paßt es übrigens am besten", fügte sie hinzu, als ich eben begann, mich in meine Grenzen gewiesen zu fühlen, „weil ich nachmittags meist ruhe oder nähe oder bügle. Und kommen Sie bitte nicht am Donnerstag. Donnerstags ist in Penzance großer Markt, und ich bin den ganzen Tag dort."

Ich fühlte mich beschwichtigt. Auf dem Weg zur Straße blickte ich über die Schulter zurück, doch Janna war bereits im Haus verschwunden. Wenige Schritte weiter zwang es mich zu einem zweiten Blick, und tatsächlich wurde meine leise Hoffnung nicht enttäuscht. Die Wohnzimmergardine bewegte sich leicht; sie stand dahinter am Fenster und hatte mir die ganze Zeit nachgesehen.

Das Zusammentreffen mit ihr hatte mich so verwirrt, daß ich in der folgenden Nacht kaum Ruhe fand. Am nächsten Morgen verspürte ich wenig Lust, meinen Vater nach Zillan zur Kirche zu begleiten und anschließend im Pfarrhaus zu Mittag zu essen. Am liebsten wäre ich nach Penzance gegangen, um mir dort beim Chefportier des Metropole-Hotels eine Liste gewisser Damen mitsamt ihren Adressen zu verschaffen. Aber da ich das meinem Vater nicht gut erklären konnte, ging ich widerstrebend mit. Zu meiner Beschämung muß ich gestehen, daß ich den Gottesdienst damit verbrachte, mir auszumalen, wie es wäre, wenn ich mich mit Mrs. Roslyn allein in einem dämmrigen Zimmer befände. Nicht daß ich unreligiös gewesen wäre, ganz im Gegenteil: ich war damals gläubiger als heute. Mein Vater glaubte an Gott, und wenn er glaubte, dann glaubte auch ich.

Während die Gemeinde das erste Lied anstimmte, blickte ich über die Schulter zurück und ließ um ein Haar mein Gesangsbuch fallen, als ich in einer der hinteren Reihen Janna entdeckte. Ich hatte sie nicht eintreten sehen und angenommen, sie würde an diesem Sonntag nicht erscheinen. Als ich schließlich einen zweiten Blick in ihre Richtung wagte, bemerkte ich an ihrer Seite ein häßliches altes Weib und überlegte, ob dies wohl jene geheimnisvolle Griselda war. Die Alte sah aus wie ein Fischerweib. Ich fragte mich, welcher Art ihr Verhältnis zu Janna war und was in St. Ives seinerzeit vor sich gegangen sein mochte.

Der Gottesdienst ging schließlich zu Ende, doch fand sich zu einem Wort mit Janna keine Gelegenheit. Sie verschwand mit der Alten, während ich Mr. Barnwells Frau und Tochter vorgestellt wurde, ehe wir alle zum Pfarrhaus hinübergingen. Mrs. Barnwell war eine geschwätzige Frau, die ihre auffallend lange Nase nur zu gern in anderer Leute Angelegenheiten steckte. Miriam, die Tochter, schien auf den ersten Blick genauso uninteressant zu sein wie ihre Mutter, nur verhielt sie sich schweigsamer und ruhiger. Als sie mich aber dann nach dem Essen auf den Vorschlag ihrer Mutter hin durch den Garten führte, entdeckte ich, daß sie keineswegs uninteressant war. Ich wußte, wie schwer Pfarrerstöchter es hatten, geeignete Verehrer zu finden, und sie tat mir ein wenig leid, aber bald stellte sich heraus, daß sie weder an meinem Mitgefühl interessiert war noch an mir selbst in meiner Eigenschaft als möglicher Freier. Zuerst fühlte ich mich verletzt, doch dann begann ich, der Situation ihre komische Seite abzugewinnen. Wo mochten wohl Miriams Interessen liegen? Ich faßte sie eingehender ins Auge, und zu meiner Überraschung entdeckte ich, daß sie durchaus nicht unattraktiv war. Sie hatte weiches braunes Haar, die schönen dunklen Augen ihres Vaters und war so zierlich gebaut wie eine Porzellanfigur.

„Ich kenne übrigens Ihre Kusine und Ihren Vetter sehr gut", bemerkte sie beiläufig, während wir auf die Hortensien zuschritten, die den Rasen auf der anderen Seite säumten. „Hat Papa Ihnen das nicht gesagt? Wir haben auf Penmarric gemeinsam Unterricht gehabt."

„Das wußte ich nicht."

„Wir haben einander in letzter Zeit allerdings recht wenig zu Gesicht bekommen. Der arme Raymond war vor seinem

Tod in Kairo bereits seit längerem im Ausland, und Clarissa hielt sich im letzten Jahr meist in London auf, wo sie in die Gesellschaft eingeführt wurde. Ich war zu ihrem Ball eingeladen, ging aber nicht hin." Die Aversion war höflich verschleiert, doch unüberhörbar. „Harry sehe ich noch gelegentlich, aber er ist jetzt viel in London ... Werden Sie Penmarric künftig häufiger besuchen, Mr. Castallack? Jetzt, da Mr. Penmar Sie zu seinem Erben gemacht hat ..." Sie brach ab, biß sich auf die Unterlippe und starrte einen Augenblick zornig vor sich hin.

„Wie interessant, Miß Barnwell!" sagte ich trocken. „Woher wissen Sie, daß ich Giles Penmars Erbe bin? Es ist zwar gewiß kein Geheimnis, aber gegenwärtig dürfte es kaum allgemein bekannt sein. Sind Sie etwa Gedankenleserin?"

Sie wurde rot und lachte. Mein Mitleid für sie war rapid gesunken. Zunehmend verstärkte sich mir der Eindruck, daß sie es sehr gut verstehe, ihren Vorteil wahrzunehmen.

„Miß Barnwell", beharrte ich amüsiert, „ehe ich vor Neugier umkomme, bitte ich Sie, mich aufzuklären. Wie haben Sie das so rasch erfahren?"

„Nun, sehen Sie ..." Sie begann zu erklären, daß sie kürzlich mit Michael Vincent bekannt geworden sei, einem jungen Mann aus Launceston, dessen Familie ihr Vater kenne. Dieser Mr. Vincent sei zu Jahresanfang in Penzance in die Anwaltfirma Holmes, Holmes, Trebarvah & Holmes eingetreten ...

„Die Anwälte der Penmars", sagte ich. „Ich beginne zu verstehen." Ein junger Jurist war für sie zweifellos eine gute Partie. Jetzt wurde mir auch klar, warum sie an mir als möglichem Freier nicht weiter interessiert war.

„Mr. Vincent war gestern zum Essen bei uns – er besucht uns ziemlich oft –, und er ließ eine Bemerkung fallen ... Keinesfalls hat er etwa aus der Schule plaudern wollen ..."

„Schon recht", murmelte ich beschwichtigend.

„Mr. Vincent ist oft auf Penmarric. Geschäftlich." Womit sie andeuten wollte, daß diese Geschäfte ihm einen willkommenen Anlaß boten, dorthin zu kommen.

„So?" sagte ich. „Ist er mit Harry befreundet?"

„Nein", erwiderte sie gehässig, „aber er ist in Clarissa vernarrt. Sie hält das für einen herrlichen Scherz."

So also verhielt es sich. Miriam war in den jungen Anwalt

verliebt, der seinerseits von meiner schönen Kusine betört war. Kein Wunder, daß Miriam Clarissas Namen so haßerfüllt aussprach. Vier Jahre war es nunmehr her, daß ich Clarissa – und da nur für wenige Minuten – gesehen hatte, aber ich erinnerte mich noch gut an ihre funkelnden schwarzen Augen und den üppigen, leidenschaftlichen Mund. Obwohl ich im vergangenen Jahr nicht in London gewesen war, hatte ich doch von ihrem gesellschaftlichen Erfolg gehört. Einer meiner Freunde in Oxford hatte sie kennengelernt und ihr Tag für Tag ein selbstverfaßtes Sonett geschickt, ehe seine Inspiration schließlich versiegte. Es hieß, sie würde einen Herzog heiraten, einen Grafen, einen reichen Amerikaner. Außerdem wurde behauptet, die Damen der Gesellschaft, vor allem Clarissas Mitdebütantinnen, seien bestürzt gewesen über ihren Erfolg – der ihnen unverdient schien, weil Clarissa dem konventionellen Schönheitsideal nicht entsprach – und entzückt, als meine Kusine aus unerfindlichen Gründen keinen ihrer Verehrer heiratete, sondern nach Saisonende wieder nach Cornwall zurückkehrte. Bald danach begann der Klatsch. Schließlich mußte es ja irgendeinen Grund für die Abkühlung ihrer Freier geben, und man sprach davon, daß sie „in Schmach und Schande" aus London weggegangen sei. Was an diesen Gerüchten wahr war, wußte ich nicht, aber es stimmte, daß Clarissa jetzt einen „gewissen Ruf" besaß und daß dieser junge Anwalt nur einer von den vielen Männern war, die ihre fremdartige Schönheit unwiderstehlich fanden.

Als ich dann am Nachmittag im offenen Zweisitzer mit meinem Vater zurückfuhr, sagte ich zu ihm:

„Miß Barnwell scheint eine unerwiderte Leidenschaft für Michael Vincent zu empfinden, den jungen Anwalt, von dem der Pfarrer vorhin sprach."

„Wirklich?" fragte mein Vater verwundert. Er wirkte erschöpft. Grübelnd fügte er schließlich hinzu: „Ich glaube, daß du dich irrst. Es hieß nämlich allgemein, daß die junge Dame ihre Ziele wesentlich höher gesteckt habe. Raymond Penmar soll an ihr interessiert gewesen sein, weshalb man ihn dann auch, so will es der Klatsch wissen, ins Ausland schickte. Denn natürlich war Giles Penmar darauf bedacht, seinen Sohn standesgemäß zu verheiraten."

Ich starrte ihn an. „Hat Mr. Barnwell dir das gesagt?"

„Nein. Es war Mrs. Barnwell, die einige Andeutungen darüber machte. Doch Barnwell saß dabei und widersprach ihr nicht. Später bemerkte er nur, daß er es sehr bedaure, seiner Tochter den Verkehr mit den Penmars gestattet zu haben. Der junge Harry hat einen miserablen Ruf, und was Clarissa betrifft... aber das ist schlimmster Klatsch, den ich nicht wiederholen will. Allerdings hoffe ich sehr, daß du während deines Aufenthalts hier weder mit Harry noch mit Clarissa zusammenkommst."

„Dazu wird sich auch kaum die Gelegenheit finden", sagte ich ehrlich. „Wenn ich es mir einfallen lasse, Harry auch nur zu grüßen, wird er mich wahrscheinlich zu Boden schlagen."

Durch meine Versicherung offenbar zufriedengestellt, versank er in Schweigen. Und während der Fahrt durch die Heide vergaß ich die Penmars und begann wieder über Mrs. Janna Roslyn nachzudenken.

Am Montagmorgen war ich wieder auf Roslyn-Farm, doch die alte Griselda sagte mir, daß Mrs. Roslyn „müde" sei und „ruhe" und niemanden empfangen könne. Als ich am Dienstag vorsprach, bekam ich zu hören, daß sie in Penzance auf dem Markt sei. Zwar fand der Hauptmarkt am Donnerstag statt, doch seit dem Tode ihres Mannes, so berichtete die Alte, sehe Mrs. Roslyn sich oft gezwungen, auch dienstags und samstags dorthin zu fahren – um ihre finanzielle Lage aufzubessern, wie ich vermutete. Am Mittwoch war sie angeblich bei Nachbarn zu Besuch, und am Donnerstag wurde natürlich wieder Penzance fällig. Der Eindruck, daß sie mir eine Abfuhr erteilen wollte, verstärkte sich. Doch meine Sehnsucht, sie wiederzusehen, war mächtiger als alle Einwände. Und so sattelte ich am Freitag das Pferd meines Vaters und ritt über die Hügel zur Roslyn-Farm.

Sie war zu Hause. Sie geruhte, mich zu empfangen. Wir tranken wieder ein Glas Wein im Wohnzimmer, und ich sprach von London und vielen anderen Dingen, während sie mir zumeist schweigend zuhörte. Gelangweilt schien sie nicht. Sie zeigte sich auch nicht besonders interessiert, doch bewahrte sie ihre höfliche Anteilnahme. Bei diesem zweiten Besuch wurde mir klar, daß ich meine Zeit verschwendete. Doch es war bereits zu spät. Vergeblich versuchte ich, sie mir aus dem Sinn zu schlagen. Es war mir völlig unmöglich, weiterzuleben, als habe sie nie existiert. Wieder und wieder trieb es mich, sie zu besuchen. Ich konnte meiner Besessenheit nicht Herr werden. Dabei wußte ich nur zu gut, daß ich mich zum Narren machte. Jeder meiner Besuche auf Roslyn-Farm war wie ein weiterer Schritt in eine Sackgasse. Aber ich konnte nicht anders. Während der Besuch bei gewissen Damen mir früher über Enttäuschungen hinweggeholfen hatte, erwies sich dieses Patentmittel diesmal als untauglich.

Ich nannte es Liebe, doch es war keine. Außenstehende hätten es vielleicht als blinde Leidenschaft bezeichnet, aber es war nicht bloß das, sondern eine schmerzliche Mischung aus Gier, Lust, Sehnsucht, Bewunderung – und vor allem: der Wunsch zu besitzen. Der Tagtraum, den ich mir am liebsten ausspann, bestand einzig aus Bildern, in denen sich dieses Verlangen nach Besitz erfüllte. Ich malte mir aus, wie sie sich mir unterwarf – nicht freiwillig, denn das wäre weniger befriedigend gewesen. Ich träumte von einer Kapitulation, die ich ihr aufzwang, ohne ihr dabei Gewalt anzutun. Langsam entkleidete sie sich vor meinen Augen, jedes Stück mit ihren langen, sehnigen Fingern säuberlich zusammenfaltend und auf einen Stuhl legend. Sie war abweisend und voll Verachtung. Als anständige Frau zog sie sich natürlich nicht vollständig aus. Dann saß sie, mir den Rücken zukehrend, auf dem Bett und hob die Arme, um ihr Haar aufzulösen, und ich beugte mich zu ihr hinab, hakte ihr das Korsett auf und ließ meine Hände über ihre Brüste gleiten ... Und dann vergrub ich mein Gesicht in ihrem herabwallenden Haar ... Und dann ...

Nichts sonst zählte. Ich wollte nur eines: besitzen.

Stunde auf Stunde verbrachte ich mit meinen Tagträumen, und so jung war ich noch und so arglos in meinem Verlangen, daß ich die volle Wahrheit einfach nicht begriff. Denn indem ich sie besaß, würde sie mich besitzen.

Inzwischen hatte ich mich rasch an meine neue Umgebung gewöhnt. Längst schon hatte Walter Mannack, der Mann der Haushälterin, der auf Deveral-Farm eine Art Faktotum für alles war, aus Penzance mein Gepäck herbeigeschafft. Und von Gweekellis Manor hatte mir auf meine Bitte die dortige Haushälterin weitere

Sachen geschickt, darunter auch den Kasten, in dem ich mein Schreibmaterial und die Notizen für die Abhandlung über König Johann aufbewahrte. Doch auf so mühselige Arbeit verspürte ich im Augenblick wenig Lust, und so ritt ich, um mir zwischen den Besuchen bei Janna die Zeit zu vertreiben, nach Penzance, wo ich mich gründlich und ausgiebig umtat, was mir bei den früheren flüchtigen Besuchen nie möglich gewesen war. Die Stadt bot eine merkwürdige Mischung aus uraltem Fischerhafen und modernem, vornehmem Seebad. Zu dieser neuen Note im Stadtbild gehörte auch das Metropole-Hotel, direkt am Meer liegend und für Gäste bereit, die sich nach salziger Luft sehnten. Doch die alte Hauptstraße lag weiter landeinwärts als die Esplanade und bewies recht deutlich, daß die Bewohner früher wenig Wert darauf gelegt hatten, in so unmittelbarer Tuchfühlung zur See zu leben. Ein Gemisch aus alt und neu: die jüngst erbaute Markthalle, die in der historischen Market Jew Street lag, oder die neuen öffentlichen Gärten mit ihrer semitropischen Vegetation, nur einen Steinwurf entfernt von den engen gepflasterten Gassen um den Hafen. Jenseits des Hafens, über alt und neu erhaben, thronte auf dem St.-Michaels-Berg eine Burg.

Die St. Aubyns, die dort oben wohnten, kannte ich nicht, doch lernte ich bald den Erben von Carnforth Hall kennen, einem großen Landsitz östlich von Penzance, etwa zwei Kilometer von der See entfernt. Der junge Justin Carnforth, drei Jahre älter als ich, war zwar ein äußerst langweiliger Mensch, der von nichts als von Pferden sprechen konnte, aber er war liebenswürdig und gastfreundlich, und gerne nahm ich seine Einladungen für die Kartenabende an, die er gelegentlich während der Abwesenheit seiner Eltern gab. Er hatte eine Schwester namens Judith, doch sie war ein unansehnliches, affektiertes Mädchen, das mir mißfiel. Bei dem großen Vermögen, das sie einmal erben würde, war ihr aber ein Ehemann so gut wie sicher.

Bei den Kartenabenden lernte ich einige junge Leute kennen, darunter auch Roger Waymark, einen Verwandten von mir, dessen Familie in Zennor, der östlichen Nachbargemeinde von Morvah, auf Gut Gurnards Grange ansässig war. Meine Großmutter väterlicherseits war eine Waymark gewesen, und von ihr hatte Vater Deveral-Farm geerbt. Roger Waymark war ein umgänglicher Mensch, aber leider teilte er Carnforths Leidenschaft für Pferde, und da mich diese Tiere lediglich in ihrer Eigenschaft als Transportmittel interessierten, gab es zwischen uns bald wenig zu sagen. Früher war auch Harry Penmar Gast bei den Kartenabenden gewesen, hatte jedoch Schwierigkeiten beim Begleichen seiner Spielschulden gehabt, und obwohl er auf Carnforth Hall immer noch willkommen war, wurde er zu diesen Abenden nicht mehr eingeladen. Man erzählte sich, daß er ein Auge auf Judith Carnforth geworfen habe, doch hielt ich es für ausgeschlossen, daß er, obwohl notorisch bis über beide Ohren in Schulden steckend, sich ohne weiteres zu einem solchen Verzweiflungsschritt hinreißen lassen würde.

Justin Carnforth hatte ich durch Michael Vincent kennengelernt, den jungen Anwalt, für den Miriam Barnwell solches Interesse zeigte. Michael traf ich bei meinem zweiten Besuch im Pfarrhaus. Wir waren grundverschieden, doch ich erkannte bald, daß er von allen meinen neuen Bekannten der einzige war, den ich als echten Freund betrachten konnte.

Als jüngster von vier Söhnen war er gezwungen gewesen, einen Beruf zu ergreifen, doch gesellschaftlich war er für die Carnforths durchaus akzeptabel, wenn ihm auch sein Geldmangel und seine persönliche Einstellung nicht erlaubten, an den Kartenspielen teilzunehmen. Zu der Zeit, als wir einander kennenlernten, machte sich unser Altersunterschied noch sehr bemerkbar; ich war noch nicht einmal einundzwanzig, er fast dreißig und ein qualifizierter Anwalt, der seinen Weg machte. Trotzdem war er nicht blasiert. Er liebte Vergnügungen einfachster Art wie Fischen oder Cricket, las gern, zeigte aber keinerlei Interesse für Historisches oder Biographien, sondern zog Romane vor. Dennoch fehlte es zwischen uns nie an Gesprächsstoff, und der Umgang mit ihm bereitete mir Vergnügen. Ich brauchte einen Freund, und offenbar hatte auch er einen nötig. Die jungen Leute, die sich auf Carnforth Hall zum Kartenspielen trafen, schienen ihn ebensooft zu langweilen wie mich. Roger Waymark war ihm zu unreif, Justin Carnforth zu beschränkt, und was Harry Penmar betraf, so hatte ich, obwohl er nie ein Wort darüber fallenließ, den Eindruck gewonnen, daß er ihn im gleichen Maße verabscheute, wie er dessen Schwester Clarissa verehrte.

„Wie schön sie ist!“ seufzte er oft, um dann zum hundertsten

Male zu wiederholen, daß er, ohne jedwedes Vermögen hinter sich, nicht in der Lage sei, der Stimme seines Herzens zu folgen.

Ich war gegen Clarissa immer noch völlig immun. Ich hatte sie inzwischen in Penzance ein- oder zweimal zu Gesicht bekommen, doch ihre von Vincent so bewunderte Schönheit weckte in mir nur Zynismus: denn Frauen mit so üppigen roten Lippen und nicht weniger üppiger, fast schon vulgärer Figur waren mir schon begegnet – allerdings in ganz anderen Kreisen.

„Sie ähnelt ihrem Bruder vielleicht mehr, als Sie glauben", warnte ich ihn eines Tages.

Aber davon wollte er nichts hören. „Es tut mir leid, das über Ihren Vetter sagen zu müssen, Castallack; aber ich würde ihm nicht über den Weg trauen. Ich weiß nicht, warum er auf Carnforth Hall geduldet wird; es ist doch klar, daß er Judith einzig ihres Geldes wegen heiraten will."

„Will er sie wirklich heiraten?"

„Man spricht von einer Verlobung. Zwar sind Sir James und Lady Carnforth von dem Gedanken weitaus weniger entzückt als Judith selbst, aber am Ende werden sie wohl ihre Einwilligung geben."

„Nun, Miß Carnforth besitzt kaum das Äußere einer Traumprinzessin", sagte ich nüchtern. „Sie könnte schlechter fahren, als einen Penmar zu heiraten."

„Ich habe nicht das geringste gegen die Penmars als Familie! Weiß Gott, wenn ich die Chance hätte, bei Clarissa ans Ziel zu gelangen ..."

Ich seufzte. Das Thema Clarissa hing mir beim Hals heraus. Was hätte Vincent wohl dazu gesagt, wenn ich ihm gestanden hätte, daß auch ich von einer Frau besessen sei, der Witwe eines Bauern, die zehn Jahre älter war als ich. Wahrscheinlich wäre er zutiefst schockiert gewesen, denn wie ich nach und nach entdeckt hatte, war er in seinen Ansichten sehr konservativ. Erst durch meine Freundschaft mit ihm war mir klargeworden, wie unkonventionell ich selber war.

„Ich freue mich, daß du dich mit dem jungen Vincent angefreundet hast", sagte mein Vater an einem Augustmorgen beim Frühstück zu mir. „Er macht einen sehr soliden Eindruck und ist sicher nicht einer, der dich zu Leichtsinn und Torheit verleiten würde... Apropos: Kommst du eigentlich mit deinem Geld aus?

Du bist ja oft in Penzance, und ich weiß schon, wie leicht man in einer Stadt sein Geld los wird."

Sehr rein war mein Gewissen nicht gerade. Ich konnte ihm nicht gut bekennen, daß ich meine Mittel durch Spielgewinn aufstockte.

„Ich komme schon zurecht. Danke, Sir."

„Gut, das freut mich. Und daß du mir bloß keine Schulden machst, Mark. Solltest du irgendwann in finanzielle Schwierigkeiten geraten, so wende dich an mich. Ich möchte nicht, daß du dir von jedermann Geld leihst und in Verruf kommst wie Harry Penmar."

„Ich werde keine Schulden machen, Sir", sagte ich und fügte dann schuldbewußt hinzu: „Dafür wird sich ohnehin kaum Gelegenheit finden, da ich mich endlich an meine Abhandlung über König Johann machen möchte. Am besten fange ich gleich heute damit an."

Und das tat ich auch; das heißt, ich unternahm einen Versuch. Im sogenannten Morgenzimmer setzte ich mich mit Papier und Tinte hin, ordnete Bücher und Notizen und formulierte sogar einen Einleitungssatz: „Ziel dieser Abhandlung", schrieb ich kühn, „ist eine Widerlegung jener von J. R. Green stammenden Behauptung, daß ‚selbst der Pestgestank der Hölle ein laues Lüftchen ist gegen die Pestilenz, die König Johann um sich verbreitet'."

Für mein Alter hatte ich geradezu tollkühne Ansichten. „Radikal" hatte mein Professor sie genannt, als ich in meiner Argumentation nicht zu bremsen gewesen war: daß das Bild König Johanns durch Chronisten verzerrt worden sei, die lange nach seinem Tode klatschsüchtige Berichte über ihn verfaßt hätten. Ich war überzeugt, daß eine eingehende Beschäftigung mit seiner Regierungszeit für jeden Historiker lohnenswert wäre.

Ich saß und grübelte über König Johann. Draußen vor dem Fenster lagen die Felder, hinter den Feldern Morvah und dahinter die Felsen, die schroff zum Meer abfielen. Die Sonne glühte herab. Ich könnte ein Stück wandern, dachte ich mir, die Klippen entlang bis nach Zennor, wo ich vielleicht Roger Waymark auf Gurnards Grange einen Besuch machen konnte.

Ich ging zur Tür hinaus. Doch schlug ich nicht den Weg entlang den Klippen nach Zennor ein. Meine Füße trugen mich über die Heide in Richtung Zillan, bis ich schließlich, an Chûn Castle vorbei, den Hang zur Roslyn-Farm hinabstieg.

Auf dem Hof erfuhr ich, daß Janna in Zillan sei, um Rosen auf das Grab ihres verstorbenen Mannes zu legen. Mindestens fünf Minuten brauchte ich, um der häßlichen Griselda diese Auskunft abzuringen. Aus unerfindlichem Grunde konnte die Alte mich nicht ausstehen.

„Ihr vergeudet bloß Eure Zeit!" kreischte sie hinter mir her, als ich mich zum Gehen wandte. „Für so junge Dachse hat sie nichts übrig!"

„Gehen Sie als Dienerin in Ihren Äußerungen nicht zu weit?" fragte ich bissig, aber sie entgegnete nur schrill: „Ich bin keine Dienerin!" und warf die Haustür zu.

Auf halbem Wege nach Zillan sah ich Janna mir entgegenkommen. Sie schien kurz zu zögern, ging jedoch weiter. Fünf Minuten später standen wir einander gegenüber.

„Guten Morgen, Mr. Castallack", sagte sie höflich.

„Guten Morgen, Mrs. Roslyn."

Sie trug noch immer Schwarz, und sie tat es diesen ganzen Sommer über. Ich erinnere mich heute noch, wie sehr es ihre weiße Haut, ihr goldblondes Haar und ihre durchsichtigen blauen Augen hervorhob.

Ich erbot mich, ihren Korb zu tragen. Lächelnd ließ sie es zu. Ich machte eine Bemerkung über das Wetter. Wir kamen überein, daß es ungewöhnlich mild gewesen sei, und ich schlug vor, daß man in Anbetracht dieses Umstandes vielleicht an ein gemeinsames Abendessen in Penzance denken könne.

„Vielen Dank", sagte sie, „aber das muß ich leider ausschlagen, da ich für eine derartige Gelegenheit kein passendes Kleid besitze."

„Dann vielleicht ein Lunch anstelle des Dinners..."

„Danke, lieber nicht, entschuldigen Sie, bitte. Und verzeihen Sie, wenn das etwas schroff klingen sollte."

Gegen alle Vernunft fühlte ich mich getrieben, nach ihren Gründen zu forschen: War es wegen der Trauer? War ich ihr zu jung? Oder gab es einen anderen Mann, der...

„Bitte, Mr. Castallack", sagte sie, und ihre Augen blickten so kalt, daß sie nicht länger blau, sondern grau zu sein schienen, „ich fürchte, Sie vergessen sich. Ich danke Ihnen für die Einladung nach Penzance, muß sie aber zurückweisen, da mir wenig daran liegt, auf diese Weise mit Ihnen in Verbindung gebracht zu werden. Ihre Gesellschaft bereitet mir Vergnügen, Sie können mich gelegentlich auf dem Hof besuchen, doch sehe ich keinen Anlaß, unsere Bekanntschaft auf eine intimere Basis zu stellen. Was einen ‚anderen Mann' betrifft, so gibt es ihn nicht. Mir liegt einzig an meinem guten Ruf, daher sehe ich mich gezwungen, Ihre Aufmerksamkeiten zurückzuweisen. Guten Tag."

Sie streckte die Hand nach dem Korb aus, doch als ich ihr auswich, beschleunigte sie ihre Schritte und ließ mich hinter sich. Mit brennenden Wangen und hämmerndem Herzen rannte ich ihr nach.

„Entschuldigen Sie", sagte ich hastig. „Bitte, Mrs. Roslyn, entschuldigen Sie."

Sie drehte sich zu mir um und langte wieder nach dem Korb. „Gewiß werden Sie es vorziehen, Ihren Weg allein fortzusetzen. Mich lassen Sie bitte gehen."

„Nein, nein, ich möchte doch ..."

„*Bitte,* Mr. Castallack!"

Ich gab ihr den Korb. „Darf ich wenigstens erfahren", fragte ich mit unsicherer Stimme, „ob Sie meine Entschuldigung akzeptieren? Es lag nicht in meiner Absicht, Ihren guten Ruf in irgendeiner Weise in Frage zu stellen ..."

„Tatsächlich, Sir? Und was haben Sie durch Ihre Aufmerksamkeiten zu erreichen gehofft?"

„Ich wollte Ihnen durch die Einladung zum Abendessen lediglich meine Bewunderung zeigen ..."

„Und wozu hätten Sie mich als nächstes eingeladen?"

„Mrs. Roslyn, mit einer solchen Frage tun Sie sich selber unrecht ..."

„Vielleicht", erwiderte sie. „Aber das sollte Sie nicht davon abhalten, sie mir zu beantworten."

„Ich kann nur wiederholen, daß es mir nie eingefallen ist, Ihre Ehrbarkeit in Zweifel zu ziehen."

„Das höre ich gern. Denn zu diesem Schluß wäre ich auf Grund der Blicke, mit denen Sie mich manchmal mustern, nur schwerlich gelangt."

„Verzeihen Sie, wenn ich Ihnen je Anlaß gegeben haben sollte..."

Doch sie ließ mich nicht ausreden. „Außerdem", sagte sie, „stellen Herren Ihres Standes einfachen Frauen aus einem ganz bestimmten Grunde nach. Und bei all Ihrer Jugend verfügen Sie bereits über ein beträchtliches Maß an Arroganz, das nur allzu deutlich zeigt, wie sicher Sie sich Ihrer Sache wähnen. Aber Sie haben sich geirrt. Mr. Castallack. Zu diesem Schlag Frauen gehöre ich nicht. Und selbst wenn es so wäre, würde ich mich schwerlich einem Jüngling hingeben, der kaum dem Knabenalter entwachsen ist."

Eine endlos lange Sekunde verstrich, ehe ich sagte: „Ich verstehe."

Ich blieb etwas hinter ihr zurück, und sie schritt rascher aus. Einen Augenblick noch starrte ich ihr nach. Dann ließ ich mich am Wegrand im Heidekraut nieder. Warmer Wind strich über mein Gesicht und blies mir das Haar in die Augen. Ich versuchte, meine Gedanken zu sammeln. Erst nach Minuten spürte ich die in mir brennende Wut.

„Luder!" sagte ich leise in die laue Luft hinein. „Luder!"

So hatte ihr Stiefsohn Jared Roslyn sie genannt, und ich wußte noch sehr gut, wie empört ich bei meinem ersten Besuch auf Roslyn-Farm darüber gewesen war.

Meine Augen waren naß. Ich wischte darüber, stand auf, schob die Fäuste in die Hosentaschen. Und dann wiederholte ich mir, hügelauf wandernd, unser Gespräch Wort für Wort und überlegte, was ich hätte anders sagen sollen. Von Anfang bis Ende hatte sie die Oberhand gehabt. Warum war ich so schwach, so unterwürfig gewesen? Wie ein Schuljunge hatte ich mich aufgeführt. Ich grübelte über ihre Haltung mir gegenüber nach. Zu ernsthaften Einwänden hatte ich ihr nie Anlaß gegeben, folglich blieb nur die Annahme, daß sie meiner dauernden Besuche überdrüssig war und den Streit absichtlich vom Zaun gebrochen hatte, um die Verbindung zwischen uns zu lösen.

Mein Zorn verebbte. Was blieb, war die Verbitterung über die Abfuhr, die ich erlitten hatte. Ich stolperte wie blind den Hügel hinauf, wo ich mich im Gemäuer von Chûn Castle verkroch.

„Luder!" sagte ich zum drittenmal und begann dann zwischen den uralten Steinen vor mich hin zu weinen.

Während ich in Richtung Morvah schritt, klang mir plötzlich wieder ihr höhnisches „kaum dem Knabenalter entwachsen" und „außerdem stellen Herren Ihres Standes einfachen Frauen aus einem ganz bestimmten Grunde nach" in den Ohren. Die Worte regten mich auf, ohne daß ich hätte sagen können, warum. Erst als ich nicht mehr weit vom Haus meines Vaters war, begriff ich plötzlich. Es entsprach beides der Wahrheit, und sie, die simple Bauersfrau, hatte mich mit Hilfe dieser Wahrheit ausmanövriert. Das war es.

Ich kochte vor Wut.

Auf Deveral-Farm schloß ich mich in meinem Zimmer ein und begann schließlich unruhig auf und ab zu schreiten. Dann faßte ich einen Entschluß und suchte meinen Vater auf, um ihm mitzuteilen, daß ich beabsichtige, für ein oder zwei Tage meinen ehemaligen Schulfreund Russell St. Enedoc zu besuchen.

4

Es war nicht meine Absicht, sofort nach Menherion Castle, dem Sitz der St. Enedocs, zu reiten. Ich stellte mein Pferd im Gasthaus unter, ließ mir für die Nacht ein Zimmer reservieren und machte mich zu Fuß an die Erforschung der Stadt, wobei mich der Gedanke trieb, nach Möglichkeit ein akzeptables Arbeitermädchen aufzuspüren, das gerade einen freien Nachmittag hatte. Ich verließ das Gassengewirr des Hafenviertels, wanderte um die Bucht herum und lenkte meine Schritte auf den Badestrand und die besseren Stadtteile zu.

Ich hatte schon oft gehört, daß St. Ives ein malerisches Städtchen sei, wovon ich mich jetzt durch eigenen Augenschein überzeugen konnte. Auf dem Wege durch die engen, gepflasterten Gassen kam mir die Stadt fremdartig und mittelalterlich vor. St. Ives schien weniger in die Vergangenheit als in die Zukunft zu blicken: alle

Anzeichen wiesen darauf hin, daß es eines Tages Penzance seinen Rang als Seebad streitig machen würde. Die Badegäste, so hatte man mir gesagt, kämen hauptsächlich im August und September, während viele Maler, des reizvollen Lichts wegen, ihren Aufenthalt bis in den Oktober hinein ausdehnten.

Von der anderen Seite der Bucht, wo modernere Häuser standen, warf ich einen Blick zurück auf die Altstadt, sodann schlug ich den Weg zum Sandstrand ein und begann unter den Badelustigen nach weiblicher Ablenkung Ausschau zu halten.

Doch es sah ganz danach aus, als hätte ich für mein Vorhaben einen schlechten Tag gewählt. Von Mädchen der Art, wie ich sie mir wünschte, fand sich nirgends eine Spur. Und sicher wäre es gescheiter gewesen, die Suche abzubrechen und zu meinem Gasthaus zurückzukehren; oder meine Schritte nach Menherion Castle zu wenden und den St. Enedocs sofort einen Besuch abzustatten. Ich hätte tun sollen, was immer sich sonst an Möglichkeiten bot, bloß eines nicht: hier am Strand bleiben.

Nachher ist man immer klüger, und wie hätte ich ahnen können, was kommen würde.

Ich schlenderte ziellos durch den Sand, als plötzlich ein roter Ball gegen mein Bein prallte und dann weiterrollte, verfolgt von einem kleinen Jungen, der sich energisch an mir vorbeidrängte.

„James!“ hörte ich eine angenehme, etwas aufgebrachte Mädchenstimme. „Wie ungezogen! Entschuldige dich sofort bei dem Herrn!“ Als der Kleine nicht gehorchte, sagte sie verlegen: „Es tut mir leid – aber er ist heute einfach nicht zu bändigen.“

„Schon gut“, sagte ich höflich.

Sie schien etwa achtzehn Jahre alt zu sein, und ich war später überrascht, als ich entdeckte, daß sie ein Jahr älter war als ich. Ihr hochgestecktes Haar schimmerte blond. Einzelne Strähnen hatten sich gelöst und fielen lockig über Gesicht und Hals. Sie hatte blaue Augen, einen sanftgeschwungenen Mund und eine helle, rosige Haut. Wäre meine Phantasie nicht so vollständig von Jannas Bild ausgefüllt gewesen, ich hätte sie sehr reizvoll gefunden. So aber empfand ich sie bloß als schwachen Abglanz der Frau, die ich haben wollte und nicht haben konnte.

Natürlich begriff ich sofort, daß sie kaum zu jenen Mädchen gehörte, mit denen ich mich in gewünschter Weise zu amüsieren gedachte, doch ich fand mich bald in ein Gespräch mit ihr verwickelt. Ich erfuhr, daß sie Rose Parrish hieß und bei einer Familie Treen als Kindermädchen beschäftigt war. Ihr Vater, Landarzt in Devon, war vor drei Monaten gestorben, ohne ihr auch nur einen Penny zu hinterlassen, und nun war sie gezwungen, sich ihren Lebensunterhalt zu verdienen.

„Zuerst sollte ich Gouvernante werden", erklärte sie, „aber ich bekomme schon beim bloßen Gedanken an Mathematik und derartige Dinge Kopfschmerzen. Papa hat sich viel Mühe gegeben, mir etwas beizubringen, doch eine Musterschülerin war ich nie."

„Mathematik wurde auch nicht für Frauen geschaffen", sagte ich mit Nachdruck, „und Frauen nicht für Mathematik."

Daß ich ihr zu Hilfe kam, schien ihr ein wenig von ihrer Schüchternheit zu nehmen. „Ja – und so zog ich es vor, Kindermädchen zu werden, und ich bin sehr froh, daß ich diese Stellung bei den Treens habe. James ist im Grunde ein braver kleiner Kerl, nur daß er eben manchmal ein wenig außer Rand und Band gerät, wie viele Kinder."

„Kommen Sie jeden Nachmittag mit ihm zum Strand, Miß Parrish?"

„Bei schönem Wetter, ja."

„Auch morgen?"

„Oh, morgen nachmittag habe ich frei."

„Wirklich? Das trifft sich aber gut! Hätten Sie Lust, morgen mit mir irgendwo in der Stadt Tee zu trinken?"

„Das ist – das ist *sehr* freundlich von Ihnen, aber – nun, es geht leider nicht ... Mrs. Treen würde es gewiß nicht billigen. Sie fühlt sich nämlich ... nun ja, in gewisser Weise *verantwortlich* für mich, und daher – ich würde Ihre Einladung ja liebend gern annehmen, aber ..."

„Dann werde ich sie aufsuchen und mich bei ihr vorstellen", sagte ich. „Wenn sie erfährt, daß ich mich in St. Ives aufhalte, um die St. Enedocs auf Menherion Castle zu ..."

„Die St. Enedocs!" rief sie wie elektrisiert. „Oh, dann hat Mrs. Treen gewiß nichts dagegen. Sie arbeitet ja mit Lady St. Enedoc oft in der Armenfürsorge zusammen und wird manchmal mit ihrem Mann auf das Schloß eingeladen ..."

Und so kam die Geschichte mühelos ins Lot.

„Entschuldigen Sie", sagte sie, als es für sie Zeit wurde, mit dem kleinen James aufzubrechen, „ich scheue mich ja ein wenig, danach zu fragen – aber wie war Ihr Name noch, Sir?"

„Castallack", erwiderte ich, „Mark Castallack."

„Mr. Mark Castallack", wiederholte sie, und kaum verhohlen klang ein sehnsuchtsvoller Ton durch, als wäre für sie durch mein Erscheinen an diesem Nachmittag ein alter Traum in Erfüllung gegangen. „Ich freue mich schon jetzt so auf morgen, Mr. Castallack!"

Nachdem wir uns getrennt hatten, schalt ich mich einen Narren und suchte dann nach Ausflüchten: eine Einladung zum Tee sei doch eine ganz und gar konventionelle Angelegenheit. Einmal überstanden, könne die Sache ja in der Versenkung verschwinden.

Gute Vorsätze, ach ja.

Am nächsten Tag fand ich mich um halb vier bei Mrs. Treen ein und wurde einer eingehenden Musterung unterworfen. Erst nachdem sie sich vergewissert hatte, daß ich in der Tat war, wer und was zu sein ich behauptete – und ein anscheinend recht ehrenwerter Gentleman dazu –, rief sie Rose in den Salon und gab uns beiden ihren Segen: Rose hatte bis sechs Ausgang.

In einer Teestube in der Stadt waren wir bald in ein mühelos dahinfließendes Gespräch vertieft. Ich erzählte von Oxford und London, und sie hing atemlos und mit vor Bewunderung glänzenden Augen an meinen Lippen. Ich berichtete von meinem Vater, von meinem Bruder, von Gweekellis Manor, und seufzend gestand sie mir, wie sehr sie mich beneide.

„Die Treens sind ja sehr nett und freundlich zu mir", fügte sie rasch hinzu, „aber ich bin nun einmal nichts weiter als ein einfaches Kindermädchen und habe nicht allzuviel zu erhoffen..."

Mein Herz flog ihr zu. Unwillkürlich verglich ich sie mit den jungen Damen, die ich in London kennengelernt hatte: reiche, verwöhnte Geschöpfe, die einzig darauf bedacht waren, gut unter die Haube zu kommen, um so zu noch höherem Rang und noch höheren Ehren zu gelangen. Dieses Mädchen hier stach jede von ihnen zehnmal aus, ohne auch nur über ein Zehntel ihres Vermögens zu verfügen.

Natürlich sahen wir uns am folgenden Tag wieder. Sie hatte zwar keinen freien Nachmittag, aber wir hatten uns am Strand verabredet, wo ich ein Badezelt mietete, damit wir ganz für uns sein könnten. Der alte Strandwächter schlug Lärm, als wir uns zurückzogen, doch ein Geldschein brachte ihn rasch zum Schweigen, und wir blieben ungestört.

Nach einem kurzen Picknick schickten wir den kleinen James wieder zu seinen Sandburgen, und ich schloß die Klappe, so daß wir geschützt waren vor Wind und Welt.

„Bitte", sagte Rose sofort, „ich muß James sehen können. Wenn ihm etwas zustößt..."

Ich küßte sie. Und dachte: ein Kuß nur – was liegt schon daran; weiter brauche ich ja nicht zu gehen. Und so fuhr ich fort, sie zu küssen, bis das Gemisch aus blondem Haar und blauen Augen und heller Haut vor mir zu flirren begann und ich Janna zu küssen glaubte.

„Bitte", sagte sie, „bitte, Mark . . ."

Ich kam zu mir und ließ sie los. „Verzeih", sagte ich. „Bitte, verzeih. Das war ungehörig von mir. Ich werde St. Ives ja bald wieder verlassen, und ob und wann ich noch einmal herkomme, weiß ich nicht. Unsere – Freundschaft kann keine Zukunft haben, und es wäre niederträchtig von mir, das Gegenteil zu behaupten."

Stumm vor Enttäuschung nickte sie, ohne mich dabei anzusehen, und plötzlich war vor lauter Mitleid meine ganze mühsam zusammengeraffte Vernunft wieder dahin, und ich beugte mich zu ihr und nahm sie in die Arme.

„Oh, nicht doch... bitte, nicht..."

Ihre Lippen waren warm und weich, ihre Wimpern streiften zuckend gegen meine Wange und verharrten dann still.

„Mark... Mark, nein..."

Ich spürte ihre gegen die Bluse drängenden Brüste. Und knöpfte einen Knopf auf. Und einen zweiten.

„Nein, nein..."

„Ich mach doch gar nichts."

„Dann..."

„Laß mich nur..."

„Nein!"

„Bitte, Rose, bitte." Ich spürte, daß mein Drängen sie zögern ließ. Sie versuchte nicht länger, sich mir zu entwinden. „Bitte... bitte..."

„Nein, nein. Ich..."

„Ich muß, Rose, ich muß. Du bist ja so schön. Laß mich nur sehen ..."

„Ich ..."

„Ich werde dir nicht weh tun."

Aber ich tat ihr weh, obschon ich sorgsamer verfuhr als je bei einer Frau zuvor. Hinterher weinte sie und klammerte sich an mich.

„Ich wollte nicht ... was für eine schlechte Meinung mußt du jetzt von mir haben ..." Sie schluchzte laut. „Wenn Mrs. Treen je herausfinden sollte ..."

Ich versuchte sie zu beschwichtigen, versicherte ihr, in meiner Achtung stünde sie höher als je zuvor – wobei mir unablässig ein einziger Gedanke durch den Kopf ging: Das darf nie wieder vorkommen. Als ihre Tränen schließlich versiegten, war ihr Blick mit so viel Ergebenheit und Hingabe auf mich geheftet, daß ich verlegen zur Seite sah. „Du bist so lieb und gut zu mir", sagte sie mit zitternder Stimme. „Ich habe von Anfang an gewußt, daß ich mich in dich verlieben würde."

Ich räusperte mich. „Aber ich kann dir doch nichts versprechen und nichts geben, Rose. Ich ..."

„O doch, das kannst du sehr wohl", sagte sie mit leuchtenden Augen. „Du *hast* mir ja schon etwas gegeben!"

Ich lachte befangen. „Ich kann schwerlich von dir erwarten, daß du dich mit Rendezvous im Zelt zufriedengibst."

„Das macht mir nichts aus", sagte sie aufrichtig. „Ich finde es sogar romantisch. Und ich habe mich so nach etwas Romantik gesehnt, immer wenn ich allein war und niemanden hatte, mit dem ich sprechen konnte."

Die Schlichtheit, mit der sie das sagte, rührte mich.

„Du wärst also einverstanden, dich morgen wieder hier mit mir zu treffen – so wie jetzt?"

„O ja – bitte, ja ..."

„Rose ..." Ich küßte sie. Irgendwo in der Tiefe des Bewußtseins flackerte ein Funke Vernunft und verlosch wieder. „Ist es denn", fragte ich eher beiläufig, „... günstig?"

Meine zudringliche Neugier ließ sie tief erröten. „Ja", sagte sie leise und blickte weg.

Erst als es zu spät war, sollte mir aufgehen, daß sie es ganz anders gemeint hatte.

Ich blieb eine Woche in St. Ives. Am dritten Tag schrieb ich meinem Vater, daß ich meinen Aufenthalt hier zu verlängern gedächte. Um ihn später nicht anlügen zu müssen, stattete ich den St. Enedocs dann am letzten Tag wirklich einen Besuch ab. Mein Geld reichte gerade noch, um im Gasthaus meine Rechnung zu begleichen, und da ich meine nächste vierteljährliche Zuwendung erst am 30. Oktober bekommen würde, in einem guten Monat also erst, wußte ich nur zu gut, daß es mir zwischendurch unmöglich sein würde, nach St. Ives zu kommen. Ehe ich mich jedoch auf den Rückweg nach Morvah machte, versprach ich Rose zu schreiben.

Das war auch mein fester Vorsatz. Aber daheim überkamen mich plötzlich Gewissensbisse über das Vorgefallene, und mich ekelte vor mir selbst. Eine Hure als Hure zu behandeln, das mochte durchaus angehen. Etwas anderes allerdings war es, ein unschuldiges und wohlerzogenes Mädchen in eine solche Sache hineinzuziehen. Je mehr ich darüber nachdachte, desto unbehaglicher wurde mir bei der Erinnerung an Rose. Eine Fortsetzung unseres Verhältnisses hätte meiner Torheit nur die Krone aufgesetzt, und meine ganze Hoffnung war, daß Rose über das Ausbleiben meiner Briefe nicht allzu unglücklich sein würde. Aber – so beschwichtigte ich mich – um mich wenigstens jetzt anständig gegen sie zu verhalten, mußte diese Grausamkeit eben in Kauf genommen werden. Es war für uns beide das beste, wenn wir einander nie wiedersahen.

Bemüht, die entwürdigende Episode aus meinem Gedächtnis zu streichen, nahm ich mein gewohntes Leben wieder auf; traf mich mit Michael Vincent, aß gelegentlich im Pfarrhaus und unternahm sporadische und meist erfolglose Versuche, an der Abhandlung über König Johann zu arbeiten. Gelegenheit, Geld beim Kartenspiel zu gewinnen, fand sich nicht. Erstens hatte ich mir von meinem Vater etwas geliehen und fürchtete, es zu verlieren und ihn erneut angehen zu müssen; und zweitens hatten Justin Carnforth und seine gewohnten Gäste zu dieser Zeit sämtlich anderswo zu tun. Einige von ihnen, darunter auch Roger Waymark, hielten sich in London auf, und Justin selbst bemühte sich intensiv um Harry Penmar, der sich inzwischen offiziell mit Judith verlobt hatte. Bald mußte ich auch auf Michael Vincents Gesellschaft verzichten, da Clarissa beschlossen hatte, Interesse für ihn zu zeigen, so daß der arme Narr dauernd nach Penmarric hinüberstürzte, um sie dort mit Aufmerksamkeiten zu überhäufen. Fraglos empfand Miriam Barnwell deshalb tiefe Verachtung für ihn. Gesehen allerdings hatte ich sie trotz meiner allwöchentlichen Besuche im Pfarrhaus schon lange nicht mehr, da sie erkrankt war.

Anfangs war ich eher froh, durch nichts abgelenkt zu werden, aber zur Arbeit an der geschichtlichen Abhandlung konnte ich mich dennoch nicht aufraffen. Statt dessen begann ich zum Zeitvertreib meine Autobiographie zu schreiben. Doch war es mir unmöglich, mich länger als eine halbe Stunde auf die gestellte Aufgabe zu konzentrieren. Immer und immer wieder mußte ich an Janna denken und dann, je mehr die Zeit verstrich, auch an Rose.

Ihr brieflicher Hilferuf traf genau einen Tag nach meinem einundzwanzigsten Geburtstag im Spätseptember ein. Ich hatte das Fest meiner Großjährigkeit in aller Stille begangen. Ich trank einige Gläser Champagner mit meinem Vater, bedankte mich bei ihm für seine Geschenke, eine goldene Uhr sowie Gibbons „Aufstieg und Untergang des Römischen Reiches", und wir verbrachten eine halbe Stunde im Gespräch. Glücklich und zufrieden nach diesem geruhsamen Tag in Morvah, ging ich zu Bett.

Ein Jammer, daß dieses Glück kurzlebig war. Vierundzwanzig Stunden später war ich in St. Ives.

Sie kam zu mir ins Gasthaus. Ich hatte kurz zuvor bei den Treens vorgesprochen und von der Dame des Hauses erfahren, daß Rose momentan zwar unwohl sei, jedoch gern bereit, sich mit mir für den folgenden Tag zum Tee zu verabreden. Mrs. Treen schien über das offenbare Wiederaufleben unserer schon verloschenen Romanze äußerst entzückt. Ich empfahl mich mit höflichem Dank, um anschließend etwa zwei Stunden in der Stadt umherzulaufen. Doch meine quälenden Gedanken wurde ich nicht los, sie gruben sich nur tiefer ein.

Als ich mich schließlich wieder ins Gasthaus schleppte, fand ich dort Rose, die in der Halle auf mich wartete.

Ich versuchte mich zu wappnen gegen alles, was da kommen mochte: Tränenflut, Umarmung, sonstige Peinlichkeiten. Aber nichts davon trat ein, und ich glaube, daß es dieser Augenblick war, in dem mir zum erstenmal ihre erstaunliche Charakterstärke zu Bewußtsein kam.

„Rose!“ rief ich aus. „Wie hast du es fertiggebracht, um diese Stunde hierherzukommen?“

„Mrs. Treen glaubt mich schon im Bett. Ich habe gebeten, ungestört bleiben zu dürfen, und ich bin dann, als alle beim Abendessen saßen, über die Hintertreppe hinausgeschlüpft. Und daß du letztesmal hier gewohnt hattest, wußte ich noch.“ Ihr Gesicht war sehr blaß, und unter den Augen zeigten sich dunkle Schatten. Sie wirkte äußerst zerbrechlich und tief unglücklich. „Nett, daß du gekommen bist“, fügte sie nach einer Pause hinzu.

„Ich habe mich sehr beeilt...“

Ich lud sie zum Essen ein, doch sie verspürte keinen Appetit, und so schlug ich vor, auf mein Zimmer zu gehen, damit wir ungestört wären. Sie zögerte, blickte dann scheu um sich, als fürchte sie, jemand beobachte uns, und willigte schließlich ein. In meinem Zimmer setzten wir uns nebeneinander auf das Bett, und ich nahm ihre Hand.

„Rose...“, begann ich, genau wissend, was ich sagen wollte, da ich während des langen Rittes von Morvah hierher unser Gespräch in jeder Einzelheit durchprobt hatte. Selbst über den anzuschlagenden Ton war ich mir klar geworden. Vertrauen und Zuversicht sollten in meiner Stimme anklingen. „... als erstes“, fuhr ich schwungvoll fort, „mußt du einen Arzt aufsuchen. Sollten deine Befürchtungen sich bewahrheiten, so überlaß alles übrige nur mir. Ich werde für dich sorgen. Zwar bin ich nicht gerade reich, aber ich glaube doch, mir das nötige Geld beschaffen zu können. Wenn ich es habe, so schreibe ich dir umgehend einen Brief – und zwar auf dem Briefpapier meiner Mutter, von dem ich glücklicherweise noch einige Blatt besitze –, in dem meine Mutter dir eine Stellung in London anbietet. Du verstehst doch? Diesen Brief kannst du Mrs. Treen zeigen, wenn du kündigst. Am besten ziehst du erst einmal nach Penzance, jedenfalls für die Zeit, da ich in Morvah bin. Dort kann ich dich dann jede Woche besuchen, um nach dem Rechten zu sehen. Ich werde eine Wohnung für dich mieten und natürlich sämtliche Kosten tragen – für Arzt und Hebamme und so weiter. Du kannst dir einen Trauring an den Finger stecken und dich als die verwitwete Mrs. Parrish ausgeben. Die Wahrheit wird niemand vermuten. Das Baby gibst du dann später zur Adoption weg. Viele wohlhabende kinderlose Ehepaare sind nur allzu bereit..."

„Nein", sagte sie.

Schweigen. Ich musterte sie bestürzt und sah, daß eine Träne über ihre Wange rann. „Aber, Rose..."

„Nein", wiederholte sie, und ihre sonst so sanften Lippen bildeten eine störrisch harte Linie. „Mein Baby weggeben, das könnte ich nicht. Es würde mir das Herz brechen."

Ich schwieg und wußte nicht weiter. Mit dieser Möglichkeit hatte ich nicht gerechnet.

„Ich werde dich nach der Geburt auch nicht um Hilfe bitten", fuhr sie fort. „Irgendwie komme ich schon durch. Doch keinesfalls werde ich das Kind weggeben."

„Aber, Rose, wie soll ich denn bloß auch dafür noch aufkommen..."

„Ich habe doch gesagt, daß ich dich nicht um Hilfe bitten werde."

„Aber natürlich muß ich dir helfen!" rief ich ärgerlich. „Findest du nicht, daß du dich sehr egoistisch verhältst? Bei gutsituierten Adoptiveltern hätte es doch bessere Möglichkeiten als..."

„Nein", sagte sie. „Bei mir als seiner Mutter hat es Liebe, und das ist die beste aller Möglichkeiten. Egoistisch bist nur du selbst."

Ich stand abrupt auf. „Ich versuche nur, für uns beide zu einer praktischen und vernünftigen Lösung zu kommen, siehst du das nicht ein? Wenn du darauf bestehst, das Kind zu behalten, so verdirbst du dir alle Heiratschancen. Jedenfalls wäre es für dich leichter, wenn..."

„Wenn ich dich nicht heiraten kann, dann möchte ich überhaupt nicht heiraten."

„Aber ich..." Ich geriet ins Stocken. Schließlich stammelte ich: „Aber ich kann dich nicht heiraten, Rose! Ich kann es nicht!"

„Aus Geldmangel, ich weiß", sagte sie. Und fügte dann, ohne mich dabei anzusehen, hinzu: „Aber das wird doch nicht für alle Zeiten so sein. Wenn du später einmal erbst... dann wirst du vielleicht..."

„Es ist nicht nur des Geldes wegen", stotterte ich, schuldbewußt zu einem Geständnis gedrängt, das ich ihr hatte ersparen wollen. „Da ist noch eine andere Frau ...“

Sie preßte die Hände gegen die Ohren. „Ich will nichts davon hören.“

„Aber ...“

Sie ließ die Hände sinken. „Wenn es jemand anderen für dich gab, warum hast du mich dann damals überhaupt haben wollen?“

„Das war – nicht richtig von mir.“

„Ich war dir also immer schon gleichgültig?“

„Nein, das stimmt nicht. In gewisser Weise mochte und mag ich dich sehr, Rose. Aber ...“

„Du und sie – seid ihr beide miteinander so ... wie wir im Badezelt waren?“

„Nein.“

Sie starrte bedrückt vor sich hin und sagte schließlich mit schwankender Stimme: „Ich hätte es nie so weit kommen lassen dürfen ... dort im Badezelt ... aber ich liebte dich so sehr, daß ich kaum wußte, was mit mir geschah, bis dann – oh, wie dumm muß ich dir vorkommen, dumm und verachtenswert!“

„Aber es war ja nicht deine Schuld, sondern ganz und gar meine, Rose. Ich habe dich so schändlich behandelt, daß eigentlich kaum zu begreifen ist, warum du mich überhaupt noch heiraten willst.“

„Ich liebe dich“, sagte sie schlicht.

„Aber das ist doch nicht möglich!“

„Doch, es ist so.“ In ihren Augen schimmerten wieder Tränen. „Du bist so anders als alle anderen, Mark. Anders als die jungen Männer, die ich früher in Devon kannte. Du bist so klug, so energisch und zielstrebig – schon das bloße Zusammensein mit dir ist aufregend. Wenn ich dir nur sagen könnte, wieviel unsere Woche in St. Ives mir bedeutet hat. Es war die schönste Zeit meines Lebens.“

Ich spürte, wie ich vor Verlegenheit rot wurde.

„Sei mir nicht böse, Mark, bitte.“

„Ich bin dir nicht böse, Rose“, sagte ich, „wirklich nicht.“ Verlegenheit und Scham schienen mich fast zu erdrücken. „Aber ich bin doch häßlich!“ preßte ich schließlich hervor und hatte nur den einen brennenden Wunsch, daß sie mich hassen und verachten möge – damit endlich das in mir bohrende Schuldbewußtsein nachließe. „Ich bin häßlich! Und viel zu plump! Wie kannst du mich aufregend finden?"

Ich sah, wie unter Tränen ein leichtes Lächeln über ihr Gesicht huschte. „Häßlich und plump?" sagte sie. „Das warst du für mich nie. Ich finde, du siehst faszinierend aus."

Ich öffnete das Fenster und lehnte mich hinaus. Frischer Lufthauch kühlte mir das Gesicht. Weit unten über dem Hafen kreisten Möwen und stiegen schwerelos in den Himmel empor.

Ich spürte ihre Hand auf meinem Arm. „Mark, ich muß gehen, bevor Mrs. Treen Verdacht schöpft... Verzeih mir, daß ich in solch elender Stimmung bin... Dabei freue ich mich doch so, daß du gekommen bist, um mir zu helfen..."

Was blieb mir übrig, als mich nun zu entschuldigen, daß ich schroff und unfreundlich gewesen war.

Ich begleitete sie bis zum Haus der Treens und küßte sie zum Abschied. „Und vergiß nicht, daß du dir keine Sorgen zu machen brauchst", wiederholte ich. „Ich werde mich um dich kümmern. Also mach dir keine Gedanken."

Sie lächelte mühsam. Ihr Gesicht war blaß vor Erschöpfung, aber noch ehe ich ein Wort sagen konnte, hatte sie sich umgewandt und schritt allein auf das Haus zu.

Als der Befund des Arztes tatsächlich auf Schwangerschaft lautete, zögerte ich keinen Augenblick, meine einmal gefaßten Pläne in die Tat umzusetzen, und schrieb als erstes den angeblich von meiner Mutter stammenden Brief, dem ich ein paar Zeilen hinzufügte. Dann ritt ich nach Penzance, um mich Michael Vincent anzuvertrauen.

Er wirkte blaß und überarbeitet. Seine grauen Augen waren rot umrandet, und mir fiel auf, daß sein Haar sich an den Schläfen bereits zu lichten begann.

„Wie geht es dir?" erkundigte ich mich eher beiläufig. „Wir haben uns lange nicht gesehen. Was macht Clarissa?"

Er zuckte mit den Achseln. „Ich war in letzter Zeit nicht auf Penmarric."

So stand es also. Clarissa war der Aufmerksamkeiten eines mittellosen Provinzanwaltes inzwischen überdrüssig geworden und hatte nun einen anderen Favoriten. Vincent tat mir leid. Nachdem wir uns zum Lunch verabredet hatten, überließ ich ihn seinen Geschäften.

Zwei Stunden später trafen wir uns in einem Wirtshaus, wo ich mich der schwierigen Aufgabe gegenübersah, gegen ein Minimum an Information ein Maximum an guten Ratschlägen aus ihm herauszuholen. Ich fragte ihn, ob er wisse, wo ich mich nach preiswerten Zimmern umschauen könnte, und tatsächlich war er in der Lage, mir mit nützlichen Hinweisen zu dienen. Doch ganz unvermeidlich war seine Neugier erwacht, so daß ich mich genötigt sah, ihm anzuvertrauen, daß ich die Räumlichkeiten für eine Bekannte von mir suche, die das Unglück gehabt habe, in eine gewisse weibliche Kalamität zu geraten.

Er starrte mich aus großen Augen an. „Guter Gott", murmelte er schließlich, „ihr Penmars seid aber wirklich schnell bei der Hand. Neulich erst waren wir gezwungen, eine von Harrys Geliebten mit Geld abzufinden. Sie hatte von seiner Verlobung mit Judith Carnforth gehört und wollte Schwierigkeiten machen."

„Ich heiße nicht Penmar", sagte ich scharf. „Ich heiße Castallack. Außerdem bin ich mit Harry nicht einmal blutsverwandt. Schließlich hat Giles ihn nur adoptiert."

„Ja, ich weiß ..."

„Außerdem, Vincent, möchte ich dir ganz offen sagen, daß ich es für unverantwortlich von dir halte, mir diese Geschichte von Harrys Geliebter zu erzählen. Anwälte haben über solche Dinge doch Stillschweigen zu bewahren."

„Ja ... ja, du hast recht. Tut mir leid." Er schien deprimiert zu sein. „Ich fürchte, ich bin im Augenblick auf die Penmars nicht gut zu sprechen. Vergiß es, bitte. Aber was ist das für eine Frau, diese ... diese Freundin von dir? Was, um Himmels willen, machen wir, wenn dein Vater davon erfährt?"

„Er wird nichts erfahren, weil du der einzige bist, dem ich es erzähle." Schon der Gedanke daran, daß mein Vater mein Verhältnis mit Rose entdecken könnte, ließ mir Angstschauer den Rücken hinunterjagen.

Ich erzählte Vincent so wenig wie möglich, trotzdem war er zutiefst schockiert. Es war klar, daß er mein Verhalten mißbilligte und der Meinung war, ich sollte Rose sofort heiraten.

Nach dem Essen begleitete ich ihn zurück in sein Büro. Es war ein grauer Septembertag; der Geruch des Meeres wehte uns vom Hafen entgegen. Die Kirchturmuhr zeigte auf zwei Uhr, und ich wollte mich gerade von Vincent verabschieden, als donnernde Hufschläge hinter uns ertönten. Wir wandten uns um. Justin Carnforth hielt das Pferd an und rief uns eine Begrüßung zu.

„Castallack! Vincent! Wartet einen Augenblick!"

Wir unterdrückten ein Stöhnen. Carnforth hatte die Eigenschaft, endlos lange, langweilige Monologe zu halten.

„Wie geht es Ihnen, Carnforth?" fragte Vincent höflich, und als er Carnforths Gesichtsausdruck sah, fügte er hinzu: „Ist etwas geschehen?"

„Geschehen? Zum Teufel!" Sein Gesicht war dunkel vor Zorn. „Hast du es noch nicht gehört? Dieser Lump, Harry Penmar! Wenn ich ihn je in die Hände bekommen sollte...!"

„Was hat er getan?" fragte ich interessiert.

„Meine Schwester Judith... dieser Schuft..."

„Hat er sie entführt?" fragte ich.

„Nein!" schrie Carnforth. „Verdammt noch mal: nein! Er hat sie sitzenlassen! Und ist mit der Pfarrerstochter aus Zillan durchgebrannt! Wahrhaftigen Gottes mit einer *Pfarrers*tochter! Was für eine Schande für meine arme Schwester..."

„Und was für ein Schock für die Barnwells", warf Vincent dazwischen.

„Nun", sagte ich amüsiert, „Mrs. Barnwell wird sich eher freuen, daß ihre Tochter in höhere Kreise einheiratet, selbst wenn das auf so unkonventionelle Weise geschieht."

„Was scheren mich die Barnwells!" fauchte Carnforth. „Meine arme Schwester! Einfach sitzengelassen! Vincent, Sie sind doch öfters auf Penmarric? Dann sagen sie Clarissa, sie möge ihrem Bruder mitteilen, er solle sich ja nie wieder in Penzance blicken lassen, sonst..."

„Ja, ja", sagte Vincent hastig, um Carnforth zu beschwichtigen, dessen theatralischer Auftritt die Köpfe der Passanten neugierig herumfahren ließ. „Ich werde es ihr sagen."

„Und wenn du einmal nach Penmarric kommst, Mark..."

„Ich komme nie nach Penmarric", sagte ich höflich – und entsann mich, kaum daß die Worte heraus waren, daß ich ja die Absicht hatte, gleich am folgenden Tage Giles Penmar aufzusuchen, um mir von ihm das nötige Geld zu beschaffen.

„Ein wahrer Skandal", sagte mein Vater beim Abendessen zu mir. „Einfach unglaublich, daß ein so wohlerzogenes Mädchen wie Miriam auf einmal alle moralischen Prinzipien über Bord wirft und mit einem solchen Subjekt durchbrennt. Ich begreife es nicht. Der arme Barnwell tut mir leid. Er wird außer sich sein."

„Ja, Sir."

„Ich sage es ungern, aber ein Teil der Schuld trifft wohl auch Mrs. Barnwell. Sie war viel zu sehr darauf bedacht, ihre Tochter gut zu verheiraten. Ich bin sicher, daß sie es war, die Miriams Flirt mit dem jungen Raymond guthieß, ehe Giles seinen Sohn dann ins Ausland schickte, und es würde mich nicht wundern, wenn sie bei der Geschichte mit Harry beide Augen zugedrückt hätte. Lieber Himmel, es konnte ihr doch gewiß nicht entgehen, daß die beiden sich heimlich trafen, selbst nachdem Harry mit Judith Carnforth verlobt war! Wie konnte sie es bloß zulassen? Vermutlich wollte Harry Judith doch nur heiraten, um seinen Vater und seine Gläubiger zu beschwichtigen – nur daß er es dann vorzog, in letzter Minute mit einem Mädchen durchzubrennen, das ihm besser gefiel."

„Ja, Sir."

„Wie ein junger Mann so nichtswürdig handeln kann, geht über meinen Verstand. Allerdings würde es mich jetzt auch nicht mehr überraschen, wenn er die arme Miriam sitzenließe. Was aber soll dann mit ihr werden? Ihr Leben wäre ruiniert. Sosehr sie auch für ihr Verhalten zu tadeln ist, der Hauptübeltäter ist und bleibt Harry Penmar. Ein junger Mann, der ein unschuldiges junges Mädchen so ins Verderben stürzt, beweist damit seine Charakterlosigkeit."

„Ja."

Er musterte mich eingehend. „Du scheinst genauso schockiert zu sein wie ich", sagte er. „Du bist so schweigsam heute. Fühlst du dich nicht wohl?"

„Ich bin nur ein wenig müde", erwiderte ich. „Wenn Sie mich entschuldigen wollen, Sir . . ."

„Aber gewiß doch, gewiß. Schlafe gut und ruh dich aus." Er lächelte mich an, und der Blick seiner blauen Augen war von solcher Klarheit, daß ihm nichts ferner sein konnte als der Gedanke, ich könnte genauso nichtswürdig handeln wie Harry Penmar.

Am folgenden Morgen ritt ich nach Penmarric, um Giles aufzusuchen.

Daß ich eine größere Summe brauchte, war mir von Anfang an klar gewesen, und lange hatte ich mir den Kopf zerbrochen, an wen ich mich deshalb wenden sollte. Für eine Weile hatte ich schon fast geglaubt, meinen Stolz überwinden zu können und meine Mutter anzugehen. Aber ich kannte sie genug, um befürchten zu müssen, daß sie sofort bei meinem Vater ungehalten anfragen würde, ob er denn nicht in der Lage sei, mir ein anständiges Taschengeld zu geben. Nein, bloß nicht auch noch sie in diese ohnehin verfahrene Sache hineinziehen. Aber wen gab es noch? Bei Vetter Robert Yorke war ich zwar gut angeschrieben, und außerdem verfügte er über die Mittel, mir zu helfen, aber als willenloses Werkzeug meiner Mutter schien er mir kaum fähig, darüber Schweigen zu bewahren. Und mich an meinen Vater zu wenden, kam nicht in Frage.

Blieb also nur noch Giles Penmar. Er hatte mich zu seinem Erben gemacht und würde mir wahrscheinlich einen Teil jenes Geldes zugestehen, das er mir ohnehin zu hinterlassen gedachte.

Es war Morgen. Das Haus lag einsam und verlassen, die düsteren Mauern von trüben Nebelschwaden umhüllt. Sekundenlang stand ich da und begriff nicht, warum ich das Gebäude trotz seiner Häßlichkeit so liebte, doch im tiefsten Inneren wußte ich, daß es darauf wartete, von mir zum Leben erweckt zu werden. Es war mein Haus, mein Land, und eines Tages würde ich beide in Besitz nehmen.

Ich überließ mein Pferd einem Stallburschen, und ein Diener führte mich eilfertig ins Innere. Und dann stand ich zum zweitenmal in dem Zimmer mit dem abgetretenen Teppich und sah durch die Fenster der Terrasse, wie der trübe Nebel von der See hereintrieb.

Während ich ungeduldig im Zimmer auf und ab schritt, ging plötzlich die Tür auf, und ich sah mich unvermittelt Clarissa gegenüber.

„Lieber Vetter Mark!“ rief sie in einem Ton, der jedem ihrer Bewunderer Schauer des Entzückens über den Rücken zu jagen vermochte. „Ich komme mit dem Friedenszweig in der Hand!“

Um der Wahrheit die Ehre zu geben, verfehlte ihre Eröffnung auch bei mir nicht ganz die beabsichtigte Wirkung, bis mir einfiel, daß ihr Äußeres eigentlich niemals mein Fall gewesen war. Sie trug ein cremefarbenes, mit apfelgrüner Seide durchwirktes Kleid, das ihr ausgezeichnet stand, wenn es auch an gewissen fraglichen Stellen so knapp saß, daß eine Mutter oder Tante, wäre eine solche zur Hand gewesen, sicher sofort energisch Einspruch erhoben hätte.

„Guten Morgen, Clarissa", sagte ich, sehr auf meiner Hut. „Vielen Dank für den Friedenszweig, den ich mit Vergnügen entgegennehme."

„Wunderst du dich nicht über meine Friedensbereitschaft?" fragte sie. Sie ließ sich lässig auf das Sofa nieder und machte eine einladende Geste, mich neben sie zu setzen. „Schließlich sind wir doch lange Feinde gewesen, nicht wahr?"

„Ich habe mir auf Penmarric nie jemanden zum Feind machen wollen", erwiderte ich und nahm auf einem Sessel Platz. „Das war ausschließlich dein Entschluß."

„Aber wie hätten wir uns anders verhalten sollen? Harry und ich galten nie als echte Penmars, für Papa existierte einzig und allein Raymond, und als der dann starb, fand er nicht das geringste dabei, einen Wildfremden zum Erben einzusetzen. Du begreifst wohl, daß wir darüber nicht in Jubelschreie ausbrachen."

„Vielleicht... Aber warum sollte sich daran plötzlich etwas geändert haben?"

„Dafür kannst du dieser gerissenen kleinen Mitgiftjägerin Miriam Barnwell danken! Wie Harry sich von dieser Person einfangen lassen konnte, geht über meinen Verstand. Aber natürlich ist das der Tropfen, der das Faß endgültig zum Überlaufen bringt – Papa wird ihn enterben, und wahrscheinlich werde ich ihn lange nicht wiedersehen, und... nun, es ist sehr einsam hier auf Penmarric, Mark." Sie schenkte mir einen langen, traurigen Blick aus dunklen, traurigen Augen – wunderschöne Augen, groß, glänzend, mit langen Wimpern. „Ein trostlos ödes Haus! Wenn ich daran denke, daß ich jetzt ohne Harry hier einsam wie in einem Kerker leben soll."

„Liebe Clarissa", sagte ich galant, „bist du da nicht ein wenig zu bescheiden? Du weißt recht gut, daß auf einen winzigen Wink von dir mein Freund Vincent herbeigestürzt käme, um dir Gesellschaft zu leisten."

„Richtig – der liebe Mr. Vincent ist ja ein Freund von dir, das war mir ganz entfallen." Sie lächelte einen Augenblick, ehe sie beiläufig hinzufügte: „Übrigens war er gestern abend wieder einmal auf Penmarric, irgendwelcher Geschäfte wegen, und da er mir leid tat – nun, wir tranken zusammen ein Glas Portwein, und er erzählte mir – oh, so *überaus* faszinierende Dinge von dir, lieber Mark!"

Ich sah ihr Gesicht, sah ihr Lächeln. Und dachte: Wenn dieser Narr ihr auch nur ein Wort über Rose gesagt hat, dann wird er das bereuen.

„Er scheint erstaunlich viel über dich zu wissen, Mark ... du sollst bei den Damen ja sehr beliebt sein. Auch ein Grund, mich dir mit dem Friedenszweig zu nähern. Herren mit romantischem Flair haben mich immer schon fasziniert."

„Romantisch?" sagte ich, bemüht, meine Stimme ihrem leichten Ton anzupassen. „Ich fürchte, Vincent hat da allzuviel Lob über mich ausgeschüttet. Ich sehe nicht romantisch genug aus, um dem Beispiel deines Bruders Harry nacheifern zu können."

„Wen schert schon das Aussehen, wenn die Vorhänge geschlossen und die Kerzen gelöscht sind?"

Ich fuhr hoch, für einen Augenblick blieb mir der Atem weg. Von einem Mädchen ihres Alters und Standes hatte ich solche Worte noch nie gehört.

Sie lachte. „Nun schau nicht so belämmert drein! Schließlich bin ich lange Jahre Harrys Vertraute gewesen und weiß, was in der Welt vorgeht." Sie erhob sich und kam auf mich zu, und während ich noch ihre graziösen Bewegungen verfolgte, wurde mir klar, daß jedes Wort des üblen Klatsches über sie zutraf. „Hättest du Lust, durchs Haus geführt zu werden?" fragte sie leichthin. „Ich könnte dir zeigen ..."

„Nein, danke", erwiderte ich kurz.

Sie hob kaum merklich die Brauen. Das Lächeln schwand aus ihrem Gesicht. „Das klingt aber nicht gerade liebenswürdig, Mark, findest du nicht? Ich dachte, du hättest den Friedenszweig angenommen!"

Ich wandte ihr den Rücken zu, um nach dem Diener zu läuten. Ehe ich dazu kam, hörte ich ihre kühl beherrschte Stimme: „Du würdest mich gewiß unterhaltsamer finden als eine Arzttochter. Die Mädchen des Mittelstandes sind so trostlos, findest du nicht?"

Ich fuhr herum, brachte aber kein Wort heraus.

Sie lachte. „Du bist außer dir, weil ich von deiner kleinen Geliebten weiß!"

„Hör zu, Clarissa", sagte ich betont höflich, „wenn du auch nur noch ein häßliches Wort fallen läßt über ein Mädchen, das tausendmal mehr Dame ist, als du es je sein wirst..."

„Also eine damenhafte Mätresse – wie langweilig!"

Ich schlug sie ins Gesicht. Sie griff sich an die Wange. Ihre Augen füllten sich mit Haß.

„Du... Bastard!" Sie spie mir ins Gesicht. Das Wort, von ihr zufällig gewählt, klang mir gemeiner in den Ohren als ein obszöner Fluch. „Du... elender... Bastard." Sie zitterte vor Wut, konnte einen Augenblick lang nicht weitersprechen. Doch dann überstürzten sich ihre Worte. „Wie konntest du es wagen! Raus mit dir! Raus! Raus!"

Ich zog mein Taschentuch hervor, wischte mir ihren Speichel ab und ließ mich langsam auf dem Sofa nieder.

„Also gut", sagte sie, immer noch zornbebend. „Dann werde ich die Diener rufen und dich hinauswerfen lassen."

Hatte ich bisher nur mit Mühe die Fassung bewahrt, so verlor ich sie jetzt völlig. Mit einem Ruck aufspringend, packte ich Clarissa und schüttelte sie wild. „... du Biest... du verdammte kleine..." Schon als Kind hatte ich zum Jähzorn geneigt, und wenn ich es als Erwachsener auch gelernt hatte, Beherrschung zu üben, so war es damit vorbei, wenn erst einmal die Dämme brachen. „Du hältst dich wohl für unwiderstehlich? Aber wenn du dir einbildest, mit mir umspringen zu können wie mit diesem Narren Vincent, so bist du an den Falschen geraten! Ich lasse mir von keiner Frau vorschreiben, was ich zu tun habe. Warum sollte ich mich gerade für dich interessieren? Dazu habe ich einen zu guten Geschmack. Mit dir gehe ich nicht ins Bett, und wenn du mich dafür bezahlst!"

Ich stieß sie heftig zur Seite, so daß sie auf das Sofa fiel. In diesem Augenblick öffnete sich die Tür, und der Butler, dezent hüstelnd, verkündete, daß der Herr des Hauses bereit sei, mich zu empfangen.

„Wie heißen Sie?" fragte ich den Mann schroff, als ich ihm durch die düstere Halle zur breiten Treppe folgte. Ich rückte meine Krawatte zurecht und wischte mir mit dem Handrücken über die feuchte Stirn. Meine Hand zitterte noch.

„Medlyn, Sir." Es war ihm vom Gesicht abzulesen, daß er mich nach dieser Szene, deren Zeuge er ungewollt geworden war, als einen echten Penmar ansah. Während wir die Stufen emporstiegen, wies er mich auf die Porträts meiner Vorfahren hin. Der erste Penmar, jener Spieler namens Baker, der Penmarric dem Prinzregenten abgewonnen hatte, war nicht darüber erhaben gewesen, sich mit den verrufenen Würfeln in der Hand malen zu lassen. Er hatte das Aussehen eines zynischen, saturierten Weltmannes und wirkte trotz der verweichlichten Mode jener Zeit rauh und männlich. Ihm zur Seite fanden sich die Porträts seiner drei Söhne, von denen die beiden älteren ein ungeklärtes Ende gefunden hatten, während der jüngste, mein Großvater Mark Penmar, in jungen Jahren in Indien ein Vermögen machte, ehe er später Herr von Penmarric wurde. Ihn, den meine Mutter so geliebt hatte, betrachtete ich eingehender; sie hatte mir oft versichert, daß ich ihm stark ähnlich sei. Ich erkannte mich in den dunklen, schräggestellten Augen, in der häßlichen Nase und dem breiten Mund, nicht aber im kalten, verschlagenen Gesichtsausdruck, der mich abstieß. Als letztes kamen die Porträts meiner Mutter und ihres Bruders Arthur, der beim Segeln ertrunken war und Penmarric ohne Erben zurückgelassen hatte. Er war ohne Frage der erste Penmar, den man hübsch nennen konnte, aber er war auch der erste, der dümmlich wirkte. Ich wandte mich dem Porträt meiner Mutter zu, das sie mit achtzehn Jahren zeigte, und forschte nach Spuren von Ähnlichkeit mit jener verbitterten, herrschsüchtigen Frau, die ich kannte; doch es fanden sich keine. Ihre Augen blickten sanft, ihre leicht geöffneten Lippen waren weich und üppig. Sie bot ein Bild strahlender Jugend.

Plötzlich überfiel mich ein Gefühl der Trauer. Ich wandte mich ab und ließ die Galerie hinter mir. Ein langer Gang führte zum Schlafzimmer des Hausherrn. Im berühmten Turmzimmer, dessen Fenster auf das tief unten liegende Meer blickten, lag Giles in seinem Bett und erwartete den Tod.

Als ich die Schwelle überschritt, schlug mir die stickige Luft des Krankenzimmers entgegen. Giles' Augen lagen tief in ihren Höhlen, sein fahles Antlitz war vom Tode gezeichnet. Mit einer schwachen Bewegung bat er mich, Platz zu nehmen. Wortlos zog sich die ältliche Krankenschwester zurück. Wir waren allein.

„Du bist also wiedergekommen", sagte er schließlich. „Ich habe mich gefragt, ob ich dich noch einmal sehen würde."

„Ja, Sir." Es war mir unmöglich, ihn länger anzusehen. Zu klar war mir bewußt, daß ich bei seinem Anblick nichts empfand: weder Mitleid noch Freundschaft oder Zuneigung. Es gab keine gefühlsmäßige Bindung zwischen uns. Er war und blieb für mich ein Fremder.

„Einen Grund wird dein Besuch ja haben", bemerkte er trokken. „Schließlich bin ich nicht dumm." Als ich nicht antwortete, redete er weiter, dabei seinen rauhen Ton beibehaltend. „Die Geschichte mit Harry ist dir natürlich zu Ohren gekommen. Bilde dir aber nicht ein, daß ich das ganze Geld nun dir vermache. Ich werde dir genug geben, um mein Gewissen zu beruhigen. Harrys Anteil wird Clarissa zufallen; vielleicht findet sich doch irgendein Mann, der sie ihres Geldes wegen nimmt. Ihr guter Ruf wird weiß Gott keinen verlocken, sie zu heiraten."

Verlegen ließ ich meinen Blick durch den großen, kreisförmigen Raum gleiten und schwieg.

Nach einer Pause sagte er spöttisch: „Nun rück schon heraus damit. Wieviel brauchst du?"

„Wenn – wenn Sie die Summe nicht als Geschenk, sondern als Vorschuß betrachten könnten, Sir..."

„Selbstverständlich. Wieviel?"

Ich nannte den Betrag.

„Wozu brauchst du das Geld? Gibt dein Vater dir denn nicht genug?"

Wir befanden uns auf gefährlichem Terrain. Langsam wich das Gefühl der Lähmung von mir, die schmerzliche Tatsache trat quälend in mein Bewußtsein, doch als ich dann sprach, klang meine Stimme beherrschter denn je. „Es widerstrebt mir, ihn um eine solche Summe zu bitten, da es unmöglich wäre, sie als Vorschuß auf eine spätere Erbschaft zu betrachten. Er hat die Absicht, sein Geld fast ausschließlich meinem jüngeren Bruder zu hinterlassen."

„So? Und warum?"

Der Schmerz durchdrang mich, erfaßte jeden Nerv meines Körpers, während unter Giles' prüfendem Blick mein Gesicht tief errötete. „Es... es wäre unfair, Sir... da ich ja Penmarric erben werde..." Ich wußte kaum, was ich sagte. „Gweekellis Manor sollte Nigel zufallen, weil... weil das nur recht und billig ist..."

„Nun, mir scheint nichts weniger recht und billig als die Enterbung des ältesten Sohnes zugunsten eines jüngeren – sofern natürlich Castallack nicht der Meinung ist, er besäße nur einen Sohn."

Kaum waren diese Worte heraus, als der Schmerz sich zu solcher Heftigkeit steigerte, daß ich ihn keine Sekunde länger ertragen konnte. Ich erhob mich und ging mit schlaffen Gliedern zur Tür. Doch seine Stimme hielt mich zurück. Offenbar sah er für Zorn an, was nur ein Gefühl grenzenlosen Elends war. Als ich schon in der Tür war, rief er hastig hinter mir her: „Warte! Ich gebe dir das Geld! Du brauchst nicht gleich wütend zu werden... Entschuldige, daß ich diesen wunden Punkt berührt habe, aber seit deinem und deiner Mutter Besuch damals habe ich über dich nachgedacht und mich gefragt, ob vielleicht... Aber das ist jetzt wohl nicht weiter von Belang. Geh zu meinem Schreibtisch und zieh die oberste Schublade auf... Ja, ganz richtig. Dort findest du Papier und eine Feder. Schreib auf, was ich dir diktiere. Ich werde Trebarvah, meinen Anwalt, bitten, die nötigen Vorkehrungen zu treffen, damit dir das Geld von der Bank überwiesen werden kann."

Mit großer Mühe zwang ich meine zitternden Finger zur Ruhe, nahm die Feder und tat, wie geheißen.

Nachdem er den Brief unterzeichnet hatte, schärfte er mir ein, mit dem Geld vernünftig umzugehen und es nicht auf Penmar-Art zu verschleudern, doch inzwischen hatte ich meine Fassung zurückgewonnen, und die still aufsteigende Wut überwog allen Schmerz. Als ich erwiderte: „Sir, mein Name ist Castallack und nicht Penmar", war meine Stimme so kalt wie die graue See unter den Fenstern.

„Ach, richtig", sagte er, und während sich unsere Blicke sekundenlang trafen, wurde mir unangenehm bewußt, daß in der Tiefe meiner Gefühle eine Saite anklang, ein Schatten von Mitgefühl sich regte. „Fast hätte ich es vergessen", wiederholte Giles Penmar, und ich sah die Einsamkeit in dem kranken, ausgemergelten Gesicht und überwand mich, ihm zu verzeihen.

„Dein Name ist Castallack." Sein Mund verzog sich zu einem spitzen Lächeln.

Bald danach ging ich. Fast im Laufschritt bewegte ich mich durch den dunklen Gang auf die Galerie zu, und während ich die Treppe hinabstolperte, schienen mich die Penmars von den Wänden höhnisch anzugrinsen. Noch nie war mir ein Haus so bedrückend erschienen wie Penmarric in diesem Augenblick, und als ich auf meinem Pferd im Galopp davonstob, wünschte ich in einem Anfall von Depression, mein Urgroßvater hätte das berüchtigte Würfelspiel mit dem Prinzregenten verloren und wäre für den Rest seines Lebens ein Abenteurer namens Baker geblieben.

5

Sehr zu meinem Verdruß lag ich in der folgenden Nacht lange wach und dachte an Clarissa Penmar. Das war immer noch besser, als an die unangenehme Szene im Turmzimmer zu denken. In der Vergangenheit hatte ich so manche Frau von zweifelhaftem Ruf kennengelernt, doch offene und schamlos betriebene Promiskuität bei einer unverheirateten jungen Dame war mir noch nie untergekommen. Mädchen meines Standes blieben bis zu ihrer Heirat jungfräulich, gleichgültig, welche Wertmaßstäbe sie in ihrem späteren Leben anlegen mochten. Allerdings war der Grund dafür oft wohl weniger ein Keuschheitsgelübde als einfach der Mangel an Gelegenheit, denn selbst nachdem sie in die Londoner Gesellschaft eingeführt worden waren, blieben sie stets in Begleitung einer Anstandsdame. Auch Clarissa konnte es da kaum anders ergangen sein, doch offensichtlich hatte ihre Begleiterin nicht über die Gabe der Allgegenwärtigkeit verfügt.

Ich fragte mich, wie viele Männer sie schon verführt haben mochte, und mußte zu meinem Unwillen feststellen, daß sie ein zwar verabscheuenswertes, doch nicht minder sinnliches Interesse in mir erweckte. Angestrengt versuchte ich an etwas anderes zu denken und verfiel dabei ausgerechnet auf Michael Vincent. Plötzlich erfaßte mich solcher Zorn über seinen Vertrauensbruch, daß ich keiner vernünftigen Überlegung fähig war. Gleich am nächsten Morgen ritt ich nach Penzance, um ihn in der Kanzlei aufzusuchen.

„Castallack!" rief er, als mich ein Angestellter in sein Büro führte. „Was für eine angenehme Überraschung!"

„Das glaube ich kaum", sagte ich scharf und wartete dann, bis der Angestellte die Tür hinter sich geschlossen hatte. „Zum Teufel mit dir! Wären wir nicht in deinem Büro, wo die Leute alles hören können, ich würde dich zusammenschlagen."

„Castallack!" Er war aschfahl. „Was . . . ?"

„Was das soll? Tu bloß nicht so unschuldig. Du weißt ganz genau, worum es geht, du verdammter Idiot! Wie konntest du es wagen, deiner Geliebten etwas über mein Privatleben zu sagen?"

„Meiner Geliebten?" Er sah aus, als würde er gleich in Ohnmacht fallen.

„Jawohl, deiner Geliebten!" brüllte ich ihn an. „Du hast dieser Hure auf Penmarric von Rose Parrish erzählt..."

„Clarissa ist nicht meine Geliebte", sagte er. „Wirklich nicht."

„Und das glaubst du mir weismachen zu können?" Ich spürte, wie ich langsam die Kontrolle über mich verlor. „Die gibt sich doch jedem hin, der ihr seine Dienste anbietet! Guter Gott, selbst mir hat sie Avancen gemacht! Versuche also nicht..."

Am ganzen Leibe zitternd, stand er auf. „Du...", sagte er stockend, „du... willst du damit etwa sagen, daß ihr beide..."

„Allmächtiger Gott, Vincent, mach dich doch nicht so zum Narren! Glaubst du etwa, ich hätte Lust gehabt, mich mit ihr im Empfangsraum auf einem abgewetzten Teppich zu paaren – wo ich dazu noch wußte, daß du ihr gesagt hattest..."

„O Gott", sagte er und setzte sich plötzlich wieder. „O Gott." Und schlug die Hände vors Gesicht.

Ich starrte ihn an. „Schön", sagte ich schließlich bitter. „Schön. Sie ist also nicht deine Geliebte. Vielleicht schläft sie statt dessen mit einem Stallburschen. Aber wenn sie nicht einmal deine Geliebte ist, dann gibt es überhaupt keine Entschuldigung für deinen Vertrauensbruch. Als ich dir von Rose erzählte, geschah das unter dem Siegel der Verschwiegenheit. Ich verließ mich auf deine moralischen Grundsätze als Anwalt und Gentleman, und du hast mich schändlich hintergangen ..."

„Komm mir doch nicht mit moralischen Grundsätzen", unterbrach er mich. „Du hast doch keine. Hättest du dich wie ein Gentleman verhalten, so wärst du nicht genötigt gewesen, mir von der Sache mit Rose Parrish zu erzählen."

„Verdammt noch mal!" rief ich. „Spar dir deine Predigt!"

„Und spar du dir deine!"

„Du unverschämter ..."

„Schon gut, tut mir leid! Tut mir leid, daß ich Clarissa etwas gesagt habe! Es geschah versehentlich. Wir sprachen gerade von dir, und auf Clarissas Bemerkung, du seist, was gutes Aussehen beträfe, ganz das Gegenteil des verstorbenen Raymond, erwiderte ich, daß andere Frauen dich offenbar recht anziehend fänden ..."

„Du charakterloser Schwächling ..."

„Ich wollte ihr nichts sagen, das schwöre ich dir! Aber ich liebe sie, Castallack, und wenn ich mit ihr zusammen bin, dann bin ich Wachs in ihren Händen."

„Wachs!" Ich sah ihn verächtlich an. „Zerbrechen wird sie dich, du armer Teufel. Zermalmen. Lieben aber wird sie dich nie. Das äußerste, was du dir erhoffen kannst, sind ein paar Stunden in ihrem Schlafzimmer, ehe sie sich einem anderen zuwendet."

Er schlug so rasch zu, daß es mir nicht mehr gelang, seiner Faust auszuweichen. Sein wuchtiger Hieb schleuderte mich gegen einen Schrank, dessen Tür weit aufflog. Federhalter und Papier regneten herab.

„Castallack – hab ich dich verletzt?" fragte er, offenbar selbst verdutzt über seinen Ausbruch, und wollte mir auf die Beine helfen.

Ich stieß ihn weg und raffte mich hoch.

„Entschuldige, bitte, Castallack. Ich will doch keinen Streit mit dir. Komm, laß uns wieder Freunde sein. Es war gemein von mir, dein Vertrauen so zu enttäuschen, und ich bitte dich von ganzem Herzen um Verzeihung, aber..."

„Dir werde ich nie wieder den kleinen Finger reichen", stieß ich zwischen den Zähnen hervor und ging hinaus.

Hinter mir knallte die Tür zu. Im Kanzleiraum spähten drei ältere Schreiber neugierig über den Rand ihrer Brillengläser hinter mir her. Ich beachtete sie nicht weiter. Ohne recht zu wissen, wohin ich meine Schritte lenken sollte, trat ich auf die Straße und schlug dann in ungeminderter Wut den Weg zur Esplanade ein, wo ich, allein mit mir und meinem Zorn, allmählich zur Ruhe fand.

Es dauerte lange, ehe ich meinen Fuß wieder in jenes Büro setzte, um mit Michael Vincent Frieden zu schließen, und durch viele Monate mieden wir einander.

Am Nachmittag desselben Tages fand ich für Rose eine Wohnung mit dem Blick auf das Meer. Die Tochter der Wirtin willigte ein, ihr gegen Entgelt im Haushalt zu helfen. Sie machte einen recht tüchtigen Eindruck.

„Meine Kusine Mrs. Parrish", sagte ich, nachdem alles geregelt war, „ist derzeit gesundheitlich nicht ganz auf der Höhe. Vor erst einem Monat kam ihr Gatte in Frankreich auf tragische Weise ums Leben."

Wirtin und Tochter seufzten mitfühlend.

„Er machte Experimente mit einer Kutsche ohne Pferde", fuhr ich fort. „Dabei explodierte der Motor, und es gab ein entsetzliches Unglück."

Sie starrten mich aus aufgerissenen Augen an. Daß derartige Dinge in Frankreich vor sich gingen, hatten sie wohl schon gehört, aber sich noch nie so direkt mit den Errungenschaften der Technik konfrontiert gesehen.

„All dieses neumodische Zeug", sagte die Wirtin mißbilligend.

„Daraus kann nichts Gutes entstehen", sagte ihre Tochter. „Gar nichts Gutes."

Beide nickten einträchtig. Ich überließ sie ihren Betrachtungen und ging in das Schreibzimmer des nahen Metropole-Hotels, um Rose ein paar Zeilen zu schreiben. Ich erwähnte, daß für Wohnung und Dienstmädchen gesorgt sei, und versprach, gleich am nächsten Montag eine Mietkutsche zu schicken, die sie aus St. Ives abholen würde.

„Den Treens sagst Du wohl am besten", schrieb ich, „daß die Kutsche Dich zum Zug nach London bringt. Sollten sie Dich zum Bahnhof begleiten wollen, so bitte sie, davon abzusehen, weil der Abschied dort Dir allzusehr zusetzen würde. Ich werde versuchen, bei Deiner Ankunft in Deiner Wohnung zu sein. Sollte mir das jedoch unmöglich werden, so sind ja Mrs. Polgear und ihre Tochter dort, um Dich in Empfang zu nehmen. Bei dem Manager der Great Western Bank, Market Jew Street 16, werde ich zwanzig Pfund für Dich hinterlegen, und solltest Du irgendwann in Schwierigkeiten kommen und mich nicht erreichen können, so magst Du Dich jederzeit an Mr. Michael Vincent wenden, einen Anwalt der Firma Holmes, Holmes, Trebarvah & Holmes, Bolitho Alley 3. Aber natürlich werde ich Dich jede Woche besuchen ...“

Sie für den Fall eines Falles an Vincent zu verweisen, konnte nicht schaden. Wenn die Beziehungen zwischen ihm und mir augenblicklich auch mehr als getrübt waren, so würde er doch niemals zögern, ihr beizustehen.

Ich versiegelte den Brief, gab ihn auf und ritt dann über die Hügel nach Morvah zurück.

Zu Hause angekommen, ging ich auf mein Zimmer und ließ mir von Mrs. Mannack warmes Wasser bringen.

„Mr. Castallack läßt Ihnen ausrichten, daß er Sie gerne sprechen würde, Sir“, sagte sie, als sie die Wasserkanne absetzte.

„Vielen Dank, Mrs. Mannack.“

„Zu Ihren Diensten, Sir.“

Ich wusch mich, zog mich um und ging dann zum Arbeitszimmer meines Vaters und klopfte an.

„Herein“, rief er.

Ich öffnete die Tür. Er stand am Fenster und blickte hinaus in die Abenddämmerung, die sich über die Heide senkte. Noch ehe ich ganz eingetreten war, bemerkte ich den Brief in seiner Hand.

Ich blieb stehen. Er drehte sich langsam zu mir herum und streckte mir den Brief entgegen. Seine Augen wirkten eigentümlich glanzlos.

„Bitte, lies das“, sagte er. Er stand schweigend da und wartete.

Ich nahm das Blatt, sah das Familienwappen der Penmars und die Unterschrift „Clarissa Penmar“.

Ich hob den Kopf. Irgendwo tickte eine Uhr. In weiter Ferne, hinter dem Fenster, sank die Sonne blutrot in das kornische Meer.

„Lies.“

Ich überflog die Zeilen. „Lieber Mr. Castallack", lauteten sie, „es mag Sie interessieren, daß Ihr Sohn heute hier war und um Geld gebettelt hat, wie mir mein Vater berichtete. Es scheint eine Frau im Spiel zu sein, eine Arzttochter, der Vetter Mark in Penzance..."

Das Blatt entglitt meinen Händen und schwebte lautlos zu Boden. Meine Kehle war wie zugeschnürt. Ich wandte mich zur Seite.

Nach einer langen Pause fragte er dann: „Stimmt das?"

Ich antwortete nicht. Ich stand bei seinem Schreibtisch, fuhr mit fahrigen Händen über das Tintenfaß, die Feder, die Bücher. Ich konnte nichts sehen.

„Stimmt das, Mark?"

„Nein", sagte ich. „Nein, das sind lauter Lügen."

Es war mir unmöglich, meine Hände stillzuhalten. Schließlich bückte ich mich und hob den Brief auf und versuchte weiterzulesen. Doch ich konnte es nicht.

„Lauter Lügen?" sagte er. „Aber du warst bei Giles. Clarissa kann eine solche Behauptung nicht einfach aus der Luft greifen. Du warst also auf Penmarric."

„Ja." Auf einem kleinen Tisch neben mir stand ein Schachbrett mit aufgestellten Figuren. Ich nahm einen schwarzen Bauern und einen schwarzen Springer in die Hand und setzte sie dann wieder zurück.

„Du hast dir von Giles Geld geliehen."

„Ja."

„Aber wofür denn?"

„Ich... brauchte es."

„Und warum bist du nicht zu mir gekommen? Habe ich dir nicht gesagt, daß du dich an mich wenden sollst und nicht an andere... an Fremde..."

„Ich wollte dich nicht damit behelligen", sagte ich. „Ich will dir nicht auf der Tasche liegen, Vater. Das Penmar-Geld steht mir von Rechts wegen zu."

„Aber du hättest zu mir kommen sollen! Warum mußtest du zu Giles gehen?"

„Weil es mir unmöglich war, dich um eine solche Summe anzugehen." Meine Finger schoben die kleinen elfenbeinernen Schachfiguren hin und her. „Ich wollte nicht, daß du etwas erfährst."

„Von dieser Frau?“

„Da ist keine Frau“, sagte ich. „Das sind lauter Lügen.“

„Wozu brauchtest du dann das Geld?“

„Spielschulden. Beim Kartenspiel auf Carnforth Hall.“

„Diese Arzttochter existiert also gar nicht.“

„Nein“, sagte ich. „Sie existiert nicht. Das hat Clarissa erfunden.“

Ein langes Schweigen folgte. Meine Finger stießen gegen die weiße Dame und warfen sie um.

„Leider kann ich dir nicht glauben“, sagte er.

Wieder Schweigen. Ich griff nach dem schwarzen Springer, als wollte ich ihn zermalmen. Meine Augen brannten.

„Wäre es nicht besser, du würdest mir alles sagen?“

Ich blieb stumm.

„Bitte, Mark.“

„Da ist nichts zu sagen“, erwiderte ich. „Da gibt es nichts, was du wissen müßtest. Alles ist erledigt und abgetan. Ich möchte nicht, daß du etwas erfährst.“

„Da kann ich dir leider nicht ganz folgen. Wie kann alles erledigt und abgetan sein, wenn du laut Clarissa vorhast, diese Frau in Penzance auszuhalten?“

„Es ist doch nur für ein paar Monate“, sagte ich hastig. „Wenn das Kind erst einmal geboren ist...“

Ich brach ab. Ich sah das betroffene Gesicht meines Vaters und begriff plötzlich.

Über die Schwangerschaft hatte Clarissa offenbar kein Wort geschrieben. Vermutlich war dieses letzte Geheimnis Michael Vincent doch nicht zu entlocken gewesen. Ich starrte auf den Brief und fand meine Vermutung bestätigt.

„Mein Gott.“ Ich setzte mich an den Tisch und stützte die Ellbogen auf das Schachbrett. Ein paar Elfenbeinfiguren fielen herab. Meine Wangen glühten, und plötzlich stürzten mir Tränen aus den Augen. „Mein Gott“, schluchzte ich. „Mein Gott... mein Gott...“

„Bitte“, sagte er. „Bitte, Mark.“

Weinend wie ein kleiner Junge hockte ich am Tisch.

„Am besten erzählst du mir die ganze Geschichte.“

„Nein“, sagte ich. „Ich will nicht, daß du etwas davon hörst. Ich will nicht, daß du etwas davon weißt.“

„Aber ich weiß es doch schon. Du hattest ein Verhältnis mit einer Arzttochter, die nun ein Kind von dir bekommt."

Diese Stimme. Ich konnte sie nicht länger ertragen. Die Hände gegen die Ohren gepreßt, starrte ich auf das Schachbrett und sah meine Tränen darauffallen.

Doch seine Fragen waren nicht abzuwehren.

„Ich möchte dir Gelegenheit geben, mir alles zu erklären."

„Das kann ich nicht."

Wie sollte ich auch? Wie sollte ich ihm verständlich machen, daß ich Rose gewollt hatte, weil sie mich an Janna erinnerte; und daß es mich nach Janna verlangte, weil eine solche Frau und nur eine solche Frau ... Ja, was eigentlich? Das wußte ich nicht. Das einzige, was ich mit Sicherheit wußte, war dies: Enthaltsam leben konnte ich nicht. Oft genug hatte ich mich gefragt, was mich zu Frauen trieb, die mir Liebe oder doch Verliebtheit nur vorheuchelten. Je unglücklicher ich war, desto mehr brauchte ich eine Frau. Mein an Besessenheit grenzendes Verlangen für Janna hatte zu einer Zeit seinen Anfang genommen, als ich mich einsam und unglücklich fühlte.

Ich riß mich zusammen und konzentrierte mich auf das, was mein Vater sagte.

„Wer ist diese Frau?" Seine Stimme war immer noch sehr ernst und beherrscht, verriet aber steigende Beunruhigung. „Wie hast du sie denn kennengelernt?"

„Durch Zufall, als ich in St. Ives war. Sie arbeitete dort als Kindermädchen. Ihr Vater starb, ohne ihr etwas zu hinterlassen, und Angehörige hat sie nicht." Mit fahrigen Bewegungen zog ich mein Taschentuch hervor. „Wir kamen eine Woche lang Tag für Tag zusammen."

„Wie denn? Besuchte sie dich etwa im Hotel? Eine Arzttochter? Ein wohlerzogenes junges Mädchen?"

„Nein, ich – ich hatte am Strand ein Badezelt gemietet."

„Wo du dann intime Beziehungen zu ihr hattest."

„Ja."

„Eine Woche lang."

„Ja."

„Hast du ihr ernste Absichten vorgespiegelt?"

„Nein, nicht im geringsten."

„Und – hast du jetzt versprochen, sie zu heiraten?"

„Nein.“

„Ich verstehe. Du hast dich ein paar Tage mit ihr vergnügt, dabei ihr Leben ruiniert und versuchst nun, dein Gewissen zu beschwichtigen – mit Hilfe des Geldes, das du dir von Giles Penmar geliehen hast. Weiß er, wozu du es...“

„Nein.“

„Aber du hast es vorgezogen, dich an ihn zu wenden, statt an mich.“

„Ich wollte dir keinen Kummer machen.“

„Keinen Kummer? Ja, was glaubst du, wie dein Besuch bei Giles auf mich wirkt? Deine Affäre mit dem jungen Mädchen und dein ganzes Verhalten überhaupt sind indiskutabel, und ich schäme mich für dich und bin tief schockiert. Aber Fehler macht jeder Mensch einmal, und bei allem Zorn versuche ich doch sehr, zu verstehen und zu verzeihen. Doch schwerer als alle moralischen Verfehlungen trifft mich deine Doppelzüngigkeit. Du hast mich getäuscht und belogen...“

„Aber doch nur, weil...“

„... weil du nicht den Mut hattest, deine Schuld einzugestehen! Aber ich will nicht alles auf dich abwälzen, denn verantwortlich bin ja auch ich. Ich habe versucht, dir ein guter Vater zu sein und dich zu Vernunft und Anstand zu erziehen. Jetzt sehe ich, daß ich versagt habe. Ich habe getan, was ich konnte – doch offenbar nicht genug.“

„Sag das bitte nicht.“ Clarissas Brief noch in der Hand, stand ich auf. Mein Gesicht war tränenfeucht. „Sag das doch nicht, bitte, bitte.“

„Aber es ist die Wahrheit“, erwiderte er. „Ich habe dich nie verstehen können. So wenig, wie ich je deine Mutter verstand. Von mir findet sich in dir nichts, gar nichts. Immer wieder habe ich versucht, wenigstens eine Spur von mir in dir zu entdecken, und sei es eine auch noch so entfernte Ähnlichkeit – aber es gibt nichts. Selbst deine geschichtlichen Neigungen sind nur ein Firnis, den du dir zugelegt hast, um Nigel auch in diesem Punkt auszustechen. Du bist wie deine Mutter. Du bist ein Penmar. Und das habe ich im tiefsten Herzen wohl schon seit deiner Geburt gewußt.“

„Nein!“ schrie ich, außer mir vor Furcht und Verzweiflung. „Nein, nein, nein...“

„Und du bist zu Giles gegangen", sagte er. „Zu Giles und nicht zu mir. So ist es doch."

„Ja, so ist es", sagte ich stockend, „aber begreife doch, bitte. Ich bin zu ihm gegangen, weil nicht er für mich zählte, sondern einzig du..."

„Giles", sagte er. „Giles Penmar. Ein Mann ohne Prinzipien und ohne Ehrgefühl. Wie alle Penmars. Die ganze Familie ist vom gleichen Schlag."

„Aber ich – ich bin nicht wie die." Ich griff nach seinem Arm, doch er wandte sich von mir ab, als sei ihm mein Anblick unerträglich. „Ich bin anders – so wie du. Das weiß ich. Das weiß ich ganz genau. Du mußt mir glauben. Bitte, sage mir, daß du mir glaubst. Bitte. Bitte."

„Ich habe mein Leben lang gehofft, daß du mir nachgeraten würdest", sagte er. „Jetzt weiß ich, daß – daß ich geirrt habe."

Er schwieg. Es gab zwischen uns nichts mehr zu sagen. Langsam wich ich zurück, tränenlos jetzt, und stürzte dann aus dem Zimmer und vor das Haus. Die Landschaft lag im Abenddunkel, von der See trieb ein starker Wind dunkles Gewölk herbei.

Ich lief wie gehetzt: fort vom Haus, hinaus in die Heide. Das rauhe Kraut streifte meine Hosen, keuchend jagte ich weiter, den Hügel hinauf, wo plötzlich, wie aus tiefem Dunkel tauchend, die alten Mauern von Chûn Castle vor mir aufragten.

Erschöpft hielt ich inne, strich mir das Haar zurück und wischte mir die längst getrockneten Tränen vom Gesicht. Dann ging ich mit taumelnden Schritten den Hang hinab, auf die erleuchteten Fenster von Roslyn-Farm zu.

Blitze zuckten. Der rollende Donner dämpfte das Trommeln meiner Fäuste, die gegen die Hintertür schlugen. Wieder zuckte es grell auf, und für den Bruchteil einer Sekunde zeichnete sich gegen den östlichen Horizont geisterhaft die Silhouette des Maschinenhauses der Ding-Dong-Mine ab.

„Hallo", rief ich.

Und dann öffnete sich die Tür ein winziges Stück, und die alte Griselda steckte die Nase durch den Spalt.

„Was wollt Ihr denn?" fragte sie mißtrauisch. „Was wollt Ihr hier bei uns?"

„Laß mich ein“, sagte ich und versuchte die Tür aufzustoßen, doch sie hatte eine Kette vorgelegt. „Wo ist deine Herrin?“

Aus dem erleuchteten Raum klang leise Jannas Stimme. „Wer ist es denn, Griselda?“

Die Alte drehte den Kopf zurück. „Der junge Mr. Mark“, sagte sie. Sie sagte nicht „Mr. Castallack“ oder „der junge Mr. Castallack“, sondern einfach „der junge Mr. Mark“.

„Laß ihn doch herein“, sagte Janna leicht ungeduldig, „so ungastlich wollen wir doch wohl nicht sein, Griselda.“

Murrend löste die Alte die Kette und öffnete die Tür um eine weitere Handbreit. Ich drängte mich an ihr vorbei.

Janna stand am Tisch. Nach den langen Wochen, die ich sie nicht gesehen hatte, traf mich ihr Anblick völlig unvorbereitet. Mir war, als hätte ich sie noch nie so schön gesehen. Wie stets trug sie Schwarz, ihren Hals zierte eine Kamee, umrahmt von Halbedelsteinen. Überrascht entdeckte ich in ihrer Hand ein Exemplar der „Tidings“, in dem sie offenbar gerade gelesen hatte. Eine Zeitung, sei es auch nur ein Lokalblättchen, im Besitz einer einfachen Bauersfrau, das war ungewöhnlich.

„Guten Abend, Mr. Castallack“, sagte sie. „Ihr Besuch kommt recht unerwartet.“

„Guten Abend, Mrs. Roslyn“, erwiderte ich.

Es begann zu regnen. Wieder fuhr ein Blitz durch das Dunkel draußen, Sekunden später gefolgt von dröhnendem Donner.

„Griselda“, fragte Janna, „sind die Fenster oben auch alle zu?“ Sie beugte sich zu der schwachsinnigen jungen Magd, die am ganzen Leibe zitterte. „Aber Annie, du brauchst doch keine Angst zu haben. Der Donner tut dir nichts.“ Dann wandte sich sich mir zu: „Wir haben soeben Tee gekocht. Möchten Sie eine Tasse?“

„Ja... gern.“

Sie trat an den Schrank, holte Tasse und Untertasse hervor und stellte sie auf den Tisch. „Milch?“

„Ja. Ein wenig.“

„Zucker?“

„Nein, danke.“

Sie nahm die beiden Tassen und setzte sie auf ein Tablett. „Gehen wir nicht lieber ins Wohnzimmer?“

Ich folgte ihr. Ich fühlte mich plötzlich gelöster und nicht mehr so kraftlos und zerschlagen.

„Bitte, nehmen Sie doch Platz.“ Sie zog die Vorhänge zu. „Sie müssen durchgefroren sein. Soll ich Feuer machen?“

„Nein, danke.“

Wir saßen einander am Tisch gegenüber. Draußen rollte der Donner durch das Tal, Regen klatschte gegen das Fenster.

„Sie sehen sehr erschöpft aus, Mr. Castallack“, sagte sie. „Ist Ihnen nicht wohl?“

„O doch, durchaus.“

Sie musterte mich eingehend, als fürchtete sie, ich könnte womöglich zuviel getrunken haben; doch offenbar hielt ich ihrer Prüfung stand.

„Darf ich fragen, warum Sie mich so spät noch besuchen?“

„Fragen können Sie schon“, erwiderte ich. „Aber ich habe keine Antwort. Ich weiß nicht, warum ich gekommen bin. Vielleicht, weil ich nirgendwo sonst hinkonnte.“

Sie nahm einen Schluck Tee. Sie stellte keine weitere Frage. Sie wartete darauf, daß ich selbst ihr alles erklärte. Aber da ich keine Erklärung hatte, blieb mir nichts übrig, als auf ein anderes Thema auszuweichen, und so fragte ich sie: „Warum lesen Sie die ‚Tidings‘?“

Eine Pause trat ein. Janna war überrascht. Dann sagte sie: „Vielleicht nur deswegen, weil ich lesen kann.“

Jetzt begriff ich auch, warum mir die Zeitung in ihrer Hand so ungewöhnlich vorgekommen war. Trotz so mancher Bemühungen auf diesem Gebiet waren die meisten Frauen ihrer Gesellschaftsschicht immer noch Analphabeten.

„Sie sind also zur Schule gegangen?“ fragte ich plump.

„Nein.“

„Und können trotzdem lesen?“

„Das habe ich gelernt.“

„Sie müssen ungewöhnlich begabt sein, wenn Sie das ohne richtige Unterweisung geschafft haben.“

„Ich bin unterwiesen worden. Aber nicht auf der Schule.“

„Oh ... auch in anderen Fächern?“

„Ja, Mr. Castallack“, sagte sie. „So könnte man es wohl ausdrücken. Lesen war nur eins von den vielen Dingen, die ich in jüngeren Jahren gelernt habe.“

„In St. Ives?“

„In St. Ives.“

Ich hob die Tasse an die Lippen. Der Tee war stark und belebend. Ich nahm einen weiteren Schluck. „Was haben Sie eigentlich gegen St. Ives, Mrs. Roslyn?“

„Was?“ fragte sie zurück. „Nichts Besonderes. Mir ist ganz einfach der Gestank von Fisch zuwider.“

„Ach so.“ Das Donnergrollen klang jetzt schwächer, aber der Regen prasselte immer noch gegen die Scheiben. „Aber es ist doch sehr schön, an der Küste zu leben“, sagte ich schließlich. „Ich jedenfalls werde das eines Tages tun – auf Penmarric. Wußten Sie das?“

„Ich ... habe davon gehört.“

„Penmarric ist sehr groß. Ich darf mich außerordentlich glücklich schätzen, daß mir einmal ein solches – ein solches – wie soll ich sagen –?“

„Erbe“, half sie mir lächelnd.

„Ganz recht: daß mir einmal ein solches Erbe zufällt.“ Ich blickte ihr in die Augen. „Ich bin froh, daß Sie das wissen, denn ich möchte, daß Sie sich über meine, nun ja, Position völlig im klaren sind.“

„Oh? Und warum?“

„Weil ich Sie um Ihre Hand bitten möchte, Mrs. Roslyn.“

Sie starrte mich an. In ihren klaren Augen malte sich Überraschung. „Sie wollen mich heiraten, Mr. Castallack?“

„Ja, Mrs. Roslyn. Wenn Sie einwilligen.“

Sie faßte sich erstaunlich schnell. Eine Sekunde lang blickte sie grübelnd auf ihre Teetasse, als versuchte sie, sich eine früher einmal gelernte Floskel ins Gedächtnis zurückzurufen. „Nun, Mr. Castallack“, sagte sie, sorgsam ihre Worte wählend, „ich bin mir natürlich vollauf der Ehre bewußt, die sie mir mit Ihrem Antrag zuteil werden lassen ...“

Das waren nicht ihre Worte, sie mußte sie irgendwo gelesen haben, dachte ich.

„... fürchte jedoch, ihn nicht annehmen zu können. Ich bin Ihnen sehr dankbar, sehe mich jedoch außerstande, Ihre Frau zu werden.“ Sie lächelte befangen, doch ihre Augen waren von lauernder Wachsamkeit.

Nach einer Weile sagte ich: „Möchten Sie nicht etwas Bedenkzeit? So rasch läßt sich doch kaum eine solche Entscheidung treffen.“

„Ich fürchte, daß in diesem Punkt keinerlei Bedenkzeit nötig ist, Mr. Castallack. Aber haben Sie dennoch vielen Dank."

„Darf ich fragen, ob es einen besonderen Grund für Ihre Entscheidung gibt?"

„Ich möchte mich im Augenblick nicht wieder verheiraten. Es ist zu früh nach dem Tod meines Mannes."

„Darf ich dann vielleicht später wieder...?"

„Nein, Mr. Castallack, danke."

„Ist es... weil ich zu jung bin?"

Sie zögerte. „Vielleicht."

„Wenn ich also älter bin..."

„Nein, Mr. Castallack. Tut mir leid. Eine Heirat mit Ihnen kommt nicht in Frage."

Ich starrte sie an. Mit ineinander verkrampften Fingern saß ich da und hatte nur einen Gedanken: daß ich die Nacht mit ihr verbringen wollte und mir dies verwehrt blieb.

„Tut mir leid", sagte sie. „Tut mir wirklich leid. Aber es kann nicht sein."

„Es kann sein", sagte ich, „und es wird sein." Ich stand auf. „Entschuldigen Sie, Mrs. Roslyn, daß ich Sie so spät und in dieser Weise belästigt habe. Jetzt darf ich mich wohl empfehlen." Ich ging auf die Tür zu.

„Sie wollen jetzt fort?"

„Ja, ich habe Sie lange genug behelligt."

„Aber es regnet doch! Wollen Sie nicht wenigstens warten, bis das Gewitter vorbei ist?"

„Nein. Ich muß gehen. Jetzt gleich. Entschuldigen Sie mich." Wie blind tappte ich in die Diele und öffnete die Haustür.

„Gute Nacht, Mr. Castallack." Aus ihrer Stimme klang immer noch Unbehagen. „Vielen Dank für Ihren Besuch."

„Gute Nacht, Mrs. Roslyn", sagte ich und trat hinaus in Wind und Regen.

Hinter mir fiel die Tür zu.

Hastig atmend stand ich einen Augenblick, während wieder ein Blitz das Dunkel durchschnitt und das Maschinenhaus der Ding-Dong-Mine am Horizont sichtbar wurde. Weit über Penzance und Marazion hin hallte der Donner. Regen peitschte mir übers Gesicht, und längst hüllte wieder Nachtschwärze mich ein, als ich hügelan strebte zu den Mauern von Chûn Castle.

Als ich zu Hause ankam, fand sich von meinem Vater keine Spur.

„Er hat sein Pferd gesattelt", sagte Mrs. Mannack, „und ist losgeritten, um nach Ihnen zu suchen. Er war schrecklich besorgt. Ich habe ihn noch vor dem Gewitter gewarnt, aber er hörte nicht auf mich. ‚Was kümmert mich das Gewitter', sagte er. Er schien vor Angst um Sie geradezu außer sich."

Schrecken und Reue packten mich. „In welche Richtung ist er denn geritten?"

„Er wollte westwärts in Richtung St. Just. Aber beunruhigen Sie sich nicht, Mr. Mark. Gewiß hat er in einem Gasthaus Unterschlupf gefunden."

Wahrscheinlich war er nach Penmarric geritten, wo er mich bei Giles vermuten mochte. In aller Hast zog ich mir Reitstiefel an und warf einen Mantel über. Dann lief ich los und eilte den Weg entlang, der in die Straße nach Morvah mündete. Der Regen hatte nachgelassen, doch mit aller Kraft mußte ich gegen den Wind ankämpfen. Als ich auf der anderen Seite des Hügels die Abbiegung nach St. Just einschlug, vernahm ich das schwache Geräusch pochender Hufe.

„Vater!" Wild stürzte ich über den regenglatten Boden voran, während meine Zähne vor Kälte hart aufeinanderschlugen. „Vater!" rief ich wieder, und der Wind riß mir das Wort vom Munde und trug es weit über die Heide hin. „Vater!"

In einiger Entfernung tauchten die Umrisse des Pferdes auf, doch das Gesicht des Reiters blieb in der Dunkelheit unerkennbar.

„Vater..."

„Mark." Er war jetzt an meiner Seite und schwang sich aus dem Sattel. „Mark, ich habe mich so um dich gesorgt. So gesorgt." Er preßte mich an sich, und wie einst als Kind in Gweek lehnte ich den Kopf gegen seine Brust. „Wo warst du nur?" fragte er. „Ich habe überall nach dir gesucht. Bis nach Penmarric bin ich geritten. Aber der Butler sagte mir, du seist nicht dort gewesen. Wo warst du?"

„Nicht weit von Chûn Castle."

„Bei diesem Unwetter?"

„Ich fand Obdach in einem nahen – Bauernhaus."

„Sehr vernünftig von dir. Armer Junge, du zitterst ja am ganzen Leib! Da, nimm das Pferd und reite rasch nach Hause.

Was du jetzt brauchst, ist ein heißes Bad. Ich könnte es mir nie verzeihen, wenn du dir in dieser Kälte den Tod holtest."

„Nein, nein, das macht mir weiter nichts ... Aber könnten wir nicht beide aufsitzen und ..."

„Uns beide kann das Tier nicht tragen, dazu ist es zu alt. Außerdem bin ich viel zu groß und schwer. Reite also du und mach dir um mich keine Sorgen."

Gegen meinen Protest setzte er seinen Willen schließlich durch. Zu Hause angekommen, bat ich Mrs. Mannack, viel Wasser heiß zu machen, und zog mich auf mein Zimmer zurück, um mich aus den nassen Sachen zu schälen. Dann hüllte ich mich in eine Wolldecke und setzte mich in der Küche an den Herd. Bald trat mein Vater ein.

„Ist Wasser aufgestellt?"

„Ja, Sir", sagte Mrs. Mannack.

„Gut. Schüttelt es dich immer noch, Mark?"

„Nein", erwiderte ich. „Jetzt ist mir warm."

„Hoffentlich hast du dir in diesem Wetter keine Lungenentzündung geholt."

„Bestimmt nicht", sagte ich. „So anfällig bin ich nicht."

Ich behielt recht. Aber am nächsten Morgen gestand mein Vater, daß er sich unwohl fühle. Und um die Mittagsstunde ritt ich bereits nach Penzance, um einen Arzt zu holen.

Zehn Tage lag er krank. Meist fieberte er so stark, daß er mich nicht erkannte, und gegen das Ende hin war er ohne Bewußtsein. Am zehnten Tag schickte ich Mannack, um den Arzt wieder zu holen.

Ich saß auf seinem Bett, nahm seine schlaffe Hand und hielt sie. Sein Atem ging flach, seine Augen waren geschlossen, der Schatten des Todes lag über seinen Zügen. Ich fühlte mich elend und sehr allein. Schließlich ließ ich seine Hand los und stand auf und trat ans Fenster. Es war ein kalter, düsterer Tag. See und Himmel schimmerten grau, und über die Heide schlichen die tiefen Schatten der Abenddämmerung. Ein gottverlassenes, ein tief bedrückendes Bild.

Ich versuchte zu beten. „Gib, daß er spricht", dachte ich. „Gib, daß er wenigstens sagt ..." Drängend formten sich die Worte in meinem Kopf. „... um nichts sonst flehe ich. Bitte ... Gib, daß er spricht."

Und wie als Antwort auf mein Gebet hörte ich, wie er sich leise regte, und drehte mich hastig um.

Er hatte die Augen geöffnet. Und sah mich an und wußte, wer ich war. „Mark."

Ich dachte: Welch ungeheure Erlösung, wenn gegen alle Hoffnung doch noch Hoffnung wird – er ist über den Berg; es geht ihm besser; er wird durchkommen.

„Mark."

„Ja", sagte ich, „ja, hier bin ich, Vater, hier bin ich ..." Ich eilte zum Bett hin, kniete nieder, faßte seine Hand. „Möchtest du etwas? Kann ich dir etwas holen? Was soll ich tun?"

Mühsam, doch klar verständlich sagte er: „Ich habe etwas unerledigt gelassen."

„Sorg dich nicht, Vater. Alles wird gut. Bald bist du wieder gesund. Sorg dich nicht."

Aber er schien mich nicht zu hören. Groß und blau waren seine Augen auf mich gerichtet, ohne mich zu sehen. Er wiederholte: „Ich habe etwas unerledigt gelassen."

„Was?" fragte ich. „Sag es mir. Ich werde es für dich besorgen. Sage mir nur, was es ist."

Er bewegte die Lippen. Ich beugte mich vor und lauschte angespannt.

„Was?" fragte ich wieder. „Sag es. Sag es mir, Vater."

Er holte tief Atem. Es war sein letzter Atemzug, und während ich angestrengt lauschte, kam es klar und deutlich von seinen Lippen: „Janna, Mark. Kümmere dich um sie. Sorg dafür, daß es ihr an nichts fehlt."

Janna: 1890–1904
Liebe und Haß

1

Er starb im Oktober, als Rosen und Heidekraut verblüht waren. Der Pfarrer von Zillan erzählte es mir. Es war wohl besser, es von ihm zu hören als von irgendwelchen Klatschweibern in Penzance. Doch es war trotzdem furchtbar, davon beiläufig im Gespräch mit einem Geistlichen zu erfahren. Ich befand mich gerade am Grab meines Mannes, das ich jede Woche besuchte, um ihm zu danken, daß er mir geholfen hatte, aus St. Ives zu entkommen. Selbst als Laurence ständiger Besucher auf Roslyn-Farm wurde, gab ich diese Gewohnheit nicht auf.

Der Pfarrer sagte: „Heute ist mir etwas sehr Trauriges zu Ohren gekommen. Ein alter Freund von mir aus Morvah, den Sie wahrscheinlich vom Gottesdienst her kennen, ein reizender Mensch ...“

Er musterte mich aufmerksam, als wüßte er alles, was es da zu wissen gäbe, und bemühe sich, mir die Nachricht möglichst schonend beizubringen. Und als es dann heraus war und ich begriff, was er gesagt hatte, erkundigte er sich besorgt, ob ich mich nicht einen Augenblick setzen wolle, in der Kirche vielleicht.

„Danke, Sir“, sagte ich, „aber das ist nicht nötig.“

Ich schämte mich, daß er davon wußte, doch dann war dieses Gefühl vorbei, weil es nicht zählte, weil nichts mehr zählte. Ich starrte auf das Grab meines Mannes und sah, wie der kühle Herbstwind durch das kurze Gras strich. Und dachte: Warum wendet sich das Glück immer gegen mich? Warum, warum, warum? Bin ich nicht gestraft genug für das, was in längst vergangenen Zeiten geschehen ist? Aber ich fand keine Antwort, weil es auf solche Fragen keine Antwort gibt. Und so blieb mir nur das Bewußtsein, daß Laurence tot war und ich allein.

Aber allein war ich schon immer gewesen. Und hatte mich doch immer so sehr danach gesehnt, nicht allein zu sein. Geliebt wollte ich werden und mich geborgen fühlen. Doch die Liebe war nie von Dauer, und die Geborgenheit blieb ein Traum. Und während ich durch die Heide heimwärts ging, schien mir, daß ich mein Leben lang auf der Suche nach Dingen gewesen war, die andere Menschen als selbstverständlich hinnahmen. Mir war es nie geglückt, ans Ziel zu gelangen.

„Laurence!“ rief ich verzweifelt, doch er war fort, und der Schmerz hüllte mich ein. Zu Hause ging ich sofort auf mein Zimmer und versuchte zu weinen. Keine Träne kam. Mit brennenden Augen saß ich in dem Zimmer, wo wir einander geliebt hatten, doch als ich mir sein Bild zurückrufen wollte, wurde in mir nichts wach als die Erinnerung an meinen Mann.

„Laurence!“ schrie ich. „Laurence!“ Und dann war Griselda da, die treue Griselda, die mir in so mancher Not zur Seite gestanden hatte. In ihren Armen weinte ich mich aus wie seit Kindertagen nicht mehr – seit meiner Jugend in jenem gottverlassenen kleinen Fischernest namens St. Ives.

Ich wurde in St. Ives geboren. Ich sehe noch deutlich jene elende Hütte vor mir, in der ich meine ersten Jahre verbrachte. Griselda, die damals bei uns wohnte, ging jeden Tag zum Hafen, um Fische auszunehmen. St. Ives war berühmt für seine Sardinen, die nach Italien exportiert, und für seine Makrelen, die nach London und anderen Großstädten versandt wurden. Griselda hatte ihr Lebtag mit Fischen gearbeitet, während meine Mutter, die ihre Nichte war, sich dafür zu gut dünkte und es vorzog, fremden Leuten die Wäsche zu besorgen. Aber auch das befriedigte sie nicht sehr, da Wäschewaschen nun mal eine harte Plackerei ist und sie es sich in den Kopf gesetzt hatte, es im Leben auch ohne harte Arbeit zu etwas bringen zu können.

Vielleicht wäre ihr das böse Ende, das ihr beschieden war, erspart geblieben, wenn mein Vater ein anderer Mann gewesen wäre. Ihn hielt seine Arbeit als Fischer meist von zu Hause fort, und kam er dann einmal heim, so hatte er von seinem Geld kaum mehr etwas übrig. Als gebürtiger Franzose neigte er zu Leichtsinn und Großzügigkeit. Oft brachte er mir Spielzeug aus der Bretagne mit, und einmal, ich erinnere mich noch gut, sogar Lebkuchen von den Kanalinseln. Die Ginflasche wurde erst später zu seinem ständigen Begleiter, aber als meine Mutter dann die Wäscherei aufgab, trank er immer mehr, bis er schließlich auf den Fischerbooten keine Arbeit mehr fand. Ich war neun, als er umkam. Er stürzte auf der Straße und wurde von einer Kutsche überfahren. Dem Armenbegräbnis, das er erhielt, wohnte meine Mutter nicht bei, da sie zu dieser Zeit krank war. Zwei Wochen später starb sie im Armenhaus.

Frauen wie meine Mutter, so hörte ich später auf der Evangelistenmission zur Errettung gefallener Mädchen, erreichten nur selten ein hohes Alter.

Aber ich war nicht wie meine Mutter. Ich wollte hart arbeiten – schon um dem Gestank von Fisch und Elendsquartieren zu entkommen. Die Damen von Stand, die sich in St. Ives mit Armenfürsorge die Zeit vertrieben, waren der Meinung, ich gehöre in ein Waisenhaus. Aber ich teilte diese Ansicht nicht. Nachdem ich mir Haar, Unterwäsche und Kittelkleid gewaschen hatte, lieh ich mir ein Paar Schuhe und machte mich auf den Weg nach Menherion Castle, dem größten Haus in der ganzen Stadt.

Ein glücklicher Zufall fügte es, daß gerade eine Stelle als Küchenmädchen frei war, und da ich sauber und leidlich adrett wirkte, wies man mich nicht ab.

„Du bist zwar noch sehr jung", sagte die Haushälterin, eine freundliche Frau, „aber du scheinst ganz aufgeweckt zu sein, und wenn es dir nichts ausmacht, hart zu arbeiten ..."

Und wie ich arbeitete! Fast neun Jahre blieb ich auf Menherion Castle, neun lange Jahre, in denen ich meinen Weg Stück für Stück hinaufklomm, bis ich schließlich Zofe wurde. Selbst Lady St. Enedoc wurde auf meine Tüchtigkeit aufmerksam, und die Haushälterin versicherte mir, ich könnte es noch weit bringen, sofern ich nur bescheiden bliebe.

Mit fünfzehn Jahren erlebte ich meinen größten Triumph. Ich wurde dazu ausersehen, mich um das Wohl von Miß Charlotte zu kümmern, der ältesten Tochter, sechzehnjährig zu dieser Zeit. Meine Freude war unbeschreiblich; ich würde Gelegenheit haben, mit ihren schönsten Kleidern umzugehen und, vor allem, mit ihr zu sprechen. Es war das erste Mal, daß eine Dame mit mir mehr als nur ein paar flüchtige Worte wechselte, doch Miß Charlotte war so reizend und umgänglich, daß meine anfängliche Scheu bald schwand.

Mich fehlerlos auszudrücken, hatte ich inzwischen gelernt – jedenfalls so weit, wie ein Mädchen meiner Herkunft es sich je erhoffen konnte. Außerdem wußte ich mich auch zu benehmen und kannte die gesellschaftlichen Spielregeln der gehobenen Kreise. Der Butler, dem ich meinen Wunsch gestanden hatte, eines Tages Haushälterin zu werden, war so freundlich gewesen, mir ein wenig Rechnen und Lesen beizubringen. Ohne derartige Fertigkeiten wäre eine so hohe Stellung für mich natürlich unerreichbar geblieben.

Auch Miß Charlotte unterstützte mich in meinen Bemühungen, soviel Bildung wie möglich zu erwerben. Sie ließ mich die Modemagazine lesen, die sie aus London erhielt, und später borgte sie mir sogar Romane, die ich auf meine Stube im Gesindeflügel mitnehmen durfte. Außerdem schenkte sie mir ihre abgelegten Kleider, und ironischerweise war es ausgerechnet ihre Großzügigkeit in diesem Punkt, die mich in Schwierigkeiten bringen sollte: Auf der Weihnachtsfeier für die Bediensteten trug ich eines ihrer alten Kleider, in dem ich offenbar hübsch aussah, denn die Tänzer rissen sich geradezu um mich; aber das eigentliche Unglück kam erst später, als ich auf einem Botengang im Hauptflügel Sir Bertram St. Enedoc, dem Hausherrn, begegnete. Berauscht vom Geist der Weihnachtsstunde, ließ er keinen Zweifel daran, daß er mich ebenso hübsch fand wie die Männer im Gesindeflügel.

Ich entschlüpfte ihm, war aber beunruhigt. Nach solchen Eskapaden stand mir wahrhaftig nicht der Sinn. Trotz all meines Ehrgeizes war ich vernünftig genug zu begreifen, daß der Weg zum Erfolg nicht durch Sir Bertrams Bett führte. Ich wollte nichts, als Zofe bei Miß Charlotte bleiben, mit dem geheimen Traum, eines Tages zur Haushälterin aufsteigen zu können. Anders als meine Mutter glaubte ich nicht, daß es möglich war, sich bequeme Pfade zu bahnen. Außerdem war Sir Bertram ein abstoßender alter Mann, und die Vorstellung, seinen plumpen Verführungskünsten nachzugeben, hatte nicht die geringste Verlockung.

Unglücklicherweise schien aber Lady St. Enedoc von der Unwiderstehlichkeit ihres Gatten überzeugt. Die Geschichte kam ihr unvermeidlich zu Ohren, und bald nach meinem achtzehnten Geburtstag sah ich mich gezwungen, meine Sachen zu packen und zu gehen.

Kaum etwas ist aussichtsloser als der Kampf gegen Klatsch und Tratsch. Niemand glaubte mir meine Unschuld. Neidische Zungen nannten mich „hintertrieben“ und „verschlagen“. Selbst der mir sonst so freundschaftlich gesonnene Butler schien in mir ein gefallenes Mädchen zu sehen. Außer mir vor Zorn, doch zu stolz, meine Schuldlosigkeit vor aller Augen zu beteuern, kehrte ich Menherion Castle den Rücken und sagte mir, daß ich auch anderswo eine Stellung bekommen könne.

Aber ich hatte nicht mit Lady St. Enedocs Bösartigkeit gerechnet. Und mit der Tasache, daß ich kurzfristig und ohne Zeugnisse entlassen worden war.

Niemand wollte mich haben.

Als dann von meinen Ersparnissen nichts mehr übrig war und ich nicht mehr aus noch ein wußte, verließ ich schließlich die Pension oberhalb der Stadt und kehrte zurück in die engen Gassen der Altstadt und zu Griselda.

„Ja, ja“, sagte sie mißbilligend, „wir tragen den Kopf auch mächtig hoch – viel zu hoch, um an einfache Arbeit auch nur zu denken. Du bist in deiner überheblichen Art genau wie deine Mutter. Wie wär’s denn in einem Laden? Oder in einem der neuen Hotels?“

Der Gedanke allein war mir gräßlich. Hat man einmal in einem großen Haushalt wie Menherion Castle gearbeitet, erscheint einem die Arbeit in einem Laden als minderwertig. Doch Griseldas Bemerkung über meine Mutter ließ mich meinen Stolz überwinden.

Ein halbes Jahr lang arbeitete ich in einem Möbelgeschäft. Dann hörte einer der dortigen Kunden, ein Rechtsanwalt namens William Pomeroy, von meiner Ausbildung und bot mir eine Stellung als Haushälterin bei sich an. Erfreut sagte ich zu. Das Haus war sehr schön und lag nicht weit von St. Ives am Meer. Ich hatte eine Köchin, ein Dienstmädchen und einen Gärtner unter mir – etwas wenig im Vergleich zu der Dienerschar auf Menherion Castle, doch war ich natürlich entzückt, in einem solchen Haus die Zügel in der Hand halten zu dürfen.

Seine wahren Absichten entdeckte Mr. Pomeroy mir erst nach einem Monat, aber inzwischen hatte ich mich längst in das Haus und das Leben darin verliebt. Daß er mich heiraten wolle, bildete ich mir keine Sekunde lang ein. Anderseits erhoffte ich mir einen gewissen Grad an Geborgenheit.

Stundenlang wog ich alle Für und Wider gegeneinander ab. Mr. Pomeroy war Witwer, fünfunddreißig Jahre alt und keineswegs unattraktiv, wenn ich mich auch persönlich von ihm nicht übermäßig angezogen fühlte. Aber er konnte unterhaltsam und witzig sein und war auch sehr zuvorkommend. Ich hatte das Gefühl, daß er mich gut behandeln würde. Außerden verkaufte ich mich ja nicht an ihn. Ich leistete hier im Haus ehrliche Arbeit für ehrlichen Lohn, und mir lag sehr daran, mich in respektabler Umgebung zu bewähren, um nie hinabzugleiten in jene gewisse Gosse, wo man sich seinen Lebensunterhalt verdiente, indem man Vorübergehende ansprach – wie das meine Mutter getan hatte, nachdem sie die Arbeit als Wäscherin aufgegeben hatte.

Ich war nicht wie sie.

Eine weitere Überlegung kam hinzu. Bald wurde ich neunzehn, und in diesem Alter waren die meisten Mädchen meines Standes bereits Ehefrauen oder Mütter oder beides. Mich Mr. Pomeroy aus Prüderie zu verweigern, wäre ausgesprochen dumm gewesen. Überdies war ihm gewiß längst das Gerücht zu Ohren gekommen, ich sei Sir Bertrams Geliebte gewesen. Etwaige jungfräuliche Proteste würde er mir kaum abnehmen.

Ich kam zu dem Schluß, daß es falsch wäre, ihn in seinen Erwartungen zu enttäuschen.

Für mich selbst erwartete ich mir nichts. Obwohl ich ihn recht sympathisch fand, konnte von Liebe nicht die Rede sein. Doch auf diese Weise vermied ich auch jegliche Enttäuschung. Es überraschte mich sogar, wie mühelos alles ging. Die Freiheiten, die ich ihm gewährte, ließen mich gleichgültig, obwohl ich mich nach einiger Zeit aus Dankbarkeit bemühte, ihn zufriedenzustellen, und die Vorteile, die ich aus unserem Verhältnis zog, glichen ein gelegentliches Unbehagen bei weitem aus.

Ich bedauerte nichts – bis ich dann eines Tages schwanger war. Danach endete alles sehr schnell. Unversehens fand ich mich wieder bei Griselda in der alten Hütte und ließ mir von ihr einen ekelhaften Heiltrank einflößen.

Ich wurde krank. Zwei Tage lang verbrachte ich stöhnend und betend. Aber dann war es ausgestanden. In Gesellschaft von Flöhen und Mäusen lag ich in dem trüben Loch, während Griselda unten am Hafen Fische putzte. Als sie an diesem Abend von der Arbeit zurückkehrte, war ich sicher, endlich die bittere Lehre aus meinen Erfahrungen gezogen zu haben.

„So etwas werde ich nie wieder durchmachen", sagte ich mit zusammengepreßten Zähnen. „Nie, nie wieder! Und kein Mann soll mich auch nur mit den Fingerspitzen berühren, ehe ich nicht seinen Ring trage."

Griselda fand offenbar, daß ich ihre Arznei nicht gebührend zu würdigen wisse, denn sie gab mir zu verstehen, daß mein Dilemma leicht zu vermeiden gewesen wäre. „Es gibt Mittel und Wege", fügte sie säuerlich hinzu. „Mittel und Wege."

„Die magst du behalten", sagte ich. „Ich will davon nichts mehr wissen. Im übrigen hat mir die Sache sowieso nie Spaß gemacht."

Und ich hielt Wort. Während der folgenden fünf Jahre durchwanderte ich eine Reihe von Stellungen, eine immer übler als die andere und mit stets wiederkehrendem Schema: Die Männer stellten mir so lange nach, bis ihre eifersüchtigen besseren Hälften mich schließlich davonjagten. Schon wollte ich mich in dieses unabänderlich scheinende Schicksal fügen, als ich einen Dienstherrn fand, der so glücklich verheiratet war, daß er sich für mich nicht weiter interessierte. Die Arbeit, die er mir bot, war die niedrigste, die ich bislang zu verrichten gehabt hatte, doch ich war zu verzweifelt, um die Stellung als Schankmädchen in seinem kleinen Wirtshaus auszuschlagen.

Voll Angst trat ich meine neue Beschäftigung an, doch zeigte sich bald, daß sie bei weitem nicht so schlimm war, wie ich befürchtet hatte. Meine reservierte, hochmütige Art wirkte offenbar anziehend, denn bald schwoll der Zustrom der Gäste an, und der Wirt behauptete entzückt, sein Wirtshaus habe durch mich an Klasse gewonnen.

Drei Jahre vergingen. Im großen und ganzen war ich zufrieden. Aber ich begann doch zu fragen, ob ich für den Rest meines

Lebens dazu verurteilt sei, Fischern Bier zu servieren. Da geschah es dann. An einem schönen, milden Frühlingsabend, kurz vor meinem siebenundzwanzigsten Geburtstag, flog, von wuchtigem Stoß bewegt, die Tür der Schenke auf, und Jared Roslyn trat ein.

Ich fand ihn anziehend. Zwar hatte ich mich damit abgefunden, daß ich wohl kaum mehr für jemanden in plötzlicher Liebe entbrennen würde, aber trotzdem konnte ich nicht umhin, einige Männer attraktiver zu finden als andere. Und Jared interessierte mich. Er war ein großer, kräftiger Mann mit dunklem Haar und dunklen Augen und einem schmallippigen Mund. Ich fand heraus, daß er Junggeselle war, was mich sehr überraschte, da er etwa in meinem Alter sein mußte, und auf dem Lande heiratet man meist jung. Wahrscheinlich hatte ihn sein gutes Aussehen auch ohne die Beigabe eines Eherings oft genug ans Ziel kommen lassen.

Wie er mir erzählte, war er der ältere von zwei Söhnen. Anders als viele Bauern, die ihr Land nur gepachtet hatten, besaß sein Vater in Zillan eigenen Grund und Boden. Mein Interesse für Jared vertiefte sich, vor allem, als er davon sprach, „im schönsten Bauernhaus zwischen Penzance und St. Just" zu wohnen. Ich gab mich nicht der Illusion hin, daß er mich zur Frau nehmen würde – dazu stand ich sozial zu tief unter ihm. Hätten wir einander gleich nach meiner Zeit auf Menherion Castle kennengelernt, wären die Aussichten günstiger gewesen. Doch ein Schankmädchen heirateten Bauernsöhne wie Jared Roslyn nicht.

„Hätten Sie nicht Lust, mich an Ihrem nächsten freien Nachmittag nach Zillan zu begleiten?" erkundigte er sich an einem heißen Augustabend, doch für mich bestand kein Zweifel, welches Ziel er dabei verfolgte.

„Wie reizend!" sagte ich. „Aber wie soll ich wissen, ob wir wirklich auf Roslyn-Farm enden – und nicht etwa in einer Schenke am Wege?"

Für mehrere Tage schien es, als hätte ich das Spiel verloren. Doch eine Woche später tauchte er wieder auf, neben sich einen kleinen drahtigen Mann von etwa sechzig, lebhaft, mit fröhlichem Lachen und munteren Augen.

Es war Jareds Vater, John Henry Roslyn. Von Jared wußte ich, daß er Witwer war – seit dem vergangenen Jahr, nach fast dreißigjähriger glücklicher Ehe.

„Deshalb machst du also so oft die lange Reise nach St. Ives, du junger Halunke!“ sagte er zu Jared, um dann, zu mir gewandt, hinzuzufügen: „Aber wer kann ihn dafür tadeln? Sie sind wirklich bildhübsch, meine Liebe. Genehmigen Sie sich auf mein Wohl ein Glas Portwein oder was sonst ihr jungen Damen heutzutage trinkt. Jared und ich werden uns an Bier halten.“

Ich weiß, es klingt lächerlich, doch seine Worte hatten mich tief beeindruckt. Die Bezeichnung „junge Dame“ schien mich von der billigen Schenke direkt in den Salon von Menherion Castle zu versetzen. Aber es war nicht nur seine Freundlichkeit, die mir Eindruck machte. Einem so fröhlichen, lebenslustigen Menschen war ich noch nie zuvor begegnet. Im Vergleich zu ihm wirkte Jared wie ein linkischer Tölpel.

Von da an kamen sie regelmäßig, und mein Interesse für Jared verlor sich bald. Ich freute mich auf ihre Besuche, und wenn ich dann spätabends in meiner winzigen Dachkammer lag, so machte mir die stickige Enge auf einmal nichts mehr aus. Eines Tages gegen Sommerende hin erschien dann der alte Mr. Roslyn allein.

Wir hatten uns kaum ein oder zwei Minuten unterhalten, als er plötzlich sagte: „Dies ist kein Ort für eine junge Dame wie Sie. Sie sollten einen Haushalt führen wie andere junge Damen. Wären Sie dazu imstande?“

Im ungewissen, worauf er hinauswollte, zögerte ich einen Augenblick. „Den Haushalt führen – für Sie?“

„Für mich und für Jared und für meinen jüngeren Sohn Joss. Es ist jetzt ein ganzes Jahr her, seit meine Frau gestorben ist, und bei uns befindet sich alles in ziemlicher Unordnung. Wir haben zwei Mägde, ein taubes altes Weib von mindestens achtzig und ihre Enkelin Annie, ein süßes Ding zwar, aber nicht eben sehr aufgeweckt. Nichts hätte ich lieber als eine gute Haushälterin.“

„Ich . . .“, begann ich und stockte wieder. Es war eine peinliche Situation. „Das ist äußerst freundlich von Ihnen, und ich bin Ihnen für das Anerbieten sehr dankbar. Aber ich könnte nur unter der Voraussetzung kommen, daß . . .“

„ . . . daß Sie Mrs. Roslyn werden“, unterbrach er mich. „Aber selbstverständlich. Etwas anderes kommt doch gar nicht in

Frage. Ich würde einer ehrbaren jungen Dame nie zumuten, bei einem Witwer und seinen unverheirateten Söhnen Haushälterin zu werden, wenn ich ihr nicht die Möglichkeit bieten könnte, ihre Ehrbarkeit zu wahren."

Ich starrte ihn an. Die Gäste um uns lachten, unterhielten sich laut. Irgend jemand verlangte nach Bier, aber ich rührte mich nicht.

„Nun?" fragte Roslyn plötzlich sehr forsch und geschäftsmäßig. „Wollen Sie?"

Wieder mein Zögern. Und dann:

„Ja", sagte ich. „Ja. Vielen Dank."

„Gut", sagte er mit breitem Lächeln, das seine Zahnlücken sehen ließ. Sein gefurchtes Gesicht strahlte vor Vergnügen. „Nichts könnte mir mehr Freude machen."

„Aber ..."

„Ja?"

„Ihre erste Frau ... ist es nicht ein bißchen zu früh? Ich ..."

„Sie ist seit über einem Jahr tot, meine Liebe, und man kann ja nicht ewig trauern. Sie war eine gute Frau und fehlt mir sehr, aber keine Macht der Welt kann sie zurückbringen. Außerdem ist es doch eher ein Kompliment für sie, daß es mir nach ihrem Tod so schwerfällt, ohne Frau im Haus zu leben."

„Ja ... das stimmt."

„Morgen werde ich zum Pfarrer in Zillan gehen und ihn bitten, das Aufgebot zu bestellen. Und das gleiche werde ich noch heute hier in St. Ives tun. Würden Sie lieber in Ihrer Heimatstadt heiraten?"

„Ich ... ich bin keine große Kirchgängerin."

„Nun, dann halten wir uns wohl besser an Zillan." Er trank einen großen Schluck Bier und lächelte mich wieder an. „Ich werde alle Vorbereitungen treffen."

„Ich ... ich weiß gar nicht, was ich sagen soll ..."

„Das ist ja nur natürlich. Wollen Sie lieber noch etwas Bedenkzeit?"

„Nein", erwiderte ich. „Nein, ich habe mich entschieden. Es ist nur ... alles so rasch gekommen ..." Ich brach verwirrt ab. Dann: „Jared ..."

„Den können wir ruhig aus dem Spiel lassen. Der hatte Zeit genug, die Gelegenheit beim Schopf zu packen. Ich habe ihm oft gesagt, er solle sich ja nicht einbilden, mit jeder so ohne weiteres anbändeln zu können. Frauen wollen nun einmal unter die Haube. Das wird ihm eine Lehre sein.“ Er lachte, erhob sich, zögerte dann. Plötzlich war sein Gesicht sehr ernst.

„Eines noch, meine Liebe“, sagte er. „Erwarten Sie nicht zuviel. Ich bin ein alter Mann und längst über meine besten Jahre hinaus. Soviel wie Jared habe ich nicht zu bieten. Wenn es Ihnen lieber wäre, Jareds Frau zu werden, dann sagen Sie das, ehe es zu spät ist, denn unter meinem Dach werde ich keine Geschichten dulden. Entweder heiraten Sie mich und lassen Jared links liegen, oder Sie heiraten Jared, und damit hat sich's dann. Wenn Ihnen sehr daran liegt, kann ich ihn bestimmt dazu bringen, sich zu einem Antrag zu entschließen.“

„Ich habe keine Lust, Jared zu heiraten“, sagte ich, und das entsprach der Wahrheit. Jared, das wußte ich nur zu genau, würde mich bald langweilen. Er war primitiv, ich fühlte mich ihm überlegen; ihn würde ich nie respektieren. Ganz anders sein Vater, für dessen geistige Regsamkeit ich Achtung empfand. „Ich möchte lieber Sie heiraten“, fügte ich aufrichtig hinzu. „Viel lieber.“

„Herzlichen Dank“, sagte er nicht ohne Erstaunen, „aber darf ich auch fragen, warum? Jared ist doch ein gutaussehender Mann, und ich bin einundsechzig und grundhäßlich! Warum also?“

„Sie sind nett und verständnisvoll“, erwiderte ich. „Und mehr verlange ich nicht.“

Einen Monat später waren wir verheiratet.

Ich war seit drei Jahren verheiratet, als ich Laurence Castallack zum erstenmal sah. Im großen und ganzen war meine Ehe gut gewesen, und gewiß befand ich mich jetzt in einer günstigeren Lage als in St. Ives, obwohl ich nicht weniger hart arbeiten mußte als zuvor, oft sogar härter. Das Leben als Mrs. Roslyn, Frau eines der wohlhabenderen Bauern in Zillan und Herren auf eigenem Grund und Boden, bot mir die ersehnte Geborgenheit, aber es war auch angefüllt mit einer Unmenge von Alltagsplackerei, Melken und Füttern, Fegen und Aufwischen, Waschen und Bügeln und Kochen und Backen und Brauen, denn an Essen und Trinken durfte es auf dem Hof auf keinen Fall fehlen. Gottlob hatte ich etwas Hilfe, aber die taube Alte, die meiner Vorgängerin gedient hatte, starb schon während des ersten Winters, und die junge Annie war zu beschränkt, um selbständig arbeiten zu können. Für Griselda, die ich von St. Ives mitgenommen hatte, um sie an meinem Glück teilhaben zu lassen, war die Haushaltsführung auf einem Bauernhof ebenso neu wie für mich, und so empfand ich die Last der Verantwortung um so drückender. Etwas besser wurde es, als mein Mann aus Zillan zwei Mädchen holte, die mir beim Kochen und Säubern zur Hand gingen, aber erschöpft war ich dennoch jeden Abend. Mein Mann verschonte mich gänzlich davor, in einem gewissen Punkt die Erfüllung meiner ehelichen Pflichten zu fordern, da er seine Kräfte in dieser Hinsicht nicht überschätzte. In den ersten Monaten unserer Ehe hatte er sein durchaus noch waches Verlangen gelegentlich gestillt, doch später wurde sein Versagen für uns beide recht peinlich, und so unternahm er schließlich keinen Versuch mehr, sich mir zu nähern.

Mir für meinen Teil konnte das nur recht sein, obschon ich John keineswegs abstoßend, sondern sehr liebenswert fand. Doch nach einem langen und harten Arbeitstag hatte ich die Ruhe dringend nötig.

Nicht alles am Leben auf Roslyn-Farm war Plackerei. Sonntag morgens besuchte ich den Gottesdienst, und Sonntag abends las ich der Übung halber in der Zeitung, die ich immer vom Donnerstagsmarkt in Penzance mitbrachte. John war stolz darauf, daß ich lesen und schreiben konnte. Gewiß hätte er seine zweite Ehe als ungetrübtes Glück empfunden, wären nicht die Reibereien mit seinen Söhnen gewesen.

Mit seiner ersten Frau hatte er insgesamt fünf Kinder gehabt, von denen drei bereits in jungen Jahren gestorben waren. Nur das älteste und das jüngste hatten überlebt. Joss war elf Jahre jünger als Jared, ein Umstand, der mich zunächst glauben ließ, zwischen ihnen bestünde kaum die übliche brüderliche Bindung. Doch für Joss war sein älterer Bruder so sehr ein Held, daß er sich bei Familienstreitigkeiten stets auf Jareds Seite schlug. Und Jared verzieh seinem Vater natürlich nie, daß er mich geheiratet hatte.

Gottlob nahm er schon nach einem halben Jahr eine Bauerstochter zur Frau, und erleichtert überließ ihm mein Mann den kleinen Pachthof ein Stück talauf, den Jareds Mutter als Mitgift in die Ehe gebracht hatte. Das Haus war nichts als eine

Steinhütte, und auf dem hügeligen Land konnte die Feldarbeit zur Schinderei werden, aber Jared war offensichtlich froh, endlich über ein gewisses Maß an Unabhängigkeit zu verfügen. Sofort nahm er die Hütte in Besitz und ging seinem Vater fortan soweit wie möglich aus dem Wege.

Joss hielt es nun nicht mehr lange, und er zog bald darauf zu seinem Bruder. Anders als Jared, der stets Johns Liebling gewesen war, hatte der Jüngere sich mit seinem Vater nie so recht verstanden. Auch ich empfand ihn als schwierig. Er hatte mir von Beginn an nur Feindseligkeit entgegengebracht, und so sah ich ihn nicht ungern gehen. Anderseits fühlte ich mich an der tiefen Zerrissenheit der Familie schuldig, und wenn mir mein Mann auch nie Vorhaltungen machte, so ahnte ich doch sehr wohl, daß er sich selbst Vorwürfe nicht ersparte: weil er Jareds Gefühle für mich als vorübergehend eingeschätzt und das Zerwürfnis zwischen ihm und seinen Söhnen nicht vorausgesehen hatte.

Das dritte Jahr meiner Ehe verstrich. Inzwischen hatte ich mich an das Leben als Bauersfrau gewöhnt. Mochte mein Dasein auch nicht abwechslungsreich sein, so gab es doch immer wieder etwas, worauf ich mich freuen konnte – die Kirmes in Penzance zu Fronleichman, das Herbstfest in Zillan. Gern nahm ich auch die Mühen auf mich, wenn es galt, auf dem Hof das Ende der Kartoffelernte zu feiern. Ich kannte jetzt sämtliche Dörfler, gleich ob Knechte oder Bergleute, Schmiede oder Stellmacher, und wenn ich auch nie vertraut mit ihnen wurde, denn in ihren Augen war und blieb ich eine Fremde, so verkehrte ich doch freundschaftlich mit ihren Frauen.

Selbst die Landschaft, die ich anfangs nicht sehr schön fand, war mir nach und nach ans Herz gewachsen. Ich liebte den aufstrebenden Schwung der Hügel zu den Ruinen von Chûn Castle und den eckigen Kirchturm von Zillan jenseits der Heide und das steinerne Maschinenhaus der Ding-Dong-Mine im Osten. Am meisten aber liebte ich Roslyn-Farm, das hübsche, geräumige Wohnhaus mit seinen dunklen, schweren Möbeln, den Hof, die Stallungen. Im Sommer öffnete ich im Wohnzimmer die Fenster, und der warme Wind brachte den Duft der wilden Rosen und das Gesumme der Bienen herein. Ich liebte die Gerüche, liebte die Geräusche; ich war im Frieden mit mir selbst. Nach den langen Jahren der Not hatte ich endlich ein eigenes Heim – eine

Stätte, die mir doppelt kostbar erschien, weil ich so lange hatte kämpfen müssen, ehe meine Träume sich erfüllten.

Es fehlte mir an nichts. Wenn ich ein leises Bedauern empfand, so nur, weil meine Ehe nicht einmal einen Anhauch von Romantik besaß. Aber ich hätte es töricht gefunden, unter den gegebenen Umständen etwas Derartiges zu erwarten. Mitunter fragte ich mich, ob Mutterfreuden mich wohl glücklicher machen würden, doch litt ich keineswegs unter meiner Kinderlosigkeit. Mir fehlte die Mütterlichkeit anderer Frauen, für mich war das Haus mein Kind, und ihm galt meine ganze Zuneigung. Und solange ich nur das Haus hatte, konnte ich mich geborgen fühlen und frei von Angst.

Frühling und Sommer, Herbst und Winter. Die Jahre vergingen, und ich war es zufrieden. Warum auch nicht? Nie zuvor war es mir besser gegangen. Erst als ich dreißig Jahre alt war, begriff ich auf einmal, daß mir die Zeit wie Sand durch die Finger rann. Und das geschah, als ich Laurence Castallack zum erstenmal sah.

Ich begegnete ihm an einem Abend, an dem die Luft lind, das Licht golden war und über den verfallenen Mauern von Chûn friedliche Stille lag. Es war März: ein milder März mit frühzeitig blühenden Blumen und warmer Luft, die schon die Verheißung des kommenden Sommers in sich trugen. Nach einem mäßigen Winter war, wie meist hier in Cornwall, schon sehr bald der Frühling eingezogen, und es war im Frühling, daß ich Laurence begegnete – im Frühling 1890.

Der Tag konnte nicht schöner sein.

Nach dem Abendessen hatte John unverhofft Besuch von Jared bekommen, und da dessen Erscheinen stets Kopfschmerzen bei mir auslöste, schlüpfte ich aus dem Haus, um etwas frische Luft zu schnappen. Warum ich dann den Weg hügelauf wählte, weiß ich nicht, doch nach wenigen Minuten schon sah ich die Ruinen von Chûn Castle vor mir.

Eine richtige Burg war es eigentlich gar nicht, sondern nur ein Doppelring aus Steinmauern, der seit Urzeiten dort oben auf dem Hügel stand. Da jedoch der Rundblick von ganz eigenem Reiz war, wunderte ich mich nicht, in den Ruinen schon jemanden vorzufinden. Dann allerdings erkannte ich zu meiner Überraschung, daß es sich um einen Fremden handelte, und um einen Herrn von Stand dazu – was recht ungewöhnlich war, da das alte Bauwerk sonst nur wenigen auswärtigen Besuchern die weite Reise wert schien.

Wir wechselten nur einen kurzen Gruß, doch noch Stunden danach ging er mir nicht aus dem Kopf. Er hatte ein trauriges Gesicht, seine Augen waren blau und sehr sanft. Was sonst bleibt zu sagen? Ich habe nicht die Kraft, ihn weiter zu beschreiben. Solche Beschreibungen sind etwas für unbeteiligte Beobachter, und unbeteiligt war ich, von jenen ersten wenigen Sekunden abgesehen, Laurence Castallack gegenüber nie.

Ich sah ihn dann noch ein paarmal beim Sonntagsgottesdienst, und einmal begegneten wir einander sogar auf dem Markt in Penzance. Jedesmal geschah etwas, was ich bisher nur aus jenen Romanen kannte, die mir Miß Charlotte St. Enedoc seinerzeit auf Menherion Castle geliehen hatte: ich fühlte mich schwach, das Herz hämmerte mir in der Brust, und im Leib spürte ich ein eigentümliches Prickeln. Selbst die Knie begannen mir zu zittern.

Natürlich fand ich bald heraus, wer er war. Fremde seines Standes mußten in Zillan ganz unvermeidlich zum Gegenstand allgemeinen Interesses werden. Ich erfuhr, daß ihm in Morvah der große Bauernhof gehörte, auf dem der kürzlich verstorbene Ned Sparnon gelebt hatte; Mr. Castallack hatte den Hof von seiner Mutter geerbt, einer geborenen Waymark. Vor über zwanzig Jahren hatte er in die berüchtigte Penmar-Familie eingeheiratet, doch sei er, so wollte der Klatsch es wissen, längst von seiner Frau geschieden.

„Ich kann nicht glauben, daß er etwas mit den Penmars zu tun hat!“ sagte ich, als Ethel und Millie Turner, meine beiden täglich erscheinenden Helferinnen und zugleich meine ergiebigsten Informationsquellen, mir davon berichteten. „Die Waymarks, die Carnforths oder auch die St. Enedocs – aber doch nicht die Penmars!“

„Ah!“ riefen die beiden im Chor und ließen sich die Gelegenheit nicht entgehen, wieder einmal die Bemerkung fallenzulassen: „In der Familie fließt schlechtes Blut, das wissen wir doch alle...“

Der erste Penmar, so hieß es, habe dem späteren König George IV. den Besitz durch Falschspiel abgewonnen. Der jüngste seiner drei Söhne, nicht weniger skrupellos als die anderen, sollte sich in Indien ein Vermögen ergaunert haben, ehe er dann sein Erbe antrat; und die Tochter dieses Mark Penmar war es, die Laurence Castallack geheiratet hatte. Maud lebte jetzt in London, während Laurence mit seinen beiden Söhnen auf dem alten Familiensitz in Gweek zu Hause war.

Mr. Castallack hielte sich in Morvah nur den Sommer über auf, erzählten Ethel und Millie – und sobald ich das erfahren hatte, lebte ich in Furcht vor seiner Abreise.

Aber er blieb.

Mehr und mehr verlor ich die Kontrolle über mich. Er ging mir nicht aus dem Sinn. Ich sehnte mich nach ihm. Doch ich wagte nicht, etwas zu unternehmen. Erst kürzlich hatte Jared versucht, einen Keil zwischen meinen Mann und mich zu treiben, aber es war mir gelungen, John davon zu überzeugen, daß zwischen Polmarth, einem jungen ledigen Nachbarn, und mir nicht das geringste vorgefallen sei. Doch zurück blieb das schmerzliche Bewußtsein, daß ich, mit meiner Vergangenheit, von meinem Mann nie vollstes Vertrauen erwarten dürfe. Bald wurden all meine alten Ängste wieder wach, und das Gefühl der Geborgenheit verlor sich mehr und mehr. Wenn nun etwa mein Mann herausfinden sollte, was ich für Laurence Castallack empfand...

Der bloße Gedanke ließ mich erschauern.

Ich wußte, daß John mir Haus und Hof sowie eine gewisse Geldsumme vermacht hatte, doch offenbar bereute er mit zunehmendem Alter diese Ehe, die am Zerwürfnis mit seinen Söhnen schuld war. Er war immer weniger umgänglich geworden. Ich wußte, daß er beim geringsten Anlaß sein Testament zugunsten seines ältesten Sohnes ändern würde. Gegenwärtig war festgesetzt, daß Jared den Hof nur im Falle meines Todes erben sollte.

Die blutmäßige Bindung zwischen Vater und Sohn war nicht zu unterschätzen. Mehr und mehr kam ich mir wie eine am Rande eines Abgrunds Wandelnde vor, für die ein einziger Schritt daneben sicheres Verderben bedeutete – den Sturz in die Tiefe der Armut.

Doch als der Mai kam, war ich nach wie vor in den Schlingen meiner Leidenschaft gefangen. Einige Male ertappte ich mich dabei, daß ich Mr. Castallack folgte, wenn ich ihn auf dem Marktplatz sah. Doch blieb ich fest, um nicht zu verlieren, was ich besaß. Aber an einem Donnerstag brach die Katastrophe über mich herein. Ausnahmsweise war ich, statt zum Markt zu fahren, daheim geblieben. Ich hatte meinen Mann während eines heftigen Fiebers gepflegt und fühlte mich müde und erschöpft. John, inzwischen wieder erholt, war mit Griselda in Penzance, und Annie besuchte in Zennor Verwandte. Ich befand mich allein im Haus, als ich plötzlich von unten das Klappen der Hintertür hörte.

„Wer ist da?“ rief ich laut.

Keine Antwort.

In plötzlicher Erregung lief ich die Treppe hinunter, aber als ich die Küchentür aufstieß, erlosch meine Hoffnung so jäh, wie sie erwacht war.

„Sieh mal einer an, Janna“, sagte Jared amüsiert. „Dachte ich's mir doch, daß du zu Hause bist.“

Enttäuschung und Verdruß brachten mich in Harnisch.

„Wer erlaubt dir, dich hier hereinzuschleichen und mich so zu erschrecken!“ schrie ich ihn an. „Ich hätte gute Lust, deinem Vater zu sagen ...“

„... daß du für Mr. Castallack Feuer gefangen hast?“

Der Satz traf mich wie ein Schlag. Ich hatte geglaubt, meine Gefühle sorgsam verborgen zu haben.

Jared lachte. „Glaubst du, ich sehe nicht, wie du ihm nachrennst? Ich schlage dir einen Handel vor, Janna“, sagte er, über meinen Zorn belustigt. „Eine Abmachung, die nur recht und billig ist. Vater hat dir Haus und Hof auf Lebenszeit vermacht, nicht wahr? Versprich mir, daß du mir den Besitz nach seinem Tode für hundert Pfund überläßt. Soviel erbe ich bestimmt von ihm. Versprich mir das in die Hand, und ich werde dafür sorgen, daß Vater von Mr. Castallack nichts zu Ohren kommt. Solltest du dich weigern ... so weihe ich ihn in alles ein, und dann bekommst du überhaupt nichts.“

„Eher wird er *dich* enterben!“ rief ich wütend. „Wollen wir doch einmal sehen, wessen Wort er mehr Glauben schenkt! Deine gemeinen Behauptungen über Polmarth hat er dir ja auch nicht abgenommen! Versuch's doch nur! Du wirst schon sehen, was dabei herauskommt!“

Plötzliche Stille. Sekunden des Zögerns. Wir standen einander dicht gegenüber, Blicke kampfbereit gekreuzt. Plötzlich wandelte sich Jareds Gesichtsausdruck. Aus seinen dunklen Augen schwand die Härte, der schroffe, dünne Strich seines Mundes entkrampfte sich.

„Temperament hast du“, sagte er. „Das muß man dir wirklich lassen.“

Rasch trat ich zur Seite und war doch nicht schnell genug. Er kam mir zuvor, und noch ehe ich recht wußte, was geschah, hatte er mich an sich gezogen und seinen Mund auf meine Lippen gepreßt.

Alles um mich her schien zu schwanken und zu verschwimmen. Furcht lähmte mich. Ich spürte, wie seine großen, behaarten Hände über meine Hüften emporglitten zu meinen Brüsten, während sein Mund mir den Atem nahm. Ich hatte das Gefühl zu ersticken. Feucht hafteten seine Lippen auf mir. Er hatte mich gegen die Wand gedrängt, und es war mir unmöglich, auch nur den Kopf beiseite zu wenden.

Plötzlich ließ er mich los. Ich stand keuchend da. Und als ich eben den Mund öffenen wollte, zerrissen die Schleier, die mir den Blick getrübt hatten, und ich erkannte meinen Mann, der uns von der offenen Tür her beobachtet hatte.

Am folgenden Tag ritt er nach Penzance. Warum, sagte er nicht. Nach seiner vorzeitigen Rückkehr vom Markt wechselte er kein Wort mit mir, und obwohl ich auf sein verbohrtes Schweigen hin in Tränen ausbrach, blieb er unbewegt.

Vier Stunden später, als er eben nach Unterzeichnung eines neuen Testaments das Büro seines Anwalts verließ, erlitt er einen Herzanfall und starb, ehe man ihn ins Hospital bringen konnte.

Gern würde ich schreiben, daß ich von jedermann freundlich behandelt wurde, aber das war nicht der Fall. Ich wußte inzwischen recht genau, wer es gut mit mir meinte und wer nur so tat, weil ich nun einmal die Witwe eines der reicheren Bauern in der Gemeinde war. Der Pfarrer erwies sich als so zuvorkommend und rücksichtsvoll, wie ich es von ihm erwartet hatte. Er gehörte zu jenen Geistlichen, wie man sie selten findet: voll Klugheit und Verständnis und ganz ohne Vorurteil. Ethel und Millie Turner, meine beiden täglichen Helferinnen, waren nett genug, für einige Stunden nach dem Begräbnis bei mir zu bleiben, als das Alleinsein mir besonders schwerfiel; aber ich vermutete, daß sie in den allgemeinen Klatsch über mich einstimmten, sobald sie mir den Rücken gekehrt hatten.

Klatsch wucherte wie Unkraut. Er schien allgegenwärtig.

„Wißt ihr schon?“ hörte ich in der Market Jew Street in Penzance eine Stimme tuscheln, als ich auf dem Weg zu den Anwälten meines Mannes war. „John Henry Roslyn ... So geht das, wenn ein alter Mann ein so junges, leichtlebiges Weib heiratet ... Vier Jahre, und er ist tot! Die hat's faustdick hinter den Ohren, darauf könnt ihr Gift nehmen. Das stelle man sich doch einmal vor: Viele Jahre lang ist John Henry mit einer netten, ehrbaren Frau verheiratet, und dann läßt er's sich auf einmal einfallen, ein Schankmädchen an Land zu ziehen, ein junges Ding, das seine Tochter sein könnte ... ein Schankmädchen aus St. Ives, und was das bedeutet, wissen wir doch alle, nicht?“

Selbst in den Blicken von Johns Anwälten lag lüsternes Interesse. Sein neues Testament lag in den Händen von Mr. Trebarvah, dem Seniorpartner von Holmes, Holmes, Trebarvah & Holmes, der größten Anwaltsfirma in Penzance, und bei Mr. Trebarvah sah ich an diesem Morgen auch seinen Assistenten, einen jungen Mann namens Vincent. Ein wenig später kamen Jared und Joss, und das Testament wurde verlesen. Mr. Trebarvah erläuterte uns die Juristensprache, so daß wir begreifen konnten, worum es ging.

Jared war enterbt worden; Geld, Vieh, Land und Pachthof fielen seinem kleinen, zweijährigen Sohn Abel zu; allerdings blieb Jared das Recht, die Erbschaft bis zur Großjährigkeit des Kindes zu verwalten. Joss erhielt Johns goldene Uhr und fünfundzwanzig Pfund. Ich erbte Haus, Hof und Garten, und zwar nicht nur auf Lebenszeit, sondern als endgültiges Eigentum – jedoch keinen roten Heller; und ebendies wäre zur Erhaltung meines Besitzes unerläßlich gewesen. So würde ich mich, wie mir sofort klarwurde, über kurz oder lang gezwungen sehen, mein Erbe zu verkaufen, während Jared, im Namen seines Sohnes handelnd, in der Lage war, mir Angebote zu machen, sofern ihm am alten Familienbesitz lag. Mein Mann hatte sein Wort gehalten und mir das Haus hinterlassen – allerdings auf eine Weise, die mir das Leben dort praktisch unmöglich machte.

„So sei es denn, Janna“, sagte Jared, seine Wut nur mit Mühe beherrschend. „Wir sind beide bestraft worden. Nenn mir den Preis, und wenn er vernünftig ist, dann sollst du dein Geld bekommen. Mr. Trebarvah hier kann den Vertrag aufsetzen und dafür sorgen, daß alles seine Ordnung hat. Mit dem Geld, das du bekommst, kannst du dir in St. Ives eine kleine Hütte leisten."

St. Ives – das war für mich das entscheidende Stichwort. Plötzlich wußte ich, daß ich das Haus nicht hergeben konnte und nicht hergeben würde. Roslyn-Farm war der einzige Flecken Erde, auf dem ich mich jemals wirklich heimisch gefühlt hatte. Das Haus gehörte mir, und ich liebte es; und niemand, am allerwenigsten Jared, sollte es mir wegnehmen.

„Ich verkaufe nicht", sagte ich.

Eine hitzige, erbitterte Auseinandersetzung folgte. Vergeblich suchte Mr. Trebarvah zwischen uns zu vermitteln. Der junge Mr. Vincent wirkte peinlich berührt.

„Aber du hast doch kein Geld!" rief Jared. „Und da ich das Vieh jetzt habe, mußt du dir neues kaufen, wenn du zu Rande kommen willst!"

„Ich habe einiges Geld gespart", antwortete ich. Das war eine Lüge.

„Selbst wenn du dir neue Hühner und Kühe anschaffst, kommst du nicht zurecht!"

„Das werden wir ja sehen."

„Das wirst du auch sehen!" schrie Joss. „Davonjagen werden wir dich!"

„Aber, aber, junger Mann", sagte Mr. Trebarvah, über diese Drohung entsetzt. „So spricht man doch nicht mit einer Dame."

„Die und Dame?" rief Joss höhnisch. „Dann erkundigen Sie sich doch mal in St. Ives!"

Und er ging wütend hinaus.

Jared und ich folgten nach. Auf der Straße versuchte er wieder, mich zu überreden. Ich hörte nicht auf ihn und lief zu Cullis, einem Knecht, der mit der Pony-Kutsche auf mich wartete. Eine Stunde später war ich wieder auf Roslyn-Farm, wo ich mich in die kleine Stube hinter dem Wohnzimmer zurückzog, um mich in das Haushaltsbuch zu vertiefen. Woher sollte ich nur das nötige Geld nehmen?

Zu den Juden zu gehen, wagte ich nicht, weil ich ihre hohen Zinssätze fürchtete; leicht konnte ich auf diese Weise das Dach über dem Kopf verlieren. Vielleicht bei einer Bank ein Darlehen aufnehmen? Doch dort, wo man den Umgang mit Landadeligen und reichen Kaufleuten gewöhnt war, würde man auf eine einfache Bauersfrau wohl kaum einen Blick verschwenden.

Erst an diesem Punkt gestand ich mir schließlich jenen Gedanken ein, der die ganze Zeit über in meinem Unterbewußtsein geruht hatte: den Gedanken an Laurence Castallack.

Daß er mir helfen würde, wußte ich mit absoluter Sicherheit. Einem Gentleman, mit dem ich bislang kaum mehr als Grußworte gewechselt hatte, einen Bettelbrief zu schreiben, verstieß gewiß gegen alle Konventionen, doch diesen Einwand schob ich rasch beiseite. Konvention hin, Konvention her – er würde schon verstehen.

Mich ganz auf Grammatik und Orthographie konzentrierend, schrieb ich also und bat ihn, mich zu besuchen, da ich in einer dringenden Angelegenheit den Rat eines Herrn von Stand und Bildung sehr nötig hätte. Doch als ich den Brief dann aufgegeben hatte, schwand mir die Zuversicht. Ein einziger Gedanke nur blieb: Er wird nicht kommen.

Doch er kam. Er kam, als nach kurzem Regenschauer die Sonne wieder aus wolkenlos blauem Himmel strahlte und die Wildblumen vom Wegrain leuchteten. Er kam am Nachmittag; ich war gerade beim Bügeln, hatte das Haar zerzaust und trug ein tristes Kleid unter schäbiger Schürze. Und als ich die Tür öffnete und ihn vor mir sah, lächelte er und nahm den Hut ab, wie stets beim Gruß, und wir standen wortlos da, weil wir beide längst wußten, was wir einander zu sagen hatten.

Über dreißig Jahre hatte ich gewartet, ohne recht zu wissen, worauf ich eigentlich wartete. Doch endlich war der Augenblick gekommen, und die dreißig Jahre waren wie nichts, weil Zeit auf einmal keine Rolle mehr spielte. Ebensowenig hatte es etwas zu bedeuten, daß ich nicht mehr jung war. Ich war eine Frau; ich wurde geliebt und liebte wieder; und im Verlauf dieser Liebe erglühte der Frühling zum Sommer, eine lange, stille, gleichsam schwebende Zeit, die die Welt in meinen Augen völlig verwandelte, so daß jeder Augenblick doppelt bedeutsam schien.

Er kam nachmittags, etwa zwei- oder dreimal die Woche, und blieb dann einige Stunden. Rückblickend erscheint es mir jetzt sonderbar und schmerzlich, daß ich von den hundertundachtundsechzig Stunden der Woche höchstens neun zusammen mit ihm verbrachte, aber damals schienen mir diese neun Stunden wie eine Ewigkeit. Nie zuvor hatte ich jemanden, den ich liebte, so oft und so lange bei mir gehabt; und so war ich anfänglich ganz einfach dankbar, daß es solche Stunden überhaupt gab. Nach und nach wuchs meine Sehnsucht in einem solchen Maße, daß die neun Stunden nicht mehr waren als ein winziger Tropfen im ungeheuren Meer der Zeit, und ich verbrachte meine Tage mit der Hoffnung auf sein Kommen und der Furcht vor seinem Gehen. Ich wollte ihn bei mir haben Tag für Tag und nicht nur einige Stunden; ich begann mich auch morgens und abends nach ihm zu sehnen, und am meisten nachts, wenn ich allein im Bett lag und alles im Hause dunkel und still war.

Aber ich hatte Angst, zu unbescheiden zu werden. Er war scheu und in seinen Gefühlen überaus verletzlich, und mir lag daran, ihn nicht durch meine offen bekundeten Empfindungen zu beunruhigen. So zwang ich mir die gleiche Zurückhaltung auf, wie er sie zeigte, beklagte mich nie, wenn er ging, fragte nie, wann er wiederkommen würde: gestand ihm nicht, wie sehr er mir fehlte, wenn ich allein war. In all den Jahren hatte ich gelernt, Selbstbeherrschung zu üben, doch auf die Dauer ließen sich meine Gefühle nicht länger unterdrücken. Und so geschah es an einem Mittwoch im Juli, daß ich, als er gehen wollte, in Tränen ausbrach.

„Ich kann es nicht ertragen“, schluchzte ich. „Ich kann es nicht ertragen, wenn du gehst ... Ich liebe dich so sehr ... Ich möchte immer mit dir zusammensein ...“ Alles Worte, die eine Frau einem Manne nie sagen sollte, Eingeständnisse, die eine kluge Frau nie macht. „Kannst du nicht jeden Tag kommen? Es ist so schrecklich, wenn du gehst. Die vielen Stunden, die vergehen müssen, bis du wiederkommst!“

„Janna, Liebstes ...“ Er war verwirrt und verstört. Obwohl sehr einfühlsam, hatte er von meinen wahren Empfindungen nichts geahnt. „Wenn ich gewußt hätte, daß es dir soviel ausmacht ...“

„Jede Stunde, die du nicht hier bist, macht mir etwas aus!“ rief ich und fügte dann, völlig die Fassung verlierend, hinzu: „Könnten wir nicht heiraten? Ich wäre dir bestimmt eine gute Frau ... und würde mich bemühen, eine richtige Dame zu sein und richtig zu sprechen und ... ich würde dich schon nicht in Verlegenheit bringen ...“

Ich brach ab. Zwischen uns breitete sich beklemmendes Schweigen. Aber noch ehe ich mich bestürzt fühlen konnte über das, was ich gesagt hatte, erwiderte er mit leiser, trauriger Stimme: „Ich kann dich doch nicht heiraten. Wußtest du denn nicht, daß ich nicht geschieden bin? Vor dem Gesetz – von der Kirche ganz zu schweigen – gelte ich nach wie vor als verheiratet."

Mein Blick glitt an ihm vorbei. Auf dem Kaminsims stand eine Uhr, die er mir geschenkt hatte. Ihre Zeiger wiesen auf halb fünf. Es war eine hübsche, kleine, hölzerne Uhr mit römischen Ziffern, in Schwarz auf das weiße Zifferblatt gemalt. Dieses Bild sollte für immer in mir haften bleiben: diese gleichmütig-bedachtsam tickende kleine Uhr, deren Zeiger gleichmütig-bedachtsam die Zeit maßen.

„Verzeih mir", sagte er, „wenn ich gewußt hätte, daß du an Heirat denkst..." Und er begann zu erklären, daß er zu einer Scheidung rechtlich keinerlei Handhabe besitze.

Doch ich hörte ihm kaum zu. Erst nach einer ganzen Weile brachte ich schließlich hervor: „Bitte, Laurence, denk nicht mehr daran. Und entschuldige, daß ich mich so töricht benommen habe. Du mußt glauben, daß ich nicht ganz bei Sinnen bin."

Wäre er doch nur imstande gewesen, meine Abbitte mit einer beiläufig hingeworfenen Bemerkung aufzunehmen! Dann hätte ich wenigstens die letzten Reste meines Stolzes bewahren und meine Selbstbeherrschung wiedergewinnen können. Aber statt dessen sagte er: „Janna, mein Liebes, mein Liebstes...", und seine mitfühlende Stimme ließ mich wieder in Tränen ausbrechen, bis das Schluchzen meinen ganzen Körper schüttelte.

Ich klammerte mich an ihn, und er küßte mich. Vom Bett trennten uns nur drei Schritt. Doch als es vorüber war, empfand ich wieder, daß ich von ihm nicht genug gehabt hatte und nie genug bekommen konnte.

Es war ein Nichts gewesen – und es hatte nichts geändert.

Zwei Tage später sah ich zum erstenmal Mark.

Laurence hatte mir natürlich von seinen beiden Söhnen erzählt, und da ich ihn liebte, war ich begierig gewesen, sie kennenzulernen, um Ähnlichkeiten bei ihnen aufzuspüren. Als ich ihn gefragt hatte, ob sie ihm nachgerieten, war er ausgiebig auf Nigel, den Jüngeren, eingegangen, um dann kurz hinzuzufügen, daß Mark seine geistigen Interessen teile. Seine Bemerkung, er müsse sich in seinem Vaterstolz sehr hüten, Mark nicht in den Himmel zu loben, ließ mich bald erkennen, daß in Wahrheit Nigel sein Lieblingssohn war. Vermutlich, so nahm ich an, war Mark, trotz seiner Ambitionen als Gelehrter, eher langweilig, während Nigel mehr natürlichen Charme besaß. Wie sehr irrte ich mich!

Ich erinnere mich noch genau an meine erste Begegnung mit Mark. Da er klein und blaß war und zur Beleibtheit neigte, fand ich ihn wenig einnehmend, entdeckte dann aber, daß sein Haar dicht und dunkel war, ganz wie Frauen es sich ersehnen und nur selten besitzen; auch waren seine Schultern für einen so jungen Menschen erstaunlich breit. Das Eindrucksvollste an ihm aber waren die Augen: schwarz wie tiefe Schächte, und schmal, als sähe er scharf und voller Argwohn in die Welt.

Ich mochte diesen Augen nicht trauen, vor allem nicht, als er mich dann auf dem Hof besuchte, um mir seine Aufmerksamkeit zu bezeigen. Seine Kühnheit ärgerte mich, und nicht weniger verdroß mich die offenkundige Gleichgültigkeit, mit der er meine versteckten Hinweise, daß er mir nicht übermäßig willkommen sei, aufnahm. Doch zu meiner Verwirrung mußte ich mir eingestehen, daß es gerade diese ausdauernde Dreistigkeit war, die mir Bewunderung abnötigte. Zwanzigjährigen Jünglingen fehlt es im allgemeinen an Schliff. Er aber besaß eine eigentümliche Weltläufigkeit: höfliche Umgangsformen, den unverkennbaren Hochmut der höheren Stände, eine behende Zunge und jenen unübersehbaren Anhauch des Mannes von Erfahrung, wie man ihn gerade bei einem jungen Menschen seines Alters nicht erwartet hätte.

Ich mochte ihn nicht.

Nach unserem ersten Zusammentreffen auf dem Kirchhof in Zillan und der bemerkenswerten Szene auf Roslyn-Farm, in deren Verlauf er Jared und Joss praktisch aus dem Haus wies, brauchte es etliche Zeit, ehe ich ihm schließlich nach vielen von mir höflich erduldeten Besuchen unzweideutig klarmachen konnte, daß mir seine Aufmerksamkeiten unerwünscht waren. Er ritt nach St. Ives, wo er eine Woche lang schmollte.

Ich fühlte mich erleichtert. Wie ein Damoklesschwert hatte

die Gefahr über mir gehangen, Mark könne dem Verhältnis seines Vaters zu mir auf die Spur kommen, obwohl Laurence mich nur dann besuchte, wenn sein Sohn den Tag in Penzance verbrachte, was recht oft der Fall war. Meine Hoffnung, Mark möge recht bald des Lebens auf dem Lande überdrüssig werden und zu seinen Freunden nach London zurückkehren, wurde enttäuscht. Dabei hätte ihm das ruhige Leben auf einem Bauernhof längst zuwider sein müssen.

„Du machst dir zuviel Sorgen seinetwegen", beruhigte mich Laurence.

„Aber wenn er Verdacht schöpft..."

„Der Gedanke würde ihm nie kommen."

Es ärgerte mich, daß Laurence offenbar so wenig vom wahren Wesen seines Sohnes wußte. Für ihn war Mark immer noch der Schuljunge, dessen Interesse für eine ältere Frau eher naiv und rührend wirkte. Und entgegen aller Vernunft entfuhr es mir etwas schroff: „Nach meiner Meinung ist er nicht halb so unschuldig, wie du glaubst! Ich..."

„Ich kenne Mark besser als du, Janna. Wenn du selber Kinder hättest, würdest du begreifen, daß sich ein Vater bei seinem Sohn besser auskennt als ein Fremder."

Noch in der Erinnerung überrascht mich, daß er, dem es doch weder an Intelligenz noch an Einfühlungsgabe fehlte, mich so verletzen konnte. Nichts hätte mich tiefer treffen können als diese ungeschminkte Anspielung auf meine Kinderlosigkeit. Der Gedanke an Mutterschaft hatte mich jahrelang gleichgültig gelassen, doch jetzt sehnte ich mich nach einem Kind – nach seinem Kind. Zu Beginn unseres Verhältnisses, als mir die wahre Sachlage noch unbekannt gewesen war, hatte ich gehofft, schwanger zu werden und ihn so zur Ehe zu ermutigen. Meine Leidenschaft für ihn machte mich zu dieser Zeit für die Wirklichkeit blind; ich leugnete für mich ganz einfach die Tatsache, daß ich gesellschaftlich weit unter ihm stand und weder so noch so seine Frau werden konnte. Als ich dann erfuhr, daß er nicht einmal geschieden war, kam ich allerdings wieder zur Vernunft und traf, von Griselda beraten, alle Vorsorge, um die Katastrophe einer Schwangerschaft zu vermeiden.

Aber die Sehnsucht nach einem Kind blieb.

Im übrigen schien Laurence doch zu ahnen, daß er mich

während unserer belanglosen Auseinandersetzung über Marks wahren Charakter verletzt hatte; denn gleich darauf begann er von einem Plan zu sprechen, der sicherstellen sollte, daß ich in Zukunft ein für allemal ohne Sorge leben konnte.

„Ich habe vor kurzem ein neues Testament gemacht", sagte er. „Das war schon seit einiger Zeit beschlossene Sache." Er zögerte einen Augenblick. „Um dir Peinlichkeiten zu ersparen, wirst du darin nicht erwähnt, Janna. Aber ehe ich sterbe, werde ich eine juristische Form finden, die dich aller Geldsorgen enthebt."

„Aber, Laurence!" sagte ich leichthin. „Sprich doch um Gottes willen nicht vom Sterben!"

Es war der erste Oktober. Drei Tage später hörte ich im Dorf, daß er mit Fieber zu Bett läge, und wenig später hieß es dann, sein Zustand habe sich verschlimmert und er sei sehr krank. Diese Nachricht stammte von Griselda, die mit einigen Dörflern gesprochen hatte. Schließlich konnte ich die Ungewißheit nicht länger ertragen und ging selbst in den Ort, wobei mir der Besuch am Grabe meines Mannes als Vorwand diente. Ich hoffte, mehr zu erfahren als Griselda. Und dort, auf dem Kirchhof in Zillan, traf ich dann den Pfarrer, von dem ich es erfuhr.

Laurence war tot. Ich hatte den einzigen Mann verloren, den ich je geliebt hatte, und zum zweitenmal in einem halben Jahr drohte mir der Verlust von Haus und Hof und allem, was ich besaß.

Zuerst war der Schmerz von solcher Heftigkeit, daß nichts mehr von Wichtigkeit schien, selbst meine Zukunft auf Roslyn-Farm nicht, doch Griseldas unablässiges Genörgel brachte mich schließlich wieder zu mir. Sollten unsere Produkte etwa verderben, bloß weil ich mich nicht aufraffen wollte, nach Penzance zu fahren? Sollten wir verhungern? Jungen Damen mochte eine solche Zimperlichkeit wohl anstehen, sagte sie bissig, die hatten dazu die Zeit und die Muße und das Geld. Von soviel Glück sei ich nun mal nicht gesegnet, und es würde allmählich Zeit, daß ich mir das hinter die Ohren schriebe. „Egoistisch bist du", grollte sie. „Genau wie deine Mutter. Stinkegoistisch."

Sie wußte sehr gut, daß ich es nicht vertragen konnte, mit meiner Mutter verglichen zu werden. Der Ärger über ihre Bemerkung ernüchterte mich und trieb mich zurück in den gewohnten Alltagstrott.

Am Sonntag nach Laurences Beerdigung war der quälendste Schmerz vorbei, aber immer noch wollte ich beim Gedanken an das frische Grab auf dem Kirchhof in Tränen ausbrechen und brachte es nicht fertig, mit Griselda zum Frühgottesdienst zu gehen. Lieber blieb ich in der kleinen Stube hocken und grübelte voller Verzweiflung über meinem Wirtschaftsbuch. Ich hatte kaum genug Geld, um das Leben hier bis zum nächsten Jahr durchzustehen. Und dann ... Tränen brannten mir in den Augen, während ich die Liste überflog, auf der Laurences Darlehen an mich vermerkt waren. Einige der Beträge hatte er mir als Geschenke zukommen lassen, aber die übrigen waren für mich Schulden geblieben, zu deren Begleichung ich entschlossen gewesen war. Jetzt würde ich ihm das Geld nie zurückzahlen können. Mir blieb nur eine Möglichkeit: Roslyn-Farm an Jared zu verkaufen und damit alles zu verlieren.

Die Flammen des Kaminfeuers verschwammen mir vor den Augen. Überwältigt von Hoffnungslosigkeit, wollte ich mich eben den Tränen und der Verzweiflung überlassen, als von der Hintertür her lautes Klopfen erscholl.

Ich sprang auf.

Wenn das wieder Jared war, der kam, um mich wegen des Hauses zu quälen, würde ich ihm ins Gesicht spucken.

Ich fuhr mit dem Arm über die tränennassen Wangen, ging mit raschen Schritten zur Tür und riß sie voll Trotz und Wut auf. Aber mein Besucher war nicht Jared.

Draußen stand Mark Castallack.

2

„Guten Morgen“, sagte er.

Ich starrte ihn betroffen an. „Guten Morgen“, erwiderte ich endlich, und meine Stimme klang mir kalt und unfreundlich in den Ohren.

Eine Pause trat ein. Ich wußte nicht recht, was ich sagen sollte. Stumm standen wir einander gegenüber, bis er schließlich fragte: „Darf ich eintreten?“ Ohne ein Wort hielt ich ihm die Tür auf.

„Ich bitte um Entschuldigung, wenn ich zur unrechten Zeit komme“, sagte er, „aber ich habe Sie nicht mehr beim Sonntagsgottesdienst gesehen und hätte gern einmal mit Ihnen allein gesprochen.“

„Es ist schon recht“, sagte ich und schwieg wieder. Ich wollte hinzufügen: Es tut mir sehr leid, daß Ihr Vater gestorben ist, aber kein Wort kam heraus. In das Schweigen sagte er dann so beiläufig, als handle es sich um etwas ganz Selbstverständliches: „Ich bin gekommen, um mein Beileid auszusprechen.“

Für Sekunden nahm ich nichts wahr außer den dunklen, schrägliegenden Augen, die mich aufmerksam ansahen. Dann gelang es mir endlich, wieder ruhiger zu atmen, ich vernahm die vertrauten Geräusche rundum, das Gackern der Hennen im Hof, das Zwitschern der Vögel auf dem Dach, das Knistern der Flammen im Küchenherd. Mein Mund war wie ausgedörrt. Schließlich brachte ich höflich hervor: „Wie freundlich von Ihnen.“ Und verfiel wieder in Schweigen, während meine Gedanken zurückeilten zu Laurence und es mir plötzlich gleichgültig war, wieviel dieser Jüngling wußte. Laurence war tot, und nur das zählte.

„Könnten wir vielleicht ins Wohnzimmer gehen?“

„Gewiß. Wenn Sie es wünschen.“

Wir waren in der Diele, dann im Zimmer. Angestrengt versuchte ich, die trüben Schleier vor meinen Augen zu verscheuchen.

Im Spiegel beobachtete ich, wie er sich an den Tisch setzte, als erwartete er, daß ihm unverzüglich ein Glas Wein serviert werde. Die Hände in den Taschen, kippte er den Stuhl ein Stück zurück und begann sacht hin und her zu schaukeln, so teilnahmslos und ungerührt, daß es mir die Zornesröte ins Gesicht trieb und mich meinen Gram vergessen ließ. Unversehens hatte ich mich wieder voll in der Gewalt.

„Warum sind Sie gekommen?" fragte ich scharf. „Doch wohl nicht nur, um mir Ihr Beileid auszusprechen. Sollte das aber wider Erwarten der einzige Grund sein, so muß ich Sie bitten, mich zu entschuldigen. Ich fühle mich heute morgen nicht sehr wohl... und schon gar nicht in der Verfassung, Besucher zu empfangen."

Er dachte nicht daran, auch nur ein Wort des Bedauerns zu äußern. Womöglich hielt er meine Beteuerung für einen Vorwand. „Wollen Sie sich nicht setzen, Mrs. Roslyn?" fragte er mit gleichgültiger Stimme und ohne das Schaukeln zu unterbrechen. „Es war gewiß nicht sehr höflich von mir, ohne Ihre Erlaubnis Platz zu nehmen, und ich bitte Sie dafür um Verzeihung. Keinesfalls wollte ich Ihnen den Respekt vorenthalten, der einer ehrbaren Witwe gebührt."

„Mr. Castallack..."

„Bitte", sagte er, erhob sich schnell und rückte mir den Stuhl zurecht, „nehmen Sie doch Platz und entschuldigen Sie meine schlechten Manieren."

Wir saßen einander gegenüber. Zwischen uns schien eine Wand emporzuragen. Draußen schabten, vom Wind bewegt, die wilden Rosen über die Fensterscheibe.

„Wie geht es auf dem Hof?" fragte er höflich. „Es ist doch hoffentlich alles in Ordnung bei Ihnen?"

„Danke, ja."

„Das höre ich gern. Mein Vater war sehr um Sie besorgt. Noch seine letzten Worte galten Ihrem Wohlergehen."

Ich konnte nicht sprechen. Dumpf starrte ich auf meine Hände und dachte an Laurence und an seine Versicherung, daß ich nie mehr Geldsorgen haben würde.

„Sollten Sie je etwas brauchen", sagte Mark Castallack, „so ließe sich da gewiß etwas arrangieren."

Ich hob den Kopf. Seine schwarzen Augen starrten mich ausdruckslos an. Doch um seine Mundwinkel schien ein belustigtes Lächeln zu spielen. Und plötzlich sah ich, wie seine Hand in die Tasche glitt und fünf Sovereigns hervorholte. Stumpf schimmerte das Gold im hellen Morgenlicht.

„Sie haben doch sicher viele Ausgaben", sagte er, während seine Hände die Münzen mit knappen und präzisen Bewegungen auf dem Tisch aufschichteten, „und es gibt kaum etwas Lästigeres als ständigen Geldmangel." Er räusperte sich, hielt einen Sovereign in die Höhe und betrachtete ihn. Wie gebannt schaute ich zu. Plötzlich ließ er die Münze sinken, und über den Tisch hinweg trafen unsere Blicke aufeinander.

Rasch stand ich auf und trat zum Kamin.

Ich hörte das Klimpern der Münzen und sah im Spiegel über dem Kamin, wie er sie wieder in die Tasche schob. „Also nicht vergessen", sagte er, „sollten Sie je etwas brauchen, so genügt ein Wort, und ich werde sehen, was sich machen läßt."

Hastig, allzu hastig und mit wirbelndem Kopf brachte ich hervor: „Nun, es trifft sich . . " und brach ab.

Er drehte sich zu mir herum. „Sie brauchen sofort Hilfe?"

„Ich . . . ich befinde mich in einer etwas kritischen Situation . . .", stammelte ich und biß mir auf die Lippen. „Vielleicht", fügte ich beherrschter hinzu, „ließe sich über ein Darlehen sprechen, für das ich Ihnen das Haus als Sicherheit . . ."

„Ach, richtig", sagte er. „Das Haus. Ja, da wird sich schon etwas arrangieren lassen, Mrs. Roslyn. Da wird sich schon ein geeignetes Arrangement finden."

Wenn er nur nicht immer von arrangieren und Arrangement sprechen wollte, dachte ich. Die unverkennbare Berechnung, mit der er diese Wörter ständig wiederholte, behagte mir nicht.

„Dürfte ich das Haus wohl sehen?" fragte er nebenhin. „Wenn wir ein Darlehen arrangieren wollen, so würde es mich – als reine Formalität natürlich – interessieren, von welcher Beschaffenheit das von Ihnen offerierte Gegenpfand ist."

„Gewiß", erwiderte ich nach längerem Zögern. „Ganz wie Sie wünschen." Und ging zur Tür, während er mir folgte, in den Bewegungen eher lässig, die dunklen Augen jedoch hellwach. Meine Handflächen waren schweißbedeckt. Verstohlen rieb ich sie an meinem Kleid trocken.

„Dies ist das Eßzimmer", sagte ich, eine Tür öffnend. „Wir haben es nur zu Weihnachten und Ostern und am Geburtstag meines Mannes benutzt und uns sonst mit der Küche begnügt." In der Mitte des Raums stand ein massiver Eichentisch, und auf der Anrichte schimmerte bläuliches Porzellan. Laurence hatte die alten Möbel geliebt. Sie befanden sich seit Generationen im Besitz der Roslyn-Familie.

Mark schwieg. Durch Diele und Gang führte ich ihn zum hinteren Teil des Hauses.

„Die Küche kennen Sie ja."

„O ja", sagte er, „die Küche kenne ich."

An Spülstube und Speisekammer vorbei gelangten wir zum Milchraum.

„Dies ist einer der ältesten Teile des Hauses", sagte ich. „Man sieht auch, wie unregelmäßig die Fliesen sind."

„Ja. Ist Annie heute nicht hier?"

„Nein. Sie besucht Verwandte in Zennor, wie jeden Monat einmal." Wieder rieben meine Hände gegen das Kleid. Das Herz hämmerte mir in der Brust.

Wir gingen durch die Küche zurück und kamen in die kleine Stube hinter dem Wohnzimmer.

„Hier habe ich sonntags immer die Zeitung gelesen", sagte ich. „Das Wohnzimmer haben wir nie benutzt. Das war nur für Besucher wie Sie." Oder Laurence, hätte ich hinzufügen können. Als er damals meiner Einladung gefolgt war, hatten wir dort zusammen ein Glas Wein getrunken. „Was für ein hübsches Zimmer", waren seine Worte gewesen. Er hatte das Haus ebensosehr geliebt wie ich.

„Bis auf einen winzigen Raum, wo wir uns waschen und baden können, wäre das alles, was ich Ihnen zu zeigen habe", sagte ich.

„Und oben?" fragte er und wartete auf meine Antwort.

Wir standen wieder in der Diele. Ich sah, wie sein Blick flüchtig zur Treppe glitt.

„Ach", sagte ich, „da ist nichts weiter zu sehen. Nur ein paar Zimmer, von denen die meisten jetzt leer stehen. Natürlich gibt es einen Dachboden. Früher hat da das Gesinde geschlafen, aber Annie und Griselda haben jetzt ihre eigenen Zimmer." Unwillkürlich krampften sich meine feuchten Finger ineinander. Sie zitterten. „Wollen wir uns nicht wieder ins Wohnzimmer setzen? Und wenn Sie etwas Wein möchten ..."

„Ich würde mich gern auch oben umsehen, wenn es Ihnen recht ist", beharrte er höflich.

„Ich ..."

„Läßt sich das nicht ... arrangieren, Mrs. Roslyn?“

Und dann trat ein langes Schweigen ein, eine Leere, die sich nicht auffüllen wollte. Ich konnte nicht denken, nicht sprechen, nicht atmen. Doch die Sekunde, diese ewig scheinende Sekunde ging vorbei – wie sie stets vorbeigehen, die Augenblicke voller Fassungslosigkeit, in denen die harten Tatsachen einem bereits ungeschminkt ins Gesicht starren.

„Gern“, sagte ich höflich. „Wenn Sie wollen.“ Und wir stiegen die alte Holztreppe mit dem geschnitzten Geländer hinauf, und ich begann ihm die Zimmer zu zeigen.

„Hier schläft Griselda ... und dort Annie ... dies war früher Jareds Zimmer ... und dort hat Joss geschlafen ...“

Langsam, sehr langsam bewegte ich mich voran. Ich brauchte Zeit. Zeit zum Denken. Doch ich war dazu außerstande.

„Und dies ist die Rumpelkammer, wo mein verstorbener Mann die Sachen seiner ersten Frau aufbewahrte“, sagte ich.

Die Erinnerung an Laurence war jetzt so intensiv, daß ich fast glaubte, ihn hinter mir zu spüren. Ich dachte: Wenn ich den Kopf drehe und über die Schulter zurückblicke, dann kann ich ihn sehen; und ich werde lächeln und sagen: Verlaß mich nicht, denn ich liebe dich so sehr, daß ich es nicht ertragen kann, wenn du ...

Aber er war nicht da.

„Und dies ist mein Zimmer“, sagte ich. „Wie Sie sehen, hat man von hier einen herrlichen Ausblick auf die Heide, und das liebte mein Mann ganz besonders. Ich übrigens auch.“ Und ich trat ans Fenster und starrte wie verzückt auf die Landschaft.

Hinter mir hörte ich, wie sich die Tür mit leisem Klappen schloß. Dann wurde sachte der Riegel vorgeschoben. Doch ich drehte mich nicht um. Erst nach Sekunden machte ich das Fenster zu und zog die Gardine vor.

Stille. Langsam wandte ich den Kopf herum, dann den ganzen Körper. Mark Castallack stand ohne Bewegung, mit dem Blick auf die kleine Uhr mit den römischen Ziffern, die mir Laurence vor Monaten aus Penzance mitgebracht hatte. Ich liebte sie, weil sie ein Geschenk von ihm war.

„Was für ein unglaublich häßliches Ding“, sagte Mark, sich von seinem Jackett befreiend. „Stammt wohl noch von Ihrem Mann?“

Weiter wurde zwischen uns nichts gesprochen. Wir entkleideten uns, er sehr hastig, ich mit eigentümlicher Präzision, als wäre jede auch noch so geringfügige Bewegung von entscheidender Wichtigkeit. Und als dann nichts weiter zu tun blieb, gingen wir ins Bett.

Ich erwartete mir nichts.

Ich liebte ihn nicht. Der Mann, den ich geliebt hatte, war tot. Ich empfand weder Zorn noch Erniedrigung. Ich empfand nichts. Die Passivität, mit der ich alles über mich ergehen ließ, war so stark, daß ich fest glaubte, die ganze Episode würde an mir hinabgleiten wie Wassertropfen an einer Fensterscheibe. Eine Sache, der man in einer solcher Gemütsverfassung entgegensah, konnte keine Wirkung hinterlassen.

Ich wollte nichts erwarten. Denn das wäre Verrat an Laurence gewesen, und nur ihn liebte ich ja.

So begegnete ich also Mark ohne Wunsch, ohne Erwartung. Und plötzlich war alles verändert, verwandelt; ganz wie in jenen Alpträumen, in denen eine vertraute Landschaft plötzlich fremd und unkenntlich wirkt; und ich entdeckte, daß ich mich nicht kannte, nichts von mir wußte. Ich blickte in seine schmalen, schwarzen Augen und fühlte mich unvermittelt wie eingekerkert in den Körper eines anderen, über den ich keine Gewalt besaß. Als er mich berührte, als er mein Korsett aufhakte und sein Gesicht in meinem locker fallenden Haar vergrub, schien es mir, als habe mich nie zuvor ein Mann berührt – und ich vergaß Laurence. Ja, ich vergaß ihn; vergaß ihn, als habe er nie existiert. Denn was ich bei seinem Sohn fand, hatte ich in all den Stunden mit ihm nie gefunden.

Es war unbeschreiblich. Es gibt dafür keine Worte.

Als ich schließlich wieder zu mir kam, war es später Nachmittag, und draußen vor dem Fenster badete sich die Heide in goldener Oktoberhelle. Ich lag bewegungslos, die Glieder warm und entspannt, Augenlider noch schwer vom Schlaf, und mein ganzer Körper atmete Zufriedenheit. Das Haus lag in tiefer Stille. Das einzige, was ich hörte, waren die Atemzüge des Mannes neben mir. Doch um nicht wahrzuhaben, was geschehen war, schloß ich wieder die Augen und ließ mich durchrinnen von wohliger Mattigkeit und versuchte mir vorzustellen, daß Laurence es sei, der dort an meiner Seite lag, und daß ich, sofern ich nur wollte, sein von mir so geliebtes Gesicht sehen könne – jetzt gleich. Doch plötzlich war sein Bild wieder fort, und nichts blieb als jener harte männliche Mund und die schrägliegenden Augen.

Ich setzte mich auf.

Mark bewegte sich nicht. Ich betrachtete ihn: Haar schwarz auf dem weißen Kopfkissen. Wimpern tief über die Augen gesenkt. Er wirkte sehr jung. Lange verharrte mein Blick auf ihm. Dann stand ich auf und begann mich anzukleiden.

Während er ruhig und reglos lag, brachte ich mein Haar in Ordnung und starrte in den Spiegel. Keine Träne, sosehr ich mich auch danach sehnte, daß der Schock sich endlich lösen möge. Aber müde mußte ich doch wenigstens aussehen. Doch ich sah weder müde aus noch erschöpft. Sondern jung. Wie fünfundzwanzig.

Jung, dachte ich – ich bin jung! Ich begriff es nicht. Und es war wohl auch nicht zu begreifen. Als ich hinausging und die Treppe hinabstieg, fühlte ich mich so leicht und frei wie ein Vogel.

Griselda kam in die Diele. Ich sah, wie ihr Blick auf Marks Hut fiel. Aber sie schwieg, und auch ich sagte nichts. Ich trat vor das Haus. Die Sonne war warm. Ein Windhauch strich über die Heide hin. Und plötzlich begann ich zu laufen, rannte bergan, strauchelte, rannte weiter, bis ich die verwitterten Mauern von Chûn Castle erreicht hatte.

Jetzt erst löste sich die innere Spannung, Tränen liefen mir über die Wangen. Zwischen den alten Ruinen suchend umherirrend, glaubte ich das Bild des Mannes herbeibeschwören zu können, den ich dort zum erstenmal gesehen hatte. Und mehr als sein Bild – ihn selbst. Doch es stellten sich nur zwei bittere Erinnerungen ein. Die Romanze zwischen zwei Menschen, die nach Herkunft und Wesensart so verschieden gewesen waren: die Witwe eines Bauern, die darauf brannte, ihre verlorene Jugend wettzumachen, und ein älterer Gelehrter, der nach endlos langen Jahren die Enthaltsamkeit nicht mehr ertragen konnte. Wir hatten einander Genüge getan, das erkannte ich jetzt. Der Unterschied war nur, daß ich mir eingeredet hatte, leidenschaftlich zu lieben, während Laurence sich von Anfang an über den wahren Sachverhalt im klaren gewesen war. Zwei einander völlig Fremde hatten versucht, ihrer Einsamkeit zu entfliehen, und waren in eine Liebesaffäre hineingeschlittert, um in diesem langen und leeren ländlichen Sommer dreimal pro Woche in der Umarmung Trost zu finden.

Das war alles. Das war die schlichte, traurige Wahrheit, die mir jetzt durch Mark Castallack aufgegangen war.

Ich versuchte, ihn zu hassen, weil er mich der Illusionen beraubt hatte, die mir so lieb und teuer gewesen waren. Aber ich brachte es nicht fertig. Der bloße Gedanke an ihn erweckte in mir sofort wieder den Wunsch, mit ihm dort hinter der verriegelten Tür zu sein.

Nach einer Weile kehrte ich den Ruinen den Rücken und ging langsam zurück.

Griselda saß in der Küche und aß Brot und Käse. Keine von uns sprach. Plötzlich überkam mich ein wahrer Wolfshunger. Ich schnitt mir ein großes Stück Pastete ab und stopfte es in mich hinein. Dann aß ich einen Apfel und Quarkkuchen. Als die gröbste Gier gestillt war, hörte ich auf der Treppe Marks Schritte.

Ich trat in die Diele.

Es war, als sähe ich ihn zum erstenmal. Er wirkte älter, gesetzter, ganz Herr seiner selbst, und in seinen Augen stand ein Ausdruck des Wissens, der mich eigentümlich erregte. Er lächelte, und ich begriff nicht, warum ich ihn je schal und reizlos gefunden hatte. Mit knapper Handbewegung strich er sich eine Haarsträhne aus der Stirn. Ich sah seine kurzen und kräftigen Finger. Vor kurzem noch hatten sie mich berührt.

Ich fühlte, wie mir die Röte ins Gesicht stieg. Mein Herz schlug wie rasend.

„Hätten Sie Lust, zu bleiben und hier zu essen?“ fragte ich. „Es ist wirklich genug da.“

„Danke, aber auf Morvah wartet das Abendessen auf mich. Ich sollte jetzt gehen.“ Er schwieg eine Sekunde und warf einen eigentümlich forschenden Blick auf die geschlossene Wohnzimmertür. „Durst hätte ich allerdings schon. Vielleicht einen Schluck Apfelwein ...“

„Ich hole welchen.“

Als ich mit Krug und Glas zurückkehrte, stand er immer noch

in der Diele, doch die Tür zum Wohnzimmer war jetzt nur angelehnt. Ich fragte mich, was er dort gewollt haben konnte.

Er trank den Apfelwein sehr rasch aus und setzte das Glas dann ab. „Darf ich morgen nach dem Abendbrot kommen?"

„Natürlich ... doch hätten Sie nicht Lust, früher zu kommen und hier zu Abend zu essen?"

„Nein", erwiderte er, „aber ich werde zum Frühstück bleiben." Er lächelte wieder. Es war, als spränge ein Funke zu mir über. „Bis morgen also", sagte er schließlich. „Auf Wiedersehen."

„Auf Wiedersehen", antwortete ich und hielt ihm die Haustür auf.

Als er nicht mehr zu sehen war, ließ ich sie wieder zuschwingen und lehnte mich gegen die Wand. Sekundenlang stand ich so, raffte mich dann auf und goß aus dem Krug Apfelwein in das auf der Anrichte stehende Glas. Mit unsicheren Schritten näherte ich mich dem Wohnzimmer.

Und sah, von der Türschwelle aus, was dort auf dem Tisch lag. Der Apfelwein schwappte über und tropfte auf Kleid und Teppich. Langsam trat ich an den Tisch und stellte das Glas vorsichtig ab. Dann nahm ich, einen nach dem anderen, die fünf Goldsovereigns vom Tisch auf, die Mark für mich zurückgelassen hatte.

Mark verbrachte jede Nacht dieser Woche auf Roslyn-Farm. War er fort, so schien ich kaum einer vernünftigen Arbeit fähig und überließ fast alles Annie und Griselda. Auf Ethel und Millie Turners Hilfe hatte ich seit dem Tode meines Mannes aus Ersparnisgründen verzichten müssen. Mit Mühe raffte ich mich einmal dazu auf, Griselda zum Markt zu begleiten, war aber so wenig bei der Sache, daß ich alles durcheinanderbrachte. Ich lebte für die Abende. Aber es gelang mir nie, Mark zum gemeinsamen Essen zu überreden.

Seine beharrliche Ablehnung empfand ich als Erniedrigung. „Bin ich dir das denn nicht wert?" fragte ich ihn schließlich erzürnt. „Es ist doch beschämend für mich, wenn du jede Nacht herkommst und nichts willst außer ..."

„Außer?" Er lachte amüsiert und fügte dann gedehnt hinzu: „Aber es läßt sich doch wohl sehen, dieses ‚Außer', nicht wahr?"

Aufgebracht sagte ich: „Aber warum weigerst du dich? Ich habe doch wohl ein Recht, den Grund zu erfahren!"

„Irrtum, meine Liebe", erwiderte er höflich. „Ich schulde dir keine Rechenschaft. Ich kann tun und lassen, was ich will."

„Also gut!" rief ich wütend. „Mir kann es ja egal sein. Aber bilde dir nicht ein, daß mich dein Hochmut besonders beeindruckt."

Er lachte wieder. „Wie reizvoll du aussiehst, wenn du zornig bist", sagte er, ergriff dann meine Hand und versicherte mir in dem tiefen Tonfall, der mich stets so erregte, ich würde am Ende alles bekommen, wonach ich mich sehnte, ich müsse nur Geduld haben. „Wenn wir zum erstenmal miteinander speisen, dann soll das ein besonderes Ereignis werden", sagte er, „und dafür ist dieses kleine Bauernhaus nicht der geeignete Ort. Hier gibt es mir zu viele Erinnerungen an deinen Mann ... und andere. Wenn du doch nur Vertrauen zu mir hättest ..."

Doch eben dazu sah ich mich außerstande. Seine Versprechungen klangen mir allzu großspurig und schienen einzig darauf berechnet, mich zu beschwichtigen, damit ich seinen Wünschen desto gefügiger war.

Mein Mißtrauen vertiefte sich noch, als er mir mitteilte, er müsse für einige Zeit geschäftehalber nach Gweek. Am nächsten Tag war er fort.

Zwei Wochen vergingen. Ich sah und hörte nichts von ihm. Die Stunden und Tage dehnten sich endlos. Und dann traf mich wie ein harter Schlag, was ich im Dorf erfuhr: Der junge Mr. Castallack sei von Gweek nach London gezogen, und seine Haushälterin in Morvah wisse nicht, wann er zurückkehren werde.

„Aber er *muß* doch irgendwann zurückkommen", sagte ich verzweifelt zu Griselda. „Laurence hat ihm das Haus in Morvah hinterlassen. In Gweek kann er nicht bleiben, weil Nigel den Familienbesitz erbt. Die beiden Brüder haben sich zerstritten. Der jüngere kann dem älteren nicht verzeihen, daß dieser seinen Vater, während er selbst sich im Ausland aufhielt, eigenmächtig in Zillan bestatten ließ und nicht in Gweek. Und bei seiner Mutter in London bleibt Mark bestimmt nicht. Er *muß* also wieder zurück nach Morvah."

Griselda erwiderte, es fiele ihr nicht im Traume ein, ihre kostbare Zeit mit Gedanken an Mark Castallack zu vergeuden. Im übrigen solle ich mich endlich zusammennehmen und mir den jungen Mr. Mark aus dem Kopf schlagen. Es gäbe auch noch andere Männer. Eine Ewigkeit würden die fünf Goldsouvereigns nicht reichen. Was aber dann? Am besten den Hof an Jared Roslyn verkaufen und den jungen Mr. Polmarth von Polmarth-Farm heiraten. Dann hatte die liebe Seele endlich Ruhe vor den ständigen Geldsorgen.

„Thomas Polmarth?“ sagte ich angewidert. „Dieser ungeschlachte Tölpel? Danke, nein!“

„Setz dich bloß nicht so aufs hohe Roß!“ schrie Griselda erbost. „Hat dir wohl völlig den Kopf verdreht, daß dir zwei Gentlemen den Hof gemacht haben, wie? Komm endlich wieder zu dir, Mädchen! Herren von Stand heiraten doch keine wie dich, bilde dir da bloß nichts ein. Zu einem Herrn von Stand gehört eine Dame von Stand, merk dir das. Wenn du glaubst, daß Mr. Mark eines schönen Tages hier wieder auftaucht, um dich ...“

„Schon gut, schon gut“, sagte ich zornig. „Das weiß ich selber!“

Und das entsprach der Wahrheit. Zwar hatte Mark mir noch vor dem Tode seines Vaters einen Heiratsantrag gemacht, aber bei seiner damaligen Gemütsverfassung war das natürlich nicht ernst zu nehmen gewesen. „Mark war immer nur aus einem einzigen Grund an mir interessiert“, fügte ich scharf hinzu. „Darüber täusche ich mich keinen Augenblick.“

Griselda murmelte etwas von Sünde und Verdammnis.

„Und wenn schon!“ rief ich aufgebracht. „Warum soll ich nicht auch einmal etwas vom Leben haben. Und von der Liebe. Ich habe so viele leere Jahre hinter mir. Gott ist gewiß nicht so grausam, mir ein wenig Glück zu mißgönnen!“

Griselda erwiderte, das sei jetzt ohnehin alles egal, denn ganz offensichtlich habe Mark inzwischen anderweitig sein Vergnügen gefunden.

Aber sie irrte sich.

Zwei Wochen später, als ich schon alle Hoffnung aufgegeben hatte, erschien er wieder. Ich saß gerade im Wohnzimmer über einem Brief, in dem ich ihn an sein Versprechen erinnern wollte, mir ein Darlehen zu gewähren. Lässig kam er herein und begrüßte mich, als sei seit seinem letzten Besuch kaum ein Tag vergangen.

„Ich war in den vergangenen drei Wochen in London“, sagte

er kurz. „Familienangelegenheiten. Unter anderem ist mein Vetter Robert Yorke gestorben, und ich mußte natürlich zum Begräbnis bleiben." Er warf einen Blick durch das Fenster, hinter dem nichts als der graue Novembernebel zu sehen war. „Aber du wirst dir gewiß schon gedacht haben, daß mich triftige Gründe von hier fernhielten."

„Unglücklicherweise", sagte ich kalt, „gehört Hellseherei nicht zu den Gaben, die Gott mir verliehen hat."

„Ist es denn möglich?" bemerkte er mit so beißendem Spott, daß mir die Zornesröte ins Gesicht stieg. „Das tut mir aber leid. Immerhin hat Gott dir zum Ausgleich so viele andere Gaben verliehen, daß wir ihm diese Unterlassung zur Not wohl nachsehen können." Und noch ehe ich zu einer scharfen Antwort kommen konnte, hatte er mir einen Gegenstand in die Hand gedrückt.

Auf sein Geheiß klappte ich das kleine lederne Etui auf. Und sah einen Ring mit einem großen, funkelnden Saphir, der rings von Diamanten umgeben war.

Ich brachte kein Wort hervor. Mit aufgerissenen Augen das glitzernde Ding anstarrend, hatte ich nur einen Gedanken: Er hat nicht vergessen. Auch in London hat er an mich gedacht. Er ist wieder hier. Es war ihm mit jedem Wort ernst.

„Wunderschön", hörte ich mich schließlich befangen sagen. „Noch nie hat mir jemand ein derart kostspieliges Geschenk gemacht."

„Ich hoffe, daß noch viele folgen."

„Oh?" sagte ich nach einer kurzen Pause. Dann stürzte es plötzlich aus mir heraus: „Ich glaubte, du hättest mich verlassen."

„Nachdem ich so viele Monate auf dich gewartet hatte?"

Ich hob den Kopf. „Ich habe dir nicht geglaubt", sagte ich. „Ich habe dir nicht vertraut. Ich habe nicht gedacht, daß du so..." Ich brach hilflos ab. Und spürte dann seine Hand auf meiner Hand und hörte, wie er zärtlich sagte: „Wie konntest du nur zweifeln, daß ich dich wirklich zur Frau haben wollte, Janna?" Aber ich war keiner Antwort fähig. Alles, was ich wahrnahm, war seine Hand auf meiner Hand und seine Augen, die mich ansahen. Sein Blick, der so viel mehr umschloß als das, was andere Männer mir entgegengebracht hatten. Die gleiche

Zärtlichkeit, die auch in seiner Stimme schwang. Und mehr noch: Liebe, die Liebe, die ich so sehr brauchte und nach der ich mich mein Leben lang gesehnt hatte – Liebe und Frieden und Geborgenheit.

„Willst du mich heiraten, Janna?" fragte er.

Und ohne Zögern, doch getrieben von der Angst, dieser schöne Traum könnte sich in nichts auflösen, erwiderte ich: „O ja, Mark – ja, ich will, ja, ja, ja ..."

Kaum waren die Worte heraus, als mich Panik überfiel. Er begann draufloszureden: von unserer Hochzeit in London, von Flitterwochen auf dem Kontinent, von der Renovierung des Hauses in Morvah, wo wir wohnen würden, bis er Penmarric in Besitz nahm. Doch je länger und überschwenglicher er sprach, desto verschreckter wurde ich, bis ich schließlich eingeschüchtert fragte: „Aber Mark, könnten wir denn nicht in Penzance heiraten? Oder in Truro oder Launceston? Oder in einer anderen Stadt hier in Cornwall?"

„In Penzance!" rief er amüsiert. „Was für eine absurde Idee! Nein, nein, London ist viel praktischer. Ich habe von Vetter Robert das Stadthaus geerbt, wo wir wohnen können, bis wir ins Ausland reisen. Auch kannst du dort die entsprechenden Einkäufe tätigen, Kleider und alles sonst ..."

„Aber Mark", sagte ich unsicher, „ich bin doch nie aus Cornwall herausgekommen. Penzance ist die größte Stadt, die ich kenne. In London wüßte ich mich gar nicht zu benehmen. Menherion Castle ist so viele Jahre her, und ich weiß mit der Etikette nicht mehr so genau Bescheid ... deine Freunde würden über mich die Nase rümpfen ... und deine Mutter ..." Der Gedanke flößte mir Entsetzen ein. Ich stockte.

„Aber Liebling", sagte Mark, „gib dich, wie du bist, und es wird mir ein wahres Vergnügen sein, mit dir die Londoner Salons zu besuchen. Wenn du für mich gut genug bist, dann wirst du's wohl auch für die anderen sein."

„Aber meine Aussprache ..."

„Die liebe ich ganz besonders an dir. Ich kann gar nicht genug davon bekommen."

„Und ich bin so ungebildet!"

„Du kannst lesen und schreiben, was will man mehr. Allzuviel Bildung bekommt einer Frau nicht."

„Ja, aber..."

„Gar kein Aber", sagte er und küßte mich. „Es wird dir in London gefallen, die Theater, die Restaurants, die Sehenswürdigkeiten..."

„Aber deiner Mutter muß ich doch vorgestellt werden."

„Allerdings eine etwas aufreibende Angelegenheit, zugegeben, aber..."

„Aufreibend?" fragte ich schwach.

„Keine Sorge. In meiner Gegenwart wird sie Anzüglichkeiten nicht wagen. Im übrigen wohnt sie nicht mehr in dem Stadthaus in der Park Lane. Sie hat sich ihr eigenes nahe dem Berkely Square gekauft. Ein Anstandsbesuch bei ihr genügt vollauf, und außer ihr ist niemand da – bis auf ein oder zwei Freunde aus meiner Oxforder Zeit vielleicht. Aber das ist auch alles. Nigel wirst du nicht kennenlernen. Wir verstehen uns nicht sehr gut."

Ich war so verwirrt, daß ich zuerst nicht weiter auf seine nächsten Worte achtete. „...und da wir gerade bei meiner Familie sind, möchte ich, daß du in einem Punkt vollkommen klar siehst. Über meinen Vater will ich nie etwas von dir hören, verstanden? Mit keinem Wort, mit keiner Silbe. Er ist tot. Er ist aus deinem wie aus meinem Leben entschwunden, und mehr bleibt da nicht zu sagen. Für uns *beide* ist das Thema damit abgetan. Halte dich daran. Ist das klar?"

Bestürzt über die Heftigkeit, mit der er sein Verlangen vorbrachte, sagte ich nur: „Ja, Mark."

„Gut."

Wie auf ein Stichwort erhoben wir uns beide gleichzeitig, und dann warf ich mich in seine Arme, und er küßte mich wieder und wieder.

„Oh, Mark, Mark..." Wir standen engumschlungen und völlig unfähig, uns voneinander zu lösen, um wenigstens hinaufzugehen auf mein Zimmer. Wir blieben, wo wir waren; und dann lagen wir auf dem Sofa, und als das Sofa sich als zu schmal erwies, auf dem Teppich vor dem Kamin.

Später fragte er mich, ob ich ein Kleid besäße, das ich am Abend in Penzance tragen könne.

„In Penzance?“ fragte ich überrascht. „Heute abend noch?“

„Ja“, erwiderte er. „Im Metropole-Hotel. Dort werden wir zum erstenmal gemeinsam speisen.“

Ich sagte zu Griselda: „Er will mich heiraten.“

Sie schnaufte verächtlich.

„Wirklich, Griselda. Zu Weihnachten. In London.“

Sie starrte mich an. „In London?“

„Er wird mich heiraten, Griselda. Und ich will ihn heiraten. Er ist ganz anders, als ich dachte. Er steht zu seinem Wort. Er meint es ehrlich, und ich kann ihm vertrauen, verstehst du? Bei ihm kann ich mich geborgen fühlen.“

„Und das Haus? Das Haus, auf das du so wild warst? Was wird mit dem Haus?“

„Das werde ich an Jared verpachten. Mark und ich wollen vorerst in Morvah wohnen, und er hat mir versprochen, dir ein kleines Häuschen bauen zu lassen – ein richtiges Häuschen ganz für dich allein! Ach, Griselda, wie ich ihn liebe! Ich heirate ihn wirklich nicht nur, weil er reich ist! Wenn du nur wüßtest, was ich fühle ... wenn du nur verstehen könntest ...“

„Verhext bist du. Verhext und verrückt. So ein Jüngling von knapp einundzwanzig ...“

„Ach, sei schon still, du dummes, altes Weib! Hol lieber rasch das Bügelbrett, damit ich das hellgrüne Kleid bügeln kann, das mir Miß Charlotte geschenkt hat. Wenn ich mein Korsett ein wenig enger schnüre, wird es um die Taille schon noch passen ...“

Die Nachricht von meinem Glück verbreitete sich in Zillan wie ein Lauffeuer. Meine erste Reaktion war ein Gefühl des Triumphs. Doch bald ebbte der Jubel ab.

„Schade, daß ich nicht einen Kopf kleiner und häßlich bin“, sagte Jared. „Dafür aber steinreich. Dann hättest du doch sicher mich geheiratet, Janna, wie?“

Und Mr. Barnwell, der Pfarrer, bemerkte voll Takt und in tiefer Besorgnis: „Wäre es nicht vielleicht angezeigt, bis zum kommenden Frühjahr zu warten? Ich begreife sehr wohl, daß Sie und Mark keine Zeit verlieren möchten, da Sie sich beide endgültig entschieden haben, aber ich fürchte doch, daß jede Übereilung Anlaß zu Klatsch geben wird ...“

„Klatsch", sagte Griselda, „Klatsch, Klatsch, Klatsch ... Die bilden sich wohl ein, ich bin taub und verstehe nichts, aber ich höre sehr genau, wie die sich die Mäuler zerreißen. Ein verdorbenes Ding nennen sie dich, verdorben und verworfen. Und irgendwer hat da was über dich und Mr. Laurence fallenlassen – Jared wahrscheinlich. Oder dieser heimtückische Joss ... Na, sagen die, wo sie den Vater nicht kriegen kann, sagen die, da angelt sie sich den Sohn. Die nimmt mit, was sie mitnehmen kann, sagen die, und dabei ist ihr Mann noch kein Jahr unter der Erde. Und dieser Mr. Mark, sagen die, so ein unerfahrener Jüngling, sagen die, knappe einundzwanzig und das reine Wachs, sagen die, das reine Wachs in den Händen einer älteren und ehrgeizigen Frau. So was von abscheulichem Klatsch aber auch, überall in Zillan und Morvah und Zennor und St. Just, ja sogar in Penzance und Madron und Marazion ..."

„Hör auf!" rief ich, Tränen der Ohnmacht und der Wut in den Augen. „Hör auf!" Und fügte dann in rascher Hoffnung hinzu: „Wenn wir nur erst in London sind! Ich habe die Giftzungen hier satt! Mir kann Zillan gestohlen bleiben!"

Kaum eine Woche später kehrte ich Roslyn-Farm den Rücken und reiste mit Mark ab.

3

Nie werde ich das Erstaunen und die Bestürzung vergessen, die mich befielen, als ich zum erstenmal das Haus in Park Lane sah. Hatte schon die lange Bahnreise mich erregt – die erste meines Lebens – und mehr noch die Ankunft in der riesigen Stadt, so versetzte der Anblick des Hauses mir einen wahren Schock. Ich hatte mir alles so ganz anders vorgestellt, hatte gedacht, die Park Lane sei mit den besseren Straßen in Penzance vergleichbar und das Haus selbst mit einer mittleren Villa, eher kleiner als

Roslyn-Farm. Doch zu meinem Schrecken fand ich mich an diesem Dezemberabend in einer der vornehmsten Straßen Londons wieder, mit der Pracht des Hydeparks auf der einen und der Erhabenheit hochherrschaftlicher Häuser auf der anderen Seite. Ich war buchstäblich sprachlos und so entnervt, daß ich kaum aus der Kutsche steigen konnte.

Ein Lakai kam uns entgegen. Und ein zweiter. In der Halle erwartete uns der Butler. Hinter ihm ein dritter Lakai. Und die Halle selbst: der gewaltige Kronleuchter, der von der reichverzierten Decke hing, die elegant geschwungene Treppe. Ich blickte wie geblendet um mich. Die Lakaien verbeugten sich. Der Butler murmelte Höflichkeitsfloskeln. Ich versuchte zu lächeln. Und dachte dabei angstvoll an die geflickte Unterwäsche in meinem Koffer. Leise flüsterte ich Mark zu, er solle dafür sorgen, daß sich niemand außer mir an meinem Gepäck zu schaffen mache. „Bitte, Mark", drängte ich. „Meine Sachen sind nämlich..."

„Nein", sagte er kurz.

„Aber Mark..."

„Meine Liebe, das tut man einfach nicht selbst."

Plötzlich schien das Verhältnis zwischen uns umgekehrt: nun war er es, der über die größere Lebenserfahrung verfügte, und seine Autorität wirkte so unantastbar, daß mir kein Gedanke an Widerspruch kam.

Ich wurde nach oben auf mein Zimmer geleitet, ein riesiges Schlafgemach mit großem Prunkbett, kostbaren Möbeln und düsteren Gemälden. Ein Zofe begann, meine Habseligkeiten auszupacken, und noch ehe sie auf mein geflicktes Zeug stoßen konnte, trat ich hinaus auf den Gang und machte mich auf die Suche nach dem Badezimmer, von dem sie gesprochen hatte. Es lag nur ein kurzes Stück entfernt. Ich fand eine weiße Porzellanwanne auf vergoldeten Füßen und ein Waschbecken mit Wasserhähnen. Ich drehte an einem der Hähne. Ein heller Strom stürzte hervor. Ich drehte den Hahn wieder zu. Das Wasser versiegte. Kühn geworden, forschte ich weiter und entdeckte nebenan, ganz wie erwartet, ein Wasserklosett: mit königsblauen Ornamenten auf weißem Grund. Auch auf Menherion Castle hatte es etwas Ähnliches gegeben, doch natürlich nur für die Herrschaft. Allerdings waren die Installationen dort sehr mangelhaft gewesen – wenigstens zu meiner Zeit. Vielleicht hatte sich das inzwischen geändert. Oder aber man war in London ganz einfach weiter als in der Provinz.

Für einen Augenblick war ich von meiner neuen Umgebung so gefesselt, daß ich meine Nervosität vergaß.

Nach dem Abendessen gingen wir früh ins Bett, aus Schicklichkeitsgründen natürlich jeder in seinem eigenen Schlafzimmer – was Mark allerdings nicht daran hinderte, später zu mir hereinzuschlüpfen und bei mir zu bleiben, bis es hell wurde. Wenn wir uns nicht übermäßig strikt an die Anstandsregeln hielten, so war das wohl verständlich: Schließlich wohnten wir beide unter demselben Dach und wollten bald heiraten.

Am nächsten Morgen frühstückte ich zum erstenmal in meinem Leben im Bett, und anschließend erbot sich die Zofe, mir ein Bad zu bereiten. Unglaublich herrlicher Genuß. Als ich damit fertig war, ging es bereits auf elf Uhr zu. Lieber Gott, dachte ich, elf Uhr – und außer Frühstücken und Baden hatte ich noch nichts getan.

Mein neues Dasein begann mir Spaß zu machen.

Später erschien die Schneiderin, die mich in allen Einzelheiten beriet. Am Nachmittag dann eine herrliche Ausfahrt und Einkauf in vielen eleganten Geschäften in der Bond Street und Oxford Street. Die folgenden Tage vergingen wie im Flug. Mark traf Vorbereitungen für die Hochzeit, und ich verbrachte meine Zeit hauptsächlich damit, neue Kleider anzuprobieren. Allmählich fühlte ich mich sicherer und gewann bis zu einem gewissen Grade mein altes Selbstvertrauen zurück – bis Mark mir dann eröffnete, nunmehr sei der Besuch bei seiner Mutter fällig.

Ich begann vor Angst zu zittern. Umsonst versicherte mir Mark, in meinen neuen Kleidern könnte ich mich selbst im Buckingham-Palast sehen lassen. Vergeblich versuchte er mir klarzumachen, daß seine Mutter nichts sei als eine sehr eitle und hochmütige ältere Frau, die in ihrer völligen Einsamkeit eher zu bedauern wäre. In meiner Vorstellung blieb sie jene herrschsüchtige „Miß Maud Penmar“, von der Ethel und Millie Turner mir berichtet hatten – und das zänkische und ewig unzufriedene Weib, das schuld war an Laurences unglücklicher Ehe.

„Vergiß übrigens nicht“, sagte Mark, „sie als Mrs. Penmar anzureden. Von dem Namen Castallack macht sie nie Gebrauch.“

„Mrs. Penmar. Ja. Ich will's mir merken."

Verzweifelt suchte ich nach einer glaubhaften Ausrede, um dem Zusammentreffen aus dem Wege zu gehen. Doch es fand sich keine, und so fuhren wir schließlich vor dem Haus in der Charles Street vor.

„Mark!" flüsterte ich, nachdem uns der Butler mit würdevoller Haltung in das Morgenzimmer geleitet hatte. „Mark, wollen wir nicht lieber gehen? Wir könnten doch sagen, daß mir plötzlich übel geworden ist..."

„Damit sie dann glaubt, du bist schwanger und deswegen müsse ich dich heiraten? O nein!"

Immer heftiger von Panik erfaßt, sah ich, wie die Tür aufging und eine hübsche, hochgewachsene Frau eintrat, die mich sofort ungeniert durch ihre Lorgnette musterte. Sie hatte graues Haar, einen schmallippigen, hochmütigen Mund, ein willensstarkes, fast männliches Kinn und jene schwarzen Penmar-Augen, die ich inzwischen so gut kannte. An ihren Fingern blitzten Ringe, und das purpurfarbene Kleid, das sie trug, paßte in seiner Pompösheit ganz zu ihr.

Sie ließ die Lorgnette fallen und trat auf mich zu, in der gleichen selbstsicheren, überlegenen Art, die mich an Mark anfangs so irritiert hatte.

„Nun", sagte sie unfreundlich zu ihrem Sohn, „da wären wir also. Immerhin muß ich zugeben, daß sie nicht übel aussieht. Versuchen wir also, der Situation die guten Seiten abzugewinnen."

„Mama", sagte Mark kalt, „wenn es dir unmöglich ist, uns mit dem erforderlichen Minimum an Höflichkeit zu empfangen, so erspare dir bitte die Mühe. Schließlich brauche ich deine Einwilligung zur Heirat nicht..."

„Ein Glück für dich, nicht wahr?"

„... und ebensowenig gedenke ich, dich kniefällig um deinen Segen zu bitten!"

„Das will ich auch hoffen! Ich kann Duckmäuser nicht ausstehen. Und wenn du jetzt die Güte hättest zu läuten, so würde ich Tipstock bitten, uns Sherry zu servieren. Nehmen Sie Platz, Mrs. Roslyn", fügte sie hinzu, ohne mich auch nur eines Blickes zu würdigen, und ließ sich auf einem Stuhl mit hoher Rückenlehne nieder.

Die folgende Viertelstunde war ein Alptraum. Gnadenlos

durchforschte meine zukünftige Schwiegermutter mein Vorleben. Mark hatte mir geraten, nichts zu verschweigen, und so sprach ich über meine Abstammung von einfachen Fischern und berichtete, daß meine Eltern schon früh gestorben seien. Irgendwie gelang es mir sogar, den Eindruck zu erwecken, ich hätte bis zu meiner Verheiratung auf Menherion Castle gedient. Außerdem betonte ich, daß es sich bei den Roslyns um freie Bauern auf eigenem Grund und Boden handle.

„Hm“, machte Maud Penmar und nahm einen großen Schluck Sherry. „Das klingt ja alles recht respektabel. Ist Janna Ihr richtiger Name?“

„Nein. Ich wurde Jeanne getauft, nach meinem Vater, der Jean-Yves hieß. Aber die Leute in Cornwall können französische Namen nicht richtig aussprechen.“

„Er war Franzose?“

„Ja. Aus der Bretagne. In St. Ives gab es eine Kolonie bretonischer Seeleute.“

„Sprechen Sie Französisch?“

„Ich habe alles wieder vergessen. Es ist so lange her, seit mein Vater starb.“

„Schade ... Das hätte sich gar nicht übel gemacht.“ Sie setzte ihr Glas ab und wandte sich Mark zu. „Wann wollt ihr heiraten?“

„Nächste Woche. Die Sondergenehmigung muß jeden Tag eintreffen. Im übrigen findet die Hochzeit in der Savoy-Kapelle statt ...“

„Bin ich dazu eingeladen?“

„Ich würde es mir nicht im Traum einfallen lassen, dich in eine so peinliche Situation zu bringen!“

„Wie taktvoll!“ Sie starrten einander feindselig an. Dann griff Maud Penmar zur Karaffe und schenkte sich Sherry nach. „Nun“, sagte sie schließlich, „ich kann nicht gerade behaupten, daß ich deine Wahl billige – wie sollte ich auch? –, aber es hätte ja schlimmer sein können. Ich halte es nicht für ausgeschlossen, daß Mrs. Roslyn sich die Umgangsformen unserer Kreise aneignet, und es dürfte nicht viele Frauen ihrer Herkunft geben, von denen sich das sagen läßt. Sie ist hübsch und gescheit und mag mit der Zeit sogar präsentabel werden. Ich wünsche euch beiden Glück und hoffe, daß ihr mich besucht, wann immer ihr in London seid ...“

Die Unterredung war vorüber. Minuten später sank ich erschöpft in die Polster der Kutsche zurück.

„Ich möchte mich für ihre Taktlosigkeiten bei dir entschuldigen", sagtc Mark. „Aber die Geschichte liegt ein für allemal hinter uns. Du brauchst sie nie wieder zu besuchen."

„Ach, laß nur", sagte ich nachsichtig. „Wahrscheinlich wollte sie mich gar nicht beleidigen, sondern wurde nur – aus lauter Enttäuschung – ein wenig sehr direkt. Sicher hat sie gehofft, du würdest eine gute Partie machen."

„Sie müßte Verständnis dafür haben, daß ich aus Liebe heirate. Schließlich hat sie es ihrem Vater sehr übelgenommen, daß er ihre Verbindung mit Giles Penmar hintertrieb."

„Sie hat uns Glück gewünscht, Mark..."

„Weil sie genau weiß, daß ich sie sonst nie wieder besucht hätte. Und weil sie sich nach Vetter Roberts Tod allmählich nach ihren Kindern zu sehnen beginnt. Ihre Motive sind so egoistisch wie eh und je. Ich verabscheue sie."

Ich schwieg. Trotz seiner Worte hielt ich es für wenig angebracht, ihm zu sagen, wie glücklich ich über die Entfremdung zwischen ihm und seiner Mutter war, und froh vor allem, sie in Zukunft kaum oder gar nicht besuchen zu müssen. Bald waren wir wieder daheim, wo wir die Sondergenehmigung vorfanden, die ein Bote inzwischen gebracht hatte. Und noch am Nachmittag desselben Tages suchten wir den Geistlichen auf, um alles Notwendige mit ihm zu besprechen.

Fünf Tage später, am Morgen des 19. Dezember, wurden wir getraut. Ich trug einen kleinen, eleganten Hut, ein Kleid aus schwerer blauer Seide, das hauteng an meinem Körper anlag, und die schönsten und unbequemsten Schuhe meines Lebens. Zwei von Marks Freunden, die er noch von Oxford her kannte, waren unsere Zeugen. Die Trauung war kurz und unzeremoniell, und nach dem anschließenden Champagnerfrühstück im Claridges kehrten wir nach Hause zurück. Nachdem Mark Anweisung gegeben hatte, wir dürften unter keinen Umständen gestört werden, zogen wir uns auf mein Zimmer zurück. Ich war so berauscht vom Champagner und so wirr vor Glück, daß ich mit ihm ins Bett ging, ohne an die möglichen Folgen zu denken. Danach sagte ich mir: Was war hier schon Wagnis? Ich bin seine Frau. Und plötzlich war das Gefühl der Geborgenheit so stark wie nie zuvor und hüllte mich ein, während mich zugleich eine Welle des Glücks durchflutete.

Am Abend gingen wir ins Theater. Ich trug ein Kleid aus weißer Seide mit Tüll und schwarzen Spitzen und sah, wie sich zahlreiche Operngläser auf unsere Loge richteten.

„Die wüßten zu gern, wer du bist", sagte Mark mit unverkennbarem Vergnügen. „Du bist das große Rätsel dieses Abends."

Am nächsten Morgen erschien dann in der „Times" die Anzeige von unserer Hochzeit. Und erst jetzt, die unumstößliche Tatsache schwarz auf weiß vor Augen, drang in mein Bewußtsein das Ausmaß dessen, was geschehen war. Wäre mir Zeit und Gelegenheit geblieben, alles noch einmal in Ruhe zu überdenken, so hätten mich zweifellos Ängste und Befürchtungen heimgesucht. Doch diese Zeit blieb mir nicht. Während ich noch im Begriff war, mich an das fremde Leben in London zu gewöhnen und mich mit dem Gedanken vertraut zu machen, nunmehr einer anderen Welt anzugehören, überraschte Mark mich mit der Nachricht, daß die Vorbereitungen für unsere Hochzeitsreise getroffen seien. Und schon am folgenden Tage ging es über den Kanal nach Frankreich.

Vermutlich war ich die einzige Frau, die sich nicht Hals über Kopf in Paris verliebte. In meinen Augen war es eine kalte, trostlose Stadt, voll von angeblich berühmten grauen Steinkomplexen und selbstgefälligen Frauen, deren Sprache ich nicht verstand. Auch die Männer mochte ich nicht. Ihr Lächeln erschien mir falsch und ihre Aufmerksamkeiten voller Zudringlichkeit. Ich weigerte mich, ohne Mark auch nur einen Schritt zu tun. Ich fühlte mich hier fremd und verloren.

„Aber dein Vater war doch Franzose", protestierte Mark, „da müßtest du dich hier doch wie zu Hause fühlen."

„Mein Vater war Bretone", erwiderte ich, „und die Bretagne unterscheidet sich vom übrigen Frankreich ebensosehr wie Cornwall von England."

Zu meiner Erleichterung kehrten wir Paris endlich den Rükken und fuhren mit dem Zug nach Monte Carlo, wo es mir schon etwas besser gefiel. Die Stadt, am Meer gelegen, erinnerte mich mit ihrer subtropischen Vegetation an die neu angelegten Morrab Gardens in Penzance. Das Wetter meinte es gut mit uns, und wahrscheinlich hätte ich unseren Aufenthalt mehr genossen, wären mir nicht französisches Essen und französischer Wein so zuwider gewesen. Als mein Magen sich dann langsam daran gewöhnte, begriff ich schließlich, daß mein dauerndes Unwohlsein andere Ursachen haben mußte, weigerte mich jedoch, einen französischen Arzt zu konsultieren. Erst als wir im Februar wieder nach London zurückkehrten, konnte mir ein Doktor in der Wimpole Street bestätigen, daß ich in der Tat ein Kind erwartete.

Es war nicht meine Absicht gewesen, mich schon im ersten Jahr unserer Ehe den Beschwernissen einer Schwangerschaft auszusetzen, aber da ich es in den letzten Monaten an Achtsamkeit hatte fehlen lassen, konnte mich mein Zustand kaum überraschen. Außerdem wollte ich ja Kinder, und so sagte ich mir, daß es keine Rolle spiele, ob es schon in diesem oder erst im nächsten Jahr soweit war. Ich begann mich sogar auf die bevorstehende Mutterschaft zu freuen.

Mark wollte, daß wir, allein schon wegen der besseren Pflege, in London blieben, doch ich konnte es kaum erwarten, wieder in Cornwall zu sein. Ich sehnte mich nach dem Meer, nach der Heide, nach den Maschinenhäusern der Bergwerke. Ich brauchte die Luft und das Land meiner Heimat. Jeder Tag in London wurde mir zur Qual, und endlich, an einem milden Märzmorgen, stiegen wir in den Zug und traten die lange Heimreise nach Cornwall an.

Ich hatte das Haus, in dem wir jetzt wohnen sollten, bislang immer nur aus der Ferne gesehen. Jetzt fand ich, daß es viel häßlicher war als Roslyn-Farm, wenn auch sehr geräumig und nicht ohne Geschmack möbliert. Während unserer Abwesenheit waren Installationen eingebaut worden, so daß ich allmorgendlich ein Bad nehmen konnte. Mark hatte mir geraten, mich einem Arzt in Penzance anzuvertrauen, dem alten Dr. Logan, zu dessen Patientenkreis auch die Carnforths von Carnforth Hall gehörten, doch ich hatte es vorgezogen, mich an den jungen Dr. Salter in St. Just zu wenden, der früher einmal meinen ersten Mann betreut hatte. Dr. Salter empfahl mir, mich nach dem Essen ein wenig zu bewegen, ansonsten jedoch so viel wie möglich zu ruhen, und obwohl mich die Vorstellung, endlos lange Monate auf der Chaiselongue zu verbringen, eher schreckte, entschloß ich mich, seinen Rat zu befolgen.

Unser Aufenthalt in Monte Carlo hatte uns zwar den ärgsten Teil des Winters erspart, doch an einem Tag im März brach ein Unwetter los, das schreckliche Verwüstungen, vor allem im Hafen von Penzance, anrichtete. Noch viele Jahre später sprachen die Menschen davon. Ich verbrachte den Tag recht müßig. Sarah Mannack schien eine gute Haushälterin zu sein, und die arme, anfangs sehr verstörte Annie gewöhnte sich bald an ihre neue Umgebung. Griselda, streitlustig wie eh und je, geriet ein paarmal mit Mrs. Mannack aneinander, doch da sie jetzt in der Nähe ihr eigenes Häuschen besaß, ging es besser ab, als zu erwarten gewesen war.

Wegen meines Zustands empfingen wir nur wenig Gäste, in der Hauptsache die Barnwells, und gelegentlich luden sie uns nach dem Sonntagsgottesdienst zu sich ins Pfarrhaus ein. Von der geschwätzigen Frau des Geistlichen erfuhr ich, daß ihre Tochter Miriam, die im vergangenen Jahr mit Harry Penmar durchgebrannt war, gleich mir in anderen Umständen sei; im übrigen hätten die beiden inzwischen geheiratet, doch stecke der Schwiegersohn bis über beide Ohren in Schulden. Ich fragte mich, ob Miriam ihren impulsiven Entschluß nicht schon längst bereute.

Die Zeit verging, der Frühling kam und der Sommer. Mark arbeitete an einer geschichtlichen Abhandlung, von der ich natürlich nichts verstand, und schien mit unserem abgeschiedenen Leben zufrieden. Auch mir gefiel es in Morvah, doch manchmal sehnte ich mich nach Roslyn-Farm, und nur der Gedanke an den unfreundlichen Empfang, der mich dort mit Sicherheit erwartete, hielt mich davon ab, einen Besuch zu machen. Ich hatte das Haus an Jared verpachtet, und zwar, zur Beruhigung meines Gewissens, für einen äußerst geringen Zins; Schuldgefühle waren also völlig fehl am Platz. Die Gründe lagen woanders. Jared wurde vom Mißgeschick geradezu heimgesucht. Zwei seiner Kinder, darunter sein Sohn Abel, waren in diesem Sommer gestorben, und seine Frau, eines jener blassen, ergebenen weiblichen Wesen, sollte in den Jahren darauf eine ganze Reihe von Fehlgeburten haben. Er tat mir leid. Wie es hieß, suchte er in zunehmendem Maße Trost in der Religion. Schon als ich noch Frau seines Vaters gewesen war, hatte er der Gemeindekirche in Zillan den Rücken gekehrt und statt dessen die Wesleyaner-Kapelle in Morvah besucht – zweifellos aus Trotz, da er sehr wohl wußte, daß es mein Mann nicht mit den Methodisten hielt. Aber auch nach Johns Tod blieb er beharrlich dabei. Überdies entwickelte er in diesem Sommer in Zillan eine beträchtliche Aktivität und gründete schließlich einen Arbeiterverein, wo er Reden hielt und die Bergleute zum Streik für bessere Arbeitsbedingungen aufrief: Sie hätten nicht weniger Recht auf ein anständiges Leben als die Aristokraten.

„Sehr radikal", sagte ich angewidert zu Mark, der jedoch für einen jungen Mann seines Standes eine recht merkwürdige Haltung einnahm und alle möglichen intellektuellen Argumente ins Feld führte – zu Jareds Gunsten.

Der August kam. Ein Monat Wartezeit stand mir noch bevor, und ich fühlte mich in meinem behinderten Zustand so unbehaglich, daß ich die Ankunft des Babys kaum erwarten konnte. Und wie als Antwort auf meine Ungeduld entschloß es sich, vorzeitig auf die Welt zu kommen.

Mit Schwierigkeiten bei der Geburt rechnete ich nicht. Schließlich war ich immer sehr gesund und widerstandsfähig gewesen und hatte vor Jahren schadlos die Abtreibung überstanden; warum also nicht auch eine normale Geburt? Leider übersah ich bei diesen Überlegungen, daß eine Frau, die mit über dreißig Jahren ihr erstes Kind erwartet, einer schweren Probe entgegensieht.

Mein Unbehagen wurde zur Beklemmung; die Beklemmung wich dem Schmerz; und der Schmerz mündete in Angst und Furcht und jagende Träume. Ich schrie und rief nach Griselda. Aber da war nur die Hebamme mit ihren monoton gemurmelten Floskeln und später dann der junge Dr. Salter mit seinem ebenso sinnlosen Trost: „Tapfer sein, Mrs. Castallack. Bald ist es überstanden."

Ich schleuderte ihm einen Fluch ins Gesicht und sah, wie er zusammenzuckte. Und endlich tauchte, ihn beiseite drängend,

Griselda auf, zornrot, weil man sie so lange von mir ferngehalten hatte.

Ich verlor das Bewußtsein. Später dachte ich dann: Nie wieder. Nie, nie, nie wieder, das schwöre ich.

Aber als mir dann mein Sohn in die Arme gelegt wurde, mein armer, unglückseliger kleiner Sohn, den ich so sehr lieben sollte, da blieb nur eine Erinnerung in mir zurück – die Freude, ihm das Leben geschenkt zu haben.

Glück und Stolz waren bei weitem größer, als ich das während der langen Monate vorher erwartet hatte, und mit diesen Empfindungen stellte sich ein Gefühl ein, das zu bezeichnen wesentlich schwerer fiel, die Ahnung einer tiefen Geborgenheit, die wie ein Gelübde Gottes an mich war, mich nie wieder allein und ungeliebt zu lassen. Denn das Kind war so klein, so hilflos und so sehr auf mich angewiesen, daß mir diese Abhängigkeit die Überzeugung gab, unentbehrlich zu sein. Jetzt erst wurde mir bewußt, wie leer mein Leben ohne Kinder gewesen war.

Wir nannten das Baby nach Marks zweitem Vornamen Stephen und verbrachten lange Stunden an der Wiege und betrachteten das Kind, als zweifelten wir daran, daß es wirklich existierte. Natürlich war Stephen das schönste Baby, das es je gegeben hatte. Ich konnte es kaum erwarten, endlich aus dem Bett zu kommen, um ihn im Kinderwagen der Welt vorzuführen.

„Er schlägt offensichtlich dir nach“, sagte Mark. „Mir ähnelt er jedenfalls nicht.“

Denn Stephen war blond. Oder genauer: goldener Flaum auf seinem winzigen Schädel deutete darauf hin, daß er einmal blond werden würde. Und auch seine Augen waren eindeutig blau.

„Das läßt sich jetzt noch nicht sagen“, erwiderte ich rasch, da ich fürchtete, das Thema Familienähnlichkeit könnte uns unwillkürlich auf Laurence bringen. „Seine Augen können noch dunkler werden, genau wie seine Haare. Im Augenblick ähnelt er überhaupt niemandem. Er ist ganz einfach er selbst.“

Und das entsprach auch der Wahrheit. Ich war gerade im Begriff, über die Vorbereitungen zur Taufe zu sprechen, als Mark plötzlich sagte: „Er könnte meinem Vater nachgeraten, meinst du nicht?“

Die Bemerkung überraschte mich so sehr, daß mir erst nach einigen Augenblicken eine vernünftige Antwort einfiel. Dann wiederholte ich: „Für eine solche Feststellung ist es noch zu früh, Mark. Neugeborene ähneln selten jemandem, und Stephen ist keine Ausnahme."

Er nickte und zuckte dann mit den Schultern, als sei die Angelegenheit für ihn nicht weiter von Belang.

„Mark..." sagte ich und hatte das unabweisliche Bedürfnis, die schattenhafte Schranke zwischen uns niederzureißen. „Mark, was Laurence betrifft, so..."

„Kein Wort über ihn", sagte er heftig.

„Mark", wiederholte ich drängend, „Mark, wenn du doch nur die Wahrheit erkennen wolltest! Ja, wir hatten ein Verhältnis miteinander. Ich war ihm zugeneigt, und auch er mochte mich wohl. Wir waren zwei einsame Menschen, die der Einsamkeit zu entkommen versuchten. Aber jetzt ist er tot, und es ist vorbei, endgültig vorbei. Du bist mein Mann, und ich liebe dich. Außer dir gibt es keinen Mann für mich, das ist alles, was da zu sagen bleibt."

„Du begreifst nicht", sagte er schroff und schien das Thema damit abschließen zu wollen. Doch plötzlich brach es verzweifelt aus ihm heraus: „Du begreifst nicht, wie mir das zugesetzt hat! Wie mir zumute war, als ich von eurem Verhältnis erfuhr! Wie ich dich gehaßt habe... und ihn mitsamt seiner widerwärtigen Heuchelei..." Er brach ab und fügte dann mit leiser Stimme hinzu: „Ich habe mich so einsam gefühlt. Wäre Mr. Barnwell nicht so nett zu mir gewesen, ich weiß nicht, was ich getan hätte."

Ich war bestürzt. Er kam mir plötzlich so jung vor, so hilfsbedürftig wie... wie das Kind in der Wiege. „Mark", begann ich, doch er ließ mich nicht ausreden.

„Aber das ist jetzt vorbei", sagte er abrupt. „Mr. Barnwell hat mir klargemacht, wie sinnlos mein Haß war, und außerdem konnte ich dich nicht mehr hassen, als ich begriff..." Er unterbrach sich.

„Was denn, Mark?"

„... daß ich dich haben mußte, egal wie sehr ich dich hassen mochte... weil ich dich mehr liebte als alles auf der Welt." Er wollte sich fortwenden, doch ich kam ihm zuvor und bot ihm meine Lippen. Dann umschlossen mich seine Arme, und ich spürte, wie in seinem Körper ein Zittern aufstieg. Aber während wir noch so standen, wachte das Baby auf und verlangte mit hoher, klagender Stimme nach seinem Recht.

Wir hatten die Vorbereitungen zur Taufe abgeschlossen, doch wurde die Zeremonie dann um einige Tage verschoben, weil die Barnwells um diese Zeit ein schmerzlicher Verlust traf. Ihre Tochter Miriam war nach der Geburt eines Mädchens gestorben, und da kurz darauf auch ihr Mann verschied (an einer Leberinfektion, als Folge allzu unmäßigen Alkoholkonsums, wie Gerüchte wissen wollten), nahmen die Großeltern das Kind bei sich im Pfarrhaus auf. Sie nannten sie Alice, ein Name, der mir nicht sehr gefiel, und wenn ich sie gelegentlich sah, fand ich immer wieder, daß sie recht schwächlich und unansehnlich wirkte, ganz anders als Stephen, der groß und kräftig war und – in meinen Augen – so gut wie vollkommen. Er hatte ein heiteres, ausgeglichenes Gesicht, seinen Kopf bedeckte jetzt dichter blonder Flaum. Da wir ein Kindermädchen für ihn engagiert hatten, wurden meine mütterlichen Gefühle nie über Gebühr in Anspruch genommen, denn das Auswechseln der Windeln oder durch Geschrei gestörter Schlaf blieben mir erspart.

Es wurde Frühling. Stephen wuchs heran. Mark war in seine historischen Forschungen vergraben, aus denen er sich nur einmal wöchentlich löste, um mich mit Stephen und dem Kindermädchen nach Penzance zu kutschieren. Dort hielten wir vor dem Metropole-Hotel, wo wir den Kinderwagen zur Aufbewahrung abgegeben hatten, und fuhren Stephen dann spazieren, entweder auf der Esplanade oder unter den Palmen der Morrab Gardens. Anschließend tranken wir im Hotel Tee. Ich kaufte dem Jungen Spielzeug, einen weißen Wollhund, Bauklötze, Glasperlen und versetzte ihn in hellste Begeisterung damit. Wenn er sich beim Spiel besonders geschickt anstellte, dann nahm ich ihn in die Arme und beteuerte Mark, unser Sohn sei seinem Alter weit voraus. Mark lachte und teilte meine Freude, und ich war glücklich.

Es waren unsere glücklichsten Augenblicke, wenn wir zusammen lachen konnten, doch in den letzten Monaten war das immer seltener vorgekommen, und oft merkte ich, daß sich etwas Trennendes zwischen uns schob. Nicht, daß wir unglücklich gewesen wären – weit davon. Nach Stephens Geburt hatten wir bald unser Eheleben wieder aufgenommen, doch wie man weiß, basiert eine Ehe nicht nur auf dem körperlichen Verstehen. Vor unserer Hochzeit hatte ich nicht geahnt, in welchem Maße Mark seinem Gelehrtentum ergeben war, und die verspätete Entdekkung seiner leidenschaftlichen Hingabe an die Historie war mir nicht genehm. Morgens und abends schloß er sich stundenlang in seinem Arbeitszimmer ein, und zwischendurch machte er sich allein auf Spaziergänge, um zu „denken". Alle vierzehn Tage fuhr er nach Penzance, um dort mit seinem Freund Michael Vincent zu lunchen. Anschließend ging es dann nach Carnforth Hall, Treffpunkt junger Adliger seines Alters. Mich nahm er nie mit. Ich hatte Verständnis dafür, daß er, wie Männer das nun einmal mögen, von Zeit zu Zeit mit seinen Freunden zusammenkommen wollte, aber es behagte mir wenig, stundenlang mir selbst überlassen zu sein, ohne jedwede Beschäftigung oder Ablenkung. Für den reibungslosen Ablauf im Haushalt sorgte Sarah Mannack, und wenn ich mich auch viel mit dem Ausstatten der Räume beschäftigte und mich daneben karitativer Tätigkeit widmete, wie das von der Gattin eines wohlhabenden Gentleman erwartet wurde, so war ich doch oft allein und fühlte mich rastlos.

Schließlich begriff ich, daß an dem Dilemma nicht zuletzt meine eigenen Unzulänglichkeiten schuld waren, und beschloß, dem abzuhelfen. Zur Erweiterung meines Wortschatzes las ich wie früher auf Menherion Castle Romane und begann sogar, ein Tagebuch zu führen – nicht diese Aufzeichnungen hier, die entstanden erst viel später nach jahrelanger Übung, sondern ein simples Aufschreiben tagtäglicher Vorgänge. Außerdem kaufte ich mir einen Atlas, eine einfache Geschichtsfibel, ein Wörterbuch und eine Einführung in die französische Sprache.

„Woher dieser plötzliche Bildungsdrang?" fragte Mark überrascht, als er mich eines Tages inmitten meiner Bücher antraf. „Du weißt doch, daß ich für Blaustrümpfe nichts übrig habe."

„Ja, aber ...", begann ich und fuhr dann zögernd fort: „Ich habe gehofft, daß du dann eher bereit wärst, deine Freunde zu uns einzuladen, weil ich dann ..."

„Meine Liebe", unterbrach er mich, „glaube mir, bitte, daß meine im Augenblick vielleicht etwas ungesellige Stimmung nichts mit dir zu tun hat. Zu gegebener Zeit soll es mir ein Vergnügen sein, Justin Carnforth oder Roger Waymark oder Russell St. Enedoc zu uns einzuladen."

„Ich verstehe ja, daß es für dich peinlich sein könnte, wenn Mr. St. Enedoc sich an mich erinnert – aber als ich auf Menherion Castle gedient habe, war er noch ein ganz kleiner Junge, Mark."

„Du hast doch gehört, daß mein jetziges Verhalten nichts mit dir zu tun hat!"

„Aber warum weigerst du dich dann ...?"

„Weil ich Deveral-Farm nicht für den geeigneten Rahmen halte, Gäste zu empfangen."

Ich war bestürzt. In meinen Augen wirkte das Haus wohnlich genug, um hier Marks Freunde zu Gast zu haben. Doch offensichtlich war diese Annahme naiv.

„Könnten wir denn nicht wenigstens die Barnwells zum Essen einladen?" fragte ich stockend. „Oder Dr. Salter und seine Frau ..."

„Lieber nicht", erwiderte Mark. „Wenn wir später auf Penmarric wohnen, werden wir sie ja auch nicht zum Dinner bitten, sondern höchstens einmal, aus purer Höflichkeit, zum Lunch. Wir fangen also besser gar nicht erst damit an. Schließlich würde es sich nicht schicken, sie dann so einfach fallenzulassen."

„Oh", sagte ich. Und das war auch das einzige, was ich darauf zu sagen wußte.

Die Vorstellung, daß die Barnwells und die Salters, beides Angehörige der Mittelklasse, gesellschaftlich einmal unter mir stehen würden, ließ mir ein Frösteln über den Rücken laufen. Schon jetzt mußte ich mir alle Mühe geben, um mich im Pfarrhaus ungezwungen zu fühlen; nunmehr jagte mir der Gedanke an ein Leben inmitten von lauter Carnforths und St. Enedocs Angst ein.

Mark schien sich meinen Vorwurf über unser abgeschiedenes Leben zu Herzen genommen zu haben; denn eines Abends Anfang Juni fuhr er mit mir nach Penzance, um im Metropole zu speisen. Der Abend war ein großer Erfolg. Geschult durch unablässige Lektüre, fühlte ich mich jetzt einem Gespräch eher gewachsen und ging, meinen ganzen Mut zusammennehmend, unverzüglich ein Thema von brennender Aktualität an: Oscar Wildes Schauspiel

„Salome", das dann bald von den Londoner Bühnen verbannt wurde. Unmoral, verkündete ich, eine angelesene Meinung nachplappernd, habe in der Kunst nichts zu suchen; doch Mark hielt dem entgegen, daß seiner Ansicht nach der Trend zur Dekadenz erst am Anfang stünde. Wir sprachen über Kipling und Chesterton, wobei ich wieder nur Angelesenes wiedergab, überschwengliches Lob zumeist, während Mark meinte, ihre große Beliebtheit sei auf eine recht simple Tatsache zurückzuführen: Millionen von Menschen, die im Alltagsgrau erstickten, lieferten sie ein glanzvolles Leben aus zweiter Hand. Es überraschte mich immer wieder, daß Marks Ansichten so weit von landläufigen Überzeugungen abwichen, und ich war mir nicht sicher, ob das an seiner höheren Bildung lag oder an seiner Jugend. Immerhin machte er mir meiner frisch erworbenen Kenntnisse wegen so viele Komplimente und schien von meinem Interesse so angetan, daß er schließlich sogar über Politik sprach – ein Gebiet, von dem, wie er sonst immer betont hatte, Frauen besser die Hände ließen. Zwei Dinge fand er offenbar besonders erwähnenswert: die Aussicht, daß bald schon, anstelle von Lord Salisbury, Mr. Gladstone Premierminister würde; und die Hoffnung, daß Irland autonom werden konnte.

„Aber es heißt doch, daß die Königin Mr. Gladstone nicht ausstehen kann", gab ich zu bedenken.

Die Bemerkung schien ihn sehr zu belustigen. „Aber, meine Liebe, wir leben doch in einer Demokratie und nicht unter dem Absolutismus! Wem man bei der Wahl seine Stimme gibt, das läßt man sich nicht von seinem Monarchen, sondern nur von seinem Gewissen vorschreiben!"

Ich wußte weder genau, was Demokratie, noch was Absolutismus war, doch in der Gelöstheit dieser Stunde fühlte ich mich keineswegs zurückgewiesen. Ganz im Gegenteil: Das Bewußtsein meiner Unzulänglichkeit war wie die Erinnerung an einen fernen Alptraum – und nicht länger von Belang.

Als wir später dann das Hotel verließen, um zu der Kutsche zu gehen, in der Mannack auf uns wartete, kam plötzlich ein kleines Mädchen herbeigerannt und streckte mir einen Blumenstrauß entgegen. Das Kind hatte glutheiße Wangen und glänzende Augen.

„Nein, danke", sagte Mark kurz und wollte mich weiterziehen.

Doch für mich wurde in dem ärmlichen, abgerissenen Ding die eigene Jugend wach, und so blieb ich stehen und begann in meiner Handtasche zu kramen. „Hier", sagte ich, ihr für die Blumen eine Münze reichend.

„Vielen Dank, Madam ..."

Ich spürte ihre heiße Hand und trat zurück. Mark nahm mit festem Griff meinen Arm.

„Das Kind ist krank", sagte er. „Daß du dich bloß nicht ansteckst."

Aber es war schon geschehen. Wenige Tage später brannten auch mir Stirn und Wangen, und hinter meinen glänzenden Augen saß ein bohrender Schmerz. Der Arzt kam und ging und kam wieder. Sogar der alte Dr. Logan, Hausarzt der Carnforths, erschien. Mit geschlossenen Augen und gepeinigt von wirren Gedanken lag ich im Bett und hörte von fern seine Stimme: „In Penmarric gibt es viele Fälle von Scharlach."

Und dann senkte sich tiefe, beklemmende Dunkelheit auf mich herab; lange Zeit wußte ich nicht, ob es Tag war oder Nacht, bis ich dann eines Morgens erwachte, frei von Schmerz und mit klarem Bewußtsein.

„Sie haben eine kräftige Konstitution, Mrs. Castallack", sagte Dr. Salter zufrieden. „Sie sind bald wieder auf den Beinen – sofern Sie sich an meine Anweisungen halten!"

Erleichtert, wenn auch immer noch sehr schwach, schloß ich wieder die Augen. Und hörte plötzlich, wie der junge Arzt draußen vor der Tür leise zu jemandem sagte:

„Daß sie ja nicht erfährt, was mit dem Kind ist."

Er starb zwei Tage später. Als man es mir sagte, stand ich mit schwankenden Beinen auf und ging ins Kinderzimmer. Sein toter kleiner Körper lag in der Wiege, wie aufgebahrt, das winzige Gesichtchen in wachsbleicher Starre, und plötzlich war die Qual mehr, als ich ertragen konnte, und die Trauer viel zu tief, um Erlösung in Tränen zu finden. Wäre er doch nur tot geboren worden, hätte das Schicksal ihn mir doch lieber gleich genommen; alles – nur nicht dieser grauenvolle Tod, nachdem er Inhalt meiner ganzen Liebe geworden war.

Beileidsschreiben trafen ein. Jeder war voller Mitgefühl und

Rücksichtnahme, und Mark übertraf darin alle. Als ich dann, erschöpft von der allgemeinen Anteilnahme, mit trockenen Augen und versteinertem Gesicht in meinem Zimmer hockte, kam er zu mir herein und setzte sich neben mich.

„Janna, Liebstes, verzeih mir, bitte . . . aber ich muß mit dir über das Begräbnis sprechen. Man hat mir nahegelegt, Stephen auf dem Kirchhof von Morvah bestatten zu lassen, aber da schon mein Vater in Zillan beerdigt ist, möchte ich, daß auch das Kind dort seine letzte Ruhe findet... du stimmst mir da doch sicher zu. Ich habe inzwischen mit Barnwell gesprochen und sein Einverständnis eingeholt. Die Trauerfeierlichkeiten sollen übermorgen stattfinden. Auch mit Salter hatte ich eine Unterredung. Er ist der festen Überzeugung, daß du in deiner jetzigen Verfassung auf gar keinen Fall an der Zeremonie teilnehmen solltest..."

„Aber ich muß!" rief ich heftig. „Dem Begräbnis meines Kindes würde ich nie fernbleiben!" Und dieser Satz schien alle Dämme in mir zu sprengen. Schluchzen brach aus mir heraus, ich weinte und weinte, während Mark schwieg und mich nur fest an sich preßte. Als ich ruhiger wurde, versuchte ich zu sprechen. Und sah, als ich aufschaute, sein Gesicht vor mir: die tief eingeprägten Furchen um den Mund und die Trauer in seinen Augen. Und begriff mit plötzlichem Schuldbewußtsein, daß nicht nur ich einen Verlust erlitten hatte.

„Oh, Mark", stammelte ich, „wie egoistisch bin ich doch. Verzeih mir, bitte..."

„Schsch", unterbrach er mich und strich mir über das Haar. „Ich verstehe, daß es für dich um vieles schwerer sein muß als für mich."

„Aber warum? Er war doch auch dein einziges Kind."

Er gab keine Antwort. Lange Zeit saßen wir so, und plötzlich wurde mir bewußt, daß wir zum erstenmal seit unserer Hochzeit nicht Liebhaber und Geliebte waren, sondern Mann und Frau.

Bald darauf wurde ich wieder schwanger. Und der Gram, der immer noch tief in mir nagte, wurde mehr und mehr überdeckt von dieser neuen Hoffnung; es war, als saugte die Vorfreude die klaffende Leere in sich auf. Ich hatte bereits begonnen, mich wieder meinen Alltagspflichten zuzuwenden, als jenes Ereignis eintrat, das unser Leben von Grund auf verändern sollte. Ende Dezember starb Giles Penmar, und nach seinem Tode fielen zwei Drittel des enormen Penmar-Vermögens, darunter der riesige Grundbesitz von Penmarric, Mark zu. Mein Leben auf Deveral-Farm war vorbei, und vorüber auch der Umgang mit den Menschen der Mittelklasse. Was mich jetzt erwartete, war ein Dasein unter Aristokraten – als Mrs. Mark Castallack von Penmarric.

4

Mark war ein steinreicher junger Mann geworden. Außer dem Penmar-Geld hatte er auch von seinem Vater etwas geerbt, und überdies war ihm von Robert Yorke eine beträchtliche Summe hinterlassen worden. Nach dem Tode seiner Mutter sollte ihm zudem deren Vermögen zufallen. Da er mir deutlich zu verstehen gab, daß Geldangelegenheiten nicht Frauensache seien, bekümmerte ich mich nicht weiter darum; aber als er dann einmal von sich aus darauf zu sprechen kam und Zahlen nannte, schwirrte mir buchstäblich der Kopf. Solche ungeheuren Beträge waren für mich unvorstellbar.

Die einzige Haupterbin des Penmar-Vermögens außer Mark war dessen Kusine Clarissa, die zum Begräbnis aus London kam und uns dann, zu unserer Überraschung, zwei Tage später in Morvah besuchte.

Der Klatsch wollte wissen, daß sie der anrüchigen Familientradition der Penmars vollauf gerecht geworden sei. Sie galt als leichtlebig. Es hieß sogar, daß sie es auf Penmarric mit den Stallburschen getrieben habe, obwohl es mir undenkbar schien, daß eine junge Dame ihrer Herkunft sich so erniedrigt haben sollte. Begegnet war ich ihr noch nicht, da Mark mit seinen Verwandten auf Penmarric keinen Umgang hatte; und er wollte auch jetzt nicht zulassen, daß ich sie empfing.

„Ich werde sie allein sprechen“, sagte er entschieden. „Sie und ich, wir sind alte Feinde, und ich möchte nicht, daß du in unsere Zwistigkeiten hineingezogen wirst.“

Seine unverkennbare Abneigung gegen Clarissa überraschte mich, denn sie war eine der attraktivsten Frauen, die mir je zu Augen gekommen waren, und ich hätte angenommen, daß ihren weiblichen Reizen gegenüber auch Mark nicht gleichgültig bleiben würde. Ich nahm seine Entscheidung schweigend hin und wartete dann, während er Clarissa im Salon empfing, voll Neugier in seinem Arbeitszimmer. Schließlich ging draußen die Tür. Ich lauschte. Zu meiner Überraschung führte er sie nach unten in die Küche und dann wieder treppauf ins obere Stockwerk. Ich konnte meine Neugier kaum noch bezähmen. Aber da ich Marks Zorn fürchtete, beschränkte ich mich darauf, die Tür des Arbeitszimmers einen Spalt weit zu öffnen.

Bald hörte ich wieder Schritte auf der Treppe. Sie verhielten in der Diele.

„Es ist mir nach wie vor unbegreiflich, warum du hier wohnen willst, Clarissa“, hörte ich Mark sagen. „Ich hätte geglaubt, du würdest eher mein Haus in London kaufen wollen als dieses hier in Morvah.“

„Ganz im Gegenteil“, erwiderte Clarissa Penmar mit ihrer seidenweichen Stimme, die sofort mein Mißtrauen weckte. „London langweilt mich. Du, lieber Mark, solltest doch Verständnis dafür haben. Schließlich dürfte es dir dort kaum anders ergangen sein – oder hättest du dich sonst hierher zurückgezogen? Alles ödet mich an. Die Konvention, die von einem Mädchen verlangt, so schnell und so gut wie möglich unter die Haube zu kommen. Die Tänze und die Dinners und das ganze gesellschaftliche Treiben. Einfach alles. Und das Leben auf Penmarric, diesem schrecklichen Mausoleum auf den Klippen, war mir auch zuwider. Mir ist es unbegreiflich, daß du dort wohnen willst, Mark. Ach, ich habe es so satt, mich zu langweilen! Jetzt, nach Papas Tod, habe ich endlich die Mittel, mir ein Leben nach meinem Geschmack leisten zu können. Als ich durch Mrs. Barnwell von diesem Haus hier erfuhr und hörte, wie wohnlich deine Frau es gemacht hat, stand mein Entschluß sofort fest. Möglich, daß ich nicht lange bleiben werde, aber auf einen Versuch möchte ich's gern ankommen lassen, und sei es auch nur wegen des Reizes, in einem ehemaligen Bauernhaus zu wohnen. Endlich etwas Neues – das ist doch das beste Mittel gegen Langeweile. Was kann einem noch als Abwechslung erscheinen, wenn nicht der Umgang mit einfachen, schlichten Menschen ... Starre mich nicht so wütend an, lieber Mark! Ich bin doch die letzte, die deine Ehe mit einer Bauernwitwe mißbilligt! Meiner Meinung nach ist ein Liebesverhältnis mit einer Person von niederem Stand äußerst anregend."

Und während in mir siedendheiß der Zorn hochstieg, hörte ich Marks Antwort: „Wie deine Vorliebe für die Stallknechte von Penmarric zur Genüge beweisen dürfte. Guten Tag, Clarissa. Wenn du das Haus kaufen willst, so setz dich mit meinen Anwälten in Penzance in Verbindung. Die werden alles weitere für mich erledigen." Noch ehe sie recht zu einem Abschiedsgruß kommen konnte, schlug krachend die Haustür hinter ihr zu.

Als ich später erfuhr, daß Clarissa sich tatsächlich zum Kauf von Deveral-Farm entschlossen hatte, war ich heilfroh, daß Mark sie so gar nicht ausstehen konnte; denn Morvah und St. Just grenzten aneinander, und zwischen Deveral-Farm und Penmarric lagen nicht einmal neun Kilometer. Clarissa machte ganz den Eindruck, als könnte es ihr ein besonderes Vergnügen bereiten, anderen Frauen die Ehemänner abspenstig zu machen, vor allem hier in der tiefen Provinz, wo es an Zerstreuungen anderer Art mangelte.

Die Zeit zum Umzug nach Penmarric war gekommen, doch da ich inzwischen hochschwanger war und Mark mich keinen Strapazen aussetzen wollte, schlug er vor, bis nach der Geburt des Kindes auf Deveral-Farm zu bleiben. Aber ich hatte Angst: Angst, hier in dem Haus, wo Stephen gestorben war, ein zweites Kind zur Welt zu bringen. Also drängte ich zum Umzug, obwohl Penmarric damals eine düstere, deprimierende Heimstatt war. Mark befragte Dr. Salter; beide beschlossen, mir meinen Wunsch zu erfüllen.

Und an einem strahlendhellen Sommertag im Mai wurde auf Penmarric mein zweiter Sohn geboren, und zwar in jenem großen Turmgemach mit Blick auf das Meer.

Diesmal war die Geburt leicht, und ich erholte mich rasch. Im Grunde war, so fand ich jetzt, das Ganze eine recht einfache Angelegenheit. Das Kind entwickelte sich prachtvoll, und bald galt ihm meine Liebe nicht weniger als vorher Stephen. Mein Wunsch war es, den Jungen nach seinem Vater zu nennen, aber da Mark für spätere Jahre Verwechslungen befürchtete, einigten wir uns auf Marcus. Sein Haar, so spärlich es auch noch war, schimmerte so dunkel, daß der Penmar-Einschlag nicht wegzuleugnen war. Doch er hatte meine blauen Augen und meine helle Haut. Bald entdeckte ich, daß er wesentlich temperamentvoller war als Stephen; er lachte mehr, weinte häufiger und bedurfte genauerer Aufsicht; aber ich merkte auch, daß er weniger aufgeweckt und weniger aufnahmefähig war als Stephen.

Doch ich konnte dem toten Kind nicht ewig nachtrauern. Dafür blieb gar keine Zeit. Sobald ich wieder auf den Beinen war, sah ich mich der Aufgabe gegenüber, das schreckliche alte Herrenhaus in ein wohnliches Heim zu verwandeln. Es gab so unglaublich viel zu tun, daß jedes Quentchen Energie nötig war, um das Gebäude überhaupt einigermaßen akzeptabel zu machen.

Penmarric zu beschreiben, dazu fehlen mir fast die Worte; ich kann nur sagen, daß Adlige, die gezwungen sind, ihr ganzes Leben in so zugigen, düsteren und trostlosen Räumen zuzubringen, mir in der Seele leid tun. Erbaut war das Haus aus den üblichen grauen Steinen; sein Hauptgebäude war sehr alt und ging noch auf Elisabethanische Zeiten zurück, wie Mark mir erzählte. In der Besitzurkunde fand sich sogar ein Hinweis darauf, daß vor der Errichtung des Gebäudes hier ein befestigter Turm gestanden hatte, offensichtlich zur Abwehr der irischen Piraten, die früher einmal die Küste Nordcornwalls heimgesucht hatten. Manches am Haus war jedoch auch moderneren Ursprungs, das Bedientenquartier zum Beispiel, das zu Anfang des Jahrhunderts von Marks Urgroßvater, dem Abenteurer, hinzugefügt worden war. Eine Generation später hatte man das gesamte Gebäude renoviert, um ihm einen modischen gotischen Anstrich zu verleihen, und hierin lag eigentlich auch sein größter Reiz. Die Fassade war überladen mit Zinnen, Strebebögen und Wasserspeiern, und die Seitenflügel wurden jeweils von runden, gedrungenen Türmen flankiert, von denen aus man einen herrlichen Ausblick über Meer und Heide hatte. Von außen wirkte alles höchst eindrucksvoll. Aber das Innere...! Abbröckelnde Wände, abgetretene Teppiche, von Mäusen und Moder zerfressenes Holz, Verfall überall... Ich war entsetzt. Von sanitären Anlagen konnte kaum die Rede sein, die hoffnungslos veralteten Küchen waren mehr als unhygienisch, und der gesamte Haushalt war sehr im argen. Ich bat die Haushälterin, mir die Bücher zu zeigen; sie verwies mich an den Verwalter; der Verwalter verwies mich an sie. Mit viel List gelang es mir schließlich, ein paar unvollständige „Vermerke" ausfindig zu machen, und ich zögerte nicht, sowohl Verwalter als auch Haushälterin auf der Stelle zu entlassen.

Der Butler war ein netter alter Mann und den Penmars sehr ergeben. Obwohl ich vermutete, daß er allzugern dem hauseigenen Portwein zusprach, entschloß ich mich, ihn zu behalten. In anderen Fällen griff ich strenger durch. Dem Verwalter und der Haushälterin folgten bald ein Lakai und das Küchenmädchen, das er geschwängert hatte, sowie ein aufsässiger Stallknecht nach.

Den weiblichen Bediensteten hielt ich einen strengen Vortrag. „Sauberkeit", sagte ich mit Nachdruck, „kommt gleich nach Frömmigkeit, wie wir alle wissen. Wenn ich also in Zukunft einen Raum betrete, so erwarte ich..." Und ich begann aufzuzählen, was ich von ihnen verlangte: polierte Möbel, saubere Teppiche, gewaschene Gardinen, gespülte Töpfe und Pfannen, geschrubbte Fußböden, die Beseitigung von Spinnweben und so weiter und so fort – bis ich schließlich, an dunklen Drohungen nicht sparend, auch der letzten klargemacht hatte, daß auf Penmarric eine neue Ära angebrochen war.

Doch es war leichter gesagt als getan, und noch monatelang waren unablässige Kämpfe zu führen, ehe alles halbwegs ins rechte Lot kam.

Insgeheim spielte ich mit dem Gedanken, selber Haushälterin zu spielen, aber natürlich blieb mir – Ironie der Situation – diese Möglichkeit verwehrt. In meiner Position erwartete man von mir, daß ich jemand mit dieser Aufgabe betraute. Es wäre einfach unmöglich, wenn die Herrin des Hauses sich mit Händlern oder Bediensteten herumstritte, erklärte mir Mark. Aber während ich nach einer geeigneten Haushälterin Ausschau hielt, ließ ich die Zeit nicht ungenutzt verstreichen, sondern leitete einen umfassenden Hausputz ein und bestellte neue Teppiche und

Gardinen. Mark hatte sich inzwischen nach einem Architekten umgesehen, und bald verbrachten wir faszinierende Stunden damit, Pläne zur Umgestaltung zu entwerfen. Schließlich schimmerten die Räume in hellen Farben, neue Fenster ließen unbehindert das Sonnenlicht herein, und der Ostflügel – wo es angeblich spukte – wurde in eine Flucht luftiger Gästezimmer umgewandelt, wo unsere Besucher, von Gespenstern nichts ahnend, ungestört schlafen konnten. Eine Heerschar von Klempnern installierte zwei Badezimmer, drei Wasserklosetts und in den Küchen Wasserleitungen. Auf die Mäuse im Dachgeschoß wurde eine Katzenfamilie angesetzt, über den verwilderten Rasen vor dem Haus machte sich ein ganzes Bataillon von Gärtnern her. Gegen Ende des langen und beschwerlichen Sommers hatte ich dann allmählich das Gefühl, so nach und nach komme alles in Schwung.

Inzwischen begann Mark auf dem Penmar-Besitz nach dem Rechten zu sehen. Er hatte einen neuen Gutsverwalter eingestellt und ließ den Zustand der Sennen-Garth-Mine, früher einmal eine der Hauptquellen des Penmar-Reichtums, untersuchen. Ich wußte von Zinn- und Kupferminen herzlich wenig. Die steinernen Maschinenhäuser waren für mich ganz einfach Teil der Landschaft gewesen und die Bergwerke selbst unvermeidliche Arbeitsplätze für jene Ärmsten, die keine eigenen Äcker zu bestellen hatten. „Fisch, Zinn und Kupfer!" nannte ein berühmter, auf Cornwall gemünzter Trinkspruch die drei Haupterwerbsquellen in der Reihenfolge ihrer Bedeutung. Aber diese Reihenfolge stimmte nicht mehr. Zwar war das Land seit alters her wegen seines Zinns berühmt gewesen, doch im 19. Jahrhundert hatte ein Umschwung eingesetzt, und es war mehr Kupfer als Zinn gefördert worden. Nicht weit von Penmarric befanden sich zwei weltbekannte Minen: Botallack, ganz am Rande der Klippen, ein wahres Wunderwerk menschlichen Erfindungsgeistes; und die Levant, so tief in die Erde und so weit unter das Meer vorstoßend, daß im Vergleich dazu die Sennen-Garth-Mine fast winzig wirkte. King Walloe, die zweite Mine, die den Penmars gehörte, war schon seit Jahren geschlossen und warf nichts ab. Aber bei unserer Ankunft auf Penmarric war auch Sennen-Garth kaum gewinnträchtig; zwar war die Zeche noch in Betrieb, doch erwies sich die Förderung, bei schrumpfender Beschäftigtenzahl als minimal.

Das Urteil der Fachleute, die Mark von Dolcoath, der berühmten Mine bei Camborne, zur Begutachtung kommen ließ, war so negativ, daß er sich zu einem raschen Entschluß aufraffte. Abgeschreckt von dem desolaten Zustand der Zeche sowie den ungeheuren Kosten, die ihm bei entsprechender Instandsetzung entstehen mußten, verfügte er die Schließung von Sennen-Garth.

Sofort erhob sich in St. Just und Zillan, wo die meisten der Bergleute wohnten, heftiger Protest. Auf Penmarric erschienen diverse Abordnungen, und Jared ließ es sich nicht nehmen, die Leute zu lautstarken Forderungen anzustacheln. Doch Mark ließ sich nicht erweichen. Wenn die Proteste dennoch nicht abklangen, so deshalb, weil die Männer glaubten, einen so jungen Menschen wie ihn am Ende doch noch genügend einschüchtern zu können. Doch sie hatten sich in ihm verrechnet. Je ungebärdiger sie sich aufführten, desto unnachgiebiger wurde er. Er konnte störrischer sein als eine ganze Herde Maultiere, und dieser Schar unzufriedener Bergarbeiter war er allemal gewachsen.

Inmitten dieses ganzen Tumults tauchte überraschend Marks Mutter im Metropole-Hotel in Penzance auf und schrieb ihrem Sohn einen Brief, in dem sie ihm mitteilte, sie gedenke nicht, sich auch nur einen einzigen Tag länger von ihrem geliebten Penmarric fernhalten zu lassen, und alle seine Ausflüchte könnten sie nicht am Kommen hindern.

„Lieber Gott!“ schrie Mark in einem Anfall von Jähzorn. „Als ob ich nicht schon ohne sie genug Ärger hätte! Das fehlte mir gerade noch, daß sie hier ihre Nase in alles steckte! Was, zum Teufel, nimmt sie sich heraus! Gott, wie ich arrogante und herrschsüchtige Weiber hasse! Ins Haus kommt sie mir auf keinen Fall!“

Mir tat Maud Penmar bei allem doch ein wenig leid. Besucht hatte sie uns seit unserer Hochzeit erst einmal – nach Stephens Geburt. Damals hatte sie, um ihr erstes Enkelkind sehen zu können, eine Woche lang im Metropole gewohnt, und es ließ sich schon denken, daß sie jetzt genauso begierig auf Marcus war – und auf das Haus, das sie in ihrer Jugend so geliebt hatte. Aber zwischen ihr und Mark vermitteln zu wollen erschien sinnlos, da bei ihnen jedes Zusammentreffen zum Zusammenstoß ausartete. Immerhin fand Mark sich dann doch bereit, sie auf Penmarric zu empfangen, und alles ging recht glimpflich ab. Sie vergoß eine große, gläserne Träne, er hielt einen Augenblick ihre Hand und lud sie zum Bleiben ein – für wenige Tage. Ich bemühte mich sehr um sie, doch das war eine äußerst mühsame Tätigkeit, und die Umgestaltung des Hauses und meine neue Schwangerschaft – die Niederkunft war für den Mai zu erwarten – waren schon mühsam genug. Als es Mark denn endlich gelang, sie zu überreden, Nigel in Gweek zu besuchen, war ich wie erlöst. Ich wäre am liebsten eine ganze Woche im Bett geblieben. Leider stand Weihnachten bevor, und es gab in Haus und Küche alle Hände voll zu tun.

Inzwischen hatte die gesamte Grafschaft von unserer Existenz Notiz genommen, und wir wurden mit Einladungen überschüttet, so daß ich für meine Schwangerschaft dankbar war, weil mir so, vorläufig jedenfalls, die erschreckenderen Aspekte meiner neuen gesellschaftlichen Position erspart blieben. Als Dr. Salter mir zu strikter Ruhe und Schonung riet, ergriff ich die Gelegenheit bereitwillig beim Schopf. Ausgiebige Lektüre hatte mein Vokabular erweitert, aber der kornische Dialekt schlug beim Sprechen noch immer unverkennbar durch, und das genierte mich sehr. So gab ich schließlich im Penzancer Lokalblatt eine verstohlene Anzeige auf, in der ich nach einer Lehrerin suchte. Bald erschien dann zweimal wöchentlich auf Penmarric eine kleine ältere Dame, die mir Sprechlektionen gab.

Mark zeigte sich überrascht und behauptete, für ihn reichten meine Fähigkeiten, doch da sein Protest nicht allzu nachdrücklich ausfiel, vermutete ich, daß er insgeheim meinen Entschluß billigte.

Das neue Jahr brach an. Manchmal lag ich auf dem Sofa und ging die Einladungen durch, die uns von den Aristokraten Cornwalls zugingen. Den Blick starr auf dem bedruckten Papier, spürte ich, wie mir Kälteschauer über den Rücken krochen. Angstvolle Gedanken befielen mich, an Marcus, an die anderen Kinder, die ich noch gebären würde: Sie alle würden in einer Welt leben, von der ich genau wußte, daß sie mich nicht akzeptierte. Und ängstlich sagte ich mir vor: Hoffentlich werden mir wenigstens meine Kinder nicht entfremdet. Und fügte voll Schrecken hinzu: Hoffentlich schämen sie sich meiner nicht.

Es war natürlich die Schwangerschaft, die mich so anfällig machte. Meist gelang es mir, wenn auch unter großer Mühe, die trüben Gedanken zu verscheuchen. Doch manchmal wollte die tiefe Bedrückung stundenlang nicht von mir weichen, und ich sehnte mich nach dem ruhigen Leben auf Deveral-Farm zurück.

Meine älteste Tochter kam Ende Mai zur Welt, als Marcus ein Jahr alt war. Während der langen Wochen zuvor hatte ich an Tennysons Werken großen Gefallen gefunden, und ganz besonders ein Gedicht hatte meine Phantasie erregt. Es handelte von einer Art Burg, von tiefem Graben umgeben, wo die Heldin voll Sehnsucht des Geliebten harrte. Mein Herz blutete für das arme Mädchen, das einsam in einem Gemäuer saß, das nicht weniger finster schien als Penmarric früher, und als Mark mich dann fragte, auf welchen Namen wir das Baby taufen wollten, erwiderte ich ohne Zögern: „Mariana."

„Nach dem Mädchen in ‚Maß für Maß'?"

„Nach dem Mädchen in Tennysons Gedicht", sagte ich, nicht ahnend, daß Tennyson sich von Shakespeare hatte inspirieren lassen. Mark wies mich lächelnd darauf hin.

„Nun", fuhr er fort, „ein hübscher Name ist es jedenfalls. Aber wir müssen sie auch nach dir nennen."

„Nein, nein, lieber nicht! Mariana Janna – das geht nicht! Mariana genügt vollkommen. Außerdem mag ich meinen Namen nicht so sehr."

„Aber ich", sagte er. „Nun, dann vielleicht später, wenn wir einmal eine zweite Tochter haben."

Wie viele Kinder wir haben wollten, wußten wir nicht genau – vier oder fünf etwa. Nach Stephens Tod war ich begierig gewesen, möglichst schnell möglichst viele Kinder in die Welt zu setzen, um nie wieder ein leeres Kinderzimmer betreten zu müssen. Aber bald nach Marianas Geburt sagte Mark zu mir: „Wir haben noch viel Zeit vor uns, und zwei Kinder haben wir ja schon – laß uns eine Pause einlegen. Seit einem Jahr schufte ich wie ein Wilder, und du auch – trotz deiner Schwangerschaft. Wie wär's mit einer Reise – nach Italien oder in die Schweiz oder wieder nach Frankreich? Ich brauche Erholung."

Warum ich mich so entschieden gegen seinen Vorschlag sträubte, weiß ich nicht. Wahrscheinlich spielten viele Gründe mit. Zum Beispiel die Erinnerung an unsere Hochzeitsreise, auf der ich mich, heimwehkrank und meiner selbst nicht sicher, nie ganz wohl gefühlt hatte. Außerdem war ich noch so intensiv damit beschäftigt, auf Penmarric heimisch zu werden, daß ich mich weiteren Anforderungen nicht gewachsen fühlte. Welche Gründe es auch immer waren: ich wollte einfach nicht fort.

„Mariana ist noch viel zu klein, als daß ich sie allein lassen könnte", begann ich unsicher, doch zu meiner Bestürzung durchschaute Mark mich sofort und bemerkte scharf, daß eine Ehefrau gegen ihren Mann die gleichen Pflichten habe wie gegen ihre Kinder. Ich erschrak. Ich hatte mich so angestrengt, seinen Erwartungen gerecht zu werden. Aber noch ehe ich Gelegenheit fand, gegen seine ungerechte Äußerung zu protestieren, ging er ohne ein Wort der Entschuldigung davon. Ich versuchte, das unerfreuliche Gespräch zu vergessen, doch es wollte mir nicht gelingen. Schließlich, unfähig, länger in mich hineinzugrübeln, schnitt ich das Thema Reise von mir aus wieder an.

„Mark", sagte ich am nächsten Nachmittag auf der Terrasse, „Mark, was die Reise betrifft, so ..."

Ich spürte seine Augen auf mir, jenen dunklen, prüfenden Bick, den ich so gut kannte. „Ich wollte auch gerade darauf zu sprechen kommen", sagte er. „Sonderbar, wie sich das trifft, nicht wahr?"

„Oh."

„Was wolltest du mir sagen?"

„Ich ... ich wollte mich nur entschuldigen, weil ich auf deinen Vorschlag nicht eingegangen bin ... im Augenblick, Mark. Denn später können wir gern wieder an eine Auslandsreise denken. Nächstes Jahr vielleicht ..."

„Nächstes Jahr", sagte er bissig, „bist du wieder schwanger, und mit der Reise wird es wieder nichts."

Jetzt war ich es, die zornig wurde. „Und *wenn* ich nun wieder schwanger würde, was wäre daran so Schlimmes? Ich denke, du hast dir Kinder gewünscht!"

„Aber doch nicht in einem fort!" gab er zurück. „Müssen wir's denn gleich überstürzen? Könnten wir nicht einmal ein wenig Zeit für uns selbst haben? Versuch doch einmal, es von meinem Standpunkt aus zu sehen – falls du überhaupt dazu in der Lage bist! Du hast in vier Jahren drei Kinder geboren, und wenn das zweifellos auch äußerst befriedigend ist, soweit es deine mütterlichen Instinkte betrifft, so setzt dich das doch kaum instande, *meine* Instinkte zu befriedigen! Es ist doch wohl an der Zeit, daß du endlich auch an mich denkst. Ich habe es satt, den Gelegenheitsgatten zu spielen, obwohl dir das ja zu genügen scheint."

Nur mit größter Mühe gelang es mir, nicht die Beherrschung zu verlieren. „In anderen Ehen ist das nicht anders", sagte ich. „Auch dort bekommen die Frauen jedes Jahr ein Kind – und ihre Ehemänner geben sich zufrieden."

„Das findet man heutzutage wohl nur bei den niedrigen Ständen, daß sie sich wie die Karnickel vermehren!"

„Und ich, wie du mir so schön unter die Nase reibst, entstamme ja diesen niedrigen Ständen – das meinst du doch, nicht wahr? Willst du damit sagen, daß es sich heutzutage nicht schickt, jedes Jahr ein Kind zu kriegen?"

„Herrgott, nun sei doch bloß nicht so verdammt empfindlich", rief er ärgerlich. „Teufel noch mal, Janna – ich war doch nie gegen eine große Familie. Aber ich sehe nicht ein, warum wir bis zum nächsten Kind nicht zwei oder wenigstens ein Jahr warten können."

„Ich kann nicht warten", sagte ich leise und kaum noch fähig, den aufsteigenden Verdruß länger zu unterdrücken. Die zehn Jahre Altersunterschied zwischen uns waren ein Punkt, an den ich nicht gern rührte, nicht einmal in Gedanken. „Mir bleibt nicht mehr viel Zeit."

„Du hast doch mindestens noch zehn Jahre vor dir, in denen du leicht . . ."

„Mit vierzig ist das Gebären für eine Frau ziemlich riskant", sagte ich. „Es bleiben mir nicht zehn Jahre, sondern höchstens fünf."

„Und in diesen fünf Jahren gedenkst du so viele Kinder wie möglich in die Welt zu setzen – mit der Dauerausrede, mir jeweils für Monate aus dem Wege zu gehen!"

„Das stimmt nicht!"

„So? Stimmt es etwa nicht, daß Ärzte während und nach der Schwangerschaft von Geschlechtsverkehr abraten?"

Ich haßte es, wenn er so ungeschminkt über intime Dinge redete. Ich war nicht mehr das Schankmädchen oder die Bauersfrau von einst.

Doch selbst mein Schweigen konnte ihn vom Thema nicht abbringen. „Bin ich dir in irgendeiner Weise zuwider?"

„Was soll der Unsinn, Mark?"

„Aber es hat dir früher mehr bedeutet, mit mir ins Bett zu gehen."

Ich sagte mir, daß er im Ärger sprach, und versuchte, mich zu beherrschen. „Nein ... nein, das ist nicht wahr, aber ..." Ich suchte nach den richtigen Worten. „... aber so etwas ist doch nicht für ewig, Mark ... das kommt und geht, bis schließlich nichts mehr davon bleibt. Kinder hingegen – Kinder behält man. Sie sind ja *da!* Und geben der Frau ein Gefühl von Geborgenheit – ach, Mark, wenn du das doch nur verstehen könntest ..."

„Diese Diskussion scheint ziemlich fruchtlos zu sein", unterbrach er mich kalt. „Ich habe dir ja gesagt, daß ich Kinder möchte. Aber ich sage auch, daß ich dich jetzt ein Jahr ganz für mich haben will."

Ich weiß, daß meine Antwort, dem Unwillen entsprungen, unverzeihlich war: „Und du wirfst *mir* Egoismus vor? Wer von uns beiden ist denn nun egoistisch?"

„Ich verlange nur das Recht, das jedem Ehemann zusteht." Unsere Blicke waren gekreuzt wie zwei Klingen. „Fährst du im nächsten Monat mit ins Ausland oder fährst du nicht?"

„Ich habe dir doch schon erklärt ..."

„Ja oder nein?"

Ich dachte an die fremden Städte, die fremden Menschen: an das Gefühl des Verlorenseins, das mir beim letztenmal im Ausland so zugesetzt hatte. „Nächstes Jahr vielleicht ..."

„Ja oder nein, Janna!"

Ich hatte gerade erst angefangen, mich auf Penmarric einzuleben. Im Augenblick fühlte ich mich weiteren Veränderungen nicht gewachsen. Es wäre an Mark gewesen, mir mehr Mitgefühl und Verständnis entgegenzubringen. „Nein", erwiderte ich. „Nein, in diesem Jahr möchte ich nicht fort."

Wieder das beklemmende Schweigen.

„Ich verstehe", sagte er schließlich. „Das soll ja wohl heißen, daß du deine nächste Schwangerschaft nicht hinauszuschieben gedenkst."

Ich benutzte die Gelegenheit, um ihm ein Zugeständnis zu machen. „O nein, durchaus nicht", rief ich, „das darfst du nicht denken, Mark. Ich werde mich sehr vorsehen. Aber natürlich kann man nie ganz sicher sein. Ich meine... es läßt sich nicht garantieren..."

„Mit anderen Worten", sagte er bissig, „du wirst nicht das geringste tun, um eine Schwangerschaft zu verhindern. Wenn es wieder soweit ist, kannst du ja behaupten, das sei nun einmal Schicksal."

Die Mühelosigkeit, mit der er meine Täuschungsmanöver durchschaute, machte mich für den Augenblick sprachlos.

„Und jetzt hör mir gut zu", fuhr er feindselig fort. „Wenn du nicht mit mir schlafen willst, so gibt es dafür genügend andere. Ich warne dich. Komm mir in den nächsten Monaten ja nicht mit einer neuen Schwangerschaft. Oder ich verbringe meine Abende und Nächte dort, wo ich auf meine Kosten komme. Ich bin schon allzu lange geduldig gewesen. Damit ist jetzt endgültig Schluß."

Seine Drohungen beunruhigten mich nicht besonders, da ich sehr wohl wußte, daß ich die einzige Frau in seinem Leben war. Doch die Worte verletzten mich.

„Mark", sagte ich ruhig, „ich habe dir noch nie den Zutritt zu meinem Schlafzimmer verwehrt, nicht absichtlich, meine ich..."

„O doch, Janna", unterbrach er mich. „In voller Absicht sogar, da du es ja vorgezogen hast, Kinder zu bekommen – was nichts anderes hieß, als daß du jedes Jahr mindestens fünf Monate für mich unerreichbar warst. Aber nun ja, schließlich wollte auch ich Kinder, und so mochte es angehen. Das hat sich jetzt geändert. Solltest du trotz meiner Warnungen wieder schwanger werden, so werde ich mich genauso verhalten, als ob du deine Schlafzimmertür vor mir verschlossen hättest."

„Lieber Gott!" rief ich, unfähig, noch länger die Fassung zu bewahren, „kannst du denn nie, niemals an etwas anderes denken als an das Schlafzimmer? Kannst du denn keine einzige Nacht zubringen, ohne..." Und bevor ich an mich halten konnte, war mir das Gossenwort über die Lippen geschlüpft. Als ich mit brennenden Wangen stockte, war es bereits zu spät.

Er sah mich an. Dann hob er die Augenbrauen in einem Ausdruck belustigten Ekels. „Wirklich, meine Liebe", sagte er sarkastisch, „so anzustrengen brauchst du dich gar nicht, um mich an deine Herkunft zu erinnern. Da du es aber tust, möchte ich bemerken, daß es auf Roslyn-Farm wesentlich angenehmer zuging. Dort bekam ich wenigstens, was ich wollte und wann ich's wollte. Wie dumm, daß ich mir überhaupt die Mühe gemacht habe, dich zu heiraten! Als Mätresse warst du tadellos."

Für eine endlose Sekunde herrschte tiefe Stille. Nur von weit unten kam das Rauschen der Brandung. Unter strahlender Sonne dehnte sich das Meer bis zum dunstigen Horizont.

Mit unsicheren Schritten ging ich über die Terrasse zur Glastür. Und hörte seine Stimme: „Janna...", und ging weiter und öffnete die Tür, stieß gegen einen kleinen Tisch und fand strauchelnd den Weg zur Halle. Kühl war es hier und sehr dunkel nach der Helle des Nachmittags draußen. Nur undeutlich nahm ich meine Umgebung wahr. Ich dachte: Ich will nach Hause. Ich hasse dieses Haus. Ich hasse es.

Und dann trugen meine Beine mich voran, die Stufen hinab und über den Rasen, die Sonne schien mir warm auf den Rücken, und in der Ferne, schimmernd unter schwebenden Hitzeschleiern, lag die Heide und schien mir zuzuwinken.

Ich ging und ging. Ich ging in Richtung St. Just und ging weiter, am Ort vorbei und fort von der Landstraße. Unter mir streckte sich das Heideland bis weit nach Zillan hin, graugrünes Kraut in gleißender Sonnenpracht, und die Felsen von Carn Kenidjack stießen ihre gezackten Finger in den azurblauen Himmel.

Ich blieb stehen und blickte zurück.

Er folgte mir in einiger Entfernung und verhielt fast gleichzeitig mit mir. Für einen Augenblick glaubte ich, sein Rufen zu hören, doch ich war nicht sicher und gab auch nicht weiter acht, sondern drehte mich um und nahm meinen Weg wieder auf.

Ich ging weiter. Die Füße begannen mich zu schmerzen, und ich zog meine eleganten Schuhe aus und schritt barfuß über die Heide und gelangte immer tiefer hinein: in die Vergangenheit, die unversehens vor meinen Augen aufstieg – die stinkenden Gassen von St. Ives. Und plötzlich sah ich meinen Vater, der von der See zurückkehrte, meinen armen, stets fröhlichen und freigiebigen Vater, und er fragte mich, wo denn meine Mutter sei und wo er sie finden könne. Und ich sah Shrimp Street, die Dirnengasse mit ihren buntbemalten Fensterläden, und die rauhbeinigen Seeleute und hörte die Flaschen klirren und Faustschläge klatschen. Ich sah den Hunger und die Not und vernahm, wie die Frau von der Evangelistenmission sagte: „Der Tod ist der Sünde Sold, vergiß das nicht, mein Mädchen“, und hörte die Stimme des Priesters, trauriges Murmeln: „Armes Kind, ein sehr bedauernswerter Fall“, und Griselda drückte mich an sich und schrie ihnen entgegen: „Ich sorge schon für sie. Wir gehören zusammen. Niemand nimmt sie mir weg, solange ich lebe!“ Und ich dachte: Ich will zu Griselda. Zu niemandem sonst. Nur Griselda. Ich werde zu Griselda gehen, sie wird mich bei sich aufnehmen und für mich da sein, wie sie immer schon für mich dagewesen ist, früher wie heute.

Für einen Augenblick völlig verwirrt, dachte ich, sie wohne immer noch in ihrer Hütte in Morvah. Und besann mich dann, wenige Sekunden später, daß sie jetzt ja ein kleines Häuschen auf Penmarric hatte. Ich ging in der falschen Richtung, und jeder Schritt führte mich weiter von ihr fort. Dennoch dachte ich nicht daran, umzukehren.

Bald hatte ich Zillan erreicht.

Meine Füße bewegten sich wie von allein. Ab und zu drehte ich mich um, doch Mark kam nicht näher, sondern hielt den gleichen Abstand wie zuvor. Plötzlich war mir, als wäre hier auf der Heide niemand außer mir, der müden und abgearbeiteten Bauersfrau, die sich kostbare zehn Minuten gönnte, um wieder zu Atem und Kräften zu kommen. Und dann sah ich die uralten Ruinen von Chûn vor mir.

Ich betrat den inneren Steinwall und blieb dort stehen. Es war sehr still, kein Windhauch regte sich. Bewegungslos verharrte ich inmitten von Adlerfarn und hohem Gras. Ich wandte den Kopf über die Schulter zurück und sah, wie Mark durch das Heidekraut auf mich zukam.

Als er mich erreichte, war sein Gesicht hart und ohne Ausdruck, die Augen wie unter einem Schleier. Der Mund bildete einen schroffen Strich. Etwa zehn Sekunden lang standen wir so, mehr als zwei Meter voneinander getrennt. Dann trat er durch das Gras auf mich zu und berührte mit den Fingern meinen Arm, sehr langsam und leicht.

Ich schloß die Augen und spürte, wie hinter den Lidern die Tränen standen. Ich drehte den Kopf zur Seite und fühlte seine Lippen, seinen Kuß. Und plötzlich begannen mir die Knie zu zittern, die Schultern, der ganze Körper, und ich wußte, daß es mich nach nichts und niemandem verlangte außer ihm.

„Verzeih", sagte er. Weiter nichts. Er suchte kein Wort der Entschuldigung oder Rechtfertigung. Nur dieses kühle „Verzeih". Und ich verzieh ihm. Verzieh ihm, weil ich ihn liebte und ohne seine Liebe nicht leben konnte. Er liebte mich, liebte mich doch, sonst hätte er mich nie geheiratet. Und solange er mich liebte, spielte nichts sonst eine Rolle. Als ich die Augen wieder öffnete und ihm ins Gesicht sah und die wunderbare Antwort dort fand, drängte ich gegen ihn und spürte seine Arme um mich, enger und immer fester unter der heißen Septembersonne. Alles rundum geriet in Wirbel. Und dann ertrugen wir es nicht länger. Wir lagen im Schatten des alten Gemäuers, und dort auf dem harten Heideboden kam er zu mir mit solcher Kraft, daß ich mein meistgeliebtes Kind empfing.

5

Als mir mein Zustand bewußt wurde, war ich entsetzt. Wie sollte ich ihm das nur beibringen? Doch im gleichen Maße, wie ich seine Reaktion fürchtete, empfand ich Erleichterung; der fürs nächste Jahr auf Penmarric geplante Ball konnte nun ein wenig länger hinausgezögert werden. Wir würden das Kinderzimmer erweitern müssen, eine weitere Kinderschwester engagieren... wie Marcus sich freuen würde, wenn er erfuhr, daß er vielleicht schon bald einen Bruder...

Doch zuerst mußte ich es Mark sagen.

Wir befanden uns zu dieser Zeit in London. Nach unserer Aussöhnung in den Ruinen von Chûn hatte ich mich bereit erklärt, Mark ins Ausland zu begleiten, doch er war mir großzügig mit einem Kompromiß entgegengekommen, und so waren wir für einige Wochen nach London gereist. Dort gab es nur ein

Gesprächsthema: Aubrey Beardsleys berüchtigtes „Gelbes Buch" und das „Dschungelbuch" von Kipling. Ich war so neugierig darauf, Beardsleys verrufene Zeichnungen zu Gesicht zu bekommen, daß ich mir überlegte, wie ich mir heimlich ein Exemplar verschaffen könnte; doch Mark genierte sich nicht im geringsten, das Buch zu kaufen, und er ließ es unversperrt herumliegen, so daß ich einen Blick hineinwerfen konnte, sooft er nicht zu Hause war. Er fand die Zeichnungen „recht geschickt", aber „zu gefällig" und „nicht ganz nach meinem Geschmack". Auch mir gefielen sie, wie ich recht bald entdeckte, gar nicht so besonders, denn sie waren von zu bizarrer Phantastik, um mir unanständig zu erscheinen. Aber da es für alle Welt Mode war, sie schockierend zu finden, behielt ich meine Enttäuschung für mich. Wir gingen zu Konzerten und ins Theater, hörten die neue Tschaikowski-Symphonie und sahen uns Gilbert-und-Sullivan-Operetten und die düsteren und bedrückenden Ibsen-Dramen an. Wir besuchten Gemäldegalerien, speisten in eleganten Restaurants und mußten auch etliche zermürbende Einladungen über uns ergehen lassen. Nach etlichen Wochen endlich faßte ich mir ein Herz und konsultierte meinen Arzt in der Wimpole Street.

„... und im übrigen", sagte Mark, als wir am Abend desselben Tages beim Dinner saßen, „braucht man nicht musikalisch zu sein, um eine Oper zu genießen. Auch ohne Musik bietet sich einem ein spektakuläres Schauspiel. Dieses neue Zeug von Richard Strauss ist natürlich schrecklich, aber einige der italienischen Komponisten ... Aber was hast du denn?"

Stundenlang hatte ich den entscheidenden Augenblick hinausgeschoben. Jetzt war ich froh, endlich sprechen zu können. Mark saß eine Weile stumm da, so stumm, daß mir ein unbehagliches Prickeln über die Kopfhaut kroch. Aber dann zuckte er nur mit den Schultern, lächelte und sagte leichthin: „Und wie sind wir uns deswegen doch in den Haaren gelegen! Was für eine Zeitverschwendung! Aber das hätte ich mir ja denken können."

„Mark", erwiderte ich nervös, „Mark, ich habe es wirklich nicht gewollt. Ich verstehe sehr gut, daß du wütend sein mußt, aber ..."

„Wütend? Welches Recht hätte ich wohl dazu, Janna! Ganz ohne meine Hilfe konntest du ja kaum schwanger werden, nicht wahr? Vergessen wir doch diese böse Auseinandersetzung von damals – und zwar ein für allemal."

Ich nickte, doch ein ungutes Gefühl blieb: die Furcht, er könnte mir trotz allem eine verstohlene Absicht unterschieben. Auf der Heimreise verhielt er sich sehr rücksichtsvoll zu mir, und wir gingen sogar gemeinsam Namen für das Baby durch. Und dann, im neuen Jahr, wandte er sich nach langer Zeit wieder seinen historischen Studien zu. Im Februar fuhr er sogar für drei Wochen nach London, um dort irgendwelche Forschungsarbeit zu treiben. Er fehlte mir schrecklich. Ich haßte es, allein im riesigen Speisezimmer zu sitzen und bedient zu werden. Ich haßte die einsamen Abende im totenstillen Salon. Morgens ging ich ins Kinderzimmer, doch Marcus, so hübsch und anbetungswürdig er war, war doch noch zu klein, um mich durch seine Gesellschaft für längere Zeit abzulenken, und Mariana bekam gerade ihre ersten Zähne. Nachmittags versuchte ich, meine Gemeindepflichten zu erledigen oder auch die fällige Korrespondenz. Aber ich hatte Angst, die Briefe ohne Marks gewohnte Korrektur abzuschicken, und wenn ich die Feder in der Hand hielt, wurde ich so nervös, daß ich kaum wußte, was ich schreiben sollte. Die Zeit wollte nicht vergehen. Als Mark dann endlich aus London zurückkehrte, war ich überglücklich.

Aber auch jetzt sah ich nur sehr wenig von ihm. Morgens war er in seinem Arbeitszimmer, nachmittags ritt er aus oder machte Spaziergänge oder kümmerte sich um die Verwaltung. Abends zog er sich dann wieder zu seinen Büchern zurück. Ein- oder zweimal in der Woche war er in Penzance, wo er die Nachmittage auf Carnforth Hall verbrachte, ehe er später mit seinem alten Freund Michael Vincent speiste. Ich hütete mich, irgendwelche Einwände zu erheben. Schließlich war es sein gutes Recht, sich mit seinen Freunden zu treffen.

Die langen, trüben Wintermonate dehnten sich endlos. Bei der Tüchtigkeit der Haushälterin blieb wenig für mich zu tun, und bald ließ mein Zustand das ohnehin nicht mehr zu. Eine eigentümliche Apathie überkam mich, und trotz aller Anstrengung konnte ich mich zu nichts aufraffen.

Der Frühling kam, dann der Sommer, und schließlich wurde es Zeit für die Ankunft des Kindes. Es war ein Knabe. Er kam am 18. Juni zur Welt und schrie mit solcher Kraft und Ausdauer, daß wir fast taub wurden. Erst als man ihn mir in die Arme legte, beruhigte er sich, und eine große Stille kam über sein kleines, runzliges Gesicht. Dann spürte ich seine Augen auf mir, nicht enden wollende prüfende Blicke, ganz so als besäße meine Existenz für ihn eine geheimnisvolle Bedeutung.

Sacht strich ich ihm mit Daumen und Zeigefinger über das Händchen, und von diesem Moment an bestand zwischen uns ein Band, unsichtbar zwar, aber dennoch von tiefer Kraft.

Ich lächelte.

Da mein Mann seinerzeit Marcus' Namen ausgesucht hatte, überließ er diesmal die Wahl mir, und ich nannte das Neugeborene Philip, weil mir dieser Name ganz besonders gefiel.

Wenn ich auch alle meine Kinder liebte, so liebte ich doch einige mehr als andere. Jahre später sagte Mariana einmal aufgebracht zu mir: „Immer wurden die Jungen vorgezogen! Nur die Jungen galten etwas!“ Und obwohl ich das heftig bestritt, mußte ich mir doch insgeheim eingestehen, daß meine Söhne mich tatsächlich mehr interessierten als meine Töchter. Lange Zeit war Stephen – oder eher wohl die Erinnerung an ihn – meinem Herzen am nächsten gewesen; gerade sein plötzlicher Tod hatte das Bild seiner kleinen Persönlichkeit sehr tief in meine Erinnerung gegraben. Marcus wirkte überaus anziehend mit seinen blauen Augen und dem strubbeligen dunklen Haar und nahm durch sein Wesen jeden sofort für sich ein. Doch er ähnelte mir wenig, und weder in ihm noch in Mariana fand ich mich wieder. Philip hingegen war von Anfang an *mein* Sohn. Er hatte meine helle Haut und mein blondes Haar und meine kühlen blauen Augen. Früh schon verriet er wesentlich mehr Intelligenz und Auffassungsgabe als Marcus.

Ich war in ihn vernarrt. Marcus wurde eifersüchtig. „Weg mit dem Baby“, befahl er dem Kindermädchen. „Weg damit. Ich will's nicht.“

„Geh und spiel mit Mariana, Marcus“, sagte ich gereizt, aber er klammerte sich an meine Röcke und war nicht dazu zu bewegen.

„Du verhätschelst das Baby, Janna“, sagte Mark tadelnd, als er eines Tages aus Penzance zurückkehrte und mich wie gewöhnlich bei Philip fand. „Er wird dich später um den kleinen Finger wickeln."

„Nein, nein", protestierte ich. „Ich verhätschle ihn doch gar nicht."

Und tat es natürlich doch.

Unserer Nanny wurde es schließlich zuviel. „Entschuldigen Sie schon, Mrs. Castallack", sagte sie energisch zu mir, „entschuldigen Sie schon – aber wie kann ich Master Philip zu Gehorsam und Anstand erziehen, wenn Sie ihm nie etwas abschlagen? Er wird immer eigensinniger und glaubt, er braucht nur zu schreien, wenn er etwas will. Das ist nicht richtig, Madam, wenn ich mal meine Meinung dazu sagen darf. Als ich noch bei den de Clancys auf Budleigh Salterton war..."

Und sie berichtete von ihren Erfahrungen mit unausstehlichen Kindern, die von ihren närrischen Eltern total verzogen worden waren.

Ich nahm mir vor, in Zukunft vernünftiger zu sein.

Meine Hingabe an die Kinder hatte ihren Ursprung gewiß in meinem gestörten Verhältnis zu Mark. Anders als erhofft, war nach Philips Geburt zwischen uns die Spannung bestehen geblieben. Ich hatte mich entschlossen, in den nächsten zwei Jahren jede Schwangerschaft nach Möglichkeit zu meiden und nur für Mark dazusein und mit ihm auch ins Ausland zu reisen, sofern er das wünschte. Doch dies geschah nicht. Er widmete sich seiner wissenschaftlichen Arbeit und hatte inzwischen eine zweite Abhandlung über König Johann abgeschlossen, von der er sich für seine Karriere als Historiker viel erwartete; und wenn er jetzt von Reisen sprach, so hatte er als Ziel nicht den Kontinent im Sinn, sondern Oxford und die dortige Bodleiana. Bald sahen wir einander fast nur noch zu den Mahlzeiten, und es zog ihn auch wieder häufiger nach Penzance, wo er sich zwei- oder dreimal wöchentlich mit Michael Vincent traf. So geduldig ich an diesen Tagen auch auf ihn wartete, es fiel ihm nie ein, abends nach seiner Rückkehr noch zu mir ins Zimmer zu kommen.

Schließlich sagte ich zu ihm: „Mark, statt deine Freunde in Penzance zu besuchen, könntest du sie doch auch zu uns nach Penmarric einladen. Sie müssen uns ja für ungastlich halten."

„Oh", erwiderte er, „aber du warst doch bisher nie sehr für Festivitäten."

„Jetzt, da ich mich auf Penmarric eingelebt habe, hätte ich gar nichts dagegen", versicherte ich und schien ihn – wenn auch weniger mich – tatsächlich zu überzeugen; denn bald schon gaben wir Dinnerpartys, und Mark sprach sogar von einem Ball nach Weihnachten. Der Rhythmus unseres Lebens beschleunigte sich, die gesellschaftlichen Verpflichtungen nahmen zu, ich hatte alle Hände voll zu tun.

Dennoch bekam ich Mark auch jetzt kaum zu Gesicht.

Ich wurde unruhig. Verzweifelt versuchte ich, die Gedanken beiseite zu schieben; an die zehn Jahre, die uns trennten, an das, was mich erwartete, wenn ich erst einmal über vierzig war, während Mark noch im besten Mannesalter stand. Und als Mark eines Abends spät aus Penzance zurückkehrte, ging ich zu ihm und fragte ihn mit unsicherer Stimme, ob ich mir etwas hätte zuschulden kommen lassen.

„Natürlich nicht!" Er sah betreten drein.

„Aber warum bist du dann ... in letzter Zeit ..."

„Meine Schuld", erklärte er sofort, „ganz und gar meine Schuld. Ich war sehr in Anspruch genommen und auch ein wenig müde." Und am nächsten Tag gab er sich die größte Mühe, mir zu Gefallen zu sein; er kam zum Lunch ins Kinderzimmer und leistete mir auch abends bei Tisch Gesellschaft. Er zeigte sich höflich und charmant, und zum erstenmal seit Wochen vergaß ich meine Niedergeschlagenheit und fühlte mich glücklich.

Es dauerte ganze fünf Tage. Dann ritt Mark wieder nach Penzance, und noch am Nachmittag desselben Tages holte Nanny mich ins Kinderzimmer zu Marcus, der hohes Fieber hatte.

Ich war verrückt vor Angst. „Bestimmt nichts Ernstes, Madam", sagte Nanny beschwichtigend. „Bei kleinen Kindern kommt so etwas ja häufig vor – aber vielleicht sollte man zur Sicherheit doch den Arzt holen."

Während ich auf Dr. Salter wartete, ging ich rastlos im Zimmer auf und ab. Natürlich dachte in an Stephen, an sein wachsbleiches Gesicht in der Wiege. Ich versuchte, die Erinnerung abzuwehren, doch es gelang nicht, und ich sah plötzlich Marcus vor mir, tot, und Philip krank und meine Kinder eins nach dem anderen sterben...

Panik erfaßte mich, die sich auch nicht legte, als dann der Arzt kam und einen leichten Fall von Masern diagnostizierte. Ich begann, mich nach Mark zu sehnen, nach seinen tröstenden Worten. Als Stunde um Stunde verrann, ohne daß er kam, war ich schließlich so verzweifelt, daß ich Hut und Mantel nahm und nach der Kutsche rief.

„Fahren Sie mich zu Mr. Michael Vincent in Penzance", befahl ich. Dort, in Vincents Haus, mußte jetzt, am späten Nachmittag, Mark sein. Sollten sie beide auf Carnforth Hall dinieren, konnte ich anschließend dorthin fahren.

Die Kutsche rollte auf die Heide zu.

Um halb sieben fuhr ich vor dem hübschen Haus vor, das Michael Vincent vor kurzem bezogen hatte. Seine Haushälterin führte mich in den Salon, und bald erschien Michael selbst.

Er sah mich betroffen an. „Janna!" rief er, als wäre ich ein Gespenst. „Was machen Sie denn in Penzance?" Er faßte sich rasch und fügte hinzu: „Verzeihung – nehmen Sie doch Platz."

Er war ein typischer Junggeselle, sehr ernst und Frauen gegenüber eher schüchtern. Mochte er noch so sehr Mark als Freund und Anwalt ergeben sein, an diesem Abend war er mir in meiner Verzweiflung in keiner Weise gewachsen. In knapp fünf Minuten wußte ich, daß er Mark überhaupt nicht erwartete und ihn schon seit Wochen kaum gesehen hatte. Außerdem brachte ich heraus, daß zur Zeit weder Mr. Justin noch Miß Judith auf Carnforth Hall waren und Mark also mit Sicherheit keinen Besuch dort machte.

Nach langem, beklommenem Schweigen fragte ich schließlich: „Und wo ist er?"

Michael antwortete nicht.

„Bitte", sagte ich, während es mir die Kehle zuschnürte, „wenn Sie es wissen, bitte, sagen Sie es mir! Es ist sehr dringend – und Sie werden gewiß verstehen..."

„Ja", erwiderte er, „natürlich verstehe ich. Und ich glaube auch, ich weiß, wo ich Mark finden kann. Wenn Sie so freundlich sein wollen, hier zu warten..."

„Nein", beharrte ich. „Sagen Sie mir, wo er ist."

„Aber wenn ich mich irre und er sich gar nicht dort befindet?"

„Sagen Sie es mir trotzdem. Ich habe keine Lust, hier herumzusitzen, während Sie nach ihm suchen. Sagen Sie mir, wo er ist."

„Verzeihen Sie, Janna, aber Sie verlangen Unmögliches von mir... Mark und ich... wir hatten einmal eine sehr heftige Auseinandersetzung, weil er ganz zu Recht der Meinung war, ich hätte sein Vertrauen mißbraucht... Ich könnte ihn unmöglich ein zweites Mal..."

„Na schön – dann sagen Sie mir eben nichts! Aber Sie können mich nicht davon abhalten, Ihnen zu folgen, wenn Sie jetzt zu ihm gehen! Und daß Sie sein Vertrauen mißbraucht haben, werde ich ihm ohnehin sagen, wenn Sie nicht..."

„Nein, nein!" unterbrach er mich entsetzt. „Ich bitte Sie!"

„Dann geben Sie mir die Adresse", fuhr ich fort. „Mark wird nichts davon erfahren. Ich werde ihm sagen, daß ich Ihnen auf eigene Faust gefolgt bin."

„Janna, bitte... hören Sie... seien Sie doch vernünftig... ich kann einfach nicht..."

Ich verlor die Beherrschung. Die Sorge um Marcus und dieser neue Schock raubten mir den letzten Rest von Zurückhaltung. „Nein, ich verzeihe Ihnen nicht!" schrie ich ihn an. „Wenn Marcus in unserer Abwesenheit stirbt, bloß weil Sie mir nicht sagen wollen, wo Mark ist, dann..."

„Aber..."

„Ach, verdammt noch mal!" rief ich wütend. „Sie Narr! Was schert es mich, wenn Mark sich unten am Hafen mit irgendeinem dieser billigen Weiber vergnügt! Geben Sie mir um Gottes willen endlich die Adresse, damit ich mit ihm sprechen kann! Dies ist ein Notfall, Michael – ein Notfall, begreifen Sie denn nicht? Sie *müssen* es mir sagen, das ist ganz einfach Ihre Pflicht!"

„Aber es handelt sich doch um eine Sache des Vertrauens – da können Sie von mir nicht erwarten..."

„Gütiger Himmel! Ich nehme die Verantwortung auf mich, das schwöre ich Ihnen – die volle Verantwortung – diese Zusicherung möchten Sie doch, nicht wahr? Ich werde dafür sorgen, daß Mark Ihnen nichts in die Schuhe schiebt – wenn Sie mir endlich sagen, wo er ist. Sonst..."

„Warten Sie." Er trat an seinen Schreibtisch und begann mit zitternden Fingern in einem Adreßbuch zu blättern – zögernd und offenbar immer noch nicht ganz entschlossen. Ich sah, daß er beim Buchstaben P verharrte. „Es könnte möglich sein, daß er eine – eine Bekannte von mir besucht", sagte er mit tonloser Stimme. „Es handelt sich um die Witwe eines meiner Klienten... eine gewisse Mrs. Rose Parrish. Sie wohnt Landeryon Avenue Nr. 12, nicht weit von hier, zweite Querstraße links, wenn Sie der Hauptstraße Land's End folgen."

„Danke", sagte ich und ging.

Draußen nannte ich dem Kutscher die Adresse und stieg ein.

Der Verschlag schloß sich. Ich war allein.

Ich konnte nicht klar denken. Ein dumpfer Schmerz pochte in den Schläfen, doch tiefer und stechender saß das Bewußtsein, vom Leben wieder ungerecht behandelt worden zu sein – es war nicht meine Absicht gewesen, wieder schwanger zu werden und Mark zurückzuweisen. Daß ich Philip empfangen hatte, war ein Zufall gewesen und nicht weniger Marks Schuld als meine. Doch er hatte das als Ausflucht benutzt, um mich mit irgendeinem gemeinen Weib zu betrügen. Ich konnte sie mir nur allzu gut vorstellen. Mrs. Rose Parrish, wahrscheinlich eine ehemalige Schauspielerin, nicht ganz unbemittelt, mit eigenem Haus in einer mittelmäßigen Wohngegend, etwa vierzig, recht üppig und sicher nicht ohne eine gewisse Zungenfertigkeit. Mark hatte ja immer schon eine Vorliebe für ältere Frauen gehabt.

Der erste Schmerz war gewichen, statt dessen stieg Empörung in mir auf, unbändiger Zorn. Doch während ich noch überlegte, was ich Mark an den Kopf werfen wollte, hielt die Kutsche schon, und der Kutscher rief: „Nummer zwölf, Madam" und sprang vom Bock, um mir beim Aussteigen zu helfen.

Ich blickte mich hastig um. Ein ruhiges, angenehmes Wohnviertel. Das Haus sah geräumig aus und stand in einem hübschen, wohlgepflegten Garten.

Mrs. Parrish besaß offensichtlich genügend Geld, um sich einen Gärtner leisten zu können.

Ich ging ohne Zögern durch den Garten auf die Haustür zu und läutete.

Drinnen im Flur ging eine Lampe an. Meine Kehle war trocken, mein Herz schlug wild. Dann öffnete sich die Tür und ein Dienstmädchen erschien, sehr jung und adrett gekleidet.

Ohne meinen Namen zu nennen, bestand ich darauf, Mrs. Parrish unverzüglich sehen zu wollen. Das Mädchen führte mich sofort in ein einfaches, doch sehr geschmackvoll möbliertes Empfangszimmer, wo sie das Gaslicht entzündete; und jetzt sah ich, daß überall Blumen standen, Vasen voll bunter, duftender Blüten auf Fensterbrett, Kaminsims und Tischen.

Das Mädchen ging hinaus, und ich trat an den Bücherschrank. Zu meiner Verwunderung entdeckte ich eine reichhaltige Auswahl. Eine dreibändige Kunstgeschichte, Handbücher über Zeichnen und Aquarellmalerei, ein Bildband mit Werken italienischer Meister, ein Buch mit dem Titel „Kunstschätze der Nationalgalerie", ein Opernführer, Biographien von Mozart und Beethoven. Ich nahm ein Buch heraus und blätterte es durch. Die Seiten waren aufgeschnitten. Ich stellte es wieder zurück und dachte krampfhaft: Hätte ich doch nur Michaels Rat befolgt und bei ihm gewartet. Hätte ich doch bloß ihn gehen lassen.

Dann ging die Tür auf.

Langsam drehte ich mich um.

Ich nahm sie zuerst nur undeutlich wahr, doch sah ich sogleich, daß sie sehr jung war. Sie hatte eine zarte, feine Haut und schönes blondes Haar. Die Wimpern über den blaßblauen Augen, schien mir, hätte sie nachdunkeln müssen. Etwas blutleer sah sie aus, und ein wenig schüchtern. Bis sie dann lächelte. Ich vermochte nicht den Blick von ihr zu wenden. Sie machte einige Schritte auf mich zu, und unter dem lockeren Faltenwurf ihres Kleides wurde ihr Zustand sichtbar: Sie erwartete ein Kind.

Ich versuchte zu sprechen, doch die Worte kamen nicht. Auch mein Zorn war geschwunden. Nichts blieb als der dumpfe Schmerz.

Bewegungslos stand ich, bis die junge Frau schließlich scheu sagte: „Entschuldigen Sie... ich bin mir nicht ganz sicher... sind wir einander schon begegnet? Verzeihen Sie, wenn ich..."

Sie war eine Dame.

Ich fühlte mich so niedergeschmettert, daß ich mich setzen mußte. Den Blick auf eine Stelle irgendwo zwischen den Blumen gerichtet, sagte ich undeutlich: „Mein Mann... ist Mark hier? Mein kleiner Sohn ist krank... und ich wollte, daß Mark... der Arzt meinte..." Ich brach ab, starrte auf den Teppich zu meinen Füßen. Das Muster verschwamm mir vor den Augen.

Betretenes Schweigen. Schließlich sagte die junge Frau mit besorgter Stimme: „Das tut mir aber leid! Hoffentlich ist es nichts Ernstes! Ich werde Mark sofort holen."

Trippelnde Schritte näherten sich, und ein Kind rief: „Laß mich noch aufbleiben, Mama! Ich will noch nicht ins Bett!"

„Psst, William." Ich schaute auf und sah, wie sie sich über einen etwa vierjährigen Knaben beugte. Er hatte weizenblondes Haar, so daß er auf den ersten Blick seiner Mutter zu ähneln schien. Aber als er mir dann den Kopf zudrehte, erkannte ich in dem schmalen Gesicht Marks schräge Augen.

„Wer ist denn das, Mama?"

„Scht, William..." Sie ging mit ihm hinaus und schloß die Tür. Ich blieb allein.

Mit schlaffen Gliedern hockte ich dort und dachte: Er kennt sie schon lange. Sicherlich mindestens so lange, als wir verheiratet sind.

Meine Schwangerschaften fielen mir ein. Und meine unerschütterliche Überzeugung, daß ich die einzige Frau in Marks Leben sei. Dieser Glaube hatte mir Vertrauen und Selbstsicherheit gegeben. Ich hatte mich geborgen und geliebt gefühlt. Doch während all dieser Zeit, da ich mich in Sicherheit gewiegt hatte, war dieses Mädchen seine Geliebte gewesen; er hatte sie besucht, hatte ihr Bücher über Musik und Malerei geschenkt, mit ihr über seine Arbeit gesprochen und daran gedacht, welchen Fehler er begangen hatte, mich und nicht sie zur Frau zu nehmen.

Ich saß da, die Sekunden tropften dahin. Und dann hörte ich von draußen seine Schritte und dachte verzweifelt: Ich muß mich fassen, muß mich wie eine Dame benehmen. Nur keine Szene, nur kein lautes Wort.

Als die Tür aufging, erhob ich mich langsam. Wir sahen einander an. Sein Gesicht verriet nichts. Die Augen blickten ausdruckslos, der Mund war schmal. Er machte die Tür zu und wartete. Doch ich schwieg, und so sagte er schließlich: „Marcus ist krank?"

Diese Frage machte es mir leichter. Ich dachte an Marcus in seinem Bettchen im Kinderzimmer, die Wangen gerötet, die Augen voll Fieberglanz.

„Ja", erwiderte ich. „Der Arzt sagt, es sind die Masern und es sei nicht sehr ernst. Ich hätte mich nicht so ängstigen sollen, ich weiß, aber der Kleine war so... Es war dumm von mir, nach

Penzance zu kommen, statt zu Hause auf dich zu warten, aber ich ... ich mußte plötzlich an Stephen denken ...“

„Natürlich“, sagte er. „Ich verstehe. Hat Michael dir diese Adresse genannt?“

„Ja, ich ... ich habe ihn dazu gezwungen. Er behauptete, sie sei eine Bekannte von ihm. Er hat gesagt, daß sie ... du ...“

„Ja. Hat er sich erboten, mich zu holen?“

„Ich ...“ Stockend suchte ich nach Worten und sagte dann: „Ich habe mich wirklich sehr dumm aufgeführt und werde mich bei Michael entschuldigen. Ihm kann man nicht den geringsten Vorwurf machen. Es ist allein meine Schuld.“

„So?“ Er wandte sich zur Tür. „Dann schlage ich vor, daß wir sofort aufbrechen. Du bist natürlich in der Kutsche gekommen?“

„Ja.“

„Ich habe mein Pferd im Gasthaus untergestellt. Von dort kann es später jemand holen.“ Er hielt mir die Tür auf, und wir gingen hinaus. Wahrscheinlich hatte er sich von Rose Parrish bereits verabschiedet. Vor dem Haus half er mir in die Kutsche und setzte sich dann neben mich. Der Kutscher schloß den Verschlag.

„Nach Hause, Crowlas.“

„Sehr wohl, Sir.“

Das Gefährt setzte sich in Bewegung.

Als Penzance hinter uns lag, sagte Mark: „Tut mir leid, daß das geschehen mußte.“

Ich konnte nicht antworten. Ich hatte Angst, daß ich in Tränen ausbrechen und meine Fassung endgültig verlieren würde. Die Dienerschaft auf Penmarric sollte mir nichts anmerken. Ich hätte den Klatsch nicht ertragen können.

Mark schien meine Gedanken zu erraten, denn er bemerkte kurz: „Wir werden über alles sprechen, wenn wir später unter uns sind.“ Und schweigend legten wir den langen Weg über die Heide zur Nordküste zurück.

Auf Penmarric nahm einer der Diener Marks Hut und Mantel entgegen und meldete, daß inzwischen der Vikar von St. Just dagewesen sei. Wir stiegen hinauf zu den Kinderzimmern.

Nanny kam auf uns zu. „Guten Abend, Sir – guten Abend, Madame ... ja, er schläft jetzt, der arme Kleine, aber das Fieber hat sich immer noch nicht gelegt. Wenn erst einmal der Ausschlag ausbricht, wird er sich besser fühlen. Übrigens hat er nach Ihnen gefragt, Mrs. Castallack. Ich habe ihm gesagt, daß Sie seinen Papa holen."

Wir traten in Marcus' Zimmer. Winzig und hilflos lag er da, den Kopf tief in das Kissen gebettet, und plötzlich stand wieder Stephen vor meinen Augen, in wächserner Starre in die Wiege gestreckt. Vier Jahre wäre er jetzt alt, dachte ich, genau wie Rose Parrishs Sohn. Ihr Kind lebte, und meines war tot.

„Wo ist Mariana?" fragte Mark das Kindermädchen. „Sie und Philip werden doch hoffentlich von hier ferngehalten."

Und auf einmal wurde ich meiner Tränen nicht mehr Herr. Gepreßt stammelte ich: „Entschuldige bitte ... aber mir wird so übel ...", und ging davon, blind, durch die langen, dunklen Gänge. In meinem Zimmer im Westturm schloß ich die Tür hinter mir und warf mich schluchzend auf das Bett und weinte lange.

Dann zündete ich die Lampe an. Der große Raum war wie eine riesige Schlucht. Ich ging ruhelos hin und her, wollte Ordnung in meine Gedanken bringen, bis ich dann im Spiegel mein Bild sah und erschrocken stehenblieb. Ich starrte. Im eigentümlichen Widerspiel des Lichts wirkte mein Haar so hell, daß es fast silbern zu sein schien. Ich zündete eine Kerze an und ging langsam auf mein Spiegelbild zu. Die Schatten zogen mir tiefe Falten um Mund und Augen. Meine Schultern waren gebeugt, und eigenartigerweise sah ich plötzlich klein und gebrechlich aus.

Lange Zeit stand ich so und betrachtete mich. Dies war mein Morgen und Übermorgen, dies war die Zukunft, mit der ich hatte rechnen müssen. Nur daß sie jetzt gar nicht mehr Zukunft war.

Ich begann wieder zu weinen. Verzweifelt preßte ich die Hände gegen die Wangen und versuchte, mich zu fassen. Und dann ging hinter mir leise die Tür, und ich wußte, daß Mark eingetreten war.

„Janna ... Liebstes ..."

„Nein, bitte ... bitte nicht. Geh. Ich kann jetzt nicht sprechen. Geh doch. Bitte."

„Aber laß dir doch erklären ..."

„Ich möchte nichts hören." Ich setzte mich und saß mit geschlossenen Augen. „Laß mich allein. Ich muß jetzt allein sein. Bitte."

„Liebling ..."

„Rühr mich nicht an!"

„Ich wollte dir doch nur sagen ..."

„Nein, nein – ich will nichts hören!"

„... daß du meine Frau bist und daß ich dich liebe."

„Oh ..." Ich weinte. Die Tränenflut wollte nicht versiegen. Er saß neben mir und hielt meine Hand und gab mir dann, als mein Taschentuch durchgeweicht war, sein eigenes und schwieg geduldig, während ich meine Nase putzte und mich wieder in die Gewalt zu bekommen versuchte. Erst als ich ruhiger wurde, begann er mit leiser Stimme über die Vergangenheit zu sprechen. Er habe mit Rose Parrish ein Verhältnis gehabt, noch bevor wir Mann und Frau, sogar bevor wir ein Liebespaar geworden seien. Er sei mir treu gewesen bis zu den Monaten vor Philips Geburt. Er versuchte nicht, sich zu rechtfertigen, sondern sagte nur, er habe falsch gehandelt und es täte ihm leid. Jetzt erst würde ihm klar, daß es verkehrt gewesen sei, mit ihr in Verbindung zu bleiben; doch habe sein Gewissen ihn gedrängt, ihr soweit wie möglich zu helfen. Während ihrer Schwangerschaft sei es ihm gelungen, sich von Giles Penmar Geld zu leihen und sie damit zu unterstützen. Nach Robert Yorkes Tod sei er dann im Besitz der Mittel gewesen, ihr in Penzance ein Haus zu kaufen, so daß sie leben konnte, wie es ihr zustand. Besucht habe er sie nur gelegentlich, als alter Bekannter sozusagen. Sie sei angewiesen gewesen, sich ausschließlich über Michael Vincent mit ihm in Verbindung zu setzen. Und auf diese äußerst formelle und überaus korrekte Weise habe sich alles reibungslos abgespielt, bis er sie dann eines Tages in Penzance besucht habe und ...

„Ich will nichts weiter hören", sagte ich, die Hände gegen die Ohren gepreßt, und hatte doch, kaum daß er schwieg, das unwiderstehliche Bedürfnis, ihn sprechen zu hören. Ehe ich mich besinnen konnte, war die überstürzte Frage schon heraus: „Aber wie konntest du sie nur wieder schwanger werden lassen?" Meine Stimme klang hell und unnatürlich durch den Raum. „Wie konntest du nur? Ich weiß doch, daß die meisten Frauen ihrer ... ihrer

Gesellschaftsklasse sich in solchen Dingen nicht auskennen. Ich verstehe einfach nicht, wie du es dazu kommen lassen konntest? Hättest du nicht wenigstens ..."

„Aber ich habe ihr ja entsprechende Ratschläge gegeben."

„Ratschläge? Und weiter ist dir nichts eingefallen?"

Röte stieg ihm ins Gesicht. „Doch ... auch ich habe ..."

„Aber wie ist dann ... ?"

„... aber nicht immer. Es war eben ein Zufall. Man weiß ja, daß es eine Garantie da nicht gibt. Im Grund kann eine Frau nichts anderes tun, als sich vorsehen – und hoffen."

„Unsinn", sagte ich. „Eine Frau weiß ganz genau, wann sie auch nur das geringste riskiert. Oder glaubst du, mir wäre selbst damals in Chûn nicht klar gewesen, daß unsere Vereinigung Folgen haben konnte? Wenn man sichergehen will, dann darf man eben nichts riskieren. Diese Frau wollte schwanger werden. Sie hat dich getäuscht. Sie wünschte sich ein weiteres Kind."

Er saß mit gebeugtem Kopf. Erst nach längerem Schweigen sagte er: „Sie sollte heiraten. Sie sollte einen netten und normalen Mann haben und ein halbes Dutzend ebenso netter und normaler Kinder und ein respektables Zuhause ..."

„Penmarric vielleicht." Es war heraus. Ich hatte es sagen müssen. „Wie gut sie herpassen würde!"

„Ich hätte sie heiraten können, wenn ich es gewollt hätte", sagte er ruhig. „Aber ich wollte nicht. Ich habe dich geheiratet."

„Eine vielleicht recht unglückliche Wahl." Ich wollte es nicht laut werden lassen, doch ein eigenartiger Zwang trieb mich dazu. „Sie wäre eine wunderbare Frau für dich gewesen, und ich – wie du mir vor einem Jahr ja offen gesagt hast – eine ideale Geliebte."

„Das warst du auch", sagte er. „Und trotzdem wollte ich dich zur Frau haben. Vergiß das nicht."

Es gab mir einen Stich. Ich wandte mich rasch ab, stand auf und starrte stumm vor mich hin.

Er sagte: „Vergib mir, Janna. Bitte! Laß uns einen neuen Anfang machen."

Ich sah den Roman auf meinem Nachttisch und dachte an die Bücher über Kunst und Musik in jenem Haus in Penzance. Zu Rose Parrish war er auch noch gegangen, als ihr Zustand es nicht mehr erlaubte ... mich ließ er allein und ritt nach Penzance.

„Es war dumm von mir", sagte er. „Das gebe ich zu. Aber

einen gelegentlichen Seitensprung leisten sich die meisten Ehemänner. Zu bedeuten hat das nicht viel. Irgendwann kommen sie ja doch wieder zu ihrer Frau zurück."

„So?" fragte ich. „Und ist die Betrogene auch immer bereit zu verzeihen?"

„Wenn sie vernünftig ist."

Ich fuhr herum. Doch als ich dann sein Gesicht sah, empfand ich nur eines: Angst vor der großen Einsamkeit, wenn wir einander entfremdet blieben. Eine Scheidung kam natürlich nicht in Frage. Wenn ich von den einschlägigen Gesetzen auch wenig Ahnung hatte, so wußte ich doch, daß Ehebruch der betroffenen Frau keine ausreichende Handhabe zur Scheidung bot. Wahrscheinlich würde es nicht einmal zu einer formalen Trennung kommen. Mark würde den äußeren Schein wahren wollen und einen Skandal vermeiden. Und so würden wir beide weiter auf Penmarric leben – er ganz nach Wunsch und Gefallen, ich hingegen völlig isoliert, von allem abgeschnitten und einsamer als je zuvor. Vielleicht wäre es zu ertragen gewesen, wenn ich ihn gehaßt hätte. Aber ich haßte ihn nicht. Ich liebte ihn und sehnte mich nach ihm, auch jetzt noch. Und ich wußte, daß es mir unmöglich war, mit ihm unter demselben Dach zu leben wie mit einem Fremden.

„Nun, vielleicht...", begann ich stockend und brach ab. „Um der Kinder willen..."

„Laß die Kinder aus dem Spiel", sagte er schroff. „Denen geht es besser, wenn die Eltern getrennt leben, als wenn sie nur ihretwegen zusammenbleiben. Ich weiß, wovon ich rede. Nein, ich will, daß wir uns versöhnen, weil ich dich haben will und du mich. Sonst ist es besser, wenn wir getrennt leben."

„Ich will dich ja." Meine Stimme war unsicher. „Ich will dich, ich will dich, ich will dich..."

Ich schloß die Augen. Und dann fühlte ich, wie er mich in die Arme nahm, und spürte seinen Kuß.

Wir hatten uns versöhnt. Der Zwischenfall war abgetan. Ich hatte meine Zukunft vertagt. Doch von diesem Tage an wußte ich, daß ich auf geliehene Zeit lebte. Und nie wieder gelang es mir, Mark ganz zu vertrauen.

6

Monate vergingen, ehe wir wieder auf Rose Parrish zu sprechen kamen. Mark hatte beschlossen, sie nach Truro übersiedeln zu lassen, das viele Meilen von uns entfernt war. Obwohl er einige Zeit damit beschäftigt war, dort ein Haus für sie zu finden, berührte er das Thema nach seiner Rückkehr mit keinem Wort. Eines Abends im neuen Jahr fragte ich ihn dann eher beiläufig: „Inzwischen wird Mrs. Parrish wohl ihr Baby haben, nicht wahr?“ und er erwiderte: „Ja. Wieder ein Knabe. Leider.“ Die Antwort war so knapp und bestimmt, daß ich mich hütete, weiter zu fragen.

Die Weihnachten wurden turbulent. Marks Altersgenossen schienen alle entweder zu heiraten oder sich zu verloben, und es gab eine wahre Flut von Empfängen und Bällen. Roger Waymark hatte bereits geheiratet, Russell St. Enedoc war verlobt, und Justin Carnforth hatte sich in eine hübsche, einfältige, eben erst in die Gesellschaft eingeführte Erbin verliebt, und man sprach von einer Hochzeit im Frühling. Seine Schwester Judith hatte einen Bankier zum Mann genommen, keine sehr standesgemäße Partie, wie es allgemein hieß, nur daß ihr wohl kaum eine andere Wahl blieb, wenn sie, jetzt Mitte zwanzig, ihr Dasein nicht als Mauerblümchen verdämmern lassen wollte. Clarissa Penmar, etwa im gleichen Alter wie Judith, war immer noch nicht verheiratet, doch man konnte sie schwerlich ein Mauerblümchen nennen, da sie sicherlich jederzeit einen Mann bekommen konnte. Auf Deveral-Farm war sie nicht sehr oft gewesen, seit sie den Besitz gekauft hatte. Sie verbrachte ihre Zeit in London oder auf dem Kontinent und genoß ihr Dasein in einer Weise, die für eine unverheiratete junge Dame ihres Standes einfach unerhört war. Doch sie war großjährig, hatte keinen Vormund, und das Vermögen, das sie von ihrem Adoptivvater Giles Penmar geerbt hatte, ermöglichte es ihr, zu leben, wie es ihr Spaß machte. Giles hatte sicher gehofft, eine große Mitgift würde ihren schlechten Ruf aufwiegen, aber nichts stand Clarissa ferner, als einen ihrer Verehrer zum Altar zu manövrieren. Sir James und Lady Carnforth, beide sehr puritanisch, weigerten sich, sie noch länger auf Carnforth Hall zu empfangen, doch Clarissa war nicht der Mensch, sich von der feindseligen Haltung des Landadels sonderlich beunruhigen zu lassen.

Im Herbst 1895, kurz nachdem ich Marks Verhältnis zu Rose Parrish entdeckt hatte, kehrte Clarissa nach Morvah zurück und ließ sich nieder, ganz wie sich etwa ein bunter Schmetterling für eine Weile ausruhen mag, ehe es ihn wieder zu exotischen Blüten unter strahlender Sonne zieht. Die Barnwells luden sie zu sich ins Pfarrhaus ein, wo jetzt Clarissas Nichte Alice, die Tochter ihres Bruders Harry, lebte; und sie ihrerseits hatte die Barnwells öfter auf Deveral-Farm zu Gast. Doch die Pfarrerfamilie blieb ihr einziger Umgang, und es war nicht recht zu begreifen, womit sie sich eigentlich die Zeit vertrieb.

„Mit einem Liebhaber vermutlich“, bemerkte Mark zynisch. Er sollte recht haben.

Die Entdeckung machte ich – ausgerechnet! – auf meiner geliebten Roslyn-Farm. Der Pachtvertrag, den ich vor fünf Jahren mit Jared abgeschlossen hatte, war abgelaufen, und so benutzte ich die Gelegenheit, meinem früheren Heim einen Besuch abzustatten: Mark gegenüber unter dem Vorwand, das Gehöft erst besichtigen zu wollen, ehe ich die Pacht verlängerte. Natürlich war das ohne Begleitung undenkbar, und da Mark keine Lust auf ein Wiedersehen mit alten Zeiten verspürte, bat er Michael Vincent, als Familienanwalt doch gleich auch alles Rechtliche zu regeln. So fuhren wir beide zu Anfang des neuen Jahres in der Kutsche nach Roslyn-Farm. Meine kleine Erpressung, mit der ich ihm Rose Parrishs Adresse abgerungen hatte, schien er mir nicht weiter verübelt zu haben, doch war in unserem Verhalten zueinander ein Rest von Befangenheit zurückgeblieben. Während der Fahrt wechselten wir nichtssagende Höflichkeitsfloskeln, bis dann, zu unser beider Erleichterung, die Kutsche endlich hielt und wir ausstiegen.

Wie ich das Haus doch liebte! Kaum hatte ich die Schwelle überschritten, als mich auch schon Friede umfing. Von irgendwoher kam Kindergeschrei, und aus der Küche klang das Klirren von Geschirr, aber ich hörte es kaum. Hier war ich zu Hause. Ich trat in das Wohnzimmer, und alles war wie früher: Dieselben soliden Möbel; derselbe Tisch, an dem ich mit Laurence und später mit Mark gesessen hatte; dasselbe Sofa und derselbe Teppich, wo Mark und ich uns geliebt hatten. Ich ging zum Fenster und blickte auf den Garten vor dem Haus, früher so gepflegt, jetzt wild überwuchert – und plötzlich schienen die Jahre von mir abzufallen, und ich fühlte mich behaglich und geborgen.

„Roslyn hat doch wohl keinen weiteren Sohn gehabt, nicht wahr?“ hörte ich Michaels Stimme fragen. „Ich erinnere mich noch, daß Ihr erster Mann den Hauptteil des Erbes dem kleinen Abel hinterlassen hatte, nach dessen Tod es dann Jared Roslyn zufiel.“

Energische Schritte in der Diele ersparten mir eine Antwort. Einen Augenblick später wurde die Wohnzimmertür mit Schwung geöffnet, und Jared trat ein.

Er wirkte kraftvoll und gesund. Er war jetzt sechsunddreißig, genauso alt wie ich, schwerer und breiter als früher, ganz der wohlhabende Bauer, der sich in der Dorfgemeinschaft seines Ranges bewußt ist.

„Guten Morgen, Janna“, sagte er. Er dachte nicht daran, sich konventionellen Formen zu unterwerfen: keine Verbeugung, kein höfliches „Mrs. Castallack“. „Guten Morgen, Mr. Vincent.“

„Guten Morgen, Mr. Roslyn ...“

Wir sprachen über das Geschäftliche. Jared zeigte uns das Gehöft; das Haus war schmutzig und vernachlässigt, doch der Hof selbst in ausgezeichnetem Zustand. Es gab neue Stallungen, mehr Vieh, mehr Hühner.

„Es scheint dir gutzugehen“, sagte ich höflich zu Jared.

Sein Blick traf auf mich. „Das will ich meinen“, erwiderte er.

Wir unterzeichneten einen Pachtvertrag über weitere fünf Jahre. Jareds Frau brachte uns Wein, blieb jedoch nicht im Wohnzimmer.

„Eine sehr nette Familie haben Sie, Mr. Roslyn“, bemerkte Michael freundlich. „Wie viele Kinder sind es jetzt?“

„Fünf Mädchen“, antwortete Jared schroff und fügte dann, mich fest ins Auge fassend, hinzu: „Es ist nicht jeder Frau gegeben, ihren Mann mit Söhnen zu versorgen.“

Ich war so erschüttert, daß mir keine passende Antwort einfiel. Wohl hatte ich von seiner Seite Feindseligkeiten erwartet, aber nicht in Form von solch unverhüllter Gehässigkeit. Und begriff, daß er mir nie verziehen hatte, daß ich die Frau seines Vaters geworden war.

Plötzlich drang, vom Garten her, helles lautes Frauenlachen

in die beklemmende Stille des Wohnzimmers. Wir drehten alle drei die Köpfe und blickten durch das Fenster. Und dann sahen wir sie.

Clarissa Penmar trug ihr Haar aufgelöst und glich mit ihren dunklen Augen und der olivfarbenen Haut weniger einer Dame als einer Zigeunerin. Ihre Aufmachung, oder wie immer man es nennen wollte, schien mir so unglaublich, daß ich meinen Augen nicht trauen wollte. Gewiß, seit einigen Jahren war Radfahren ein beliebter Sport, und oft vergnügten sich auch Frauen damit, die dann ein sogenanntes Radlerkostüm trugen, da normale Kleidung sie in ihren Bewegungen behindert hätte. In einem solchen Aufzug zeigte sich Clarissa, nur daß weit und breit kein Fahrrad zu sehen war. Sie hatte Hosen an, genauer wohl: Knickerbocker oder etwas ähnlich Entsetzliches. Dazu trug sie eine kurze Jacke aus dem gleichen Stoff. Unter den knappen Linien dieser männlichen Kleidung zeichneten sich aufdringlich die üppigen Formen ihres Körpers ab. Nicht einmal einen Hut hatte sie auf. Ein ordinäres rotes Band war um ihren Kopf geschlungen, das ihr Gesicht von den schwarzen, windzerzausten Locken freihielt. Sie wirkte wild, exotisch und völlig hemmungslos.

Neben mir hörte ich Michael heftig Atem holen, aber ich beachtete es nicht. Ich war vollauf damit beschäftigt, aus dem Fenster zu starren, denn neben Clarissa tauchte auf einmal Jareds Bruder Joss auf.

Es wäre mir nie eingefallen, Clarissa und Joss miteinander in Verbindung zu bringen, doch jetzt, da sie nebeneinanderstanden, sah ich, wie sie sich im Grunde ähnelten. Sie waren ungefähr gleich alt, beide lagen mit der Welt im Streit, beide wollten sich von niemandem in die Quere kommen lassen, beide waren wie besessen vom Drang nach Unabhängigkeit.

Auch Joss war nachlässig gekleidet. Statt des üblichen Bauernkittels trug er über grobem Hemd eine Jacke aus Schaffell und dazu schmutzige, verschlissene Breeches und verdreckte Stiefel. Sonst nichts, keinen Hut, kein Halstuch.

Er lächelte Clarissa an. Ich hatte ihn noch nie so lächeln gesehen. Für einen Augenblick sah er seinem Vater so ähnlich, daß ich den Blick nicht von ihm abwenden konnte. Aber dann lachte Clarissa wieder, und ihr Lachen rief mir ins Bewußtsein, daß die beiden dort ganz wie ein Paar wirkten und zweifellos auch eines waren, denn sie hielten sich bei den Händen.

Ich hörte, wie Jared etwas Undeutliches murmelte. Dann sagte er hastig: „Entschuldigen Sie mich!“ und ging aus dem Zimmer.

„Gütiger Gott!“ sagte ich ungläubig. „Haben Sie so etwas schon einmal gesehen, Michael?“

Vincent war weiß bis in die Lippen, und plötzlich fiel mir ein, daß er Clarissa einmal geliebt hatte und es nach ihr keine Frau mehr für ihn zu geben schien.

„Verzeihen Sie“, sagte ich rasch. „Das war gedankenlos von mir. Gehen wir jetzt.“

Doch in der Diele stießen wir auf Joss und Clarissa, die soeben eintraten. Nach kurzem Schweigen sagte ich kühl: „Guten Morgen, Miß Penmar. Guten Morgen, Joss. Wir müssen jetzt gehen. Jared – weiterhin viel Glück und viel Erfolg. Und schönen Dank für den Wein.“

Jared schüttelte mir die Hand. Ich spürte seine dicken, kräftigen Finger, die rauhe Haut. „Danke, Janna“, sagte er. „Auf Wiedersehen, Mr. Vincent.“

„Auf Wiedersehen, Mr. Roslyn“, antwortete Michael, die Augen starr auf Clarissa geheftet.

Sie erwiderte seinen Blick ungerührt und ohne jede Befangenheit. „Hallo, Michael! Wir haben uns lange nicht mehr gesehen!“

„Ja“, sagte er stockend, das Gesicht tiefrot. „Ja, wirklich.“

Joss stand bei der Tür. Doch statt sie zu öffnen, versperrte er den Weg und sah mich frech an.

„Joss!“ rief Jared scharf. „Benimm dich!“

Joss musterte mich von oben bis unten, machte dann die Tür auf und stellte sich so, daß ich mich an ihm vorbeizwängen mußte.

„Hast du was, Janna?“ fragte er hämisch grinsend. „Ich möchte wetten, zu Mr. Castallack und seinem Vater warst du nicht so unfreundlich, als sie ihr Herz für eine einfache Frau aus dem Volk entdeckten. Da hat es Clarissa doch um einiges besser als diese beiden. Ich stamme wenigstens nicht aus der Gosse von St. Ives!“

„Wirklich?“ fragte ich. „Nun, mir will scheinen, daß ihr beide genau dort hingehört. Guten Tag.“ Und ich trat hinaus und ging auf die wartende Kutsche zu.

Michael folgte mir.

„Nach Penmarric zurück, Crowlas", befahl ich und stieg ein, während Vincent, ohne mir hinaufzuhelfen, wie verloren dastand. Er schien seine Umwelt kaum wahrzunehmen. Als ich später ein Gespräch anzuknüpfen versuchte, erhielt ich keine Antwort. Stumm und bedrückt hockte er da, und ich starrte angestrengt aus dem Fenster und überdachte, was ich soeben auf Roslyn-Farm erlebt hatte.

„Ich muß gestehen", sagte ich zu Mark, „daß ich sehr schockiert war. Eine junge Dame wie Clarissa! Du hättest sie sehen müssen! So zügellos – so bar jeder Moral! Ich war ehrlich entsetzt."

„Daß Joss an ihr interessiert ist, läßt sich leicht begreifen", erwiderte Mark nicht ohne Zynismus. „Sie ist wohlhabend – nach seinen Maßstäben sogar reich –, und Deveral-Farm ist ein schöner, großer Besitz. Das Land ist zwar an den Bauern Rosemorran verpachtet, doch der Pachtvertrag läuft immer nur über ein Jahr und kann jederzeit gekündigt werden. Er ist hinter ihrem Geld und ihrem Besitz her. Er hat es offenbar satt, auf dem Pachthof von Bruders Gnaden zu leben."

„Aber sie wird ihn niemals heiraten", sagte ich wegwerfend. „So dumm kann sie doch nicht sein. Sie spielt mit ihm, wie sie es früher mit den Stallburschen auf Penmarric gemacht hat, und wenn sie seiner überdrüssig ist, kehrt sie nach London in ihre Kreise zurück."

Aber da hatte ich mich geirrt. Wenige Tage darauf wurde das Aufgebot bestellt, und einen Monat später, zur Verblüffung der gesamten Grafschaft und zum Entzücken der Klatschbasen, hieß Clarissa mit Nachnamen Roslyn. Joss war mit einem Schlag einer der wohlhabendsten jungen Männer in Westcornwall geworden.

Gesellschaftlich blieben sie natürlich geächtet. Clarissa hatte sich in ihren Kreisen durch die Art ihrer Lebensführung unmöglich gemacht, und Joss war nicht salonfähig. Sie wurden von Mr. Barnwell in der Kirche von Zillan getraut. Anwesend waren nur Jared und seine Familie sowie Mrs. Barnwell mit ihrer Enkelin, der kleinen Alice Penmar. Nach der Hochzeit lebte das Paar auf Deveral-Farm, wo Joss, nachdem er das verpachtete Land zurückerhalten hatte, Vieh kaufte und die Stallungen zu renovieren begann. Wie Clarissa sich nach all den Jahren unbeschränkter Freiheit in ihr neues Leben als Bauersfrau fügte, weiß ich nicht. Ich sah sie nur hin und wieder in Penzance. Wir sprachen nie ein Wort miteinander, und vermutlich hätte Joss das auch nicht gerade gern gesehen.

Überflüssig zu sagen, daß böswillige Klatschzungen das Gerücht verbreiteten, sie habe heiraten müssen. Doch als der Winter verging und der Frühling kam, zeigte sich in ihrem Aussehen nicht die geringste Veränderung. Offenbar hatte sie tatsächlich aus Liebe geheiratet. Sie schien in Joss genau das gefunden zu haben, was sie in den Ballsälen Londons vergeblich gesucht hatte.

„Mag sie glücklich werden", tat Mark die Sache mit einem Achselzucken ab. „Hoffentlich wird sie es nie bereuen."

Er war zu beschäftigt, um an Clarissas Mesalliance weitere Gedanken zu verschwenden.

Seine Abhandlung über König Johann war von einer Oxforder Zeitschrift veröffentlicht und später von einem angesehenen Londoner Journal nachgedruckt worden. Er war im Begriff, sich in akademischen Kreisen einen Namen zu machen. Im Frühjahr 1896 verreiste er wieder, um eine Reihe von Dokumenten in Augenschein zu nehmen, die sogenannten Schatzkammerrollen, die sich, soweit ich das verstand, mit den königlichen Hofhaltungen des Mittelalters befaßten. Bei dieser Gelegenheit fuhr er allein. Aber als er mich dann gegen Ende des Jahres bat, ihn für ein oder zwei Monate nach Oxford zu begleiten, war ich gern dazu bereit. Die Stadt wirkte kalt und abstoßend auf mich; scheußliche alte Gebäude und eine Atmosphäre, in der es vor Gelehrsamkeit geradezu knisterte, was mir meine eigene Unbildung nur um so schmerzlicher zu Bewußtsein brachte.

„Aber das macht doch nichts", versuchte mich ein Professor lächelnd zu beschwichtigen, als ich mir bei einem Gespräch über Geschichte einen ausgemacht groben Schnitzer leistete. „Schöne Frauen sind von Gott nicht dazu erschaffen worden, sich mit Wissenschaft zu plagen!"

Doch ich hatte das Gefühl, daß Mark meine offenkundige Unwissenheit peinlich war.

Immerhin brachten die Wochen in Oxford uns einander wieder näher, und nachdem wir nach Penmarric zurückgekehrt waren, glaubte ich zu spüren, daß die gemeinsam verbrachte Zeit nicht ohne Folgen geblieben war. Als ich ihm Anfang 1897 sagte, daß ich wieder ein Baby erwartete, schien er darüber nicht weniger erfreut als ich. Im August, zwei Jahre und zwei Monate nach Philips Geburt, brachte ich im Turmzimmer von Penmarric einen weiteren Sohn zur Welt.

Diesmal war es Marks Aufgabe, den Namen zu wählen. Er verfiel auf Hugh, was mir nicht besonders zusagte, doch das Baby schien keine Einwände zu haben und ließ die Taufzeremonie friedlich schlafend über sich ergehen. Hugh war klein und wesentlich zarter als Philip, der allerdings ein besonders großes Kind gewesen war. Während der Feier, die der Taufe folgte, wurde Marcus von einem heimlich genossenen Glas Champagner übel, Mariana weigerte sich beharrlich, sich niederzusetzen, aus Angst, ihr Kleid zu verdrücken, und Philip riß seiner Schwester den Strohhut vom Kopf und trampelte darauf herum.

„Du gemeiner Kerl!" schrie Mariana, die ein eitles kleines Ding war und ihre Kleider und besonders ihre Hüte liebte. „Ich hasse dich!" Und sie gab Philip eine so kräftige Ohrfeige, daß er sich auf der Stelle hinsetzte und aus Leibeskräften zu brüllen begann.

„Das ist aber gar nicht schön, Mariana!" sagte ich ärgerlich und voll Sorge, die Gäste könnten meine Kinder für ungezogen halten. Ich hob Philip vom Boden auf. „Nun, nun, Liebes... Mama ist ja da..."

Er sah mich traurig aus verweinten blauen Augen an, und sein Blick schien mir mitten ins Herz zu dringen.

„Was soll denn dieser Unfug?" fragte Nannys gestrenge Stimme hinter mir. „Wer hat auf dem Hut herumgetrampelt?"

„*Der!*" jammerte Mariana. „Ich hasse ihn!"

„Schrei doch nicht so, Mariana!" befahl ich scharf. „Mir dröhnt ja der Kopf. Und der Hut ist noch sehr gut zu gebrauchen." Ich wandte mich Nanny zu. „Die Kinder scheinen übermüdet zu sein."

„Das glaube ich auch, Madam", stimmte Nanny zu. „Ich werde Philip gleich ins Bett stecken." Und zu meiner Enttäuschung nahm sie ihn mir prompt aus den Armen und trug ihn fort.

Die Zeit verging. Hugh, der sich trotz seiner Zartheit überraschend kräftig entwickelte, hatte mein blondes Haar, meine blauen Augen. Dennoch fragte ich mich oft, wem er denn nun eigentlich ähnelte. In ihm schien sich von allem etwas zu finden; ein wenig von Marcus' gewinnendem Wesen, ein wenig von Philips hinreißender Schönheit, ein wenig von Marianas irritierender Launenhaftigkeit. Ohne frühreif zu sein, wirkte er doch sehr aufgeweckt. Als er schließlich gehen konnte, behauptete er sich bei Rangeleien mit Philip erstaunlich gut, und ich konnte mich des Eindrucks nicht erwehren, daß in seiner Natur eine gehörige Portion Streitsucht stecke.

Aber Nanny war anderer Meinung. „Es ist Master Philip", hielt sie mir barsch entgegen, als ich darauf zu sprechen kam. „Es ist Master Philip, der das immer anzettelt."

Als Hugh ein Jahr alt war, hörten wir, daß Clarissa nach über zweijähriger Ehe von einem Mädchen entbunden worden war, und zwar, wie nicht ohne boshafte Schadenfreude geklatscht wurde, unter den allergrößten Schwierigkeiten. Wie es hieß, hatte der Arzt ihr gesagt, daß sie wahrscheinlich nie wieder ein Kind haben würde. Woher die Leute diese intimen Einzelheiten wissen konnten, war mir nicht ganz klar. Immerhin traf zu, daß Clarissa ein Mädchen zur Welt gebracht hatte, das dann auf den Namen Rebecca getauft wurde, nach Joss' Mutter, meiner Vorgängerin auf Roslyn-Farm. Was das gesellschaftliche Leben anging, so waren Joss und Clarissa immer noch in Acht und Bann, und sie machten sich auch nur selten die Mühe, zur Kirche zu gehen. Clarissa besuchte einmal monatlich bei den Barnwells ihre Nichte Alice, die knapp zwei Jahre älter war als Marcus. Als wir für die Kinder eine Gouvernante einstellten, spielte ich mit dem Gedanken, die Kleine nach Penmarric einzuladen, weil Mariana sich sehr darüber beklagte, keine Mädchen als Spielgefährten zu haben.

Kinder waren zur Zeit die große Mode. Marks Bekannte schienen alle damit beschäftigt, den Fortbestand ihres Familiennamens zu sichern, und ich weiß noch, daß ich dachte, wie erfreulich es sei, daß meine Kinder später viele gleichaltrige Freunde haben würden. Doch dieser Gedanke hatte auch trübe Schatten im Gefolge, die Angst vor dem Älterwerden, die mich nun öfters überfiel.

Als Hugh anderthalb Jahre alt war, sagte ich zu Mark: „Ich hätte so gern wieder ein Baby."

Er hatte keine Einwände, erwiderte aber lachend: „Hast du von Kindern immer noch nicht genug? Mit drei tobenden Söhnen und einer ewig brüllenden Tochter?"

Ich zögerte einen Augenblick und sagte dann in aller Aufrichtigkeit: „Nächstes Jahr werde ich vierzig, und in dem Alter wird das Gebären schwieriger und riskanter. Mir bleiben nur noch wenige Monate."

„Du sprichst von vierzig, als bedeutete das das Ende der Welt!" sagte er lächelnd. „Ganz so schlimm wird es schon nicht werden."

Er war neunundzwanzig.

Meine zweite Tochter kam im letzten Dezember des 19. Jahrhunderts zur Welt. Da ich mich gegen den Namen Janna sträubte, nannten wir sie schließlich so, wie ich wirklich hieß: Jeanne. Sie wurde kurz nach Weihnachten getauft. Drei Tage später war das alte Jahr vorbei, und obwohl der Königliche Astronom verkündete, das 19. Jahrhundert gehe eigentlich erst am 31. Dezember 1900 zur Neige, nahmen wir im fernen Cornwall davon kaum Notiz und hießen das neue Jahrhundert schon Ende 1899 willkommen. Das zwanzigste Jahrhundert! Ich erinnere mich, wie vergnügt wir waren, erregt über den Beginn dieser neuen Ära; es schien uns, als erwartete jeden einzelnen etwas ganz Besonderes; als läge das Gelobte Land vor uns. Wir feierten Sylvester mit Prunk und Pracht, und als der mitternächtliche Klang der Kirchenglocken über die Heide scholl, ließ sich nicht ahnen, daß dies das Totengeläut war für große Häuser wie Penmarric und für unser aller Lebensstil.

Es war die Zeit des Burenkrieges, und die Zeitungen waren voll von Meldungen über Englands Kampf gegen die holländischen Siedler in Südafrika. Der Krieg wurde zum Streitpunkt zwischen Torys und Liberalen, aber auch zwischen Liberalen und anderen Liberalen, so daß von wenig anderem die Rede war, sofern das Gespräch auf Politik kam. Eine Woge von Patriotismus überflutete das Land und führte dazu, daß viele junge Männer zu den Waffen eilten.

„Du willst dich doch nicht etwa auch melden?" fragte ich Mark ängstlich, nachdem wir gehört hatten, das Russell St. Enedoc nach London gereist war, um sich dort nach Übersee einschiffen zu lassen. „Du sehnst dich doch nicht danach, in den Krieg zu ziehen, Liebling?"

Meine Sorge war überflüssig. Wie gewöhnlich vertrat Mark Ansichten, die von der Mehrzahl seiner Standesgenossen nicht geteilt wurden. „Natürlich nicht!" erwiderte er scharf. „Es fällt mir nicht im Traum ein. Erstens halte ich Kriege für absurd und unentschuldbar, es sei denn, die eigene Familie oder der eigene Besitz sind bedroht. Zweitens ist es mir zuwider, daß die Außenpolitik des Britischen Empire von Chauvinismus bestimmt wird. Und drittens bin ich mir gar nicht sicher, ob die Buren nicht das Recht haben, ihre Angelegenheiten ohne Einmischung von außen zu regeln. Ich billige nicht ihre Haltung gegen die Schwarzen, doch das militärische Eingreifen der mächtigsten Weltmacht wird sie nur in ihrer Überzeugung bestärken, auf dieser Haltung beharren zu müssen. Bald werden sie die Märtyrer sein, und wir werden in den Augen der Weltöffentlichkeit zum knüppelschwingenden Tyrannen werden. Nein, meine Liebe, ich habe Besseres zu tun, als in einen Krieg zu ziehen, den ich verurteile! Ich liebe mein Vaterland, aber ich traue weder Politikern noch Kriegen. Wieviel Not und Leid haben sie über die Menschheit gebracht, ohne auch nur das mindeste zu bewirken! Es ist unglaublich, wie wenig die Menschheit aus ihren Erfahrungen gelernt hat!"

Er meldete sich nicht. Sein Bruder Nigel hingegen war bald auf dem Wege nach Südafrika. Wegen der Entfremdung der beiden war es nie zu einer Begegnung zwischen uns gekommen, und dabei sollte es auch bleiben. 1900 fiel er im Kampf und hinterließ, da er unverheiratet geblieben war, seiner Mutter Geld und Vermögen.

„Lieber Himmel!" sagte Maud Penmar in ihrem typischen Mangel an Takt und Feingefühl: „Was soll ich mit dem elenden Haus? *Ich* will's nicht! Möchtest du es haben? Bitte, nimm es dir – und das Geld dazu! Was den Castallacks gehört hat, fasse ich nicht an!"

Nachdem sie von Nigels Tod erfahren hatte, war sie zu uns auf Besuch gekommen. Obwohl ich bereit war, ihr mein Mitgefühl zu bekunden, schien sie solcher Anteilnahme recht wenig bedürftig. „Er war ein netter Junge", erklärte sie ohne Umschweife, „aber eher dumm. Mark hatte völlig recht, nicht einzurücken. Was sollte er in einem Krieg am anderen Ende der Welt? Mögen die Südafrikaner ihre Kämpfe doch selber ausfechten. Warum haben sie sich denn überhaupt in den Kolonien niedergelassen? Um sich am Busen des Mutterlandes auszuweinen, sobald sie mit anderen Weißen aneinandergeraten? Ich weiß überhaupt nicht, wohin das noch führen soll. Das habe ich auch Nigel gesagt, aber er meinte, hier stünden moralische Dinge auf dem Spiel und es sei seine Pflicht, zu den Fahnen zu eilen. Nun, ich habe gar nichts gegen Patriotismus und moralische Pflichten, aber es ist doch eher traurig, daß ich ihn nie wiedersehen soll, weil den heutigen Kolonialisten der Mut abgeht, der einmal das Empire begründet hat."

„Ich bin sicher", warf ich vorsichtig ein, „daß er dir sehr fehlen wird."

„O ja", erwiderte sie niedergeschlagen. „Ich kannte ihn zwar nicht so gut wie Mark, aber er war doch reizend ... wirklich nett ... ich hatte ihn sehr gern ... Aber als ich von Gweek fortging, war er kaum zwei Jahre alt, und ich sah ihn erst als Erwachsenen wieder. Mit Mark war das anders. Den sah ich während seiner Jugend sehr oft."

„Dreimal in zwölf Jahren", sagte Mark.

„Ja, aber ..." Sie gerieten sich wieder in die Haare, und Nigel und sein Tod waren fürs erste vergessen.

„Wahrscheinlich sollte ich Gweekellis Manor tatsächlich übernehmen", bemerkte Mark später ohne sonderliche Begeisterung. „Seit Jahrhunderten haben die Castallacks in Gweek gelebt. Der Besitz müßte der Familie erhalten bleiben." Er grübelte längere Zeit über das Problem nach und löste es dann, indem er 1901, kurz vor dem Tod der Königin Viktoria, Haus und Land für fünfzig Jahre an einen pensionierten Oberst, der in Indien gedient hatte, verpachtete.

Es war ihm zur Gewohnheit geworden, dreimal im Jahr studienhalber nach London oder Oxford zu reisen, und ich hatte mich allmählich damit abgefunden, immer weniger von ihm zu sehen. In letzter Zeit beschäftigte er sich mit dem Wandel der Sozialstrukturen im 12. Jahrhundert und hatte für das Manuskript schon vor dessen Fertigstellung interessierte Verleger gefunden. In Oxford war er inzwischen gut bekannt; zweifellos übte die akademische Welt starken Reiz auf ihn aus, wenn er auch die Berufung auf einen Lehrstuhl abgelehnt hatte, um sich ganz seinen schriftstellerischen Arbeiten widmen zu können. Seine Briefe aus der Universitätsstadt waren Zeugnis dafür, wie anregend er die Atmosphäre dort fand. Langsam, kaum merklich, änderte sich sein Lebensrhythmus: er fuhr häufiger nach Oxford, blieb länger dort, schrieb weniger Briefe. Schließlich mietete er sich sogar eine Wohnung. „Ich habe das alte Hotel langsam satt", sagte er. „Außerdem möchte ich meine Freunde gelegentlich bei mir zu Gast haben."

„Ja, natürlich", erwiderte ich steif. „Das kann ich verstehen."

Aber ich verstand es ganz und gar nicht. Ich hatte Depressionen. Ich war einundvierzig, zweiundvierzig fast. Mein Haar glänzte nicht mehr wie einst, es schimmerte fahler, war zunehmend untermischt mit winzigen grauen Strähnen, die sich nicht mehr verbergen ließen. Immerhin war meine Figur noch gut, und meine Haut sah jung aus, sofern das Licht nicht zu grell war. Ich versuchte mir einzureden, ich sei immer noch attraktiv, immer noch schön, immer noch begehrenswert. Doch als dann die Monate dahinflogen und Mark immer häufiger abwesend war, war es nicht mehr sinnvoll, sich Selbsttäuschungen hinzugeben.

Er begehrte mich nicht mehr. Es schien, als wäre er mir entwachsen, wie er Cornwall entwachsen war. Er hatte seine Existenz als Landedelmann von sich abgestreift und lebte jetzt wieder dort, wo er eigentlich hingehörte: in den Bibliotheken von Oxford, in den Salons der Intelligenz seiner Zeit. Er gehörte in eine Welt, in der für mich kein Platz war.

Er stritt das natürlich ab. „Ich würde dich gern häufiger mitnehmen", sagte er, „aber ich weiß ja, wie ungern du Cornwall verläßt."

Was auch stimmte – nur daß er immer dann solche Ausflüchte gebrauchte, wenn ich mich erbot, ihn zu begleiten. Seine Beteuerungen waren nichts als leere Höflichkeitsfloskeln. Dennoch gerieten wir darüber nie in Streit. Er behandelte mich mit ausgesuchter Zuvorkommenheit, es gab keine Szenen, dafür aber eine ständige Spannung, die zermürbender war als jede noch so heftige Auseinandersetzung. Nach einiger Zeit stumpfte ich ab und konnte mir kaum noch vorstellen, daß es zwischen uns je anders gewesen war.

Ich wußte, daß ich unglücklich war, doch ich gab mir alle Mühe, nicht darüber nachzudenken. Ich stürzte mich auf jede Beschäftigung, die sich mir bot, sei es auf Penmarric, in der

Gemeinde oder im Bekanntenkreis. Und je breiter die Kluft zwischen Mark und mir wurde, desto mehr fühlte ich mich zu meinen Kindern hingezogen.

Sie wuchsen heran. Ihre Persönlichkeiten, in frühen Kindertagen noch unausgeprägt, formten sich mehr und mehr. Marcus, der sehr an mir hing, besaß viel natürlichen Charme, war gesellig und umgänglich. Mariana zeigte in steigendem Maße Anzeichen von Widerborstigkeit, eine unausrottbare Abneigung gegen jedwede Disziplin und einen deutlichen Hang zur Herrschsucht. Sie und Marcus waren ein Herz und eine Seele, doch sie mußte in allem und jedem das letzte Wort und die letzte Entscheidung haben. Philip weigerte sich, eine solche Tyrannei mitzumachen. Er ging seiner eigenen Wege, wobei ihm der kleine, blasse Hugh getreulich wie ein Schatten folgte, willig, ergeben, wenn auch zumeist unerwünscht. Jeanne, noch ein Baby und somit immer etwas abseits der anderen, war ein sehr fügsames Kind, hübsch und sanft, ganz anders als ihre eigensinnige ältere Schwester. Sie wuchs mir sehr ans Herz, denn sie war blond wie Philip und Hugh, und ihr ruhiger Ernst erinnerte mich gelegentlich an Stephen. Was in mir eine Wärme weckte, wie ich sie Mariana gegenüber nie empfand. Später behauptete ich immer, meine beiden Töchter in gleichem Maße zu lieben. Tatsächlich jedoch war Jeanne mein besonderer Liebling.

Es war 1902 – das Jahr, in dem der neue König Penzance und den St.-Michaels-Berg besuchte; das Jahr, in dem ich, meinem gesellschaftlichen Rang gemäß, dem königlichen Gast hätte vorgestellt werden können. Aber dazu kam es nicht. Mark befand sich zu dieser Zeit in Oxford, und obwohl er mich brieflich aufforderte, die Einladung anzunehmen und in Begleitung der Carnforths hinzufahren, fehlte mir ganz einfach der Mut, mich einer solchen Prüfung allein zu unterziehen. Außerdem boten mir die Carnforths ihre Begleitung nicht an, und ich wollte mich ihnen natürlich nicht aufdrängen. Nanny und ich brachten die Kinder nach Penzance, damit sie im Spalier stehen und dem König und seinem Gefolge bei ihrer Ankunft auf dem Bahnhof zuwinken sollten.

Für etwaige Enttäuschungen blieb mir auch nicht die geringste Zeit. Andere Dinge nahmen meine Aufmerksamkeit voll in Anspruch. Eines Tages eröffnete mir Mark, daß er sich entschlossen habe, Marcus auf die Vorbereitungsschule in Surrey zu schicken, ehe der Junge mit zwölf nach Eton käme.

Da ich mir schon lange darüber im klaren gewesen war, daß meine Söhne einmal fern von Penmarric ihre standesgemäße Erziehung erhalten würden, traf mich die Nachricht nicht unvorbereitet. Dennoch war mir bei dem Gedanken nicht sehr wohl. Marcus war erst neun Jahre alt und liebte seine Heimat über alles. In Surrey würde er krank werden vor Heimweh.

Doch Marcus schien vom Plan begeistert zu sein, und so verdrängte ich meine Befürchtungen.

„Ich komme auf die Schule!“ jubelte er und fügte dann, zu Mariana gewandt, triumphierend hinzu: „Keine Stunden mehr mit dir und Alice und Philip und Miß Peach!“ Miß Peach war die Hauslehrerin, die, mit meinen Kindern zusammen, auch die kleine Alice Penmar unterrichtete, ein erstaunlich aufgewecktes Kind, das offenbar seinem Großvater, dem Pfarrer, nachschlug, denn weder Harry Penmar noch Miriam hatten als besonders intelligent gegolten.

„Jetzt müßt ihr ohne mich lernen“, verkündete Marcus mit dem gleichen Stolz auch Alice. „*Ich* komme endlich auf die Schule.“

„Nun“, erwiderte Alice boshaft, „dann viel Spaß. Ich bin nur froh, daß es mich nicht erwischt hat.“

„Du bist ja bloß neidisch!“ sagte Mariana. „Marcus kann es kaum erwarten!“

Und das stimmte. Als aber dann der Tag des Abschieds kam, weinte er während der ganzen Fahrt nach Penzance, und auf dem Bahnsteig klammerte er sich an mir fest und schluchzte, er wolle gar nicht fort.

Ich war zutiefst bestürzt. Vielleicht hätte ich mich bei meinen anderen Kindern leichter damit abgefunden; bei Marcus traf es mich mitten ins Herz. Der Gedanke, ihn davonzuschicken wie einen Verstoßenen, schien unerträglich. Und es tröstete mich wenig, daß ihn in London seine Großmutter in Empfang nehmen und sich um ihn kümmern würde, bis er dann einen Tag später nach Eton weiterreiste. Maud Penmar war eine harte, gefühllose Frau – wie verloren mußte sich Marcus gerade bei ihr vorkommen . . .

„Schick mich nicht fort“, schluchzte er, sein Gesicht gegen mein

Kleid pressend. „Bitte, bitte, schick mich nicht fort. Ich will immer brav sein."

„Aber Marcus!" Ich fühlte, wie mir die Tränen über die Wangen rannen. „Marcus, mein Liebling, wir schicken dich nicht fort... wir nehmen dich wieder mit nach Hause..."

„Was soll denn das?" fragte Mark, der sich in den letzten Minuten um das Gepäck gekümmert hatte und jetzt wieder neben uns erschien. „Was soll dieser Unsinn? Komm, Marcus, so geht das nicht. Nimm dich zusammen. Du bist doch kein kleines Kind mehr – höchste Zeit, daß du dich nicht mehr an Mutters Rock klammerst. Nun, alles bereit? Hier hast du mein Taschentuch. Putz dir die Nase und steig sofort ein. Oder soll der Zug ohne dich abfahren?"

Marcus schluchzte in das Taschentuch seines Vaters.

„Mark...", begann ich und stockte dann, als ich sein Gesicht sah.

„Ich glaube", sagte er, „du wartest besser draußen in der Kutsche." Als der Zug abgefahren war und er sich zu mir setzte, stieß er zornig hervor: „Du kommst mir nie wieder mit, um dich von den Kindern auf dem Bahnhof zu verabschieden." Er bemühte sich, seine Stimme gedämpft zu halten, so daß Crowlas, der Kutscher, ihn nicht verstehen konnte. „Marcus hätte sich nie so benommen, wenn du die Fassung bewahrt hättest – er hat sich von dir Trost erhofft, und genau den hast du ihm nicht gegeben. Die ganze unglückliche Szene geht auf dein Konto."

„Aber was kann ich dafür, daß..."

„Ja, was kannst du dafür, daß du es nun einmal nicht besser verstehst? In Zukunft verabschiedest du dich von Marcus auf Penmarric. Und zwar mit Anstand. Ohne dieses peinliche und stillose Getue."

Und jetzt kam es zu der so lange hinausgezögerten Auseinandersetzung.

Ich sagte ihm, daß ich genug davon habe, mir dauernd seine bissigen Andeutungen anhören zu müssen: ich sei nicht gut genug für ihn, sei zu gewöhnlich, zu ungebildet, zu alt. Lügen, schleuderte er mir entgegen, nichts als Lügen; offenbar sei ich im Augenblick so mitgenommen, daß ich kaum noch wisse, was ich rede. Worauf ich erwiderte, selbst wenn er Penmarric einmal nicht den Rücken kehre, meide er mich nach Möglichkeit. Das, behauptete er, geschehe nur aus Rücksicht auf mich, denn er sei sich voll bewußt, daß ich ihm die Affäre mit Rose Parrish nie verziehen habe, wie mein verändertes Verhalten im Bett eindeutig beweise. Außerdem liege es auf der Hand, daß ich jetzt, wo ich keine Kinder mehr wolle, die ehelichen Pflichten nicht nur reizlos, sondern geradezu lästig fände und ihnen sichtlich zu entgehen suche.

„Das ist nicht wahr!“ rief ich. „Das ist einfach nicht wahr! Ich liebe dich nach wie vor – und möchte auch mit dir zusammensein –, aber dein Benehmen mir gegenüber macht mich so nervös, daß ich kalt und befangen erscheinen *muß!* Und du benutzt das noch als bequeme Ausrede – und als Rechtfertigung dafür, daß du dich anderen Frauen zuwendest – dabei ist es gerade das, worauf du aus bist!“

„Wenn du dir die Wahrheit nicht eingestehen willst oder kannst“, sagte er, „dann hat ein weiteres Gespräch keinen Sinn. Wir haben alles gesagt, was zu sagen ist.“

Schweigend kehrten wir nach Penmarric zurück. Zu Hause angelangt, ging jeder seiner Wege: ich auf mein Zimmer, er in die Bibliothek. Es schien nun keine Brücke mehr zwischen uns zu geben.

In der Nacht kam er zu mir ins Zimmer. Wahrscheinlich bedauerte er den Streit nicht weniger als ich, und beide gaben wir uns alle Mühe, das Vorgefallene vergessen zu machen. Doch hinterher hatte ich das Gefühl, keiner von uns habe sich dem anderen rückhaltlos hingegeben. Es war eine Geste gewesen, eine reine Geste – jedenfalls drängte dieser Gedanke sich mir auf, als ich mich im harten, kalten Licht des Morgens im Spiegel sah. Und eben das wollte ich nicht: Er sollte sich mir gegenüber nicht zu leerer Freundlichkeit verpflichtet fühlen. Wenn es für ihn keinen anderen Grund gab, zu mir zu kommen, dann war es besser, wenn er ganz wegblieb.

Ich kleidete mich an und starrte aus dem Fenster. Regenströme peitschten die aufgewühlte See, und rings um unser ödes, häßliches Haus ragten ebenso öd und häßlich die schwarzen Klippen auf. Vielleicht, dachte ich, würde ich glücklicher sein, wenn ich mich nicht mehr verzweifelt bemühte, unsere alte Beziehung aufrechterhalten zu wollen. Ganz offensichtlich begehrte Mark mich nicht mehr. Wenn ich mich mit dieser Tatsache abfinden konnte, würde mir seine Gleichgültigkeit nicht mehr so weh tun. Vielleicht machte es mir dann sogar nichts mehr aus, daß er zu anderen Frauen ging – denn natürlich kannte ich ihn gut genug, um zu wissen, daß er anderweitig auf seine Kosten kam, wenn sich die Gelegenheit dazu bot. Er hatte andere Frauen, das war mir klar. Woran ich nicht dachte, war, daß ich es nicht nötig hatte, um ihn zu buhlen wie eine seiner Geliebten, die sich einen Gunstbeweis von ihm erhofften; ich war seine Frau, die Mutter seiner Kinder und die Herrin seines Hauses, und nichts konnte daran je etwas ändern.

Als wir beim Frühstück dann einen Augenblick für uns waren, sagte ich vorsichtig: „Wenn du in Zukunft nicht mehr ... auf mein Zimmer kommen möchtest, so habe ich dafür Verständnis. Ich möchte mich für die Szene in der Kutsche gestern entschuldigen. Ich wollte dich keineswegs zu irgendwelchen Pflichten nötigen, soweit sie unser Verhältnis als Mann und Frau betreffen."

Er sah mich sekundenlang prüfend an, sagte dann nur kurz: „Das ist deine Entscheidung."

„Ich finde nur, daß es für uns beide leichter wäre, wenn ..."

„Ganz recht."

Ich verstummte, und er sagte mit jener Direktheit, die ich an ihm immer so verabscheut hatte: „Schlaf allein, wenn du willst, aber bilde dir nicht ein, daß ich deinem Beispiel folge."

Ich versuchte, mir nicht anmerken zu lassen, wie sehr mich seine Worte verletzten. „Du wirst es gewiß sehr diskret machen", murmelte ich und wandte rasch mein Gesicht ab, um die Tränen zu verbergen.

Er gab keine Antwort. Eine Sekunde später war er aus dem Zimmer, und ich saß und lauschte darauf, wie seine Schritte verklangen, bis nichts zurückblieb als die lähmende Stille um mich herum.

Ich sprang auf. Mein Stuhl polterte zu Boden. Und dann stürzte ich ihm nach, aber als ich die Halle erreichte, war er schon fort. Verzweifelt sah ich mich um, auf der Suche nach jemandem, der mir Halt geben und mich meine Selbstbeherrschung wiederfinden lassen würde. Doch da war niemand, nur die dunklen Schatten der menschenleeren Halle. Und oben an der Treppe das zynische Lächeln des ersten Penmar, der aus dem großen Bilderrahmen auf mich herabsah und mir die beiden Falschwürfel entgegenzustrecken schien.

7

Der Spätsommer tauchte in den Herbst, mildes Licht überhauchte die Heide, und von der See blies ein kühlerer Wind. In dieser Zeit entdeckte ich, daß ich wieder ein Kind bekommen würde.

Ich war wie vor den Kopf geschlagen. Zum erstenmal hatten Griseldas Altweiberweisheiten versagt. Meine früheren Schwangerschaften waren entweder gewollt oder die Folge meiner Nachlässigkeit gewesen. Diesmal aber war ich mir keiner Nachlässigkeit bewußt. Ich hatte mir kein weiteres Kind gewünscht, und als dann über meinen Zustand kein Zweifel mehr bestehen konnte, war ich zuerst so enttäuscht, daß ich mich davor fürchtete, Mark etwas davon sagen zu müssen. Aber es gab keinen Grund, ein Gespräch mit ihm zu fürchten, da er sich monatelang in Oxford und London aufhielt, ehe er schließlich zum Weihnachtsfest nach Penmarric zurückkehrte. Und selbst dann sahen wir so wenig voneinander, daß ihm nichts auffiel. Im neuen Jahr kehrte er nach Oxford zurück, und ich war wieder allein.

Nicht weit von der Universitätsstadt, in einem Dorf mit dem Namen Allengate, hatte er sich inzwischen ein Herrenhaus gekauft, wo er seine Freunde in größerem Stil bewirten konnte. Ein solches Landhaus, sagte er, sei einer beengten Stadtwohnung vorzuziehen. Er lud mich sogar ein, mit ihm auf Allengate Manor zu leben, war aber zweifellos von vornherein sicher, daß ich ablehnen würde; er wußte nur zu gut, wie wenig mir Oxford bei meinem Aufenthalt dort gefallen hatte. Mein einziger Trost war, daß er in Allengate nur für die Dauer eines Universitätsjahres bleiben wollte. Als er Anfang Januar von Penmarric abfuhr, versprach er, zu Ostern, wenn Marcus Ferien hatte, die Kinder zu besuchen.

Bei seiner Rückkehr war ich im siebenten Monat und konnte ihm meinen Zustand nicht länger verheimlichen. Offenbar war ihm die Situation nicht weniger peinlich als mir, doch er blieb höflich und rücksichtsvoll.

„Fühlst du dich denn auch gut?“ fragte er. „Überanstrenge dich nicht! Hoffentlich spannt der Vikar von St. Just dich nicht allzusehr in Gemeindeangelegenheiten ein.“

„Keine Sorge“, erwiderte ich. „Es geht mir ausgezeichnet.“ Mit meinen nun fast vierundvierzig Jahren, einem, wie ich fand, zu hohen Alter, um noch einmal Mutter zu werden, war ich kerngesund, und so gab es bei der Geburt auch nicht die geringsten Schwierigkeiten. Im Juni kam Elisabeth zur Welt, und die Pünktlichkeit, mit der sie eintraf, war auch so ziemlich das einzige, was an dem unhübschen und ein wenig plumpen Baby bemerkenswert schien. Nach der Taufe überließ ich meine neue Tochter mit einem Seufzer der Erleichterung Nannys Fürsorge, und wenn ich sie auch regelmäßig im Kinderzimmer besuchte, so geschah das doch eher aus Pflichtgefühl als aus mütterlicher Bindung. Als erstes meiner Kinder hatte sie Marks schräge, dunkle Augen, und unwillkürlich fühlte ich mich an Rose Parrishs ältesten Sohn erinnert, den ich vor Jahren kurz gesehen hatte. Arme häßliche kleine Elisabeth! Leider muß ich gestehen, daß ihr Äußeres mich von vornherein gegen sie einnahm. Ich bemühte mich sehr, meiner höchst ungerechten Abneigung Herr zu werden, doch meine Gefühle wollten sich allen Anstrengungen zum Trotz nicht ändern.

Inzwischen war Philip alt genug, um zusammen mit Marcus auf die Schule geschickt zu werden. Letzterer schien sich sehr wohlzufühlen, und ich war froh darüber, wenn es mich auch leise schmerzte, daß er so unabhängig war, so wenig angewiesen auf meine mütterliche Obsorge. Als „Mann von Welt“ hatte er für Philip und Hugh nur noch Verachtung übrig.

„Gibt es auch Heide dort?“ fragte Philip. „Und Bergwerke? Und ist es nahe bei der See?“

„Natürlich nicht!“ erwiderte Marcus hochnäsig. „Die Schule liegt nicht weit von London auf dem Land, und überall gibt es Wälder. Es ist ganz anders als hier.“

„Das gefällt mir aber nicht", erklärte Philip. „Was soll ich dort?" Und seinem Vater verkündete er kühn: „Ich will nicht hin."

„Du fährst", beschied Mark ihn kurz. „Und keine Widerrede!"

„Ich laufe weg", sagte Philip. „Die können mich dort ja nicht anbinden."

„Wenn du wegläufst", versicherte ihm Mark, „bekommst du die ärgsten Prügel deines Lebens."

Sie starrten einander mit unverhüllter Feindseligkeit an, und plötzlich fiel mir auf, wie sehr Philip seinem Vater im Wesen glich: genauso eigensinnig und halsstarrig, und stets entschlossen, seinen Willen durchzusetzen. Marks Warnung kümmerte ihn wenig. Als er das erstemal von der Schule durchbrannte, wurde er rasch wieder gefaßt, doch beim zweitenmal blieb er drei Tage verschwunden. Ich machte mir schreckliche Sorgen, und Mark kam in aller Eile von Oxford herbeigereist. Endlich traf Philip zu Hause ein, müde und verschmutzt, mit verweintem Gesicht, und stürzte in meine Arme.

„Wir können ihn unmöglich zurückschicken", sagte ich entsetzt zu Mark. „Bitte, laß ihn hierbleiben!"

„Auf gar keinen Fall", entschied Mark. „Er muß lernen, daß er nicht immer seinen Kopf durchsetzen kann, und je eher er das begreift, desto besser. Er muß sofort wieder zurück. Ich werde ihn persönlich abliefern."

„Aber..."

„Das Ganze ist deine Schuld! Wenn du ihn nicht immer so verwöhnt hättest, dann wäre er jetzt nicht so querköpfig!"

Wir stritten uns erbittert und gingen im Zorn auseinander. Am nächsten Tag reiste er mit Philip ab, brachte ihn zur Schule in Surrey und fuhr dann nach Allengate weiter, wo er bis Dezember blieb.

Danach sah ich ihn sehr selten. Er kam zu Weihnachten und über Ostern für jeweils eine Woche nach Penmarric, doch den ganzen Sommer hindurch blieb er in Oxford, wo er Vorlesungen über das Mönchstum im 12. Jahrhundert hielt. Bald danach begann das akademische Jahr, und ich wußte, daß ich ihn vor Dezember nicht mehr sehen würde. Wir korrespondierten in unregelmäßigen Abständen, meist handelte es sich um die Kinder; er vergaß niemals ihre Geburtstage. Als der Sommer dann in den Herbst überging, fühlte ich mich einsamer denn je zuvor. Meine Pflichten in Gemeinde und Gesellschaft ödeten mich an. Im November war ich schließlich so verzweifelt, daß ich mich entschloß, Marcus und Philip in ihrer Schule in Surrey zu besuchen. Ihr Halbjahr endete Anfang November, und zum Wochenende hatten sie drei freie Tage.

Marcus hatte die Einladung eines Schulfreundes zu dessen Eltern nach London akzeptiert, und ich drängte ihn auch nicht, seine Zusage rückgängig zu machen. So holte ich denn am Samstagmorgen Philip von der Schule ab und ging mit ihm in eine Teestube, wo ich Limonade und Kuchen für ihn bestellte. Schließlich fragte ich ihn, was er während des freien Wochenendes am liebsten unternehmen wolle.

Ich hatte erwartet, er würde mir eine lange Liste der Dinge aufsagen, die er in London sehen wollte, und hatte auch schon das Personal unseres Stadthauses angewiesen, für unseren Besuch Vorkehrungen zu treffen. Doch zu meiner Überraschung sahen seine Pläne ganz anders aus.

„Ich möchte nach Brighton", erwiderte er mit großer Bestimmtheit. „Dort ist das Land so ähnlich wie die Heide bei Penmarric, und außerdem liegt es am Meer. Einer unserer Lehrer ist dort zu Hause – wir könnten vom Londoner Viktoria-Bahnhof aus fahren, hat er mir gesagt. Schulen soll es dort eine ganze Reihe geben, und wenn mir die Gegend gefällt, dann will ich Papa bitten, mich hinzulassen. Ich will an der See sein."

Ich willigte ein. Wir fuhren also nach Brighton. Eine Mietkutsche brachte uns zum größten Hotel, das das ganze Jahr über Betrieb hatte, und dort nahmen wir ein hübsches Appartement.

Abends kurz nach acht stiegen wir die Treppe hinunter zum Speisesaal. Ich hatte mein elegantestes Kleid an. Das Hotel wirkte still und ruhig, aber vom Speisesaal her klang gedämpftes Stimmengewirr. Offenbar gab es doch mehr Gäste, als sich nach der Jahreszeit vermuten ließ.

Im Speisesaal kam uns mit einer Verbeugung der Oberkellner entgegen. „Ein Tisch für zwei Personen, Madam?"

„Ja", sagte Philip, bevor ich antworten konnte. „In einer Ecke, bitte."

„Still, Philip!" Ich war belustigt und verlegen zugleich über die altkluge Art, in der er mit dem Kellner redete, doch dieser lächelte nur und erwiderte zuvorkommend: „Selbstverständlich, Sir! Hier entlang, bitte!"

Ich war gerade im Begriff, ihm zu folgen, als Philip plötzlich überrascht sagte: „Das ist ja Papa!"

Mein Herz setzte aus. Langsam hob ich den Kopf und ließ meinen Blick durch den Raum gleiten. Und dann sah ich ihn: Mark mit Rose Parrish und ihren beiden Söhnen.

Sie sah noch jung und hübsch aus. Warum auch nicht? Sie war höchstens fünfunddreißig. Sie trug ein teures Kleid, und sie wirkte reifer als vor Jahren bei unserer ersten Begegnung, und noch anziehender. Und sie sah glücklich aus. Ihr Lachen klang frei und hell. Ihr zur Seite saßen die Jungen, beide hübsch, mit unverkennbarem Penmar-Einschlag der ältere, blond und engelhaft der jüngere.

„Mama", sagte Philip drängend. „Mama."

In diesem Augenblick erblickte uns Mark. Ich sah, wie sein Gesichtsausdruck sich änderte.

„Madam?" fragte der Oberkellner, als er sah, daß wir ihm nicht folgten.

Auch Rose Parrish hatte uns jetzt bemerkt. Das Lachen starb in ihren Augen, und sie wurde blaß.

„Mama", wiederholte Philip und zerrte an meiner Hand. „Was macht Papa bei den Leuten da?"

Ich sagte zum Oberkellner: „Bitte, bemühen Sie sich nicht weiter. Wir werden woanders speisen."

Er sah mich erstaunt an, aber ich achtete nicht auf ihn. Ich drehte mich um, ging blindlings aus dem Speisesaal in die hellerleuchtete Halle und begann die Treppe emporzusteigen. Mir war übel, ich atmete schwer.

„Mama?" fragte Philip dicht hinter mir. „Mama, was ist denn? Was hast du nur?"

Ich weinte. Ich war völlig außerstande, mich zu beherrschen, preßte das Taschentuch gegen die Augen und versuchte, meine Tränen zu verbergen.

„Warum hast du Papa nicht begrüßt? Wer ist die Frau? Und wer sind die Jungen? Gehen die hier zur Schule?"

Ja, dachte ich, natürlich hatten auch die schulfrei. Mark war von Oxford gekommen, um sie über das Wochenende zu besuchen. Er hatte keinerlei Anstalten gemacht, seine ehelichen Kinder zu sehen, doch für Rose Parrishs Kinder war er bereit gewesen, von Oxford nach Brighton zu reisen.

„Mama, bitte!“ flehte Philip. „Bitte, sag doch etwas! Wer sind die Leute? Warum ist Papa hier?“

„Ich ... werde dir ... alles erklären ...“ Ich suchte in der Handtasche nach dem Türschlüssel.

„Du weinst ja“, sagte Philip.

„Nein, nein.“ Ich fand den Schlüssel und steckte ihn ins Schloß.

„Er hat dich unglücklich gemacht.“ Er drehte sich um und ging zur Treppe zurück. „Ich werde mit ihm reden!“

„Nein, Philip. Nein, nein, nein! Komm sofort wieder her! Hörst du!“

Er zögerte. Noch nie hatte ich so streng mit ihm gesprochen.

„Bitte“, sagte ich. „Komm doch, Philip. Sei folgsam. Ich bitte dich.“

Er gehorchte ohne ein weiteres Wort. Wir traten ein, und ich schloß die Tür. Das Zimmermädchen hatte bereits das Gaslicht entzündet und Feuer im Kamin gemacht. Ich setzte mich vor das Feuer und starrte in die Flammen.

„Sag's mir doch“, bat Philip. Er kniete sich neben mir nieder und drängte sich an mich. „Sag es mir. Ich möchte es wissen. Bitte, Mama. Weine nicht mehr.“

„Ich weine nicht, Philip.“ Ich hatte mich ein wenig gefaßt. Doch meine Stimme klang steif und spröde. Ich schluckte krampfhaft. Schließlich sagte ich: „Die Frau heißt Mrs. Parrish. Sie ist eine Witwe und mit Papa bekannt. Die Jungen sind ihre Söhne.“

„Gehen sie hier zur Schule? Und warum hat Papa sie besucht und nicht Marcus und mich?“

„Ich ... weiß nicht ... es wird schon ... einen Grund dafür geben ...“

„Das ist nicht fair von ihm“, sagte Philip. Er erhob sich. „Darf ich hinuntergehen und mit ihm reden?“

„Nein – bitte, Liebling, bitte ... Bleib hier.“

Es klopfte an der Tür.

Ich zuckte zusammen, erhob mich, doch Philip kam mir

zuvor. „Das wird Papa sein“, sagte er. „Vielleicht will er sich entschuldigen.“ Mit raschen Schritten ging er zur Tür und öffnete sie.

Mark stand auf der Schwelle. Er war allein, und plötzlich fühlte ich mich so schwach, daß ich mich wieder hinsetzen mußte.

„Hallo, Philip“, sagte er. „Was für eine Überraschung, dich hier zu sehen! Wo ist Mama?“

Philip schwieg und starrte ihn eisig an. Mark achtete nicht auf ihn. Er trat ein, und als er mich dann sah, streckte er mir beide Hände entgegen.

Ich blickte weg.

Schließlich fragte er: „Warum bist du mit Philip nach Brighton gekommen?“

„Ich... wir...“ Die Stimme zitterte mir so sehr, daß ich abbrach.

„Es war meine Idee“, sagte Philip. „Ich hatte gehört, daß es hier Schulen gibt, und wollte mir die Stadt ansehen. Ich wollte dich bitten, ob ich in eine Schule an der See gehen könnte. Mit Mama hat das nichts weiter zu tun. Es ist wirklich nicht ihre Schuld.“

„Niemand“, sagte Mark, „hat davon gesprochen, daß irgend etwas Mamas Schuld ist.“

Schweigen. Dann:

„Und warum bist *du* hier?“ fragte Philip in jener anmaßenden Art, die Mark nicht ausstehen konnte. „Haben die beiden Jungen auch Zwischenferien? Und warum besuchst du sie und nicht Marcus und mich?“

„Vielleicht, weil sie bessere Manieren haben.“ Er wandte sich zu mir. „Was hast du ihm gesagt?“

„Nichts. Nur ihre Namen.“

„Ich muß mit dir unter vier Augen sprechen. Meine Zimmer liegen auf demselben Gang. Komm für ein paar Minuten mit zu mir.“

„Nein“, erwiderte ich fest. „Ich denke nicht daran, die Räume zu betreten, die du mit dieser Frau teilst.“

„Bitte, Janna!“ Er war dunkel vor Zorn. „Nicht vor dem Kind hier.“

„Das ist mir gleichgültig. Noch nie im Leben hat man mich

so erniedrigt wie vorhin, als ich in den Speisesaal kam und dich dort sitzen sah mit ihr ... und mit deinen Söhnen ..."

„Es sind nicht *seine* Söhne", unterbrach mich Philip. „Es sind ihre. Du hast mir doch selber gesagt ..."

„Janna, höre ..."

„Nein, ich will nichts hören! Wo wohnt sie jetzt? In Oxford oder noch in London? Aber natürlich: in Oxford – in deinem neuen Haus in Allengate! Wie dumm von mir, erst jetzt darauf zu kommen! Sie spielt dort wahrscheinlich deine Haushälterin, nicht wahr?"

„Ich weigere mich, das vor dem Kind zu besprechen. Das ist nichts für seine Ohren."

„Wie willst du mir vorschreiben, was ich mit meinen Kindern zu tun und zu lassen habe? Welches Recht hast du dazu? Sie existieren für dich ja kaum! Wie soll ich Marcus und Philip erklären, daß du es vorgezogen hast, William und seinen Bruder zu besuchen? Wie soll ich ihnen verständlich machen, daß dir deine Bastarde lieber sind als deine legitimen Söhne?"

Seine Hände packten mich an den Schultern. Er schüttelte mich. „Gottverdammt!" Er hatte jede Beherrschung verloren. „Hast du überhaupt noch deinen Verstand, hast du überhaupt einen Funken Haltung ..."

„Aufhören!" schrie Philip, trommelte mit seinen kleinen Fäusten auf seinen Vater ein und versuchte ihn wegzuzerren. „Aufhören, aufhören, aufhören!"

„Siehst du, was du bei dem Kind angerichtet hast?" Er wehrte den Jungen mühelos von sich ab, doch Philip schlug weiter wie besessen drauflos.

„Nein, Philip." Ich zerrte den Jungen zurück. „Schon gut, Liebling, schon gut ..." Ich umarmte ihn und drückte ihn an mich. Er sah mich an, seine klaren blauen Augen forschten in den meinen, sein Gesicht war blaß und angespannt, und plötzlich begannen seine Lippen zu zittern, und er brach in Tränen aus.

Ich sah Mark haßerfüllt an. „Das ist deine Schuld."

„O nein! Schließlich war nicht ich es, der dieses entwürdigende Schauspiel vor den Augen des Kindes inszeniert hat! Sei jetzt vernünftig und komm, damit wir die Angelegenheit unter uns besprechen können."

„Ich habe dir nichts weiter zu sagen."

„Sei nicht albern! Wir müssen miteinander reden, selbst wenn es sich nur um die Frage einer möglichen Scheidung handelt."

Der Schlag kam unerwartet. Ich stand auf. „Scheidung?" wiederholte ich mechanisch. „Scheidung? Aber das ist unmöglich. Das kommt nicht in Frage."

„Du hast noch nie daran gedacht? Ich nahm an, da du dich weigerst, mit mir zu leben ..."

„Ich habe Monat für Monat in Penmarric auf dich gewartet!"

„Du hättest bei mir in Oxford sein können – oder habe ich dich etwa nicht gebeten, zu mir nach Allengate zu kommen?"

„Ja – mit Mrs. Parrish als Haushälterin!"

Sein Gesicht war weiß. „Ich weigere mich, vor dem Kind darüber zu sprechen."

„Also schön", sagte ich kalt. „Gehen wir auf dein Zimmer." Ich wandte mich Philip zu. „Liebling, es wird nicht lange dauern, ich bin bald wieder hier. Ich muß etwas mit Papa besprechen. Hab bitte ein wenig Geduld und sei ruhig. Wenn ich zurückkomme, lassen wir uns hier etwas servieren. Kannst du's einen Augenblick allein aushalten?"

„Natürlich." Aber seine Stimme klang schwach, und sein Gesicht wirkte verstört.

„Wenn etwas ist, kannst du ja nachkommen, Philip", sagte Mark freundlich. „Meine Zimmer liegen ganz am Ende des Ganges. Nummer sieben."

Philip sagte nichts, drehte sich um und trat ans Fenster und starrte hinaus auf die See.

Ich folgte Mark zu seinem Appartement, das größer und luxuriöser war als meines. Auf den ersten Blick machte der Salon einen unbewohnten, unpersönlichen Eindruck. Aber dann sah ich die Schuljungenmütze auf der Chaiselongue, und als ich näher herantrat, konnte ich den Namen lesen, der im Innenfutter eingenäht war. Und weil mir der Name auf unerklärliche Weise ein Omen zu sein schien, eine dunkle Vorahnung böser Tage, nahm ich die Mütze in die Hand und fuhr mit dem Zeigefinger über die Buchstaben.

Adrian hieß er, ein Name, den ich noch nie gehört hatte. Adrian Parrish.

Mark schloß die Tür. Plötzlich schien es nichts mehr zu sagen zu geben zwischen uns, weder jetzt noch später. Die wenigen

Schritte, die uns durch den Gang geführt hatten, waren wie ein Schlußstrich gewesen. Von meiner Empörung und meinem Zorn war nichts geblieben. Selbst der Schock, den mir das Wort Scheidung versetzt hatte, war vergessen. Das einzige, was mir bewußt war, war meine Verwunderung über die brennende Eifersucht, die ich auch jetzt noch, nach Monaten der Entfremdung, empfinden konnte. Ich hatte mich doch damit abgefunden gehabt, daß er andere Frauen brauchte. Weshalb also nicht auch Rose Parrish? Es gab keinen logischen Grund dafür, nur das schmerzliche Bewußtsein, daß Rose Parrish mehr verkörperte als nur das Scheitern meiner Ehe. Sie war das Symbol einer Jugend, die endgültig hinter mir lag; einer Gesellschaftsklasse, zu der ich nie Zugang gefunden hatte; einer Welt, der ich nie unbefangen begegnet war. Sie war die Verkörperung all dessen, was mich unglücklich machte, all der Dinge, die ich stets begehrt und nie bekommen hatte.

„Ich kann nur sagen", Marks kalte Stimme kam wie aus weiter Entfernung, „daß das, was du hier vor unserem Sohn inszeniert hast, widerlich und geschmacklos war."

Ich setzte mich auf einen unbequemen, hochlehnigen Stuhl und suchte verzweifelt nach einer Antwort. Ich fand sie nicht.

„Wir wollen dafür sorgen, daß so etwas in Zukunft vermieden wird. Deshalb schlage ich vor, daß wir uns endgültig trennen und eine Scheidung in die Wege leiten, sobald es möglich ist. Eine rechtliche Handhabe für eine Scheidung habe ich nicht, wie du sicher weißt, aber wenn ich ohne deine Zustimmung in Allengate bleibe, so wirst du die Scheidung beantragen können. Böswilliges Verlassen in Verbindung mit Ehebruch. Ich glaube, die Frist beträgt zwei Jahre. Ehebruch allein genügt nicht, und so bleibt uns keine Wahl, als so lange zu warten. Natürlich wird es ganz ohne Skandal nicht abgehen, aber ich glaube doch, daß man die Hauptschuld mir zuschieben wird, und das soll mir auch recht sein, sofern sich dadurch für uns eine befriedigende Lösung findet. Du weißt so gut wie ich, daß unsere Ehe keine mehr ist. Meine Hauptsorge sind die Kinder. Sie sollen nicht darunter leiden, und mir scheint, es wäre für sie am besten, wenn unsere Ehe geschieden würde."

Ich sagte mit hölzerner Stimme: „Ich sehe nicht ganz ein, wieso der Skandal einer Scheidung für sie das beste wäre."

„Und ich sehe nicht ein, wie ein völlig zerstrittenes Elternpaar für sie besser sein sollte. Sei vernünftig, Janna. Du denkst immer noch an dich und nicht an die Kinder. Wenn wir die Angelegenheit diskret und vernünftig behandeln ..."

„Du denkst doch genausowenig an die Kinder", sagte ich. „Es ist nicht ihretwegen, daß du dich scheiden lassen willst. Du willst Mrs. Parrish heiraten."

Er zögerte einen Augenblick. Dann sagte er langsam: „Ich leugne nicht, daß ich mich eines Tages wiederzuverheiraten gedenke, aber ..."

„Die Gelegenheit", unterbrach ich ihn, „wird sich dir nicht bieten, da ich nie in eine Scheidung einwilligen werde." Tränen verschleierten mir den Blick, qualvolle Bilder stiegen in mir auf: die geheuchelte Anteilnahme der Nachbarn, Klatsch und Getuschel der Dienerschaft, das verstohlene Gekicher hinter meinem Rücken. Ich dachte an die langen Jahre auf Penmarric, an die vielen Mühen, die es mich gekostet hatte, mein Leben dort so zu leben, wie es von mir erwartet wurde; dachte an die Ängste und den Schmerz, an die Einsamkeit und das Elend. Eine Scheidung würde bedeuten, daß alles umsonst gewesen war. Bis heute hatte eine Vorstellung mich mit allem versöhnt: die Gewißheit, Marks Frau zu sein. Jetzt drohte selbst das zunichte zu werden. Aber das durfte nicht geschehen – nie, niemals. „Ich lasse mich nicht scheiden", sagte ich scharf. „Ich lasse mich nicht scheiden."

Seine Augen funkelten, doch es gelang ihm, sich zu beherrschen. „Bitte, Janna", sagte er. „Bitte, sei doch vernünftig. Natürlich ist es für uns beide demütigend, anderen gegenüber das Scheitern unserer Ehe eingestehen zu müssen. Aber so kann es doch nicht weitergehen. Schon der Kinder wegen nicht. Das mußt doch auch du einsehen. Und so wäre es gewiß das beste, wenn wir uns auf eine Trennung einigen könnten und ..."

„Weder Trennung noch Scheidung", sagte ich. „Wenn du mich verläßt, so kann ich dich daran natürlich nicht hindern. Aber erwarte nicht, daß ich dir dazu auch noch meinen Segen gebe."

„Wenn du dir des Geldes wegen Sorgen machst, so kann ich dich beruhigen. Ich würde dich großzügig abfinden, und du könntest weiterhin auf Penmarric leben ..."

„Nein."

Er starrte mich an. „Was willst du damit sagen?"

„Wenn du mich verläßt, dann bleibe ich nicht auf Penmarric."

„Aber..."

„Ich hasse es! Ich hasse, hasse, hasse es! Ich hasse diese riesigen kalten Räume. Ich hasse die Einsamkeit, ich hasse das ganze Leben dort. Wenn du mich verläßt, so kann mich nichts mehr auf Penmarric halten. Ich kehre wieder nach Roslyn-Farm zurück. Dahin habe ich mich immer gesehnt. Vom ersten Tage an."

„Aber, Janna", sagte er bestürzt. „Lieber Himmel, das ist doch unmöglich! Du kannst doch nicht auf Roslyn-Farm leben wie ein gewöhnliches Bauernweib! Das ist ausgeschlossen!"

„Ich will nach Hause", sagte ich. „Sonst nichts. Nur nach Hause. Wenn du mich verläßt, habe ich auf Penmarric nichts mehr zu suchen."

„Janna, nimm dich um Gottes willen zusammen und sei vernünftig! Seit elf Jahren bist du Herrin auf Penmarric. Deine Kinder sind dort geboren worden. Du kannst jetzt nicht mehr nach Roslyn-Farm zurückgehen, verstehst du?"

„Ich kann zurückgehen. Und ich werde zurückgehen."

„Und du glaubst, daß ich dir dann die Kinder überlasse?"

Einen Augenblick lang verstand ich nicht, was er meinte. Dann stürzte alles um mich herum zusammen: meine Kinder – Fremde, die mich kaum kennen und nicht lieben würden. Ein einsames, verlassenes Alter.

„Du willst sie mir doch nicht wegnehmen", sagte ich. „So grausam kannst du nicht sein."

„Nein. Ich wollte vorschlagen, daß sie den größten Teil des Jahres bei dir leben, nur über Weihnachten und Ostern sollten sie mich für ein paar Wochen in London besuchen. Aber, allmächtiger Himmel, Janna, wie könnte ich zulassen, daß sie auf einem Bauernhof groß werden?"

„Wenn du sie mir wegzunehmen versuchst, dann werde ich zu Gericht gehen. Ich nehme die besten Anwälte Londons..."

„Glaubst du im Ernst, daß ein Richter einer Mutter die Erziehungsgewalt zuspricht, die ihre Kinder wie Bauern aufziehen will?"

„Und glaubst du im Ernst", erwiderte ich eisig, „daß ein Richter einem Vater die Erziehungsgewalt zuspricht, der seine Kinder von seiner Geliebten aufziehen lassen will?"

„Ja, das glaube ich", sagte er ohne Zögern. „Es steht ja nicht zur Debatte, daß ich mit einer Frau zusammenlebe, mit der ich nicht verheiratet bin, sondern daß die Kinder standesgemäß erzogen werden. Und wenn du glaubst, ein Richter würde es für die Kinder besser finden, daß sie auf einer gottverlassenen Farm als Bauern aufwachsen..."

„Dann bleibe ich eben auf Penmarric! Ich werde dieses Opfer bringen!"

„Wirst du das, Janna? Bist du sicher, daß du, nachdem du versprochen hast, auf Penmarric zu bleiben, nicht nach und nach auf Roslyn-Farm übersiedelst? Wenn ich es mir recht überlege, sollte man dir die Kinder auf jeden Fall wegnehmen, selbst wenn du auf Penmarric wohnen bleibst. Denn wie kann ich sicher sein, daß du sie nicht gegen mich aufstachelst oder ihnen völlig falsche Dinge über unsere Ehe erzählst?"

„Mit anderen Worten: es ist reine Bosheit von dir, mir die Kinder wegnehmen zu wollen."

„Ist es nicht auch reine Bosheit von dir, mir die Scheidung zu verweigern?"

„Du hast kein Recht, eine Scheidung zu verlangen! Aber ich habe das Recht auf meine Kinder!"

„Davon mußt du erst den Richter überzeugen! An deiner Stelle würde ich mich auf unangenehme Überraschungen gefaßt machen, besonders wenn ich ihm sage..."

„Ich werde ihn überzeugen! Bilde dir ja nicht ein, daß ich in eine Scheidung einwillige."

„Wenn du einwilligst, läßt sich über die Kinder vielleicht reden."

„Auch wenn ich nach Roslyn-Farm übersiedle?"

„Was geschehen soll, wenn du Penmarric verläßt, wird der Richter zu entscheiden haben."

„Ich verstehe. Du erpreßt mich mit dem Versprechen, mir die Kinder zu lassen, wenn ich die Scheidung einreiche; und später würdest du mir die Kinder auf jeden Fall wegnehmen. Aber das schlag dir gefälligst aus dem Kopf. Ich lasse mich nicht scheiden, und ich denke auch nicht daran, die Kinder aufzugeben."

„Du wirst die Jungen hergeben müssen."

„Niemand", sagte ich zitternd, „niemand wird sie mir wegnehmen. Wenn du je versuchen solltest, mich von Philip zu trennen..."

„Gerade Philip muß man unbedingt von dir trennen! Ich werde nicht untätig zusehen, wie du den Jungen vollkommen verdirbst!"

„Ich verderbe ihn? Weißt du überhaupt, was du da sagst? Ich liebe ihn, ich liebe alle meine Kinder – und ich liebe auch dich. Aber du bist ja diesem schamlosen Weibsstück verfallen..."

Sein Gesicht war plötzlich entstellt. Er ging drohend auf mich zu. Ich wich vor ihm zurück.

„Du Luder", sagte er. Er flüsterte es nur, doch Haß und kalte Verachtung waren unüberhörbar. „Du Luder, du Heuchlerin. Du gottverdammte Heuchlerin."

Die Worte trafen mich ins Herz. Ich wollte ihnen ausweichen. Schritt für Schritt wich ich weiter zurück, bis die Wand mir den Weg versperrte. „Mark", sagte ich. „Mark, bitte nicht!"

„O doch!" sagte er. „O doch! Du sollst endlich hören, was ich von dir halte! Zum erstenmal in deinem Leben wirst du dich ohne Maske sehen, meine Liebe, und diesmal kann dir die ganze Heuchelei nichts mehr nützen."

„Mark, bitte..."

„All dieses Geschwätz von Liebe! All diese rührseligen Beteuerungen, daß du mich liebst und daß du deine Kinder liebst! Herrgott, du weißt ja nicht einmal, was das Wort bedeutet! Du liebst mich nicht – du hast mich nie geliebt! Das einzige, was du geliebt hast, waren mein Geld und die Sicherheit und der Luxus, die sich dir boten – als angenehme Dreingabe wohl auch die sexuelle Befriedigung im Bett. Und wem willst du weismachen, daß du die Kinder wirklich liebst? Für dich sind das bloß sechs Menschen mehr, die dich verehren und anbeten! Im Grunde liebst du nicht einmal Philip – in ihn bist du nur vernarrt, weil er dir so ähnlich sieht. Seien wir doch ehrlich, Janna, lassen wir doch endlich die Heuchelei: Auf der ganzen weiten Welt gibt es nur einen Menschen, den du wirklich liebst, und der bist du selbst! Warum sonst legst du es darauf an, immer und ewig die erste Geige zu spielen? Warum sonst muß sich stets alles *deinen* Wünschen und *deinem* Willen unterordnen? Du bist ein eitler und egoistischer Mensch – kalt, leer und völlig gefühlslos."

Mit schwankenden Schritten ging ich auf die Tür zu. „Ich will nichts mehr hören! Ich will nichts mehr hören!"

„O doch, meine Liebe", sagte er. „Du wirst es hören, ob du willst oder nicht." Und ehe ich ihn daran hindern konnte, trat er zur Tür, drehte den Schlüssel im Schloß und steckte ihn in die Tasche.

„Laß mich hinaus", bat ich. „Bitte, laß mich gehen."

„Kommt nicht in Frage", sagte er. „Noch gibt es einiges zwischen uns zu regeln, das hast du wohl vergessen. Zum Beispiel, was mit den Kindern geschehen soll. Bis jetzt habe ich dir nur ein paar Wahrheiten gesagt, die du zu überhören versuchst. Vielleicht war das, was ich bisher gesagt habe, etwas zu hoch für dich. Ich werde also jetzt in *deiner* Sprache reden, weil das die einzige Sprache ist, die du verstehst."

Er holte einen Goldsovereign hervor. Und einen zweiten. Er legte beide auf den kleinen Tisch neben der Tür.

„Du bekommst 498 von der Sorte, jedes Jahr", sagte er, „und für den Rest deines Lebens, wenn du mir die Kinder überläßt und kein großes Drama um die Sache machst. Und wenn du fähig bist, etwas Takt aufzubringen, werde ich sogar zulassen, daß du die Kinder in Oxford besuchst und sie zu dir auf Roslyn-Farm kommen dürfen. Dieses Geld bekämst du natürlich zusätzlich zu den Unterhaltszahlungen, zu denen ich gesetzlich verpflichtet bin."

Ich sagte hastig: „Ich will das Geld nicht. Ich will meine Kinder. Bitte. Ich bleibe auf Penmarric. Ich tu alles, was du willst."

„Dann laß dich von mir scheiden."

Aber ich wußte, daß er sich damit nicht zufriedengeben würde. Er würde mir die Kinder wegnehmen, koste es, was es wolle. „Nein", sagte ich und schüttelte heftig den Kopf. „Nein. Keine Scheidung."

„Ich bezahle dich dafür. Wieviel willst du? Nenn eine Summe, und du sollst sie haben."

„Ich will kein Geld!" rief ich erstickt. „Ich will es nicht!"

„Wirklich?" Das war jetzt der hochmütig-verächtliche Ton, den ich immer so gehaßt hatte. „Willst du damit sagen, daß du nicht käuflich bist? Wie sich die Zeiten doch geändert haben!"

„Ich bin nie käuflich gewesen! Nie!"

Er lachte. Blind vor Zorn und Haß stürzte ich auf ihn zu. Ich versuchte ihn zu schlagen, aber er hielt meine Hand fest und stieß mich weg, so daß ich auf das Sofa fiel.

„Du warst nie käuflich?“ fragte er. „Sieh mal an – wie gut wir es doch verstehen, uns selbst zu betrügen.“ Seine Stimme wurde schärfer. „Der alte John Henry Roslyn hat dich wohl nicht gekauft, als er dir Geld und ein Dach über dem Kopf anbot? Aber natürlich, fast hätte ich's vergessen! Er hat dich ja geheiratet! Das macht die Sache allerdings respektabel, nicht wahr, und es tut nichts zur Sache, daß du mit einem Mann zusammenlebst, den du nicht liebst? Wie ich dich kenne, ist es dir sogar gelungen, dir einzureden, daß du ihn geliebt hast. Und wie war's denn vor deiner Ehe mit dem alten Roslyn? War das wirklich das erste Mal, daß du mit jemandem ins Bett gegangen bist, um ein Dach über dem Kopf zu haben? Mir hast du immer erzählt, daß du als Jungfrau vor den Altar getreten bist, aber ganz gestimmt hat das wohl nicht, meine Liebe, wie? Du hattest vorher schon andere Männer. Eine Frau mit deinem Gesicht und deiner Figur dürfte kaum bis zu ihrem siebenundzwanzigsten Lebensjahr wie eine Nonne gelebt haben. Nein, da gab es andere, die dich für deine Dienste bezahlten, und der einzige Unterschied zwischen denen und Roslyn bestand darin, daß er ein anständiger Kerl war und dir einen Heiratsantrag machte. Und später – aber das spricht ja alles für sich selbst! Als Roslyn starb und du zuwenig Geld hattest, wie hast du es da aufgetrieben? Erzähl mir doch bloß nicht, daß du mit meinem Vater aus romantischer Liebe ins Bett gegangen bist! Er sorgte dafür, daß du auf Roslyn-Farm bleiben konntest, und deshalb hast du mit ihm geschlafen. Als er dann zu einem sehr ungelegenen Zeitpunkt wegstarb, brauchte ich nur fünf Sovereigns auf den Tisch zu legen, und schon nahmst du mich hinauf auf dein Zimmer. Für ganze fünf Pfund hast du dich an mich verkauft, meine Liebe, und red dir doch nicht ein, daß da irgendwelche zärtlichen Gefühle mit im Spiel waren! Und dann meinten's die Götter wirklich gut mit dir, nicht wahr, denn ich war so kindisch vernarrt in deinen begehrenswerten Körper, daß ich den Verstand verlor und keine Ruhe gab, ehe ich dich nicht der Welt als meine Frau präsentierte. Was für ein unglaubliches Glück! Da war ein reicher junger Mann, der dich anflehte, ihn zu heiraten! Ein bißchen jung vielleicht und nicht gerade schön, aber bei deiner Begabung konntest du dir ja mühelos vormachen, daß du ihn liebtest. Ein Kinderspiel, nicht wahr? Eine Nacht hier, eine Nacht da, und – siehe an! – schon war alles im Lot! Jetzt bist du eine Dame und Herrin eines großen Hauses. Wie du es dazu gebracht hast, wen kümmert das, wen hat das zu kümmern? In die Versenkung damit! Du bist ja eine Dame, oder glaubst, eine zu sein. Aber siehst du, gerade da liegt das Problem, meine Liebe. Du warst nie eine Dame und kannst niemals eine sein. Du bist eine Hure. Das warst du, und das wirst du immer bleiben. Manche Frauen ändern sich nie."

Er brach ab. Nichts geschah. Sekunden vergingen, und ich dachte nur: Ich muß gehen. Ich muß fort. Ich kann nicht hierbleiben. Doch es war eigenartig, wie schwer es mir fiel, mich zu bewegen. Schließlich gelang es mir, aufzustehen. Ich konnte ihn nicht ansehen, aber ich wußte, daß er immer noch dastand und mich beobachtete. Ich spürte seinen Haß, seinen Zorn, und plötzlich fühlte ich mich ihm ausgeliefert. Ich bekam Angst, ich wollte fort.

Ich schwankte zur Tür und packte die Klinke und rüttelte daran. „Laß mich hinaus!" schrie ich. „Laß mich hinaus!" Wieder rüttelte ich an der Klinke, und als ich mich dann umdrehte, wußte ich, daß etwas Entsetzliches geschehen würde.

„Laß mich gehen!"

„Dich gehen lassen?" fragte er gedehnt. „Aber gern – wenn du zuerst *mich* gehen läßt und einer Scheidung zustimmst."

Ich verlor völlig die Besinnung. „Nie!" schrie ich ihn an. „Wir sind Mann und Frau, und wir werden immer Mann und Frau bleiben. Ich werde niemals etwas tun, um daran etwas zu ändern – du kannst mich zu nichts zwingen, was ich nicht will!"

Für den Bruchteil einer Sekunde herrschte absolute Stille. Eine Leere schien sich aufzutun. Und in dieser Leere wurde etwas spürbar: Haß, der sich in wilde Triebhaftigkeit verwandelte.

„So?" fragte er sehr höflich. „Nun, das werden wir ja sehen." Dann fiel die Maske der Höflichkeit von ihm, und plötzlich wußte ich, wie er an mir Rache nehmen wollte.

Ich wich zurück. „Faß mich nicht an."

„Warum nicht?" Er kam näher. „Du bist doch meine Frau,

oder nicht? Das hast du doch soeben beteuert. Du bist meine Frau, und ich bin dein Mann."

„Bleib mir vom Leibe!"

„Eine wenig befriedigende Reaktion für eine so ergebene Gattin."

„Wenn du es wagst, mich anzurühren..."

„Das werde ich allerdings wagen, du Luder. Schon um dir zu beweisen, was für eine gottverdammte Heuchlerin du bist!"

„Laß mich los... ich hasse dich..."

„Und, bei Gott, ich hasse *dich*", stieß er hervor und preßte mich mit seinen kräftigen Händen gegen die Wand.

Ich schrie und schrie, aber Tür und Fenster waren zu, und durch die Wände drang kein Laut. Niemand hörte etwas. Keiner kam. Als es dann vorbei war, starrten wir einander an, stumm vor Haß. Ich streckte die Hand aus, und er gab mir ohne ein weiteres Wort den Schlüssel.

Ich ging. Ging aus dem Zimmer und ließ alles hinter mir: Penmarric und den Landadel und den Luxus – alles, was Geld zu kaufen vermochte. Doch während ich schluchzend den Gang entlangstolperte, galt kein einziger Gedanke meiner Zukunft oder Philip oder selbst der Erniedrigung, die ich gerade erduldet hatte. Nur Marks Bild stand vor meinen Augen, das Bild meines Mannes, das Bild jenes Menschen, den ich mehr geliebt hatte als alles auf der Welt. Ich habe ihn doch geliebt, dachte ich, Gott, sag mir doch, daß ich ihn einmal geliebt habe! Aber Gott schwieg, Gott sprach nicht, und das einzige, was blieb, waren die furchtbare und unerträgliche Wahrheit und Marks Worte: „Du bist eine Hure. Das warst du und das wirst du immer bleiben. Manche Frauen ändern sich nie."

Adrian: 1904–1914

Gut und Böse

1

Ich konnte Philip Castallack, meinen Halbbruder, vom Augenblick an, da ich ihn zum erstenmal sah, nicht ausstehen. Ich war damals acht, fast schon neun. Mein Geburtstag fiel auf den 18. Dezember, so daß ich genau ein halbes Jahr jünger war als Philip, der am 18. Juni Geburtstag hatte. Ich sah ihn zum erstenmal in Brighton.

Von da an mochte ich Brighton nicht.

Selbst im späteren Leben kehrte ich nie wieder dorthin zurück. Und wenn ich heute den Namen Brighton höre, so denke ich nicht an die Terrassen, den Strand und das Meer, sondern an Philip mit seinem feindselig verkniffenen Mund und den eiskalten Augen; und erst später, viel später sehe ich dann meinen Vater vor mir, wie er sich eine Zigarre anzündet und mit vorsichtiger Beiläufigkeit sagt: „Ich fürchte, ich muß etwas klären, was schon längst hätte geklärt werden sollen."

Zum erstenmal in meinem jungen Leben dämmerte mir bei dem, was er dann sagte, auf, daß auch gute Menschen Böses tun können. „Aber, Papa", sagte ich, „wenn du gut bist und Mama auch, wie könntet ihr dann jemals etwas Böses tun?"

„Nichts in dieser Welt ist nur schwarz oder nur weiß", antwortete er. „Man kann die Menschen nicht in zwei Gruppen teilen und ihnen Schilder mit der Aufschrift ‚gut' oder ‚böse' anheften. Wenn du älter bist, wirst du das verstehen. Das Leben ist nicht so."

Aber ich war jung, und ich verstand nicht. Seine Worte verwirrten mich und machten mich unsicher. Ich wollte wissen, wo alles hingehörte. Dinge und Menschen mußten doch unterzubringen sein; und mit wahrer Leidenschaft teilte ich sie in Kategorien, ordnete sie ein und stempelte sie ab – so daß diese große, unübersehbare Welt wieder klein und einfach wurde.

„Alles auf der Welt ist Teil einer höheren Ordnung", hatte meine Mutter uns schon sehr früh erklärt. „Alles hat seinen Sinn und seinen Zweck und seinen Platz. Nur ist es uns oft nicht möglich, diese Ordnung zu erkennen. Nur Gott vermag das, denn er hat sie ja erschaffen. Sie ist wie ein geheimnisvolles Zusammensetzspiel. Wir dürfen nicht erwarten, alles ergründen zu können. Vieles bleibt uns erklärlich, aber wenn wir auf Gott vertrauen und an ihn glauben, so kann uns kein Übel geschehen. Wir müssen unsere Pflicht erfüllen, genau wie Gott sie uns aufgetragen hat, und sollte uns das schwer ankommen, so dürfen wir nicht vergessen, daß es nach seinem wohlbedachten Ratschluß geschieht und daß jeder auch noch so kleine Teil zu einer Ordnung gehört, wie man sie sich vollkommener nicht vorstellen kann."

Der Gedanke, das Leben sei ein Zusammensetzspiel, entzückte mich. Ich liebte es, kleine Teilchen zu einem Bild zusammenzusetzen, und während der ersten acht Jahre meines Lebens wäre mir der Gedanke, eines der Teilchen könnte vielleicht nicht passen, gar nicht gekommen. Alles gehörte in eine festgefügte Ordnung. Jedes Stück paßte. Es gab nichts, was das Gefühl der Wärme und Geborgenheit getrübt hätte.

Und dann kam – wie ein Blitz aus heiterem Himmel – Brighton.

Es traf mich völlig unerwartet. Nichts in meinem kurzen Leben hatte je darauf hingedeutet. Ich wurde in Truro geboren, einer hübschen Domstadt in Cornwall, doch ich war erst zwei Jahre alt, als wir nach England zogen, und meine frühesten Erinnerungen verbinden sich mit unserem Haus in London. Es war nicht sehr groß, und es gab keine Dienerschaft außer einem Gärtner und zwei Frauen, die täglich kamen, die eine zum Saubermachen, die andere zum Kochen. Jahre später fragten mich die Castallacks völlig ungläubig: „Aber wer hat dich denn aufgezogen?", worauf ich, nicht begreifend, was sie meinten, erwiderte: „Mama natürlich! Dafür sind Mütter doch da!"

„Aber als du noch klein warst, hast du doch sicher eine Nanny gehabt", sagten sie. „Du *mußt* doch eine Nanny gehabt haben."

„Mama hat sich immer um uns gekümmert", sagte ich mit dem unbehaglichen Gefühl, daß Nannys etwas sein müßten, was jeder anständige Mensch gehabt haben sollte. Doch mein Bruder William sagte leichthin, als wäre es das Selbstverständlichste von der Welt: „Sie hat es so gewollt, versteht ihr. Sie zog es vor, auf ein Kindermädchen zu verzichten."

Was sie tatsächlich vorzog, war, im Haus keine dienstbaren Geister wohnen zu haben. Wodurch die unklare Befürchtung in mir aufstieg, daß wir arm waren. Ich erbot mich, Kamine zu kehren, um einen kleinen Extraverdienst beizusteuern, aber Mama lachte nur und rief: „Ach, mein Liebling, das ist aber reizend von dir!" Und allmählich ging mir auf, daß von Armut bei uns nicht die Rede sein konnte. Papa war steinreich. Mama hätte ein größeres Haus und mehr Bedienstete haben können, aber sie legte darauf keinen Wert. Unser kleines, sonniges Haus in einer stillen, von Bäumen gesäumten Straße im Norden Londons war alles, was sie brauchte. Es sei viel gemütlicher, wenn wir mehr für uns blieben, sagte sie.

Und das war es tatsächlich. Wenn Papa zu Besuch kam, gab sie den Bediensteten ein paar Tage frei. „Ohne neugierige Augen macht es doch viel mehr Spaß", erklärte sie. „Ich habe es so ungern, wenn jemand uns immer zusieht. Man muß manchmal ganz für sich sein können." Daß sie die Arbeit dann selbst zu erledigen hatte, schien ihr nichts auszumachen. Sie kochte und machte sauber, nur beim Einkaufen durften William und ich helfen. Mein Bruder war viereinhalb Jahre älter als ich und konnte schon manches ganz allein besorgen. Er sei alt und auch vorsichtig genug, sich im Straßengewirr nicht zu verirren oder unter eine Kutsche zu geraten, meinte Mama.

Papa kam nur selten, jedenfalls als ich noch sehr klein war, und so wurde jeder seiner Besuche zu einem großen Ereignis. Mama sagte dann sofort alle Verpflichtungen ab, sogar die kirchliche Wohlfahrtsarbeit, und wenn das kurzfristig geschah, so grollte ihr der Vikar. Wenn Papa sich angekündigt hatte, wurde alles andere zur Nebensache. Das ganze Haus wurde auf den Kopf gestellt, bis es vor Sauberkeit nur so blitzte, und in der Speisekammer stapelten sich die Leckerbissen. Mama zog von dem Gästezimmer, wo sie während Papas Abwesenheit schlief, in das große Schlafzimmer mit dem Doppelbett und dem dicken

Teppich und den Aquarellen an den Wänden. Überall standen Vasen mit Blumen, das Silber wurde auf Hochglanz poliert. William und ich steckten in unserem besten Sonntagsstaat, und Mama holte ihre schönsten Kleider aus dem Schrank.

Mir wurde vor Aufregung immer übel. Kaum hörte ich das Getrappel von Pferdehufen auf der Straße, so stürzte ich ans Fenster und stellte mich auf die Zehenspitzen, um zu sehen, ob es Papas Kutsche war. William heuchelte Gleichmut, schien völlig in die Morgenzeitung vertieft und knabberte dann und wann an seinen Fingernägeln, während Mama mit glänzenden Augen und geröteten Wangen von Zimmer zu Zimmer wanderte, Hände ineinander verkrampft, als könnte sie das Warten keinen Augenblick länger ertragen.

Nach Ewigkeiten, wie mir schien, hielt dann endlich die Kutsche vor dem Gartentor, und Papa, sein Gepäck selbst in Händen, schritt den Weg entlang auf die Haustür zu.

Sein Aussehen war, wie Mama selbst oft sagte, von eigentümlich fremdländischer Prägung. Einem Engländer glich er gar nicht. „Was auch kaum verwundern kann", wie er selbst feststellte. „Schließlich ist ja meine Heimat Cornwall." Er hatte dichtes, pechschwarzes Haar, sehr fahle Haut und dunkle Augen, die einen unwiderstehlich in ihren Bann zogen. Wenn er sprach, hingen wir fasziniert an seinem Gesicht, doch ob das nun an etwaigen hypnotischen Kräften lag, die er besaß, oder aber daran, daß wir ihn vergötterten, vermag ich nicht zu sagen. Er war nur um wenige Zentimeter größer als Mama und sehr stämmig. „Gut gebaut", sagte Mama, „er hat eine ausgezeichnete Figur!" Obwohl sie uns während seiner Besuche keineswegs vergaß, so stand doch außer Frage, daß er zuerst kam. Unsere Pflicht war es, dabei zu helfen, ihm den Aufenthalt so angenehm wie möglich zu machen.

Manchmal unterhielt ich mich mit ihm über Geschichte. „Papa ist Historiker – ein brillanter Gelehrter", sagte Mama – und seine Forschungen in Oxford und sein Landbesitz in Cornwall ließen ihm nur wenig Zeit für uns.

„Er hat so viel zu tun", sagte Mama, „daß wir uns sehr, sehr glücklich schätzen können, wenn wir ihn überhaupt zu Gesicht bekommen." Diese Feststellung traf sie oft, wenn er uns wieder verlassen hatte. In den Vasen begannen die Blumen die Köpfe hängenzulassen. Mama wurde still und gedrückt. Seufzend tat sie ihre schönen Kleider weg und holte das abgetragene Alltagskleid hervor. Das Leben ging wieder seinen gewohnten Gang.

Natürlich schrieb sie ihm. Als ich dann mit fünf Jahren die ersten Buchstaben entziffern konnte und auf dem Kuvert seinen Namen las, entdeckte ich zu meiner Überraschung, daß er anders hieß als wir. Ich fragte meinen Bruder: „Warum heißt Papa nicht Parrish wie wir?“

„Darum“, erwiderte William ungerührt.

„Und warum heißen wir nicht Castallack?“

„Darum“, wiederholte er.

„Warum darum?“

„Also ehrlich, Adrian, du kannst einem wirklich auf die Nerven gehen. Wir heißen nicht Castallack, weil Mama es so *will*. Das hat sie mir vor Jahren einmal genau erklärt. Sie mußte ihrem Vater versprechen, seinen Namen beizubehalten. Und der war Parrish, und so heißen eben auch ihre Kinder Parrish. Ihr Vater hatte keinen Sohn, und so bat er sie auf dem Sterbebett, den Namen Parrish niemals aussterben zu lassen.“

„Ach so“, sagte ich befriedigt, da mir die letzten Wünsche von Sterbenden aus Märchen wohlvertraut waren. Im Geiste sah ich Großvater Parrish auf seinem königlichen Sterbebett liegen, vor dem gebrochenen Herzens seine wunderschöne Tochter kniete. Sie war die gute Prinzessin, die nach dem Tode des Königs von der bösen Stiefmutter in einen Turm gesperrt wurde, aus dem ihr Prinz sie dann befreite.

Märchen, Legenden oder geschichtliche Mythen – es war schwer zu sagen, was davon mich mehr anzog. „Wenn ich groß bin“, verkündete ich Papa eines Tages, „dann gehe ich auf einen Kreuzzug wie Richard Löwenherz und trage ein weißes Kreuz auf der Brust und rette edle Damen ...“

„Das war St. Georg“, erklärte William von oben herab. „Und außerdem, du Dummkopf, gibt es heutzutage keine Kreuzzüge mehr.“

„Dann mache ich eben einen“, entschied ich. „Ich ziehe in die Welt hinaus und bekämpfe das Böse.“

„Kämpfen *ist* böse“, sagte Papa, aber er sagte es lächelnd, und plötzlich war ich überglücklich, hier an seiner Hand die Straße entlangzugehen, und seine unverständliche Antwort fiel auf einmal nicht weiter ins Gewicht. Ich empfand überströmende Liebe für ihn, der so gut und so klug und so lieb war.

„Warum ist Papa nicht immer bei uns?“ bedrängte ich Mama. „Warum läßt er nicht alles andere und kommt zu uns nach St. John's Wood?“

„Er kommt doch, sooft er kann“, beschwichtigte sie mich. „Seine Verpflichtungen in Cornwall und Oxford lassen ihm nicht mehr Zeit. Wir dürfen nicht zuviel von ihm verlangen.“

„Lieber Herr Jesus Christ“, betete ich still für mich, während das Sonnenlicht durch erblindete Kirchenfenster fiel und der Vikar zum langweiligsten Teil seiner Predigt kam. „Mach doch, daß Papa uns öfter besucht. Mach doch, bitte, daß er bei uns bleibt. Ich werde immer und ewig brav sein. Danke dir. Amen.“

Da es in meinen Augen für ihn keinen Grund geben konnte, eine solche Bitte nicht zu erhören, verwunderte es mich nicht, daß mein Wunsch prompt erfüllt wurde. Papa entschloß sich, den größten Teil des Jahres in Oxfordshire zu verbringen, wo er, in unmittelbarer Nähe der Bibliothek, seinen historischen Forschungen nachgehen konnte, und als er dann in Allengate, einem Dorf unweit der Universitätsstadt, ein Herrenhaus kaufte, holte er uns zu sich. Über Weihnachten und Ostern mußte er zwar immer noch nach Cornwall, und manchmal auch im Sommer für einige Wochen, aber er versprach uns, jetzt ganz in Allengate zu bleiben.

Zuerst schien mir alles zu schön, um wahr zu sein. Vor dem Umzug dachte ich zwar manchmal mit einiger Nervosität an das uns unbekannte Allengate Manor, das vielleicht ein furchtbares Haus war, doch meine Befürchtungen erwiesen sich als grundlos. Es war das schönste Haus, das ich je gesehen hatte, es wirkte im Vergleich zu unserem bisherigen Heim so riesig, daß ich zuerst meinen Augen nicht trauen wollte. Endlos erstreckte sich der Besitz: Rasenflächen, Blumenbeete, Gemüse- und Obstgarten und sogar ein Rosengarten. Jenseits des Grüns bahnte sich ein Bach seinen Weg durch ein hohes Buchengehölz und strömte zu einer Stelle, wo von Dämmen ein kleiner Teich gebildet wurde. Dicht beim Haus befanden sich die Ställe und ein weiteres Gebäude, wo die Kutschen untergestellt waren. Wir mußten uns daran gewöhnen, von Pferdeknechten und Gärtnern umgeben zu sein und im Haus selbst von Butlern, Zofen, Stubenmädchen, Köchinnen und Küchenmädchen.

„Wie kann Papa sich das bloß alles leisten?“ fragte mein Bruder erstaunt. „Ist er denn so reich?“

„Liebling“, erwiderte Mama, „Papa ist ein Gentleman, der über bedeutende Mittel verfügt, und dies ist sein Lebensstil. Über Geld braucht sich ein Mann seines Standes keine Sorgen zu machen. Unsere Aufgabe ist es jetzt, uns so glatt und reibungslos wie möglich in den Ablauf hier einzufügen. Er hat sich ja auch immer unseren Verhältnissen in St. John's Wood angepaßt.“

„Dann gehört Papa wohl zu einer ganz anderen Sorte Menschen als wir“, sagte William langsam.

„Ja, Liebling, sehr sogar. Ihr wißt ja, daß mein armer Vater nur ein Landarzt war, der in Devon ein bescheidenes Haus besaß mit nur einer Köchin und einem Gärtner. Euer Papa ist große Häuser und zahlreiche Dienerschaft gewohnt. Obwohl er keinen Titel hat, gehört er zur Aristokratie, und ich komme aus der Mittelklasse. Aber das hat nichts weiter zu besagen, und ihr braucht euch nicht zu schämen, daß euer Leben bisher anders war.“

Es dauerte nicht lange, und wir hatten uns in Allengate eingelebt; und bald gefiel es mir dort besser als in St. John's Wood. Was mir allerdings nicht gefiel, war, daß wir uns verstellen mußten. In London war es nicht dazu gekommen, weil wir nie Gäste gehabt hatten. Wenn Papa nun auf Allengate Manor seine Freunde empfing, mußten wir so tun, als wären wir nicht seine Söhne, sondern seine Mündel, deren Vater vor einigen Jahren verstorben war.

Ich erinnere mich noch, wie Papa uns erklärte, warum dieses Versteckspiel notwendig sei. Es war am Tag vor dem Umzug nach Allengate. Mama war in der Küche, und er saß mit William und mir allein im Zimmer.

„Ihr müßt verstehen“, begann er mit merkwürdig veränderter Stimme, „daß die Leute, wenn sie wüßten, ihr seid meine Söhne, obwohl ihr nicht meinen Namen tragt, schlechte Dinge über Mama denken würden. Und um sie davor zu schützen ...“

„Aber warum sollte jemand Böses über sie denken?“ fragte ich verwirrt.

„Du bist noch zu jung, um das zu verstehen“, erklärte William hochtrabend und sagte dann zu Papa: „Daß wir Mama vor bösen Zungen schützen müssen, ist mir klar. Aber könnten wir nicht einfach deinen Namen annehmen? Das wäre doch viel einfacher."

„Das", erwiderte Papa, „ist leider unmöglich. Denn, siehst du ..."

„Natürlich ist es unmöglich!" rief ich entsetzt. „Du vergißt, daß Mama unserem Großvater am Sterbebett einen Schwur geleistet hat!" Zu Papa gewandt, fügte ich hinzu: „Aber ich verstehe immer noch nicht, wieso die Leute über Mama Böses reden könnten."

Papa öffnete den Mund, schloß ihn dann wieder und trank einen Schluck Brandy. Seine Zigarre war erloschen. Er legte sie ab, und zu meinem Erstaunen sah ich, daß seine Hände zitterten.

„Meine Güte, Adrian", sagte William aufgebracht, „du bist doch wirklich noch das reine Baby. So begreife doch endlich. Die Leute könnten glauben, daß Papa und Mama nicht miteinander verheiratet sind, und das wäre für Mama einfach schrecklich, und ..."

„Ich verstehe nicht", beharrte ich. Mein säuberlich nach Fächern geordnetes Weltbild war in Unordnung geraten. „Wie kann denn jemand glauben, daß sie nicht miteinander verheiratet sind? Wie kann man denn Kinder kriegen, wenn man nicht verheiratet ist?"

„Also wirklich, Adrian!" sagte William, krebsrot vor Verlegenheit. Er warf Papa einen verstohlenen Blick zu und wand sich unbehaglich auf seinem Sitz. „Man kann. Eine Hochzeit bedeutet nur, daß die Kirche ihren Segen gibt, und Kinder haben nichts damit zu tun, außer daß die Ehe etwas Heiliges ist, dem Kinder entspringen sollen. Und deshalb will niemand Kinder ohne Ehe, weil die dann ja nicht heilig wären."

„*Nach* der Hochzeit sind Kinder also gut, meinst du?" fragte ich, bestrebt, meine Schubkastenwelt wiederherzustellen. „Und *vor* der Hochzeit sind sie böse? Ich verstehe." Ich wandte mich wieder Papa zu. „Und du hast Angst, daß die Leute uns für böse halten könnten, wenn sie wüßten, daß wir deine Söhne sind."

„Kinder sind unschuldige Opfer", sagte Papa, ohne uns anzusehen. Seine Hände zerrten an der Zigarre und rissen sie in kleine Stücke. „Kein Mensch würde euch für böse oder schlecht halten. Aber von Mama würde man es wohl glauben."

„Wie gemein!“ sagte ich erzürnt. „Mama ist doch so gut! Dann wollen wir uns lieber verstellen, damit keiner so schlimme Sachen von ihr denkt.“

Genauso geschah es auch. Aber es war mir verhaßt, meinen Vater sagen zu hören: „Dies hier sind meine beiden Mündel, William und Adrian Parrish.“ Mama schwieg dazu, doch ich war sicher, daß auch sie es haßte. Die Gäste nickten höflich, und manchmal stellten sie auch ein oder zwei Fragen. Aber manchmal glaubte ich ihnen ansehen zu können, daß sie unser Verstellspiel durchschauten. Besonders William musterten sie immer sehr genau. Ich wußte auch, warum. William besaß Papas auffällige Augen, obwohl er ansonsten Mama ähnlich sah.

Ich sah niemandem ähnlich. Meine Augen waren blauer als die von Mama und hatten eine andere Form. Mein Haar war blond, aber dunkler als das Mamas und nicht so seidig. Ich glich weder meiner Mutter noch meinem Vater, von einer Ausnahme abgesehen. Ich hatte seine Hände: breite Hände mit derben Fingern und krummen Daumen.

Im Sommer 1904 fuhr Mama mit mir nach London, um den Schulanzug einzukaufen, die Schuhe und alle anderen Kleidungsstücke, die ich in der Schule brauchen würde. William besuchte schon seit zwei Jahren die Vorbereitungsschule in Rottingdean bei Brighton und hatte sich längst daran gewöhnt, monatelang von zu Hause fort zu sein. Mir aber wurde, je näher der Herbst heranrückte, immer ängstlicher zumute, und insgeheim sehnte ich mich danach, in Allengate zu bleiben, um dort weiterhin allmorgendlich beim Vikar Unterricht zu nehmen.

Auch Mama wirkte recht nervös, als sie und Papa uns auf dem Bahnhof verabschiedeten, und einen verzweifelten Augenblick lang hoffte ich, daß sie mich vielleicht dabehalten würde. Aber dann lächelte sie, und mir schien, daß sie doch nur aufgeregt war und glücklich über meine neue Zukunft.

„Denk doch nur, wie hübsch es ist, daß du William dort hast“, sagte sie. „Und wie herrlich, daß du endlich Jungen deines Alters kennenlernst. Das hat dir doch sehr gefehlt! Ich werde dich natürlich sehr, sehr vermissen“ – sie beugte sich zu mir herab und küßte mich –, „aber nach dem ersten Semesterabschnitt komme ich euch ja besuchen, und ich werde jeden einzelnen Tag im Kalender ankreuzen, damit die Zeit rascher vergeht.“

Ihre Zusicherung munterte mich wieder auf, und es gelang mir sogar, mit einigem Interesse zu fragen: „Wann ist denn das? Müssen wir da lange warten?"

„In der ersten Novemberhälfte, soviel ich weiß", erwiderte sie, und Papa ergänzte: „Wir werden beide kommen und mit euch ein Wochenende in Brighton verbringen."

Brighton.

Mir gefiel es sofort in der Schule. Nach etwas wackligem Beginn und einigen schlaflosen Nächten hatte ich mich bald eingewöhnt, doch obwohl mir das Schulleben durchaus Spaß machte, war es recht angenehm, dem Schulgebäude für drei Tage zu entkommen und mit Papa und Mama nach Brighton zu fahren.

„Eine faszinierende Stadt", sagte Papa. „Es gibt dort viel zu sehen."

Wir bewunderten alles und jedes, angefangen von den weißen Klippen bis zu den glatten, grünen Hängen, die hinter der Stadt dem „Devil's Dyke" entgegenstrebten.

Papa mietete ein Appartement im größten und schönsten Hotel, und am Samstagabend gingen wir alle vier in den Speisesaal hinab.

Wir aßen den ersten Gang, Zwiebelsuppe, und warteten auf den nächsten.

„Papa", fragte ich, „war Georg IV. ein guter oder ein schlechter König?"

Er lächelte. „Adrian, eines Tages wirst du noch lernen, daß nichts auf der Welt schwarz oder weiß ist. Man kann die Menschen nicht so einfach in zwei ..."

Er brach plötzlich ab.

„Ja, Papa, aber ..." begann ich und verstummte dann ebenfalls.

Mama war leichenblaß. Beide starrten an mir vorbei. Ich drehte mich ängstlich um und versuchte zu entdecken, was ihnen einen solchen Schock versetzt hatte, sah aber nur eine Frau mit einem Jungen, der etwa so alt war wie ich.

Dann bemerkte ich, daß die Frau Papa und Mama ebenso entsetzt anstarrte. Der Junge zerrte an ihrem Kleid und sprach auf sie ein. Dann blickte er wieder zu uns herüber. Für den Bruchteil einer Sekunde trafen sich unsere Augen. In seinen sah ich Feindseligkeit und Wut – oder war es Angst? Er hatte blondes Haar, heller noch als Mamas, und wirkte sehr kräftig. Während ich noch gebannt zu ihm hinstarrte, wich die Frau Schritt für Schritt zurück. Sie war sehr groß, älter als Mama, wie mir schien, und trug ein protziges Kleid. Ihr blaßgoldenes Haar war kunstvoll frisiert, und ihre Augen blickten genauso eiskalt wie die des Jungen.

Der Oberkellner umflatterte die beiden jetzt wie eine Motte.

„Wer ist das?“ fragte ich mit viel zu lauter Stimme. „Wer ist die Frau?“

Niemand gab Antwort. Die Fremde drehte sich um und verließ mit raschen Schritten den Raum, während der Junge sich an sie zu klammern suchte, als verlangte er eine Erklärung.

Papa stand auf.

Sofort sahen wir ihn alle an, aber er sprach nicht. Er sah uns nicht einmal. Als ob die fremde Dame ihn verhext hätte, entfernte er sich von unserem Tisch.

„Mark“, sagte Mama. „Mark.“

Noch nie hatte ich sie so unglücklich gesehen. Ich blickte zu William, aber er schien ebenso verängstigt zu sein wie ich.

„Papa!“ rief ich, sprang auf und rannte hinter ihm her. „Papa, geh nicht! Laß uns nicht allein!“

Er blieb stehen, sah zu mir herab, wandte sich dann Mama zu. Er ging zu unserem Tisch zurück.

„Rose“, sagte er. „Du verstehst. Ich muß mit ihr sprechen. Wir können noch heute abend von hier fort.“

Sie nickte.

„Es wird nicht lange dauern. Bleib mit den Jungen sitzen. Eßt weiter.“

Sie nickte wieder, nahm dann ihr Fischmesser, obwohl der Gang noch nicht serviert war. „Ja, Mark. Natürlich.“

Er ließ uns allein. Mama schluckte, und ich weiß noch, daß ich in aufsteigendem Zorn dachte: Sie gibt sich Mühe, nicht zu weinen. Er hat sie unglücklich gemacht. Das ist gemein von ihm.

Der Kellner kam mit dem Fisch und legte uns vor. Wir starrten stumm auf unsere Teller.

„Eßt doch, bitte“, sagte Mama hastig. „Bitte, Kinder. Laßt den Fisch nicht kalt werden.“

Doch William schob den Teller von sich fort, und ich tat das gleiche.

„Mama“, sagte er. „Sag es uns. Wer ...“

„Bitte, William, frag nicht! Ich weiß, es ist dumm von mir, aber ich kann darüber nicht sprechen. Ihr müßt Papa darum bitten.“

„Ist es denn so arg?“ wollte ich wissen.

„Ja“, sagte Mama, „es ist arg. Aber habt keine Angst. Wenn Papa zurückkommt, wird er euch alles erklären.“

Und wieder saßen wir stumm und warteten, ohne einen Bissen anzurühren. Der Kellner kam, und auf Mamas Geheiß räumte er alles fort und brachte auch keinen weiteren Gang.

„Wenn wir später Hunger bekommen, können wir uns etwas nach oben schicken lassen“, sagte sie.

Das Warten dehnte sich endlos. Ewigkeiten schienen zu vergehen.

„Könnten wir nicht inzwischen nach oben gehen?“ fragte ich, unbehaglich auf meinem steiflehnigen Stuhl hin und her rutschend.

„Nein“, sagte Mama. „Papa hat uns befohlen, hier auf ihn zu warten, und das werden wir auch tun.“

Wir warteten weiter.

Dann rief William plötzlich: „Da ist er ja.“

Ich drehte den Kopf. Er kam langsam auf uns zu, und ich bemerkte, daß er nicht Mama, sondern uns ansah. Sein Gesicht war sehr weiß, und auf seinen Wangen hatte er zwei lange rote Male, als habe er sich dort heftig mit den Fingernägeln gekratzt.

„Nun“, sagte er, „das wäre erledigt.“ Und ohne Mama anzusehen, fügte er hinzu: „Es tut mir wirklich leid.“

Mama schwieg.

„Es ist alles in Ordnung“, sagte er und nahm ihre Hand, sah sie aber immer noch nicht an. „Es ist vorbei, Rose. Ein für allemal. Endgültig Schluß. Kein Weihnachten und kein Ostern in Cornwall mehr. Kein Doppelleben.“

„Mark ...“

„Es ist aus, Rose, hörst du?“

„Mark, bitte ...“

„Ich habe unter alles einen Strich gezogen. Es ist ausgestanden.“

„... bitte“, sagte Mama leise, „bitte, sieh mich an.“

Doch er konnte es nicht. Langsam rückte er seinen Stuhl zurecht und sagte wieder: „Es ist aus. Es ist vorbei."

Mama erhob sich.

„Geh nicht, Rose!"

„Ich möchte oben warten", sagte sie fast unhörbar. „Bitte, erklär den Jungen alles."

„Rose..."

„Keine Sorge, Mark. Mir geht es gut. Ich möchte nur nicht dabeisein, wenn du es William und Adrian sagst."

„Rose... mein Liebling..." Er stand schwerfällig auf und sah sie zum erstenmal an. „Es war so erniedrigend", murmelte er undeutlich. „So schäbig. Wie soll ich es nur erklären..."

„Ich verstehe schon."

„O nein, das kannst du nicht. Dazu ist es viel zu gemein."

„Es zählt nicht weiter. Nichts zählt, solang du mich nur..."

„Ja", sagte er. „Mehr als alles in der Welt."

Sie sahen einander an. Uns schienen sie überhaupt nicht wahrzunehmen.

„Dann ist alles gut", sagte Mama und wandte sich rasch ab, um ihre Tränen zu verbergen. „Dann ist ja alles gut."

„Komm, Rose, gehen wir jetzt nach oben."

„Nein... bitte, Mark. Die Jungen..."

„Ja. Ja, natürlich", sagte er.

„Ich werde oben auf euch warten."

„Gut."

Sie ging. Wir sahen ihr nach, bis sie entschwunden war, und dann setzte sich Papa wieder und winkte den Oberkellner herbei und bestellte ein Glas Brandy. Anschließend wählte er umständlich eine Zigarre aus, zündete sie an und sagte dann langsam: „Ich fürchte, ich muß etwas klären, was schon längst hätte geklärt werden sollen."

Wir warteten und starrten ihn an. Endlich kam der Oberkellner mit dem Glas Brandy, von dem Papa einen großen Schluck trank.

Dann sagte er: „Ihr werdet euch beide gefragt haben, wer die Frau und der Junge waren."

Wir blieben stumm, bis William schließlich zögernd sagte: „Wahrscheinlich Bekannte von dir."

„Ja", erwiderte Papa, „so kann man es nennen." Er drehte

seine Zigarre zwischen den Fingern und fügte dann ausdruckslos hinzu: „Der Junge ist mein Sohn."

Wir saßen wie vor den Kopf geschlagen.

„Er ist unser Bruder, meinst du?" fragte ich, während mir der Puls in den Schläfen hämmerte.

„Euer Halbbruder. Und die Frau ist seine Mutter."

„Aber dann ...", begann ich verwirrt und spürte, wie mein geordnetes Weltsystem immer mehr in die Brüche ging. „Ist es denn nicht verboten, zwei Frauen zu haben?" stotterte ich schließlich.

„Ich habe nur eine Frau."

„Dann hat *die* also ein Kind bekommen, obwohl sie gar nicht mit dir verheiratet ist."

„Doch, sie ist mit mir verheiratet", sagte er. „Eure Mutter hingegen nicht."

Meine Verwirrung stieg noch. Ich sah, wie er wieder nach dem Brandyglas griff, während die Zigarre mehr und mehr zwischen seinen nervösen Fingern zerbröckelte.

„Es tut mir leid", sagte er, mehr zu William gewendet als zu mir. „Ich hätte euch schon längst alles erklären sollen, aber wir waren alle so glücklich, und irgendwie schien sich nie eine passende Gelegenheit zu bieten."

William schwieg.

„Aber wie konnten denn du und Mama William und mich haben wollen?" fragte ich. „Ihr habt doch gewußt, daß es böse war."

„Ja", sagte er.

„Aber, Papa, wenn du gut bist und Mama auch, wie könntet ihr dann jemals etwas Böses tun?"

„Nichts in dieser Welt ist nur schwarz oder nur weiß, Adrian. Man kann die Menschen nicht in zwei Gruppen teilen und ihnen Schilder mit der Aufschrift ‚gut' oder ‚böse' anheften. Wenn du älter bist, wirst du das verstehen. Das Leben ist nicht so."

William sagte so eisig, daß seine Stimme kaum wiederzuerkennen war: „Warum hast du Mama nicht geheiratet? Warum hast du die andere Frau vorgezogen?"

„Weil ich die andere Frau einmal zu lieben glaubte. Ich wußte damals noch nicht, was ich für eure Mutter empfand."

„Du liebst sie?"

„Sehr."

„Warum läßt du dich dann nicht scheiden und heiratest sie?"

„Das würde ich sofort tun, wenn ich nur eine Möglichkeit hätte. Leider will sich meine Frau von mir nicht scheiden lassen, und sie gibt mir auch keine Handhabe dafür."

Das Muster des Tischtuches ins Auge fassend, begann ich vorsichtig: „Ich finde, es ist ganz so, als ob du wirklich mit Mama verheiratet wärst. Wir sind genau wie jede andere Familie."

„Du hast recht. Wir sind es sogar mehr als viele andere."

„Also", sagte William in einem lauten, zänkischen Ton, der so gar nicht zu ihm paßte, „dann möchte ich nur wissen, warum sich überhaupt jemand die Mühe macht zu heiraten. Wenn man auch ohne Gottes Segen als glückliche Familie leben kann, was hat dann die Ehe für einen Sinn? Wie leicht kann man an jemanden geraten, mit dem man nicht zusammenpaßt, und dann bringt das für eine Menge Menschen nur Unglück. Ich jedenfalls werde mir nie, nie, nie eine Frau nehmen." Und abrupt stieß er seinen Stuhl zurück und lief aus dem Saal.

Ich sah ihm nach und ließ meinen Blick dann zu Papa wandern. Er wirkte plötzlich alt. Unter seinen Augen waren dunkle Schatten, und um den Mund zogen sich tiefe Furchen.

„Laß nur, Papa", sagte ich mitleidig. „Wir spielen ganz einfach das Verstellspiel ein bißchen anders. Wir tun so, als ob du mit Mama wirklich verheiratet wärst."

Er schüttelte wortlos den Kopf.

„Papa", fragte ich, „dann stimmt es wohl auch gar nicht, daß Mama ihrem Vater versprochen hat, den Namen Parrish beizubehalten?"

„Nein, die Geschichte hat Mama sich ausgedacht, um euch nicht weh tun zu müssen. Es ist sehr bedauerlich, daß sie – nein, daß ich euch nicht von Anfang an die Wahrheit gesagt habe."

Ich fuhr mit dem Finger über den Tisch und zeichnete das Muster des Tuches nach. „Ob der liebe Gott mich wohl für schlecht und böse hält?"

„Nein, natürlich nicht."

„Und dich? Und Mama?"

„Wir lieben uns. Das wird Gott verstehen, und er wird uns vergeben."

„Bist du sicher?"

„Ja. Wie könnte Gott Mama je für böse oder schlecht halten?"

„Aber sie hat doch etwas Böses getan?"

„Das tut jeder einmal", sagte er. „Nur Heilige sind immer gut. Und ich liebe Mama nicht, weil sie eine Heilige ist. Ich liebe sie, weil sie ein Mensch ist."

„Dann ist es also nicht so schlimm, wenn Mann und Frau nur so leben, als ob sie miteinander verheiratet wären, weil der liebe Gott ihnen ja doch vergibt."

„Nein, das habe ich nicht gesagt." Wie stets war er mir gegenüber von einer Engelsgeduld. „Ich meine das anders. Wenn zwei Menschen einander so sehr lieben wie Mama und ich und trotzdem aus irgendeinem Grunde nicht heiraten können, obwohl sie es wollen – dann, so glaube ich, wird Gott ihnen in seiner Gnade ihre Sünden vergeben. Wenn jedoch zwei Menschen nichts verbindet als eine flüchtige Leidenschaft ohne jede ernste Absicht und ohne Liebe, so ist das von Übel und wird von Gott nicht so leicht verziehen. Für Liebe hat Gott Verständnis. Für Leidenschaft nicht."

„Aber wie kann man wissen, wann es Liebe ist und wann Leidenschaft?"

„Adrian", sagte er, „wenn es auf diese Frage eine einfache und eindeutige Antwort gäbe, dann hätten wir gewiß viel weniger unglückliche Ehen... Aber das kannst du mit deinen acht Jahren noch nicht verstehen. Komm, es wird Zeit, daß wir nach oben zu Mama gehen und uns auch um William kümmern."

Mama war allein. Papa ging sogleich wieder fort, um nach meinem Bruder zu suchen.

„Arme Mama", sagte ich und umarmte sie. „Du siehst so traurig aus. Aber glaub mir, es macht mir überhaupt nichts aus, solange nur der liebe Gott nicht böse auf uns ist – und Papa hat ja gesagt, das ist er nicht, weil wir immer gut gewesen sind." Und ich glaubte, einen glänzenden Einfall zu haben. „Willst du mir nicht aus dem Buch vorlesen, das ich aus der Schulbibliothek mitgebracht habe?" fragte ich.

„Nein, Liebling, das geht nicht. Der Geschäftsführer des Hotels hat mir gesagt, daß Papa ihn gebeten hat, uns andere Räume zu geben. Bald wird das Personal hier sein, um unsere Sachen zu holen. Am besten warten wir so lange unten im großen Salon."

„Ach...", sagte ich und fragte dann neugierig: „Wohnt denn die Dame mit dem Jungen auch hier?"

„Nein, sie sind in ein anderes Hotel gezogen. Papa wollte zuerst auch fort, aber als er dann hörte, daß die beiden nicht hierbleiben, entschloß er sich, einfach das Appartement zu wechseln. Laß uns also in den Salon gehen, bis die Hausdiener mit dem Umzug fertig sind und alles für uns bereit ist."

Wir gingen hinunter und warteten. Mama blätterte in einem Magazin, und ich setzte mich neben sie, um die Bilder betrachten zu können.

„Bist du immer noch traurig, Mama?"

„Nein, Adrian. Jetzt nicht mehr."

Endlich ging die Tür auf, und Papa trat herein. „Ich habe William ins Bett gesteckt", sagte er. „Wir hatten noch eine längere Aussprache." Er warf mir einen Blick zu. „Für dich ist es auch längst Zeit zum Schlafen. Es ist schon sehr spät."

Plötzlich wurde mir ein nagendes Gefühl bewußt. „Ich habe ja Hunger", sagte ich überrascht. „Und wie!"

Mama lächelte leicht. „Ich auch", sagte sie. „Vielleicht könnten wir uns etwas nach oben schicken lassen, Mark."

„Eine ausgezeichnete Idee", meinte er und nickte. „Ich bestelle sofort etwas." Er nahm ihren Arm und griff nach meiner Hand. Gemeinsam verließen wir den Salon und stiegen hinauf zu unseren neuen Zimmern.

Der Abend war vorüber. Aber nichts wurde mehr so, wie es einmal gewesen war.

Am nächsten Morgen fragte ich William: „Macht es dir etwas aus?"

„Ja", sagte er. „Aber ich werde mir nichts anmerken lassen, sondern so tun, als ob's mich einen Dreck kümmert."

Obwohl ich nach sechs Schulwochen das rauhere Umgangsvokabular bereits gewöhnt war, schockierte mich der Ausdruck doch. „Aber warum denn?" fragte ich bestürzt.

„Weil *die*'s einen Dreck kümmert. Denen ist es doch egal, daß sie nicht verheiratet sind. Die schert's doch nicht, was die Leute von ihnen denken. Sie behaupten zwar, daß sie gern verheiratet wären – aber natürlich, *sagen* müssen sie das ja wohl. Doch im

Grunde ist es ihnen auch so recht. Und warum? Weil sie sich wie ein richtiges Ehepaar fühlen. Also werde ich's genau so halten und mich wie ein richtiger Sohn fühlen. Und wenn sich's irgendwer einmal einfallen lassen sollte, mich einen Bankert zu nennen, so werde ich ihm nicht die Zähne einschlagen, weil ich mich ja damit bloßstellen würde, sondern einfach lachen und sagen: ‚Na, wenn schon!' Dann kann mich keiner beleidigen, weil ich mich nicht beleidigt fühlen will."

Ich hörte ihm benommen zu. Noch nie hatte er mit soviel Leidenschaft gesprochen. Nach einer Weile fragte ich: „Was ist ein Bankert?"

„Das weißt du nicht? Ein Bankert oder Bastard, das ist... das sind wir. Es ist ein ganz gemeines Schimpfwort. So wie Aas oder Luder oder Höllenhund."

Ich sagte empört: „Wenn es einer wagen sollte, mich so zu nennen, dann bekommt er Prügel. Ich schlage so lange auf ihn ein, bis er sich entschuldigt."

„Das kannst du dir sparen. Es lohnt sich nicht."

„Aber ich *muß* doch!" rief ich noch aufgebrachter. „Das kann ich mir doch nicht gefallen lassen! *Mich* soll keiner Bankert oder Bastard nennen!"

„Aber du *bist* doch einer, du kleiner Dummkopf!"

„Nein, nein", rief ich trotzig. „Ich bin nicht böse! Ich bin nicht schlecht!" Verzweifelt klammerte ich mich an mein so säuberliches Schubladensystem. „Und mich soll auch keiner beschimpfen dürfen."

„Dann mach dich nur auf was gefaßt", sagte William. „Damit lädtst du dir den Ärger nämlich auf den Hals."

Aber ich glaubte ihm nicht.

Von da an begannen wir immer mehr über die Castallacks zu erfahren. Der Junge, den wir in Brighton gesehen hatten, war nicht das einzige Kind. Er hatte noch zwei Brüder und drei Schwestern. Und wenn das in unseren Ohren schon entsetzlich klang, so sollte es noch schlimmer kommen. Papa hatte nämlich die Absicht, sie alle zu uns nach Allengate zu holen.

„Es ist ja sehr nett von Papa, daß er meint, wir könnten vielleicht mit anderen Kindern spielen wollen", sagte ich zu Mama.

„Aber es ist wirklich nicht nötig. Wir passen hier so gut zusammen, Papa und du und William und ich. Wir brauchen keine fremden Leute."

„Ganz recht!" rief William. „Und darauf hätte Papa auch von selbst kommen können!"

„Also wirklich!" sagte Mama streng. „Schämt euch! Ihr habt ein schönes Zuhause und Eltern, die euch lieben. Ihr vergeßt wohl ganz, daß es auch Menschen gibt, die nicht soviel Glück haben. Diese Kinder sind in einem einsamen, trüben Haus aufgewachsen, ihre Eltern waren viel zu sehr mit ihren eigenen Sorgen beschäftigt, um sich für ihre Kinder Zeit zu nehmen. Und jetzt will sich ihre Mutter von Papa gesetzlich trennen – den armen Kindern muß es doch vorkommen, als ob sie vom Schicksal geradezu heimgesucht würden. Ihr solltet euch freuen, wenn sie nach Allengate kommen – schon um ihnen zeigen zu können, wie eine glückliche Familie aussieht."

Ich senkte beschämt den Kopf, aber William meinte schroff: „Papa hat gesagt, daß er sich nicht von ihrer Mutter scheiden lassen kann. Aber warum kann *sie* sich nicht von ihm scheiden lassen? Wenn sie eine gesetzliche Trennung will, warum dann nicht gleich eine Scheidung? Was ist überhaupt der Unterschied zwischen Trennung und Scheidung?"

„Eine Scheidung ist ein sehr drastischer Schritt", sagte Mama. „Und Mrs. Castallack scheut davor vielleicht aus moralischen, religiösen oder gesellschaftlichen Gründen zurück. Eine gesetzliche Trennung bedeutet, daß sie Papas Ehefrau bleibt – wenn auch nur dem Namen nach. Er darf sie nicht mehr als Ehefrau behandeln, und sie kann von ihm nicht erwarten, daß er sie wie früher besucht."

„Aber wo ist denn da der Unterschied zu einer Scheidung?"

„In manchem sind Trennung und Scheidung tatsächlich gleich. Doch bei einer Trennung bleibt die Ehe noch bestehen, während sie bei einer Scheidung aufgelöst wird, so daß die Partner wieder heiraten können."

„Sie sollte sich von ihm scheiden lassen", rief William aufgebracht. „Alles andere ist gemein von ihr."

„Natürlich ist ihre Weigerung betrüblich für uns", sagte Mama. „Aber denkt nur daran, um wieviel mehr Papa darunter zu leiden hat – schon weil er uns alle glücklich sehen möchte. Wir dürfen ihm auf keinen Fall etwas vorjammern. Außerdem hat er auch so schon Sorgen genug, unter anderem wegen der sechs Kinder. Noch ist nicht entschieden, wo sie leben sollen, weil Mrs. Castallack sich weigert, sie herzugeben. Deshalb fährt Papa, seit ihr in den Ferien seid, auch so oft nach London, wo er den Richter aufsucht, der das zu bestimmen hat."

„Wird der Richter zu Papas Gunsten entscheiden?"

„Das wissen wir noch nicht, aber es könnte sein, daß die Kinder schließlich zu uns nach Allengate kommen. Mrs. Castallack hat sich ein wenig unklug verhalten, und so wird man ihr womöglich nicht einmal ihre Töchter lassen. Bei den Jungen steht schon so gut wie fest, daß sie Papa zugesprochen werden..."

„Alle?" fragte ich. „Auch der von Brighton?"

„Philip? Ja, natürlich. Er ist nur wenig älter als du, und ihr werdet bestimmt bald gute Freunde werden."

Ich schwieg. Mamas Hoffnung in allen Ehren – aber ich wußte, daß daraus nichts werden würde.

Gegen Ende der Weihnachtsferien wurde William krank. Er hatte Diphtherie, und ich durfte wegen der Ansteckungsgefahr vorerst nicht zur Schule zurück. Mama pflegte ihn aufopferungsvoll, während Papa, blasser noch als sonst, zwischen dem Krankenzimmer in Allengate und dem Gericht in London hin und her pendelte. Endlich ließ man mich wieder zur Schule. William ging es besser, aber er blieb zu Hause, um wieder ganz auf die Beine zu kommen. Im März fuhr Mama dann mit ihm zur Erholung für zwei Wochen in die Schweiz, und ich war deswegen ein wenig neidisch auf ihn.

Als ich im Frühjahr wieder Ferien hatte, holte Papa mich vom Bahnhof ab, neben sich William, der immer noch recht blaß und mager aussah.

„William!" rief ich und stürmte auf ihn zu. „War's schön in der Schweiz? Vielen Dank für deine Postkarte! Ist dein Herz immer noch schwach?"

„Ich habe ziemlich hohen Blutdruck", erklärte er gewichtig. „Doch sonst geht es mir gut, danke."

Papa umarmte mich und tätschelte mir den Kopf. „Wie war die Reise?"

„Gut", sagte ich und blickte mich auf dem Bahnsteig suchend um. „Wo ist denn Mama?"

„Sie erwartet dich zu Hause", erwiderte Papa, „mit den Kindern."

Ich stand stocksteif. Williams Blick streifte mich. Er zog heimlich eine Grimasse.

„Alle Kinder", setzte Papa wie beiläufig hinzu. „Die Mädchen und Hugh habe ich vor einer Woche mitgebracht, und Philip und Marcus sind vorgestern aus Surrey gekommen, direkt von der Schule ... Und jetzt wollen wir dein Gepäck holen und nach Hause fahren."

Sobald wir allein waren, zischte ich William zu: „Warum hast du mir nichts davon geschrieben? In deinen Briefen stand kein einziges Wort darüber."

„Mama wollte es so. Du solltest dir keine unnötigen Gedanken machen."

„Wie sind sie denn?"

„Ach, Marcus ist soweit ganz anständig, und Hugh ist harmlos, und die Mädchen sind eben Mädchen. Aber Philip ist grauenhaft – die widerlichste Figur, die mir je untergekommen ist."

Ich fühlte, wie es mir kalt den Rücken hinunterlief. „Hab' ich's doch gewußt", sagte ich. „Hab' ich's doch gewußt. Ich werde ihm nicht in die Nähe gehen."

„Das wird schwer möglich sein. Du mußt dein Zimmer mit ihm teilen."

„Was!"

„Es sind nicht genügend Schlafzimmer für alle da. Ich muß meines mit Marcus teilen, und Papa meinte, daß Philip und du, da ihr doch gleichaltrig seid ..."

Ich machte auf der Stelle kehrt und marschierte geradewegs zu Papa, dem ich energisch verkündete: „Ich möchte mein Zimmer mit keinem außer William teilen. Könntest du bitte ..."

„In die Kutsche!" befahl er schroff. „Familienangelegenheiten besprechen wir nicht auf einem Bahnsteig."

In der Kutsche versuchte ich es wieder. „Papa, mit William will ich gern in einem Zimmer schlafen, aber mit niemandem sonst ..."

„Du wirst tun, was man dir sagt", erwiderte er so scharf, wie er nie zuvor mit mir geredet hatte. „Und jetzt ist Schluß mit dem Unsinn."

Stumm und mit brennenden Wangen starrte ich ihn an und

dachte: Wir zählen nicht mehr für ihn. Die anderen Kinder sind ihm wichtiger. Und während die Kutsche auf Allengate zurollte, hatte ich gegen die aufsteigenden Tränen zu kämpfen.

Mama kam mir entgegen und schloß mich liebevoll in die Arme wie immer. Sie wirkte so unverändert, so heiter und gelassen, daß ich mich nie wieder aus ihrer Umarmung lösen wollte. Als ich mich schließlich umdrehte, sah ich, wie mich aus der geöffneten Haustür zwei blaue Augenpaare neugierig betrachteten.

„Adrian, Liebling", sagte Mama. „Dort sind Hugh und Jeanne. Hugh ist siebeneinhalb, und Jeanne ist fünf."

Ich sah die beiden kalt an. Das kleine Mädchen drückte sich scheu davon, doch der Junge mit dem goldblonden Haar und den blauen Augen lächelte mir zu; er hatte ein eigenartig anziehendes Lächeln.

„Also bitte, Adrian", sagte Papa. „Wo bleiben deine Manieren?"

Ich errötete. „Tag", sagte ich zu dem Jungen.

„Tag", erwiderte Hugh mit gewinnender Höflichkeit und hielt mir seine Hand hin.

Nach kurzem Zögern nahm ich sie und wandte mich dann rasch ab. „Wie geht es dir, Mama?" fragte ich laut. „Vielen Dank für deine wunderschönen Karten aus der Schweiz."

„Haben sie dir gefallen? Es war herrlich dort – das nächste Mal mußt du unbedingt mitkommen." Sie griff nach meiner Hand und zog mich zu sich. „Komm, Liebling. Du sollst Marcus und Mariana kennenlernen."

Marcus wartete schon in der Halle. Er war groß, kräftig und sah mich freundlich an. „Hallo, Adrian", sagte er und schüttelte mir die Hand. „William hat mir schon viel von dir erzählt. Ich freue mich, daß du endlich hier bist."

Seine Augen, vom gleichen Hellblau wie die seines kleineren Bruders, schienen völlig ehrlich zu sein, aber ich hatte das sonderbare Gefühl, ihnen nicht trauen zu dürfen. Für eine Sekunde versetzte ich mich in seine Lage: verbannt von zu Hause und der Mutter und dazu verdammt, bei Fremden zu leben. Nein, dachte ich, freundliche Empfindungen würden meine neue Gefährten gewiß nicht in mir erwecken, nicht unter solchen Umständen. Ich überlegte: Sie heucheln uns nur was vor. In Wirklichkeit hassen sie uns ebenso wie wir sie.

Wir traten in den Salon, wo am Fenster, in malerischer Pose, das hübscheste kleine Mädchen saß, das ich je zu Gesicht bekommen hatte. Schönes schwarzes Haar, rosige Haut und dieser eigentümlich helle und fast durchsichtige Blick ...

Wie bei den anderen, dachte ich: überall diese gleichen abstoßenden Augen. Und erinnerte mich an Brighton, an die Frau mit dem auffälligen Kleid und den eiskalten Augen.

„Hallo", sagte Mariana, glättete die Falten ihres feinen weißen Kleides und hob kurz ihre langen schwarzen Wimpern, um sie sogleich wieder halb über ihre Augen zu senken.

Ich fühlte mich schrecklich verlegen. Hugh fragte neugierig: „Habt ihr auf der Straße Automobile gesehen, William?"

„Nur eins."

„Wie herrlich! Wir hätten doch mit zum Bahnhof fahren sollen, wie Papa vorschlug. Dann hätten wir auch eins gesehen, Mariana!"

„Ich mag keine Automobile", sagte Mariana.

Mama sagte: „Jeanne! Sei nicht so schüchtern, Liebes – komm doch her und sag Adrian guten Tag!"

Doch die Kleine war aus ihrem Schlupfwinkel hinter dem Sofa nicht hervorzulocken.

Papa trat ein. „Es wird Zeit zum Tee", sagte er zu Mama und drehte dann den Kopf. „Marcus, wo ist Philip?"

„Weiß nicht, Papa", sagte Marcus.

Es schien mir unfaßbar, daß ein Fremder meinen Vater mit Papa anredete. Das paßte mir nicht. Es machte mich zornig.

„Nun", sagte Papa brüsk, „wenn Philip keinen Tee will, dann ist das seine Sache ... Aber du, Adrian, bist sicher hungrig, nicht wahr?"

„Ja", erwiderte ich. „Sehr sogar."

Er lächelte und meinte, es wäre vielleicht angebracht, daß ich mir vorher die Hände wusch.

Ich ging hinaus. Doch anstatt die Toilette aufzusuchen, rannte ich die Treppe hinauf zu meinem Zimmer.

Irgendwo weinte ein Baby und erinnerte mich von neuem daran, daß diese ungebetenen Gäste wie die Heuschrecken über uns hergefallen waren. Ich stieß meine Zimmertür mit solcher Wucht auf, daß sie um ein Haar aus den Angeln krachte. Dann betrat ich, kochend vor Wut, den Raum, der mein eigenes Reich war.

Doch auch das war vorbei. Ein zweites Bett stand an der Wand. Und eine zweite Kommode. Mein Bücherregal war weggerückt worden. Ich stand da und nahm das Bild all dieser ohne meine Zustimmung vorgenommenen Veränderungen Stück für Stück in mich auf, bis ich zwei Augen auf mir spürte. Ich fuhr herum. Da war er, der Junge, den ich damals in Brighton gesehen hatte.

Er hockte auf meinem Bett. Er rieb sich die Augen. Offenbar hatte ich ihn aus dem Schlaf geschreckt.

Wir starrten einander an.

„Das ist mein Bett", sagte ich.

Er sagte nichts, starrte mich nur weiter an.

„Geh runter!"

Er schwieg immer noch. Ich biß die Zähne aufeinander und wollte eben zum Angriff übergehen, als er aufstand und an den Tisch trat. Ich sah ein Blatt Papier, ein angefangener Brief vermutlich.

„Adrian!" rief Mama aus der Halle. „Der Tee ist fertig!"

„Komme schon!" brüllte ich zurück. Ich warf noch einen Blick auf den Jungen, der mir den Rücken zuwandte, und ging dann langsam hinunter, wo ich in der Halle auf Mama traf, die eben aus ihrem Zimmer trat.

„Mama", sagte ich hastig, „warum kann ich denn nicht mit William zusammenziehen? Mit Philip möchte ich nicht in einem Zimmer wohnen. Nicht mit dem. Bitte!"

„Liebling", sagte sie, „du darfst jetzt nicht egoistisch sein. Der arme Philip ist sehr unglücklich, weil er so gern bei seiner Mama bleiben wollte. Sie wollte ihn unbedingt bei sich behalten, entgegen dem Entscheid des Gerichts, und das hat alles nur noch komplizierter gemacht. Wir müssen Philip jetzt zeigen, daß er hier willkommen ist und daß wir ihn gern haben, aber wie können wir ihn davon überzeugen, wenn du dich weigerst, dein Zimmer mit ihm zu teilen? William wohnt mit Marcus zusammen, und die beiden kommen sehr gut miteinander aus. Marcus ist ein netter Kerl, und bei Philip wird das nicht anders sein, wenn er erst einmal zu sich findet. Gib dir bitte Mühe, Adrian. Mir zuliebe. Ich möchte doch, daß wir alle glücklich und zufrieden zusammen leben."

„Papa hätte sie nicht herbringen sollen", sagte ich trotzig. „Warum müssen denn ausgerechnet wir uns mit ihnen abgeben? Das ist nicht fair."

„Adrian, bitte. Ich verstehe, daß du ein wenig eifersüchtig bist..."

„Ich bin nicht eifersüchtig. Ich möchte nur wissen, warum Papa Philip nicht bei seiner Mutter läßt, wenn die sich so nach ihm sehnt. Und was sollen überhaupt die Mädchen hier? Ich dachte, die dürfte *sie* behalten!"

„Ach, das ist alles viel zu verwickelt, um es genau zu erklären. Zuerst wurden Papa die Jungen zugesprochen und Mrs. Castallack die Mädchen. Aber Mariana wollte ohne Marcus nicht auf Penmarric bei ihrer Mutter bleiben, und so versuchte Mrs. Castallack entgegen dem Gerichtsurteil Mariana für Philip auszutauschen, was den Richter sehr gegen sie aufbrachte, vor allem, weil sie sich weiterhin beharrlich weigerte, seinen Weisungen nachzukommen. Und so sprach er Papa schließlich alle Kinder zu. Die Mädchen darf sie besuchen und sich auch von ihnen besuchen lassen, solange sie auf Penmarric bleibt. Doch um die Jungen zu sehen, braucht sie Papas Einwilligung. Es ist eine sehr schwierige und unerfreuliche Situation."

„Aber warum konnte Papa ihr Philip nicht lassen? Dann wären doch alle zufrieden gewesen. Das verstehe ich nicht."

„Es ist für kleine Jungen oft nicht gut, wenn sie ohne Vater aufwachsen."

„Aber William und ich sind doch zuerst auch fast ohne Papa aufgewachsen."

„Das war etwas anderes."

„Wieso?"

„Liebling, ich habe jetzt keine Zeit für lange Erklärungen. Du mußt mir schon glauben, daß es besser ist, Philip nicht bei seiner Mama zu lassen. Und jetzt komm in den Salon. Der Tee wartet."

Ich dachte: Sogar Mama hat sich verändert. Sie ist auf einmal so verschlossen und ungeduldig und reizbar. Das war doch früher nicht so. Erst seit die hier sind.

Und ich fühlte mich so niedergeschlagen und lustlos, daß ich Tee und Gebäck kaum anrührte.

Später schloß ich mich mit meiner Spielzeugeisenbahn in der

Dachkammer ein. Aber selbst dort ließ man mich nicht in Frieden. Papa kam mit Hugh.

„Möchtest du Hugh nicht deine Eisenbahn zeigen?" fragte er. „Er würde gern mit dir spielen."

„Bitte", sagte Hugh freundlich, während er sich erstaunt umsah. „*So* schön ist meine Eisenbahn auf Penmarric aber nicht, Papa."

„Viel Unterschied sehe ich nicht", erwiderte Papa zerstreut und ließ uns allein.

„Eine wunderschöne Eisenbahn", sagte Hugh. „Läßt du mich mitspielen?"

Ich schluckte angestrengt.

„Ich werde sehr achtgeben", sagte Hugh. „Ehrenwort."

„Meinetwegen."

Eine Weile vertrieben wir uns gemeinsam die Zeit, aber bald hatte ich den Wunsch, allein zu sein, und ging hinunter vor das Haus.

William und Marcus spielten auf dem Rasen französisches Cricket, während Mariana, von der Schaukel her, interessiert zusah. William lachte sogar. Ich wandte mich schroff ab und steuerte auf den Wald zu.

„Komm doch her, Adrian", rief Marcus.

„Nein, danke."

„Komm!" schrie William.

Ich schüttelte den Kopf.

„Du liebe Güte", sagte Marcus mit einem Seufzer. „Hoffentlich ist er nicht so wie Philip. Ich hasse es, wenn jemand eklig ist."

„Adrian war noch nie eklig", sagte William schneidend.

„Nun, so habe ich das doch gar nicht gemeint..."

Ich machte, daß ich fortkam. Im Wald pirschte ich zu meinem Lieblingsbaum und schwang mich empor. Hier war ich endlich allein. Aber als ich einige Minuten später wieder hinabrutschte, sah ich, daß irgendein Vandale die Initialen P. C. in den Stamm gekerbt hatte.

Philip Castallack.

Sogar meinen Lieblingsbaum hatte er mir verschandelt. Wütend rannte ich zurück ins Haus und holte ein Messer. Dann machte ich mich ans Werk. An das P fügte ich rechts unten einen Abstrich und verwandelte es so in ein A; und das C schloß ich zum O, das ich durch einen weiteren Abstrich links unten zum P ummodelte.

Beim Abendessen sah ich ihn wieder. Als ich in das Zimmer trat, war er gerade dabei, Würstchen und Kartoffelbrei in sich hineinzustopfen.

„Kritzelst du immer deine blöden Anfangsbuchstaben auf jeden Baum?" fragte ich ihn scharf.

Er antwortete nicht.

„Langsam, Adrian", sagte William. Er, Marcus und Mariana saßen gleichfalls am Tisch im Speisezimmer. Papa und Mama aßen erst später. Die Kleineren waren oben im Kinderzimmer.

Ich erhob meine Stimme: „Wenn du das noch einmal machst, verhau ich dich."

Er schien noch immer nicht zu hören. Marcus räusperte sich befangen.

„Halt den Mund, Adrian", sagte William.

Aufgebracht fuhr ich zu ihm herum. „Du hältst also zu ihm!"

„Ich halte zu niemandem", erwiderte William. „Aber ich will nicht, daß ihr euch in den Haaren liegt."

„Er hat recht", stimmte Marcus erleichtert zu.

„Und außerdem", sagte Mariana gelangweilt und nippte an ihrem Glas Milch, „was kommt's schon auf einen Baum an?"

„Natürlich", rief ich, „du bist ja bloß ein Mädchen. Wie könntest du das verstehen?"

„O Gott!" sagte Mariana. „Wie mich Jungen anöden! Schade, daß ihr keine Schwester habt. Wenn wenigstens Alice hier wäre."

„Wer ist Alice?" fragte William.

„Eine Freundin von uns", erwiderte Marcus. „Auf Penmarric hatten sie und Mariana gemeinsam Unterricht."

„Sogar unsere Nanny wäre mir recht", verkündete Mariana. „Wenn sie mir auch oft auf die Nerven ging, aber im Grunde mochte ich sie. Oder die dumme alte Miß Peach ..."

„Was ist eigentlich mit der geworden?" fragte Marcus. „Hat Papa sie hinausgeworfen?"

„Ach, diese Szenen hättet ihr miterleben müssen", sagte Mariana und unterdrückte ein Gähnen, „wenn Papa nach Penmarric kam! Nanny lief heulend herum und schwor, sich nie von uns zu trennen, aber es sei ihr unmöglich, mit uns zu einer gefallenen Frau zu ziehen – was immer sie damit gemeint haben mag.

Und bei Miß Peach war's genau das gleiche. Eines Tages warf Papa dann beide hinaus. Nanny wäre bestimmt doch noch mitgekommen, aber Papa wollte sie nicht mehr haben, weil sie über Tante Rose etwas Häßliches gesagt hatte, was ich gar nicht verstehen kann, denn schließlich kannte sie sie doch nicht. Ich persönlich finde Tante Rose sehr nett, viel netter als ..."

„Arme Nanny und arme Miß Peach", fiel Marcus ihr hastig ins Wort. „Und arme Mama. Es muß schlimm für sie gewesen sein. Wenn ich nur dagewesen wäre, um ihr zu helfen."

„Nun, dann hättest du sie bestimmt genausowenig zu Gesicht bekommen wie ich. Denn entweder hatte sie Migräne und weinte, oder sie fuhr nach London zu ihren Anwälten. Und dauernd war Dr. Salter da und beschwor sie: ‚Mrs. Castallack, Sie müssen ruhen, und Sie müssen dies tun, und Sie müssen das tun, und Sie dürfen auf keinen Fall nach London.' Aber sie hörte nicht auf ihn. Dabei sah sie wirklich nicht sehr wohl aus. Einmal hörte ich, wie Nanny zu Miß Peach sagte, es sei doch fürchterlich für Mrs. Castallack, daß sie ausgerechnet jetzt in diesem Zustand ..."

„Arme Mama", sagte Marcus wieder. Sein Gesicht war sehr weiß. „Hoffentlich geht es ihr jetzt besser."

„Dabei hättest du hören sollen, was die anderen Bediensteten sagten", fuhr Mariana fort. „Ich hatte geglaubt, daß sie gegen Papa und für Mama sein würden, aber das waren sie nicht. Ihrer Meinung nach mußte Mama damit rechnen, als sie einen Penmar heiratete – komisch, wie die Papa immer als Penmar ansehen, nicht? Jedenfalls solle Mama bloß nicht soviel Theater machen. Das hätte man davon, wenn man sich als etwas Besseres aufspiele, als man in Wirklichkeit sei, und ..."

„Halt die Klappe", sagte Philip.

Sein scharfer Befehl kam so überraschend, daß wir ihn alle anstarrten.

„Aber es ist doch wahr!" sagte Mariana trotzig. „Und wenn du's genau wissen willst, so kann ich dir verraten, daß im Grunde nicht einmal Nanny für sie Partei nahm. Und Miß Peach auch nicht ..."

„Halt dein blödes Maul!"

„Philip", bat Marcus. „Fang keinen Streit an."

„Also wirklich!" sagte William. „So spricht man doch nicht mit einem Mädchen!"

„Soll er doch“, sagte Mariana, die rosigen Lippen zu scharfem Strich verengt. „Von dem erwarte ich keine Höflichkeit. Wenn Mama ihn nur auf Penmarric behalten hätte! Ich möchte bloß wissen, was Papa sich hier von ihm verspricht.“

„Reden wir nicht mehr davon“, sagte Marcus. „Du verdirbst mir noch den Appetit. Haben wir kein anderes Gesprächsthema?“

„Weißt du, was?“ sagte Mariana zu Philip. „Warum brennst du nicht einfach durch? Meinen Segen hast du.“

„Jetzt hört endlich auf!“ sagte William abgestoßen. „Redet ihr immer so miteinander?“

„Wie kann ich denn durchbrennen?“ schrie Philip Mariana an. „Wenn ich es versuche, fängt Papa mich wieder ein und prügelt mich durch. Und Mama sperren sie ein, weil sie dem Richter nicht gefolgt hat!“

„Sie würden Mama nicht einsperren“, sagte Marcus. „Nein, das würden sie bestimmt nicht tun!“

„O doch! Sie hat's mir ja selbst gesagt! ‚Du *mußt* mit Papa mitgehen, denn wenn ich dich behalte, komme ich ins Gefängnis. Ich darf dich nicht bei mir haben‘ – das hat sie zu mir gesagt und dabei so geweint, daß ich sie kaum verstehen konnte ...“

„Bei mir hat sie keine einzige Träne vergossen“, sagte Mariana. „‚Auf Wiedersehen, Liebling, du wirst mir sehr fehlen.‘ Paah! Sie war ganz zufrieden, daß ich ging, weil sie hoffte, dich dafür zu bekommen. Aber mir kann sie nichts vormachen! Ich weiß Bescheid.“

„Was sollte ihr schon an dir liegen!“

„Du gemeiner Kerl!“

„Mariana, so hör doch ...“, flehte Marcus. Aber es war bereits zu spät. Marianas Hand klatschte Philip ins Gesicht, und er sprang auf und stieß sie so heftig zurück, daß sie gegen die Wand fiel. Sie begann zu weinen.

„Philip!“ rief William entgeistert. „Wie kann man nur ein Mädchen schlagen!“

„Weine nicht, Mariana“, sagte Marcus. „Bitte, Mariana, nicht weinen.“

Mariana preßte schluchzend ein Taschentuch vor die Augen.

„Hör zu, Philip“, sagte William. „Entschuldige dich bei ihr. Ich denke ...“

„Wen kümmert's, was du denkst!“ schrie Philip außer sich

vor Wut. „Wer bist du überhaupt? Was bildest du dir ein, mir Befehle geben zu können ...“

Meine Mutter trat ein.

Wir starrten sie stumm an. Mariana hörte auf zu schluchzen.

„Euer Essen wird ja kalt“, sagte meine Mutter ruhig. „Eigentlich müßtet ihr doch viel zu hungrig sein, um euch zu zanken. William und Adrian, eßt jetzt weiter. Und daß ihr mir nichts übriglaßt. Mariana, mein Liebling, was hast du denn? Was ist passiert?“

„Nichts“, sagte Marcus, bevor Mariana antworten konnte. „Gar nichts. Es ist alles in Ordnung.“

„Wirklich, Mariana?“

Mariana schneuzte sich und warf Marcus einen verstohlenen Blick zu. „Ja, Tante Rose.“

„Gut. Dann laßt euer Essen nicht ganz kalt werden. Ich habe hier noch einen Krug Milch für euch. Möchtest du welche, Philip?“

Philip verließ wortlos das Zimmer.

„Mama“, sagte ich wütend, „Mama, es war seine Schuld. Er hat Mariana geschlagen, und sie ...“

„Adrian“, unterbrach sie mich energisch, „hier wird nicht gepetzt. Marcus und Mariana haben sich nicht über Philip beschwert. Also hast auch du kein Recht dazu – es sei denn, du wärst in den Streit verwickelt gewesen.“

Irgendein dunkles Gefühl zwang mich, Messer und Gabel aus der Hand zu legen und aufzustehen. „Ich gehe zu Bett“, sagte ich.

„Gut, mein Liebes“, erwiderte Mama. „Du mußt nach deiner Reise müde sein. In einer Viertelstunde komme ich hinauf und sage dir gute Nacht.“

Oben fand ich Philip, der gleichfalls im Begriff war, sich hinzulegen. Keiner sprach ein Wort. Ich wusch mich im Badezimmer, streckte mich dann auf dem Bett aus, nahm ein Buch zur Hand und wartete.

Fünf Minuten später kam Mama. Philip lag schon mit geschlossenen Augen.

„Hast du dich schon gewaschen, Liebling? Und die Ohren nicht vergessen?“

„Selbstverständlich“, sagte ich kalt.

Sie lächelte, und plötzlich klammerte ich mich an sie und preßte das Gesicht gegen ihren Busen.

Sie küßte mich. „Und dein Nachtgebet?"

Rasch glitt ich aus dem Bett und sagte das Vaterunser mit den entsprechenden Zusätzen auf: „... und segne Papa und Mama und William und alle Armen und Leidenden. Amen." Ich stand auf, blickte verstohlen auf Philips unbewegliche Gestalt und hüpfte wieder ins Bett.

„Gute Nacht, Liebling." Sie küßte mich wieder und deckte mich zu. „Schlaf gut."

„Gute Nacht, Mama."

Sie trat an das andere Bett. „Gute Nacht, Philip", sagte sie und küßte auch ihn auf die Wange.

Er gab keine Antwort. Aber ich war sicher, daß er nicht schlief. Sie zog seine Bettdecke straff, löschte dann das Licht und ließ uns allein.

Stille.

„Bist du ein Heide?" fragte ich schließlich ins Dunkle. „Betest du nicht?"

Keine Antwort.

„Du mußt wirklich ein Heide sein", sagte ich. „Als Heide erzogen von einer Mutter, die eine Hexe ist."

„Und du", erwiderte er laut und sehr deutlich, „bist ein Bankert, und deine Mutter ist eine Hure."

Ich zögerte keinen Augenblick. Ich warf die Decke zurück und stürzte mich auf ihn.

Er wartete schon auf mich.

Wir prallten wild gegeneinander.

Leider befand er sich mir gegenüber im Vorteil. Er war größer, stärker, robuster. Ich fühlte, wie mir die Kräfte schwanden und bekam es mit der Angst.

„Pax!" keuchte ich. „Pax!"

Doch Philip scherte sich nicht um das Friedensangebot, mit dem Schuljungen ihre Kämpfe zu beenden pflegten. Er schlug weiter auf mich ein. Schon glaubte ich, daß mir nur noch die entwürdigende Flucht bliebe, als draußen auf dem Gang Schritte erklangen und Papa eintrat.

Licht strömte herein. Mit festem Griff packte Papa uns beide beim Genick und schüttelte uns heftig.

„Was, um Himmels willen, soll denn das?“ Er ließ uns los und zündete das Gaslicht an. „Ich wollte euch gerade gute Nacht sagen. Doch statt im Bett zu liegen, prügelt ihr euch wie zwei Straßenjungen. Wer hat angefangen?“

„Er“, sagten Philip und ich wie aus einem Munde und starrten einander haßerfüllt an.

„Lügner!“ schrie Philip. „Du hast angefangen! Du hast mich beleidigt!“

„Und du hast mich schlimmer beleidigt!“

„Aber *angefangen* hast du damit!“

„Stimmt das, Adrian?“ fragte Papa.

„Ja, aber ...“

„Dann hör mir gut zu, mein Sohn. So etwas dulde ich nicht. Wenn das noch einmal vorkommt, werde ich dich verprügeln. Unter meinem Dach herrschen Friede und Ordnung, und wehe euch, wenn ihr hinter meinem Rücken etwas versucht. Wer sich nicht anständig benimmt, bekommt es mit mir zu tun.“ Er sah Philip an. „Verstanden?“

„Ja, Papa.“

„Dann laß auch du dir das als Warnung dienen. Sei höflich zu deinen Brüdern und Schwestern und zu Tante Rose. Ich habe deine Unverschämtheiten endgültig satt.“

„Ja, Papa“, sagte Philip ausdruckslos.

„Und jetzt ins Bett mit euch beiden. Ich komme später noch einmal. Mit meinem Stock. Und wenn ihr dann nicht schlaft, könnt ihr was erleben.“

Er wartete. Rasch und lautlos schlüpften wir in unsere Betten. Ich lag mit geschlossenen Augen.

Papa löschte das Licht und ging hinaus, ohne uns gute Nacht zu wünschen. Ich hörte seine Schritte auf dem Gang, dann auf der Treppe.

Wir lagen stumm. Keiner schlief. Ich bezwang die aufsteigenden Tränen. Schließlich warf ich einen verstohlenen Blick auf Philip. Durch die nur halb geschlossenen Vorhänge fiel schimmernde Helle. Ich erkannte ihn sehr gut. Aus weitgeöffneten Augen starrte er zur Zimmerdecke empor.

Ich fragte mich, woran er dachte.

Am nächsten Morgen nahm ich mich zusammen und versuchte, Frieden zu schließen.

„Hättest du Lust, mit meiner Eisenbahn zu spielen?“ fragte ich ihn so freundlich, als es mir möglich war.

Er blickte mich an. In seinen Augen saß kalte Verachtung. „Danke“, erwiderte er, und das Wort klang wie ein Hohn auf alle Höflichkeit, „aber dafür bin ich ein wenig zu alt.“

Die Tür war zugeschlagen. Wir waren Feinde und blieben es mehr als zwanzig Jahre lang.

2

Im Verlauf der Ferien gewöhnten wir uns aneinander. Zwar kränkte es mich, daß William so viel Zeit mit Marcus zubrachte, aber da dieser für Reiten und Fischen mehr Sinn hatte als ich, konnte ich das meinem Bruder kaum übelnehmen. Außerdem war Marcus nur zwei Jahre jünger als William, und so paßten sie schon dem Alter nach recht gut zusammen. Mariana blieb meist im Haus, wo sie nähte oder Damenjournale las. Mama überwachte ihre Klavierübungen, und gelegentlich fuhren beide zu irgendwelchen Einkäufen nach Oxford. Die jüngeren Mädchen sah ich nur selten. Das Kindermädchen Edith betreute das dicke Baby Elisabeth, und obwohl Jeanne manchmal mit Hugh mitkam, um mit meiner Eisenbahn zu spielen, verbrachte sie doch die meiste Zeit im Kinderzimmer. Hugh und ich vertrugen uns ganz gut, aber es behagte mir nicht, daß er gleichzeitig auch mit Philip Freundschaft hielt.

„Du wirst zwischen uns wählen müssen“, verkündete ich ihm. „Beide kannst du uns nicht zum Freund haben.“

„Warum nicht?“ wollte Hugh wissen, und seine Frage irritierte mich, denn eine plausible Antwort schien sich nicht zu finden.

Und so spielte Hugh denn weiterhin mit meiner Eisenbahn und lief, wenn ich gerade mit anderen Dingen beschäftigt war, ungescheut hinter Philip her. Schon damals fiel mir auf, wie geschickt er es verstand, sein Mäntelchen nach dem Wind zu hängen.

Philip und ich gerieten natürlich immer wieder aneinander. Manchmal erwischte Papa uns bei einer Rauferei, und dann gab es für uns beide Prügel. William beschwor mich, Philip doch aus dem Weg zu gehen, aber genau dazu schien ich völlig außerstande, so sehr ich mich auch bemühte. Teilweise lag das wohl daran, daß wir fast gleichaltrig waren. Hätte uns ein größerer Altersunterschied getrennt, so wäre viel geholfen gewesen. So aber kamen wir einander dauernd ins Gehege, und heftige Zusammenstöße blieben unvermeidlich.

Schließlich war ich fast erleichtert, als die Ferien sich dem Ende näherten und es wieder zur Schule gehen sollte. Wenn ich jemanden gründlich satt hatte, dann Philip: Philip, der mir meinen Lieblingsbaum streitig machte; Philip, der bachaufwärts ein Loch – in seinen Augen eine „Mine“ – buddelte und mir dadurch das Gewässer für meine Segelboote verschlammte; Philip, der mir ungefragt erzählte, Allengate sei mit Cornwall überhaupt nicht zu vergleichen. Von Cornwall sprach er überhaupt in einem fort, und wenn Mama mir auch versicherte, das sei doch nur natürlich, schließlich müsse man Verständnis dafür aufbringen, daß er – und nicht nur er, sondern alle Castallacks – Heimweh hätte, so gelobte ich mir doch insgeheim, Cornwall für immer zu meiden.

Einmal wöchentlich kam ein Brief von ihrer Mutter, den Papa dann sogleich nach dem Frühstück verlas; William und ich verdrückten uns natürlich immer schon vorher. Und sonntags nach der Kirche machte sich dann jeder von ihnen an seine persönliche Antwort, wobei Mariana meist gähnte und sagte: „Wie lästig! Mir fällt einfach nichts ein!“ Jeanne holte ihre Buntstifte und malte ein Bild, meist ein Haus mit Sonne und Baum; Philip kritzelte eine Seite mit unleserlichen Hieroglyphen voll; Hugh schrieb stereotyp: „Liebe Mama: Mir geht es gut, Dir hoffentlich auch. Neues gibt es leider nicht. Viele Grüße – Hugh.“ Und nur Marcus schien imstande, einen Brief abzufassen, wie ich ihn meiner Mutter geschickt hätte: zwei Seiten in großer, säuberlicher Schönschrift mit dem regelmäßig wiederkehrenden Schluß: „Du fehlst uns allen sehr, und wir hoffen, Dich bald wiederzusehen. Mit herzlicher Liebe – Dein Sohn Marcus.“

Oft setzte ich mich zu ihnen, um meinem besten Schulfreund zu schreiben, und manchmal wanderte ich dabei um den Tisch und blickte ihnen über die Schulter, um zu sehen, was in ihren Briefen stand.

Gegen Ende August blieb der allwöchentliche Brief ihrer Mutter plötzlich aus. Statt dessen fand sich ein an Papa adressiertes Schreiben, was die Castallacks zu wilden Hoffnungen verleitete: Gewiß wolle ihre Mutter sie endlich wiedersehen.

„Vielleicht erlaubt Papa, daß sie herkommt", sagte Marcus mit verlangendem Blick auf den Brief, der noch ungeöffnet auf dem Frühstückstisch lag. „Von Amts wegen hat sie ja nicht das Recht, mit uns Jungen zusammenzukommen. Da ist sie ganz auf Papas guten Willen angewiesen. Aber Papa hat ja nur gesagt, daß wir sie ‚eine Zeitlang' nicht wiedersehen dürfen. Ob acht Monate wohl ‚eine Zeitlang' sind? So lange sind wir jetzt von ihr fort... Vielleicht dürfen wir sogar zu ihr nach Cornwall fahren!"

„Wie lästig", sagte Mariana. „Diese gräßliche Reise nach Penzance! Ich glaube nicht, daß ich hinfahren würde."

„Aber ich", sagte Hugh.

„Ich auch", krähte die kleine Jeanne.

Ich blickte zu Philip. Er schwieg. Doch in seinem angespannten weißen Gesicht brannten die Augen wie blaue Flammen.

Papa trat ein und öffnete sofort den Brief. Seine Miene verriet nichts. Mama, die wenige Sekunden später gekommen war, schien ihn nicht weniger neugierig zu beobachten als wir. Er überflog die Zeilen und hob dann den Kopf.

„Ist es...?" fragte sie.

„Ja", erwiderte er kurz und steckte den zusammengefalteten Brief ein.

„Ach", sagte Mama wie zerstreut, „ich muß ja noch mit dem Kindermädchen reden. Entschuldigt mich."

„Papa", fragte Marcus stockend, „kommt – kommt unsere Mutter zu Besuch? Sehen wir sie wieder?"

Papa drehte überrascht den Kopf.

„Ich fürchte, nein", sagte er. „Momentan dürfte eure Mutter dazu kaum in der Lage sein. Sie hat gerade ein Baby bekommen."

Wir schwiegen.

„Einen Jungen", fügte Papa hinzu. „Ein Brüderchen – von euch allen."

Wir starrten ihn an. Neben mir ließ William Messer und Gabel auf den Teller klirren.

„Ein Brüderchen?" fragte Jeanne erfreut. „Fein! Weiß Elisabeth es schon?"

„Nein, noch nicht", erwiderte er lächelnd. „Möchtest du jetzt gern ins Kinderzimmer und es ihr sagen?"

„O ja, Papa. Darf ich? Darf ich?"

„Aber natürlich. Ich komme mit. Und du, Hugh, hättest du auch Lust dazu?"

„Nicht sehr, Papa, danke", sagte Hugh höflich.

Auf dem Wege hinaus wies Papa das Dienstmädchen an: „In fünf Minuten bin ich wieder da. Warten Sie solange mit den Eiern und dem Speck für mich."

„Jawohl, Sir."

Die Tür schloß sich. Wir waren allein.

Und sahen einander an.

„Merkwürdig", sagte Marcus. Er warf William einen Blick zu und wurde rot. „Ich verstehe das einfach nicht."

„Warum nicht?" fragte Hugh neugierig.

„Ich verstehe es auch nicht", sagte William. „Ich wußte nicht, daß Papa sich voriges Jahr mit eurer Mutter noch so – so gut stand."

„Also wenn ihr mich fragt", sagte Mariana, „ich finde es ziemlich geschmacklos, in ihren Jahren noch ein Baby zu bekommen. Dafür ist sie zu alt. Und einen Jungen! Als ob ich nicht schon genug Brüder hätte!"

„Ich kann mir nicht denken, wie es dazu kommen konnte", sagte Marcus mit rotem Kopf. „Die beiden haben sich doch kaum noch gesehen. Voriges Jahr nach Ostern war er doch überhaupt nicht mehr auf Penmarric, soviel ich weiß."

„Nun", sagte ich, sehr begierig, Welterfahrung zu bekunden, „wie es dazu gekommen ist, liegt ja wohl klar auf der Hand. Er muß mit ihr vor neun Monaten zusammengewesen sein. Überlegen wir es doch. Vor neun Monaten ..."

Philip stieß seinen Stuhl zurück. Sein Gesicht war so aschfahl, daß es fast grünlich wirkte. Ohne ein Wort lief er hinaus.

„Wo will er denn hin?" fragte Hugh erstaunt.

Schritte hasteten durch die Halle. Dann knallte die Toilettentür.

„November", sagte Marcus. „Merkwürdig. Ich habe gedacht, sie waren damals schon zerstritten."

„Hör doch schon auf, Marcus", unterbrach ihn Mariana ungeduldig. „Das verflixte Baby ist nun einmal da. Ob es wohl hierher nach Allengate geschickt wird?"

„Schon", sagte Marcus nachdenklich, „aber ich begreife immer noch nicht ..."

„Mariana hat recht", sagte William. „Jetzt kommt's doch nicht mehr darauf an. Mir kann's egal sein." Er erhob sich steif. „Ich mag kein Frühstück. Ich reite aus."

Er ging. Marcus und Mariana begannen darüber zu streiten, ob das Baby nach Allengate kommen würde. Ich stocherte mit der Gabel im Rührei herum, sprang dann ebenfalls auf und rannte hinaus.

William war eben dabei, sein Pferd zu satteln.

„William, bitte!" rief ich, von unerklärlicher Furcht getrieben. „Ich verstehe das alles nicht, und ich möchte es gerne wissen. Bedeutet das etwa, daß in Brighton ..."

„Allerdings bedeutet es das! Sei doch nicht so dumm! Oder weißt du nicht, wie das zwischen Mann und Frau ist?"

Der ständige Umgang mit meinen acht- bis dreizehnjährigen Schulkameraden hatte mir in den letzten Monaten gewisse Grundkenntnisse vermittelt. Dennoch fand ich die ganze Geschichte höchst verwirrend. Und so hielt ich mich verzweifelt an das, was mir verständlicher schien – und somit leichter einzuordnen.

„Aber, William", sagte ich, „wenn Papa Mama liebt ..."

„Hör schon auf", sagte William.

„... warum küßt er dann *die* und so weiter? Liebt er *die* denn genausosehr wie Mama? Ich verstehe das nicht."

„Lieber Gott", sagte William. „Das ist doch sonnenklar. Du bist das reinste Baby, Adrian. Und wenn du dafür auch nichts kannst, so ..."

„Dann erklär's mir doch! Ich möchte es wissen!"

„Da gibt's nicht viel zu erklären. Papa hat früher mit zwei Frauen gelebt, und damit war es erst aus, als Mrs. Castallack sich zur gesetzlichen Trennung entschloß. Das zeigt einem, was für ein Betrug die Ehe in Wirklichkeit ist. Selbst wenn er mit Mama verheiratet gewesen wäre, hätte ihn das noch lange nicht gehindert, so oft wie möglich mit Mrs. Castallack zusammenzuleben. Was in Brighton passiert ist, wäre so und so passiert, egal, mit welcher von beiden er verheiratet gewesen wäre. Eine Ehe bedeutet überhaupt nichts. Für ihn waren zwei Frauen da – und so hatte er sie eben beide."

„Das war nicht recht von ihm", sagte ich sofort. „Das war böse."

„Böse? Ach was! Papa ist doch kein böser Mensch."

„Aber wenn er Mama liebt..."

„Gütiger Gott! Bilde dir doch nicht ein, daß alles wie in deinen Märchenbüchern zugeht! Ich glaube nicht einmal, daß es so etwas wie wahre Liebe gibt. Papa findet Mama jetzt netter als Mrs. Castallack, das ist alles. Und weil er sie netter findet, lebt er eben mit ihr. Aber wenn's ums Schlafen und das andere geht, so spielt das weiter keine Rolle, und er läßt sich eine passende Gelegenheit nicht entgehen. Wahrscheinlich macht's ihm keinen Spaß, wenn er's immer mit derselben Frau tut, und da kommt ihm ein bißchen Abwechslung ganz gelegen."

Ich tappte wie im Nebel. „Aber natürlich gibt es wahre Liebe!" protestierte ich. „Sie haben uns doch beide gesagt, daß sie einander lieben! Warum hat Papa also Mama betrogen?"

„Er hat sie nicht betrogen! Er ist ja nicht einmal mit ihr verheiratet!"

„Er hat sie doch betrogen", beharrte ich. „Sie hat ihn geliebt, und er hat sie geliebt, und das war so gut wie verheiratet. Trotzdem ist er ihr untreu geworden. Ich verstehe das nicht."

„Nun, offenbar liebt er Mama doch mehr als Mrs. Castallack, sonst würde er kaum mit ihr leben." Er drehte mir den Rücken zu. „Das mit Mrs. Castallack in Brighton war nur so nebenbei, und mit Mama hatte das nichts zu tun. Wenn ich groß bin, werde ich's genauso halten. Gefällt mir eine Frau, so lebe ich mit ihr, ohne sie zu heiraten – und habe nebenbei noch meinen Spaß."

„Aber das ist doch böse."

„Warum denn? Ich finde es viel schlimmer, wenn man heiratet und sich ewige Treue schwört, obwohl man genau weiß, daß man sie ja doch bricht. Damit richtet man viel größeren Schaden an."

„Aber..." Mir schwirrte der Kopf. „Die Ehe ist gut, und

wahre Liebe ist gut", sagte ich trotzig. „Aber so nebenbei, das ist nicht gut." Angestrengt kramte ich in meiner Erinnerung. „Leidenschaft ist schlecht. Flüchtige Leidenschaft, so hat Papa es mir selbst gesagt. Für Liebe hat Gott Verständnis. Für Leidenschaft nicht. Das hat Papa mir in Brighton gesagt. Und deshalb will ich niemals etwas nebenbei haben, und wenn ich eine Frau wirklich liebe, dann werde ich auch versuchen, sie zu heiraten, wenn ich kann. Denn es ist Sünde, jemanden zu lieben und ihn nicht zu heiraten, falls einen nichts daran hindert. Das ist Unzucht."

„Lieber Himmel, sei doch nicht so ein Spießer", sagte William, während er sein Pferd in den Hof führte. „Du weißt so gut wie ich, daß ohne Unzucht keiner von uns beiden auf der Welt wäre."

„Aber, William ..."

„Halt doch den Mund, verdammt noch mal! Kapier doch endlich, daß ich nicht darüber sprechen will!" In seinen Augen schimmerten Tränen. „Laß mich zufrieden!"

Und er schwang sich in den Sattel und strebte im Galopp der Einsamkeit des Waldes zu.

Ich war völlig aus dem Gleichgewicht und fühlte mich vor Erregung krank. Schließlich gelang es mir, Mama allein in ihrem Wohnzimmer zu finden. Sie saß über dem Haushaltsbuch.

„Mama", sagte ich unglücklich und umkreiste sie wie eine ruhelose Fliege. „Das mit dem Baby – macht dir das was aus?"

Sie antwortete nicht sofort. Erst nach Sekunden schob sie ein paar Rechnungen beiseite.

„Das Kleine tut mir leid", sagte sie, „das ungewünscht und ungeliebt auf die Welt kommt."

„Bist du auf Papa böse?"

„Nein."

„Und warum nicht?"

„Weil ich ihn viel zu sehr liebe, um jemals lange auf ihn böse zu sein."

„Wußtest du, daß das Baby unterwegs war?"

„Ja. Papa hat mir's vor einiger Zeit gesagt."

„Und? Warst du traurig?"

„Nein. Ich wußte damals schon, daß Mrs. Castallack die

gesetzliche Trennung wollte und daß Papa nicht mehr zu ihr zurückkehren würde."

„Papa hat das Baby gemacht. Das hätte er doch nicht tun dürfen. Das war nicht recht von ihm."

„In den Augen der Kirche schon", sagte Mama. „Es war seine moralische Pflicht, mit seiner Frau zusammenzuleben, obwohl sie einander unglücklich machten. Und wenn Mann und Frau zusammenleben, dann ist es nur natürlich, daß sie auch Kinder bekommen. Aber seit der gesetzlichen Trennung ist das alles anders, und es wird keine Kinder mehr geben."

Ich schöpfte frischen Mut. „Dann hat Papa also eigentlich immer nur dich geliebt. Und mit Mrs. Castallack war er bloß zusammen, weil er das für seine Pflicht hielt." Ich schwieg einen Augenblick und dachte angestrengt nach.

„Aber, Mama..."

„Ja?"

„Das war ja sehr anständig von ihm, aber hat es dich nicht gestört, wenn er zu Mrs. Castallack fuhr?"

„Bestimmt hat es Mrs. Castallack nicht weniger gestört, wenn er zu mir fuhr."

„Aber..."

„Jeden von uns stört manchmal etwas, Adrian. Aber, siehst du, ich liebe Papa so sehr, daß ich nie lange unglücklich bin."

„Dann bist du also auch über das Baby nicht traurig? Ich möchte nicht, daß er dich wieder kränkt wie in Brighton..."

„Nein, nein, Liebling, ich bin nicht unglücklich. Da brauchst du dir keine Sorgen zu machen. Wenn jemand Mitgefühl verdient, dann dieses arme kleine Baby. Was mit dem bloß werden soll!"

„Kommt es nicht nach Allengate?"

„Im ersten Jahr bestimmt nicht. Da muß es bei seiner Mutter bleiben. Später – nun, wer weiß. Da wird der Richter zu entscheiden haben, obwohl Papa nicht besonders versessen darauf ist, den Kleinen hierherzuholen."

„Warum denn nicht?"

„Ach..." Sie war in ihr Haushaltsbuch vertieft. „Er hat so seine Gründe... Und jetzt laß mich weiterarbeiten, Liebling, und geh spielen. Und mach dir keine unnötigen Kopfzerbrechen darüber."

Tatsächlich hatte mir unser Gespräch gutgetan. Später lief mir dann William über den Weg und wirkte wieder unbekümmert wie eh und je. Auch sonst hatte die Welt ihr gewohntes Aussehen. Marcus und Mariana spielten Krocket. Hugh und Jeanne rupften Unkraut auf einem Flecken neben Philips „Mine", die er großspurig Garten genannt hatte, und Philip selbst trieb sich, wie meist, irgendwo im Wald umher. Elisabeth stolperte an der Hand des Kindermädchens über den Rasen. Es war ein Tag wie jeder andere.

Doch trotz des Gesprächs mit Mama und der anscheinend ungetrübten Atmosphäre rundum fühlte ich mich im tiefsten immer noch eigentümlich verloren und verstört.

Papa fuhr nicht zur Taufe nach Cornwall. Er verlor überhaupt kein Wort über das Baby. Nur den Namen nannte er uns.

„Jan-Yves!" sagte Mariana und verzog das Gesicht. „Sehr sonderbar!" Und später flüsterte sie Marcus zu: „Wie gewöhnlich!"

„Für einen jungen englischen Gentleman nicht gerade angemessen", sagte Papa zu Mama. „Aber ich denke nicht daran, mich zu einem Protest provozieren zu lassen." Es klang, als wäre er fest davon überzeugt, daß Mrs. Castallack den Namen gewählt hatte, um ihn zu ärgern.

„Jan-Yves sagte man in Cornwall für Jean-Yves", erklärte uns Marcus. „Und Jean-Yves hieß Mamas Vater. Er war Franzose und wohnte in St. Ives. Er war bei der Seefahrt."

„Ich möchte das neue Baby so gern sehen!" seufzte Jeanne. „Papa, könnten wir nicht bald einmal nach Cornwall fahren und Mama und das Baby besuchen?"

„Im Moment nicht, mein Liebes", sagte Papa beschwichtigend und strich ihr über das lange, goldene Haar. „Aber später vielleicht."

„Wann?" fragte Philip.

„Das werden wir sehen", erwiderte Papa.

Diesen Satz hielt er immer parat. Bis Weihnachten jedenfalls. Nach dem Fest klang es aus seinem Munde dann plötzlich anders: „Ihr könnt eure Mama jetzt nicht besuchen", sagte er zu den Castallack-Kindern. „Sie ist von Penmarric nach Roslyn-Farm übersiedelt, und der Richter will nicht, daß sie euch dort aufnimmt."

Zu meiner Überraschung erfuhr ich, daß Mrs. Castallack vor ihrer Ehe mit Papa eine verwitwete Bauersfrau gewesen war. Der Hof, nicht weit von Penmarric gelegen, gehörte ihr noch. Daß der Richter die Kinder dort nicht hinlassen wollte, leuchtete mir ein, doch die Castallacks schienen anderer Meinung zu sein.

Schließlich sagte Philip zu Papa: „Im Grunde bleibt es sich doch gleich, wo sie lebt, nicht wahr? Du hättest uns ja sowieso nicht erlaubt, sie zu besuchen. Und das wußte sie, sonst wäre sie bestimmt auf Penmarric geblieben. Aber solange sie dort wohnte, mußtest du wenigstens so tun. Das bleibt dir jetzt erspart, weil sie nach Roslyn-Farm gezogen ist. Du wirst uns nie zu ihr lassen."

Papas Antwort klang sehr ruhig und beherrscht: „Der Richter hat entschieden, daß sie die Mädchen sehen darf, und ich werde mich dem gewiß nicht widersetzen. Da allerdings Roslyn-Farm dafür nicht in Frage kommt, werden wir zu gegebener Zeit ein Zusammentreffen im Stadthaus in London arrangieren. Es stimmt, daß ihr Jungen sie momentan nicht ohne meine Einwilligung sehen dürft, aber ich wäre wohl auch schlecht beraten, wenn ich eurer Mutter Rechte einräumen würde, auf die sie keinen gesetzlichen Anspruch hat. Sollte jedoch in Zukunft alles störungsfrei verlaufen, so wird der Richter seine Entscheidung wahrscheinlich modifizieren. Bis dahin bleibt alles beim alten. Das Urteil wurde vom Richter gefällt, nicht von mir."

„Aber du hast ihn dazu gebracht!" rief Philip. „Und du könntest ihn umstimmen, wenn du nur wolltest!"

„Das könnte ich nicht! Der Richter hat eine unabhängige Entscheidung getroffen, nachdem er mit uns allen gesprochen hatte. Und an seinen Beschluß gedenke ich mich zu halten."

In meinen Ohren klang das alles sehr plausibel, doch die Castallacks ließen sich nicht so leicht beschwichtigen, und Philip meinte, daß Papa sich nur deswegen so eng an den Buchstaben des Gesetzes halte, weil es ihm Freude mache, Mrs. Castallack unglücklich zu sehen.

„Als ob Papa so etwas fertigbrächte!" sagte ich zu William.

Erst viel später ging mir auf, daß Papa sicher sehr wütend gewesen war, als Mrs. Castallack auf bloßer Trennung bestanden hatte; und Zorn ist ja nicht gerade der vernünftigste Ratgeber.

Im nächsten Frühjahr kam Mrs. Castallack von Cornwall nach Oxford, um die Mädchen zu besuchen. Begleitet wurde sie von einem Freund Papas, einem Mr. Vincent. Von den Jungen war niemand da: Hugh befand sich auf einer Vorbereitungsschule bei Banbury, Philip immer noch in Surrey und Marcus bereits in Eton.

„Mrs. Castallack wollte zuerst nicht nach Allengate kommen", schrieb Mama, die sich zu dieser Zeit bei einer Freundin in London aufhielt, „aber da Papa sich weigerte, die Mädchen von zu Hause fortzulassen, blieb ihr keine andere Wahl. Sie kam also nach Allengate, und ich bin sehr froh, daß Mariana und Jeanne und Elisabeth ihre Mama endlich wiedersehen konnten. Nur fürchte ich, daß der arme Philip über die entgangene Gelegenheit untröstlich sein wird, und Marcus natürlich auch ..."

Als Philip in den Ferien nach Hause kam, schien er vor Zorn fast zu bersten. Mit geballten Fäusten und vorgerecktem Kinn trat er auf Papa zu.

„Vor drei Wochen war Mama hier, um die Mädchen zu besuchen", sagte er viel zu laut. „Du hast sie erst dann kommen lassen, als ich auf der Schule war, und du hast dem Direktor auch noch verboten, daß sie mich sehen dürfe, als sie auf der Rückreise bei ihm vorsprach!"

Papa erwiderte mit unbewegter Stimme: „Der Richter hat befunden, daß es das beste ist, wenn ihr sie eine Zeitlang nicht seht. Das liegt in eurem und gerade auch in deinem Interesse. Das habe ich dir bereits erklärt."

„Aber sie wollte mich doch besuchen!" rief Philip. „Wie kann es für mich das beste sein, wenn man sie davon abhält? Wie!?"

Mama nahm ihn in die Arme und küßte ihn. Und wie stets, wenn sie ihm ihre Aufmerksamkeit zuwandte, gab es mir einen Stich. „Nun sei doch nur nicht so verstört, Philip, Liebes", sagte sie. „Gewiß wirst du deine Mama bald schon wiedersehen."

Er schob sie von sich fort. „Ach, hör schon auf." Seine Stimme zitterte. „Laß mich zufrieden."

Undankbares Ekel, dachte ich.

Mama sah beunruhigt auf. „Mark ..."

„Schon gut, Rose", erwiderte Papa schroff, und sie schwieg.

Später sagte Marcus zu Philip: „Ich habe mit William darüber gesprochen. Offenbar denkt Papa vorläufig nicht daran, Mama mit uns zusammenkommen zu lassen, und mit einer Änderung des Gerichtsbeschlusses ist bis auf weiteres nicht zu rechnen. Papa spricht zwar immer von einer vorläufigen Maßnahme, aber das ist ja ein sehr dehnbarer Begriff. Ich glaube, er will uns von ihr fernhalten, bis wir erwachsen sind."

„Aber irgendwann", sagte Philip, „muß diese sogenannte Maßnahme doch einmal auslaufen. Und den Zeitpunkt dafür soll Papa mir nennen."

Doch es gelang ihm nicht, eine befriedigende Antwort zu bekommen. Papa erklärte ihm, daß der Richter, obwohl durchaus in der Lage, seine Entscheidung umzustoßen, sich bei einer etwaigen Änderung ausschließlich vom Wohl der Kinder leiten ließe. Und was Philip beträfe, so solle dieser erst einmal das sechzehnte Lebensjahr vollenden – vorher bestünde auch nicht die geringste Aussicht.

„Dem werde ich's zeigen", sagte Philip später zu uns. „Dem werde ich's zeigen! Mit sechzehn hält der mich nicht mehr. Dann bin ich groß genug, um's mit jedem aufzunehmen, auch mit einem Richter. Dann lasse ich Schule Schule sein und gehe zu Mama auf Roslyn-Farm, und Papa kann sich von mir aus zum Teufel scheren."

Er entwarf einen Fünfjahreskalender, den er am Fußende seines Bettes an die Wand hängte, und begann, einen nach dem anderen, die Tage auszukreuzen.

Seine gnadenlose Verfolgungsjagd auf die Zeit ließ mich manchmal frösteln. Wenn ich auf den letzten Abschnitt im Kalender blickte, auf den Juni 1911, fragte ich mich, was wohl bis dahin passieren würde. Ich versuchte mir auszumalen, wie ich mit fünfzehneinhalb sein würde, und fand plötzlich, daß schon die bloße Vorstellung des Aufwachsens mir zuwider war.

„Wenn die Jahre doch nur schneller vergehen wollten!" rief Philip oft ungeduldig. „Wenn ich doch nur ein Mann wäre!"

Wie in Erfüllung seiner Wünsche begann er mächtig in die Höhe zu schießen. Und mit fünfzehn konnte er bereits für einen Zwanzigjährigen gelten. Von den gewohnten Übeln der Pubertät, Pickel, Schüchternheit, linkisches Benehmen, blieb er völlig verschont. Selbst ich, der ihn haßte, mußte zugeben, daß er gut aussah und sogar Marcus und William, die bestimmt nicht von der Natur vernachlässigt waren, weit in den Schatten stellte.

Ich selbst wurde zu meiner Verzweiflung immer häßlicher. Eine Zeitlang schien ich kaum zu wachsen, und dann ging es plötzlich so rasch, daß ich erschreckend abmagerte.

„Wie ein Skelett", bemerkte Hugh voll Interesse. Auch er war eher klein für sein Alter, und mein plötzliches Wachstum gab ihm neue Hoffnung.

Meine Kleider paßten mir nicht. Meine Füße wurden zu groß, und wenn ich mich in einem Sessel niederließ, so spreizten sich meine Gliedmaßen unkontrollierbar in sämtliche Richtungen. Mein Stimmbruch war eine Katastrophe, meine Haut wurde zu einem einzigen Pickelherd. Die Pubertät war für mich eine schlimme Heimsuchung. Ich fühlte mich elend.

„Laß den Kopf nicht hängen", tröstete mich William. „Du wirst schon noch ganz präsentabel werden."

Das jedoch schien mir unvorstellbar, und ich neidete den Castallacks ihr gutes Aussehen. Die einzige, die in diesem Punkt aus der Art schlug, war Elisabeth, von Kindsbeinen an dicklich und unhübsch. Wie es sich mit dem kleinen Jan-Yves verhielt, wußten wir nicht. Mrs. Castallack hatte ihn auf Penmarric gelassen, wo er von einem Kindermädchen aufgezogen wurde. Grund dafür war der Gerichtsentscheid, der Mrs. Castallack ja alle Söhne abgesprochen hatte, und ich fand es sehr korrekt von ihr, daß sie sich dem so willig fügte. Doch Marcus und Mariana waren da anderer Meinung.

„Da Papa den Kleinen hier in Allengate nicht haben will", sagte Marcus, „sollte man wirklich erwarten können, daß Mama ihn zu sich nach Roslyn-Farm nimmt."

„Offenbar wollen sie ihn beide nicht", fügte Mariana hinzu. „Vielleicht ist er nicht normal."

„Ein Idiot, meinst du?" fragte ich.

„Ja. Oder so häßlich, daß niemand ihn ansehen will." Sie schauderte affektiert zusammen.

Jahr für Jahr sagte Papa, er müsse endlich einmal nach Penmarric fahren – und auch zu seinem Sohn natürlich –, doch irgendwie kam es nie dazu. Mit erstaunlicher Regelmäßigkeit fanden sich jeweils im letzten Augenblick Gründe, die seinen Verbleib in Oxfordshire erforderlich machten, und die geplante Reise nach Cornwall kam dann erst wieder nach Ablauf des nächsten akademischen Jahres zur Sprache.

Mrs. Castallack erschien nicht wieder in Allengate. Statt dessen bat sie, die Mädchen im Stadthaus in London besuchen zu dürfen. Papa schlug es ihr ab. Mrs. Castallack ging zum Richter, und der wies Papa an, seine Töchter für zwei Wochen mit ihrer Mutter an einen geeigneten Ort fahren zu lassen. Mrs. Castallack reiste mit ihnen nach Exmouth, aber ein großer Erfolg war dieses Zusammentreffen nicht: Elisabeth rief in einem fort nach Mama; Mariana schmollte, weil sie sich auf London gefreut hatte; und selbst Jeanne, die voll hochgespannter Erwartungen abfuhr, schien froh, als sie wieder in Allengate war. Nach dieser unglücklichen Episode zog Mrs. Castallack sich offenbar nach Cornwall zurück. Wahrscheinlich fühlte sie sich dem ewigen Streit um ein Zusammentreffen mit ihren Töchtern nicht mehr gewachsen.

Im selben Jahr starb Papas Mutter, doch bedeutete William und mir das wenig, da wir sie nie kennengelernt hatten. Papa meinte sogar, daß es sich für uns beide erübrige, dem Begräbnis beizuwohnen; was ich nicht ganz verstand, da sie doch immerhin unsere Großmutter gewesen war. Die Castallacks ihrerseits wurden (bis auf die kleine Elisabeth) in Trauerkleidung gesteckt und mußten mit Papa nach London zur Totenmesse fahren – sehr zu ihrem Leidwesen.

„Ich hatte Angst vor ihr“, gestand Marcus. „Als sie nach Onkel Nigels Tod nach Penmarric kam, hatte ich eine Höllenangst vor ihr.“

„Ich auch“, sagte Mariana. „Sie war einfach entsetzlich – ganz unwahrscheinlich laut. Sie schrie die ganze Zeit.“

„Wie schön, daß *wir* nicht zum Begräbnis müssen!“ sagte ich zu William. Und empfand doch, als Papa mit den Castallacks in der Kutsche zum Bahnhof rollte, ein eigentümliches Gefühl des Ausgeschlossenseins.

Die folgenden Jahre verliefen ziemlich ereignislos. Ich kam nach Winchester, wo mir das Leben auf der Public School zuerst verhaßt war. In meiner Verzweiflung stürzte ich mich in meine Schularbeiten. Meine Zeugnisse waren ausgezeichnet. Papa war sehr zufrieden, und ich muß gestehen, daß es mir ein tiefes Behagen bereitete, die Castallacks wenigstens auf diesem Gebiet zu übertreffen. Marcus war nur Durchschnitt, in manchen Fächern sogar darunter, Philip schien zu Leistungen nur imstande, wenn er sich dazu aufgelegt fühlte; seine Stärke waren Mathematik und Naturwissenschaften, wofür ich nicht die geringste Neigung besaß. Was Hugh betraf, so schien er sich kaum je die Mühe zu nehmen, ein Buch aufzuschlagen, doch erstaunlicherweise fiel er nie bei einer Prüfung durch.

Überhaupt war Hugh nicht leicht zu ergründen. Ich hatte oft das Gefühl, daß er viel klüger war, als wir vermuteten.

Außer William und mir, die wir beide in Winchester waren, besuchte von den anderen jeder eine andere Public School – damit, wie Papa uns erklärte, keiner in Gefahr geriete, von seinem eigenen Bruder ausgestochen zu werden und dann neidisch oder eifersüchtig auf ihn würde. So wurde Marcus nach Eton geschickt, Philip nach Rugby und Hugh nach Harrow. Um die Mädchen kümmerte sich die Hauslehrerin, Miß Cartwright. Mit sechzehn kam Mariana in ein Pensionat in Genf, und als sie ein halbes Jahr später zurückkehrte, besaß sie eine komplette Garderobe französischer Modelle, eine modische Frisur und ein einziges Gesprächsthema: ihr bevorstehendes Debüt in der Gesellschaft von London und ihre Eroberung aller heiratsfähigen Junggesellen.

„Mariana, Liebstes", sagte Mama, „du mußt auch einmal über etwas anderes sprechen, sonst halten die Leute dich für eitel. Und Männer mögen Mädchen nicht, die von sich eingenommen sind."

Aber Mariana war von dem Gedanken an die Saison zu sehr beherrscht, um von solchen Ratschlägen Notiz zu nehmen. Eine Freundin von Papas verstorbener Mutter sollte sie in die Gesellschaft einführen. Papa selbst hielt sich jetzt viel in London auf, und für Ende Mai wurde ein Ball für Mariana angesetzt, an dem allerdings Philip, Hugh und ich nicht teilnehmen sollten, da wir ja Schule hatten. Doch uns drei hielt man ohnehin für zu jung, um die Mädchen zum Tanz zu führen; worauf Philip, der Tanzen nicht ausstehen konnte, ein erleichtertes: „Gott sei Dank!" ausstieß. Jeanne und Elisabeth sollten sich in ihrem besten Staat an Miß Cartwrights Seite etwa eine Stunde lang satt sehen dürfen. Marcus, achtzehn und das letzte Jahr in Eton, hatte die Sondererlaubnis, zum Ball nach London zu kommen. Auch William, mit seinen zwanzig der älteste von uns, sollte dort sein. Nach bestandenem Examen in Winchester hatte er, „zur Erweiterung seines Gesichtskreises", einige Monate auf dem Kontinent zugebracht und spielte nun mit dem Gedanken, im Herbst 1911 nach Oxford zu gehen. Aber ich glaubte nicht recht daran, denn er verabscheute jegliches Studium und sehnte sich insgeheim nach einem Leben in freier Natur, wo er jagen und fischen konnte. In diesem Sommer jedoch hatte er nichts zu tun, als die Londoner Saison zu genießen, und er war schon voll der Vorfreude auf die hübschen Mädchen, die er kennenlernen würde.

Mich setzten Mädchen nur in Verlegenheit. Ich wußte nicht, worüber ich mit ihnen reden sollte, und fand, daß die meisten viel zu hohlköpfig waren, um meine Aufmerksamkeit zu verdienen. Ohne Zweifel war Mariana, die nach wie vor unentwegt von ihrer blöden Vorstellung bei Hof und ihrem ebenso blöden Ball plauderte, eines der dümmsten Geschöpfe, die mir je begegnet waren.

„Ach, Tante Rose!“ rief sie. „Du kommst doch auch zum Ball, nicht wahr? Bitte, sag, daß du kommen wirst! Ich könnte es nicht ertragen, wenn du nein sagst!“

Aber Mama hatte eine Infektion und konnte nicht nach London fahren.

Ich fragte mich, ob wohl Mrs. Castallack zum Einführungsball ihrer Tochter kommen würde, aber diese Möglichkeit wurde mit keinem Wort erwähnt, und Mariana mochte insgeheim ganz froh sein, wenn der festliche Rahmen nicht durch die Anwesenheit einer ehemaligen Bauersfrau getrübt würde. Zumindest fiel es ihr nicht ein, Papa um eine Einladung für ihre Mutter zu bitten.

Überhaupt war die Haltung der Castallacks zu ihrer Mutter inzwischen von einer eigentümlichen Doppelgesichtigkeit. Nach seinem sechzehnten Geburtstag hatte Marcus darum ersucht, sie allein besuchen zu dürfen, sich jedoch überraschend schnell dreingefügt, als Papa ihm versprach, nach seinem Schulabschluß in zwei Jahren dürfe er seine Mutter sehen, sooft er wolle. Ich hatte den Eindruck, daß Marcus, obwohl er sich nach seiner Mutter sehnte, gleichzeitig Angst vor einem Wiedersehen nach so langer Trennung hatte und im Grunde erleichtert war, daß die Begegnung nicht stattfinden würde. Außer Philip, der immer noch damit drohte, mit sechzehn von der Schule abgehen zu wollen, schien es keinen der Castallacks sehr zur Mutter zu ziehen. Hugh behauptete zwar: „Wie gern würde ich mit dir nach Cornwall durchbrennen, Philip“, aber als Philip ihn beim Wort nehmen wollte, sagte Hugh, es wäre vielleicht besser, wenn man damit wartete, bis auch er sechzehn wäre. Jeanne seufzte gelegentlich:

„Wie schön, Mama eines Tages wiederzusehen!", doch schien sie ganz zufrieden, mit Allengate und meiner Mutter vorliebnehmen zu müssen. Bei Mariana war das nicht anders, und was Elisabeth betraf, so konnte sie sich kaum noch erinnern, daß sie jemals außerhalb von Oxfordshire gelebt hatte.

„Eine schöne Mutter ist das", bemerkte ich, als Mariana sagte, zum Ball würde Mrs. Castallack wohl nicht kommen, nachdem sie sich jahrelang nicht weiter um ihre Kinder gekümmert habe. „Aber die Menschen sind eben verschieden", fügte ich hinzu.

Natürlich war ausgerechnet Philip in der Nähe und schnappte meinen Kommentar auf. „Da hast du verdammt recht!" schrie er mich an. „Aber meine Mutter schläft wenigstens nicht mit einem Mann, mit dem sie nicht verheiratet ist!"

„Du elender ..."

William und Marcus traten gerade noch rechtzeitig dazwischen.

„Mein Gott", sagte Philip, weiß vor Wut. „Wenn ich bloß erst diesem Haus den Rücken kehren könnte! Aber im Juni ist es endlich soweit. Dann werde ich sechzehn. Ich habe es satt, mit zwei Bastarden zusammenzuleben, die sich einbilden, mir ebenbürtig zu sein. Aber wartet nur! Wenn ihr es je wagen solltet, euch bei mir blicken zu lassen, lasse ich euch auf die Straße werfen."

„Wie kommst du auf die Idee", sagte ich, gelangweilt gähnend, „daß wir je dein Haus betreten sollten? Lieber lasse ich mich vierteilen."

Er spuckte vor mir auf den Boden und ging hinaus. Hinter ihm schlug krachend die Tür zu.

„Adrian Parrish", sagte William, während er und Marcus mich kopfschüttelnd ansahen, „willst du denn niemals vernünftig werden?"

„Was fällt dir ein, *mir* die Schuld zu geben?" schrie ich ihn wütend an. „Es war seine Schuld! Er hat meine Mutter beleidigt, und ich denke nicht daran, mir das bieten zu lassen! Du magst dich weiß was für vernünftig halten, wenn du zu allem schweigst, aber in Wirklichkeit bist du nur ein Schwächling! Was für einen Sinn hat es, Prinzipien zu haben, wenn man nicht bereit ist, für sie einzutreten?"

Und als sie mich immer noch erstaunt ansahen, schrie ich: „Schert euch doch zum Teufel, ihr beiden!" und stürzte aus dem Zimmer.

Mama schien ihre Infektion nicht loswerden zu können. Nach Marianas Ball, in den Gesellschaftsspalten als „glanzvolles Ereignis" kommentiert, blieben Jeanne und Elisabeth mit Miß Cartwright in London. Papa ließ auch Mariana in der Obhut der Anstandsdame und kehrte allein nach Allengate zurück.

Kurz vor Beginn der Ferien schrieb er mir: Ich solle nach London kommen; Mama fühle sich immer noch unwohl, und die Ärzte hätten geraten, Kinder und junge Menschen von Allengate fernzuhalten, solange Ansteckungsgefahr bestünde.

William holte mich vom Bahnhof ab. Er hatte die ganze Saison über in unserem Londoner Haus gewohnt und wußte so wenig wie ich, wie es um Mama stand.

„Wie geht es ihr?" fragte ich besorgt.

„Offenbar nicht allzu gut. Papa hofft, daß sie sich so weit erholt, daß er mit ihr in die Schweiz reisen kann."

„Oh!" Ein leises Stechen trieb meinen Herzschlag schneller voran. „Es ist doch nichts Ernstes, William, nicht wahr? Ich meine... sie wird doch wieder gesunden, ja?"

Er antwortete nicht. Er sah mich nicht einmal an.

„William?"

„Papa kommt heute abend aus Allengate zu uns. Dann werden wir mehr wissen."

Panische Angst befiel mich. Ich packte seinen Arm. „Was fehlt ihr denn? Sag's mir! Was ist mit ihr? Was?"

Langsam wandte er mir den Kopf zu, sein Blick war leer. Schließlich sagte er tonlos: „Von Papa weiß ich, daß sie Tuberkulose hat." Und plötzlich kam es wie ein Aufschrei aus ihm: „Ich glaube, sie wird sterben."

3

Sie starb.

Wir waren alle an ihrem Sterbebett. Selbst Mariana, die sich schon seit Monaten auf den krönenden Abschluß ihrer ersten Saison, eine Jachtpartie in Cowes, gefreut hatte, kam sofort nach Allengate. Es war August. Keiner fehlte außer Philip, der, wie er angekündigt hatte, seiner Schule in Rugby den Rücken gekehrt hatte, und, nach einem heftigen Streit mit Papa, am Morgen seines sechzehnten Geburtstags mit dem Zug in Richtung Cornwall abgedampft war.

Papa unterrichtete ihn brieflich von Mamas Tod und dem Termin des Begräbnisses. Ich sah das Kuvert. Adressiert war es an Philip Castallack, Roslyn-Farm, Zillan, bei St.-Just-in-Penwith, Cornwall.

„Der kommt doch nie", sagte ich zu William. „Ihm war Mama völlig gleichgültig. Ein kalter und gefühlloser Bursche. An den hat Mama Zeit und Herz verschwendet. Ich bin nur froh, wenn seine Gegenwart uns beim Begräbnis erspart bleibt."

Das Begräbnis.

Ich hatte noch nie einem beigewohnt. Ich hatte auch noch nie jemanden sterben sehen. Quälende Angst vor dem Tod befiel mich – und die an Besessenheit grenzende Vorstellung, daß der Allmächtige grausam und ungerecht sei.

„Es kann keinen Gott geben", sagte ich zu William. „Warum muß Mama so früh sterben? Und gerade an Tuberkulose? Es ist alles so sinnlos. Alles."

Doch Mama sagte zu mir: „Es gibt eine höhere Fügung. Daran darfst du nie zweifeln. Es gibt sie immer. Und überall. Und bei jedem."

Und ganz am Ende sagte sie: „Haltet zu Papa."

Sie starb, und das Haus war still. In den Vasen verwelkten die Blumen, und Blütenblätter fielen wie sanfte Tränen auf den Boden. Es regnete. Der Sommer war der schönste gewesen seit Menschengedenken, doch jetzt regnete es und hörte nicht auf zu regnen, und Blumen, eine wahre Flut von Blumen, kamen ins Haus und schienen ihre verwelkten Vorgänger vergessen machen zu wollen. Und in der kleinen Kirche in Allengate versammelten sich die Menschen, Papas Freunde aus Oxford, Mamas Bekannte von St. John's Wood, Bedienstete aus dem Dorf, eine dichtgedrängte Trauergemeinde, und keiner von allen dachte an Schuld oder Sünde, denn nichts davon fiel länger ins Gewicht, und das einzige, was zählte, war die ungetrübte Erinnerung an sie.

Auch die Castallacks trauerten. Bis auf Philip waren sie alle da. Mariana und Jeanne und selbst die kleine, inzwischen achtjährige Elisabeth weinten. Hugh stand stumm und blaß, Marcus war aschfahl, über Williams Gesicht liefen Tränen. Meine Augen, wie von Säure ausgeätzt, blieben trocken. Papa, der neben mir stand, sah um Jahre gealtert aus.

Im Kirchhof schien alles so still und so friedvoll. Der Geistliche las laut aus seinem Buch, und als der Sarg ins Grab gesenkt wurde, kroch die Sonne hervor. Der Geistliche las und las, und ich dachte: Wo ist der Sinn? Wo ist die Fügung? Zeig sie mir doch. Wenn es eine höhere Ordnung gibt, dann laß sie mich doch wenigstens ahnen.

Ein Windhauch strich mir wie mit unsichtbaren Fingern durch das Haar. Unfähig, länger hinzusehen, drehte ich den Kopf fort und erblickte plötzlich Philip, der über den Kirchhof auf uns zukam, eine einzelne glutvolle Rose in der Hand.

Als alles vorüber war, ging Papa zu ihm und fragte: „Warum hast du mir kein Telegramm geschickt? Ich hätte dich vom Bahnhof abholen lassen, und du wärst rechtzeitig hier gewesen."

„Das hättest du?" fragte Philip, unverschämt wie immer. „Wenn ich mich recht erinnere, so hast du doch geschworen, auch nicht den kleinsten Finger für mich zu krümmen. ‚Nie wieder!' hast du gesagt. ‚Solange ich lebe!'"

Blinder Zorn stieg in mir hoch und verdrängte für Sekunden meinen Schmerz. Ich wollte Papa zurufen: Sag ihm, er soll sich fortscheren! Wir wollen ihn hier nicht! Mag er doch in Cornwall bleiben, so weit weg von uns wie möglich!

Doch Papa legte ihm die Hand auf die Schulter und erwiderte versöhnlich: „Mein lieber Philip, im Zorn entfährt mir leicht mal ein Wort, das ich später bereue, und dir wird es da kaum anders ergehen. Jedenfalls freue ich mich sehr, daß du gekommen bist. Hoffentlich bleibst du für ein paar Tage bei uns."

„Unter deinem Dach – nie!“ sagte Philip mit bebender Stimme. „Nie!“

„Bitte. Du brauchst wirklich nicht zu fürchten, daß ich dich wieder auf die Schule schicken oder überhaupt aus Cornwall fortlocken will. Ich möchte nur nicht, daß wir einander entfremdet bleiben.“

Philip schüttelte den Kopf. „Ich fahre wieder nach Zillan zu meiner Mutter.“

Und in diesem Augenblick kam Papas Frage, die mir das Bewußtsein des erlittenen Verlustes unerträglich werden ließ: „Wie geht es ihr?“

Ich machte einen Schritt. Und einen zweiten. Und dann stürzte ich zurück in die Kirche und verbarg mich in der hintersten Bankreihe hinter einer Säule. Schluchzen würgte mich und schüttelte meinen Körper. Ich weinte wie ein kleines Kind, weinte aus Schmerz um meine Mutter und um mich selbst, und während ich noch weinte, schlossen sich hinter mir lautlos die Türen der Vergangenheit, und ich fühlte mich einer Gegenwart ausgesetzt, die so voll Einsamkeit und Kälte war, daß mir kein Funken Mut blieb, an die Zukunft zu denken.

Eine Stunde später entdeckte mich William.

„Wir haben überall nach dir gesucht“, sagte er. „Ich habe mir schon Sorgen gemacht.“ Er setzte sich neben mich und legte mir den Arm um die Schultern. „Komm, alter Freund“, sagte er. „Bitte. So geht das doch nicht. Du mußt jetzt versuchen, dich zusammenzunehmen. Mama ist fort, und nichts kann sie uns wiederbringen. Tränen am allerwenigsten.“

„Ja... aber...“ Das Sprechen fiel mir schwer. „Was soll mit uns werden? Als Mama lebte, war alles immer gut... doch jetzt, wo sie tot ist, bleibt nichts... gar nichts...“

„Aber was redest du denn da? Sei doch nicht so blöd. Glaubst du etwa, daß Papa plötzlich Hörner und Feueratem kriegt und uns aus dem Hause jagt! Ich muß schon sagen, du enttäuschst mich. Woher dieser plötzliche Mangel an Vertrauen zu deinem Vater? Er wird für uns sorgen wie eh und je. Sei also nicht albern.“

Papa rief uns dann tatsächlich zu sich, um Zukunftspläne zu schmieden; aber er wartete damit bis zum September, als der größte Schmerz abgeklungen war und ich widerstrebend daran dachte, zur Schule zurückzukehren. Allengate wirkte längst wie verlassen und verloren. Und anders war es ja auch kaum. Mariana befand sich wieder in London; Marcus, eine langgehegte Absicht verwirklichend, war zu seiner Mutter nach Cornwall gereist; Miß Cartwright hatte auf Papas Geheiß Jeanne und Elisabeth zu einem einmonatigen Erholungsaufenthalt nach Bournemouth begleitet; und Hugh hielt sich bei einem Schulfreund in Norfolk auf. Nur Papa, William und ich waren noch übriggeblieben. Eines Abends nach dem Essen bat er uns zu sich ins Arbeitszimmer, und ich glaubte zu ahnen, warum.

„Nun, William", begann er mit freundlicher Stimme, „da du von dir aus nicht mehr darauf zurückgekommen bist, habe ich auch keine Vorbereitungen getroffen, dich im nächsten Monat nach Oxford zu schicken. Aber gewiß hast du dir inzwischen überlegt, was für einen Beruf du ergreifen möchtest. Also – zu welchem Entschluß bist du gekommen?"

William wand sich unbehaglich. Er tat mir leid. Ein Studium, das für die meisten in Frage stehenden Berufe Voraussetzung war, lag ihm nicht, und ebensowenig fühlte er sich dazu berufen, in die Uniform eines Offiziers oder das Gewand eines Geistlichen zu schlüpfen, was als Lösung recht bequem gewesen wäre. Papa hatte uns bereits vor einiger Zeit klargemacht, daß wir uns unseren Lebensunterhalt selbst zu verdienen hätten, wenn er uns auch in seinem Testament keineswegs vergessen wolle; und da Mama seine Haltung zu billigen schien und auch begründete – Müßiggang bei jungen Männern könne er nun einmal nicht ausstehen –, hatte ich mich damals widerspruchslos dreingeschickt. Jetzt jedoch stieg Empörung in mir auf. Bei Marcus, der mit der Schule inzwischen fertig war, sprach niemand von der Notwendigkeit eines Berufes, und auch er selbst schien es als gegeben hinzunehmen, daß er nicht zu arbeiten brauchte. Mir kam das ungerecht vor. Denn eigentlich war ja William Papas ältester Sohn, und ausgerechnet er sollte sich nun um jeden Schilling plagen, während Marcus ohne jegliche Geldsorgen faulenzen mochte.

„Nun, Papa", erwiderte William nach einer beklemmenden Pause, „in dieser Angelegenheit zu einem Entschluß zu gelangen, fällt mir nicht so ganz leicht. Das, was ich am liebsten täte, scheint leider nicht in Frage zu kommen, und so bin ich ziemlich ratlos, was ich statt dessen wählen soll."

„Ich bin sehr dafür, daß man das tut, wozu man sich hingezogen fühlt“, sagte Papa. „Was ist es denn?“

„Ich wäre gern Verwalter auf einem Landsitz, wo ich viel in der freien Natur sein kann – aber das ist eine so niedrige Stellung, daß du meinen Wunsch kaum akzeptieren wirst.“

Papa wirkte überraschend interessiert. „Zu einem Verwalter gehört eine gründliche Ausbildung“, sagte er versöhnlich. „Wenn ich dir von mir aus auch gewiß nicht dazu geraten hätte, so möchte ich dich doch keinesfalls davon abhalten. Ganz im Gegenteil. Vielleicht kann ich dir zu Anfang sogar ein wenig unter die Arme greifen und dafür sorgen, daß du deine Ausbildung auf einem Landsitz von geeigneter Größe erhältst.“

Williams Gesicht hellte sich auf. „Das ist großartig von dir, Papa! Hast du ... hast du da an etwas Bestimmtes gedacht?“

Papa entnahm der Kiste auf seinem Schreibtisch eine Zigarre. Jetzt noch, nach sieben Jahren, erinnerten mich seine Zigarren an jenen Speisesaal in Brighton.

„Ja“, erwiderte Papa, umständlich hantierend, „das habe ich.“

Und plötzlich begriff ich. Ich starrte ihn an, aber er schien meinen forschenden Blick nicht wahrzunehmen. Intensiv sog er an seiner Zigarre, und unversehens fühlte ich mich zurückversetzt nach Brighton, wo er uns durch eine dichte Wolke hindurch eröffnet hatte: Ich fürchte, daß etwas geklärt werden muß, was schon längst hätte geklärt werden sollen.

„Und wo wäre das?“ fragte William ahnungslos.

„Auf Penmarric“, sagte Papa.

Schweigen. Ich starrte zu Boden und preßte die Lippen zusammen.

Dann begann Papa mit seinen Erklärungen. Er habe sich entschlossen, seine Verpflichtungen in Oxford zu lösen und nach Penmarric zurückzukehren, um dort an einem Buch zu arbeiten. In Cornwall sei ihm das Schreiben schon immer sehr leicht von der Hand gegangen. Außerdem fehle ihm Penmarric mit der Zeit immer mehr. Allengate wolle er veräußern. Wir könnten verstehen, warum. Das Haus sei voller Erinnerungen für ihn, für uns alle – Mama ... ihr Siechtum ... ihr Tod. Er habe keine Lust, hier noch länger zu leben. Außerdem würde es uns in Cornwall gewiß gefallen. Schließlich seien wir ja beide dort geboren worden.

Und wenn uns die rauhe Landschaft zuerst auch befremden mochte, so stünde doch außer Frage, daß wir uns bald...

„Ich komme nicht mit", sagte ich heftig. „Nicht nach Penmarric. Ich weigere mich – denn ich habe nicht die mindeste Absicht, mich demütigen zu lassen."

„Aber du kannst doch auch dort als mein Mündel gelten."

„Ja – bloß, daß uns das niemand abnimmt!"

„Adrian, wen um Himmels willen schert es, was ein paar Dörfler denken? Du darfst nicht so überempfindlich sein! Versuch doch vernünftig zu denken – wie dein Bruder William es zweifellos tun wird."

„Ach, William!" rief ich zornig. „William geht immer den Weg des geringsten Widerstandes! Zu der Sorte gehöre ich nicht! – Hör auf damit!" fuhr ich William an, der mir mit dem Fuß einen warnenden Stoß versetzt hatte. Ich wandte mich wieder meinem Vater zu: „Ich bin der Meinung, daß du nicht das Recht hast, uns nach Cornwall zu schleppen und uns dort dann als deine Mündel..."

„Ich habe nur euer Bestes im Sinn."

„Ach! Indem du uns diskriminierst – wie du's ja bereits bei William tust, den du im Gegensatz zu Marcus zum Broterwerb zwingst. Das ist ungerecht! Wenn du in Mama so etwas wie deine rechtmäßige Ehefrau gesehen hast, dann müßtest du in uns auch deine rechtmäßigen Söhne sehen!"

„Wenn ich euch nach Penmarric mitnehmen will, so in ebendieser Absicht. Allerdings ist das nur bis zu einer gewissen Grenze durchführbar, die ich nicht überschreiten darf, wenn ich nicht gegen meine ehelichen Kinder ungerecht werden will. Unterbrich mich nicht, sonst reißt auch mir die Geduld, und das wird uns beiden dann leid tun! Du bist jetzt fast sechzehn, und es ist an der Zeit, daß du die Situation realistisch zu sehen beginnst. Deine Mutter war nicht meine Frau. Ich bedaure das sehr, aber so liegen die Dinge nun einmal. Und nichts vermag sie zu ändern. Man muß nur lernen, mit ihnen zu leben. Sie war meine Geliebte. Das ist die unumstößliche Tatsache. Es stimmt, daß ich sie geliebt habe; es stimmt, daß ich in ihr meine rechtmäßige Frau sah; es stimmt, daß ich sie geheiratet hätte, wenn ich frei gewesen wäre. Aber Faktum ist und bleibt, daß sie meine Geliebte war. Und daß ihr meine unehelichen Söhne seid. Damit müßt ihr euch abfinden.

Unehelichkeit ist gewiß nicht das glücklichste Los, aber wieweit euch das auf die Dauer zum Hemmnis wird, liegt weitgehend an euch selbst. Ihr habt beide eine anständige Erziehung genossen. Wenn ihr euch später im Beruf bewährt und auch sonst ein tadelloses Leben führt, so wird wohl niemand an eurem ordentlichen Herkommen zweifeln."

„Aber..."

„Was ich sagen will, ist dies: Redet euch nicht länger ein, daß ihr ja in Wahrheit so gut wie ehelich seid; und lest nicht aus jeder Nuance meines Verhaltens eine Beleidigung heraus. Seht statt dessen der ungeschminkten Tatsache ins Auge. Echter Nachteil muß es für euch nicht werden – wenn ihr damit zu leben lernt."

„Ja – ausgerechnet auf Penmarric!"

„Auf Penmarric so gut wie sonstwo auf der Welt."

„Niemals!" rief ich. „Lieber gehe ich nach Amerika!"

„Adrian! Man löst Probleme nicht, indem man vor ihnen flüchtet. Und wie könntest du wohl deinem Ehrgeiz genügen und Historiker werden, wenn du ohne abgeschlossenes Studium nach Amerika durchbrennen würdest?" Er erhob sich und kam um den Schreibtisch herum auf mich zu. Plötzliche Beklemmung befiel mich. Ich dachte: Wenn bloß William nicht da wäre. Bestimmt werde ich mich wie ein Kind aufführen. Und das darf er auf keinen Fall sehen.

Papa schien meinen Wunsch zu ahnen. Er sagte zu meinem Bruder: „Über deinen Beruf sprechen wir noch." William verstand den Wink und ging. Kaum war er fort, beugte sich Papa zu mir und legte den Arm um meine Schultern und sagte mitfühlend: „Armer Adrian, wie durcheinander du bist. Das tut mir leid."

Aber ich wollte seinen Trost nicht. „Ich bin überhaupt nicht durcheinander", behauptete ich. „Es liegt doch klar auf der Hand, daß unsere Existenz für dich peinlich ist, und wenn du uns nach Penmarric einlädst, so nur aus einem einzigen Grund – aus Achtung vor der Erinnerung an Mama. Für dich haben deine ehelichen Kinder Vorrang..."

„In meiner Zuneigung? Das habe ich nie gesagt."

„Aber..." Ich brach ab. Die Wörter staken mir in der Kehle fest, und mir blieb nichts als der vergebliche Kampf mit den aufsteigenden Tränen.

„Hör zu, Adrian", sagte er. „Ich möchte euch auf Penmarric

haben – und das nicht nur aus Achtung vor eurer toten Mutter. Du glaubst doch nicht, daß sich keine Mittel und Wege finden ließen, wenn ich euch beide los sein wollte? Nein – ich möchte euch bei mir haben. Glaub mir doch. Ich würde dich gewiß nicht zwingen, nach Cornwall zu kommen, wenn ich nicht sicher wäre, daß du dich dort wohl fühlen wirst. Es wird dir gefallen. Allerdings solltest du mir versprechen, daß du dich innerlich nicht dagegen sperrst."

Mit Mühe brachte ich ein Nicken zustande.

„Und rede dir nie wieder ein, daß ich dich nicht in meinem Hause haben möchte. Versprichst du mir auch das?"

Ich nickte abermals.

„Nun", sagte er erleichtert und offenkundig bemüht, mir Mut zu machen, „dann wären wir unsere Sorgen ja los, nicht wahr?"

Doch wir standen damit erst am Anfang.

Der Gedanke, Allengate Lebewohl zu sagen, war mir unerträglich. Ich packte meine Sachen, und als es Zeit wurde für die Abreise nach Winchester, versuchte ich mir krampfhaft einzureden, ich würde in den Weihnachtsferien, ganz wie gewohnt, zurückkommen. Das einzige Zugeständnis, zu dem ich mich von der Realität zwingen ließ, war die Bitte an die Frau des Vikars, sie möge auf Mamas Grab mit dem schönen Stein dann und wann neue Blumen legen, wofür ich ihr mein erspartes Geld hinterließ.

In gewisser Weise war die Schule für mich eine Erlösung. Ich stürzte mich in meine Arbeit und versuchte zu vergessen, daß außerhalb der engen Mauern das Leben weiterging. Aber ganz wollte mir das nicht gelingen. In regelmäßigen Abständen trafen Briefe von Papa ein, und auch William schrieb mir natürlich. Seine Mitteilungen klangen nicht sehr gelehrt, brachten dafür aber stets das Neueste vom Neuen.

„Mariana ist also verlobt", erfuhr ich von ihm Ende September. „Sie hatte die Qual der Wahl, denn da waren gleich drei auf einmal, die sie heiraten wollten: ein Lord, ein Baronet und ein Honorable. Aber was heißt schon Qual der Wahl, denn natürlich nahm sie den Lord. Sein Name ist de Leonard, steinreich, selbstverständlich ..."

„Liebster Adrian", schrieb Mariana mit schwungvoller Hand,

„sei für Deinen göttlichen Brief von *Herzen* bedankt! Natürlich ist es wunderbar, und ich bin ja *so* glücklich. Mein geliebter Nick ist genau das, was ich mir immer ersehnt habe, und wenn man auf Geld und Titel auch keinen Pfifferling geben soll, so macht's nichtsdestotrotz *Spaß*! Stell Dir doch nur vor – ich als Lady de Leonhard!!! Nick besitzt ein wunderschönes Landhaus in Kent, aber wir werden uns wahrscheinlich meist in London aufhalten (Upper Grosvenor Street). Mein Ring ist einfach HIMMLISCH! Natürlich sind materielle Dinge nicht weiter wichtig, aber irgendwie fühlt man sich doch wohler, falls Du verstehst, was ich meine ..."

Papa schrieb mir, daß er in Anbetracht von Marianas Jugend – sie war jetzt siebzehn – auf einer einjährigen Verlobungszeit bestanden habe. Die Hochzeit sei für den September des folgenden Jahres geplant. Im übrigen könne ich den Verlobten nach Weihnachten auf Penmarric kennenlernen, wo er Mariana besuchen werde.

Der Gedanke an die Weihnachtsferien auf Penmarric behagte mir gar nicht, und so war mir Williams nächster Brief willkommene Ablenkung – bis ich entdeckte, daß er von nichts anderem schrieb als eben von Penmarric: über die hinreißende Umgebung, über das Haus, und wie ihm erst die Porträts der Ahnen klargemacht hätten, wie unverwechselbar seine Penmar-Augen seien ...

„... Du kannst wirklich von Glück sagen, daß Du von einem Penmar so gar nichts hast", fügte er launig hinzu. „Dann bleiben Dir wenigstens die kritischen Blicke des Butlers hinter Deinem Rücken erspart! Übrigens noch etwas zum Thema Penmar: Warte mal ab, bis Du das jüngste Mitglied der Familie gesehen hast, Jan-Yves, ein geradezu abstoßendes Kind. Armer, kleiner Teufel! Häßlich, querköpfig, laut und schmutzig – ganz als hätten die Zigeuner ihn weggelegt. Aus irgendeinem Grunde hat er einen Narren an mir gefressen und folgt mir auf Schritt und Tritt. Da der Knirps sonst keinen Menschen leiden kann, sollte ich mich wohl geschmeichelt fühlen. Kaum zu glauben, daß seine Mutter ihn noch kein einziges Mal besucht hat! Dabei wohnt sie nur ein paar Kilometer weit weg. Muß eine merkwürdige Frau sein! Je mehr ich über sie höre, desto widerwärtiger wirkt sie auf mich. Aber die anderen scheinen von ihr entzückt, und selbst Mariana neigt ihr offenbar neuerdings stärker zu. Papa erlaubt ihnen, nach Roslyn-Farm zu fahren, sooft sie wollen. Fast hat es den Anschein, als wäre ihm jetzt, nach Mamas Tod, völlig gleichgültig, was sie tun...

Marcus und die Mädchen sind denn auch jeden Samstag auf Roslyn-Farm, während Jan-Yves sich strikt weigert, was ich ihm auch nicht verübeln kann. Unter uns gesagt: Nicht viel weniger als seine Mutter scheint der Junge auch Papa zu verabscheuen, obwohl der sich wirklich alle erdenkliche Mühe mit ihm gibt. Du würdest staunen, wenn Du sehen könntest, welche Engelsgeduld Papa aufbringt; er scheint fest entschlossen, von dem kleinen Satansbraten so gut wie alles hinzunehmen... Bin neugierig, wie Du über alles denkst, wenn Du kommst. Ich freue mich schon sehr auf unser Wiedersehen...“

Es war Dezember 1911. Die Ferien standen unmittelbar bevor. Am achtzehnten verließ ich Winchester und trat die lange und ermüdende Reise an: westwärts, nach Cornwall und Penmarric, meiner neuen Heimat.

Es war mein sechzehnter Geburtstag.

4

Ich war noch nie sehr weit im Westen gewesen. Nach langer Fahrt traf ich in Penzance ein und sah vor mir in der Dezembersonne den St.-Michaels-Berg, ein Stück mittelalterlicher Pracht, das über der funkelnden See zu schweben schien. Jetzt erst wurde mir die Fremdartigkeit Cornwalls so recht bewußt, und plötzlich fiel mir wieder ein, was Mama vor langer Zeit in St. John’s Wood zu uns gesagt hatte: Papa sei doch ein sehr fremdländisch aussehender Gentleman.

Doch mein erster günstiger Eindruck von Cornwall schwand rasch, als mir auf dem Bahnsteig William entgegentrat, denn dicht hinter ihm, geradezu an seinen Fersen klebend, folgte ein kleiner, häßlicher Bengel. Er hatte dichtes schwarzes Haar, einen trotzigen Mund und die dunklen, schrägen Augen der Penmars. Kaum sah er meinen forschenden Blick auf sich gerichtet, als er mir auch schon die Zunge herausstreckte und eine Grimasse schnitt.

„Das ist Jan-Yves", sagte William. „Aber nach meiner Beschreibung müßtest du ihn ja erkennen. Jan-Yves, das ist mein Bruder Adrian."

„Tag, Dünner", sagte der Bengel.

„Klappe, Dicker", sagte William.

„Ich bin nicht dick!"

„Und Adrian ist nicht dünn. Mach dich jetzt mal ein bißchen nützlich. Nimm Adrian den Koffer ab – so ist's recht. Ist er dir zu schwer? – na, gut – und bring ihn Crowlas zur Kutsche."

Der Bengel riß mir den Koffer aus der Hand und strebte leicht stolpernd dem Ausgang zu.

„Ist ja ein reizendes Kind", sagte ich. „Wie wirst du mit dem bloß fertig?"

„Ach, im Grunde ist er ein ganz brauchbarer Kerl ... Gehen wir zum Wagen."

Die Fahrt mit dem kleinen Satansbraten wurde zur reinen Strapaze. Wie ein Wilder hüpfte er im Wagen herum, und wenn William und ich ein Gespräch anfingen, platzte er ungeniert dazwischen. Außerdem weihte er uns ungefragt in die Geheimnisse seiner Zukunft ein.

„Wenn ich groß bin", verkündete er, mich aus schwarzen Augen ansehend, „dann werde ich ein Genie. Und habe Geld wie Heu. Und wenn sie mich alle um meine Freundschaft bitten, dann huste ich ihnen was. Ich schmeiße sie über die Klippen und sehe zu, wie sie unten auf dem Felsen ankommen."

Ich fragte William: „A-t-il une malade de la tête, peut-être?"

„Der? Der will dir nur einen Schock versetzen", erwiderte William gelassen. „Anders glaubt er nicht auf sich aufmerksam machen zu können. Stimmt doch, Jan-Yves, wie?"

Das Kind lachte laut und führte einen Faustschlag gegen William. Dieser wehrte eher zerstreut ab und gab Jan-Yves eins auf den Kopf.

Abgewinnen konnte ich der Landschaft hier nichts. Genauer:

sie mißfiel mir. Welch scharfer Gegensatz zu Oxfordshire mit seinen Bäumen, malerischen Straßen und Dörfern. Hier wirkte alles kahl und häßlich. Grau und düster waren die Behausungen der Bergwerksarbeiter, von einem Baum keine Spur. Statt dessen trostlos-ödes Gelände, und wo man hinsah die Narben, die die meist stillgelegten Zechen in der Landschaft hinterlassen hatten.

„Da ist es!“ rief Jan-Yves und kehrte mir seine funkelnden schwarzen Augen zu. „Ganz allein habe ich dort gewohnt“, erklärte er stolz, „nur die Diener und ich. War alles meins. Bis *die* dann kamen. Aber eines Tages krieg ich's wieder.“

Es war ein weitgestrecktes graues Monstrum von einem Gebäude, und je näher wir kamen, desto trister sah es aus: kahle Mauern, gähnende Wasserspeier, hohe Schornsteine, blicklose Fenster und groteske Pseudozinnen.

„Hübsch, nicht?“ sagte William. „Mir gefällt's.“

Als wir aus der Kutsche stiegen, kam Papa vom Haus auf mich zugeeilt.

„Adrian! Willkommen auf Penmarric!“

Hinter ihm kamen Jeanne und Elisabeth.

„Hallo, Adrian!“ sagte Jeanne ganz außer Atem. „Wie schön, daß du gekommen bist! Ist das nicht ein tolles Haus?“

„Hallo“, sagte auch Elisabeth. „Die Köchin hat einen herrlichen Kuchen für dich gebacken. Das Essen hier ist ganz vorzüglich.“

Marcus stand im Eingang. „Tag!“ rief er. „Wir haben dir Philips altes Zimmer gegeben. Von dort hast du Sicht nach Land's End. Mit Blick aufs Meer.“

Mariana kam durch die Halle auf mich zugestürzt. „Adrian, ist ja herrlich! Komm doch herein! Gefällt dir mein Ring? Der Diamant in der Mitte ist eine Pracht, nicht? Einen schöneren gibt's gar nicht, glaube ich.“

„Medlyn“, sagte mein Vater zum Butler. „Den Tee bitte in zehn Minuten im Salon. James, seien Sie doch so freundlich, das Gepäck nach oben zu schaffen.“

Der Diener machte sich diensteifrig am Gepäck zu schaffen. „Ich zeige dir dein Zimmer“, erbot sich Marcus. „Hoffentlich gefällt's dir. Ist doch nett, einen Raum ganz für sich zu haben, nach all den Jahren, wo wir in Allengate das Zimmer mit jemandem teilen mußten.“

Wir stiegen die breite Treppe hinauf und gelangten zur Bildergalerie. Unwillkürlich blieb ich stehen und betrachtete die Porträts.

„Abgelegte Penmars“, sagte Marcus lächelnd und zuckte ironisch mit den Schultern. „Sehen alle ganz schön vergreist aus, nicht?“

Vor uns tat sich ein langer, düsterer Gang auf. Marcus öffnete eine Tür, und wir traten in ein großes Zimmer, ein richtiges Gemach mit hoher Decke und stabilem viktorianischem Mobiliar. Ich warf einen Blick durchs Fenster. Endlos weit schimmerte die See.

„Sehr hübsch“, sagte ich höflich.

„Es gefällt dir also?“ fragte Marcus eifrig und wie eh und je darauf bedacht, seine Mitmenschen glücklich und zufrieden zu sehen. „Ist aber auch wirklich ein prachtvoller Ausblick, findest zu nicht?“

„Ganz reizend“, sagte ich.

„Zum Bad ist es übrigens nicht weit – du gehst bis zum Ende des Korridors und dann rechts – die erste Tür auf der linken Seite. Wenn du dich frisch gemacht hast, komm bitte sogleich nach unten. Einer von den Dienern wird dir sagen, wo der Salon ist.“

„Gut. Vielen Dank, Marcus.“

„Bis gleich!“

„In Ordnung.“

Er ging. Hinter ihm fiel die Tür zu, und ich war endlich allein.

Langsam blickte ich mich um. Und haßte, was mir vor Augen kam. Ein abscheuliches Haus. Ein widerliches Haus. Wohl fühlen würde ich mich hier nie.

Am nächsten Tag traf Hugh aus Harrow ein. Aß und schlief und hatte am Morgen darauf nichts Eiligeres zu tun, als sein Pferd zu satteln und nach Zillan zu seiner Mutter zu reiten. Er blieb den ganzen Tag fort, war jedoch zum Abendessen wieder rechtzeitig zurück.

„Sie sieht gut aus, nicht?“ fragte ihn Marcus. „Oder hast du sie sehr verändert gefunden?“

„Nicht besonders“, erwiderte Hugh und schien die Antwort sorgsam abzuwägen. „Höchstens, daß ihr Haar noch etwas weißer ist als früher. Aber sonst? Für ihr Alter sieht sie ganz erstaunlich aus."

„Sie hat sich sehr nach dir gesehnt", sagte Jeanne. „Konnte es kaum erwarten, dich wiederzusehen. ‚Wenn er doch bloß erst hier wäre!' sagte sie letzten Samstag. ‚Himmel, ich bin ja so ungeduldig!'"

Hugh lächelte sein süßes Lächeln. „Sie meinte, ich hätte mich sehr gut herausgemacht", sagte er, „und bald wäre ich bestimmt so groß wie Philip. Na, hoffentlich behält sie recht! Warum sollte ausgerechnet ich klein bleiben, wo alle andern groß sind?"

„Hast du Mama ein Geschenk mitgebracht?" wollte Marcus wissen.

„Selbstverständlich! Französisches Parfüm. Ich habe sehr lange gesucht, um das Passende für sie zu finden."

„Was habt ihr denn gegessen?" erkundigte sich Elisabeth neugierig. „Pasteten? Darauf versteht Mama sich ganz großartig."

„Nein", sagte Hugh. „Griselda hat uns so einen Schmortopf mit Kräutern gekocht. Nicht gerade sehr schmackhaft, um ehrlich zu sein, aber ich habe mir natürlich nichts anmerken lassen."

„Wer ist Griselda?" fragte ich, bestrebt, die Trennmauern zu durchstoßen, die mich, wie so oft, von den anderen schieden.

„Ach, eine abscheuliche alte Vettel", sagte Hugh nebenhin. „Muß mindestens neunzig sein. Ich glaube, sie war früher mal Mamas Kindermädchen."

„Letzten Samstag", sagte Elisabeth, „bekamen wir Holunderwein und Honigkuchen."

„Na, weißt du, Lizzie", protestierte Mariana, die gerade dabei war, ihrem Verlobten einen Brief zu schreiben, „du denkst doch immer nur an deinen unersättlichen kleinen Magen."

„Hat Mama sich über deine Verlobung gefreut, Mariana?" fragte Hugh voll Interesse.

„Gefreut ist gar kein Ausdruck, mein Lieber. Begeistert war sie. Wunderschöne Hände hätte ich, hat sie gesagt, wie eigens für Diamanten gemacht, und..."

Marianas Ring begann mir langsam, aber sicher auf die Nerven zu gehen.

„... und es sei eine großartige Partie für mich, und überhaupt sei sie richtig glücklich darüber. Ehrlich gesagt, ich finde, daß

Papa sie ein bißchen schäbig behandelt hat. Er wird ja seine Gründe gehabt haben... ich meine, daß er es ihr so schwer machte, uns in Allengate zu besuchen, aber... na ja. Jedenfalls habe ich ihr gesagt, daß sie zu dem Sylvesterball kommen muß, den Papa für Nick und mich gibt, und daß sie Nick natürlich sofort kennenlernen soll, wenn er nach Weihnachten hierherkommt, obwohl... nun, eine klein bißchen peinlich wird's wohl werden. Ich meine, wie, um Himmels willen, soll ich mit Nick zu diesem scheußlichen Bauernhaus fahren? Wenn Mama doch bloß nicht dort wohnen wollte!"

„Finde ich auch", sagte Hugh. „Ich verstehe das einfach nicht. Wie kann eine Frau von Mamas Art und Geschmack aus freien Stücken von Penmarric weglaufen und in dieses Bauernhaus ziehen. Gütiger Gott, dort gibt es ja nicht einmal eine richtige Toilette."

„Mama könnte Nick doch beim Tee auf Penmarric kennenlernen", befand Marcus. „Damit wäre das Problem ohne alle Peinlichkeit gelöst, und ich glaube nicht, daß Papa etwas dagegen hätte."

„Gute Idee! Ich werde das beim Essen mal vorbringen..."

Als wir allein waren, sagte ich zu William: „Werden wir etwa auch mit ihr zusammentreffen?"

„Mit Mrs. Castallack? Aber nein, natürlich nicht! Und ich weiß auch schon, wie wir das am besten umgehen können. Wenn Philip sie zum Tee herbringt, dann reiten wir nach Zillan und statten im Pfarrhaus einen Besuch ab. Der Pfarrer ist ein netter alter Mann, und seine Enkelin Alice Penmar ist so eine Art adoptierter Kusine der Castallacks. Ihr Vater war der Pflegesohn von Giles Penmar, der vor Papa auf Penmarric lebte, und ihre Mutter war die einzige Tochter des Pfarrers. Da Alices Eltern beide früh starben, ist sie bei ihren Großeltern aufgewachsen. Allerdings ist ihre Großmutter seit einiger Zeit tot, so daß sie ihrem Großvater den Haushalt führt. Ein reizendes Mädchen. Nicht hübsch, aber sehr amüsant. Wird dir bestimmt gefallen."

„Wie alt ist sie denn?" fragte ich mißtrauisch, denn die Gesellschaft jüngerer weiblicher Wesen flößte mir immer noch großes Unbehagen ein.

„So alt wie ich!" William lachte. „Für dich also viel zu alt!

Keine Sorge, ich habe nicht die Absicht, euch miteinander zu verkuppeln. Wahrscheinlich wird sie in den nächsten Tagen Mariana auf Penmarric besuchen, und dann kannst du sie ja zwanglos kennenlernen."

„Danke", sagte ich, „aber im Augenblick habe ich das starke Bedürfnis, keinem neuen Gesicht zu begegnen. Ich bin zu Geselligkeit gar nicht aufgelegt."

Und daran hielt ich mich auch. Williams Überredungsversuchen zum Trotz ging ich in der ersten Zeit nach meiner Ankunft auf Penmarric meiner eigenen Wege. Wanderte in der Gegend umher, durchstreifte das Gelände, erforschte ein paar Höhlen. Dann aber schlug das Wetter um, Nebel hing über den Klippen, und es zog mich nicht länger nach draußen. So blieb ich auf meinem geheizten Zimmer und schmökerte in Papas Bibliothek.

Selbst zu Weihnachten blieb ich fast immer allein. Man feierte das Fest nach glanzvoller einheimischer Tradition, aber ich fühlte mich immer noch als Fremder, als Ausgeschlossener und hielt mich so gut wie möglich im Hintergrund. William und Marcus tranken sich ein paarmal einen Schwips an und jagten den Dienstmädchen unter dem Mistelzweig nach; und bald wurde es ihnen zur Gewohnheit, abends nach St. Just zu reiten oder sogar nach Zennor oder Zillan, wo sie dann in den Wirtshäusern zechten. Oft kehrten sie erst spätnachts wieder heim.

Ich hockte auf meinem Zimmer oder unternahm höchstens einmal einen kurzen Spaziergang, und unentwegt quälten mich die Erinnerungen an frühere Weihnachtsfeste, an Allengate, an meine Mutter.

Manchmal erschienen Gäste auf Penmarric. Von Gurnards Grange in Zennor besuchte uns der junge Peter Waymark; von Carnforth Hall kamen George und Aubrey Carnforth mit ihrer Schwester Felicity. Gesellschaften, Einladungen, Gegeneinladungen. Ich umging sie alle.

„Komm doch", sagte William. „Bitte! Warum willst du denn bloß nicht? Hör mal, keiner weiß etwas von ..."

„Das hat nichts damit zu tun", erwiderte ich.

„Sie halten uns für ein paar arme Verwandte mit Penmar-Blut in den Adern! Keiner denkt, daß Papa ..."

„Das ist mir egal", unterbrach ich ihn. „Ich hasse Gesellschaften. Ich will keinen Menschen sehen."

„Aber Gesellschaften machen doch Spaß, Adrian! Die Mädchen! Du läßt dir viel entgehen!“

Aber ich schüttelte nur trotzig den Kopf und zog mich noch mehr zurück.

Zum Glück kam dann nach Weihnachten Marianas Verlobter Nicholas de Leonard aus London, und niemand hatte Zeit, sich um mich zu kümmern. Nur Jan-Yves machte mir nicht die Freude, mich unbeachtet zu lassen. Eines Morgens vertraute er mir finster an, er habe es bis obenhin satt, daß „dieser blöde Lord“ William so völlig mit Beschlag belege.

„Wenn der bloß für immer abziehen und Mariana mitnehmen würde“, fügte er hinzu. „Die können mir beide gestohlen werden.“

„Magst du denn außer William keinen in der Familie?“ fragte ich ärgerlich. „Das ist doch einfach unsinnig!“

„Wieso?“ fragte Jan-Yves. „Marcus weiß mir nie etwas Besseres zu sagen als: ‚Geh spielen, Kleiner!‘ Mariana sieht mich an, als wäre ich ein toter Seestern. Hugh sagt zu mir immer nur ‚Guten Tag‘. Jeanne ist blöd. Elisabeth futtert mir immer alles weg. Und du – du versuchst immer, mir William zu nehmen. Genau wie der Lord. Und Papa mag ich nicht, weil er die alle hergebracht hat, ohne mich zu fragen. Und Miß Cartwright ist eine Landplage. Und das neue Kindermädchen ist nicht besser. Meine alte Nanny – die war nett. Aber sie trank Gin und mußte gehen. Da hat Papa mich auch nicht erst gefragt. Ich sah zufällig, wie sie ihre Sachen packte und wollte mit ihr mit. Aber sie sagte, nein, das ginge nicht, und weinte. Ich glaube, die wollte mich schon. Ist es denn so schlimm, wenn man Gin trinkt?“

„Sehr sogar“, erwiderte ich und versuchte ihn loszuwerden. Aber er klebte an mir wie eine Klette.

„Kennst du eigentlich meinen Bruder Philip? Ich nicht. Und ich will ihn auch gar nicht kennenlernen. Er lebt bei ihr. Und sie kann mir überhaupt gestohlen bleiben. Ich will sie nie im Leben sehen. Und keiner kann mich dazu zwingen.“

„Warum bist du denn so gegen sie?“ fragte ich, weil mir nichts Besseres einfiel.

„Darum.“ Er blickte sich geheimnisvoll um und griff dann nach meiner Hand, um mich näher zu sich zu ziehen. „Weißt du, was sie gemacht hat? Ich war vier Monate alt, und sie nahm mich und brachte mich zu Nanny. Und dann ist sie weggegangen. Und ist nie wieder zurückgekommen. Nein, die will ich nicht sehen. Morgen kommt sie zum Tee, um den blöden Lord kennenzulernen, und Papa meint, ich muß auch dabei sein. Aber da irrt er sich. Ich begleite William und dich nach Zillan zum Pfarrhaus."

Doch Papa schien seinen Jan-Yves recht genau zu durchschauen, denn am folgenden Nachmittag sperrte er ihn vorsorglich in seinem Zimmer ein.

Zillan kannte ich noch nicht. Der Ort lag östlich von St. Just und südlich von Morvah mitten in der Heide. Zu meiner Überraschung war das Dorf, wenn auch kärglich wie das meiste in diesem Winkel Cornwalls, dennoch nicht ohne Reiz. Die Kirche besaß einen schönen normannischen Turm.

„Dort liegt unser Großvater begraben", sagte William, „und auch unser ältester Halbbruder, der nur wenige Monate nach mir zur Welt kam." Als ich schwieg, fügte er tadelnd hinzu: „Zum Donnerwetter, Adrian, so nimm dich doch ein bißchen zusammen! Hoffentlich sitzt du nicht so stocksteif beim Tee herum, das wäre mir äußerst peinlich. Versuch doch ein bißchen freundlicher dreinzuschauen!"

„Tut mir leid", sagte ich seufzend. „Aber manchmal kann einem das Leben wirklich zum Halse heraushängen."

„Ach was, mir macht's Spaß", versicherte er. „Und keine Bange, bei dir wird's auch nicht ewig so gehen. Bald wirst du dich wieder fangen."

Vor dem Pfarrhaus banden wir unsere Pferde an und gingen dann auf die Haustür zu, die fast im selben Moment aufschwang. Eine hochaufgeschossene junge Dame von etwa zwanzig erschien. Überschlanke Gestalt, scharfe Nase, dunkle Augen. Sie lächelte uns zu und rief dann: „Guten Tag! Wie nett, daß Sie gekommen sind!" Neugierig betrachtete sie mich.

„Alice", sagte William, „darf ich Ihnen meinen Bruder Adrian vorstellen. Adrian – Miß Alice Penmar."

„Guten Tag", sagte ich höflich.

„Na endlich!" meinte Alice. „Ich habe mich schon gefragt, wann Sie sich wohl dazu herablassen würden, auf der Bildfläche zu erscheinen, Sie Menschenfeind! Ich fing sogar schon an, an Ihrer Existenz zu zweifeln! Immer wenn ich William oder Marcus oder Mariana auf Penmarric besuchte, waren Sie wie vom Erdboden verschlungen."

Ich wurde rot. Mit Mühe brachte ich ein Lächeln zustande.

„Kommen Sie herein", sagte Alice. „Großpapa wartet schon."

Wir traten in ein großes, altmodisches Zimmer. Sofort erhob sich der Pfarrer, um uns zu begrüßen. Er mußte etwa siebzig sein, doch seine hagere Gestalt wirkte noch sehr beweglich, und seine Augen waren voller Leben: außergewöhnliche Augen, wie ich fand. Sein Haar schimmerte silberweiß.

Er sah mich an und wußte Bescheid. Ich gewahrte das Begreifen in seinem Blick. Wie er es wußte, blieb mir unerfindlich, denn ich besaß äußerlich keine ausgeprägte Ähnlichkeit mit meinem Vater. Aber er wußte es.

„Wie schön, Sie kennenzulernen", sagte er, nahm meine Hand und lächelte mich an, als hieße er einen lange vermißten Freund willkommen. „Welch angenehme Überraschung."

Ich lächelte zurück. Und spürte, wie sich mir die Frage aufdrängte, wie und woher er wußte und warum er sich so über mein Erscheinen freute. Ich konnte ihn natürlich jetzt nicht fragen, mußte damit warten, bis ich mit ihm allein war.

Als könnte er meine Gedanken nur allzu deutlich lesen, sagte er: „Wir müssen uns nachher miteinander unterhalten. Ich möchte alles über Sie erfahren." Und als er seine Hand ausstreckte und mich an der Schulter berührte, schien mir, ich stünde am Ende einer langen Reise. Hier war endlich etwas, was man Fügung nennen mochte und was wohl auch Fügung war. Und ich fühlte mich nicht länger allein.

Er sagte später zu mir: „Seit ihrer Rückkehr nach Penmarric haben uns die Castallacks etliche Male besucht, und alle waren so voll des Lobes für Ihre Mutter. Sie muß eine äußerst bemerkenswerte Frau gewesen sein."

„Ja", erwiderte ich, „das war sie." Alice stand mit William am Fenster und zeigte ihm einige Photographien, die sie in St. Ives gemacht hatte. Beide lachten. Ich sagte etwas unbeholfen: „Sie war ein sehr ... guter Mensch."

„Mark kann wirklich von Glück sagen, daß sich jemand wie sie um seine Kinder kümmerte. Ich kenne Ihren Vormund übrigens schon sehr lange, wissen Sie. Seit er in Williams Alter war."

„Oh?"

„Ja. Und damals war bei ihm nicht alles eitel Sonnenschein. Er hatte mit mancherlei Schwierigkeiten zu kämpfen. Aber er war zäh und überstand alles. Die Penmars sind ungewöhnlich widerstandsfähig, und Ihr Vormund bildet da keine Ausnahme."

„Nun ja", sagte ich, „das Leben ist manchmal so triste, daß es sich anders wohl auch gar nicht ertragen ließe."

„Gütiger Himmel! Das hört sich ja an, als hätten Sie die Qualen der Verdammten erlitten! Ist das Leben denn tatsächlich so gnadenlos mit Ihnen umgegangen?"

Ich stutzte und überlegte. „Nein", gestand ich schließlich, „nein, das ist durchaus nicht der Fall. Wenn ich es recht bedenke, so habe ich außer dem Tod meiner Mutter nichts Schreckliches erlebt. Ganz im Gegenteil. Und das weiß ich auch. Es ist nur, daß mich – daß mich die Ungerechtigkeit der Welt so maßlos bedrückt... Allzuoft trifft es Schuld- oder Wehrlose. Es gibt soviel Not und soviel Leid in der Welt, und es gibt so wenig, was man tun kann. Am liebsten möchte ich mich ganz zurückziehen und einfach alles ignorieren."

„Aber damit ist niemandem geholfen!" sagte er. Seine dunklen Augen glänzten tief. „Man darf den Kopf nicht in den Sand stecken, sondern muß der Welt ins Gesicht sehen. Nur wenn man mithilft, kann man sie ändern. Passivität und Apathie richten nichts aus. Hinwendung zum Leben, das muß Ihre Devise sein. Dort, an Ihrem Platz im Leben. Und fürchten Sie nichts . . ."

Danach entschloß ich mich, künftig in Zillan zur Kirche zu gehen. Alle anderen auf Penmarric zogen St. Just vor, und besonders Papa, als der größte Landbesitzer, hielt sich offenbar für verpflichtet, die zuständige Gemeindekirche zu besuchen; aber als ich ihn bat, nach Zillan gehen zu dürfen, erhob er keine Einwände, sondern schien sogar erfreut, daß ich mich von Mr. Barnwell so angesprochen fühlte. Der alte Pfarrer, so erklärte er mir, habe sich nach dem Tode seines Vaters rührend um ihn gekümmert.

Das einzige Hindernis, das meinem Kirchgang in Zillan entgegenstand, war Mrs. Castallack. Ihr Hof gehörte zur Zillan-Gemeinde, und bald erfuhr ich, daß sie keinen Sonntag den Gottesdienst versäumte. Unbehaglicher Gedanke. Ich versuchte, mir mit allem Nachdruck klarzumachen, daß ihre Gegenwart in der Kirche für mich ohne Belang sei – oder sein sollte. Noch unangenehmer war für mich die Vorstellung, dort auch Philip begegnen zu müssen. Gewiß würde er glauben, daß ich Unfrieden stiften wollte, und wenn mir an etwas ganz und gar nicht gelegen war, dann an hitzigen Auseinandersetzungen mit ihm. So beschloß ich, nicht dem Morgen-, sondern dem Abendgottesdienst beizuwohnen, und das erwies sich als eine sehr vernünftige Lösung. Vor Ablauf der Weihnachtsferien war ich noch zweimal in Zillan – zuerst in der Kirche und anschließend zum Essen im Pfarrhaus. Anfänglich befiel mich, vor allem Alices wegen, wieder diese leidige Schüchternheit, die jedoch mehr und mehr verflog, als Mr. Barnwells Enkeltochter sich als angenehm zwanglose Gesprächspartnerin zeigte. Bei meinem zweiten Besuch machte mir die Unterhaltung mit ihr sogar ausgesprochen Spaß. Wir sprachen über Anthony Trollopes Romane und den Charakter von Ferdinand Lopez in dem Roman „Der Premierminister".

„Ein attraktiver Schurke", sagte Alice. „Es ist doch merkwürdig, wie viele Frauen auf einen Mann hereinfallen, an dem kein gutes Haar ist. Ein sonderbares Ding, die Liebe."

„So scheint es zu sein", erwiderte ich ernsthaft und wurde dann sehr rot, als sie auflachte.

„Sie sind einfach süß!" sagte sie in ihrer offenen und etwas direkten Art und tätschelte mir liebevoll den Kopf, als wäre ich nicht sechzehn, sondern erst sechs.

Und in diesem Augenblick war es wohl, daß mir das widerfuhr, was man gemeinhin die erste Schwärmerei nennt.

Da Alice ein von Grund auf offener Mensch war, erfuhr ich bald, was sie über die Dinge dachte. Sie nahm regen Anteil am allgemeinen Geschehen, und obwohl sie ihr ganzes Leben hier in der tiefsten Provinz verbracht hatte, wußte sie beispielsweise über Fragen der Politik besser Bescheid als ich. In meinem Bestreben, Papas Neigung zur Geschichte nachzueifern, hatte ich mich allzusehr mit der Vergangenheit beschäftigt und darüber die Probleme der Gegenwart vernachlässigt. Aber das änderte sich jetzt. Alice öffnete mir die Augen dafür, daß die Tagesereignisse von heute ja morgen schon Geschichte sein würden, und um für unser Gespräch besser gerüstet zu sein, begann ich, mit brennendem Interesse Zeitungen zu lesen.

Wie sich herausstellte, war Alice eine Liberale. Ihre Bewunderung galt Sir Edward Grey, dem Außenminister, obwohl dieser kürzlich erst heftigen Anfeindungen ausgesetzt gewesen war. Seine Politik, das war die weitverbreitete Ansicht, hätte im letzten Sommer leicht zum Krieg führen können.

„Aber manchmal muß man eben unnachgiebig bleiben", sagte Alice. „Besonders den Deutschen gegenüber. Bei denen wäre eine Beschwichtigung fehl am Platz. Denn was tun sie? Bauen ihre verflixten Unterseeboote und versuchen uns auf See den Rang abzulaufen. Da bin ich doch froh, daß jetzt Churchill Marineminister ist – der hat schon das richtige Rezept, die Deutschen in Schach zu halten. Als Innenminister hat er ja weniger getaugt – er und dieser Lloyd George! Ich darf gar nicht daran denken, wie sie in der Frage des Frauenstimmrechts vorgegangen sind..."

Zu meiner Überraschung mußte ich entdecken, daß Alice in der Frage des Frauenstimmrechts radikaler war als viele liberale Parlamentsabgeordnete.

„Aber sind Sie denn wirklich davon überzeugt, daß alle Frauen das Stimmrecht erhalten sollten?" fragte ich zweifelnd, denn Papas Vorbehalte gegen eine weibliche Beteiligung an dem männlichen Geschäft der Politik waren mir in Fleisch und Blut übergegangen.

„Aber warum denn nicht?" fragte Alice zurück. „Oder sind Sie etwa damit einverstanden, daß die Frauen zu Menschen zweiter Klasse degradiert werden?"

„Natürlich nicht!" erwiderte ich heftig, den Makel meiner Unehelichkeit sofort vor Augen. Aber dann fügte ich doch einschränkend hinzu: „Ich finde allerdings, daß die Frauenrechtlerinnen viel zu weit gehen. Kein Wunder, daß Churchill und Lloyd George die Geduld verloren haben."

„Leider", räumte Alice ein, „gibt es immer Fanatiker, die der guten Sache schaden. Und ausgerechnet sie sind es, die ins Blickfeld der Öffentlichkeit geraten. Nein – sosehr mir auch Churchills Haltung mißfallen hat, ich würde es mir nie einfallen lassen, ihn mit einer Peitsche zu attackieren, wie diese Frau neulich. Das bestärkt die Leute nur in ihrer Überzeugung, daß Frauen unter keinen Umständen das Stimmrecht erhalten sollten."

„Hm, das Stimmrecht", sagte ich, unwillkürlich wieder meiner konservativen Einstellung zuneigend. „Was würden Frauen damit überhaupt anfangen? Nehmen wir doch einmal Mariana. Der dürfte das doch höchst gleichgültig sein. Das einzige, was sie im Kopf hat, ist ihre Heirat mit dem Lord, das elegante Leben in London und ihr alberner Diamantring."

Doch Alice, mit Mariana eng befreundet, ließ sich zu keiner abfälligen Äußerung hinreißen. Ähnlich hielt sie es auch, wenn die Rede auf Philip kam. Überhaupt gab es nur einen Menschen, bei dem sie offen Antipathie bekundete – Mrs. Castallack. Bald erfuhr ich über diese merkwürdige Frau so manches, was mir neu war.

„Ich habe eine Tante, die auf Penmarric aufgewachsen ist", berichtete Alice. „Clarissa Penmar hieß sie früher. Sie heiratete dann einen Bauern, einen von Mrs. Castallacks Stiefsöhnen aus erster Ehe, einen gewissen Joss Roslyn. Die beiden besitzen jetzt einen der größten Höfe in Morvah. Nach Mrs. Castallacks Verheiratung mit Ihrem Vormund lebte Joss' Bruder Jared mit seiner Familie auf Roslyn-Farm. Er war also ihr Pächter, glaubte jedoch, den alten Familienbesitz praktisch bis an sein Lebensende sein eigen nennen zu dürfen..."

„Der Pachtvertrag lief jeweils über fünf Jahre, Alice", ergänzte der Pfarrer, der in diesem Augenblick das Zimmer betrat. „Und Mrs. Castallack wartete bis zum Ablauf der dritten Periode, ehe sie ihr Eigentum wieder in Besitz nahm."

„Stimmt, Großpapa. Aber gemein war es trotzdem von ihr! Zum Glück für Jared kaufte ihm sein Bruder Joss Hof und Land in Morvah, so daß alles noch zu einem guten Ende kam. Aber wäre Tante Clarissas Geld nicht gewesen..."

„Alice, Liebes! Wollen wir das nicht lieber auf sich beruhen lassen?"

„Ja, Großpapa. Aber es stimmt doch, daß sie Joss bei der Heirat all ihr Geld gegeben hat und..."

„Ja, Alice, das stimmt. Aber es geht uns nicht das geringste an, und du weißt so gut wie ich..."

Ich bedauerte sehr, als die Sonntagabende im Pfarrhaus zu Ende gingen. Mitte Januar mußte ich zur Schule zurück, und erst Ende März sah ich Cornwall wieder. Es war Frühling, an den Wegrainen wucherten die Wildblumen, und über der öden Landschaft, bis hin zur dunkelglänzenden See, strahlte die Sonne.

Marcus hatte, alter Tradition folgend, etliche Monate im Ausland zugebracht, ehe er später, zu Marianas Hochzeit im September, nach England zurückkehrte. Ende März hielt er sich noch in Paris auf. Mariana befand sich zu dieser Zeit in London in Obhut ihrer Anstandsdame, und auch Papa war in der Hauptstadt, wo er sich unter anderem um irgendwelche Vorbereitungen für den Ehrentag seiner Tochter kümmerte. Auf Penmarric sprachen Jeanne und Elisabeth über nichts anderes als die Hochzeit, und selbst Jan-Yves mochte sich davon nicht ausschließen. Von William sah ich wenig. Er hatte während Papas Abwesenheit genug mit Verwaltungsdingen zu tun. Als Hugh dann von Harrow nach Hause kam und tagtäglich nach Roslyn-Farm ritt, begann ich mich völlig verwaist zu fühlen. Und eines Tages, mehr aus Langeweile als aus sonst einem Grund, schwang auch ich mich aufs Pferd und folgte ihm von fern über die Heide in Richtung Zillan.

Was mich trieb, war die schlichte Neugierde, den Bauernhof kennenzulernen, dem zuliebe Mrs. Castallack Penmarric aufgegeben hatte. Er mußte wohl des Ansehens wert sein. Ihn aus vorsichtiger Distanz zu umreiten war alles, was ich tun wollte. Der ewigen Leserei war ich überdrüssig, und außerdem lockte mich das schöne Wetter nach draußen.

Und so heftete ich mich Hugh auf die Fersen. Ohne sich umzublicken, schlug er hinter St. Just die Straße nach Morvah ein und folgte dann dem Reitpfad zur Heide.

Auf einem verwitterten Wegschild stand: „Nach Chûn, Zillan und zur Ding-Dong-Mine", und plötzlich fühlte ich mich tief in Cornwall: umfangen von der Heide mit ihren Erinnerungen an eine entschwundene Zivilisation. In der Ferne ragte wie schwarzer Granit der Gipfel des Carn Kenidjack zum wolkenlosen Himmel. Unter der salzigen Brise, die vom Meer her wehte, bogen sich Heidekraut und Adlerfarn, und weit unter uns lagen die Landspitze von Pendeen und die Maschinenhäuser der Zinnküste.

Wir gelangten auf einen Hügelkamm. Eine unvergleichliche Aussicht: Im Süden, schimmernd über blauer Bucht, der St.-Michaels-Berg; im Norden Morvah und die See; im Osten die Maschinenhäuser der Ding-Dong-Mine; im Westen der mächtige Grat des Carn Kenidjack. Und nicht allzu weit vor mir, noch auf dem Hügelkamm, eine Art Felsgewirr, in dem Hugh jetzt mit seinem Pferd verschwand.

Erst im Näherkommen sah ich, worum es sich in Wirklichkeit handelte. Es war eine alte Hügelfeste, die Mauern zum Teil noch intakt, und plötzlich fiel mir ein, daß Papa irgendwann von Chûn Castle gesprochen hatte.

Langsam ritt ich auf die Ruinen zu.

Es gab einen äußeren und einen inneren Ring. Vorsichtig gelangte ich hinein, überzeugt, daß Hugh die Stelle bereits durchquert habe. Doch ich irrte mich. Als ich mein Pferd in der Mitte des inneren Kreises zügelte, erklang unvermittelt seine kühle und abweisende Stimme: „Was, zum Teufel, fällt dir ein, mir nachzuspionieren?"

Ich fuhr im Sattel herum. Er stand neben seinem Pferd im Schatten der Mauern. Ich saß gleichfalls ab.

„Entschuldige", sagte ich. „Ich wollte dir nicht nachspionieren. Natürlich weiß ich, daß du auf dem Wege nach Roslyn-Farm bist. Es geht mir ganz einfach darum, mal ein bißchen mehr von der Landschaft zu sehen – und deshalb bin ich dir gefolgt. Was ist das hier? Chûn Castle?"

„Ja", erwiderte er kurz, lächelte dann jedoch sein charmantes Lächeln. „Wenn es dir um einen Ausritt zu tun war, so hätten wir ihn doch gleich zusammen unternehmen können."

„Ich . . . dachte, daß du vielleicht allein sein wolltest."

„Ach was! Der Eigenbrötler bist doch du! Ich freue mich, dich zu sehen. Hättest du nicht Lust, mit nach Roslyn-Farm zu kommen? Philip ist heute mit Mama nach Penzance, und ich reite eigentlich nur hin, weil Griselda mir zum Ferienbeginn eine Spezialpastete versprochen hat. Von mir aus kannst du gern mithalten."

„Nun, ich weiß nicht recht", sagte ich befangen.

„Ach, nun komm schon! Mama und Philip sind bestimmt seit einer halben Stunde weg. Sei also nicht albern – oder glaubst du, ich würde dich einladen, wenn ich die beiden noch dort wüßte? Ich möchte mich ebensowenig von Philip anbrüllen lassen wie du."

„Na schön", sagte ich zögernd. „Wenn du sicher bist, daß . . ."

„Absolut. Und jetzt komm – es ist nur noch ein kurzes Stück hügelab ins Tal, und wenn ich mich nicht sehr irre, so rieche ich die Pastete bereits!"

Wir führten unsere Pferde ins Freie und stiegen auf. Dann ging es den Hügel hinab ins Tal.

„Dort hinten liegt der Pachthof", erklärte Hugh. „Der gehörte früher Jared Roslyn. Aber solange Mama auf Penmarric war, wohnte er im Bauernhaus. Als sie ihm später kündigte, kaufte sie ihm auch den Pachthof ab, weil sie ihn nicht in so unmittelbarer Nachbarschaft haben wollte. Die Hütte wäre für ihn ohnehin zu klein gewesen. Er und seine Frau haben acht Töchter und einen Sohn. Acht Mädchen! Das stelle man sich einmal vor! Und komische Namen haben die: Keuschheit, Treue, Zufriedenheit!"

„Jetzt mach einen Punkt, Hugh!"

„Von mir aus auch Glaube, Hoffnung, Liebe!"

Wir lachten beide.

„Jared Roslyn ist jetzt in Morvah, nicht wahr?"

„Ja, er und sein Bruder Joss leben auf benachbarten Höfen. Joss hat Geld wie Heu, aber er ist ein alter Geizkragen – außer wenn's um seinen Bruder geht. Seine Frau war früher eine Lady; aber davon sei jetzt nichts mehr zu merken, meint Mama. Sie kann die Roslyns nicht ausstehen. Zwischen ihr und denen herrscht fast so etwas wie Todfeindschaft."

„Todfeindschaft?"

„Ja. Joss Roslyn ist allgemein unbeliebt. Man nennt ihn einen abgefeimten Gauner."

„Seine Frau ist doch auf Penmarric aufgewachsen, nicht wahr? Warum hat sie einen Bauern geheiratet?"

„Amor vincit omnia", erwiderte Hugh verbindlich. „So heißt es doch."

„Haben sie Kinder?"

„Ein Mädchen. Vor Jahren, das war noch bevor wir nach Allengate kamen, habe ich sie einmal gesehen. Sie ist ein Jahr jünger als ich."

Jetzt tauchte das Bauernhaus vor uns auf, und ich fand all meine Erwartungen bei weitem übertroffen. Über dem Schieferdach erhoben sich, sanften Fingern gleich, die Schornsteine, und darunter schienen die grauen Mauern in der Sonne im Morgenschlummer zu liegen. Rund um die Vorveranda fanden sich Kletterpflanzen. Ich sah Heckenkirschen und Rosen.

Nachdem wir unsere Pferde beim Stall angepflockt hatten, gingen wir über den Hof zur Hintertür.

„Griselda!" rief Hugh, während er in die altmodische Küche trat. „Griselda! Wo ist meine Pastete?"

Trappelnde Schritte näherten sich. Eine Dienstmagd, unverkennbar leicht beschränkt, murmelte irgend etwas.

„Tag, Annie", sagte Hugh. „Hat Griselda mir die Pastete gemacht?"

Am anderen Ende öffnete sich eine Tür. Ein altes Weib in schwarzem Kleid schlurfte herein.

„Griselda", fragte Hugh, „was ist mit meiner Pa..."

Sie unterbrach ihn mit einem heftigen Schrei. Zu meinem Schrecken sah ich, daß ihr Zeigefinger auf mich gerichtet war. Sie sprach, doch war es mir unmöglich, ihren Dialekt zu verstehen.

„Ach, das ist ein Schulfreund von mir", erklärte Hugh leichthin. „Er ist bei uns auf Penmarric zu Besuch."

Das Gesicht der Alten lief dunkelrot an. Sie begann zu kreischen. Ich beobachtete sie voll Unruhe. Ihr Verhalten wollte zu einer Bediensteten nicht recht passen; sie gab sich ganz so, als wäre sie die Herrin des Hauses.

„Ach, Unsinn, Griselda", sagte Hugh höflich. „Ich weiß gar nicht, wovon du redest. Ist meine Pastete fertig? Wenn ja, dann kann ich sie ja mit nach draußen nehmen."

Die Alte brummte etwas und schüttelte den Kopf.

„In zehn Minuten ist es soweit", sagte Hugh. „Komm, sehen wir uns inzwischen das Haus an."

Ich folgte ihm schweigend in einen Gang. Während er die Tür schloß, sagte er: „Sie weiß, wer du bist."

„Ja, aber woher denn bloß?" fragte ich verblüfft.

„Keine Ahnung. Aber wenn sie Mama später etwas sagen sollte, dann kann ich ja behaupten, sie habe sich geirrt und du seist Aubrey Carnforth gewesen. Figürlich ähnelst du ihm ein bißchen... Also, das hier ist die Diele, und da geht's zum Wohnzimmer..."

Ich folgte ihm durch die Räume. Altes und sehr stabiles Mobiliar, alles sehr geräumig und für das Auge eitel Wohltat. Nirgendwo Unaufgeräumtes, kein Schmutzfleck.

„Ein prachtvolles Haus", sagte ich mit aufrichtiger Bewunderung. „Gefällt mir viel besser als Penmarric. Sehr gemütlich und sehr behaglich."

„Merkwürdig! Mich zieht es überhaupt nicht an – gar kein Vergleich zu Penmarric. Dort ist alles viel kultivierter, findest du nicht?"

„Bloß, weil's da Fließwasser gibt?"

„Nun, es hat seine Vorteile, wie du wohl zugeben mußt." Für die besondere Schönheit des Bauernhauses schien er keinen Sinn zu haben. „Möchtest du auch die Zimmer oben sehen?"

„Wenn ich darf – sehr gern."

Philips Zimmer ging auf die Heide hinaus. Auf dem Tisch beim Fenster lagen etliche Bücher über die Zinnküste, darunter auch ein Band mit dem Titel: „Geschichte der Levant-Mine". Ich blätterte ihn durch, sah mich jedoch gezwungen, ihn sogleich wieder aus der Hand zu legen, da Hugh den Raum bereits verließ. Gleich nebenan schlief Mrs. Castallack. Ein hübsches Zimmer mit altmodischem Himmelbett in der Nähe des Fensters und einem riesigen Schrank, der die ganze Wand einnahm.

Ich sah mich um. „Was für eine komische kleine Uhr!" rief ich, den Blick auf den Sims über dem Kamin gerichtet. „Die gefällt mir! Wo mag sie bloß herstammen?"

„Weiß nicht", sagte Hugh. „Gefällt sie dir wirklich? Ich finde sie abscheulich ... Komm lieber her und genieße die Aussicht. Ist doch herrlich, nicht?"

Minuten später kehrten wir in die Küche zurück. Die Pastete war inzwischen fertig. Wir nahmen sie mit nach draußen, wo wir hinter einer Steinmauer eine geschützte Stelle fanden und Mahlzeit hielten.

Die Pastete war köstlich. Hugh holte noch etwas Apfelwein, und als wir unseren Imbiß beendet hatten, streckten wir uns lang aus und beobachteten die über den Himmel ziehenden Strähnenwolken.

Hugh schlief ein.

Ich erhob mich, suchte eine Weile vergeblich nach einer Toilette oder einem Abort oder dergleichen und begnügte mich schließlich mit einer Stelle hinter dem Stall. Anschließend ging ich zum Haus und warf einen Blick in die Küche. Niemand war zu sehen. Ich trat ein und durchstreifte dann, nervös zwar, aber doch voll unbezwinglicher Neugierde, noch einmal die Räume. Keine Menschenseele störte mich. Ich stieg die Treppe hinauf. Unter meinen Füßen knarrten die Dielen. Die Tür zu Mrs. Castallacks Zimmer war halb geöffnet. Ich trat ans Fenster, dann ans Bett, dann an den Kamin. Auf dem Sims tickte die kleine Uhr. Ich berührte sie mit der vorgestreckten Hand und drehte dabei den Kopf, als müßte ich befürchten, daß mich jemand dabei beobachtete. Doch niemand war da.

Ich ging in Philips Zimmer und nahm das Buch über die Levant-Mine zur Hand. Zu meiner Überraschung fand ich es interessant. Ich setzte mich und begann zu lesen. Unmerklich glitten die Minuten davon. Es wurde Mittag, Nachmittag schon.

Eben wollte ich mich aufraffen und zu Hugh zurückgehen, als unten eine Tür zuschlug.

Ich legte das Buch wieder auf den Tisch und trat hinaus auf den Korridor.

Von der Diele her klang eine männliche Stimme: „Vielleicht hast du's oben gelassen."

Aber es war nicht Hugh, der sprach. Es war Philip.

Wie angewurzelt blieb ich stehen. Und hörte dann voll Schrekken, wie er hinzufügte: „Ich gehe hinauf und sehe nach."

Ich wollte davon. Flüchten – irgendwohin. Und starrte betäubt auf die Türen und fand mich gelähmt, außerstande, rasch einen Schlupfwinkel zu wählen.

Und dann sprach sie. Ihre Stimme war leise und sanft, und sie sagte: „Nein, laß nur, Liebling. Das kann ich doch selbst besorgen. Ich kann mir schon denken, wo es ist."

Ich konnte kaum atmen. Immer noch stand ich bewegungslos. Aber dann knarrten die Bretter unter meinen Füßen, und plötzlich wußte ich, was ich zu tun hatte. Ich trat an die Treppe und sah ihr entgegen. Von unten klang Philips Stimme: „Wo mag Hugh bloß stecken? Er wollte heute doch herüberkommen. Ich muß mal Griselda fragen ..."

Sie stieg herauf. Und plötzlich, den Kopf hebend, gewahrte sie mich. Ich sah ihre kühlen blauen Augen und erinnerte mich: an unsere erste Begegnung im Speisesaal in Brighton. Ihr Fuß stockte, die Hand flog zur Kehle, und ich hörte ihren schnellen Atem.

Sie starrte mich an, als wäre ich ein Gespenst.

Und dann sagte sie einen Namen, einen Männernamen, einen Namen, den ich kannte, aber noch ehe ich ein Wort hervorbringen konnte, drängte Philip an ihr vorbei, stürzte herauf und schrie: „Raus mit dir, du verdammter Bastard! Raus! Raus! Raus!"

Ich ging hinunter, Stufe für Stufe. Sie wich vor mir zurück, drehte sich um, taumelte fast. Ich sagte beschwörend: „Es tut mir leid. Ich wollte nicht herkommen. Es tut mir leid."

Die Wohnzimmertür schlug hinter ihr zu.

„Du verdammter Bastard!" schrie Philip wieder. „Wenn du dich je wieder hier blicken läßt ..."

Hugh trat in die Diele. Seine Augen waren vom gleichen kühlen Blau wie die ihren.

„Er hat mich eingeladen", sagte ich mit zitternder Stimme zu Philip. „Er meinte, es sei schon in Ordnung und ..."

„Schwindel", sagte Hugh. „Er ist mir gefolgt. Ich habe alles versucht, um ihn loszuwerden, aber ..."

„Du Lügner!" schrie ich. „Du gemeiner, niederträchtiger ..."

Philips Faust traf mich am Kinn. Ich prallte rückwärts gegen die Wand und raffte mich hoch und strauchelte hinaus. Philip war mir auf den Fersen. Ich lief über den Weg. In der Luft lag der würzige Geruch von Kräutern, und die Sonne schien immer noch mit voller Kraft.

Ich warf einen Blick zurück. Sie beobachtete mich vom Wohnzimmerfenster aus, und noch ehe sie hinter die Gardine treten konnte, hatte ich ihr Gesicht gesehen. Es war bleich und verhärmt.

5

Ich ritt nach Zillan. Als ich das Pfarrhaus erreichte, hatte ich mich wieder völlig gefaßt. Von der Köchin erfuhr ich, daß Alice ausgegangen sei, um auf einem benachbarten Hof Milch und Eier zu kaufen. Doch der Pfarrer saß in seinem Arbeitszimmer, wo er gerade seine Sonntagspredigt vorbereitete.

„Ich sehe Laurence Castallack ähnlich", fragte ich. „Nicht wahr?"

Er lächelte. „Ja", erwiderte er, „eine Ähnlichkeit besteht. Ich muß gestehen, daß das einer der Gründe dafür war, daß ich mich von Anfang an so sehr für Sie interessierte. Laurence und ich waren alte Freunde."

Ich nahm meinen ganzen Mut zusammen und sagte: „Er war mein Großvater. Mein Vormund ist mein Vater und nicht ein entfernter Verwandter."

Danach ging alles leichter.

„Arme Mrs. Castallack", sagte der Pfarrer, als ich ihm von meinem Zusammentreffen auf Roslyn-Farm berichtet hatte. „Ja, kein Zweifel, Ihr Anblick muß ihr einen großen Schock versetzt haben – es kam denn auch allzu unerwartet. Eine äußerst unglückliche Geschichte! Und nicht gerade sehr anständig von Hugh, sich in eine Lüge zu flüchten. Aber vermutlich fürchtete er mehr, bei seiner Mutter in Ungnade zu fallen, als etwa bei Ihnen. Gehen wir nicht zu streng mit ihm ins Gericht. Mrs. Castallack war nicht gerade das, was ich eine aufmerksame Mutter nennen würde, dazu hatte sie zu viele eigene Probleme – so mag es sich erklären, daß ihre Kinder fast eifersüchtig darauf bedacht sind, ihre Gunst zu erringen."

„Warum geben sie sich überhaupt mit ihr ab?" sagte ich heftig. „Schließlich hat sie sich sieben lange Jahre nicht um sie gekümmert!"

„Da urteilen Sie aber sehr vorschnell . . ." hielt er mir entgegen, und als er dann über Mrs. Castallack zu sprechen begann, geschah das mit so ruhiger und leidenschaftsloser Stimme, daß ich bald vergaß, daß es sich um eine Frau handelte, die ich so lange aus tiefster Seele verabscheut hatte. Was ich vernahm, war die Geschichte einer Frau, die, früh verwaist, ein elendes Leben hatte führen müssen, ehe sie schließlich die Frau eines Bauern geworden war. Später dann hatte eine unkluge Heirat sie in tiefes Unglück gestürzt.

„Sie war", sagte der Pfarrer, „zwischen Mahlsteine geraten, deren sie sich nicht erwehren konnte. Als das Gericht ihr die Kinder absprach, war ich sehr um sie besorgt. Sie mußte eine schwierige Schwangerschaft durchstehen, ohne daß ihr Gatte auch nur den kleinen Finger zur Hilfe krümmte. Glauben Sie mir – wenn jemand Mitleid verdient hatte, dann sie."

Ich schwieg. Noch nie war mir eingefallen, die Angelegenheit von einer anderen Seite zu sehen. Der veränderte Gesichtspunkt war für mich so neu, daß ich nicht recht wußte, was ich sagen sollte. Schließlich brachte ich ein wenig lahm hervor: „Wenn sie bereit gewesen wäre, sich von meinem Vater scheiden zu lassen, so hätte er sich wegen der Kinder gewiß nicht so unnachgiebig gezeigt." Aber noch ehe die Worte ganz heraus waren, schienen sie ein Verdammungsurteil zu bedeuten – aber nicht für Mrs. Castallack.

Der Pfarrer erwiderte: „Man muß verstehen, daß die Ehe für sie von großer Wichtigkeit war. Außerdem befürchtete sie, daß man ihr auch im Falle der Scheidung die Kinder nehmen würde. Urteilen Sie nicht zu streng über sie."

„Ja", sagte ich, „ich begreife schon, daß sie Mitleid verdient, aber ..." Ich brach ab, fügte dann jedoch heftig hinzu: „... aber meine Mutter auch."

„O ja", bestätigte der Pfarrer sofort. „Sie muß es oft sehr schwer gehabt haben."

„Dann liegt die Schuld also bei meinem Vater", sagte ich, bemüht, Klarheit zu schaffen. „Einzig an ihm."

„Nicht so ganz", entgegnete der Pfarrer. „In gewisser Weise liegt die Schuld bei allen – bei Ihrer Mutter, bei Ihrem Vater und bei Mrs. Castallack. Es wäre ungerecht, ausschließlich Ihren Vater tadeln zu wollen. Gewiß hat er falsch gehandelt, aber daß er ein verderbter junger Mann gewesen wäre, läßt sich beim bösesten Willen nicht behaupten. Er war einsam. Er sehnte sich nach der Zuneigung seines Vaters, doch Laurence blieb, ohne sich das wohl selbst recht klarzumachen, seinem ältesten Sohn gegenüber immer ein wenig unzugänglich. Und von der Mutter war in dieser Hinsicht ohnehin nichts zu erwarten. Hinzu kam, daß er als junger Mann eher unansehnlich war. Gerade deswegen suchte er Beziehungen zu Frauen. So mußte es fast unausweichlich zu Situationen kommen, wie sie dann ja auch eintraten."

Minuten später kehrte Alice zurück und bestand darauf, daß ich gemeinsam mit ihr und dem Pfarrer einen Imbiß einnahm. Als ich mich schließlich auf den Heimweg nach Penmarric machte, ging es bereits auf den Abend zu.

Zu meinem Unwillen mußte ich entdecken, daß Hugh in meinem Zimmer auf mich wartete.

„Adrian!" rief er und sprang auf. „Gott, ich fing schon an, mir deinetwegen Sorgen zu machen! Hör mal, alter Junge, tut mir schrecklich leid, diese Sache auf Roslyn-Farm."

Sein Geschick, zweigleisig zu fahren, hatte er mir bis zum Überdruß bewiesen, und ich hielt mich auch nicht zurück, ihm das ins Gesicht zu sagen. Aber auf die Dauer war es unmöglich, seinem versöhnlichen Lächeln und seinen inbrünstigen Entschuldigungen zu widerstehen.

„Wie konnte ich denn ahnen", beschwor er mich, „daß Mama und Philip so früh aus Penzance zurückkehren würden? Woher sollte ich wissen, daß Mama versehentlich die falsche Handtasche mitgenommen hatte, nämlich die, in der sich kein Geld befand, so daß sie keine Einkäufe machen konnte. Es war ganz einfach eine unglückliche Verkettung von Umständen."

„Na schön", sagte ich schließlich. „Aber wenn du dich noch einmal gegen mich stellst wie heute, dann ist das das Ende unserer Freundschaft. Man muß auch für etwas einstehen können."

„Ganz meine Meinung", pflichtete er mir bei. „Wir sind also wieder Freunde? Gut! Das ist schön! Wie wär's denn, wenn wir kommende Woche zusammen nach Penzance reiten würden? Als ich neulich mit Philip dort war, habe ich am Hafen einen sehr attraktiven Laden entdeckt. Komm mit auf mein Zimmer, damit ich dir meine Erwerbungen vorführen kann."

Seine „Erwerbungen" bestanden aus drei Postkarten mit Photographien spärlich bekleideter Frauen in gekünstelten Posen.

„Das nennt man semiklassisch", erläuterte er mir. „Klassisch heißt dabei soviel wie nackt. Klassische Postkarten rückte der Verkäufer leider nicht raus. Aber du bist ja groß und kannst dich leicht für achtzehn ausgeben. Wenn du's bei dem Kerl versuchst..."

„Aber was, um Himmels willen, willst du mit diesem Zeug?"

„Es mir ansehen natürlich!" Er warf mir einen prüfenden Blick zu. „Kennst du das denn nicht von der Schule her?"

„Nein. Ich bin viel zu sehr mit Lernen, Lesen oder Kricket beschäftigt."

„Ach", seufzte er, „Mädchen sind doch viel unterhaltsamer. Wenn ich nur nicht so klein wäre! Sechs oder sieben Zentimeter fehlen mir – und ich hätte bestimmt an jedem Finger zehn."

„Worum ich dich sicher nicht beneiden würde", sagte ich trocken. „Gewiß werde ich eines Tages heiraten, aber bis dahin möchte ich mit Mädchen nichts zu tun haben. Mich widern diese flüchtigen Liebschaften an."

„Wirklich?“ fragte er. „Nun, ich finde es faszinierend. Sag mal, du bist doch nicht etwa in einen Jungen verknallt oder dergleichen?“

„Du hast eine dreckige Phantasie.“

„Also nein? Dann verstehe ich um so weniger, warum du dich nicht für Mädchen interessierst. Ich frage mich dauernd, wie es wohl sein mag, wenn ... übrigens habe ich in diesem Laden am Hafen erfahren, daß es eine Frau gibt, die es mit Jungen in unserem Alter macht. Aber sie verlangt dafür ein ganzes Pfund. Ziemlich teuer, nicht? Man müßte nur wissen, wie ...“

„Zu einer Prostituierten? Das kann doch nicht dein Ernst sein!“

„Nein, nein“, sagte er. „Ist ja nur so eine Idee.“

„Also wirklich, Hugh!“

„Ach was, warum eigentlich nicht? Geht doch jeder mit Frauen ins Bett. In Zillan gibt es ein Schankmädchen, Tilly heißt sie, zu der würde ich ja gern gehen. Leider hat's schon Marcus mit ihr, und ich möchte nicht, daß er etwas erfährt, wenn er vom Kontinent zurückkommt. Der kriegt's glatt fertig und erzählt Papa was, obwohl ich ja nicht einsehe, was der dagegen haben könnte. Schließlich hat er in Allengate sieben Jahre lang das Bett mit ... entschuldige, alter Junge, ist mir nur so rausgerutscht, war nicht bös gemeint. Übrigens ist hier bei uns auf Penmarric eine, mit der ich's am liebsten machen würde – Hanna, ein junges Dienstmädchen. Kennst du die? Also mir gefällt sie sehr. Lippen hat die – und ihr Busen ... He, wo willst du hin? Was ist denn?“

Aber ich schüttelte nur stumm den Kopf. Ich wollte allein sein – außer Reichweite seines üblen Geschwätzes.

„Warte doch!“ Er kam hinter mir her und ergriff meinen Arm. „Tut mir leid, Adrian – lassen wir die Mädchen fürs erste – war doch alles mehr im Spaß gesagt! Wie wär's mit einem Spaziergang? Die Klippen entlang? Es ist immer noch sehr schön draußen.“

Da er sich nicht abschütteln ließ, blieb mir nichts übrig, als mich in seine Gesellschaft zu fügen. Der Tag war wirklich herrlich. Wir schlenderten die Klippen entlang, vorbei an den verödeten Maschinenhäusern der Sennen-Garth- und der King-Walloe-Mine. Bald tauchte zu unserer Rechten St. Just auf. An Kap Cornwall vorbei streiften wir die Ausläufer der Levant-Mine und gelangten schließlich nach Botallack, ehe wir landeinwärts in Richtung Carn Kenidjack abbogen. Nach minutenlanger Wanderung hangaufwärts ließen wir uns ins Heidekraut sinken. Ich lag auf dem Rücken, starrte in den Himmel und versuchte Hughs fixe Ideen aus dem Kopf zu kriegen.

Plötzlich stützte er sich hoch und sagte, gegen das Sonnenlicht blinzelnd: „Da kommt ein Mädchen. Ein Mädchen zu Pferd."

„Semiklassisch?" fragte ich mit gutmütiger Ironie.

Er antwortete nicht. Ich fuhr fort, betont gleichgültig zum Himmel emporzublicken.

„Merkwürdig", sagte Hugh. „Ich kenne sie nicht. Aber zu Pferd – da muß sie doch wer sein. Vielleicht ist sie mit einer von Peter Waymarks Schwestern befreundet und verbringt auf Gurnards Grange die Ferien. Warum sie wohl allein ausreitet?"

Jetzt packte auch mich die Neugier. Langsam richtete ich mich auf.

Das Mädchen war schon recht nah. Ob sie uns wahrgenommen hatte, ließ sich nicht ausnehmen. Sie war jung, jünger als wir, und hatte langes, glattes schwarzes Haar, das von einem kleinen Hut festgehalten wurde, so daß es ihr nicht ins Gesicht fallen konnte. Ihre Reitkleidung war elegant, aber altmodisch.

„Sie ist sehr hübsch", bemerkte Hugh.

Ich mußte ihm recht geben. Wir beobachteten sie. Immer noch ließ sie sich nicht anmerken, ob sie unsere Existenz zur Kenntnis genommen hatte. Erst im letzten Moment, nahezu schon auf gleicher Höhe mit uns, hob sie den Kopf und drehte ihn in unsere Richtung – sehr hochmütig und sehr abweisend.

Wie Marionetten sprangen wir auf die Füße.

„Guten Tag!" rief Hugh.

Sie sah ihn aus dunklen Augen an. „Guten Tag", erwiderte sie leicht abweisend und halb schon an uns vorbei.

„Ein wunderschöner Tag, nicht wahr?" beharrte Hugh mit einer Kühnheit, die ich unwillkürlich bewunderte. „Herrliches Ferienwetter!"

Sie hob die schmalen, dunklen Augenbrauen, und um ihre Mundwinkel spielte ein schwaches Lächeln.

„Ich bin hier zu Hause", erwiderte sie kühl und trieb ihr Pferd zum Galopp.

Wir starrten ihr nach, während sie über die Heide auf Morvah zujagte.

„Wer ist sie?“ fragte Hugh. „Wer ist sie nur?“

„Ja, wenn sogar du es nicht weißt, wo du dich hier doch auskennen müßtest...“

„Verdammt noch mal, wer kann sie nur sein? Vielleicht...“ Er brach ab.

„Ja?“

„Vielleicht ist sie eine Roslyn.“

„Natürlich“, sagte ich. „Das ist des Rätsels Lösung. Sie muß die Tochter von Alices Tante Clarissa sein.“

„Natürlich“, meinte Hugh, den Blick immer noch auf die entschwindende Reiterin gerichtet. „Die kleine Rebecca Roslyn! Als ich sie das letzte Mal sah, war sie ganze sechs Jahre alt, trug ein Schürzchen und sprach einheimischen Dialekt!“ Er kam nicht los davon. Auf dem Rückweg nach Penmarric sprach er von nichts anderem. Schließlich sagte er ärgerlich: „Und ich kann nicht mal bei ihr vorsprechen und sie zu einem gemeinsamen Ritt einladen! Dieser Joss Roslyn würde mich mit der Mistgabel davonjagen.“

„Wenn ihr Vater ein so rauher Geselle ist“, versuchte ich ihn zu trösten, „dann ist auch sie vielleicht nicht besonders nett.“

„Nett? Was, um Himmels willen, hat denn nett damit zu tun?“ fragte Hugh gereizt. Und ohne ein weiteres Wort zog er sich auf sein Zimmer zurück.

Ich sollte Rebecca Roslyn vor Ablauf des Jahres wiedersehen, vorerst aber war ich noch mit ihrer Kusine Alice Penmar beschäftigt. Jan-Yves, der kleine Satansbraten, hatte der Haushälterin so erbarmungslos zugesetzt, daß der Ärmsten nichts übriggeblieben war, als zu kündigen; und mir kam plötzlich der Genieblitz, daß vielleicht Alice daran interessiert sein mochte, ihre Nachfolge anzutreten. Oft genug hatte sie selbst davon gesprochen, daß sie einmal gezwungen sein würde, sich auf diese Weise ihren Lebensunterhalt zu verdienen. Auch erinnerte ich mich noch gut an Mr. Barnwells bedauernde Bemerkung, daß seine Enkelin in Zillan kaum nennenswerten Umgang habe. Überzeugt, daß mein Einfall für alle zum Guten ausschlagen müßte, entschloß ich mich, mit Energie seine Verwirklichung zu betreiben.

„William“, konnte ich meinem Bruder schließlich mitteilen, „du kannst Papa sagen, daß Alice einverstanden ist.“

„Na, wunderbar", erwiderte William freundlich, „aber warum willst du es ihm nicht selber sagen? Schließlich warst du im Pfarrhaus, als alles besprochen wurde, und nicht ich."

Anfänglich hatte Alice sich sehr gesträubt und erklärt, ihren Großvater auf gar keinen Fall allein lassen zu wollen. Doch gerade dieser hatte sie beschworen, sich eine so günstige Gelegenheit nicht entgehen zu lassen. Schließlich wolle er sie nicht bis an sein Lebensende ins Pfarrhaus eingesperrt sehen.

„Nein, nein, William", sagte ich. „es ist besser, wenn du mit Papa sprichst. In geschäftlichen Dingen hört er eher auf dich."

Eine Ausrede natürlich. In allem, was Alice betraf, war ich von größter Schüchternheit. Ich wollte nicht, daß jemand auch nur ahnte, wie sehr ich mich auf ihr Kommen freute: auf die angeregten Gespräche nach dem Abendessen, auf die gemeinsamen Spaziergänge.

Papas erste Reaktion war negativ: er behauptete, Alice sei viel zu jung, um für eine so wichtige Stellung auch nur in Betracht gezogen zu werden. Aber als er sie dann zum Essen einlud, um einmal mit ihr zu sprechen, änderte sich seine Meinung sehr rasch. Später bemerkte er erstaunt: „Sie macht einen sehr tüchtigen und selbstsicheren Eindruck. Wir haben uns darauf geeinigt, daß sie die Stellung mit sechsmonatiger Probefrist antritt – bis nach Marianas Hochzeit also. Sollte die eine oder andere Seite dann nicht zufrieden sein, so hat die Sache ein Ende, ohne daß es einer dem anderen nachträgt." Und zu Jan-Yves gewandt, fügte er hinzu: „Wenn du Alice auch nur einmal einen der Streiche spielst, wie sie Mrs. Hollinger zu ertragen hatte, so prügle ich dich windelweich, hast du verstanden? Wie du's mit den Bediensteten treibst, ist ja nicht zum Ansehen. Meine Geduld ist erschöpft."

„Paah!" sagte der Knirps, und Papa ließ es ihm durchgehen. Trotz all seiner Drohungen scheute er sich eigentümlicherweise, Jan-Yves hart anzufassen.

Bald mußte ich wieder zur Schule zurück, und zwölf Wochen lang erfuhr ich von Familienangelegenheiten nur durch die Briefe, die Papa und William mir schrieben. Mariana hatte Penmarric einen kurzen Besuch abgestattet, um die Vorbereitungen zur Hochzeit zu besprechen. Zu ihrem Zorn hatte Papa darauf bestanden, daß, da doch Jeanne und Elisabeth Brautjungfern sein würden, Jan-Yves als Brautknabe fungieren dürfe: seit langem dessen brennendster Wunsch.

„Papa bringt sich fast um, es dem kleinen Racker auch ja recht zu machen", schrieb William, „aber es macht mir nicht den Eindruck, daß sich dadurch an Jan-Yves' eingefleischter Abneigung gegen seinen Vater etwas ändert. Übrigens wird es Dich überraschen, daß Jan-Yves jetzt einmal wöchentlich mit seiner Mutter zusammentrifft. Wie es dazu kam? Nun, Alice möchte allsonntäglich zu ihrem Großvater in die Kirche, und jetzt, wo ich endlich mit dem neuen Kraftwagen umgehen kann, fahre ich sie eben nach Zillan. Daß Jan-Yves sich von einer solchen Automobilexpedition nicht ausschließen läßt, kannst Du dir ja vorstellen" – ebensowenig wie du selbst, dachte ich ironisch –, „und so kommt er also mit uns. Allerdings unter der Bedingung, daß er nachher seine Mutter begrüßt. In diesem Punkt ließ Papa nicht mit sich handeln. Daß ich bei der ganzen Geschichte Mrs. Castallack gleichfalls zu Gesicht bekomme, macht mir weiter nichts aus; schließlich wahren wir entsprechende Distanz zueinander, und falls ihr das nicht paßt, so ist das ihre Sache und nicht meine. Aber es scheint sie auch nicht sehr zu kümmern, sonst ginge sie gewiß zum Abendgottesdienst . . ."

Aber später schrieb er: „Mrs. C. macht wieder Schwierigkeiten. Mariana bat mich in Nicks Namen, bei der Hochzeit den Brautführer zu machen, ein Gedanke, den ich sehr schmeichelhaft fand und der auch allen gefiel – ausgenommen Philip und Mrs. C. Philip schrieb Papa, daß er in einem solchen Fall gar nicht erst zur Hochzeit kommen würde. Und überhaupt: Falls wir beide etwa im Stadthaus wohnten, so würde er es vorziehen, seine Mutter in einem Hotel unterzubringen. Also werde ich auf die hohe Ehre wohl verzichten müssen. Wenn man bedenkt, daß Mama die Castallacks sieben Jahre lang unter ihrem Dach hatte, sollte man doch annehmen, daß Mrs. C. es wenigstens ein oder zwei Tage mit uns aushält. Doch offenbar sieht sie das anders . . ."

Äußerst aufgebracht über diese Nachricht, fragte ich sofort bei ihm an, was Papa auf Philips Brief denn erwidert habe, erhielt jedoch nur eine vage Antwort: Papa habe sich eine endgültige Entscheidung vorbehalten; zur Zeit sei er vollauf damit beschäftigt, sich sozusagen über Länder und Meere hinweg mit Marcus herumzuzanken.

Im Mai, kurz nach seinem einundzwanzigsten Geburtstag, schrieb William: „Marcus hat in Monte Carlo Pleite gemacht (Weiß Gott, was er außerhalb der Saison dort zu suchen hatte! Plangemäß hätte er ganz woanders sein sollen!) und Papa natürlich prompt in einem Telegramm um Geld gebeten. Na, die Reaktion kannst Du Dir ja vorstellen. Papa war außer sich. Schließlich saß Marcus nun schon zum drittenmal in einer derartigen Klemme. Also befahl Papa ihm, unverzüglich nach Hause zu kommen. Marcus' Antwort? Er habe sich das Geld inzwischen gepumpt und denke nicht daran, seinen Aufenthalt vorzeitig abzubrechen, dazu gefiele es ihm dort viel zu gut. Wenn ich Dir sage, daß Papa vor Zorn kochte, so ist das noch stark untertrieben. Ich habe ihn selten so erlebt. In einem weiteren Kabel wiederholte er seinen Befehl mit dem Zusatz, Marcus solle sich gefälligst daran halten, sofern er noch Wert darauf lege, im Herbst nach Oxford zu gehen. Marcus erwiderte unschuldig, er könne die ganze Aufregung nicht verstehen. Papa darauf: Hör endlich auf geliehenes Geld für teure Telegramme zu vergeuden Stop Dein Verhalten ist frech unverschämt und völlig verantwortungslos Stop erwarte Dich Freitag auf Penmarric Stop andernfalls erscheine ich in Monte Carlo um Deiner Grand Tour ein wenig ruhmvolles Ende zu bereiten Stop MSC. Wenn ich Dir das so Wort für Wort zitieren kann, so aus dem einfachen Grund, weil ich das Telegramm in Penzance aufgeben mußte. Am Freitag kreuzte er schäumend auf, und er und Papa lagen sich sofort in den Haaren. Anschließend mußte er sich buchstäblich übergeben. Er haßt Szenen, der Arme. Wie sich herausstellte, hatte er sich in Monte Carlo in eine französische Tänzerin verliebt. Zwei Dutzend Rosen pro Tag, nur die allerteuersten Restaurants – befangen in dem sanften Wahn, sein Geld werde ewig reichen . . ."

Als ich in den Sommerferien wieder nach Penmarric fuhr, machte ich mich vorsorglich darauf gefaßt, eine gespannte Atmosphäre vorzufinden, doch offensichtlich hatte Marcus mit Papa Frieden geschlossen, und Papa selbst schien die ganze Auseinandersetzung vergessen zu haben. Immerhin fiel mir auf, daß Marcus seine Mutter jetzt häufiger besuchte als früher. Er begnügte sich nicht länger mit dem üblichen Samstagabstecher nach Roslyn-Farm, sondern nahm auch in der Woche jede Gelegenheit wahr, zu seiner Mutter zu kommen.

Am ersten Sonntag nach meiner Rückkehr sah ich Mrs. Castallack in der Kirche. Ich saß mit Alice und William in einer der vorderen Reihen, und als ich während des ersten Liedes zufällig den Kopf wandte, entdeckte ich weiter hinten Philips goldblonden Schopf und daneben, bei genauerem Zusehen, seine Mutter. Sie trug Schwarz und wirkte aus dieser Entfernung beinahe jung. Da ich keinesfalls ihren Blick auf mich ziehen wollte, drehte ich den Kopf rasch wieder zurück und hielt für den Rest des Gottesdienstes meine Augen fest auf den Altar gerichtet.

Dennoch blieb mir ihre Gegenwart die ganze Zeit über unbehaglich bewußt.

Nachher waren wir auf dem Weg zum Pfarrhaus. „Magst du deine Mutter jetzt mehr?" fragte ich Jan-Yves, nachdem er ihr guten Morgen gesagt und sich uns wieder angeschlossen hatte.

„Nein", erwiderte er finster. „Was will die überhaupt von mir? Früher hat sie sich nie um mich gekümmert. Erst als Papa damit angefangen hat. Sollen sich beide fortscheren und mich in Ruhe lassen. Mir wäre meine alte Nanny lieber. Die hat mich gern gehabt. *Wirklich* gern."

Nach dem Essen spielte ich mit dem alten Pfarrer im Garten Schach, während Alice Blumen schnitt und William mit Jan-Yves draußen herumspazierte. Unmerklich verging mir die Zeit. Als ich mich eben fragte, ob Alice mit ihren Blumenarrangements im Wohnzimmer denn immer noch nicht fertig sei, hörte ich plötzlich Schritte und das Aufschwingen der Seitenpforte. Ich hob den Kopf und sah, wie ein Mädchen, einen leeren Korb in der Hand, über den Rasen auf uns zuschritt.

Es war jene Reiterin, der Hugh und ich im Frühjahr auf der Heide begegnet waren: Alices Kusine Rebecca.

Sie wirkte anders – jünger. Das damals wild und frei herabwallende Haar war straff geflochten, und auch der strenge Schnitt ihres Ginghamkleides schien ganz darauf angelegt, ihr ein kindliches Aussehen zu verleihen. Allerdings war es ihr zu klein. Ein wenig beklommen nahm ich die unverkennbaren Ansätze weiblicher Rundungen wahr, und ganz gegen meinen Willen stieg die Erinnerung an Hughs Postkarten in mir auf. Ich fühlte, wie mir brennende Röte über die Wangen kroch.

„Ah, Rebecca – guten Tag!" rief der Pfarrer. „Du hast uns

wohl wieder Käse von der Deveral-Farm gebracht? Wie nett von deiner Mutter, an uns zu denken."

„Auch ein Hühnchen und ein paar Eier", erwiderte das Mädchen. „Ich habe gerade alles der Köchin gegeben." Sie sprach sehr sorgfältig und schien ihren eigenen Worten zu lauschen. Ich bemerkte den verstohlenen Blick in meine Richtung. Als der Pfarrer uns miteinander bekannt machte, sah ich ihr deutlich an, daß sie sich an mich erinnerte.

„Guten Tag, Miß Roslyn", stammelte ich.

„Guten Tag, Mr. Parrish." Sie sah wie suchend nach allen Seiten und fragte dann: „Wo ist denn Ihr Freund?"

„Sie meinen den Jungen, der damals auf der Heide bei mir war? Das ist mein Vetter Hugh Castallack. Aber der ist jetzt nicht hier."

„Ach so", sagte sie und schien nicht weiter interessiert.

Während ich noch intensiv damit beschäftigt war, meine Enttäuschung zu verbergen, kam William mit Jan-Yves zurück. Alice brachte Limonade, und wir setzten uns alle in den Rasen.

Ein wenig neidisch hörte ich zu, wie ungezwungen William sich mit Rebecca unterhielt. Die Rede kam auf Morvah, wo sie wohnte, dann auf Penzance.

„Ich bin dort in einem Pensionat", erzählte sie, und wieder fiel mir ihr überdeutliches, überakzentuiertes Sprechen auf. „Einfach abscheulich. Dad meinte ja, das könnte ich mir getrost schenken, aber Mama hat ihren Kopf durchgesetzt, und so lerne ich also Sticken und bitte schön und danke schön auf französisch."

„Macht es dir denn keinen Spaß, mit gleichaltrigen Mädchen zusammen zu sein?" fragte der Pfarrer.

„Nicht besonders. Die meisten sind so eingebildet."

„Ich kann Mädchen auch nicht leiden", verkündete Jan-Yves prompt. „Wenn ich am Strand bin, dann mache ich ihnen immer die Sandburgen kaputt."

„Da werde ich Elisabeth einmal dienstliche Weisung erteilen, es dir mit gleicher Münze heimzuzahlen", sagte William und warf dann einen Blick auf seine Uhr. „Ich glaube, es wird für uns Zeit, nach Penmarric zurückzukehren..."

„Wir müssen unbedingt noch zum Tee bleiben, William!" rief Alice. „Die Köchin hat extra einen Kuchen für uns gebacken. Bitte!"

Und so hielten wir also Teestunde, bis Rebecca schließlich zu ihrem Korb griff und aufstand.

„Ich muß jetzt gehen", sagte sie. „Wenn ich zum Essen zu spät komme, wird Dad böse."

Wieder fiel mir auf, daß sie von ihrem „Dad" sprach und nicht etwa von ihrem „Papa".

„Da ißt du also gleich zweimal Kuchen?" fragte Jan-Yves neidisch. „Das möchte ich auch."

Sie lachte. „Nein, nicht Kuchen. Ich meinte das Abendessen." Sie wandte sich dem Pfarrer zu. „Vielen Dank für den Tee, Mr. Barnwell. Und auch für die Limonade, Alice."

„Hören Sie, Miß Roslyn", sagte William. „Ich habe eine Idee. Wie wär's, wenn wir Sie nach Hause bringen würden? Platz ist genug im Wagen, und wir müssen ja sowieso über Morvah."

„Nein ... bitte ... lassen Sie nur ..."

„Meine Güte, das macht uns doch weiter keine Umstände! Aber Ihnen erspart das einen langen Weg, so daß Sie zum Abendessen bestimmt pünktlich sind."

„Wirklich, Rebecca", sagte Alice. „Wir können dich ja am Ende der Straße absetzen."

„O ja, das wäre besser. Ich möchte nämlich nicht, daß Dad glaubt ..."

„Kann mir schon denken", sagte Alice.

Schließlich stiegen wir alle ein. Ich saß auf dem Rücksitz, Jan-Yves rechts und Rebecca links neben mir, während Alice vorn bei William Platz genommen hatte. Natürlich gab Jan-Yves keine Ruhe, bis er sich, freizügig seine Ellbogen gebrauchend, genügend Raum geschaffen hatte, um hinter Williams Rücken ungehindert auf und ab hüpfen zu können. Das zwang mich, dicht an Rebecca zu rücken, was ihr jedoch nichts auszumachen schien. Beklommen spürte ich an meinem Bein ihren Schenkel, und als ich dann einen verstohlenen Blick auf sie wagte, wurden unter dem kindlichen Ginghamkleid ihre weiblichen Attribute wieder recht augenfällig. Siedend heiß stieg es in mir auf. Krampfhaft starrte ich in eine andere Richtung.

„Wie geht es eigentlich deinen Kusinen, Rebecca?" erkundigte sich Alice. „Was treiben Jared Roslyns Töchter?"

„Ach, die sind soweit wohlauf. Patience geht immer noch mit Will Pryde. Seit über zwei Jahren nun schon."

„Geht? Wohin denn?“ fragte Jan-Yves.

„Das sagt man so, wenn zwei miteinander befreundet sind, um später vielleicht zu heiraten“, erklärte William. „Und jetzt halt den Mund.“

„Charity möchte auf Gurnards Grange eine Stellung annehmen, aber Onkel Jared will das nicht zulassen, weil der Ruf des jungen Peter Waymark nicht gerade . . .“ Sie brach ab, und ich sah, wie sie im Rückspiegel mit William einen Blick wechselte.

„Nur weiter!“ lachte William. „Und keine Angst, daß ich Peter etwas verrate.“

„Nun“, fuhr sie verwirrt fort, „da Charity ein wenig flatterhaft ist . . . Kennen Sie sie, Mr. Parrish?“

„Nein, aber nach dem, was ich hier höre, scheint sie äußerst anziehend zu wirken. Ist sie auch so hübsch wie Sie?“

Wieder kreuzten sich im Spiegel ihre Blicke. Rebecca wurde vor Verlegenheit rot.

„Paß auf, William“, sagte Alice. „Sonst landen wir noch auf einem Feld.“

„Simon Peter leidet immer noch an Asthma“, berichtete Rebecca und schien Williams Kompliment schleunigst überspielen zu wollen. Unwillkürlich schlug ihre heimatliche Mundart durch. Mehr zu Jan-Yves als zu mir gewandt, fügte sie erklärend hinzu: „Das ist Onkel Jareds Jüngster, neun jetzt, aber leider sehr klein und sehr kränklich.“

„Ich werde nächsten Monat sieben“, verkündete Jan-Yves stolz. „Und krank bin ich nie.“

„Armer kleiner Kerl“, meinte Alice. „Es ist schon ein Jammer, wo doch seine acht Schwestern vor Gesundheit geradezu strotzen.“

Der Wagen überquerte den Hügelkamm, und unter uns, etwa einen Kilometer entfernt, lag das Dorf im Licht des Spätnachmittags, und rundum erstreckten sich bis zu Klippen und Meer die Felder.

„Das macht wirklich Spaß“, sagte Rebecca plötzlich. „Ich bin noch nie in einem Automobil gefahren. Viel aufregender als mit der Kutsche. Einfach herrlich . . .“ Sie brach ab.

Ihr Gesicht war plötzlich kreideweiß. Aus weitgeöffneten Augen starrte sie nach vorn auf die Straße.

„Anhalten, William“, befahl Alice. „Damit Rebecca aussteigen kann.“

„Nein!“ rief das Mädchen und duckte sich, ihren Körper noch enger an mich drängend, hinter den Vordersitz. „Nicht anhalten! Weiterfahren! Wenn er mich jetzt aussteigen sieht ...“

„Er hat dich bereits gesehen“, sagte Alice. „Er schwenkt seinen Stock.“

Rebeccas Nähe hatte mich derart verwirrt, daß ich zuerst nicht begriff, was überhaupt vor sich ging. William hatte den Wagen inzwischen zum Stehen gebracht, wobei ihm, wie ich jetzt entdeckte, auch gar keine andere Wahl geblieben war. Denn vor uns, breitbeinig in der Straßenmitte aufgepflanzt, stand ein dünner, drahtiger Bauer mit spärlichem grauem Haar, der allem Anschein nach wütend war. Während der Motor stotternd im Leerlauf dröhnte, trat der Mann, einen mächtigen Knüttel in der Hand, auf uns zu.

„Wer ist das?“ flüsterte Jan-Yves. „Was will er von uns?“

„Mein Onkel Joss“, erwiderte Alice verdrossen. „Na, wenn das kein Pech ist! Was könnten wir ihm denn bloß sagen ...“

„Gar nichts.“ Rebecca rüttelte am Türgriff, doch William war bereits aus dem Wagen gesprungen, um ihr von außen zu helfen.

Alice beugte sich vor. „Guten Tag, Onkel Joss! Wir wollten Rebecca gerade nach Hause bringen. Kennst du schon Mr. William Parrish, den Verwalter von Penmarric?“

Doch der Mann achtete nicht auf sie. „Was habe ich dir immer und immer wieder gesagt?“ schrie er Rebecca an. „Weißt du nicht, daß du um die verdammten Castallacks einen Bogen machen sollst, je weiter, desto besser?“

„Bitte, Onkel Joss“, unterbrach ihn Alice. „Es ist meine Schuld. Ich habe Rebecca zum Mitfahren überredet. Ich ...“

„Misch dich gefälligst nicht ein“, polterte er und fuhr dann wieder auf seine Tochter los. „Das konntest du dir wohl nicht hinter die Ohren schreiben, wie?“

„Aber Mr. Parrish gehört nicht zu ihnen“, sagte Rebecca steif. „Er ist doch nur der Verwalter, Dad.“

„Der Verwalter! Als ob du nicht so gut wie ich und alle in Morvah und Zillan und St. Just wüßtest, wer er ist! Nämlich genauso ein Castallack wie der häßliche kleine Balg dort hinten.“

„Ich weiß nicht, wovon du sprichst, Dad.“

„Spiel jetzt nicht die feine Dame. Tu nicht so, als ob du nicht wüßtest, wovon ich rede.“

„Tut mir leid, Dad. Wirklich. Ich habe mir nichts dabei gedacht." Sie zitterte. Ich spielte gerade mit dem Gedanken, aus dem Wagen zu springen und mich schützend vor sie zu stellen, als William höflich sagte: „Ich bedaure sehr, daß Sie am Verhalten Ihrer Tochter solchen Anstoß nehmen, Mr. Roslyn. Darf ich wiederholen, was Alice bereits festgestellt hat? Daß die Schuld nämlich bei uns und nicht bei Miß Roslyn liegt? Sie hat es zuerst abgelehnt, mitzufahren, bis wir sie dann gegen ihren Wunsch überredeten. Miß Roslyn, ich möchte mich bei Ihnen dafür entschuldigen, daß Sie unsretwegen in derartige Schwierigkeiten gekommen sind. Verzeihen Sie, bitte. Guten Tag, Mr. Roslyn." Und ohne ein weiteres Wort kehrte er dem Mann den Rücken und ging mit raschen Schritten um den Wagen herum zum Fahrersitz.

„Wehe Ihnen, wenn Sie dem Mädchen auch nur in die Nähe kommen!" schrie Joss Roslyn hinter uns her, als das Automobil sich in Bewegung setzte. „Lassen Sie das Kind gefälligst in Ruhe!"

Wir hielten hügelab auf Morvah zu.

Jan-Yves fragte unentwegt: „Wer war das? Warum war er so böse? Was wollte er? Wieso kann er uns denn nicht leiden?"

„Mir ist das furchtbar peinlich", sagte Alice, als wir hinter Morvah nach St. Just abbogen. „Entschuldigt, bitte."

„Aber um Himmels willen, liebe Alice – warum denn? Es war doch nicht Ihre Schuld."

„Aber diese Szene, die Onkel Joss gemacht hat . . ."

„Mein Gott", sagte William begütigend, „lassen wir uns doch nicht durch den Unsinn, den ein gereizter Bauer von sich gibt, den friedlichen Nachmittag verderben. Ich für meinen Teil denke jedenfalls nicht daran. Was soll's denn auch? Wir wissen doch alle, daß er ein ungehobelter Kerl ist, der einen wilden Groll gegen alle Castallacks hat. Es tut mir nur für Rebecca leid. Dem armen Mädchen wird er bestimmt die Hölle heiß machen."

„William", sagte Jan-Yves. „William, ich verstehe nicht. Was hat er denn gemeint, als er sagte . . ."

„Gar nichts weiter, Jan-Yves. Er war ganz einfach wild. Kann uns nun einmal nicht ausstehen. Am besten, wir vergessen die Geschichte."

„Aber was hat er gemeint, als er sagte – daß du ein Castallack bist, William? Du heißt doch Parrish!"

„Himmeldonnerwetter!" platzte ich heraus, von seiner Hartnäckigkeit in Rage gebracht. „Kannst du nicht endlich mit deiner ewigen Fragerei aufhören?"

„Aber er hat doch gesagt . . ."

„Ja, hat er", bestätigte William. „Nein, ich heiße nicht Castallack, Jan-Yves. Aber da wir nun schon einmal dabei sind, sollst du meinetwegen auch die Wahrheit wissen. Ich halte nichts davon, Kindern etwas zu verschweigen. Ich bin nicht dein Vetter. Ich bin dein Bruder, dein Halbbruder. Wir haben denselben Vater, aber verschiedene Mütter."

„William!" schrie ich ihn an. Der Gedanke, daß das alles in Alices Gegenwart zur Sprache kam, war mir unerträglich. „Sei still, William! Sei doch um Gottes willen still!"

„Wegen Alice meinst du?" fragte er. „Nun, das dürfte kaum eine Rolle spielen, denn ihr ist das Gerede gewiß genauso zu Ohren gekommen wie jedem sonst. Sie weiß es also ohnehin."

„Aber . . ." würgte ich hervor, verstummte dann und ließ mich niedergeschlagen zurücksinken, die Augen krampfhaft geschlossen, um nicht Alice ansehen zu müssen.

Sie sagte: „Bitte, Adrian, quälen Sie sich doch nicht damit. Für mich macht das nicht den geringsten Unterschied."

„Hör mal, das ist doch sehr merkwürdig!" rief Jan-Yves und fragte dann scharfsinnig: „War Papa denn nicht mit eurer Mutter verheiratet?"

„Nein. Aus ebendiesem Grunde ist unser Name ja auch nicht Castallack."

„Aha!" sagte Jan-Yves zufrieden. „Wie bei Bella, dem Küchenmädchen, und Davey, dem Stallburschen. Ist ja toll! *Ganz* toll! Hab' doch gleich gewußt, daß du viel zu gut bist, um bloß mein Vetter zu sein."

Und er lehnte sich behaglich zurück und begann William mit Fragen über Joss Roslyn zu quälen.

Auf Penmarric schloß ich mich sofort in meinem Zimmer ein. Ich fühlte mich elend und erschöpft. Zuerst in der Kirche die Begegnung mit Mrs. Castallack, und dann, als wäre das für einen Tag noch nicht genug, diese erniedrigende Szene mit Joss Roslyn. Während ich mich auf dem Bett ausstreckte, bohrte tief in mir ein Gedanke: Wie konnte Papa je behaupten, die uneheliche Geburt sei kein Hindernis für uns? Und völlig sinn- und hoffnungslos begann ich mich nach Allengate und meiner Mutter zu sehnen.

Ich dachte an meine Zukunft. Vielleicht erlaubte Papa mir, wenn ich erst einmal in Oxford war, meine Ferien woanders zu verbringen als auf Penmarric. Aber bis zu meinem ersten Semester in Oxford, im Oktober 1914, war es noch lange hin, noch ganze zwei Jahre. Es bleib mir vorläufig keine andere Wahl, als alles über mich ergehen zu lassen: die neugierigen Blicke, das klatschsüchtige Getuschel, das ganze erbärmliche Leben, das Penmarric mit sich brachte. Aber dann endlich würde ich frei sein, würde in neuer Umgebung eine weiße, unbeschriebene Seite meines Lebens aufschlagen können.

Ungeduld packte mich. Ich nahm Papier und Bleistift, und genau wie Philip vor langer Zeit in Allengate entwarf ich nun selbst einen riesigen Kalender, den ich an die Wand hängte, damit ich, Stück für Stück, die Tage auskreuzen könnte.

6

Es war im August 1912. Fern am anderen Ende Europas braute sich auf dem Balkan ein Unwetter zusammen, doch für die Balgereien so fremder und barbarischer Völker vermochte selbst Alice nur wenig Interesse aufzubringen. Bei uns schien die nicht enden wollende Streikwelle doch endlich abzuklingen. Nur in Irland rumorte es wieder, doch da es dort kaum je anders zuging, konnte man in diesem Punkt schwerlich von Neuigkeiten sprechen. Eine Gesetzesvorlage, die Erweiterung des Stimmrechts betreffend – sehr zu Alices Genugtuung –, schien nach meiner privaten Meinung wenig Aussichten zu haben, das ultrakonservative Oberhaus zu passieren, selbst wenn sie vom Unterhaus gebilligt werden sollte. Kurz, was auf der Welt geschah, war wenig geeignet, mich von meinen eigenen Problemen abzulenken, und so sah ich mich denn gezwungen, das bevorstehende Schauspiel von Marianas hochherrschaftlicher Hochzeit näher ins Auge zu fassen.

Der Zeremonie, die für den zweiten Septembersamstag in St. Margaret im Londoner Bezirk Westminster festgesetzt war, sollte ein großer Empfang im Claridges folgen. William hatte sich bereit erklärt, auf das Amt des Brautführers zu verzichten, doch wo wir während unseres Aufenthalts in London unterkommen sollten, war von Papa bislang mit keinem Wort erwähnt worden. Eines Tages rief er uns dann zu sich in sein Arbeitszimmer.

„Nach einigem Zögern hat meine Frau eingewilligt, im Stadthaus zu wohnen", sagte er, zwischen den Fingern unentschlossen eine Zigarre drehend. Er sah uns nicht an. „Morgen fahre ich zusammen mit ihr nach London. Sie möchte schon zwei Wochen vor der Hochzeit in der Stadt sein – neuer Kleider wegen, und weil sie sich nach so langer Abwesenheit erst wieder in die Londoner Gesellschaft einleben muß." Er musterte uns kurz und fügte dann hinzu: „Eine Aussöhnung steht nicht zur Debatte, aber es ist unser beider Wunsch, Mariana zuliebe wenigstens den Schein einer ehelichen Gemeinschaft zu wahren."

Schweigend starrten wir ihn an, und ganz gegen meinen Willen tauchte ein Bild in mir auf: meine Mutter – wie sie ihm vor unserem Haus in St. John's Wood mit glänzenden Augen und ausgebreiteten Armen entgegenlief.

„Philip kommt Anfang nächster Woche nach, wahrscheinlich gemeinsam mit Marcus und Hugh. Miß Cartwright und das Kindermädchen bringen dann drei Tage vor der Hochzeit die Mädchen und Jan-Yves. Wie ihr beiden es halten wollt, weiß ich nicht. Ich überlasse es am besten euch selbst, den Zeitpunkt eurer Abreise zu bestimmen. Übrigens habe ich Vorsorge getroffen, daß ihr bei Michael Vincents Bruder Peter und dessen Frau wohnen könnt. Sie besitzen unweit vom Russel Square ein Haus, und ich dachte mir, daß euch das lieber ist als ein Hotel. Auch Michael wird dort wohnen, so daß ihr also nicht nur Fremde um euch habt. Auf jeden Fall solltet ihr Peter Vincent rechtzeitig mitteilen, wann ihr in London eintrefft. Ich gebe euch seine Adresse."

Nach ein paar Sekunden des Schweigens sagte William: „Vielen

Dank, Papa. Es ist sehr freundlich von Mr. Vincent, uns bei sich aufzunehmen."

„Nun, Michael und ich sind sehr alte Freunde, und seinen Bruder kenne ich auch recht gut..." Er verbreitete sich einige Minuten über die Familie Vincent, und wir hörten ihm höflich zu. Dann kam er wieder zum Thema: „Was das Geld betrifft", sagte er, ein Seitenschubfach seines Schreibtischs aufziehend, „London ist ein teures Pflaster, und ich möchte, daß ihr von eurem Aufenthalt dort soviel wie möglich habt. Deshalb habe ich an eine kleine Extrazuwendung gedacht, damit ihr euch nach Belieben bewegen könnt, ohne eure Mittel strapazieren zu müssen."

„Nein, danke, Papa", sagte ich. „Das ist nicht nötig. Es geht auch so."

„Kommt nicht in Frage", stimmte William zu. „Du hast durch Marianas Hochzeit ohnehin schon enorme Auslagen."

„Unsinn! Ich bestehe darauf, daß..."

„Nein, danke, Papa", unterbrach ich ihn mit aller Entschiedenheit.

„Nein, danke", sagte auch William. „Sehr freundlich – aber wir möchten doch lieber darauf verzichten."

Er zuckte mit den Schultern und schob das Fach wieder zu. „Nun, wie ihr wollt."

Peinliches Schweigen. Ich stand auf. „Für den Fall, daß ich dich vor deiner Abreise nicht mehr sehe, wünsche ich dir eine angenehme Reise. Bis London also."

„Beste Reisewünsche auch von mir", sagte William. „Und vielen Dank für das Arrangement bei den Vincents. Gute Nacht."

„Gute Nacht, Papa", sagte ich und öffnete die Tür.

Sekunden vergingen, ehe er schließlich, auf seinem Schreibtisch irgendwelche Papiere ordnend, erwiderte: „Gute Nacht."

Wir stiegen die Treppe hinauf und gingen in mein Zimmer. Dort sahen wir uns stumm an.

„Nicht gerade sehr taktvoll, wie?" sagte William endlich. „Uns mit Geld abfinden zu wollen."

Ein Luftzug vom Fenster her ließ das Gaslicht flackern. Ich fand den Spalt und versuchte ihn mit einem Stück des Vorhangs abzudichten. Es war kalt im Zimmer, denn natürlich brannte jetzt, im August, noch kein Feuer.

„Ich fahre nicht“, sagte ich.

„Wir müssen, Adrian. Mariana gegenüber wäre das ganz und gar nicht anständig.“

„Mariana? Die würde das überhaupt nicht bemerken.“

„Vielleicht doch. So kalt und hochmütig, wie sie manchmal wirkt, ist sie gar nicht. Mir scheint sogar, daß unter all der Eitelkeit eine Menge Sensibilität steckt. Außerdem hat sie uns immer wie ihre Brüder behandelt – nimm doch nur ihre Bereitwilligkeit, mich zum Brautführer zu machen. Verpflichtet war sie dazu in keiner Weise. Also war es ihr Ernst damit.“

Das Gaslicht flackerte wieder.

„Offen gestanden“, fuhr er fort, „traue ich Papa in dieser Sache nicht über den Weg. Wenn ich mich nicht sehr irre, ist es ihm doch um eine Aussöhnung zu tun. Wie käme er sonst auf den Gedanken, zwei geschlagene Wochen mit dieser Frau unter ein und demselben Dach zu verbringen? Allmächtiger Gott, in Brighton waren sie kaum zwei Stunden unter demselben Dach – und was ist passiert!“

„Hör doch auf!“ schrie ich. Brighton! Immer dieses Brighton! Ich konnte nicht daran denken. Ich sah meine Mutter vor mir, Tränen in den Augen und bemüht, sich nichts anmerken zu lassen. Und dann meinen Vater – wie er wieder in den Speisesaal kam und sie nicht ansehen konnte... „Kein Wort weiter!“ sagte ich heftig. „Nicht über Brighton!“

Aber er schien nicht zu hören. „Wie“, sagte er, „sind die Tatsachen? Mama war der einzige Mensch, der ihn je von dieser Frau fernhalten konnte, und selbst ihr gelang das nicht immer...“ Offenbar wurde er sich jetzt meines Zustandes bewußt, denn er brach ab. Im nächsten Augenblick nahm sein Gesicht wieder den gewohnt sorglosen Ausdruck an. Er zuckte mit den Schultern. „Was, zum Teufel, kümmert's uns?“ sagte er leichthin, während er zur Tür ging. „Wird schon alles gut ausgehen. Ist ja albern, sich über etwas Sorgen zu machen, was vielleicht nie Wirklichkeit wird... Na, dann will ich jetzt einmal zu Bett gehen. Gute Nacht, mein Alter. Tut mir leid, daß ich mich ein bißchen habe gehenlassen.“

Ich gab keine Antwort. Sacht die Tür hinter sich schließend, ging er hinaus, und ich blieb allein im flackernden gelben Licht. Heulend fuhr der Wind über die Klippen, und von der See her peitschte der Regen gegen die Fensterscheibe. Lange stand ich da und starrte hinaus auf den dunklen Atlantik, während meine Gedanken zurückwanderten nach Brighton, graues Meer im November, das gegen den häßlichen Kiesstrand brandete. Aber nicht das war es, was ich suchte, und so forschte ich in meinem Gedächtnis weiter, ruhelos und fieberhaft, verlorene Erinnerung, wo war sie nur, und dann fand ich sie inmitten jener Eindrücke der letzten Tage auf Allengate: „Haltet zu Papa", hörte ich Mama sagen. Und verbarg das Gesicht in den Händen und begann zu weinen.

Nach Papas Abreise schlug Hugh vor, im Freien ein Mondscheinpicknick zu veranstalten, sozusagen die Nachfeier seines fünfzehnten Geburtstages, wie er es nannte. Es zeigte sich, daß er das Unternehmen schon fix und fertig geplant hatte; im Plan mit inbegriffen waren zwanzig Zigaretten aus Penzance und eine Flasche Wein von Roslyn-Farm – woran der Hintergedanke geknüpft war, das Dienstmädchen Hanna und deren Schwester zu einem Umtrunk einzuladen.

„Nein, danke", lehnte ich kurz ab. „Ich bin nicht interessiert." Aber am Abend begann meine unfreundliche Haltung mir dann doch leid zu tun, und ich beschloß, ihm zu sagen, daß ich's mir anders überlegt hätte. Für eine Einladung an die Mädchen war es jetzt sicher zu spät, was mir, wie ich meinte, einige Peinlichkeiten, vor allem Hughs frühreife Galanterien, ersparen würde.

Nachdem ich ihn nirgendwo sonst im Haus finden konnte, ging ich zu seinem Zimmer und klopfte an die Tür.

„Hugh?" rief ich. „Ich bin's – Adrian. Darf ich hineinkommen?"

Ein gedämpftes Geräusch wie von splitterndem Glas und dann das leise Quietschen der Matratze. Hatte ich ihn aus dem Schlaf geschreckt? Unter meiner Hand gab die Tür nach und schwang weit auf. Ich trat ein.

Er lag mit Hanna im Bett. Und wenn ich sie auch nicht ganz in flagranti ertappte, so fehlte doch nur mehr wenig.

Am nächsten Morgen kam er schon zeitig zu mir.

„Tut mir leid, diese Geschichte", versicherte er eifrig, wieder einmal sein charmantes Lächeln parat. „Aber siehst du..." Und er begann sich ausführlich darüber zu verbreiten, wie stark der Wein gewesen sei und daß er Hanna rein zufällig getroffen habe. „... kannst mir glauben, daß ich eigentlich gar nicht die Absicht hatte, aber dann kam eben alles, wie es kam, du verstehst schon, nicht?"

Ich betrachtete ihn. Der Ausdruck seiner Augen wirkte offen und aufrichtig. Er lächelte gewinnend und wirkte so, als könnte er keinen unehrenhaften Gedanken fassen.

„Bilde dir nicht ein, daß ich dir das glaube", hörte ich mich sagen, und meine Stimme klang überraschend kalt und abweisend. „Gestern abend, das war doch nicht das erste Mal. Du treibst es mit diesem Mädchen schon seit Wochen."

Es war ein Schuß ins Blaue, doch ich war überzeugt, daß ich recht hatte. Sein ewiges Gerede über weibliche Reize, die kleine Sammlung „semiklassischer" Postkarten und nicht zuletzt sein Talent zum Lügen – nahm man das alles zusammen, so gab es keinen Zweifel.

„Du hast es also längst gewußt?" rief er und lachte erleichtert. „Da hättest du aber wirklich einen Ton sagen können. Ich habe das für mich behalten, weil ich dich nicht schockieren wollte. Schließlich möchte ich, daß wir Freunde bleiben. Irgendwann könnten wir doch mal *zusammen* Spaß mit Mädchen haben..." Und plötzlich gestand er mir alles: Wie er schon in den vorigen Ferien Hanna dazu gebracht habe, mit ihm zu schlafen, indem er sie bei Papa anzuschwärzen drohte – er habe nämlich gesehen, wie sie bei einem gewissen Jemand aus dem Zimmer gekommen sei (Marcus vermutlich) – und daß er sie jetzt nicht mehr zu erpressen brauche. „Sie hielt mich für unerfahren", sagte er selbstzufrieden, „und war dann ganz schön überrascht, als sie herausfand, wieviel ich schon wußte."

„Das heißt also, daß du schon vorher..."

„... bin zu dieser Prostituierten in Penzance gegangen. Aber empfehlen würde ich das nicht. Sie ist alt, und ihr Parfüm ist schrecklich ordinär. Das eine Mal hat mir vollauf genügt."

„Aber...", begann ich stockend und fragte dann: „Wie konntest du nur? Schon beim bloßen Gedanken daran wird mir übel. Du warst damals vierzehn – ganze vierzehn! Das ist doch einfach widerlich!"

Fast unmerklich änderte sich der Ausdruck seiner Augen. Sie wirkten jetzt heller, durchsichtiger. „Mein lieber Adrian", sagte er. „Du redest, als ob's ein elftes Gebot gäbe, das da lautet: Du sollst mit vierzehn noch nicht der Fleischeslust frönen!"

„Tut mir leid", sagte ich erregt. „Tut mir wirklich leid, aber ich finde das so – so niedrig, so unsagbar vulgär ..."

Sein Lächeln verschwand. Eine Maske schien zu fallen. Zum erstenmal sah ich den wahren Hugh und entdeckte unter der Oberfläche, die in vielem seiner Mutter glich, jenes Tieferliegende, das aus den Porträts der Penmars zu mir sprach: die Abenteurernatur – den gefährlichen und völlig skrupellosen Charakter.

„Du verdammter Tugendbold!" schrie er mich an. „Du keuscher Joseph! Bilde dir nicht ein, daß ich mir von dir Moralpredigten halten lasse!"

„Ich halte dir keine Moralpredigten. Ich sage dir nur, daß ..."

„... daß du ein Musterknabe bist, wie? Ein wahrer Tugendpinsel, ja? Und auf der Schule die reine Leuchte! Na, wenn schon – denn da, wo es drauf ankommt, hast du ein Brett vorm Kopf. Aber laß dir sagen, daß ich es satt habe, mich von meiner Familie wie Luft behandeln zu lassen. Wenn mich von denen keiner will, na, dann bitte. Dann halte ich mich eben an Menschen, die mich zu schätzen wissen. Für dich mag Hanna ja nur ein dummes kleines Dienstmädchen sein. Ich kann dir nur sagen, daß sie mir genau das gibt, was ich brauche – und wenn du's *ganz* genau wissen möchtest, dann will ich dir verraten, daß sie mich im Bett um ein verdammtes Bißchen aufregender findet als deinen blöden Bastard von einem Bruder!"

„Was sagst du da? Soll das etwa heißen ..."

„Dachte ich mir doch, daß du keine Ahnung hast! Wie schokkierend, nicht wahr, daß dein geliebter William doch nicht so vollkommen ist, wie du glaubst!"

„Noch ein gemeines Wort über ihn, und ich werde ..."

„Ich habe mich oft gefragt, was Papa an seinen Bastarden denn so Besonderes findet. Natürlich bist du noch mehr sein Liebling als William, aber ..."

Ich war so verdutzt und verwirrt, daß ich automatisch stammelte: „Papa zieht niemanden vor."

„Was?“ Er starrte mich ungläubig an und lachte dann laut auf. „Ich habe mich wohl verhört. *Papa zieht niemanden vor.* Das sagst ausgerechnet du! Herr im Himmel, ein Tag in Allengate genügte, um uns klarzumachen, wer sein Augapfel war!“

„Das ist nicht wahr!“ beharrte ich krampfhaft. „Das ist einfach nicht wahr!“

„Es *ist* wahr, verdammt noch mal! Es *ist* wahr! Ja, großer Gott, glaubst du etwa, wir merken nicht, daß Papa dauernd von dir spricht und mit dir auf der Terrasse sitzt und mit dir über Geschichte debattiert? Meinst du etwa, Marcus macht sich keine Sorgen, daß Papa sein ganzes Geld dir vermachen könnte? Und was denkst du wohl, warum Philip nie nach Penmarric kommt? Und warum er schon so lange mit Papa verfeindet ist? Nicht, weil Papa seiner Geliebten den Vorzug gegenüber seiner Frau gegeben hat – sondern weil er dir vor uns den Vorzug gibt! Du kannst dir anscheinend nicht vorstellen, wie uns zumute war, als man uns in Allengate in ein Haus pferchte, wo William und du wie kleine Lords residierten. Es war ja, als wären wir die Bastarde und nicht ihr! Wir haben euch gehaßt! Wir haben euch immer gehaßt! Und wir hassen euch auch heute noch! Mariana wollte uns die Peinlichkeit ersparen, euch als Hochzeitsgäste ertragen zu müssen – aber es blieb ihr keine Wahl, denn Papa ließ nicht mit sich reden! Aber wenn er einmal stirbt, dann ist mit dir und mit William hier Schluß. Ihr verdammten Bastarde steht uns bis obenhin, und bei der ersten Gelegenheit setzen wir euch an die Luft.“

„Wenn du mich noch einmal Bastard nennst“, sagte ich, „dann ...“

„Bastard!“ zischte er und spuckte vor mir aus.

Ich schlug zu. Und dann kämpften wir, hart und erbittert, keuchend vor Anstrengung und Wut – bis plötzlich die Tür aufflog und William eintrat.

„Was, um Himmels willen, geht denn hier vor sich?“ rief er. „Man kann euch ja meilenweit hören! Was, zum Teufel ...“

Hugh fuhr zu ihm herum. „Du“, fauchte er. „Du und der da – Bastarde alle beide.“ Und während William noch verdattert stand, stürzte er an ihm vorbei und schlug die Tür hinter sich zu.

Ich ließ mich aufs Bett sinken.

„Ja, um Himmels willen", sagte William, „was ist denn bloß los? Ich habe Hugh noch nie so wütend gesehen. Was war zwischen euch beiden? Los doch, erzähl schon!"

Aber als ich schließlich wieder sprechen konnte, sagte ich nur: „Ich fahre nicht zu Marianas Hochzeit."

Zwei Stunden lang debattierten wir miteinander. Zwei Stunden lang versuchte William vergeblich, mich von meinem Entschluß abzubringen.

„Ich fahre nicht", beharrte ich. „Wir sind nicht erwünscht. Sie hassen uns alle, auch Mariana."

„Unsinn!" sagte William, seinerseits allmählich in Zorn geratend. „Hugh ist ein verlogenes Stück, das wissen wir doch beide. Er hat sich das alles aus den Fingern gesogen. Nichts davon ist wahr."

„Du kannst von mir aus sagen, was du willst – ich fahre nicht!"

„Papa wird außer sich sein!"

„Soll er", erwiderte ich halsstarrig. „Mich bringen jedenfalls keine zehn Pferde nach London."

„Und weswegen bist du auf *mich* böse?" fragte William halb amüsiert und halb empört. „Habe *ich* etwa diesen Stein ins Rollen gebracht?"

Er hatte recht. Ich war böse auf ihn. Mein lange gehegter Verdacht, daß die Abstecher, die er mit Marcus zu benachbarten Wirtshäusern unternahm, nicht nur fröhlichem Umtrunk dienten, schien sich zu bestätigen. Ich fühlte mich von ihm hintergangen, und es war fast, als hätte ich teil an seiner Schwäche. Seine Erniedrigung war für mich beschämend und demütigend.

„Hör mal, mein Alter", sagte er versöhnlich, „du brauchst doch nicht lange in London zu bleiben. Nur zur Hochzeit. Danach könntest du ja gleich wieder zurückfahren . . ."

„Nein!" erwiderte ich heftig. „Spar dir deine Überredungsversuche. Ich fahre nicht, und weder du noch sonst jemand kann mich davon abbringen."

Und dazu stand ich auch. Während alle anderen nach London reisten, blieb ich auf Penmarric zurück. Aus Furcht, Mr. Barnwell könnte sich über mein Verhalten enttäuscht zeigen, mied ich sogar die Kirche in Zillan und besuchte statt dessen lieber den

Gottesdienst in St. Just. Ansonsten blieb ich meist auf meinem Zimmer oder machte Spaziergänge. Und in dieser Zeit, wo ich ganz für mich allein war, begann ich zu schreiben. Als erstes versuchte ich mich an Prosa. Und da Papa einmal vom Reiz der Autobiographie gesprochen hatte, unternahm ich einen Versuch in dieser Richtung, mußte jedoch bald einsehen, daß ich mit meinen jungen Jahren zum eigenen Leben nicht genügend Abstand besaß. So schloß ich das Manuskript in eine Lade, wo es dann zwanzig Jahre lang unberührt liegen sollte. Danach wagte ich mich an Lyrik, der ich weit mehr abgewann. Stundenlang konnte ich am Fenster sitzen und hinausblicken auf die See, während ich meine Gedanken in gehobene Sprache zu setzen versuchte.

Schließlich hatte ich sechs Gedichte verfaßt, denen ich versuchsweise den Titel gab: „Naturbetrachtungen eines Unglücklichen." Doch damit war meine Idylle auch zu Ende. Denn zwei Tage nach der Hochzeit kam Papa allein aus London zurück und ließ mich zu sich in sein Arbeitszimmer rufen.

„Ich hoffe sehr, daß du deine Abwesenheit erklären kannst", sagte er barsch. „Mir war es leider unmöglich, Mariana einen plausiblen Grund dafür zu nennen. Sie war bestürzt."

„Es tut mir leid", erwiderte ich, angestrengt schluckend. „Ich habe nicht geglaubt, daß sie das überhaupt bemerken würde."

„Natürlich hat sie es bemerkt! Und ich muß schon sagen, daß ich dein Wegbleiben einfach unerhört finde! Schließlich wußtest du genau, wie sehr mir daran lag, diesen Tag für sie so schön wie irgend möglich zu gestalten – auch wenn das für diesen oder jenen von uns ein Opfer bedeuten sollte." Er griff nach einer Zigarre und drehte sie zwischen den Fingern. „Natürlich war es eine komplizierte Situation – äußerst schwierig!" fuhr er fort. „Glaubst du nicht, mir wäre es lieber gewesen, William und dich im Stadthaus zu haben? Ich wußte nur allzu gut, daß euch die Einquartierung bei den Vincents sehr wenig behagen würde. Eine bessere Lösung ließ sich jedoch nicht finden, und es war meine Hoffnung, daß du das begreifen und mir nachsehen würdest – Mariana zuliebe, wenn schon aus keinem anderen Grunde. Mir war auch klar, daß es für dich peinlich und sogar abstoßend sein mußte, mich zusammen mit meiner Frau auf dem Empfang zu sehen, doch ich vertraute darauf, daß du großmütig genug wärst, es zu tolerieren – für einen Nachmittag wenigstens! Aber nein, dir war schon das zuviel. Nicht den kleinen Finger hast du für mich gekrümmt. Ich bin sehr enttäuscht."

Ich starrte zu Boden. „Es tut mir leid."

„Glaubst du, es hätte mich keine Überwindung gekostet, mit meiner Frau zwei Wochen lang unter einem Dach zu leben? Glaubst du, das wäre mir leicht gefallen?"

„Ich ..."

„Nun, falls du das annehmen solltest, so irrst du dich gewaltig. Aber es mußte sein – Marianas wegen." Er riß ein Streichholz an und hielt die Flamme an die Zigarre.

„Papa, es tut mir sehr leid. Ich habe mir das alles nicht so richtig klargemacht. Ich war so durcheinander, weil ... weil ich hörte, daß Mariana mich gar nicht bei ihrer Hochzeit wollte, sondern es eher als peinlich empfand, William und mich unter den Gästen zu haben."

„Wer hat denn *das* behauptet?"

Ich schüttelte verlegen den Kopf. „Das möchte ich lieber nicht sagen."

„Nun, du mußt schon ein Narr sein, so etwas zu glauben! Ausgerechnet Mariana, die William und dich doch lieber mag als etwa Philip oder Hugh – genau wie sie zu Rose ein viel engeres Verhältnis hatte als zu ihrer eigenen Mutter. Ist dir das denn nie aufgegangen?"

Ich senkte den Kopf und schwieg.

„Da ist dir also ein absurder Klatsch zugetragen worden, und schon bist du dir unerwünscht vorgekommen! Diese verflixte Überempfindlichkeit mußt du endlich ablegen! Wie oft soll ich dir das noch sagen? Wenn du das nicht schleunigst änderst, wird es dir einmal zum Verhängnis. Meine Enttäuschung ist besonders groß, weil du im Laufe des letzten Jahres so manche deiner Schwierigkeiten überwunden zu haben schienst. Du hast dich hier doch ganz glücklich gefühlt, nicht wahr?"

Ich schluckte wieder.

„Oder stimmt das etwa nicht?"

„Doch, schon. Aber ..."

„Ja?"

„Papa, wenn ich nach Oxford komme – könnte ich dann die

Ferien im Stadthaus verbringen? Oder in Oxford selbst? Ich – ich fühle mich in Cornwall nicht richtig zu Hause, und es wäre mir lieber, wenn . . ."

„Darüber sprechen wir, wenn es soweit ist." Seine Stimme klang sehr schroff – zornig, wie mir schien. Aber dann begriff ich, daß ich ihn verletzt hatte.

„Papa, ich wollte doch nicht . . ."

„Schau, Adrian." Er warf einen Blick auf seine erloschene Zigarre und legte sie dann in den Aschenbecher. „Schau", wiederholte er, sich mir entgegenbeugend. „Ich will nur eines. Daß du glücklich bist. Weiter nichts. Bei allem, was ich tue, so ungerecht es dir auch immer erscheinen mag, ist das mein einziges Ziel, vergiß das nicht. Wenn du später von Oxford nicht mehr nach Penmarric kommen magst, so werde ich dir nichts in den Weg legen. Aber im Augenblick bist du mir noch zu jung, um die Ferien sozusagen in der Fremde zu verleben. Außerdem möchte ich auf gar keinen Fall, daß du dich noch einsamer und ungeliebter fühlst, als du es ohnehin schon tust. Versuch das zu verstehen."

„Ich verstehe schon, Papa – und es war wirklich nicht meine Absicht, dich zu verletzen. Verzeih mir, bitte."

„Wenn mich etwas verletzt, dann diese absurde Idee, daß du hier unerwünscht bist. Wer hat dir denn überhaupt diesen Unsinn erzählt – diese Mär, daß Mariana dich nicht bei ihrer Hochzeit haben wollte? Etwa Philip – irgendwann am Sonntag nach der Kirche?"

„Nein."

„Aber jedenfalls einer deiner Brüder, nicht wahr?"

Ich schwieg.

„Nun, da Philip ausscheidet und Marcus mir keines häßlichen Wortes fähig scheint, muß der Schuldige ja wohl Hugh sein. Ein schwieriges Kind! Spricht kaum mit mir, schreibt, wenn er auf der Schule ist, nur alle paar Monate einen nichtssagenden Brief und läßt es sich jetzt offenbar angelegen sein, hinter meinem Rücken Unfrieden zu stiften. Wenn dein Wegbleiben indirekt auf sein Konto geht, dann werde ich ihn zu mir zitieren und ihn zur Rechenschaft ziehen."

„Nein, Papa, bitte . . . bitte nicht."

„Und warum nicht?"

„Weil damit bewiesen wäre – jedenfalls würde er es so auffassen –, daß nicht er dein Liebling ist, sondern ich.“

„Ich habe keine Lieblinge“, sagte Papa.

„Das habe ich ihm ja auch versichert, aber er wollte es mir nicht glauben. Er meint, daß du deine unehelichen Söhne vorziehst.“

„Absoluter Unsinn. Ich behandle alle meine Söhne gleich. Wenn Hugh daran liegt, daß ich mich für ihn interessiere, dann sollte er sich mehr auf Penmarric aufhalten, statt jeden Tag gleich nach dem Frühstück nach Roslyn-Farm hinüberzureiten. Wahrscheinlich hat ihm seine Mutter den Floh ins Ohr gesetzt, daß ich William und dich besser behandle als ihre Söhne – würde mich jedenfalls nicht überraschen, wenn wir das ganze Dilemma ihr zu verdanken hätten! Es war seit eh und je ihr Ziel, die Kinder gegen mich einzunehmen, und wie es scheint, hat sie damit mehr Erfolg, als ich bisher glaubte. Zuerst Philip und nun Hugh ... Mit Philip habe ich in London kaum ein Wort gewechselt, oder besser ausgedrückt: er kaum mit mir. Und ich muß sagen: Ich würde versuchen, ihn mit Hilfe des Gerichts von Roslyn-Farm wegzuholen, wenn auch nur die geringste Hoffnung bestünde, sein Verhältnis zu mir dadurch verbessern zu können. Aber wie die Dinge liegen, ist es dafür zu spät. Es würde ihn nur noch mehr gegen mich aufbringen. Aber ich mache mir Sorgen um ihn. Mit seiner Mutter lebendig auf einem abgelegenen Bauernhof begraben – das ist doch kein Leben.“ Seine Finger drehten und wendeten den Zigarrenstummel und zerquetschten ihn dann. „Jetzt versucht sie auch noch, Jan-Yves für sich zu gewinnen“, sagte er leise, „aber bisher ohne Erfolg. Der kleine Kerl scheint zu wittern, daß er für sie nur Mittel zum Zweck ist – eine mögliche Waffe in ihrem Privatkrieg gegen mich. Armer Jan-Yves! Ich hätte ihn damals nach Allengate holen sollen, das wäre meine Pflicht gewesen, aber Rose hatte sich schon um sechs Kinder zu kümmern, die nicht ihre eigenen waren, und da wollte ich ihr nicht auch noch ein siebentes zumuten, noch dazu eine Erinnerungsgabe an ...“

Brighton, dachte ich.

„... na ja, lassen wir das. Es ist nun einmal geschehen. Aber ich sollte dir von alledem nichts sagen, denn gerade über dieses tiefe Zerwürfnis mit meiner Frau wirst du nichts hören wollen.“

„Besteht Aussicht auf – eine Aussöhnung? William und ich haben uns nämlich gefragt . . .“

„Großer Gott, nein“, sagte er. „Niemals.“ Und wiederholte dann in kaltem und schroffem Ton: „Niemals.“ Er schob den Aschenbecher zurück und stand auf. „Wechseln wir das Thema. Du hast zwei Briefe zu schreiben – Entschuldigungsbriefe, das ist dir doch hoffentlich klar. Einen an Mariana, weil du nicht auf ihrer Hochzeit warst; und einen an Peter Vincent und seine Gattin, weil du ihnen durch dein Fortbleiben Ungelegenheiten bereitet hast.“

„Ja, Papa.“

„Dann wollen wir kein weiteres Wort darüber verlieren. Mir bleibt nur, dein Verhalten zu bedauern, aber geschehen ist geschehen. Und damit genug. Schreibe jetzt die Briefe, und dann wollen wir die Angelegenheit als erledigt betrachten.“

„Ja, Papa. Vielen Dank. Und verzeih mir bitte.“

„Gut, in Ordnung. Es tut auch mir leid, wenn du Kummer gehabt hast.“ Er lächelte mich an, und plötzlich zerstoben all meine Sorgen wie Spreu vorm Wind, und ich fühlte mich so froh und so glücklich wie in den lang zurückliegenden Tagen vor Brighton. Als ich sein Lächeln erwiderte, sagte er: „Wenn du diesen Gesichtsausdruck hast, dann ähnelst du meinem Vater doch sehr!“, und wir lachten beide, und nichts war mir ferner als der Gedanke, daß Hughs Lügen ein winziges, doch unverdauliches Körnchen Wahrheit enthalten mochten.

„Es war eine wunderschöne Hochzeit“, sagte Jeanne mit tiefem Seufzen. „Mariana sah wie eine Prinzessin aus. Die Zuschauer drängten sich zu Hunderten, so daß es auf der Straße sogar eine Verkehrsstauung gab. Und die Damen trugen alle so herrliche Kleider – aber das allerprächtigste hatte Mama an, außer Mariana natürlich. Und hinterher wollten viele Photographen Bilder von ihr machen.“

„Mich hättest du mal in meinem Anzug sehen sollen“, sagte Jan-Yves. „Und photographiert haben sie mich auch. Und dann kam so ein Zeitungsreporter, dem mußte ich meinen Namen vorbuchstabieren. ‚Jan-Yves‘, meinte er, ‚noch nie gehört.‘ Und er glaubte, Yves würde E-V-E geschrieben.“

„Am besten gefiel mir der Empfang im Claridges", fiel Elisabeth ein. „Die Hochzeit selbst fand ich ziemlich langweilig. Aber das Claridges – hm, ich hatte ein halbes Glas Champagner und drei köstliche Baisers. Kaviar habe ich auch probiert, aber die Baisers schmeckten mir besser."

Und so redeten sie und redeten fort, bis ich es kaum noch aushalten konnte und am liebsten, Hände über den Ohren, „Aufhören!" geschrien hätte.

„War doch schön, Mama und Papa wieder zusammen zu sehen", sagte Marcus. „Schienen auch prächtig miteinander auszukommen. Auf dem Empfang wirkten sie genau wie jedes andere Ehepaar, und später gingen sie gemeinsam zum Dinner aus. Nicht allein natürlich, aber das Zusammensein kann ihnen doch nicht unangenehm gewesen sein, sonst hätten sie bestimmt eine Ausrede gefunden."

„Von einer Versöhnung kann nicht die Rede sein", vertraute ich William unter vier Augen an. Der Schock über Hughs Enthüllungen war inzwischen so weit gewichen, daß ich mich meines Grolls gegen William schämte. Ich begriff jetzt, daß es Hugh gelungen war, genau die beabsichtigte Wirkung bei mir zu erzielen, und ärgerte mich, daß ich ihm so leichtfertig auf den Leim gekrochen war. Zwar war ich immer noch über Williams unmoralischen Lebenswandel entsetzt, aber ich hatte mir fest vorgenommen, dieser Tatsache einfach ins Auge zu sehen und meinem Bruder deswegen nicht gleich den Rücken zu kehren. Eine gegenteilige Haltung, davon hatte Mr. Barnwell mich überzeugt, war keine Lösung ... und außerdem konnte ich auf die Dauer ohnehin nicht den Gedanken ertragen, William und ich wären einander entfremdet. So war ich jetzt sehr froh, ihn wegen der gefürchteten Aussöhnung zwischen Papa und Mrs. Castallack beruhigen zu können. „Papa hat gesagt, das käme überhaupt nicht in Frage", erklärte ich. „Völlig ausgeschlossen."

„Das hat er gesagt? Na, Gott sei Dank! Je öfter ich die beiden sah, desto schwummeliger wurde mir. Weißt du, wenn man ehrlich sein will – also wie eine ehemalige Bauersfrau wirkte sie wirklich nicht, und ich muß schon gestehen, daß ich sie, allem zum Trotz, fast ein wenig bewunderte."

Alice war die einzige, die der Hochzeit nichts abgewonnen zu haben schien.

„Bei so großen Menschenansammlungen", gestand sie mir offen, „fühle ich mich nie sehr wohl; am liebsten möchte ich mich vor lauter Schüchternheit in irgendeinen Winkel verkriechen."

„Wirklich, Alice?" fragte ich ungläubig.

„Ja, wirklich! Fragen Sie nur Mr. Castallack! Er stöberte mich hinter einer Topfpalme auf und sprach mir Mut zu. Ein so netter Mensch! Ich mag ihn sehr."

Sie hatte nun endgültig Papas Billigung gefunden, denn nach der Hochzeit bat er sie, als Haushälterin auf Penmarric zu bleiben und erhöhte sogar, wie William mir berichtete, ihr Gehalt. Überraschen konnte das allerdings kaum, denn sie leistete ausgezeichnete Arbeit. Und wenn sie für die Stellung gewiß auch ein wenig jung war, so hatten doch die Bediensteten für den Namen Penmar eine unverkennbare sentimentale Schwäche, vor allem jene, die sie, wie etwa Medlyn, der Butler, zärtlich „Mr. Harrys Tochter" nannten. Aber gleichgültig, was mehr zu ihrem Erfolg beitragen mochte, ob Name oder angeborene Tüchtigkeit – Tatsache blieb, daß Papa von häuslichen Dingen unbelästigt blieb und sich ganz seinen Interessen zuwenden konnte.

Im November, kurz nach Marianas Rückkehr aus den Flitterwochen, die sie uns in einem Brief als „einfach himmlisch" beschrieben hatte, wurde ein Buch Papas veröffentlicht. Thema: das Leben Stephen Langtons und sein Verhältnis zu König Johann sowohl vor als auch nach dem Interdikt. Es war eine faszinierende Lektüre, und während der Weihnachtsferien führten Papa, Alice und ich sehr interessante Gespräche darüber. Gleichsam als Ergänzung zu ihrer Anteilnahme an den Tagesereignissen begeisterte Alice sich auch weitgehend für geschichtliche Dinge. Ihr Großvater besaß eine umfangreiche Bibliothek, und sie war überaus belesen.

Dann verlangte die Schule wieder nach ihrem Recht, doch bald war es Frühling und abermals Ferienzeit. Marcus, von Oxford nach London gereist, hielt sich zu Beginn der Saison im Stadthaus auf und telegraphierte Papa, daß er „ein wenig Extrageld" brauche.

„Er scheint in Oxford ein recht flottes Leben zu führen", meinte Alice.

William wandte ein, daß das Leben in Oxford sicherlich sehr teuer sei.

„Unsinn“, sagte Alice. „Er ist hoffnungslos extravagant.“

Unter vier Augen vertraute William mir dann an: „Alice ist sehr herrschsüchtig. Fühlt sich immer im Recht.“

„Was sie ja auch meistens ist“, verteidigte ich sie.

„Deshalb braucht sie doch nicht gleich die Neunmalgescheite herauszukehren“, sagte William. „Übermäßig weiblich ist das nicht. Und außerdem kann ich's nicht ausstehen.“

Doch darum schien Alice sich wenig zu kümmern, und so gerieten sie von Zeit zu Zeit immer wieder aneinander, vor allem in Fragen der Politik.

Es war 1913. Im Oberhaus war, wie ich vorausgesehen hatte, die Gesetzesvorlage über die Erweiterung des Stimmrechts gescheitert, was die Frauenrechtlerinnen natürlich zu noch militanteren Aktionen trieb.

„Und ich kann nicht gerade sagen, daß ich ihnen das verüble“, bemerkte Alice, „obschon mir anderseits unter diesen Umständen Gewalttätigkeit nicht ganz gerechtfertigt erscheint.“

„So werden die doch nie das Wahlrecht erhalten“, sagte William. „Und das ist auch gut so, finde ich.“

Eine zweite Gesetzesvorlage, die darauf abgezielt hatte, den permanenten Unruheherd Irland ein wenig abzukühlen, war gleichfalls im Oberhaus hängengeblieben.

„Es ist ein Jammer, daß die Lords die Konstitutionskrise von 1911 überdauert haben“, kommentierte Alice scharf. „Jetzt wird es in Irland natürlich zum Bürgerkrieg kommen.“

„Womit den Iren auch nur recht geschieht“, gab William zurück. „Unter denen herrscht doch dauernd Unfrieden. Die sind gar nicht fähig, sich selbst zu regieren.“

„Aber immer noch fähiger als diese Ansammlung von Fossilien in Westminster“, sagte Alice.

Im Südosten Europas war der zweite Balkankrieg im Gange, doch jedermann vertraute darauf, daß Sir Edward Grey Britannien aus der Sache heraushalten und mit gewohntem diplomatischem Geschick von außen wirksamen Einfluß auf sie nehmen könne.

„Einen größeren Krieg gibt das nie und nimmer“, behauptete William. „Keines der europäischen Staatsoberhäupter scheint versessen darauf – das wurde ja schon während der letzten Balkankrise offenbar.“

„Ja, aber wie lange wird Sir Edward Grey seine Neutralitätspolitik weiter verfolgen können?“ fragte Alice. „Es gibt Situationen, in denen man nicht neutral bleiben kann.“

„Richtig!“ pflichtete ich ihr bei. „Außerdem empfinde ich einen Krieg durchaus als edel, solange er im Namen der Freiheit und der Gerechtigkeit geführt wird.“

„Edel? Na, ich weiß nicht“, sagte Alice. „Aber es mag schon Zeiten geben, wo er notwendig ist – ja sogar unvermeidlich.“

„Das finde ich ganz und gar nicht“, beharrte William. „Wieso sollten wir in Rußlands endlose Händel mit der Türkei verwickelt werden und in all dieses slawische Gekeife am anderen Ende Europas?“

„Nun“, erwiderte Alice prompt, „dieses slawische Gekeife ist für Österreich von großem Interesse. Und wer steht mit Österreich Schulter an Schulter?“

„Ach was, der Kaiser wird sich nie mit uns anlegen“, erklärte William. „Solange der sich in seine Prachtuniform werfen und seine Soldaten wie Spielzeug vor sich paradieren lassen kann, bleibt er harmlos. Der fängt schon nichts an.“

„Unsinn“, sagte Alice. „Wenn erwachsene Männer mit lebendigen Soldaten wie mit Spielzeug hantieren, dann stellen sie für die zivilisierte Welt eine Bedrohung dar.“

„Sie sind mir vielleicht eine Kassandra, Alice!“ rief William, aber unter dem gutmütigen Ton wurde doch seine Gereiztheit deutlich spürbar. „Wie dem auch immer sei – ich rechne nicht mit einem Krieg.“

„Churchill rechnet damit.“

„Churchill ist ein verantwortungsloser Kriegstreiber!“

„Ich finde“, sagte ich, um die Wogen beizeiten zu glätten, „daß wenigstens vorläufig mit einem Krieg nicht zu rechnen ist. Sollte er überhaupt je ausbrechen, so gewiß nur, weil irgendwer sämtliche Prinzipien zivilisierter Moral in den Wind schlägt, was uns dann natürlich zu einer Intervention zwingen würde. Bei einem offenen Konflikt zwischen Gut und Böse bleibt einem ja gar nichts anderes übrig, als für seine Überzeugungen und Grundsätze zu kämpfen.“

In diesem Punkt stimmten sie mir wenigstens beide zu. Ich seufzte erleichtert auf. Zwischen ihren verhärteten Fronten fühlte ich mich oft wie in einer Falle; und wenn ich auch meist Alices

Ansichten zuneigte, so lag mir anderseits doch sehr daran, William nicht im Stich zu lassen.

Der Sommer kam. Mit einigem Fingerspitzengefühl manövrierten die Staatsmänner Europas den zweiten Balkankrieg in friedlichere Gewässer, und Sir Edward Greys Popularitätskurve stieg erneut steil an.

„Genau wie ich's vorausgesehen habe", sagte William zu Alice.

Mariana und ihr Mann kamen Ende Juli zu Besuch, doch offenkundig war Cornwall ihnen zu provinziell, und sie blieben nicht lange. Nach ihrer Abreise brachte Papa einige Zeit in Oxford zu; während seiner Abwesenheit erzitterte Penmarric unter den Wutausbrüchen von Jan-Yves, der lauthals verkündete, er denke nicht im Traum daran, sich im September auf die Schule schicken zu lassen. Wenn ich angenommen hatte, daß Papa nach seiner Rückkehr dieser Aufsässigkeit energisch einen Riegel vorschieben würde, so sah ich mich getäuscht. Er nahm dem störrischen Jan-Yves gegenüber auch diesmal eine recht nachsichtige Haltung ein und versuchte ihn zu beschwichtigen: Bald schon werde er ihn zusammen mit William in der Schule besuchen.

Schließlich wurde es wieder Weihnachten. Ich war jetzt achtzehn, hochaufgeschossen und immer noch viel zu dünn; aber zumindest der elende Ärger mit meiner Haut hatte sich gebessert, und in meinen Bewegungen kam ich mir auch nicht mehr so linkisch vor wie früher. Das Leben, so fand ich, gewann wieder rosigere Aspekte, und als der Winter dann dem Frühling wich, begann ich bereits, mich auf den Herbst zu freuen, der mich ja nach Oxford führen sollte. Im Juli, nach dem Abgang von Winchester, empfand ich zwar eine leise Wehmut über die nun endgültig entschwundene Schulzeit, aber sehr lange ließ ich mich von diesem Gefühl nicht niederdrücken. Bald war ich wieder auf Penmarric – und bei meinen Gesprächen mit Alice.

Die politischen Ereignissen beschäftigten uns zu dieser Zeit ganz besonders. Was an Nachrichten und Meldungen zu uns drang, klang leider ganz und gar nicht verheißungsvoll. Auf dem Balkan rumorte es wieder, was jedoch von niemandem sehr ernst genommen wurde, da vergangene Erfahrungen ja gezeigt hatten, daß diplomatische Kunst das Dilemma dort sehr wohl unter Kontrolle zu halten vermochte. Die eigentlichen Schwierigkeiten gab es in der Heimat. Die Suffragetten steckten Gebäude in Brand, schossen auf Eisenbahnzüge und legten in Kirchen sogar Bomben. In Irland brach der Bürgerkrieg aus. Und schließlich schien allen allmählich aufzugehen, daß selbst diese schweren inneren Zwistigkeiten noch überschattet zu werden drohten von der schwindenden Kraft der Diplomatie in auswärtigen Dingen. Zu Anfang des Sommers und sogar nach dem Attentat in Sarajewo hatte man geglaubt, daß die Neutralitätspolitik uns aus allen Kalamitäten heraushalten könne, bis sich, auf inzwischen gewohnte Weise, die Geschichte ganz von selbst beruhige. Jetzt jedoch begann die Öffentlichkeit auf einmal zu begreifen, daß Europa in zwei bewaffnete Heerlager gespalten war. Die Diplomatie steckte in einer Sackgasse, und der dritte Balkankrieg, weit davon entfernt, beigelegt zu werden, drohte sich zu einem Massenkonflikt auszuwachsen.

Dennoch sprach man nach wie vor vom Frieden. Ich war gerade dabei, in der „Times" eine Rede Lloyd Georges nachzulesen, in der er geäußert hatte, die internationale Lage sei 1913 wesentlich kritischer gewesen, als Papa plötzlich zu mir sagte: „Komm doch bitte für einen Moment in mein Arbeitszimmer. Ich möchte dir etwas zeigen."

In der Annahme, daß er vielleicht an seinem neuesten Manuskript, einem Artikel über den faszinierenden Charakter William Marshals, Änderungen vorgenommen hatte, folgte ich ihm. Daß er oft den Wunsch hatte, seine Arbeiten mit mir zu besprechen, schmeichelte mir sehr, und ich war stets begierig, mein Interesse zu zeigen.

Diesmal jedoch ging es um etwas anderes. Denn in seinem Arbeitszimmer griff er nicht nach den Manuskriptseiten, sondern nach einer goldenen Uhr, die auf einem kleinen Tischchen lag.

„Ich bin neulich darauf gestoßen", sagte er, Uhr und Kette zur Hand nehmend. „Da ich eine ausgezeichnete Uhr besitze, ein Geschenk meines Vaters zu meinem einundzwanzigsten Geburtstag, brauche ich keine zweite. Du sollst diese haben. Eigentlich wollte ich damit gleichfalls bis zu deinem einundzwanzigsten Geburtstag warten, aber dann fand ich doch, daß du sie dir durch deinen erfolgreichen Abschluß in Winchester schon jetzt verdient hast. Viel Glück auch für die kommenden Jahre in Oxford."

Er hielt sie mir entgegen. Ich war so überwältigt, daß ich kein Wort hervorbrachte. Als ich sie dann in der Hand spürte, wollte ich einen Jubelruf ausstoßen – bis ich die Inschrift auf der Rückseite sah.

Ich schwieg.

„Ja, ganz recht“, sagte Papa, „die Uhr hat einmal meinem Vater gehört. Sie war ein Geschenk meines Vaters zu seinem einundzwanzigsten Geburtstag, aber trotz ihres Alters geht sie noch sehr genau – vielleicht, weil sie ein Vierteljahrhundert lang ungenutzt gelegen hat. Ich habe sie letzte Woche in Penzance nachsehen lassen. Sie ist völlig in Ordnung.“

Ich starrte auf die Inschrift. „Laurence Castallack“, stand da. „22. März 1864“. Erst nach einigen Sekunden sagte ich zögernd: „Sie steht mir eigentlich nicht zu.“

„Aber warum denn nicht?“ fragte Papa. „Du bist ihm von allen am ähnlichsten. Er hätte sie bestimmt dir zugedacht. Er wäre hochentzückt gewesen, hätte er geahnt, daß ihm einer meiner Söhne einmal so sehr gleichen würde.“

„Aber ... was werden die anderen sagen?“

„Nun, die werden sich törichte Bemerkungen hoffentlich sparen. Über meinen persönlichen Besitz verfüge ich, wie es mir beliebt. Wenn ich sie Marcus gebe, so verhökert er sie wahrscheinlich, um für das Geld seinem neuesten Schwarm Rosen zu schikken. Philip würde sie gar nicht erst annehmen, und Hugh – ach, verdammt noch mal, warum sollte ich sie ausgerechnet dem geben? Du sollst sie haben! Nimm sie und trage sie und erfreue dich daran, und wenn sich irgendwer tödlich beleidigt fühlen sollte, so schicke ihn zu mir, damit er mir seine Beschwerde persönlich vorträgt.“

Ich protestierte nicht weiter. Dazu war ich von dem Geschenk viel zu sehr angetan. Ich bedankte mich sehr herzlich, aber als ich dann hinausging, um nach William zu suchen, fragte ich mich doch, was meine Halbbrüder sagen würden, wenn sie davon hörten.

7

Zu meiner Überraschung reagierte man auf Papas Geschenk eher gelassen bis gleichgültig.

„Was für ein abscheuliches viktorianisches Relikt!" meinte Marcus, als ich die Uhr noch am selben Abend trug. „Von mir aus kannst du damit selig werden, mein Alter."

„Funktioniert sie denn?" erkundigte Hugh sich höflich, um dann, als ich ihm das bestätigte, zu äußern: „Na, warte erst mal ab. Diese alten Dinger machen's doch nie sehr lange."

Jeanne, die sich mit ihren vierzehn Jahren für so ziemlich alles begeistern konnte, rief atemlos: „Mein Gott, ist die aber schön! Selbst wenn sie nicht gehen sollte, könntest du sie immer als Schmuck tragen, Adrian!"

„Das könnte er sehr wohl", bemerkte Marcus jovial. „Sie ist sozusagen von geschichtlichem Interesse – wenn man etwas dafür übrig hat."

Insgesamt, fand ich, nahmen sie die Neuigkeit recht gelassen auf.

Zwei Tage später sagte Marcus beim Frühstück zu mir: „Hast du heute morgen irgend etwas vor? Falls nicht, dann könntest du vielleicht zusammen mit mir ausreiten, ja? Es ist ein herrlicher Tag, und so allein ist es mir langweilig."

Ich war überrascht. Noch nie hatte er mich zu einem gemeinsamen Ritt aufgefordert, aber zu irgendwelchem Mißtrauen sah ich keinen Grund. Da William die Woche über sehr beschäftigt war und Hugh sich entweder auf Roslyn-Farm oder sonstwo herumtrieb, war es ihm wohl wirklich um etwas Gesellschaft zu tun.

„Meinetwegen", sagte ich nach kurzem Zögern. „Es ist wirklich ein herrlicher Morgen für einen Ritt. Wo möchtest du hin?"

„Ach... vielleicht über die Heide in Richtung Carn Kenidjack."

„Gut. Dann werde ich mich umziehen gehen. In zehn Minuten in den Ställen."

Wir ritten die Straße entlang nach St. Just. Es war ein sonnenklarer, frischer Tag. Hinter St. Just schlugen wir den Weg in Richtung Botallack, Pendeen und Morvah ein, bis wir schließlich zu jenem Reitpfad gelangten, der über die Heide führte.

Der verwitterte alte Wegweiser stand noch. Auf dem verblaßten Arm las ich die vertraute Schrift: „Nach Zillan, Chûn und zur Ding-Dong-Mine."

„Wie wär's mit Chûn?" rief Marcus. „Vom Hügel dort muß die Aussicht heute großartig sein."

„Einverstanden."

Mit leiser Beklemmung erinnerte ich mich an den Ritt vor zwei Jahren, als ich Hugh zu den Ruinen gefolgt war. Doch das Unbehagen schwand; der Morgen war viel zu schön, um Anlaß zu trüben Gedanken zu geben. Weiße Wolken trieben am Himmel und tüpfelten flüchtige Schatten auf das Heidekraut. Der Pfad wurde breiter, so daß wir nebeneinander reiten konnten, und Marcus begann von Oxford zu erzählen, amüsante kleine Anekdoten über das Leben dort. Bald jedoch verengte sich der Pfad wieder, und ein Gespräch wurde schwierig. Ein- oder zweimal versuchten wir es, aber der Wind blies einem jedes Wort vom Munde weg, und so gaben wir es schließlich auf und ritten schweigend dahin. Langsam und stetig klommen wir höher, und bald lagen, aus dem Heidekraut ragend, die uralten Mauern von Chûn vor uns.

„Ein prachtvoller Fernblick, nicht wahr?" rief Marcus über die Schulter zurück. „Sieh doch nur, wie blau das Wasser in der Bucht ist!"

Das Bild, das sich uns bot, war in der Tat überwältigend.

„Ruhen wir uns ein wenig in der Ruine aus", schlug Marcus vor. „Hinter den Mauern sind wir vor dem Wind geschützt."

„Gern."

Vor dem äußeren Ring saßen wir ab und führten die Pferde ins Innere. Ich wollte eben die Zügel um einen Steinbrocken schlingen, als hinter mir eine wohlbekannte Stimme näselte: „Schau, schau! Wie man sich doch so trifft!"

Ich fuhr herum. An das Gemäuer gelehnt, stand Philip, neben sich Hugh.

„Schau, schau!" gab Marcus mit gespielter Überraschung zurück. „Na, so ein Zufall!"

Sie lächelten einander an. Dann schwenkten ihre Blicke herum zu mir, das Lächeln auf ihren Gesichtern schwand, und ich fühlte, wie mir das Herz gegen die Rippen zu hämmern begann.

„Tu doch nicht so", sagte ich zu Marcus. „Das hättest du wahrlich leichter haben können. Ein Wort von dir, daß ihr drei in Chûn etwas mit mir besprechen wolltet – und ich wäre aus freien Stücken gekommen."

„Das ist eine verdammte Lüge", sagte Philip. „Du hättest Marcus gesagt, er soll sich zum Teufel scheren."

Ich unterdrückte eine zornige Antwort, die mir auf den Lippen lag, und erwiderte statt dessen höflich: „Das dürfte wohl Ansichtssache sein. Aber da ich nun einmal hier bin, so können wir uns meinetwegen gern unterhalten. Worum handelt es sich denn?"

Sie schwiegen. Ihre kühlen, hellen Augen musterten mich feindselig. Ich verschränkte die Arme und wartete.

„Setzen wir uns doch", sagte Marcus plötzlich. „Schließlich ist es albern, wenn wir hier wie Statuen herumstehen. Rauchst du, Adrian? Da, nimm eine Zigarette."

„Nein, danke, ich rauche nicht", antwortete ich steif.

Er zog ein Päckchen hervor, hielt es Philip und Hugh hin und riß dann ein Streichholz an.

Wir saßen im Kreis: Philip mit dem Rücken an die Mauer gelehnt, Hugh auf einem Gesteinsbrocken, Marcus und ich auf einem Grasflecken. Obwohl am Himmel immer noch Wolken trieben, saßen wir im vollen Sonnenlicht. Es war angenehm warm.

„Wer soll die Sache in die Hand nehmen, Marcus?" wollte Philip wissen. „Du oder lieber ich? Mir kommt vor, du getraust dich nicht recht."

„Ich habe nur überlegt, wie wir's als vernünftige und zivilisierte Menschen am besten angehen", erklärte Marcus mit gewinnender Offenheit. Er lächelte mir zu. „Mir tut diese ganze Geschichte schrecklich leid, Adrian, aber Tatsache ist, daß wir alle gewisser Dinge wegen ein wenig – nun ja: bestürzt sind und deshalb meinen, wir sollten uns mal aussprechen ..."

„Allmächtiger Gott, Marcus!" sagte Philip. „Kannst du denn das Kind nicht beim Namen nennen?" Er beugte sich vor, und mir wurde klar, daß ich seine grobe Aufrichtigkeit dem weitschweifigen und freundlichen Gehabe von Marcus vorzog. „Hör zu", sagte er zu mir. „Wir möchten einiges von dir wissen. Erst einmal: Warum hat Vater dir Großvaters goldene Uhr geschenkt?"

„Weil es sein Wunsch war", erwiderte ich.

„Und warum war es sein Wunsch?"

„Weil er meinte, daß es in Großvaters Sinn wäre."

„Wieso?"

„Papa meint, daß ich Großvater von allen am meisten gleiche."

Sie nahmen diese Feststellung mit eisigem Schweigen auf.

„Du hast kein Recht auf die Uhr", sagte Philip schließlich mit zusammengezogenen Brauen.

„Und ob ich ein Recht darauf habe", gab ich zurück. „Sie hat Papa gehört, und er hat sie mir geschenkt, wozu er ja auch befugt sein dürfte. Jedenfalls gibt es meiner Kenntnis nach kein Gesetz, das es dem rechtmäßigen Eigentümer verbietet, frei über seinen Besitz zu verfügen."

„Du scheinst dich ja im Augenblick sehr gut mit Vater zu stehen."

„Allerdings stehe ich mich gut mit ihm."

„Was für ein Spiel spielst du da?"

„Was meinst du damit?"

„Hat er dir Geld gegeben?"

„Natürlich! Es ist ja kein Geheimnis, daß ich regelmäßige Zuwendungen bekomme."

„Das meine ich nicht. Ich meine größere zusätzliche Beträge."

„Nein. Aber wenn dem so wäre, so ginge euch das nicht das geringste an."

„O doch! Denn du hast kein Recht darauf!"

„Wenn er mir zukommen läßt, was ihm gehört, dann habe ich sehr wohl ein Recht darauf."

„Hat er mit dir über sein Testament gesprochen?"

„Ja, das hat er. Vor längerer Zeit einmal. Damals sagte er zu William und mir, daß wir zwar Legate zu erwarten hätten, er über den Hauptteil seines Vermögens jedoch anderweitig verfügen werde. Unseren Lebensunterhalt müßten wir uns selbst verdienen."

„Aber das war nicht erst kürzlich, sondern schon vor längerer Zeit, wie?" fragte Hugh.

„Ja. Vor drei Jahren."

„Hm. Vor drei Jahren."

„Nach dem Tode meiner Mutter."

„Schon ziemlich lange her, nicht?"

Ich schwieg.

„Und in letzter Zeit hat er nicht mit dir über sein Testament gesprochen?"

„Wenn er das getan hätte, so wäre es bestimmt allein seine Sache, und ich würde es vertraulich behandeln. Wenn er euch in seine Privatangelegenheiten einweihen wollte, so würde er euch das schon wissen lassen."

„Du hoffst natürlich, daß dein Anteil am Erbe groß sein wird."

„Kaum. Denn sonst hätte Papa mich ja nicht darauf hingewiesen, daß ich mir meinen Lebensunterhalt selbst verdienen muß."

Sie starrten mich an.

„Du mußt verstehen, Adrian..." begann Marcus. Weiter kam er nicht.

„Ich mach' das schon, Marcus", unterbrach ihn Philip und faßte dann wieder mich ins Auge. „Wenn du dir einbildest, daß du uns alle um unser Erbe bringen kannst..."

„Ich habe doch gerade gesagt..."

„Mir egal, was du gerade gesagt hast! Du sprichst von etwas, das drei Jahre zurückliegt! Die Vergangenheit interessiert uns nicht! Uns interessiert die Gegenwart und die Zukunft!"

„Wenn du dir", sagte ich, meinen Zorn mit Mühe im Zaum haltend, „auch nur eine Sekunde lang einbildest, daß ich ein Komplott schmiede, um euch alle auszubooten, so mußt du von sämtlichen guten Geistern verlassen sein. Ich will euer elendes Erbe nicht! Ich mag Penmarric nicht. Daß ich mit Papa gut stehe, will ich nicht abstreiten, aber wer wollte ihm schon verübeln, daß er mich dir vorzieht, Philip Castallack? Welchen Grund hast du ihm je gegeben, dich besonders zu mögen? Du meidest ihn ja! Und wenn er mich lieber hat als dich, so bist du selbst dran schuld!"

„Es stimmt also, daß du dir sein Vertrauen zu erschleichen suchst, damit er sein Testament zu deinen Gunsten abfaßt", sagte Philip sofort. „Das konnte man sich ja denken. Sowohl Hugh als auch Marcus ist es aufgefallen, wie sehr du gerade in letzter Zeit für seine Arbeit Interesse heuchelst und daß du stundenlang mit ihm zusammensitzt. Beide haben bemerkt..."

„Ruhig, Philip", sagte Marcus nervös. „Bleib ruhig."

„Wenn du wirklich nicht darauf aus bist, uns das Erbe abzujagen", bemerkte Hugh lauernd, „dann gib Marcus doch Großvaters goldene Uhr – als Zeichen deines guten Willens."

„Als Zeichen meines guten Willens“, rief ich empört, „genügt mein Wort! Und wenn du nicht so ein elender Lügner wärst, so würdest du das auch begreifen! Großvaters goldene Uhr gehört mir – mehr ist dazu nicht zu sagen.“ Ich begann mich zu erheben.

„Bleib sitzen“, sagte Philip. „Wir sind noch nicht fertig.“

„O doch – ich schon.“

„Setz dich!“

„Den Teufel werde ich!“

Mit geballten Fäusten standen wir einander gegenüber. Befriedigt sah ich, daß er nicht mehr größer war als ich.

„Bitte!“ sagte Marcus hastig. „Keine Gewalttätigkeit – nichts Unbedachtes. Bitte.“

Ich trat einen Schritt zurück, zuckte mit den Schultern, schob die Fäuste in die Hosentaschen. „Was hast du mir noch zu sagen, Philip?“ fragte ich.

„Nun“, erwiderte er, „nur das: Marcus und ich, wir brauchen beide Geld, und wenn du etwas Krummes versuchen solltest, so werden wir das nicht dulden. Willst du uns jedoch deinen ehrlichen Willen beweisen, so kannst du das auf zweierlei Weise tun. Erstens: Suche eine Abschrift von Vaters Testament und lies sie dir durch. Du hast zu seinen Papieren ja Zugang, und wenn er dich in seinem Arbeitszimmer erwischt, so kannst du immer behaupten, du suchtest nach einem Manuskript – oder was dir sonst gerade einfällt! Soviel ich weiß, treibst du dich ohnehin die halbe Zeit in seinem Arbeitszimmer herum. Zeig das Testament Marcus und Hugh und leg es wieder zurück, sobald sie es gelesen haben. Wir wollen wissen, wie er das Geld aufgeteilt hat, damit wir ihn im voraus um einen Anteil bitten können.“

„Ich soll mich in sein Arbeitszimmer schleichen und zwischen seinen Papieren schnüffeln wie ein gemeiner Dieb?“

„Du willst uns doch deine Redlichkeit beweisen, nicht wahr?“

„Aber nicht, indem ich mich zu einer Unredlichkeit verleiten lasse!“

„Verdammt, Adrian, komm uns nicht so! Wir brauchen das Geld und müssen wissen, was im Testament steht. Wenn du nicht tust, was wir dir sagen …“

„Ja?“ fragte ich. „Was dann?“

„… dann wird Marcus dafür sorgen, daß in Oxford jeder

Mensch weiß, in welchem Verhältnis du tatsächlich zu dem eminenten Historiker Mark Castallack stehst. Wenn du im Oktober dein erstes Semester antrittst, wird dir das Spottgelächter schon in den Ohren klingen."

„Zu einer solch unverblümten Gemeinheit hätte Marcus gar nicht den Mut", sagte ich angewidert. „Das ist eine völlig leere Drohung. Nun ja. Jedenfalls kennt ihr meine Antwort auf eure Zumutung. Ich schnüffle nicht nach dem Testament. Das war der eine Punkt. Und der zweite?"

Sie starrten mich wütend an. Für einen Augenblick schien es ihnen die Sprache verschlagen zu haben.

„Nun?" fragte ich. „Heraus damit."

Sie sprachen immer noch nicht. Die Sonne verschwand hinter einer Wolkenbank, Schatten fielen, und plötzlich erklang wie aus weiter Ferne Philips Stimme. „Versuche herauszufinden", sagte er, jedes Wort sorgfältig abwägend, „ob deine Freundin Alice Penmar in Vaters Schlafzimmer den Platz deiner Mutter eingenommen hat."

Sekunden vertropften. Mit Anstrengung brachte ich ein Lachen zustande. „Du bist ja übergeschnappt", sagte ich und wollte zu meinem Pferd.

„Adrian, wenn dir so wenig daran liegt, mit uns, deinen Brüdern, zusammenzuhalten, dann ..."

„Was?" schrie ich, fast rasend vor Zorn. „Brüder? Eine feine Gesellschaft! Eine Bande, die nicht einen Finger krumm machen würde, wenn ich am Krepieren wäre! Ihr seid doch das übelste und wertloseste Gesindel, das mir je vor die Augen gekommen ist, und mir kann Papa nur leid tun, weil er euch auf dem Halse hat. Ihr seid euch ja nicht zu schade, selbst Alice Penmar, ein durch und durch anständiges Mädchen, in den Schmutz zu ziehen – die Enkeltochter eines Pfarrers ..."

„Von solchen Äußerlichkeiten hat Vater sich noch nie abhalten lassen", sagte Philip. „Denk doch beispielsweise an deine Mutter."

„Mein Gott, du ..."

„Bitte, Philip", sagte Marcus gepreßt, „sprich nicht so von Tante Rose. Laß sie überhaupt aus dem Spiel."

„Außerdem", schaltete Hugh sich ein, „steht ja nicht sie zur Debatte, sondern Alice. Allein um sie geht es hier. Warum sollten wir also die Angelegenheit nicht in aller Nüchternheit besprechen können? Weshalb Alice uns so interessiert, Adrian? Nun, ganz einfach. Sollte an der Geschichte etwas dran sein, so gibt uns das gegen Papa ein Druckmittel in die Hand – falls er sich weigern sollte, Marcus und Philip etwas vorzuschießen. Du verstehst. Aber nun zur Sache selbst. Daß er auf Alice ein Auge geworfen hat, scheint mir unbestreitbar. Ob allerdings schon etwas zwischen ihnen ist, mag eine andere Frage sein. Doch ich bin überzeugt, daß es auf jeden Fall dazu kommt. Schließlich kennen wir unseren Vater. Bei dem steckt doch immer eine Frau im Hintergrund. Und sosehr er an Tante Rose auch gehangen haben mag – daß er seit ihrem Tode nur noch der platonischen Liebe huldigt, ist kaum anzunehmen. Anderseits hält er sich fast ausschließlich auf Penmarric auf – in unmittelbarer Nachbarschaft einer jungen und ledigen Haushälterin, die trotz des gleichen Nachnamens mit ihm nicht blutsverwandt ist – eine zum Pflücken reife Frucht gewissermaßen. Anderseits – nun sie wirkt nicht übermäßig attraktiv und ist außerdem brünett, was Papas Vorliebe für Blondinen widersprechen würde. Die Frage, die sich stellt, ist folglich diese: Wiegen ihre Jugend und ihre Intelligenz die äußerlichen Mängel auf? Die Antwort: Als einem Mann von Erfahrung dürfte Papa in seinem jetzigen Alter mehr am Charakter als am Äußeren gelegen sein. In welchem Fall ..."

„Wenn du mit ihr sprichst", sagte Philip zu mir, „und ihr ein wenig auf den Zahn fühlst und sie und Papa sorgfältig im Auge behältst, wo du ohnehin meist mit ihnen zusammen bist – kurz, wenn du positiv in Erfahrung bringen könntest, daß zwischen den beiden ..."

Ich besann mich nicht länger. Mit voller Wucht prallten meine Faustknöchel gegen sein Kinn.

Er taumelte gegen das alte Gemäuer und stürzte mit einem Schrei zu Boden.

„O Gott", murmelte Marcus mit bleichem Gesicht. „Ich wußte, daß wir ihn nie dazu bringen würden ..."

„Schweig schon!" zischte Hugh und fuhr zu mir herum. „Das wird dir noch leid tun. Du sollst in Oxford dein blaues Wunder erleben. Wir wollten dir die Chance geben, dich mit uns gut zu stellen – und du hast uns die kalte Schulter gezeigt, du arroganter, widerlicher Pharisäer!"

Wieder schnellte meine Faust vor, doch er wich mir geschickt aus. Hinter ihm kam schwankend Philip auf die Füße, Mund blutverschmiert, Gesicht eine Fratze der Wut.

„Du dreckiger Bastard", schrie er, „das sollst du büßen. Aus dem Weg, Marcus."

Ich hatte keine Wahl. Mit wenigen Schritten war ich bei meinem Pferd und schwang mich in den Sattel. Als ich dem Tier die Peitsche geben wollte, packte Hugh mich beim Arm, doch Marcus hielt ihn zurück, und ich konnte mich losreißen. Ich sprengte durch das Tor der alten Feste und stob in vollem Galopp den Hügelkamm entlang. Schließlich drehte ich den Kopf und warf einen Blick zurück. Dort vor den Ruinen von Chûn standen sie und starrten mir aus haßerfüllten Augen nach.

Noch auf Penmarric spürte ich das Zittern, das mir durch Leib und Glieder lief und sich nicht legen wollte. Die Knöchel meiner rechten Hand waren geschwollen, die Haut stellenweise aufgeplatzt. Oben im Badezimmer behandelte ich die Verletzungen mit einem Antiseptikum und ging dann ins Speisezimmer, um mir mit einem kräftigen Schluck Brandy auf die Beine zu helfen. Das alte Mittel verfehlte seine Wirkung nicht. Ich stieg die Treppe hinauf. In meinem Zimmer setzte ich mich hin und grübelte. Was sollte ich tun? Was konnte ich tun? Nichts. Zu Papa laufen und ihm dramatisch verkünden, daß sich seine legitimen Söhne gegen ihn verschworen hatten? Ausgeschlossen. Alice etwas von den gemeinen Verdächtigungen zu sagen, schien ebenso unmöglich. Ich war ratlos. Das einzige, was mir blieb, war die Feststellung, daß die Kluft zwischen mir und meinen Halbbrüdern unüberbrückbar war und mir, wenn sie ihre Drohung wahrmachten, in Oxford ein einziges Spießrutenlaufen bevorstand.

Ich dachte: Mit meinem Leben auf Penmarric ist es vorbei. Ich muß fort.

Und doch war mir die Vorstellung zuwider, die Flucht zu ergreifen. Ausgerechnet vor denen und ihrer Niedertracht. Alles in mir sträubte sich dagegen. Ruhelos grübelnd versuchte ich, mir jede Einzelheit der Szene in Chûn zurückzurufen, bis meine Gedanken dann plötzlich abschwenkten und mit beklemmender Schärfe Alice Penmar in mein Bewußtsein rückte.

Ein intimes Verhältnis zwischen ihr und Papa? Die Vermutung erschien mir völlig absurd. Mochte ich in der Beurteilung von Liebesdingen auch unerfahren sein, so erinnerte ich mich doch recht gut, wie lustig und vergnügt Mama stets in Papas Gegenwart gewesen war. Alice hingegen wirkte unverändert. Auch war bei Papa nichts von den Blicken zu bemerken, mit denen er meine Mutter oft gemustert hatte. Er behandelte sie vielmehr ausgesprochen väterlich. Und doch – und doch wollte es mir nicht gelingen, den Verdacht einfach von der Hand zu weisen. Immer wieder kam mir Hughs abstoßende, aber leider durchaus nicht unlogische Analyse in den Sinn, und ich begann mich zu fragen, ob seine Feststellung, daß Alice auf ihre Weise für meinen Vater attraktiv sein mochte, nicht doch ein Körnchen Wahrheit enthielt.

Nein, es war keineswegs auszuschließen, daß Papa sich in sie verliebte.

Natürlich nicht so, wie er Mama geliebt hatte. Aber doch so, daß er sie mochte und respektierte. Und wenn sie ihrerseits geneigt war ...

Nein, sagte ich mir wieder und wieder vor, ich glaube es nicht. Und ich dachte dann an meine Mutter.

Sie war nur zu geneigt gewesen.

Ich stand auf und ging hinunter ins Billardzimmer, wo ich unruhig auf und ab schritt. Gefühle und Gedanken schwirrten mir wirr durcheinender. Alice – in gewisser Weise liebte auch ich sie, doch eher wie ein jüngerer Bruder seine ältere Schwester liebte. Die Zeit, in der ich einmal für sie geschwärmt, ja sie geradezu angebetet hatte, war längst vorbei. Nie hatte sie auf mich auch nur im geringsten jene verwirrende körperliche Anziehungskraft ausgeübt, die bei meinem Zusammentreffen mit ihrer Kusine Rebecca Roslyn mit so beklemmender Deutlichkeit spürbar geworden war. Selbst zu Zeiten jünglingshafter Inbrunst war meine Liebe zu Alice eher idealistischer Natur gewesen. Doch Liebe war es. Auch jetzt noch. Sie war mir im besten Sinne des Wortes teuer, und der Gedanke, daß mein Vater sich ihr in niedriger Absicht nähern könnte, stieß mich in tiefster Seele ab.

Ich trat ans Fenster und starrte auf die Terrasse hinaus.

Der Drang, Penmarric den Rücken zu kehren und auf und davon zu gehen, war jetzt so stark, daß es mir die Kehle würgte. Flucht, ja. Doch weniger vor meinen Halbbrüdern, die mir offen ihre Feindschaft bekundet hatten. Sondern vor jenem unerträglichen Schauspiel, in dem sich das Verhältnis meines Vaters zu meiner Mutter mit tödlicher Genauigkeit wiederholen mußte: die Entfaltung einer Liebe, die nie in einer Ehe enden konnte; die Verbindung zwischen zwei Menschen, die durch die Umstände gezwungen waren, sich mit erniedrigenden Episoden zu begnügen. Ekel stieg in mir hoch. Bedrängend stürzten die üblen Bilder der Erinnerung an Brighton auf mich ein. Ich war nur mehr eines Gedanken fähig: Fort von hier! Fort von Penmarric! Ich kann nicht länger bleiben!

Aus der Halle schollen Stimmen.

Ich hörte Philip sagen: „Bestellen Sie meinem Vater, daß ich ihn sprechen möchte, Medlyn. Sofort", und Hugh fügte etwas hinzu, das ich nicht verstand.

Von der anderen Seite der Halle antwortete der alte Diener: „Nein, Mr. Hugh, ich habe Mr. Adrian nicht gesehen. Ich glaubte, er sei mit Ihnen ausgerittten, Mr. Marcus."

Als ich hinaustrat, gewahrte ich gerade noch, wie sich die Tür von Papas Arbeitszimmer hinter ihnen schloß.

Medlyn entschwand in einem Seitengang. Es war sehr still. Ich ging in den Salon, der neben dem Arbeitszimmer lag. Beide Räume hatten früher ein Ganzes gebildet, und die Trennwand zwischen ihnen war so dünn, daß ich, als die Stimmen erregt aufklangen, mehr hören konnte, als ich hören wollte. So trat ich durch die geöffneten Fenstertüren hinaus in den Sommermorgen und lehnte mich auf der anderen Seite der Terrasse gegen die Brüstung und blickte hinaus auf die See. Tief unten prallte die Brandung gegen die schwarzen Felsen, und das Meer, bis hin zum Horizont, war von weißen Schaumkronen bedeckt.

Lange Zeit stand ich so. Schließlich richtete ich mich auf und wollte eben in den Salon zurück, als von dort Alices Stimme erklang.

„Philip!" rief sie sehr laut und deutlich. „Philip, kann ich dich einen Augenblick sprechen?"

Unwillkürlich trat ich einen Schritt zur Seite und verbarg mich hinter der Mauer neben der Fenstertür.

„Bitte“, sagte sie. „Einen Augenblick nur.“

Er kam. Während krachend die Tür zufiel, sagte er schroff: „Tut mir leid, Alice, aber ich möchte mich hier nicht lange aufhalten. Ich hatte gerade eine Auseinandersetzung mit meinem Vater.“

„Ich weiß“, erwiderte sie. „Ich habe alles gehört. Jedes Wort.“

Ich war keiner Bewegung fähig. Wie angewurzelt stand ich und hörte, wie Philip sagte: „Nun, dann trifft er ja zu, der Spruch: ‚Lauscher an der Wand hört seine eigene Schand‘! Und jetzt wirst du mich wohl entschuldigen, Alice...“

„Philip, bitte.“ Zum erstenmal bemerkte ich, daß aus ihrer Stimme mehr sprach als nur Verärgerung – eine tiefe Erregung, die ich mir nicht erklären konnte. „Hör zu, Philip, ich beschwöre dich. Du bist im Irrtum, wenn du glaubst, ich sei deinem Vater mehr als nur eine Haushälterin. Oder könnte es jemals werden. Er hat mich immer mit größtem Anstand behandelt, und *hätte* er sich mir zu nähern versucht, so würde ich ihn zurückgewiesen haben. Denn er ist nicht der Mann, den ich liebe.“

„So? Nun, offen gesagt, ist es mir verdammt egal, wen du liebst und wen du nicht liebst. Darüber können wir uns vielleicht ein andermal unterhalten, wenn's recht ist. Momentan bin ich nicht in der Stimmung dazu.“

„Bitte, Philip. Es kann dir doch nicht entgangen sein, was ich für dich empfinde. Ich habe dich vom ersten Augenblick an geliebt, als ich dich auf Roslyn-Farm sah. Und ich liebe dich immer noch.“

„Mein Gott, Alice, mußt du dich wirklich so zum Narren machen? Das ist doch wohl das peinlichste und lächerlichste Geständnis...“

„Aber es ist die Wahrheit, Philip, die Wahrheit! Ich liebe nicht deinen Vater, ich liebe dich! Und ich werde nie einen anderen lieben. Ich...“

„Allmächtiger Himmel“, rief Philip und riß die Tür auf, „als ob ich nicht auch schon, ohne daß ein hysterisches Frauenzimmer mir in den Ohren liegt, genug auf mir hätte. Laß mich in Ruhe! Ich liebe dich nicht! Hör endlich auf!“

„Philip, bitte... bitte...“

Die Tür schlug zu, und dann herrschte Schweigen, eine tiefe, beklemmende Stille. Nerven bis zum Zerreißen gespannt, wartete ich. Und als ich meine heiße Stirn gegen den kühlen Stein lehnte, hörte ich, wie Alice zu weinen begann – ein hartes, stoßweises Schluchzen.

Der Krieg kam.

Ich meldete mich natürlich freiwillig. Ohne jedwedes Zögern. Die Flucht von Penmarric blieb mir so erspart. Mein Vaterland brauchte mich, und wenn ich schon gegen meine eigene Familie nicht Krieg führen konnte, so vermochte ich doch wenigstens den Deutschen einen guten und ehrenhaften Kampf zu liefern, zum Segen der ganzen Menschheit.

Das Banner meiner Grundsätze und Prinzipien gleichsam in der Faust, war ich bereit, hinauszuziehen in die Schlacht und, wenn nötig, mein Leben zu opfern.

Doch ich fiel nicht. Und ich ritt auch nicht, gleich einem mittelalterlichen Kreuzritter, auf weißem Roß gegen den Feind. Statt dessen lernte ich Schützengräben kennen, üble Löcher, aus denen ich als einziger entkam.

Ich sah den Krieg, und der Krieg war böse: der Krieg war das eigentliche Böse, dem ich Auge in Auge gegenüberstand. Und ich sah meine Seele entblößt, und die Wahrheit, die sich mir öffnete, war schrecklich, ich schien Teil des Bösen zu sein, und all meine Ideale waren wie Staub. Ich begriff, daß mein ganzes Leben nichts anderes gewesen war als ein endloser Krieg. Ich hatte stets gekämpft. Gegen meinen Vater. Gegen meine Brüder. Und vor allem gegen jenes Schicksal, das Gott mir vom Anbeginn meiner Geburt an zugeteilt hatte.

Und als die Schützengräben vor Blut troffen und die Luft nach Verwesung stank und meine Kameraden wie Fliegen starben, hatte ich nur einen Gedanken: Allmächtiger Gott, laß mich nach Penmarric zurückkehren, und ich schwöre, daß ich nie wieder kämpfen werde.

Philip: 1914–1930
Wahrheit und Lüge

1

Es war der Krieg, der meine Mine wieder zum Leben erweckte. Um Politik und Weltgeschehen scherte ich mich wenig. Mich kümmerte nur meine Mine. Gesellschaftlicher Ehrgeiz und Ruhmsucht lagen mir fern. Woran mir lag, das war das Suchen nach Zinn unter dem Meer. Sonst wollte ich nichts. Und einen Sohn, der mein Werk fortführen konnte, wenn ich einmal nicht mehr war.

Gewiß gab es auch anderes, das mich interessierte, das mir gefiel, das ich mochte. Die Landwirtschaft zum Beispiel. Und das Bauernhaus, wo ich von meinem 16. Lebensjahr an wohnte. Und meine Mutter natürlich. Doch daß sie der einzige Mensch war, der mich je verstand, läßt sich nicht sagen, denn meist verstand selbst sie mich nicht. Immerhin begriff sie, was ich wollte. Und ich wollte die Mine.

Meine Mine. Sennen-Garth. Als Kind, weit von Cornwall und der Zinnküste entfernt, träumte ich oft davon. Wie ich sie wieder in Betrieb nehmen und zur größten Mine von ganz Cornwall machen würde. Größer noch als Botallack oder die mächtige Levant, beide weltberühmt für ihr Kupfer und Zinn. Ich träumte von dem Tag, da überall auf der Welt Fachleute sagen würden: „Sennen-Garth! Ja, *das* ist eine Mine!" Ich träumte von der Zeit, da sie in aller Munde sein würde, Sennen-Garth, meine Mine, mein Lebenswerk und der klingendste Name, den der Bergbau in Cornwall je zu bieten hatte.

Jahre später fragte mich der Psychiater: „*Warum* sind Sie so am Bergbau interessiert?", und es fiel mir schwer, ihm darauf eine

Antwort zu geben. Ich stammte aus Cornwall, wo man, wie es heißt, entweder mit einer Grubenlampe oder mit einem Fischernetz zur Welt kommt. Anderseits teilte keiner meiner fünf Brüder auch nur im mindesten meine Leidenschaft. Mir wurde das wohl in die Wiege gelegt, ganz wie andere zum Maler oder Musiker geboren werden. Oder zum Arzt oder Anwalt. Und wer der Meinung ist, daß zum Bergbau nicht mehr gehört als das Wegschlagen von Felsgestein mit einem Hammer, der möge sich sagen lassen, daß es doch einiges mehr erfordert: jahrelange Ausbildung, harterworbenes Können – und vor allem jene Spürnase, die mehr wert ist als alle Erfahrung.

Was mich zum Bergbau hinzog – ich weiß es nicht. Einen äußeren Grund gab es dafür nicht. Ganz im Gegenteil. Erstens gehörte ich von Haus aus nicht zu der entsprechenden Gesellschaftsklasse. Und zweitens hatte man die Mine – meine Mine – schon vor meiner Geburt stillgelegt. Sie war eine von den zweien, die mein Vater im westlichen Bereich der Zinnküste besaß. Die andere war King-Walloe, bereits seit Mitte des 19. Jahrhunderts außer Betrieb. Doch in Sennen-Garth, gleich daneben, gab es noch Zinn, bloß war die Förderung sehr kostspielig und versprach keinen Profit.

Das jedenfalls war die Meinung meines Vaters, als er sich zwei Jahre vor meiner Geburt für deren Schließung entschied.

Ihm lag an der Mine nichts.

Aber mir. Ich spürte, daß sie mich rief. Sie war tot, doch über die öde Landschaft hinweg schien sie mir zuzuwinken, während der Wind durch das verfallene Maschinenhaus wehte. So weit ich zurückdenken konnte, gab es für mich keinen anderen Lebenszweck als Sennen-Garth. Und für dieses Ziel kämpfte ich – kämpfte auch mit meinem Vater bis zu dem Tage, an dem er starb.

Das einzige, was Psychiater zu interessieren scheint, ist die Kindheit des Patienten. Dort bohren und bohren sie mit ihren Fragen. Aber bei mir hatte das wenig Sinn, weil ich mich meiner früheren Jahre kaum noch entsann. Nicht daß meine Erinnerung versagt hätte. Gewisse Einzelheiten sehe ich noch mit großer Deutlichkeit vor mir. Doch es sind so verschwindend wenige, daß ich sie beinahe an den Fingern einer Hand herzählen kann. Sie jetzt in aller

Breite zu schildern, ist nicht meine Absicht, denn entgegen der landläufigen Meinung glaube ich nicht, daß die Kindheit für das ganze Leben prägend ist. Daher möchte ich mich lieber auf die entscheidenden Phasen nach Kriegsausbruch konzentrieren, als ich ein Mann geworden war, als mein Leben recht eigentlich erst begann.

Doch sollte ich zuvor wohl kurz auf jene Dinge eingehen, die für mein späteres Dasein von gewisser Bedeutung gewesen sein mögen. Schließlich hält ein Bergmann seine Dynamitladung nicht einfach in der Hand, in der naiven Hoffnung, die Felswand würde schon von selbst einstürzen. Es bedarf sorgfältiger Vorbereitungen. Das Bohren der Löcher, das Einpassen der Ladungen, das Anstecken der Zündschnur. Erst dann kann man sich zur Erzader vorsprengen.

Geboren wurde ich in Cornwall, wo ich bis zu meinem neunten Lebensjahr an der Zinnküste lebte, unweit jener Bergwerke also, die dem Land Ruf und Ruhm verschafft hatten. Die frühen Jahre dort sind wohl das Grundlegende, soweit es mich betrifft. Daneben fällt nichts wirklich ins Gewicht, nicht einmal die Trennung meiner Eltern, als ich neun war, oder der Umzug nach Oxfordshire, wo ich die nächsten sieben Jahre zubrachte. Mein Vater hatte sich entschlossen, meine Mutter zu verlassen, um mit seiner Geliebten zusammenzuleben, und als Mann von Stand und Reichtum fiel es ihm nicht schwer, sich vor Gericht durchzusetzen: Die gesetzliche Trennung wurde ausgesprochen und meiner Mutter die Obhut über alle ihre Kinder entzogen. Dies geschah unter dem Vorwand, sie sei für uns „nicht gut genug". Sie war eine ehemalige Bauersfrau, in einer Fischerhütte in St. Ives zur Welt gekommen, und obwohl sie auf mich stets wie eine Dame von Geblüt wirkte, gab es doch Menschen, die ihre Herkunft nicht vergaßen und nicht vergessen wollten. Zu diesen gehörte auch mein Vater. Er versicherte dem Richter, daß ihm an einer „standesgemäßen" Erziehung seiner Familie gelegen sei, und dieser, wie mein Vater „aus bester Familie", pflichtete ihm natürlich bei. Die Geliebte meines Vaters galt in beider Augen als Dame, die die Einhaltung eines entsprechenden Lebensstils verbürgte. Das einzige, was zählte, waren Stand und Standesbewußtsein. Unmoral, solange sie nur diskret und kultiviert gehandhabt wurde, spielte da keine Rolle. Meiner Mutter blieb keine Chance.

Es wäre bequem, wenn ich sagte, daß ich Rose Parrish und ihre Söhne, meine Halbbrüder William und Adrian, verabscheute; das entspräche auch nicht ganz der Wahrheit. Adrian – sicherlich. Denn er war ein wahrer Zankapfel und gefährlich dazu, weil er wie ein Engel aussah und sich auch so gab, wenn er seine Eltern beeindrucken wollte. Ich weiß noch, wie er oft vor dem Bett kniete und demütig betete: „Lieber Gott, erbarme dich der Armen und Kranken", während seine Mutter stolz dabeistand. Doch kaum war sie fort, so entschwand ihm auch seine Frömmigkeit, und er versuchte, sich auf Gedeih und Verderb mit mir anzulegen. Was ihn zu den dauernden Rangeleien trieb, weiß ich nicht. Er hatte ja so viel und ich so wenig: nur die Erinnerung an meine Mutter und an Cornwall – und meine Entschlossenheit, mit sechzehn Jahren dem Haus meines Vaters ein für allemal den Rücken zu kehren. Doch Adrian beharrte darauf, mein Feind zu sein, und Feinde blieben wir während dieser ganzen sieben Jahre in Allengate. Mit William kam ich besser aus. Er beachtete mich ohnehin kaum und steckte meistens mit Marcus zusammen. Und Rose Parrish?

Sie war wie ein gutes Kindermädchen. Zuerst war ich frech zu ihr, aufsässig, widerborstig. Aber wie soll man das durchhalten bei jemandem, der einem geduldig die andere Wange hinhält? Sie war nett, sie war gut, sie war anständig. Und es ist gewiß nicht ihr anzukreiden, daß mein Vater sie in den Sumpf zog.

Aber lassen wir jene unseligen Erinnerungen an meine Kindheit. Vorbei und vergessen. Nur ein Mensch sei noch erwähnt in Verbindung mit diesen frühen Jahren, und das ist meine Großmutter.

Da sie meinem Vater ähnelte, mochte ich sie zuerst nicht. Sie ihrerseits schien Gefallen an mir zu finden, und als ich dann entdeckte, daß sie meine Liebe für Cornwall und die Zinnküste teilte, taute ich ihr gegenüber auf. Ich weiß noch, wie es dazu kam. Als ich neun war, nahm mich meine Mutter einmal übers Wochenende nach London mit, wo sie sich dann jedoch unpäßlich fühlte. So lud meine Großmutter mich zu sich ein, und in ihrem Haus in der Charles Street fand ich etliche Bücher über Cornwall. Von meinem Interesse augenscheinlich angetan, lieh sie mir die „Geschichte der Levant-Mine", einen faszinierenden Band, den ich ihr, wie ich gestehen muß, nicht zurückgab. Offenbar verübelte sie mir das nicht, denn als sie ein oder zwei Jahre darauf starb, hinterließ sie mir alle ihre Bücher über Cornwall und die Zinnküste.

Später dachte ich oft daran, wie glücklich sich dieses Zusammentreffen allem zum Trotz gefügt hatte – gerade auf Grund gewisser unglücklicher Ereignisse. Unglückliche Ereignisse, o ja: Meine Mutter und ich hatten beschlossen, nach Brighton zu reisen, eine prachtvolle Idee an sich, nur daß uns ein Unstern dort ausgerechnet in jenem Hotel absteigen ließ, in dem schon mein Vater und Rose Parrish mit William und Adrian wohnten. Im Speisesaal kam es zur Konfrontation, einer sehr dramatischen Angelegenheit, an die ich mich allerdings nur noch undeutlich erinnere. Lebhafter steht mir unsere Rückreise nach London vor Augen und der Besuch bei meiner Großmutter.

Unmittelbar danach kam es zwischen meinen Eltern zur Trennung. Für mich war Brighton der Anfang dieser Geschichte, an deren Ende Allengate stand. Kein Wunder also, daß es mich nie wieder in das berühmte Seebad gezogen hat.

Doch legen wir diese frühen Familiengeschichten jetzt endgültig ad acta und wenden wir uns dem zu, was mein Leben erfüllt hat: Sennen-Garth.

In weit zurückliegenden Tagen war für mich die Levant, die mächtige Levant, gleichsam allbeherrschend. Das Bergwerk lag hoch auf den Klippen, Cape Cornwall gegenüber, und als Kind zog es mich an wie ein gewaltiger Magnet. Nur dort wurde noch Kupfer gefördert. Sooft ich konnte, entschlüpfte ich von zu Hause und mischte mich unter die Bergarbeiterkinder, von denen ich bald erfuhr, was ich wissen wollte: über ihre Väter, die in der Levant arbeiteten, in der unvergleichlichen Levant, deren Hauptschacht fünfhundert Meter in die Tiefe drang, während unterhalb des Meeresbodens Stollen auf Stollen in das mit Erzadern reich gefüllte Gestein vorstieß. Oft stieg ich nach Cape Cornwall hinab und beobachtete, wie aus unterirdischen Abzugskanälen das Wasser floß, vom Metall im Fels blutrot gefärbt. Dann wieder trieb ich mich bei den Maschinenhäusern herum, wo das Erz heraufbefördert und das Wasser fortgepumpt wurde. Schweißtriefend schaufelten Männer Kohlen in den Ofen. Dampf zischte, gleißendes Gestänge kreiste. Aus der Tiefe des Schachts glitt der Förderkorb empor, und die Ladung von grobem Erz wurde auf eine Lore gekippt und zu einer Stelle gekarrt, wo man mit enormen Hämmern ans Werk ging. Die ganze Mine lebte und atmete wie ein riesiges Tier. Sie hatte ihr pulsierendes Eigenleben. Und als ich das begriff, stieg in mir sofort der Wunsch auf, ihre still ruhenden Schwestern, wie Sennen-Garth, zu genauso betriebsamem und blutvollem Leben erweckt zu sehen. Nichts schien mir einen tristeren und tragischeren Anblick zu bieten als eine verlassene Mine.

Der Obersteiger der Levant sagte zu mir: „Nein, nein, ich kann dich nicht mit dem Förderkorb den Schacht hinablassen, dafür bist du noch zu klein. Wie leicht könntest du fehltreten und hinabstürzen. Da ist leider nichts zu wollen."

„Aber gibt's denn keinen Fahrstuhl?" fragte ich, ohne zu begreifen. „Damit ginge es doch."

„Einen Fahrstuhl?" rief er lachend. „Du meinst wohl einen Förderkorb speziell für die Leute, wie? Nein", fuhr er fort, „denn das ist die *Levant*", und ich weiß noch, wie eigentümlich er den Namen betonte: mit der Inbrunst eines Pilgers, dem das Glück zuteil geworden ist, Jerusalem zu sehen. „Das ist die *Levant*, da gibt es so etwas nicht."

Und dann zeigte und erklärte er mir, wie die Leute hinabgelangten. Die Vorrichtung war primitiv. Ein riesiger Schaft glitt auf und nieder, und während der Abwärtsbewegung mußten die Arbeiter auf eine Art Sprosse treten und sich ein Stück hinuntertragen lassen bis zu einer seitlich im Schacht befindlichen Vertiefung, einem sogenannten Sollar. Dort warteten sie und ließen sich, wenn der Schaft nach kurzer Aufwärtsbewegung erneut in die Tiefe glitt, zum nächsten Sollar befördern. Und so ging es meterweise fort, bis sie ihr Ziel schließlich erreichten – was eine halbe Stunde dauern mochte, wie mir der Obersteiger sagte.

Minutenlang war ich vor Staunen sprachlos. Dann bettelte ich, doch einmal auf dieser Maschine „reiten" zu dürfen. Er schüttelte den Kopf.

„Nicht, solange du klein bist, Philip", sagte er. „Und auch später müßte ich natürlich erst Mr. Castallack um Erlaubnis fragen."

Ich versuchte es bei der Botallack-Mine, aber auch dort wies man mich ab. Die Enttäuschung darüber und der nicht zu bezähmende Drang zur Tiefe ließen mich dann meine Zuflucht zu dem verödeten Gelände von Sennen-Garth nehmen.

Auf den Klippen fand ich einen Schacht mit einer in die Finsternis hinabragenden Leiter. Nachdem ich mir auf Penmarric Kerze und Streichhölzer besorgt hatte, stieg ich hinab und ergriff Besitz. Ich war damals sieben, viel zu jung, um auch nur zu ahnen, wie sehr mir das Glück zur Seite stand; denn die Leiter war gottlob heil und der Schacht nicht tief. Ich gelangte nach unten. Weit über mir sah ich ein Oval aus blauem Himmel und rings um mich feuchte Felswände. Dann sah ich die tiefschwarze Öffnung eines Ganges. Beglückt zündete ich die Kerze an und drang vor.

Später erst fand ich heraus, daß ich auf den ältesten Teil der Mine, der King-Walloe unmittelbar benachbart, gestoßen war. Die feuchten Wände strömten einen eigentümlichen Geruch aus. Der Boden unter meinen Füßen war fest, doch naß. Erregung durchpulste mich. Schließlich gabelte sich der Gang. Ich entschied mich für die linke Abzweigung und kam dann an eine Stelle, wo sich der Tunnel sogar in drei Arme teilte. Wieder wählte ich den linken und vernahm, allmählich tiefer strebend, das Rauschen von Wasser, nein, ein Dröhnen schon, das immer lauter anschwoll, bis ich seinen Ursprung entdeckte: eine riesige Höhle mit einer laut ratternden Vorrichtung.

Schon glaubte ich, eine Maschine von der Art entdeckt zu haben, wie sie mir der Obersteiger gezeigt hatte. Aber bald mußte ich zu meiner Enttäuschung erkennen, daß es sich nur um ein Wasserrad handelte, eine primitive Pumpe, die hier immer noch ihr Werk verrichtete, obschon kein Mensch mehr einen Nutzen davon hatte. Genau wie King-Walloe war Sennen-Garth nur in tiefster Tiefe überflutet, und dort befand ich mich längst noch nicht.

Lange Zeit hockte ich und starrte das Wasserrad an – bis mir zu meinen Füßen ein Felsbrocken auffiel. Ich langte danach und ließ dummerweise die Kerze fallen, die sofort verlosch. Pechschwarze Finsternis hüllte mich ein.

Tiefer Friede überkam mich. Trotz des Rauschens und Dröhnens schien es völlig still zu sein. Ich hatte das Gefühl, alles das schon zu kennen – barer Unsinn natürlich, doch der Eindruck blieb. Ich dachte: So muß es sein, wenn man tot und im Himmel ist.

Ein oder zwei Minuten lang blieb ich ohne jede Bewegung. Angst hatte ich nicht. Als ich dann gleichsam wieder zu mir kam, tastete ich nach der Kerze, zündete sie an, fand zu meinem Schacht zurück und stieg zum Tageslicht empor.

Als ich dem Obersteiger der Levant-Mine von meiner Exkursion berichtete, wurde er kreidebleich. „Wenn ich dein Vater wäre", sagte er schließlich grimmig, „so würde ich dir dafür die Hosen strammziehen. Und jetzt hör mir mal gut zu, mein Junge. Du willst doch mal ein richtiger Mann werden, wie? Du hast doch keine Lust, vorzeitig abzukratzen, was? Nun, dann spar dir in Zukunft solchen Unfug! Kein Bergmann würde ein derartiges Wagnis je allein unternehmen. Er nähme zur Sicherheit immer einen Kameraden mit. Und auf jeden Fall sagt er vorher jemandem Bescheid. Stell dir vor, du wärst ausgerutscht und hättest dir was gebrochen. Wer hätte dich dort finden sollen? Da gibt es Wetterschächte, in die du stürzen kannst – und was nicht noch! Wie leicht könntest du dich im Stollengewirr verirren! Und einsturzgefährdet sind diese alten Dinger auch. Hast du noch nie davon gehört? Die Streben sind manchmal so morsch, daß die bloße Berührung schon genügt. Was meinst du wohl, was geschieht, wenn Sennen-Garth dort zusammenkracht, wo du warst?"

Ich schüttelte den Kopf. „Weiß nicht, Sir", sagte ich voll Respekt vor soviel fachmännischer Kenntnis.

Die Erklärung, die er mir dann gab, werde ich nie vergessen, sie bleibt der stärkste Eindruck meiner ganzen Kindheit: „Von King Walloe würde das Wasser hereinstürzen", sagte er im Ton eines Baptistenpredigers, der seiner Gemeinde „Feuer und Schwefel werden vom Himmel regnen!" entgegendonnert. Er sah meine Bestürzung und fuhr dann fort: „Dort steht es nämlich viel höher. Wenn du also in Sennen-Garth etwa hundert Klafter tief unter der Erde bist, so staut sich gleich nebenan eine wahre Flut. Stell dir vor, du stündest bei einem Tank mit Wänden so dünn wie Papier. Ein Nadelstich genügt, und das Wasser platzt hervor und reißt den ganzen Tank auf. So wäre das auch in der Mine. Der westliche Teil von Sennen-Garth könnte buchstäblich zur Hölle werden. Halt dich da gefälligst weg!"

Aber allem zum Trotz: ich konnte von Sennen-Garth nicht lassen. Nur sorgte ich jetzt, nach meiner Meinung jedenfalls, besser vor. Für den Fall, daß mir etwas zustoßen sollte, hinterließ ich auf meinem Zimmer knappe Mitteilungen, und außerdem hatte ich fortan immer ein Bindfadenknäuel bei mir, um im Labyrinth nicht den Weg zu verlieren. Abhalten jedoch konnte mich von meinen Erkundungsgängen nichts. Als mir die verlassene Mine vertraut zu werden begann wie meine eigene Hosentasche, kam es zur Trennung zwischen meinen Eltern. Ich mußte nach Allengate, und sieben Jahre lang sah ich weder die Zinnküste noch Sennen-Garth.

Sennen-Garth. So wurde sie zu *meiner* Mine, zum Inhalt und Zweck meines Lebens. Ich hatte von ihr Besitz ergriffen, und mein einziger Wunsch war, sie wieder aus ihrer tödlichen Starre zu erwecken.

Die schönsten Erinnerungen meiner Kindheit sind mit der Mine verknüpft. Doch die schönste und wichtigste nicht: die Erinnerung an meine Heimkehr.

An meinem sechzehnten Geburtstag kam es zwischen meinem Vater und mir zum Streit. Im Nachtzug fuhr ich nach Cornwall, wo ich dann am nächsten Morgen in Penzance mein Gepäck auf dem Bahnhof ließ, um mir in einem nahen Gasthaus ein Pferd zu mieten. Ohne mich auch nur eine weitere Sekunde aufzuhalten, ritt ich zur Stadt hinaus.

Vor mir im Sonnenschein dehnte sich die Heide wie eine Fata Morgana des Gelobten Landes.

Es war alles so unbeschreiblich schön – jeder Strunk des Heidekrauts, jeder Fächer des Adlerfarns, jedes Blütenblatt der Wildblumen. Ich sah die verfallenen Maschinenhäuser der Umgebung von Zillan, sah den kantigen Turm der Kirche, sah die grauen Steine der verstreuten Gehöfte. Einmal zügelte ich mein Pferd und streckte die Finger nach einer Mauer am Straßenrand. Nein, es war kein Traum. Es war Wirklichkeit. Trunken vor Freude und vor Glück ritt ich weiter, und vor mir ragten die felsigen Hügel in den makellosen Himmel, und kühl und frisch strich Windhauch gegen mein Gesicht.

Zillan lag jetzt östlich, Roslyn-Farm westlich von mir. Ich bog von der Straße ab und folgte dem Weg, ohne Eile, ohne jedwede Hast. Das Land in seiner Schönheit – so fremd und doch so vertraut. Ich liebte es mit jeder Faser meines Herzens. Die langen, öden Jahre in Allengate lagen endgültig hinter mir. Jetzt war ich daheim. Jetzt war ich frei.

Ich sah das Haus.

Es war, als habe sie schon auf mich gewartet. Die Haustür schwang auf, und sie kam heraus und stand im Schatten der Veranda. Meine Mutter.

Und jetzt, plötzlich, war alle Ruhe dahin. Ich glitt vom Pferd und lief los. Lief und lief, lief mit strauchelnden Füßen, und auch sie begann zu laufen: und umhüllt vom Duft der wilden Rosen liefen wir aufeinander zu.

Drei Jahre später tauchte dann eines Tages Jared Roslyn bei mir auf und setzte mir den Plan auseinander, wie man meine Mine wieder zum Leben erwecken könnte. Während dieser drei Jahre hatte ich nichts unversucht gelassen, um meinen Vater zur Inbetriebnahme von Sennen-Garth zu bewegen. Ich hatte Minenspekulanten angeschrieben und sie gedrängt, sich an meinen Vater zu wenden. Ohne großen Erfolg. Den Ausschlag schien zu geben, daß die Schließung der Mine in den neunziger Jahren auf Grund von Expertengutachten erfolgt war. Ich entgegnete, rein praktische Erwägungen hätten seinerzeit dafür gesprochen, doch alten, in meinem Besitz befindlichen Karten und Büchern zufolge sei nach wie vor mit reichem Zinnvorkommen zu rechnen. Aber es wurde allgemein bezweifelt, daß Investitionen sich auszahlen könnten.

Nach diesen Fehlschlägen ging ich meinen Vater direkt an. In der Zwischenzeit war Rose Parrish gestorben und die gesamte Familie, meine unehelichen Halbbrüder mit eingeschlossen, nach Penmarric gezogen, nicht viel mehr als einen Steinwurf von Roslyn-Farm entfernt. Bald darauf heiratete meine älteste Schwester Mariana einen degenerierten Kerl mit tönendem Titel, und ich packte während der Hochzeitsfeierlichkeiten in London die Gelegenheit beim Schopf und zog im Stadthaus meinen Vater beiseite, um mit ihm über die Mine zu sprechen. Trotz aller Beredsamkeit blitzte ich ab. Mir schien, daß er sich in einer geradezu miserablen Stimmung befand, und als ich sah, daß nichts zu machen war, sank auch meine Laune ganz rapid, und es endete zwischen uns wie stets: wir schrien einander an. Den Grund für seine Verdrießlichkeit erfuhr ich dann später von meiner Mutter. Er hatte sie gebeten, nach Penmarric zurückzukehren – um meinetwillen! Das war so seine Art, seiner Mißbilligung gegen mein Leben auf einem Bauernhof Ausdruck zu geben. Die Vorstellung, daß einer seiner Söhne Schweineställe ausmistete, schien ihm offenbar entsetzlich. Gottlob lehnte meine Mutter ab. Ob es ihm allerdings mit seinem Vorschlag überhaupt Ernst war, möchte ich bezweifeln, denn er gab offen zu, daß er keinesfalls gesonnen sei,

William und Adrian von Penmarric fortzuschicken, und wie hätten wir wohl mit seinen Bankerten zusammenleben sollen!

Nachdem die Unterredung mit meinem Vater gescheitert war, versuchte ich es mit Erpressung, aber auch das wurde zum Fiasko. Der Plan, von meinem Bruder Hugh ausgeheckt, fand sofort meine Unterstützung. Auch mein Bruder Marcus stimmte zu. Er war der älteste von uns ehelichen Söhnen und sehr davon überzeugt, daß unser Vater sein üppiges Leben in Oxford mit einer unerschöpflichen Fülle von Blankoschecks zu honorieren habe. Anders als Marcus war Hugh durchaus kein Hohlkopf. Obschon in vielem mein genaues Gegenteil – mit der Wahrheit nahm er es ganz und gar nicht genau, und nichts hätte ihn je dazu bewegen können, sich bei körperlicher Arbeit die Hände zu beschmutzen –, war er doch so gesellig und umgänglich, daß ich ihm seine weniger angenehmen Eigenschaften nachsah. Er war es auch, der den Verdacht aussprach, daß Alice Penmar, gegenwärtig Haushälterin auf Penmarric, meines Vaters neue Geliebte sei – was uns, wie er meinte, ein ausgezeichnetes Druckmittel in die Hände gäbe, denn Vater würde einen Skandal gewiß wie die Pest meiden. Ein vorzüglicher Plan, so schien es; nur daß dann nichts damit wurde. Adrian, elender Frömmler und Tugendbold, der er seit eh und je gewesen, ließ sich nicht für unsere Zwecke einspannen, sondern hielt mit dornenreicher Märtyrerstirn stand, und als wir dann, ohne den Schatten eines Beweises, bei meinem Vater vorsprachen, machte der mit unseren schönen Hoffnungen kurzen Prozeß. Marcus bezichtigte er der „permanenten Unreife", Hugh – auf dessen Konto das Ganze kam – „kindlicher Bösartigkeit" und mich der „knabenhaften Vernarrtheit in die Mine".

Damit war alles entschieden.

Ich schrie ihn an. Er schrie mich an. Adrian sei sein Liebling, hielt ich ihm entgegen, und er erwiderte, das sei Adrian allerdings, weil er sich nämlich als einziger als treuer Sohn zeige. Erstunken und erlogen, rief ich, in Wirklichkeit gäbe es dafür einen ganz anderen Grund: Er habe meine Mutter seit jeher weniger geliebt als Rose Parrish, „diese Hure", wie ich vor lauter Wut hinzusetzte. Ein Fehler, den ich bereuen sollte. Denn bleich vor Zorn schleuderte er mir entgegen, daß in Wahrheit meine Mutter die Hure sei; ihr habe er einmal fünf Pfund gezahlt, damit sie mit ihm ins Bett ginge. Ich schimpfte ihn einen infamen Lügner. Marcus stotterte, ihm sei übel, wir sollten ihn entschuldigen, und Hugh verschwand gleichfalls von der Bildfläche. Ohne ihre Unterstützung blieb mir nur der sang- und klanglose Rückzug, und so spie ich auf den Boden und entfernte mich mit soviel Würde, wie ich sie nach einer derart vernichtenden Niederlage noch aufzubringen vermochte.

Noch ehe ich jedoch Penmarric den Rücken kehren konnte, paßte Alice Penmar mich ab und gestand, daß sie unsere Auseinandersetzung mit angehört habe. Dann kamen ihre Schwüre und Bekenntnisse: Sie sei nicht meines Vaters Geliebte, weil sie viel lieber meine wäre. Da sie mich als Kind immer als „gemeines kleines Schandmaul" bezeichnet hatte, war die Situation wohl nicht ganz ohne Komik, doch leider hatte ich in diesem Augenblick wenig Sinn dafür und riet ihr in ungeschminkter Gossensprache, sie möge gefälligst mit sich selbst treiben, was sie so gern mit mir getrieben hätte.

Ein unmögliches Benehmen, ich gebe es zu. Anderseits glaube ich, daß sie, die Enkelin eines Pfarrers und im Pfarrhaus aufgewachsen, ohnehin kaum zur Hälfte verstand, was ich da an zotigen Ausdrücken vorbrachte. Als ich mich am folgenden Sonntag nach dem Gottesdienst bei ihr entschuldigen wollte, erwiderte sie mit untadeliger Gelassenheit, zum fraglichen Zeitpunkt seien wir wohl beide nicht ganz Herr unser selbst gewesen, und soweit es sie beträfe, sei der Zwischenfall abgetan. Ich solle nicht mehr daran denken.

Ich befolgte ihren Ratschlag mit großer Erleichterung.

Wie um meine Gedanken dann endgültig in eine andere Richtung zu lenken, brach dann eine Woche später der Krieg aus. Zuerst glaubte ich zwar, dies versetze meinen Hoffnungen auf Wiederinbetriebnahme der Mine endgültig den Todesstoß, aber das erwies sich als Irrtum. Ich hatte gerade mit allem Nachdruck beschlossen, mich allem bösartigen Getuschel zum Trotz unter keinen Umständen freiwillig zu melden, sondern ein für allemal in Cornwall zu bleiben, als ein Besucher bei mir auftauchte. An einem bewölkten Morgen Ende 1914 hörte ich auf dem Hof von Roslyn-Farm das Stampfen von Pferdehufen, und als ich ans Fenster trat, sah ich zu meiner Überraschung, daß der Besucher niemand anders war als die Stütze unserer dörflichen Arbeiterschaft: Mr. Jared Roslyn aus Morvah.

Jared Roslyn und ich kannten einander, aber gesprochen hatte ich nie mit ihm. Er war der ältere der beiden Stiefsöhne meiner Mutter aus erster Ehe und zusammen mit seinem Bruder Joss seit nahezu dreißig Jahren ihr erbitterter Feind. So glaubte ich auch sofort, daß sein Erscheinen an diesem Dezembermorgen nichts Gutes verheiße. Mein erster Gedanke war, er wolle womöglich versuchen, mir ins – durchaus schuldbewußte – Gewissen zu reden: Warum ich denn noch immer nicht zu den Fahnen geeilt sei wie die anderen jungen Leute meines Alters? Gefürchtet hatte ich dergleichen schon seit geraumer Zeit. Obwohl ich in der Gemeinde beliebt war, schienen mich letzthin doch immer mehr schiefe Blicke zu streifen. Ich rechnete tagtäglich mit einer brieflichen Anfrage meines Vaters, wann ich denn nun dem Beispiel Adrians und Marcus', die sich beide sofort freiwillig gemeldet hatten, zu folgen gedächte; doch ein derartiges Schreiben traf nie ein. Meine Mutter ergriff natürlich für mich Partei und behauptete, ich sei auf Roslyn-Farm unentbehrlich, aber ich wußte nur zu gut, daß meine Arbeit hier sehr wohl von älteren Männern besorgt werden konnte. Selbst William, in seiner Stellung als Verwalter zumindest ebenso schwer abkömmlich wie ich, hatte sogleich einrücken wollen und war nur aus gesundheitlichen Gründen zurückgestellt worden: zu hoher Blutdruck und ein vermutlich schwaches Herz. Als ich jetzt Jared Roslyn vom Pferd steigen sah, war ich daher fest überzeugt, er käme, um mich an meine vaterländische Pflicht zu erinnern.

Doch nachdem ich meinen Gewissensbissen freien Lauf gelassen hatte, wurden meine Überlegungen vernünftiger. Jared war zwar Laienprediger in der wesleyanischen Kapelle und ein führender Mann seiner Gemeinde, daß er mich aber offen als Feigling und Drückeberger bezichtigen würde, war wohl kaum zu befürchten.

Schließlich gestand ich mir ein, daß ich für seinen unvermuteten Besuch keine Erklärung hatte, und trat hinaus auf den Hof.

Er war ebenso groß wie ich und hatte dunkles Haupt- und Barthaar, in dem sich, obwohl er über fünfzig sein mußte, kaum eine graue Strähne zeigte. Auch in seiner Körperhaltung wirkte er keineswegs wie ein alter Mann. Was ich über ihn wußte, war das, was im Dorf jeder über ihn wußte. Er hatte eine bleichsüchtig wirkende Frau, acht dralle Töchter und einen blassen, schwächlichen Sohn, der, wenige Jahre älter als mein jüngster Bruder Jan-Yves, zur allgemeinen Überraschung ein Oberschulstipendium gewonnen hatte. Von den acht Töchtern waren drei in der Nachbarschaft verheiratet, während vier immer noch bei ihren Eltern wohnten – unter striktester Aufsicht des Familienoberhauptes. Die achte, mit dem scheußlichen Namen Charity – und unmögliche puritanische Namen hatten sie alle – war auf Abwege geraten und von den Ihren verstoßen worden. Laut Hugh, der für Klatsch stets ein offenes Ohr besaß, hatte sie sich, bei den Waymarks auf Gurnards Grange im Dienst stehend, in irgendeiner Kammer bei „zügelloser Unzucht" erwischen lassen und war dann Schankmädchen geworden. Nachdem sie, immer noch in ihrer Stellung im Wirtshaus tätig, über ein Jahr den Ruf genossen hatte, die beste Hure zwischen Land's End und St. Ives zu sein, hatte sie offenbar den Drang verspürt, seßhaft zu werden. Jetzt bewohnte sie ein hübsches Haus, und es war ein offenes Geheimnis, daß jedes Stück darin, angefangen von den Gardinen im Schlafzimmer bis hin zu den Geranien am Fenster, von meinem Halbbruder William stammte, der auch, als Verwalter meines Vaters, in der Lage war, sie dort mietfrei wohnen zu lassen.

Daß Jared Roslyn sich von einer Tochter lossagte, die in so unmittelbarer Nähe des von ihm gegründeten Arbeitervereins ihr Wesen oder Unwesen trieb, war kein Wunder.

Ich ging über den Hof auf ihn zu. „Guten Morgen", sagte ich kurz. „Was wollen Sie?"

Zur Höflichkeit hatte ich keine Veranlassung. Er musterte mich flüchtig von Kopf bis Fuß. Der Ausdruck seiner Augen war hart, aber durchaus nicht feindselig. „Mit Ihnen reden", erwiderte er ebenso knapp. „Ihre Mutter brauchen wir nicht zu bemühen. Ich will nicht zu ihr – ich will zu Ihnen."

„Einen Augenblick!" sagte ich schroff und verbissen rätselnd, was er denn bloß wollen konnte. Rasch ging ich in die Küche und sagte den beiden Mädchen, sie mögen meiner Mutter bestellen, daß ich eine Besprechung habe. Sie verschwanden. Ich führte Jared Roslyn durch Küche und Diele ins Wohnzimmer. Er folgte mir wortlos. Als ich die Tür hinter uns schloß, fiel mir plötzlich ein, daß er einmal in diesem Haus gewohnt hatte und es wahrscheinlich nicht weniger liebte als ich.

„Was kann ich für Sie tun, Mr. Roslyn?" fragte ich, einen Hauch höflicher als zuvor. „Nehmen Sie doch Platz."

„Ich kann stehen." Die Antwort klang sehr brüsk. Unsere

Blicke kreuzten sich. „Ich habe viel von Ihnen gehört", fuhr er schließlich fort. „Gutes in der Hauptsache."

Einen Augenblick verschlug es mir die Sprache. Diese Feststellung war so ziemlich das letzte, was ich aus seinem Munde erwartet hatte. Während ich ihn noch verblüfft ansah, fügte er hinzu: „Es gehört Mumm dazu, wider den Stachel zu löcken. Daß Sie nicht eingerückt sind, ist Ihre Sache und schert mich wenig. Ich hasse Kriege. Die Menschen sollten miteinander in Frieden leben und sich nicht, göttlichem Gebot zuwider, gegenseitig abschlachten. Außerdem werden Sie hier gebraucht – jetzt. In gewisser Weise ist es ja ein Wunder, daß Sie überhaupt noch hier sind – aber Wunder sind eben Gottes Geheimnis. Er scheint alles wohlweislich so gefügt zu haben." Obwohl ich längst nicht mehr religiös war und nur meiner Mutter zuliebe zur Kirche ging, beeindruckte mich die schlichte und ernste Art, in der er das sagte. Nach kurzem Schweigen sprach er weiter. „Sie ähneln Ihrer Mutter, die ich vor langer Zeit beinahe geheiratet hätte. Schade, daß es nicht dazu gekommen ist. Ein Sohn wie Sie hätte mir gut zu Gesicht gestanden."

Ich muß gestehen, daß seine Worte, so absurd es klingen mag, mich rührten. Aus dem Munde meines Vaters war nie etwas zu vernehmen gewesen, das mir nicht deutlich gemacht hätte, für wie lästig er mich und meine ganze Existenz hielt – ein Kreuz, welches er nun einmal zu tragen habe, weil das zu seinen väterlichen Pflichten gehöre. Was ich auch tat, was ich auch unternahm, es war falsch und fehlgeleitet, wenn nicht gar schlecht oder böse. Und hier stand nun dieser Fremde, den zu verabscheuen ich erzogen worden war, und erklärte, er habe Gutes über mich gehört und wäre stolz, einen Sohn wie mich zu haben.

„Ich freue mich, daß Sie eine so gute Meinung von mir haben", sagte ich unsicher und immer noch verblüfft, „aber ich begreife nicht ganz, inwiefern ..."

„Nun", unterbrach er mich, „ich glaube, wir haben ein gemeinsames Interesse."

„Ein gemeinsames Interesse? Woran?"

„An Sennen-Garth."

Er schwieg. Sekundenlang standen wir beide stumm, in dem Haus, wo vor langer Zeit auch er einmal gelebt hatte; und plötzlich begriff ich, daß ich hier, endlich, einen Verbündeten hatte, einen, der verstand und der von der Mine sprach, von meiner Mine, Sennen-Garth, die ich so lange schon als größte der Zinnküste sehen wollte.

„Wegen Sennen-Garth bin ich oft mit Ihrem Vater aneinandergeraten“, sagte er schließlich. „Schon damals, als er die Mine stilllegen ließ. Da wurden viele Kumpel arbeitslos, und ihre Familien hatten kaum etwas zu beißen. Schlimme Zeiten waren das. Ich war ein paarmal mit Abordnungen bei ihm, konnte ihn jedoch nicht dazu bewegen, seinen Entschluß rückgängig zu machen. Er war damals noch sehr jung – zwei oder drei Jahre älter als Sie jetzt. Und er war sehr höflich, o ja, bloß daß er störrisch blieb wie ein ganzer Stall voll Maulesel. Nachdem er den Entschluß einmal gefaßt hatte, war nichts mehr zu wollen.“

„Und bei dieser Entscheidung ist er auch sein Leben lang geblieben“, rief ich fast heftig. „Die Mine gilt ihm nichts. Er ist geizig und will kein Risiko eingehen. Aber ich weiß, daß es dort Zinn gibt, Mr. Roslyn. Ich weiß es, weil ich die alten Karten studiert habe und unten in der Levant gewesen bin. Unter dem Meeresboden, nach Westen hin, liegt eine Ader . . .“

„Das glaube ich auch“, sagte er und nickte. „Jedenfalls gibt es viele Bergleute, die derselben Ansicht sind. Und nun hören Sie mir mal gut zu. Ist Ihnen klar, daß dieser Krieg für Sennen-Garth die Rettung sein könnte? Sie lesen doch bestimmt Zeitungen – wissen also auch, daß Zinn knapp ist. Wenn wir die Regierung für die Mine interessieren könnten – wenn es uns gelänge, die richtigen Leute davon zu überzeugen . . .“

„Verdammt noch mal, ja, das ist es!“ sagte ich, überwältigt von plötzlicher Hoffnung – nein: Gewißheit.

„Jetzt werden Sie nicht überschwenglich“, wies er mich streng zurecht, „und passen Sie lieber auf. Ich bin im Besitz einer ganzen Anzahl eidlicher Aussagen von Leuten, die früher einmal in Sennen-Garth gearbeitet haben und die samt und sonders bestätigen, daß es in der Mine noch Zinn gibt, mehr vermutlich, als sich überhaupt ahnen läßt – schließlich hat Ihr Vater sich ja nicht zur Stillegung entschlossen, weil man nichts mehr fand, sondern weil die Sache ohne weitere Investitionen nicht genügend Profit für ihn abwarf. Was mit den Arbeitern wurde, war ihm bei alledem höchst egal. Aber zur Sache. Auch die Leute von der Levant haben mir bestätigt, daß unter der See wahrscheinlich eine reiche

Ader liegt. Außerdem liegt der Befund eines jungen Experten vor, eines gewissen Alun Trevose von Redruth, der der Regierung die Wiederinbetriebnahme von Sennen-Garth nahelegt. An positivem Material fehlt's also nicht. Jetzt braucht's jemanden, der die Sache in die Hand nimmt und bei der Regierung vorstellig wird. Ich könnte ja selbst nach London fahren, aber ich bin nun einmal kein Bergmann und verfüge nicht über die technischen Kenntnisse, um etwaige Fragen beantworten zu können. Die Kumpel in St. Just und Zillan sind jedoch allesamt der Meinung, daß Sie der richtige Mann dafür wären. Jeder kennt Ihre Liebe für den Bergbau, und Sie waren ja auch oft genug unten in der Levant. Alle sprechen mit Hochachtung von Ihnen."

Vor Freude war ich völlig perplex. Stirn und Wangen brannten.

„Natürlich sind Sie noch sehr jung", fuhr Jared Roslyn fort, „in mancher Hinsicht fast noch ein Knabe, wenn ich das sagen darf. Aber die Leute meinen doch, daß Sie sich, soweit es die Mine betrifft, als ganzer Kerl zeigen würden. Noch etwas spricht in diesem Punkt für Sie – Ihre Erziehung zum Gentleman. Und einem Gentleman schenken die von der Regierung gewiß eher Gehör als jemandem, der von seiner Hände Arbeit lebt. Ja, das wär's also. Sind Sie bereit, nach London zu fahren und sich für uns einzusetzen?" Mein undeutliches Stammeln unbeachtet lassend, fügte er hinzu: „Lassen Sie sich das durch den Kopf gehen. Ich möchte Sie keinesfalls zu übereilten Handlungen drängen. Ich werde heute abend in Zillan beim Arbeiterverein sein – wenn Sie wollen, können Sie ja nach acht kommen und mir Ihre Antwort geben."

„So lange brauchen Sie darauf nicht zu warten", sagte ich tief erregt. „Es gibt für mich nichts weiter zu überlegen. Seit gut zwölf Jahren denke ich an nichts anderes als an die Mine. Natürlich fahre ich nach London. Und ich werde Himmel und Hölle in Bewegung setzen, um ans Ziel zu kommen. Sennen-Garth soll wieder leben."

2

Jetzt brauchte ich Geld; wenn auch nicht viel, so gerade genug, um die Reise nach London und den Aufenthalt dort zu bezahlen. Außerdem entdeckte ich, daß mir meine besten Anzüge, die ich nach meiner Rückkehr in den Schrank gehängt hatte, nicht länger paßten. Ich war breiter und muskulöser geworden, nicht zuletzt durch die harte Arbeit. Über Schultern und Brust spannten sich die Jacketts und ließen sich nicht zuknöpfen. Meine Mutter um ihr gespartes Geld anzugehen, scheute ich mich, und nichts konnte mir ferner sein, als etwa meinen Vater anzubetteln. Schließlich versuchte ich es bei Jared, der darüber recht verdutzt war. Offensichtlich schien ihm die Vorstellung unbegreiflich, daß jemand von meinem „Stand" nicht in Geld schwamm.

„Hören Sie", sagte ich ziemlich brüsk, „ich lebe genauso von meiner Hände Arbeit wie Sie. Roslyn-Farm wirft gerade genug ab, um mir ein einfaches Leben zu ermöglichen, und gottlob brauche ich meine Mutter nicht mehr um einen Anteil an Vaters Unterhaltszahlung zu bitten. Aber mein Bankguthaben beträgt ganze sieben Pfund, und wenn Sie mir nicht aushelfen können, dann muß ich mich an jemand anders wenden. Ehrlich gesagt wär's mir bei Ihnen lieber als bei einem berufsmäßigen Geldverleiher. Und sagen Sie mir nicht, daß ich ja meine Mutter darum bitten könnte. Der bin ich lange genug zur Last gefallen. Ich will das nicht mehr."

Er sparte sich die Frage, warum ich meinen Vater nicht anging. Unser Zerwürfnis war allgemein bekannt. Nach einigem Zögern sagte er schließlich: „Besonders gut stehe ich leider selber nicht. Aber daß Sie zu einem dieser Halsabschneider gehen, möchte ich auf gar keinen Fall. Wissen Sie, was? Ich werde mal mit meinem Bruder Joss sprechen. Der hat ja eine reiche Frau geheiratet und wird mir das Geld schon leihen."

Tatsächlich beschaffte er mir die erforderliche Summe. Ich ließ mir einen Anzug machen und fuhr dann nach Weihnachten nach London, wo ich unseren Parlamentsabgeordneten aufsuchte. Schön, schön, er wolle sich die Sache einmal durch den Kopf gehen lassen, erklärte er mir. Das sei nicht genug, erwiderte ich. Er wurde ungehalten, ich erinnerte ihn an den Einfluß meines

Vaters in unserer Ecke Cornwalls und wies auf den möglichen Verlust an Wählerstimmen hin. Er versprach mir, beim Minister vorsprechen zu wollen. Mit den Gedanken an mein Zuhause in Cornwall, blieb ich noch ein paar Tage in London, das ich nie gemocht hatte. Jetzt in Kriegszeiten wirkte die Hauptstadt noch deprimierender auf mich als sonst. „Ich gebe den Deutschen genau sechs Monate", hatte Marcus verkündet, bevor er einrückte – ein verhängnisvoller Irrtum, den er mit vielen, allzu vielen teilte.

Der Krieg schleppte sich dahin. Auf dem großen Schachbrett des Kriegsschauplatzes schien nach vier Monaten eine Art Patt erreicht – wenn auch niemand recht wußte, was da eigentlich vor sich ging. Statt verläßlicher Informationen gab es meist wilde Gerüchte. Immerhin fand man allgemein, daß sich das britische Expeditionskorps unter Sir John French tapfer geschlagen hatte. Es war ihm gelungen, rechtzeitig in Mons einzutreffen und den Schlieffen-Plan der Deutschen zu vereiteln: er hatte den Feind über die Aisne zurückgeworfen und seinen Vorstoß zum Kanal bei Ypern zum Halten gebracht. Doch jetzt im Dezember sah alles nach einem vorläufigen Patt aus. Beide Seiten benutzten die Pause, um Verstärkungen heranzuführen. Die Gegner waren gleich stark, und niemand vermochte zu sagen, wie es weitergehen würde. Von einem unmittelbar bevorstehenden Sieg konnte jedenfalls nicht die Rede sein.

Während es mir in Cornwall nicht schwergefallen war, den Krieg für einen auf Frankreich beschränkten Konflikt zu halten, wurde mir in London die wahre Lage eindeutig bewußt. Das blutige Ringen langte über den Kanal hinweg und griff auch nach dieser Stadt, die vor kurzem noch als die glänzendste und farbenprächtigste von ganz Europa gegolten hatte. Männer in Uniform, Spekulantentum, Deutschenhaß, neue Verordnungen und Bestimmungen – der Krieg durchdrang alles und jedes. Es war ein grauer, trüber Winter in einer grauen, trüben Stadt, und mir war jede Sekunde zuwider, die ich hier weiter verbringen mußte.

Während der Wartezeit, die mir durch die Unfähigkeit der Politiker aufgezwungen wurde, hörte ich davon, daß man an allgemeine Wehrpflicht denke, sofern die Freiwilligenmeldungen hinter den Erwartungen zurückblieben. Doch es war ein falscher

Alarm. Die Wogen patriotischer Begeisterung gingen so hoch, daß alles zu den Fahnen drängte. Und an eine unabsehbare Kriegsdauer mit entsprechend hohen Verlusten dachte zu diesem Zeitpunkt noch niemand. Ich fühlte mich erleichtert. Nicht, daß Vaterlandsliebe mir fremd gewesen wäre. Ich hätte Cornwall gewiß bis zum letzten Fußbreit verteidigt. Doch ein Krieg in Frankreich gegen Wildfremde wegen irgendeines Attentats in Sarajewo sagte mir nichts. Außerdem hatte ich meine eigene Schlacht zu schlagen – für Sennen-Garth. Mochten die Franzosen selber sehen, wie sie zurechtkamen. Ich nahm ihnen ohnehin übel, daß sie, rückgratlos wie sie waren, Britannien mit in den Schlamassel gezogen hatten.

Als mir langsam das Geld auszugehen drohte, wurde ich endlich von einem hochstehenden Regierungsbeamten, Ratgeber des Ministers, zu einer Unterredung aufgefordert. Zusammen mit meinem Parlamentsabgeordneten fuhr ich nach Whitehall.

Der Beamte war ein launischer Aristokrat mit verlebtem Gesicht und müden, überarbeiteten Augen.

Ich versuchte meine Nervosität zu verbergen und setzte mit bemüht schwungvoller Stimme zu meiner vorbereiteten Rede an.

„Ja, ja", unterbrach er mich gereizt und blätterte flüchtig in den Papieren, in denen die Aussagen der Bergleute festgehalten waren. „Aber wem gehört die Mine?"

„Mark Castallack, Sir."

„Castallack? Etwa der Historiker?"

„Ja, Sir."

Er musterte mich mit merkwürdigem Blick. „Haben Sie mir nicht gesagt, daß auch Sie Castallack heißen?"

„Ja. Mark Castallack ist mein Vater."

„Ihr Vater! Ja, lieber Himmel, warum haben Sie mir das nicht gleich gesagt?" Seine Verschwörermiene verriet nur zu deutlich, was er dachte: ‚Aha, Sie gehören also zu uns, wie ich sehe.' Als ich seinen Blick nicht erwiderte, sondern höflich abwartete, schien ihn das ein wenig aus der Fassung zu bringen. Schließlich fuhr er fort: „Welches ist denn die gegenwärtige Stellung Ihres Vaters bezüglich der Mine? War er Mitgesellschafter, bevor die alte Gesellschaft erlosch? Denn eine Gesellschaft samt Kapital und Aktien und so weiter wird es doch einmal gewesen sein."

„Ja, Sir, das war es." Froh, daß wir uns wieder auf sachlichem Boden bewegten, steuerte ich auf mein Ziel los. „Aber die Penmars, von denen mein Vater abstammt und denen die Mine früher gehörte, haben sich nie damit zufriedengegeben, bloß als Besitzer des Grund und Bodens zu fungieren, auf dem sich Sennen-Garth befindet. Sie waren die treibende Kraft, die die alte Gesellschaft eigentlich erst ins Leben rief, und ihnen gehörten auch zwei Drittel der Aktien. Als die Gesellschaft dann aufgelöst wurde, blieben sie natürlich weiterhin Grundbesitzer. In den letzten Jahren habe ich versucht, sowohl meinen Vater als auch einige bekannte Spekulanten zu einer Neugründung der Gesellschaft zu bewegen. Doch mein Vater möchte da kein Geld hineinstecken, und die Spekulanten scheinen nach dem Reinfall mit der East-Wheal-Rose-Mine in den achtziger Jahren an alten Minen nicht sehr interessiert zu sein – obschon viele meinen, daß Wheal-Rose in genau dem Augenblick stillgelegt wurde, als der Erfolg in greifbare Nähe rückte... Aber um auf Sennen-Garth zurückzukommen: Es gibt nicht den geringsten Zweifel, daß die Mine nach wie vor fündig ist. Erstens gibt es in den alten Stollen noch Zinn. Das wird von niemandem bestritten. Zweitens liegt unter den tiefsten dieser alten Stollen eine Zinnader. Auch das wird von keinem ernsthaft bezweifelt. Und drittens ist mit den allergrößten Funden zu rechnen, wenn man die Mine unterhalb des Meeresbodens vortreibt, ganz wie man's bei der Levant und der Botallack gemacht hat. Diese Ansicht werden Sie in den Papieren dort bestätigt finden. Natürlich werden Sie sich fragen, warum unter solchen Umständen die Mine nicht schon längst wieder in Betrieb genommen worden ist. Ich will versuchen, das zu erklären. Es gehört sehr viel Geld dazu, und potentielle Interessenten mit dem nötigen Kapital scheuen vor Cornwall zurück – weil nämlich hier in London sogenannte Fachleute, die von Cornwall keinen blassen Schimmer haben, seit langem die Meinung verbreiten, daß die Zinnindustrie bei uns auf dem absterbenden Ast sitzt. Diese Einstellung ist schuld, Sir, und nicht etwa die Fakten. Wenn jetzt die Regierung Sennen-Garth sozusagen unter ihre Fittiche nimmt, so belebt das nicht nur diese eine Mine, sondern die gesamte Zinnindustrie in Cornwall. Die Kapitalgeber hätten wieder Vertrauen – und Sie bekämen Ihr Zinn. Ein Mißerfolg ist völlig ausgeschlossen. Was Sennen-Garth betrifft, so würde vorerst nur wenig erforderlich sein, die Mine wieder in ..."

„Und wie steht Ihr Vater zu der ganzen Sache?"

Ich versuchte, meine Verärgerung hintanzuhalten. „Sir, mein Vater ist kein Fachmann. Er weiß nichts über den Bergbau und herzlich wenig über die Sennen-Garth-Mine. Aus diesem Grunde bin ich ja hier."

Er lächelte zynisch. „So? Sind Sie denn je unter Tage gewesen?"

Es fehlte nicht viel, und ich hätte ihm einen Kinnhaken gegeben. Er sprach von der Mine, als handle es sich um einen Abtritt.

„Ich habe mich seit langem intensiv mit Bergbau befaßt", erwiderte ich schroff, „und die Levant-Mine in St. Just kenne ich wie meine Hosentasche." Es fiel mir unsagbar schwer, Selbstbeherrschung zu üben. „Und es sind die Kumpel von St. Just", hörte ich mich sagen, „die mich hierhergeschickt haben – weil sie nämlich überzeugt sind, daß ich mich auf Zinn verstehe. Wer mein Vater ist, spielt in diesem Zusammenhang keine Rolle. Deshalb habe ich von mir aus nicht von ihm gesprochen. Ich komme nicht in seinem Auftrag, sondern im Auftrag der Männer von St. Just."

„Sind Sie Sozialist?"

Ich sah rot. Gleichsam mit beiden Händen an mich haltend, brachte ich eine Erwiderung zustande.

„Offen gestanden, Sir", sagte ich, „habe ich für Politik nicht mehr übrig als Sie für Bergbau. Und nach meiner Meinung sind in einer Zeit der nationalen Krise innenpolitische Zwistigkeiten auch verdammt belanglos. Ich bin hier, weil ich etwas habe, was Sie wollen, und Sie etwas haben, was ich will; und beide wollen wir doch, daß England diesen elenden Krieg gewinnt. Wenn wir rasch und schmerzlos zu einer Einigung kommen könnten, so wäre das von Nutzen für uns beide, am meisten jedoch für England. Warum konzentrieren wir uns also nicht auf die Tatsachen, statt uns mit Nebensächlichkeiten abzugeben? Was, zum Henker, tut's, wer mein Vater ist? Wen, zum Teufel, interessiert's, ob ich Sozialist bin? Dadurch wird England den Krieg weder gewinnen noch verlieren. Entscheidend ist doch, daß es in der Mine Zinn gibt, wahrscheinlich zehnmal mehr, als sich irgendwer erträumen läßt, und wenn Sie sich bereit erklären, die finanzielle Seite ..."

„Damit können Sie mit Sicherheit rechnen", unterbrach er mich kühl. „Ich werde dem Minister nahelegen, der Wiederinbetriebnahme der Mine sein Plazet zu geben, da ganz offenbar begründete Erfolgsaussichten bestehen. Sie haben recht. Wir brauchen jede Unze Zinn, die wir bekommen können." Und während ich ihn, über sein plötzliches Einlenken noch verdutzt, sprachlos anstarrte, fügte er hinzu: „Wie alt sind Sie eigentlich?"

„Ich ... werde im Juni zwanzig, Sir."

Seine Frage, spitz und mokant, schien unausbleiblich: ‚Und warum sind Sie dann nicht drüben in Frankreich?' Doch sie kam nicht. Statt dessen sagte er: „Sie sind ein recht ungewöhnlicher junger Mann und sollten es noch weit bringen." Dann erhob er sich und schüttelte mir die Hand. Die Unterredung war beendet, und ich sah ihn nie wieder.

Nicht lange danach kamen Regierungsbeamte nach Penmarric, um mit meinem Vater zu sprechen, und noch vor Ablauf eines Monats waren erste Maßnahmen in die Wege geleitet. An einem Morgen Ende März wurde dann die Hauptmaschine mit einer Flasche Port auf den Namen „Castallack" getauft und das Maschinenhaus mit Frühlingsblumen geschmückt, während alle, die für den Bergbau etwas übrig hatten, aus der Umgebung herbeieilten und die Auferstehung von Sennen-Garth bejubelten.

Bei dieser Gelegenheit begegnete ich zum erstenmal Alun Trevose.

Er war ein Bergbauexperte der Hütten East-Pool und Agar in Camborne, einer von jenen Männern, die Jared seinerzeit um ein fachmännisches Urteil gebeten hatte; und auch er glaubte an den Reichtum von Sennen-Garth und an das Vorhandensein von Erzadern unter der See.

Er glich mir sehr, wenn auch nicht in Erscheinung, Herkommen und Erziehung. Doch im Wesen zeigten wir weitgehend Übereinstimmung. Wir dachten, fühlten und handelten gleich. Er war genauso für den Bergbau geboren wie ich, und seine Leidenschaft dafür stand meiner in nichts nach. Recht bald schon begriff ich, daß er der beste Freund war, den ich mir wünschen konnte.

Auf der Schule hatte ich viele Freunde gehabt, von denen jedoch keiner meine Interessen teilte. Jetzt, mit knapp zwanzig, hatte ich nicht mehr geglaubt, einen solchen Menschen jemals finden zu können, und als ich Trevose dann kennenlernte, gefiel auch er mir auf den ersten Blick nicht besonders. Er war zur einen Hälfte walisisch, zur anderen kornisch, durch und durch Kelte also, und stammte aus Redruth. Sein Vater, ein Bergmann, hatte sein Glück in südafrikanischen Goldminen gesucht, von wo Trevose mit sechzehn ausgerissen war, weil er nicht dem Beispiel seines Vaters folgen und am tödlichen Staub zugrunde gehen wollte. Wieder in Redruth, gelobte er hoch und heilig, Cornwall nie mehr zu verlassen. Eine frühe Ehe war gescheitert. In den konventionelleren Kreisen der Bergarbeitergemeinden wirkten seine Ansichten über „Gott, Frauen und höhere Stände" ziemlich aufrührerisch, und seine nasale südafrikanische Sprechweise trug noch weiter dazu bei, ihn in den Augen der Leute als „einen dieser Ausländer mit hochgestochenen Ideen" erscheinen zu lassen. Doch das währte nicht lange. Denn der Geburt nach war er ja ein Einheimischer, und da er sich in Minen auskannte wie kaum ein zweiter, fanden sich die Leute mit seiner exzentrischen Art schließlich ab und entdeckten sogar, daß er trotz aller Grobheit und Rauhbeinigkeit recht umgänglich sein konnte.

Ich mochte ihn lange, bevor er sich gestattete, mich zu mögen. Mit jemandem von meinem Herkommen anders als mürrisch zu verfahren, ging ihm gegen den Strich.

Er war ein wirklicher Fachmann. Kein anderes Wort kann den Sachverhalt besser treffen. Manchmal hatte ich das Gefühl, er könne Zinn, sei es auch klafterweit hinter Granitwällen verborgen, wittern. Er war noch jung, nur zehn Jahre älter als ich, aber mein Vertrauen zu ihm war größer als zu irgendwem sonst, weil er jenen geheimnisvollen Spürsinn besaß, wie er nur dem geborenen Bergmann zu eigen ist.

Er war ein Mann nach meinem Herzen, und gemeinsam nahmen wir erste Untersuchungen vor.

Die Regierung hatte uns zwei ihrer Leute in offizieller Funktion „zugeteilt", den einen davon als eine Art Verwaltungsdirektor. Viel Ahnung hatten beide nicht, und augenscheinlich sahen sie es als ihre Hauptaufgabe an, die Hand auf dem Geld zu halten. Die eigentlichen Arbeiten sollte ich leiten; doch bei meiner Jugend und Unerfahrenheit brauchte ich dringend sachverständigen Rat – der denn auch unvermeidlich von allen Seiten auf mich niederregnete.

Doch der einzige, auf dessen Ratschläge ich hörte, war Trevose. Als wir dann einen Schacht in größere Tiefe trieben und uns, unterhalb des Meeresbodens, gleichsam voranzutasten begannen, war er es, der die wichtigen Entscheidungen traf und unbeirrbar an unseren Erfolg glaubte.

„Da ist Zinn“, sagte er. „Ich weiß es.“

Die Leute von der Regierung, über die steigenden Kosten besorgt, rieten dringend, die Arbeiten auf die vorhandenen Vorkommen zu beschränken, doch was sich in den alten Stollen fand, erwies sich als so unergiebig, daß das ganze Unternehmen gefährdet schien, sofern es uns nicht gelang, auf reiche Adern zu stoßen. Und die konnte und mußte es unterhalb des Meeresbodens geben, davon war ich nach wie vor überzeugt. Immerhin begriff ich jetzt, warum die Spekulanten Sennen-Garth über zwanzig Jahre lang gemieden hatten. Das Risiko war tatsächlich nicht unerheblich.

„Immer mit der Ruhe“, sagte Trevose. „Daß es dort Zinn gibt, steht für mich fest. Ich spür's in den Knochen.“

Also stießen wir weiter vor, und der Lärm von Hammer, Schlägel und Bohrer gellte uns in den Ohren; doch von einer Ader fand sich keine Spur. Die Bergleute zeigten besorgte Gesichter, die alten Männer wiegten bedenklich die Köpfe und murmelten, sie hätten es ja schon immer gesagt.

„Die haben keinen blassen Schimmer“, schimpfte Trevose. „Wir müssen tiefer.“ Und wir trieben einen Schacht fast fünfhundert Meter unter den Atlantischen Ozean hinab.

Mein Vater, der sich auf Sennen-Garth umsehen kam, erkundigte sich höflich, wie es denn um den Erfolg bestellt sei.

„Bisher noch nichts“, erwiderte ich trotzig, „aber das kann nicht mehr lange dauern.“ Doch die endlose Nervenprobe ließ selbst meine Zuversicht allmählich ins Wanken geraten. Monate ging das nun schon so – eine Zeitspanne, in der mir zur Genüge klargeworden war, wie wenig ich wußte im Vergleich zu Trevose – und überhaupt. Ich hatte mich überschätzt. Jetzt begann ich mich verzweifelt zu fragen, ob nicht alle Hoffnung eitel Schaumschlägerei gewesen sei.

„Das Zinn wartet auf uns“, sagte Trevose eines Morgens. „Ich kann's riechen.“

Über Tage herrschte regnerisches und nebliges Wetter, doch hier in der Tiefe plagte uns eine Höllenglut, obwohl wir alle mit nacktem Oberkörper arbeiteten. Da unser mechanischer Bohrer ausgefallen war, mußten wir das nächste Sprengloch mit Hilfe eines siebenpfündigen Hammers in den Fels treiben, eine Arbeit, die ein geübter Bergmann allein bewerkstelligen konnte, indem er links den Bohrer hielt und rechts den Hammer schwang. Doch soviel Geschicklichkeit besaß ich nicht, und so mußte ich mich damit begnügen, den Bohrer zu drehen, während Trevose mit großer Kraft draufloshieb. Obwohl ich mich kaum bewegte, lief mir der Schweiß in Strömen herab. Endlich waren die Löcher tief genug, und Trevose rief nach Dynamit. Die Sprengladungen wurden angebracht. Dann zog ich mich mit den vier Leuten, die wir an diesem Tage bei uns hatten, zurück, während Trevose sich bereitmachte, die Zündschnüre zu setzen.

Sekunden später war auch er bei uns. Schmutz- und schweißverkrustet warteten wir. Und dann dröhnte es dumpf, und mit wahrem Feueratem fauchte die Luft durch den Stollen.

„Und jetzt, du gottverdammte Mine", sagte Trevose, „gib uns das Zinn oder ich spreng dich in tausend Stücke, bis du unter dem Meer absäufst."

Wir mußten lange warten, bis der Staub sich endlich legte und wir zurückkonnten.

Es war ein wirres Durcheinander. Felsbrocken türmten sich. Gefolgt von einem Förderwagen, der das Gestein wegkarren sollte, tasteten wir uns voran. Staub biß mir in der Nase und ließ meine Augen wässern.

Trevose sagte: „Ich rieche Zinn."

Begierig blickte ich mich um, sah jedoch nichts und roch auch nichts – außer den ätzenden Schwaden des Dynamits.

„Direkt vor unseren Augen", sagte Trevose.

Ich musterte ihn kurz, doch sein Blick schien in unbestimmte Richtung zu gehen.

Ich starrte und starrte, bis ich blind zu werden glaubte.

Und dann sah ich es.

Mit hämmerndem Herzen und keuchender Lunge stolperte ich über das Gestein und strauchelte und fiel und kroch auf allen vieren zu dem Felsstück, das meine Aufmerksamkeit auf sich gezogen hatte.

Und da war es. Nicht viel. Nur dunkler Fels mit hellen Spuren durchsetzt. Aber für mich war es kostbarer als ein Eimer voll

Gold. Denn die hellen Spuren waren weiße Quarzstreifen, das eindeutigste Anzeichen, daß wir mit unserer Suche Erfolg gehabt hatten. Und während meine Hände noch nach dem wundersamen Fels tasteten und meine Augen wie betäubt darauf niederstarrten, wußte ich schon, daß die Ader riesig war – einfach gewaltig.

„He!" rief Trevose, der bemüht gewesen war, mir bei der Entdeckung den Vortritt zu lassen. „Wir haben's geschafft! Da ist sie, die verdammte Ader, da ist sie! Seht euch mal an, was der Boß dort gefunden hat! Wenn die sich nicht als Mordsding entpuppt, dann fresse ich einen Besen! Groß und breit wie eine Kirche, Teufel noch mal! Will mich sonst vierteilen lassen!"

Atemlos kamen sie herbeigestürzt. Ich sagte mit einer Stimme, die mir fremd in den Ohren klang: „Sie haben die Ader entdeckt, Trevose, nicht ich." Aber er schüttelte nur den Kopf.

„Nein", erwiderte er mit Nachdruck. „Das Verdienst kommt Ihnen zu, machen Sie sich da nichts weis. Schließlich waren Sie von dem Zinnvorkommen längst überzeugt, ehe ich Sennen-Garth auch nur aus der Nähe gesehen hatte. Wenn Sie nicht gewesen wären, hätte keiner von uns heute hier unten gestanden, und wenn das nicht die gottverdammte Wahrheit ist, dann weiß ich nicht."

Aber ich war viel zu benommen und zu betäubt, um jetzt mit ihm darüber zu streiten. Doch ich stand nur stumm, durchpulst von Gefühlen, die ich selbst nicht begriff, während von meinem Helm das Licht ins Dunkel strahlte, dorthin, wo, verborgen noch, die heißersehnten Schätze lagen.

St. Just stand kopf. Der Zufall wollte es, daß ich meine Entdeckung an einem Tag gemacht hatte, an dem auf der Levant der Lohn ausgezahlt wurde, und so gab es kein Halten mehr: Alles trank auf die neue Ader in Sennen-Garth. Der Obersteiger der Levant spendierte mir ein Bier und schüttelte mir die Hand. Andere wollten nachziehen. Doch ich hatte keine Lust, mich zu betrinken, und so gab ich, um des lieben Friedens willen, selbst rasch ein paar aus und hielt mich dann zurück. Der alte Penhellick stürzte davon, um seine Fiedel zu holen, und Trevose, vom Apfelwein befeuert, führte einen flotten Solotanz auf. Jareds Tochter Charity, das Schankmädchen, küßte mich vor lauter Aufregung auf beide Wangen und zog mich, gegen meinen lautstarken Protest, ich sei unmusikalisch wie ein Esel, zum Tanz hinaus auf den Dorfplatz. Schon kamen, vom allgemeinen Trubel angezogen, Frauen und Mädchen gelaufen. Bald drehte sich alles fröhlich im Kreis. Selbst die Kinder machten mit. Schließlich hoben mich die Männer auf ihre Schultern, und hoch oben thronend wurde ich im Triumph um den Platz getragen. Als ich der unverdienten Huldigung endlich entkam, fand ich mich wieder Charity Roslyn gegenüber.

Ob ich nicht Lust hätte, auf einen Sprung in ihr Häuschen zu kommen, wollte sie wissen. Ein Stückchen Pastete und ein Gläschen Bier, darauf hätte ich doch bestimmt Appetit. Vielen Dank, erwiderte ich, aber leider sei ich ganz und gar nicht hungrig; worauf sie sich tödlich beleidigt zeigte und ärgerlich fragte, was ich gegen sie und ihre Gastfreundschaft hätte. „Mir ist heute abend nun mal so, Mr. Philip", sagte sie und versprach dann: „Soll Sie keinen Penny kosten, und überflüssige Fragen werden auch nicht gestellt..."

„Vielleicht doch", unterbrach ich sie. „Von William Parrish zum Beispiel."

„William Parrish!" schnaubte sie und schleuderte ihre pechschwarze Haarmähne in den Nacken. „Der hat mir gar nichts zu sagen, auch wenn er sich das tausendmal einbildet. Wäre natürlich was anderes, wenn er mich heiraten würde. Aber für die Ehe ist er nun mal nicht zu haben. Und wenn er mich nicht heiratet, brauche ich ja auch nicht das treue Weib zu spielen. Ich tue, was mir paßt."

Doch es gab an diesem Abend zuviel, was mich bewegte, als daß ich in der rechten Stimmung für ihre Gastfreundschaft gewesen wäre; und so schaffte ich sie mir mit so viel Takt, wie ich irgend aufbringen konnte, vom Hals und kehrte ins Wirtshaus zurück. Die feuchtfröhliche Feier zog sich bis spät in die Nacht hin, und erst lange nach Mitternacht schwang ich mich vor Roslyn-Farm aus dem Sattel und führte mein Pferd in den Stall.

Meine Mutter, längst in Unruhe über mein langes Ausbleiben, wartete noch auf mich.

„Wir haben's geschafft!" rief ich und rannte über den Hof auf sie zu. „Wir haben's geschafft! Wir sind auf die Ader gestoßen!"

Meine Stimme klang weit über die dunkle Heide. Es klang, als wollte ich die Geister vergangener Tage beschwören: all jene

Generationen, die sich seit Urzeiten in Cornwall abgeplackt hatten, Bergleute, Schatzsucher, Zinnförderer. Aber ich wollte es der ganzen Welt zurufen, wollte es allen in die Ohren schreien, daß meine Mine von den Toten auferstanden war, daß meine Mine wieder lebte, daß meine Mine die größte und mächtigste sein würde, welche die Zinnküste je gekannt hatte.

Jared Roslyn, dem ich am folgenden Tag in St. Just begegnete, lud mich zu einem Glas Wein auf seinen Hof ein, und da ich ihn nicht beleidigen wollte, nahm ich an. Sein Haus wirkte düster, und seine Töchter lösten Widerwillen in mir aus. Sie schienen einzig darauf bedacht, meine Aufmerksamkeit auf sich zu lenken. Doch ich fand Gefallen an Simon Peter, Jareds kleinem Sohn, der, obschon für seine zwölf Jahre schmächtig, ein helles Köpfchen zu haben schien. Als ich aufbrechen wollte, traf Joss Roslyn mit seiner Frau, einer dicken, mürrischen Person, ein, und die Atmosphäre der Gastlichkeit war sofort dahin.

„Du hast mit den Castallacks also deinen Frieden geschlossen, Jared“, sagte Joss zänkisch. „Nun, es ist ja deine Sache, wen du in dein Haus läßt und wem du den Umgang mit deinen Töchtern gestattest.“

„Gegen Mr. Philip ist überhaupt nichts einzuwenden“, erwiderte Jared sofort. „Wenn er nicht gewesen wäre, würde es bei uns immer noch von Arbeitslosen wimmeln. Über seine Eltern magst du denken, wie du willst, aber was ihn betrifft, so kann ich nur sagen, daß er ein aufrechter und ehrlicher junger Mann ist – und dieser Ansicht bin nicht nur ich. Er hält sich an die Zehn Gebote und trinkt nicht und geht jeden Sonntag zur Kirche, und wenn ein junger Mann wie er für meine Mädchen nicht der rechte Umgang sein soll, so möchte ich mal wissen, wer sonst.“

„Mir egal, von welcher Art er ist“, sagte Joss Roslyn verbissen. „Schließlich weiß jeder, daß es in seiner Familie schlechtes Blut gibt. Und schlechtes Blut schlägt immer durch.“

Eine solche Beleidigung ohne Wimpernzucken hinzunehmen, fiel mir gar nicht ein. „Mein lieber Mr. Roslyn“, sagte ich, „ich muß gestehen, daß ich überrascht bin – es will mir doch scheinen, daß Sie für Ihren Teil schlechtes Blut recht reizvoll finden, da Sie es sich ja angelegen sein ließen, eine Penmar zu heiraten.“

Er lief vor Wut dunkelrot an, und als ich mich empfahl, entdeckte ich auf dem Gesicht seiner Frau ein bitteres Lächeln. Unwillkürlich mußte ich an Rebecca denken, die Tochter der beiden, ein junges Mädchen von siebzehn jetzt, mit der Hugh eine heimliche Liebschaft hatte. Ausgerechnet. Denn natürlich hätte sie für jeden Castallack tabu sein sollen. Doch gerade wegen der Tatsache, daß sie Joss Roslyns Tochter war, fand Hugh sie wohl unwiderstehlich.

„Na, hoffentlich klappt's mit den beiden", sagte ich abends gereizt zu meiner Mutter. Mochte ich Hughs Gesellschaft auch von Zeit zu Zeit recht unterhaltsam finden, so stieß mich sein Talent zu Verlogenheit und Verstellung doch zunehmend ab. „Er ist genau der Schwiegersohn, den dieser Roslyn verdient."

Doch meine Mutter ließ auf ihren Liebling nichts kommen und wies mich streng zurecht. Offenbar war sie gerade zu dieser Zeit in großer Sorge um ihn. Nach seinem Schulabgang in Harrow befand er sich mit seinen nunmehr achtzehn Jahren in genau dem Alter, wo die jungen Männer sich zum Waffendienst drängten.

„Wirst du dich freiwillig melden?" fragte ich ihn unverblümt, als er Ende Juli heimkehrte. „Oder ziehst du es vor, nach Oxford zu gehen?"

„Weiß noch nicht", erwiderte er mit gewohnter Liebenswürdigkeit. „Heikle Situation, nicht? Wähle ich Oxford, so zeigt sofort alles mit Fingern auf mich und schimpft mich einen Feigling, der sich drückt, während seine Altersgenossen für das Vaterland in den Tod gehen. Anderseits ist es immer noch besser, ein lebendiger Feigling als ein toter Held zu sein. Tja, Oxford oder Uniform – wenn sich doch bloß ein bequemer Mittelweg finden ließe."

„Wenn es einen gibt", sagte ich, „so wirst du ihn sicherlich entdecken."

Ich sollte recht behalten. Er hatte in Harrow einen Freund, dessen Vater Oberst war und jemanden kannte, der seinerseits Verbindungen hatte zu ... und so weiter und so fort. Fazit: Für den Fall, daß er sich auf der Stelle freiwillig meldete, versprach man ihm ein sicheres Pöstchen weit hinter der Front.

„Die allgemeine Wehrpflicht steht praktisch vor der Tür", sagte er zu mir. „Warum soll ich also erst nach Oxford gehen? Dort hätten sie mich bald, um mich in den Schützengraben zu schicken – und da wär ich dann so gut wie tot."

Man schrieb bereits 1915. Nach einjährigem blutigem Ringen hatte wohl jeder begriffen, daß es sich um einen völlig neuartigen Krieg handelte. Die Verluste gingen bereits ins Unermeßliche, und ein Ende war nicht abzusehen. Im Mai hatte Premierminister Asquith seine Regierung umorganisiert, und jetzt gab es ein Munitionsministerium, das von Lloyd George geleitet wurde. Munition – das war die Devise der Stunde, denn unsere Streitkräfte in Frankreich hatten einen ungeheuren Bedarf. Bald tauchten nun auch daheim ernste Versorgungsschwierigkeiten auf. Zwar hatten die sporadischen Zeppelinangriffe nur wenig Schaden angerichtet, doch die deutsche Blockade der britischen Inseln erwies sich als um so wirkungsvoller. Die Lebensmittel wurden knapp und schlecht. Selbst bei uns in Cornwall bekamen wir das zu spüren, und ich war nur froh, daß wir auf einem Bauernhof lebten und somit weitgehend für uns selbst sorgen konnten.

Doch wie sollten wir uns beklagen, wenn jenseits des Meeres die Katastrophe ihren Fortgang nahm, von den Schlachtfeldern Frankreichs bis hin zu den Dardanellen am anderen Ende Europas? Adrian vegetierte im Schützengraben, desgleichen Marcus, wenn auch bei einer anderen Einheit. Tagtäglich durchstöberte ich die Zeitungen, um zu sehen, ob ihre Regimenter etwa aufgerieben worden waren. Schuldgefühl bedrückte mich, so unsinnig das auch sein mochte, da ich ja in der Mine gebraucht wurde. Die Förderung von Zinn war eine kriegswichtige Aufgabe. Sollte die allgemeine Wehrpflicht Wirklichkeit werden, so würde man mich mit Sicherheit freistellen.

Dennoch blieb dieses Schuldbewußtsein.

William Parrish schien besonders darunter zu leiden. Trafen wir uns in St. Just, so beteuerte er immer wieder, wie beschämend es für ihn sei, im Felde nicht seinen Mann stehen zu dürfen.

„Aber du sorgst doch dafür, daß auf Penmarric Rekordernten eingebracht werden“, versuchte ich ihn zu beruhigen – „Wenn es nicht auch Männer wie dich gäbe, müßten wir alle verhungern. Außerdem kannst du beim besten Willen nichts dafür, daß du zu hohen Blutdruck und ein schwaches Herz hast.“

Doch meine Worte richteten nichts aus. Er empfand sein Leben in Sicherheit als Schande und sehnte sich nach dem Gestank der Gräben und dem Dröhnen der Kanonen.

Nach Hughs Fortgang blieb er als einziger von uns Söhnen auf Penmarric zurück. Jan-Yves war auf der Schule und kam nur zwischendurch einmal heim. Da er nicht in Zillan, sondern in St. Just zur Kirche ging, sahen wir ihn nie – was ich nicht unbedingt bedauerte, da er ein ganz unausstehliches Wesen war. Meine Mutter jedoch litt sehr unter seiner unverhohlenen Feindseligkeit. Ich begriff das nicht ganz. Hatte sie ihn, das ungewünschte Kind, nicht jahrelang gemieden? Nach dem ersten Wiedersehen schien sie ihn ganz besonders ins Herz geschlossen zu haben, und insgeheim erging sie sich wohl in Selbstanklagen, weil sie, die sonst so Mütterliche, gerade ihrem Jüngsten gegenüber recht pflichtvergessen gewesen war.

Zum Unterschied von Jan-Yves kamen meine jüngeren Schwestern jeden Samstag zu uns nach Roslyn-Farm. Jeanne war jetzt fast sechzehn und liebte es, uns ihre Koch- und Backkünste zu demonstrieren. Elisabeth versuchte es ihr gleichzutun, leider ohne rechten Erfolg.

„Laß nur, Lizzie“, sagte Jeanne, die über ein unerschöpfliches Repertoire an weiblichen Platitüden verfügte. „Man kann nicht alles können. Dafür stichst du mich in der Schule aus.“

„Pah“, meinte Elisabeth wegwerfend. „Macht doch nichts, wenn der Kuchen ein bißchen zusammenfällt. Schmeckt deshalb ja nicht schlechter.“

„Arme Lizzie“, sagte meine Mutter oft unter vier Augen zu mir. „Sie hat so ganz und gar nichts Anziehendes.“

Das galt auch für Jeanne. Sie war hochaufgeschossen, und ihr Haar, früher einmal blond, schimmerte jetzt braun. Ihre einstige Hübschheit hatte sich verloren, daran änderte auch ihr offenes und freundliches Lächeln nichts.

„Sechzehn ist für ein Mädchen ein unglückliches Alter“, behauptete meine Mutter. „Sie wird sich schon wieder herausmachen.“

Im Gegensatz zu ihren Schwestern war Mariana so hübsch wie eh und je. 1916 verwitwet – ihr Mann war eines der zwanzigtausend Opfer der Schlacht an der Somme –, traf sie ganz in Schwarz gehüllt auf Penmarric ein und kam auch bald zu uns auf Besuch. Meine Beileidskundgebungen wies sie nachdrücklich ab.

„Ich möchte nicht, daß man mich bedauert“, sagte sie. „Das macht alles nur schlimmer. Dann denke ich an den Krieg und an den Tod und muß weinen. Sprechen wir lieber von etwas anderem."

Und nicht ohne Affektiertheit sprach sie davon, wie scheußlich fad das Leben jetzt in dieser Krisenzeit sei und daß sie ihre Schwiegermutter einfach unausstehlich finde.

„Hast du vor, längere Zeit auf Penmarric zu bleiben?" erkundigte ich mich höflich.

Sie sagte wegwerfend: „Diese alten Herrenhäuser sind doch alle schrecklich trist. Am liebsten würde ich in London wohnen, aber jetzt im Krieg ist da ja auch nicht viel los. Was für ein entsetzliches Leben! Ich hasse diesen Krieg, ich hasse ihn!"

Und sie brach in Tränen aus.

Als wir später allein waren, sagte meine Mutter zu mir: „Ich frage mich, ob Mariana mit Nicholas glücklich war. So schrecklich es auch klingen mag, ich habe ganz den Eindruck, daß sie über ihr Witwentum eher froh ist – wofür sie sich natürlich haßt. Wenn sie trauert, dann bestimmt aus anderen Gründen."

„Ob sie mit Nick nun glücklich war oder nicht", erwiderte ich, „auf jeden Fall entsprach das luxuriöse Leben ganz ihrem Geschmack."

„Materielle Dinge sollten nie den Ausschlag geben", meinte meine Mutter. „Nicht, daß ich glaube, Mariana habe Nicholas seines Titels wegen geheiratet. Aber mit ihren achtzehn Jahren war sie damals doch noch viel zu jung, um ihre Gefühle richtig beurteilen zu können. Umgekehrt war es wahrscheinlich nur ihre Schönheit, die Nicholas anzog."

Ich unterdrückte ein Gähnen und nickte höflich.

„Warum die beiden wohl kein Kind gehabt haben?" fuhr meine Mutter fort. „Schließlich waren sie doch zwei Jahre verheiratet, bevor Nicholas die Uniform anziehen mußte, und die meisten jungen Frauen ihres Standes werden schon Mutter, ehe das erste Ehejahr vorüber ist."

„Ganz recht", sagte ich und entzog mich diesen endlosen weiblichen Spekulationen, indem ich mir Betätigung auf dem Hof suchte.

Aber für meine Mutter war das Thema Mariana längst nicht abgetan. In der Sorge um ihre älteste Tochter ging sie sogar so weit, meinem Vater zu schreiben, er möge darauf bestehen, daß Mariana bis Kriegsende auf Penmarric bliebe.

„In vertrauter Umgebung wird sie sich gewiß geborgener fühlen", sagte sie zu mir. „Außerdem schickt es sich für eine junge Witwe, ein wenig zurückgezogen zu leben. In ihrer Verwirrung könnte sie allzuleicht in einer neuen Ehe Trost suchen wollen, ohne diesen Schritt mit der nötigen Sorgfalt zu überlegen."

Ich war da anderer Meinung. Nach meiner Überzeugung war Mariana viel zu berechnend, um je „in Verwirrung" zu handeln. Daß sie Trost suchte, mochte schon zutreffen – in dem Gedanken an die Jagd auf Ehemann Numero zwei.

Mein Vater schrieb zurück, daß er Mutters Sorge um Mariana teile. Aber seinem mutmaßlichen Bemühen, sie auf Penmarric zu halten, war, wie vorauszusehen gewesen, kein Erfolg beschieden. Bald folgte sie einer Einladung schottischer Freunde nach Edinburgh, und während der folgenden zwei Jahre flatterte sie wie ein Schmetterling von Landsitz zu Landsitz.

„Nicht sehr schicklich für eine junge Witwe", kritisierte meine Mutter. „Wenn sie sich nicht sehr in acht nimmt, kommt sie noch ins Gerede."

„Aber, Mama", sagte ich beschwichtigend. „Was ist denn schon dabei, wenn sie ihre Freunde besucht?"

Doch meine Mutter schüttelte nur mißbilligend den Kopf und schwieg.

Zu meiner Erleichterung. Denn mir ging gerade zu dieser Zeit viel zuviel durch den Kopf, als daß irgendwelche Gedanken an Mariana da noch Platz gehabt hätten. Die Zinnader unter dem Meeresboden hatte sich zu aller Genugtuung als überaus ergiebig erwiesen. Aber das hieß auch, daß es eine Unmenge zu organisieren gab. Ich kam deswegen fast überhaupt nicht mehr unter Tage, sondern hatte oben alle Hände voll zu tun. Neue Leute wollten eingestellt, frische Schichten eingeteilt sein. Holzladungen kamen laufend an und wurden von den Zimmerleuten für die Stollen bearbeitet. In der Verwaltung fiel ein unabsehbarer Haufen Papierkram an. Häufig gab es stundenlange Erörterungen mit Michael Vincent, dem Anwalt meines Vaters, der pedantisch darauf achtete, daß auch ja kein Paragraph verletzt wurde. Welche Stellung ich auf Sennen-Garth eigentlich einnahm, blieb der Theorie nach weiterhin ungeklärt; praktisch jedoch trug ich die Gesamtleitung. Wie ich es schaffte, weiß ich nicht, aber trotz meiner Unerfahrenheit unternahm Trevose nie einen größeren Schritt, ohne mich vorher zu fragen, und erstaunlicherweise hielten es die beiden Regierungsmarionetten ebenso. Ich war der Chef. Oft kam mir alles wie ein Wunder vor, und vor allem, wenn ich bei den Kumpels sein konnte, fühlte ich mich glücklich wie noch nie in meinem Leben.

Die Regierung zahlte mir ein großzügiges Gehalt, von dem ich einen Teil meiner Mutter gab und den Rest zur Bank brachte. Zwar war ich dem Geld gegenüber längst nicht mehr so gleichgültig wie vor fünf Jahren, als ich dem Haus meines Vaters den Rücken gekehrt hatte; dennoch war es für mich jetzt, wo meine Mine vor Leben geradezu überschäumte, nur von untergeordneter Bedeutung.

Die Monate vergingen. Meiner Arbeit mit voller Energie hingegeben, hatte ich für nichts sonst Gedanken – bis dann, eine Woche vor meinem 21. Geburtstag, mein Vater zu mir kam, mich zum Dinner nach Penmarric einlud und dabei taktisch so geschickt vorging, daß ich nicht ablehnen konnte.

Ich hatte ihn dann und wann auf Sennen-Garth gesehen, doch da es ganz offensichtlich seine Absicht war, sich im Hintergrund zu halten, hatte es die üblichen Zusammenstöße zwischen uns nicht gegeben. Wenn wir einander kaum öfter als einmal im Monat begegneten, nämlich bei den regelmäßigen Sitzungen, auf denen über die erzielten Fortschritte gesprochen wurde, so lag das, wenn ich ehrlich sein will, weniger an ihm als an mir. Ich ging ihm nach Möglichkeit aus dem Wege. Nach der Entdeckung der Ader hatte er mir gratuliert, doch auf seine wiederholten Einladungen nach Penmarric hatte ich stets mit Ausflüchten reagiert.

Diesmal stellte er es schlauer an, indem er mich, statt unter vier Augen, sozusagen in aller Öffentlichkeit zum Dinner bat. Umringt von einem Dutzend Kumpels, die natürlich alle ganz Ohr waren, fand ich es unmöglich, eine plausible Ausrede zu erfinden, und da er mich noch am selben Abend auf Penmarric haben wollte, blieb auch keine Zeit mehr, etwas Passendes vorzuschützen. Meinen eher zaghaften Einwand, ich besäße keinen Abendanzug, wies er mit leichter Hand zurück: Nichts

Formelles, um Gottes willen – Jeanne und Elisabeth waren mit ihrer Gouvernante in Exmouth, Jan-Yves war auf der Schule, und William wollte ausgehen; wir würden also ohnehin allein sein.

„Meine Mutter ..." begann ich.

„Nun, der Brief an sie ist bereits geschrieben. Ich kann jederzeit einen der Stallburschen damit nach Roslyn-Farm schicken."

Er hatte an alles gedacht.

„Na schön", gab ich ohne Freundlichkeit nach. „Wie du willst."

Ohne auch nur ein Wort miteinander zu wechseln, ritten wir zusammen nach Penmarric, wo er mich in die Bibliothek bat und mir einen Drink anbot.

„Ich trinke keine scharfen Sachen", sagte ich.

„Sehr gescheit. Etwas Apfelwein vielleicht."

„Bier."

„Aber gern", versicherte er und ließ von dem neuen Butler – dem jungen Medlyn, Sohn und Nachfolger des alten, der seinerzeit schon um die fünfzig gewesen war – eine Flasche holen. Das Gespräch, das mein Vater anzuknüpfen versuchte, floß gequält dahin. Ich verharrte in Einsilbigkeit. Wahrscheinlich bereute er schon sehr bald, mich eingeladen zu haben.

Entsprechend katastrophal verlief das Dinner. Er fing von der Mine an, erhielt jedoch nur knappe Antworten und gab es schließlich auf. Dann erkundigte er sich nach meinem Bekanntenkreis und wollte wissen, ob ich denn noch mit irgendwelchen alten Schulfreunden in Verbindung stünde.

Nein, erwiderte ich.

Ob ich vielleicht etwas von Peter Waymark, George und Aubrey Carnforth und Francis St. Enedoc gehört hätte, die sämtlich im Felde stünden.

Nein, erwiderte ich.

Ob ich gelegentlich mit den Waymark-Mädchen zusammenkäme, Peters zwei Schwestern, die auf Gurnards Grange lebten.

„Nein."

„Du kommst wohl überhaupt nur selten mit jungen Damen zusammen."

„Ganz recht. Mir geht zur Zeit auch so schon genug durch den Kopf – ohne junge Damen."

„Das ist recht klug von dir. Es wäre zu bedauern, wenn du jetzt schon heiraten wolltest. Jung gefreit hat oft gereut."

Ich nahm mir noch etwas Gemüse. „Du mußt es ja wissen", sagte ich.

Wir schwiegen einen Augenblick. Schließlich ergriff er wieder das Wort.

„Nächste Woche feierst du doch deinen einundzwanzigsten Geburtstag, nicht wahr?" sagte er. „Wie schade, daß Krieg ist und alle fort sind. Trotzdem sollten wir diesen Tag festlich begehen. Was würdest du gern tun?"

„Meinen Freunden von der Mine im Wirtshaus zuprosten", sagte ich. „Und später mit meiner Mutter zu Abend essen."

„Hättest du nicht Lust, sie zum Dinner nach Penmarric mitzubringen? Inzwischen sind die Mädchen wieder hier, und wir könnten noch Gäste..."

„Nein, danke."

„Dann komm wenigstens allein auf einen kurzen Sprung herüber. Ein paar Flaschen Champagner auf dein Wohl..."

„Nein, danke."

Er zuckte mit den Schultern. „Wie du willst."

Nach dem Dinner bot er mir ein Glas Portwein an. Ich lehnte ab und überlegte eben, wie ich mich am besten empfehlen könnte, als der Butler eintrat – mit einem Kuvert auf einem silbernen Tablett.

„Dies ist soeben eingetroffen, Sir", meldete er. „Per Eilboten aus Penzance."

Es war ein Telegramm.

Mein Herz begann zu hämmern. Ich dachte: Adrian ist tot. Geschieht ihm ganz recht. Und schob beschämt den Gedanken beiseite und versuchte zu hoffen, daß, um seinetwillen, Adrian noch am Leben sein möge. Und starrte meinen Vater an.

Mein Vater nahm den Umschlag. Medlyn zog sich nach kurzem Zögern zurück. Wir waren allein.

„Ich fürchte", sagte mein Vater, „es handelt sich um keine gute Nachricht."

Er zog das Papier hervor, entfaltete es umständlich und schien nicht den Blick davon wenden zu können.

„Handelt es sich um Adrian?" fragte ich hastig. „Ist er tot? Ist Adrian tot?"

Er hob den Kopf. Sein Gesicht war grau, und in den Augen saß der Schmerz. „Nein“, erwiderte er. „Marcus.“ Und raffte sich mühsam hoch und sagte: „Entschuldige“, und ging wie blind hinaus.

3

Das Telegramm lag noch auf dem Tisch. Schließlich griff ich danach und las. Marcus war nicht einmal im Kampf gefallen, sondern drei Wochen nach seinem 23. Geburtstag an der Ruhr gestorben.

Ich stand auf, trat ans Fenster, zog die Gardine zurück. Dort unten auf dem Rasen hatten Marcus und ich als Kinder gespielt. Es war lange her, und die Erinnerung war fahl, fast so fahl wie der Abendhimmel jetzt. Ich rief mir sein Bild ins Gedächtnis, kurz bevor er eingerückt war, das unbekümmerte Lachen und seine zuversichtliche Stimme: „Ich gebe den Deutschen genau sechs Monate.“ Wie oft war ich durch seine Art irritiert gewesen, wie häufig hatte ich ihn im stillen einen Narren geheißen.

Jetzt war er tot.

Unruhig lief ich auf und ab. Und ging wieder zum Tisch und las das Telegramm. Kein Heldenschicksal durch Feindeskugel – statt dessen dieses klägliche Verenden; und jetzt war er tot, und ich würde ihn nie mehr wiedersehen – nie, denn es gab keinen Gott und kein Leben nach dem Tode, es gab nichts außer dem Nichts.

Schweißperlen rannen mir von der Stirn. Meine Hände zitterten. Mit raschen Schritten ging ich hinaus und gelangte durch die Halle ins Freie. Und dort stand ich einen Augenblick, die frische Luft mit großen Zügen einatmend, und dann rannte ich zu den Ställen und holte mein Pferd und schwang mich hinauf und galoppierte los. Wie auf der Flucht stob ich dahin, gejagt von primitiver und beschämender Urangst. Und gab keine Ruhe, bis ich endlich St. Just erreichte. Dort saß ich ab, trat in das Wirtshaus und verlangte ein großes Glas Brandy.

Um meine Mutter in ihrem Schmerz zu trösten, kam Mr. Barnwell von Zillan herüber, und selbst mein Vater stellte sich ein. Ausrichten konnten beide so gut wie nichts. Als sie wieder gingen, fühlte ich mich erleichtert, so wenig ich selbst auch meiner Mutter zu helfen vermochte. Ihr Gram brannte mir in der Seele, und passende Worte wollten sich nicht finden lassen. Aber die Zeit, wenn sie schon nicht heilte, linderte doch, und schließlich gewann das Alltagsleben wieder die Oberhand.

Marcus' Tod war nicht der einzige Verlust, der meine Mutter 1916 traf. Im Herbst starb ihre Großtante, und obwohl Griselda eine recht schwierige alte Frau gewesen war, traf ihr Dahinscheiden meine Mutter doch sehr hart. Ein Leben lang hatten sie für einander gesorgt; früher Griselda für meine Mutter, später meine Mutter für sie – ohne sich ihrer, selbst als sie Herrin auf Penmarric gewesen war, je zu schämen, wie es wohl eine Frau von schwächerem Charakter getan hätte.

1917 kam. Rückblickend scheint mir, daß dies das schlimmste Jahr des ganzen Krieges war, wenigstens für uns in England. Im nachhinein läßt sich leicht feststellen, daß der Frieden fast vor der Tür stand; doch damals ahnte niemand etwas davon, der Krieg schleppte sich wie eine ewige Krankheit fort und fort. Was immer man zum Leben brauchte, es war knapp und wurde knapper. Die Vorräte schrumpften bedrohlich. Erst später sollten wir erfahren, daß Ende April nur noch für sechs Wochen Lebensmittel vorhanden gewesen waren. Die deutschen Unterseeboote versuchten uns auszuhungern und versenkten Schiff auf Schiff; und wenn es letztlich auch diese Tatsache war, welche die Vereinigten Staaten in den Krieg eingreifen und das Pendel zu unseren Gunsten ausschlagen ließ, so war uns daheim durch Not und Entbehrung jeder Weitblick genommen, so daß wir die günstige Wende gar nicht registrieren konnten.

An der Spitze der britischen Regierung stand jetzt Lloyd George – was ich sehr begrüßte, da Asquith mir als Premierminister in Kriegszeiten nicht der rechte Mann zu sein schien. Doch für den Mann auf der Straße, der sich mehr schlecht als recht durch die harten Zeiten schlug, bedeutete dieser Wandel wohl wenig. Auf dem Kontinent wollte und wollte das Blutvergießen kein Ende nehmen. Bei Passchendaele kostete uns ein Vorstoß, der nur wenige Kilometer Geländegewinn einbrachte, viele tausend Tote, während in Rußland, dessen militärische Kraft erschöpft war, die Revolution ausbrach. Doch Rußland war weit.

Von meinen Altersgenossen aus Cornwall war George Carnforth schon 1915 gefallen; jetzt, zwei Jahre später, folgte ihm sein Bruder Aubrey ins Grab; ihrem verwitweten Vater Sir Justin blieb von der ganzen Familie nur seine Tochter Felicity. Peter Waymark und Francis St. Enedoc lebten zwar noch, doch viele Männer der Umgebung lagen bereits in fremder Erde begraben. So konnte es nicht wundernehmen, daß meine Mutter sich immer mehr um Hugh zu sorgen begann. Meine Versicherung, er befinde sich weit hinter der Front und somit in Sicherheit, konnte sie nicht überzeugen; sie verbohrte sich in den Gedanken, sie werde ihn nicht wiedersehen. Was die Sache besonders schlimm machte, war Hughs Schreibfaulheit. Raffte er sich wirklich einmal zu einem Brief auf, so erfuhren wir wenig mehr, als daß französische Toiletten primitiv seien. In einem Schreiben an mich, an die Mine adressiert, gestand er dann allerdings unumwunden, daß ihn das Heimweh plage. Und im übrigen könnten die französischen Frauen Rebecca Roslyn nicht das Wasser reichen. Ob ich Rebecca in letzter Zeit gesehen hätte? Er schriebe ihr jede Woche, und zwar über Charity Roslyn in St. Just, Antwort habe er jedoch letzthin nicht mehr erhalten. Habe etwa ihr Vater etwas entdeckt? Oder gäbe es vielleicht einen Verehrer? Ich solle Rebecca aufsuchen, sie befragen und ihr ausrichten, daß er immer nur an sie denke und das Wiedersehen kaum erwarten könne.

Zum erstenmal ging mir auf, daß es ihm mit Rebecca offenbar Ernst war. Und das Mädchen erwiderte seine Gefühle, wie Charity Roslyn mir bestätigte. So setzte ich mich denn hin und schrieb Hugh einen beschwichtigenden Brief.

„Wenn doch nur der Krieg endlich vorüber wäre", seufzte meine Mutter immer wieder. „Wenn doch nur Hugh endlich nach Hause käme . . ."

Adrian kehrte heim. Er war im Oktober 1917 verwundet worden. Nach mehrwöchigem Lazarettaufenthalt für den weiteren

Dienst als untauglich befunden, traf er nach über dreijähriger Abwesenheit zu Weihnachten in Penmarric ein.

Jeanne und Elisabeth waren vor Freude und Stolz außer sich. Er hatte etliche Tapferkeitsauszeichnungen bekommen, höchst anerkennenswert zwar, bloß daß die Mädchen darüber fast in Verzückung gerieten. Mir blieb nichts übrig, als sie nachdrücklich daran zu erinnern, daß sein Name in Gegenwart meiner Mutter tabu war.

„Du solltest wirklich versuchen, ihn sympathisch zu finden, Philip", sagte Jeanne zaghaft, als meine Mutter die Küche für ein paar Minuten verlassen hatte. „Er ist ein so netter und anständiger Kerl. Warum ihr beiden nicht miteinander auskommen könnt, habe ich ohnehin nie begriffen."

„Uns verbindet eben nichts", erwiderte ich kurz. „Aber auch gar nichts."

„Na, der Dumme bist dabei doch du", meinte Elisabeth mit gewohnter Unverblümtheit.In gebückter, nachlässiger Haltung, das strähnige schwarze Haar im Gesicht, saß sie am Küchentisch und blickte mich herausfordernd an. Sie war plump und reizlos geblieben. „Adrian und ich – also wir haben schon sehr tiefsinnige Gespräche geführt. Über Gott, Leben, Kultur und so. Ach, wenn ich doch nur auf die Schule dürfte! Den Unterricht bei der vertrottelten Miß Cartwright habe ich satt! Vielleicht kann Adrian mir dabei helfen, Papa von seiner altmodischen Überzeugung abzubringen, daß Bildung sich für Frauen nicht ‚schickt'. Adrian versteht das wenigstens – ich meine, wie soll man die Errungenschaften der griechischen Kultur zu würdigen wissen, wenn man Alpha nicht von Omega unterscheiden kann? Es ist ungerecht, mich nicht auf die Schule zu lassen!"

Zufällig begegnete ich Adrian bald danach in St. Just. Er und William kamen eines Abends ins Wirtshaus, als ich mich gerade zum Gehen anschickte. Während William schon vorausschritt, raffte ich mich zu einem höflichen Wort auf.

„Hallo", sagte ich. „Willkommen daheim. Und herzlichen Glückwunsch zu deinen vielen Medaillen."

Er lächelte freundlich, und im Schein der Lampen sah ich die tiefeingekerbten Linien um seinen Mund und die weißliche Narbe am Augenwinkel. Er war erschreckend dünn. Außerdem fiel mir auf, daß er hinkte.

„Danke", sagte er. „Es ist herrlich, wieder daheim zu sein. Herzlichen Glückwunsch zu deinem Erfolg in der Mine." Und als ich nickte und an ihm vorbei wollte, fügte er hinzu: „Hättest du nicht Lust, mit William und mir ein Gläschen zu trinken?"

„Ich muß nach Hause", beschied ich ihn und ging rasch und ohne seine Antwort abzuwarten. Ich hatte meine Pflicht getan. Mehr lag nicht in meiner Absicht.

Doch er schien da anderer Ansicht. Ich begegnete ihm noch zweimal, und beide Male versuchte er, mich zu einem Drink zu nötigen. Schließlich sah ich mich gezwungen, ihm ungeschminkt meine Meinung zu sagen.

„Schluß mit dieser Heuchelei", erklärte ich. „Ich kann dich nicht ausstehen, und das weißt du verdammt gut. Was, zum Teufel, sollte sich daran auf einmal geändert haben? Laß mich also zufrieden und spiel mir keine plötzliche Busenfreundschaft vor."

Prompt schimmerte durch den scheinheiligen Lack – eine angebliche Wesenswandlung, durch Kriegserfahrungen bewirkt, wie er die Stirn gehabt hatte, mir zu versichern – wieder sein altes streitsüchtiges Selbst hervor. Ich begriff sehr wohl, was er mir durch seine heuchlerische Haltung hatte unter die Nase reiben wollen: daß er im Gegensatz zu mir an der Front gewesen war.

So kam es, wie es kommen mußte. Beide wurden wir heftig und schieden wie eh und je als Feinde. Und zwischen uns stand in alter Unbezwinglichkeit die Mauer unseres Hasses, gleich einem Erinnerungsmal an die unvergessenen Bitterkeiten der Vergangenheit.

Anfang 1918 kam Jeanne auf ein Mädchenpensionat in Eastbourne, um dort ein bißchen gesellschaftlichen Schliff zu erhalten; doch da sie sehr unter Heimweh litt, holte mein Vater sie bald wieder nach Hause. Immerhin hatte ihre kurze Abwesenheit ein Gutes. Es gelang Elisabeth, sich mit ihrer Ansicht durchzusetzen, daß die Hauslehrerin ihr, der einzig verbleibenden Schülerin, nichts mehr beibringen könne. Widerstrebend gestattete mein Vater ihr schließlich den Besuch des berühmten Cheltenham-Ladies'-College. Vor Aufregung und Stolz fast aus den Nähten platzend, reiste sie Ende April ab, und wir sahen sie mehrere Wochen lang nicht auf Roslyn-Farm.

Inzwischen hatte sich Lizzies Held Adrian entschlossen, in Oxford Geschichte zu studieren, was ich mit einer gewissen Erleichterung zur Kenntnis nahm, denn er würde mir jetzt nicht mehr in St. Just über den Weg laufen. Allzu viele Gedanken verschwendete ich jedoch nicht an ihn. Es gab Wichtigeres. Endlich schien der Krieg sich tatsächlich seinem Ende zu nähern. Nach der großen deutschen Frühjahrsoffensive waren die Alliierten zum erfolgreichen Gegenangriff angetreten, so daß die deutsche Heeresleitung im September an Frieden zu denken begann. Am 11. November wurde schließlich der Waffenstillstand unterzeichnet.

Der Krieg war zu Ende, doch inmitten des lauten Jubels mußte ich mir Sorgen um meine Mine machen. Der Pachtvertrag mit der Regierung lief gegen Ende des Jahres ab. Während der langen und harten Kriegszeit war die Wirtschaft des Landes voll ausgelastet gewesen. Doch jetzt, da Zinn nicht mehr zu den wichtigen Gütern gehörte, schien es begreiflich, daß man sich von seiten der Regierung der Mine entledigen und sie wieder in private Hände legen wollte.

Glücklicherweise sprachen alle Gründe gegen eine Schließung, denn Geld verloren wir nicht, und unter der See warteten immer noch große Mengen von Zinn. Was jedoch erforderlich wurde, waren neue Investitionen. Die Kumpels beklagten sich bitter über den miserablen Zustand von Schacht, Stollen, Pumpen und so fort.

Sicherheit – darum ging es mir vor allem. Gefahr lauert im Bergbau gewiß überall, doch ich wollte meine Mine so sicher machen wie nur irgend möglich; das zumindest war ich meinen Freunden schuldig, die sich unter Tag ihr Brot verdienten. Hinzu kam natürlich, daß auch ich nicht die geringste Lust hatte, dort unten in einer Todesfalle zu sitzen. Mochten die Eigentümer der anderen Minen an der Zinnküste in diesem Punkt nachlässig sein – wenn ihnen auch stets Männer wie Jared Roslyn im Nacken saßen, die für bessere Arbeitsbedingungen kämpften –, ich gedachte es anders zu halten und mich für die Sicherheit in Sennen-Garth voll einzusetzen.

Voraussetzung dafür waren sorgsame Instandsetzung und Instandhaltung, aber das kostete Geld – genau das, was ich nicht hatte.

Überzeugt, daß mein Vater nicht im entferntesten daran dächte, die Mine aus eigener Tasche zu finanzieren, fuhr ich nach London, um von der Regierung eine Subvention zu erhalten. Ohne Erfolg. Und so biß ich denn die Zähne aufeinander und ritt nach Penmarric, um meinen Vater anzubetteln, damit er für die notwendige Sicherheit in der Mine sorge und sie somit am Leben erhalte. Ohne Investitionen, das wußte ich nur zu gut, war ihr Schicksal bald besiegelt. Aber würde es mir gelingen, den Blick meines Vaters über die nüchternen Ziffern seines gegenwärtigen Profits hinauszulenken? Ich bezweifelte es.

Zu meiner Überraschung schien ich jedoch offene Türen einzurennen. Augenscheinlich hatte ich unterschätzt, in welchem Maße er Sennen-Garth für gewinnträchtig hielt. Er erklärte sich bereit, eine neue Gesellschaft ins Leben zu rufen – „... als mein Beitrag zur Lösung des jetzigen Arbeitslosenproblems“, wie er betonte. Und fügte dann hinzu: „Wenn sich kapitalkräftige Interessenten finden, dann mögen sie ihr Geld getrost in Sennen-Garth stecken statt in eine andere Mine.“

Als dann nach Gründung der Gesellschaft die Aktien ausgegeben wurden, war er aber rasch bei der Hand, sechzig Prozent davon an sich zu bringen. Ein typischer Beweis für die Freude der Penmars am Spekulieren, dachte ich zuerst. Aber bald schon begriff ich seine Motive besser: Es lag ihm daran, die Gesellschaft mit eiserner Hand zu kontrollieren.

„Die Mine bleibt nur so lange in Betrieb, als sie sich selbst erhalten kann“, erklärte er mir. „Sollte sie in die roten Zahlen kommen, so erwarte nicht, daß ich auch nur einen Penny hineinstecke. Es wird deine Sache sein, so ökonomisch wie nur möglich zu verfahren.“

„Da brauchst du dir keine Sorgen zu machen“, versicherte ich. „Bei dem, was dir als Landeigentümer und Aktienbesitzer an Geldern zufließt, wirst du mehr Profit machen, als du dir jemals erträumt hast.“

„Da bin ich mir nicht sicher“, sagte mein Vater.

Und bald war auch ich mir nicht mehr sicher. Der Nettoprofit sank rapid, während die Lohnkosten stiegen. Die gesamte Förderung wurde teurer. Außerdem schwankte der Absatz, und die erzielten Preise blieben weit hinter den Erwartungen zurück.

„Einfach unglaublich!“ protestierte ich. „Wir fördern genausoviel Zinn wie früher. Dennoch bringt uns das nur ein Viertel des bisherigen Gewinns ein.“

„Das wirtschaftliche Klima hat sich eben verändert“, erwiderte Walter Hubert, der für die Finanzen zuständig war. „Wenn es beim alten Profit bleiben soll, werden Sie die Förderung ganz erheblich steigern müssen.“

Ja, dachte ich, neue Methoden, neues Gerät, mehr Männer ... dann vielleicht. Immerhin war es mir bereits gelungen, so manches zu modernisieren und die allgemeine Sicherheit in der Mine zu erhöhen. Doch vieles, nein, das meiste blieb noch zu tun. Mehr Leute – leider unmöglich. Bei den steigenden Lebenshaltungskosten würden die Kumpels ohnehin bald höhere Löhne verlangen, und was sollte dann, bei schrumpfendem Gewinn, werden?

Es war 1919. Das Ausmaß der Probleme in Sennen-Garth zeichnete sich vorerst undeutlich ab, doch mehr und mehr wurde mir bewußt, welch harte Auseinandersetzungen mir mit meinem Vater bevorstanden. Die Mine nahm mich derart in Anspruch, daß für irgendwelche Gedanken an meine Familie kaum Zeit blieb. Dabei ereignete sich gerade in diesem Jahr sehr viel. Hugh, erst spät aus dem Krieg heimgekehrt, brannte mit Rebecca Roslyn durch; Mariana heiratete zum zweitenmal; Adrian gab sein Geschichtsstudium in Oxford auf und entschloß sich, Geistlicher zu werden.

Daß Mariana wieder heiratete, wunderte mich nicht weiter, schließlich war sie zwei Jahre lang auf der Jagd nach einem Ehemann gewesen. Was mich jedoch überraschte und bestürzte, war die Art ihrer Wahl; denn der Auserwählte, ein Marquis von Lochlyall, kinderloser Witwer, zählte immerhin neunundfünfzig Jahre. Doch natürlich war er sehr reich und besaß außer einem Stadthaus in Edinburgh und einer Sommerresidenz in North Berwick irgendwo im schottischen Hochland ein weitläufiges Schloß. Die Hochzeit fand in aller Stille an einem Aprilmorgen in Edinburgh statt, und erst danach fand Mariana sich bereit, in langen Briefen an meinen Vater und meine Mutter fadenscheinige Erklärungen abzugeben, warum und wieso es ihr unmöglich gewesen war, ihre Eltern rechtzeitig über ihre Absichten zu verständigen. Angeblich hatte sie sich, „von zwei hartnäckigen Verehrern über ein Jahr lang verfolgt“, in einem „Zustand nervöser Erschöpfung“ befunden und sich, nach Zurückweisung besagter

Verehrer, kurzerhand entschlossen, den Marquis zu heiraten; dieser, „ein nicht mehr ganz junger Mann“, gebe ihr, wonach sie sich so sehne: „Frieden und Geborgenheit“; sie sei voller „Bewunderung“ für und „Vertrauen“ zu ihm; anders als „einfach himmlisch“ könne man beider Verhältnis zueinander schlechterdings nicht nennen; und natürlich würde sie mit ihm bei Gelegenheit nach Cornwall kommen, damit auch wir sehen könnten, wie vorzüglich sie beraten gewesen sei, einen so „reifen“ und „netten“ Menschen zu heiraten, einen in jeder Hinsicht „perfekten Gentleman“, den gewiß auch wir „bewundern“ und „achten“ würden.

Wie mein Vater über dieses Gefasel dachte, weiß ich nicht; meine Mutter reagierte jedenfalls skeptisch. Hoffentlich, so meinte sie, habe sich Mariana hier nicht allzu voreilig in eine zweite Ehe gestürzt.

Ich enthielt mich jeglichen Kommentars. Mariana war schließlich alt genug, um ihre eigenen Entscheidungen zu treffen. Wenn es ihr Spaß machte, mit einem Mann im Großvateralter in Schottland zu leben, so war das ihre Sache.

Was Adrian betraf, so konnte auch sein Entschluß mich nicht überraschen, schien er doch damit zu jenen frommen Neigungen zurückgefunden zu haben, die er schon als Kind gezeigt hatte. Adrian im Priestergewand vor seiner Gemeinde Gottes Segen für die Armen und Leidenden herabflehend – das Bild ließ sich unschwer ausmalen. Mir war, wenn ich ehrlich sein wollte, überaus wohl bei dem Gedanken, daß er später als Hilfsgeistlicher in irgendeine ferne Pfarre abbeordert werden würde, jedenfalls weit vom Schuß.

Was mit Hugh passierte, forderte weit mehr meine Anteilnahme heraus.

Bei seiner Heimkehr erwarteten wir ihn auf dem Bahnhof. So bequem sein Druckposten auch jahrelang gewesen war, jetzt hatte er sich als nachteilig erwiesen, weil nämlich das hohe Tier, dem Hugh als Adjutant beigegeben war, nach dem Waffenstillstand plötzlich alle Hände voll zu tun hatte. Deshalb Hughs verspätete Abmusterung.

Und jetzt mußte er jeden Augenblick eintreffen. Aufgeregt stand meine Mutter neben mir und hielt meinen Arm umklammert, als fürchte sie, vor lauter Freude ohnmächtig zu werden.

Und ich muß gestehen, daß auch mein Puls rascher ging. Drei Jahre hatte ich Hugh nicht gesehen, und diese lange Zeit hatte vieles dazu getan, mich seine weniger angenehmen Eigenschaften vergessen zu lassen. Ich freute mich ehrlich auf ihn und seine vergnügliche Gesellschaft.

Als der Zug einlief, stand er weit aus dem Fenster gelehnt. Für meine Mutter gab es kein Halten mehr. Sie lief ihm entgegen. Sekunden später sprang Hugh auf den Bahnsteig und schloß sie in seine Arme.

Schlank und muskulös, mit sonnengebleichtem Haar und gebräunter Haut, machte er einen blendenden Eindruck und wirkte reifer, als seine einundzwanzig Jahre vermuten ließen.

„Daß wenigstens du ohne Schramme durch den Krieg kommen würdest, ließ sich ja denken", sagte ich.

Während wir noch lachten, tauchten mein Vater und Jeanne auf, das Empfangskomitee von Penmarric sozusagen. Mit Elisabeths und Jan-Yves' Abwesenheit hatte ich gerechnet, beide waren auf ihren Schulen – aber daß auch William und Adrian fehlten, vermerkte ich mit einiger Erleichterung.

Nach der allgemeinen Begrüßung, die nicht ganz frei von Verlegenheit war, sagte mein Vater zu meiner Mutter: „Darf ich dich und Philip nach Penmarric zum Lunch einladen? Außer Jeanne und mir ist heute niemand weiter da, und es wäre doch schön, wenn wir gemeinsam Hughs Heimkehr feiern könnten."

„Nun ja", erwiderte meine Mutter unschlüssig und sah mich hilfesuchend an. „Vielleicht sollte man ..."

Und dann katapultierte – anders läßt es sich kaum bezeichnen – sich Hugh plötzlich von uns fort und schoß wie ein Pfeil auf Rebecca Roslyn zu, die ihm mit wehender schwarzer Mähne entgegeneilte und sich in seine Arme warf.

Sie standen, umklammerten sich, hielten sich umklammert, als wollten sie sich nie wieder voneinander lösen. So eng umschlungen standen sie, daß es schon peinlich wirkte. Wir erstarrten.

„Das ist ja Rebecca Roslyn!" sagte Jeanne überrascht. „Ich wußte gar nicht, daß Hugh sie kennt."

Ich blickte zu meinen Eltern und fand nicht ermutigend, was ich da sah. Mein Vater: schmale Augen und verkniffener Mund, meine Mutter: großäugiges Verwundern, das ebenso großäugiger Mißbilligung wich.

„Nanu“, sagte ich amüsiert, „wenn das nicht ein dramatisches Wiedersehen ist! Willst du nicht auch Rebecca nach Penmarric einladen, Vater?“

„Das wird Hugh bereits besorgt haben“, erwiderte er.

Und so war es auch. Hand in Hand, mit verklärten Gesichtern und völlig selbstvergessen trat das Paar auf uns zu.

„Wir sind verlobt“, erklärte Hugh mit einem Ernst und einer Festigkeit, die nicht zu dem Hugh von früher passen wollte. „Drei Jahre lang haben wir auf diesen Augenblick gewartet, nicht wahr, Liebling? Heimlich haben wir uns zwar schon damals verlobt. Aber davon sollte vor meiner Rückkehr niemand wissen.“

Meine Eltern standen wie betäubt. Jeanne öffnete den Mund, brachte jedoch kein Wort hervor.

„Wie nett“, sagte ich amüsiert. „Gratuliere.“

„Ja, auch ich gratuliere“, schloß Jeanne sich schnell an und stammelte dann, mit nervösem Blick auf meine Eltern: „Sehr aufregend.“

Meine Mutter wandte den Kopf und sah meinen Vater an. Mein Vater wandte den Kopf und sah Rebecca an.

„Wissen Ihre Eltern schon davon?“ fragte er höflich. „Und ist Ihr Vater einverstanden?“

„Nein, Mr. Castallack“, erwiderte sie, rot bis unter die Haarwurzeln. „Ich habe ihnen noch nichts gesagt.“

„Ist der Entschluß dann nicht ein wenig voreilig? Denn ich darf doch wohl annehmen, daß du Mr. Roslyn um die Hand seiner Tochter bitten wirst, Hugh.“

„Ach was, Papa“, sagte Hugh mit altgewohnter Unbekümmertheit, „du weißt doch genau, was Joss Roslyn mir antworten würde. Rebecca wird im August einundzwanzig, und danach werden wir so bald wie möglich heiraten. Wenn sie erst einmal großjährig ist, kann es uns wenig kümmern, ob ihn das beglückt.“

„Sehr interessant“, versicherte mein Vater, noch eine Spur glatter und höflicher als zuvor. „Allerdings dürfte der Bahnsteig kaum der rechte Ort für die Besprechung derart wichtiger Familienangelegenheiten sein. Dürfte ich vielleicht vorschlagen, Miß Roslyn, daß Sie mit uns zum Lunch nach Penmarric kommen, wo wir dann alles genauer besprechen könnten?“

„Ich habe sie bereits zum Lunch eingeladen“, sagte Hugh vergnügt, „und natürlich kommt sie. Ist für uns beide in deinem Wagen Platz, Papa, oder sollen wir ...“

„Für euch ist im Wagen Platz“, erwiderte mein Vater kurz und wandte sich dann meiner Mutter zu. „Und für dich auch, Janna, sofern du magst – und gewiß möchtest du doch mit Hugh sprechen. Jeanne und Philip können ja mit der Kutsche fahren. Das ist für alle Teile bequemer.“

So geschah es auch. Während uns das Auto vorandröhnte, klapperten Jeanne und ich in der Kutsche hinterher.

„Na“, sagte ich, „das war wie ein Blitz aus heiterem Himmel. Bin neugierig, wie Vater sich verhalten wird. Daß er und Mama gegen eine Heirat sind, sieht ja ein Blinder.“

„Wahre Liebe geht stets beschwerliche Wege“, zitierte Jeanne mit ihrem rettungslos romantischen Gemüt. „Sie ist hübsch, nicht? Ich kann schon verstehen, daß Hugh sich in sie verliebt hat. Und ehrlich gesagt ist es mir ganz egal, ob jemand die Ehe für unpassend hält oder nicht. Mein Gott, Philip, denk doch nur – jahrelang haben sich die beiden geschrieben und sind einander treu gewesen ...“

Was ich, soweit es Hugh betraf, stark bezweifelte. Aber natürlich sagte ich kein Wort. Es wäre allzu grausam gewesen, sie aus ihren Träumen zu reißen. Für sie war jetzt wichtig, welches Kleid sie zur Hochzeit anziehen sollte, für mich, wie der Lunch auf Penmarric verlaufen würde.

Was dann tatsächlich geschah, war leicht genug vorauszusehen gewesen. Endlich einmal waren meine Eltern völlig einer Meinung: Sie wollten keine Enkelkinder, in deren Adern Joss Roslyns Blut floß. Und so erklärte mein Vater nach dem Lunch dann sehr höflich und sehr verbindlich, daß zwar weder er noch meine Mutter auch nur das geringste gegen Rebecca hätten, sie jedoch beide der Ansicht seien, das Verlöbnis könne nicht ohne Roslyns Einwilligung akzeptiert werden.

„Nun, heiraten werden wir natürlich so oder so“, sagte Hugh später unter vier Augen zu mir. „Wenn Rebecca erst einmal großjährig ist, können wir auf die werte Meinung unserer Eltern verzichten. Außerdem begreife ich Papas Einwände nicht ganz. Was hat er gegen eine frühe Ehe? Er hat doch noch viel eher geheiratet – und viel weiter unter seinem Stand dazu.“

„Und wie ist die Geschichte ausgegangen?"

„Na schön. Aber das besagt doch noch lange nicht, daß es bei mir genauso sein muß!"

„Stimmt... sehr bedauerlich, daß es sich ausgerechnet um Joss Roslyns Tochter handelt, sonst gäb's wohl nicht halb soviel Widerstand."

„Aber, gottverdammt nochmal, ist das etwa Rebeccas Schuld? Armes Mädchen, das ihren Vater wie den Teufel fürchtet. Wenn ich sie bloß erst aus seinem Haus hätte. Ein klägliches Leben führt sie dort, und jetzt, wo ihre Mutter krank ist, scheint alles noch zehnmal schlimmer zu sein als früher."

„Was hat ihre Mutter denn?"

„Das weiß ich nicht genau. Aber es scheint etwas Ernstes zu sein, weil sie sich weigert, mit Rebecca darüber zu sprechen."

Er verstummte. Ich überlegte einen Augenblick und fragte dann neugierig: „Bist du Rebecca in Frankreich treu gewesen?"

„Ich habe mich in niemanden verliebt. Sie ist die einzige, die ich liebe."

„Aber du..."

„Lieber Gott, natürlich waren da die üblichen Weiber, die sich überall finden, wo Soldaten sind. Aber was, zum Teufel, haben die damit zu tun? Über drei Jahre ohne irgendeine Frau, das hält doch kein Mann aus."

Ich schwieg. Hughs Manie, bei jeder sich bietenden Gelegenheit mit einer Frau ins Bett gehen zu müssen, hatte ich nie verstanden. Gewiß hatte ich manchmal mit dem Gedanken an eine Liebelei gespielt, schon um herauszufinden, was Hugh an der Geschichte so unwiderstehlich fand. Doch bisher war mir die Frau, die mich die damit verbundenen Risiken hätte vergesssen lassen, nicht begegnet. Und ich wollte nun einmal nicht, daß meiner Mutter dummes Gerede zu Ohren käme. Vielleicht hätte sie für ein Verhältnis mit einem Dorfmädchen durchaus Verständnis aufgebracht. Aber sie hatte unter den Ausschweifungen meines Vaters genug zu leiden gehabt.

Um das Thema zu wechseln, sagte ich zu Hugh: „Wovon willst du nach der Hochzeit leben? Es wird dir nichts übrigbleiben, als eine Arbeit anzunehmen... denn unter den gegebenen Umständen hast du weder von Papa noch von Joss Roslyn etwas zu erwarten."

„Ach“, meinte Hugh wegwerfend, „es wird sich schon was finden, wo ich bei einem Minimum an Plackerei ein Maximum an Geld mache.“ Träge lächelte er mir aus unschuldigen blauen Augen zu. „Darauf habe ich mich eigentlich immer verstanden.“

Ich lächelte zurück, ohne zu ahnen, wo er den ersehnten Rahm abschöpfen würde. Zu diesem Zeitpunkt wußten wir beide noch nicht, daß unsere Freundschaft unausweichlich auf Grund laufen mußte.

Sofort nach Rebeccas 21. Geburtstag brannten die beiden nach London durch, wo sie heirateten. Joss Roslyn hatte von der Verlobung nichts erfahren, seine Frau war von ihrer Tochter eingeweiht worden. Doch der kranken Frau blieb kaum Zeit, sich über die geplante Verbindung zu freuen. Einen Monat vor Rebeccas Geburtstag starb sie und wurde ihrem Wunsch gemäß – und sehr zum Unwillen ihres Mannes – in der Penmar-Familiengruft in St. Just bestattet.

Wie Ross Roslyn zumute war, als seine Tochter sich so bald nach dem Tode seiner Frau aus seinem Hause fortstahl, läßt sich denken. Eine Woche lang schloß er sich ein, wechselte mit niemandem ein Wort und ließ seinen Zorn sozusagen in aller Stille gären. Dann ritt er nach St. Ives – „um dort seinen Anwalt aufzusuchen“, wie Ethel Turner, die Bedienstete meiner Mutter, mir berichtete. „Wozu?“ fragte sie zurück. „Na, um Miß Rebecca zu enterben, natürlich. Durch seine Frau ist er seinerzeit ein reicher Mann geworden. Und von dem Geld will er seiner Tochter jetzt natürlich nichts zukommen lassen.“

Zuerst waren meine Eltern nicht weniger aufgebracht als Roslyn; aber Hugh verfügte über genügend Charme und Schläue, um jeden um den kleinen Finger zu wickeln. Zwei honigsüße Briefe bewirkten, was sie bewirken sollten: Meine Mutter schmolz dahin. Als das Paar dann aus London zurückkehrte, überließ sie den beiden sogar den benachbarten Pachthof – als Hochzeitsgeschenk. Dieses Grundstück mit dem kleinen Häuschen hatte meine Mutter seinem früheren Besitzer Jared Roslyn abgekauft. Da auch ich mich nicht lumpen lassen wollte, erbot ich mich, für Renovierung und Installationen aufzukommen.

„Wie reizend von dir!“ sagte Rebecca mit glänzenden

Augen. „Herzlichen Dank." Sie wandte sich ihrem Mann zu. „Denk nur, dann haben wir jetzt doch ein eigenes Heim, Hugh."

„Na, wunderbar", erwiderte dieser Heuchler, der über Bauernkaten sein Lebtag die Nase gerümpft hatte.

Am nächsten Tag ritt er nach Penmarric, um mit meinem Vater Frieden zu schließen.

Im großen und ganzen blieb seine Mission nicht ohne Erfolg. Zwar ließ mein Vater sich zu keinerlei finanzieller Unterstützung erweichen, aber er lud das junge Paar zum Wochenende zum Dinner ein, wo er den beiden dann doch Geschenke machte – Geschirr und Silberbestecke anstelle des von Hugh wohl erhofften Schecks. Immerhin schien mein Vater sich mit den Tatsachen abgefunden zu haben, und Hugh war davon überzeugt, daß auch das kleine Restproblem, die so dringliche Geldfrage, in absehbarer Zeit gelöst werden würde – mit Vaters Hilfe natürlich.

Joss Roslyn hingegen zeigte sich unversöhnlich. Eines Sonntags erschien er bei uns auf Roslyn-Farm und verkündete Rebecca, daß er sie nie wiedersehen wolle. Von ihm aus könne sie zusammen mit ihrer Mutter zum Teufel gehen.

Wir sprangen auf. Doch Rebecca kam uns allen zuvor. Ausgerechnet sie, die meist so völlig farblos wirkte, zeigte jetzt, welch Feuer in Wirklichkeit in ihr steckte.

Wir wollten unseren Ohren nicht trauen.

„Wage ja nicht, meine Mutter in den Dreck zu ziehen!" schrie sie ihn über den Küchentisch hinweg an, und ihre sonst so kultivierte Stimme klang plötzlich grell und wild. „Meine Mutter war eine Dame, und wie sie dich heiraten konnte, werde ich nie begreifen! Wann hättest du je ein nettes Wort für sie gehabt? Du warst doch nur hinter ihrem Geld her. Dir ging's doch nur darum, dich als Landbesitzer aufzuspielen – und als Gentleman! Du und Gentleman! Großer Gott! Du warst ja nicht einmal wert, ihr die Schuhe zu putzen, geschweige denn, unter demselben Dach mit ihr zu wohnen!"

„Halt gefälligst den Mund!" brüllte Roslyn zurück. „Ich habe sie geliebt! Und sie – sie hatte es satt, die feine Dame zu spielen. Und das Leben als Bauersfrau paßte ihr dann auch nicht. Sie konnte weder Haus noch Hof richtig besorgen und ging mir mit ihrer dauernden Nörgelei auf die Nerven."

„Ja – bis aufs Blut schinden mußte sie sich, weil nicht genügend

Gesinde da war, du Geizkragen! Ihr Geld hattest du eingesteckt – um sie dann wie eine Putzfrau zu behandeln."

„Halt doch dein verdammtes Maul! Du weißt gar nicht, wovon du redest! Wenn's nach deiner Mutter gegangen wäre, gäb's dich überhaupt nicht! Sie wollte überhaupt keine Kinder! Nicht einmal einen Sohn hat sie mir geschenkt! Und nach deiner Geburt hat sie sich geweigert, an ein weiteres Kind auch nur zu denken..."

„... weil sie dich kannte! Weil sie genau wußte, daß du ihr, falls es wieder eine Tochter werden sollte, die Ohren volljammern würdest! Was glaubst du wohl, wie mir bei einem Vater zumute war, der mir aus unerfindlichen Gründen nie auch nur einen Funken Zuneigung zeigte? Und wenn ich nicht schon damals fortgelaufen bin, so nur wegen Mutter. Nach ihrem Tode gab's dann nichts mehr, was mich halten konnte. Auf dein Geld und dein Land kann ich verzichten! Ich will nichts davon! Und wenn du so laut verkündest, daß du mich nie wiedersehen willst, so kann ich nur sagen – danke gleichfalls."

Jetzt begannen wir alle ebenfalls auf Roslyn einzureden. Doch er stellte sich taub, spie auf den Boden und wandte sich mit einem Fluch zum Gehen.

Rebecca brach in Tränen aus.

Draußen schwang Roslyn sich aufs Pferd und ritt über die Heide davon.

Während der Renovierung ihres Häuschens wohnten Hugh und Rebecca zuerst bei uns und später, nach einem diplomatischen Vorstoß meines Bruders, auf Penmarric. Mir war das nur recht. Ich hatte es ehrlich satt, abends nach der schweren Arbeit in der Mine noch höfliche Konversation machen zu müssen. Und außerdem – nun, meine Mutter hatte dem Paar ihr Zimmer überlassen, unmittelbar neben dem meinen, und so war ich denn gezwungen, mir allerlei intime Laute und Geräusche anzuhören. Wenn es mir auch völlig egal sein konnte, wie oft und wie intensiv Hugh seine junge Frau liebte, so sah ich doch nicht ein, wieso ich auf meine Nachtruhe verzichten sollte.

Zu meiner Überraschung zeigte sich auch meine Mutter erleichtert.

„Rebecca fing an, mir auf die Nerven zu gehen", gestand sie. „Zweimal wären wir uns fast in die Haare geraten. Mir will scheinen, daß sie nicht halb so sanft ist, wie sie uns gern glauben machen möchte. Ganz im Gegenteil. Wenn Hugh ihr nicht von Anfang an zeigt, wer die Hosen anhat, wird er vielleicht noch einmal sein blaues Wunder erleben."

„Könnte auch sein", sagte ich, „daß sie es ist, die eine böse Überraschung erlebt. Denn wo, um Himmels willen, will er das Geld herbekommen, das sie zum Leben brauchen? Um ehrliche Arbeit scheint er sich nicht gerade zu reißen."

Aber ich irrte mich. Als ich am nächsten Morgen in meinem Büro in der Baracke über einem Haufen Papierkram saß, der eigentlich gar nicht in meine Zuständigkeit fiel, klopfte es plötzlich an der Tür.

„Herein!" rief ich in der Hoffnung, es handle sich um Walter Hubert, dessen Hilfe ich bei dem langwierigen Zeug gut gebrauchen konnte.

Die Tür ging auf. Ein Schatten fiel über meinen Schreibtisch. Ich hob den Kopf.

„Guter Gott!" sagte ich verblüfft. „Was willst du denn hier?"

„Dir meine Dienste anbieten", erwiderte Hugh lässig. „Du kannst für den Finanzkram hier doch bestimmt einen Assistenten gebrauchen, und mit Geld verstehe ich wirklich umzugehen. Hättest du nicht Lust, mich einzustellen – als Verwaltungsmenschen und, na, so überhaupt als Mädchen für alles?"

4

„Versuch's mit mir", sagte Hugh. „Was zu lernen ist, lerne ich rasch. Ich bin schließlich nicht auf den Kopf gefallen."

Der Vorschlag klang nicht übel. Nach meiner anfänglichen Überraschung begann ich, ihn ernsthaft in Betracht zu ziehen. Kurz umrissen, war die Sachlage so: Da Walter Hubert beim besten Willen mit der Verwaltungsarbeit nicht allein fertig werden konnte, war ich gezwungen gewesen, meine Nase immer tiefer in den Papierkram zu stecken. Doch ich haßte die öde Schreibtischplackerei und murrte über jede Sekunde, die mir für meine Arbeit in der Mine verlorenging. Wenn Hugh jetzt Walter Hubert zur Hand ging, ihm bei allem half, was in der Verwaltung so anfiel, Lohnzahlungen, Frachtkosten, Versicherungssummen und so weiter, dann hatte ich endlich die Hände weitgehend frei für das, was mir am Herzen lag. Ein überaus angenehmer Gedanke. Und da Walter nicht mehr jung war, konnte Hugh seine Arbeit später vielleicht ganz übernehmen.

„Ich verlange für den Anfang nicht viel", sagte er bescheiden. „Gerade genug, um Seele und Körper zusammenzuhalten."

„Was hast du denn gedacht?"

„Was kannst du denn erübrigen?"

Ich sah ihn an. Seine unschuldigen blauen Augen konnten mich nicht darüber hinwegtäuschen, daß es ihm nur ums Geld zu tun war: um das, was sich hier auf Sennen-Garth für ihn herausholen ließ. Daß jeder Penny in die Mine gesteckt werden mußte, um sie zur besten und sichersten in ganz Cornwall zu machen, würde er nie begreifen. Und unwillkürlich sah ich ihn vor mir, wie er hinter Walter Huberts Rücken bald mit dieser, bald mit jener Zahl oder Ziffer zu manipulieren begann und kräftig in die eigene Tasche wirtschaftete, während Sennen-Garth vor die Hunde ging.

Ich zögerte. Aber was tun? Schließlich konnte ich nicht gut eingestehen, daß ich ihm nicht über den Weg traute; daß ich ihn für ausgekocht genug hielt, mir trotz aller Achtsamkeit das Fell über die Ohren zu ziehen. Ich befand mich in einer verdammt heiklen und verdammt peinlichen Lage.

„Sieh mal, Hugh", sagte ich schließlich, jedes Wort sorgfältig abwägend, „im Augenblick kann ich mir keine weitere Arbeitskraft leisten." Und das entsprach auch den Tatsachen. „Wir brauchen dringend neues Gerät, und Vater ist nicht mehr bereit, auch nur noch einen Penny zu investieren. Also sind wir ganz auf das angewiesen, was die Mine selbst abwirft. Bisher haben wir nicht einmal eine Dividende ausschütten können. Tut mir leid."

„Verstehe", erwiderte er mit unerschütterlicher Freundlichkeit. „Aber vielleicht kann ich dir die Lage auch einmal von meinem Gesichtspunkt aus nahebringen. Du holst aus der Mine immerhin dein Gehalt heraus. Und wenn Papa und die anderen Aktionäre bis jetzt auch noch nicht viel herausgeholt haben, so wird sich das in den nächsten Jahren bestimmt ändern. In dieser Mine steckt Profit für alle, und es ist nicht ganz einzusehen, warum gerade ich da leer ausgehen sollte. Schließlich bin ich genauso Papas Sohn wie du, und wenn es für dich hier Arbeit gibt, warum dann nicht auch für mich?"

„Du scheinst nicht ganz zu begreifen", sagte ich. „Ich brauche Geld für die Mine."

„Und ich brauche gleichfalls Geld", betonte er. „Für meine Frau und im kommenden Juni auch für ein Kind."

„Oh? Na, das war ja rasche Arbeit."

Er sah mich an, und sein Blick, plötzlich kaum merklich verändert, ließ mich auf der Hut sein.

„Und was", fragte er, „ist dabei, wenn man in den Flitterwochen ein Kind macht?"

„Ihr seid erst wenige Monate verheiratet. Wenn ich also feststelle, daß es erstaunlich rasch gegangen ist, kannst du mir diese Bemerkung kaum verübeln."

„Du nimmst demnach an, daß ich mit Rebecca schon vor der Hochzeit geschlafen habe."

„Offen gesagt, ist es mir völlig egal, ob sie als Jungfrau in die Ehe getreten ist oder nicht. Allerdings ist es nicht sehr wahrscheinlich, daß sie bei dir eine Chance dazu hatte. Was nun die Mine betrifft ..."

„Sie war Jungfrau."

„Wenn du es sagst."

„Und wenn du es noch einmal wagst, von meiner Frau so abfällig zu sprechen ..."

„Schön, schön, sie war Jungfrau! Was tut das zur Sache? Sie war Jungfrau, und jetzt ist sie werdende Mutter, und du brauchst Geld – aber so gerne ich dir helfen würde, es tut mir leid, ich kann dich nicht einstellen, und weiter ist da nichts zu sagen."

„Das werden wir sehen", erwiderte er höflich. „Bedauerlich, daß du so bockbeinig bist, sehr bedauerlich. Ich hatte gehofft, daß wir uns in unser beider Interesse freundschaftlich einigen könnten. Aber jetzt bleibt mir nichts weiter übrig, als doch zu Papa zu gehen und ihn zu bitten, dich zur Vernunft zu bringen."

„Vater? Was hat Vater damit zu tun?"

„Nun, ich hatte den Eindruck, daß ihm die Mine gehört – und sechzig Prozent der Aktien dazu."

Ich stand auf. Auch er erhob sich. Mich mit großer Mühe bezwingend, sagte ich: „Hör zu, Hugh. Über eins wollen wir uns klar sein. Hier bestimme ich. Ich entscheide, wer eingestellt wird und wer nicht. Ich bin der Chef."

„Interessant. Ich werde das Papa sagen. Vielleicht ist er da anderer Meinung."

„Meine Entscheidungen sind endgültig! Und ich lasse mir von niemandem dreinreden, das weiß auch Vater. Wenn du glaubst, dich hier gewaltsam eindrängen und ans Geld gelangen zu können . . ."

„Dies ist ein Familienbetrieb, und ich habe ein Recht auf einen Anteil. Tut mir leid, das so grob sagen zu müssen, aber da du derart querköpfig bist, werde ich's dir wohl vorbuchstabieren müssen: Ich will meine Portion, und wenn du sie nicht herausrückst, dann heize ich dir ein. So einfach ist das."

„Glaubst du, daß Vater sich dein Geschwätz überhaupt anhört? Mit seinem Wohlwollen kannst du kaum rechnen. Bisher ist es dir ja auch nicht gelungen, ihm Geld abzuschwatzen."

„Mein aufrichtiger Wunsch nach ehrlicher Arbeit im Familiengeschäft wird Papa zutiefst beeindrucken", erwiderte er honigsüß. „Und wie entzückt wird er erst sein, wenn er vernimmt, daß er Großvater wird! Es würde mich nicht verwundern, wenn er uns ganz auf Penmarric behielte und sein Testament zu meinen Gunsten änderte. Irgend jemandem muß er sein Vermögen ja hinterlassen. Warum also nicht jenem seiner Sprößlinge, der rechtschaffen und solide, gewissenhaft und zuverlässig, fleißig und freundlich und nicht zuletzt auch verheiratet ist? In dieser Ecke Cornwalls läßt es sich recht bequem zu Geld kommen, und wenn du auf dieses dreckige Sennen-Garth nicht so versessen wärst, hättest du das schon längst begriffen – und entsprechend gehandelt. Aber bitte, bleib du, Schuster, nur getrost bei deinem Leisten! Wenn ich's richtig anstelle und alles gut geht, dann werde ich dich später als Herr von Penmarric zum Dinner einladen und dir vielleicht für deine verdammte Mine einen Scheck ausschreiben, sofern du mich recht lieb darum bittest!"

„Raus!" sagte ich zwischen den Zähnen. „Raus oder ich helfe nach! Und laß dich nie wieder hier blicken!"

„Glaubst du, ich weiß nicht, warum du mich hier nicht haben willst? Meinst du, ich ahne nicht, was in deinem Schädel vorgeht? Für dich gibt es doch nur eins, nicht wahr? Die Mine, die Mine, die Mine! Jeden Penny und jeden Funken Energie steckst du da hinein. Und der Gedanke, es könnte ein Sümmchen abgezweigt werden, ist dir so unerträglich, daß du lieber deinen eigenen Bruder abweist. Du bist buchstäblich besessen. Aber was, zum Teufel, ist dieses Sennen-Garth überhaupt? Ein Loch im Boden! Dunkle Tunnel im Bauch der Erde! Eine finstere, schweißtreibende Höhle! Und für so ein Ding zeigst du mir die kalte Schulter!"

„Natürlich", sagte ich, „wie könntest du das auch begreifen. Dir liegt der Bergbau ja nicht im Blut."

„Ach? Aber dir vielleicht. Mach dir doch nichts vor. Wem willst du einreden, daß dein Ehrgeiz normal ist? Das grenzt doch schon an Wahn bei dir."

„Doch", sagte ich erregt, „doch, es liegt mir im Blut. Und wenn du mir nicht glaubst, dann frag doch Alun Trevose oder Willie Halloran oder irgendeinen Kumpel. Die haben mit mir gearbeitet und kennen mich und wissen genau, was ich bin!"

„So? Nun, und was bist du denn?" fragte er höhnisch. „Ein kaltblütiges Aas, das sich mit Proleten einläßt – und ein Muttersöhnchen, bei dem man nicht weiß, ob es bei einem Weib überhaupt seinen Mann stehen kann."

Blind vor Zorn schlug ich zu. Doch er hatte damit gerechnet, tauchte weg und setzte mir die Faust so hart gegen das Kinn, daß ich zurücktaumelte. Dann ging er zur Tür. Wie rasend sprang ich hinter ihm her und packte ihn. Doch wieder war er schneller als ich. Sich aus meinem Griff lösend, wich er geschickt meinen Schlägen aus, während seine Fäuste zielsicher trafen. Endlich glaubte ich ihn zu haben. Dicht vor mir sah ich sein Gesicht. Und dann – dann traf ein wuchtiger Hieb meinen Unterleib. Der Schmerz schien mich zu zerreißen. Ich schlug lang hin. Rings um mich verschwamm alles. Undeutlich nahm ich wahr, wie die Tür aufging und mit scharfem Ruck wieder zufiel. Ich war allein.

Erst nach Minuten kam ich auf die Beine. Ich verließ die

Baracke und ging hinüber zur Erste-Hilfe-Station, wo ich Jack Priske, dem Diensthabenden dort, etwas von einem Sturz erzählte. Er gab mir einen Schluck Brandy. Danach fühlte ich mich besser. Ich warf einen Blick in den Spiegel. Eine Wange war geschwollen, die Oberlippe aufgerissen. Ich betupfte die Wunde mit dem Taschentuch. Ein roter Fleck zeigte sich auf dem weißen Stoff. Und plötzlich fiel mir, völlig aus dem Nichts heraus, Marianas Hochzeit ein. Die Zeremonie in der Kirche, buntes Fenster und rötliche Helle, die Marianas Mund zu scharlachfarbenem Schlitz verzerrte. Gallebitter stieg es in mir hoch. Ich stürzte rasch zur Tür, hielt den Kopf hinaus und übergab mich.

„Um Gottes willen", meinte Jack Priske. „Sie müssen unbedingt nach Hause und sich hinlegen."

„Unsinn", gab ich zurück. „Es ist alles in Ordnung."

Und es stimmte. Alle Nachwirkungen waren wie fortgeblasen, und ich hatte nur einen Wunsch: hinunterzukommen vor Ort, zu meinen Freunden.

„Alles in Ordnung", wiederholte ich. „Ich fühle mich bestens."

Trevose nannte Hugh einen „Spinner, der Blech schwafelt". Und fügte einige Ausdrücke hinzu, die noch etwas saftiger ausfielen.

„Dieser Gentleman", sagte er, und in seinem Mund nahm sich das wie ein übles Schimpfwort aus. „Der hat doch keinen blassen Dunst. Weder vom Bergbau noch überhaupt. Natürlich liegt Ihnen das genauso im Blut wie mir oder sonstwem! Natürlich lieben Sie Ihre Mine! Kann jeder bestätigen, der mit Ihnen gearbeitet hat. Ihr Bruder ist doch nur neidisch, weiter nichts. Weil Sie hier was leisten. Und weil Sie so viele Freunde haben. Jawohl, ein Neidhammel ist er, dieser Gentleman – so wahr ich Alun Trevose heiße!"

Seine Tirade tat mir gut. Ich gestand ihm offen, aus welchen Gründen ich Hugh zurückgewiesen hatte.

„Donnerkeil!" sagte er. „Mit Ihrer Familie haben Sie aber wirklich Ärger, wie?"

Doch das Schlimmste stand mir noch bevor.

Mein Vater ergriff für Hugh Partei. Jawohl, er eröffnete mir, es sei höchst wünschenswert, daß Hugh im Familienunternehmen arbeite. Ich solle ihn ohne weiteren Aufschub einstellen.

„Kommt nicht in Frage", erwiderte ich. „Und ich will dir auch sagen, warum. Ich traue ihm nicht. Hinter meinem Rücken wird er alles tun, um sich kräftig gesundzustoßen."

„Unsinn!" sagte mein Vater. „In Wahrheit willst du ihn ja nur deswegen nicht haben, weil dir deine Lotterwirtschaft in der Verwaltung peinlich ist. Dabei könnte er dir eine wertvolle Hilfe sein. Du brauchst endlich jemanden, der da Ordnung schafft."

Leider traf seine Feststellung den Nagel auf den Kopf. Ich fühlte mich in die Enge getrieben. Aber Hugh? Nein und nochmal nein.

„Gut", sagte ich. „Dann werde ich eben jemand anders einstellen. Doch keinesfalls Hugh. Dazu kannst du mich nicht zwingen."

„Und wieso nicht? Schließlich gehört die Mine mir und nicht dir, obwohl du dir das manchmal einzubilden scheinst. Mach dir also endlich klar, daß sie mein Eigentum ist und daß ich es bin, der die Gesellschaft kontrolliert..."

„Ja, aber..."

„... und der die Schecks unterzeichnet."

Die Drohung genügte, um mich vollends die Fassung verlieren zu lassen. Ich begann, auf ihn loszuschreien. Und wußte doch, daß ich im Grunde nichts gegen ihn ausrichten konnte; denn ich brauchte sein Geld, um die Mine in Gang zu halten. Außerdem lag es völlig in seiner Hand, mich etwa zu entlassen oder mir doch zumindest das Gehalt zu streichen – was ich noch am ehesten hingenommen hätte. Ich war bereit, gegebenenfalls umsonst zu arbeiten, solange er Sennen-Garth nur nicht seine finanzielle Unterstützung entzog. Trotzig wiederholte ich schließlich: „Ich werde für die Verwaltungsarbeit jemanden einstellen. Aber mit Hugh arbeite ich nicht zusammen – wie sollte ich auch, wo man ihm nicht über den Weg trauen kann."

„Na schön", sagte mein Vater. „Aber ob dir das nun paßt oder nicht – besoldet wird er jedenfalls. Ich sehe beim besten Willen nicht ein, warum er unter deiner Sturheit leiden soll."

Ich glaubte, nicht richtig gehört zu haben. „Willst du damit sagen, daß ich ihm ein Gehalt zahlen soll, obwohl er keinen Finger rührt?"

„Allerdings."
„Und dem neuen Angestellten auch?"
„Natürlich."
„Das wären ja gleich zwei Gehälter auf einmal!"
„Dein Wunsch und Wille."
„Aber das kann sich die Mine nicht leisten!"
„Nun, wenn sie dir wirklich so am Herzen liegt, dann wirst du ja Hugh als Mitarbeiter akzeptieren können."
„Gottverdammtnochmal!" schrie ich ihn an. „Und wenn ich mein ganzes Gehalt wieder in die Mine stecken muß – mit Hugh zusammenarbeiten werde ich nie – niemals! Schert euch doch beide zum Teufel!"
Und ich machte auf dem Hacken kehrt und ließ krachend die Tür hinter mir zufallen.
Doch als mein Zorn sich gelegt hatte, erkannte ich, daß es weniger mein Vater war als vielmehr Hugh, der sich ins Fäustchen lachen konnte. Sehr gut erinnerte ich mich an seine Bemerkung, daß er für ein Minimum an Arbeit zu bequemen Einkünften zu kommen gedachte. Und genau das hatte er erreicht. Für absolutes Nichtstun strich er genußvoll ein, was von meinem harterworbenen Profit in seine Richtung floß.

Wir waren die letzte Mine westlich von Cape Cornwall. Denn im Jahre 1919 schlug sogar für die Levant die Schicksalsstunde.
Zwar siechte sie noch längere Zeit dahin, mehrere Jahre sogar, doch die Levant, die wir kannten, die Mine, die mit Dolcoath, Cook's Kitchen und Botallack zu den größten und reichsten in ganz Cornwall gehört hatte, gab es nicht mehr.
Unvergleichliche Levant! Für mich wie für viele andere war sie die schönste an der Zinnküste, und die Nachricht von ihrem Sterben, die durch England und um die Welt ging, erschien allen unfaßbar. St. Just trauerte stumm. Trauerte um eine Mine, die so weitläufig war und so tief unter Klippen und See vorstieß, daß niemand ihre Ausmaße genau kannte.
Unvergleichliche Levant – wo die Erzadern mächtig waren wie Kathedralen und der Gesang der Kumpel wie in einem Dom widerhallte. Einzigartige Levant – keinem Bergmann unbekannt und von allen bestaunt und bewundert.

Doch jetzt war sie tot. An einem stillen Tag im Oktober 1919 wurde beschlossen, die Arbeit in den unteren Stollen einzustellen, und nach weiterem Verfall überließ man sie dann endgültig den Ratten und dem steigenden Wasser. Die Gebäude stehen heute noch, verrottete Ruinen und Halden, auf denen Unkraut wuchert. Auf den Klippen erheben sich die Mauern des verwaisten Maschinenhauses, und manchmal, in ruhigen Nächten, glaubt man Getöse zu hören und lachende Männerstimmen. Ja, da oben zwischen Unkraut und Ruinen kann man umherwandern. Doch hinab in die Tiefe kann man nicht mehr.

Denn am 20. Oktober 1919 ereignete sich eine Katastrophe. Fast vierzig Bergleute fanden den Tod. Wie gewohnt waren sie dabei, sich von der „Menschenmaschine", deren Mechanismus mir der Obersteiger seinerzeit erklärt hatte, hinauftragen zu lassen ans Tageslicht, als das Ding plötzlich mit Donnerkrachen zusammenbrach und nichts zurückließ als Trümmer, Staub und Leichen.

Mangelnde Sicherheit, sagten die Leute. Unzureichende Investitionen. Die Levant war alt und gefährlich und nicht einmal mehr besonders gewinnträchtig. Ein Krüppel, dem man nicht mehr auf die Beine helfen konnte. Also ließ man sie sterben.

Danach senkte sich eine schreckliche Stille über die Zinnküste. Es war uns unter hartem Schlag zu Bewußtsein gebracht worden, daß wir am Ende einer Ära lebten, die auf eine weit über tausend Jahre alte Geschichte zurückblicken konnte. Jetzt begriffen wir plötzlich, daß wir die letzten waren, die hier Zinn förderten. In Cornwall lagen die Minen im Sterben, mit Ausnahme einiger weniger, darunter Sennen-Garth.

1920 begegnete ich Helena Meredith zum erstenmal. Algernon Meredith, ein alter Junggeselle, dem Polzillan House, der einzige Herrensitz in der Gemeinde Zillan, gehört hatte, war mit sechsundneunzig Jahren gestorben, und bald darauf traf ein gewisser Gerald Meredith mit seiner Schwester ein, um das Erbe anzutreten – für die klatschdurstigen Seelen von Zillan und Umgebung natürlich ein gefundenes Fressen.

Bald stellte sich heraus, daß Polzillan House bleiben würde, was es schon ewig gewesen war – eine Art Sanatorium. Hatte es sich bei dem früheren Besitzer um Altersgebrechen gehandelt, so litt der jetzige unter einer Kriegsverletzung, die ihn an den Rollstuhl fesselte.

„Dafür", sagte meine Mutter, „scheint seine Schwester aber kerngesund zu sein. Wie gut, daß sie da ist, um ihn zu pflegen."

Aber ich hatte zuviel in der Mine zu tun, als daß ich mich für die neuen Bewohner von Polzillan House interessiert hätte.

„Wir sollten ihnen einen Besuch abstatten, Philip", fuhr meine Mutter fort. „Vielleicht am Samstag. Und Jeanne könnten wir auch mitnehmen. Wäre doch nett für sie, einmal mit einem jungen Mann zusammenzukommen, selbst wenn er im Rollstuhl sitzen muß. Vielleicht hat er etwas, das wieder ausheilt. Jetzt, wo der Krieg zu Ende ist, könnte Mark Jeanne doch wirklich einmal nach London mitnehmen und sie dort in die Gesellschaft einführen. Gewiß, gewiß, voriges Jahr wollte sie nicht – aber er hätte eben darauf bestehen müssen. Kommende Weihnachten wird sie bereits einundzwanzig, und noch nie ist sie mit einem jungen Mann ausgegangen. Na ja, und da die Carnforth-Jungen im Krieg gefallen sind und Peter Waymark verheiratet ist..."

Ich hörte nicht mehr hin. Mutters Sermon über Jeannes mäßige Heiratsaussichten mußte ich in der Woche mindestens ein dutzendmal über mich ergehen lassen.

„... und seine Schwester ist bildhübsch. Ich sah sie vorigen Sonntag in der Kirche, als du wegen der Kuh auf dem Wege zum Tierarzt warst."

„Hm."

„Wirklich, Philip, das Mädchen ist eine Augenweide. Blondes Haar, grüne Augen, schöne Haut und eine ausgezeichnete Figur. Helena heißt sie, soweit ich weiß."

„Hm."

„Hörst du mir überhaupt zu, Philip?"

„Ja, Mama. Sie ist hübsch und heißt Helena, soweit du weißt."

Meine einzige Hoffnung war, daß sie nicht, wie bei Jeanne, auch bei mir Heiratsvermittlerin zu spielen gedachte. Vorschriften ließ ich mir nicht gern machen.

Immerhin hatte sie, was Helena Meredith betraf, nicht übertrieben. Im Gegensatz zu Helena, die auch im Umgang recht angenehm war, wirkte ihr Bruder mürrisch und verdrossen. Offenbar schien er entschlossen, seine eigene Hilflosigkeit jedermann entgelten zu lassen. Ich fand ihn von Beginn an unausstehlich, doch Jeanne, die zu Anteilnahme und Mitgefühl mehr Talent hatte als ich, vermochte tatsächlich, ihm etwas abzugewinnen. Sie fand, daß er sein Schicksal sehr tapfer trug.

„Ich wäre so gern Krankenschwester", sagte sie, als wir nach dem Besuch in Polzillan House nach Roslyn-Farm zurückkehrten. „Am liebsten hätte ich Papa schon gegen Kriegsende um Erlaubnis gebeten. Ob er es mir jetzt erlauben würde?"

„Das weiß ich nicht", erwiderte meine Mutter. „Ich jedenfalls bin dagegen. Du bist viel zu jung, um dich in irgendeinem großen Hospital abzurackern, und außerdem werden junge Mädchen deines Standes nun einmal nicht Krankenschwestern. Begreifst du das?"

„Ja, Mama", stimmte Jeanne pflichtschuldigst zu, wie sie es bei meiner Mutter stets tat. Das Thema schien damit zu den Akten gelegt, aber mir fiel doch auf, wie rasch sie sich mit Helena Meredith anfreundete und wie oft sie sich auf Polzillan House einstellte, um den Invaliden zu besuchen. Helena ihrerseits kam oft nach Penmarric, aber da ich mich dort nie blicken ließ, sah ich sie fast nur sonntags in der Kirche.

Zuerst war meine Mutter von Jeannes enger Bindung an die Merediths offenbar sehr angetan, aber mit den Monaten änderte sich ihre Einstellung. Ein Invalide schien ihr für ihre Tochter nicht unbedingt der Richtige zu sein. Schließlich bat sie mich, Genaueres über Geralds Lähmung herauszufinden.

Mir war das gar nicht recht. Doch zweifellos sah meine Mutter es als ihre Pflicht an, in diesem Punkt klarer zu sehen, und so war es wohl auch meine Schuldigkeit, ihr dabei zu helfen. Aber wie sollte ich es nur anstellen? Einmal ganz abgesehen davon, daß ich mich mit ihm nicht gut verstand – ich konnte ihn ja beim besten Willen nicht fragen, ob er denn, Sie entschuldigen schon, lieber Gerald, willens und vor allem in der Lage sei, eine Frau zu befriedigen. Aber dann fand ich, daß es eine verhältnismäßig einfache Lösung des Problems gab. Ich mußte versuchen, in Erfahrung zu bringen, wie er Jeanne gegenüber empfand. War er an ihr – oder doch an einer Heirat – nicht interessiert, so fiel seine mögliche Impotenz schwerlich ins Gewicht.

Als ich mit meinen Überlegungen so weit war, kam ich schnell zu einem Entschluß. In meinem Büro auf Sennen-Garth griff ich zum Hörer und erkundigte mich bei der Auskunft, ob Mr. Gerald Meredith über einen telephonischen Anschluß verfüge. Das war der Fall. Sofort ließ ich mich mit Polzillan House verbinden, und als sich Sekunden später der Butler meldete, bat ich ihn, Helena an den Apparat zu holen.

Noch für denselben Abend lud ich sie zum Dinner ins Metropole ein. Sie nahm an, und jetzt sah ich mich mit der unangenehmen Aufgabe konfrontiert, meinen Vater um einen Gefallen zu bitten. Da ich Helena nicht gut im wackligen Gefährt meiner Mutter nach Penzance kutschieren konnte, brauchte ich unbedingt sein Auto inklusive Chauffeur. Doch zu meiner Überraschung – wir waren seit Monaten noch heftiger zerstritten als sonst – gab es nicht die geringsten Schwierigkeiten: selbstverständlich könne ich Wagen und Chauffeur haben, wann immer ich wolle. Ich atmete erleichtert auf und kehrte früh nach Roslyn-Farm zurück, um ein Bad zu nehmen und den Smoking anzuprobieren, den ich seit Jahren nicht getragen hatte.

„Ja, ich habe heute zeitig Schluß gemacht", sagte ich zu meiner Mutter. „Ich will zum Dinner ins Metropole – mit Helena Meredith."

„Oh", rief sie entzückt, als wäre es mir gelungen, gleich ein halbes Dutzend Kaninchen auf einmal aus einem Zylinder hervorzuzaubern, und begann mich sofort wie ein überemsiger Schmetterling zu umflattern. „Deine Hemden... ich habe sie noch nicht gebügelt... und deine Smokingjacke... sie wird dir gar nicht mehr passen..."

Ihre übertriebene Fürsorge empfand ich doch recht lästig. Als Auto und Chauffeur eintrafen, fühlte ich mich erleichtert.

Mochte ich auch mit der sogenannten eleganten Gesellschaft keinen Umgang haben und nicht einmal ahnen, was in London vor sich ging, so wußte ich doch noch aus Kindertagen, wie man sich in vornehmen Hotels zu bewegen hatte. Das Metropole erschien mir völlig unverändert: genauso muffig wie ehedem. Überrascht war ich jedoch von einem Teil seiner Gäste. Hier und dort fanden sich Frauen mit sehr kurzem Haar und überaus knappen Kleidern, und eines dieser weiblichen Wesen rauchte sogar in aller Öffentlichkeit. Himmelherrgott, dachte ich, wenn das schon in Penzance einreißt, was ist dann erst in London los? Und mit einigem Amüsement stellte ich mir vor, wie schockiert meine Mutter gewesen wäre.

„Das ist ja eine abscheuliche Ansammlung von Weiblichkeit", sagte ich zu Helena. „Da sind Sie ein doppelt erfreulicher Anblick."

Sie lachte. „Vielen Dank für das Kompliment. Ich kam mir schon ganz altmodisch vor. Und schäbig dazu."

„Unsinn!"

Wir bestellten, und es gelang mir, das Gespräch rasch auf ihren Bruder zu bringen: Ob bei ihm denn Aussicht auf Besserung bestünde. Nein, erwiderte sie offen und ungeschminkt, leider sei da nicht die geringste Hoffnung; damit müsse man sich abfinden.

„Wie tragisch", sagte ich und hantierte, während der erste Gang kam, ein wenig verlegen mit meinem Suppenlöffel. „Aber er ist doch wenigstens nicht völlig gelähmt – Gott sei Dank."

Ihre Augen, kühl und grün wie die See bei Cape Cornwall, streiften flüchtig über mich hin. „Nein", erwiderte sie, „von der Hüfte aufwärts kann er sich bewegen."

Ich kostete rasch die Suppe und versicherte, daß ich sie ausgezeichnet fände. Helena nickte. Wir lächelten einander zu.

„Hoffentlich belästigt Jeanne Ihren Bruder nicht allzusehr", bemerkte ich beiläufig. „Sie scheint auf Polzillan fast schon daheim zu sein, und wenn sie ihn etwa langweilen sollte..."

„Gütiger Himmel, nein! Ganz und gar nicht! Seit Jeanne regelmäßig zu Besuch kommt, scheint er völlig verwandelt und lebt mehr und mehr auf. Er leidet längst nicht mehr so unter Depressionen."

„Da bin ich aber froh", sagte ich nebenhin. „Ich fürchtete schon, er sei zu höflich, um Jeanne zu bitten, von allzu häufigen Besuchen Abstand zu nehmen."

Sie schüttelte den Kopf. „Nein, er ist sehr gern mit ihr zusammen und scheint sie zu mögen."

„Sie ihn offenbar auch", sagte ich.

„Ja, das könnte schon sein", stimmte sie zu, sehr gelassen und ganz ohne jenes alberne Erröten, zu dem sich Frauen bei einem so heiklen Thema meist verpflichtet fühlen.

„Glauben Sie, daß er sie liebt?" fragte ich nach kurzem Zögern.

„Vielleicht", erwiderte sie und musterte mich abermals aus

kühlen, grünen Augen. „Aber", fuhr sie fort, „eine Heirat ist natürlich ausgeschlossen. Sollte Gerry sie lieben, so wird er das für sich behalten. Schließlich kann er nicht erwarten, daß sich ein Mädchen wie Jeanne an ihn bindet, und das weiß er."

Um eben das herauszubekommen, hatte ich Helena ins Metropole eingeladen. Jetzt konnte ich mich entspannen und mir das Essen schmecken lassen. Aber natürlich war der Abend noch nicht vorüber. Es galt, Konversation zu machen. Schließlich hatte ich eine gute Kinderstube gehabt, und fast schien mir Rose Parrishs leise und eindringliche Stimme jetzt noch ans Ohr zu klingen: „Man führt eine Dame nicht aus, um sie dann praktisch sich selbst zu überlassen."

Doch unser gemeinsames Mahl verlief recht ungezwungen. Ich erkundigte mich nach ihrer Familie und nach Warwickshire, wo sie geboren worden war. Sie hatte ihre Eltern schon früh verloren, und von ihren Verwandten war einzig Gerald übriggeblieben.

„Ursprünglich war es meine Absicht, mich nach dem Krieg auf eigene Beine zu stellen", sagte sie. „Ich rechnete fest damit, daß Gerry heiraten würde. Und sollte ich dann in seinem Haus wohnen und seiner Frau sozusagen ins Gehege kommen? Lieber nicht. Aber als er dann verwundet wurde, hatte ich das Gefühl, mich um ihn kümmern zu müssen, solange ich noch frei war."

„Wozu man ihm nur gratulieren kann", versicherte ich mechanisch und fügte dann als Nachgedanken hinzu: „Hätten Sie denn überhaupt die Mittel, um ein unabhängiges Leben zu führen?"

Meine zudringliche Frage schien sie nicht im geringsten zu stören. „O ja", erwiderte sie. „Mein Vater hatte für einen Mann seiner Generation recht ungewöhnliche Ansichten. Er hinterließ uns sein Vermögen zu gleichen Teilen."

„Ich verstehe", sagte ich, meine Überraschung nur mit Mühe verbergend. Jetzt begriff ich besser, wieso Gerald Meredith in der Lage war, ein hochherrschaftliches Haus mit Lakaien, Gärtnern, Stallburschen und so weiter zu führen. Vermutlich trug nicht nur er die Kosten dafür, sondern auch seine Schwester.

„... und daher waren Gerry und ich schon vor Vetter Algernons Tod voneinander unabhängig", sagte Helena. „Ich befinde mich in einer wesentlich glücklicheren Lage als die meisten Mädchen."

„Und Ihr Vetter, der alte Algernon Meredith, hat seinen Besitz Ihrem Bruder vererbt?"

„Nein, er starb, ohne ein Testament zu hinterlassen. Erstaunlich bei seinem biblischen Alter, nicht? Aber so war's nun einmal. Polzillan House fiel Gerry und mir als den nächsten Anverwandten zu gleichen Teilen zu."

„So ist das also", sagte ich, noch verblüffter als zuvor. Die Vorstellung, daß Helena Meredith eine ganz außergewöhnlich reiche Frau war, kam einfach zu unerwartet. Ins Gewicht fiel das für mich allerdings nicht. Geld bedeutete mir herzlich wenig, obschon ich dann und wann gern ein paar Pfund gehabt hätte, um sie in die Mine zu stecken. Doch für einige hundert Meter Leitern oder etliche tausend Meter Röhren stürzt man sich nicht gleich mit Sack und Pack in eine Ehe.

Schließlich gingen wir hinaus und schlenderten die Esplanade entlang. Die Abendluft war kühl, doch keineswegs unangenehm. Der Vollmond schien und verwandelte die See in ein faszinierendes Muster aus Schwarz und Silber, ein Bild, das mich immer wieder bannte, wie der Anblick des Meeres überhaupt. Ich konnte mich an Brandung und Wellenspiel nie satt sehen.

Zu meiner Erleichterung verhielt Helena sich völlig schweigsam, und ich muß gestehen, daß mir diese zurückhaltende Art sehr zusagte. Die meisten Frauen hätten sich irgendeine sinnige Bemerkung über die schöne Mondnacht bestimmt nicht verkneifen können.

Ich fand, daß Helena Meredith mir eigentlich recht gut gefiel. Nichts an ihr erweckte Unbehagen. Sie war stets sorgfältig gekleidet, und ihre Erscheinung, schlanke Gestalt, grüne Augen, blondes Haar, tat mir, wenn ich ehrlich sein wollte, überaus wohl. Hinzu kam, daß sie nicht die üblichen weiblichen Plattheiten und Gemeinplätze von sich gab. Doch am meisten beeindruckte mich ihre gleichermaßen selbstbewußte wie selbstbeherrschte Haltung. Hier, so schien mir, war eine Frau, die peinliche Szenen nicht weniger abstoßend fand als ich. Ohne Umschweife gesagt: Ich fühlte mich zu ihr hingezogen. Und als wir uns dann voneinander verabschiedeten, ging mir flüchtig durch den Kopf, daß ich sie in absehbarer Zeit durchaus wieder einmal einladen könnte.

Am nächsten Morgen beim Frühstück war meine Mutter ganz gespannte Erwartung.

„Um dich nicht lange hinzuhalten", sagte ich, während sie mich mit Eiern und Speck umschwirrte. „Meredith ist von der Hüfte abwärts unheilbar gelähmt und denkt nicht an Heirat. Drei Scheiben Toast, bitte, und einen Klecks von der frischen Marmelade."

„Und wie war's mit Helena?" fragte meine Mutter. „Habt ihr einen angenehmen Abend verbracht?"

„Ja, recht angenehm. Aber interessiert dich nicht, was sie über ihren Bruder gesagt hat?"

„Aber natürlich, natürlich. Was hat sie denn gesagt? Ich habe eben nicht genau hingehört."

Geduldig wiederholte ich, daß Gerald Meredith unheilbar gelähmt sei und eine Heirat...

„Aber kann Helena wissen, ob ihr Bruder nicht doch ernste Absichten hat?" rief meine Mutter tief beunruhigt. „Vielleicht trägt er sich mit dem Gedanken, Jeanne als Pflegerin und Gesellschafterin nach Polzillan zu bitten, und dann müßte er ihr natürlich einen Antrag machen, und sie wäre bestimmt so töricht und weichherzig, ihm selbst unter so widrigen Umständen ihr Jawort zu geben! Mein Gott, was man sich doch für Sorgen machen muß! Am besten schreibe ich gleich einmal Mark. Er hat gewiß keine Ahnung, wie prekär die Situation jetzt ist. Ich muß ihn unbedingt warnen."

„Aber ist es denn wirklich nötig, sich da hineinzumischen, Mama?" fragte ich. „Es ist doch seit langem Jeannes Herzenswunsch, Pflegerin oder Krankenschwester spielen zu können, und offenbar ist sie mit Meredith doch recht gern zusammen, sonst würde sie ihn ja nicht so oft besuchen. Sofern sie nur vorher wüßte, daß er impotent ist, könnte sie ja frei entscheiden, ob sie ihn trotzdem heiraten möchte. Schließlich ist sie über einundzwanzig, und wenn sie immer noch nicht weiß, was sie will, dann wird das aber langsam Zeit."

Meine Mutter zeigte sich entsetzt. „Liebling, ich fürchte, du begreifst nicht ganz. Natürlich darf Jeanne ihn *auf keinen Fall* heiraten! Mit ihrem Alter hat das nicht das geringste zu tun. Diese Ehe wäre ein ganz schrecklicher Fehler. Und davor muß man sie bewahren."

„Ein Fehler? Aber wieso denn? Mal angenommen, es kümmert sie nicht, wie impotent er ist, und..."

„Also wirklich, Liebling, mußt du gleich so unverblümt werden? Möglich, daß du recht hast und daß es sie wirklich wenig kümmert. Aber das darf eben nicht sein. Wenn sie heiratet, dann um als Frau ein erfülltes Leben zu führen und nicht, um unbezahlte Pflegerin eines Krüppels zu sein."

Angesichts dieser unbeantwortbaren weiblichen Platitüde blieb mir nur ein Seufzer und die stumme Konzentration auf mein Frühstück.

Auch während der folgenden Ereignisse hielt ich mich wohlweislich im Hintergrund. Meine Mutter fuhr nach Penmarric, wo sie mit meinem Vater eine Unterredung hatte; mein Vater schrieb an Mariana, und meine Mutter sprach mit Jeanne. Im Kreuzfeuer dieser beiden unnachgiebigen Wächter blieb ihr nichts als klägliche Resignation. Ehe sie sich recht versah, war sie auf dem Wege nach Schottland, um dort den Sommer bei Mariana zu verbringen.

„Mit ein bißchen Glück", sagte meine Mutter, „lernt sie dort vielleicht einen geeigneten Mann kennen und macht eine passende Partie. Edinburgh soll ja ein ganz günstiges Pflaster sein, und Mariana kennt bestimmt die richtigen Leute."

Aber Jeanne heiratete nicht. Vom Sommer 1921 bis zum Herbst 1922 blieb sie in Schottland. Dann trat sie ohne Einwilligung meiner Eltern einem kleinen geistlichen Orden bei und wurde als Nonne zur Krankenpflege in ein Armenhospital nach London geschickt.

Jeannes Entschluß schien meine Mutter schwer getroffen zu haben. Wie um ihre trüben Gedanken zu verscheuchen, widmete sie sich jetzt mit besonderem Eifer ihren Enkelkindern. Hughs Tochter Deborah war im Juni 1920 zur Welt gekommen, aber da ich mit Hugh nichts zu schaffen haben wollte und auch Babys mich wenig reizten, war ich nicht einmal zur Taufe gegangen. Meine Mutter hätte natürlich am liebsten über nichts anderes gesprochen, doch konnte sie mit mir in diesem Punkt wenig anfangen und fand sich nach einiger Zeit mit dieser Tatsache ab.

Marianas Sohn, Esmond Mark Duncan Donald Alexander, Earl von Roane, wurde Anfang August geboren, sechs Wochen nach Deborah. Da Marianas Mann inzwischen über sechzig war, konnte, wer wollte, darin eine beachtenswerte Leistung erblicken. Ich persönlich empfand die Geschichte eher als peinlich. Allerdings behielt ich diese Ansicht für mich, um nicht meine Mutter durch eine unbedachte Äußerung zu verletzen. Schließlich war auch sie in erster Ehe mit einem um vieles älteren Mann verheiratet gewesen.

Als die Nachricht von der Geburt ihres Enkels eintraf, geriet meine Mutter, wie nicht anders zu erwarten, vor Entzücken außer sich, und ihre einzige Sorge war, daß Mariana, wie sie es bisher unter tausenderlei Ausflüchten auch mit ihrem Mann getan hatte, ihr den kleinen Esmond Mark „vorenthalten" könnte. Doch sie sah sich angenehm enttäuscht. Mariana kam, wiederum ohne Gatten, dafür jedoch gleich mit zwei Kindermädchen, nach Penmarric zu Besuch, und später entwickelte sich zwischen ihr und meiner Mutter eine geradezu ekstatische Korrespondenz, die einzig und ausschließlich das Wunderbaby Esmond zum Thema hatte. Eine wahre Flut von Photographien und blonden Locken traf bei uns ein. Ich fand das recht erstaunlich. Erstens kam der Enthusiasmus, mit dem Mariana sich ihrer Rolle als Mutter unterzog, bei einer Frau ihrer Art völlig unerwartet; und zweitens hatten meine Mutter und sie bislang ein eher unterkühltes Verhältnis zueinander gehabt. Doch jetzt schien alles umgekrempelt. Plötzlich war Mariana die Lieblingstochter, und ich muß gestehen, daß es mich Mühe kostete, diese nicht abreißenden Lobeshymnen über mich ergehen zu lassen. Meine Mutter, die meine gleichgültige Haltung merkte, gab es schließlich auf, mir Marianas ellenlange Episteln vorzulesen.

Wie sich zeigte, stand ich mit meinen Empfindungen nicht völlig allein.

„Dieses unablässige Gerede über die Kinder!" protestierte meine Schwester Elisabeth, als sie uns gegen Ende der Sommerferien auf Roslyn-Farm besuchte. „Das kann einem ja wirklich zuviel werden! Ich mache drei Kreuze, wenn ich bloß erst wieder in Cheltenham bin und nichts mehr von Deborah und Esmond, diesen beiden achten Weltwundern, höre!"

Mich amüsierte dieser kleine Mißfallenserguß, aber meine Mutter war natürlich verärgert.

„Hoffentlich nimmst du nicht zuviel von einem Blaustrumpf an, Lizzie", sagte sie höflich. „Männer mögen Frauen von so aggressiver Intelligenz nicht. Wenn du so ungeniert erklärst, daß Mutterschaft dich nicht interessiert, dann brauchst du dich nicht zu wundern, wenn die Herren einen großen Bogen um dich machen."

„Mir doch egal", behauptete Elisabeth. „Die meisten Männer

sind sowieso dumm. Ich weiß nicht einmal, ob ich überhaupt heiraten möchte."

„Nun, Lizzie, sofern du nicht sehr bald etwas für deine Erscheinung tust, wirst du mit Anträgen auch kaum rechnen können. Mußt du denn wirklich soviel essen? Und dann diese Süßigkeiten. Sehr schädlich für den Teint. Ganz zu schweigen von deinem ungepflegten Haar."

„Und wenn schon", rief Elisabeth wütend. „Das kümmert mich nicht! Nach deiner Meinung mag es für eine Frau nichts Wichtigeres geben als Schönheit und Ehe und Kinder kriegen – natürlich, denn du hast ja dein Leben lang nichts anderes getan! Heiraten und Kinder kriegen kann jede. Dazu gehört nicht viel."

„Nun mach mal einen Punkt, Lizzie", unterbrach ich sie. „Du mußt ja nicht gleich ausfallend werden."

„Und sie? Ist sie etwa nicht ausfallend geworden?" schrie Elisabeth. „Warum soll ich mir das gefallen lassen? Wenn du für Mama nicht so eingenommen wärst, dann würdest du das begreifen. Der einzige Vernünftige in dieser Familie ist Jan-Yves." Und ohne ein weiteres Wort stürmte sie hinaus. Eine Woche später kehrte sie nach Cheltenham zurück, von wo sie meiner Mutter nicht eine einzige Zeile zukommen ließ.

Im Herbst 1922, nach erfolgreichem Schulabschluß, war sie in Cambridge, wo sie Vorlesungen über klassische Philologie hörte. Bei den Vorbehalten, die mein Vater gegen jegliche höhere weibliche Bildung hatte, wunderte es mich, daß er seine Einwilligung dazu gab; doch offenbar hatte er vor dem maskulinen Wissendurst seiner Tochter kapituliert. Lizzie stürzte sich mit wilder Begeisterung in das akademische Leben. Kurz vor Weihnachten 1922 kam sie für ein paar Wochen nach Cornwall und erschien an einem Sonntag überraschend auf Roslyn-Farm. Da meine Mutter in Zillan war, sah ich mich genötigt, mit meiner Schwester Konversation zu machen, was, entgegen meinen anfänglichen Befürchtungen, sehr bald so reibungslos wie ein Uhrwerk lief; denn nach alter Gewohnheit bestritt Lizzie fast die gesamte Unterhaltung.

„... und so glaube ich, daß er selbst dir jetzt leid tun würde", hörte ich sie sagen, als ich mich wieder zur Aufmerksamkeit zwang, nachdem die weitschweifigen Lobeshymnen über Cambridge mich eingeschläfert hatten. „Überlege doch nur:

Marcus ist tot, Mariana ist in Schottland, Jeanne im Kloster, Jan-Yves in Eton, ich bin in Cambridge, und du – du bist für Papa praktisch ein totaler Ausfall. Wer bleibt ihm also noch? Hugh vielleicht, der ihn pflichtschuldigst zwei- oder dreimal die Woche besucht. Aber viel haben die beiden einander wirklich nicht zu sagen. Adrian? Dem läßt sein Beruf als Geistlicher nur Zeit, sich alle Jubeljahre einmal auf Penmarric blicken zu lassen, wie jetzt zu Weihnachten wieder. Und William? Der ist doch dauernd bei Charity Roslyn. Wenn er sie nur endlich heiraten wollte! Wer schert sich schon drum, daß sie das Dorfflittchen war? Und so kann Papa noch von Glück sagen, daß er wenigstens Alice hat. Ohne sie würde er sich wohl sehr einsam fühlen."

Alice Penmar.

Ich dachte an die verheerende Szene, die sich vor dem Krieg im Arbeitszimmer meines Vaters abgespielt hatte. Damals war Alice in mich verliebt gewesen. Jedenfalls hatte sie das behauptet.

„Was mich betrifft", fuhr sie fort, „so komme ich zwar mit Alice nicht besonders gut aus – sie ist mir zu eigensinnig und eigenwillig –, aber auf den Kopf gefallen ist die nicht, das muß man ihr lassen. Übrigens essen sie und Papa gemeinsam zu Abend, sofern niemand von uns da ist. Die beiden stehen auf sehr... vertrautem Fuß."

„Glaubst du, daß sie sich in besonderem Maße um ihn bemüht?" fragte ich nach kurzem Zögern behutsam.

„Du meinst, ob sie seine Geliebte ist?" sagte Elisabeth. „Nun, ich weiß es nicht. Zum Unterschied von Jan-Yves, der jede Wette darauf abschließt, kann ich mir auch nicht vorstellen, daß Papa sich von der Verzweiflung so weit treiben ließe. Außerdem ist Alice einfach nicht der Typ dafür. Ihr fehlt diese gewisse Verruchtheit, die solchen Frauen anhaftet. Sie ist eher spröde, wenn nicht gar prüde. Daß sie und Papa, du weißt schon – also nein, mir erscheint das undenkbar. Aber Jan-Yves meint, sie sei genau der Typ, aus lauter Enttäuschung von einem Extrem ins andere zu fallen. Wie denkst du darüber?"

Es lag mir auf der Zunge, sie nach Jan-Yves zu fragen, den sie so oft erwähnte; aber ich unterließ es dann doch. Im Grunde interessierte er mich herzlich wenig. Da er nicht nach Roslyn-Farm kam, sahen wir einander nie, und ich war überzeugt, daß wir uns auch weiterhin nicht sehen würden.

„Wie denkst du darüber, Philip?" wiederholte Elisabeth. „Kannst du dir Alice als gefallenes Mädchen vorstellen?"

Ich lachte kurz auf. „Immer frisch von der Leber weg, Lizzie, wie?" sagte ich. „Gehört das zur weiblichen Emanzipation, die man mit höherer Bildung erwirbt?"

Doch in Wirklichkeit bewegte mich etwas ganz anderes. In letzter Zeit sprach man vielfach von einer beabsichtigten Änderung der Scheidungsgesetze. Anders als früher, wo erst Ehebruch in Verbindung mit böswilligem Verlassen für eine Frau ausreichender Grund für eine Scheidungsklage gewesen war, sollte in Zukunft Ehebruch allein genügen. Und wenn – nun ja: wenn dieses Gesetz, das für meine Mutter ja günstig war, in absehbarer Zeit Wirklichkeit werden sollte und ich, was meinen Vater und Alice betraf, untrügliche Beweise in die Hände bekäme, dann verfügte ich vielleicht endlich über eine Waffe, die mir bei möglichen Kalamitäten auf Sennen-Garth sehr dienlich sein konnte.

„Immerhin ist der Gedanke recht interessant", sagte ich schließlich zu Elisabeth. „Ich werde ihn mir mal durch den Kopf gehen lassen..."

Kurz danach kam es zwischen meinem Vater und mir erneut zu Auseinandersetzungen. 1923, nach drei leidlich gewinnträchtigen Jahren, geriet Sennen-Garth in die roten Zahlen. Ein Unfall, der bewies, daß die Sicherheit zu wünschen übrig ließ, machte neue Investitionen erforderlich. Da kein Geld zur Verfügung war, sah ich mich gezwungen, einen Kredit aufzunehmen, eine nicht sehr bedeutende Summe zwar, doch wurmten mich die Zinsen, die ich dafür auswerfen mußte. Die Mine brauchte jeden Penny so dringend wie eh und je.

Und so wandte ich mich an meinen Vater mit der Bitte, doch endlich Hughs Gehalt zu streichen. Umsonst. Hugh blieb der Müßiggänger, den wir mit unserer Arbeit aushalten mußten. Dabei ging es ihm gerade in diesem Jahr besonders gut. Er hatte so erfolgreich an der Börse gespielt, daß er es sich nun leisten konnte, mit Rebecca nach London zu reisen und dort wie ein Lord zu leben. Auch sonst erwies er sich als wahres Glückskind. Joss Roslyn starb an einer Lungenentzündung, und wenn er auch, seinem Wort getreu, Rebecca enterbt und Geld und Besitz Jareds einzigem Sohn Simon Peter hinterlassen hatte, so nahm selbst diese Geschichte für meinen Bruder noch eine günstige Wendung. Jared erbot sich nämlich, Rebecca das Haus samt Grund und Boden für einen geradezu lächerlichen jährlichen Mietzins zu überlassen. Und im Gegensatz zu seiner Frau griff Hugh mit Freuden zu. Diese Gelegenheit, so ganz nebenbei zu Geld zu kommen, ließ er sich nicht entgehen. Und so zog er mit Rebecca nach Morvah und verpachtete sowohl den kleinen Hof, den meine Mutter ihm zur Hochzeit geschenkt hatte, als auch das Land, das zu Deveral-Farm gehörte. Mit hübschem Heim und bequemen Einkünften wohlversorgt, konnte er sich weiterhin der gewohnten Muße hingeben. Offenbar verbrachte er mit seiner Familie ganze Tage irgendwo in einer Bucht am Meer, wo er gewiß seine ausgezeichneten Schwimmkünste demonstrieren konnte, um sich dann mit seiner Frau in der Sonne zu aalen. Ein herrliches Leben – für den, der gern auf der faulen Haut lag. Und darin ließ Hugh sich wahrlich von niemandem übertreffen.

Ich raffte mich wieder zu einem erbitterten Brief an meinen Vater auf: Sennen-Garth könne Hughs Sinekure einfach nicht länger tragen. Aber meine verzweifelten Bemühungen waren reine Zeitvergeudung. Während die Mine an den Rand der finanziellen Katastrophe schlitterte, wußte ich nur eines: Ich haßte sie beide – Vater wie Bruder.

1924 führte Ramsay Macdonald zum erstenmal die Labour Party an die Macht. Wie die meisten meiner Freunde stimmte ich für ihn – sehr zum Entsetzen meiner Mutter, die meine politischen Überzeugungen als „ungehörig“ empfand. Trotz – oder vielleicht gerade wegen – ihrer Herkunft hielt sie es für eine Sache des guten Geschmacks, konservativ zu wählen, genauso wie man eben allsonntäglich zur Kirche ging, mit Messer und Gabel aß und kurze Kleider mied.

„Aber Mama“, sagte ich, „seit dem Krieg hat sich viel geändert. Wir haben jetzt eine Regierung, die besser in die neue Zeit paßt. Es muß frisch angepackt werden. Das ganze Land befindet sich in einem fürchterlichen Zustand. Die Armut der Arbeiterklasse und das Elend ...“

„Die sollten sich lieber richtig ins Zeug legen, statt zu nörgeln und zu streiken“, sagte meine Mutter. „Wer im Leben vorwärtskommen will, darf vor harter Arbeit nicht zurückschrecken.“

„Woher nehmen und nicht stehlen", erwiderte ich leicht gereizt. „Millionen sind arbeitslos, und ihre Zahl wächst von Tag zu Tag. Vier Jahre lang haben diese Männer für ihr Land gekämpft – und was haben sie nun davon? Daß sie sich einreihen dürfen in die endlosen Schlangen vor den Arbeitsämtern. Daß sie nicht wissen, wie sie ihre Familien ernähren sollen. Daß sie bei der herrschenden Wohnungsknappheit in menschenunwürdigen Rattenlöchern hausen. Das haben sie davon. Bevor sich die Dinge zum Besseren wenden, muß einiges radikal geändert werden, und davor scheuen die Konservativen zurück. Bei den Asquith-Liberalen und den Lloyd-George-Liberalen ist es damit auch nicht viel besser bestellt. Man braucht sich ja nur vor Augen zu führen, wie die Koalitionsregierung gepfuscht hat! Wir brauchen etwas völlig Neues. Die alte Medizin hilft keinem mehr."

„Wenn etwas neu ist", sagte meine Mutter spitz, „so heißt das noch lange nicht, daß es sich besser bewährt als Altes und Erprobtes."

Ich gab es auf. Sie von ihren eingefleischten Überzeugungen abbringen zu wollen, war völlig sinnlos. Mir jedenfalls blieb die Hoffnung, daß es Ramsay Macdonald gelingen würde, das Steuer herumzureißen. Tatsächlich trat in Sennen-Garth eine leichte Besserung ein; dennoch blieb es mir auch in diesem Jahr nicht erspart, einen Kredit aufzunehmen. Trotz aller Einwände Walter Huberts schluckte ich das. 1925, das schwor ich mir, sollte alles wieder ins Lot kommen. Ich wollte die Schulden unbedingt loswerden.

Doch der geringfügige Aufschwung, den die Mine genommen hatte, sollte die Labour-Regierung nur kurze Zeit überdauern – ganze neun Monate. Anfang 1925 begannen die Sorgen von neuem, aber mein Optimismus half mir meist über meine Zweifel hinweg. Und so war ich, als ich an einem Maiabend von der Mine zurückritt, sogar in recht aufgeräumter Stimmung.

Eine Überraschung stand mir bevor. Meine Mutter hatte einen Gast. Zuerst glaubte ich, es sei mein Vater, dessen Lachen ich da aus dem Wohnzimmer hörte. Während ich durch die Diele ging, sagte eine Männerstimme in lässig-heiterem Tonfall: „Da wären wir also! Lustig, nicht?"

Wie zur Antwort lachte jetzt meine Mutter – so glücklich und so vergnügt wie lange schon nicht mehr.

Ich war verblüfft. Was mochte meinen Vater hergeführt haben? Rasch stieß ich die Tür auf und trat ein.

Sie saßen einander am Tisch gegenüber, meine Mutter und der, den ich für meinen Vater hielt. Er drehte sich um, und ich sah das jugendliche Gesicht mit dem eigentümlichen, unverwechselbaren zynischen Lächeln.

Es war Jan-Yves.

„Philip!“ sagte er artig. „Nett, dich zu sehen.“

Sonderbar: Obwohl er äußerlich so ganz meinem Vater ähnelte, klang in seiner Art, sich zu geben und zu sprechen, das Wesen meiner Mutter durch.

Er stand auf, und ich sah, daß er etwa einen halben Kopf kleiner war als ich, doch überaus kräftig und muskulös gebaut. Und wieder fiel mir eine Parallele auf. Trotz der prüfenden Penmar-Augen war sein Lächeln von der gleichen Unschuld und Arglosigkeit wie bei Hugh.

Ich mißtraute ihm sofort.

„Ist das nicht wunderbar, Philip?“ fragte meine Mutter mit glänzenden Augen. „Nach all diesen Jahren! Als ich ihn von Chûn den Hügel herabreiten sah, wollte ich kaum meinen Augen trauen.“

„Ich dachte“, sagte ich, angestrengt nach Worten suchend, „du wärst in Oxford. Was führt dich denn zu uns?“

„Lauterste Absichten“, erwiderte er mit freundlichem Lächeln. „Es ist ja nie zu spät, sich zu bessern, nicht wahr? Papa und Mr. Barnwell und nicht zuletzt mein eigenes Gewissen haben mich zu dem Entschluß gebracht, mit dem Friedenszweig in der Hand auf Roslyn-Farm zu erscheinen – bei welcher Gelegenheit Mama vor lauter Überraschung natürlich beinahe in Ohnmacht gefallen wäre. So haben wir zu ihrer Wiederbelebung die beste Flasche Holunderwein herausgesucht und – nun, da wären wir. So einfach ist das!“

So einfach, wie er behauptete, schien es allerdings ganz und gar nicht zu sein. Wie sich herausstellte, war er in Oxford, wo er im vorigen Herbst mit dem Studium begonnen hatte, relegiert worden; aus welchem Grund, darüber ging er mit großer Zungenfertigkeit hinweg. Immerhin schien ihm jetzt, wo er bei meinem

Vater vermutlich in Ungnade gefallen war, sehr daran zu liegen, für ein wenig Kompensation zu sorgen; deshalb das Wedeln mit der Friedenspalme. Ich nahm mir fest vor, ihm das unter vier Augen ins Gesicht zu sagen. Doch als ich ihn später nach draußen zu seinem Pferd begleitete, überrumpelte er mich mit einer so überschwenglichen Lobpreisung meiner Mutter, daß es mir den Wind aus den Segeln nahm: Was für eine wunderbare Frau sie doch sei und wie sehr er es bedaure, sie nicht schon längst besucht zu haben. Und bevor ich recht wußte, was da geschah, hatte ich mich von ihm für den nächsten Arbeitstag zu einem Drink in die Schenke von St. Just einladen lassen. Nach Feierabend selbstverständlich.

„Großartig!“ sagte er begeistert. „Ich freue mich sehr darauf!“ Kraftvoll schwang er sich in den Sattel, bedachte mich mit seinem so leicht gewährten Lächeln und ritt dann hangaufwärts in Richtung Chûn davon.

Ich sah ihm nach, bis er meinen Blicken entschwand. Gewiß war es sonst meine Art, Freundschaft mit Freundschaft zu erwidern. Doch bei Jan-Yves wurde ich den Verdacht nicht los, daß er auf mehr aus war als bloß mütterliche Liebe und brüderliche Zuneigung.

Seinem Frieden traute ich ganz und gar nicht.

Doch ich sollte ihn schon vor der verabredeten Zeit wiedersehen, am nächsten Morgen bereits; und zwar an einem Ort, wo ich weder ihn noch sonst ein Mitglied meiner Familie je vermutet hätte: tief unter Tage in meiner Mine. Ich hatte gerade die Erzkammern unter dem Meeresboden inspiziert und war mit Trevose auf dem Rückweg zum Hauptschacht, als uns Willie Halloran, einer der Schichtführer, entgegenkam, an seiner Seite, in geborgter Kluft, Jan-Yves.

„Nanu!“ sagte ich verblüfft. „Was, zum Teufel, suchst du denn hier unten?“ Immerhin war es ungewöhnlich, daß sich jemand so tief zu den Bergleuten hinabwagte. „Ist etwas passiert?“

„Ich fürchte, ja. Ich soll dich holen. Kann ich dich einen Augenblick allein sprechen?“

Ich starrte ihn an.

Neben mir sagte Trevose: „Ich gehe schon zum Schacht voraus." Er entfernte sich mit Willie Halloran. Das Licht von ihren Helmen zitterte über die feuchten Wände und ließ geisterhafte Schatten tanzen.

„Was ist?" fragte ich.

„Es handelt sich um Hugh."

„Hugh?"

Wir sahen einander an. Auf seinem Gesicht zeigte sich ein eigentümlicher Ausdruck.

„Ist ihm etwas zugestoßen?"

„Ja. Er hatte einen Unfall. Beim Schwimmen. Er war mit Rebecca und dem Kind in der Portheras-Bucht. Offenbar unterschätzte er die Strömung."

„Willst du damit sagen, daß er..."

„Ja, er ist ertrunken", erwiderte Jan-Yves und fügte dann mit bekümmerter Miene hinzu: „Rebecca hat alles mit angesehen."

5

„Aber Hugh war doch ein erstklassiger Schwimmer", sagte ich.

„Ja", stimmte Jan-Yves zu und schwieg sekundenlang, ehe er schließlich hinzufügte: „Rebecca hörte plötzlich, wie er rief und schrie, aber..."

„Bitte nicht", unterbrach ich ihn hastig. „Nicht jetzt."

Langsam ging ich, ihm voran, in Richtung Hauptschacht. Um uns war Sennen-Garth, so dunkel und doch so vertraut: meine Mine, deretwegen ich mich mit Hugh zerstritten hatte und zerstritten geblieben war.

„Wer hat dich geschickt?" fragte ich.

„Papa."

„Wann habt ihr von dem Unglück erfahren?"

„Vor etwa einer Stunde. Jared Roslyn kam zu Pferd nach Penmarric und sagte es William, bei dem ich gerade war. Wir waren völlig ratlos. Schließlich verständigte William Alice, die es dann Papa so schonend wie möglich beibrachte. Papa und William fuhren sofort mit dem Auto nach Morvah, um sich um Rebecca zu kümmern. Die Polizei wird bestimmt eine Untersuchung einleiten, aber ob man die Leiche jemals findet, das weiß wohl nur Gott."

Ich hörte vorbei. Seine Worte schienen genauso fern und doch so nah wie die See über mir, vor der ich hier unten geschützt war. Gefährliches, unersättliches Meer. Jahr für Jahr holte es sich in Cornwall seine Opfer. Fremde, Sommerfrischler – Menschen, die die Tücken der See nicht kannten, oder zu gut zu kennen glaubten, wurden von den tödlichen Wasserwirbeln angesaugt und gegen kantige Felsen geschmettert.

Auf dem Heimweg wollte mir Hugh nicht aus dem Kopf. Doch nicht an die Jahre unserer Feindschaft dachte ich, sondern an die Zeiten davor. An der Mine, an meiner Mine, war unser gutes Verhältnis zerbrochen. Ich hatte es nicht gewollt. Es war gegen meinen Willen so gekommen. Denn allem zum Trotz hatte ich Hugh als einzigen von meinen Brüdern gern gehabt.

Auf Roslyn-Farm nahm ich meine Mutter beiseite und sagte ihr, was geschehen war, sehr sacht und sehr schonend. Und als sie dann in Tränen ausbrach, versuchte ich, wie schon so oft zuvor, den Platz meines Vaters an ihrer Seite einzunehmen.

Erst nach einem Monat fand man die Leiche. Ich erschrak bei dem Gedanken, ich könnte gebeten werden, sie zu identifizieren. Doch niemand kam zu mir. Die Identifizierung übernahm mein Vater.

Doch dann kam das Begräbnis. Und davor gab es kein Entrinnen.

Wird ein alter Mensch zu Grabe getragen, so ist das eine Zeremonie, nicht ohne Düsterkeit, gewiß, doch meist nicht bis zur Unerträglichkeit erfüllt von verzweifelter Trauer. Bei einem alten Menschen ist man auf den Tod gefaßt. Er hat sein Leben gelebt, und da der Tod nun einmal unausweichlich ist, wird er auch als unausweichlich hingenommen. Bei einem jungen Menschen ist das anders. Und so wurde mir das Begräbnis meines

Bruders, den ein widriges Geschick kurz vor seinem achtundzwanzigsten Geburtstag aus dem Leben gerissen hatte, zur qualvollen Folter.

Alle waren da. Selbst Mariana kam mit ihrem kleinen Sohn aus Schottland, und auch Jeanne fehlte nicht. Hugh fand neben meinem Großvater Laurence Castallack und meinem ältesten Bruder Stephen seine letzte Ruhestätte. Der Pfarrer, über achtzig inzwischen, aber immer noch überaus rüstig, bemühte sich sehr um meine Mutter und riet mir, sie so rasch wie möglich nach Haus zu bringen.

„Alle meine Söhne", sagte meine Mutter wieder und wieder. „Meine wunderbaren Söhne." Und die Tränen strömten ihr über das Gesicht, bis es alt und verfallen aussah.

„Aber du hast doch noch mich", versuchte ich sie linkisch zu trösten, doch zu meiner Bestürzung weinte sie nur um so heftiger.

„Ach, Philip, Philip..." murmelte sie, und plötzlich wollte auch ich nicht mehr hören und nicht mehr verstehen, wirbelten Erinnerungsbilder durch mein Hirn, wie stets, wenn ich meine Mutter unglücklich sah.

Ich stand auf, um dieser verzweifelten Stimme zu entkommen, doch noch ehe ich das Wohnzimmer verlassen konnte, holte sie mich ein und hielt mich zurück: „Wirf nicht auch du dein Leben weg – dort in der Mine – ich könnte es nicht ertragen – ich würde daran zugrunde gehen –"

„Mama", versicherte ich ihr, „Mama, bitte – bitte, glaub mir, daß ich in Sennen-Garth sicher bin. Daß mir nie etwas zustoßen wird. Es ist meine Mine. Ich kenne und liebe sie. Und ich weiß, daß mir dort unten nichts zustößt. Du brauchst keine Angst zu haben."

Doch sie schüttelte nur stumm den Kopf.

Später erschien der Pfarrer, und sein tröstender Zuspruch schien sie ein wenig aufzurichten. Doch als ich sie dann vor dem Schlafengehen bat, Marianas für den kommenden Morgen geplanten Besuch auf Roslyn-Farm abzusagen, weigerte sie sich strikt: ihre Sehnsucht nach dem kleinen Esmond sei allzu groß. Ich hielt ihren Entschluß für unvernünftig, drang jedoch nicht weiter in sie. Zu meiner Überraschung entdeckte ich dann, daß Marianas Besuch auch mir guttat. Für den Augenblick verlor sich ein wenig die quälende Erinnerung an den Tag vorher.

Mariana und mein Neffe Esmond kamen gegen elf im Rolls-Royce meines Vaters. Daß ihr Mann auch diesmal Cornwall ferngeblieben war, habe gesundheitliche Gründe, erklärte sie: er habe einen leichten Schlaganfall erlitten.

„Armer Archie", sagte sie seufzend. „Es hat ihm so schrecklich leid getan, daß er mich nicht nach Penmarric begleiten konnte." Mit leicht verächtlichem Ausdruck glitt ihr Blick durch das Wohnzimmer, unseren „Bauernsalon". „Er möchte dich so gerne kennenlernen, Mama – wenn du dich doch bloß entschließen könntest, uns einmal in Schottland zu besuchen." Und sie begann, sich über ihre drei Wohnsitze zu verbreiten, das Stadthaus in Edinburgh, das Grundstück in North Berwick am Meer und das Herrenhaus im Hochland. „Ich bin in Schottland geradezu verliebt! Und ich habe so viele einfach göttliche Freunde in Edinburgh ..." Die göttlichen Freunde schienen sämtlich männlichen Geschlechts zu sein. Ich musterte sie. Sie war jetzt Anfang dreißig, sah jedoch höchstens wie fünfundzwanzig aus. Der Penmar-Einschlag war unverkennbar: harter Mund und kalte Augen. Die Gesichtszüge waren ebenmäßig, hatten jedoch etwas augenfällig Gekünsteltes an sich. Unwillkürlich fragte ich mich, worin für Marianas zahlreiche Verehrer ihr besonderer Reiz liegen mochte.

„Philip", sagte meine Mutter plötzlich, „du könntest Esmond doch eigentlich den Hof zeigen. Bestimmt möchte er gerne die Tiere sehen."

„O ja", stimmte Mariana zu, ehe ich eine abwehrende Haltung einnehmen konnte. „Das ist eine herrliche Idee! Esmond, mein Liebling, das ist doch etwas nach deinem Geschmack, nicht wahr? Laß dich nur von Onkel Philip herumführen und sei auch hübsch brav, hörst du?"

Ich hatte für Kinder bisher recht wenig übrig gehabt. Sie langweilten mich. Außerdem fehlte es mir an der notwendigen Geduld. Doch bei Esmond war das anders. Ich mochte ihn – was mich wunderte, war er doch der Sproß einer ungeliebten Schwester und eines mir unbekannten schottischen Edelmannes. Doch wie dem auch immer sein mochte: zum erstenmal in meinem Leben war hier ein Kind, das mich für sich gewann. Meine ursprüngliche Absicht, ihn nur flüchtig durch die Stallungen zu führen und es damit gut sein zu lassen, gab ich sehr bald auf. Er erwies sich als so aufgeweckt und im besten Sinne wohlerzogen, daß es mir nicht im geringsten schwerfiel, seine wißbegierigen Fragen mit einem freundlichen Lächeln und in aller Ausführlichkeit zu beantworten. Für sein Alter von noch nicht ganz fünf Jahren war er recht groß und mit seinen blonden Haaren und seinen blauen Augen ein ausnehmend hübsches Kind. Es war, als fände ich mich in ihm wieder; und plötzlich begriff ich, warum Männer sich nach Söhnen sehnten und weshalb ihnen soviel daran lag, daß nach ihrem Tode eigen Fleisch und Blut fortlebte.

Ich war dreißig Jahre alt. Und mir wurde auf einmal bewußt, daß ich, wenn mich das Schicksal ebenso unvermittelt aus dem Leben risse wie Hugh, nichts hinterlassen würde als einen Grabstein auf dem Kirchhof in Zillan, ein paar Erinnerungen bei den Kumpels von Sennen-Garth und eine Reihe von Habseligkeiten in meinem Schlafzimmer auf Roslyn-Farm.

Ja, ich sollte heiraten, dachte ich. Doch die Vorstellung einer Eheschließung hatte etwas Beklemmendes. Noch nie war ich verliebt gewesen. Es gab keine Frau, mit der ich mich hätte verbinden wollen. Eine Ehe – nein, das hatte noch Zeit. Nichts trieb mich. Ich hatte keine Eile.

Doch die Begegnung mit Esmond hatte etwas in mir aufgewühlt. Noch lange wollte mir sein kleines, lebhaftes Gesicht nicht aus dem Sinn gehen, und obwohl lange Zeit verging, ehe ich ihn wiedersah, erlosch die Erinnerung an seinen Besuch auf Roslyn-Farm nie vollständig.

Nach Hughs Begräbnis begann das Leben wieder in gewohnten Bahnen zu verlaufen. Adrian kehrte zu seiner Gemeinde in Oxford zurück, wo er soeben Hilfsgeistlicher geworden war, und Lizzie bestand ihr Abschlußexamen in Cambridge mit großem Glanz und entschloß sich, in Girton weiterzustudieren. Jeanne hingegen blieb auf Penmarric, und wenn man sie nach dem Grund fragte, so entgegnete sie nur, daß ihr die Krankenpflege zwar Freude gemacht habe, sie sich jedoch zu einem Dasein als Nonne nicht berufen fühle.

„Na, Gott sei Dank!“ sagte meine Mutter. „Und wenn sie sich jetzt hübsch kleidet und eine nette Frisur trägt und mehr unter Menschen kommt, dann ...“

Doch Jeanne hatte ihre eigenen Vorstellungen. Ihr lag an einem Leben in Zurückgezogenheit, mit tätiger Anteilnahme an Gemeindedingen sowie Mitwirkung auf dem Gebiet der Armenfürsorge.

„Aber, Jeanne", sagte meine Mutter entsetzt, „das ist alles sehr gut und schön für eine verheiratete Frau, aber doch nicht für ein lediges junges Mädchen. Das muß dir doch langweilig werden."

„Wenn du nichts dagegen hast, möchte ich mich langweilen."

„Aber auf diese Weise wirst du doch nie mit Männern zusammenkommen und ..."

„Das Zusammenkommen hilft auch nicht, Mama, wenn man ihnen nicht gefällt. Das ist mir nur allzu klar geworden, als ich in Schottland bei Mariana war. Männer finden mich nun einmal nicht attraktiv."

„Unsinn!" rief meine Mutter aufgebracht. „Absoluter Unsinn! Jedes Mädchen kann auf Männer attraktiv wirken, wenn sie nur will. Das ist eine Sache der inneren Einstellung."

„Tut mir leid, aber damit kann ich eben nicht dienen", erwiderte Jeanne, den Tränen nahe, und stürzte verstört aus dem Zimmer.

„Arme Jeanne!" sagt Jan-Yves später zu mir, als die Frauen Geschirr spülten und wir allein waren. „Aber sie hat natürlich völlig recht. Sie wirkt auf Männer nicht anziehend. Lizzie sticht Jeanne in dieser Hinsicht zehnmal aus – was Mama allerdings nie glauben wird, weil Jeanne hübsch aussieht, während Lizzie ausgesprochen unhübsch ist."

Jan-Yves tauchte in der letzten Zeit oft auf Roslyn-Farm auf. Doch wenn ich gegen seine Besuche auch nichts einzuwenden hatte, ja sogar froh war, daß er bei meiner Mutter die durch Hughs Tod gerissene Lücke gleichsam füllen half, so mißtraute ich ihm dennoch nach wie vor. Er überschüttete meine Mutter mit Geschenken, was alles sehr nett und löblich war, doch wurde ich den Verdacht nicht los, daß er dies auf weite Sicht als Geschäft auf Gegenseitigkeit betrieb. Was also wollte er dafür einhandeln? Außerdem fragte ich mich, wo er das Geld für die Geschenke hernahm. Vermutlich besaß er Hughs Talent, sich unerwartete Quellen aufzuschließen.

In der ersten Woche des Jahres 1926 brachte Rebecca einen

Sohn zur Welt. Über die Frage der Namengebung entstand ein lächerlicher Streit, aus dem ich mich wohlweislich heraushielt. Mir brannte Wichtigeres auf der Seele als der Krach um meinen Neffen Jonas.

Die Mine befand sich erneut in großen Schwierigkeiten. Walter Hubert hatte alle Mühe, uns die Gläubiger vom Halse zu halten; die Arbeiter forderten höhere Löhne, um die steigenden Lebenshaltungskosten abzufangen; und ich brauchte Geld für einen neuen Stollen und neues Gerät.

„Wir müssen wieder einen Kredit aufnehmen", sagte ich. „Unbedingt."

Doch Walter schüttelte den Kopf. „Das ist leider nicht so einfach", erwiderte er. „Die Arbeitslosigkeit drückt ganz gewaltig auf den Nachkriegsboom. Das wirtschaftliche Klima wird zunehmend unsicherer, und da sitzt natürlich jeder auf seinem Geld. Wenden Sie sich erst einmal an Mr. Vincent oder an Ihren Vater. Doch ich fürchte, daß Ihnen beide meine Ansicht bestätigen werden. Weitere Aktien auszugeben, sind wir unglücklicherweise nicht in der Lage. Und wenn wir, falls uns das überhaupt gelingt, jetzt einen dritten Kredit aufnehmen, sitzen wir garantiert bald in der Patsche."

„Aber ich brauche das Geld!" rief ich verzweifelt.

Völlig überraschend tauchte in diesen Tagen mein Vater auf Sennen-Garth auf und bat mich um eine Unterredung. Ich sah dem Gespräch voll Mißmut entgegen. Was konnte er schon wollen? Die Stillegung der Mine doch sicher. Und ich sollte mich nicht irren. Sehr behutsam und überaus taktvoll rückte er damit heraus: Schließung, ja – „aber nur zeitweilig", wie er betonte, „bis die wirtschaftliche Lage sich gebessert" habe.

Doch ich kannte ihn zu gut, um ihm das abzunehmen. War die Mine erst einmal stillgelegt, so würde es mit Sicherheit dabei bleiben. Bezahlte Schulden und reiner Tisch, das war es, worum es ihm ging.

Ich begann auf ihn einzureden. So erniedrigend und demütigend es für mich auch war, ich flehte ihn buchstäblich an. Doch für meine Mine wäre ich auf dem Bauch gekrochen, egal wie weit. Und so biß ich in den sauren Apfel und bettelte. Immerhin muß ich ihm zugute halten, daß er mir zuhörte. Zwar versicherte er mir etliche Male, ich stünde mit Sennen-Garth auf verlorenem

Posten; doch er ließ mich reden und stellte am Ende den Scheck aus, den die Mine so verzweifelt nötig hatte.

Aber es war nur eine Gnadenfrist.

„Und jetzt hör du mir einmal zu", sagte er sehr kühl, während er mir das Papier reichte. „Das ist die letzte Summe, die ich für Sennen-Garth auswerfe. Keinen weiteren Penny mehr, verstehst du? Keinen einzigen. Und wenn die Mine bis Ende 1926 nicht gewinnbringend wird, wird sie unwiderruflich stillgelegt. Ist das klar?"

„Ja", erwiderte ich zerstreut. In meinen Fingern knisterte der Scheck. „Vielen Dank. Du wirst es nicht bereuen."

„Meinst du?" fragte er. „Nun, da bin ich anderer Ansicht. Guten Tag, Philip. Ich will dir nicht länger deine kostbare Zeit stehlen. Die Mine braucht dich ja offenbar dringender als ich."

Und aufgebracht verließ er mein Büro und warf die Tür hinter sich zu. Doch ich nahm das kaum wahr. Vor lauter Erregung schien ich nur eines Gedankens fähig: Gewonnen!

Von dem Geld blieb nichts, auch nicht der kleinste Rest. Der neue Stollen wurde vorgetrieben. Ich feuerte die Männer an: Jede Unze Zinn zählt, hört ihr? Und Seite an Seite mit ihnen schuftete ich den ganzen Tag über tief unter der See, bis ich abends vor lauter Erschöpfung kaum noch nach Hause und ins Bett kam. Meine letzte Energie bot ich auf, als könnte ich dem alten, verfallenen Körper der Mine mein eigenes Leben einhauchen. Doch alle Mühe war umsonst.

Denn 1926 kam es zum Generalstreik – ein Tiefschlag für alle Industriezweige, die auf Kohle angewiesen waren. Noch vor Jahresende wurde es klar, daß Sennen-Garth bankrott war.

Der Generalstreik im Mai dauerte nur neun Tage, doch der Streik der Kumpels in den Kohlenzechen schleppte sich ein weiteres halbes Jahr fort. Ich wurde zwischen zwiespältigen Gefühlen hin und her gerissen. Einerseits verstand und billigte ich die Forderungen der Arbeiter, die ja nur um ein menschenwürdiges Dasein kämpften. Anderseits wußte ich, daß gerade diese Forderungen entsprechende Wünsche meiner eigenen Leute nach sich ziehen würden, und die zu befriedigen war Sennen-Garth kaum in der Lage. Im Laufe der Monate sah ich mich dann aber gezwungen, den Streik glattweg zu verurteilen. Die Kohlenknappheit beeinträchtigte die Förderung in zunehmendem Maße, bis schließlich jener Punkt erreicht war, wo es den Hochöfen völlig an Feuerung fehlte und alle Arbeit über wie unter Tage zum Erliegen kam.

Geld nahmen wir wenig und schließlich gar nicht mehr ein. Doch die Lohnkosten blieben und türmten sich himmelhoch. Und immer noch dauerte der Streik der Kohlenarbeiter an. Ein Ende war nicht abzusehen.

Im September schließlich rief mein Vater auf Penmarric eine Sondersitzung ein für alle jene, die in irgendeiner Weise mit der Verwaltung der Mine befaßt waren. Zwar waren auch einige Aktionäre anwesend, aber da mein Vater die Aktienmehrheit besaß, fiel ihre Meinung ohnehin nicht entscheidend ins Gewicht. Eine spätere Aktionärsvollversammlung konnte seine Entschlüsse praktisch nur bestätigen. Zweck dieser Zusammenkunft auf Penmarric war die Erörterung notwendiger Richtlinien für die Zukunft von Sennen-Garth – falls die Mine überhaupt eine Zukunft hatte, was, wie ich verdammt gut wußte, von den meisten bezweifelt wurde.

Außer meinem Vater, der naturgemäß den Vorsitz führte, waren die wichtigsten Teilnehmer an der Sitzung: Michael Vincent, Syndikus der Gesellschaft; Stanford Blake vom Treuhandbüro; Sir Justin Carnforth, der gleich meinem Vater über ein größeres Aktienbündel verfügte; und Walter Hubert. In meiner Begleitung befanden sich Alun Trevose, der mir auf Sennen-Garth praktisch gleichrangig zur Seite stand, und Jared Roslyn, seit Jahr und Tag Fürsprecher der hiesigen Bergarbeiterschaft. Beide waren äußerst pessimistisch gestimmt.

„Machen Sie sich nichts vor, Philip“, sagte Trevose. „Ihr Vater ist offenbar zum Äußersten entschlossen, und das wird ihm auch keiner ausreden können.“

„Allerdings“, stimmte Jared grimmig zu. „Da müßte ich Mark Castallack schlecht kennen. Stur wie ein ganzes Rudel Böcke. Wenn der sich zur Stillegung der Mine entschlossen hat, dann können weder Sie noch ich noch sonstwer ihn von seiner Meinung abbringen.“

„Das werden wir sehen“, sagte ich und wiederholte es verbissen: „Das werden wir ja sehen.“

Ich dachte nicht im entferntesten daran, mich von meinem Vater überfahren zu lassen.

Aber man mußte ihm lassen, daß er sich sehr geschickt zu schlagen verstand. Er führte den Vorsitz mit einer Geschäftsmäßigkeit und Nüchternheit, die für laute und erregte Auseinandersetzungen keinen Raum ließ. Als erstes gab er eine Zusammenfassung der finanziellen Schwierigkeiten, denen Sennen-Garth sich gegenüber sah, und bat Blake und Walter Hubert, seine Darlegungen zu bestätigen. Dann kam er auf die Gläubiger zu sprechen und überließ es Michael Vincent, sich über die juristischen Aspekte eines Bankrotts zu äußern. Und schließlich verbreitete er sich darüber, ob und wie etwaiges neues Kapital aufzubringen sei: Die Ausgabe weiterer Aktien, ja selbst Vorzugsaktien für die Aktionäre der Gesellschaft? Das könne leider ganz und gar nicht in Betracht kommen, da hierdurch günstigstenfalls der Tod des Patienten, der Mine nämlich, um einiges hinausgezögert würde. Das Ende sei so und so völlig unvermeidlich. Er persönlich sei nicht geneigt, auch nur noch einen Penny in Sennen-Garth zu investieren; worauf Sir Justin Carnforth ihm beipflichtete und erklärte, auch er sehe sich außerstande, den Aktionären zu weiteren Investitionen zu raten. Walter Hubert berichtete, daß er sich bei den Banken um die Gewährung eines Kredits bemüht habe – ohne Erfolg, da man bei der gegenwärtigen Situation, in der sich die Mine befinde, die erforderlichen Sicherheiten als nicht gegeben erachtete.

Nachdem mein Vater solchermaßen demonstriert hatte, daß Sennen-Garth pleite war und auf keinerlei Hilfe zählen durfte, ließ er sich herbei, meiner Seite das Wort zu erteilen. Wolle sich vielleicht einer meiner beiden „Bundesgenossen" zum Thema äußern? Als erster wohl am besten Mr. Trevose?

Es war bezeichnend für seine ausgefuchste Taktik, daß er sich mit untrüglichem Instinkt das schwächste Glied unserer Kette aussuchte. Alun Trevose war im Verhandeln praktisch ohne jedwede Erfahrung.

„Nun, Sir", sagte mein Freund hastig in dem nasalen Tonfall, der ihm noch von Südafrika her anhaftete, „ich kann nur betonen, daß die Mine nach wie vor sehr ergiebig ist. Unter der See warten noch Massen von Zinn auf uns, und unter normalen Bedingungen . . ."

„... unter normalen Bedingungen, wie sie leider ganz und gar nicht gegeben sind, das geben Sie doch zu, Mr. Trevose? Was nützt uns das ganze Zinn, wenn wir nicht in der Lage sind, es zu fördern?"

„Einen Augenblick", fiel Jared rasch ein. „Er meint, daß die Mine unter normalen Bedingungen einen fetten Profit für Sie abwerfen würde. Und wenn sich die allgemeine wirtschaftliche Lage beruhigt und die Labour Party wieder an die Regierung kommt, dann wird ohne jeden Zweifel..." Und er schob einen kleinen Exkurs über die Vorzüge des Sozialismus ein, ehe er wieder auf die Mine zu sprechen kam, um in düsteren Farben das Bild des Elends zu malen, das bei einer Stillegung die Bergarbeiter und ihre Familien heimsuchen würde. Seine jahrzehntelange Erfahrung als Laienprediger hatte Jareds angeborenen Sinn für Rhetorik noch geschärft, und er verstand es, seinen Zuhörern mit donnernder Stimme ein erschütterndes Melodrama zu zeichnen. Als er schließlich endete, standen sie mir leibhaftig vor Augen, die kleinen Kinder, die sich zu Tode hungern mußten, während mein Vater auf Penmarric den Rahm abschöpfte und den lieben Gott einen guten Mann sein ließ.

Aber mein Vater ließ sich natürlich weder durch sozialistische Propaganda noch durch demagogische Elendsbilder erweichen. Das einzige, was ihn interessierte, war sein Geld; und das, so fand er, hatte er in Sennen-Garth miserabel angelegt. Seine abschließende Bemerkung, sehr höflich vorgetragen, ließ an seiner Haltung keinen Zweifel.

„Sie sind also zur Stillegung entschlossen?" fragte Jared resigniert.

„Ich fürchte, daß mir keine Wahl bleibt."

Schweigen. Wir hockten um den langen Tisch, und das Schweigen wich nicht und schien ewig zu währen. Ich wartete. Und dann sah ich, daß auch die anderen warteten – auf mich. Ich spürte ihre Blicke und wußte, daß jetzt, jetzt endlich, die Reihe an mir war. Und einen Augenblick schien es, als wüchse die Stille dröhnend an und halle betäubend in meinen Ohren wider.

Ohne meine Stimme besonders zu erheben, sagte ich zu meinem Vater: „Wenn du Sennen-Garth schließt, dann mache ich dich fertig."

Nur wir beide waren da: er und ich, einander feindselig gegenüberstehend, wie so oft in der Vergangenheit; und zwischen uns lag meine Mine – der riesenhafte Schatten von Sennen-Garth.

Aufsteigender Zorn ließ alles Blut aus seinem Gesicht entweichen. Er war weiß wie eine Wand. Daß ich unsere Feindschaft vor den Anwesenden so ungescheut bloßgelegt hatte, konnte er mir nicht vergeben. Schließlich sagte er mühsam: „Dann darf ich wohl feststellen, daß du zu meiner Entscheidung nichts Wichtiges zu sagen hast."

„Doch", erwiderte ich. „Das Wichtige habe ich bereits gesagt. Schließ die Mine und du wirst es bereuen. Das ist alles." Und stand auf. „Jared. Trevose", befahl ich. „Kommt jetzt." Und ohne ein weiteres Wort drehte ich mich um und ging hinaus.

6

Ich wußte genau, was ich zu tun hatte.

Mit dem Plan hatte ich mich schon lange getragen, und seit im vorigen Jahr die Scheidungsgesetze geändert worden waren, wußte ich auch, daß ich ihn zu jedem gewünschten Zeitpunkt in die Tat umsetzen konnte. Nach den neuen Bestimmungen war der Ehebruch des Mannes für die Frau ein ausreichender Scheidungsgrund; und da meine Mutter bestimmt nicht zögern würde, mir mit allen Mitteln zu helfen, lag es für mich auf der Hand, daß ich meinen Vater in eine sehr peinliche Lage bringen konnte – sofern ich die Sache nur mit Ruhe und Überlegung in Szene setzte.

Auf der Hut mußte ich sein. Zu gut entsann ich mich noch jenes Vorfalles vor dem Krieg, zwölf Jahre war es inzwischen her, wo wir so vergeblich versucht hatten, meinen Vater unter Druck zu setzen. Es waren unbewiesene Bezichtigungen gewesen. Diesen Fehler wollte ich nicht zum zweitenmal machen. Doch Jan-Yves hatte ja oft genug beteuert, daß Alice die Geliebte meines Vaters war. Auf seinen Eid hatte er es nehmen wollen. Also sollte es nicht schwerfallen, mit seiner Hilfe die entsprechenden Beweise in die Hand zu bekommen.

Doch die Unterredung, die ich am nächsten Tag in meinem Büro mit ihm hatte, wurde zu einer einzigen Enttäuschung. Wie sich zeigte, wußte er nichts, aber auch gar nichts Konkretes.

„Es war nur eine Vermutung", gestand er schließlich. „Beweise habe ich nicht und ..."

„Aber du hast doch behauptet, du seist deiner Sache sicher", rief ich wütend und bezwang mich dann. „Nun, ich bin jedenfalls überzeugt, daß der Verdacht zutrifft, und gewiß könnte man die Geschichte auch einem Anwalt glaubhaft machen. Wenn du bezeugen würdest, daß du gesehen hast, wie Vater und Alice ..."

„Ich bezeuge gar nichts!" stammelte er bleich. „Glaubst du etwa, ich würde vor Gericht gegen meinen eigenen Vater aussagen?"

„Nun sei doch bloß nicht so vernagelt", sagte ich ärgerlich. „Vor Gericht kommt das doch nie! Ich brauche nur etwas Handfestes, damit Mamas Anwälte die Scheidungsklage einreichen können – falls sich ein solcher Schritt als notwendig erweist. Aber vielleicht erübrigt er sich. Als erstes will ich ihm ein Ultimatum schicken und abwarten, wie er darauf reagiert. Sollte das keinen Erfolg haben, dann suche ich in St. Ives die Anwälte der St. Enedocs auf, um Vater zu zeigen, daß ich es ernst meine."

„Aber wenn nun zwischen ihm und Alice gar nichts ist?"

„Einen Haufen schmutziger Wäsche gibt das so oder so. Und davor wird er zurückscheuen. Garantiert wird er alles daransetzen, die Angelegenheit nicht über das Vorstadium hinausgelangen zu lassen. Doch um den Plan in die Wege zu leiten, brauche ich deine Hilfe."

Er warf mir einen Blick zu und fuhr sich mit der Zunge über die Lippen. Blitzschnell kalkulierend, schien er präzise alle Für und Wider abzuwägen. Schließlich sagte er gedehnt: „Ich glaube nicht, daß ich das riskieren kann. Wenn Papa davon erführe, würde er mich enterben." Seine scharfen kleinen Augen blickten mich kurz an und glitten über mich hinweg. „Du müßtest mir zum Ausgleich schon eine finanzielle Kompensation bieten. Sonst könnte ich sehr leicht der Dumme sein."

Wahrscheinlich wurde meine Verachtung deutlich spürbar, denn plötzlich rief er erregt: „Nein, keinen Penny will ich von deinem verdammten Geld! Es soll mir niemand nachsagen können, daß ich meinen eigenen Vater um schnöden Lohn verkaufe! Ich werde tun, was du verlangst – doch ein bezahlter Verräter bin ich nicht."

Bezahlt oder nicht bezahlt, der Unterschied sagte mir wenig. Sein krampfhafter Versuch, sich zu rechtfertigen, ließ mich so und so kalt. Ich hatte längst geahnt, daß die Kluft zwischen ihm und meinem Vater – als Folge von Jan-Yves' Relegation in Oxford – nie ganz beseitigt worden war. Seine Treulosigkeit kam also keineswegs überraschend. Dennoch fühlte ich mich abgestoßen. Meine Meinung über ihn stand jetzt endgültig fest. Er war, was er seit eh und je gewesen: bösartig und verschlagen, aber zu kleinformatig, um ernst genommen zu werden. In gewissem Sinne mochte man in ihm einen zweiten Hugh sehen. Er lebte genauso ohne Ziel dahin und war nur darauf aus, mühelos zu Geld zu kommen. Doch fehlte ihm völlig, was Hughs Mängel wenigstens zum Teil aufgewogen hatte: Charme, Intelligenz und Reife. Dieser häßliche und habgierige, heuchlerische und hinterhältige, feige und verschlagene Lümmel besaß nichts von alledem.

Ich verabscheute ihn. Und plötzlich fand ich es unbegreiflich, daß mein Vater ihm jemals auch nur einen Funken Wertschätzung entgegengebracht haben sollte. „Bist du denn wirklich sein Erbe?" fragte ich. „Ich meine, hat Vater sein Testament tatsächlich zu deinen Gunsten abgefaßt?"

Der Blick aus lauernden Augen war voller Mißtrauen. Er zuckte hastig mit den Schultern. „Nun, offen gesagt, ich habe das Testament nie gesehen. Aber wen außer mir sollte er schon zum Erben einsetzen? Marcus und Hugh sind tot, und du bist mit ihm tiefer zerstritten als je zuvor. Die Bankerts scheiden beide aus. Von William weiß ich, daß Papa ihnen mehr als einmal gesagt hat, sie müßten sich ihren Lebensunterhalt selbst verdienen."

Ich wandte mich schroff von ihm ab und trat ans Fenster. Unbehagliche Bilder gingen mir durch den Kopf. Jan-Yves als

Herr auf Penmarric. Und ich vor ihm, auf den Knien wie vor meinem Vater, ihn um Geld für meine Mine anbettelnd und um Pennys feilschend. Zorn über die Ungerechtigkeit der Welt stieg in mir hoch. Nein, es gab keinen Gott. Es konnte keinen Gott geben. Die Welt war verrottet bis ins Mark.

„Adrian kommt heute zu Besuch“, sagte Jan-Yves nervös, die Hand schon auf der Türklinke. „Willst du das Ultimatum etwa sofort abschicken? Adrian würde bestimmt denken, daß ich etwas damit zu tun habe.“

Feigling, der sich vor allem und jedem fürchtete, selbst vor Adrian. Mir riß die Geduld. „Scher dich fort, zum Donnerwetter noch mal“, sagte ich überdrüssig. „Wir haben alles besprochen, was es zwischen uns zu besprechen gibt.“

„Aber das Ultimatum ...“

„Meine Sache.“

„Gut, gut“, murmelte er und schlüpfte hinaus.

Ich sah ihm nach, wie er auf flinken Beinen dahineilte. Schäbiger kleiner Verräter, der mir, wenn es ihm ins Konzept paßte, genauso in den Rücken fallen würde wie meinem Vater. Und es blieb die Frage, ob er, wenn es vor Gericht hart auf hart kam, nicht den Schwanz einziehen würde.

Zu meiner Überraschung nahm meine Mutter den Plan mit großen Vorbehalten auf und bezweifelte seinen Erfolg, obwohl sie sich bereit erklärte, den ihr zufallenden Part zu spielen.

„Ich bin überzeugt, daß zwischen Mark und Alice nichts ist“, sagte sie. „Erstens gehört sie nicht zu dem Typ Frau, der ihn anzieht, und zweitens dürfte sie als Enkel eines seiner ältesten und geachtetsten Freunde für ihn tabu sein ... Ja, ich weiß, daß Rose Parrish von ähnlichem Herkommen war, aber ich kann nicht glauben, daß Mark sich noch einmal so zum Narren machen würde. Und was Alice betrifft – nun, es sollte mich nicht wundern, wenn sie den Ehrgeiz hätte, eines Tages Herrin von Penmarric zu werden; schließlich hat sie für das Haus ja zehn Jahre ihrer Jugend geopfert. Aber ein Verhältnis? Nein. Sie ist höchstens auf eine Ehe aus.“

Ich war davon weniger überzeugt und hatte das Gefühl, daß meine Mutter viel zu sehr in ihren tiefverwurzelten Vorstellungen von Sitte und Anstand steckte, um die Situation im rechten Licht zu sehen. Als sie sich zur Nachtruhe zurückzog, setzte ich mich an den Küchentisch und schrieb das Ultimatum. Nach mehreren Entwürfen lag es schließlich zu meiner vollen Zufriedenheit vor mir. Ich las es noch einmal durch.

„Vater", lautete der Brief, „hiermit möchte ich Dich davon in Kenntnis setzen, daß meine Mutter die Absicht hat, sich jener Möglichkeiten zu bedienen, die ihr die neuen Scheidungsgesetze in die Hand geben. Zwar entspricht es weder ihrem noch meinem Wunsch, etwas in die Wege zu leiten, das sich als überaus unerquickliche juristische Prozedur entpuppen könnte, doch falls Du es Dir nicht angelegen sein lassen solltest, gewisse Entscheidungen (betreffs welcher Angelegenheit, brauche ich wohl nicht erst zu sagen) zu überdenken und zu revidieren, so würdest Du Dich in einen Scheidungsprozeß verwickelt sehen, für den Dein ehebrecherisches Verhalten, vollzogen mit Alice Penmar, ausreichend Grund bieten dürfte. Solltest Du dies für eine leere Drohung halten, so darf ich Dir mitteilen, daß mir genügend Beweismaterial zu Verfügung steht, um meine Behauptung zu erhärten. An Deiner Stelle würde ich mich auch nicht der trügerischen Hoffnung hingeben, daß eine etwaige Scheidung still und schmerzlos über die Bühne geht. Das wird nicht der Fall sein. Bei Rose Parrish bist Du ungeschoren davongekommen. Leider. Denn wenn ich daran denke, welches Maß an Schmach und Demütigung meine Mutter durch Dich in der Vergangenheit zu ertragen hatte, so erscheint mir eine Scheidungsklage gegen Dich als geradezu geringfügige Unbill. Solltest Du Dich nicht zu einer positiven Antwort auf dieses Schreiben verstehen können, so wird meine Mutter binnen einer Woche ihre Anwälte konsultieren. Dein (zu meinem Bedauern) Sohn Philip Castallack."

Ich war überzeugt, daß der Brief seinen Zweck erfüllen würde. Rasch steckte ich ihn in einen Umschlag und ging zu Bett.

Am nächsten Morgen kurz nach neun war ich auf dem Wege nach Penmarric. Das Haus lag still in der Septembersonne. Auf dem Rasen schimmerte vorzeitiger Frost. Ich überließ mein Pferd einem Stallknecht und ging dann zum Eingang und läutete.

Einer der Diener öffnete. Hinter ihm tauchte der Butler auf.

„Guten Morgen, Medlyn", sagte ich. „Wo kann ich meinen Vater finden? Im Speisezimmer?"

„Er ist noch nicht auf, Mr. Philip. Er hat sich heute früh nicht ganz wohl gefühlt. Soll ich ihm etwas ausrichten?“

Ich zögerte. In meiner Tasche knisterte der Briefumschlag. Und plötzlich vernahm ich eine Stimme, die mir nur allzugut bekannt war: „Guten Morgen, Philip! Was willst du denn so früh hier?“

Oben auf der Treppe bei den Penmar-Porträts zeigte sich ein Schatten. Dann erschien, recht wenig „geistlich“ in Hosen und Pullover, mein Halbbruder Adrian Parrish. Langsam kam er die Stufen herab.

Wir starrten einander an. Und plötzlich wurde in mir die Vergangenheit wieder wach. Haß packte mich wie mit stählernen Armen und erstickte jedes andere Gefühl.

„Wie geht's denn?“ fragte ich hölzern. „Ganz gut vermutlich, wie?“

„Danke“, erwiderte er. „Das Leben meint es im Augenblick nicht schlecht mit mir.“

Das überraschte mich nicht. Das Leben hatte es nie schlecht mit ihm gemeint. Er war immer gut gefahren, jedenfalls verdammt besser als ich.

Wieder einmal fühlte ich mich von der Ungerechtigkeit der Welt verhöhnt. Mit raschem Griff zog ich den Brief aus meiner Tasche.

„Gib das bitte Vater“, sagte ich. „Mit meinen besten Empfehlungen.“

Ehe er antworten konnte, war ich schon hinaus.

In meinem Büro auf Sennen-Garth wartete bereits Jan-Yves auf mich. Er hatte mein Gespräch mit Adrian mit angehört und war mir, die Abkürzung entlang den Klippen einschlagend, um wenige Sekunden zuvorgekommen. Was es denn gäbe, wollte ich wissen. Nun ja, stammelte er, er habe sich die Sache noch einmal durch den Kopf gehen lassen und sehe sich leider außerstande, mir den Gefallen zu tun.

„Verdammter Mistkerl“, schrie ich ihn an. „Bist du denn zu gar nichts fähig? Kannst du nicht wenigstens einmal zu deinem Wort stehen, du Feigling, der nicht das Schwarze unter dem Nagel taugt? Du widerst mich an. Hätte ich mich bloß nie mit dir eingelassen!“

„Du hast es nötig", schrie er zurück. „Hätte ich mich doch bloß nie mit dir und deiner Mine eingelassen! Was glaubst du denn, wer du bist? Geliebtes Muttersöhnchen und Held von Sennen-Garth. Und gerade du sagst mir, daß ich dich anwidere! Dann laß dir verraten, daß du mich geradezu ankotzt!"

Ich schlug zu, wenn auch nicht mit voller Kraft. Er stürzte, schüttelte benommen den Kopf und kam mit weichen Knien wieder hoch.

„Raus!" sagte ich.

Sein Blick wirkte leer. Er tastete mit den Fingern über die Oberlippe, die unter meinem Hieb aufgesprungen war, und musterte mich aus ausdruckslosen schwarzen Augen. Blutstropfen liefen ihm über das Kinn.

„Das wirst du eines Tages bereuen", sagte er. „Ich habe ein gutes Gedächtnis. Du wärst überrascht, wenn du wüßtest, *wie* gut es ist. Ich vergesse nicht so leicht."

Ich trat auf ihn zu. Doch er war schon auf dem Weg zur Tür. Sie schwang auf. Von draußen kam kühle Luft herein, und über Jan-Yves hinweg konnte ich die Halden sehen und die Küste bis hin nach Penmarric.

Ich wollte eben die Tür hinter ihm zuschlagen, da sah ich, wie er plötzlich erstarrte und zu mir herumfuhr.

„Da kommt Adrian", flüsterte er heiser.

Bergleute unter Tage hören die Katastrophe manchmal, noch ehe sie da ist. Wenn Wasser die höhergelegenen Stollen überflutet, wird die eingepferchte Luft so stark zusammengepreßt, daß es den Männern schrill in den Ohren zu klingen beginnt. Dann ist es höchste Zeit zur Flucht, denn es mag sein, daß sie die dem grellen Ton folgende tödliche Stille nicht mehr bewußt wahrnehmen.

Dieses Gefühl hatte ich jetzt. An diesem kalten Septembermorgen hoch oben auf den Klippen sagte mir mein sechster Sinn, daß Gefahr im Verzuge war, und fast schien mir, als hörte ich jenes ominöse Klingen, das zur Flucht mahnte.

Aber hier gab es kein Entkommen. Nicht jetzt. Dieses Mal saß ich fest.

Ich drehte mich um. „Wahrscheinlich sucht er dich", sagte ich zu Jan-Yves. „Mich bestimmt nicht."

Zwischen den Papieren auf meinem Schreibtisch wühlend, suchte ich nach einer Zigarette. Als ich wieder den Kopf hob, sah ich, daß Jan-Yves mir in mein Büro gefolgt war und die Tür hinter sich zuzog. „Da muß etwas passiert sein", sagte er angstvoll. „Ich will nicht, daß er mich sieht. Ich will nicht, daß er..."

„Nimm dich zusammen, zum Donnerwetter." Ich fand eine Zigarette, steckte sie an und grübelte, was zu tun war. Diesen Kerl erst einmal rausschmeißen, natürlich. Aber plötzlich fehlte mir jedes Quentchen Energie dazu, und so standen wir stumm und warteten.

Und warteten ewig, wie mir schien. Bis schließlich draußen das Getrappel von Pferdehufen erscholl und dann das Klirren von Sporen. Schwere Schritte näherten sich der Tür der Baracke.

„O mein Gott", stieß Jan-Yves heftig hervor und riß dann, als könnte er die Spannung nicht länger ertragen, mit einem Ruck die Tür auf.

Adrian stand davor. Doch Adrian sah ihn nicht. Adrian sah nur mich. Und er wischte Jan-Yves beiseite wie eine lästige Fliege und trat auf mich zu, bis nur noch wenige Zentimeter uns trennten.

„Du hast ihn umgebracht", sagte er. Seine Stimme zitterte. Unversöhnlicher Haß blitzte aus seinen blauen Augen. „Magst du dafür in der Hölle braten, du gemeiner Mörder."

Ein Schweigen fiel, das beklemmend fortdauerte und sich nicht zu lösen schien – bis mir bewußt wurde, daß Adrian wieder sprach, mit mühsam beherrschter Stimme jetzt.

„Ich brachte Papa deinen Brief", hörte ich ihn tonlos sagen. „Er öffnete ihn und las. Ich sah alles. Als ihn wenige Sekunden später der Schlag traf, holte ich sofort Hilfe. Aber es war schon zu spät..." Er blickte zu Jan-Yves. „Du hast mit Philip unter einer Decke gesteckt, nicht wahr?"

„Ich...", stotterte Jan-Yves. Und brach dann wie ein kleines Kind, das man bei einer Untat ertappt hat, in Tränen aus. „Ich hab's nicht gewollt. Und es sollte auch niemand wissen. Bitte, bitte, verrate mich nicht..."

„Himmelherrgott, eben ist dein Vater gestorben, und dich

kümmert nur, was andere über dich denken? Zum Teufel mit euch beiden!" Er ging hinaus, blieb dann jedoch stehen und blickte zu mir zurück. „Und wenn du dich noch einmal auf Penmarric sehen läßt, Philip, dann sollst du verdammt noch mal..."

„Für einen Geistlichen fluchst du eine ganze Menge", sagte ich.

Das war meine einzige Antwort. Und dann stand ich stumm und sah zu, wie er sich auf sein Pferd schwang und über das Gelände fortritt.

Jan-Yves heulte immer noch. Ich überließ dieses Jammerbild sich selbst und folgte dem Antrieb, der plötzlich unwiderstehlich wurde. Ohne auch nur eine Sekunde zu zögern, ging ich zur Mine, und zwar zu jenem alten Schacht, den ich als Kind erforscht hatte. Ich stieg hinab von Sohle zu Sohle und durchwanderte das verworrene Labyrinth der Stollen und dachte: Sennen-Garth, meine Mine, mein Leben und meine Liebe.

Wie ein Mühlrad drehte es sich mir im Kopf. Und bedeutete doch nichts, weil Wörter eben nur Wörter sind, mal in Lust gesprochen, mal im Zorn. Wie so oft meinem Vater gegenüber. Doch was immer ich gesagt hatte, ich hatte es sagen müssen – für meine Mine. Und was immer ich getan hatte, ich hatte es tun müssen – für meine Mine. Für meine Mine und für mich. Denn im Grunde war ich die Mine. Ich war in ihr aufgegangen, wie ein Musiker aufgeht in seiner Musik und ein Maler in seinem Gemälde. Und niemand hatte das Recht, das Werk eines Künstlers zu zerstören, auch mein Vater nicht. Und ich dachte: Mein Gott, wenn er das doch nur begriffen hätte! Wenn er doch bloß verstanden hätte, was es für mich bedeutet! Dann hätten wir gemeinsam beginnen können! Ich wollte nicht, daß ihm etwas zustieß! Ich wollte nicht, daß er starb!

Ich befand mich jetzt auf Meereshöhe. Durch einen Stollenausgang gelangte ich hinaus zum Fuß der Klippen. Die Flut strömte herein. Donnernd schlug die Brandung gegen die Felsen und prasselte auf den Sand. Halb geblendet vom sprühenden Gischt, stieg ich den steilen Pfad zum Maschinenhaus hinauf. Und ging dann, ohne mich aufzuhalten, weiter nach St. Just, wo in der Schenke mein Pferd untergestellt war. Auf dem Ritt in Richtung Chûn oeitschten Regenschauer hernieder. Naß und zerklüftet ragten die alten Ruinen auf.

Auf Roslyn-Farm fand ich meine Mutter allein in der Küche.

„Philip!“ rief sie überrascht. „Was ist denn? Warum kommst du schon so früh nach Hause?“

„Vater ist tot“, erwiderte ich mechanisch. „Heute morgen hat ihn der Schlag getroffen.“

Gerade noch rechtzeitig fing ich sie auf.

Als sie wieder zu sich kam, trug ich sie die Treppe empor. In ihrem Zimmer flößte ich ihr etwas Brandy ein. Schließlich stammelte ich entschuldigend: „Verzeih mir, bitte. Ich ahnte nicht, daß es dich noch so treffen würde.“

„Woher solltest du auch?“ Sie blickte zum Kaminsims. „Diese komische kleine Uhr ... Unglaublich häßlich nannte dein Vater sie. Er nahm an, daß sie von meinem ersten Mann stammte. Ich habe ihm nie gesagt, wessen Geschenk sie war. Später lachten wir beide oft über dieses Unikum. Ich sehe Mark noch deutlich vor mir. Er war damals erst einundzwanzig. Nach Laurences Tod trug er Schwarz, und das stand ihm ausgezeichnet. Überhaupt fand ich ihn ganz und gar nicht unansehnlich, als ich ihn erst einmal besser kannte. Mein Gott, wenn ich daran denke – ich hatte alles, was eine Frau sich wünschen kann – und ich warf es fort.“

„Aber, Mama ...“

„‚Manche Frauen ändern sich nie‘, sagte er. Aber ich hätte mich ändern können! Doch das begriff ich erst, als es bereits zu spät war. Und dann in Brighton ...“

Die Luft war zum Ersticken. Ich wollte das Fenster öffnen, doch der Griff klemmte. Mit beiden Fäusten rüttelte ich daran.

„... vielleicht wäre er auch noch nach Brighton zu mir zurückgekehrt. Doch ich haßte ihn mehr, als ich ihn liebte.“

Endlich gab das Fenster nach. Ich riß es auf und lehnte mich hinaus. Aber ihre Stimme wollte nicht verstummen.

„Ich konnte Brighton nicht vergessen“, sagte sie. „Das war das ganze Übel. Ich konnte Brighton nicht vergessen.“

Ich richtete mich auf und ging zur Tür. „Mama“, sagte ich hastig. „Ich glaube, ich reite jetzt am besten nach Zillan, um den Pfarrer zu holen. Du kannst seinen Beistand brauchen.“ Ohne ihre Antwort abzuwarten, stürzte ich hinaus und sattelte wieder mein Pferd. Fünf Minuten später ritt ich über die Heide auf das Dorf zu, auf dessen Kirchhof meine Eltern an einem längstvergangenen Sommernachmittag einander zum erstenmal begegnet waren.

Mr. Barnwell blieb einige Stunden bei meiner Mutter. Kaum war er jedoch fort, verlangte sie den Leichnam zu sehen. Mich schreckte der bloße Gedanke an Penmarric. Aber ich hatte keine Wahl. Wie es meine Pflicht war, spannte ich die Kutsche an und fuhr mit meiner Mutter los.

Der Tote war im Turmgemach aufgebahrt. Ich wollte ihn nicht sehen, und wieder zwangen mich die Umstände. Meine Mutter scheute davor zurück, mit ihm allein zu sein. Und so ging ich mit ihr die breite Treppe hinauf und den Gang entlang. Jeder Schritt wurde zur Qual. Eine Angst befiel mich, die tief und dunkel war und keinen Namen hatte.

Ich sah sein Gesicht. Doch vor meinen Augen verwandelten sich seine Züge in die von Jan-Yves. Ich hörte die Worte: „Das wirst du eines Tages bereuen." Seine Stimme. Meines Vaters Stimme. Ich drehte den Kopf und gelangte schwankend hinaus auf den Gang, wo ich mich gegen die Wand lehnte. Nach Sekunden fand ich wieder zu mir und bemerkte, daß ich nicht allein war. Adrian stand wenige Schritte vor mir, die Augen groß und wachsam auf mein Gesicht gerichtet. Ich straffte mich und wischte mir mit dem Handrücken über die schweißnasse Stirn.

„Ich möchte dir nur sagen", erklärte er, „daß ich alles Nötige bereits in die Wege geleitet habe. Jan-Yves ist zu nichts fähig." Seine Verachtung für Jan-Yves war nicht zu überhören. „Papa soll in Zillan seine letzte Ruhestätte finden. Es war immer sein Wunsch, an der Seite seines Vaters begraben zu werden, und der Vikar von St. Just wird gewiß nichts dagegen haben."

Ich nickte nur.

„Übrigens", fügte er mit schneidender Stimme hinzu, „weiß außer uns beiden niemand, was in dem Brief stand. Ich habe nur verlauten lassen, daß du ihm wegen der Mine gedroht hast. Der genaue Inhalt bleibt wohl besser unbekannt. Nicht, weil es auf ihn ein übles Licht werfen würde, sondern auf dich. Ich habe den Brief verbrannt."

Ich blieb stumm und ging mit unsicheren Schritten an ihm vorbei. Kein Wort fand sich in meinem Hirn, kein Dankeschön – nichts. Und als ich die Treppe hinabstieg, fühlte ich nur eines: Bei all unseren stürmischen Auseinandersetzungen war ich von meinem Vater noch nie so gedemütigt worden wie jetzt, da er mich gleichsam aus dem Grabe vor meinem verhaßten Halbbruder erniedrigte.

Natürlich mußte ich zum Begräbnis, allem Widerstreben zum Trotz. Daß ich um den Toten nicht trauerte, half nicht. Die gute Sitte wollte es so, und außerdem brauchte meine Mutter meinen Beistand.

Also zog ich meinen schwarzen Anzug an und fuhr mit ihr nach Zillan. Eine riesige Menschenmenge. Trauergäste aus Cornwall, aus London, aus Oxford. Dazu die Schar einfacher Leute, die Pächter meines Vaters aus St. Just, die Bediensteten von Penmarric, selbst die Roslyns aus Morvah. Die Kirche konnte die Vielzahl kaum fassen, auf dem Friedhof drängte es sich, überall waren Blumen, gewaltige Kränze, üppige Sträuße und bescheidene kleine, aus Wildblumen; ein Duft von tausend Blüten durchströmte das Gotteshaus und schwebte in der stillen Septemberluft.

Zeitungsreporter waren zur Stelle. Ein Korrespondent der „Times“ befragte mich nach der Arbeit meines Vaters. Doch ich hatte keine andere Antwort als: „Ich bin kein Historiker und kenne mich da nicht aus.“ Was diese Worte wirklich ausdrückten, war: Wir waren miteinander verfeindet. Seine Arbeit bedeutete mir ebensowenig, wie meine Arbeit ihm bedeutete. Sein Verleger schüttelte mir die Hand und beteuerte, wie sehr ihn der Tod meines Vaters träfe. Ich blieb stumm. „So ein großartiger Mensch“, versicherten seine Freunde aus Oxford. „Er wird uns sehr fehlen.“ Und ein Bauer sagte: „Er war gut zu seinen Pächtern“, und Medlyn, der Butler, bekräftigte: „Zu seinen Bediensteten auch.“ Und die Köchin sagte: „Er war überhaupt ein guter Mensch.“

Ich hörte die Stimmen, aber es war, als sprächen sie über jemanden, den ich nie gekannt hatte.

Ich hatte zu ihm gesagt: „Wenn du Sennen-Garth schließt,

dann mache ich dich fertig." Und jetzt mußte ich ihnen standhalten, den Trauergästen, den Ohrenzeugen dieser Unglücksworte: Sir Justin Carnforth, kaum bemüht, seine Verachtung zu verbergen; Walter Hubert in beklommener Einsilbigkeit; Michael Vincent, sich in Höflichkeitsfloskeln flüchtend; Stanford Blake, dessen eisige Miene Bände sprach. Und außer ihnen war da noch meine Familie, und meine Familie behandelte mich wie einen Aussätzigen.

Mariana sagte: „Mama, Liebes – wie furchtbar für dich", und kehrte mir betont den Rücken zu.

Jeanne sagte: „Mama..." und brach ab, stummes Würgen im Hals, als ihr Blick auf mich fiel.

Und so schnitten sie mich alle: Elisabeth, die bei Jan-Yves stand; William und Adrian, die leise mit Alice sprachen. Keiner hatte ein Wort für mich.

Aber dann sagte plötzlich eine Stimme hinter mir: „Sie wollen jetzt doch sicher nach Penmarric, Philip. Hätten Sie nicht Lust, im Wagen mitzukommen, den Adrian für mich gemietet hat? Ich bin das Autofahren nicht gewohnt und wäre Ihnen für Ihre Begleitung dankbar."

Es war der alte Pfarrer. Ich erwiderte hastig: „Ich muß meine Mutter nach Hause bringen."

„Nicht nötig", versicherte er. „Ich habe gerade mit Ihrer Mutter gesprochen. Die beiden Turners werden sie zurückbegleiten, und in weiblicher Gesellschaft ist sie jetzt wohl am besten aufgehoben. Und was Sie betrifft, Philip, so werden Sie natürlich ein Weilchen mit Ihrer Familie auf Penmarric zusammensein wollen. Soviel ich weiß, hat man ein kleines kaltes Buffet vorbereitet."

Ich schüttelte den Kopf. „Nein", sagte ich und wiederholte: „Nein, ich kann nicht."

„Es wird Ihnen kaum erspart bleiben. Gewissen Verpflichtungen kann man sich einfach nicht entziehen."

Sein Gesicht war alt und sein Körper verfallen, doch seine Augen hatten nichts von ihrer Jugendlichkeit verloren. Sie schienen unwandelbar. Und während mein Blick zaghaft über sie hinstreifte, sah ich, daß er alles wußte: Diesen Augen entging nichts, nicht einmal der tiefe Trieb zur Flucht, der mich jetzt erfüllte.

Er nickte beschwichtigend: „Man erwartet das von Ihnen. Und ich finde, Sie sollten sich nicht sträuben."

„Also gut", erwiderte ich beklommen. „Wenn es sein muß."

Vor dem Kirchhof hielt eine ganze Reihe von Autos mit ihren Chauffeuren. Wir stiegen in das letzte ein und kamen als letzte auf Penmarric an.

„Wo sind denn alle?" fragte ich nervös. „Es ist niemand zu sehen."

„Sie werden schon im Salon sein. Michael Vincent wollte das Testament verlesen." Seine Hand lag auf meinem Arm. „Es wird Sie doch gewiß interessieren, in welcher Weise er für Ihre Mutter gesorgt hat."

„Ja, natürlich", sagte ich verwirrt und folgte ihm dann in den Salon, wo die ganze Familie bereits versammelt war.

Niemand sprach. Offenbar hatte man auf mein Eintreffen gewartet. Ich fand einen freien Stuhl, wollte ihn dem alten Pfarrer anbieten und sah dann, daß er bereits neben Alice Platz genommen hatte.

Schwerfällig setzte ich mich.

„Und so", sagte Michael Vincent, Freund und Anwalt meines verstorbenen Vaters, „können wir wohl beginnen."

Plötzlich überkam mich die unwiderstehliche Gier nach einer Zigarette. Mit fahrigen Händen zog ich ein Päckchen aus der Hosentasche.

„... letzter Wille und Testament ..." las Vincent, und seine Stimme klang klar und deutlich durch den Raum.

„... hinterlasse ich hiermit ..."

Ich riß ein Streichholz an.

„... folgende Legate meinen Kindern und Enkelkindern: Meiner Tochter Mariana, Marquise von Lochlyall ... Ihrem Sohn Esmond, Earl von Roane ..."

Beide waren steinreich, und die Legate, die mein Vater ihnen zugedacht hatte, waren nur klein und glichen eher verbindlichen Gesten.

„... den Kindern meines verstorbenen Sohnes Hugh ..."

Diesmal fielen die Legate etwas größer aus.

„... meinen Töchtern Jeanne Castallack und Elisabeth Castallack, damit sie im Falle ihrer Nichtverehelichung wohlversorgt sein mögen ..."

Für beide waren recht ansehnliche Legate ausgesetzt. Ich warf Jan-Yves einen Blick zu. Sein Gesicht glich einer weißen Maske, in der zwei pechschwarze Punkte saßen.

„... meiner Schwiegertochter Rebecca Castallack, solange sie Witwe bleibt..."

Ich fand, daß es von meinem Vater sehr großzügig war, Rebecca überhaupt zu berücksichtigen.

„... meiner Gattin Janna Castallack, damit sie auch nach meinem Tode die gleichen Einkünfte bezieht..."

Ich atmete erleichtert auf.

„... den Söhnen von Rose Parrish folgende Legate: William Parrish in Anerkennung seiner Hilfe bei der Verwaltung von Penmarric... Adrian Parrish als Unterstützung im Verfolgen seiner geistlichen Berufung..."

Mein Vater hatte Wort gehalten: Keine großen Summen für die Parrishes, eher wohlabgewogene Geschenke. Ich zündete ein zweites Streichholz an und hielt es an die inzwischen erloschene Zigarette.

„... meinen Bediensteten folgende Legate: meiner Haushälterin Alice Penmar mit aufrichtigem Dank..."

Ein ausgezeichnetes Legat – für eine Haushälterin, nicht für eine Geliebte. Böse Zungen konnten sich jedenfalls nicht daran wetzen.

„... meinem Butler James Medlyn..."

Jeder war bedacht, bis zur letzten Magd hin. Die Liste schien endlos.

Vincent räusperte sich und blätterte um.

„Nach Zahlung obgenannter Legate sowie sämtlicher Steuern..."

Jetzt mußte es kommen. Jan-Yves war an der Reihe. Nur er hatte bislang nichts erhalten.

„... der gesamte Grund und Boden von Penmarric im Bereich der Gemeinde von St. Just-in-Penwith..."

Die juristischen Floskeln wollten kein Ende nehmen.

„... das Haus... sowie meine gesamte bewegliche Habe darin mit Ausnahme meiner Papiere, Schriften, Artikel, Manuskripte..."

Worte, Namen, Bezeichnungen.

„... und die Mine Sennen-Garth..."

Meine Mine. Die letzte Mine westlich von St. Just, die noch in Betrieb war, an einen Feigling und Taugenichts.

„... inklusive sämtlicher Pachtgelder und Profite..."

Meine Mine, dachte ich. Mein Leben. Meine Liebe.

„... hinterlasse ich hiermit letztwillig..."

Er brach ab.

Sekundenlanges Schweigen. Dann:

„... meinem Sohn Philip Castallack", ergänzte Michael Vincent und sah mir starr in die Augen.

7

„... zur Nutzung auf Lebenszeit", sagte Vincent, Blick noch auf mir, „und bei seinem Tode zu..."

Er sprach davon, daß, wenn ich starb, die Besitzrechte auf meinen Sohn übergehen würden – sofern ich dann einen Sohn hatte; andernfalls sollte ich entweder Jonas oder Jan-Yves zum Erben bestimmen. Aber ich hörte nicht mehr hin. Die juristischen Floskeln rauschten an mir vorbei. Das einzige, was mir noch in den Ohren klang und was ich zu verstehen suchte, war der Satz: „... meinem Sohn Philip Castallack."

Begreife doch, sagte ich mir wieder und wieder vor, begreife doch endlich: Sennen-Garth ist dein, jetzt ist sie wahrhaftig deine Mine, auf Lebenszeit, solange noch ein Atemzug in dir ist. Die Mine – und dazu der Rest des Castallack-Vermögens; und jeder Stein auf Penmarric; und jeder Quadratzentimeter Land; und die Pachthöfe; und die Häuser in St. Just; und die schwarzen Klippen; und der goldene Sand. Und mehr, so viel mehr: die Rhododendren und die Hortensien und die Azaleen, das Heidekraut und die Brombeerbüsche und der Stechginster. Aller Grund und Boden von Penmarric in der Gemeinde von St. Just.

Er hatte mich zu seinem Erben gemacht.

Ich hatte ihn beschimpft, ich hatte ihn erpreßt. Doch es war, als hätte ich nie ein böses Wort gesagt. Ich hatte ihn verhöhnt und als Vater nahezu verleugnet. Doch es war, als hätte es zwischen uns nie Streit gegeben. Ich hatte geglaubt, daß er mich nicht weniger haßte als ich ihn. Doch es war, als wären aller Haß und alle Feindschaft nur Einbildung gewesen, Einbildung als Folge der Auseinandersetzung um Sennen-Garth.

Und jetzt gehörte die Mine mir. Und das Geld, das ich zu ihrem Unterhalt brauchte. Doch plötzlich wollte ich nichts mehr davon, denn dieses Geschenk war schrecklich, war wie eine Strafe. Fliehen, dachte ich, fort von hier, irgendwohin. Doch es gab kein Zurück. Was ich getan hatte, hatte ich getan, und nichts konnte es mehr ungeschehen machen. Er hatte mir Mine und Geld hinterlassen, und jetzt mußte ich mit ihnen leben.

Ich erhob mich. Vincent brach ab. Aller Augen wandten sich mir zu. Ich hielt ihnen stand und sah einen nach dem anderen an. Meine Schwestern: Mariana – schön, klug, die blauen Augen eisig kalt; Jeanne – blaß und bedrückt; Elisabeth – gefaßt und feindselig. Und die Parrishes: William – lang, schlank und ungepflegt, der sonst lachlustige Mund jetzt überaus ernst; Adrian – dünn, fast dürr, Gesicht wie eine undurchdringliche Maske. Im Gegensatz zu ihm bekundete mir Alice ihre Verachtung unverhüllt. Ich blickte zum alten Pfarrer. Und sah, daß er von allen als einziger begriff, was in mir vorging. Was die Erbschaft in Wahrheit für mich bedeutete. Auch Jan-Yves' Gesicht verriet ein Wissen – doch ein Wissen anderer Art, bitter und schmerzlich. Und plötzlich erkannte ich, daß er schon lange gewußt hatte, was das Testament enthielt. Das war es, was ihn nach Roslyn-Farm geführt und ihn getrieben hatte, sich bei meiner Mutter und also auch bei mir einzuschmeicheln; eben hierdurch hatte er sich gedrängt gefühlt, mir bei meinem Plan zu Willen zu sein. Da er genau wußte, daß er auf das Erbe nicht hoffen durfte, hatte er versucht, für die Zukunft vorzubauen und sich auf die richtige Seite zu schlagen.

Ich stand und starrte sie alle an und sah, daß ich ihnen nicht weniger fremd war als sie mir. Ich war ihnen egal. Aber hatten sie mich je gekümmert? Außer meiner Mutter und meiner Mine war mir nie etwas wichtig gewesen.

Ich ging hinaus. Keiner sprach. Keiner hielt mich zurück. Ich verließ das Haus und wanderte die Klippen entlang nach Sennen-Garth. Doch nichts dort vermochte Trost zu spenden, und so ging ich weiter, nach St. Just und dann in Richtung Morvah, hinauf in die Hügel, über die Heide, nach Chûn. Mechanisch trugen mich meine Füße. Kaum, daß ich etwas sah, hörte, spürte. Fast blind ging ich dahin. Bei den alten Ruinen verharrte ich. Nein, noch konnte ich nicht nach Roslyn-Farm, noch war es mir unmöglich, mit meiner Mutter zu sprechen. Aber mit wem sonst? Denn loswerden mußte ich die schreckliche Last.

Ich raffte mich auf und ging nach Zillan.

Jetzt, Stunden nach dem Begräbnis, wirkte das Dorf sehr still. Niemand war zu sehen. Ich betrat den Kirchhof. Auf dem Grab meines Vaters häuften sich die Blumen. Wie eine betäubende Wolke schlug mir ihr Duft entgegen. Ich blickte auf die Fülle und dachte: Keiner der Kränze stammt von mir – nur ein Strauß, den Mutter in meinem Namen geschickt und für den sie selbst bezahlt hat; aus meiner Tasche ist kein Penny gekommen, nicht ein einziger schäbiger Penny.

Ich versuchte, mich zu beschwichtigen. Welchen Unterschied machte es schon? Mein Vater konnte die Blumen und Kränze ja doch nicht sehen. Der plötzliche Drang, das Meine beizutragen zu dieser emporgetürmten Pracht, war nichts als eitel Aberglaube und sentimental dazu.

An der Kirchhofmauer sah ich Gänseblümchen stehen. Ich überlegte nicht länger, bückte mich und pflückte ohne jede Eile einen Strauß, bis dann ein Schleier über meine Augen sank und ich nicht mehr sehen konnte.

Die Blumen entfielen meiner Hand. Vor meinen Füßen lag ein Teppich aus weißen Blütenblättern, doch ich gewahrte nur einen hellen Flecken, und dann preßte ich die Hände gegen die Augen und lehnte mich an die Mauer und weinte, wie ich seit Kindertagen nicht mehr geweint hatte – seit jener Zeit, die ich so verzweifelt aus meinem Gedächtnis zu verbannen suchte.

Ich weiß nicht, wie lange ich weinte. Doch danach war es nicht besser. Ich fühlte mich leer, wie ausgehöhlt. Ich hockte mich an der Friedhofsmauer auf den Boden und starrte das Grab an und die Blumen und hing quälenden Gedanken nach, sinnlosen Gedanken, denn nichts vermochte etwas an der Vergangenheit zu ändern. Ich versuchte zu beten, doch ich konnte nicht, denn ich hatte keinen Glauben. Und so blieb ich bewegungslos sitzen, eine Ewigkeit, wie mir schien, bis dann plötzlich das Friedhofstor knarrte.

Ich hob den Kopf. Und hörte die Schritte auf dem Weg und sah dann, an grauen Grabsteinen vorübergleitend, die dunkelgekleidete Gestalt, die zu dem Blumenberg trat und dort mit geschlossenen Augen und gefalteten Händen eine Weile verharrte.

Als er die Augen wieder öffnete, bemerkte er mich an der Mauer. Lange Zeit sahen wir einander an, und niemand schien auf der Welt zu sein außer uns beiden: Adrian Parrish und Philip Castallack. Zwischen uns stand die Trennwand einer über zwanzigjährigen Feindschaft.

Er machte einen Schritt auf mich zu. Und blieb wieder stehen. Er konnte sich nicht überwinden. Und dann drehte er sich hastig um und entschwand im Schatten des Kirchenvordachs.

Doch plötzlich stürzte die Mauer zwischen uns ein. Die Öde, die uns so lange getrennt hatte, erwies sich als Ausgeburt eines von Eifersucht und Neid gequälten Hirns. Und ich war frei.

Ich stand auf und folgte ihm. Er hatte die Hand nach dem eisernen Ring an der Tür gestreckt und verharrte so, unschlüssig, wie es schien. Und dann standen wir einander gegenüber, als Ebenbürtige – zum erstenmal in unserem Leben.

„Um Ebenbürtigkeit ist es uns ja immer gegangen", sagte Adrian. „Das war das ganze Problem. Beide wollten wir für unsere Mütter das Beste, und deshalb gerieten wir – jeder auf seine Weise – immer wieder so hart mit unserem Vater aneinander. Und natürlich standen wir einander im Wege – denn auf demselben Weg befanden wir uns ja tatsächlich. Nur, daß wir uns in entgegengesetzter Richtung bewegten."

Ich begriff nicht ganz. Unversehens schien meine Vorstellungswelt auf den Kopf gestellt.

„Ja, glaubst du, daß du der einzige warst, der ihm das Leben schwergemacht hat? Ach, Philip. Ich mag es anders angestellt haben als du, aber oft genug wußte er sicher nicht mehr, wie er es mir nun recht machen sollte. O ja, ich weiß, daß ich in Allengate ein richtiges Ekel war. Wie hättest du dich wohl an meiner Stelle verhalten? Ich war geplagt von Eifersucht und Unsicherheit und der ewigen Angst, dir durch meine uneheliche Geburt unterlegen zu sein."

Er hatte sich mir unterlegen gefühlt! Ich konnte es nicht fassen.

„Es stimmt schon, daß ich versucht habe, mich mit Papa so gut wie möglich zu stellen. Warum auch nicht? Das war doch meine beste Rückversicherung gegen die dauernde Ungewißheit. Wenn ich ihm nicht gerade mit meinen Launen zusetzte, unternahm ich alles, um seine Zuneigung zu gewinnen. Oh, ich hatte für Geschichte durchaus etwas übrig und teilte auch einige seiner sonstigen Interessen. Doch wie weit da der Wunsch mit im Spiel war, ihm zu Gefallen zu sein, weiß ich selber nicht. Im Grunde waren wir ja recht verschieden. Das wurde mir klar, als ich nach dem Kriege nach Oxford ging und seinem Beispiel zu folgen suchte."

Ich wollte sprechen, wollte irgend etwas sagen. Aber es fanden sich keine Worte.

„Damals begriff ich endlich", fuhr Adrian fort. „Ich erkannte, daß Geschichte mich zwar interessierte – doch nur als Liebhaberei, als intellektuelle Übung. Mehr nicht. Ein guter Historiker wäre ich nie geworden. Mir fehlt die – wie soll ich es nennen – die Leidenschaft dafür."

Die Leidenschaft.

„Bei Papa war das anders. Bei ihm handelte es sich um echte Leidenschaft. Der Geschichte galt sein ganzes Leben und seine ganze Liebe. Hast du je eines seiner Bücher gelesen? Oder einen seiner Artikel oder Aufsätze? Weißt du, daß er mit seinen wissenschaftlichen Widersachern wahre Fehden ausfocht? Und daß er sich mit einem seiner akademischen Freunde wegen irgendeiner These zerstritt und nicht eher ruhte, als bis er ihn zur Strecke gebracht hatte? Aber von alldem ahnst du wohl nichts. Schließlich warst du ja an Geschichte nicht interessiert. Für dich existierte nur deine Mine."

Meine Mine. Die alles verzehrende Leidenschaft.

„Ich versuchte, Geschichte auf die gleiche Weise zu betreiben wie Papa und fand mich außerstande dazu. Die endlosen Stunden geduldigen Forschens, die fanatische Akribie gegenüber jedem Detail, das absolute Sichversenken in längstvergangene Ereignisse, bis man jenen Punkt erreicht, wo man in die geschichtlichen Gestalten schlüpft und ihre Gedanken denkt – nein, ich konnte es nicht. Papa konnte es. In ihm brannte der Ehrgeiz. Wäre ich je in die Verlegenheit gekommen, eine meiner historischen Thesen von Fachleuten verworfen zu sehen, ich hätte mich in irgendeinen Schlupfwinkel verkrochen, um meine Wunden zu lecken. Aber Papa war aus anderem Holz geschnitzt. Er war von der Richtigkeit seiner Erkenntnisse durchdrungen und hielt aller Kritik stand, ja mehr noch: er ritt seine Widersacher geradezu nieder. Für ihn war die historische Wahrheit, wie er sie sah, von solcher Wichtigkeit, daß ihr nichts im Weg stehen durfte, selbst wenn es sich um eine alte und erprobte Freundschaft handelte. So rücksichtslos hätte ich nie sein können. Es liegt mir einfach nicht. Papa und ich – zwei völlig verschiedene Charaktere."

Er verstummte. Ich erinnere mich, daß ich irgend etwas sagte, weiß aber nicht mehr, was es war.

„Daß er dich zu seinem Erben gemacht hat, finde ich durchaus in Ordnung", sagte Adrian. „Es ist nicht mehr als recht und billig. Jan-Yves fehlt es an der nötigen Reife für eine so gewaltige Aufgabe, das wußte Papa. Er wußte auch, daß es unsinnig gewesen wäre, Penmarric William oder mir zu vererben – nicht nur, weil wir beide unehelich sind, sondern weil keiner von uns den Besitz braucht. William ist völlig ohne Ehrgeiz und lebt mehr oder minder glücklich in den Tag hinein. Und ich – nun, was sollte ein Geistlicher mit einer so großen Erbschaft anfangen? Für mich wäre das eher ein Hindernis als eine Hilfe, und außerdem habe ich Penmarric nie gemocht. So kamst also nur du in Betracht. Und glaub nur ja nicht, daß du allein deswegen sein Erbe geworden bist, weil ihm praktisch keine andere Wahl blieb. Nein: Er wollte es so. Begreifst du nicht? Wenn man den Dingen auf den Grund geht – was hatte es mit den Streitereien zwischen euch schon auf sich? Du sprachst genau die Sprache, die er verstand. Und einzig darauf kam es an. Auch wenn er dich nur selten sah, so kannte er dich doch gut genug – eben weil ihr beide dieselbe Sprache spracht, die Sprache, die er sein Leben lang gesprochen hatte."

„Außer einigen Legaten und einer Jahresrente für dich hat er alles mir hinterlassen", sagte ich behutsam zu meiner Mutter. „Seine gesamte Habe. Nach meinem Tode fällt der Besitz meinem Sohn zu, sofern ich einen zeuge – oder aber einem von Vaters männlichen Nachkommen, vorausgesetzt, sie tragen den Namen Castallack und waren zum Zeitpunkt seines Hinscheidens schon am Leben. Damit bleiben nur zwei, Jonas und Jan-Yves, und es steht mir frei, welchen von beiden ich als möglichen Erben bestimme."

Sie schien außerstande, es ganz zu fassen. „Dann brauchst du dir wegen der Mine wohl keine Sorgen mehr zu machen", sagte sie zögernd und rief dann plötzlich: „Ach, Philip, ich freue mich ja so für dich! Aber..."

„Ja?"

„Dann wirst du... dann wirst du von jetzt an natürlich auf Penmarric leben."

„Nun, ich sollte wohl, aber..."

„Selbstverständlich mußt du, Philip! Ich wäre bestimmt glücklich, wenn du bliebest, aber wie die Dinge jetzt liegen, darf ich das wirklich nicht von dir erwarten. Jetzt, wo Penmarric und die Mine dir gehören... nun, da wünschst du dir doch gewiß einen Sohn, der dich einmal beerben kann. Also wirst du heiraten wollen. Und dann kommt für dich nur Penmarric in Frage. Mich kannst du getrost hier auf Roslyn-Farm zurücklassen... Meinetwegen darfst du nicht überlegen! Ich möchte doch, daß du heiratest und Kinder hast, Liebling... nichts könnte mir größere Freude bereiten... und du hast doch nichts gegen eine Ehe... oder gegen Kinder, nicht wahr?"

„Aber natürlich nicht, Mama!" sagte ich lachend. „Oder habe ich das je behauptet?"

Doch in Wahrheit war es das erste Mal, daß ich den Gedanken an eine Ehe nicht als unangenehm empfand. Die Vorstellung, einen Sohn wie meinen Neffen Esmond zu haben und in ihm Interesse für Penmarric und Liebe zu Sennen-Garth zu erwecken, erschien überaus reizvoll: Mein Erbe und Nachfolger, der nach meinem Tod mein Werk fortsetzte. Eine Heirat war wirklich nicht von der Hand zu weisen, bis die Erbschaftsangelegenheiten abgewickelt waren, und ich wußte, wie ich finanziell stand. Nur nichts überstürzen. Auf ein Jahr mehr oder weniger kam es nach meinem langen Junggesellendasein wahrlich nicht an.

Ich begann Zukunftspläne zu schmieden. Doch sie betrafen

nicht eine Heirat. Der Gedanke an Frau und Familie entfiel mir wieder völlig. Statt dessen wandte ich, wie gewöhnlich, meine gesamte Aufmerksamkeit der Mine zu.

Sennen-Garth. Meine Mine. Und mehr als das. Die Mine, die jetzt mir gehörte und die jetzt ich kontrollierte. Die Mine, die kein Mensch mehr gegen meinen Willen stillegen konnte.

Stanford Blake wies mich darauf hin, daß die Mine, sollte sie in Betrieb bleiben, beträchtliche Geldsummen verschlingen würde. Außerdem sei der Unterhalt eines Hauses wie Penmarric geradezu bestürzend kostspielig. Und er erinnerte mich an die Begrenztheit meiner finanziellen Möglichkeiten. Das mir von meinem Vater hinterlassene Kapital stünde ja nicht zu meiner persönlichen Verfügung, sondern sei mir nur treuhänderisch anvertraut – für spätere Erben. So lautete nun einmal die testamentarische Bestimmung. Sein Rat? Ich solle mich mit Verwalter und Haushälterin in Verbindung setzen, um mir ein klares Bild von den jährlichen Aufwendungen zu verschaffen.

Sofort am nächsten Tag ritt ich nach Penmarric, um mit Alice Penmar zu sprechen.

„Schön, daß du kommst, Philip“, sagte Alice überhöflich. „Das erspart mir einen Besuch bei dir. Ich möchte nämlich kündigen. Sobald du einen geeigneten Ersatz für mich hast, werde ich Penmarric verlassen. Hoffentlich bereitet dir das nicht allzu viele Ungelegenheiten.“

Wir standen einander im Salon gegenüber. Sie trug Trauerkleidung. Unter dem straff zurückgekämmten Haar wirkte ihr unschönes Gesicht mit dem schmalen, verkniffenen Mund hart und grausam. Ihre Augen waren von der gleichen Unergründlichkeit wie die ihres Großvaters.

„Ganz im Gegenteil“, erwiderte ich, „das kommt mir wie gerufen. Aus Sparsamkeitsgründen wollte ich ohnehin auf eine Haushälterin verzichten und Jeanne bitten, einzuspringen.“

„So?“ sagte sie. „Nun, ich kann nur hoffen, daß sie damit auch fertig wird. Sie hat keinerlei Erfahrung.“

„Ich habe mit ihr noch nicht darüber gesprochen. Sollte sie ablehnen, werde ich eine neue Haushälterin suchen müssen. Doch mir liegt sehr daran, soviel wie möglich einzusparen.“

„Verstehe", sagte Alice.

Wie schon so oft fragte ich mich, welcher Art ihr Verhältnis zu meinem Vater in Wirklichkeit gewesen war. Warum war es bei ihm zum Schlaganfall gekommen? Hatten die in meinem Ultimatum vorgebrachten Anschuldigungen den Kern genau getroffen? Oder waren sie so weit vom Schuß gewesen, daß ihre bare Undenkbarkeit ihn gefällt hatte? Eine Antwort darauf würde sich wohl nie finden lassen. Mein Vater war tot, und Alice schwieg.

„Wirst du dir woanders eine Stellung suchen?" erkundigte ich mich beiläufig.

„O nein", erwiderte sie mit eisiger Kälte. „Ich werde Sir Justin Carnforth heiraten und nach Carnforth Hall ziehen."

Meine Verblüffung war so groß, daß ich kein Wort herausbrachte.

„Die Anzeige soll am Montag in der ‚Times' erscheinen", fuhr sie fort. „Mein Großvater wird sich sehr freuen, und gewiß ist es so auch das beste. Sir Justin, nun schon etliche Jahre verwitwet, hat mich seit längerem gedrängt, seine Frau zu werden."

„So", sagte ich und suchte angestrengt nach ein paar passenden Worten. „Da kann man ihm ja nur gratulieren. Und dir wünsche ich natürlich, daß du glücklich wirst."

„Danke", erwiderte sie. „Das werde ich bestimmt."

Verlegenes Schweigen.

Ich konnte nicht anders; wie immer und überall drängte sich mir auf die Zunge, was ich dachte. Und so fragte ich: „Dann hat wohl mein Vater davon gewußt?"

„Gewiß", war ihre Antwort. „Wir haben oft darüber gesprochen. Er beschwor mich, mir eine so einzigartige Gelegenheit nicht entgehen zu lassen, und seine ganze Sorge war, daß ich meine Chancen durch langes Zögern verspielen könnte. Doch ich hatte es nicht sehr eilig und fand, daß Sir Justin sich noch ein Weilchen gedulden könne. Und genau das hat er auch getan, siehst du! Vielleicht darf ich mir also schmeicheln, daß ich imstande bin, die jeweilige Lage genau einzuschätzen."

„Das mag schon so sein, Alice", sagte ich zögernd.

„Ich habe dich einmal geliebt, Philip. Aber das war nur Zeitverschwendung, wie ich einsehen mußte. Nun schön. Womöglich tut so etwas einer Frau nur gut – eine Erfahrung, die man abbucht. Ich bin schließlich darüber hinweggekommen und habe wieder zu mir gefunden. Hatte ich es nicht im Grunde gut getroffen? Ich durfte für deinen Vater den Haushalt führen, und das empfand ich als Privileg. In seiner Gesellschaft fühlte ich mich immer wohl. Er fürchtete sehr, die Leute könnten über uns reden, wenn wir allein miteinander speisten und so weiter ... vor allem während des Krieges, wo die gesamte Familie so oft abwesend war. Aber ich beruhigte ihn. Ich hatte unsere Lage sorgfältig erwogen. Mochten die Leute getrost tratschen – solange sie nichts beweisen konnten, fiel das nicht weiter ins Gewicht." Sie lächelte. „Und es hat nie jemand etwas beweisen können und wird nie jemand etwas beweisen können. Eine sehr korrekte Einschätzung der Lage, wenn ich so sagen darf ... Jetzt entschuldige mich bitte, Philip, ich habe noch viel zu tun. Wirst du übrigens zur Hochzeit kommen? Aber gewiß doch, nicht wahr?"

Sie nickte mir zu und glitt wie schwebend hinaus.

Jeanne zögerte, auf meinen Vorschlag einzugehen. Erst als ich ihr versicherte, daß ich in absehbarer Zeit zu heiraten gedächte und es sich somit um eine Übergangslösung handle, willigte sie ein. Danach sprach ich mit William über die Möglichkeit, Kosten einzusparen. Sehr viel Unterstützung fand ich bei ihm nicht. Offenbar war er der Meinung, daß er bereits das Äußerste herauswirtschaftete. Ich nahm mir vor, seine Tüchtigkeit zu überprüfen, sobald mir die Mine Zeit dafür ließ. Nächster Punkt auf meiner Tagesordnung war Jan-Yves.

„Und wie sehen deine Zukunftspläne aus?" fragte ich ihn zynisch. „Auf dem Hintern zu sitzen und darauf zu hoffen, daß ich dich zu meinem Erben mache?"

Ich muß es ihm lassen: Wenn er hart bedrängt wurde, konnte er sich plötzlich auf die Hinterbeine stellen. Diese unerwartete Courage im Kontrast zu seiner panischen Furcht am Todestage meines Vaters machte sein Charakterbild noch krauser.

„Wenn du glaubst, daß es mir Spaß macht, auf der faulen Haut zu liegen, so irrst du dich", sagte er brüsk. „Ich habe weder Lust, von deinen Almosen zu leben, noch scheue ich vor ehrlicher Arbeit zurück. Wenn du mich einstellst, so will ich mich gern auf Sennen-Garth nützlich machen."

„Als was?" erkundigte ich mich amüsiert. „Etwa als Kumpel unter Tage?"

„Warum nicht?" erwiderte er, ohne mit der Wimper zu zucken. „Wann kann ich anfangen?"

Ich sah ihn ungläubig an. Himmelherrgott, dachte ich, es ist ihm Ernst. Er würde tatsächlich vor Ort schuften. Der Bursche hat mehr Mumm, als ich geglaubt habe.

„Ich werde von der Pike auf dienen", sagte er verbissen, „und mich emporarbeiten in die Verwaltung. Dort könnte ich vielleicht Walter Hubert von Nutzen sein. Aber zuerst werde ich mir unter Tage meine Sporen verdienen. Und wenn du glaubst, daß ich das nicht genauso meine, wie ich's sage, dann gib mir die Chance, dir das zu beweisen."

Zögernd erwiderte ich: „Schon gut, schon gut – du brauchst nicht gleich Kapriolen zu schlagen, um dich bei mir lieb Kind zu machen."

„Das kümmert mich weniger", versicherte er genauso schroff wie zuvor. „Was mich interessiert, ist meine Zukunft. Hier ist meine Heimat, und hier möchte ich leben und arbeiten. Warum sollte ich mich also nicht im Bergbau umtun – in dem Betrieb, der seit Generationen unserer Familie gehört? So außergewöhnlich, wie er dir offenbar vorkommt, ist mein Entschluß gar nicht."

„Möglich", sagte ich, noch immer zaudernd. Im Grunde hegte ich gegen ihn das gleiche Mißtrauen wie seinerzeit gegen Hugh. Anderseits war ich beeindruckt und hatte das Gefühl, er würde wirklich zupacken, sofern man ihm nur die Gelegenheit dazu gab. Ein weiterer Gedanke stellte sich ein. Ewig konnte Walter Hubert bei seinem Alter nicht mehr tätig sein, und Slater, der Assistent, schien zur Leitung der Verwaltung nicht befähigt. Falls Jan-Yves sich bewährte, so mochte Hubert ihn später als seinen Nachfolger einarbeiten. „Also schön", fuhr ich fort. „Ein Versuch kann ja nichts schaden. Ich werde gleich morgen mit Trevose sprechen und ihn bitten, dich unter seine Fittiche zu nehmen. Wenn er einverstanden ist, kannst du Montag anfangen."

Argwöhnisch war ich nach wie vor. Und als mir eine Woche später Trevose von Jan-Yves' Fortschritten berichtete, glaubte ich im ersten Augenblick, er übertreibe.

„Merkwürdiger Bursche, Ihr kleiner Bruder", sagte er, als wir in der Schenke unser Bier tranken. „Hat Schneid für zwei. Dabei graust es ihn da unten, und Dynamit fürchtet er wie die Pest. Aber er beißt sich durch. Und sitzt auch nicht etwa auf dem hohen Roß. Nicht die Spur von Dünkel, überhaupt nicht. Er gefällt mir. Ehrlich."

Ich war überrascht. Lob aus Trevoses Mund gehörte zu den Raritäten, und daß er jemanden mochte, gab er so gut wie niemals zu. Dieses Wunder wäre noch länger Gegenstand meiner Überlegungen gewesen, hätte mich nicht wieder einmal die finanzielle Lage auf Sennen-Garth in Atem gehalten. Um bei meiner Bank in Penzance einen Kredit aufzunehmen, suchte ich den Direktor auf und fand zu meiner Enttäuschung, daß seine Antwort weniger positiv ausfiel, als ich erwartet hatte.

„Mein lieber Mr. Castallack", sagte er entschuldigend zu mir. „Bitte halten Sie mich nicht für kleinlich oder unzugänglich. Aber es ist gewiß auch Ihnen bewußt, wie schwierig die Lage derzeit ist. Mit Vergnügen will ich die Hälfte der von Ihnen genannten Summe in Betracht ziehen. Bei äußerster Anstrengung mag sich der Betrag sogar auf zwei Drittel des gewünschten Kredites belaufen. Doch mehr als das ist, fürchte ich, leider völlig unmöglich . . ." Und er begann sich in aller Ausführlichkeit über „gewisse Aspekte" zu verbreiten: Penmarric sei für mich nach den testamentarischen Bestimmungen nun einmal nicht frei verfügbarer Besitz, wodurch es der notwendigen Sicherheiten ermangele; und außerdem möge ich doch die kritische Lage der Bergwerkindustrie bedenken.

Vor seinem Büro, in der Market Jew Street, holte ich erst einmal tief Luft. Dann entschloß ich mich zu einem Spaziergang durch das Gassengewirr und am Hafen vorbei zur Esplanade. Mein Ingrimm mußte sich erst besänftigen. Es wollte mir einfach nicht in den Kopf, daß es mir trotz meiner Erbschaft immer noch so schwer fiel, bares Geld in die Hände zu bekommen. Zornig stapfte ich vor mich hin. Meine Gedanken begannen sich in einem wirbelnden Kreis endloser Fragen und Wünsche zu bewegen. Wenn ich doch nur auf irgendwelches Kapital zurückgreifen könnte. Wenn ich doch Penmarric verkaufen und den Erlös in die Mine stecken könnte. Doch es gab hundert Wenn, und keins von ihnen konnte meine Probleme lösen.

Ich brauchte Geld.

Ich brauchte einen Sohn.

Ich blieb stehen und starrte hinaus auf die See. Wenn es mir gelang, eine reiche Frau zu heiraten, waren diese beiden Probleme mit einem Schlag gelöst.

Ich drehte mich um. Vor mir ragte das Metropole-Hotel auf. Wie lange war es her? Fünf Jahre. Damals hatte ich dort mit einer sehr reichen Frau gespeist.

Natürlich! Ich mußte unwillkürlich lächeln. Das war die Antwort auf alle meine Fragen. Ich würde Helena Meredith heiraten.

Und zufrieden mit mir und meinem Entschluß, strebte ich der Stadtmitte zu, wo der Chauffeur mit dem Wagen auf mich wartete.

8

Natürlich bildete ich mir nicht ein, ich sei unversehens in heißer Liebe zu ihr entbrannt. Tatsache war jedoch, daß ich sie mochte und achtete, und so sah ich nicht den geringsten Grund, warum einer Ehe mit ihr der Erfolg versagt bleiben sollte. Wenn ich sie auch hauptsächlich ihres Geldes wegen heiraten würde, so war ich doch durchaus bereit, alles zu tun, um sie glücklich zu machen. Attraktiv fand ich sie. An eine Frau, die mir mißfiel, hätte ich mich nie binden können, nicht einmal Sennen-Garth zuliebe.

Ob sie mich mochte, wußte ich nicht, aber ich glaubte doch, jetzt, wo ich Herr auf Penmarric war, als passende Partie zu gelten. Allerdings war die Erinnerung an jenen Abend vor nahezu sechs Jahren nicht geeignet, meine Chancen im schönsten Licht erscheinen zu lassen. Wir hatten uns damals ausgezeichnet unterhalten und überhaupt recht gut verstanden. Mußte sie es mir nicht verübeln, daß ich sie nie wieder eingeladen hatte? Womöglich war sie sich sogar über das Motiv meiner damaligen Einladung klargeworden und fühlte sich als Mittel zum Zweck mißbraucht. Doch wie immer dem sein mochte: es kam jetzt darauf an, unserer bislang so prosaischen Bekanntschaft einen kräftigen Anstrich von Romantik zu verleihen, doch verhalten und dezent und nicht in meiner üblichen direkten Art. Ich mußte klug und geschickt vorgehen.

Nach einigem Überlegen entschloß ich mich, auf Penmarric eine kleine Dinnerparty zu geben, als einleitendes Manöver sozusagen. Gastgeber und Gastgeberin: Jeanne und ich. Gäste (außer Helena und ihrem Bruder): William, Jan-Yves, meine Schwägerin Rebecca und Felicity Carnforth. Und so kam es denn auch. Die Party ging am Weihnachtsabend über die Bühne und verlief über Erwarten glatt. Nach sehr nervösem Beginn fing ich mich bald und ließ es mir angelegen sein, Helena etliche Komplimente zu zollen. Das fiel nicht schwer. Mit ihrem grünen Kleid und der hochgetürmten Frisur stach sie die übrige Weiblichkeit mühelos aus.

Nach dem eigentlichen Dinner verstand ich es so einzurichten, daß ich im Salon neben ihr zu sitzen kam, und rasch entspann sich zwischen uns ein Gespräch.

„Hoffentlich", sagte ich schließlich, „sehen wir jetzt mehr voneinander – da ich eine konventionellere Existenz führe."

„Konventioneller?"

„Nun ja, mein Leben auf Roslyn-Farm und die Arbeit auf Sennen-Garth waren das wohl weniger. Doch im kommenden Jahr ziehe ich nach Penmarric. Da wird sich manches ändern."

„Bloß nicht allzu sehr", sagte sie und lächelte mir zu. „Das wäre doch schade."

„Wenn sich etwas ändert, dann nur zum Guten", versicherte ich.

Und lächelte zurück.

Eine Woche später bat ich sie zum Lunch nach Penmarric, und bald war ich meinerseits in Polzillan House ständiger Gast. Jeder Schritt, den ich unternahm, war von Erfolg gekrönt, und Zug um Zug gelang es mir, meinen Plan zu verwirklichen. Im Februar lud ich sie ins Metropole ein, wo wir vorzüglich speisten. Wie von selbst kam das Gespräch auf unser erstes Zusammensein dort, und zu meiner Erleichterung fand ich, daß Helena mir in diesem Punkt nicht das geringste nachtrug. Also erübrigten sich langwierige Rechtfertigungsversuche, und darüber war ich so froh, daß ich sie sogar, meiner Abneigung gegen das glatte Parkett zum Trotz, zum Tanz aufforderte. Doch offenbar spürte sie, wieviel Überwindung mich das kostete, denn sie schlug statt dessen einen Spaziergang auf der Esplanade vor.

Anders als damals hatte sich der Mond diesmal hinter einer dichten Wolkendecke verkrochen. In den nahen Morrab Gardens schienen sich die Palmen zitternd nach heimatlichen Sonnengefilden zu sehnen. Dumpf donnerte die Brandung auf den Strand, und aus Südwesten wehte ein kalter Wind.

Ich überlegte blitzschnell. Sechs Wochen dauerte unsere erneuerte und intensivierte Bekanntschaft jetzt. Das einzige mögliche Hindernis zwischen uns, jenes leidige Dinner vor sechs Jahren, war beseitigt. Meine Bemühungen um sie konnten ihr, sofern sie nicht begriffsstutzig war – und das war sie ganz und gar nicht –, keineswegs entgangen sein. Doch allmählich schien es an der Zeit, über das platonische Stadium hinauszugelangen. Enttäuschte ich ihre diesbezüglichen Erwartungen, so mochte mir schließlich ein anderer Verehrer den Rang ablaufen. – Es gab da einen jungen Arzt namens Donald McCrae, der jede Woche mehrmals ihren Bruder besuchte: Warnung und Wink zugleich.

„Ich muß vor sechs Jahren doch blind gewesen sein", sagte ich in bemüht scherzhaftem Tonfall. „Was habe ich mir nur alles entgehen lassen!" Und als sie mich anlächelte, nahm ich sie in die Arme und küßte sie.

Ihre Lippen waren ganz anders, als ich mir Frauenlippen immer vorgestellt hatte: nicht schlaff und kalt, sondern fest und warm.

„Hmmmm!" machte ich überrascht.

Sie seufzte, schloß die Augen, öffnete sie dann wieder: Und ich sah – daran war kein Zweifel –, daß sie mich liebte.

Auch im weiteren Verlauf gab es keine Schwierigkeiten. Nach dem Abend in Penzance besuchte ich sie wieder regelmäßig und kam dann Anfang März zu dem Entschluß, mich ihr zu erklären. Entsprechend nutzte ich einen linden Sonnenmorgen zu einem gemeinsamen Spaziergang über die Heide in Richtung Chûn, wo ich sie dann inmitten der romantischen Ruinenszenerie um ihre Hand bat.

Für Sekunden schien sie, eng in meine Arme geschmiegt, so überwältigt, daß ich schon fürchtete, sie würde in Tränen ausbrechen. Doch nein. Anders als tausend andere Frauen verlor sie auch in diesem Augenblick ihre Selbstbeherrschung nicht, und ich muß gestehen, daß ich von all ihren bewundernswerten Eigenschaften diese am meisten schätzte.

Sie hob den Kopf, bot mir lächelnd die Lippen, und ich küßte sie. „Heißt das nun ja?" fragte ich schließlich.

„Natürlich", erwiderte sie.

Die Stärke des Gefühls, die aus diesem einen Wort sprach, berührte mich unangenehm. Dennoch fühlte ich mich geschmeichelt. Und sehr befriedigt – war es mir doch gelungen, ein schwieriges Unternehmen erfolgreich abzuschließen.

Die Nachricht von unserer Verlobung löste unterschiedliche Reaktionen aus, angefangen von der erwartungsgemäßen Ekstase meiner Mutter bis hin zu Jan-Yves' Verblüffung, wenn nicht gar Bestürzung. Vermutlich hatte er fest damit gerechnet, ich würde unbeweibt bleiben und ihm so den bequemen Weg zu einer späteren Erbschaft offenhalten. William zeigte sich erfreut, und Jeanne gab sich kaum weniger enthusiastisch als meine Mutter. Helenas Bruder Gerald ließ sich sogar herbei, Champagner servieren zu lassen, und selbst Medlyn, der Butler, drückte mir im Namen der Bediensteten von Penmarric ergebenste Billigung aus.

„Ausgezeichnet, Sir", schnarrte er, „ganz ausgezeichnet. Wir möchten gewiß nicht verfehlen, Ihnen zu gratulieren, Sir. Unsere allerbesten Wünsche für Sie und Miß Meredith."

Meine Freunde auf Sennen-Garth nahmen die Mitteilung mit Beifallsgebrüll auf und ließen es sich nicht nehmen, mir die Hand zu schütteln und auf die Schulter zu schlagen. Nur Trevose wirkte verdrossen, was für mich nicht ganz unerwartet kam. Er war ein ausgesprochener Weiberfeind.

Aber am Abend ließ er sich dann doch herbei, in der Schenke zusammen mit den anderen auf mein Wohl zu trinken. Sich für seine Schroffheit zu entschuldigen, fiel diesem Grobian natürlich nicht ein. Immerhin zeigte er sich jetzt von einer freundlicheren

Seite, so daß ich die Angelegenheit mit Erleichterung aus meinem Gedächtnis strich. Mir brannte wahrlich auch Wichtigeres auf den Nägeln.

Als Hochzeitsdatum hatten wir den ersten Samstag im Juli festgesetzt, und während Helena erste Vorbereitungen zu treffen begann, befaßte ich mich mit dem Problem, was mit jenen Familienangehörigen geschehen sollte, die zur Zeit auf Penmarric lebten. Bei William gab es da keine Schwierigkeiten. Er hatte sich sofort zum Auszug bereit erklärt und betont, ihm läge sehr an einer gleichermaßen freundschaftlichen wie geschäftlichen Verbindung zwischen uns. Für eine nominelle Summe vermietete ich ihm ein altes Steinhaus am Rande von St. Just, dessen Bewohner, ein ehemaliger Seemann, vor einem Monat gestorben war. Es wirkte recht gepflegt, besaß eine annehmbare Größe, und auch der dazugehörige Garten bot einen gewissen Reiz. William jedenfalls war zufrieden, und mir konnte es nur recht sein, ihn in sicherer Entfernung von Penmarric im eigenen Heim zu wissen. Um ihm finanziell ein wenig unter die Arme zu greifen, schickte ich ihm einen Scheck, den er jedoch, wie mir meine Kontoauszüge verrieten, nicht einlöste. Vorerst jedenfalls nicht.

Wenig später jedoch akzeptierte er ihn dann, anstelle eines Hochzeitsgeschenks sozusagen: Charity war es zu guter Letzt doch noch gelungen, ihn zum nächsten Standesamt zu schleppen. Einziger Gast bei der anschließenden Feier war Jan-Yves, und William schwieg sich über die ganze Angelegenheit betont aus, obschon Charity sich ein wahres Ungeheuer von Ehering an den Finger steckte und voll Stolz als Mrs. Parrish durch St. Just paradierte. Warum William sich von ihr hatte kapern lassen, weiß ich nicht. Ihre Drohung, ihm ohne Trauschein nicht den Haushalt führen zu wollen, konnte im Grunde kaum verfangen, denn zweifellos hätte er für sie jederzeit Ersatz gefunden – zu seinen Bedingungen. Die ganze Geschichte blieb rätselhaft. Schließlich hatte er, der ansonsten so konservativ dachte und handelte, stets die freie Liebe proklamiert und praktiziert. Woher also auf einmal diese Wandlung? Und wie lange mochte das mit den beiden, denen eheliche Treue wohl eher ein Fremdwort war, gutgehen? Nun, mir blieb nichts, als William die Daumen zu drücken.

Zweites Problem war Jan-Yves, der mir in gewisser Weise leid tat. Beneidenswert war seine Lage gerade nicht. Das einzige Geld, über das er verfügen konnte, war der geringe Wochenlohn, und eine Bleibe außer Penmarric besaß er nicht. Ich gestand mir ein, daß sein Dilemma keineswegs völlig selbstverschuldet war. Seit dem Tode meines Vaters hatte er sich untadelig gezeigt, und selbst die für ihn so katastrophale Nachricht von meiner bevorstehenden Hochzeit in recht achtbarer Haltung aufgenommen; auf Sennen-Garth arbeitete er jetzt, nach erfolgreicher Probezeit unter Tage, anstelle von Slater als Walter Huberts Assistent.

So entschloß ich mich zur Großzügigkeit, gab ihm genug Geld, damit er sich ein eigenes Haus bauen könne, und verpachtete ihm hiefür ein entsprechendes Stück Land. Er bedankte sich überschwenglich, doch blieb sein Mißtrauen deutlich spürbar. Augenscheinlich konnte er sich nicht recht vorstellen, daß keinerlei Hintergedanken mit im Spiel sein sollten. Obwohl wir in letzter Zeit sehr freundschaftlich miteinander verkehrten, schien der Argwohn zwischen uns unausrottbar.

Nach meinen Brüdern mußte ich an meine Schwestern denken. Lizzie studierte nach wie vor in Cambridge, das ihr offenbar immer mehr zur zweiten Heimat wurde. Finanziell war sie durch das von meinem Vater ausgesetzte Legat wohlversorgt, also bot sie für den Augenblick kein Problem. Blieb noch Jeanne. Als Ledige hatte sie Anspruch auf einen Platz im Hause ihres Bruders.

Eines Morgens nach dem Frühstück versicherte ich ihr, sie könne so lange auf Penmarric bleiben, wie sie wolle.

„Wie reizend von dir, Philip!" rief sie und zögerte dann. „Doch ich ... nun, ich habe andere Pläne. Wenn Helena von Polzillan House fortgeht, dann ist Gerry doch so allein und braucht jemanden, der sich nicht nur von Berufs wegen um ihn kümmert wie eine Krankenschwester ... jemanden voll Verständnis und Mitgefühl ... ich weiß nicht ganz, wie ich es dir erklären soll, aber – aber ich habe versprochen, ihn zu heiraten. Mama wird das ja sicher nicht verstehen, doch ..."

„Verstehen!" explodierte ich. „Sie wird außer sich sein!" Doch als ich ihre Tränen sah, zwang ich mich zu einem ruhigeren Ton. „Was mich betrifft, so wünsche ich dir Glück. Schließlich bist du alt genug, um zu wissen, was du tust. Wenn dir an einer Ehe mit diesem Mann, den du ja schon seit Jahren liebst, so sehr liegt, dann bitte. Aber Mama wird bestimmt ..."

„Ich werde ihr schreiben. In einem Brief kann ich das alles viel besser erklären. So unter vier Augen – o nein, ich käme völlig durcheinander und würde bestimmt etwas Falsches sagen."

Am Ende fiel es natürlich mir zu, den Briefboten zu spielen. Meine Mutter war höchst verärgert.

„Wie kann man nur so dumm sein", sagte sie. „Es will mir einfach nicht in den Kopf. Aber wenn sie sich unbedingt zum Narren machen will, na schön, dann soll sie. Bleibt nur zu hoffen, daß sie sich später als Ehefrau in einen *gesunden* Mann verliebt."

Und so begann Jeanne, einen Verlobungsring zu tragen und von zwei Hochzeiten zu reden; von unserer im Juli und von ihrer im Oktober. Ich bekam dieses ewig wiederkehrende Thema bald leid und schlug mich, soweit irgend möglich, in die Büsche; doch den unablässigen Fragen meiner Mutter konnte ich nicht entkommen: Wen ich zum Brautführer bestellen wollte? Wann ich Vorbereitungen für die Flitterwochen träfe? Ob ich mir nicht Esmond als Brautknaben wünschte? Und so weiter und so fort. Ich sah schließlich ein, daß es unmöglich war, Helena alles aufzulasten. Vor lauter Wirbel wußte sie kaum noch, wo ihr der Kopf stand. Die Wochen vergingen wie im Fluge, und immer noch blieb unendlich viel zu tun: Einladungen, Anschaffungen und die Vorbereitungen zum Empfang in Polzillan House.

Da ich keine Freunde hatte, die meiner Gesellschaftsschicht angehörten, bat ich schließlich Jan-Yves, sich uns als Brautführer zu Verfügung zu stellen. Dann grübelte ich längere Zeit über die Hochzeitsreise nach. Cornwall für längere Zeit den Rücken zu kehren, hatte ich nicht die mindeste Lust, und so atmete ich erleichtert auf, als Helena mir Torquay vorschlug, einen Ort, der Penzance recht ähnlich sein sollte. Mochte ein Abstecher in die benachbarte Grafschaft auch nicht gerade besonders originell und abenteuerlich sein, ins Ausland konnten wir immer noch, wenn mir später einmal der Sinn danach stand.

Der Gedanke an die Flitterwochen beschäftigte mich recht ausgiebig – eine wohl natürliche Reaktion. Nicht, daß ich nervös gewesen wäre, aber ich wußte nicht recht, wie ich es anzugehen hatte. Keinesfalls durfte etwas schiefgehen. Doch wenn ich auch überzeugt war, die Situation meistern zu können, so schien mir eine diskrete Vorübung keineswegs verfehlt. Leider mangelte es mir ewig an Zeit. Den ganzen Juni hindurch hielten mich Hochzeitsvorbereitungen und Sennen-Garth in Atem. Ein freier Abend fand sich kaum. Und wenn, dann war ich meist zu müde, um Penzance den erforderlichen Besuch abzustatten. So schob ich die Geschichte vor mir her, bis es schließlich zu spät war; sehr zu meinem Verdruß, aber keinesfalls zu meiner Sorge: Jeder gesunde Mann in der Vollkraft seiner Jahre brachte mit, was es brauchte, und da Helena Jungfrau war, konnte sie in unserer ersten gemeinsamen Nacht von meiner Unerfahrenheit nichts ahnen. Achselzuckend ließ ich den Gedanken fallen und tröstete mich damit, daß sich alles ganz von selbst finden würde.

Am Abend vor der Hochzeit feierte ich mit Jan-Yves und William und meinen Freunden von Sennen-Garth Abschied vom Junggesellendasein. Bier und Apfelwein flossen in Strömen, bis es in der ganzen Schenke keine nüchterne Seele mehr gab. Trevose mußte sogar nach Hause transportiert werden, ein in den Annalen von St. Just erstmaliger Vorgang. Mir blieb diese Schmach zwar erspart, aber ich war doch berauschter als je zuvor und hielt mich nur mit Mühe auf den Beinen. Schließlich war der Trubel überstanden. William schwankte seinem neuen Heim am Rande des Ortes zu; Jan-Yves ging mit dem Schankmädchen ins Bett; und ich fand irgendwie den Weg nach Penmarric und schlief zum letztenmal in meinem alten Zimmer.

Die Hochzeit war für zwei Uhr in Zillan angesetzt. Zusammen mit Jan-Yves traf ich im Wagen recht früh ein, doch bald waren auch die ersten Gäste zur Stelle. Peter Waymark und Gattin; Mariana und Elisabeth in Begleitung der Carnforths: Sir Justin und Alice, die erst kürzlich von ihrer Hochzeitsreise zurückgekehrt waren; Rebecca mit ihrem zweijährigen Sohn Jonas; Jeanne; Charlotte, eine Freundin Helenas; die St. Enedocs aus St. Ives, die Trehearnes aus Helston, die Kehellands aus Lelant, die Tregothas aus St. Erth; viele Namen, viele Gesichter, gut bekannte, weniger vertraute; die Bediensteten von Penmarric und von Polzillan House, sämtlich im besten Sonntagsstaat; und ganz hinten in der Kirche, unter dem Glockenturm, eine Abordnung der Kumpels von Sennen-Garth – ohne Trevose.

Meine Mutter, schön wie eh und je, kam und nahm in der Reihe hinter mir zwischen Mariana und Elisabeth Platz. Ich flüsterte ihr einen leisen Gruß zu und sah, daß sie sehr aufgeregt war. Die letzten Gäste trafen ein, William mit Charity und, einen Schritt dahinter, Adrian. Ich war überrascht. Mit ihm hatte ich keinesfalls gerechnet.

Ich dachte an unsere Begegnung auf dem Kirchhof: an unser Gespräch, das eine Art längst fälliger Aussprache gewesen war; und plötzlich, so fern das jetzt auch alles lag, freute ich mich, daß er gekommen war.

Es schlug zwei. Die Orgel spielte, und dann hörte man von draußen Stimmengewirr, und ich wußte, daß in diesem Moment Helena die Kirche betrat.

Wir erhoben uns. Ich wandte mich um und sah sie an. Doch sonderbar: Jahre danach, in der Erinnerung, ist mir ihr Bild entfallen. Und sosehr ich mich auch bemühe, mir Einzelheiten ins Gedächtnis zurückzurufen, ihr Kleid etwa oder ihr Gesicht – es bleibt nur eine weiße Leere, ein Nichts hinter gleichsam flutendem Schleier. An Jeanne, an Deborah, an Helenas Freundin Charlotte erinnere ich mich noch gut, und Esmond, stolz und würdig dahinschreitend in seinem Pagenkostüm, sehe ich deutlich vor mir. Doch von Helena bleibt nichts. Ich weiß nur, daß ich sie hübsch fand, hübscher noch als sonst; aber das ist auch alles. Und selbst wenn ich jetzt, Jahre später, die Photographien betrachte, kommt sie mir fern und unwirklich vor.

Ich heiratete sie. Soweit erinnere ich mich noch. Und ich erinnere mich an die Trauungszeremonie selbst. An jene weihevollen und mir eher peinlichen Worte aus dem Mund des alten Pfarrers. An das kalte Metall des Rings, den Jan-Yves mir reichte. An das Verlassen der Kirche. An den bleichen Sonnenschein des kühlen Julinachmittags. An die Jubelrufe und den Konfettiregen der Dörfler, die sich draußen drängten. An mein Lächeln und mein Winken. An die Autofahrt nach Polzillan House.

Der Empfang dort. Die Tafeln voller Köstlichkeiten. Die Champagnerflaschen in den Eiskübeln. Der riesenhafte Hochzeitskuchen. Jan-Yves' witzige Ansprache. Meine kurzen Dankesworte. Geschwätz, Gelächter und unaufhörliches Gläserklirren. Menschen und Menschen, mit denen ich leere Floskeln wechselte. Und mein Wunsch, mit Esmond zu sprechen. Und die Enttäuschung, dabei immer und immer wieder unterbrochen zu werden.

Esmond. Groß für seine sieben Jahre; straffe Haltung, offene

Augen, fester Mund. Und nichts anderes ersehnte ich mir jetzt: einen Sohn wie ihn, der meine Liebe zu Sennen-Garth teilen würde. Plötzlich begriff ich, wie wenig mir all dies bedeutete, die Feier, die Hochzeit selbst. Mit meinem sonstigen Leben unvereinbar, erschien es mir wie eine Vergeudung von Energie und Zeit und Geld. Doch ich gönnte Helena die Freude. Es ging ja alles gut, so wie von Anfang an alles gutgegangen war. Ich hatte keinen Grund zur Klage.

Um sechs Uhr brachen wir nach Penzance auf, wo wir vor der Weiterreise nach Torquay in der ersten Nacht Zwischenstation machen wollten; und wo anders als im Metropole, mit dem sich in Helenas Augen für uns romantische Erinnerungen verbanden. Die gesamte Gästeschar begleitete uns zum Wagen. Keiner wollte es sich nehmen lassen, uns nachzuwinken. Ich küßte meine Mutter, schüttelte Jan-Yves die Hand und verabschiedete mich von Esmond.

„Komm doch einmal zu uns nach Penmarric", sagte ich zu ihm. „Vergiß das nicht, hörst du?"

„Nein, Onkel Philip, das vergesse ich bestimmt nicht. Und vielen Dank, daß ich bei euch Brautknabe sein durfte", sagte er artig und bestimmt. Und wieder spürte ich, wie sehr es mich zu ihm zog, und fragte mich, warum ausgerechnet Mariana einen Sohn haben konnte wie ihn.

Eine halbe Stunde später waren wir in unserem Appartement im Metropole. Monströses Mobiliar und großer Luxus, der mir wenig behagte, doch vermutlich genau das, was Flitterwöchner für gewöhnlich erwarteten. Immerhin bot sich ein hübscher Ausblick auf das Meer. Wir kleideten uns um: Helena im Bad, ich im Schlafzimmer. Da ich eher fertig war als sie, wartete ich unten im Empfangssalon auf sie.

Das Dinner im erinnerungsträchtigen Speisesaal verlief recht angeregt. Später unternahmen wir den nun schon altgewohnten Spaziergang auf der Esplanade. Gemeinsam beobachteten wir den Sonnenuntergang und das Aufsteigen der Mondscheibe, bis ich schließlich daran erinnerte, daß es Zeit sei, zu Bett zu gehen.

„Ja, natürlich", erwiderte sie, und eine leichte Röte stieg in ihre Wangen.

Was mich betraf, so spürte ich keinerlei Nervosität. Ich wollte es ganz einfach hinter mich bringen. Der Gedanke an die erste

Nacht mit Helena hatte mich so lange beschäftigt, daß ich jetzt mehr als bereit war, ihn in die Tat umzusetzen. Es galt, etwas zu erledigen, das war alles.

Vor dem Hotel sagte ich zu ihr: „Laß mich hier draußen noch eine Zigarette rauchen – du kannst inzwischen ja schon vorausgehen."

Sie nickte lächelnd und verschwand. Zum erstenmal seit Stunden war ich wieder für mich allein.

Ich zündete mir eine Zigarette an, trat ans Geländer der Esplanade und blickte auf das dunkle Wasser, auf dem sich glitzernd das Mondlicht spiegelte. Alles war so voller Frieden; und voller Frieden fühlte auch ich mich jetzt. Ich rauchte langsam und mit Genuß und ging dann zum Hotel zurück. Aus dem Speisesaal wehte eine Melodie herbei; aus den Salons klangen murmelnde Stimmen. Ich stieg die Treppe empor und schritt ohne Zögern durch den Gang auf die Tür unseres Appartements zu.

Sie schien bereit. In grünen Stoff gewandet, das aufgelöste Haar lang über den Rücken wallend, saß sie vor dem Spiegel des Toilettentisches und drehte sich lächelnd zu mir um.

„Ich bin gerade dabei, mein Make-up loszuwerden."

Ich beugte mich zu ihr und küßte sie. „Du trägst ein Make-up? Das ist mir noch nie aufgefallen?"

Sie lachte. „Typisch Mann!" sagte sie und preßte ein Tuch gegen den Mund, um sich den Lippenstift abzuwischen. Das Rot auf dem Taschentuch.

Und in dieser Sekunde geschah es.

Ich sah alles und war überall – auf Penmarric, auf Sennen-Garth, in Allengate. Ich stand am Leichnam meines Vaters, sah Hugh vor mir, Mariana bei ihrer Hochzeit. Und während die Erinnerung mich fortriß von Ort zu Ort und ich überall gleichzeitig zu sein schien, stürzte ich ganz hinab in den Abgrund der Vergangenheit, mitten in die Qual und den Schmerz.

Ich war wieder in Brighton. Meine Mutter weinte, und ich wollte sie beschützen vor meinem Vater, der sie bei den Schultern packte und schüttelte. Doch ich konnte nicht an gegen ihn. Hilflos sah ich zu, wie er mit ihr fortging. Und wußte, daß er ihr wehtun würde. Und wartete. Wartete eine Ewigkeit, während sie ihm ausgeliefert blieb. Endlich kam sie zurück. Draußen im Hotelkorridor klangen ihre schleppenden Schritte. Und dann tappte ihre Hand gegen die Türklinke. Sie trat ein, und ich hörte ihr Schluchzen. Benommen sah ich sie an. Zerzaust das blonde Haar, auf dem Hals häßliche dunkle Flecken, die Oberlippe aufgeplatzt. Und Blutflecken auf dem Taschentuch, mit dem sie die Wunde betupfte.

„O mein Gott", sagte sie wieder und wieder. „O mein Gott – hilf mir, hilf mir doch!"

Aber Gott war es nicht eingefallen, auch nur einen Finger für sie zu krümmen, als mein Vater sie mißhandelt hatte. Gott war es zufrieden gewesen, untätig dabeizustehen. Und auch jetzt, wo das qualvolle Schluchzen sie würgte, dachte Gott nicht daran, sich zu regen. „... hilf mir, hilf mir doch..." Ich versuchte es und war machtlos, ein Knabe, der sich selbst nicht zu helfen wußte. Sie ging ins Badezimmer, und ich hörte das Wasser laufen und wußte, daß sie es abspülen wollte und daß es vergeblich war. Die Pein war unauslöschlich in sie eingebrannt, und...

Neun Monate später kam Jan-Yves zur Welt. Ich war damals zehn. Was das Wort Vergewaltigung bedeutete, wußte ich nicht. Aber später wußte ich verdammt gut, was in Brighton vorgefallen war. Mein Vater hatte meine Mutter vergewaltigt, und ich hatte ihr nicht beistehen können. Ich, ihr einziger Schutz, hatte versagt.

Eine Stimme rief: „Philip! Philip, was ist denn? Was hast du? Philip, bitte! Sprich doch! Was ist passiert?"

Es war Helena. Ich befand mich nicht in Brighton, sondern in Penzance.

„Schon gut", murmelte ich. „Schon gut."

Doch nichts war gut. Gar nichts. Ein Zittern packte und schüttelte mich.

„Philip, Liebling..."

„Ich werde wohl erst mal ein Bad nehmen", sagte ich und ging schwankend am Doppelbett vorbei.

Im Badezimmer, Tür vorsorglich verriegelt, lehnte ich mich gegen die Wand. Ich versuchte, die üble Erinnerung an Brighton abzuschütteln. Über zwanzig Jahre hatte ich sie aus meinem Gedächtnis verbannt. Und wenn mir das früher gelungen war, so konnte es mir wieder gelingen. Ich mußte mich davon befreien.

Ich hob den Kopf und blickte in den Spiegel. Und begriff.

Ich hatte Angst. Ich, der Feigheit stets verachtet hatte, war von panischer Angst fast gelähmt. Mich aus meiner Erstarrung langsam lösend, hob ich die Hand und drehte die Wasserhähne auf. Rauschend stürzte der Schwall in die Wanne. Und dann zog ich mich mechanisch aus und stieg hinein und begann mich zu waschen. Seife. Wasser. Ein Strahl spülte über mein Gesicht. Alle Spuren sollten getilgt werden.

Ich kletterte hinaus und trocknete mich ab. Noch immer hatte ich mich nicht in der Gewalt.

Ich weiß nicht, wie es kam. Plötzlich betete ich. Ich, der Atheist. Bitte, Gott, hilf mir. Hilf mir doch.

Und dann, wieder vor dem Spiegel stehend, befahl ich mir: Reiß dich zusammen. Niemand ahnt etwas von deiner Angst und deiner Verzweiflung. Keiner weiß etwas von dem absurden Schauspiel, das du hier aufführst. Helena am allerwenigsten. Und wenn es nicht klappen sollte zwischen ihr und dir – Ausreden finden sich immer. Dies ist doch nicht der Weltuntergang.

Ich band mir ein Handtuch um die Hüften, nahm meine Sachen und ging zur Tür. Jede Bewegung kostete Kraft, erforderte Mut. Sekundenlang schien es, als wäre es mir unmöglich, mich zu überwinden. Dann streckte ich mit unendlicher Mühe die Hand nach der Klinke aus. Sie gab nach. Die Schwelle überschreitend, betrat ich jenen Raum, der soviel Schrecken für mich barg. Kaum daß erste Helle durch die Fenster drang, stand ich auf und zog mich an. Hose, Pullover, ein Paar alte Schuhe.

„Was ist denn, Philip?“ fragte Helena vom Bett her.

„Ich kann nicht schlafen“, erwiderte ich. „Ein kleiner Spaziergang wird mir guttun.“

Und rasch ging ich hinaus und die Treppe hinunter. Der Nachtportier öffnete mir die Tür. Draußen empfing mich die frische Luft des frühen Morgens. Ich wanderte in östlicher Richtung, an Hafen und Fischerhütten vorbei, zu einem Küstenstück, in dessen Nähe sich das Märchenschloß auf dem St.-Michaels-Berg erhob, ein unwirkliches Gebilde wie aus zeitlosem Traum.

Und dort hockte ich mich in den Sand und sah dem Spiel des Lichts und der Wellen zu. Wie unter hypnotischem Blick schien ich durch das gleichförmig bewegte Wasser zur Ruhe zu kommen. Ich schlief ein. Als ich wieder erwachte, war ich völlig durchgefroren und ging eilig zum Hafen zurück, wo ich eine Fischerkneipe fand und eine Tasse Tee trank. Ganz in einer Ecke verkrochen, grübelte ich vor mich hin. Zeit verstrich. Es war sieben. Ich holte mir von der Theke eine zweite Tasse Tee. Es wurde halb acht, dann dreiviertel. Die Zeit verrann mir zwischen den Fingern. Und ich wußte nicht, was tun. Unser Zug fuhr um halb zehn. Für acht Uhr war unser Frühstück angesetzt. Doch ich wollte nicht zum Hotel zurück. Ich konnte Helena nicht in die Augen sehen. Wieder hatte mich Panik gepackt, eine maßlose Angst, die mich zur Flucht trieb.

Ich starrte auf meine Tasse. Doch wo sollte ich hin? Welche Wahl blieb mir? Nein, es gab keinen Ausweg. Ich mußte zum Hotel, mußte mit Helena frühstücken, mußte um halb zehn im Zug nach Devon sitzen. Die Flitterwochen nach der Hochzeitsnacht abbrechen? Unmöglich. Wie würden die anderen darüber denken? Niemand durfte etwas erfahren. Daß Helena nichts ausplauderte, dessen war ich sicher. Ihr Stolz ließ dergleichen nicht zu. Also mußte alle Welt glauben, daß unsere Flitterwochen einen völlig normalen Verlauf genommen hatten. Und noch war unsere Hochzeitsreise ja nicht vorüber. Mochte in Torquay nicht alles anders werden? Doch nur eine Sekunde gab ich mich dieser Hoffnung hin. So, wie die Dinge jetzt lagen, konnte ich keine Frau lieben.

Ich stand auf und trat hinaus. Leichter Regen fiel. Im Hotel zwang ich mich dazu, eine Zeitung zu kaufen, und bemühte mich überhaupt, den müßigen Morgenspaziergänger zu spielen. Dann stieg ich die Treppe hinauf.

Helena saß am Frühstückstisch, die dampfende Tasse Kaffee vor sich. Ich mied ihren Blick, nahm ihr gegenüber Platz und griff nach Toast und Marmelade.

„Entschuldige, bitte", sagte ich. „Ich habe gar nicht gemerkt, daß es schon so spät ist. Meine kleine Strandwanderung hat mich ganz in Anspruch genommen."

„Du mußt ja todmüde sein", meinte sie nach kurzem Zögern.

„Es geht auch einmal mit wenig Schlaf", versicherte ich und suchte nach der Teekanne. „Hast du nur Kaffee bestellt?"

„Ja... tut mir leid. Ich wußte nicht, daß du zum Frühstück gern Tee trinkst."

„Macht nichts." Mit unsicherer Hand goß ich mir Kaffee ein. Einige Spritzer schwappten über und tropften auf die Untertasse. Ich trank einen Schluck und sagte dann, ohne Helena anzusehen: „Wegen gestern nacht... ich kann es mir wirklich nicht verzeihen, aber..."

„Aber laß doch, Philip... es spielt ja weiter keine Rolle."

„... zu dumm. Wahrscheinlich habe ich bei meinem Abschied vom Junggesellenleben zuviel getrunken, und zusammen mit dem Champagner beim Empfang hat das wohl..."

„Ich verstehe schon. Mach dir doch keine unnötigen Gedanken. Es ist wirklich nicht von Wichtigkeit."

„Ja, aber ich begreife bei alledem nicht ganz, warum und wieso..."

Doch ich begriff durchaus. Und mehr als das: Ich wußte.

„... mir noch nie passiert..."

Ich hätte nichts sagen müssen. Jedes Wort war überflüssig. Aber ich konnte nicht anders. Lüge auf Lüge drängte sich mir über die Lippen.

„... früher..."

„Bitte, Philip – sprechen wir nicht mehr davon. Glaub mir doch, daß ich Verständnis dafür habe, und außerdem... was kommt es auf eine Nacht schon an. Wir haben ja noch so viele vor uns. Mach dir keine Sorgen. Du bist ja ganz aufgeregt."

„Ich bin nicht aufgeregt. Nur verärgert."

„Bitte nicht – mir zuliebe!"

„Ja, wenn das so leicht wäre", sagte ich und nahm dann die Zeitung zur Hand, las einige Sekunden und warf einen Blick auf meine Uhr. „Viel Zeit bleibt uns nicht gerade. Wenn wir uns nicht beeilen, verpassen wir den Zug."

Doch wir verpaßten ihn nicht. Pünktlich saßen wir in unserem reservierten Coupé, und bald ratterten die Räder über die Schienen.

9

Am dritten Tag in Torquay ging ich zur öffentlichen Bibliothek, suchte ein medizinisches Wörterbuch heraus und versuchte, mir durch das Gewirr von Fachausdrücken einen Weg zu bahnen; aber vergeblich. Die Tage schleppten sich dahin. Zu allem Übel war das Wetter auch noch schlecht, und man konnte kaum etwas unternehmen. Ich fühlte mich wie ein Tier hinter Gittern und sehnte mich zurück nach Cornwall und nach Sennen-Garth: nach dem Leben, das ich gewohnt war und das ich liebte. Doch da ich das Gerede der Leute fürchtete, scheute ich vor einem Abbruch der Hochzeitsreise zurück. Außerdem zeigte Helena sich beim bloßen Gedanken daran entsetzt.

„Bitte, Philip", flehte sie. „Bitte – nicht das. Wenn es dir in Torquay nicht gefällt, könnten wir doch woanders hinfahren. Dagegen hätte ich nichts. Aber jetzt schon nach Penmarric – o nein, Philip, bitte! Wenn du mich liebst, dann darfst du das nicht von mir verlangen."

Unglücklich waren wir beide. Die Lage schien völlig verfahren. Ich hatte es aufgegeben, mich um Helena zu bemühen. Während sie sich die Zeit im Hotel mit irgendwelcher Lektüre vertrieb, wanderte ich allein durch feuchte Straßen und über regennassen Sand, und wenn sie sich abends zum Schlafen zurückzog, so suchte ich mir irgendwo eine Kneipe, wo ich in Frieden ein Gläschen trinken konnte. Ihre Gegenwart empfand ich als ständigen Vorwurf, und der Gedanke an meine Impotenz ließ mich einfach nicht mehr los. Ich begriff es nicht. Es war mir völlig unfaßbar. Das Zusammensein mit Helena stieß mich eher ab, als daß es mich als Mann erregte. Schließlich begann ich mich zu fragen, ob die Schuld nicht bei ihr liege; vielleicht ginge mit einer anderen Frau alles gut. Die Vorstellung bohrte sich hartnäckig fest. Ich mußte unbedingt die Antwort finden. Und so las ich eines Abends eine Prostituierte auf – und mußte entdecken, daß es zweckloser als zwecklos war.

Das Gefühl der Erniedrigung schien kaum noch erträglich. Depressionen packten mich. Ich fühlte mich unglücklicher denn je. Und stärker noch als zuvor begann ich mich nach Hause zu sehnen, nicht nach Penmarric, sondern nach Roslyn-Farm und

Sennen-Garth, nach dem Geruch der Küche und dem Staub der unterirdischen Stollen. Und nach meinen Freunden, den Kumpels. Deutlich sah ich sie vor mir, wie sie nach hartem Arbeitstag in der Schenke ausspannten, rauhe Stimmen und dröhnendes Gelächter, sie alle: Willie, Tom, Harry, Dave, Jack, Ray – und natürlich Trevose, immer und immer wieder Trevose, vierschrötiger Kerl mit häßlichem Gesicht und schwieligen Pranken. Eine Ewigkeit schienen wir schon voneinander getrennt.

„Wo kann man hier telefonieren?" erkundigte ich mich beim Portier.

„Den Gang entlang, beim Billardsaal, Sir."

„Danke."

Ich fand die Zelle, und fünf Minuten später hatte ich den Wirt der Schenke von St. Just am Apparat und fragte ihn mit verstellter Stimme, ob Trevose im Gastzimmer sei.

„Ja, ist er. Ich hole ihn mal ran."

Ich wartete, und dann erklang seine wohlvertraute Stimme.

„Hallo?"

Ich mußte mich zusammennehmen. „Und wie geht's so auf Sennen-Garth – ohne mich?"

„Herr im Himmel!" rief er verdutzt. „Was, zum Henker, treibt Sie denn an das verdammte Telefon?"

„Neugier – könnte doch sein, daß ihr während meiner Abwesenheit streikt." In meiner Kehle saß ein Kloß. Die Augen brannten. „Wie läuft's denn so?"

„Prächtig!" erwiderte er. „Keine besonderen Vorkommnisse. Lage völlig normal."

„Gut."

„Wie sieht's bei Ihnen denn aus?" fragte er. „Regnet wohl viel?"

„Zu viel. Wir sind in Torquay in Devon."

„Torquay? Ist das wie Penzance?"

„So etwa."

„Und wie geht's Ihrer Frau?"

„Ausgezeichnet. Hören Sie, Trevose – trinken Sie doch einen für mich mit und sagen Sie den Jungs, daß ich am Montag wieder auf Sennen-Garth zu finden bin … und vielleicht könnten wir beide uns schon am Samstagabend einen Drink genehmigen – falls Sie in der Schenke sind."

„Klar doch. So ab sieben."

„Weiß nicht, ob ich's um die Zeit schon einrichten kann. Aber lassen Sie das Bier getrost schon kommen."

„Wird gemacht! Bis dann also, mein Alter. Wiedersehen."

„So um sieben, ja. Wiedersehen, Trevose."

Ich hängte den Hörer ein, fischte mein Taschentuch hervor und schnaubte kräftig. Vier Tage nur noch. Vier Tage, die rasch vorbeigehen würden. Endlich rückte Cornwall mir wieder nah; Sennen-Garth – alte Freunde und alte Gewohnheiten: das vertraute Leben...

Ich konnte es kaum erwarten.

Bei unserer Ankunft auf Penmarric am Samstagnachmittag hatten die Bediensteten nach herkömmlicher Weise zum Empfang Aufstellung genommen. Die Nichte der Köchin überreichte Helena einen Blumenstrauß, und Medlyn, der Butler, ließ es sich nicht nehmen, eine kleine Ansprache zu halten. Später dann, nach dem Abendessen, machte ich mich nach St. Just auf, wo ich mit meinen Freunden ausgiebig Wiedersehen feierte. Als ich zurückkehrte, war Helena bereits zu Bett gegangen, und um sie nicht zu stören, legte ich mich im Vorzimmer auf die Couch. Am nächsten Morgen fühlte ich mich gestärkt wie seit Wochen nicht mehr, und selbst die Fahrt zum Gottesdienst konnte mich nicht verdrießen; die Tradition wollte nun mal, daß die Dörfler den Herrn und die Herrin von Penmarric allwöchentlich zu Gesicht bekamen.

Nach vollzogener Pflicht kehrten wir zum Lunch zurück, den wir gemeinsam mit William und Jan-Yves einnahmen. Mein jüngster Bruder schien seine Pläne für den Bau eines eigenen Hauses völlig auf Eis gelegt zu haben. Er wohnte jetzt bei William und Charity, und insgeheim vermutete ich, daß er mein Geld längst anderen Zwecken zugeführt hatte. Als ich ihn danach fragte, wich er behende aus.

Helena äußerte Verwunderung darüber, daß Charity unserer Einladung nicht gefolgt war. Obschon sie über die Vergangenheit des ehemaligen Schankmädchens genau im Bilde war, schien sie gewillt, Charity, wenn auch innerhalb gewisser Grenzen, als zur Familie gehörig zu betrachten, und ich muß gestehen, daß ihre so ganz und gar nicht snobistische Haltung mir imponierte.

William hingegen war offensichtlich weniger darauf versessen, seine bessere Hälfte in der Öffentlichkeit zu präsentieren. „Charity hat vor Penmarric einen wahren Horror“, behauptete er, „und vor dir wohl auch, Helena. Du wirst es nicht leicht haben, sie hierherzukriegen.“

Am Nachmittag fuhr ich dann mit meiner Frau nach Roslyn-Farm, wo wir bei meiner Mutter ein paar recht entspannte Stunden verbrachten. Unversehens fühlte ich mich in so prächtiger Verfassung, daß ich abends auf Penmarric frische Hoffnung schöpfte und mich zu Helena ins Bett legte. Doch es war zwecklos. Am nächsten Morgen suchte ich Dr. Salter in St. Just auf.

Zuerst wollte es mir nicht recht über die Zunge, aber schließlich rückte ich doch mit meinem Problem heraus, sehr bemüht, ihm meine tiefe Beunruhigung zu verheimlichen, was mir wohl auch so leidlich gelang. Ich mochte den alten Arzt. Er war es gewesen, der mich sozusagen in diese Welt befördert hatte, und es ist schon etwas Tröstliches an so einem Familiendoktor, der mit Leben und Umständen seines Patienten weitgehend vertraut ist. Er hörte mir geduldig zu und beeilte sich sodann, mir zu versichern, daß es sich gewiß um eine vorübergehende Störung handle und ich mir keine Sorgen zu machen brauchte.

„Das kommt in Flitterwochen oft vor“, erklärte er gutgelaunt. „Man überschätzt ganz einfach ihre Funktion. Man bedenke doch nur: all die Aufregung und Anstrengung vor der Hochzeit – wenn man dann im Zug sitzt, ist man doch nervlich und körperlich erschöpft! Also da brauchen Sie sich wirklich keine grauen Haare wachsen zu lassen.“

Ich begann mich besser zu fühlen. Er untersuchte mich sorgfältig, richtete sich dann auf und nahm die Brille ab.

„Bei Ihnen ist alles in bester Ordnung“, betonte er mit Nachdruck. „Nicht der geringste Grund zur Beunruhigung, das können Sie mir glauben. Überstürzen Sie nichts. Lassen Sie den Dingen Zeit – die nehmen schon ihren eigenen Lauf. Je mehr Sorgen Sie sich machen, desto schwieriger wird der Fall. Also – Kopf hoch!“

Die Erleichterung, die seine Worte in mir auslösten, könnte ich gar nicht beschreiben. Nach den unaufhörlichen Depressionen tat es gut, die Welt wieder ins Lot gerückt zu sehen.

„Übrigens“, setzte er gleichsam als Nachsatz hinzu, „wann hatten Sie den letzten Geschlechtsverkehr?“

Die Frage traf mich wie ein Schlag.

Er hatte nicht begriffen, und sosehr ich mich auch mühte, ihm die Wahrheit zu gestehen – sie wollte einfach nicht heraus. Schließlich sagte ich ausweichend und ohne ihn anzusehen: „Ich habe keine andere Frau gehabt, seit ich mich für Helena zu interessieren begann."

Er lachte und meinte scherzend: Kein Wunder, da müsse ich ja total aus der Übung sein, aber das würde sich schon alles finden.

„Und wenn es sich nicht findet?" fragte ich.

„Nun ja..." begann er und schien einen Augenblick über diese Unwahrscheinlichkeit nachzugrübeln. „Sollten Sie auch weiterhin Schwierigkeiten haben, so kommen Sie doch in zwei Wochen wieder zu mir – dann werden wir sehen, was weiter zu tun ist."

Ich bedankte mich, schüttelte ihm die Hand und schlug vor seinem Haus den Weg zur Mine ein. Doch mit meiner Ruhe war es wieder vorbei.

Zwei Wochen später war ich erneut bei ihm. Er zeigte sich überrascht und behandelte die Angelegenheit jetzt mit größerem Ernst.

„Da ist eine eingehendere Untersuchung ratsam", sagte er. „Zufällig weiß ich von einem Facharzt in Falmouth, der auf dergleichen spezialisiert ist. Ob Sie da wohl hinfahren könnten?"

Der Doktor in Falmouth war ein ehemaliger Marinemann und entsprechend derb und unverblümt. Ich vertraute ihm sofort und glaubte fest, er würde mir endlich helfen können. Doch ich sah mich enttäuscht. Nach mehreren Konsultationen lehnte er sich schließlich resignierend auf seinem Sessel zurück und eröffnete mir, daß er sich außerstande sehe, etwas für mich zu tun.

„Die Tests waren sämtlich negativ", sagte er knapp. „Physisch stimmt bei Ihnen alles."

„Aber es muß doch einen Grund geben", erwiderte ich verzweifelt. „Es muß. Ich begreife das einfach nicht."

„Wenn Ihnen an einem Befund von anderer Seite liegt, dann könnte ich Sie einem Arzt in London empfehlen..."

„Nein, nein, ich vertraue Ihnen ja. Wenn Sie sagen, daß bei mir alles in Ordnung ist, dann glaube ich Ihnen." Ich saß mit gebeugtem Kopf, die Hände krampfhaft ineinander verschlungen.

„Aber ich begreife es nicht", sagte ich und wiederholte gequält: „Ich begreife es einfach nicht."

Sekundenlang fiel kein Wort.

„Schauen Sie", sagte er schließlich mit einer Liebenswürdigkeit, die bei einem Mann seiner unverblümten Art überraschen mußte, „ich möchte Ihnen einen Rat geben. Fahren Sie nach London und gehen Sie dort zu einem Arzt in der Harley Street . . ."

Ich unterbrach ihn. „Aber ich habe Ihnen doch schon gesagt, daß ich Ihrem Urteil voll und ganz vertraue. Wenn Sie mir versichern, daß physisch alles bei mir stimmt, dann braucht es keinen zweiten Befund."

„Dieser Arzt ist kein – nun ja, es handelt sich um einen Psychiater."

„Psychiater!" rief ich tief verletzt. Die Empörung riß mich fort. „Psychiater – nein danke, für solchen Unsinn habe ich nicht das geringste übrig. Ich bin genauso normal wie Sie und denke nicht daran, für einen verdammten Quacksalber Geld hinauszuwerfen! Wenn Sie allen Ernstes denken . . ."

„Sie, Mr. Castallack", sagte er, „sollten jetzt allen Ernstes denken."

Er musterte mich etliche Sekunden. Dann beugte er sich vor und begann hastig und mit Schärfe zu sprechen. „Sie sind doch kein Narr. Sie sind ein intelligenter Mann von zweiunddreißig Jahren, und ich sehe keinen Grund, warum ich bei Ihnen um den heißen Brei reden sollte. Also hören Sie. Ich habe durchaus nicht behauptet, daß bei Ihnen *alles* in Ordnung ist. Ich sprach vom Physischen. Irgendwo liegt's bei Ihnen im argen. Doch betrifft das ein Gebiet, für das ich nicht kompetent bin. Und deshalb rate ich Ihnen, einen Fachmann aufzusuchen. Nur so kann Ihnen geholfen werden. Denn irgend etwas, das mit dem Körperlichen nichts weiter zu tun hat, versperrt Ihnen den Weg zu Ihrer Frau und zu einem normalen Liebesleben. Und diese Barriere, oder wie immer man es nennen will, muß erst einmal weggeräumt werden. Das sitzt tief im Unterbewußtsein und bedarf einer kundigen Hand. Nehmen Sie also meinen Rat an und fahren Sie nach London zu diesem Arzt, der auf seinem Gebiet ein wirklicher Experte ist. Er wird Ihr Problem finden und alles daransetzen, Ihnen bei seiner Überwindung zu helfen. Nur so können Sie wieder ein glücklicher Mensch werden."

Er verstummte. Ich grübelte verbissen vor mich hin. Zwar empfand ich den Vorschlag jetzt nicht mehr als Beleidigung, doch die Richtigkeit oder gar Notwendigkeit der empfohlenen Lösung vermochte ich noch immer nicht einzusehen. Ich wußte selbst, was bei mir nicht stimmte. Ich wußte selbst, was mir immer und immer wieder in die Quere kam. Es war die Erinnerung an Brighton: die Tatsache, daß in meiner Vorstellung Liebe untrennbar mit Gewalt verknüpft war. Wozu also einen Psychiater? Der konnte mir auch nur raten, mich zu überwinden – mit Hilfe meiner Willenskraft.

Doch dann fiel mir die Hochzeitsnacht im Metropole ein. Damals hatte Willenskraft mir herzlich wenig genützt. Und später war es nicht anders gewesen. Deshalb saß ich ja im Sprechzimmer dieses Arztes.

„Glauben Sie wirklich, daß ein Psychiater mich heilen könnte?" fragte ich zögernd.

„Den Erfolg kann ich nicht garantieren, aber gute Aussichten hätte das schon. Wie wär's mit einem Versuch?"

Ich dachte an Helena, deren Unglück mir durchaus nicht gleichgültig war. Und ich dachte an den Sohn, den ich mir so wünschte. Quälend stieg das Bild Esmonds vor meinem inneren Auge auf.

„Also gut", sagte ich abrupt. „Was habe ich schon zu verlieren? Wie heißt dieser Mann, und wie melde ich mich am besten bei ihm an?"

„... und deshalb konnte ich meine Frau nicht lieben", sagte ich zu dem Psychiater, immer noch verwundert, wie leicht es mir fiel, offen über alles zu reden. Wenn ich geglaubt hatte, daß er mich mit Fragen überhäufen würde, so sah ich mich getäuscht. Er verhielt sich recht einsilbig. „Ich konnte sie nicht lieben, weil mich der abgewischte Lippenstift auf dem Tuch an meine Mutter in Brighton erinnerte. Und ist es nicht irgendwie erklärlich? Ich assoziiere körperliche Liebe mit dem, was meine Mutter zu leiden hatte. Und der Gedanke an eine Vereinigung mit meiner Frau ließ mich kalt, statt mich zu erregen."

Durch die Jalousien fiel schräg das Sonnenlicht und zeichnete bizarre Muster auf den Boden. Es war sehr still und friedvoll.

„Nachdem ich in der Hochzeitsnacht versagt hatte", fuhr ich grübelnd fort, „war es dann weniger die Erinnerung an Brighton, die mich lähmte, als die Angst, erneut zu versagen. Und mit jedem weiteren Fehlschlag wurde es schlimmer. Auch das erscheint doch nur logisch, nicht wahr?"

Der Arzt nickte. Er war ein kleiner Mann, ein Ausländer mit traurigen dunklen Augen und einem winzigen Hängeschnurrbart. Ich fragte mich, was er wohl über meinen Fall denken mochte, und glaubte, hinter seinem Schweigen die Diagnose gleichsam wittern zu können. Ein paar Worte der Klärung erschienen angezeigt.

„Wahrscheinlich", sagte ich, „glauben Sie, daß ich in meine Mutter verliebt bin. Ist das nicht so die Art der Jünger Freuds? Kürzlich erst habe ich im Lexikon über den Meister nachgelesen."

Er schwieg und zeigte ein höfliches Lächeln.

„Nun, was mich betrifft, so ist das ein Unsinn", fuhr ich fort. „Meine Mutter und ich stehen einander zwar sehr nahe, und ich schäme mich auch nicht, das offen zuzugeben, doch großen Einfluß auf meine Lebensführung hat sie keinesfalls, und ich bin immer meinen Weg gegangen. Daß ich all die Jahre bei ihr auf dem Bauernhof gelebt habe, ist wohl eher den Umständen zuzuschreiben. Wäre zwischen meinen Eltern alles normal verlaufen, so hätte ich bestimmt woanders gewohnt ... Schulleben, Universitätsleben – wer weiß. Außerdem habe ich immer viele Freunde gehabt, früher auf der Schule schon und später auf Sennen-Garth. Hinzu kommt, daß mir das Leben auf dem Hof gefiel, obwohl die Landwirtschaft mir nie annähernd soviel bedeutete wie Bergbau ...

Was mich zum Bergbau zog? Ich weiß es nicht. Angeborene Neigung wahrscheinlich. Dazu vielleicht der Hang zum Unkonventionellen. Mein Vater wollte mich in abgestandene Traditionen pressen, standesgemäße Erziehung und standesgemäßes Leben ... Sie wissen schon. Doch dafür hatte ich nichts übrig. Er und sein Stand! Genau das war es ja, was meine Mutter unglücklich gemacht hatte, und ich wollte nichts damit zu tun haben. Sobald ich meine eigene Entscheidung treffen konnte, ging ich von der Schule ab und kehrte nach Cornwall zurück. Und dann bot sich mir die Chance, die stillgelegte Mine wieder in Betrieb zu nehmen – gegen den Wunsch meines Vaters. Wir gerieten darüber in Streit. Es wird für Sie, der Sie ja Ausländer sind, nicht leicht sein, den Zauber unserer Minen in Cornwall zu verstehen. Sie scheinen zu leben ... buchstäblich zu atmen wie Menschen ... und viele tragen Frauennamen, Wheal Mary Anne, Wheal Margery, Wheal Harriet ... in den Augen der Bergleute besitzen sie nämlich ihre eigene, unverwechselbare Persönlichkeit. Der Name meiner Mine leitet sich wahrscheinlich von einem kleinen Fischerdorf namens Sennen ab, das nicht weit von St. Just liegt. Die Nachbarmine heißt King-Walloe, weil sie einmal reich genug war, selbst einem König ein luxuriöses Leben zu ermöglichen ... so erzählt man sich jedenfalls. Doch King-Walloe ist jetzt tot. Und tot sollte nach dem Willen meines Vaters auch Sennen-Garth bleiben. Aber ich habe sie wieder zum Leben erweckt ...

Die Mine ist ein Abenteuer. Nicht ungefährlich. Doch ich bin stets auf der Hut. Ich weiß, daß mir dort unten kein Unglück droht. Und ich habe auch keine Angst. Nicht dort unten. Alles, was mich sonst bedrückt, fällt in der Mine von mir ab und wird unwirklich.

Mein Vater jedenfalls hatte dafür kein Verständnis. Dauernd gab es Reibereien zwischen uns. Vielleicht waren wir uns im Temperament zu ähnlich. Ich weiß es nicht. Ich weiß nur, daß er als Ehemann wie als Vater gleichermaßen miserabel war. Und wenn ich in diesem Punkt auch voreingenommen sein mag – bitte, so sehe ich's nun einmal. Gewiß habe ich seinen Tod bedauert und mich daran auch mitschuldig gefühlt, weil wir gerade Streit miteinander gehabt hatten ... doch ehrlich gesagt: er war mir zu seinen Lebzeiten nicht übermäßig von Nutzen gewesen und meiner Mutter wahrlich noch weniger."

Mit einem Ruck wandte ich ihm die Augen zu. Begriff er, worum es ging? Begriff er es jetzt?

Zu meiner Überraschung schien der Psychiater dem Vorfall in Brighton nicht annähernd soviel Bedeutung beizumessen wie ich. Zwar gestand er mir zu, daß es sich um ein unerfreuliches Erlebnis gehandelt habe, doch den Grund für meine augenblickliche Impotenz sah er darin offenbar nicht.

Ich versuchte ihn festzunageln.

„Wenn Brighton nicht weiter ins Gewicht fällt", fragte ich, „warum schiebt sich diese Geschichte dann immer zwischen mich und meine Frau, wenn ich sie zu lieben versuche?"

„Immer?" fragte er zurück. „Aber Sie haben mir doch erzählt, das sei in dieser Deutlichkeit nur beim ersten Mal der Fall gewesen – wennschon Sie sich natürlich auch später der Erinnerung daran bewußt blieben."

„Ja, aber ..."

„Der Vorfall in Brighton ist durchaus nicht ohne Gewicht", unterbrach er mich. „Das habe ich nicht behauptet. Doch mir will eher scheinen, daß es sich dabei mehr um ein Symptom handelt – um das Symptom einer tiefergehenden Störung."

Er machte eine Pause. „Das will Ihnen nicht so recht einleuchten, nicht wahr? Nun, dann versuchen Sie einmal, sich folgende Möglichkeit klarzumachen. In Ihrem Unterbewußtsein gibt es ein Gebot, das da lautet: Du darfst mit einer Frau keinen Geschlechtsverkehr haben. Auch wenn dieses Gebot Ihnen nicht bewußt ist, so existiert es dennoch und schickt Ihnen Signale, die Sie nicht ignorieren können. So wie in der Hochzeitsnacht. In diesem Fall bediente das unterbewußte Gebot sich der verdrängten Erinnerung an Brighton. Ein äußerst drastisches Signal, so wie ja auch der Vorfall drastisch gewesen war. Zum erstenmal in Ihrem Leben sahen Sie sich buchstäblich zum Geschlechtsverkehr gezwungen. Sie konnten dieser Forderung nicht entkommen. Sie war unausweichlich. Also mußte das Signal so mächtig sein, daß es Sie gleichsam an den Zügeln zurückriß – was es ja auch tat."

„Das klingt alles recht gescheit", sagte ich trocken, „und da ich weiß, daß das menschliche Gehirn sich so manchen Bocksprung leistet, kann es mir auch nicht einfallen, mit Ihnen darüber zu streiten. Schön. Aber wie sieht die Lösung aus? Was muß ich tun, um mich zu heilen? Und wie können Sie mir helfen?"

Er schüttelte lächelnd den Kopf. „Übers Knie läßt sich da nichts brechen, Mr. Castallack. Leider handelt es sich nicht um Kopfschmerzen, bei denen ein, zwei Tabletten prompte Abhilfe schaffen. Daß ich etwas für Sie tun kann, glaube ich schon, doch bevor sich ein deutlicher Fortschritt zeigt, werden Sie noch sehr oft zu mir kommen müssen. Es ist ganz einfach unerläßlich, daß Sie mir mehr erzählen, vor allem über Kindheit und Jugend. Bisher haben Sie mir einen bewundernswert knappen Abriß gegeben. Aber wenn ich Ihnen wirklich helfen soll, brauche ich mehr als nur das."

Ich starrte ihn entsetzt an. „Aber das ist ausgeschlossen!" rief ich. „Ich habe in Cornwall alle Hände voll zu tun und kann unmöglich jede Woche nach London kommen! Gütiger Gott, Penzance liegt vierhundertfünfzig Kilometer weit weg! Das sind runde fünf Stunden Fahrt!"

„Tja", sagte er, einen Augenblick ratlos, und beharrte dann: „Aber einmal in der Woche müßten wir uns schon sehen. Für den Anfang hätte ich Sie sogar gern zweimal bei mir. Könnten Sie sich nicht wenigstens eine Zeitlang in London aufhalten?"

„Nein. Ich werde in Cornwall gebraucht."

Er seufzte tief und schwieg.

„Nun, Sir", sagte ich schroff, „irgend etwas werden Sie doch wohl unternehmen können. Oder ist es sinnlos, sich von Ihnen prompte Hilfe zu erhoffen? Wozu soll ich überhaupt so oft herkommen? Können Sie denn nicht sofort Ihre Diagnose stellen und mir sagen, was mir fehlt?"

„Die Wahrheit müssen Sie schon selbst entdecken", war seine Antwort. „Und das kann längere Zeit dauern. Eine Erklärung in abstrakten Wendungen wäre völlig sinnlos. Erstens würden Sie mir kein Wort glauben, und zweitens könnten Sie das zu Ihrer eigenen Situation auch gar nicht in Verbindung setzen."

„Dann sehe ich keine Lösung", sagte ich. „In London zu bleiben, ist mir unmöglich, und in Cornwall bin ich für Sie zu weit vom Schuß. Nein, eine Lösung sehe ich nicht."

„Weil Sie vielleicht keine sehen wollen, Mr. Castallack?"

Ich beherrschte mich. „Ich würde jede Möglichkeit begrüßen", versicherte ich kühl. „Doch leider zeichnet sich nichts ab. Oder haben Sie noch einen Vorschlag?"

Er zögerte. „Ja", erklärte er schließlich widerstrebend. „Sie könnten alles aufschreiben. Eine Art Lebensbericht, so ausführlich es nur irgend geht, und wenn Sie damit fertig sind, schicken Sie ihn mir. Ich werde ihn sorgfältig studieren, und wenn Sie wieder nach London kommen, suchen Sie mich auf – ein besserer Kompromiß, fürchte ich, läßt sich kaum finden."

„Aber ich bin doch kein Schriftsteller!" protestierte ich aufgebracht. „Ich habe nicht die geringste Übung!"

„Als gebildeter Mensch sind Sie doch wohl imstande, Wörter

zu buchstabieren und zu Sätzen aneinanderzufügen. Versuchen Sie's also."

„Aber ..."

„Und das, Mr. Castallack, dürfte, wie schon gesagt, der einzig gangbare Kompromiß sein", unterbrach er mich höflich, und ich sah mich gezwungen, mich zu bedanken und zu gehen.

Am liebsten hätte ich die ganze Angelegenheit ad acta gelegt. Dennoch tat ich es nicht. Wahrscheinlich empfand ich selbst, daß meine Lage zu verzweifelt war, um nicht nach jedem Strohhalm zu greifen. Und so schloß ich mich denn auf Penmarric im Arbeitszimmer meines Vaters ein, griff zu Papier und Tinte und begann zu schreiben.

Eigentümlicherweise fand ich Gefallen daran. Vielleicht war mir diese Beschäftigung viel weniger fremd, als ich geglaubt hatte. Schließlich war mein Vater Autor gewesen, und meine Mutter führte über viele Jahre ein geradezu voluminöses Tagebuch. Zuerst ging es ein wenig holprig, aber nach und nach gewann es doch Zusammenhang, und jetzt, Jahre später, ließe sich ohne allzu große Mühe ein einheitliches Ganzes daraus machen. Dem Psychiater schickte ich das Manuskript nie. Ich sah ihn überhaupt nicht wieder. Warum? Nun, noch ehe ich den ersten Entwurf meiner Lebensgeschichte fertiggestellt hatte, fand ich die Lösung meines Problems, und danach brauchte ich keinen Psychiater mehr.

Denn nach einem halben Jahr kam ich mit mir selbst ins reine. Nach einem halben Jahr unablässiger Pein und Peinlichkeit bei meiner Frau fragte ich mich schließlich: Was kann ich tun, um glücklich zu werden? Wie kann ich unter diese elende Geschichte endlich einen Schlußstrich ziehen? Und die Antwort war überraschend einfach. Ich brauchte nur die Wahrheit zu akzeptieren. Ich mußte mir mein Versagen eingestehen und mich entschließen, damit zu leben. Und so schwer es mir auch fiel – ich zwang mich, den Tatsachen ins Auge zu sehen.

Ich liebte meine Frau nicht. Die Rolle als Ehemann war mir zuwider, und selbst nach Vaterschaft sehnte ich mich nur, um für Sennen-Garth einen Erben zu zeugen. Am stärksten jedoch stieß mich das konventionelle Dasein als Herr von Penmarric ab. Gewiß blieb es mir nicht erspart, mit Helena dort zu wohnen. Doch weder mein Haus noch meine Frau sollten mich daran hindern, jenes Leben zu leben, das mich einzig glücklich machen konnte: die Arbeit auf Sennen-Garth, Besuche bei meiner Mutter, Klippenwanderungen mit Trevose; und so vieles andere. Ich war entschlossen, wieder mein eigener Herr zu sein und nicht länger eine Marionette, die sich von der sogenannten Gesellschaft ihr Tun und Lassen vorschreiben ließ. Ärzte? Psychiater? Nicht für mich. Davon hatte ich genug.

Ich ging meinen eigenen Weg.

Ich wußte, daß ich meiner Frau damit unrecht tat. Und ich wußte auch, daß ich meine Ehe zerstörte, indem ich sie als nichtexistent behandelte. Doch der Drang nach meinem Leben von einst war zu stark. Nach und nach begann ich wieder Freude zu empfinden – und ahnte nicht, daß diese Freude nur eine geborgte war.

Denn vor mir, gar nicht weit entfernt, warteten der Weltuntergang und der Tag des Jüngsten Gerichts. Es war 1928. Zwei Jahre blieben mir noch – nicht zwei Lebensjahre natürlich, sonst wäre ich ja nicht hier, um die Geschichte zu erzählen, sondern zwei gelebte Jahre. Doch das wußte ich damals nicht. Zum Glück besaß ich nicht die Gabe, in die Zukunft zu schauen.

Meine Familie schien zu glauben, mit unserer Ehe sei alles in Ordnung. Ich hatte Helena die Scheidung freigestellt, doch der Stolz gebot offenbar ihr nicht weniger als mir, die Fassade zu wahren. Nur als Jeanne und Gerald drei Monate nach unserer Hochzeit heirateten, brachen ihre wahren Gefühle durch. Sie weinte und schien sich kaum beruhigen zu können. Doch da Frauen bei solchen Anlässen ganz allgemein zu starken Gemütsbewegungen neigen, fand niemand etwas dabei. Mir jedoch wollte scheinen, daß ihr die bittere Ironie des Schicksals so zusetzte; war ich in ihren Augen doch nicht mehr „Mann“ als ihr gelähmter Bruder im Rollstuhl.

Da Gerald nur begrenzt transportfähig war, mußte das junge Paar auf die Hochzeitsreise verzichten; und bald fuhr Helena immer häufiger nach Polzillan House und hielt sich endlos dort auf. Jeanne war wohl von Natur aus viel zu arglos, um irgendwelchen Verdacht zu schöpfen.

Niemand ahnte etwas.

Alle schienen zu sehr mit sich selbst beschäftigt. Jan-Yves zum Beispiel – dessen Haus immer noch ungebaut war – überraschte uns zu Weihnachten mit der Ankündigung, daß er Felicity Carnforth zu heiraten gedenke. Sie war sechs Jahre älter als er und von ausnehmender Reizlosigkeit – aber eine reiche Erbin.

„Du wirst sicher nicht abstreiten wollen, daß du ihres Geldes wegen hinter ihr her bist", sagte ich, bemüht, meine Verachtung zu verbergen.

„Ganz und gar nicht", erwiderte er vergnügt. „Aber sie ist von dem Gedanken an eine Ehe sehr angetan und ich eigentlich auch. Gewiß ist sie nicht gerade eine Schönheit, aber sie besitzt doch viel Sinn für Humor und ist auch sonst recht vernünftig. Jedenfalls kommen wir ganz prächtig miteinander aus, und ich vermag nicht ganz einzusehen, warum wir beide nicht genauso glücklich werden sollten wie Helena und du."

Da mir dieses Thema zu gefährlich war, enthielt ich mich wohlweislich eines Kommentars und beschränkte mich darauf, ihm Glück zu wünschen. Meine Mutter nahm die Nachricht von der Verlobung mit gemischten Gefühlen auf. Die Romantikerin in ihr verargte es Jan-Yves, daß er nicht bis über beide Ohren in seine zukünftige Frau verliebt war; ihre praktische Vernunft wiederum sagte ihr, daß Felicity für ihn sowohl in finanzieller wie in gesellschaftlicher Hinsicht eine ausgezeichnete Partie war. Und so entschloß sie sich denn, der Verbindung ihren Segen zu geben, und begann sich erste Sorgen um die Garderobe zu machen, die sie auf der für Ostern angesetzten Hochzeit tragen wollte.

Von meiner kranken Ehe ahnte auch sie nichts. Sie besuchte uns häufig und schien Helena sehr in ihr Herz geschlossen zu haben – was man bei Rebecca, ihrer zweiten Schwiegertochter, nicht sagen konnte. Das Zerwürfnis zwischen beiden hatte sich im Laufe der Jahre eher noch vertieft.

„Sie ist so gewöhnlich!" war ihre Meinung. „Es wäre doch ihre Pflicht, Deborah auf eine gute Mädchenschule zu schicken, damit aus dem Kind eine richtige Dame wird, aber darum schert Rebecca sich nicht. Und wenn bei Jonas nicht bald etwas geschieht, dann wird aus dem Jungen doch auch nichts Gescheites. Was für ein Unglück, daß Hugh so früh sterben mußte! Er hätte sich besser um Sohn und Tochter gekümmert... Übrigens würde es mich gar nicht wundern, wenn sie es mit der Moral nicht so genau nähme. Ihre Mutter Clarissa Penmar hatte als junge Frau einen höchst zweifelhaften Ruf, und gewisse Dinge vererben sich ja leicht."

Damit wandte sie sich dem erfreulicheren Thema Helena zu. Überhaupt ließ sie auf meine Frau nie etwas kommen – bis sie mich dann im Juli, als ich ein Jahr verheiratet war, auf die Seite nahm.

„Helena möchte doch Kinder, nicht wahr?" fragte sie drängend. „Sie versucht doch nicht etwa, dem aus dem Wege zu gehen?"

„Aber nein."

„Gütiger Himmel, ich hoffe doch ... Natürlich, sehr schlank ist sie ja. Und schlanke Frauen haben oft ebensolche Schwierigkeiten bei der Empfängnis wie beim Gebären – jedenfalls sagte Griselda das immer."

„Mein Gott, Mama, so gib ihr doch eine Chance! Wir sind doch gerade erst ein Jahr verheiratet!"

„Ja – aber als ich meinen ersten Hochzeitstag feierte, war Stephen bereits auf der Welt ..."

Ich beruhigte sie und wechselte rasch das Thema. Und sooft mich Unruhe überkam, sagte ich mir vor, daß alles in Ordnung sei, solange nur meine Mutter nichts merkte.

Im Sommer kam Esmond für einen Monat nach Penmarric. Ich verlebte eine herrliche Zeit mit ihm. Gemeinsam durchstreiften wir Heide und Küste, und auf seine Bitte nahm ich ihn sogar zur Mine mit, wo ich ihn unter Tage umherführte.

Mariana war in London geblieben, wo sie in eine Scheidungsgeschichte verwickelt zu sein schien, wenn auch nicht ihre eigene; doch offenbar handelte es sich um einen recht unerquicklichen Skandal, bei dem sie eine unerfreuliche Rolle spielte. In den Zeitungen, die ich wohlweislich vor meiner Mutter versteckte, sprach man sogar von einem zweifelhaften Ruf, dessen sie sich in Londoner Gesellschaftskreisen erfreue.

Doch Esmond und ich sprachen nicht von Mariana. Wir sprachen von Pferden und Bergbau und Cornwall, und das Zusammensein mit ihm tat mir so gut, daß schon der Gedanke an seine Abreise mich verstörte. Als er dann wieder fort war, fühlte ich mich deprimierter und einsamer als je zuvor, und in dieser, der leersten Phase meines Lebens, geschah es dann auch, daß ich mich schließlich Alun Trevose zuwandte.

10

Natürlich war Trevose schon immer dagewesen und nicht plötzlich vom Himmel geschneit. Schließlich stand mir kein Mann näher als er, und unsere Freundschaft konnte auf eine lange Zeit der Bewährung zurückblicken. Als junger Mensch von zwanzig hatte ich ihn kennengelernt, und die zehn Jahre, die uns trennten, waren nie ins Gewicht gefallen. Doch jetzt war ich verändert. Nichts in mir erinnerte mehr an jenen Jüngling, der da, in Träumen befangen, geglaubt hatte, unter seiner Hand würde sich Stein in Zinn verwandeln. Jetzt hielt ich mich nicht länger für unbezwinglich, sondern neigte, jeglicher Illusionen beraubt, immer mehr zum Zynismus. Und je stärker mir meine Einsamkeit bewußt wurde, desto stärker sehnte ich mich nach einem Menschen, dem ich mich anvertrauen konnte. Der einzige, der dafür in Frage kam, war Trevose. Dennoch scheute ich davor zurück, selbst ihm, meinem besten Freund, mein Herz auszuschütten. Was mich quälte, war allzu privater Natur. Und so blieb ich auch weiterhin schweigsam. Doch im Laufe der Monate versuchte ich dann, ihm gleichsam wortlos die Augen für mein Problem zu öffnen.

Ich traf mit ihm zusammen, sooft es nur irgend ging: sonntags zu Spaziergängen, in der Schenke zu späten Drinks, auf Penmarric beim zwanglosen Dinner, wenn Helena in Polzillan House war. Und obwohl ich nie von meiner Frau sprach und meine Ehe überhaupt unerwähnt ließ, schien er doch nach und nach zu begreifen, daß zwischen uns etwas nicht stimmte, auch wenn er nicht genau wußte und wissen konnte, worum es sich handelte. Und so wartete ich: wartete auf das Zeichen, daß er bereit war, mir zuzuhören.

Und das geschah dann auch an einem Sonntagmorgen im Sommer, als wir die Klippen entlangwanderten. Ohne jede Vorankündigung fragte er plötzlich:

„Was ist eigentlich zwischen Ihnen und Ihrer Frau?"

Von der See strich eine leichte Brise herein. Gedämpft klang die Brandung herauf, und zu meinen Füßen raschelte der Ginster.

„Stutzig bin ich schon lange", fuhr er fort. „Ich habe mich bloß mit meiner Neugier nicht aufdrängen wollen. Geht mich ja auch nichts an."

Nach kurzem Zögern erwiderte ich: „Ich möchte nicht, daß sonst jemand etwas davon erfährt."

„Natürlich. Ich verstehe schon."

Wir gingen langsam weiter. Mit praller Kraft strahlte die Sonne herab, und das durchsichtige Wasser um die vorgelagerten Felsen von Gurnards Head schimmerte in der Farbe von Helenas Augen. „Ich hätte nicht heiraten sollen", sagte ich schließlich.

„Ich habe Sie ja gewarnt", meinte er, und seine Stimme klang weicher als sonst – mitfühlender. „Ja, ich habe Sie gewarnt, wissen Sie noch?"

„Ich weiß."

Schwarz und steil fielen die Klippen ab. Tief unten an ihrem Fuß schäumte weiß der Gischt.

„Die Männer sind nun mal verschieden", sagte Trevose. „Manche heiraten, manche rennen den Weibern nach – und manche auch nicht. Jeder nach seiner eigenen Façon."

„Ja."

„Sie sind genau wie ich. Wußte doch, daß Ihnen die Ehe nicht bekommt. Hätten eben auf mich hören sollen."

Die Eindringlichkeit, mit der er das vorbrachte, reizte mich unwillkürlich zum Lachen. „Und welchen guten Rat hätten Sie mir gegeben?"

„Nicht zu heiraten natürlich."

„Weiter keinen?"

„Weiter keinen."

„Nun, das Junggesellenleben ist nicht nach jedermanns Geschmack."

„Es gibt Junggesellen und Junggesellen", sagte Trevose, Blick in die Ferne gerichtet, wo weitab am Horizont ein winziges Schiff seine Bahn zog. „Man kann auch als Junggeselle seinen Spaß haben. Man muß nur wissen, wo. Ich bin öfters mal in St. Ives. Da ist im Sommer allerhand los. Gefällt mir besser als Penzance. Trübes Nest, das."

„Und ich habe geglaubt, Sie kämen überhaupt nie aus St. Just fort."

„Häng's ja auch nicht an die große Glocke. Und bin auch nicht dauernd auf Achse. Höchstens so samstags mal."

„Und wie kommen Sie hin?"

„Per Anhalter. Oder mit dem Bus."

„Und dann bleiben Sie über Nacht dort?"

„Bleibt mir meistens nichts anderes übrig. So spät nachts fährt ja nichts mehr. Ist auch egal. Ein Bett findet sich immer." Er sah mich an. „Wollen wir nicht mal zusammen hin? Müssen ja nicht gleich ein Faß aufmachen. Aber ich kenn' da so ein Lokal ... Interesse?"

„Nicht besonders", erwiderte ich ehrlich. „Für solche Frauen wäre mir meine Zeit zu schade."

„Von Frauen war auch nicht die Rede", sagte Trevose.

„Tut mir leid", sagte ich, „aber zu dieser Sorte Männer gehöre ich nicht. Und selbst wenn – aus Angst vor Erpressung würde ich mich nie auf so etwas einlassen."

„Richtig", stimmte er mir ohne jede Verlegenheit zu. „Sie haben mehr zu verlieren als ich. Also vergessen wir die Geschichte."

„Hören Sie", sagte ich. „Ich hätte durchaus nichts gegen eine kleine Abendfahrt nach St. Yves, um dort ... na, Sie kennen doch das kleine Fischrestaurant am Hafen, wo man so ausgezeichnet ißt. Wie wär's denn damit?"

„Einverstanden", erwiderte er. „Und wann würde es Ihnen passen?"

Wir einigten uns auf einen Tag und wechselten dann das Thema, aber später kam er noch einmal auf unser Gespräch zurück. „Tut mir leid, daß ich diesen gewissen Punkt angeschnitten habe", sagte er, doch ich unterbrach ihn: „Unsinn! Sie brauchen sich nicht zu entschuldigen. Erstens bin ich nicht prüde, und zweitens kümmert es mich wenig, womit Sie sich vergnügen."

Doch das erwies sich als Irrtum. Wir fuhren wiederholt nach St. Ives, und die ersten beiden Male hielten wir uns genau an das, was abgesprochen war: Essen im Fischrestaurant und anschließender Bummel durch die Straßen. Aber beim dritten Mal führte uns unser Weg in eine Kneipe, die Trevose kannte.

Mir gefiel das Volk dort ganz und gar nicht, und ich wollte bald wieder fort. Doch Trevose befand sich inzwischen im angeregten Palaver mit einem alten Freund und ließ sich nicht loseisen. Schließlich ging ich hinaus, um im Auto auf ihn zu warten. Es wurde spät und später. Er kam nicht. Ich schlief ein und wachte erst wieder auf, als er die Wagentür öffnete und neben mir auf den Sitz glitt.

Die Nacht war vorbei. Es dämmerte schon. „Was, zum Teufel, haben Sie so lange getrieben?“ fragte ich in aufsteigendem Zorn und sah, wie seine Augen, während er sich eine Zigarette anzündete, merklich größer wurden.

Ich sprach weiter auf ihn ein. Hemmungslos machte die gestaute Empörung sich Luft. Ich schrie sogar. Er unternahm nicht den geringsten Versuch, mich zu unterbrechen. Erst als ich schließlich verstummte, sagte er: „Was ist denn, Kleiner? Eifersüchtig?“

Ich starrte ihn benommen an. Mit kameradschaftlicher Geste, wie so oft auf Sennen-Garth, legte er mir die Hand auf die Schulter und versicherte beschwichtigend: „Tut mir leid. Soll nicht wieder vorkommen. Wollt's dir nur zeigen. Weiter nichts.“

„Zeigen? Ja, was denn?“ fragte ich verwirrt.

„Die Wahrheit natürlich. Was sonst?“

Und jetzt begriff ich endlich.

Wir hatten ein Jahr zusammen. Nur ein Jahr.

Was Helena dachte, weiß ich nicht. Daß ich in manchen Nächten nicht nach Hause kam, konnte ihr kaum entgehen. Doch sie schwieg. Im übrigen sah ich sie seltener als meine Mutter, die ich jede Woche besuchte. Gegen Weihnachten nahm ich dann gelegentlich auch Trevose nach Roslyn-Farm mit. Doch meine Mutter mochte ihn nicht, obwohl sie von unserem Verhältnis mit Sicherheit nichts ahnte. Sie behandelte ihn überaus höflich, war jedoch spürbar erleichtert, wenn ich ohne ihn kam.

Es wurde Frühling. Man schrieb das Jahr 1930. Und das Ende, von dem ich nichts wußte und nichts wissen konnte, nahte mit raschen Schritten. Es stürmte geradezu herbei. Nur wenige Monate blieben. Eine winzige Frist.

Der Mai kam und verging. Und Juni und Juli. Nirgendwo eine Warnung, ein Omen, ein versteckter Fingerzeig. Wie gewohnt gingen wir auf Sennen-Garth unserer Arbeit nach.

Und dann, am 31. August 1930, kam meine Welt zum Stillstand.

Ein Tag wie jeder andere. Schon früh war ich unten in der Mine. Später dann gemeinsame „Brotzeit“ mit Trevose in einem

Stollen tief unter der See. Als wir fertig waren, sagte ich: „Ist höchste Zeit, daß ich nach oben komme. Es hat sich da einer von der Transportgesellschaft angemeldet. Geschäftliche Besprechung. Bis später also."

„Heute abend in der Schenke?" fragte er.

„Gern. Um sieben?"

„Abgemacht." Er grinste. „Solltest du vor mir da sein, so bestell schon mal ein Bier für mich. Aber daß du's mir nicht aussäufst."

Ich lachte und ging dann durch den Stollen in Richtung Hauptschacht.

Trevose sah ich nie wieder.

Über Tage säuberte ich mich und zog mich dann um. Und ich weiß noch, wie ich auf dem Weg zu meinem Büro neben dem Verwaltungsgebäude über die Schulter zurückblickte nach Cape Cornwall: Starr ragte das Maschinenhaus der Levant-Mine gegen den Himmel, der an diesem ansonsten sehr klaren und stillen Tag bewölkt war. Ich betrat mein Büro, schloß die Tür und wollte eben den Regenmantel, den ich mir über den Arm geworfen hatte, an einen Haken hängen, als . . .

. . . als etwas Merkwürdiges passierte. Während ich die Hand vorstreckte, schien die Wand plötzlich ein winziges Stück zurückzuweichen, so daß meine Finger den Haken verfehlten. Der Mantel fiel auf den Fußboden. Und dann, noch ehe ich mich fluchend bücken konnte, hörte ich, wie auf meinem Schreibtisch alles klappernd in Bewegung geriet, Bleistifte, Federhalter, Aschenbecher – und spürte auch das Vibrieren unter meinen Füßen.

Mein erster Gedanke war: Verdammt, das Fundament unter dieser Bruchbude hat sich gesenkt. Ich stürzte hinaus. Aber zu meiner Überraschung vibrierte die Erde immer noch, und als ich mich verwirrt umblickte, sah ich, wie sich von einer nahen Mauer ein Ziegelstein löste und herabpolterte.

Dann jedoch hörte das Vibrieren unvermittelt auf. Ich wartete angespannt. Nichts rührte oder regte sich. Alles war, wie es gewesen.

Die Tür von Walter Huberts Büro flog auf, und Jan-Yves steckte den Kopf heraus. Und jetzt tauchten auf einmal überall verstörte Gesichter auf. Laute Rufe hallten durch die Luft.

„Was, zum Teufel, war das?" fragte Jan-Yves kreideweiß. „Was, zum Teufel, war das bloß?"

„Weiß nicht", erwiderte ich. Doch ich wußte es sehr wohl. Inzwischen hatte ich begriffen. Es handelte sich um ein kleineres Beben, ein in Cornwall und Südengland zwar seltenes, doch keineswegs unbekanntes Phänomen. Größerer Schaden entstand dabei selten, und die Zeitungen erwähnten dergleichen nur am Rande.

Doch was das hier auf Sennen-Garth anrichten mochte, war eine andere Sache. Mir stockte das Blut.

Und dann begann ich mich in Bewegung zu setzen. Ich lief. Ich rannte. Keuchend stürzte ich an den Männern vorbei, deren Hände nach mir griffen, deren Fragen auf mich einprasselten. Ich hatte nur einen Gedanken. Meine Mine. Um die unteren Stollen sorgte ich mich weniger. Sie waren neu und hatten kräftige Streben und Stützen, die schon mal ein paar Stöße vertragen konnten. Doch für andere Teile von Sennen-Garth galt das nicht. Und plötzlich klang, aus Gedächtnistiefen dringend, die Stimme des Obersteigers der Levant an mein Ohr, der zu mir, dem Knaben, sagte: „Und einsturzgefährdet sind diese alten Dinger doch auch. Hast du denn noch nie davon gehört? Die Streben sind manchmal so morsch, daß eine bloße Berührung schon genügt. Was meinst du wohl, was geschieht, wenn Sennen-Garth da zusammenkracht, wo du gerade warst?"

Ich wußte, was geschehen würde. Wie mit eisigen Fingern würgte es meine Kehle und schnürte mir die Luft ab. Am Hauptschacht anlangend, stieß ich mühsam hervor: „Wo befindet sich der Förderkorb?"

„Auf der Vierhundert-Meter-Sohle, Sir. Soll ich ..."

Ich griff nach dem Telefon, drehte die Kurbel. Der Apparat funktionierte noch, aber niemand meldete sich. Männer drängten herbei. Ich nahm sie kaum wahr. Das einzige, was ich sah, war das Telefon, letztes Bindeglied zu meinen Freunden unter Tage. Das einzige, was ich spürte, war panische Angst.

„Bitte antworten", befahl meine Stimme dem schweigenden Apparat. „Antwortet doch."

Aber Antwort gab nicht das Telefon, sondern die Mine selbst. Von der Tiefe des Schachts, direkt aus dem Herzen von Sennen-Garth, stieg, in wellenartigem Echo pulsierend, ein Geräusch zu uns auf, eine Art Rattern oder Rumpeln von primitiver Gewalt und wilder Vernichtungskraft.

Ich schleuderte den Hörer aus der Hand und stürzte hinaus. Kletterte über Halden und stolperte auf jenen Nebenschacht zu, den ich als Kind durchforscht hatte. Meine Schuhe scharrten über loses Gestein, und in den Ohren klang mir ein dumpfes Rauschen – die Brandung vom Fuß der Klippen, Widerhall aus einer anderen Welt.

Neben dem Schacht ließ ich mich lang zu Boden fallen, kroch vorwärts und schob den Kopf über den Rand. Ein Schwall abgestandener Luft traf mein Gesicht, ein aufsteigender Strom, der sich aus tiefem Verlies befreit hatte.

Ich starrte hinab.

Und dann sah ich es. Sah das Wasser. Stürzendes, stinkendes Wasser, das von der überfluteten Nachbarmine hereinbrach. Das Beben hatte den trennenden Steinwall zersprengt, und King Walloe und Sennen-Garth, Geschwister seit alters her, waren jetzt miteinander vereinigt.

All meine Freunde kamen ums Leben. Keiner von dieser Schicht, der dem Unheil entgangen wäre. Es war uns nicht einmal vergönnt, die Leichen nach oben zu bringen. Später dann wurde ein Gedenkgottesdienst gehalten. Aus der ganzen Welt trafen Reporter ein. Eine Flut mitleidiger Geschenke versuchte die Not der Witwen und Waisen zu lindern. Jedermann nahm Anteil.

Ich kaufte Trevose sein Glas Bier und ließ es unberührt auf der Theke stehen, während ich meinen Whisky trank. Und so halte ich es jedes Jahr am 31. August: Ich kaufe ihm sein Glas Bier. Eine triviale Geste, gewiß. Aber sie bedeutet mir doch sehr viel.

Die Mine leerzupumpen und wieder in Betrieb zu nehmen, hätte ein Vermögen gekostet, und Geld hatte ich kaum noch. Auch war schon allzu viel von Helenas Kapital draufgegangen. Was noch zur Verfügung stand, wäre nur ein Tropfen auf einen heißen Stein gewesen. Sennen-Garth war tot, und keine Macht der Welt konnte die Mine wieder zum Leben erwecken.

Doch noch im Tode erfüllte sie mir meinen letzten Kindertraum, denn nach dem 31. August 1930 gab es auf der ganzen Welt niemanden, der im Zinnbergbau beschäftigt war und nicht von der berühmten Sennen-Garth-Mine gehört hatte. Achttausend Kilometer von Cornwall, im Herzen der kanadischen Rockies, fragten Männer mich verblüfft: „Sie haben in Sennen-Garth gearbeitet? Ja, Himmelherrgott, wie sind Sie denn bloß lebend aus dem Loch herausgekommen? Das muß ja eine ganz verteufelte Mine gewesen sein ..."

So verwirklichte sich also alles, was ich mir je für Sennen-Garth ersehnt hatte. Und doch: Es war mir nichts geblieben als das Bedauern, noch am Leben zu sein, um den Ruhm von Sennen-Garth zu genießen. Denn natürlich hätte auch ich sterben sollen, tief unter Tage und inmitten meiner Freunde. Das war der schlimmste Teil der Tragödie: Ich war nicht gestorben, die Mine hatte mich verschont. Ich war gezwungen, weiterzuleben im Herrenhaus von Penmarric – mit einer Frau, die mir fremd war, und in einem Netz nicht enden wollender Lügen.

Jan-Yves: 1930–1945
Recht und Unrecht

1

Zum Zeitpunkt der Sennen-Garth-Katastrophe war ich fünfundzwanzig.

Und das war in meiner Familie offenbar ein sehr günstiges Alter. Mein Vater zum Beispiel hatte mit fünfundzwanzig schon alles Entscheidende erreicht. Er war Herr von Penmarric, Gatte einer schönen Frau und Vater einer Schar vielversprechender Sprößlinge. Als Historiker hatte er seine ersten Lorbeeren geerntet. Er war ein erfolgreicher Mann. Mit fünfundzwanzig konnte er stolz auf sich sein.

Meine drei älteren Brüder waren, jeder auf seine Weise, ebenfalls auf ihre Kosten gekommen, wobei ich einschränkend feststellen muß, daß Marcus das Alter von fünfundzwanzig Jahren nicht ganz erreichte. Doch ehe er mit dreiundzwanzig an Typhus starb, hatte er gewiß genossen, was immer zu genießen war – wenn es auch ein wenig herzlos sein mag, ihn einen Lebemann zu nennen, bloß weil er das Geld mit beiden Händen zum Fenster hinauswarf. Immerhin gehörte Geldverschwendung zu seinen besonderen Talenten, zu denen außerdem noch gehörten: Charme, Umgänglichkeit – und ein unwiderstehlicher Hang zum Müßiggang, der ja aller Laster Anfang sein soll. Zur totalen Faulenzerei fühlte auch mein Bruder Hugh sich hingezogen, doch besaß dieser wenigstens genügend Grips, sein Geld nicht nur zusammenzuhalten, sondern sogar noch zu vermehren. Auf den Kopf gefallen war er wirklich nicht. Mit fünfundzwanzig hatte er eine Frau, eine Tochter, ein eigenes Heim, sichere Einkünfte und Zeit in Hülle und Fülle, um auch alles ausgiebig zu genießen – und wie viele Männer können sich dessen mit fünfundzwanzig schon rühmen? Und was nun meinen Bruder Philip betrifft...

Aber nein, von dem möchte ich noch nicht sprechen. Mit fünfundzwanzig besaß er in unserem Teil Cornwalls einen solchen Ruf, daß er Gefahr lief, inoffiziell heiliggesprochen zu werden.

Dort, auf der Haben-Seite des Lebens, standen sie also, diese drei strahlenden Helden, die es in so jungen Jahren schon so herrlich weit gebracht hatten, während ich, immer noch auf die Soll-Seite verbannt, ihr Glück neiderfüllt zur Kenntnis nehmen mußte. Doch fünfundzwanzig schien ein mysteriöses Alter zu sein, in dem einem die Welt gleichsam von selbst zu Füßen fiel; und so wartete ich, daß sich dieses unausbleibliche Wunder auch an mir erfülle. Als an einem verregneten Augustmorgen des Jahres 1930 mein fünfundzwanzigster Geburtstag heraufdämmerte, richtete ich mich hoffnungsvoll auf und spitzte die Ohren, um mir von dem nun gewißlich ausbrechenden Jubel auch nicht das geringste entgehen zu lassen.

Doch es herrschte eine beklemmende Stille.

Denn ich war ein Niemand, ein Nichts. Der Kreis meiner Familie, der sich geschlossen hatte, bevor ich geboren wurde, hatte sich mir nicht geöffnet, und jetzt, fünfundzwanzig Jahre nach meiner Ankunft auf dieser Welt, kroch ich immer noch draußen herum wie vor unbezwinglichem Burggemäuer und suchte Zugang – ich, ein den Castallacks aufgepfropftes überzähliges Anhängsel: der Nachkömmling Jan-Yves, der sich unablässig fragte, was er nur tun könnte, um zu werden wie sein Vater oder seine Brüder oder sonst irgendwer – nur nicht wie er selbst.

Ich selbst sein – das wollte ich auf keinen Fall. Schon der Gedanke an eine Identität mit mir, mit einem vorgezeichneten Ich, verstörte mich.

„Gütiger Gott!“ hatte meine schöne Schwester Mariana bei meinem Anblick ausgerufen. „Hat man schon einmal so ein häßliches Kind gesehen?“

Ich verzeihe ihr das nie. Als sie mich Jahre später um Hilfe anschrieb, ließ ich sie abblitzen. Ich hatte ein sehr gutes Gedächtnis, meine Erinnerungen reichten bis in die frühesten Tage meiner Kindheit zurück. Mir zugefügte Beleidigungen oder Ungerechtigkeiten vergaß ich nie.

„Was für ein ungezogenes Kind, Mrs. Barlow", sagte die Haushälterin, der ich später so zusetzte, daß sie kündigte. „Mir will scheinen, daß sie dem Jungen allzusehr die Zügel schießen lassen."

„Er ist ein gutes Kerlchen", erwiderte meine alte Nanny, die ich so liebte, „und ich wäre Ihnen sehr verbunden, wenn Sie sich um Ihre eigenen Angelegenheiten kümmern wollten, Mrs. Hollingdale."

Schon früh im Leben entwickelte ich einen Blick für wahre Freunde; und es gab auch noch so manches andere, was ich bereits mit jungen Jahren begriff. Erstens fiel mir auf, daß die meisten Menschen gegen mich waren. Zweitens sah ich, daß man sich einem Irrtum hingab, wenn man in der Welt auf eine „natürliche" Gerechtigkeit baute. Was immer einem an Recht zugestanden wurde, mußte man sich mühsam erkämpfen, denn jeder stand für sich allein und keiner half dem anderen, solange das seinen eigenen Interessen zuwiderlief. Und drittens ergab sich, als logische Folgerung aus Punkt zwei, daß Kalendersprüche von der Art wie „Lügen haben kurze Beine" und „Ehrlich währt am längsten" nichts als fauler Zauber waren.

Ich war Realist. Hochgestochener Idealismus und Seelenadel mochten sich für diesen oder jenen eignen, für mich jedoch keinesfalls. Denn ich wollte in der Welt vorankommen und mir allem und allen zum Trotz holen, was mir von Rechts wegen zustand. Wäre ich verblendet genug gewesen, an „natürliche" Gerechtigkeit zu glauben, so hätte ich mich auf bequemem Sitz zurückgelehnt und darauf gewartet, daß mir die reifen Früchte in den Schoß fielen. Doch gottlob hatte ich ja schon als junger Mensch erkannt, daß es, wenn man zu seinem Recht kommen wollte, gewisser Mittel und Vorkehrungen bedurfte. Mittel: ein quickes Hirn und unbedingte Skrupellosigkeit. Vorkehrungen: Mißtrauen gegen jedermann und Wachsamkeit besonders gegenüber jenen, die einem ins Gesicht lächelten, um, kaum daß man ihnen den Rücken wandte, ein Messer zu zücken.

Nach diesen Darlegungen wird man begreifen, warum ich mich veranlaßt gefühlt habe, zu Papier und Feder zu greifen, um ein kurzes Bild von mir selbst zu zeichnen. Hiermit möchte ich sicherstellen, daß meine Kinder, sollte ich sterben, bevor sie alt genug sind, die Wahrheit selbst zu sehen, ein gerechtes Urteil über mich fällen. Wäre ich ein hochherziger Idealist, so würde ich vornehmes Schweigen bewahren in dem Glauben, besagte natürliche Gerechtigkeit müsse meine Kinder automatisch mit dem richtigen Augenmaß für den ein wenig krausen Lebenslauf ihres Vaters ausstatten. Doch ich weiß nur zu gut, daß das berühmte lateinische Klischee „nil nisi bonum ...“ nichts als leeres Stroh ist, und da ich gewisse einflußreiche Feinde habe, halte ich es in ratsamer Voraussicht für angebracht, meinen Kindern die Tatsachen mitzuteilen, bevor es zu spät ist.

Eine Bedingung muß ich allerdings stellen. Keines meiner Kinder darf dieses Manuskript vor Vollendung des 21. Lebensjahres lesen, und meine Töchter möchte ich sogar bitten, damit zu warten, bis sie verheiratet sind. Gewiß, die Zeiten haben sich geändert, und manche mögen mich, meiner Vorbehalte wegen, einen altmodischen Heuchler nennen. Doch gewisse, sagen wir einmal Ansprüche sind ja wohl unabdingbar.

Vorweg noch dies: Es ist nicht meine Absicht, mich in aller Ausführlichkeit über mein Leben zu verbreiten, soweit es vor der Sennen-Garth-Katastrophe im August 1930 liegt. Über diesen frühen Abschnitt mag ein Schleier gedeckt bleiben; was allerdings nicht ausschließt, daß ich mich dann und wann auf ein Ereignis meiner vergeudeten Jugend beziehe und beziehen muß, um ein getreuliches Bild meines Lebens zu bieten. Am besten entledige ich mich dieses eher peinlichen Teils fürs erste wohl, indem ich präzise umreiße, in welchem Verhältnis ich zum Zeitpunkt meines 25. Geburtstages zu meiner Familie und meiner Umwelt stand.

Mein Vater war 1926 gestorben, doch meine Mutter lebte noch – was für mich wenig besagte, da weder er noch sie mir je etwas bedeutet hatten. Nach ihrer endgültigen Trennung, runde zehn Sekunden nach meiner Zeugung, war beiden der bloße Gedanke an meine Existenz so widerwärtig, daß sie mich auf Penmarric von einer üppigen und gutmütigen Nanny aufziehen ließen, während mein Vater mit seiner Geliebten und seinen übrigen acht Kindern in Oxfordshire und meine Mutter auf ihrem Bauernhof in der Gemeinde Zillan wohnten. Zu Gesicht bekam ich meine Eltern erst, als ich sechs Jahre alt war. Und plötzlich bereuten sie tief und übten sich in Wiedergutmachung. Doch dafür war es zu spät. Mir ist es immer unfaßbar gewesen, daß sie kindliche Ergebenheitsbezeugungen von mir erwarteten, nachdem sie endlich geruhten, meine Existenz zur Kenntnis zu nehmen.

Doch schon lange vor 1930 hatte ich begriffen, daß es ratsam war, mich mit meiner Mutter gut zu stellen, was mir denn auch bereits vor dem Tode meines Vaters ohne große Mühe gelang. Natürlich war diese Aktion nicht ohne Hintergedanken: Per Zufall hatte ich entdeckt, daß mein Bruder Philip von meinem Vater als Erbe eingesetzt worden war, und da immerhin die Möglichkeit bestand, daß Philip seinerseits einmal mich zum Erben bestimmte, lag mir selbstverständlich daran, mich bei ihm in günstiges Licht zu setzen. Doch zu seinem Herzen gab es nur einen Weg, und dieser Weg führte über unsere Mutter.

Zu sagen, daß ich Philip nicht mochte, wäre eine Untertreibung. Ich haßte ihn. Ich haßte ihn, weil er alles besaß, was er begehrte, weil er der Liebling meiner Mutter war, weil mein Vater ihn und nicht mich zum Erben ausersehen hatte. Ich haßte seine Arroganz und die Verachtung, die er mir gegenüber zeigte. Ich war zerrissen von Neid. Schon sein Anblick genügte, um jeden Muskel in mir wie im Krampf zu spannen; und es kostete mich unendliche Mühe, ruhig mit ihm zu sprechen.

Oft drängte mein Haß zum offenen Ausbruch. Ich wollte zuschlagen, zermalmen, vernichten. Doch natürlich ging das nicht an. Ich mußte mich bezähmen: mußte Philip umschwänzeln, um seine Gunst und sein Vertrauen zu erringen. Und wenn ich mich frage, warum ich nicht aufgab und mit dem erstbesten Schiff nach Amerika abdampfte, um dort mein Glück zu suchen, so bin ich um eine Antwort verlegen.

Gewiß: ich wollte Gerechtigkeit. Das verstand sich von selbst. Penmarric hätte mir gehören sollen. Zwar war Philip als der ältere von uns beiden mir gegenüber theoretisch im Vorteil, doch hatte es meinem Vater durchaus freigestanden, statt meines Bruders mich zum Erben einzusetzen. Und bis zu meiner Relegation in Oxford, wo man mich eines Nachts im Frauencollege in einer kompromittierenden Situation angetroffen hatte, war es mir auch gelungen, mich bei meinem Vater lieb Kind zu machen. Selbst nach dieser leidigen Oxforder Geschichte lagen Philip und mein Vater sich dauernd in den Haaren. Relegation hin, Relegation her: das Testament war eine schreiende Ungerechtigkeit.

Gerechtigkeit also wollte ich. Aber das war nicht alles. Ich wollte Penmarric. Wie sehr ich es als mein Zuhause empfand, begriff ich erst, als ich gezwungen war, nach Penzance zu ziehen und dort zu wohnen. Wenn morgens mein Blick auf das ruhige Wasser und den friedlichen Sand der Südküste fiel, wußte ich haargenau, was ich wollte: die Küste des Nordens, die Zinnküste in all ihrer Wildheit und Häßlichkeit, mit den schroffen Klippen und dem sprühenden Gischt, mit dem Brüllen der Brandung und dem Geschrei der Möwen, mit der grausamen Leere der Heide unter ruhelos ziehenden Wolken. Nein, Penzance mit seiner gepflegten Promenade und den gestutzten Palmen in den öffentlichen Gärten war für mich nichts. Mich verlangte es nach dem Grund und Boden von Penmarric, zehn Kilometer über die Hügel hin in Richtung St. Just. Und mehr noch als nach dem Land dort sehnte ich mich nach dem Haus, dem wohl abstoßendsten in ganz Cornwall, denn für mich war es mein Haus und mein Zuhause, das ich liebte und das sich durch diese meine Liebe zu strahlender Schönheit erhob. Und je näher mein fünfundzwanzigster Geburtstag rückte, desto eindringlicher wurde mir bewußt, daß bei allem, was ich wünschte oder wollte, eines weit im Vordergrund stand: Herr von Penmarric zu sein – nicht des Geldes oder Standes oder Erfolges wegen, sondern weil das Haus mir ans Herz gewachsen war, mit jedem Stein und jedem Quadratmeter Boden, auf dem das Gebäude stand.

Für Philip existierte außer unserer Mutter und der Sennen-Garth-Mine buchstäblich nichts. Und da ich, als er Herr von Penmarric wurde, meine Mutter so weit hatte, daß sie mir aus der Hand fraß, war es nur folgerichtig, daß ich meine Aufmerksamkeit jetzt seiner anderen Liebe zuwandte. Also erbot ich mich, auf Sennen-Garth zu arbeiten. Hinzu kam, daß ich völlig mittellos war und mir folglich irgendwie meinen Lebensunterhalt verdienen mußte. Es konnte keinesfalls verkehrt sein, mich im alten Familienbetrieb umzutun und soviel wie möglich zu lernen, um Philip später meine Nützlichkeit in der Verwaltung zu beweisen.

Sennen-Garth schien mir genau jene Herausforderung zu sein, die ich in dieser Lebensphase brauchte.

Doch hart kam es mich an, sehr hart. Mir graute vor der Arbeit unter Tage. Die dunklen Schächte und Stollen wurden für mich zu Schreckgespenstern. Und wäre Philips Freund Alun Trevose nicht gewesen, ich hätte die mir selbst auferlegte Lehrzeit im Bauch der Erde wohl noch vor Ablauf der ersten Woche abgebrochen. Doch Trevose verstand es, diese unheimlichen Gefilde zum Zauberland werden zu lassen. Und seine Fähigkeit, mir Vertrauen einzuflößen, war so groß, daß meine Ängste, sobald er sich in Reichweite befand, sofort zerstoben. Bald gestand ich mir ein, daß ich ihn mochte. Mir gefielen seine Verachtung für etablierte Institutionen und der Zynismus, mit dem er darüber herzog. Und nicht weniger sagte mir natürlich zu, daß er mich als Mann behandelte und nicht als Schuljungen, wie Philip zu tun pflegte. Drei Monate lang wich ich ihm nicht von der Seite, während er mich in die Mysterien des Bergbaus einweihte. Danach konnte ich, durchaus nicht ohne Stolz, emportauchen über Tage, um dem alten Walter Hubert beim Verwaltungskram zu helfen, was denn auch weit mehr nach meinem Geschmack war. Bald fühlte ich mich mit den anfallenden Aufgaben vertraut, Buchhaltung mit eingeschlossen, und es kam vor, daß ich versucht war, hier oder dort eine Zahl zu ändern, um meinen Wochenlohn aufzubessern. Doch ich gab diesem Wunsch nie nach. Aus wohlerwogenen Gründen. Hätte Philip mich je bei einer Unredlichkeit ertappt, wäre mein Ziel, eines Tages Herr von Penmarric zu werden, in unerreichbare Ferne gerückt worden, und dieses Ziel bedeutete mir weit mehr als eine heimliche Gehaltserhöhung dann und wann.

Zu dieser Zeit war ich überzeugt, ich würde Philips Erbe werden. Selbst im Falle einer Heirat – ein Unglück, das bei seiner Gleichgültigkeit Frauen gegenüber höchst unwahrscheinlich war – schien er kaum imstande, etwas anderes zu zeugen als einen Klumpen Zinn. Mein einziger Rivale war mein kleiner Neffe Jonas, Sohn meines verstorbenen Bruders Hugh und der Rebecca Roslyn, des aufreizendsten weiblichen Wesens weit und breit. Und Rebecca war zum Zeitpunkt der Sennen-Garth-Katastrophe die wichtigste Frau in meinem Leben.

Mir war, als hätte ich sie schon immer begehrt. Ich weiß noch genau, bei welcher Gelegenheit ich sie das erste Mal sah. Im Pfarrhaus in Zillan beim Tee war es, und ich zählte damals ganze sieben, während sie doppelt so alt war. Sieben Jahre. Ein wenig jung für gewisse Gefühle, aber ich erinnere mich doch, wie sehr ich ihre weiße Haut und ihr glänzendes dunkles Haar bewunderte. Damals mochte man sie anziehend nennen, doch als sie später, mit einundzwanzig, Hugh heiratete, war sie einfach hinreißend. Ich mit meinen nunmehr vierzehn befand mich gerade in den dunkelsten Abgründen pubertärer Verzweiflung, weil ich so klein war und nach so gar nichts aussah.

Schließlich war es William, der mir in dieser bedrückenden Lebensphase mit tatkräftigem Rat beisprang. Er, Ältester und Bester unter meinen acht Geschwistern, hatte seit meinem sechsten Lebensjahr für mich den Platz des Helden eingenommen, eine Art Mischung aus Vater, Führer, Philosoph und Freund, und wenn ich Kummer hatte, wandte ich mich stets an ihn. So auch jetzt, als ich, inzwischen sechzehn geworden, entdecken mußte, daß es mich, wie so manchen in meiner Familie, ganz und gar unwiderstehlich zum anderen Geschlecht zog. In meiner tiefen Verwirrung schüttete ich ihm rückhaltlos mein Herz aus. Ich sei minderwertig. Nie würden Frauen mich auch nur ansehen. Ich stieße sie ab. Wäre ich doch nur vor Beginn der Pubertät kastriert worden. Welche Frau sollte mich je lieben? War ich nicht häßlich, abstoßend, unausstehlich?

„Und ob“, erwiderte William, wortgewandt wie stets. „Wenn du so finster starrst, *bist* du häßlich; und wenn du die Lippen so herabziehst, *bist* du abstoßend. Es wäre kein Wunder, wenn weibliche Wesen dich unausstehlich fänden. Wie wär's denn mal mit einem Lächeln? Oder Lachen? Oder, besser noch, einem freundlichen Wort? Wer sich so stocksteif gibt, kommt bei Frauen nicht an, selbst wenn er ein Adonis ist. Du möchtest wissen, was es braucht, um Erfolg zu haben? Nun, ganz einfach: Selbstbewußtsein, Charme und ein bißchen Schneid. Und daran sollte es dir eigentlich nicht fehlen. Versuch's nur mal.“

Ich seufzte. Damit sei ich wohl überfordert, gab ich zurück. Und überhaupt: Ich wüßte ganz sicher, daß Frauen nichts für mich übrig hätten.

„Unsinn!“ unterbrach er mich. „Die meisten Frauen fliegen auf alles, was Hosen trägt. Wirf endlich deine Komplexe über Bord und stürz dich in die Schlacht.“

Leicht gesagt, fand ich. Ein geeignetes weibliches Wesen auftreiben? Ja, wie nur und wo?

„Ich werde Charity fragen“, versprach er. „Vielleicht kennt sie eine, die dir bieten kann, was du suchst.“

Charity war seine Geliebte. Sie wohnte jetzt, ganz zu seiner Verfügung, in einem Häuschen in St. Just und hatte früher den Ruf genossen, die beste Hure zwischen Land's End und St. Ives zu sein. Außerdem rühmte man an ihr ihre Großmut und Warmherzigkeit. Auf Williams Bitte gab sie mir die Adresse einer Frau in Madron, und danach fiel mir, wenigstens in diesem Punkt, endgültig die Last von der Seele.

Doch der Gedanke an Rebecca ließ mir keine Ruhe.

Sie und Hugh schienen miteinander sehr glücklich zu sein. Sie hatte nur Augen für ihn, und er, der einstige Schürzenjäger, hatte nur Augen für sie. Das eheliche Band zwischen ihnen war fest geknüpft – zu fest für meinen Geschmack. Und so blieb mir nichts anderes übrig, als meine Leidenschaft über lange Jahre zu bezähmen und mich zu gedulden.

Doch nach Hughs frühem Tod sah ich keinen Anlaß mehr, Rebecca über meine Gefühle im unklaren zu lassen. Leider erwies sich das als verfrüht. Sie war in tiefer Trauer, und als sie dann auch noch ihre Schwangerschaft entdeckte, schien sie mich sogar nach Möglichkeit zu meiden. Zu ihrem offen gezeigten Unwillen stellte ich meine Besuche bei ihr nicht ein.

Das Kind, ein Sohn, kam acht Monate nach Hughs Tod zur Welt, und meine Mutter griff sofort zur Feder, um Rebecca ihre Wünsche mitzuteilen: Sie erwarte, daß der Kleine auf den Namen Mark – oder einen anderen in der Familie üblichen Vornamen – getauft würde: schließlich sei er der erste Castallack-Enkel meines Vaters.

„Den Teufel werde ich tun!“ rief Rebecca wütend und riß den Brief in Fetzen. „Was glaubt sie denn, wer sie ist, daß sie mir solche Vorschriften machen kann? Oh, ja, ich werde ihm einen Namen geben, wie er in der Familie üblich ist – in der Roslyn-Familie! Dich hat sie nach ihrem Vater genannt, nicht? Aber wer war ihr Vater schon? Ein ungebildeter Fischer aus St. Ives! Nun, dann soll mein Sohn den Namen meines Vaters tragen – der war wenigstens ein halbgebildeter Bauer. Jonas also.“

„Aber ich denke, du hast deinen Vater nicht leiden können“, protestierte ich. „War er dir nicht immer zuwider?“

„Er hatte kein leichtes Leben und mußte viel durchmachen.“

„Aber ..."

„Ach, hör schon auf! Der Junge heißt Jonas, und dabei bleibt's! Und wenn deine Mutter etwas dagegen haben sollte, so ..."

Sie hatte sehr viel dagegen. Und so gerieten die beiden sich in die Haare, aus der Entfernung natürlich, da sie ohnehin miteinander verzankt waren, und briefliche Anklagen und Gegenanklagen schwirrten hin und her über die Heide zwischen Morvah und Roslyn-Farm, während ich alle Hände voll zu tun hatte, Öl ins Feuer zu gießen. Immerhin bot mir diese Geschichte genügend Handhabe, Rebecca noch häufiger zu besuchen.

Doch meinem Ziel näher brachte mich das auch nicht. Hatte ich etwas falsch gemacht? Möglich, daß Rebecca meine dauernden Besuche lästig waren. Aber in einem war ich sicher: Ewig würde ihr Nonnendasein nicht währen. Und da also feststand, daß sie eines Tages wieder mit einem Mann schlafen würde, sah ich nicht ein, warum ein anderer das Vergnügen haben sollte. Außerdem hatte ich mit meinen einundzwanzig Jahren bei Frauen bereits genügend Erfahrungen gesammelt, um zu wissen, daß ich erreichen konnte, was ich erreichen wollte, wenn ich nur hartnäckig blieb. In der Theorie stand einer erfolgreichen Verführung nichts im Wege. Doch in der Praxis türmten sich die Hindernisse.

Schließlich war es dann – ausgerechnet – Philip, der mir den Weg bahnte. Am Weihnachtsabend gab er seine erste Dinnerparty auf Penmarric, und unter den Gästen befanden sich auch Rebecca und ich. Sie zur Annahme der Einladung zu bewegen, war mir gar nicht leicht gefallen; erstens mochte sie Philip nicht, und zweitens fühlte sie sich als gesellschaftliches „Halbblut" bei einem so förmlichen Zusammentreffen recht befangen. Aber als es dann soweit war, sah ich sofort, daß sich meine Mühe gelohnt hatte. Sie trug ein wunderhübsches hellrotes Kleid mit einem gewagten Dekolleté. Meine Mutter hatte einmal die Bemerkung von sich gegeben, daß Rebecca einen „unschicklich" großen Busen besäße; worauf ich mir verkneifen mußte zu sagen: „Wer, zum Teufel, will denn einen schicklichen?" Rebeccas üppig aus dem roten Satin schwellenden Brüste genügten vollauf, um mich schwach – oder wohl eher stark – zu machen.

Und durch den Kopf schoß mir dabei: Ein solches Kleid trägt keine Frau, der es um die Freuden der Tafel und das Vergnügen der Konversation zu tun ist.

Ich spürte, wie mich die Erregung noch stärker durchpulste.

Als der Abend vorüber war, fuhr ich Rebecca in der Penmarric-Limousine nach Morvah zurück und lud mich aus eigener Machtvollkommenheit zu einer Tasse Tee bei ihr ein.

„Na schön", gab sie ohne große Begeisterung nach.

Wir gingen in die Küche. Da sie die Kinder für die Nacht zu ihrem Onkel Jared Roslyn auf den Nachbarhof gebracht hatte, waren wir allein im Haus.

„Dein Kleid gefällt mir", sagte ich, „aber ich habe den leisen Verdacht, daß du es aus gutem Grund gewählt hast."

„Was soll das heißen?" fragte sie ärgerlich. „Der gute Grund ist der, daß ich es hübsch und modern finde. Schließlich wollte ich neben dieser hochnäsigen Miß Meredith nicht wie eine Schlampe aussehen."

„Modern? Na, das ist es wohl kaum. Busen sind zur Zeit nicht gerade en vogue, soviel ich weiß."

Sie warf mir einen vernichtenden Blick zu und spielte die Beleidigte. „Mußt du", fragte sie gespreizt, „gleich so vulgär werden?"

„Ich finde an einem schönen Busen nichts Vulgäres."

Sie wandte sich zornig von mir ab, öffnete die Speisekammertür, stand eine Sekunde und warf die Tür dann mit einem Krach zu. „Andeutungen genügen bei dir wohl nicht, wie?" fauchte sie, wieder zu mir herumfahrend. „Wie oft muß ich denn noch nein sagen? Kannst du in deiner Arroganz nicht endlich zur Kenntnis nehmen, daß ich dich abscheulich finde? Du widerst mich nicht nur körperlich an. Mich ekelt auch vor deiner ganzen selbstgefälligen Art. Scher dich hier endlich raus und laß mich in Ruhe!"

„Ich bin im Bett garantiert auch nicht schlechter als Hugh. Und da ich etwa von gleicher Größe und gleichem Wuchs bin, könntest du dir, wenn das Licht aus ist, ohne große Mühe vorstellen . . ."

„Hör auf! Hör, um Gottes willen, auf!" Sie schlug die Hände vors Gesicht, und ein Schluchzen schüttelte ihren Körper.

Ich konnte mich nicht mehr bezwingen.

Rasch trat ich von hinten auf sie zu und löste die obersten Haken an ihrem Kleid, noch ehe sie reagieren konnte. Sie wirbelte herum und trommelte mit den Fäusten auf mich ein.

„Laß – mich – gehen –."

Sie sträubte sich mit Händen und Füßen, stieß, kratzte, biß.

Ich küßte sie. Küßte und küßte, bis ihr Widerstand schließlich erlahmte. Und schob dann eine Hand zwischen ihre Brüste und preßte meine Lippen auf das nackte Fleisch.

„Nein!" schrie sie wild. „Laß mich los! Faß mich ja nicht an!"

Sie entschlüpfte mir und rannte hinaus in die Diele. Ich hastete hinter ihr her. Sie lief die Treppe hinauf, und bevor ich sie einholen konnte, war sie in ihrem Zimmer verschwunden.

Die Tür knallte zu.

Ich blieb stehen und starrte wie benommen. In meinen Ohren dröhnte der Puls. Doch dann faßte ich mich wieder. Kein Schlüssel hatte sich im Schloß gedreht. Atemlos vor Erwartung streckte ich die Hand nach der Klinke.

Die Tür war unverschlossen. Ich zögerte keinen Augenblick.

Sie lag auf dem Bett, den Kopf in den Armen vergraben. Ihr üppiger Körper schien mich anzuflehen, ihn aus der engen Hülle des Satins zu erlösen. Von der gerahmten Fotografie auf dem Nachttisch lächelte Hugh mir wissend zu. Ich kippte das Bild mit sachtem Griff um und wartete. Nichts geschah. Keine Anzeichen rasender Wut, keine Hilferufe, keine Hysterie, nur das leise Schluchzen, das immer mehr abklang und gleichsam einladender wurde, als habe sie sich nunmehr ins Unvermeidliche geschickt.

Ich schien keiner Bewegung fähig. Doch wie von selbst glitten die Schuhe von meinen Füßen, schwebte mein Jackett auf einen Stuhl, flatterte meine Krawatte zu Boden. Immer noch außerstande, den nahen Triumph so recht zu fassen, beugte ich mich vor und begann, an allen Gliedern zitternd, ihren weißen Nacken zu küssen, während meine Hände ihren Leib aus dem aufreizenden roten Satin schälten.

Für eine Frau, die mit solchem Nachdruck verkündet hatte, daß ich ihr widerlich sei, und die sich im übrigen so tugendhaft gab, zeigte sie sich erstaunlich willig. Wir verbrachten im Doppelbett eine herrlich wilde und wollüstige Nacht, und als sie gegen Morgen dann aus kurzem Schlummer erwachte und mich bat, keine Minute länger zu säumen, da die Nachbarn sonst die Limousine vor dem Haus entdecken würden, nahm ich sie wieder.

Als sie mich dann später zur Haustür begleitete, fragte ich sie, wann ich wiederkommen dürfe.

„So etwas darf nie wieder zwischen uns geschehen“, versicherte sie, blinkende Tränen in den schönen Augen. „Ich habe schrecklich gesündigt. Das wird mir noch über Wochen zusetzen.“

„Was soll der Unsinn?“ sagte ich schroff. „Du hast dir wohl ein bißchen zuviel von dem Hölle-und-Verdammnis-Geschwätz deines Onkels Jared anhören müssen, wie? Wofür hat Gott dich denn so geschaffen, wie du bist – wenn nicht für die Liebe?“

„Ein Atheist wie du kann das nicht verstehen.“

„Ich bin kein Atheist!“ protestierte ich empört. „Ich glaube genauso an Gott wie du, Rebecca. Nur gehe ich nicht zur Kirche, das ist alles. Und ich finde auch nichts dabei, wenn man seinen Spaß hat.“

„Mir hat es keinen Spaß gemacht.“

„Meine Liebe“, sagte ich, „ich weiß zwar nicht, was man dir als Kind beigebracht hat, aber mir ist noch gut in Erinnerung, daß schamloses Schwindeln so ziemlich das größte Laster ist, schlimmer noch als das Eingeständnis, daß die irdische Liebe womöglich denn doch ein ganz klein wenig Spaß machen könne. Aber offenbar hast du eine ganz andere Erziehung genossen als ich.“

„Männer nützen eine Frau, die an so etwas Spaß hat, doch nur aus“, beharrte sie, ohne mich anzusehen. „Männer sind doch immer nur darauf bedacht, auf ihre Kosten zu kommen, und wenn eine Frau einem Mann nachgibt, dann ist sie immer die Dumme.“

„Aber du hast doch Hugh ‚nachgegeben‘, wie du das nennst.“

„Erst als wir verheiratet waren. Und das ist ja ein Unterschied.“

„Aber *dann* hat es dir jedenfalls Spaß gemacht.“

„Hugh war mein Mann, und ich liebte ihn.“ Sie kämpfte gegen die wieder aufsteigenden Tränen. „Er war ein guter Mensch und so selbstlos“, fuhr sie fort. „Keiner hat ihn besser gekannt als ich. Wir wußten beide, daß es außer uns niemanden gab, der uns wirklich liebte. Meine Eltern? Die hatten mich nie geliebt. Mein Vater nahm mir übel, daß ich kein Junge war, und meine Mutter konnte es mir nicht verzeihen, daß durch mich ihre Gesundheit und ihre Figur ruiniert worden waren. Und wenn beide sich nicht gerade in den Haaren lagen, dann zankten sie auf mich los. Gütiger Gott, was hat Mutter mir mit ihren endlosen Tiraden in den Ohren gelegen. ‚Männer nützen eine Frau nur aus‘, jammerte sie mir ewig vor, ‚vergiß das nicht. Wenn ich's nicht zugelassen hätte, daß Joss mich ausnützte, wär's nie so weit mit mir gekommen.' Sie hatte mit meinem Vater ein voreheliches Verhältnis gehabt, bis er dann eines Tages auf den Gedanken verfiel, ihr die Pistole auf die Brust zu setzen und zu behaupten, er könne mit ihr nicht weiter in Sünde leben; wenn sie ihn behalten wolle, müsse sie ihn schon heiraten. Aber damit war es noch nicht genug, denn als sie's ihm versprach, beharrte er darauf, daß sie ihm erst ihr ganzes Geld zu überschreiben habe. Und sie war so vernarrt in ihn, daß sie auf alles einging – der Gedanke, ihn zu verlieren, schien ihr unerträglich. Nur durch Zwang hat er sie also dazu gebracht, seine Frau zu werden, denn sonst – mein Gott, sie stand ja soviel höher als er, eine richtige Lady mit eigenem Vermögen, während er nur ein mittelloser Bauer war." Eine Träne lief ihr über die Wange. Sie suchte nach ihrem Taschentuch. „Und nach der Hochzeit wurde er dann so anders", fuhr sie fort. „Er machte Mutter unglücklich. Aber da war es zu spät. Er hatte all ihr Geld. Sie warnte mich immer wieder eindringlich davor, die gleichen Fehler zu begehen wie sie."

„Aber das verstehe ich natürlich", warf ich beschwichtigend ein und warf einen verstohlenen Blick auf meine Armbanduhr.

„Und was mein Vater mir erst in den Ohren lag. ‚Ein Flittchen in diesem Haus genügt', sagte er und meinte damit meine Mutter. ‚Vergiß das nicht! Sollte ich dich je mit einem Mann erwischen, so werfe ich dich hinaus. Du gehst mir unberührt in die Ehe, oder es soll dir leid tun. Vor einer Hure hat kein Mann Achtung, und Gott straft jede Sünderin. Schreib dir das hinter die Ohren.' Ich glaube, er konnte es mir nicht verzeihen, daß ich meiner Mutter ähnelte."

„Nun, deine Eltern sind jetzt beide tot", sagte ich ein wenig drängend. Es wurde Zeit, daß ich fortkam, ehe jemand die Limousine vor dem Haus entdeckte. „Das liegt alles hinter dir, du bist jetzt dein eigener Herr, kannst tun und lassen, was du willst. Deine Befürchtungen sind grundlos. Wie könnte ich dich als Flittchen oder Hure betrachten – ich liebe dich ja. Du ahnst nicht, wie oft ich mich nach einer Nacht wie dieser gesehnt habe ..."

„Aber das darf nie wieder vorkommen! Nie wieder!" beschwor sie mich. „Welchen Sinn oder welche Zukunft hätte es auch mit uns? Noch einmal heiraten könnte ich nicht, und ..."

Meine Geduld war fast am Ende. „Es hat eine Zukunft mit uns“, sagte ich, jedes Wort deutlich betonend. „Wenn du mich nicht heiraten willst – nun schön, dann kann ich nur warten und hoffen, daß du deinen Standpunkt änderst. Aber auch so können wir füreinander da sein. Laß uns doch die Tatsachen ohne Scheuklappen sehen. Du brauchst mich, und ich brauche dich, und so haben wir also beide etwas davon.“

„Ich – kann nicht – darf nicht...“

„Nun, wie du meinst“, rief ich aufbrausend. „Wenn du wieder einmal einen Mann im Bett brauchst, dann kannst du mir ja einen Brief schreiben, und falls ich nicht gerade verhindert bin, werde ich natürlich herbeieilen, um dir meine Dienste anzubieten – für eine halbe Stunde oder so.“

Sie brach in Tränen aus.

„Rebecca – Liebes...“

„Nein, rühr mich nicht an! Ich habe dir so viel gegeben, und was tust du? Behandelst mich wie eine Hure!“

Was sollte man mit einer solchen Frau nur machen? Ich zögerte nicht lange. Sie mit festem Griff in die Diele zurückdrängend, umarmte ich sie und nahm sie dann – direkt auf den knarrenden Brettern. Später küßte ich sie und versprach, mich bald wieder blicken zu lassen. Auf der Rückfahrt nach Penmarric fühlte ich mich erleichtert und auch sehr erschöpft.

Damals wäre ich durchaus bereit gewesen, sie zu heiraten. Anders als viele Männer, denen nur daran lag, bei einer Frau auf ihre Kosten zu kommen, hatte ich nichts gegen eine Ehe. Je älter ich wurde, desto nachhaltiger begriff ich, daß sexuellen Bedürfnissen mit Leichtigkeit abgeholfen werden konnte, während Freundschaft oder Kameradschaft viel schwerer zu erringen waren – falls überhaupt.

Einsamer noch als sonst fühlte ich mich gerade jetzt Ende 1926. Meine Lieblingsschwester Lizzie gab Cambridge vor Cornwall den Vorzug, und ihre Briefe waren erfüllt von glühender Bewunderung für einen der Professoren, einen Intellektuellen namens Edgar St. John Callendar. Die beiden schienen vollauf damit beschäftigt, beim Tee voll Leidenschaft über das griechische Theater zu diskutieren. Die Sache deprimierte mich, denn insgeheim hatte ich gehofft, daß Lizzie, sollten wir beide ledig bleiben, mir einmal den Haushalt führen würde. Die Zähigkeit, mit der sie an ihrer Liebe für das akademische Leben und ihrer Begeisterung für diesen Professor festhielt, war für mich recht ernüchternd.

Doch nicht nur Lizzie ging mir sozusagen verloren. Mit William war es eher noch schlimmer. Dieses ehemalige Schankmädchen Charity brachte es tatsächlich fertig, ihn zum Standesamt zu schleppen und somit völlig mit Beschlag zu belegen. Für mich unfaßbar, hatte er sich doch immer als eingefleischten Junggesellen bezeichnet.

„Heirate sie nicht!“ hatte ich ihn vorher fast angefleht. „Das hast du doch gar nicht nötig!“

„Dumm von mir, nicht?“ war seine gelassene Antwort gewesen. „Scheint fast, als läge mir wirklich etwas an ihr.“

Und wie um das Maß dieses miserablen Jahres vollzumachen, verlor ich auch noch mein Zuhause. Philip überraschte mich mit der Mitteilung, daß er Helena Meredith zu heiraten gedenke, eine kühle und geradezu abstoßend wohlerzogene Blondine mit schlankem und recht reizlosem Körper. Offenbar war es meinem Herrn Bruder darum zu tun, beizeiten einen Nachfolger für Sennen-Garth in die Welt zu setzen – was mich einigermaßen bestürzte. Denn mochte er nun homosexuell sein oder nicht: er schien sich jedenfalls normaler Beziehungen mit einer Frau für fähig zu halten und keineswegs an Impotenz zu leiden. Die planmäßige Zeugung eines Erben für Penmarric war augenscheinlich nur eine Frage der Zeit, und mir blieb nur, meinen Ehrgeiz sang- und klanglos zu begraben. Was meinen Enttäuschungen dann die Krone aufsetzte, war Philips „Großmut“. Er gab mir Geld und Land, damit ich mir ein eigenes Haus bauen könne, und ließ keinen Zweifel daran, daß er sich mit diesem Geschenk freikaufen wollte. In seinem Testament würde ich keine Berücksichtigung finden.

Noch nie war das Leben für mich von derart monströser Ungerechtigkeit gewesen, und es kostete mich einige Anstrengung, seine mildtätige Gabe mit einem Lächeln zu akzeptieren und Dankbarkeit zu heucheln.

Eine Zeitlang wohnte ich bei William und Charity in deren Haus in St. Just. Ein eigenes Domizil auf dem Grund und Boden von Penmarric errichten? Nein und nochmals nein. Für das geschenkte Geld wußte ich bessere Verwendung. In der Hoffnung, meinen schäbigen Wochenlohn aufzubessern, begann ich an der Börse zu spielen und zu spekulieren, was bei meiner Unerfahrenheit leider schiefging. Bald besaß ich keinen Penny mehr.

Ich war verzweifelt. Wo sollte ich hin? Bei William und Charity, die sich sehr gastlich zeigten, hielt es mich nicht ewig. Und Rebecca wies meine wiederholten Heiratsanträge ab. Auch auf meinen Vorschlag, ohne den Segen der Kirche zusammenzuleben, ging sie nicht ein. Ganz unverständlich war das nicht. In einer so kleinen ländlichen Gemeinde konnte das nicht gut enden. Man hätte sie ausgestoßen. Außerdem mußte sie natürlich an ihre Kinder denken. Diese vor allem hätten darunter zu leiden gehabt. Dennoch tat ihre Weigerung mir weh. Wenn nur irgend möglich, so hätte ich jede Nacht mit ihr geschlafen. Aber sie sträubte sich gegen allzu häufige Besuche, und so blieb es bei einoder zweimal in der Woche. Von Liebe war bei ihr nie die Rede, und jedesmal mußte ich von neuem die Festung erstürmen.

Das Ganze war äußerst zermürbend. So unbequem und unerquicklich es auch war: ich zwang mich, den Tatsachen ins Auge zu sehen. Es schien so gut wie ausgeschlossen, daß Rebecca je einen anderen Ehemann anstelle ihres geliebten Hugh akzeptieren würde; und sollte sie es sich in diesem Punkt doch einmal anders überlegen, so war mir nicht zuzumuten, eine derartige Eventualität mit Schafsgeduld abzuwarten. Für meinen Seelenfrieden war es unbedingt notwendig, ohne weiteres Zögern zu dem zu gelangen, was mir unerläßlich schien: Geld, eine Bleibe und eine nette Frau, die mir Gesellschaft zu leisten vermochte, wenn ich nicht mit Rebecca schlafen konnte. Ich begann, mich fieberhaft umzusehen. Doch nicht lange. Denn fast umgehend entdeckte ich Felicity Carnforth und beschloß auf der Stelle, sie zu heiraten.

Da ihre beiden Brüder im Krieg gefallen waren und sie keine Schwestern hatte, mußte ihr einmal ein reiches Erbe zufallen. Zwar schien sie, die passionierte Reiterin, an Männern nicht sonderlich interessiert, doch war sie anderseits klug genug, sich von einer Ehe gesellschaftliche Vorteile zu versprechen. Zudem wußte sie, daß ihr Vater sie nicht gern als ältliches Mädchen verkümmern sehen wollte. Was den romantischen Aspekt der Geschichte betraf, so interessierte sie mich eher weniger als ich sie, denn sie war dünn und eckig und hatte unschöne Zähne. Doch ich mochte sie und hielt es keineswegs für ausgeschlossen, zu einem beide Seiten befriedigenden Arrangement zu kommen. An eine Liebesheirat dachte ich zu dieser Zeit schon längst nicht mehr, hatte doch gerade die einzige Frau, die ich liebte, alle diesbezüglichen Hoffnungen zunichte gemacht. So zögerte ich nicht, meine Karten vor Felicity auf den Tisch zu legen, und sah mich durch eine ebenso uneingeschränkte Aufrichtigkeit von ihrer Seite belohnt.

„Nun, natürlich würde ich gern heiraten", sagte sie. „Das möchte wohl jede Frau, wenn auch jede aus anderen Gründen. Was mich betrifft, so habe ich es ganz einfach satt, mir von Daddy unentwegt vorhalten zu lassen, daß ich nicht so hübsch bin, wie meine Mutter es war – als ob es meine Schuld wäre, daß ich sein Aussehen geerbt habe! Eine Ehe mit dir wäre mir recht, schon um meinen Frieden zu haben. Natürlich liebe ich dich nicht, aber soll ich auf den Tag warten, wo der wahre Geliebte auf schaumbedecktem Roß herbeisprengt? Daß du mich meines Geldes wegen heiraten willst, was tut's? Du bist wenigstens so ehrlich, es zuzugeben."

Nach diesen offenen Worten fand ich sie noch sympathischer als zuvor, und wir begannen, in aller Freundschaft Absprachen für unsere gemeinsame Zukunft zu treffen.

„Die Pflichten, die ich dir vor der Welt schuldig bin, werde ich nicht vernachlässigen", sagte ich. „Ich werde mit dir unter demselben Dach wohnen und als dich treu umsorgender Gatte in Erscheinung treten. Nur eheliche Treue kann ich dir leider nicht versprechen." Ich berichtete ihr von meinem Verhältnis mit Rebecca.

Sie nahm die Mitteilung ohne eine Spur von Überraschung auf. „Wie schade, daß sie dich nicht heiraten will", sagte sie mitfühlend. „Sie ist sehr attraktiv. Welch ein Jammer, daß sie so früh Witwe werden mußte."

In aller Ruhe besprachen wir weitere Einzelheiten. „Das beste ist es wohl, wenn wir nur dem Namen nach Mann und Frau sind", erklärte ich. Der Gedanke, mit Felicity Liebesübungen zu vollführen, war mir weniger behaglich. „Sollte irgend etwas schiefgehen, können wir die Ehe immer noch annullieren lassen."

„Einverstanden. Allerdings kämen, für den Anfang jedenfalls, getrennte Schlafzimmer nicht in Frage. Daddy würde Verdacht schöpfen. Aber getrennte Betten könnten wir haben. Das soll ja sehr modern sein. Hast du dagegen einen Einwand?"

„Nicht im geringsten", versicherte ich ihr, und wir schieden im besten Einvernehmen, um unsere Familien von unserer Verlobung in Kenntnis zu setzen.

Wirklichen Ärger gab es mit Rebecca. Für eine Frau, die, sogar noch nachdem sie meine Geliebte geworden war, mir gegenüber nichts als Gleichgültigkeit bekundet hatte, führte sie sich geradezu hysterisch auf. Erst nach zwei Stunden unentwegter Tränen, auf die natürlich mein üblicher Trost zu folgen hatte, beruhigte sie sich und wurde sogar reumütig.

„Es ist ja nicht deine Schuld", sagte sie zerknirscht. „Es war unrecht von mir, dir Vorwürfe zu machen. Schuld bin ganz allein ich, weil ich dich immer glauben ließ, daß ich nie wieder heiraten würde. Aber, Jan ... vielleicht war das ein Irrtum ... vielleicht hätte ich dich nicht zurückweisen sollen ... vielleicht – ach, laß uns doch heiraten! Verzeih mir, daß ich dich immer so schlecht behandelt habe – es war nicht so gemeint – ich liebe dich ja – oh, Jan, ich liebe dich wirklich ..."

Langentbehrte Worte. Kein Wunder, wenn sie mich zu einem so kindischen Entzücken hinrissen, daß auch in mir der Sinn fürs Melodramatische wach wurde. Ich küßte sie. Küßte sie leidenschaftlich und schwor, daß ich nie im Leben eine andere lieben würde.

„Trotzdem, Liebes", sagte ich schließlich, „heikel ist die Situation auf alle Fälle ... denn ich muß unbedingt eine reiche Frau heiraten. All meine Liebe zu dir kann leider nicht meine Schulden aus der Welt schaffen, und nachdem meine Verlobung mit Felicity publik ist, stehen wir ohnehin vor vollendeten Tatsachen." Und still für mich dachte ich: Wäre auch wenig anständig Felicity gegenüber. Rebecca konnte ich ja außerdem haben. „Liebling", sagte ich hastig, „hierdurch braucht sich zwischen uns doch nichts zu ändern. Diese Ehe wird eine reine Vernunftehe sein, und wer wäre dafür besser geeignet als Felicity Carnforth? Ich habe alles mit ihr besprochen, und wir sind übereingekommen, daß zwischen uns nichts sein wird. Sogar getrennte Schlafzimmer werden wir haben", fügte ich hinzu, um mit Hilfe dieser kleinen

Lüge die Sache glaubwürdiger zu machen. „Und außerdem, Liebes – glaubst du, mir könnte es auch nur im Traum einfallen, mit Felicity ins Bett zu gehen? Du bist die einzige Frau in meinem Leben und wirst es auch immer bleiben, das weißt du."

„Oh, Jan ..." Sie brach wieder in Tränen aus.

„Und wenn du dich", fuhr ich rasch fort, „nun so plötzlich bereit erklärst, mich zu heiraten, bist du dann auch sicher, daß es sich nicht nur um eine Augenblicksstimmung handelt? Wäre da nicht immer die Erinnerung an Hugh, die zwischen uns stehen würde?"

Sie schluckte. „Vielleicht ..." stammelte sie verwirrt. „Ja, vielleicht hast du recht, Jan."

Ich atmete erleichtert auf. „Ich würde dich wirklich gern heiraten", sagte ich behutsam, „aber das wäre nicht sehr vernünftig, Liebling. Und du weißt es."

„Ja", erwiderte sie, Tränen in den hübschen Augen. Sie sah hinreißend aus. „Ja, du hast recht. Nur ... es ist so einsam hier ... und die Kinder brauchen einen Vater ... und du bist gut zu ihnen, Jan."

„Ich werde kommen, sooft es nur geht", sagte ich. Als großen Kinderfreund hatte ich mich bisher weniger betrachtet. Allerdings war ich von der scheuen, mädchenhaften Art der kleinen Deborah recht angetan. „Die Heirat mit Felicity wird nichts zwischen uns ändern, Liebling, das verspreche ich dir. Alles soll sein, wie es immer war."

Und so kam es denn auch. Wenn auch meine Ehe mit der Carnforth-Erbin von den getroffenen Vereinbarungen ein wenig abwich. Die Hochzeit fand im Frühjahr 1928 in London statt – auf Wunsch Felicitys in großem Stil. Nach üppiger Feier mit köstlichen Delikatessen und erlesenem Champagner führte uns die Hochzeitsreise für zwei Wochen nach Paris – und mich mitten in gewisse Kalamitäten. Was nämlich Felicitys Aussehen betraf, so war buchstäblich ein Wunder geschehen. Moderne Kleider und modische Frisur – und wohl auch die kosmetische Behandlung, der sie sich offenbar sehr eingehend unterzogen hatte – verliehen ihr plötzlich mehr als nur einen Hauch reizvoller Weiblichkeit. Die Wirkung auf mich blieb nicht aus. Als wir in unserem Pariser Hotel ankamen, wußte ich, daß gewisse männliche Regungen ihr Recht fordern würden. Was die Dämme dann endgültig einriß, war das raffinierte schwarze Negligé, das sie mir im Schlafzimmer vorführte. Aller Widerstand blieb vergeblich. Und so ist festzustellen, daß wir eine sehr erfolgreiche Hochzeitsnacht verbrachten.

„Herrlich!" sagte Felicity am nächsten Morgen. „Wenn mir das entgangen wäre, Jan, Liebling – schrecklicher Gedanke." Sie lachte schelmisch. „Mit einer eventuellen Annullierung ist es ja nun nichts. Aber mach dir keine Sorgen. Scheiden lassen kann man sich immer. Ein kleiner Ehebruch ist leicht bewerkstelligt – wenn man unbedingt einen Grund braucht."

Und so genossen wir jede Stunde und jede Minute in Paris. Zwei nicht weniger schöne Wochen in London schlossen sich an. Felicity wurde meinen Erwartungen vollauf gerecht. Sie erwies sich als fideler Kumpan, der zu allen „Schandtaten" bereit war. Von Soho bis Knightsbridge gab es kaum ein vernünftiges Lokal, wo wir nicht ausgiebig lukullischen Genüssen gefrönt hätten. Und wir tanzten, tanzten, tanzten. Tanzten alles, vom Foxtrott bis zum Charleston. Tanzten, daß uns die Füße schmerzten. Doch unsere Energie war unerschöpflich. Und wenn wir einmal nicht die ganze Nacht hindurch getanzt hatten, so nutzten wir den nächsten Tag, um durch London zu jagen oder irgendwo im Park Spaziergänge zu machen. Als sich unsere Flitterwochen dem Ende zuneigten, vermochten wir uns kaum loszureißen. Das erstaunlichste jedoch blieb, daß ich über meine Verbindung mit Felicity froh war und mir auch für die Zukunft viel davon erhoffte. Doch in Cornwall verfiel ich dann sehr rasch wieder dem Zauber, den Rebecca auf mich ausübte. Natürlich verheimlichte ich ihr, wie „normal" meine Beziehungen zu Felicity gewesen waren und daß ich auch jetzt noch einmal in der Woche mit meiner Frau schlief. Ich sah nicht ein, warum eine Ehe, die so sehr von der Vernunft diktiert worden war, nicht auch freundlichere Aspekte besitzen sollte.

Wir hatten auf Carnforth Hall einen Flügel ganz für uns, mußten jedoch zwei- oder dreimal in der Woche im Hauptteil des Gebäudes mit Felicitys Vater und ihrer Stiefmutter speisen. Ich war peinlich darauf bedacht, mich mit Sir Justin gut zu stellen, sosehr er mich auch langweilte. Er seinerseits schien sehr froh über einen Schwiegersohn, der in ihm die Hoffnung auf Enkelkinder weckte, und zeigte sich entsprechend großzügig. Felicity sah sich sehr bald in der Lage, bei ihrer Bank ein gemeinsames

Konto für uns einzurichten, und von da an war ich alle Geldsorgen los. Ich legte mir einen extravaganten Wagen, einen Hispano-Suiza, und etliche neue Anzüge zu. Felicity frönte ihrer Pferdeleidenschaft und schaffte weitere Reittiere an. Der einzige Wermutstropfen in unserem ansonsten so klaren Wein war Felicitys Stiefmutter Alice, die einstige Haushälterin meines Vaters.

Wir hatten einander nie ausstehen können, und unsere Antipathie vertiefte sich jetzt eher noch. Sie gehörte zu den Frauen, die vor Tüchtigkeit geradezu barsten und nicht eher ruhten, bis sie alles „im Griff“ hatten. Und im Griff hatte sie Carnforth Hall gewiß noch mehr als vormals Penmarric und Sir Justin noch unnachgiebiger als damals meinen Vater – dessen Geliebte sie möglicherweise, zumindest eine Zeitlang, gewesen war. Sir Justin schien buchstäblich in sie vernarrt. Sie brachte ihm wohl eine gewisse Zuneigung entgegen, war jedoch offenbar vor allem von ihrer Rolle als Lady Carnforth angetan. Sie war jetzt etwa siebenunddreißig Jahre alt und kalt, berechnend und scharfzüngig.

„Sie hat mich vor der Heirat mit dir gewarnt“, berichtete Felicity, die Alice genausowenig mochte wie ich. „Natürlich habe ich ihr sofort gesagt, das ginge sie überhaupt nichts an. Wahrscheinlich war sie über eine so unverblümte Abfuhr entsetzt. Aber dann nahm sie sich zusammen und versuchte, mir die Geschichte mit dir und Rebecca unter die Nase zu reiben, woraufhin ich sie wieder abblitzen ließ. ‚Liebste Alice‘, sagte ich zu ihr, ‚ist das der ganze Klatsch, den du zusammenkehren konntest? Nun, Jan hat mir bereits alles erzählt!‘ Sie wurde krebsrot vor Wut. Es war wirklich zu komisch.“

Ich fühlte mich nicht recht wohl dabei. Zwar schämte ich mich nicht, ein Verhältnis mit Rebecca zu haben, doch um ihretwillen mußte ich darauf achten, daß die Geschichte nicht breitgetreten wurde. Außerdem wollte ich Felicity nicht ins Gerede bringen. Wenn Alice es darauf anlegte, mit ihrem Klatsch hausieren zu gehen, konnte es nur allzu leicht passieren, daß ich bei meinem Schwiegervater in Ungnade fiel.

„Ich möchte nur wissen, wo Alice das überhaupt herhat“, sagte ich ärgerlich.

„Sie weiß doch alles“, meinte Felicity. „Für eine Frau wie sie ist Klatsch das gefundene Fressen. Und für heimliche Liebschaften hat sie einen untrüglichen Spürsinn, selbst wenn sich so eine Geschichte noch im Stadium harmlosester Unschuld befindet. Mich wirft das bei ihr immer wieder um. Wenn sie über ein Talent verfügt, das ihre Klatschsucht noch in den Schatten stellt, dann ist das wohl ihre Fähigkeit, ältere Herren um den kleinen Finger zu wickeln. Ich werde nie vergessen, was für ein Schock es für mich war, als Daddy mir verkündete, er wolle sie heiraten. Daß er sie schon seit Jahren verehrte, wußte ich zwar, aber ich hatte auch nicht im entferntesten daran gedacht, daß er sich von ihr eines Tages zum Altar führen lassen würde."

Das Thema Alice beunruhigte uns beide.

„Mach dir keine unnötigen Sorgen", versuchte Felicity mich schließlich zu beruhigen. „Solange ich so offenkundig im siebenten Ehehimmel schwebe, wird Daddy kein Wort gegen dich glauben. Das einzige, was ihn kümmert, ist mein Glück, und wenn es daran nichts zu deuteln gibt, wird er deine Besuche in Morvah als selbstverständliche Pflicht gegenüber der Familie deines toten Bruders ansehen. Falls du es dir nicht gerade einfallen läßt, es mit Rebecca öffentlich zu treiben, wird er nichts auszusetzen finden."

Das mochte schon zutreffen. Dennoch verursachte mir der Gedanke an Alice Beklemmung, und ich wurde das Gefühl nicht los, daß sich aus ihrer Richtung einiges zusammenbraute.

Doch von diesem Punkt abgesehen, konnte ich mich über mein neues Leben als Ehemann nicht beklagen. Zwar sehnte ich mich immer noch nach Penmarric, aber selbst in dieser Hinsicht gestalteten sich meine Aussichten allmählich rosiger. Philip und seine Frau hatten keine Kinder, und ich erfuhr, daß Helena den größten Teil ihrer Zeit in Polzillan House bei meiner Schwester Jeanne und deren Mann verbrachte. Im Frühjahr 1930 wurden dann, soweit es Philips sexuelle Neigungen betraf, meine Zweifel vollends behoben. Als ich an einem Samstagabend mit Rebecca in St. Ives war, sah ich zufällig, wie Philip und Trevose aus einer anrüchigen Kneipe im Herzen des Künstlerviertels traten, und ein einziger Blick genügte, um die Sache für mich klarzumachen.

Da ich schon lange vermutet hatte, daß Philip homosexuell war, überraschte mich die Entdeckung, soweit sie ihn betraf, weniger. Bei Trevose hingegen schockierte sie mich.

Unwillkürlich blieb ich stehen und starrte sie an. Sie bemerkten mich nicht. Sie hatten nur Augen füreinander. Philip lachte. Von der sonstigen Düsterkeit, die er seit seiner Hochzeit meist zur Schau trug, fand sich keine Spur. Auch Trevose lachte, was bei ihm, dem ortsbekannten Griesgram, besonders ungewöhnlich wirken mußte. Ebenso wie Philip wirkte er heiter und entspannt. Die Hände in den Taschen und ohne jede Eile wanderten sie die Gasse hinunter – zwei völlig aufeinander abgestimmte Seelen.

„Was starrst du denn so?“ fragte Rebecca mißtrauisch und folgte mit den Augen meinem Blick, doch Philip und Trevose waren inzwischen hinter einer Ecke verschwunden.

Ich sagte: „Ach, nichts weiter. Nur so ein paar von diesen merkwürdigen Künstlern“, und wechselte rasch das Thema.

Jetzt wußte ich endlich, wie es zwischen Philip und Helena stand. Ihre Ehe war ein Fehlschlag, und daß ihr Kinder entspringen würden, brauchte ich nicht zu fürchten. Als ich dann Monate später gerade wieder einmal darüber nachsann, wie günstig meine Ausgangsposition hinsichtlich Penmarric war, ereignete sich die verheerende Katastrophe auf Sennen-Garth.

2

Natürlich brachte man Philip allgemein Mitgefühl entgegen. Selbst mir tat er leid. Während man in England und überall in der Welt die Witwen und Waisen der Opfer bedauerte, galt in den umliegenden Gemeinden die Anteilnahme im gleichen Maße auch Philip. Die Mine war Zweck und Inhalt seines Daseins gewesen, jeder der Toten war ihm nahegestanden. Und nicht zuletzt: Zu den Toten gehörte auch Alun Trevose.

Philips Schmerz ging weit über das erträgliche Maß hinaus. Selbst mich, der ich dem Ganzen doch so viel ferner stand als er, traf der Tod mir gut bekannter Männer so sehr, daß ich mich gedrängt fühlte, ihm mein Beileid auszusprechen.

Doch er wollte meine Anteilnahme nicht, ließ mich nicht einmal ausreden. „Andere sind viel schlimmer dran als ich“, sagte er und setzte sehr bald seine ganze Energie für die Einrichtung eines Fonds ein, der den betroffenen Familien wenn schon nicht das Leid, so doch die materielle Not ersparen sollte.

Und ich muß gestehen, daß ich ihn plötzlich in einem neuen Licht sah. Hatte ich ihn bisher für völlig selbstsüchtig gehalten, so erkannte ich nun, daß er auch selbstlos sein konnte. Allen Hinterbliebenen, die sich in ihrem Gram an ihn wandten, spendete er wirksamen Trost. Früher hatte ich ihn für kalt und herzlos gehalten. Ich konnte mich nicht erinnern, in seinen Augen je Tränen gesehen zu haben, selbst bei Begräbnissen nicht.

Felicity erbot sich, mich zum Gedenkgottesdienst zu begleiten, und obwohl für sie eigentlich keine Notwendigkeit dazu bestand, fühlte ich mich erleichtert und nahm dankbar an.

Danach vergingen Tage, ehe ich Philip wiedersah. Offenbar hatte er sich in irgendeinen Winkel verkrochen. Ich hatte gerade überlegt, ob ich ihn nicht in Penmarric aufsuchen sollte, um ihm oder Helena für den Fall eines Falles meine Hilfe anzubieten, als eines Tages das Telefon klingelte und ich seine Stimme vernahm.

Sie klang nicht weniger brüsk und von oben herab als sonst. Ich möge am folgenden Abend nach Penmarric kommen, und zwar allein. Helena habe die Absicht, zu Bruder und Schwägerin zu fahren. Wir würden also ganz unter uns sein.

„Ich möchte etwas mit dir besprechen“, fügte er in knappem Ton hinzu. „Komm um halb sieben, ja?“ Und hatte den Hörer aufgehängt, ehe mir Zeit zu einer Erwiderung blieb.

Als ich zur festgesetzten Zeit auf Penmarric eintraf, war ich merklich nervös. Medlyn verzog die Lippen, ließ dann jedoch sein öliges Lächeln sehen und führte mich in die Bibliothek.

Philip wartete schon auf mich. Er hatte sich etwas erholt. Zwar waren um seinen Mund immer noch tiefe Furchen eingegraben, doch seine Augen wirkten weniger müde, seine Hände weniger fahrig.

„Setz dich“, sagte er. „Was möchtest du trinken? Whisky?“ Ich nahm Platz und gab mich krampfhaft gelöst. „Gern“, sagte ich, bemüht, aufgeräumt zu erscheinen. „Danke.“

„Entschuldige, wenn ich nicht mithalte, aber der Alkohol, den ich in den letzten Tagen konsumiert habe, reicht für eine Weile.“

Er ließ sich mir gegenüber am Kamin nieder und schien in Nachdenken versunken. Was mochte er von mir wollen? Er zündete sich eine Zigarette an und sog langsam den Rauch ein. Ich wartete.

Schließlich sagte er eher beiläufig, als wäre diese Mitteilung nur von geringem Interesse für mich: „Ich habe mich mit Zukunftsplänen beschäftigt."

„Oh?"

„Ja. Ich habe nicht die Absicht, hier weiterzuleben, als ob nichts geschehen wäre. Ich werde von hier fortgehen. Fort von Penmarric."

„Fort?"

„Ganz recht. Ich habe mich entschlossen, nach Kanada zu gehen und dort eine Zeitlang in den Zinnminen der Rockies zu arbeiten."

„Kanada!" rief ich ungläubig. Ich glaubte, meinen Ohren nicht trauen zu können.

„Ja, Kanada. Was soll ich hier in Cornwall? Die Klippen entlangwandern, vorbei an den toten Minen der Zinnküste? Oder mich abends in die Schenke in St. Just setzen und an meine toten Freunde denken? Nein, es wird eine Weile dauern, bis ich mich mit dem Geschehenen abfinden kann. Jetzt habe ich nur den Wunsch, von hier wegzukommen."

Ich schwieg. Meine Finger, die das Whiskyglas umschlossen hielten, krampften sich unwillkürlich zusammen.

„Natürlich werde ich nicht in Kanada bleiben", fuhr er fort. „Ich denke an drei Jahre. Sollte es mir dort nicht gefallen, so komme ich vielleicht früher zurück. Aber drei Jahre sind die Frist, die ich mir gesetzt habe."

„Aber, um Himmels willen, Philip! Was willst du denn bloß Mama sagen? Wie willst du es ihr beibringen?"

Er hob die Augenbrauen. „Mein lieber Jan-Yves", sagte er in einem ironischen Tonfall, der mich sofort an unseren Vater erinnerte, „wenn du glaubst, daß Mama hysterische Zustände bekommt, bloß weil ich für drei Jahre ins Ausland will, so beweist du damit, daß du sie überhaupt nicht kennst. Ich werde es ihr heute abend sagen, und zweifellos wird sie verstehen und nicht versuchen, mich zurückzuhalten." Er verstummte für einen Augenblick und fügte dann hinzu: „Da wir gerade von Mama sprechen ... ich möchte mich darauf verlassen können, daß du sie während meiner Abwesenheit wenigstens einmal wöchentlich besuchst. Versprichst du mir, das zu tun und dich auch sonst um sie zu kümmern?"

„Selbstverständlich. Wenn ich sie in letzter Zeit nicht besucht habe, so lag das daran, daß ich anderweitig beschäftigt war."

„Allerdings", erwiderte er kühl. „Es ist mir durchaus nicht entgangen, wie eingehend du dich um unsere Schwägerin in Morvah kümmerst."

„Ich ..."

„Da ist noch etwas, was mich im Zusammenhang mit Mama beunruhigt. Adrian soll womöglich als Nachfolger von Mr. Barnwell Pfarrer in Zillan werden. Du weißt noch nichts davon? Nun, heute morgen erhielt ich einen Brief von ihm, und da er vermutlich mit gleicher Post an William geschrieben hat, dachte ich, daß William dir bereits etwas gesagt haben könnte. Die Geschichte ist offenbar noch in der Schwebe, Adrian will mehr Mr. Barnwell zuliebe als aus eigenem die Versetzung von seiner Oxforder Gemeinde nach Zillan erreichen. Der alte Pfarrer beginnt die Last der Jahre zu spüren und möchte in den Ruhestand treten, ohne allerdings das vertraute Haus und die gewohnte Umgebung verlassen zu müssen. Und statt die Räumlichkeiten mit einem Fremden zu teilen, würde er gern mit Adrian zusammenleben, für den er ja schon immer eine Schwäche hatte, wie du dich erinnern wirst."

„Und Adrian ist damit einverstanden? Wäre das nicht seiner Laufbahn abträglich?"

„Adrian ist damit nicht nur einverstanden. Er selbst hat den Vorschlag gemacht und sich durch keinerlei Einwände von seinem Vorhaben abbringen lassen. Du kennst ihn ja – ganz Edelmut und noble Seele. Der Gelegenheit, eine gute Tat zu vollbringen, kann er nie widerstehen."

Ich war auf Adrian immer ein wenig eifersüchtig gewesen, weil er in so hohem Maße Williams Zuneigung genoß. Anderseits hatte ich stets seine Intelligenz bewundert. Seine menschlichen Schwächen machten ihn mir sympathisch, seine übermenschlichen Tugenden allerdings weniger. Im Kriege hatte er sich übermäßiges Rauchen angewöhnt, außerdem war er ein besessener Autonarr. Kam er nach Cornwall zu Besuch, so ließ er sich eine „Vergnügungsfahrt" in meinem Hispano nie entgehen, und ein Teil des Legats, das mein Vater ihm hinterlassen hatte, war für einen schmucken kleinen Ford draufgegangen, den er wegen einer im Kriege erlittenen Beinverletzung angeblich unbedingt brauchte. Aber mir konnte er da nichts vormachen.

Er war ledig und unmenschlich genug, Keuschheit nicht nur zu predigen, sondern auch zu praktizieren. Allerdings vermutete ich, daß er in Oxford seine zwei oder drei Erfahrungen gesammelt hatte, bevor er Geistlicher geworden war. Zum Unterschied von Philip fühlte er sich von Frauen durchaus angezogen, und ich erinnerte mich noch sehr gut an sein puterrotes Gesicht, als wir beide auf dem Rasen vor dem Pfarrhaus zum erstenmal mit Rebecca zusammengetroffen waren.

„Anlaß für seinen Brief an mich war die Tatsache, daß zu seinen künftigen Gemeindemitgliedern auch Mama gehören würde", fuhr Philip fort. „Er hat mich gebeten, mit ihr darüber zu sprechen. Er versichert, daß er es durchaus verstünde, wenn sie nach seiner Versetzung lieber in St. Just zur Kirche ginge. Ich finde es, ehrlich gesagt, sehr anständig von ihm, sich darüber Gedanken zu machen."

„Und wie stellt sich Mama dazu?"

„Das weiß ich nicht. Ich bin heute nicht dazugekommen, nach Roslyn-Farm zu fahren. Sollte sie jedoch in Zukunft lieber nach St. Just zur Kirche wollen, so hoffe ich, daß du sie jeden Sonntag im Wagen hinbringst."

„Für das Transportproblem wird sich gewiß eine Lösung finden lassen", erwiderte ich ausweichend. Falls Adrian wirklich Pfarrer in Zillan wurde, lag mir daran, ihn in Ausübung seines Amtes zu erleben. Der allwöchentliche Kirchenbesuch machte mir Freude. Ganz abgesehen von meinem intellektuellen Interesse an Religion, faszinierte mich das Ritual des Gottesdienstes, und ich war sicher, daß ich in meiner Jugend einen ausgezeichneten Konvertiten zum Katholizismus abgegeben hätte. Doch der Gedanke war mir von keiner Seite nahegebracht worden, und später empfand ich eine unüberwindliche Aversion gegen den Gedanken, meine Sünden einem unverheirateten Priester beichten zu müssen.

„Nicht sehr angenehm, diese Sache mit Adrian", sagte Philip, „aber dagegen kann man nun einmal nichts tun. Natürlich ist es ausgeschlossen, daß er bei Mama den Seelenhirten spielt. Jedenfalls baue ich darauf, daß du im Fall des Falles vermittelnd einspringst ... Und jetzt laß mich auf das eingehen, was es ansonsten noch für die Zukunft zu besprechen gibt. Erstens habe ich beschlossen, daß mit Ausnahme von Mama während meiner Abwesenheit kein Mitglied der Familie mit der Verwaltung von Penmarric befaßt sein soll. Das scheint mir für alle Betroffenen die beste Lösung zu sein. Sollte nämlich irgend etwas schiefgehen, dann kommt es gar nicht erst zu Reibereien oder Zerwürfnissen. Konsequenterweise werde ich auch William entlassen ..."

„William entlassen! Aber ..."

„Ich habe schon seit geraumer Zeit den Eindruck, daß er Penmarric nicht so verwaltet, wie es verwaltet werden sollte. Meine Hoffnung ist, daß vielleicht dein Schwiegervater für ihn auf Carnforth Hall Verwendung hat; du hast mir doch gesagt, daß der dortige Verwalter schon so alt ist, daß er kaum auf ein Pferd steigen kann. Was Penmarric betrifft, so gedenke ich, einen wirklichen Fachmann einzustellen – Smithson, den Verwalter von Menherion Castle. Da Francis St. Enedoc sein Haus an eine Hotelgesellschaft verkaufen will, wird Smithson bald ohne Arbeit sein, und da er sich eines ganz ausgezeichneten Rufes erfreut, halte ich ihn für den richtigen Mann. Des weiteren ..."

„Augenblick", unterbrach ich ihn. Daß William seine Stellung verlieren sollte, war für mich ein Schock, der durch den Namen des Nachfolgers noch vertieft wurde. „Ich kenne Smithson – ein fader kleiner Kerl mit Wieselgesicht. Außerdem stammt er aus dem Norden und ist bei den einheimischen Pächtern nicht gerade beliebt. Smithson wäre keine gute Wahl. Höre, Philip, wenn du schon unbedingt einen anderen für die Verwaltung von Penmarric willst, so könnte ich bestimmt besser ..."

„Möglich. Schon möglich", sagte er glatt und höflich. „Aber ich habe dir ja gerade gesagt, daß ich während meiner Abwesenheit niemanden von der Familie auf Penmarric haben möchte. Es ist nun einmal für alle Beteiligten sicherer, die Zügel in die Hände eines erfahrenen Verwalters zu legen."

„Willst du damit sagen, daß ich während deiner Abwesenheit Penmarric nicht einmal betreten darf?"

„Ja. Zu deinem eigenen Schutz. Dann kann ich dir, falls irgend etwas Dummes passiert, wenigstens keine Vorwürfe machen."

„Aber es muß doch jemand ein Auge darauf haben, daß

Smithson nicht auf eigene Faust wirtschaftet – oder in die eigene Tasche! Und Helena dürfte wohl kaum damit fertig werden."

„Helena kehrt nach Polzillan House zurück", erwiderte er kühl. „Da ich allein nach Kanada gehe, hat es keinen Zweck, irgend jemanden über unsere gescheiterte Ehe täuschen zu wollen. Bleiben werden nur die Haushälterin und ein Teil der Bediensteten. Mama und Michael Vincent erhalten von mir die notwendigen Vollmachten. Ich habe Michael gebeten, einmal monatlich Simon Peter Roslyn nach Penmarric zu schicken, damit der, wie du so schön sagst, ein Auge darauf hat."

„Simon Peter Roslyn!" wiederholte ich verdutzt.

„Ja. Wie er mir erzählt hat, kennt ihr beide euch von Oxford her. Ich wußte gar nicht, daß er ein Freund von dir war."

„Ein Freund wohl kaum", sagte ich. „Wir sind uns dort einige Male begegnet. Er gehörte zu diesen Burschen, die auf Stipendium studieren und wie die Verrückten büffeln – ohne Sinn für die angenehmeren Seiten des Lebens. Außerdem ist er älter als ich."

Ich erinnerte mich leidlich an diesen langweiligen Büffler, den einzigen Sohn Jared Roslyns und mithin Vetter Rebeccas. Politisch war er, in Oxford zumindest, ein leidenschaftlicher Anhänger der „linken" Richtung gewesen. „Für die Freuden des Studentendaseins hatte er, wie gesagt, wenig übrig, aber das juristischen Staatsexamen bestand er, soweit ich weiß, mit Auszeichnung."

„Inzwischen hat er sich auch in Vincents Anwaltsfirma bewährt. Es könnte durchaus sein, daß der ihn eines Tages zum Partner macht."

„Tatsächlich?" fragte ich höflich. Die Bestrebungen eines Bauernsohnes, beruflich auf der Mittelstandsleiter emporzuklimmen, mochten zwar löblich sein, doch interessierten sie mich nicht sonderlich.

„Mir gefällt Simon Peter", sagte Philip, während er etwas Orangensaft in sein Glas nachgoß. „Er macht einen gescheiten und umgänglichen Eindruck und ist auch nicht auf den Mund gefallen. Gerade der richtige Mann, um auf Penmarric nach dem Rechten zu sehen."

„Verstehe", sagte ich und trank den Rest des Whiskys in einem Zug aus. Meine Augen glitten durch den Raum, über die eleganten Möbel, über die Ölgemälde an den Wänden. Und plötzlich sah ich Simon Peter Roslyn deutlich vor mir: fahlblaue Augen hinter randloser Brille, Gesicht in ernste Falten gelegt, weiche, weiße Hände, flink in den Seiten der Rechnungsbücher blätternd, die er zu prüfen hatte. Von Philips Gnaden Eindringling in mein Haus, mein Zuhause...

„Ich muß schon sagen", bemerkte ich in bemühtem Konversationston, „daß ich es nicht sehr fair finde, Simon Peter beliebigen Zugang nach Penmarric zu gewähren, während es mir verboten ist, drei Jahre lang auch nur einen Fuß in das Haus zu setzen."

„Nicht fair?" fragte Philip, mich aus harten, kalten Augen anblickend. „Da bin ich anderer Meinung. Es handelt sich um die praktikable Lösung eines heiklen Problems – die Vermeidung von Familienstreitigkeiten, während ich Tausende von Kilometern von hier fort bin. Offen gestanden, überrascht es mich, wie sehr meine Entscheidung dich aus der Fassung bringt. Was bedeutet dir Penmarric denn schon? Falls es dir nach Stillegung von Sennen-Garth um Arbeit zu tun ist, so kannst du ja William auf Carnforth Hall zur Hand gehen – falls dein Schwiegervater ihm die Stellung als Verwalter gibt. Im übrigen hast du es ja nicht mehr nötig, zu arbeiten. Wenn dein Schwiegervater stirbt, erbt deine Frau den Besitz, und du bist Herr von Carnforth Hall. Es wird dir also an nichts fehlen, und außerdem lebt es sich dort wesentlich angenehmer als in dieser abscheulichen Gruft. In diesem Sinne habe ich denn auch meine Angelegenheiten geordnet und entsprechende Verfügungen getroffen – im Bewußtsein nämlich, daß du, sollte ich vor dir sterben, wohlversorgt bist und weder Penmarric noch mein Geld brauchst."

Für Sekunden setzte mein Herzschlag aus, um dann wie besessen zu rasen. Meine Kehle war wie zugeschnürt. „Ich verstehe nicht ganz", sagte meine Stimme gepreßt und wie aus weiter Ferne. „Soll das heißen..."

„Ich habe soeben mein Testament unterzeichnet", bestätigte er, „und alles Jonas hinterlassen."

Ich starrte ihn an. Was er da sagte, konnte und durfte nicht stimmen. Gewiß wollte er mich auf die Probe stellen. Sehen, wie ich reagierte. Doch dann begriff ich, daß er es wirklich ernst meinte. Und nach einem Schweigen, das Stunden zu währen schien, zwang ich mich zu einer höflichen Antwort: „Nun ja, Rebecca wird sich sehr freuen."

„Mir ist das nur recht und billig erschienen", sagte er. „Während dir Besitz und Vermögen der Carnforths zufallen, hat der Junge nichts als den Namen Castallack. Daher setze ich ihn als meinen Erben ein und werde zum gegebenen Zeitpunkt auch für seine Erziehung aufkommen. Wenn ich aus Kanada zurückkehre, ist er sieben, gerade in dem Alter, wo ein Kind schon für so mancherlei Verständnis aufbringt. Dann kann ich mich näher mit ihm beschäftigen und ihn übers Wochenende nach Penmarric einladen, damit er seinen zukünftigen Besitz besser kennenlernt."

Ich saß stumm.

„Ich hielt es für richtig, dir das mitzuteilen, bevor andere davon erfahren. Schließlich bist du außer Jonas der am meisten Betroffene."

„Vielen Dank."

„Ich werde Rebecca morgen von meiner Entscheidung Mitteilung machen und mir bei dieser Gelegenheit auch gleich einmal den Jungen ansehen – ich kenne ihn ja kaum. Am liebsten hätte ich Esmond zu meinem Erben gemacht, aber nach den Bestimmungen von Vaters Testament ist das ja leider ausgeschlossen."

Die Lust, mich für das erlittene Unrecht an ihm zu rächen, wurde unwiderstehlich. Ich mußte ihm weh tun, irgendwie. „Du hast also die Hoffnung auf einen eigenen Sohn aufgegeben?" erkundigte ich mich angelegentlich. „Das tut mir aber wirklich leid."

Er sah mich an, zuckte mit keiner Wimper. „Ich habe dir bereits gesagt, daß meine Ehe gescheitert ist, und da ich nicht mit meiner Frau zusammenlebe, ist es wenig wahrscheinlich, daß wir einen Sohn haben werden."

„Könntest du dich nicht scheiden lassen und es ein zweites Mal versuchen?"

„Für eine Scheidung haben weder Helena noch ich irgendeine Handhabe. Außerdem denke ich nicht daran, wieder zu heiraten, nur um einen Sohn in die Welt zu setzen." Er erhob sich und trat an die Anrichte, wo er nach der Whiskykaraffe griff. „Möchtest du noch einen Drink?"

„Nein, danke. Ich gehe jetzt wohl besser."

Irgendwie gelang es mir, das Haus zu verlassen, ohne meine Selbstbeherrschung zu verlieren. Als ich dann hinter das Steuer meines Wagens glitt, kochte ich geradezu vor Wut. Ich zitterte derart, daß ich fürchtete, außerstande zu sein, das Auto sicher nach Hause zu lenken. Und so fuhr ich nur ein Stück, bis Penmarric hinter mir lag, stieg dann aus. Meine Erregung wollte sich nicht legen. Drei Jahre von Penmarric verbannt und des mir zustehenden Erbes beraubt zugunsten eines vierjährigen Kindes. Mich mit Carnforth Hall zufriedengeben? Mich abfinden mit dem Verlust von Penmarric? Nie! Ich wollte mein Recht. Und meine Rache.

„Er wird es noch bereuen", sagte ich laut. „Er wird es bereuen. Er soll mir dafür büßen." Eine Eule schrie, kühl strich mir der Seewind gegen die Wangen. „Ich denke nicht daran, aufzugeben", rief ich. „Und ich werde bekommen, was ich will."

Ich zündete mir eine Zigarette an und ging dumpf brütend auf und ab. Schließlich stieg ich wieder ein und fuhr in Richtung Morvah. Doch bald schon wurde mir klar, daß eine Begegnung mit Rebecca jetzt nicht in Frage kam.

„Zum Teufel mit Rebecca", murmelte ich und bog auf die Straße nach Penzance ein. „Zum Teufel mit Jonas. Zum Teufel mit der ganzen Bande."

Ich fühlte mich einsam wie kaum je zuvor, und auf Carnforth Hall brauchte ich lange, um mein inneres Gleichgewicht leidlich wiederzugewinnen. Schließlich gelang es mir doch, die Situation kühler und konsequenter zu durchdenken.

Erster Punkt war mein unbedingter Entschluß, auf Penmarric leben zu wollen. Solange ich geglaubt hatte, Philips Erbe zu sein, war mir Carnforth Hall recht gewesen – als vorübergehender Aufenthalt. Jetzt rebellierte in mir alles gegen die Vorstellung, dort mein ganzes Leben zubringen zu müssen. Ich empfand deutlicher denn je, daß ich ohne Penmarric nicht leben konnte. Punkt zwei bestand darin, Philip von der Unsinnigkeit seiner Entscheidung zu überzeugen, und da Taten eindringlicher waren als Worte, mußte ich es darauf anlegen, mich in die Lage zu manövrieren, auf Penmarric wohnen und den Besitz verwalten zu können. Hierauf mußte ich ihm meine Tüchtigkeit bei der Wahrnehmung seiner Interessen beweisen. Punkt drei: Gelang mir das – und ich hatte nicht den geringsten Zweifel daran –, würde er eher in mir als in Jonas seinen wahren und berechtigten Erben sehen. Was lag ihm im Grunde an Rebeccas Sohn? Sein Lieblingsneffe war Esmond. Außerdem sprach gegen Jonas, daß er auf einem Bauernhof aufwuchs, was für den künftigen Erben von Penmarric wohl kaum die geeignete Umgebung war.

Erster Schritt: Da Philip mir verboten hatte, Penmarric zu betreten, mußte ich sehen, daß er diese Entscheidung rückgängig machte, noch bevor er außer Landes ging.

Am nächsten Morgen stand ich früh auf, schnitt in einem der Gewächshäuser von Carnforth Hall einen großen Strauß exotischer Blumen und fuhr nach Roslyn-Farm zu meiner Mutter.

Sie hieß mich willkommen, geriet über die Blumen in helles Entzücken und lud mich zu einer Tasse Tee in die Küche ein. Ich war wieder einmal überrascht, wie gut sie aussah. Weder in Haltung noch Bewegung wirkte sie alt, und es fiel mir nicht schwer, ihr über ihr jugendliches Aussehen Komplimente zu machen. Bald waren wir in angeregtem Gespräch, das natürlich unvermeidlich um Philip und seine Pläne kreiste.

„Er wird dir fehlen“, sagte ich mitfühlend. „Bestimmt ist es nicht leicht für dich.“

„Wenn er in Kanada glücklich wird, so soll es mir recht sein“, erwiderte sie mit fester Stimme. „Hier in Cornwall fühlt er sich so elend, daß es nicht mehr zum Ansehen ist. Natürlich war es für mich zuerst ein großer Schock. Aber ich habe nie versucht, mich ihm in den Weg zu stellen, und immer das Beste für ihn gewollt. Und wenn es jetzt das Beste für ihn ist, für drei Jahre ins Ausland zu gehen, so darf ich ihn auf keinen Fall davon abhalten. Das wäre das Verkehrteste, was ich tun könnte. Außerdem werde ich nicht ganz allein sein. Annie und die beiden Turner-Frauen sind tagtäglich um mich, und nur wenige Kilometer von hier seid ja ihr beide, du und Jeanne. Ich habe wirklich keinen Grund zur Klage.“ Sie unterbrach sich, um einen Schluck Tee zu trinken; doch noch ehe ich ihr versichern konnte, daß ich sie selbstverständlich so oft wie möglich besuchen würde, fuhr sie fort: „Gewiß wird sich auch Mr. Barnwell dann und wann bei mir sehen lassen, obwohl ihm bei seinem Alter natürlich jeder Schritt schwerfällt. Aber er ist mir immer ein guter Freund gewesen, seit ich nach Zillan kam. Traurig für mich, daß er nun doch bald in den Ruhestand treten will. Anderseits freue ich mich, daß er im Pfarrhaus wohnen bleiben wird.“

„Ja, das kann ich mir denken", pflichtete ich ihr bei und dachte an den neuen Pfarrer, meinen Halbbruder Adrian, dessen Mutter Rose Parrish ihre einstige Rivalin gewesen war. Aus Gründen des Takts schien es mir angezeigt, das Thema möglichst rasch zu wechseln. „Was nun Philips Pläne betrifft..." begann ich und wurde sofort unterbrochen.

„Wie ich höre, will Adrian Parrish Mr. Barnwell zu Hilfe kommen", sagte sie. „Philip hat mir gestern abend davon erzählt."

„Ja", bestätigte ich ein wenig beklommen. „Mir hat er es auch gesagt." Ich wußte nicht recht weiter.

„Philip meint, ich könnte in St. Just zur Kirche gehen und Adrian würde auf Besuche bei mir verzichten."

„Natürlich, Mama", fiel ich rasch ein. „Ich werde dafür sorgen, daß pünktlich jeden Sonntagmorgen das Auto von Penmarric herkommt und dich nach St. Just bringt."

„Aber ich will ja gar nicht nach St. Just", erwiderte sie. „Meine Lieblingskirche ist die in Zillan, und anderswo würde ich mich als Fremde fühlen." Sie trank wieder einen Schluck Tee. „Aber sage Philip nichts davon", fuhr sie fort. „Ihn beunruhigt der Gedanke, daß ich in eine Kirche gehen müßte, wo Adrian zelebriert, und daher halte ich es für angebracht, ihm von meinen Absichten nichts zu verraten. Doch St. Just kommt nicht in Frage. Es bleibt bei Zillan. Schließlich kommt es nicht darauf an, wer der Geistliche ist und woher er stammt. Man darf sich nicht von Vorurteilen leiten lassen. Außerdem kann es ja durchaus sein, daß er gar nicht so übel ist. Wo Mr. Barnwell ihn doch so mag, findest du nicht?"

„Gewiß", stammelte ich verwirrt und wiederholte dann, da mir beim besten Willen nichts anderes einfiel: „Gewiß."

Doch meine Mutter war bereits bei einem anderen Thema. „Schade, daß Helena nicht auf Penmarric bleibt", sagte sie. „Ich habe Philip versprochen, mich während seiner Abwesenheit ein wenig um die Haushaltsangelegenheiten zu kümmern, aber es bleibt doch sehr bedauerlich, daß Helena nicht selbst an Ort und Stelle ist, um die Dinge in die Hand zu nehmen."

Philips Ehe – eine neue Klippe, die es zu umschiffen galt. „Jedenfalls ist es schön, daß du von Zeit zu Zeit dort sein wirst, um nach dem Rechten zu sehen", sagte ich. „Wenn ich nur davon überzeugt sein könnte, daß Simon Peter Roslyn die Beaufsichtigung der Verwaltung mit gleicher Energie und Tüchtigkeit betreiben wird."

„Simon Peter Roslyn!" sagte meine Mutter und schürzte verächtlich die Lippen. „Ich verstehe nicht, wie Michael Vincent dazu kommt, einen Bauernsohn in seiner Kanzlei zu beschäftigen. Aber der Krieg hat so vieles verändert, und heutzutage ist kaum noch etwas, wie es früher einmal war. Jared ist bestimmt stolz darauf, daß sein Sohn es im Leben so weit gebracht hat und jetzt einen Gentlemanberuf ausübt..."

„... der ihn dazu berechtigt, einmal im Monat als privilegierter Gast auf Penmarric zu weilen", fügte ich geläufig hinzu. „Apropos, Mama – wie oft gedenkst du denn, dem Haus einen Besuch abzustatten?"

„So etwa alle zwei Wochen, glaube ich."

„Ich wäre natürlich gern bereit, dich hinzufahren", sagte ich im Ton tiefen Bedauerns, „aber Philip wird das gewiß nicht zulassen. Während seiner Abwesenheit hat er mich strikt ins Exil verbannt."

„Ach, Unsinn!" rief meine Mutter prompt. „Es wäre doch viel bequemer, wenn du mich in deinem Wagen nach Penmarric bringen könntest. Was sollte Philip schon dagegen haben, daß du mich ab und zu hinbegleitest? Ich werde es ihm erklären, und er wird bestimmt verstehen... Noch etwas Tee, Liebling?"

Ich nickte. Und dann genoß ich in voller Intensität das Gefühl, das einen erfüllt, wenn man eine heikle Aufgabe zur eigenen Zufriedenheit bewältigt hat.

Es war mir gelungen, den Fuß in den Türspalt zu setzen.

Eine Woche später raffte ich mich auf, griff tief in das Arsenal meiner Verstellungskünste und besuchte Rebecca, um ihr zum Glück ihres Sohnes zu gratulieren. Da ich mich seit meiner unseligen Unterredung mit Philip nicht mehr in Morvah hatte blicken lassen, zeigte sie sich äußerst ungnädig, aber an solche Stimmungstiefs war ich bei ihr gewöhnt, und bald hatte ich mit behutsamer Hand die Unmutswolken verscheucht. Sie bat mich sogar, zum Lunch zu bleiben, doch da ich mich bereits bei William und Charity in St. Just angesagt hatte, lehnte ich dankend ab.

William spielte mit dem Gedanken, von St. Just fortzuziehen. Seine Entlassung als Verwalter von Penmarric hatte er überraschend ruhig aufgenommen. Offenbar war ihm in Philips Diensten nie ganz wohl gewesen, und er schien das Überwechseln nach Carnforth Hall eher zu begrüßen. Ich begriff sehr gut, wie wenig ihm behagt haben konnte, daß Philip den letzten Penny aus Penmarric herauszuholen bemüht war, um das Geld in Sennen-Garth hineinzupumpen, war er doch stets darauf bedacht gewesen, das traditionell gute Einvernehmen mit den Pächtern zu wahren und auch für ihre etwaigen finanziellen Nöte Verständnis zu zeigen. Daß er nicht gerade der Tüchtigste war – wie Philips Vorwurf ja gelautet hatte –, ließ sich nicht von der Hand weisen, weshalb ich mich auch gehütet hatte, mich zu seiner Verteidigung aufzuschwingen. Doch es gibt schlimmere Sünden auf der Welt als eine gewisse Schlamperei, und so waren mir auch keine Bedenken gekommen, ihn meinem Schwiegervater zu empfehlen.

In Williams Haus nahm Charity mich in Empfang und flüsterte mir aufgeregt zu, Adrian sei aus Oxford eingetroffen und schon am nächsten Sonntag werde er in Zillan seine erste Predigt halten. Nach dieser bedeutsamen Mitteilung zog sie sich zur Vorbereitung des Lunchs in die Küche zurück, und Sekunden später sah ich mich meinen beiden Halbbrüdern gegenüber.

Als ich das Wohnzimmer betrat, standen sie zusammen am Kamin, Adrian, sehr groß und sehr schlank, William, einige Zentimeter kürzer, was seine Körperlänge, und viele Zentimeter umfangreicher, was seine Körperfülle betraf. Äußerlich glichen sie einander in nichts, und dennoch bestand zwischen ihnen eine eigentümliche Ähnlichkeit, die sich in Gesten, Gewohnheiten und Sprechweise zeigte.

„Jan-Yves!“ rief Adrian herzlich und streckte mir seine Hand entgegen. Als Geistlicher machte er einen ausgezeichneten Eindruck. Er wirkte im besten Sinne ehrlich und rechtschaffen, und der Zug von Männlichkeit, der ihm eigen war, verschaffte ihm gewiß nicht nur bei weiblichen Gemeindemitgliedern Achtung und Ansehen. Er hatte einen energischen Mund, leicht schütteres bräunliches Haar und Augen von leuchtendem Blau. Unwillkürlich fragte ich mich, warum er einer Ehe aus dem Wege gegangen war.

„Willkommen daheim!“ sagte ich, ihm die Hand schüttelnd. „Wie fühlt man sich denn so im alten Cornwall? Ich freue mich schon auf deine erste Predigt.“

„Ich bin für jede moralische Unterstützung dankbar. Schön, daß du kommen willst.“

„Aber unbedingt“, versicherte ich mit einem Lächeln. „Wie übrigens auch meine Mutter. Überrascht dich das? Nun, sie hat mir vor einigen Tagen unter vier Augen anvertraut, daß sie nicht im Traum daran denkt, ihre Lieblingskirche aufzugeben. Philip wollte sie davon natürlich nichts sagen, aber ich glaube, sie freut sich auf dein Erscheinen auf der Kanzel nicht weniger als ich.“

Betretenes Schweigen. Williams Gesicht glich einer undurchdringlichen Maske, wie stets, wenn von meiner Mutter die Rede war; nur in seinen Augen zeigte sich ein Schimmer von skeptischem Erstaunen. Ich blickte zu Adrian. In seinen Zügen fand sich weder von Maskenhaftigkeit noch von Skepsis eine Spur. Für eine knappe Sekunde wirkte er verlegen, doch dann zeigte er höfliches Interesse. „Wirklich?“ sagte er. „Das ist aber ein couragierter Entschluß, den sie da gefaßt hat, und ich freue mich meinerseits darauf, sie beim Gottesdienst zu sehen. Auf Roslyn- Farm werde ich sie allerdings ohne ihre ausdrückliche Einladung nicht besuchen. Zwischen einer Begegnung in der Kirche, wo ich unter meinem Gewand gleichsam anonym für sie bin, und einem Gespräch bei einer Tasse Tee besteht ein nicht unbedeutender Unterschied.“

Ich begriff, daß ihm daran lag, ein privates Gespräch mit ihr unter allen Umständen zu meiden. Offen gesagt, ich hätte an seiner Stelle auch nicht anders gehandelt.

„Wahrscheinlich habt ihr schon gehört, daß Philip Jonas zu seinem Erben eingesetzt hat“, sagte ich, bemüht, das Thema zu wechseln. „Und wißt ihr auch, daß Simon Peter Roslyn bei Philip offenbar in hoher Gunst steht?“

„Das finde ich gar nicht so erstaunlich“, erwiderte William, der für viele Dinge einen wesentlich nüchterneren Blick besaß, als man gemeinhin annahm. „Wenn Philip Simon Peter schätzt, so vor allem wegen seiner Herkunft. Gerade weil er der Sohn eines Bauern ist, sagt er Philip zu. Wir wissen doch, daß Philip an einer Art von seitenverkehrtem Snobismus leidet, und dies ist nur ein weiteres Beispiel dafür, daß er Menschen von einfacher Herkunft sozusagen aus Prinzip den Vorzug gibt.“

Er mixte ein paar Drinks und reichte sie uns. Adrian meinte, daß es nicht mehr als recht und billig sei, wenn Simon Peter es nach so bescheidenem Anfang im Leben zu etwas bringe, worauf ich erwiderte, daß, bescheidener Anfang hin, bescheidener Anfang her, unser Freund Simon Peter jedenfalls nicht über Mittellosigkeit klagen könne. Schließlich habe Rebeccas Vater seinem einzigen Neffen eine recht akzeptable Erbschaft hinterlassen.

„... und jeder weiß, daß Joss Roslyn die Hand auf dem Geld seiner Frau hatte", schloß ich. „Finanziell muß Simon Peter sich ganz ausgezeichnet stehen – jedenfalls um einiges besser als ich."

Diese wenig erbauliche Tatsache beschäftigte mich noch, als ich nach Carnforth Hall zurückfuhr. Schließlich verdrängte ich den Gedanken und beschloß, Simon Peter möglichst ganz aus meinem Gedächtnis zu streichen.

Und so ignorierte ich denn Simon Peter Roslyn – was sich als einer der kostspieligsten Fehler erweisen sollte, die mir je unterlaufen waren.

3

Einen Koffer in jeder Hand, den Regenmantel über die Schulter geworfen, so verließ Philip Penmarric und bestieg in Penzance den Zug nach Southampton. Meine Mutter hätte ihn am liebsten bis zum Schiff begleitet, aber dagegen protestierte er heftig. Auf seinen Wunsch fuhr ich beide zum Bahnhof.

„Paß gut auf dich auf, Mama", sagte er auf dem Bahnsteig in eher beiläufigem Tonfall, küßte sie und ließ sich sogar ein paar Sekunden lang umarmen. „Ich möchte nicht, daß dir etwas zustößt, während ich fort bin. Und sorge für genügend Holunderwein, damit wir 1933 meine Rückkehr gebührend feiern können."

Meine Mutter begann zu weinen.

„Bitte!" sagte er rauh. „Aber Mama! Ich komme zurück. Auch

von Allengate bin ich zurückgekommen, und das hat sieben Jahre gedauert! Du mußt Geduld haben, das ist alles."

Ich sah, wie er sich hastig abwandte, um seine Tränen zu verbergen.

„Auf Wiedersehen, Philip", sagte ich. „Viel Glück."

Er antwortete nicht. Er schien dazu nicht fähig. Ein lauter Pfiff ertönte, er stieg ein, und dann setzte sich der Zug in Bewegung. Ich versuchte mir vorzustellen, wie ihm zumute sein mochte, doch ich war völlig außerstande, mich in ihn hineinzuversetzen. Er war und blieb mir ein Rätsel.

„Komm, Mama", sagte ich schließlich. „Es wird Zeit, heimzufahren."

Sie war plötzlich sehr, sehr alt, ging mit unsicheren Schritten und hatte tiefe Furchen im Gesicht. Ich reichte ihr meinen Arm, führte sie hinaus und half ihr in den Wagen. Sie weinte unablässig.

„Laß mich jetzt nicht allein, Jan", sagte sie, als wir auf Roslyn-Farm waren. „Bitte, bleib noch eine Weile. Bitte."

„Selbstverständlich, Mama. Ich habe selber schon daran gedacht."

Doch langsam wurde ich unruhig. So leid sie mir tat, ich hatte mein eigenes Leben zu leben und mich um meine eigenen Angelegenheiten zu kümmern. Keineswegs wollte ich endlos mit ihren Problemen behelligt werden, und ich war entschlossen, ihr meine diesbezüglichen Absichten klarzumachen: sie allwöchentlich einmal zu besuchen – gern; ihr zur Verfügung zu stehen, wann immer es ihr beliebte – nein. Wie es einem praktizierenden Christen zukam, war ich bereit, meine Pflicht als Sohn zu erfüllen, legte jedoch Wert auf eine genaue Abgrenzung dieser Schuldigkeit. Schließlich hatte sich jeder Mensch ein gewisses Maß an Unabhängigkeit zu bewahren, und ich fand es wenig angebracht, wenn sich ältere Leute der jüngeren wie eines Krückstocks bedienten.

Doch an diesem Tag klammerte sie sich geradezu an mir fest. Kaum daß wir mit dem Mittagessen, zu dem ich mich willig herbeiließ, fertig waren, schien sie auch schon damit zu rechnen, daß ich zumindest noch bis zum Tee blieb – ein so böses Vorzeichen für die Zukunft, daß ich mich veranlaßt fühlte, ihre Aufmerksamkeit von mir abzulenken; schließlich war ich nicht ihr einziges Kind.

„Du könntest doch Mariana einladen", schlug ich diplomatisch vor, weil ich wußte, daß sie auf den gesellschaftlichen Erfolg ihrer ältesten Tochter sehr stolz war und deshalb noch immer eine Schwäche für sie hatte. „Sie und Esmond würden sich bestimmt freuen, dich wiederzusehen."

Doch sie schüttelte den Kopf. „Das glaube ich nicht. Für sie ist das hier viel zu provinziell. Der Gedanke, daß ihre Mutter in einem Bauernhaus wohnt, ist ihr wenig sympathisch."

Das traf leider zu. Das Ganze wurde unbehaglich. Wenn nicht Mariana, wer dann sonst? Lizzie? Die würde einer Einladung nicht folgen. Sie hatte sich mit meiner Mutter nie besonders gut verstanden. Zum erstenmal begriff ich, was Philips Abwesenheit bedeutete. Ohne ihn war meine Mutter allein.

„Dann werde ich eben Jeanne holen", sagte ich schließlich verzweifelt, obschon ich natürlich wußte, daß Jeanne, vollauf mit ihrem kranken Mann beschäftigt, zu mehr als einem flüchtigen Besuch keine Zeit hatte. „Am besten fahre ich sofort nach Polzillan House und bringe sie her."

„Ich hätte viel lieber dich als Jeanne", sagte meine Mutter mit zitternder Stimme und griff nach meinem Arm.

Ich fühlte mich niedriger als der niedrigste Wurm. „Aber, Mama", sagte ich vorwurfsvoll, „das ist aber Jeanne gegenüber nicht sehr fair. Schließlich weißt du sehr gut, wie mitfühlend und hilfsbereit sie immer ist."

„Ich möchte nicht, daß sie um mich herumschwirrt, als ob ich ein Invalide wäre", sagte sie. „Nein, nein, ich will Jeanne nicht hier haben."

Guter Gott, daß alte Leute manchmal so überaus schwierig sein mußten. „Ich muß jetzt gehen, Mama", sagte ich. „Ich komme morgen wieder."

Und rasch stand ich auf und blickte an ihr vorbei, um ihre verweinten Augen, ihre zitternden Hände, ihren stumm flehenden Mund nicht sehen zu müssen.

Am Steuer des Wagens fühlte ich mich wie leergepumpt. Ich fuhr nach Polzillan House hinüber. Dort angekommen, unterdrückte ich das Verlangen, den Butler um einen Whisky zu bitten. Nach etwa fünf Minuten trat meine Schwester in den Salon. Sie sah blaß und abgespannt aus. Ich erinnerte mich noch, wie hübsch sie als Kind gewesen war, doch jetzt wirkte sie zu groß und zu dünn. Sie hatte große und müde blaue Augen, und in ihrem Lächeln war ein Zug von gottergebener Demut.

„Lange kann ich mich dir leider nicht widmen", sagte sie nervös, nachdem sie mich begrüßt hatte. „Nimm's mir bitte nicht übel, aber Gerry ist so krank, daß ich ihn nicht gern allein lasse. Außerdem muß Dr. McCrae jeden Augenblick eintreffen."

Ich wußte, daß sich der Zustand meines Schwagers verschlechtert hatte, doch daß es so kritisch war, hörte ich zum erstenmal. Ich zögerte. Jeanne erriet sofort den Grund meines Kommens.

„Vermutlich hat Mama dich geschickt", sagte sie. „Nun, es tut mir wirklich leid, aber ich kann jetzt nicht von Gerry weg – völlig unmöglich. Mama wird schon verstehen, daß meine erste Sorge meinem Mann gilt."

„Wenn du wenigstens für eine Stunde nach Roslyn-Farm könntest – sie braucht dich doch, Jeanne."

„O nein, sie braucht mich nicht!" brach es aus ihr heraus, und voll Erstaunen sah ich, daß ihre sonst so sanften Augen vor Zorn sprühten. „Sie hat mich nie gebraucht! Wie oft bin ich bei ihr auf Roslyn-Farm gewesen und habe mich um sie bemüht! Aber sie hatte immer nur Augen für ihre Söhne! Erst jetzt, wo ihr keiner mehr bleibt, bin ich gut genug für sie! Ich denke nicht daran! Sie hat nie etwas für mich getan! Warum sollte ich also etwas für sie tun? Wie hat sie mich gepeinigt mit ihren dauernden Sticheleien, ich würde nie einen Mann bekommen! Und als ich dann doch heiratete, war es auch wieder nicht recht! Ihre spitzen Bemerkungen über Gerry hättest du hören sollen! Ich verabscheue sie – und das kannst du ihr getrost sagen!" Sie brach in Tränen aus und stürzte aus dem Salon.

War das wirklich meine sonst so friedfertige und engelsgeduldige Schwester Jeanne? fragte ich mich, als ich nach draußen zum Wagen ging.

Vor dem Haus traf ich mit Dr. McCrae zusammen. Ich kannte ihn flüchtig und hatte auch schon einmal kurz seine Dienste als Arzt in Anspruch genommen. Er war ein dunkelhaariger, untersetzter Schotte mit einem häßlichen, sympathischen Gesicht.

„Guten Tag, Castallack", rief er überrascht, als er mich sah. „Haben Sie den Patienten besucht?"

„Nein, nur kurz meine Schwester. Wie geht's denn?"

„Viel zu tun. Ansonsten prächtig." Sein Blick glitt an mir vorbei zur offenen Eingangstür. „Was für einen Eindruck macht Ihre Schwester?"

„Nun, sie sieht sehr müde und abgespannt aus. Die Sache macht ihr sicher schreckliche Sorgen."

„Allerdings", erwiderte McCrae mit der Knappheit, die seiner ganzen Art entsprach. „Tragisch." Und als scheue er Mithörer, beugte er sich zu mir und murmelte hastig: „Wunderbare Frau, Ihre Schwester. Einzigartiger Mensch. Können stolz auf sie sein." Er schritt an mir vorbei und fügte dann über die Schulter hinzu: „Hab's eilig. Nichts für ungut. Empfehlung an Ihre Gattin."

„Danke", sagte ich, überrascht über das überschwengliche Lob, das er Jeanne gezollt hatte.

Ob sie wohl ahnte, wie sehr sie jemand bewunderte und vielleicht auch verehrte? Mein kranker Schwager schien es in seinem Selbstmitleid eher für selbstverständlich zu halten, daß er von einer wahren Heiligen gepflegt wurde.

Ich glitt hinter das Steuerrad, steckte mir eine Zigarette an und warf einen Blick auf meine Armbanduhr. Es war kurz nach drei. Was tun? Vielleicht früher Tee auf Carnforth Hall, dann Krimilektüre und ein kurzer Ritt vor Sonnenuntergang? Und dann, nach dem Abendessen, mit Felicity ins Kino, um sie für die Übellaunigkeit zu entschädigen, die sie in letzter Zeit von meiner Seite zu ertragen gehabt hatte? Seit dem Tag, an dem ich von Philips Testament erfahren hatte, war ich fast ungenießbar.

Die Aussicht auf einen angenehmen Abend nach einem recht anstrengenden Tag belebte meine Lebensgeister. Ich ließ den Motor an und begann vergnügt vor mich hin zu summen.

Doch bald schon war mir ganz und gar nicht mehr nach Summen zumute. Ich mußte an meine Mutter denken, die jetzt ganz allein auf Roslyn-Farm saß.

„Geschieht ihr recht", sagte ich zu den Kühen, die auf einem nahen Feld weideten. „Ich war sechs Jahre lang auf Penmarric allein. Und sie kam nie zu mir, wenn ich sie brauchte."

Ich sah sie vor mir: weinend auf dem Bahnsteig, weinend während der Heimfahrt, weinend im Wohnzimmer von Roslyn-Farm, weinend, weil sie ohne Philip war, um ihr Alleinsein wußte und nichts daran ändern konnte.

„Wenn schon", sagte ich zu den Kühen. „Sie wird sich daran gewöhnen. Alte Menschen müssen mit Einsamkeit rechnen."

Und wieder sah ich sie vor mir, ihre Finger, die sich um mein Handgelenk klammerten, ihre Tränen und ihren flehenden Mund.

„Verdammt!" schrie ich den Kühen zu. „Ich schulde ihr nichts! Gar nichts! Ich von allen Kindern am wenigsten!"

Ich hielt verbissen auf Penzance zu. Doch es hatte alles keinen Zweck. Und so verlangsamte ich schließlich, immer noch fluchend, die Fahrt und lenkte den Wagen herum und in Richtung Roslyn-Farm.

Als ich auf den Hof fuhr, stoben gackernd die Hühner auseinander. Ich stieg aus, knallte die Tür zu und trat in die Küche. Sie war leer.

„Mama!" rief ich ungeduldig. „Wo steckst du denn?"

Aus dem vorderen Teil des Hauses kam ein Geräusch. Und dann hörte ich ihre zitternde Stimme. „Jan-Yves? Ich bin hier im Wohnzimmer."

Rasch den Korridor durchschreitend, betrat ich die Diele, doch noch ehe ich ganz bei der Wohnzimmertür anlangte, trat meine Mutter heraus und stand vor mir, auf dem Gesicht einen eigentümlichen Ausdruck.

„Der Pfarrer ist hier", sagte sie leicht stammelnd. „Er meinte, es wäre vielleicht angebracht, wenn er heute käme, wo ich mich gewiß einsam fühle und ein wenig Gesellschaft gebrauchen kann. Er ist ganz rührend um mich bemüht."

Und hinter ihr sah ich den dunklen Anzug und den hellen Priesterkragen meines Halbbruders Adrian Parrish.

Ich stand wie angewurzelt.

Und starrte ihn an und starrte sie an und fühlte, wie mir das Blut in den Kopf stieg. Welches Gefühl es auch immer sein mochte, das mich erfüllte, Beschämung, Verlegenheit, eines war es bestimmt nicht: Wut. Doch eben dafür schien meine Mutter es zu halten.

„Jan, Liebling, sei nicht böse", sagte sie beschwichtigend. „Es hat wirklich alles seine Ordnung. Mr. Parrish hat sich zuerst bei Ethel erkundigt, ob mir sein Besuch recht wäre. Und er ist auf meine ausdrückliche Einladung hier. Sei also nicht böse – bitte."

Ich schluckte und schüttelte den Kopf.

Adrian sagte linkisch: „Ich muß jetzt gehen. Ich habe noch ein paar Besuche zu machen." Er wandte sich meiner Mutter zu. „Gewiß möchten Sie mit Jan-Yves allein sein, Mrs. Castallack. Gestatten Sie also, daß ich mich empfehle."

„Aber Sie werden doch ein andermal wiederkommen?" fragte meine Mutter.

„Wenn ich darf? Vielen Dank." Meinen Blick meidend, als fürchte er, mich beleidigt zu haben, wollte er an mir vorbei.

Ich sagte steif: „Bleib. Renn nicht davon. Warum die Eile?" Und als er erstaunt den Kopf drehte, lächelte ich ihm versöhnlich zu.

Er zögerte. „Danke", sagte er schließlich, „aber ich muß jetzt wirklich gehen. Vielleicht bei anderer Gelegenheit. Und auch Ihnen noch einmal vielen Dank, Mrs. Castallack", fügte er hinzu, nahm kurz ihre Hand und öffnete dann die Haustür. „Bis nächsten Sonntag also. Ich freue mich darauf, Sie in der Kirche zu sehen."

„Danke", erwiderte sie. „Ja, bis Sonntag." Und sie sah ihm nach, wie er durch den Garten zum Heideweg schritt, und schloß nur zögernd die Tür.

Wir waren allein. Mit einiger Mühe sagte ich: „Ich war in Polzillan House. Gerald ist zu krank, als daß Jeanne ihn allein lassen könnte. Deshalb bin ich zurückgekommen, um dir beim Tee doch noch Gesellschaft zu leisten."

„Ja", sagte sie. „Danke, Liebling, das ist sehr nett von dir."

„Ich wollte dich nicht etwa im Stich lassen, sondern glaubte nur, daß Jeanne vielleicht besser ..."

„Schon gut, Liebling. Ich verstehe ja."

„Adrian ist sicher der Ansicht, daß ich mich nicht sehr rühmlich verhalten habe."

„Adrian? O nein. Wir haben gar nicht von dir gesprochen." Sie trat ins Wohnzimmer und blieb dann stehen. Plötzlich sah ich sie, wie sie vor vierzig Jahren gewirkt haben mochte: graziös in ihren Gesten, beherrschend in ihrer Ruhe, faszinierend in der ganzen Erscheinung. Und zum erstenmal fragte ich mich, wie mein Vater es nur fertiggebracht hatte, sie einer anderen Frau wegen zu verlassen.

„Es hat dir nichts ... ausgemacht?" fragte ich.

„Wenn man erst einmal über siebzig ist", erwiderte sie, „findet man das, was einem mit vierzig noch unerträglich schien, schon längst nicht mehr des Aufhebens wert." Und nach kurzem Schweigen fügte sie wie beiläufig hinzu: „Ich erinnere mich noch gut, wie ich Adrian das erste Mal sah. Es geschah kurz vor dem endgültigen Bruch zwischen Mark und mir ... Wir waren damals in Brighton."

Ja, in Brighton, dachte ich, dort, wo ich gezeugt worden bin. Mein Vater hatte mir einmal die Umstände, unter denen es dazu gekommen war, sehr ausführlich geschildert. Ganz offenbar hatte er den Wunsch gehabt, mir das ursprünglich so ablehnende Verhalten meiner Mutter mir gegenüber plausibel zu machen.

„Adrian war ein hübsches Kind", sagte sie, „blond und pausbäckig wie ein kleiner Engel."

War es mein betontes Schweigen, das ihre Aufmerksamkeit wieder auf mich lenkte? Plötzlich beugte sie sich zu mir und küßte mich auf die Wange. „Ich freue mich, daß du zurückgekommen bist, Jan-Yves", sagte sie. „Offen gestanden, fühlte ich mich ziemlich elend, ehe Adrian kam."

„Ich hätte dich nicht allein lassen sollen", beteuerte ich und dachte, wie beschämend es doch war, daß sie bei dem außerehelichen Sohn ihres Mannes Trost suchen mußte, weil ihre eigenen Kinder sich nicht um sie kümmerten. Scham und Schuldgefühl erfüllten mich, und ich beschloß, mich auf gar keinen Fall von Adrian ausstechen zu lassen, sondern als das wahre Musterbild eines Sohnes zu erscheinen.

In den folgenden Wochen besuchte ich sie dementsprechend tagtäglich, brachte ihr Blumen mit, fuhr an Samstagnachmittagen mit ihr aus, begleitete sie sonntags zur Kirche. Und wenn auch im gleichen Maße, in dem sich mein Gewissen beruhigte, die Intensität meiner Bemühungen nachließ, so bleibt doch festzuhalten, daß zumindest mehrere Wochen lang mein Benehmen über jeden Tadel erhaben war.

Bei den Gottesdiensten in Zillan beeindruckte mich die Art, in der Adrian seine Predigten aufbaute, und nachdem ich mit ihm etliche Male darüber gesprochen hatte, entwickelte sich zwischen uns schließlich die Gewohnheit, einmal in der Woche miteinander zu lunchen und über religiöse Dinge zu debattieren. Wie sich herausstellte, war es sein Bestreben, zwischen Low Church und

High Church einen mittleren Kurs zu steuern. Vor allem jedoch lag ihm daran, die Kirche für die jüngere Generation attraktiv zu machen, denn diese schien zunehmend fasziniert von den neuen Propheten der neuen Zeit – dabei konnte man weder Marx noch Freud, noch Einstein als religiöse Erneuerer bezeichnen. Der Agnostizismus griff mit der gleichen Geschwindigkeit um sich wie das literarische Rebellentum, das mit soviel Vehemenz gegen etablierte Ordnungen und Ansichten anrannte.

Adrian war über mein für einen Laien ungewöhnliches Interesse an Theologie sehr verwundert, doch als er sich angelegentlich nach dem Grund dafür erkundigte, fiel es mir schwer, ihm eine Antwort zu geben.

„Nun, ich möchte wissen, was Gott für mich tun kann", sagte ich schließlich. „Daß es einen Gott gibt, daran zweifle ich keinen Augenblick, doch scheine ich ihm bisher recht gleichgültig gewesen zu sein. Mein Wirklichkeitssinn sagt mir, daß es so etwas wie eine natürliche Gerechtigkeit auf der Welt nicht gibt. Doch die – womöglich irrige – Hoffnung darauf will sich nicht ganz verdrängen lassen. Die Frage ist also, ob Gott den Dingen völlig ihren Lauf läßt, wie es doch der Fall zu sein scheint, oder ob er wenigstens gelegentlich eingreift, um der Gerechtigkeit zum Siege zu verhelfen. Kurzum, ich möchte mehr über Gott wissen. Wenn mir das gelingt, dann weiß ich wahrscheinlich auch mehr über Gerechtigkeit."

„Vielleicht", sagte Adrian, „empfiehlt sich die umgekehrte Reihenfolge. Wer mehr über Gerechtigkeit weiß, weiß auch mehr über Gott."

Im stillen fand ich diese Bemerkung für einen Geistlichen allzu patent, aber, nun ja, geschickt war sie immerhin. Und so lächelte ich und sagte höflich: „Mag sein", und beeilte mich, das Thema zu wechseln. Mitunter sprachen wir auch über Politik, doch fand ich dieses Gebiet gerade zur Zeit eher unerquicklich und suchte es nach Möglichkeit zu meiden. Schlimm, daß die Arbeitslosigkeit im Ansteigen begriffen war, doch hatte ich es, ehrlich gesagt, inzwischen ziemlich satt, wieder und wieder die Geschichte des Schwarzen Freitags samt weltweiter Auswirkungen aufgetischt zu bekommen. Wenn mir die Arbeitslosen auch durchaus leid taten, so zog ich es doch vor, nur dann an sie zu denken, wenn es sich beim besten Willen nicht umgehen ließ. Mochte es auch zehnmal stimmen, daß die gegenwärtige Labourregierung tüchtig war – für mich verkörperte Labour das Grau in Grau der Massen mit ihren häßlichen Reihenhäusern in den Vorstädten und überhaupt allem, was billig wirkte: billiger Massenware und billiger Massenpresse. Gewiß war es eine vorzügliche Idee, den Lebensstandard der breiten Bevölkerung heben zu wollen, doch ich bedauerte das Dahinsinken von Glanz und Eleganz einer Epoche und verstand sehr gut, was meine Mutter meinte, wenn sie von der „guten alten Zeit" redete.

„Aber die gute alte Zeit war in Wirklichkeit gar nicht so gut", meinte Adrian. „Sie erscheint uns nur so, weil wir über die Schrecken des Krieges hinweg auf sie zurückblicken."

Ich vermochte nicht ganz einzusehen, was daran so Verwerfliches sein sollte, aber wenn er das Leben unbedingt in schonungsloser Nüchternheit betrachten wollte, so war das gewiß seine Sache. Ich persönlich fand diese wie zwanghafte Sucht nach Realität ein wenig ermüdend, um es milde auszudrücken; doch vielleicht konnte sich ein Geistlicher, der sich eines sozialen Gewissens rühmte, Illusionen einfach nicht leisten.

Etwa einmal im Monat tauchte auch William in der Kirche auf, doch geschah das wohl eher aus Höflichkeit gegen seinen Bruder. Da er jetzt Verwalter von Carnforth Hall war, wo er auch das ihm zustehende Haus bewohnte, sah ich ihn täglich. Seine neue Stellung paßte ihm, aber er gestand mir auch, daß er sich oft nach Penmarric und den altvertrauten Gesichtern sehnte.

Das Jahr 1931 kam. Philip schrieb begeistert über die idealen Zustände in den Zinnminen von Britisch-Kolumbien, wo er inzwischen gelandet war. Smithson, der neue Verwalter von Penmarric, fand sein Vergnügen darin, die Pächter mit eiserner Hand zu regieren. Und Simon Peter Roslyn genoß ohne Frage die monatlichen Inspektionsbesuche auf dem Grund und Boden, der einmal seinem Vetter Jonas gehören sollte.

Da also so ziemlich jeder auf seine Kosten zu kommen schien, hatte ich keine Lust, noch länger aus dem Kreis der Zufriedenen ausgeschlossen zu bleiben, und so beschränkte ich mich ab Ende Januar nicht mehr darauf, meine Mutter nach Penmarric zu begleiten, sondern begann in aller Behutsamkeit auf eigene Faust vorzugehen.

Wiederholt erschien ich allein auf Penmarric, wo ich mit offenen Armen aufgenommen wurde. Bereitwillig lieh man mir ein Pferd, mit dem ich – scheinbar – Vergnügungsritte unternahm. In Wirklichkeit nutzte ich die Zeit, um mit den Pächtern ausführlich über ihre Probleme zu sprechen. Smithson war allgemein unbeliebt, und die Fragen, mit denen man mich bedrängte, waren immer die gleichen: Wann denn Philip endlich zurückkäme, damit man sich bei ihm beschweren könne.

„Tragt mir eure Klagen vor", sagte ich, über die allgemeine Unzufriedenheit höchst erfreut. „Ich stehe mit meinem Bruder in Verbindung. Erzählt mir alles."

Und das taten sie auch. Smithson sei ein Blutsauger. Er habe schon wieder die Pacht erhöht. Wer mit der Zahlung in Rückstand geriete, müsse damit rechnen, an die Luft gesetzt zu werden. Bei der alten Logan habe er sich geweigert, das Dach reparieren zu lassen. Dabei leide die alte Frau bei naßkaltem Wetter doch so entsetzlich unter Rheumatismus. Und schlimmer noch: er sei nicht einmal davor zurückgeschreckt, Tom Towan ein Stück Land von der Größe eines Morgens zu stehlen – oder zu requirieren, wie er es nenne –, weil er sich nämlich dort, nicht weit vom Meer, ein hübsches Haus bauen wolle.

„Hat Mr. Castallack mir erlaubt", erwiderte Smithson, als ich ihn daraufhin ansprach. Und er wies tatsächlich ein entsprechendes von Philip unterzeichnetes Stück Papier vor.

Ich gab sehr genau acht, wo er dieses lästige Dokument aufbewahrte, und sorgte dafür, daß es bei der nächsten Gelegenheit verschwand. Dann fuhr ich nach Penzance zu Michael Vincent.

Ganz ohne Erfolg war mein Besuch bei ihm nicht. Immerhin räumte er ein, daß Philip die Erlaubnis nicht ohne Einwilligung der bestallten Treuhänder hätte geben dürfen. Doch ließe sich das, so fügte er sehr reserviert hinzu, ohne jegliche Schwierigkeit nachholen, und ich möge es doch bitte in Zukunft unterlassen, Mißlichkeiten heraufzubeschwören. Doch für „Mißlichkeiten" sorgten die Pächter inzwischen auch ganz ohne meine Hilfe, und als Smithson im Herbst 1931 mit dem Hausbau begann, kam laufend Material und Gerät abhanden, und oft erschienen die Handwerker gar nicht erst zur Arbeit. Unvermeidlich wandte er sich mit einer Beschwerde an Simon Peter, der seinerseits sofort Michael Vincent Bericht erstattete. Ergebnis: Die Polizei wurde verständigt, und ein paar alte Konstabler mußten nachts Wache halten. Dennoch verschwand auch weiterhin Baumaterial, und Smithson sah sich schließlich gezwungen, zu verzweifelten, wenn auch nicht ganz unwirksamen Maßnahmen zu greifen. Er stellte eine Gruppe arbeitsloser junger Rauhbeine aus St. Ives ein, die, in Zelten untergebracht, dafür sorgen sollten, daß sein Eigentum unangetastet blieb.

Doch das Ganze wirkte kaum anders als die Lunte am Pulverfaß. Bald kam es zu Schlägereien und Landfriedensbruch, bis dann, im Frühjahr 1932, selbst Michael zu der Ansicht kam, daß Smithson als Verwalter von Penmarric kaum länger zu halten sei.

„Ich werde die Sache in die Hand nehmen, bis Philip wiederkommt", sagte ich, felsenfest davon überzeugt, dies wäre die bestmögliche Lösung. „Die Pächter kennen mich und vertrauen mir, und unerfahren bin ich schließlich auch nicht. Unter meiner Verwaltung würde sehr bald alles glatt über die Bühne gehen."

Doch Michael setzte seine eisigste Miene auf und erwiderte nur, er würde Philip sofort schreiben.

Na schön, dachte ich, unter den gegebenen Umständen würde auch Philip Smithson nicht halten wollen und gewiß einsehen, wie vorteilhaft es sei, in mir den richtigen Mann zur Hand zu haben. Ich sollte recht behalten – doch leider nur zur Hälfte: Philip erklärte sich einverstanden, Smithson zu entlassen, aber als dessen Nachfolger wünschte er sich Walter Hubert, der ihm früher auf Sennen-Garth die Geschäfte geführt hatte und der jetzt, eigens zu diesem Zweck, aus seiner Ruhestandsversenkung geholt werden sollte. Die körperlichen Strapazen der Pachtgelderhebung und des Inspizierens möge er jüngeren Assistenten übertragen. Für den Fall, daß er sich weigere, die Stellung anzunehmen, sei es Michaels Sache, sich nach einem geeigneten Ersatzmann umzusehen.

Und dieser Ersatzmann, soviel war klar, würde keinesfalls ich sein.

Michael ahnte leider nur zu genau, wer ihm den Ärger auf Penmarric eingebrockt hatte. Außer mir vor Verbitterung über diese neuerliche Ungerechtigkeit, fuhr ich für ein paar Wochen nach London, um dort auf andere Gedanken zu kommen, doch die Atmosphäre der Hauptstadt wirkte merklich verändert, und von der geradezu frenetischen Fröhlichkeit, deren ich mich von meiner Hochzeitsreise her noch so gut entsann, war nichts zu spüren. Es war, als wäre die Metropole nach der Finanzkrise vom vorigen Jahr in einen Erschöpfungsschlaf gesunken. Gewiß konnte, wer über das nötige Kleingeld verfügte, immer noch zu seinem Vergnügen kommen, aber die Vitalität der Goldenen Zwanziger schien mehr und mehr Frivolität zu weichen.

Schließlich gab ich es nach einem verpfuschten Theaterabend – mit Noel Cowards „Kavalkade“ und einem vor Ergriffenheit rings um mich schluchzenden Publikum mittleren Alters – kurzerhand auf und fuhr nach Cornwall zurück. Wenn ich, so meine Schlußfolgerung, weder einem Noel-Coward-Stück noch den sonstigen aktuellen Vergnügungen Londons etwas abgewinnen konnte, dann war vermutlich bei mir nicht alles so, wie es hätte sein müssen. Zu meinem Glück ließen dringende Familienangelegenheiten daheim es nicht zu, daß ich mich in einen Kokon aus Niedergeschlagenheit einspann. Mein Schwager Gerald Meredith war seinem Leiden erlegen, und nach dem Begräbnis schloß Jeanne Polzillan House und trat gemeinsam mit Helena eine längere Reise nach dem Kontinent an. Wenig später erreichte uns dann eine Nachricht erfreulicheren Inhalts: Lizzie hatte ihren Professor geheiratet – das allerdings in solcher Heimlichkeit, daß niemand von der Familie zur Hochzeit eingeladen worden war. Ein recht unpersönlicher Brief informierte mich, daß sie, nun Mrs. Edgar St. John Callendar, gemeinsam mit ihrem Gatten als Ziel ihrer Hochzeitsreise Griechenland gewählt habe und schon fast auf dem Wege dorthin sei.

„Sie hätte doch ein Wort darüber verlauten lassen können!“ rief meine Mutter zornig. „Ein einziges Wörtchen nur! Ich wäre so gern zu ihrer Hochzeit gefahren!“ Und dann, für einen Augenblick ihren verletzten Stolz vergessend: „Ein Professor! Gar nicht so übel. Ich habe immer gehofft, daß sie trotz ihres wenig attraktiven Aussehens einmal heiraten würde. Aber sie war immer so aggressiv und so unweiblich.“

Ich schwieg zu ihrer Kritik an Lizzie, doch sobald sich die Gelegenheit fand, setzte ich mich hin und schrieb meiner Schwester einen steifen Glückwunschbrief. „Daß Du Mama auf Deiner Hochzeit nicht haben wolltest“, formulierte ich mit beißender Schärfe, „erscheint mir nicht ganz unbegreiflich, doch ich hätte erwartet, daß ich Dir als Gast genehm gewesen wäre. Ist es denn erlaubt, Deinen Gatten bald einmal kennenzulernen, oder gedenkst Du, ihn genauso für Dich zu behalten wie Deine Hochzeit?"

„Liebster Jan", schrieb Lizzie zerknirscht zurück, als sie im September wieder im Lande war. „Die Hochzeit bestand aus einer ganz kurzen Zeremonie, vorgenommen durch einen Geistlichen in Gegenwart zweier Trauzeugen. Ehrlich gesagt, schien mir das den Aufwand nicht wert, Dich den weiten Weg von Cornwall hierher machen zu lassen, aber wenn ich Dich tödlich beleidigt habe, dann verzeih mir, bitte. Mutter wollte ich natürlich auf keinen Fall einladen. Sie hätte mir nur bei den Vorbereitungen dazwischengepfuscht und alles in einen Zirkus verwandelt. Außerdem wäre Eddy schon bei bloßer Androhung ihres Erscheinens in sein Studierzimmer geflüchtet, um sich dort zu verbarrikadieren. Er ist sehr scheu und sensibel, und nachdem ich fast sieben Jahre dazu gebraucht habe, ihn ins Ehejoch zu locken, konnte ich es einfach nicht riskieren, daß er noch in der letzten Minute absprang. Jetzt, wo alles unwiderruflich besiegelt ist, scheint er fast darauf zu brennen, meine Familie kennenzulernen, und so werden wir wohl über kurz oder lang die Fahrt gen Westen antreten. Aber wo sollen wir unterkommen? Weißt Du einen Rat? Penmarric und Polzillan House sind beide unbewohnt, und so gern ich auch zu Dir nach Carnforth Hall käme, der bloße Gedanke an Alice geht mir schon gegen den Strich, und Felicity wäre für Eddy wohl auch nicht ganz das Richtige. Es ist ganz einfach so, daß Frauen von ihrer derben und unverblümten Art ihn nervös machen. Vielleicht wäre es das beste, wenn wir im Metropole wohnten. Oder hast Du andere Vorschläge?"

Ich begann, ihren Gatten mit einigen Vorbehalten zu betrachten. Nach erneuter Lektüre des Briefes wollte ich Lizzie eben schreiben, daß es vielleicht ratsam wäre, wenn ich ihnen die anstrengende Reise nach Cornwall ersparte und sie meinerseits in Cambridge besuchte – als mir plötzlich eine Idee kam. Aufgeregt saß ich da, grübelte und ließ mir den Gedanken volle fünf Minuten mit Behagen durch den Kopf gehen, ehe ich schließlich zur Feder griff und den Antwortbrief verfaßte: eine Einladung an Lizzie und ihren Herrn Gemahl, Penmarric zum frühestmöglichen Zeitpunkt einen Besuch abzustatten.

Meine Mutter fand meine Idee, auf Penmarric als Gastgeber in Erscheinung zu treten, „ganz ausgezeichnet", und da sie einverstanden war, blieb auch Michael Vincent nichts übrig, als sich dreinzuschicken. Und was Felicity betraf, so hatte sie nichts dagegen, daß ich ein paar Tage auf Penmarric verbringen wollte. Sie war ohnehin schon fast auf dem Wege nach Devon, wo sie Freunde besuchen wollte.

Das Glück schien endlich einmal auf meiner Seite zu stehen.

Ich freute mich auf das Wiedersehen mit Lizzie, denn sie war meine Lieblingsschwester, überaus gescheit, schlagfertig und unterhaltsam. Wir glichen einander in so mancher Hinsicht. Dem Äußeren nach waren wir beide unserem Vater ähnlich, was uns in frühester Jugend unser Los inmitten so vieler hübscher älterer Geschwister nicht gerade erleichtert hatte; außerdem war Lizzie, nur um zwei Jahre älter als ich, bis zu einem gewissen Grade ebenso ein ungeliebter Nachkömmling gewesen wie ich, so daß uns in der Kindheit vieles miteinander verbunden hatte. Später war dann, wie es eben so der Fall zu sein pflegt, jeder seine eigenen Wege gegangen. Lizzie glich auch in geistiger Hinsicht sehr unserem Vater. Wie er hatte sie eine wahre Leidenschaft für Gelehrsamkeit, während mich Wissen um des Wissens willen wenig interessierte. Lizzies Hang zum akademischen Leben war mir stets unbegreiflich geblieben, was jedoch meine Zuneigung zu ihr in keiner Weise beeinträchtigte.

Als sie an einem schönen Septemberabend aus dem von einem Chauffeur gesteuerten Bentley ihres Mannes stieg, um mich zu begrüßen, sah sie reizvoller aus, als sie mir je erschienen war. Ihr üppiges schwarzes Haar war nach oben getürmt und wurde von einem Hut gekrönt. Ihre Haut, Kummer ihrer pubertären Jahre, war rein und glatt, ihre schrägliegenden Augen leuchteten, ihr Mund wirkte sinnlich und nicht blutlos wie früher. Sie trug ein cremefarbenes Kostüm, das die Rundungen ihres Körpers noch betonte, und ihre Beine, wohlgeformt seit eh und je, steckten in Strümpfen aus reinster Seide.

„Du machst dich mit jedem Jahr mehr heraus!" sagte sie. Wir umarmten einander. „Was ist bloß aus dem häßlichen kleinen Satansbraten geworden, den ich von früher her kenne?"

„Das wollte ich gerade dich fragen", sagte ich lachend und küßte sie. „Die Ehe scheint dir zu bekommen, Lizzie."

„Dir offensichtlich auch! Hier ist Eddy. Eddy, Liebling, dies ist Jan-Yves."

Wenn ich einen vertrockneten Mummelgreis erwartet hatte, so sah ich mich getäuscht. Eddy war ein etwa fünfundvierzigjähriger Mann von angenehmem Äußeren mit sanften blauen Augen und sehr sensiblem Mund. Seine Schüchternheit hatte Lizzie wohl noch untertrieben. Bis zum Ende des Dinners war kaum ein Wort aus ihm herauszubringen, aber die beiden Whiskys vor dem Mahl, der Wein während des Essens und die zwei Brandys nach Tisch lösten ihm dann doch ein wenig die Zunge.

„Sehr interessant hier in Cornwall", sagte er, sich für seine Verhältnisse fast zu einer Rede aufschwingend. „Elisabeth hat mir erzählt, daß es in der Nähe eine uralte Bergfeste gibt."

„Ja", bestätigte ich. „Chûn Castle."

Eine Weile sprachen wir über die archäologischen Kostbarkeiten Cornwalls, bis er dann auf sein Lieblingsthema Griechenland zu sprechen kam. Als ich mich eben fragte, ob sich für mich noch Gelegenheit finden würde, mit Lizzie unter vier Augen zu reden, empfahl er sich: Nach der langen Reise fühle er sich ein wenig ruhebedürftig, und außerdem „... wollt ihr zwei bestimmt ein wenig miteinander plauschen; schließlich habt ihr euch lange nicht mehr gesehen."

Nach so verständnisvoller Geste glaubte ich, nun meine letzten Vorbehalte gegen ihn fallenlassen zu können. Lizzie hatte, wie mir schien, gar nicht übel gewählt.

„Warum hat er sich eigentlich erst so spät entschlossen, dich zu heiraten?" fragte ich sie, sobald wir allein waren. „Er ist doch ein feiner Kerl. Was hat ihn gehindert?"

In gewundener Rede begann sie zu erklären, was einfach besagen sollte, daß sie, beide zutiefst vom intellektuellen Wert freier Liebe durchdrungen, lange Zeit vor der fundamental bourgeoisen Institution der Ehe zurückgeschreckt seien. Nun schön, dachte ich, ich begreife schon, was zwischen deinen Worten steht, teure Schwester: Eddy, eingefleischter Junggeselle, hat gefürchtet, daß sich die Existenz einer besseren Hälfte bei seiner Arbeit als Störung entpuppen könnte, und dir, liebe Lizzie, ist es schließlich irgendwie gelungen, ihn vom Gegenteil zu überzeugen.

„Hoffentlich hast du durch die Pilgerfahrt zum Altar nicht

deine intellektuellen Prinzipien verraten“, sagte ich mit unbewegtem Gesicht.

„Offen gestanden“, erwiderte sie, „ist es viel bequemer, verheiratet und – respektabel zu sein.“

„Wie schön, daß ihr beide zum gleichen Schluß gelangt seid!“

Wir lachten.

„Na ja“, gestand sie ein, „schon möglich, daß ich ein bißchen nachgeholfen habe. Aber das ist doch wohl verzeihlich. Ich liebe ihn und nur ihn. Ich bin monogam – nicht wie Mariana. Bei der weiß man nie, mit wem sie nächstens ins Bett steigt!“

Mariana lebte jetzt in Kensington, nachdem sie, irgendeinem Wüstling zuliebe, Mann und Kind verlassen hatte und geschieden worden war.

„Ihr Mann verweigert ihr jedes Zusammentreffen mit Esmond“, sagte Elisabeth. „Was weiß Mutter von dieser unerquicklichen Geschichte? Die Zeitungen waren ja damals voll davon, aber vielleicht hat Philip ein bißchen private Zensur geübt, um ihr den Kummer zu ersparen. Hast du die Einzelheiten gehört? Lieber Himmel, da fehlte ja kaum etwas vom Trio im Bett bis zum was weiß ich. Eine Bekannte von mir, die beim Prozeß dabei war, hat mir erzählt ...“

Nach Marianas Liebesleben kam mein Liebesleben an die Reihe. „Es wundert mich ehrlich, daß du immer noch in Rebecca vernarrt bist“, sagte Lizzie nicht ohne Bosheit. „Und eigentlich begreife ich auch nicht, warum du deine Ehe mit Felicity aufrechterhältst. Nicht, daß ich meine, du solltest Rebecca heiraten – von ihr bekommst du, worauf du aus bist, ganz offensichtlich auch so. Aber warum läßt du dich von Felicity nicht scheiden, um für den Fall eines Falls wieder frei zu sein?“

„Ich fürchte, du verstehst mein Verhältnis zu Rebecca nicht so ganz, Lizzie“, erwiderte ich kühl. „Und was meine Ehe betrifft – nun, sie ist eine Art Wechsel auf die Zukunft. Schließlich braucht jeder Mensch ein gewisses Maß an Sicherheit, und da ich Penmarric nicht erben werde ...“

„Aber du könntest doch nach London gehen, dir dort eine Stellung suchen und deinen Lebensunterhalt selbst verdienen. Wahrscheinlich würdest du bald einen Haufen Geld verdienen. Und im übrigen: Langweilt es dich nicht, in den Tag hineinzuleben? Bitte, komm mir jetzt nicht damit, daß du bei der Verwaltung von Carnforth Hall mithilfst und in deiner freien Zeit Kriminalromane schreibst! Als nächstes wirst du mir weismachen wollen, daß du nicht nach London kannst, weil du es nicht übers Herz bringst, Mutter allein zu lassen."

Ich freute mich viel zu sehr über unser Wiedersehen, um mich zu einem Streit herbeizulassen. „So arg ist Mama nun wirklich nicht, Lizzie", sagte ich. „Als Kinder haben wir sie nie richtig gekannt."

„Ich kannte sie gut genug, danke! Morgen wird sie ja wohl hier aufkreuzen, um Eddy zu besichtigen. Schauderhaft! Ob man nicht Rebecca mit den Kindern einladen könnte, was meinst du? Möchte doch mal sehen, ob Jonas wirklich so ein unausstehliches Gör ist, wie du behauptest, und außerdem – eine Teerunde mit Mutter allein scheint mir ein bißchen zu strapaziös . . ."

Vorsicht! dachte ich. Mama wird bei der Inspizierung ihres neuen Schwiegersohnes bestimmt nicht Rebecca dabei haben wollen. Und mit einiger Mühe gelang es mir, Lizzie ihr Vorhaben auszureden.

„Na schön", stimmte sie schließlich zu, „soll sie erst einmal allein zum Lunch kommen."

„Ich freue mich auf beide", sagte meine Mutter, als ich am nächsten Tag auf Roslyn-Farm erschien, um sie abzuholen. „Nett von euch, daß ihr mich zum Lunch eingeladen habt." Aber als sie sich die Handschuhe überstreifte, sah ich, daß ihre Hände zitterten. Offenbar sah sie dem Zusammentreffen mit ebensolcher Nervosität entgegen wie Lizzie.

Die Geschichte fing denn auch ziemlich unbehaglich an. Bei der Vorstellung die übliche Verlegenheit, die ich zu überbrücken suchte, indem ich für meine Mutter den besten und bequemsten Sessel zurechtrückte und ein Glas Sherry vor sie hinstellte, während Lizzie fast hektisch nach einer Zigarette kramte und Eddy irgendwo in einem Winkel nach einem Aschenbecher suchte. Schon fürchtete ich, meine Mutter würde eine gehässige Bemerkung machen, weil Lizzie rauchte, doch ich wurde angenehm enttäuscht. Ein kurzer Satz von ihrer Seite brachte alles mühelos ins Lot.

„Wie reizend du aussiehst, Lizzie", sagte sie. „Ein Jammer, daß Jeanne so wenig auf sich hält. Manchmal wirkt sie geradezu schlampig."

„Hm", machte Lizzie und tat, als ließe sie dieses so lange entbehrte mütterliche Lob völlig ungerührt, aber die Atmosphäre war doch plötzlich entspannt.

Mein Schwager betrachtete meine Mutter verstohlen und ließ sich gelegentlich von Lizzie zu einem Ja oder Nein bewegen.

Beim Lunch sagte meine Mutter zu ihm: „Ich war noch nie in Cambridge. Schrecklich, so etwas eingestehen zu müssen, nicht wahr? Aber in Oxford bin ich einmal gewesen."

„Oh?" murmelte er, augenscheinlich um Worte verlegen. „Und hat es Ihnen gefallen, Mrs. Castallack?"

„Ganz und gar nicht", erwiderte sie, was fraglos Wasser auf seine so träge Mühle war, denn jetzt endlich raffte er sich dazu auf, die Vorzüge seines geliebten Cambridge zu schildern.

„Sie müssen uns unbedingt besuchen", versicherte er, dabei Lizzies Miene völlig ignorierend, und meine Mutter lächelte huldvoll und meinte, nun ja, vielleicht eines Tages, obschon der Gedanke an eine weite Reise sie eher ein wenig schrecke.

Nach dem Lunch gingen die drei im Garten spazieren, während ich nach Morvah fuhr, um Rebecca und die Kinder zu holen.

Um vier Uhr saßen wir dann alle im Salon beim Tee – eine mehr schlecht als recht zusammengewürfelte Gesellschaft. Rebecca, in größerer Gesellschaft stets schüchtern bis zur Farblosigkeit, zeigte sich von penibler Höflichkeit, die von meiner Mutter erwidert wurde, wobei diese gleichzeitig Lizzie und ihren Mann mit größter Freundlichkeit behandelte. Die kleine Deborah wirkte noch scheuer als ihre Mutter und antwortete auf Fragen mit zaghafter Einsilbigkeit. Vielleicht wäre auch ich von der allgemeinen Steifheit angesteckt worden, aber davor bewahrte mich mein Neffe Jonas.

Er war sechs – ein untersetzter, kräftiger und zäher Bengel. „Bitte" und „Danke" hielt er offenbar für völlig überflüssige Wörter, und jetzt vergnügte er sich damit, von einem Kuchenteller zum anderen zu wandern und alles Gebäck, das seinem Gaumen nicht zusagte, kurzerhand auf den Fußboden zu befördern. Milch schlug er aus, seine Tasse Tee stülpte er um, und als Rebecca ihn flehentlich bat, doch endlich stillzusitzen, wurde er trotzig.

Ich sah, daß meine Mutter ihn beobachtete. Offensichtlich juckte es ihr in den Fingern. Sie spürte meinen Blick auf sich und hob mißbilligend die Augenbrauen.

„Also jetzt langt's", sagte ich. „Setz dich hin und benimm dich. Sonst bringe ich dich nach oben auf mein Zimmer. Dort bleibst du dann eingesperrt, bis es für euch Zeit wird, nach Hause zu fahren."

Er streckte mir die Zunge heraus, und seine blauen Augen sprühten vor Aufsässigkeit.

„Nun gut", sagte ich ruhig und stand auf. „Ganz wie du willst."

„Du darfst mich nicht anrühren!" rief er, jetzt doch erschrocken. „Du bist nicht mein Vater."

„Gott sei Dank", sagte ich mit einem Lächeln.

„Und du darfst mir nichts tun!"

„Jan", stammelte Rebecca bestürzt. „Jan, ich . . ."

„Keine Angst, ich tu ihm schon nichts." Ich trat rasch auf ihn zu, packte ihn beim Kragen, schob ihn hinaus und schloß von draußen die Tür. Dann lockerte ich den Griff.

Er schrie noch immer vor Ohnmacht und Wut und begann sofort mit seinen kleinen Fäusten auf mich einzutrommeln. Ohne mich lange zu besinnen, hob ich ihn hoch und trug das strampelnde und kreischende Bündel die Treppe hinauf.

„Du Biest!" brüllte er mit krebsrotem Gesicht. „Du gemeiner alter Mann!"

In den Augen eines Sechsjährigen war ich mit meinen siebenundzwanzig Jahren offenbar schon ein Greis.

Ich trug ihn in mein Zimmer hinauf, schloß die Tür ab und steckte den Schlüssel in die Tasche.

„Laß mich raus!" schrie er und stieß zornig mit dem Fuß gegen die Tür. „Laß mich raus! Ich will zu meiner Mutter!"

„Zu der kannst du nicht, und zu deinem Vater auch nicht mehr", sagte ich. „Zu seinem Glück – denn so weiß er wenigstens nicht, was für ein kleines Ungeheuer er da gezeugt hat."

Obwohl er gewiß nur undeutlich begriff, was ich gesagt hatte, stürmte er wieder auf mich ein. Und plötzlich war es mit meiner Geduld vorbei.

„Jetzt hab' ich's aber endgültig satt!" sagte ich zwischen den Zähnen. „Du Bengel! Es wird höchste Zeit, daß man dir Manieren beibringt! Glaubst du, du kannst mit jedem so umspringen wie mit deiner Mutter?"

Die Augen angstvoll auf mein Gesicht geheftet, wich er langsam zurück. Ich trat an mein Bett und hob einen Pantoffel auf.

„Mammi!" schrie er entsetzt. „Mammi!"

„Mammilein kann dir jetzt auch nicht helfen", sagte ich. „Du hättest schon längst eine Tracht verdient."

„Mammi!" kreischte er aus voller Lunge und stürzte davon, in blinder Hoffnung, doch noch durch die verschlossene Tür entkommen zu können. Ich fing ihn ein, legte ihn mir übers Knie und zog die Hose seines weißen Matrosenanzugs herunter.

Sein Geheul gellte mir in den Ohren. Ich ließ es bei sechs Klapsen bewenden und gab ihn dann frei. Aus meiner eigenen Kindheit wußte ich noch sehr gut, daß die Wirkung weniger im körperlichen Schmerz als in der Demütigung lag. Seine Strafe hatte er auch so.

Gesicht von Tränen überflutet, warf er sich erneut gegen die Tür und langte mit der einen Hand verzweifelt nach der Klinke, während die andere ohnmächtig gegen die Täfelung hieb.

„Mammi! Mammi! Mammi!"

„Nein", sagte ich. „Du bleibst hier, bis deine Mutter gehen will. Für heute hast du genügend Unfug getrieben."

In diesem Augenblick hörte ich, wie draußen auf dem Gang Rebecca meinen Namen rief.

Lieber Gott, dachte ich.

„Mammi!" kreischte Jonas. „Hilfe! Hilfe! Mammi!"

„Jonas!" Ich hörte ihre schnellen Schritte, dann das Rütteln an der Türklinke. „Jan? Was machst du mit Jonas? Laß mich herein!"

„Alles in Ordnung", sagte ich mit ruhiger Stimme. „Augenblick nur. Ich werde die Tür aufschließen."

„Mammi!" heulte Jonas und schluchzte wild. „Mammi!"

Ich drehte den Schlüssel im Schloß. Rebecca stürzte herein. „Jonas, Liebling ..."

Er flüchtete in ihre Arme und weinte herzzerreißend, den Kopf gegen ihren Busen gepreßt.

„Aber Liebling, Liebling ... Mammi ist ja da ..." Sie warf mir einen vernichtenden Blick zu. „Was hast du mit ihm gemacht?"

„Sechs harmlose Klapse aufs Hinterteil. Wirklich kein Grund zur Aufregung."

„Wie konntest du das wagen!" fauchte sie. „Wie konntest du es wagen, ihn anzurühren! Bildest du dir etwa ein, meine Kinder sind für dich Freiwild, bloß weil wir beide ..."

„Aber Rebecca, nun rede doch keinen Unsinn. Jonas hat sich im Salon ganz unmöglich aufgeführt. Du kannst doch nicht immer beide Augen zudrücken. Manchmal braucht ein Kind einen kleinen Denkzettel. Und nach meiner Meinung war das diesmal der Fall."

„Deine Meinung interessiert mich nicht! Wer bist du denn, daß du mir vorschreiben willst, wie ich mein Kind zu erziehen habe?"

„Ja, Himmelherrgott nochmal, Rebecca! Ist dir denn nicht klar, daß du dich als Mutter um gewisse Dinge ganz einfach nicht herumdrücken darfst? Du scheinst ja von Kindererziehung noch weniger zu verstehen, als ich dachte."

Ihre flache Hand klatschte gegen meinen Mund. Der Schlag kam so unerwartet, daß ich unwillkürlich aufschrie. Ich starrte sie an, fassungslos und vor Zorn unfähig, auch nur ein Wort hervorzubringen. Jonas beobachtete uns aus unnatürlich geweiteten Augen.

„Du hast ihn ja nie leiden können", sagte Rebecca mit zitternder Stimme. „Nie. Und ich weiß auch, warum. Du bist neidisch auf ihn, weil er eines Tages Penmarric erben wird und du auch nicht mehr die geringste Hoffnung darauf hast. Ja – neidisch bist du!"

„Sei still", sagte ich und trat auf den Gang. „Ich bring euch nach Hause."

„Wir gehen zu Fuß! Ich will dich nicht mehr sehen, verstehst du? Ich bin fertig mit dir, und zwar für immer und ewig."

„So?" sagte ich fuchsteufelswild. „Und mit wem gedenkst du dich als nächstem einzulassen? Mit deinem Vetter Simon Peter vielleicht? Dem könntest du ja sehr gute Nachhilfestunden geben. Oder mit Peter Waymark? Der soll ja hinter jedem Weiberrock her sein. Oder mit dem jungen Bauern Polmarth – der wäre doch eine passende Partie, falls er dumm genug sein sollte, dich in Anbetracht deines nicht ganz astreinen Rufes heiraten zu wollen."

Wieder schlug sie mir ins Gesicht.

Ich spürte den zuckenden Schmerz, beherrschte mich jedoch und sagte spöttisch: „Aber, Schatz, findest du das sehr damenhaft?"

Sie schluchzte und lief, das Kind an der Hand hinter sich herziehend, den Gang entlang. Ich sah ihr nach, bis sie um die Ecke verschwand, und ging dann in mein Zimmer zurück. Der Pantoffel lag noch, wo ich ihn hingeworfen hatte. Ich beförderte ihn mit einem Fußtritt unter das Bett. Dann trat ich ans Fenster und starrte hinaus.

Ich dachte: Es kommt schon wieder in Ordnung. In spätestens einer Woche bittet sie mich, sie wieder zu besuchen. Solche Szenen sind typisch für sie.

Aber ich fühlte mich doch ganz erbärmlich.

4

Als Lizzie und ihr Mann nach einiger Zeit nach Cambridge heimfuhren, hatte ich immer noch nichts von Rebecca gehört. Ich wurde unruhig. Schließlich setzte ich mich hin und schrieb ihr einen Brief, in dem ich mich für den Vorfall mit Jonas entschuldigte. Außerdem erbot ich mich, sie zum Dinner auszuführen.

Keine Antwort.

Ich versuchte, aus der neuen Lage die entsprechenden Konsequenzen zu ziehen. Jeder Gedanke an eine so schwierige Frau war reine Zeitvergeudung, sagte ich mir. Es gab Lohnenswerteres. Meinen verlängerten Aufenthalt auf Penmarric zum Beispiel, den ich mit vollen Zügen genoß. Tagtäglich ritt ich aus oder ging spazieren, manchmal schrieb ich auch ein bißchen, und im übrigen wühlte ich mich durch meines Vaters reichhaltige Bibliothek. Nachdem Historisches und Biographien meinen intellektuellen Bedarf gedeckt hatten, schaffte ich einen Schwung eigener Bücher herbei und vergnügte mich mit den Abenteuern von Lord Peter Wimsey, Hercule Poirot und Bulldog Drummond. Mit unterschiedlichem Erfolg versuchte ich mich sogar an Werken der modernen Dichtung – Huxley, dessen „Wackere neue Welt" gerade herausgekommen war, D. H. Lawrence und J. B. Priestley. Doch im großen und ganzen fand ich die älteren Meister wie Wells, Galsworthy und Walpole wesentlich unterhaltsamer.

Zum Lesen gesellte sich bald eine zweite Leidenschaft: das

Hören von Musik. Auf Penmarric gab es ein Radiogerät, leider so veraltet, daß ich mich veranlaßt sah, ein neues anzuschaffen, das mir einen besseren Empfang vermittelte. Bald hatte ich von Carnforth Hall mein Grammophon sowie einen Stapel meiner Lieblingsplatten eingeschmuggelt. Ernste zeitgenössische Musik langweilte mich, aber Rachmaninoff spielte ich mit ungebrochenem Enthusiasmus. Doch meine heißeste Liebe galt sehr rasch dem Jazz, und es dauerte nicht lange, bis Rachmaninoffs Melodien durch den strahlenden Trompetenklang Louis Armstrongs abgelöst wurden. Für Penmarric eine recht befremdliche Musik, gewiß. Anfänglich jedenfalls. Medlyn zeigte sich auch entsprechend schockiert und unterließ es nie, wenn er mir Whisky mit Soda brachte, stumme Mißbilligung zu demonstrieren.

Kurzum, ich fühlte mich in meiner Haut recht wohl. Nur Gesellschaft fehlte mir, und da bei Rebecca an Aussöhnung nicht oder noch nicht zu denken war, lud ich schließlich Felicity ein, nach Penmarric zu kommen. Doch sie hatte bereits einen mehrwöchigen Besuch bei Freunden in Mittelengland auf dem Programm und reiste ab.

So begnügte ich mich damit, regelmäßig meine Mutter auf Roslyn-Farm zu besuchen, und nahm sie auch öfter zum Lunch und zum Tee nach Penmarric mit.

„Wie lange willst du noch hierbleiben?“ fragte sie mich Ende Oktober. „Du wohnst nun schon einige Zeit auf Penmarric, und ich weiß, daß Michael das gar nicht gern sieht.“

„Aber was sollte er dagegen haben“, erwiderte ich. „Walter Hubert hat die Verwaltung, und ich denke nicht daran, mich auch nur mit einem Wort einzumischen. Wie lange ich noch bleiben werde, weiß ich nicht genau. Vielleicht, bis Felicity von ihrer Reise zurückkommt.“

Aber als sie dann zwei Wochen später wieder da war, dachte ich nicht daran, meine Zelte abzubrechen und nach Carnforth Hall zurückzukehren. Statt dessen lud ich sie erneut nach Penmarric ein. Doch sie zögerte, ihre geliebten Pferde allein zu lassen, und so einigten wir uns in aller Freundschaft, fürs erste getrennt zu leben.

„Michael ist sehr ungehalten“, sagte meine Mutter. „Vielleicht ist es besser, du bleibst nicht mehr allzulange hier.“

„Aber ich tue doch keiner Seele etwas zuleide“, versicherte ich und merkte sehr wohl, wie sie die Lippen verzog, obschon sie kein Wort der Kritik laut werden ließ.

Am nächsten Tag suchte mich dann im Auftrag von Holmes, Holmes, Trebarvah & Holmes Simon Peter Roslyn auf.

Er war schlank, nicht sehr groß, doch gut proportioniert. Als Kind sollte er viel gekränkelt haben, und sehr robust wirkte er auch jetzt kaum. Anderseits hatte er den Ruf, nie auch nur einen Tag im Büro zu fehlen, also schien sich sein Gesundheitszustand sehr gebessert zu haben. Sein Blick war klar und offen, sein Mund streng. Schlaff legte er seine Rechte in die meine.

„Guten Morgen, Jan", sagte er freundlich. „Ich habe hier einen Brief von Mr. Vincent für dich." Er war Klienten gegenüber stets sehr zuvorkommend, aber mir mißfiel seine vertrauliche Art, und außerdem fand ich, daß ihm unsere flüchtige Bekanntschaft in Oxford noch lange nicht das Recht gab, mich zu duzen. „Er hat mich beauftragt, ihn dir zu geben und auf Antwort zu warten."

Natürlich hatte Michael es sich nicht verkneifen können, seine Mißbilligung meines Verhaltens sozusagen „aktenkundig" zu machen und mich in aller Form auf mein Gentleman's Agreement mit meinem Bruder hinzuweisen.

„Wie rührend von ihm, sich wegen Penmarric solche Sorgen zu machen!" sagte ich heiter und steckte den Brief wieder in den Umschlag. „Teile ihm doch, bitte, mit, daß es ebendiese Sorgen sind, die mich zum Hierbleiben bewogen haben."

„Ich verstehe", erwiderte Simon Peter und musterte mich einen Augenblick, ehe er sich ein Lächeln gestattete. „Nun, übelnehmen kann ich dir das wirklich nicht", fügte er dann zu meiner Überraschung hinzu. „An deiner Stelle würde ich kaum anders handeln, denn im Vertrauen gesagt ..." – er senkte kaum merklich seine Stimme – „... im Vertrauen gesagt, finde ich, daß Philip dir bei dieser Sache eine ziemlich bittere Pille zu schlucken gegeben hat. Du wärst für ihn garantiert nützlicher als der alte Mr. Hubert, und wenn du die Verwaltung von Penmarric in Händen hättest, würde jeder seinen Vorteil davon haben, nicht zuletzt du selbst. Mr. Hubert spricht immer noch voll Hochachtung von deinen administrativen Fähigkeiten, und wenn du ihm deine Hilfe anbietest, ist er bestimmt der letzte, der sie ausschlägt. Im übrigen wird dich, sofern du auf Penmarric bleibst, niemand mit Gewalt vertreiben. Das würde zuviel Umstände machen, und außerdem wäre der Skandal zu groß . . . Auch könnte es durchaus sein, daß Philip sich endgültig in Kanada niederläßt, und in diesem Fall hielte ich es für das beste, wenn du die Verwaltung übernimmst – bis zu Jonas' Großjährigkeit wenigstens."

Natürlich war seine Haltung ganz dazu angetan, mich mißtrauisch zu machen, doch anderseits gaben seine Worte meine Ansicht so genau wieder, daß ich unwillkürlich sagte: „Das wäre gewiß vernünftiger als die augenblickliche Regelung... Und du glaubst wirklich, daß Philip womöglich ganz in Kanada bleibt? Hat er in seinen Briefen an Michael irgendwelche Andeutungen gemacht?"

„So dann und wann kann ich zwischen den Zeilen lesen", sagte er mit erneutem Lächeln. „Jedenfalls scheint es ihm drüben sehr zu gefallen."

„O ja, das glaube ich auch", bestätigte ich eilig. „Schön, daß sich für ihn alles so gut entwickelt hat, nicht? Aber", fügte ich, immer noch ein wenig mißtrauisch, hinzu, „widerspricht dieser Tip, den du mir da gibst, nicht sehr der Pflicht, die ihr eurem Klienten gegenüber habt? Wäre Michael einverstanden, wenn er dich hören könnte?"

„Nun, es bleibt ja unter uns", entgegnete Simon Peter sehr gelassen, „und warum sollte ich einem alten Freund nicht helfen? Außerdem ist Jonas ein unausstehlicher kleiner Balg, wie du ja wohl auch findest, und es ist sehr gut möglich, daß Philip sein Testament doch noch ändert, was ich, offen gestanden, sehr begrüßen würde. Jonas ist schon verzogen genug, und im übrigen halte ich nichts von ererbtem Reichtum. Das Geld, das mir mein Onkel hinterlassen hat, liegt noch unberührt, bis auf die Summe, die ich bei meinem Eintritt in die Anwaltfirma investieren mußte, und diesen Betrag habe ich inzwischen Penny für Penny wieder in die Bank eingezahlt... Aber ich muß jetzt gehen. Hoffentlich bleiben wir trotz unserer momentanen Schwierigkeiten mit Mr. Vincent und Philip auch in Zukunft Freunde, Jan."

„Davon bin ich überzeugt, Sim!" hörte ich mich versichern, denn von Sekunde zu Sekunde hatte sich mein Mißtrauen verringert, bis es schließlich ganz geschwunden war. Was er vorgebracht hatte, war, so schien es, aufrichtig gemeint gewesen. Jonas war tatsächlich ein verzogener, unausstehlicher Balg.

Offenbar hatte ich Simon bisher falsch beurteilt. Plötzlich schien mir, er sei im Grunde ein Mensch meiner Art, dem es gleichfalls um ein Stück Gerechtigkeit ging. Ähnlich wie es mir um mein Erbe zu tun war, lag ihm vor allem daran, die Roslyns von Morvah jenen Gesellschaftsschichten anzunähern, die er verachtete.

Es überraschte mich nicht im geringsten, als bald nach meiner Unterredung mit Simon Peter ein wahrer Strom von Besuchern Penmarric überschwemmte. Man redete mir ins Gewissen. Zuerst natürlich einmal Michael. Dann mein Schwiegervater, der mir, ohne Frage von Alice angestachelt, vorhielt, es sei doch ein Skandal, wie schnöde ich meine Frau sich selbst überließe. Eine Woche später war dann meine Mutter an der Reihe. Und schließlich kam sogar Adrian in seinem kleinen Ford herbeigebraust, um mich in gesetzter Seelenhirtenmanier zu fragen, was zum Teufel ich mir bei alledem eigentlich dächte. Es gelang mir ohne große Mühe, sie alle vier in Rage zu bringen, und sosehr es auch gegen mich sprechen mag – ich muß gestehen, daß ich voll auf meine Kosten kam. Es bereitete mir ein so unbändiges Vergnügen, sie samt und sonders abblitzen zu lassen, daß Sir Justins Drohung, er werde Felicity zur Scheidung raten, mich völlig kaltließ. Adrians Bitte, ich möge von theologischen Diskussionen im Pfarrhaus Abstand nehmen, solange ich mich auf dem Besitz meines Bruders breitmache *und* von meiner Frau getrennt lebe *und* vermutlich Liebschaften unterhalte, entlockte mir sogar ein Lachen; und Michaels ohnmächtiger Zorn amüsierte mich nicht weniger als die Demonstration der Mißbilligung von seiten meiner Mutter. Alle vier erheiterten mich nur – bis der Brief aus Kanada eintraf, und dann war ich plötzlich wütender als meine vier Widersacher zusammen.

„Mein lieber Michael“, hatte Philip in Erwiderung auf Vincents Beschwerdebrief geschrieben. „Was regen sich alle in Wahrung meiner Interessen nur so unmäßig auf! Gewiß bin ich froh, daß meine Angelegenheiten daheim in den Händen ehrlicher Menschen liegen, und ich weiß es auch zu schätzen, daß ihr alle Anstrengungen unternehmt, um Jan-Yves von Penmarric zu entfernen, wie er es verdient. Aber wozu die Umstände? Mein kleiner Bruder ist kaum der Mann, sich gewaltsam ein Erbe anzueignen; wenn er auch nur auf eine Spur von Widerstand stößt, gibt er auf. Da ihm offenbar sehr daran liegt, eine Art von Häschen in der Grube zu spielen, sollte man ihm den Willen lassen und für sein infantiles Verhalten Verständnis aufbringen. Und mehr als das: Laßt ihn doch, wenn er sich so sehr darum reißt, getrost Walter Hubert zur Hand gehen und seine Kräfte beweisen, damit er sich nicht gar so nutzlos fühlt. Erstens würde ihm Walter garantiert auf etwaige üble Schliche kommen, und zweitens kann er, da er über keinerlei juristische Vollmacht verfügt, ohnehin kaum Schaden anrichten. Was mich betrifft, so macht mir das Leben hier nach wie vor sehr viel Freude, und ich hoffe, recht bald in Vancouver ein paar Urlaubstage zu verbringen. Dein, etc., Philip."

Es war eine Schmähung sondergleichen. Mein Zorn wollte sich nicht legen. Aber dann nahm ich mich doch zusammen und überlegte, daß es vernünftiger war, die Sache mit kühlem Kopf zu betrachten. Was wollte ich eigentlich? Immerhin hatte Philip eingewilligt, daß ich Walter bei der Verwaltung half. Außerdem durfte ich auf Penmarric bleiben. Genau das entsprach meinen Wünschen. Unsinnig, sich über Philips Beleidigungen aufzuregen, wo ich jetzt endlich die Chance hatte, ihm und allen anderen zu beweisen, daß ich durchaus fähig war, seine Stelle einzunehmen.

Das neue Jahr, 1933, kam. Ganz gegen meinen Willen fühlte ich mich einsam. Mir fehlte Rebecca, mir fehlten die allwöchentlichen Gespräche bei Adrian, mir fehlten die häufigen Besuche bei meiner Mutter. Zwar fuhr ich auch jetzt noch dann und wann zu ihr, doch sie dachte nicht daran, nach Penmarric zu kommen, und obwohl wir sehr gut miteinander auskamen, war die innere Entfremdung doch deutlich spürbar. Also setzte ich meine ganze Hoffnung auf einen Besuch Lizzies, aber auf meine Einladung schrieb sie zurück, daß sie, inzwischen schwanger geworden, die anstrengende Reise scheue. Verzweifelt stürzte ich mich kopfüber in meine Arbeit und verbrachte lange Stunden im Verwaltungsbüro, wo ich die mir gestellten Aufgaben – sehr zu Michaels offenkundigem Verdruß – ohne Fehl und Tadel löste.

Inzwischen schien Philip in Kanada noch heimischer geworden zu sein. In seinen Briefen an meine Mutter sprach er immer wieder von seinen Freunden, seiner Arbeit, seiner Zufriedenheit.

Er wohnte jetzt als Untermieter bei einer Witwe, und im Frühjahr schickte er ein paar Fotos, die ihn, seine Wirtin und deren kleinen Sohn zeigten. Er wirkte völlig verwandelt. Nichts erinnerte mehr an jene hohläugige, gramgebeugte Gestalt, die vor nun schon mehr als zwei Jahren Penmarric verlassen hatte. Der Junge besaß eine entfernte, aber doch ins Auge fallende Ähnlichkeit mit Esmond, die Frau war noch jung, höchstens dreißig, und ganz entschieden attraktiv.

„Ob ich ihretwegen mal ein bißchen bei ihm nachhake?" fragte meine Mutter, brennend vor Neugier. „Aber natürlich möchte ich nicht aufdringlich erscheinen. Wenn er an ihr interessiert wäre, hätte er sie in seinen Briefen bestimmt öfter erwähnt."

Ich wurde stutzig. Zwar war ich über Philips sexuelle Neigungen besser im Bilde als sie, aber ich wußte auch, daß es für einen Homophilen keineswegs unmöglich war, zu einer Frau normale Beziehungen zu haben. Wenn er sich jetzt etwa von Helena scheiden ließ, um wieder zu heiraten und einen Sohn in die Welt zu setzen... Eines war sicher: Momentan schien er kein großes Interesse für seinen Besitz daheim zu haben und zumindest jetzt kaum daran zu denken, für einen Erben zu sorgen. Wenn ihm an der jungen Frau lag und sie nicht abgeneigt war, konnte er ja mit ihr zusammen leben, ohne die Angelegenheit durch Scheidung und Wiederverheiratung zu komplizieren.

Bei alledem mußte ich unwillkürlich lächeln, denn ich hatte inzwischen selbst die Bekanntschaft einer jungen, etwa fünfunddreißigjährigen Witwe gemacht, die sich vor kurzem in einem der besseren Wohnviertel von Penzance niedergelassen hatte. Obwohl sie von einem intimen Verhältnis anfangs nichts wissen wollte, war sie doch bereit, an meiner Seite die Gastgeberin zu spielen, wenn ich auf Penmarric Bekannte bewirtete. Zum erstenmal seit meinem Zerwürfnis mit Rebecca machte mir die Gesellschaft einer Frau außerhalb des Schlafzimmers wieder Freude, aber natürlich lag mir auch innerhalb besagter vier Wände an einer gewissen Umgänglichkeit, und schließlich sah ich mich für meine Geduld belohnt, als sie nämlich einwilligte, für eine Woche mit mir nach London zu fahren. Nach unserer Rückkehr legte ich meiner Gastlichkeit noch weniger Zügel an, und der Strom fröhlicher und vergnügter Gäste riß auf Penmarric kaum noch ab. Schließlich drohte mir das Geld auszugehen, doch inzwischen hatte ich die Verwaltung so unter meiner Kontrolle, daß ich Walter sehr plausibel für „Geschäftszwecke" um Extrabeträge bitten konnte; und da Philip ihm ein begrenztes Kapital bewilligt hatte, über das er verfügen konnte, ohne erst bei Michael oder meiner Mutter rückfragen zu müssen, gab es nicht die geringsten Schwierigkeiten.

Im Sommer, ein Jahr nach Gerald Meredith' Tod, gab Jeanne ihre Verlobung mit Dr. Donald McCrae bekannt, und drei Monate später, im September, wurden sie dann von Adrian in der Kirche in Zillan getraut. Wir freuten uns alle für sie. Niemand verdiente Glück – und nicht zuletzt einen gesunden Ehemann – mehr als sie, und keiner schien berufener, sie glücklich zu machen, als Donald McCrae. Da sie sich scheute, den anschließenden Empfang auf Polzillan House zu geben, stellte ich ihr bereitwillig Penmarric zur Verfügung. Später zog das Paar in die Nachbarschaft meiner neuen Geliebten in Penzance, und da auch Helena daran dachte, sich im selben Viertel niederzulassen, sprach man davon, Polzillan House zum Kauf anzubieten.

Hochzeiten bereiten mir größten Genuß. Ich liebe die Trauungszeremonie ebenso wie die Feier danach mit dem in Strömen fließenden Champagner. Und so kam ich an Jeannes Ehrentag voll auf meine Kosten, obwohl ich gestehen muß, daß Lizzie mir fehlte – und natürlich auch Rebecca. Lizzie war gerade von einer Tochter entbunden worden und dementsprechend reiseunfähig, aber sie schickte ein sehr amüsantes Telegramm und bekam von mir nachher telefonisch einen detaillierten Augenzeugenbericht. Was Rebecca betraf, so war sie der Hochzeit zweifellos nur ferngeblieben, um mir ihre Geringschätzung zu beweisen.

Die Sensation auf der Hochzeit war fraglos meine Schwester Mariana. Sie war fast vierzig und sah kaum jünger aus. Sie hatte zwar immer noch eine ausgezeichnete Figur, trug jedoch entschieden zuviel Make-up; außerdem schien sie, um graue Strähnen zu verbergen, ihre schwarzen Haare zu färben. Sie kam ohne Begleitung, war jedoch bald von einem Männerschwarm umgeben, den sie mit eleganter Salonkonversation fütterte. Sie rauchte unaufhörlich und kippte den Champagner wie Limonade – zwei Eigenarten, die unter den konservativen und mit modischen Londoner Gewohnheiten nicht vertrauten Hochzeitsgästen unliebsames Aufsehen erregten.

„Sehr vulgär", sagte meine Mutter. „Sie ist überhaupt nicht sehr gesellschaftsfähig."

Womit sie ausdrückte, was nur zu augenfällig war: daß Mariana wie eine Luxushure aussah.

Die Hochzeit hatte meinen Appetit auf Geselligkeit nur noch erhöht, und bald spielte ich mit dem Gedanken, in der nahen Bucht mit einigen ausgewählten Gästen ein Mondscheinpicknick zu veranstalten. Da aber meine neue Geliebte mir mit sofortigem Bruch drohte, sofern ich etwas im Sinn hätte, das auch nur im entferntesten einer Orgie gliche, nahm ich von der Idee Abstand und entschloß mich statt dessen zu einer konventionellen Cocktailparty.

Ich versuchte, mich auf das bevorstehende Fest zu konzentrieren, fühlte mich aber immer wieder durch ein rätselhaftes Unbehagen abgelenkt. Der Tag der Party kam. Ich war gerade dabei, sicherheitshalber noch einmal meine Listen durchzugehen, damit auch ja kein Detail vergessen wurde, als Medlyn an die Tür der Bibliothek klopfte und mir mitteilte, daß mich jemand am Telefon zu sprechen wünsche.

Es war Simon Peter Roslyn.

Auch ihn hatte ich eingeladen, allerdings nur aus Gründen der Klugheit. Erstens verband uns jetzt so etwas wie eine nähere Bekanntschaft, und zweitens hatte er sich letzthin mit den Trehearnes von Helston angefreundet und war oft auf ihren Partys zu finden. Und da zu meinen heutigen Gästen auch sämtliche Trehearnes zählen würden, wollte ich keinesfalls, daß sie etwa glaubten, ich schnitte ihren Protegé.

„Hallo, Sim", sagte ich. „Erzähl mir bloß nicht, daß du heute abend nicht kommen kannst."

Er ließ mich kaum ausreden. „Ich kann jetzt nicht so sprechen, wie ich möchte", sagte er leise. „Das verschieben wir besser auf heute abend. Aber ich möchte dir nicht vorenthalten, was wir soeben erfahren haben. Es betrifft eine gewisse Person, die zur Zeit noch fern von hier weilt."

Eine plötzliche Schwäche ließ meine Knie zittern. „Philip ..."

„Sei lieber auf der Hut", sagte Simon Peter Roslyn. „Er kommt nämlich nach Hause."

5

Philip kehrte zurück. Und mein Luftschloß zerfiel zu Staub. Ich hatte kein Geld, keine Bleibe und, praktisch gesehen, kaum so etwas wie einen Namen. Und das alles nur, weil Philip nach den drei Jahren seines freiwilligen Exils aus Kanada zurückkam.

Ich hätte wissen müssen, daß Philip meiner Mutter gegenüber stets Wort hielt.

Und plötzlich packte mich Panik. Ich war ein Vabanquespieler, der seine Chancen gründlich überschätzt hatte. Und niemand wird von der Welt tiefer verachtet als eine erfolglose Spielernatur. In einer Reihe verzweifelter Anstrengungen, um mir wenigstens ein Minimum zu retten, hielt ich, allen Stolz über Bord gehen lassend, Umschau unter jenen, die mir am nächsten standen. Würden sie mir jetzt in der Not helfen?

Meine Geliebte beteuerte, daß sie mich an sich von Herzen gern bei sich aufnehmen wolle, dazu jedoch leider nicht in der Lage sei, da sie als „anständige“ Frau in „anständiger“ Nachbarschaft den Skandal zu fürchten habe. Sofern ich allerdings die Scheidung von Felicity und die Ehe mit ihr ins Auge zu fassen gedenke...

„Ich gedenke nicht“, sagte ich verbittert und empfahl mich.

Danach schlug ich Felicity eine freundschaftliche Aussöhnung vor, doch offenbar hatte Sir Justin seiner Tochter für diesen Fall mit Enterbung gedroht, und so gab ich den Gedanken auf. Felicity hatte mich immer anständig behandelt, und ich wollte nicht, daß sie dieses Risiko einging.

„Eine scheußliche Sache“, sagte sie bekümmert. „Aber wenn ich dir irgendwie helfen kann...“

„Nun, falls es bei der alten finanziellen Regelung zwischen uns bliebe...“

„Ja, natürlich. Durch das Bankgeheimnis sind wir vor etwaigen Nachforschungen von Daddys Seite sicher, und außerdem scheint er mir auch aufs Wort geglaubt zu haben, als ich ihm versicherte, unser gemeinsames Bankkonto sei längst aufgelöst. Solltest du jemals zusätzlich etwas Geld benötigen, so brauchst du es mir nur zu sagen.“

„Du bist wunderbar, Felicity“, versicherte ich ihr und küßte sie, „aber ich habe dir schon genug Kummer bereitet. Mehr als das, was du mir so zukommen läßt, will und darf ich nicht beanspruchen. Leicht fällt es mir ohnehin nicht, von deinem Geld zu leben.“

„Aber wieso denn? In früheren Zeiten war es doch oft so, daß ein Mann von der Mitgift seiner Frau lebte, und niemand fand etwas dabei! Im übrigen will ich ja, daß du das Geld bekommst. Wenn man über sein eigenes Kapital nicht nach Belieben verfügen kann, wozu ist es dann gut? Und einem alten Freund greife ich selbstverständlich unter die Arme...“

Noch ehe ich mir den nächsten Schritt überlegen konnte, fand ich mich plötzlich mit den Folgen meiner während der letzten Monate getätigten finanziellen Taschenspielertricks konfrontiert. Die Sache lief darauf hinaus, daß ich binnen einer Woche rund siebenhundertundfünfzig Pfund hervorzuzaubern hatte. Obwohl Felicity umgehend ihre Perlen versetzte, mußte ich mir den nicht unbeträchtlichen Restbetrag beim König der Geldverleiher von Penzance beschaffen, und selbst das schützte mich nicht vor der Entdeckung meiner Manipulationen. Philips bevorstehende Rückkehr hatte eine gründliche Kassenrevision zur Folge, und Michael Vincent, ohnehin voller Mißtrauen gegen mich, brauchte nicht lange, um mir auf die Schliche zu kommen.

„So sieht's also aus“, sagte er grimmig. „Walter Hubert hat dir diese Beträge im blinden Vertrauen darauf gegeben, daß damit geschäftliche Unkosten gedeckt würden. Außerdem hast du es dir angelegen sein lassen, diverse Pachtgelder in die eigene Tasche zu stecken. Mit anderen Worten: Über siebenhundert Pfund sind von dir...“

„Ich werde die Sache sofort in Ordnung bringen und dir einen Scheck ausstellen. Tut mir leid, wenn ich dir Ungelegenheiten bereitet habe.“

„Wenn du glaubst, daß ich Philip diese Geschichte verschweige, irrst du dich. Für das, was du getan hast, ist schon so mancher vor den Kadi zitiert worden – und ins Gefängnis gewandert.“

„Kein angenehmer Gedanke“, erwiderte ich ausweichend und schrieb den Scheck über die erforderliche Summe aus.

Prompt wurde er retourniert. Auf meinem Konto befanden sich um zehn Pfund weniger, als ich geglaubt hatte.

„Du sitzt ganz hübsch in der Klemme“, sagte Michael verächtlich. Und das ließ sich nicht abstreiten.

Soweit mein Blick reichte: nichts als Kalamitäten.

„Mama“, sagte ich. „Sosehr es mir auch zuwider ist, dich des leidigen Geldes wegen zu belästigen – ich hatte in diesem Monat ziemlich große Ausgaben und bin ziemlich blank. Könntest du mir vielleicht zehn Pfund leihen?“

„Das dürfte sich erübrigen“, erwiderte sie höflich. „Ich habe den zur Deckung des Schecks fehlenden Betrag bereits bei Michael beglichen. Oder brauchst du die zehn Pfund für einen anderen Zweck?“

„Nein – aber ...“

„Und wo willst du in Zukunft wohnen?“

„Das weiß ich nicht. Ich bin noch zu keinem Entschluß gekommen.“

Doch sie sagte nicht, ich könne bei ihr bleiben.

Am Abend rief ich bei Lizzie an, in der Hoffnung, vielleicht für eine Weile nach Cambridge entkommen zu können, doch leider stand sie gerade im Begriff, nach Schottland abzureisen. Ihr Mann hatte aus irgendwelchen Gründen Sonderurlaub erhalten, und das Haus war für die Abwesenheit des Paares bereits Freunden versprochen.

Blieb noch William.

„Aber natürlich kannst du bei uns wohnen!“ sagte er. „Du solltest doch wirklich wissen, daß du in unserem Haus immer willkommen bist.“

In diesem Augenblick sehnte ich mich danach, wieder ein kleiner Junge zu sein, um mich in seine Arme zu werfen und mein Gesicht gegen seine Brust pressen zu können. In meiner Kehle saß ein Knebel, mir kamen Tränen.

„Bist ein guter Kerl, William“, sagte ich und wandte den Kopf, ehe er etwas bemerken konnte. „Vielen Dank auch.“

Philip kam am 24. Oktober. Gut und zufrieden sehe er aus, hieß es. Ich konnte mich nicht davon überzeugen. Von morgens bis abends hockte ich auf dem Zimmer und las Bücher, ganz in mich verkrochen und für niemanden zu sprechen. Meine Absicht war, Anfang November, wenn wieder Geld auf mein

Bankkonto kam, nach London zu fahren. Doch aus diesem Entschluß wurde dann nichts. Drei Tage nach Philips Rückkehr erschien meine Mutter und bestand darauf, mich zu sehen. William war nicht da, und Charity ließ sich von ihrer resoluten Art natürlich nur allzu leicht beeindrucken: Augenblick, bitte, sie wolle gleich mal nachschauen, ob ich im Haus sei.

„Jan, deine Mutter will dich sprechen", sagte sie, zu mir ins Zimmer tretend. „Was soll ich tun? Sie weiß, daß du hier bist."

Mein Aussehen spottete so ziemlich jeder Beschreibung. Unrasiert, mit Whiskyfahne, dazu in Unterwäsche inmitten überquellender Aschenbecher auf ungemachtem Bett.

„Sie möchte doch bitte warten", sagte ich, mein Buch zuklappend. „Sag ihr, daß ich nicht ganz auf dem Posten bin und mich erst anziehen muß."

„Anziehen kannst du dich später", ertönte von draußen die energische Stimme meiner Mutter. „Wir sprechen uns gleich."

Und schon war sie im Zimmer und schloß, Charity hinauskomplimentierend, die Tür.

Dann faßte sie mich näher ins Auge. Während ich rasch aufstand und nach meinem Morgenmantel langte, glitt ihr Blick prüfend über mich. Ihre Brauen hoben sich kaum merklich. Sie setzte sich auf den Stuhl bei der Kommode und wandte den Kopf ab, während ich in den Morgenmantel schlüpfte und mit den Füßen nach den Pantoffeln unter dem Bett angelte.

Schließlich fragte sie: „Wie lange gedenkst du noch hierzubleiben?"

„Ich will Anfang November nach London. Mal sehen, ob ich dort einen Job bekommen kann."

„Sehr löblich, aber vielleicht ein bißchen überstürzt. Philip möchte dich sprechen."

Ich war perplex. Auf der Bettkante hockend, starrte ich stumm vor mich hin.

„Er ist in bester Stimmung und trägt dir wegen deiner Dummheit nichts nach. Außerdem weiß er von mir, daß du das Geld in vollem Umfang zurückgezahlt hast, sobald man bei dir, nun, sagen wir einmal, vorstellig wurde. Daß ich für einen kleinen Fehlbetrag aufkommen mußte, habe ich ihm verschwiegen. Das braucht er nicht zu wissen."

„Wie ... nett von dir."

„Schon gut. Ich habe ihn auch daran erinnert, daß du dich, von dieser Geschichte einmal abgesehen, bei der Verwaltung von Penmarric gar nicht übel bewährt hast und bei den Pächtern recht beliebt bist. Kurz und gut, ich habe ihm geraten, dir die Verwaltung zu übergeben."

Jedes Wort fiel mir schwer. „Ich will nicht... kann nicht... jetzt, wo Philip da ist..."

„Sei nicht töricht! Nütz diese letzte Chance, dich mit Philip gutzustellen! Nachdem es mir gelungen ist, die Wogen zu glätten, liegt es jetzt an dir, das Beste daraus zu machen. Wenn du dich nach London verdrückst, wird Philip sein Testament nie zu deinen Gunsten ändern, falls dieser greuliche kleine Jonas ihm einmal zum Halse heraushängt. Wenn du jetzt hierbleibst, hart arbeitest und Philip eine echte Stütze bist, so könnte ich mir durchaus denken, daß er dich einmal zu seinem Erben einsetzt."

Ich saß immer noch da und starrte auf den Fußboden.

„Gütiger Himmel, Jan-Yves, was ist denn bloß mit dir los? Ist es wegen Helena? Aber das braucht deine Aussichten nicht zu beeinträchtigen. Wenn du jetzt vernünftig bist..."

Ich sah sie verständnislos an.

„Oder weißt du es noch nicht?" fragte sie.

„Wissen? Was denn?"

„Nun, Philip und Helena haben sich wieder ausgesöhnt. Sie wird nach Penmarric ziehen und mit ihm zusammen leben."

Ich dachte an die Witwe in Kanada und an die Überlegungen, die ich damals beim Ansehen des Fotos bezüglich seiner Potenz angestellt hatte.

Lange Zeit saßen wir beide schweigend, meine Mutter kühl und gelassen, ich dumpf vor mich hinbrütend und nur imstande, diesen einen Gedanken zu fassen: wie ungeheuer ungerecht das Leben immer und immer wieder mit mir verfuhr.

Mit Mühe brachte ich schließlich hervor: „Damit wird es doch völlig belanglos, ob Philip Jonas oder mir den Vorzug gibt. Söhne können doch nicht ausbleiben."

„Das werden sie aber", sagte meine Mutter. „Das werden sie. Philip hat es mir selbst gesagt. Helena kann keine Kinder haben." Sie begann, sich mit raschen und geläufigen Bewegungen die Handschuhe überzustreifen. „Das Erbe liegt zwischen dir und Jonas", fuhr sie hastig fort, ohne mich dabei anzusehen, „und ich bin der Meinung, daß du es haben solltest. Jonas bedeutet Penmarric nichts, dir hingegen alles. Du hast dir so manche Dummheit zuschulden kommen lassen und deine Hoffnungen um ein Haar zunichte gemacht. Aber noch ist nicht alles verloren. Wenn du jetzt vernünftig bist, mag Penmarric eines Tages sehr wohl dir gehören, sofern Philip vor dir stirbt." Sie erhob sich und ging langsam auf die Tür zu. „Übrigens hat mich Philip selbst hergebracht und mir aufgetragen, dich zum Lunch einzuladen. Um ein Uhr im Metropole. Er ist jetzt bei Michael im Büro, und mein Vorschlag wäre, daß du uns in deinem Wagen hinfährst." Mich kritisch musternd, fügte sie hinzu: „Während du dich fertigmachst, kann ich ja im Wohnzimmer auf dich warten – und vergiß nicht, dich zu rasieren!"

Wie es ihre Art war, gab sie mir zu einer Widerrede gar nicht erst die Gelegenheit. Also rasierte ich mich – wobei ich mich zweimal in die Wange schnitt –, schlüpfte in irgendwelche Kleider und fuhr mir dann noch rasch mit dem Kamm durch die Haare. Mein Gesicht im Spiegel: eine kreideweiße, kränkliche und kümmerliche Maske. Ich beeilte mich, meinen Wagen aus dem Schuppen zu holen, wo ich ihn untergestellt hatte.

Während der Fahrt fragte ich sie: „Woher hast du gewußt, daß ich bei William wohne?"

„Adrian brachte mich auf die Idee."

Weiter wurde zwischen uns kein Wort gewechselt. In Penzance parkte ich vor dem Hotel, und wir traten ins Vestibül.

„Am besten warten wir im großen Salon", sagte sie. „Uns bleibt noch ein wenig Zeit."

„Ich hätte gern einen Drink, sofern du nichts dagegen hast."

„Muß das sein, Liebling? Du siehst so schon wie eine Whiskyleiche aus, wenn du mir diese Feststellung gestattest. Aber natürlich ist das ganz und gar deine Sache. Ich möchte dir keine Vorschriften machen."

Seufzend steckte ich mir eine Zigarette an.

Wir warteten. Fünf Minuten, zehn Minuten. Belangloses Geplauder. Ich wurde immer unruhiger und dachte: Himmelherrgott, wäre ich doch bloß über alle Berge gewesen, ehe sie mich aufspüren konnte. Und während ich noch grübelte, sah ich, wie plötzlich die beiden Flügel der Schwingtür weit aufgestoßen wurden und Philip eintrat.

Mein großer, blonder, hübscher Bruder: der größte und blondeste und hübscheste unter all meinen großen, blonden und hübschen Brüdern. Ich sah diesen Mann, der mein Bruder war, und wünschte nur eines: seinen Tod.

Er lächelte. Natürlich lächelte er. Er hatte allen Grund zu lächeln. Ich hätte an seiner Stelle auch gelächelt. Nur lächelnd konnte man entgegennehmen, was einem wie Philip Castallack mühelos in den Schoß fiel: eine Frau, die einem alles nachsah; eine Mutter, die ihrem Liebling den Himmel auf Erden wünschte; Bedienstete, die miteinander wetteiferten, einem in seinem Herrenhaus am Meer die Stiefel zu lecken.

Aber ich war nicht Philip.

Linkisch erhob ich mich, kleinwüchsig, nicht übermäßig wohlgeformt, unscheinbar. Und plötzlich sah ich mich mit anderen Augen: Jan-Yves Castallack, achtundzwanzig, in Oxford relegiert, später der Unterschlagung schuldig, mittellos, Versager in jeglicher Hinsicht. Ich sah mich mit Philips Augen – als den kleinen, nichtssagenden, wertlosen, unzuverlässigen und infantilen Bruder. Sein Brief an Michael fiel mir ein. „Mein kleiner Bruder ist kaum der Mann, sich gewaltsam ein Erbe anzueignen. Wenn er auch nur auf eine Spur von Widerstand stößt . . ." Ein vernichtendes Urteil. „Mein kleiner Bruder ist kaum der Mann . . ."

„Tag, Jan!" sagte er und lächelte dieses überlegene, selbstsichere Lächeln. „Nett, dich wiederzusehen. Was ist das da für eine Geschichte mit den Bilanzen? Na, laß nur. Bestimmt nichts Ernstes. Habe auch keine Lust, mir die Laune durch irgendwelche Dummejungenstreiche verderben zu lassen, die du womöglich während meiner Abwesenheit ausgeheckt hast . . . Wollen wir nicht zum Lunch in den Speisesaal gehen? Wie ich sehe, haben sie hier Hummer auf der Speisekarte, und ich habe einen Mordsappetit."

Ich blieb stumm. Was hätte ich auch sagen sollen? Während des Essens tröpfelte, von meiner Seite jedenfalls, die Unterhaltung nur spärlich. Allzu tief fraß in mir das Bewußtsein, mit meinen achtundzwanzig Jahren noch nichts, aber auch gar nichts geleistet zu haben. Diese Stunde im Metropole in Gesellschaft von Mutter und Bruder war wie ein Brandmal: es markierte den absoluten Tiefpunkt eines erbärmlichen und verachtenswerten Lebens.

Da Philip nach dem Lunch noch etwas Geschäftliches zu erledigen hatte, blieb es mir überlassen, meine Mutter nach Roslyn-Farm zu bringen. Kurz bevor ich die Abzweigung nach Zillan nehmen wollte, bat sie mich plötzlich, zu halten. Überrascht gehorchte ich.

„Ist dir nicht gut, Mama?"

„Durchaus. Aber du machst mir Sorgen. Fährst ja wie ... also ich weiß nicht recht."

„Entschuldige, aber ich bin nicht ganz auf dem Damm. Tut mir leid, wenn ich dich beunruhigt habe."

„Ich bin nicht eigentlich beunruhigt. Eher schon verärgert. Liebling, du mußt dich endlich zusammennehmen! Bitte – mir zuliebe! Ich weiß, daß Philip momentan nicht gerade große Stücke auf dich hält – wie könnte er das auch nach alledem? Aber du kannst ihn bestimmt von dir überzeugen. Da bin ich ganz sicher."

„Ich leider nicht." Meine Hände hielten krampfhaft das Lenkrad. „Er wird mir nie verzeihen. Und daß er sein Testament irgendwann zu meinen Gunsten ändert, erscheint mir völlig ausgeschlossen. Es wäre am besten, wenn ich von hier fortginge, um in London ein neues Leben anzufangen."

„Ein neues Leben, sehr richtig! Aber nicht in London, sondern hier!"

„Aber was soll's, Mama? Inwiefern ist sein Testament für mich überhaupt von Belang? Er hat vielleicht noch fünfzig Jahre vor sich. Leicht möglich, daß ich vor ihm sterbe."

„Ich hoffe, daß ihr beide noch fünfzig Jahre und mehr habt", sagte sie, „aber das Schicksal geht eigene Wege, und Philip hat, wie du weißt, immer schon ein sehr gefährliches Leben gelebt. Außerdem ist er nun einmal zehn Jahre älter als du. Im Grunde genommen gehört ihr nicht einmal zur selben Generation."

„Hat keinen Zweck, Mama", sagte ich. „Ich kann nicht. Selbst wenn Philip sich zu einer Testamentsänderung zu meinen Gunsten entschließen sollte, wäre es mir unmöglich, als einfacher Verwalter nach Penmarric zurückzukehren, nachdem ich dort monatelang als Herr des Hauses gelebt habe. Mir bleibt nur London."

„Was redest du nur für ungereimtes Zeug!" rief sie ungehalten. „Wie willst du dich im fernen London bei Philip in ein gutes Licht setzen? Hier aber hast du endlich die Chance, dich zu beweisen."

„Ausgeschlossen“, sagte ich, Hände um das Steuerrad gekrallt wie um einen Rettungsanker. „Hier habe ich Fehlschlag auf Fehlschlag erlebt. Hier hält mich doch jeder für einen Versager. Ich kann nicht.“

„Du kannst“, sagte sie, „und du wirst!“ Ihre Finger glitten über meine Hand. „Du mußt jetzt durchhalten, Jan, denn, glaub mir, wenn du kneifst, so wirst du dir das nie verzeihen. Und was ist durch eine solche Haltung auch schon gewonnen? Nichts, absolut nichts. Du mußt bleiben! Daß es dir nicht leicht werden wird, weiß ich, aber wenn du einen neuen Anfang machst ...“

„Einen neuen Anfang – aber wo?“

„Nun, vielleicht, indem du dich nicht mehr so hetzt. Bei dir muß immer alles im Handumdrehen gehen, egal ob du heiraten oder reich werden oder Penmarric erben willst. Du hast es ewig so eilig, daß du nicht einmal Zeit findest, du selbst zu sein – und so wirfst du dich in Posen und spielst Rollen ... Oft genug habe ich dich doch erlebt, als pflichtgetreuen Sohn, als wohlhabenden Mann von Welt, als feschen jungen Ehemann oder als Herrn von Penmarric – aber wann warst du schon einmal du selbst? Nimm dir endlich die Zeit, du selbst zu sein, und höre auf, eine Rolle nach der anderen durchzuspielen und dabei alle Welt gegen dich aufzubringen.“

„Aber das Leben ist so kurz“, sagte ich stammelnd und suchte verzweifelt nach Worten. „Ich bin schon achtundzwanzig. Wenn ich doch nur mal Glück hätte ... aber bei mir geht immer alles schief. Es sieht so aus, als ob mein Leben noch gar nicht begonnen hätte.“

„Aber weißt du denn nicht, daß mein Leben eigentlich erst mit einunddreißig begann? Mein Gott, Jan-Yves, du bist doch noch so jung, du hast doch noch alles vor dir!“

Ich schwieg.

„Weißt du, wie es mir ergangen ist, bevor ich dreißig wurde? Ehe ich meinen ersten Mann heiratete?“

„Du warst Dienstmädchen auf Menherion Castle.“

„Zu der Zeit längst nicht mehr. Von Menherion Castle ging ich schon mit achtzehn fort. Ich arbeitete in Läden. Ich arbeitete in einem Hotel. Ich arbeitete sogar als Schankmädchen. Jetzt weißt du’s. Noch nie habe ich das einem meiner Kinder erzählt. Ich arbeitete in allen möglichen erbärmlichen Stellungen, bis ich schließlich so tief gesunken war, daß ich dachte, für mich gäbe es keine Hoffnung mehr. Ich weiß, was es heißt, sich vom Leben ungerecht behandelt zu fühlen. Und ich weiß auch, wie es ist, wenn einem die Jugend durch die Finger gleitet. Aber wenige Jahre nach dem Dienst in der Schenke war ich Herrin von Penmarric, und wenn ein solcher Glücksfall bei mir möglich war, warum dann nicht auch bei dir? Nur muß mit Lug und Trug endlich Schluß sein. Philip ist alles andere als kleinlich oder engherzig, und wenn er von deinem ehrlichen Bemühen überzeugt werden kann, wirst du deinen Vorteil davon haben. Und außerdem braucht er dich wirklich. Schließlich hat er von der Verwaltung Penmarrics so gut wie keine Ahnung, und deine Erfahrung und dein Rat wären von unschätzbarem Wert für ihn. Im übrigen meine ich, daß es dir, allem Vorgefallenen zum Trotz, nicht schwerfallen dürfte, seine Freundschaft und seine Achtung zu gewinnen, wenn du es nur richtig anstellst."

Sie verstummte. Sekundenlang saßen wir schweigend, und als sie dann weiterredete, klang in ihrer Stimme ein Ton an, den ich noch nie bei ihr gehört hatte.

„Fürchte nicht, daß niemand mehr an dich glaubt", sagte sie. „Fürchte nicht, daß niemand mehr zu dir Vertrauen hat. Ich glaube an dich. Ich habe Vertrauen zu dir. Die Dummheiten, die du gemacht hast, zählen für mich nicht weiter. Wenn du mit dem neuen Leben Ernst machst, so bin ich auf dich bestimmt einmal stolzer als auf jedes meiner anderen Kinder. Die hatten es ja so leicht, nicht wahr? Du dagegen nie."

Ich drehte den Kopf und sah sie lange an, bis sie mich schließlich küßte und mir über den Kopf strich.

„Weine nicht, Jan-Yves. Bitte. Jedes Wort ist so gemeint, wie ich es gesagt habe. Ich glaube an dich."

Und in diesem Augenblick, mit tränenüberströmtem Gesicht am Lenkrad hockend und plötzlich des schützenden Panzers beraubt, vergab ich ihr endlich, was sie mir in der Vergangenheit angetan hatte: und spürte, wie mein Haß gegen sie im Staub meines Stolzes zerfiel.

6

Die nächsten Monate waren alles andere als angenehm, aber ich überstand sie, so gut es ging. Meine Mutter überredete Philip dazu, mir das Haus zu überlassen, wo William vor seiner Entlassung gewohnt hatte, und dort lebte ich ganz für mich allein, abgesehen von einer sechzigjährigen Frau, die mir den Haushalt führte. Tagsüber arbeitete ich mit Walter Hubert in der Verwaltung; was immer ich machte, es mußte von ihm gebilligt werden, und über irgendwelches Geld hatte ich keine Verfügung. Philip ließ mir durch seine Bank ein überaus großzügiges Gehalt zahlen, und gelegentlich fügte es der Zufall, daß wir einander begegneten, aber da mein Bruder sich äußerstenfalls zu ein paar belanglosen Worten herbeiließ, war unser Verhältnis kaum sehr eng zu nennen. Abends besuchte ich die Schenke oder hielt Ausschau nach einer neuen Geliebten, doch bei meinem kläglichen Bankkonto – ich mußte jenem Halsabschneider das geliehene Geld zurückzahlen – und meiner untergeordneten Stellung auf Penmarric bestand wenig Hoffnung, mich einer Dame meiner Kreise zu nähern, und Intimitäten mit Frauen anderen Schlages erschienen mir eher mühevoll und deprimierend. Manchmal besuchte ich Felicity oder William, aber ansonsten kam ich kaum mit jemandem zusammen. Der einzige Mensch, den ich öfter sah, war meine Mutter; mittwochs war ich zum Essen auf Roslyn-Farm, samstags begleitete ich sie nach Penzance zum Lunch, und sonntags fuhr ich mit ihr nach Zillan zur Kirche.

Meine offenkundige Bußfertigkeit bewog Adrian dazu, mich wieder allwöchentlich zu unseren altgewohnten theologischen Gesprächen ins Pfarrhaus einzuladen, aber von allen, mit denen ich mich während meiner selbstherrlichen Zeit überworfen hatte, war nur er zu einer solchen versöhnlichen Geste bereit. Michael Vincent zum Beispiel zwang sich mit augenscheinlicher Mühe ein stummes Kopfnicken ab, wenn wir einander sahen – das war und blieb alles. Und so überraschte es mich natürlich, daß Simon Peter Roslyn bei einer zufälligen Begegnung auf Penmarric mit einem „Guten Morgen“ grüßte.

Ich konnte ihm nicht verzeihen, daß er mich zu der Überzeugung verführt hatte, Philip wolle sich endgültig in Kanada niederlassen. Zwar nahm ich nicht an, daß es ihm um eine absichtliche Täuschung zu tun gewesen war, aber seit meinem „Sturz" ging ich ihm doch nach Möglichkeit aus dem Wege – ohne zu bemerken, daß er ebenso einen Bogen um mich machte. Erst das überraschende „Guten Morgen" brachte mich darauf, weil er sich danach an mir vorbeizustehlen suchte.

„Wozu die Eile?" fragte ich ironisch. „Du brauchst dir wirklich keine Sorgen zu machen. Ich habe Philip nichts davon erzählt."

Er blieb mit einem Ruck stehen. Seine porzellanblauen Augen starrten mich ausdruckslos an. Schließlich fragte er zurück: „Wovon denn?"

„Von deinem Tip."

„Von welchem Tip?"

„Mich getrost auf Penmarric einzurichten."

„Aber ich darf doch bitten", erwiderte er entrüstet. „Einen solchen Tip habe ich dir nie gegeben."

„So?" sagte ich in aufsteigendem Zorn. „Hast du mir etwa nicht erzählt, daß Philip in Kanada bleiben wolle?"

„Da irrst du dich", sagte er steif. „Etwas Derartiges habe ich nie behauptet."

„Aber du hast mir doch ..."

„Augenblick mal. Ich habe damals auf deine Frage, ob Philip in Kanada bleiben würde, lediglich erwidert, ich könne zwischen den Zeilen lesen. Weiter nichts. Mit keinem Wort habe ich gesagt, *was* ich da zu lesen glaubte. Du hast diese Bemerkung eben falsch interpretiert. Und wann hätte ich dir wohl den Rat gegeben, dich auf Penmarric ‚einzurichten', wie du es nennst? Du hattest dich entschlossen, hier zu wohnen, und damit mußte ich mich abfinden. Was sonst hätte ich tun sollen? Schließlich wußte ich, daß Philip nicht gewillt war, dich gewaltsam von hier zu verjagen, und das habe ich dir auch gesagt. Es entsprach der Wahrheit. Und von der Wahrheit bin ich keinen Fingerbreit abgewichen."

„Na, da soll doch ..." Einen Augenblick verschlug es mir die Sprache. Und plötzlich sah ich das ganze Bild deutlich vor mir. Simon Peters Komplott. Seine geschickte Art, mich in einer Position zu bestärken, die mich meinem Bruder gegenüber ins Unrecht setzen mußte, so daß dieser endgültig meinem Rivalen Jonas den Vorzug gab. Und Simon Peter hatte mit seiner Taktik vollen Erfolg gehabt. Ich war tief in Ungnade gefallen, während sein Vetter bei Philip in hoher Gunst stand: Im Sommer sollte der Kleine übers Wochenende nach Penmarric, und im Herbst wollte Philip ihn dann auf die Schule schicken – Vorzugsbehandlung für einen Erben.

„Du schäbiger kleiner Schuft", sagte ich schließlich. „Du verlogener und schmieriger Winkeladvokat."

„Ich habe nichts getan, was ich nicht verantworten kann", sagte er ruhig. „Wer sich ausmanövrieren läßt, ist selber schuld. Aber das liegt jetzt hinter uns. Warum sollten wir uns deswegen streiten? Laß uns lieber das Kriegsbeil begraben. Schließlich werden wir in Zukunft oft miteinander zu tun haben, also was soll's? Hast du schon gehört, daß ich Polzillan House kaufe? Ich bin deswegen neulich bei deiner Schwester Mrs. McCrae vorstellig geworden, und sie hat sich einverstanden erklärt. Ich hoffe, dort im Herbst, kurz vor meiner Hochzeit, einziehen zu können."

„Hochzeit?"

„Hast du nicht die Anzeige in der heutigen ‚Times' gesehen? Ich bin mit Rosemary Trehearne verlobt. Du kennst sie ja. Soviel ich weiß, war sie zusammen mit deiner Frau auf Roedean." Er lächelte mich an und schien sich an meiner Verblüffung zu weiden. „Das Geld von Onkel Joss hat sich also doch noch als ganz nützlich erwiesen", fuhr er fort. „So bin ich wenigstens in der Lage, meiner Frau ein Heim zu bieten, wie sie es gewohnt ist."

„Sieh mal einer an", sagte ich, langsam wieder zu mir findend. „Na, ich gratuliere. Man darf wohl annehmen, daß du die Rolle des Gentleman sehr genießt, nicht wahr?"

„Gentlemen werden geboren und nicht gemacht. Ich kenne keinen feineren Gentleman als meinen Vater, obwohl er doch ein Bauer ist, der nur bis zum zwölften Lebensjahr zur Schule ging. Aber es gibt einen gewissen anderen Typ, den ich nie als Gentleman bezeichnen würde – den aristokratischen Schmarotzer, der auf Kosten seines Vaters in Eton faulenzt und den man schließlich in Oxford relegiert."

„Was für eine entzückend sentimentale Theorie! Leider weißt du genausogut wie ich, daß zu einem Gentleman mehr gehört als ein paar gute Umgangsformen und ein dickes Bankkonto. Immerhin bleibt dein Mut zu bewundern, denn offenbar glaubst du doch, auf Grund deiner Erwerbung standesgemäßer Attribute, Rosemary Trehearne und Polzillan House, nun auch selbst als

Herr von Stand akzeptiert zu werden. Schade allerdings, daß du nur den Mund aufzumachen brauchst, und jedermann weiß, welcher Gesellschaftsschicht du entstammst."

Ich verstummte und wartete auf meinen Triumph. Die sorgsam kalkulierten Beleidigungen mußten ihn doch in Rage bringen.

Doch nichts dergleichen geschah. Er lachte.

Und plötzlich stieg in mir siedende Wut auf. Ein Zittern überkam mich, und je mehr es mich schüttelte, desto lauter lachte er.

„Mein lieber Jan!" sagte er höhnisch. „Ist dir noch immer nicht klargeworden, daß du oder genauer: dein Stand und eure Lebensart nichts sind als ein lächerlicher Anachronismus? Gewiß, die Vergangenheit hat ganz und gar euch gehört, aber die Zukunft gehört Männern wie mir. Bis jetzt habt ihr und hast du das ignorieren können, aber damit ist es vorbei. Du kannst die Augen nicht länger davor verschließen. Ich bewege mich in den gleichen Gesellschaftskreisen wie du, und ich heirate eine Frau deines Standes. Eure Zeit ist vorbei, Jan, endgültig vorbei, und wer weiß: Vielleicht speise ich in zwanzig oder dreißig Jahren bei Jonas auf Penmarric, während du auf das einzige Erbe beschränkt bist, das dir sicher zu sein scheint – den erbärmlichen kleinen Bauernhof deiner Mutter!"

Jedes Wort war wie ein Hammerschlag. Ich verlor völlig die Fassung. „Raus!" schrie ich ihn an. „Raus mit dir, oder ich lasse dich hinauswerfen! Mach, daß du aus meinem Haus kommst!"

„Leider ist es nicht dein Haus", sagte er ungerührt. „Traurig, nicht? Dabei kann man an diese alten Mauern doch wirklich sein Herz hängen. Vielleicht kaufe ich Jonas einmal das Haus ab. Selbstverständlich würde ich dich dann zum Dinner einladen. Daß ich dich vergesse, brauchst du nicht zu fürchten, Jan. Die Erinnerung an dich ist sozusagen unauslöschlich."

„Du kannst mich ..." sagte ich und beendete den Satz in aller Deutlichkeit.

„Ah", machte er. „Welch überraschende Kenntnis dessen, was man gemeinhin die Gossensprache nennt! Ein ganz reizender Rat, mein guter Jan! Darf ich ihn ohne jede Einschränkung an dich zurückreichen?"

Und bevor ich auch nur daran denken konnte, ihm meine Faust unters Kinn zu setzen, hatte er kehrtgemacht und das Zimmer verlassen.

Danach wollte ich ernsthaft versuchen, Jonas bei Philip in ein möglichst schlechtes Licht zu setzen, doch zum Glück bewahrte mich meine Mutter vor einer derartigen Dummheit. Nur Geduld, predigte sie mir, auch ohne mein Dazutun werde Philip eines Tages von Jonas genug haben. Ein einleuchtender Rat, den ich denn auch peinlich genau befolgte.

Wie geplant, wurde Jonas im Sommer übers Wochenende nach Penmarric geschickt. Er kam regelmäßig samstags morgens, blieb über Nacht, fuhr sonntags morgens mit Philip und Helena zur Kirche und kehrte dann nach dem Lunch nach Morvah zurück. Doch von Beginn an gab es Schwierigkeiten. Erstens war er lieber mit Helena zusammen als mit Philip, hängte sich geradezu an ihren Rocksaum und spielte mit ihr Krocket oder begleitete sie auf ihren Spaziergängen; und zweitens widersetzte er sich den Bemühungen meines Bruders, ihn zu „männlicherem Tun" zu bewegen, nämlich zu reiten. Ein Drittes war seine ganz unkindgemäße Furcht vor dem Wasser, ja er scheute selbst Spaziergänge am Strand.

„Daran ist bestimmt seine Mutter schuld", sagte Helena zu mir. „Sie wird nicht müde, den Kindern vom tragischen Tod ihres Vaters zu erzählen, und hat ihnen auch strikt verboten, im Meer zu baden."

Am Ende war es denn auch Jonas' Angst vor dem Meer, die die Entscheidung brachte. Im Juli – inzwischen war er etwa achtmal auf Penmarric gewesen – überwand er sich endlich, seinen Onkel bei einem Spaziergang an der Küste zu begleiten.

Doch am Strand, von plötzlicher Panik gepackt, stürzte er Hals über Kopf davon.

Verärgert kehrte Philip allein nach Penmarric zurück. Doch wenn er geglaubt hatte, den Jungen zitternd an Helenas Rock geschmiegt zu finden, sah er sich getäuscht. Jonas schien sich in Luft aufgelöst zu haben. Schließlich kam Philip zu mir ins Büro und fragte mich, ob mir der Junge zu Gesicht gekommen sei. Als ich den Kopf schüttelte, erzählte er mir die ganze Geschichte.

„Er wird wahrscheinlich nach Hause gelaufen sein", meinte ich.

„Aber es ist doch Samstag!" sagte Philip erbost. „Hat er sich denn immer noch nicht an das Wochenende bei uns gewöhnt, verdammt noch mal? Oder glaubt er etwa, daß ich ihn übers Knie lege, weil er mir davongerannt ist? Ich habe ihn doch noch nie angerührt, obwohl es mir, ehrlich gesagt, schon so manches Mal in den Fingern gejuckt hat . . ."

„Unter diesen Umständen wäre es wohl das beste, nach Morvah zu fahren, um herauszufinden, ob er inzwischen dort eingetroffen ist", sagte ich, tief befriedigt über den Verlauf der Dinge.

„Gut, gut – aber könntest du mich nicht begleiten? Falls Rebecca es sich einfallen läßt, mir eine Szene zu machen oder gar hysterisch zu werden, wärst du mir eine wertvolle Hilfe. Vielleicht bildet sie sich ein, ich hätte ihn gegen seinen Willen zum Strand geschleppt oder sonst einen Unsinn."

Der Gedanke an Rebecca trieb meinen Herzschlag unwillkürlich schneller an. Ob es durch diese Geschichte vielleicht wieder zur Aussöhnung zwischen uns kam?

Philip lieferte mir jedenfalls den Vorwand, ihr vor Augen zu treten. Nachdem Philip seinen Wagen vor Rebeccas Haus geparkt hatte, ging er allein zur Hintertür – und kam nach wenigen Sekunden verärgert wieder zurück.

„Jonas ist da", sagte er, „aber Rebecca hat mich einen Unmenschen geschimpft und mir die Tür vor der Nase zugeknallt. Was, zum Teufel, soll das? Könntest du nicht versuchen, sie davon zu überzeugen, daß ich dem albernen Bengel kein einziges Haar gekrümmt habe? Unmensch! – Und das, wo ich mir doch alle Mühe gebe, nett zu ihm zu sein."

„Schon gut", sagte ich eifrig, „ich werde mit ihr reden." Und ich stieg aus dem Auto und ging mit raschen Schritten um das Haus herum.

Die Hintertür war verschlossen. Ich klopfte und rüttelte dann an der Klinke. „Rebecca?" rief ich. „Ich bin's – Jan."

Die Tür flog auf. Ehe ich auch nur ein weiteres Wort sagen konnte, klammerte sich Rebecca laut schluchzend an mich.

Ich war völlig verblüfft, faßte mich jedoch sofort und begann sie zu küssen, so heftig und so wild, daß sie sekundenlang kaum zu Atem kam.

„Oh, Jan, Jan . . ."

„Ist ja gut", sagte ich beschwichtigend und strich ihr über das Haar. „Ist ja alles gut. Ich bin hier. Was ist mit Jonas?"

Sie schluchzte wieder.

„Rebecca", sagte ich, „so sei doch vernünftig. Was ist mit dem Jungen? Wo ist er?"

„Oben... hat sich versteckt... fürchtet sich so." Sie nahm das Taschentuch, das ich ihr gab, und tupfte sich die Tränen ab. Ihre Finger zitterten. „Es ist ja kaum etwas aus ihm herauszubekommen. Nur, daß Philip mit ihm zum Strand ging und er vor lauter Angst davonrannte... Mein Gott, was soll ich bloß tun? Wie konnte ich Philip jemals vertrauen? Hughs Urteil über seinen Bruder war doch so eindeutig... und wenn Philip jetzt auch wieder mit Helena zusammenlebt... was besagt das schon? ... man weiß doch, wie solche Menschen sind... wie konnte ich ihm vertrauen?..."

„Rebecca, Liebes", fragte ich völlig perplex, „glaubst du etwa im Ernst, daß Philip mit deinem Jonas..."

„Was hätte den Jungen denn sonst so verstören können? Nein, nein, ich werde ihn nie wieder nach Penmarric lassen! Und auf die Schule, die Philip für ihn ausgewählt hat, kommt er mir auch nicht. Als ob man nicht wüßte, was auf diesen Internaten vorgeht. Würde mich nicht wundern, wenn Philip mit voller Absicht..."

„Du bist wohl nicht ganz bei Verstand, Rebecca!"

„Ich *war* nicht ganz bei Verstand. Als ich den Jungen Philip überließ nämlich. Mein Kind gehört nicht in die Hände eines solchen... solchen..."

„... anständigen und großmütigen Mannes?" fragte ich, empört über den Undank, mit dem sie Philips Großzügigkeit entgalt. „Um Himmels willen, Rebecca, nimm dich endlich zusammen und höre mit diesem Unsinn auf! Möglich, daß Philip sich wirklich nicht viel aus Frauen macht, aber zwischen der Vorliebe für männlichen Umgang und dem, was du ihm unterstellst, besteht doch wohl ein himmelweiter Unterschied. Am besten spreche ich jetzt einmal mit Jonas. Er wird dich bestimmt davon überzeugen können, daß hier deine Phantasie mit dir durchgegangen ist. Hol ihn herunter und laß mich ein paar Worte mit ihm wechseln."

„Nein", schluchzte sie, „du nimmst mir meinen Jungen nicht ins Kreuzverhör. Er ist völlig verschüchtert und verängstigt und kann dich sowieso nicht leiden. Schließlich hat er nicht vergessen, was du mit ihm damals auf Penmarric..."

„Jetzt hör doch endlich auf", sagte ich zornig und mit meiner Geduld am Ende. „Wenn du auf meinen Rat keinen Wert legst, nun bitte, dann kann ich dir auch nicht helfen. Aber bilde dir nicht ein, daß du mir wieder einmal hysterisch kommen kannst wie früher. Damit ist es endgültig vorbei. Wenn du eine Schulter zum Ausheulen suchst, so hast du bei mir Pech gehabt. Ich weiß mit meiner Zeit wirklich Besseres anzufangen."

Und ohne ihre Antwort abzuwarten, ging ich, die Tür hinter mir zuknallend, zum Wagen zurück, wo ich mich neben Philip auf den Vordersitz schob.

„Nun, was hat sie gesagt? War sie immer noch so außer sich?" fragte er.

Ich starrte auf das Armaturenbrett.

„Himmelherrgott, Jan, warum redest du nicht? Was hat sie gesagt? Ich möchte es wissen."

Ich zögerte nicht länger. Mit plötzlichem Entschluß hob ich den Kopf und berichtete ihm die Wahrheit.

Und dann fiel lange Zeit kein Wort zwischen uns.

Wir saßen bewegungslos und sahen einander an. Von irgendwoher kamen gedämpfte Geräusche, Rinderblöken und Hundebellen. Philips Gesicht schien völlig ohne Ausdruck, und einige Sekunden glaubte ich, er habe mich gar nicht verstanden. Aber dann bemerkte ich seinen schmalen Mund, die verengten Augen, die wie im Krampf geballten Fäuste.

Mit einem Ruck drehte er den Kopf, und während ich noch überlegte, was ich sagen könne, um das lastende Schweigen endlich zu brechen, begann er zu sprechen.

„Diese Frau muß von allen guten Geistern verlassen sein", sagte er. „Aber auch wirklich von allen." Und dann fuhr er wütend zu mir herum und schrie mich an: „Aber wahrscheinlich glaubst du ihr! Vielleicht hast *du* ihr diesen Gedanken eingeblasen! Dir ist doch alles zuzutrauen! Bestimmt würdest du vor nichts zurückschrecken, um zwischen Jonas und mich einen Keil zu treiben!"

Nur mit Mühe gelang es mir, mich zu beherrschen: „Das ist nicht wahr, Philip", sagte ich mit fester Stimme. „Gewiß kann ich dein Mißtrauen gegen mich verstehen, aber ich habe Mama mein Wort gegeben, mich nicht in dein Verhältnis zu Jonas einzumischen, und daran habe ich mich auch gehalten. Wenn du mir nicht glaubst, so frage doch Mama. Sie kann es bezeugen. Sie weiß, daß ich mich geändert habe. Daß ich ein anderer geworden bin. Sie wird es dir bestätigen. Und was Rebecca betrifft, so habe ich sie schon ewig nicht gesehen. Wir sind miteinander zerstritten."

Er musterte mich stumm. Seine bleichen Augen wirkten abweisend und kalt.

„Nun sei doch vernünftig, Philip", fuhr ich fort. „Willst du mich wirklich mit einer Hysterikerin wie Rebecca über einen Kamm scheren? Natürlich finde ich ihren Verdacht völlig absurd. Du machst dich ebensowenig an kleine Jungen heran wie ich an kleine Mädchen. Das Ganze ist doch lächerlich."

Er saß immer noch mit geballten Fäusten. Erst allmählich streckten sich seine Finger, und dann kam ein gepreßtes Keuchen aus seinem Mund, ein verzweifeltes „O Gott!"

Er tat mir leid. Im unbeholfenen Versuch, ihm mein Mitgefühl zu zeigen, sagte ich rasch: „Also was mich betrifft, so könnte ich jetzt einen Drink vertragen. Fahren wir doch zur Schenke in Zennor."

Er nickte stumm.

Es war ein wunderschöner Abend. Langsam sank die Sonne auf die gleißende Fläche des Meeres hinab. Blumenduft umschwebte uns.

„Vielleicht bleiben wir am besten hier draußen auf den Bänken", sagte ich, als wir ausstiegen. „Ich werde uns etwas zu trinken holen. Was möchtest du?"

„Egal."

Als ich mit zwei Krügen Bier zurückkam, saß er in steifer Haltung da, den Kopf gebeugt, die Hände verschränkt. Ich nahm neben ihm Platz und reichte ihm seinen Krug.

„Danke", sagte er.

Wir schwiegen. Ich zögerte, das Gespräch wieder auf Jonas zu bringen. Es schien mir vernünftiger, dieses heikle Thema zu meiden. Doch Philip war offenbar anderer Ansicht. Während ich noch ein wenig beklommen in meinen Bierkrug starrte, fragte er plötzlich: „Woher wußte Rebecca, daß ich Männer lieber mag als Frauen?" Und als ich zusammenzuckte, weil ich mit einem so direkten Vorstoß von seiner Seite nicht gerechnet hatte, fügte er, jedes Wort sorgfältig abwägend, hinzu: „Sie muß es doch gewußt haben, sonst wäre sie ja nie auf einen solchen Gedanken gekommen."

Ich versuchte, genauso gelassen zu bleiben wie er. „Sie hat

nicht die geringste Ahnung", erwiderte ich. „Ich habe ihr zwar verschiedentlich gesagt, daß Frauen dich nicht besonders interessierten, und es würde mich nicht wundern, wenn Hugh dich früher bei ihr nicht gerade ins beste Licht gesetzt hätte. Aber wirklich wissen? Nein. Der Einfall muß ihr ganz spontan gekommen sein, eine Ausgeburt ihrer überreizten Phantasie. Da Jonas so verstört bei ihr hereinplatzte, wußte sie sich vor Erregung kaum noch zu fassen, und in diesem Zustand genügte ihr eine völlig normale Erklärung nicht mehr."

„Aber irgend etwas muß sie doch gewußt haben."

„Woher sollte sie? Niemand weiß ja etwas."

„Außer dir", sagte er. „Du weißt es. Und wenn du es gewußt hast, so ist nicht einzusehen, warum du es Rebecca verschwiegen haben solltest. Sie war doch deine Geliebte."

„Ich habe es ihr aber verschwiegen. So etwas behalte ich lieber für mich."

„Und warum? Aus welchem Grunde denn diese unerwartete Diskretion?"

„Aus Achtung vielleicht."

„Vor mir?" fragte er. Mit spöttischem, ungläubigem Lächeln musterte er mich.

„Nein", erwiderte ich. „Nicht vor dir. Vor Trevose."

Sein Lächeln erlosch.

„Ich mochte Trevose", fuhr ich fort. „Er hat mich mehr als nur anständig behandelt, was er gar nicht nötig gehabt hätte. Aber er tat's. Und einem Menschen, der mir Gutes erwiesen hat, vergesse ich das nie. Die Achtung, die ich für ihn empfunden habe, verliert sich auch nicht mit seinem Tode. Also kann mir nichts ferner liegen, als ihn in Verruf zu bringen. Das ist alles."

Er schwieg immer noch. Sein Blick wirkte nach innen gekehrt.

„Was hätte ich im übrigen schon groß erzählen können", sagte ich. „Daß ich dich einmal abends in St. Ives mit Trevose gesehen hatte? Aber das war nichts Neues, man sah euch ja oft zusammen. Was wäre also zu berichten gewesen?"

„Wir waren oft in St. Ives." Er zündete sich eine Zigarette an und warf das Streichholz auf den Boden. „Helena wußte natürlich Bescheid", sagte er abrupt. „Das war den Umständen nach unvermeidlich. Aber ihr Stolz ließ es selbstverständlich nicht zu, daß sie sich jemandem anvertraute. Und was mich betraf, so gab ich mir alle Mühe, nichts publik werden zu lassen, damit Mama auch nicht eine Spur von Klatsch zu Ohren kommen konnte."

„Sie weiß von nichts."

„Und sie wird auch nie etwas wissen." Er trat das noch flammende Streichholz sorgfältig mit dem Schuhabsatz aus. Sein Gesicht wirkte jetzt sehr beherrscht, völlig ohne Ausdruck. „Einen zweiten Trevose habe ich nicht gefunden", sagte er. „Es war einfach unmöglich, sosehr ich zuerst auch darauf hoffte. Er war einmalig. Das weiß ich jetzt. Einen besseren Freund als ihn wird es nie für mich geben." Er sog an seiner Zigarette. „Kanada war gut für mich", fuhr er fort. „Die Arbeit im Bergwerk, die vielen Freunde, die ich dort gewann – nur, daß keiner von ihnen Trevose gleichkam. Dann fand ich diese Witwe. Es war schön, wieder mit einer Frau zusammenzuleben, wenn auch nicht *mit* ihr. Und eben darum war es ihr am Ende zu tun, während ich – nun, ich habe halt kein Interesse daran. Immerhin wurde mir dadurch klarer, was ich eigentlich wollte. Mit einer Frau leben, aber bei getrennten Schlafzimmern und völliger Unabhängigkeit voneinander. Nein, kein Sex. Und so begann ich, wieder an Helena zu denken. Doch nach allem, was geschehen war, hatte ich kein Recht auf eine Aussöhnung zu meinen Bedingungen. So war ich sehr überrascht, daß sie sich dennoch dazu bereit fand. Wie es scheint, hatte sie während der Auslandsreise, die sie mit Jeanne nach Geralds Tod machte, ein Verhältnis mit irgendeinem Mann, wobei sie dann entdeckte, daß Sex ihr genausowenig zusagte wie mir. Ironie des Schicksals, nicht wahr? Es stellte sich also heraus, daß wir beide viel besser zueinander paßten, als wir je geglaubt hatten." Er schnippte die Zigarettenasche ab und beobachtete, wie die feinen Staubteilchen, von leichtem Lufthauch getrieben, zur Erde schwebten. „Und so sind wir jetzt wohl beide glücklich", sagte er. „Jedenfalls viel glücklicher als früher."

Ich nickte nur.

„Schön, wieder in Cornwall zu sein", fuhr er fort. „So gut es mir in Kanada auch gefiel, die Heimat fehlte mir doch sehr. Manchmal packte mich das Heimweh so stark, daß es kaum auszuhalten war. Aber ich stand die drei Jahre durch, genau wie ich es mir vorgenommen hatte. Die Zeit hat mir geholfen, über die Vergangenheit hinwegzukommen und zu mir zu finden."

„Ja.“

„Um auf Jonas zurückzukommen“, sagte er. „Es ist ein Jammer mit ihm. Armer kleiner Teufel, der selber wohl die geringste Schuld daran trägt, daß er so schwierig ist. Der frühe Tod seines Vaters, die Verzärtelung durch seine Mutter und schließlich der Lebensstil, den er gewohnt ist, so ganz anders als der, der uns als selbstverständlich erscheint – kein Wunder, wenn dem Jungen in einem Riesenhaus wie Penmarric eher unbehaglich zumute ist. Gewiß werde ich ihn auch in Zukunft unterstützen, sofern Rebecca keine Einwände hat, aber Ersatz für einen eigenen Sohn ist er kaum, da war ich allzu optimistisch. Schade, sehr schade. Doch als Erbe kommt er für mich nicht mehr in Frage.“

„Soll das ... soll das heißen, daß du ...“

„Was bleibt mir sonst übrig? Nach dem heutigen Vorfall habe ich nur noch die Wahl, mein Testament zu ändern.“ Er ließ seine Zigarette auf den Boden fallen und trat die Glut aus. „Falls du mich überlebst, mag Penmarric getrost an dich fallen, meinen Segen dazu hast du jedenfalls. Du scheinst ja, weiß Gott, der einzige zu sein, der für dieses verdammte Erbe noch Verwendung hat.“

Ich wollte lächeln. Wollte sprechen. Als ich dann ein paar unzusammenhängende Dankesworte zu stammeln begann, erhob er sich ruckartig und entfernte sich rasch, um erst nach etlichen Metern den Kopf zu wenden. Und in seinen Augen zeigte sich ein bitterer Ausdruck, halb Lächeln, halb Schmerz.

7

Zwar wurden Philip und ich auch nach diesem Vorfall keine engen Freunde, aber unser Verhältnis zueinander besserte sich doch merklich. Endlich lud man mich nach Penmarric zum Dinner ein, und gelegentlich besuchte ich mit meinem Bruder die Schenke in

St. Just. Bei der Arbeit in der Verwaltung erhielt ich jetzt Aufgaben, die größere Verantwortung erforderten. Der Tiefpunkt meines Lebens schien überwunden, und in den folgenden Monaten verwischte sich die Erinnerung daran oder verlor doch zumindest ihren schmerzlichen Stachel.

Bald nach jener Szene mit Rebecca teilte mir Philip mit, daß er ein neues Testament zu meinen Gunsten gemacht und bei der Anwaltsfirma Pomeroy & Pomeroy in St. Ives hinterlegt habe. Holmes, Holmes, Trebarvah & Holmes seien für ihn diesmal nicht in Frage gekommen, da sonst unvermeidlich Simon Peter davon Wind bekommen hätte.

„Das Theater mit Rebecca möchte ich lieber nicht erleben", erklärte er. „Mama weiß über das neue Testament Bescheid und Helena ebenfalls, aber wenn die Roslyns davon erfahren, gibt es doch keine Ruhe mehr. Bestimmt würde man mir Ungerechtigkeit vorwerfen."

Jonas war natürlich nach der Auseinandersetzung mit mir nicht mehr nach Penmarric zu Besuch gekommen, und Rebecca beging zu allem noch eine weitere Dummheit. Sie schrieb Philip, daß sie zu der Ansicht gekommen sei, den Jungen besser nicht auf eine so ferne Schule zu schicken. Das war außerordentlich unklug, denn so nahm sie dem Kleinen die Chance, sich eine ordentliche Bildung anzueignen. Aber ich dachte nicht daran, ihr ihren Plan auszureden. Ich hatte, was ich wollte, und Jonas ging mich nichts mehr an.

Mein Widerstreben, mich auch nur im geringsten mit Jonas zu befassen, übertrug sich auf meine Haltung gegenüber Rebecca. Außerdem hatte sie nach unserem Zerwürfnis die Praxis eingeführt, während der Sommermonate einen Feriengast bei sich aufzunehmen, was ihr einen kleinen Extraverdienst eintrug. Ich fragte mich oft, in welchem Verhältnis sie zu diesen Männern stand. Mochte ihr erster Mieter, ein mehr als sechzigjähriger Schriftsteller aus London, zu alt gewesen sein, um gewisse Vermutungen zu rechtfertigen, so galt das doch keineswegs für den nachfolgenden Lehrer, der höchstens vierzig und durchaus nicht unattraktiv war.

Im September 1934 starb ihr Onkel Jared, der ihr Privatleben stets mit gestrengem Blick überwacht hatte. Sein Begräbnis auf dem Kirchhof von Zillan wurde zu einem Ereignis für die ganze

Gegend. Da er in den Gemeinden von Morvah, Zillan und St. Just ein überaus angesehener Mann gewesen war, gab es nur wenige, die der Zeremonie nicht beiwohnten. An der Spitze des Zuges schritt Peter Simon mit seiner Frau, auch zwei Trehearnes aus Helston waren anwesend, dann folgten die acht Töchter, doch obwohl dann an der Gruft keine von ihnen lauter schluchzte als Charity, ließen ihre Schwestern sie nicht darüber im Zweifel, daß sie sie nach wie vor als Verstoßene betrachteten.

„Hure!“ zischte Miß Hope Roslyn, die älteste der drei ledig gebliebenen Töchter.

„Flittchen!“ höhnte Miß Prudence.

„Luder!“ stichelte Miß Grace.

„Ihr unchristlichen alten Vetteln!“ kreischte Charity. „Ich habe wenigstens einen Mann bekommen – und den allerbesten dazu!“ Weinend wandte sie sich ab und lehnte sich gegen William.

Und mein alter Freund verlor selbst in dieser peinlichen Situation keinen Augenblick die Fassung. Kühl und klug die Lage meisternd, sagte er: „Komm, mein Liebes, lassen wir den Chauffeur nicht länger warten. Es wird Zeit, daß wir nach Carnforth Hall zurückfahren.“ Halb zu den Roslyns gewendet, fuhr er fort: „Wenn ich nicht davon überzeugt wäre, daß die Trauer um Ihren Vater Sie völlig um den Verstand gebracht hat, würde ich die schimpfliche Behandlung meiner Frau nicht so ohne weiteres hinnehmen. Guten Tag.“ Und mit diesen Worten drehte er sich um und ging, die schluchzende Charity stützend, auf die Kirchhofpforte zu.

Wovor er sich seit seiner Eheschließung vor acht Jahren eigentlich immer gedrückt hatte, jetzt hatte er sich dazu aufgerafft: Er hatte Charity in aller Öffentlichkeit seine Frau genannt.

Wie er an jenem Tag mit seiner Frau zur Kirchhofspforte schritt, beneidete ich ihn um sein Glück und wünschte mir ein weibliches Wesen, das mir im gleichen Maße zugetan sein möge wie Charity ihm.

Aber dieses weibliche Wesen gab es in meinem Leben nicht. Zwar waren Felicity und ich immer noch gute Freunde, doch von ehelicher Bindung zwischen uns konnte längst nicht mehr die Rede sein, und am vernünftigsten wäre wohl eine Scheidung gewesen. Eigenartigerweise bedrückte mich allein schon der Gedanke an endgültige Trennung, und so schob ich die Sache lange hinaus, bis ich mich dann endlich, Anfang 1935, dazu aufraffte, die Angelegenheit mit Felicity zu besprechen. Wir kamen überein, daß ich mich in einem gewissen Hotel in St. Ives von einem Privatdetektiv beim Seitensprung ertappen lassen sollte. Felicity stand der Sache äußerst verständnisvoll gegenüber. „Wo Daddy mir meine Bezüge jetzt um die Hälfte gekürzt hat und ich dir nicht einmal mehr Geld zukommen lassen kann – welchen Sinn hat's da noch mit uns beiden?" sagte sie. Als dann aber der Zeitpunkt für den Ehebruch kam, war ich so aufgeregt, daß ich kettenrauchend in dem Hotelzimmer hockte und froh war, diese peinliche Geschichte hinter mich zu bringen.

„Wir bleiben aber doch Freunde, nicht wahr?" fragte ich Felicity später. „Wir werden einander wenigstens dann und wann sehen, ja?"

„Aber natürlich", erwiderte sie. „Warum auch nicht? Ich trage dir nichts nach."

„Obwohl ich doch oft so rücksichtslos war?"

„Ach, Unsinn", sagte sie. „Wir haben doch auch einigen Spaß miteinander gehabt, und mir tut um keine einzige Sekunde leid. Außerdem – wenn nicht du mich geheiratet hättest, wer sonst? Man soll für alles dankbar sein, finde ich immer. Und jetzt bekomme mir bloß nicht den Moralischen samt heulendem Elend, sonst plärre ich selbst noch los. Wie wär's mit Dinner und Champagner im Metropole? Und zwar ganz ohne tränenreiche Trauer? Dafür lieber ein vergnügtes Gelage".

Genauso hielten wir's. Aber am Ende des Abends überkam uns ganz gegen alle Absicht doch die Wehmut, und sie weinte und gestand mir, daß sie mich immer geliebt habe, jedoch überzeugt gewesen sei, mich nur halten zu können, wenn sie mir meine volle Freiheit ließ.

„Vielleicht wäre es anders gekommen, wenn ich ein Baby gehabt hätte", sagte sie. „Ich hoffte so sehr darauf, aber als ich dann zu einem Gynäkologen ging – nein, ich habe dir nie davon erzählt. Vermutlich hattest du wieder einmal nur Augen für Rebecca und nahmst mich überhaupt nicht wahr... Spielt jetzt ja auch keine Rolle. Wir passen nicht zueinander, und da ist es vernünftiger, wenn wir die Konsequenzen ziehen."

Als dann im August 1935 das vorläufige Scheidungsurteil ausgesprochen wurde, fand ich auf einmal, daß es niemanden gab, den ich heiraten wollte. Meine Niedergeschlagenheit vertiefte sich noch. Um den dauernden Depressionen zu entgehen, fuhr ich für zwei Wochen nach Cambridge, wo ich von Lizzie mit offenen Armen aufgenommen wurde. Sie war wieder schwanger, doch bei bester Gesundheit. Lizzie schien sehr glücklich zu sein. Ihre kleine Tochter Theodosia war inzwischen zwei Jahre alt und lernte bereits das griechische Alphabet.

„Armes Kind", sagte ich amüsiert.

„Mitnichten", erwiderte Lizzie. „Sie hat ihren Spaß daran. Wenn mir nur jemand schon in so jungen Jahren dergleichen beigebracht hätte. Ich war noch mit sechzehn völlig ungebildet."

„Vielleicht bedeutet ihr Bildung einmal gar nicht so viel", meinte ich. Doch dieser Gedanke war ihr zu fern, um ernst genommen zu werden.

Während des Aufenthalts in Cambridge begann ich mich ein wenig für Politik zu interessieren, was mir allerdings in Lizzies Haus kaum erspart geblieben wäre, zumindest was ein damals aktuelles Thema betraf, nämlich die Für und Wider des Pazifismus und dessen Wirksamkeit hinsichtlich der steigenden faschistischen Flut.

„Aber ist Faschismus denn viel mehr als eine Eintagsfliege?" fragte ich unsicher. „Handelt es sich dabei nicht bloß um eine Reaktion auf die bolschewistische Hysterie der zwanziger Jahre? Leute wie Mosley kann man doch nicht für voll nehmen. Gewiß war diese faschistische Versammlung letztes Jahr in Olympia nicht gerade erbaulich, aber ..."

„Mosley!" sagte Lizzie und schüttelte den Kopf über soviel Unverstand. „Olympia! Und was ist mit Hitler und seinen sogenannten Säuberungsaktionen? Denk doch nur an die Nacht der langen Messer in Deutschland. Und an Abessinien und Mussolini. Und daran, daß Hitler entgegen den Bestimmungen des Versailler Vertrages die allgemeine Wehrpflicht eingeführt hat. Und ..."

„Andere Länder, andere Sitten", sagte ich ein wenig von oben herab. „Hier bei uns ist soweit doch alles in Ordnung, oder nicht? Schwindende Arbeitslosigkeit, wirtschaftlicher Aufschwung, das fünfundzwanzigjährige Jubiläum ..."

„Sentimentales Interesse für eine durchaus bewundernswerte königliche Familie", unterbrach sie mich ungehalten, „ersetzt noch lange nicht die Beschäftigung mit den Realitäten einer derart gefährlichen internationalen Lage. Die einzige Hoffnung auf Abwendung einer allgemeinen Katastrophe liegt in der Propagierung des Pazifismus, einseitiger Abrüstung und individueller Wehrdienstverweigerung. Nur so können meiner Meinung nach die europäischen Probleme gelöst werden."

„Nun, Baldwin scheint immer noch auf den Völkerbund zu bauen", erwiderte ich gelassen. „Nicht umsonst hat er Hoare durch Eden als Außenminister ablösen lassen."

„Politiker!" schnaubte Lizzie verächtlich. „Die glauben doch alles, solange es nur ihrer Wiederwahl nützt! Ich habe es satt, Baldwins Spiel mit dem Feuer zu beobachten, den Gedanken an Aufrüstung nämlich!"

„Aber eine Aufrüstung würde doch nicht weiter ins Gewicht fallen", sagte ich beschwichtigend. „An einen richtigen Krieg denkt doch niemand, nicht einmal deine Buhmänner mit ihren Braunhemden und Hakenkreuzbinden. Schließlich hat alles seine Grenzen."

„Du redest", sagte Lizzie kalt, „genau wie Baldwin."

Aber ich lachte nur.

Im September, kurz nach meiner Rückkehr von Cambridge, begegnete ich dann in St. Just ganz unerwartet Rebecca. Ich hatte sie lange nicht gesehen und meine Leidenschaft für sie überwunden. Sie hatte in den letzten Jahren zugenommen, in ihr schwarzes Haar hatten sich graue Strähnen gemischt, und auch die Falten um Augen und Mund waren zahlreicher geworden. Obwohl sie noch nicht vierzig war, waren die sieben Jahre, die uns trennten, nicht zu übersehen. Nichts war mehr zu spüren von der Anziehungskraft, die sie einmal auf mich ausgeübt hatte.

„Guten Tag, Rebecca", grüßte ich höflich und erwartete, daß sie in ihrer üblichen Art wortlos an mir vorbeirauschen würde. Doch zu meiner Überraschung blieb sie stehen und bedachte mich mit einem kleinen Lächeln.

„Guten Tag, Jan. Wie geht's dir?"

„Soweit ganz ordentlich. Und dir?"

Sie hob die Schultern. „Auch nicht schlecht", erwiderte sie, während ein Windstoß ihren Regenmantel aufwehte und enthüllte, was sie darunter trug: einen schwarzen Pullover und einen engen grauen Rock.

„Ich habe gehört, du bist geschieden“, sagte sie.
„Mehr oder weniger. Wir haben das vorläufige Urteil.“
Zu meiner Überraschung wirkte sie bei genauerem Hinsehen nicht so füllig, wie ich sie von unserer letzten Begegnung her in Erinnerung hatte. Sie war wieder schlanker geworden. Schmale Taille, wohlgerundete Hüften, immer noch üppiger Busen.
„Und du willst wieder heiraten?“ fragte sie.
„Wahrscheinlich. Bei Gelegenheit.“
„Noch keine festen Pläne?“
„Nein.“
Sie schob sich eine Haarsträhne aus der Stirn, und als ich verstohlen nach den Falten in ihrem Gesicht spähte, sah ich plötzlich nur die weiße Haut, die schwarzen Wimpern, den volllippigen Mund.
„Wie geht's den Kindern?“
„Sie machen sich. Deborah fährt nach Penzance, wo sie einen Kursus für Kurzschrift und Schreibmaschine besucht, der ihr allerdings nicht sehr zusagt, und Jonas geht zur Schule und ist recht fleißig.“
„Dann bist du tagsüber wohl allein?“
„Ja“, erwiderte sie und errötete leicht. Ihr Blick glitt an mir vorbei und verlor sich irgendwo in der Tiefe der Straße.
„Kein Feriengast?“
„Im Augenblick nicht.“ Die Röte auf ihren Wangen vertiefte sich. Sie packte den Henkel ihres Einkaufskorbes fester und wollte an mir vorbei. Ich hielt sie zurück.
„Darf ich dich nach Hause fahren?“
„Ich habe noch ein paar Besorgungen zu machen.“
„Gut. Ich hole meinen Wagen und warte auf dem Platz auf dich.“
Sie sträubte sich nicht. Eine halbe Stunde später war ich mit ihr auf dem Wege nach Morvah, und weitere fünfzehn Minuten danach waren wir beide im Bett.
Hinterher zündete ich mir eine Zigarette an und fragte sie: „Woher die plötzliche Friedensbereitschaft nach so langer Feindseligkeit?“
„Ich war einsam.“
„Trotz deiner Feriengäste?“
„Für die war ich nur die Wirtin und nichts weiter.“

„So?"

Meine skeptische Frage entlockte ihr ein Lächeln. „Mit einer fünfzehnjährigen Tochter und einem neunjährigen Sohn ist man mehr oder minder gezwungen, solid zu bleiben. Außerdem hatte ich auch keine Lust, über die Stränge zu schlagen. Dafür waren meine Untermieter einfach nicht attraktiv genug."

Sie küßte mich und lehnte ihren Kopf gegen meine Schulter. „Ich habe dich nie vergessen können, sosehr ich es auch versuchte. Als ich von deiner bevorstehenden Scheidung hörte, fragte ich mich unwillkürlich, ob du vielleicht eine andere Frau gefunden habest, und ..."

„Es gibt keine andere."

„Dann ... Jan, du liebst mich doch, nicht wahr?"

„Mehr als jede andere Frau", erwiderte ich aufrichtig und fragte mich, wie ich auch nur eine Sekunde lang hatte glauben können, meine frühere Leidenschaft für sie sei erloschen. „Ich habe dich immer geliebt – schließlich war nicht ich es, der es zu dieser langen Trennung zwischen uns kommen ließ."

„Alle haben mir geraten, dich aufzugeben." In ihren Augen saß es wie dunkler Glanz. Mit leicht zitternder Stimme fuhr sie fort: „Alle haben sie behauptet, daß du mich gar nicht liebst, sondern nur – gebrauchst. Schon aus Selbstachtung müßte ich unter unser Verhältnis einen Schlußstrich ziehen. Außerdem sei es eine Schande, wo ich doch ein heranwachsendes junges Mädchen im Haus habe ..."

„Liebes ...", sagte ich und umschlang sie mit beiden Armen. „Denk nicht mehr daran."

„Ich habe mir immer wieder weismachen wollen, daß ich dich gar nicht liebe ... schließlich glaubte ich wirklich daran ... und war überzeugt, daß es nach Hugh ohnehin keinen Mann für mich geben könne ... aber als ich dann von deiner Scheidung erfuhr ... oh, Jan, da wußte ich auf einmal wieder, wie sehr ich dich liebe und wie sehr ich mich nach dir sehne ..."

Danach fiel lange Zeit kein Wort zwischen uns. Draußen tropfte aus bleigrauem Himmel immer noch unaufhörlich der Regen, und von der See trieben Nebelschwaden herein. Ich zündete mir eine Zigarette an.

„Der Junge wird bald hier sein", sagte Rebecca, machte jedoch keine Anstalten, sich zu erheben.

Ich dachte an Jonas. Eines Tages würde Rebecca von der Testamentsänderung erfahren, und zweifellos waren dann harte Auseinandersetzungen fällig. Jonas stand zwischen uns, daran war nicht zu rütteln.

Es schien fast, als hätte sie meine Gedanken erraten, denn plötzlich sagte sie leise: „Jan ... Jan, vielleicht wäre ... ich meine, jetzt könnten wir doch heiraten, nicht wahr? Du bekommst von Philip ein gutes Gehalt und hast das hübsche Haus in St. Just – oder wir könnten hier auf Deveral-Farm wohnen ..."

Ich schwieg und sah sie nicht an.

„Aber, Jan, jetzt nach deiner Scheidung gibt es doch kein Hindernis für eine Heirat."

„Ich fürchte", sagte ich langsam, „wir würden uns bald wegen Jonas in die Haare geraten."

„Wenn der Junge sieht, daß wir miteinander glücklich sind, ist er bestimmt nicht mehr so aufsässig gegen dich."

Ich gab keine Antwort.

„Außerdem könnte man ihn in ein Internat schicken, wie Philip das wollte", fuhr sie zögernd fort. „Sehr glücklich macht mich der Gedanke zwar nicht, aber vielleicht habe ich bisher zu egoistisch gedacht und seine Interessen zuwenig im Auge gehabt. Jedenfalls wäre er dann nur während der Ferien hier, und glaub mir, er ist in Wirklichkeit ein sehr liebes Kind. Sicher ist es mit ihm nicht immer ganz leicht gewesen, aber wenn erst einmal ein Mann hier ist, in dem er einen Vater sehen kann, wird das bestimmt anders."

Leider wußte ich nur zu genau, daß Jonas mich nie als Vater akzeptieren würde. Für ihn war und blieb ich der böse Onkel.

„Hm", sagte ich und stand auf, um in meine Kleider zu schlüpfen. „Ich muß einmal in Ruhe über alles nachdenken. Das läßt sich nicht so übers Knie brechen."

„Aber wir werden doch vielleicht bald ... heiraten?"

„Es läßt sich nicht so übers Knie brechen", wiederholte ich und begann, mein Hemd zuzuknöpfen. „Ich liebe dich ja", fuhr ich versöhnlich fort, „aber eine Heirat will bedacht werden. Schließlich habe ich schon eine Scheidung hinter mir und möchte sichergehen, daß diesmal nichts passiert. Bis Weihnachten bin ich mir bestimmt über alles im klaren."

Aber Weihnachten kam und ging, und ich war immer noch zu

keinem Entschluß gelangt. Jonas gab sich Mühe, seine Abneigung gegen mich zu verbergen, aber seine Artigkeit war unschwer als Tarnung zu durchschauen oder besser: als auferzwungene Pflicht. Ganz offenkundig war er gegen eine Heirat seiner Mutter. Wie in stummem Protest gegen ihre Treulosigkeit Hugh gegenüber sammelte er alle verfügbaren Fotos seines verstorbenen Vaters und klebte sie mit wahrer Hingabe in ein Album. Und tagelang traf ich ihn auf Deveral-Farm dabei an, wie er mit weißer Farbe Wörter und Sätze unter die Bilder pinselte – eine überdeutliche Demonstration der Tatsache, daß, wenn schon andere seinen Vater vergessen haben mochten, er diesem Beispiel keinesfalls zu folgen gedachte.

Daß mich das ermutigt hätte, die Rolle des Stiefvaters zu übernehmen, läßt sich kaum behaupten. Ich mußte Rebecca um Geduld bitten. Zu Ostern schwor ich mir, spätestens bis zum Ende der Sommerferien zu einer Entscheidung zu kommen, da Jonas dann acht Wochen lang den ganzen Tag über daheim sein würde. Es mußte sich also zeigen, ob wir nicht vielleicht doch zu einem normalen Verhältnis zueinander finden konnten.

Wenn ich auch nicht gerade auf Deveral-Farm lebte, so verbrachte ich doch, sehr zum Unwillen meiner Mutter, viel Zeit dort. Mutters ablehnende Haltung trug auch stark zu meiner Unentschlossenheit bei. Außerdem wußte ich, daß Lizzie und William, obwohl letzterer nie ein kritisches Wort in dieser Hinsicht äußerte, eine Ehe mit Rebecca gleichfalls nicht guthießen.

Es war alles äußerst schwierig.

Wenn es nur, dachte ich manchmal, eine Frau gäbe, die ich anstelle von Rebecca heiraten könnte. Aber es gab sie nicht. Ich hatte nur Augen für meine Geliebte und fühlte mich glücklich, wenn ich über die Küstenstraße auf Morvah zubrauste, wo Rebecca im Schlafzimmer von Deveral-Farm auf mich wartete.

Geld war in diesem Jahr knapp auf Penmarric. Kosten und Löhne stiegen, und wie es manchmal so geht: plötzlich schienen auf einen Schlag sämtliche Pächterkaten reparaturbedürftig. Außerdem hinkte Cornwall ganz offenbar hinter der allgemeinen wirtschaftlichen Entwicklung her; von irgendeinem Aufschwung, etwa der zerfallenen Minen der Zinnküste, konnte keine Rede sein.

Manchmal hatte ich den Eindruck, das Penmar-Vermögen schmelze buchstäblich vor meinen Augen dahin. Philip, wenn auch keineswegs so extravagant wie viele Grundbesitzer, dachte nicht daran, sich an irgendein festgesetztes Budget zu halten, und nahm einzig seine persönlichen Wünsche als Maßstab – was ihn allerdings nicht daran hinderte, sich über jeden auch noch so winzigen Ertrag, den Penmarric abwarf, doppelt und dreifach Rechenschaft ablegen zu lassen. Zum Glück schien wenigstens Helena gesonnen, das Geld zusammenzuhalten. Sorgsam überwachte sie die Haushaltsausgaben, und ich vermutete, daß sie immer mehr aus eigenen Mitteln zum Haushaltsbudget beisteuerte. Was mich betraf, so hatte ich alle Mühe, auch nur einigermaßen zurechtzukommen. Die Zeiten üppiger Verschwendungssucht waren längst vorbei. Jetzt wußte ich nicht nur, ohne erst Kontoauszüge prüfen zu müssen, was ich auf der Bank hatte, sondern auch, bis auf den Shilling genau, was sich in meiner Brieftasche befand.

Die Zeiten hatten sich geändert, und das auf eine Weise, wie es in den goldenen Tagen vor dem großen Krieg undenkbar gewesen wäre, wie meine Mutter mir immer wieder versicherte.

„Simon Peter Roslyn spielt jetzt in Polzillan House den Landedelmann“, sagte sie angewidert. „Das wäre früher unmöglich gewesen! Damals hätte ein Roslyn eine Trehearne nicht einmal heiraten können. Zumindest aber wäre er von der besseren Gesellschaft niemals akzeptiert worden. Ich möchte wirklich nicht altmodisch wirken, aber alle diese Neuerungen scheinen nicht unbedingt zum besten zu sein.“

Doch die Zeiten fuhren fort, sich zu wandeln. Unser neuer König dankte 1936 ab, um eine geschiedene Amerikanerin zu heiraten; und wie als Ergänzung zu dieser Katastrophenmeldung kam auch noch die Nachricht vom Einmarsch italienischer Truppen in Addis Abeba und von der Bildung der Achse Berlin—Rom.

„Ich nehme an, du hast die internationale Entwicklung auf gewohnte Weise verfolgt, à la Baldwin nämlich“, schrieb mir Lizzie aus Cambridge. „Diesen Kerl sollte man zusammen mit den Schafsköpfen, die er um sich geschart hat, auf die Weide schicken. Was fällt ihm ein, das augenblickliche internationale Debakel dem Pazifismus anzukreiden? Schreiende Unlogik! Auf der einen

Seite verdammt er den Pazifismus, auf der anderen denkt er nicht daran, für die Freiheit in Spanien auch nur einen Finger zu krümmen!"

Wie viele Intellektuelle, die mit der Linken sympathisierten, gab Lizzie im gleichen Maße, wie sich der Spanische Bürgerkrieg zu einem ideologischen Konflikt auswuchs, ihre pazifistische Haltung nach und nach auf. Tatsächlich wurde die Linke, früher pazifistisch ausgerichtet, in der zweiten Hälfte der dreißiger Jahre zunehmend militant, während nunmehr die Rechte den Pazifismus pries.

„Dieser Krieg in Spanien macht alle hysterisch", beklagte ich mich bei William. „Meiner Meinung nach sind beide Seiten gleich schlecht, und ich bin verdammt froh, daß Baldwin sich zu einer neutralistischen Politik entschlossen hat. Lizzies Forderung, wir sollten für die Kommunisten kämpfen, leuchtet mir beim besten Willen nicht ein, sosehr ich auch dafür bin, dem Faschismus, wo irgend möglich, einen Riegel vorzuschieben. Aber warum denn gleich so in Hitze geraten? Die Zeiten, wo man bei der geringsten Kleinigkeit zu den Waffen griff, sind längst vorbei. Lizzie mit ihren idealistischen Spintisierereien begreift nicht, daß eine Intervention im Spanischen Bürgerkrieg aller Vernunft zuwiderliefe. Außerdem entspräche das auch ganz und gar nicht unserer bisherigen politischen Linie."

„Wenn ihr zweites Baby erst ein bißchen älter ist und sie stärker in Anspruch nimmt, wird sich ihr Interesse für Spanien sehr bald legen", meinte William gelassen. Doch ich bezweifelte das.

Bald nach der Geburt ihrer zweiten Tochter Pamela kam Lizzie nach Penmarric, und meine Mutter fand Gelegenheit, ihre beiden Enkelkinder in Augenschein zu nehmen. Erfolgreiche Ehen schienen zu dieser Zeit Mode zu sein: Jeanne war mit ihrem zweiten Mann offenbar sehr glücklich, und wie um sich in Sachen Mutterschaft von Lizzie nicht ausstechen zu lassen, teilte sie uns 1936 mit, daß sie im Herbst ein Baby erwarte.

„Damit ist sie aber ziemlich spät dran", brummte meine Mutter, die neuerdings Lizzie zu ihrer Lieblingstochter erkoren zu haben schien. „Kommende Weihnachten wird sie siebenunddreißig. In diesem Alter ist es nicht sehr ratsam, sein erstes Kind zu bekommen."

Mutter war jetzt siebenundsiebzig, noch im Vollbesitz ihrer

Kräfte und für ihre Jahre überaus lebendig. Allerdings verstand sie es geschickt, sich gebrechlich und hinfällig zu geben, wenn ihr unsere Aufmerksamkeiten nicht genügten. Doch da jeder wußte, wie gesund und munter sie war, nahm das niemand ernst.

„Sie wird ewig leben", sagte Philip stolz, als sei das sein ganz persönliches Verdienst. „Sie sieht höchstens wie fünfundsechzig aus."

Er wirkte rastlos, obwohl er, soweit ich das beurteilen konnte, nicht wirklich unzufrieden zu sein schien. Am Wochenende wanderte er oft mit alten Freunden von Sennen-Garth an der Zinnküste umher und unternahm mit ihnen sogar Abstecher unter Tage, wohl mehr aus Sehnsucht als etwa in der Hoffnung, dort unten auf eine lohnenswerte Erzader zu stoßen. Helena widmete sich mit viel Hingabe ihrer Wohltätigkeitsarbeit. Beide lebten recht harmonisch nebeneinander her, und wenn Gastlichkeit auf Penmarric auch nicht gerade groß geschrieben wurde, so ließ Philip es sich doch nicht nehmen, jedes Jahr mit seiner Frau für einige Zeit nach London zu reisen.

Die Hauptstadt war in diesem Sommer auch Adrians Reiseziel. Der alte Mr. Barnwell hatte schließlich das Zeitliche gesegnet, und bald nach seinem Begräbnis erhielt Adrian seine Versetzung an die Kathedrale von Exeter. Bevor er sein neues Amt antrat, verbrachte er eine Woche in London, wo er seinen Verleger sowie einige interessierte Leute von der BBC aufsuchte. Im Frühjahr 1936, kurz vor Mr. Barnwells Tod, war sein erstes theologisches Buch herausgekommen. Ganz offensichtlich hatte er die sechs Jahre Abgeschiedenheit in der Zillan-Gemeinde gut zu nutzen gewußt und war auf dem besten Wege, sich einen Ruf als Theologe zu erwerben. Sein Name war in geistlichen Kreisen bekannt. Was mich betraf, so bewunderte ich sein Werk rückhaltlos. Es war eine Analyse des Christentums aus moderner Sicht und fuhr wie ein frischer Windstoß in den verstaubten Konservativismus der anglikanischen Kirche. Das Buch wurde nicht nur in klerikalen Blättern, sondern auch in der sonstigen Presse besprochen, und während seines Aufenthalts in London mußte Adrian sogar ein Rundfunkinterview geben – was den Pfarrkindern von Zillan eine geradezu ehrfurchtsvolle Scheu einflößte, denn so „neumodische" Erfindungen wie das Radio waren ihnen immer noch unheimlich.

Der neue Pfarrer der Gemeinde hatte es natürlich schwer, in die Fußstapfen eines so illustren Vorgängers zu treten. Er war ein dürrer, ernster Mann namens Forrest, gegen den meine Mutter vom ersten Augenblick an Abneigung empfand. „Zu pfaffenhaft und zu papistisch", urteilte sie streng, obwohl der arme Mann sich nichts weiter zuschulden kommen ließ als ein wenig Weihrauchschwenkerei dann und wann. „Und zu gewöhnlich", fuhr sie fort. „Wenn doch Adrian noch hier wäre."

Wie gewöhnlich kam in den Sommerferien Esmond zu Besuch. Sein Vater, in hohem Alter stehend, verließ das Bett kaum mehr. Ich hatte den Eindruck, daß der Junge heilfroh war, jedes Jahr von dem riesigen Herrenhaus in Schottland nach Penmarric entkommen zu können. Mariana befand sich zur Zeit mit einem reichen Amerikaner in Monte Carlo, und es war Esmond immer noch verboten, mit ihr zusammenzutreffen. Philip und Helena behandelten ihn wie ihren eigenen Sohn, und ein Fremder hätte leicht glauben können, sie seien seine wirklichen Eltern. Esmond war jetzt sechzehn, von kraftvollem, athletischem Wuchs und teilte mit Philip nicht nur die Liebe zu Cornwall, sondern auch die Leidenschaft für die hiesigen Bergwerke. Sehr zu Helenas Schrecken begannen die beiden in diesem Sommer verlassene Minen zu durchforschen.

„Wenn Esmond nun etwas zustoßen sollte?" vertraute sie mir besorgt an. „Philip ist unter Tage ja genauso daheim wie ein Flugzeugpilot in der Luft, aber das ist doch bei Esmond nicht der Fall. Ich mache mir seinetwegen furchtbare Sorgen."

„Philip wird schon auf ihn aufpassen", versuchte ich sie zu beruhigen. „Wo es um Esmond geht, riskiert er bestimmt nichts."

Ich verschwendete weiter keinen Gedanken daran. Ich arbeitete meine Stunden auf Penmarric ab und genoß das Leben mit allem, was es mir zu bieten hatte: Lunch bei Rebecca, vergnügliche Wochenenden. Insgesamt war es eine gute Zeit für mich, und von dem Tiefpunkt nach Philips Rückkehr hatte ich mich längst erholt

„Ihr strotzt ja geradezu von Gesundheit, Mr. Jan", sagte die alte Mrs. Trewint zu mir, als ich an einem Augustmorgen ihren Laden in St. Just betrat, um ein Päckchen Zigaretten zu kaufen. „Und der Herr wirkt auch sehr fidel. Vor einer Stunde kam er mit dem jungen Mr. Esmond hier vorbei – ach, entschuldigen Sie schon: Lord Roane müßte ich natürlich sagen. Schön, wenn Onkel und Neffe so aneinander hängen wie der Herr und Seine Lordschaft."

Ich bezahlte lächelnd und steckte das Zigarettenpäckchen ein. „Zu welcher Mine sind sie denn heute?" fragte ich. „Oder haben sie das nicht gesagt?"

„Doch, doch. Der Herr meinte, sie wollten mit den Pferden über die Heide nach Zillan und zu den Schächten der Ding-Dong. Ach, wie kann man an einem so wunderschönen Morgen nur unter Tage gehen? Der reine Jammer! Aber so ist das bei Bergleuten. Steckt ihnen im Blut. Als damals noch die Levant in Betrieb war und..."

Geduldig ließ ich ihre Reminiszenzen über mich ergehen und fuhr dann nach Morvah zu Rebecca. Trotz der Ferien waren die Kinder zu dieser Stunde nicht auf Deveral-Farm. Jonas hatte beschlossen, sich für sein Taschengeld in Penzance ein paar Goldfische zu kaufen, und Deborah besuchte gerade eine Freundin in Zennor. Einen Sommergast gab es in diesem Jahr nicht. Erstens brauchte Rebecca das Extrageld nicht mehr so dringend, da Deborah ihre Ausbildung zur Sekretärin beendet hatte, und zweitens wäre uns ein Fremder natürlich im Wege gewesen.

Nach meiner Ankunft gingen wir, wie gewöhnlich, sofort miteinander ins Bett, und als Rebecca später nach unten ging, um das Essen vorzubereiten, blieb ich noch liegen und war eben drauf und dran, in einen leichten Schlummer zu gleiten, als plötzlich unterhalb des Fensters das Getrappel von Pferdehufen ertönte.

Der eilige Galopp brach an der Hintertür ab.

Ich stützte mich sofort hoch. War man gekommen, um mich zu holen? Aber wer wußte schon, daß ich mich in Morvah befand? Nur der alte Walter Hubert, mit dem ich in dem kleinen Büro auf Penmarric arbeitete. Aber Walter würde gewiß nur nach mir schicken, wenn etwas geschehen war.

Ich sprang aus dem Bett, riß die Gardine zurück und beugte mich aus dem Fenster, das auf den Hof hinausging.

Und dann sah ich ihn, sah den goldblonden Haarschopf und das gebräunte Gesicht. Der Reiter glitt vom Pferd und stürzte zur Hintertür. Jetzt sah ich auch sein schreckensstarres Gesicht.

Ich zog mir mein Hemd über, schlüpfte hastig in die Hose und trat dann barfuß vor die Schlafzimmertür.

„Jan!" schrie Rebecca zu mir herauf. Sie stand unten an der Treppe. Ihre Augen glichen dunklen Trichtern. „Jan ..."

Ich jagte die Stufen hinab und lief in die Küche. Er hockte am Tisch und hob dann, als er mich hörte, den Kopf und starrte mich an.

„O Gott", stöhnte er. „O Gott."

„Was ist denn? Um Himmels willen, was ist geschehen?"

„Er – er hatte einen Sturz ... ein unbedeutender kleiner Schacht ... Wir ... wir waren nicht einmal aneinander angeseilt – und er fiel ... Die Leiter löste sich von der Wand. Sie war morsch ... und er fiel ... er stürzte ... stürzte ab ..."

Ich war wie vor den Kopf geschlagen.

„Ich bin dann hinuntergeklettert", fuhr er fort. „Bin am Seil hinuntergeklettert. Sein Rücken war gebrochen. Er starb. In meinen Armen. Er starb." Tränen überströmten sein Gesicht. „Ich konnte ihm nicht helfen. Und das einzige, was er sagte, war ..."

„Ja?"

„Er ... er sagte: ‚Vielleicht war es das, was ich wirklich gewollt habe'", schluchzte Esmond und sackte vornüber auf die Tischplatte, als bräche ihm das Herz.

8

„Er ist tot?" fragte ich benommen. „Aber das kann doch nicht sein. Er war ja erst einundvierzig ..." Ich dachte an seine Vitalität, an seine rastlose Energie, an seine körperliche Spannkraft – sinnlos dargebrachte Opfer auf dem Altar seiner geliebten Minen, deren Verfall doch besiegelt war.

„Er war doch erst einundvierzig", wiederholte ich.

Aber er hatte länger gelebt als Marcus und Hugh.

Ich dachte an den Haß, den ich einmal gegen ihn gehegt hatte, an meinen Neid, an unseren dauernden Streit und die lange Feindschaft.

„Zum Schluß waren wir Freunde", sagte ich. „Ich mochte ihn und bewunderte ihn sogar."

Und ich log nicht. All meinen früheren Überzeugungen zum Trotz trauerte ich um meinen großen goldenen Bruder, den der Tod mitten aus dem Leben gerissen hatte. Und dachte dann an alle, die gleich mir seinen Verlust beklagen würden: Helena und meine Schwestern – und vor allem meine Mutter.

Irgend jemand mußte es ihr beibringen.

„Ich kann es nicht", sagte Helena. „Ich kann nicht."

„Jeanne ist dazu nicht in der Lage", erklärte mir mein Schwager Donald McCrae am Telefon. „Als sie von Philips Tod erfuhr, war der Schock so groß, daß sie ohnmächtig wurde, und jetzt scheint eine Frühgeburt zu drohen. Ich bin eben dabei, sie ins Krankenhaus zu schaffen."

„Aber Ihre Mutter muß es erfahren", sagte Walter Hubert im Büro. „Arme Frau. Es wird ein fürchterlicher Schlag für sie sein."

„Lizzie", fragte ich, den Telefonhörer mit schweißnassen Fingern umklammernd, „was, um Himmels willen, soll ich nur tun? Jemand muß es Mama sagen, aber ich habe nicht den Mut dazu."

„Vielleicht könnte man einen Außenstehenden darum bitten", erwiderte Lizzie aus dem fernen Cambridge und schien sehr um eine praktische Lösung bemüht. „Ich denke da an den neuen Pfarrer."

„Den mag sie nicht. Außerdem kennt er sie kaum."

„Und wie wär's mit Donald?"

„Der hat genug Sorgen mit Jeanne. Er fürchtet eine Frühgeburt."

„Gütiger Himmel, das ist ja eine Katastrophe nach der anderen. Geht es Jeanne sehr schlecht?"

„Donald sagte, er müsse sie ins Krankenhaus bringen."

„O Gott, wenn sie nur das Kind nicht verliert – sie hat sich so danach gesehnt."

„Wen soll ich bloß darum bitten, daß er es Mama beibringt, Lizzie?"

„Vielleicht den alten Dr. Salter . . ."

„Der ist vor zwei Jahren gestorben. Und Mr. Barnwell ist auch tot. Wenn doch nur Adrian hier wäre . . ."

„Adrian wird Rat wissen. Ruf ihn am besten gleich an. Und vergiß nicht, mir Bescheid zu geben, sobald du mehr über Jeannes Zustand weißt. Ich mache mir schreckliche Sorgen. Hat Donald etwas von Kaiserschnitt gesagt?"

„Nein, kein Wort. Lizzie, wen soll ich denn bloß darum bitten, daß er . . ."

„Frag Adrian", sagte sie. „Adrian wird Rat wissen." Und ehe ich weitersprechen konnte, hatte die Vermittlung unser Gespräch getrennt.

„Was soll ich tun?" fragte ich fünf Minuten später Adrian. „Ich weiß, ich bin schwach und feige, aber ich kann mich einfach nicht dazu aufraffen, es ihr zu sagen. Weißt du nicht jemanden, *irgend jemanden,* der vielleicht –"

„Du selbst solltest es ihr sagen", meinte er. „Denk daran, daß sie bei ihm während langer Jahre auf einen tödlichen Unfall unter Tage gefaßt sein mußte. Teile ihr in einfachen Worten mit, Philip sei verunglückt, während er in einer der alten Minen herumstöberte. Alles andere wird sie erraten."

„Ich kann nicht", sagte ich, immer mehr die Fassung verlierend. Tränen verschleierten mir den Blick. „Glaub mir, Adrian, ich kann nicht."

„Doch, du kannst", beharrte er. „Fürchte dich nicht davor. Für einen älteren Menschen ist der Gedanke an den Tod nicht so schrecklich wie für uns. Und deine Mutter ist eine starke und gläubige Frau, die schon so manche Tragödie miterlebt hat. Sie wird auch damit fertig werden. Wenn es ihr schon jemand sagen muß, dann nicht ein Fremder, sondern du selbst, ihr einziger noch lebender Sohn. Sie soll wissen, daß sie auch nach Philips Tod nicht allein auf der Welt ist. Und jetzt steig in deinen Wagen und fahre nach Roslyn-Farm, ehe es deiner Mutter von dritter Seite zugetragen wird."

Ich wehrte mich nicht länger. Langsam fuhr ich die Küstenstraße entlang und bog dann in Richtung Zillan ab. Oben auf dem Hügelkamm brachte ich das Auto zum Stehen, wischte mir mit dem Taschentuch über die Augen, zog meinen Anzug straff. Dann rauchte ich eine Zigarette. Schließlich fühlte ich mich ruhig genug, um die Fahrt fortzusetzen.

Sie stand vor dem Haus, wo sie mit einer Gartenschere die wilden Rosen beschnitt.

Sie sah mich und winkte.

Ich hielt an und stieg aus. Die Sommerluft war warm und still und unendlich friedvoll. Ein Vogel sang, eine Biene summte, und im hohen Gras zirpte eine Grille.

„Jan-Yves!" rief sie lächelnd. Ein leichter Windhauch strich ihr durch das weiße Haar. Sie wirkte glücklich und zufrieden und sehr jung für ihr Alter. „Was für eine Überraschung!"

Wieder spürte ich die aufsteigenden Tränen. Ein Knebel würgte in meiner Kehle.

„Willst du zum Tee bleiben? Wie schön!"

Ich schüttelte den Kopf.

„Ist etwas passiert?"

Ich schluckte, brachte jedoch kein Wort hervor. Um Zeit zu gewinnen, öffnete ich die Wagentür und kramte im Handschuhfach, als hätte ich dort etwas vergessen.

„Was ist denn?" fragte sie, rasch zu mir tretend. „Etwas Schlimmes?"

Ich nickte und warf die Tür zu. Ich spürte, ohne daß ich sie ansah, ihre plötzliche Anspannung.

„Philip", sagte sie, und es klang wie eine Feststellung, nicht wie eine Frage.

Ich hob den Kopf. Sie hielt sich sehr gerade. Ihr Gesicht wirkte völlig unverändert, der Blick aus alten Augen war beherrscht wie immer. Nach langem Schweigen fügte sie schließlich mit klarer Stimme hinzu: „Sicher ist es in einer Mine passiert."

Ich versuchte ihr zu erklären, daß es schnell gegangen war und er nicht lange hatte leiden müssen. Aber sie hörte nicht zu, ihre Augen waren auf den fernen Kirchturm von Zillan gerichtet.

„Eigentlich ist es ein Wunder, daß er überhaupt so lange gelebt hat", sagte sie so unbewegt, als spräche sie über das Wetter. „Mich hat es immer gewundert. Und manchmal habe ich mich gefragt, ob es für ihn nicht besser gewesen wäre, wenn auch er bei der Sennen-Garth-Katastrophe den Tod gefunden hätte. Zusammen mit Trevose."

Und während ich noch verdutzt starrte, zerfiel plötzlich ihre Gelassenheit. Außerstande, dem aufwallenden Schmerz länger standzuhalten, begann ihr alter Körper zu zucken.

Später sagte ich: „Du hast es also gewußt."

„Wie sollte ich nicht?" fragte sie und versuchte ein ironisches Lächeln, das jedoch unter den Tränen zur Grimasse wurde. „Ich kannte Philip besser als jeder andere. Glaubst du, ich wäre mir nicht auch über seine Schwächen im klaren gewesen? O nein, ich habe ihn wirklich nicht für vollkommen gehalten, und es ist mir auch nicht entgangen, wie sehr es ihn zu diesem groben und unsagbar vulgären Menschen hinzog. Nichts ist mir entgangen, nichts. Ich war ja nicht blind. Aber es kümmerte mich nicht weiter." Sie schwieg einen Augenblick und fuhr sich mit der Hand über das tränenfeuchte Gesicht. „Nein, es kümmerte mich nicht weiter", fuhr sie fort. „Es spielte keine Rolle für mich. Woher denn auch? Philip blieb doch Philip. Das einzige, woran mir lag, war sein Glück, und wenn er mit Trevose glücklich war, dann konnte und mußte mir das recht sein."

Mit gekrümmten Schultern saß sie auf ihrem Stuhl: eine alte, sehr alte Frau, die zu lange gelebt und zu viel gesehen hatte.

„Ich habe wegen Trevose nie etwas zu ihm gesagt. Kein Wort des Vorwurfs. Ich wollte mich da nicht einmischen. Philip sollte sein eigenes Leben leben. Auch fürchtete ich, ihn gegen mich aufzubringen. Ich wollte nur sein Bestes, sein Glück... aber er war nicht glücklich. Es trieb ihn weg von hier, und seine Ruhelosigkeit wurde mit jedem Tag schlimmer. Weißt du, daß er in der letzten Zeit nur Esmond zuliebe auf Penmarric geblieben ist? Es zog ihn schon wieder ins Ausland. Er sprach von den südafrikanischen Minen. Nein, er war hier nicht glücklich..., und ich wußte es...

Vielleicht wäre alles anders gewesen, wenn er Helena geliebt hätte..., ein wenig nur..., wenn sie Kinder gehabt hätten... Aber diese Ehe war ein Nichts. Dabei hatte ich so sehr gehofft, daß er durch Helena sein Glück finden würde. Ein schrecklicher Irrtum. Zu spät ging mir auf, daß eine Frau ihrer Art unmöglich zu einem Mann wie ihm passen konnte. Sie war viel zu kalt und reserviert. Eine Frau mit normalem Gefühlsleben hätte sich gewiß nie wieder mit ihm ausgesöhnt...

Ja, sie hätten nie heiraten dürfen. Aber das ahnte ich damals nicht... Und dann kam eines Tages Philip zu mir zu Besuch und hatte einen eigentümlichen Glanz in den Augen. Nun, gottlob, dachte ich, er hat Helena mitgebracht, es wird doch noch alles gut, manchmal finden sich Eheleute halt erst sehr spät. Aber es war gar nicht Helena, die im Wohnzimmer saß. Es war dieser widerliche Trevose. Ich begriff. Was eine Mutter in einem solchen Augenblick durchmacht, kann bestimmt niemand nachempfinden. Aber ich verlor nicht einmal die Fassung. Höfliche Begrüßung und höfliche Einladung zum Tee. Nach einiger Zeit gelang es mir sogar, mich mit den Tatsachen abzufinden. Denn, siehst du, wenn es ihn glücklich machte... du verstehst doch, Jan-Yves, nicht wahr? Ich wollte doch nur sein Glück."

„Ja, Mama", sagte ich. „Ich verstehe."

Ihre Augen forschten in meinem Gesicht. „Was habe ich nur falsch gemacht?" fragte sie. „Ich habe doch alles getan, was ich konnte, und niemandem lag sein Glück mehr am Herzen als mir Warum ist es mißlungen? Was habe ich nur falsch gemacht?"

Aber da war keine Antwort, die ich ihr hätte geben können. Sekundenlang wich ihr Blick nicht von mir. Dann jedoch schien in ihr die Erkenntnis aufzudämmern, die ich nie auszusprechen gewagt hätte. Sie schlug die Hände vors Gesicht und begann leise zu schluchzen.

Ich blieb bis zum Abend bei ihr und bat sie dann, mit mir nach St. Just zu kommen und in meinem Haus zu übernachten.

„Ich möchte ihn sehen", sagte sie, Hände in nervösem, ruhelosem Bewegen auf dem Schoß. „Ob man ihn inzwischen nach Penmarric gebracht hat?"

„Sicher. Eine Gruppe seiner alten Freunde von Sennen-Garth wollte ihn aus dem Schacht herausholen, und eine Ambulanz hatte man auch schon bestellt. Aber du kannst ihn ja morgen sehen, Mama. Komm jetzt mit mir nach Hause. Dort kann ich mich besser um dich kümmern."

„Aber ich kann sie doch nicht allein lassen", sagte sie – und meinte damit Annie, ihre alte Magd. „Bei ihrer Einfalt würde sie überhaupt nichts begreifen."

„Dann werde ich über Nacht hierbleiben. Aber zuvor muß ich noch ein paar Anrufe machen. Wo ist das nächste Telefon? Im Pfarrhaus vermutlich."

„Oder in Polzillan House", sagte sie.

Aber der bloße Gedanke an Simon Peter stieß mich ab.

„Dann werde ich dich jetzt für eine halbe Stunde dir selbst überlassen – so lange kommst du doch allein zurecht, ja?"

„Aber natürlich, Jan-Yves. Wen willst du denn anrufen?"

„Erst einmal William, um zu hören, wie es auf Penmarric steht. Als er von dem Unglück hörte, kam er sofort von Carnforth Hall, um Helena Beistand zu leisten. Und dann Donald in Penzance. Jeanne hat einen schweren Schock erlitten und mußte ins Krankenhaus gebracht werden."

Doch sie schien nicht zu hören. Ihre alten Augen starrten blicklos vor sich hin.

„Jeanne wird sich schon wieder erholen", sagte ich beklommen. „Aber das Baby kommt zwei Monate zu früh, und ob es das überstehen wird... Ich werde Donald fragen."

„Ja", sagte meine Mutter. „Ja, natürlich."

„Soll ich den Pfarrer bitten, daß er sich um dich kümmert?"

„Nicht heute."

„Gut. Dann will ich versuchen, mich zu beeilen." Ich beugte mich zu ihr, küßte sie und trat dann hinaus ins Dämmerlicht.

Fünf Minuten später war ich im Pfarrhaus und bat Forrest, telefonieren zu dürfen. Dann wählte ich die Nummer von Penmarric. Medlyn meldete sich. Ich bat ihn, William an den Apparat zu holen.

Eine Minute später hörte ich seine vertraute Stimme. „Jan", sagte er, „Gott sei Dank, daß du anrufst. Ich habe gerade überlegt, ob ich dich von Roslyn-Farm holen sollte. Wo bist du denn jetzt?"

„Im Pfarrhaus in Zillan", erwiderte ich beunruhigt. „Wieso? Ist etwas passiert? Wie geht es Jeanne?"

„Nicht sehr gut. Helena ist vor einer halben Stunde zu Donald ins Krankenhaus gefahren."

„Und das Kind?"

„Eine Totgeburt", sagte William. „Und leider ist zu befürchten, daß auch Jeanne es nicht überstehen wird."

Sekundenlang konnte ich keinen klaren Gedanken fassen. Der Hörer drohte mir aus den schweißnassen Fingern zu gleiten. Schließlich fragte ich: „Was soll ich tun? Auch zum Krankenhaus fahren?"

„Nein. Es wird das beste sein, wenn du bei deiner Mutter bleibst. Aber sag ihr noch nichts von Jeanne oder dem Baby."

„Nein, nein ... natürlich nicht."

„Ich habe inzwischen mit Adrian telefoniert. Er kommt morgen. Außerdem hat Lizzie angerufen, um sich wegen Jeanne zu erkundigen. Aber wir wußten noch nichts Genaueres."

„Was ist mit Philip ... mit der Leiche ... Ist sie –"

„Ja, man hat ihn hergebracht, und wir haben uns um alles Notwendige gekümmert. Esmond ist natürlich auch hier."

„Gut, daß du jetzt bei ihm bist", sagte ich. „Gut, daß er jetzt nicht allein auf Penmarric sein muß."

„Ja ... Gibt es noch etwas, was ich tun kann, während ich hier bin? Ich nehme an, daß du die Nacht über auf Roslyn-Farm bleiben wirst."

„Ja. Und morgen fahre ich mit Mutter nach Penmarric, damit sie Philip sehen kann. Du wirst dann doch noch dort sein, nicht wahr?"

„Wahrscheinlich."

„Und wenn bei Jeanne etwas ..."

„Fahre ich nach Roslyn-Farm, um dich zu verständigen."

Er kam um zwei Uhr morgens. Als ich erwachte, stand meine Mutter, Kerze in der Hand, über mich gebeugt.

„Jan ..." Sie schüttelte mich an der Schulter. „Jan, da klopft jemand an der Vordertür, und draußen steht ein Auto mit aufgeblendeten Scheinwerfern. Wer kann das nur sein?"

Ich warf die Decke zurück und raffte mich hoch. „William wahrscheinlich", sagte ich, rasch in die Hose schlüpfend. „Er sprach zu mir davon."

„Aber es ist zwei Uhr", sagte meine Mutter. „Zwei Uhr, Jan."

„Ich weiß. Geh jetzt ins Bett zurück, Mama. Ich mache das schon."

„Ich kann nicht schlafen. Warum kommt William denn?"

„Wegen Jeanne, vermute ich."

„Jeanne?"

„Sie hat das Kind verloren, Mama. Philips Tod hat ihr einen solchen Schock versetzt ..."

„Ja, natürlich war es ein Schock, ein fürchterlicher Schock. Armer Philip. Arme Jeanne ... Sie hat das Kind verloren, sagst du?"

„Ich fürchte, ja, Mama." Ich zog mein Jackett an. „Und jetzt geh bitte auf dein Zimmer. Wenn William wieder fort ist, mache ich Tee und bringe ihn dir."

„Jeanne ist zu alt für ein Kind", sagte meine Mutter. „Sechsunddreißig ist zu alt. Ich war sechsunddreißig, als Philip geboren wurde, aber er war schon mein viertes Kind."

„Ich bin gleich wieder da, Mama. An deiner Stelle würde ich ins Bett gehen."

Doch sie hörte nicht auf mich, sondern blieb auf einem Stuhl sitzen. Ich lief barfuß die Treppe hinab. Als ich die Haustür öffnete, sah ich, wie erwartet, William vor mir.

„Ist Jeanne –?"

„Ja. Helena ist gerade aus Penzance zurückgekommen."

Wir schwiegen.

„Komm doch herein", sagte ich schließlich. „Mama hat im Vorratsschrank immer eine Flasche Brandy. Ein Drink wird uns jetzt guttun."

„Soll ich wirklich ...", begann er und zögerte.

„Ja, ja, komm nur, Mama ist oben."

Er trat widerstrebend ein und blickte sich wie suchend um. Roslyn-Farm war für ihn Neuland.

„Hier entlang", sagte ich und ging zur Küche voraus.

Als wir dann, die Brandygläser vor uns, am Tisch saßen, sagte er: „Die arme Helena sah aus wie eine Schlafwandlerin. Sie tat mir so leid. Donald natürlich auch, gar keine Frage. Aber Helena – mein Gott, sie hat an einem einzigen Tage ihren Mann und ihre beste Freundin verloren, und das ist wirklich mehr, als ein Mensch ertragen kann. Ich weiß nicht, wie du es fertigbringst, an Gott zu glauben, Jan. Womit haben Helena und Donald solche Schicksalsschläge verdient? Wo ist da die Gerechtigkeit?"

William trank seinen Brandy aus und goß dann aus der Flasche nach. „Jeanne", sagte er, „scheint doch wenigstens zum Schluß ein glückliches Eheleben geführt zu haben, und das war ihr nach all den Jahren, in denen sie den armen Teufel in Polzillan House pflegte, auch wirklich zu gönnen. Was Philip betraf, so war sein Leben nach der Sennen-Garth-Katastrophe zwar inhaltslos geworden ..."

Draußen knarrte die Treppe, und dann rief meine Mutter, von der Diele her, meinen Namen.

„Warte hier", bat ich William und stand auf.

„Gut. Aber sag ihr bloß nichts von ..."

„Natürlich nicht."

Ich verließ rasch die Küche und eilte durch den Gang.

„Ist es William?" fragte meine Mutter.

„Ja. Ich habe ihm einen Schluck Brandy gegeben. Soll ich dir Tee machen?"

„Nein, danke", sagte sie und fügte dann hinzu: „Jan, Liebling, ich mache mir wegen des Begräbnisses solche Sorgen. Der neue Pfarrer – du weißt, ich mag ihn nicht, und er hat Philip ja auch gar nicht gekannt. Könnte vielleicht Adrian ... ? Aber Adrian bekleidet jetzt ein sehr hohes Amt, nicht wahr? Meinst du, daß man ihn da noch bitten kann, die Bestattung zu übernehmen?"

„Ich werde ihn morgen anrufen und fragen", sagte ich. „Mach dir deswegen jetzt keine Sorgen, Mama. Das werden wir alles morgen besprechen."

„Vielleicht ist es auch zuviel verlangt", grübelte sie. „Schließlich waren Philip und Adrian doch Brüder. Kann man da erwarten ..."

„Morgen rufe ich Adrian an, Mama", wiederholte ich drängend. „Komm, ich bring dich jetzt wieder nach oben."

„Nein, laß nur. Das geht schon. Aber meinst du, daß Adrian bereit wäre ..."

„Da bin ich ganz sicher, Mama. Und jetzt sorg dich nicht länger." Gegen ihre Proteste half ich ihr die Treppe hinauf.

„Adrian wird dem Wunsch deiner Mutter bestimmt nachkommen", sagte William, als ich in die Küche zurückkehrte.

„Gut, ich werde ihn morgen fragen. Aber was soll nur mit Jeanne geschehen? Ein Doppelbegräbnis kommt doch nicht in Frage, das wäre für alle Beteiligten einfach zuviel. Vielleicht möchte Donald sie in Penzance bestatten lassen."

„Das wäre die beste Lösung. Jeanne hat uns oft besucht, und sie und Charity verstanden sich überhaupt recht gut."

Ich wollte ablenken und sagte hastig: „Lizzie wird natürlich zum Begräbnis kommen. Vielleicht auch ihr Mann, es sind ja gerade Semesterferien. Aber wie sollen wir Mariana verständigen? Sie ist zur Zeit in Monte Carlo, aber wer weiß die genaue Adresse?"

„Die müßte doch Esmond wissen."

„Nein, ihm ist es verboten, mit seiner Mutter Kontakt zu halten."

„Dann wird es das beste sein, wenn du dich an die Anwälte ihres Mannes wendest. Die überweisen sicher das Unterhaltsgeld an sie und müssen daher wissen, wo sie wohnt."

„Wahrscheinlich wird sie sowieso nicht kommen."

„Das fürchte ich auch", bestätigte er und trank sein Glas leer. Langsam fuhr er fort: „Wo befindet sich eigentlich Philips Testament? Du hast mir doch gesagt, daß er einer anderen Anwaltfirma den Vorzug gab, als er sich entschloß, Jonas zu enterben."

Seine Frage war ein Losungswort, das erst jetzt, mehr als zwölf Stunden nach Philips Tod, in mir aufsteigen ließ, was ich so lange verdrängt hatte.

Ich war Herr von Penmarric. Dort, bei Pomeroy & Pomeroy in St. Yves, wartete jenes Papier, mit dessen Hilfe ich der Welt zeigen konnte, daß allen Widrigkeiten zum Trotz Penmarric jetzt jenem Menschen zugefallen war, der es mehr liebte als jeden anderen Ort auf der Erde.

Es war, als höbe die Gerechtigkeit, zerschunden und zerschlagen zwar, ihr Haupt, um mir zuzulächeln.

Zu meiner Überraschung hatte Philip genaue Anweisungen hinterlassen, wo er begraben werden wollte: auf dem Kirchhof in Zillan an der Seite oder, falls dort kein Platz war, zu Füßen unseres Vaters – ein eigentümlicher Wunsch, wenn man bedachte, wie verfeindet sie doch ihr Leben lang gewesen waren. Aber so stand es nun einmal schwarz auf weiß im Testament, das mir im übrigen alles zusprach, was nach dem Willen meines Vaters dem von Philip zu benennenden Erben zukommen sollte. Seine private Habe hatte Philip seinem Neffen Esmond vermacht.

„Ich habe so etwas doch geahnt", sagte Michael Vincent, der wie eine müde alte Spinne in seinem Büro hockte. „Es war eben nicht günstig, daß Jonas und Simon Peter Vettern waren, obwohl ich das vorherige Testament ganz allein aufsetzte und Simon Peter nichts damit zu tun hatte . . . Armer Kleiner. Das wird für Rebecca ein harter Schlag sein."

Ja, Rebecca. Wie würde sich unser zukünftiges Verhältnis wohl gestalten? Denn eines war klar: Sie würde vor Zorn außer sich geraten. Rasch schob ich den Gedanken an sie beiseite. Es gab jetzt anderes, Wichtigeres.

„Ich habe beschlossen, mich in Zukunft von Pomeroy & Pomeroy beraten zu lassen“, sagte ich höflich zu Michael. „Trotz deiner Verdienste um meine Familie scheint es mir empfehlenswert, unsere geschäftlichen Verbindungen aufzulösen, da du mir ebensowenig vertraust wie ich meinerseits Simon Peter. Keinesfalls möchte ich jedoch versäumen, dir für alles, was du getan hast, meinen Dank auszusprechen ...“

Diese Quittung für seine jahrelange Feindschaft gegen mich erschien mir nur recht und billig.

Ich ließ ihn stehen und nahm mir nicht einmal die Zeit, mich an seiner betroffenen Miene zu weiden. Es gab anderes zu tun. Für den Abend wurden Adrian und Lizzie mit ihrem Mann erwartet. Alle möglichen Vorbereitungen waren zu treffen. Kurzer Besuch bei Donald, um ihm mein Beileid auszusprechen. Jeanne, so erfuhr ich, sollte einen Tag nach Philip in Penzance zur letzten Ruhe gebettet werden. Als ich ihm meine Hilfe anbot, lehnte er freundlich dankend ab. Ich hätte doch so schon alle Hände voll zu tun; außerdem seien Jeannes zahlreiche Bekannte geradezu rührend um ihn bemüht.

Bei meiner Rückkehr nach Penmarric sah ich, daß der Wagen fahrbereit stand. Helena war natürlich ganz in Schwarz, was ihr bei ihrer durchsichtigen Haut ein unvorteilhaftes und sehr erschöpftes Aussehen verlieh. Doch sie wirkte gefaßt und beherrscht wie immer.

„Ich will gerade zu deiner Mutter“, sagte sie. „Sie muß doch erfahren, was mit Jeanne ist, und da du ihr schon Philips Tod mitgeteilt hast, werde diesmal ich das übernehmen.“

„Aber es ist durchaus nicht nötig, daß du zu meiner Mutter fährst“, versicherte ich mitfühlend. „Du mußt doch selbst erst einmal mit allem fertig werden. Außerdem kann doch auch ich ihr sagen, daß Jeanne ...“

„Nein, laß nur, Jan. Vielen Dank, aber es geht schon. Ich möchte ja zu ihr.“

Nach kurzem Zögern fragte ich: „Wenn das alles vorbei ist ...“

„Ja“, erwiderte sie tonlos. „Dann reise ich ins Ausland, wie damals nach Gerrys Tod. Räumliche Entfernung hilft. Nach Cornwall werde ich wohl nicht mehr zurückkehren. Ich möchte wieder nach Warwickshire, wo ich Freunde habe. Cornwall hat mir wenig Glück gebracht."

Als sie gerade ins Auto steigen wollte, kam ein Bote mit einem Telegramm. Ich öffnete den Umschlag und entfaltete das Blatt.

„tief erschüttert über philips und jeannes tod", begann der Text. „durch unglückliche umstände verhindert den begräbnissen beizuwohnen stop ausführlicher brief folgt stop wie fürchterlich für mama stop tiefstes mitgefühl für helena und donald stop tausend grüße an esmond stop mariana."

„Tiefstes Mitgefühl!" sagte Helena verächtlich. „Dabei haben beide ihr nicht das geringste bedeutet. Ich bin froh, daß sie nicht kommt. Aber deine Mutter wird es treffen."

Nachdem sie abgefahren war, ging ich ins Haus, um das Telegramm Esmond zu zeigen. Er war enttäuscht. „Ich hatte mich schon so auf ein Wiedersehen mit ihr gefreut", sagte er bedrückt. Obwohl er nun schon seit Jahren von ihr getrennt war, schien er immer noch sehr stark an ihr zu hängen. Daß sie Mann und Kind verlassen hatte, schien er ihr nicht vorzuwerfen. Jedenfalls hatte ich nie gehört, daß er Kritik an ihrem Verhalten übte.

Am Abend trafen Lizzie und ihr Mann und Adrian ein; und am darauffolgenden Morgen fuhren Adrian und ich nach Zillan, er, um mit dem Pfarrer das Begräbnis zu besprechen, ich zu meiner Mutter nach Roslyn-Farm.

Von Annie und den beiden Turner-Mädchen umsorgt, lag sie im Bett und sah sehr alt und sehr gebrechlich aus. Doch als ich ihr abriet, an der Trauerfeier teilzunehmen, zeigte sie sich völlig unzugänglich.

„Ich will hin."

„Aber, Mama . . ."

„Ich will und ich werde."

„Das ist doch zuviel für dich."

„Niemand und nichts kann mich hindern, Jan-Yves."

Es war nicht mit ihr zu reden. Als dann Adrian eintraf, fühlte sie sich allerdings nicht in der Verfassung, ihn zu empfangen. „Vergiß nicht, ihm zu sagen, wie dankbar ich bin, daß er gekommen ist, um meinen Wunsch zu erfüllen", beschwor sie mich, plötzlich von Tränen überwältigt. „Und er möchte bitte Verständnis dafür haben, daß ich im Augenblick zu müde bin, um mit ihm zu sprechen."

„Ja, natürlich, Mama. Keine Sorge, das versteht er bestimmt."

„Wie schrecklich, daß von meinen fünf Jungen vier tot sind, während *ihre* beiden noch leben ... Es ist gewiß eine Sünde, so zu denken, aber ich kann einfach nicht anders."

„Schon recht", versicherte Adrian mitfühlend, als ich ihm ausrichtete, was sie mir aufgetragen hatte. „Aber sag ihr, daß ich komme, wann immer sie mich sehen will."

Wir kehrten nach Penmarric zurück. Und jetzt, wo alle Vorbereitungen getroffen waren und es für mich nichts mehr zu tun gab, fand ich es an der Zeit, nach Morvah zu fahren und Rebecca zu fragen, ob sie mit den Kindern dem Begräbnis beiwohnen wolle.

Als ich auf Deveral-Farm an die Tür klopfte, war es Deborah, die öffnete. „Mama ist nicht da, Onkel Jan", sagte sie nervös, während eine leichte Röte über ihr Gesicht glitt. „Soll ich ihr etwas ausrichten?"

Rebecca ließ sich offensichtlich verleugnen.

„Ich wollte nur wissen, ob ihr alle am Donnerstag zum Begräbnis kommt."

„Ich – ja, ich glaube schon ... weiß aber nicht genau. Ich würde so gerne dabeisein. Ich habe Onkel Philip sehr gern gehabt."

„Hat deine Mama kürzlich Simon Peter getroffen?"

„Ja. Das heißt, so ganz sicher bin ich da nicht. Ich ..."

„Nun, dann bestelle deiner Mutter, daß ich ihr, sofern sie vorher nicht absagt, am Donnerstag einen Wagen schicke, der sie zur Kirche nach Zillan bringt. Sagst du ihr das, bitte?"

„Ja, natürlich. Vielen Dank, Onkel Jan."

Ich beschloß, mich erst wieder nach dem Begräbnis um Rebecca zu bemühen, denn ganz offenbar brauchte ihr Zorn mehr Zeit, um sich abzukühlen. Am nächsten Tag war dann die Leichenschau, eine pure Formalität, die Philips Unfallstod sozusagen amtlich machte, und weitere vierundzwanzig Stunden später waren wir auf dem Wege zur Beerdigung.

Dünner, feuchter Nebel zog über die Klippen, geisterhaftes Halblicht umhüllte die Ruinen von Sennen-Garth, und auf dem Kirchhof in Zillan stand schwer und drückend die Luft, während Philips Leichnam der Erde seines geliebten Cornwall übergeben wurde.

Wie erwartet, setzte mir das Begräbnis nervlich zu. Eine große Menschenmenge drängte sich in der Kirche und später um das Grab. Adrian leitete die Trauerfeierlichkeiten. Dies sind die Tatsachen oder der Sachverhalt oder wie immer man es nennen mag, aber es gibt Dinge jenseits solcher Äußerlichkeiten, die sich nicht beschreiben lassen. Ich wohnte dem Begräbnis meines Bruders bei, der mit einundvierzig Jahren tödlich verunglückt war, und doch war dies nicht das einzige Begräbnis an jenem kalten Morgen in Zillan. Denn begraben wurde auch die Welt meiner Vergangenheit – einer Vergangenheit voller Eifersucht und Neid und Haß, voller Fehler, Friedlosigkeit und Unvernunft: die nunmehr versunkene Welt, in der ich so lange vergeblich angekämpft hatte gegen das erbärmliche Schicksal, zu dem ich verdammt schien im Gegensatz zu den vom Glück Verwöhnten.

Ich begriff jetzt, daß die Gerechtigkeit ein doppelköpfiges, doppelgesichtiges Ungeheuer war; denn das Recht, das mir beschert wurde, fügte anderen Unrecht zu, und das Unrecht, das mir widerfuhr, war Recht für die anderen. Mein Kampf um Gerechtigkeit war gleichzeitig ein Kampf für Ungerechtigkeit gegen meine Brüder gewesen.

Nach der Beisetzung übernachtete ich auf Roslyn-Farm, und am nächsten Morgen beim Frühstück bat ich meine Mutter, Cornwall wenigstens für einige Tage den Rücken zu kehren, um von allem ein wenig Abstand zu gewinnen. Doch sie wollte nichts davon hören. Da der Arzt ihr strikt verboten hatte, zu Jeannes Begräbnis zu fahren, blieb sie im Bett, und ich machte mich allein auf den Weg. Meine Schwester wurde in einer schlichten Zeremonie bei der presbyterianischen Kirche ihres Mannes bestattet, und als das Ganze vorüber war, fühlte ich mich, ehrlich gesagt, doch wie von einer Last befreit. Nach einem kurzen Mittagessen im Metropole erbot sich Lizzie dann, mich nach Roslyn-Farm zu begleiten.

„Mutter soll wissen, daß ich für sie da bin“, sagte sie. „Obwohl es natürlich fraglich ist, ob man Trauernde mit seinem Trost belästigen soll.“

Aber als sie die alte Frau dann im Bett liegen sah, war sie doch so betroffen, daß sie am nächsten Morgen im Garten von

Penmarric Blumen schnitt und mich bat, sie ein zweites Mal nach Roslyn-Farm zu bringen.

„Mutter", sagte sie energisch, als sie mit einem üppigen Strauß in das Zimmer trat, „es hat doch keinen Sinn, daß du hier liegst und apathisch vor dich hinstarrst. Wie wär's denn, wenn du für ein paar Tage zu uns nach Cambridge kämst? Die Bahnreise brauchst du nicht zu fürchten, da Eddy einen Wagen mit Chauffeur gemietet hat. Und wenn du dann wieder nach Cornwall zurückfahren willst, könnte man das ja genauso halten."

„Nein", erwiderte meine Mutter.

„Aber so höre doch ..."

„Sehr nett von dir, Lizzie, aber ich bleibe hier."

Und so war es auch. Nichts vermochte sie zu einer Sinnesänderung zu bewegen.

„Mein Gott, was sind alte Leute doch starrköpfig", sagte Lizzie ärgerlich zu mir. „Was sollen wir denn mit ihr machen? Ewig kann sie in diesem Haus mit der alten, halbblinden Magd doch nicht weiterleben. Was ist, wenn ihr etwas zustößt, ein Unfall, ein Sturz?"

„Ich werde ein Telefon installieren lassen", erwiderte ich, „und sie außerdem fast jeden Tag besuchen. Mach dir keine Sorgen um sie."

„Sie sollte nach Penmarric ziehen, wo man sich richtig um sie kümmern kann."

„Liebe Lizzie", sagte ich, „du kennst Mama offenbar nicht. Die läßt sich von niemandem Vorschriften machen. Nach Penmarric bringen sie keine zehn Pferde."

„Na schön", meinte Lizzie achselzuckend, „du mußt es ja wissen, und ich bin ohnehin zu weit vom Schuß, um etwas zu unternehmen. Für Eddy und mich wird es langsam Zeit zur Heimreise. Die Mädchen werden sich schon sehr nach uns sehnen ... Übrigens, was wird mit Esmond? Vielleicht sollte ich den armen Jungen zu uns einladen. Nach allem, was geschehen ist, wird er wohl kaum in Cornwall bleiben wollen."

„Soviel ich weiß, will er jetzt nach Schottland. Aber vielleicht während der nächsten Schulferien ..."

„Ja, das ist ein guter Gedanke. Hat sich Mariana inzwischen wieder gemeldet?"

„Nein."

Doch drei Tage später traf dann ein Brief von ihr ein. Lizzie, Eddy und Esmond waren inzwischen abgereist, und Helena hatte sich zu einem Besuch bei Bekannten in Warwickshire entschlossen, ehe sie ins Ausland fuhr.

Der Brief war an mich gerichtet.

„Mein lieber Jan-Yves", schrieb Mariana, „ich hoffe sehr, daß jetzt alles gut überstanden ist und daß Euch die Begräbnisse nicht allzusehr zugesetzt haben. Natürlich war ich die ganze Zeit in Gedanken bei Euch und hätte gewünscht, auch persönlich dort sein zu können, aber im Augenblick sind die Umstände leider nicht so, und als ich Dein Telegramm bekam, befand ich mich in finanziellen Schwierigkeiten und konnte die Kosten für die Reise beim besten Willen nicht aufbringen. Es ist schon trostlos, wenn einem bei solchen Gelegenheiten die Hände gebunden sind, und da ich gern nach Hause käme und es auch für meine Pflicht halte, jetzt nach Mama zu sehen, möchte ich Dich fragen, ob Du wohl hundert Pfund an mich überweisen könntest. Es fällt mir wirklich nicht leicht, Dich darum zu bitten, Liebling, aber ich bin von einer wahren Pechsträhne heimgesucht worden und weiß nicht mehr recht weiter. Wie schön wäre es doch, Esmond wiederzusehen; ist er noch auf Penmarric? Hoffentlich, denn in diesem scheußlichen Haus in Schottland kann sich doch kein Mensch wohl fühlen. Spricht er manchmal von mir? Ich denke so oft an ihn.

Ich kann Dir gar nicht sagen, wie leid mir der nette Donald und die arme Helena tun, auch wenn meine bedauernswerte Schwägerin nicht gerade die ideale Ehe geführt haben mag, da Philip sie ja drei Jahre lang allein ließ, als er in Kanada war. Aber Ehe bleibt doch Ehe und ist jedenfalls besser als keine. Liebe Grüße an Mama, und wenn Esmond noch da ist, so sage ihm doch, wie sehr er mir fehlt und daß ich mich sehr auf ein Wiedersehen mit ihm freue.

Bitte, lieber Jan, schreib mir bald, Deine Dich herzlichst grüßende Mariana."

Seufzend las ich den Brief nach einmal. Mariana unter die Arme zu greifen, verspürte ich wenig Neigung, und da die gerichtliche Testamentsbestätigung noch ausstand, verfügte ich auch nicht so ohne weiteres über die gewünschten hundert Pfund. Schließlich nahm ich Papier und Füllfeder zur Hand und machte mich an die in höflichem, aber bestimmtem Ton gehaltene Erwiderung.

„Liebe Mariana“, schrieb ich ohne jedwede Umschweife, „möchtest Du wirklich nach Penmarric kommen? Esmond ist wieder in Schottland, Helena bei Freunden in Warwickshire, und Mama hat bisher nicht nach Dir gefragt. Wenn Du es trotzdem für richtig hältst, hier zu erscheinen, so laß es mich wissen, und ich werde Dir das Geld für die Reise schicken. Daß es Dir zur Zeit nicht besonders gut geht, tut mir natürlich leid, aber hoffentlich ändert sich das schon sehr bald. Dein Jan-Yves.“

Sie antwortete nicht. Vielleicht hatte sich ihre finanzielle Lage gebessert, oder sie war ganz einfach verschnupft. Ich berichtete meiner Mutter von Marianas Brief.

„Mir hat sie nicht geschrieben“, sagte meine Mutter. „Kein Wort des Beileids – nichts. Und von Dir wollte sie nur eins: Geld.“

Zweifellos hatte sie recht. Aber ich hielt es für angebracht, das Thema nicht weiter zu behandeln.

Hinzu kam, daß mich etwas anderes beschäftigte – mein Verhältnis zu Rebecca. Weder sie noch Jonas hatten Philips Begräbnis beigewohnt, nur Deborah und Simon Peter mit seiner Frau waren dort gewesen. Einzige Erklärung blieb für mich, daß Rebecca über die Testamentsänderung immer noch wütend war. Aber es hätte ihr doch aufgehen müssen, daß mich keinerlei Schuld traf. Ihren heiligen Beteuerungen zufolge sollte Jonas nie zwischen uns stehen. War das jetzt doch der Fall, so war es sehr vernünftig von mir gewesen, Rebecca nicht zu heiraten. Mehr noch: Von einer Ehe zwischen uns konnte fortan überhaupt nicht die Rede sein.

Da es mir unerträglich war, die Dinge länger in der Schwebe zu lassen, beschloß ich, zu ihr nach Morvah zu fahren. Endlich mußte es zu einer Klärung kommen. Nervös stellte ich den Wagen ab und ging dann zur Hinterseite des Hauses, wo sie gerade Wäsche auf die Leine hängte. Jonas hockte, ein Sandwich kauend, auf einer Wassertonne, und jenseits des offenen Küchenfensters sah ich Deborah einen Teig kneten. Als sie mich erblickten, unterbrachen sie jeder ihre Tätigkeit und starrten mir entgegen.

Nach einem kurzen Moment schweigenden Abwartens sagte ich kurz: „Könnte ich dich allein sprechen, Rebecca?“

Wieder entstand Schweigen. Deborah begann wild den Teig zu kneten, und Jonas biß heftig in sein Brot.

„Ich habe mit dir nichts zu reden", sagte Rebecca schließlich mit steinerner Miene. „Kein Wort. Und du weißt genau, warum."

„Und warum?"

„Du hast meinen Jungen um sein Erbe gebracht."

So war es also, wie ich befürchtet hatte. Sie war, wie sie immer gewesen war: wankelmütig und launisch. Durch ihre beharrlichen Schwüre, daß sie mich zu sehr liebe, um jemals zuzulassen, daß Jonas zwischen uns stünde, wäre ich um ein Haar eine zweite, katastrophale Ehe eingegangen. Und eine Katastrophe wäre diese Heirat ohne Zweifel geworden. Es war ganz sinnlos, ihr Glauben zu schenken, wenn sie sagte, sie werde keine Szenen machen, wenn sie diesem Verlangen nachgab, wann immer es ihr danach zumute war. Wollte sie mir Schwierigkeiten bereiten, dann tat sie es auch.

Meine Geduld war erschöpft, mein Zorn wuchs. Zehn Jahre lang hatte sie mich am Gängelband gehabt, aber das war nun endgültig vorbei. „Davon, daß ich Jonas um sein Erbe gebracht haben soll, kann keine Rede sein", sagte ich scharf. „Du hast ihn darum gebracht und nicht ich. Hättest du damals, als Jonas vom Strand wegrannte, Philip nicht diese lächerliche Szene gemacht..."

„Hör auf!" unterbrach sie mich. „Hör doch, um Gottes willen, endlich auf!"

Jonas glitt von der Tonne herab und pflanzte sich energisch vor mir auf.

„Ich bin nicht weggerannt", verkündete er. „Und sie hat keine Szene gemacht. Laß meine Mutter in Ruhe!"

Ich beachtete ihn nicht. „Rebecca", sagte ich, „laß uns das ein für allemal klarstellen. Erstens habe ich Jonas nicht um seine Erbschaft gebracht. Philip änderte das Testament aus eigenem Entschluß, nachdem du ihn so vor den Kopf gestoßen hattest. Zweitens wußte ich zwar davon, mußte es jedoch auf Philips Bitte hin für mich behalten. Und drittens..."

„Du hast mich getäuscht. Und das gerade in diesen letzten Monaten, wo wir einander so nah gewesen sind..."

„Ich habe dich nicht getäuscht, sondern nur das Versprechen gehalten, das ich Philip geben mußte."

„Laß meine Mutter in Ruhe“, sagte Jonas feindselig. „Scher dich weg von hier, oder es setzt was.“

„Ich glaube dir nicht“, betonte Rebecca. „Ich glaube dir nicht, und ich will dich nicht mehr sehen.“

„Na schön“, sagte ich in aufsteigender Wut. „Du wirst mich hier auch nicht mehr sehen. *Nie* mehr, verstanden? Und diesmal heißt das auch wirklich nie, und nicht etwa später. Ich bin nicht wieder umzustimmen. Damit ist es endgültig vorbei. Wenn du mir trotz all deiner angeblichen Liebe nicht vertraust, dann kann mir diese Liebe gestohlen bleiben.“

„Ich soll dir vertrauen?“ schrie sie. „Ich habe dir nie vertraut! Du hast mich nie so geliebt wie ich dich – immer war da irgendeine andere Frau …“

„Und warum? Weil ich dich auf Knien anflehen mußte, um von dir zu bekommen, was ich wollte!“

In diesem Augenblick stürzte Jonas mit geballten Fäusten auf mich zu.

Ich nahm ihn kaum wahr. „Aber ich bettele dich nicht mehr darum an“, sagte ich über seinen Kopf hinweg zu Rebecca. „Du kannst behalten, was du hast. Andere Frauen haben ohnehin mehr davon …“

Ich brach ab. Sie starrte mich an, und der Blick aus dunklen Augen wirkte plötzlich sehr unsicher.

„… und sind jünger“, fügte ich hinzu.

Ich sah noch, wie sie zusammenzuckte. Wie blind machte ich auf dem Absatz kehrt, ging um das Haus herum zu meinem Wagen, stieg ein und jagte wie ein Besessener los.

Zwei Wochen später traf ein Brief von ihr ein, ein kurzes, sehr förmliches Schreiben: Sie bedauere die Szene und würde mich gern wiedersehen.

Ich antwortete nicht.

Ein zweiter Brief kam, sehr lang und ausführlich, voll Leidenschaft und Reue.

Ich zerriß ihn und warf die Fetzen in den Papierkorb.

Wenige Tage später rief sie mich aus einer öffentlichen Telefonzelle in Penzance an.

„Jan“, sagte sie, „ich weiß, daß ich einen Fehler gemacht

habe. Glaub mir doch, wenn ich dir sage, daß es mir leid tut. Und glaub mir auch, daß ich dir in Zukunft immer vertrauen werde. Ich sehe wirklich ein, daß es ein Fehler von mir war."

„Ja", sagte ich, „und zwar ein Fehler zuviel. Vorbei ist vorbei." Und um nicht doch noch schwach zu werden, legte ich rasch den Hörer auf.

„Sollte meine Schwägerin wieder anrufen", sagte ich zu Medlyn, „so möchte ich nicht, daß Sie mich an den Apparat holen. Erklären Sie ihr, ich sei nicht da."

„Jawohl, Sir", erwiderte mein Butler respektvoll.

Mit Respekt behandelten mich jetzt alle. Warum auch nicht? Die Zeiten hatten sich geändert. Ich war nicht mehr jener mittellose Niemand von schlechtem Ruf, der auf dem Besitz seines reichen Bruders für ein Gehalt arbeitete. Ich war Herr von Penmarric und einer der begütertsten jungen Männer in Cornwall. Jetzt lebte ich in dem Haus, das ich seit frühester Jugend so sehr liebte, und konnte tun und lassen, was ich wollte. Das häßliche Entlein hatte sich zu einem prachtvollen Schwan gemausert, und niemand war glücklicher über diese märchenhafte Verwandlung als ich. Ich besaß alles, wonach es mich je verlangt hatte.

Und doch...

Es ist erstaunlich, wie selten sich der Mensch mit dem Erreichten zufriedengibt. Kaum erobert er die Erde, sehnt er sich nach dem Mond.

„Du solltest wieder heiraten", meinte Lizzie, als ich sie eines Abends anrief, weil ich mich einsam fühlte. „Komm doch über Weihnachten nach Cambridge. Ich kann dir eine ganze Schar reizvoller junger Damen präsentieren. Wie wär's?"

„Ich kann Mama über Weihnachten doch nicht allein lassen."

„Ich werde auch sie zu uns einladen."

„Aber du weißt doch, daß sie nicht käme, Lizzie. Von Roslyn-Farm bringt sie niemand weg."

„Dann ist es ihre eigene Schuld. Ich sehe wirklich nicht ein, warum du für ihren Egoismus noch bestraft werden solltest."

„Davon kann doch keine Rede sein."

„Doch! Sie nützt dich genauso aus, wie sie früher Philip ausgenützt hat! Wirklich, Jan, warum du bei ihr auf einmal so sentimental bist, begreife ich beim besten Willen nicht. Wieso sollt est du sie nicht eine Zeitlang allein lassen? Schließlich hat sie sich, als du klein warst, sechs lange Jahre nicht um dich gekümmert!"

„Aber sie war da, als ich sie brauchte", sagte ich. „Als Kind hatte ich sie ja nicht so nötig. Bei einem so jungen Wesen kann auch eine Fremde Mutterstelle vertreten, und ich war in dieser Beziehung wirklich nicht schlecht dran. In späteren Jahren hat Mutter sich dann von einer ganz anderen Seite gezeigt."

„Ach, Unsinn!" rief Lizzie wütend und legte den Hörer auf.

Doch schon am nächsten Tag war sie wieder am Apparat. Sie habe sich auf meinen Besuch über Weihnachten so gefreut, daß sie aus lauter Enttäuschung über meine Absage in Rage geraten sei; vielleicht jedoch hätte ich gar nicht so unrecht, über die Feiertage in Cornwall zu bleiben. Im neuen Jahr hingegen ließe sich eine Reise nach Cambridge gewiß in Betracht ziehen...

„... ich habe da nämlich jemanden für dich, der dir bestimmt gefallen würde. Ein herrliches Geschöpf – schön, klug, charmant..."

„Ich denke im Augenblick nicht an Heirat", sagte ich, und das entsprach auch der Wahrheit. Trotz meiner Einsamkeit auf Penmarric war ich durch den endgültigen Bruch mit Rebecca einer Ehe abgeneigter denn je und in meiner Haltung Frauen gegenüber entsprechend zynisch. „Vor meinem fünfunddreißigsten Geburtstag stürze ich mich garantiert nicht in ein neues Eheabenteuer."

Aber so lange wartete ich dann doch nicht. Ich wartete sogar nicht einmal bis zu meinem zweiunddreißigsten Geburtstag acht Monate später, weil ich mich nämlich im nächsten Frühjahr bis über beide Ohren verliebte. Am 20. Mai 1937 begegnete ich zum erstenmal Isabella, und danach konnte mich keine Macht der Welt davon abhalten, eiligst den Hafen der Ehe anzusteuern.

9

Isabella!

„Den Namen gibt's heutzutage ja gar nicht mehr", sagte ich zu ihr.

„Man kann mich eben nicht mit anderen in einen Topf werfen", erwiderte sie lachend.

Ihre Eltern riefen sie Isabel.

„Damit es nicht so auffällt. Die Ärmsten – sie sind so verzweifelt konventionell."

Geschwister hatte sie nicht.

„Das ist wohl auch der Grund, warum sie mir einen so extravaganten Namen gaben, denn wahrscheinlich war ihnen klar, daß sie mit der Zeugung wenigstens eines Nachkommens eine einmalige und unwiederholbare Leistung vollbracht hatten. Der Triumph muß ihnen buchstäblich zu Kopf gestiegen sein."

Isabella! Aschblondes Haar, wie seidiges Goldgewebe schimmernd, weit auseinanderliegende grüne Augen mit braunem Gesprenkel in der Iris, hohe Jochbögen und ein vollippiger, aufreizender Mund.

Sie war noch sehr jung.

„Nein, wie alt ich bin, werde ich Ihnen nicht verraten. Das spielt bei mir nämlich gar keine Rolle. Ich habe die feste Absicht, mit vierzig noch genauso auszusehen wie jetzt."

Vierzig rechnete bei ihr offenbar schon zum höheren Greisenalter.

Isabella! Kluge, gescheite Isabella, die ihr Herz so herrlich ungescheut auf der Zunge trug...

„Natürlich bin ich dumm", erzählte sie. „Da haben mich meine Eltern für einen Riesenbatzen Geld auf eine gräßliche Privatschule geschickt, damit ich all die Vorteile genießen sollte, die ihnen früher entgangen waren – und was passiert? Ich sause sang- und klanglos durchs Examen."

Ich lernte sie auf der Rückreise von London kennen.

Es war das Krönungsjahr, und neben vielen anderen pilgerten wir in die Hauptstadt, um das mitzuerleben. Außer mir fuhren auch William, Charity, Adrian, Lizzie mit Familie – und Esmond, der nach dem Tode seines Vaters Marquis von Lochlyall geworden war und in seinem neuen Rang zu jenen Peers gehörte, die sich in der Westminsterabtei versammelten, um dem neuen Monarchen den traditionellen Treueid zu leisten. Natürlich waren wir alle stolz, daß er bei der Zeremonie eine wenn auch noch so untergeordnete Rolle spielte, und am stolzesten zeigte sich Mariana, die eigens im Flugzeug aus Frankreich kam und die Wiederbegegnung mit ihrem langentbehrten Sohn zu einem dramatischen Auftritt gestaltete. Kein Zweifel, daß Esmond tief bewegt war. Kein Zweifel aber auch – so wollte mir jedenfalls scheinen –, daß er bei Marianas unausrottbarem Hang zu Dry Martinis nach der Krönung recht erleichtert war, sich wieder von seiner Mutter trennen und nach Eton zurückkehren zu können. Marianas Abschiedsszene war natürlich wieder sehenswert – eine Flut von Tränen und das Gelübde, ihre Bindungen zu Monte Carlo baldmöglichst aufzugeben und zu Esmond nach Edinburgh zu ziehen. Aber als ich sie dann zum Flugzeug brachte, stellte sich heraus, daß sie für die Zukunft durchaus noch keine festen Pläne hatte.

„Der liebe, liebe Esmond", sagte sie während der Fahrt immer wieder. „Der liebe, liebe Esmond. Genauso wunderbar wie eh und je. Wie habe ich geweint, als wir uns wiedersahen. Geweint und geweint und geweint. Wenn ich doch nur den Mut aufbrächte, Monte Carlo zu verlassen und zu ihm nach Schottland zu gehen. Aber dieses abscheuliche Klima dort ... Ich liebe Monte Carlo ... Da kennt man noch Lebensart ... faszinierende Männer und elegante Frauen ... du solltest wirklich wieder heiraten, Liebling. Im Grunde bist du doch ganz attraktiv ... Sieht übrigens gar nicht so übel aus, Lizzies Mann, meine ich, aber so fad und mundfaul ... Möchte wissen, ob er sie betrügt. Tun ja die meisten Ehemänner, in Monte Carlo kann man ein Lied davon singen ... Aber ich habe für Franzosen eine Schwäche. Die sind so anders als die englischen Herren der Schöpfung ... Ach, es ist ja alles so sinnlos, *so* sinnlos!" sagte sie plötzlich, in Tränen ausbrechend.

„Wie viele Martinis hast du heute morgen schon getrunken?" fragte ich, als wir uns dem Flugplatz näherten. „Zwei? Drei? Vier?"

„Nur einen ganz kleinen. Wirklich nur einen kleinen, Liebling."

„Du trinkst zuviel, Mariana."

„Da übertreibst du aber ... Soviel trinke ich gar nicht. Und vor allem: Ich betrinke mich *nie*."

Und bist auch nie ganz nüchtern, dachte ich.

Sie war und blieb eine sehr strapaziöse Person, und so war ich recht froh, als wir uns trennten. Nachdem wir uns von Lizzie und Familie verabschiedet hatten, fuhren wir in meinem Wagen zu viert nach Exeter, wo William und Charity ein paar Tage bei Adrian verbringen wollten. Am späten Vormittag setzte ich die Fahrt dann allein fort.

An der Straße, kurz vor der Grenze von Cornwall, befand sich ein Restaurant, das mir schon verschiedentlich aufgefallen war, und ich beschloß, dort kurze Rast zu halten. Das alte Haus mit dem Strohdach, ein kleines Hotel eigentlich, war in seiner malerischen Art sehr anziehend.

Ich parkte meinen Wagen und trat ein. In der Diele glänzten alte Möbel und Messing, dunkles, eichenes Gebälk trug die Decke. Während ich mich noch umsah, erschien eine Frau und fragte höflich: „Eine Person zum Lunch, Sir? Hier entlang, bitte."

Die Gaststube war äußerst klein, aber hell und freundlich: ein rundes halbes Dutzend Tische etwa und eine Handvoll Gäste, die schon eifrig dem Mahle zusprachen. Ich nahm Platz, überflog die Speisekarte und entschloß mich zu Erbsensuppe, Steak und Nierenpastete sowie Erdbeeren mit Schlagsahne.

„Haben Sie schon gewählt, Sir?" fragte eine hohe, süße Stimme an meiner Seite, und als ich den Kopf hob, blickte ich in Isabellas Augen.

Wie es sagen? Wie es beschreiben? Ich weiß es wirklich nicht. Mir bleibt nur festzustellen, daß es mich mitten ins Herz traf. Liebe, ja – genau das, was gerade bei mir so völlig unvorstellbar schien. Was die Möglichkeit einer Liebe auf den ersten Blick betraf, so hatte ich das immer als absurd abgetan – ein Ammenmärchen, dem kein Mann aufsaß, der auch nur einen Funken Selbstachtung verspürte.

Aber hier saß ich nun, vor mir dieses Mädchen mit seinem langen, weißen Hals, dem spitzen kleinen Kinn und dem aschblonden Haar über dem fast noch Kindergesicht – und wußte, daß ich ihr rettungslos verfallen war. Vielleicht lag das Geheimnis in ihren Augen. Denn dort fand sich ein Glanz, den ich kannte und wiedererkannte. Sie war wie ich, ganz und gar wie ich.

Diese Wesensähnlichkeit machte unsere Begegnung so faszinierend. Erst in dieser Sekunde ging mir auf, daß ich immer allein gewesen war, auch wenn ich mich einem anderen Menschen in Liebe verbunden geglaubt hatte. Erst jetzt, als ich mich in ihr gleichsam widergespiegelt fand, begriff ich, daß ich in Wahrheit noch nie geliebt hatte. Ich sah sie an und wußte, daß uns das geheimnisvolle Band einer gemeinsamen Identität immer einigen würde.

So klar und so eindeutig war das. Von Verwirrung fand sich keine Spur. Die Liebe, die ich empfand, verlieh der Welt plötzlich eine einleuchtende und unwiderstehliche Logik.

Meine Stimme sagte schließlich: „Erbsensuppe, bitte."

„Auch Brötchen und Butter?"

„Ja. Und Wasser."

Sie verschwand geschäftig hinter der Küchentür. Als sie wenige Augenblicke später mit Suppenterrine und Brötchenkorb zurückkam, bemerkte ich an ihrer Hand einen winzigen funkelnden Diamanten.

„Sie sind verlobt?" fragte ich überrascht und außerstande, mich zu bezähmen.

„Ja. Im August heirate ich", erwiderte sie und blinzelte mich keck an, als wollte sie geradezu herausfordern, daß ich weitere neugierige Fragen an sie stellte.

„Dann lohnt es sich ja nicht mehr, herzukommen", sagte ich. „Wie schade!"

Sie lachte. „Oh, ich bin auch dann noch hier zu finden. Mein Verlobter betreibt die Handelsgärtnerei nicht weit von hier, und meinen Eltern ist es bestimmt recht, wenn ich weiter hier aushelfe."

„Wenn man verheiratet ist, empfiehlt es sich aber nicht, in so unmittelbarer Nähe der Eltern zu wohnen. Sie sollten lieber einen Fremden heiraten und sehen, daß Sie von hier fortkommen."

„Meinen Sie? Sie sprechen wohl aus Erfahrung."

„Ganz recht. Meine Ehe hat mit einer Scheidung geendet."

„Oh? Und der Grund dafür war, daß Sie zu nahe bei Ihren Eltern lebten?"

Ein Schatten tauchte an ihrer Seite auf. „Isabel, Liebes", sagte die sympathische Frau, die mich in der Diele empfangen hatte, „bitte, unterhalte dich nicht mit den Gästen. Der Herr möchte seine Suppe essen." Sie wandte sich mir zu und lächelte nervös. „Ich fürchte, meine Tochter ist manchmal etwas zudringlich. Entschuldigen Sie."

„Meine liebe Mrs. . . ."

„Clay."

„. . . Mrs. Clay, da gibt es wirklich nichts zu entschuldigen. Ihre Tochter ist bezaubernd."

Sie verstummte, nervöser noch als zuvor, und zog sich hastig in die Küche zurück. Sekunden später jedoch war sie wieder in der Gaststube, wo sie, angestrengt in eine andere Richtung starrend, beim Serviertisch Aufstellung nahm, so daß ich mich gezwungen sah, mein Mahl schweigend zu verzehren, während Isabel mich ebenso wortlos oder doch einsilbig bediente. Plötzlich wurde ein massiger Mann mit militärisch geschnittenem Schnurrbart sichtbar. „Anruf für dich, Hilda", sagte er und entschwand wieder, während Mrs. Clay ihm folgte, wenn auch nicht ohne Widerstreben.

Da die anderen Gäste inzwischen den Raum verlassen hatten, war ich mit Isabella allein.

„Ich muß gestehen, daß ich Sie mir nicht gut als Gärtnersfrau vorstellen kann", sagte ich. „Wollen Sie wirklich für den Rest Ihres Lebens Rosenstöcke beschneiden?"

„Es müssen ja nicht gerade Rosen sein."

„Vielleicht könnte ich Ihnen einmal mein Gewächshaus zeigen."

„Ihr Gewächshaus? Na, toll! Sagen Sie bloß, Sie bewohnen eines dieser herrlichen alten Riesengebäude, wo nach Sonnenuntergang das Gaslicht flackert und Skelette klappern und die Heldin vor Angst Schreikrämpfe kriegt."

„Besuchen Sie mich doch – dann können Sie es selbst sehen."

„Allmächtiger, das heißt doch hoffentlich nicht, daß Sie Ihren Familiensitz dem staunenden Publikum für Geld vorführen!"

„Ganz so verarmt bin ich denn doch noch nicht", sagte ich lachend.

„Na, Gott sei Dank! In dem Fall . . ." Die Tür ging auf, und ihre Mutter kam wieder herein. „. . . möchten Sie vielleicht Kaffee, Sir?" beendete Isabella geschickt den Satz.

„Danke, gern."

Aber es war dann ihre Mutter, die mir den Kaffee brachte, und sosehr ich den letzten Schluck auch hinauszögerte, ich sah Isabella nicht wieder – bis ich schließlich vor das Haus trat und zu meinem Wagen ging.

Sie saß auf dem Vordersitz. „Entschuldigen Sie“, sagte sie, „aber ich konnte der Einladung, Ihr Gewächshaus zu besichtigen, nicht widerstehen. Ist es weit?“

Das war es allerdings, und so schloß ich einen Kompromiß und fuhr mit ihr nur nach Launceston zum Tee, wo ich das Gespräch dann auf ihren Verlobten brachte.

„Wie alt ist er denn?“

„Keith? Dreiundzwanzig. Ein netter Kerl. Sehr ruhig und sehr zuverlässig.“

Es war augenscheinlich, daß er sie längst langweilte und sie durch die Heirat nur der strengen Aufsicht ihrer Eltern entkommen wollte.

„Heiraten Sie ihn nur dann, wenn Sie ihn lieben“, sagte ich. „Sie sollten sich das Fiasko einer Vernunftehe lieber ersparen. Der Gärtner ist der richtige Mann für Sie, wenn Sie ohne ihn nicht leben können, und das dürfte kaum der Fall sein, denn sonst würden Sie jetzt nicht hier mit mir beim Tee sitzen. Wäre Ihnen dieser Keith auch nur einen Pfifferling wert, so hätten Sie mich überhaupt nicht beachtet.“

Sie sah mich aus ihren großen grünen Augen an und schwieg.

„Stimmt das nicht?“

„Doch“, erwiderte sie leise. „Es stimmt schon.“

„Dann wollen wir unseren Gärtner mal schleunigst vergessen. Heiraten Sie statt seiner lieber mich. Ich bin zwar kein Heiliger, aber zu Tode langweilen werden Sie sich bei mir bestimmt nicht. Werden Sie meine Frau und Herrin von Penmarric.“

Sekundenlang fiel kein Wort. Dann sagte sie zögernd: „Du verstehst mich, nicht wahr? Du kennst mich zwar nicht, aber du verstehst.“

„Willst du meine Frau werden?“

„Ja, natürlich. So bald wie möglich.“

Dies ist eine wahre Geschichte, was zweifellos erklärt, daß sie unglaublich klingt.

Natürlich heirateten wir nicht auf der Stelle, indem wir etwa nach Gretna Green durchbrannten – das wäre selbst für unsere kaum bezähmbare Ungeduld überstürzt gewesen. Aber es gelang uns doch, alles so einzurichten, daß es für Isabella beim festgesetzten Hochzeitsdatum im August blieb. Nur heiratete sie eben nicht ihren Gärtner, sondern mich.

Als ihre Eltern von unserer Absicht erfuhren, waren sie fassungslos, und ich fürchte fast, daß ich ihnen als Unhold in Menschengestalt erschien, über sie gekommen aus heiterem Himmel, um ihre Tochter ins Unheil zu stürzen. Es kostete harte Arbeit, sie für mich zu gewinnen, aber wenn es darauf ankommt, kann ich unermüdlich sein, und mir lag nun mal daran, Isabella mit Einwilligung ihrer Eltern zu heiraten.

Eine kirchliche Trauung kam auf Grund meiner Scheidung nicht in Frage.

„Waren Sie denn der schuldlose Teil?“ erkundigte sich Mrs. Clay zweifelnd.

„Nein“, erwiderte ich. „Ich wurde wegen Ehebruchs geschieden, aber das geschah im wechselseitigen Einverständnis. Wenn Sie wollen, können Sie meiner früheren Frau ja schreiben – sie wird kein böses Wort über mich sagen. Wir haben uns als Freunde getrennt.“

Das offenkundige Mißtrauen konnte unter den gegebenen Umständen kaum überraschen.

„Kommen Sie mit Ihrem Gatten doch nach Penmarric zu Besuch“, sagte ich und vergaß nicht, behende hinzuzufügen: „Sie müssen unbedingt meine Mutter kennenlernen. Sie hat leidenschaftlich gern Gäste.“

Erfolg meiner Diplomatie waren zufriedene Gesichter, bewies diese Geste doch, daß ich es, all ihren Zweifeln zum Trotz, wirklich und wahrhaftig ernst meinte. Und so nahmen beide bereitwillig an – was mich trieb, in einer wahren Höllenfahrt nach Roslyn-Farm zu brausen.

„Mama“, sagte ich, nachdem ich ihr die Lage erklärt hatte. „Dies ist sehr, sehr wichtig für mich. Könntest du sie zusammen mit mir auf Penmarric empfangen, wenn sie zum Lunch kommen? Bisher billigen sie die Wahl ihrer Tochter nicht. Ich bin ihnen zu reich und zu undurchsichtig, und meine Scheidung paßt leider zur allzugut in dieses Bild. Sobald sie dich sehen, werden sie ihre Meinung ändern. Wenn du die große Dame spielst, halten sie dich bestimmt für eine geborene Herzogin. Erzähle ihnen, daß wir jeden Sonntag zur Kirche gehen und wie unglücklich ich mich so unbeweibt fühle. Sie werden dir jedes Wort von den Lippen trinken."

„Hm", meinte meine Mutter zweifelnd. „Hoffentlich weißt du auch, was du tust."

„Lern das Mädchen erst einmal kennen, Mama, dann wirst du besser begreifen. Sie ist einmalig, sie ist unvergleichlich."

„Hm", machte sie wieder. „Offenbar eine Frau, die weiß, was sie will."

„Nein, nein, nein, Mama, nicht so, wie du meinst. Sie ist ein blutjunges Ding, unschuldig und unverbildet . . ."

„Und falls sie das zufälligerweise nicht sein sollte", sagte meine Mutter, „so hat sie es jedenfalls verstanden, dich gehörig einzuwickeln."

„Sie wird dir sicher gefallen", beharrte ich. „Todsicher sogar. Warte nur ab."

„Ist sie eine Dame? In meiner Zeit galt ein Mädchen, dessen Eltern ein Gasthaus betrieben, als gewöhnlich."

„Mama, du weißt doch, wie sich das geändert hat! Ihre Eltern sind einfache und anständige Leute, die ihrer Tochter den Besuch einer Privatschule ermöglicht haben – ich könnte mit Isabella jederzeit ohne die geringsten Bedenken eine Gartenparty im Buckingham-Palast besuchen."

„Du solltest diese Geschichte nicht überstürzen, Jan-Yves. Du bist zu impulsiv."

„Mama, ich bin fast zweiunddreißig und wohl alt genug, um zu wissen . . ."

„Hast du ein Verhältnis mit ihr?"

„Mama!" rief ich empört. „Du scheinst nicht ganz zu begreifen. Ja, ehrlich gesagt, du scheinst überhaupt nicht zu begreifen."

„So? Nun, wenn ich in meinem langen Leben eins begriffen habe, so das, daß ein Mann sehr rasch den Verstand verliert, wenn er nicht haben kann, was er haben will. Du möchtest wohl ein Verhältnis mit ihr, aber sie hat dich abblitzen lassen, nicht wahr?"

„Du könntest dich nicht gründlicher irren", sagte ich erzürnt. „Ich habe sie nicht gebeten, meine Geliebte zu werden. Ich will sie zur Frau haben. Und da wäre es doch eine Beleidigung, wenn ich . . ."

„Es wäre aber doch recht interessant."

„Was?"

„Zu wissen, ob sie bereit ist, deine Geliebte zu werden."

„Findest du nicht, daß unser Gespräch langsam peinlich wird?"

„Aber wieso denn? Glaubst du etwa, mir sind solche Dinge fremd? Meinst du, mir wären früher nicht auch unanständige Anträge gemacht worden? Nun geh nicht gleich in die Luft, Liebling, aber mir will doch scheinen, daß deine Isabella mit Vorsicht zu genießen ist. Du magst zur Heirat ja gute Gründe haben, aber wie sieht es damit bei ihr aus? Du bist reich und stehst gesellschaftlich weit über ihr – auch das sind Gründe, gewiß; aber sind es die richtigen?"

„Mama, als ich sie kennenlernte..."

„... wußte sie nicht, wer du warst. Aber glaubst du etwa, ihr ist entgangen, was du anhattest und was für einen Wagen du fuhrst? Und was passiert? Du verliebst dich unsterblich in sie, und prompt löst sie ihre Verlobung. Wirklich, Jan-Yves, bei solchen Mädchen muß man auf der Hut sein. Wenn sie den ersten sitzenläßt, warum dann nicht auch den zweiten? Läuft ihr ein anderer über den Weg, so bist als nächster du an der Reihe."

„Wir lieben uns."

„Ist das die Zauberformel, die alles Unheil abwendet? Liebe entsteht und vergeht, das weiß niemand besser als ich. Und dann: Was ist mit dem Altersunterschied zwischen euch? Sicher, jetzt bist du zweiunddreißig und sie siebzehn, und es sieht alles noch sehr rosig aus. Aber wie soll das später werden, wenn sie mit fünfunddreißig in voller Reife steht, während du, jenseits der Fünfzig, deine besten Jahre hinter dir hast? Und du kannst mir glauben, daß ich aus Erfahrung spreche, denn all das mußte ich ja selber durchmachen."

„Wenn der Mann der ältere Teil ist, spielt das keine Rolle", behauptete ich starrsinnig. „Er *sollte* sogar älter sein als seine Frau. Deine Ehe läßt sich da nicht zum Vergleich heranziehen."

„Wie du meinst", sagte meine Mutter, resignierend zwar, aber nicht ohne Bissigkeit. „Da du es dir nicht ausreden läßt, werde ich mich wohl am besten als Hilfstruppe betätigen. Aber ich glaube kaum, daß mir deine Isabella gefallen wird."

Was sich, nicht zuletzt zu meiner eigenen Überraschung, als Fehlprognose erwies. Sie war sogar sehr von ihr angetan und revidierte ihre Meinung so vollständig, daß ich nur staunen konnte.

„Nein, ich habe nichts mehr gegen eine Heirat", sagte sie, sobald die Clays, nach einem ehrfürchtigen Rundgang durch Penmarric, wieder weg waren. „Möglich, daß du es mitunter bereuen wirst, aber Ecken und Kanten sind in jeder Ehe unvermeidlich. Jedenfalls kannst du dich mit ihr überall zeigen, was sich von ihren Eltern leider nicht sagen läßt, aber sie sind ja weit genug vom Schuß, und du wirst mit ihnen nicht viel zu tun haben. Schade, daß Isabella nicht ein wenig älter ist, und außerdem – na ja, sie ist schon etwas zu attraktiv. Doch eine Häßliche würdest du ja kaum heiraten. Und auf den Kopf gefallen ist sie Gott sei Dank auch nicht."

Wie gehetzt jagte ich den weiten Weg zum Clayschen Gasthof zurück. „Du hast meine Mutter im Sturm erobert", rief ich glücklich. „Ist das nicht herrlich?"

„Wunderbar", sagte Isabella. „Wenn meine Eltern sich nur auch einen Ruck geben wollten, statt mir mit ihren Wenn und Aber die letzten Nerven zu rauben. Natürlich haben ihnen Penmarric und deine Mutter schrecklich imponiert, aber gegen die rasche Hochzeit sträuben sie sich immer noch. Wenigstens bis Weihnachten könnten wir doch warten, sagen sie. Wie machen wir ihnen nur klar, daß uns nichts daran hindern wird, am 30. August zu heiraten?"

„Indem wir in der ‚Times' eine Anzeige erscheinen lassen, in der wir Verlobung und Hochzeitstag bekanntgeben", sagte ich gelassen. „Was in der ‚Times' steht, ist wie Gottes Wort. Und wer würde schon wagen, damit zu hadern?"

Der Erfolg gab mir recht. Durch das altehrwürdige Blatt erfuhr die Welt von unserer Verlobung, und wenige Tage später hagelte es Glückwunschschreiben.

Bald darauf begegnete ich Rebecca in St. Just vor Mrs. Trewints Laden. Sie trug einen etwas zu engen Mantel und Schuhe mit flachen Absätzen. Auf ihrem Gesicht fand sich keine Spur von Make-up.

„Guten Tag", sagte ich befangen. „Wir haben uns lange nicht gesehen. Wie geht's denn?"

„Recht gut, danke."

„Das freut mich."

Verlegen schwiegen wir. Sie nestelte an ihrem Einkaufskorb herum, schob sich dann eine Strähne aus der Stirn und blickte die Straße hinab.

„Von deiner Verlobung habe ich gehört", sagte sie schließlich.

„So?"

„Ja." Ihre Finger schlossen sich um den Henkel des Korbes, als umklammerten sie ein Rettungsseil. „Ich freue mich sehr für dich und hätte dir auch geschrieben, wenn nicht ..."

„Das macht doch nichts", sagte ich.

„Hoffentlich wirst du glücklich."

„Danke."

„Mit deiner Verlobten werde ich allerdings kaum bekannt werden", sagte sie. „Vielleicht könntest du ihr das erklären."

„Sie weiß, was zwischen uns war, und wird schon verstehen."

„Nun ja, dann werde ich jetzt gehen... entschuldige... aber der Bus ..."

Dennoch schien sie, halb gegen ihren Willen, darauf zu warten, daß ich ihr anbot, sie im Wagen nach Hause zu bringen. Aber ich blieb stumm. Schließlich wandte sie sich rasch um und sagte im Weggehen: „Auf Wiedersehen."

„Auf Wiedersehen, Rebecca", erwiderte ich und sah ihr nach, wie sie sich mit etwas hastigen Schritten entfernte. Ein Stück weiter, fast schon in Höhe des Platzes, drehte sie den Kopf zurück. Trotz der Entfernung konnte ich ihr Gesicht deutlich erkennen. Tränen glänzten auf ihren Wangen. Eine lange Sekunde blickten wir einander an, bis ich ihr den Rücken zukehrte und, mir eine Zigarette anzündend, entschlossen auf meinen Wagen zuging.

„Ich hätte nichts dagegen, sie kennenzulernen", sagte Isabella, „aber es wäre wahrscheinlich doch verkehrt, wenn wir einander wie Freunde in die Arme fielen. Natürlich muß sie mich hassen. Das würde ich an ihrer Stelle auch tun."

„Mein Liebes!“ Ich strich ihr gerührt über das seidige Haar.

„Ja, wirklich, Jan. Ich glaube, ich würde vor Eifersucht sterben. Ich liebe dich doch so.“

„Mein Engel!“

„Jan?“

„Ja?“

„Rebecca muß doch ungeheuer attraktiv sein, wenn sie dich so viele Jahre fasziniert hat.“

„O ja, attraktiv fand ich sie schon“, erwiderte ich mechanisch, denn Rebecca war weit, weit weg, Teil einer Vergangenheit, die hier neben Isabella keinen Bestand hatte.

„Wann hast du sie denn kennengelernt?“

„Wann? Ach, vor einer Ewigkeit ... als ich sieben war.“

„Sieben! Und wie alt war sie? Wohl noch ein Baby?“

„Himmel, nein, sie war vierzehn. Sie ist sieben Jahre älter als ich.“

„Dann muß sie ja fast vierzig sein. Ach, die Arme, sie tut mir wirklich leid.“

Mich zu ihr beugend, küßte ich sie sanft auf die Nase und sah in ihre lächelnden Augen.

Am 30. August wurden wir in Exeter standesamtlich getraut, und am Nachmittag desselben Tages saßen wir bereits im Zug nach London, der ersten Station unserer Hochzeitsreise, die uns nach Venedig führen sollte. Es war der glücklichste Tag meines Lebens. Ich fühlte mich verzaubert, zählte voll Ungeduld die Minuten, die uns von London trennten und unserer ersten Nacht.

Unser Hotel war das Dorchester.

Rückblickend bleibt festzustellen, daß ich Isabella wohl mit allzu naiven Augen gesehen hatte. Wenn sie mich während unserer Flitterwochen auch nicht enttäuschte, so gab es mir doch einen Stich, als ich entdecken mußte, daß sie nicht mehr Jungfrau war – was sie allerdings energisch bestritt.

Kurz gesagt: sie log.

„Wirklich, Jan, ich habe noch nie mit einem Mann geschlafen. Noch nie!“

Aber in diesem Punkt konnte man mich nicht hinters Licht

führen. Sosehr sie sich auch mühte, alle Symptome der Unschuld und Unerfahrenheit vorzutäuschen – als Frauenkenner, der ich mich wohl nennen durfte, war es mir nicht schwer, ihr Spiel zu durchschauen.

Und so kam es in der Hochzeitsnacht zum ersten Streit zwischen uns.

„Ja", gestand sie schließlich weinend, „ich habe gelogen, aber nur, weil ich Angst hatte, dich zu enttäuschen. Und es ist doch auch nur einmal passiert. Bitte, verzeih und sei nicht böse..."

„Höre", sagte ich mit Nachdruck, „laß uns den Fall ein für allemal klären. Lüg mich nie wieder an! Das ist der entscheidende Punkt. Wenn du nicht mehr Jungfrau bist – na schön, ich bin ja, weiß Gott, auch kein Heiliger. Aber ich habe dir wenigstens nichts verschwiegen. Laß uns von Anfang an aufrichtig miteinander sein. Anders geht es einfach nicht. Es darf keine Lüge zwischen uns stehen. Solltest du noch einmal versuchen, mir etwas vorzumachen, dann werde ich echt böse, verstehst du?"

„Ja." Sie betupfte sich mit dem Zipfel ihres Negligés die Augen.

„Wie ist es denn überhaupt dazu gekommen? Und wer war der Mann? Keith?"

„Nein", sagte sie zögernd. „Nicht Keith."

„Aber es ist jedenfalls nur einmal passiert?"

Sie sah mich aus großen grünen Augen an und schwieg.

„Himmelherrgott, Liebes, das hast du doch selbst eben gesagt: nur einmal. War das auch gelogen?"

„Eigentlich schon."

„Na, dann heraus mit der Wahrheit, damit wir's hinter uns haben. Hattest du ein Verhältnis?"

„Nein ... nicht eigentlich ... Es ist so sechs- bis siebenmal passiert ..."

„Mit demselben Mann?"

Sie stockte. Auf ihrem blassen und wie verloren wirkenden Gesicht glitzerten zwei große Tränen. „Nein."

Ich starrte sie an, aber noch bevor ich die Wahrheit abwehren konnte, die ich auf einmal zu fürchten begann, fuhr sie hastig fort: „Es waren nur Jungen aus der Nachbarschule. Drei insgesamt. Ich ging erst mit dem einen aus und dann mit dem zweiten und dann mit dem dritten. Kein Mensch wußte etwas davon. Wenn man mich erwischt hätte, wäre ich von der Schule geflogen."

„So", sagte ich und dachte dumpf: Nur ein paar Schulmädcheneskapaden.

„Und dann war da noch Keith ... der reine Tugendbold ... aber ein paarmal ist es eben doch passiert ..."

„Aber du hast mir doch gerade versichert, daß zwischen Keith und dir nichts gewesen ist!"

„Nein ... so war das nicht gemeint ... wir sprachen doch vom *ersten* Mal ..."

„Ich verstehe. Jedenfalls hattest du mit Keith ein Verhältnis ..."

„Kein Verhältnis. Nur ein oder zwei kleine – Entgleisungen."

„Nun ja", sagte ich, mich mit Gewalt zu Ruhe und Sachlichkeit zwingend. „Schließlich war er dein Verlobter, da erscheint das begreiflich."

„Ach, Jan ..." rief sie und schmiegte sich zitternd an mich. „Du bist so verständnisvoll, und ich liebe dich – liebe dich mehr als alles auf der Welt ..."

Tief bewegt hielt ich sie in den Armen und küßte ihre Wangen.

„... ich weiß ja, daß es nicht recht von mir war, aber siehst du, das Leben hat mich so angeödet, die scheußliche Schule und die abscheulichen Mädchen, und als meine Eltern von Surrey nach Devon zogen, saß ich mitten auf dem Land und erstickte fast, weil ich doch von allem abgeschnitten war ... kein Kino, kein Nichts, kein Garnichts ..."

„Natürlich, Liebes ... ich verstehe."

Mitleid überkam mich. Das arme Ding. Niemand hatte sich je wirklich um sie gekümmert, immer war sie einsam und allein gewesen. Ich drückte sie an mich.

„... mein Gott, war das herrlich, als ich dich bei uns in der Gaststube sah! Einfach hinreißend sahst du aus in deinem schönen Anzug mit der vornehmen Krawatte! Dazu noch der tolle Wagen draußen. Es kam mir vor wie ein Traum aus Tausendundeiner Nacht! Ich war fasziniert! Die anderen – lieber Himmel, hoffnungslos provinziell! Mir war zumute wie Aschenbrödel, das dem Märchenprinzen begegnet ..."

Ich verzieh ihr. Natürlich verzieh ich ihr. Und bis zum Morgengrauen liebten wir uns leidenschaftlich, fielen dann in süßen Schlummer und standen erst gegen Mittag auf, um unsere Reise nach Venedig fortzusetzen.

Ich hatte sie aus Liebe geheiratet und entdeckte jetzt – worüber ich nicht überrascht, aber doch verwundert war –, daß sie mich auch körperlich in einer Weise befriedigte, wie das anderen Frauen nie oder doch nur selten gelungen war. Der geschmeidige, feingliedrige Leib mit der milchweißen Haut und den runden, festen Brüsten erschien mir als der Inbegriff sinnlicher Verlockung. Und unwillkürlich fragte ich mich, welche Reize sie noch entwickeln mochte, wenn sie erst einmal zu *voller* Schönheit erblüht war.

„Mit dem Kinderkriegen werden wir uns noch etwas Zeit lassen, nicht wahr?" sagte ich. Wenn wir uns auch schon auf die wünschenswerte Anzahl geeinigt hatten – „Zwei Jungen und ein Mädchen", war meine Meinung gewesen; „Zwei Jungen und eventuell ein Mädchen", hatte Isabella vorgeschlagen –, so war von irgendwelchen Terminen noch nicht gesprochen worden. Ihren entzückenden Leib durch eine frühe Schwangerschaft entstellt zu sehen, dieser Gedanke wollte mir nicht behagen. Ich hatte lange genug auf einen Sohn gewartet. Weitere zwei Jahre fielen da kaum ins Gewicht.

„O ja", pflichtete Isabella bei. „Damit eilt es ja nicht. Sonst kommt das Vergnügen zu kurz."

Nun, es kam ganz und gar nicht zu kurz. Wo immer wir auch waren, ob in Venedig, Paris, London oder Cornwall, überall glich unser Dasein einem rauschenden Fest der Lebensfreude – bis dann an einem kalten Märzmorgen des Jahres 1938 ein Brief von Rebecca eintraf und mich der vergangenheitslosen Gegenwart entriß.

Er war sehr kurz und lautete: „Lieber Jan, ich bin in großen Schwierigkeiten, und es gibt niemanden, an den ich mich sonst wenden könnte. Bitte, hilf mir. Vielleicht könntest Du es einrichten, mich am Freitagmorgen zu besuchen. Rebecca."

Ich zeigte Isabella den Brief beim Frühstück. „Ich werde wohl nicht umhin können", sagte ich widerstrebend.

„Das glaube ich auch", erwiderte sie. „Worum mag es sich bloß handeln? Und warum kann sie Simon Peter Roslyn nicht um Hilfe bitten? Warum kommt sie damit zu dir?"

„Keine Ahnung."

„Dann ruf sie doch am besten gleich einmal an."

„Auf Deveral-Farm gibt es kein Telefon."

Etwa eine halbe Stunde später war ich auf dem Wege nach Morvah. Rebecca hatte augenscheinlich schon nach mir Ausschau gehalten, denn als ich aus dem Wagen stieg, erschien sie sofort bei der geöffneten Haustür.

„Vielen Dank, daß du gekommen bist, Jan", sagte sie. „Komm doch herein."

Sie sah krank aus. Dunkle Schatten unter den Augen, blaß. Ich musterte sie beunruhigt.

„Wo sind die Kinder?"

„Jonas ist in der Schule. Und Deborah arbeitet natürlich – in der Bank in Penzance."

„Und einen Untermieter hast du nicht?" fragte ich, während ich ihr ins Wohnzimmer folgte.

„Jetzt im März?"

„Warum nicht? Soviel ich gehört habe, ist dein Sommergast letztes Jahr auch zu Weihnachten gekommen."

„Ja", erwiderte sie zögernd und ohne mich anzusehen. „Das stimmt."

„Wohl wieder ein Schullehrer."

„Ja, aber ein anderer. Er war im vorigen Sommer zum erstenmal hier." Sie blieb beim Kamin stehen. „Möchtest du Tee?"

„Im Augenblick nicht."

Sie wirkte irgendwie verändert, und Einzelheiten, die mir sonst vielleicht entgangen wären, traten jetzt deutlicher vor meine durch ihren Notruf gleichsam geschärften Augen: das auffallend volle Gesicht und die eigentümlich straffen Brüste. Und plötzlich begriff ich.

„Du bist schwanger", sagte ich.

Sie blickte mich an, schwieg jedoch.

„Habe ich recht?"

„Ja." Sie steckte sich eine Zigarette an und strich mit fahriger Hand das Streichholz an. Es war das erste Mal, daß ich sie rauchen sah.

„Der Schullehrer?" fragte ich.

„Ja", sagte sie, „der Schullehrer." Und fuhr dann hastig fort: „Ich war im letzten Sommer total niedergeschlagen, Jan. Ich kam einfach nicht darüber hinweg. Und daß dann jemand da war, bei dem ich ein bißchen Glück finden konnte ..."

„Wo ist er jetzt?"

„Ich weiß es nicht. Ich habe an seine Londoner Adresse geschrieben, aber seine Wirtin antwortete, er sei unbekannt verzogen. Ich wollte es zuerst nicht glauben. Schließlich hatten wir uns doch sehr nahegestanden – er besuchte uns sogar zu Weihnachten –, und zuerst freute ich mich eigentlich über das Baby, weil ich hoffte, daß er mich dann vielleicht ..."

„... heiraten würde?"

Sie bestritt es nicht, sondern sagte nur: „Ich bin schon so lange Witwe, Jan. Als Hugh starb – mein Gott, ich war ja erst siebenundzwanzig."

„Schön und gut, Rebecca, aber da dieser Mann nichts mehr von sich hören läßt ..."

„Ja", unterbrach sie mich, „ich weiß, und es ist mir nur allzu klar. Aber keine Sorge, du sollst mir gar nicht sagen, was jetzt zu tun ist. Ich weiß selbst, was getan werden muß. Und dabei brauche ich deine Hilfe."

Ich begann mich unbehaglich zu fühlen. „Was, zum Teufel, soll das heißen?" fragte ich scharf und dachte: Bloß in nichts verwickelt werden. Mag sie sich doch an Simon Peter wenden. Der ist schließlich ihr Vetter.

„Bitte, Jan!" Ihre dunklen Augen flehten mich an. „Bitte, hilf mir! In Penzance soll es doch Leute geben, die einem das wegmachen, und wenn du herausbekämst, wo ich jemanden finden kann, der zuverlässig ist ..."

Sie verstummte. Lange Zeit fiel kein Wort zwischen uns. Dann sagte ich: „Nein."

„Jan ..."

„Nein."

„Nun, ja", sagte sie niedergeschlagen. „Dann werde ich es eben selbst tun. Ich muß jemanden finden."

„Irgendeinen Quacksalber? Guter Gott, weißt du nicht, was für ein Risiko das ist? Von solchen Abtreibungen habe ich schon gehört. Charity hatte vor Jahren eine – das weiß ich von William. Ums Haar wäre sie dabei draufgegangen, und als sie später

Kinder haben sollte, stellte sich heraus, daß der Engelmacher ihr alle Hoffnung darauf genommen hatte. Wie viele Frauen haben solche Pfuschereien schon mit dem Leben bezahlen müssen – aber darauf wollen wir lieber gar nicht weiter eingehen. Am besten überredest du Simon Peter dazu, dich nach London zu bringen und dort einen Gynäkologen zu bestechen, der dann in einem Krankenhaus einen sachgemäßen und für dich völlig gefahrlosen Eingriff vornimmt. Wenn man nur genug zu zahlen bereit ist . . ."

„Aber Simon Peter ist Rechtsanwalt", sagte sie, „und Abtreibungen verstoßen gegen das Gesetz. Ich kann ihn nicht darum bitten – überhaupt keinen der Roslyns! Die würden doch nur ein Geschrei machen. Sie dürfen nie etwas davon erfahren."

„Und wie denkst du dir das bei mir? Ich kann doch nicht einfach mit dir nach London fahren. Wie soll ich das meiner Frau plausibel machen?"

„Ich erwarte ja gar nicht, daß du mit mir nach London fährst", sagte sie. „Ich könnte ja selber auch nicht hinfahren. Wie sollte ich es den Kindern erklären?"

„Aber du mußt nach London. Weißt du, was? Ich werde Donald anrufen – Donald McCrae. Er ist gerade dort und könnte dich gleich auf dem Bahnhof in Empfang nehmen und sich auch sonst um dich kümmern. Bestimmt kennt er einen Kollegen, auf den Verlaß ist, und – und was das Geld betrifft, so mach dir keine Sorgen. Ich werde dafür aufkommen. Aber einem Quacksalber darfst du dich auf gar keinen Fall anvertrauen."

„Dein Geld? – Nein, das geht nicht."

„Nun sei nicht albern. Finanziell helfe ich dir gern."

„Aber was soll ich den Kindern sagen?"

„Daß du nicht ganz auf dem Posten bist. Daß du für alle Fälle einen Londoner Spezialisten konsultieren möchtest und sie sich keine Sorgen zu machen brauchen. Wenn du dich unbefangen gibst, werden sie nicht einmal Fragen stellen."

„Gut", sagte sie tonlos. „Gut, Jan, ich mache es."

Aber sie tat es nicht.

Zwei Tage später rief mich Deborah abends aus einer Telefonzelle an, um mir zu sagen, daß ihre Mutter sehr krank sei, jedoch keinen Arzt sehen wolle.

„Aber nach dir hat sie gefragt, Onkel Jan. Komm doch . . .

O Gott, ich habe ja solche Angst... Sie ist so weiß, und dann ist da diese schreckliche Blutung..."

„Ich bin in zehn Minuten dort", sagte ich. „Keine Sorge, Deborah, es wird alles wieder gut." Doch sobald sie eingehängt hatte, ließ ich mich mit Penzance verbinden und bestellte die Ambulanz.

„Also hören Sie", sagte eine Stunde später im Krankenhaus der Arzt zu mir. „Wer war der elende Metzger? Dem Kerl gehört ein für allemal das Handwerk gelegt, damit er nicht noch andere Frauen zuschanden macht."

„Das weiß ich nicht", erwiderte ich starr. „Das weiß ich wirklich nicht. Ich hatte mich geweigert, ihr bei der Suche nach einem Quacksalber zu helfen. Ich wollte sie nach London zu einem Gynäkologen schicken. Sie sträubte sich zuerst, weil sie fürchtete, die Kinder oder die Verwandten könnten Verdacht schöpfen, schien zuletzt jedoch dazu entschlossen."

„War das Baby von Ihnen?"

„Nein."

„Und warum haben Sie dann..."

„Weil ich helfen wollte. Sie ist meine Schwägerin."

„Verstehe", sagte er und fügte zögernd hinzu: „Tut mir leid. Tut mir wirklich leid."

„Aber können Sie denn gar nichts tun?"

„Wir werden alles tun, was in unseren Kräften steht, darauf können Sie sich verlassen. Doch inzwischen sollte man sich auch um die Kinder kümmern. Wie alt ist das Mädchen?"

„Siebzehn."

„Nun, dann würde ich empfehlen, daß Sie ihr offen sagen, wie ernst die Lage ist und daß sie am besten vorläufig im Krankenhaus bleibt. Den Jungen würde ich dagegen nicht so gern hier haben. Kann man ihn denn nicht zu irgendwelchen Verwandten schicken?"

„Ich werde sofort Simon Peter Roslyn anrufen."

„Sie meinen den Anwalt?"

„Ja. Er ist der Vetter."

„Gut. Dann fragen Sie ihn doch, ob er nicht sofort hierherkommen könnte."

„Das will ich gern tun“, sagte ich dumpf und ging mit schwerfälligen Schritten durch den weißgetünchten Gang zum Vorraum, wo auf einem Schränkchen das Telefon stand.

Sie sprach nur ein einziges Mal. Außer dem Arzt und der Schwester sowie einem Polizeibeamten in Zivil, der für den Fall gekommen war, daß sie den Namen des Abtreibers enthüllte, waren nur Simon Peter, Deborah und ich im Zimmer. Simon Peter würdigte mich keines Blickes. Er hatte den Arm um Deborah gelegt, die lautlos in ihr Taschentuch weinte, und seine Augen ruhten auf Rebecca. Sonst befand sich niemand aus der Familie dort. Jonas und Simon Peters Frau waren im Wartezimmer, und so standen nur wir drei hier vor dem Bett, auf dem Rebecca lag – reglos, mit geschlossenen Augen, aschfarbenen Lippen, dem Tode nahe.

Meine Gedanken richteten sich in die Vergangenheit. Ich dachte an die vierzehnjährige Rebecca Roslyn in ihrem Baumwollkleid vor dem Pfarrhaus in Zillan; an die einundzwanzigjährige Rebecca Castallack, Frau meines Bruders Hugh; an die junge Witwe, die Jonas zur Welt brachte und in tiefer Trauer verharrte. Ich erinnerte mich an ihr rotes Satinkleid, an ihre erste Kapitulation, an unser so schwieriges Verhältnis, das sich über zehn lange Jahre hingezogen hatte. Doch jetzt trat alles ungetrübt vor meine Augen, reines Glück und schiere Seligkeit. Ich sah sie neben mir: in Penzance, im Abenddämmer die Promenade entlangschreitend; im Schlafzimmer, leidenschaftliche Zärtlichkeiten mit mir tauschend. Und noch einmal empfand ich jenes Verlangen, das mich, all unseren Streitereien zum Trotz, immer und immer wieder zu ihr gezogen hatte. Zehn Jahre lang war keine Frau für mich wichtiger gewesen als sie. Und wenn ich sie vielleicht auch nicht so geliebt hatte, wie ich jetzt Isabella liebte, so hatte ich sie dennoch geliebt, wie ja auch sie mich geliebt hatte. Woher dann nur, fragte ich mich, unsere dauernden Zerwürfnisse: die unabwendbar scheinende Neigung, dem anderen weh zu tun und ihn unglücklich zu machen?

Und während Tränen meinen Blick verschleierten, gab ich mir die Antwort. Ihre Schuld. Sie hatte meinen Liebesschwüren nie geglaubt und meine Heiratsanträge abgewiesen. Und als ich sie dann nicht mehr heiraten wollte, war sie unversöhnlich geblieben. Eine selbstsüchtige und völlig verständnislose Frau...

Sie öffnete die Lippen.

Ihre Wimpern zuckten, und dann schoben sich schlaff die Lider empor. Doch die Augen darunter waren blind. Sie sagte sehr deutlich und mit eigentümlich ruhiger Stimme: „Hugh?", und danach war nichts als das schroffe und schreckhafte Begreifen. Nicht ihre Schuld war es, sondern meine, denn ich, plumper und fühlloser Ersatz, hatte nie auch nur einen Funken Verständnis für sie aufgebracht. Und während ich noch wie versteinert dastand und starrte, entschlüpfte ein leises, tonloses Seufzen ihren Lippen, und sie starb.

Ich trat hinaus in die Nacht.

Es war dunkel und windig. Regen peitschte mir ins Gesicht und vermischte sich mit meinen Tränen. Ich stieg in meinen Wagen und hockte bewegungslos, auf verlassener Straße, an diesem stürmischen und finsteren Märzmorgen, bis ich schließlich all meine Kraft zusammennahm und hinausfuhr zur Heide, wo ich die Dämmerung abwartete. Im Osten hinter Marazion stieg die Sonne empor, und aus der kalten See ragte wie ein grauer, feuchter Speer der St.-Michaels-Berg.

Der Heimweg war eine einzige Qual.

„Ja", sagte ich zu Isabella, „ja, ich kann es nicht leugnen, ich bin tief erschüttert. Verzeih mir, bitte."

„Aber, Jan, Liebster, was gibt es denn da zu verzeihen!" Sie legte ihren dünnen Kinderarm um meine Schultern und preßte ihre Wange gegen mein Gesicht. Sekunden später fragte sie: „Oder ist doch etwas zu verzeihen?"

„Ich begreife nicht ganz", sagte ich, sie verständnislos ansehend. „Was meinst du damit? Worauf willst du hinaus?"

„Ach, nichts, Liebling."

„Wenn ich je diesen Schullehrer zu fassen kriege, der an allem schuld ist, dann..."

„Ja, Liebling. Ich weiß."

„Und wer hat ihr nur diese Abtreibung besorgt? Ich hoffe bei Gott, daß die Polizei dieses Ungeheuer erwischt!"

„Ja, Liebling, ja."

„Wäre sie doch nur meinem Rat gefolgt! Ich hätte in London doch alles für sie in die Wege geleitet! Aber offenbar war sie so durcheinander, daß sie völlig die Besinnung verlor und sich entschloß, Hals über Kopf Abhilfe zu schaffen – irgendwo in Penzance."

„Verbohr dich doch nicht so in den Gedanken, Liebling. Bitte! Du hast dir wirklich nichts vorzuwerfen. Schließlich kannst du ja nichts dafür, daß sie deinen Rat nicht befolgt hat. Versuch doch, dich davon zu lösen. Die Polizei wird den Schuldigen bestimmt bald schnappen. Du mußt endlich Ruhe finden..."

Und sie nahm mich bei der Hand und führte mich zum Bett, wo sie sich neben mich legte. Und dort, den Kopf an ihre ruhig atmende Brust geschmiegt, fiel ich dann in einen traumlosen Schlaf der Erschöpfung.

Wenige Tage später wurde Rebecca auf dem Kirchhof in Zillan neben Hugh zur letzten Ruhe gebettet. Es war ein kalter, windiger Nachmittag. Die Trauergemeinde bestand aus Deborah, Jonas, den Roslyns und Freunden und Bekannten aus Morvah. Alice fuhr in ihrem Daimler mit Chauffeur vor, und William und ich kamen in meinem neuen Lagonda. Niemand richtete auch nur ein einziges Wort an uns. Simon Peter stand mit blassem Gesicht und schmalen Lippen, und selbst Deborah, sonst doch immer sehr freundlich zu mir, mied jeden Blick in meine Richtung. Es war ein bedrückendes Erlebnis, und die Erinnerung daran suchte mich noch viele Monate lang heim.

Der Frühling kam. Ich reiste mit Isabella nach London, dann zu Lizzie nach Cambridge und schließlich nach Schottland, wo wir den Monat August bei Esmond in seinem riesigen Herrenhaus, einer wahren Burg, verbrachten. Der lange Urlaub tat mir gut. Allmählich verblichen die Schreckensbilder, die ich mit Rebeccas Tod verknüpfte, und schließlich fand ich wieder zu meinem gewohnten Dasein und zu meiner früheren Lebensfreude zurück.

„Wir hatten doch soviel Spaß miteinander", sagte Isabella sehnsüchtig. „Weißt du noch?"

„Und genauso wird es wieder sein", versprach ich ihr und hielt Wort. Für den Rest des Jahres 1938 und bis weit in das neue Jahr hinein überhäufte ich sie mit einer Fülle von Vergnügungen.

Die Zeit lief uns durch die Finger. Wie der ganzen Welt war auch uns schonungslos eine Frist gesetzt, und während wir uns kopfüber in alles stürzten, was unbeschwerte Lust versprach, ahnte ich doch bereits, daß die Tage unserer Sorglosigkeit gezählt waren. Die internationale Lage hatte sich entscheidend verschlechtert. Nach einer Art Patt, zu dem es im Spanischen Bürgerkrieg gekommen war, hatte Franco 1939 dann endgültig die Oberhand gewonnen. Britischer Premierminister war jetzt Chamberlain, und hatte bis zum Sommer 1938 noch „Appeasement“ als einzig logische und vernünftige politische Devise gegolten, so änderte sich das nach dem Münchner Abkommen rasch. Die geradezu hysterische Erleichterung darüber, einen möglichen Krieg vermieden zu haben, wich der Beschämung und erneuter Furcht, und als Hitlers Truppen im März 1939 Böhmen und Mähren besetzten, war die Losung Appeasement endgültig tot und mit ihr all unsere blinden und vergeblichen Hoffnungen auf Frieden.

„Ein Krieg ist undenkbar und völlig ausgeschlossen“, hatte ich oft zu William gesagt und damit im Grunde nur dies gemeint: Ich will nicht glauben, daß die Menschheit wahnsinnig genug ist, sich zwei Jahrzehnte nach dem großen Gemetzel wieder ins Unheil zu stürzen. Ich will nicht glauben, daß eine solche Katastrophe auch mein Leben bedroht.

Doch 1939 war das Jahr des Undenkbaren und Unmöglichen. Am 1. September fielen die deutschen Truppen in Polen ein.

Die Zeit des Feierns war vorüber. Das einzige, was blieb, waren vergilbende Erinnerungen an üppige Sektgelage, die Leere der Kinderzimmer auf Penmarric und die Gewißheit der bevorstehenden Trennung von Isabella.

10

„Mein Gott, diese Deutschen sind wirklich das Letzte!" sagte Isabella, doch ihre Furcht war unverkennbar.

„Sieht nicht gerade rosig aus, nicht wahr?" meinte William bei einem Glas Bier in der Schenke. „Dahin hat uns die Appeasementpolitik also gebracht! Wir hätten schon vor Monaten wissen müssen, daß man bis an die Zähne bewaffnete Amokläufer wie Hitler einfach nicht beschwichtigen kann – aber vielleicht haben wir es gewußt und bloß nicht gewagt, der grauenvollen Wahrheit ins Gesicht zu sehen."

„Meine Lieben", schrieb Mariana in aller Hast aus Paris. „Ist das nicht wirklich grotesk? Wenn ich Frankreich doch nur gleich nach München verlassen hätte! Jetzt gibt es Schwierigkeiten über Schwierigkeiten. Könntet Ihr mir vielleicht fünfzig Pfund leihen? Ich habe schon versucht, mit Esmond in Verbindung zu treten, leider ohne Erfolg. Offenbar steckt er irgendwo in der schottischen Wildnis. Ich wollte endlich zu ihm nach Edinburgh kommen. Aber jetzt wird er wohl in den Krieg müssen, und wir werden weiterhin getrennt sein..."

„Aber du mußt doch nicht in den Krieg, Jan?" fragte meine Mutter mit zitternder Stimme. „Du bist doch über dreißig. Zuerst kommen doch bestimmt die jungen Männer an die Reihe."

„Freiwillig melden? Aber das kann doch nicht dein Ernst sein", sagte Isabella, grüne Augen wie Flammen im weißen Gesicht. „Warum willst du nicht hierbleiben, solange es irgend geht?"

„Weil sich niemand drücken darf", erwiderte ich. „Wenn das jeder täte, hätten wir bald die Deutschen hier auf Penmarric, und unsere Kinder würden als Nazis aufwachsen."

„Aber wir haben doch gar keine Kinder! Und Penmarric ist ja nichts weiter als ein Haus..."

„Sei still!"

„Aber es ist doch wahr!"

In einem plötzlichen Wutanfall schüttelte ich sie. Sie wehrte sich wie eine Wildkatze, brach dann jedoch in Tränen aus. „Oh, Jan, es tut mir ja so leid, aber ich kann einfach nicht anders.

Ich habe solche Angst und möchte nicht, daß du von hier fortgehst ... Ich will ein Kind ...“

„Das werden wir auch haben.“

Aber die Hoffnung erfüllte sich nicht.

„Mein Gott!“ weinte Isabella. „Warum haben wir nur gewartet? Warum muß ausgerechnet uns das passieren? Warum, warum, warum? Wo bleibt da die Gerechtigkeit?“

„Ja, wo bleibt sie?“ fragte auch ich, und wieder schien sich jenes doppelköpfige Ungeheuer vor mir emporzurecken, das mir bei Philips Tod zum erstenmal so deutlich vor die Augen getreten war. Meine unablässige Suche nach Gerechtigkeit, wie sah es jetzt damit aus? Wünsche und Ansprüche schrumpften, bis nur noch übrigblieb, was ich für wesentlich hielt.

Und das ließ sich an den Fingern herzählen. Erstens wollte ich am Leben bleiben, weil ein frühzeitiger Tod mir wie der Gipfel aller Ungerechtigkeit erschien. Zweitens wünschte ich, Penmarric schuldenfrei halten zu können, weil mir der Gedanke, es vielleicht eines Tages zu verlieren, unerträglich war. Und drittens sehnte ich mich danach, daß meine junge Frau doch noch guter Hoffnung werden möge, denn bisher hatten wir ja eine Sonntagsehe geführt, die sich in harter Erprobung erst bewähren mußte, und gerade da konnte ein Kind helfen. Wie viele Blüten gedeihen beim Sonnenschein und verderben schon im ersten Frost.

Ich hatte Angst, Isabella zu verlassen. Aber welche Wahl blieb mir denn? Der Krieg hatte bisher einen katastrophalen Verlauf genommen. Die Franzosen waren besiegt, unsere Truppen bei Dünkirchen geflohen, und England stand allein. Der Sommer erstrahlte in voller Pracht, und wenn man die Augen über die Landschaft Cornwalls schweifen ließ, fiel es nicht schwer, sich einzubilden, alles sei genau wie sonst. Doch was nützte diese Illusion?

Wir schrieben das Jahr 1940. Und unserem Land drohte der Untergang.

„Meine heutige Predigt“, sagte Adrian von der Kanzel, „beruft sich auf das siebzehnte Kapitel des ersten Buches Samuel, wo berichtet wird, wie ...“ – er zögerte einen Augenblick, erwartungsvolles Schweigen breitete sich aus – „... wie David Goliath besiegte." Seine Stimme klang wie Stahl, der aus schimmerndem Stein feurige Funken schlägt.

Es war in London. Adrian hatte gerade an einer Konferenz bedeutender Geistlicher teilgenommen und war als Gastprediger in die Kirche von St. Clement Danes eingeladen worden. Den ganzen Krieg begleitete mich diese Erinnerung: Wie ich inmitten der vollzählig versammelten Gemeinde saß und gebannt Adrians Worte lauschte:

„David besiegte Goliath ..."

Ein Satz, der mir zum Wegbegleiter wurde in diesem mörderischen Krieg.

„Natürlich komme ich heil zurück", versicherte ich meiner Mutter und versuchte krampfhaft, meine Zweifel zu überspielen. „Unkraut vergeht nicht. Paß gut auf dich auf, Mama. Ich werde schreiben, sooft ich nur kann."

Würde ich sie je wiedersehen? Sie war jetzt achtzig und noch sehr rüstig, aber bei einem so alten Menschen konnte man ja nie wissen.

Der Abschied von ihr fiel mir schwer.

Doch das schlimmste war die Trennung von Isabella.

„Sobald ich Urlaub bekomme, gebe ich dir Bescheid", sagte ich. „Bei etwas Glück brauchen wir gar nicht so lange zu warten."

Sie nickte bedrückt.

„Es ist so traurig, daß wir kein ..." begann sie, brachte den Satz jedoch nicht zu Ende.

Ich strich ihr über das Haar. „Beim nächsten Mal ..."

Dann war ich im Zug, und während fern auf dem Bahnsteig Isabellas blasses Gesicht mehr und mehr zum weißlich verschwimmenden Flecken wurde und die Räder über die Schienen ratterten, hämmerte ein Gedanke in mir: So hart und erbarmungslos ist das Leben. So sieht die Gerechtigkeit aus.

Nach beendeter militärischer Ausbildung kam ich Ende 1940 nach Nordafrika, wo die Italiener nach anfänglichen Erfolgen erste Rückschläge hinnehmen mußten, und bald gehörte ich zu jener Streitkraft unter General Wavell, die den Gegner nach

Bengasi zurückwarf. Der Feldzug war ein Erfolg. Wir machten rund hundertunddreißigtausend Gefangene, doch alle aufkommende Siegeszuversicht erwies sich als verfrüht, denn noch lagen dunkle Monate vor uns: 1941 verdrängten uns die Achsenmächte aus Griechenland und besetzten schließlich den gesamten Balkan.

Während ich in Ägypten auf den Beginn der nächsten Offensive wartete, trafen Briefe aus der Heimat ein.

„Die arme Isabella ist ohne Dich wie verloren", schrieb meine Mutter. „Ich hätte nie geglaubt, daß sie sich so gut auf Penmarric einleben würde, und wenn ich es Dir ehrlich sagen soll: Eine bessere Frau konntest Du gar nicht finden. Sie ist mir sehr ans Herz gewachsen, und ich bin sicher, daß Du ihr genauso fehlst wie sie Dir."

„Deine Mutter ist momentan in gar keiner guten Verfassung", schrieb Isabella. „Du fehlst ihr ganz schrecklich. Ich versuche alles, um sie bei unserem allwöchentlichen gemeinsamen Tee aufzuheitern. Übrigens wollte Lizzie zu Besuch kommen, behauptete jedoch, das ginge nicht. Und warum? Wegen der Benzinknappheit und weil man ihren Chauffeur eingezogen hat! Nun, ich fragte bei ihr an, ob sie denn noch nicht von jener wunderbaren Erfindung namens Eisenbahn gehört habe, deren sich die bedauernswerten Nichtautobesitzer im allgemeinen bedienten. Es verblüfft mich immer wieder, wie jene Hälfte der Menschheit lebt, zu der nun ja wohl auch ich gehöre ..."

„Mein liebster Jan", schrieb Lizzie. „Ich habe da von Isabella einen recht eigenartigen Brief erhalten – sehr radikal, muß ich sagen. Ist sie vielleicht eine heimliche Sozialistin? Wenn ja, so erkläre ihr doch bitte, daß ich schon lange eine bin. Um die Mädchen von jeder Bombengefahr fernzuhalten, wollte ich eigentlich für ein paar Monate nach Cornwall, obwohl man ja auch in Penzance nicht ganz sicher sein soll, doch Eddy möchte lieber in Cambridge bleiben, und außerdem glaube ich wirklich nicht, daß es zwischen Isabella und mir über längere Zeit gutginge. Sei nicht beleidigt, mein guter Jan, aber es kann Dir kaum entgangen sein, daß wir beide uns nie besonders gut verstanden haben. Anderseits tut sie mir jetzt, wo Du fort bist, natürlich leid, und so werde ich sie vielleicht doch noch besuchen, um sie ein wenig zu trösten... Hoffentlich fühlt sie sich in dem gräßlichen Haus nicht allzu einsam. Wie schön, daß William während Deiner Abwesenheit die Verwaltung von Penmarric übernommen hat, und wenn Charity darauf besteht, trotzdem in Penzance wohnen zu bleiben, so kann man das ja gut verstehen. Dort ist sie schließlich geachtet, während die Leute in St. Just ein unangenehm gutes Gedächtnis haben..."

„Mein lieber Jan", schrieb William in mühseligen Lettern, „mit meinen Briefkünsten ist es nicht weit her, versprich Dir also nicht allzuviel, wenn Du auf einem Umschlag meine Handschrift siehst! Hoffentlich geht es Dir gut. Hier ist soweit alles in Ordnung, nur daß die kleine Isabella recht bedrückt umherwandelt. Neulich hat sie sich sogar an meiner Schulter ausgeweint. Aber besser an meiner als an einer anderen, findest Du nicht? Na, Spaß beiseite. Ich wollte es Dir nur gesagt haben für den Fall, daß sie Dir einen traurigen Brief geschrieben hat. Es ist mir gelungen, sie wieder aufzumuntern..."

„Jan, Liebster", schrieb Isabella. „William ist ein wahrer Schatz – einen ganz außergewöhnlich netten Bruder hast Du da, und ich frage mich nur, wie er's mit dieser schrecklichen Charity aushält, die mich im übrigen nicht leiden kann. Warum, weiß ich nicht. Zum Glück hat Deine Mutter für sie auch nichts übrig. Jonas wohnt jetzt in Morvah bei seinen ledigen Tanten – oder nein, es sind ja wohl seine Kusinen – und Deborah (bitte, halte Dich fest!) ist vor kurzem ins Kloster gegangen!!!..."

„Sir", schrieb eine ungebärdige Hand in steiler, wuchtiger Schrift. „Sie wissen vielleicht, daß Deborah ins Kloster gegangen ist und mithin kein Geld mehr verdient, so daß ich gezwungen bin, mich bei meiner Roslyn-Verwandtschaft durchzubetteln, die samt und sonders nichts zu verschenken hat. Ihr Castallacks habt meine Mutter und mich immer nur herumgeschubst, wie euch das gerade in den Kram paßte, und es wird langsam höchste Zeit, daß ich das mir zustehende Erbteil bekomme, um das Sie, werter Sir, mich gebracht haben, als ich noch klein war, indem Sie Onkel Philip Honig ums Maul schmierten und ihn gleichzeitig bei meiner Mutter als Homo verleumdeten. Können Sie mir fünfzig Pfund schicken? Ich bin aus meinen sämtlichen Sachen herausgewachsen und habe nicht die geringste Lust, zum Gespött der ganzen Schule zu werden. Falls Sie sich etwa einbilden, daß ich nur faul auf meinem Arsch sitze und laufend meine Verwandten anbettle, so lassen Sie sich verraten, daß ich mir regelmäßig in den Ferien einen Job suche und während der Schulzeit Zeitungen austrage. Schicken Sie das Geld für mich an Miß Hope Roslyn in Morvah, wo ich jetzt wohne. Sollte die Summe allerdings ausbleiben, so garantiere ich Ihnen, daß ich meiner Großmutter auf die Bude rücke und sie anpumpe. Wenn Sie der alten Dame das ersparen wollen, so spucken Sie das Geld lieber aus. Frist: Bis Ende des Monats. Jonas."

„... und da war er also", schrieb meine Mutter. „Er ist jetzt fünfzehn und bis auf die Augen, die er von seinem Vater hat, das lebende Abbild seines Großvaters Joss Roslyn. Dank Deiner brieflichen Warnung wußte ich natürlich, was mich erwartete. Ich blieb höflich, doch unnachgiebig und versuchte ihm klarzumachen, wie falsch er es angestellt hatte, zu Geld zu kommen. Auf einen respektvollen Brief, so betonte ich, hättest Du ihm gern geholfen, aber so habest Du beim besten Willen nicht die geringste Veranlassung dazu. Nun, er geriet sofort in Rage und schrie, er habe ein Anrecht auf das Geld, und als ich das bestritt, beschuldigte er mich, ich sei immer schon gegen ihn und seine Mutter gewesen. – ‚Unsinn!' sagte ich zu ihm. ‚Deine Mutter und du, ihr habt euch eure Chancen selbst ruiniert.' – ‚Nein', brüllte er mich an, ‚das ist nicht wahr! Schuld ist einzig und allein der.' (Womit er Dich meinte.) ‚Der hat meine Mutter umgebracht! Der hat mir mein Erbe gestohlen! Er ist ein Mörder und ein Räuber!' – ‚Darf ich dich bitten, umgehend mein Haus zu verlassen', sagte ich, ‚oder muß ich erst Mr. Parrish anrufen, damit er herüberkommt und dich mit Gewalt von hier entfernt?' Nun, er ging, immer noch fluchend, und ich habe ihn seither nicht mehr gesehen. Aber was soll dieses Gerede, Du seist am Tod seiner Mutter schuld? Ich denke, sie ist durch einen ihrer Feriengäste in Schwierigkeiten gekommen und hat dann die Katastrophe heraufbeschworen, weil sie in ihrer Verzweiflung den falschen Ausweg suchte. Stimmt das etwa nicht? Was übrigens Frauen in Schwierigkeiten (wenn in diesem Fall auch anderer Art) betrifft, so schrieb mir Mariana gerade heute ..."

„Mein lieber Onkel Jan", lautete der Brief, den ich von Esmond aus Indien erhielt. „Da Du jetzt gewiß Deine eigenen Sorgen hast, fällt es mir nicht leicht, Dich mit meinen Dingen zu behelligen, doch Tatsache ist, daß ich meiner Mutter wegen tief beunruhigt bin. Wie Du siehst, sitze ich hier weit von der Heimat entfernt, und da in absehbarer Zeit nicht mit einer Rückkehr nach England zu rechnen ist, fühle ich mich völlig hilflos. Vielleicht kannst Du mir mit einem Rat dienen. Kurz gesagt, es handelt sich um folgendes: Meine Mutter ist in verschiedenen privaten Pflegeanstalten gewesen, um dort von ihrer Trunksucht geheilt zu werden. Daß sie Alkoholikerin ist, habe ich erst recht spät begriffen, obwohl ich mich oft fragte, wie sie es schaffte, ihr Geld so rasch durchzubringen. Mein Vater hat ihr immer nur die Summe gezahlt, zu der er gesetzlich verpflichtet war, aber ich habe sie schon vor seinem Tode finanziell unterstützt und das auch seither so gehalten. Was mit ihr los war, sah ich erst, als sie kurz vor meiner Einschiffung nach Übersee zu mir nach Edinburgh kam. Ich ließ sie sofort in einem erstklassigen Sanatorium unterbringen, von wo sie inzwischen ausgerissen ist. Sie wohnt jetzt in meinem Stadthaus und hat offenbar Umgang mit einem recht fragwürdigen Menschen, der mein Heim als sein eigenes zu betrachten scheint – für die Dienerschaft eine einzige Quelle der Peinlichkeit. Es kam schließlich so weit, daß der Butler sich gezwungen sah, mir einen Brief zu schreiben, in dem er davon sprach, daß das gesamte Personal an Kündigung denke. Wie Du Dir vorstellen kannst, brachte mich das in eine äußerst schwierige Lage. Ohne mir anmerken zu lassen, daß ich über alles im Bilde war, mußte ich meine Mutter dazu bewegen, mein Haus zu verlassen. Ich beschwor sie also, den Sommer über nach Cornwall zu gehen, weil sie dort vor den deutschen Bomben eher sicher sei, und schlug ihr vor, auf meine Kosten in Penzance im Metropole zu wohnen (und nicht etwa auf Penmarric, weil das Deiner jungen Frau kaum zuzumuten wäre). Aber die Bescherung kommt erst. Heute habe ich nämlich einen Brief von ihr erhalten, in dem sie von ihrer festen Absicht spricht, ebendas zu tun, was ich verhindern wollte: sich auf Penmarric häuslich einzurichten. Ich möchte Dich und Deine Frau vielmals um Verzeihung bitten. Wenn ich sie doch nur davon abbringen könnte! Aber was soll ich tun? Um Sonderurlaub ansuchen, um die Sache selbst in die Hand zu nehmen? Aber den wird man mir kaum gewähren. Im übrigen habe ich bisher nicht gewagt, Großmutter zu schreiben. Ich fühle mich so ganz und gar rat- und hilflos, und Du bist der einzige, an den ich mich wenden kann. Sieh mir bitte nach, daß ich Dich mit solchen Dingen belästige. Mit herzlichen Grüßen – Dein Neffe Esmond."

„Liebster Jan", schrieb meine Mutter, „es war sehr vernünftig von Dir, mir die Wahrheit mitzuteilen und nicht unsinnigerweise meine Gefühle schonen zu wollen. Natürlich war es schrecklich für mich, Mariana in einer solchen Verfassung zu sehen, aber durch Dich war ich ja gottlob auf das Schlimmste gefaßt. Esmond tut mir leid. Welch schwere Last für einen jungen Mann von einundzwanzig! Er macht einen sehr reifen Eindruck, ganz anders als Jonas. Ich bat Mariana, bei mir zu wohnen, da Isabella nicht ganz auf dem Posten sei (eine Lüge), aber Mariana hat Roslyn-Farm nie gemocht und schlug mein Angebot rundweg aus. Retter in der Not war dann William, der sie nach Carnforth Hall brachte, wo er Felicity die ganze Geschichte erzählte, und jetzt haben Felicity und Alice zusammen ein Auge auf sie. Es ist schon erschütternd. Ich kann Dir gar nicht sagen, wie es mir zusetzt, wenn ich Mariana so sehe. Sie war einmal so schön und gepflegt, und jetzt läuft sie in unordentlichen und nicht immer ganz reinlichen Kleidern herum! Als ich sie fragte, warum sie soviel trinkt, gab sie mir zur Antwort: ‚Weil mich das Leben immer so stiefmütterlich behandelt hat.' – Was ich denn doch ziemlich übertrieben finde. Was für ein netter Mann William Parrish doch ist! Wie ja auch Adrian! Er soll übrigens neulich beim Erzbischof von Canterbury zum Essen gewesen sein ..."

„... und so sieht die Zukunft trotz des Krieges recht vielversprechend für mich aus", schrieb Adrian. „Es scheint gewiß fast ungehörig, daß ich mich inmitten des allgemeinen Elends so glücklich fühle, aber wenn ich ehrlich sein will, so muß ich gestehen, daß ich voller Freude bin über meine bevorstehende und so überaus späte Heirat (immerhin gehe ich ja schon auf die Fünfzig zu). Wieviel Zeit habe ich doch verschwendet mit der Suche nach der ‚wahren Liebe' und der ‚idealen Frau' – falsche und völlig unrealistische Maßstäbe, die ich an jedes weibliche Wesen anlegte, dem ich begegnete. Doch seit ich Anne kenne, weiß ich, daß ich nicht den geringsten Wunsch habe, einen Ausbund an Tugendhaftigkeit zu heiraten, sondern einen Menschen, der wenigstens einige meiner menschlichen Schwächen mit mir teilt! Außerdem paßt Anne in jeglicher Hinsicht ganz wunderbar zu mir, was will ich also mehr? Sie ist die Witwe eines Dekans, mit dem Wohl und Wehe geistlichen Lebens also wohlvertraut, und hat aus ihrer ersten Ehe zwei erwachsene Kinder ..."

„Adrian heiratet eine Heilige", kritzelte William in seiner großen, unordentlichen Handschrift. „Eine nette Frau, aber doch ein wenig zu heilig, falls Du weißt, was ich meine. Sie war soweit sehr freundlich zu mir, aber ich wurde doch das Gefühl nicht los, gewogen und zu leicht befunden worden zu sein ..."

„... mich schätzt sie offensichtlich ganz und gar nicht", schrieb Isabella, „und ich fürchte, daß ich bei ihr in der Kategorie ‚verlorenes Mädchen mit Seitensprungtendenz' gelandet bin! ... Sonst gibt es nichts Neues. Meine Eltern bohren immer wieder, ich solle sie doch mal besuchen, und so werde ich mich wohl über kurz oder lang dazu aufraffen müssen. Deiner Mutter geht es gut, nur scheint dieser schreckliche Jonas sie wieder heimgesucht zu haben ..."

„... und so gab ich ihm also zehn Pfund", schrieb meine Mutter. „Ein Fehler wahrscheinlich, denn bestimmt wird er sich damit nicht zufriedengeben, aber er tut mir leid, und schließlich bin ich seine Großmutter. Leider ist er genauso grob und ungehobelt wie sein Großvater Joss Roslyn, aber daneben findet sich doch auch irgend etwas, das mich an Hugh erinnert, und ich sage mir oft, daß Jonas ein Opfer der Umstände ist. Wer weiß, wie alles geworden wäre, wenn sein Vater nicht einen so frühen Tod gefunden hätte? Mariana ist wieder krank gewesen, und Alice Carnforth hat versucht, sie in einem sehr guten Sanatorium unterzubringen ..."

„... es hat mir einen tiefen Schock versetzt, Mariana so zu sehen", schrieb Lizzie. „Da Eddy drängte, ich solle doch mit den Mädchen einmal für mindestens vier Wochen ausspannen, gondelten wir also per Zug nach Penmarric, wo ich mir dann ein paar Tage später einen Ruck gab und nach Carnforth Hall hinüberfuhr, um den bewußten dunklen Punkt der Familie in Augenschein zu nehmen. Es war bedrückend. Mariana befindet sich in einem Zustand dauernder Depressionen und sieht einfach entsetzlich aus ... Überhaupt war die ganze Reise in unser altes Cornwall für mich kein Vergnügen. Mutter läßt sich von diesem widerlichen Jonas drangsalieren. Ein übles Früchtchen. Zufälligerweise war ich in der Nähe, als er sie, wahrscheinlich in der Annahme, allein mit ihr auf Roslyn-Farm zu sein, wild bedrohte.

Natürlich trat ich sofort dazwischen und wusch ihm gehörig den Kopf, worauf er dann mit eingekniffenem Schwanz abzog. Ich habe Mutter geraten, die Polizei anzurufen, wenn er ihr wieder mit Geldforderungen kommt. Es ist doch lächerlich, sich vom eigenen Enkel terrorisieren zu lassen ... Isabella war munter wie ein Fisch im Wasser, nur wirkt sie in ihrer Art doch manchmal ein wenig exzentrisch, was Dich allerdings nicht weiter beunruhigen sollte, denn im Grunde ist es wohl recht harmlos. Sie hatte auf Penmarric recht seltsame Leute zu Gast – einer davon war ein fanatischer junger Gärtner, der lauthals verkündete, seine Lebensaufgabe bestünde darin, eine neue Hortensienart zu züchten. Außerdem jagt sie in Deinem schnellen Wagen mit halsbrecherischer Geschwindigkeit durch die Gegend, wobei ich mich nur frage, wo sie das Benzin herbekommt. Was diese merkwürdigen Gäste betrifft, so scheint es sich um alte Freunde zu handeln, die auch mit Isabellas Eltern bekannt sind und dementsprechend auf ihre Weise durchaus achtbare Menschen sein dürften. Im übrigen (so Isabella) sei ja William als Tugendwächter da, was von Charity mit recht säuerlichem Unterton kommentiert wurde, nur darf man Williams Frau im Augenblick wohl nicht ganz ernst nehmen, da die Ärmste, wie ich vermute, zur Zeit in den Wechseljahren ist ... Alles in allem war ich wie erlöst, als es wieder nach Cambridge ging ...“

„IHRE FRAU BETRÜGT SIE“, lautete das in Blockbuchstaben abgefaßte anonyme Schreiben (Poststempel: Penzance; Briefpapier: Williams Sorte). „SIE TREIBT ES MIT IHREM BRUDER WILLIAM UND MIT GEWISSEN GELADENEN GÄSTEN. SIE IST SCHLIMMER ALS EINE LÄUFIGE HÜNDIN.“

„Lieber, liebster Jan“, schrieb Isabella. „Lizzies Besuch hat uns richtig Spaß gemacht, wenn Deine Schwester vor Neid auch fast grün war – auf mein Schwarzmarktbenzin nämlich! Wir haben uns prächtig verstanden. Schade nur, daß ihre beiden kleinen Mädchen so gar nichts Vorteilhaftes an sich haben, aber vielleicht gibt sich das noch. Sonst ist hier absolut nichts los, Liebster. Charity, diese alte Gans, sprüht Gift und Galle, wenn sie mich nur sieht – offenbar glaubt sie, daß ich ihrem William Augen mache. Also wirklich! Als ob ein Mann über fünfzig für mich ein Anreiz wäre. Während Lizzies Besuch waren auch meine Eltern hier und brachten Keith mit. Nun habe ich ja immer damit geprahlt, daß Keith und ich allen Umständen zum Trotz gute Freunde geblieben seien, aber ehrlich gesagt, unser Wiedersehen war für mich doch ein wenig peinlich. Armer Keith! Wegen eines geplatzten Trommelfells hat man ihn als dienstuntauglich ausgemustert, und jetzt muß er auf behördliche Anweisung statt seiner geliebten Blumen Gemüse züchten, wobei ihm eine dralle Bauerntrine hilft – offenbar zur Zeit der einzige Lichtblick in seinem Leben... Ach, Liebster, wann kommst Du endlich heim? Ich weiß, daß ich Dir nichts vorseufzen sollte, aber manchmal liege ich nachts wach und glaube, die Trennung von Dir nicht länger ertragen zu können...“

„beantrage urlaub aus dringenden familiären gründen“, lautete das Telegramm aus Cornwall. „katastrophe bei mariana stop nahm überdosis schlaftabletten stop leichenschau mittwoch begräbnis donnerstag stop hoffentlich kannst du kommen stop william.“

Ich befand mich zu dieser Zeit in Tobruk. Es war 1942, und Auchinlek hatte Wavell abgelöst, bevor wir Ende Januar von Rommel aus der Cyrenaika verdrängt worden waren. Unser Rückzug so bald nach der japanischen Eroberung Singapurs hatte mich tief deprimiert, und der Gedanke an einen, sei es auch noch so kurzen Besuch in der Heimat erschien mir zuerst wie ein Phantasiegespinst. Doch der Urlaub wurde bewilligt. Da wir im Gegensatz zu Rommel (Malta war als Nachschubbasis außer Gefecht) nicht über genügend Waffen und Material verfügten, war an eine Aktion von unserer Seite im Augenblick nicht zu denken, und ebendiesen Standpunkt vertrat Auchinlek Churchill gegenüber.

Bei meiner Ankunft in Cornwall zeigte sich die Landschaft in wahrer Blütenpracht. In Deutschland waren Lübeck, Rostock und Köln unter unseren Bomben in Trümmer gegangen, und viele englische Städte hatten Vergeltungsangriffe zu erdulden. Doch auf Penmarric war die Luft schwer vom Blumenduft, und die See glich einem azurblauen Tuch unter friedvollem Himmelsgewölbe.

Zuerst sah ich nur Isabella. Strahlend schöne Isabella, die auf dem Bahnsteig mit langem, wehendem Haar auf mich zugestürzt kam, Tränen in den großen, grünen Augen, mich heftig umarmte und dann mit sanften, süßen Lippen leidenschaftlich küßte.

„O Jan, Jan, Jan..." stammelte sie, sich heftig an mich drängend. „O Jan, wie du mir gefehlt hast... Ich war so einsam und so elend..."

Es bedurfte nur dieser kurzen Sekunde, um mich davon zu überzeugen, daß sie mich liebte und mir treu gewesen war: daß sie sich genauso nach mir gesehnt hatte wie ich mich nach ihr.

„Wieviel?" fragte sie. „Wieviel Zeit bleibt uns?"

„Achtundvierzig Stunden."

„Ganze achtundvierzig Stunden! Eine Ewigkeit! O Jan, wir müssen sie gut nutzen, sie sind so kostbar."

Doch an diesen zwei Tagen waren wir meistens getrennt. Es gab Besprechungen mit Alice und Felicity und Esmond, der gleichfalls Sonderurlaub erhalten hatte. Ich mußte zur Leichenschau – „Selbstmord im Zustand momentaner geistiger Verwirrung", lautete der amtliche Befund – und einen Tag später zur Bestattung nach Penzance, wo Marianas Leiche eingeäschert wurde.

Unmittelbar nach der Beisetzung reiste Esmond wieder ab – ein hochgewachsener junger Mann in Uniform, das Gesicht von südlicher Sonne gebräunt, die traurigen Augen tief umschattet. Ich sollte ihn erst nach Jahren wiedersehen.

Lizzie fuhr mit demselben Zug. Ihr Mann war erkrankt, und es zog sie natürlich zu ihm. In aller Eile nahmen wir voneinander Abschied und fragten uns wohl beide, ob uns diese wenigen Stunden gehetzten und gequälten Beisammenseins nicht besser erspart geblieben wären. Und schon setzte sich der Zug in Richtung Marazion in Bewegung, und ich blieb allein auf dem Bahnsteig zurück.

Es war Abend, und da ich am nächsten Morgen wieder fortmußte, blieb nur wenig Zeit. In dem Bewußtsein, meiner Mutter noch auf Wiedersehen sagen zu müssen, bestieg ich die alte Kutsche, die wieder aus der Versenkung geholt worden war, und fuhr nach Roslyn-Farm.

Als ich ankam, war sie gerade bei ihrer Lieblingsbeschäftigung, dem Blättern in ihrem Tagebuch.

„Was war die Jahrhundertwende doch für ein aufregendes Ereignis", sagte sie. „Ich erinnere mich noch sehr gut. Genau Ende 1899 kam Jeanne zur Welt. So ein hübsches kleines Dingelchen, sanft und süß! Als Baby schien sie in so vielem Stephen zu gleichen... Merkwürdig, daß ich ihn nach über fünfzig Jahren immer noch so deutlich vor mir sehe. Mein erstes Kind... Traurig, daß er so jung sterben mußte. Aber dann kam Marcus, und alles war wieder besser... Und dann Mariana... Und dann Philip... Was meine Enkelkinder betrifft..."

„Richtig – Jonas. Über den wollte ich ja noch mit dir sprechen. Wäre es nicht das beste, wenn ich ihn mir gleich heute abend einmal vorknöpfte?"

„Nein – nein, das bißchen Zeit, das dir bleibt, mußt du unbedingt Isabella widmen. Ich werde mit Jonas schon fertig, und wenn er gar nicht mehr zu bändigen ist, kann ich ja William rufen."

„Lizzie sagte, Jonas habe dich bedroht..."

„Nein, er will nur Geld und behauptet, daß es ihm auch zustünde. Seine Drohungen sind absurd – er wolle dich bei der Polizei anzeigen, weil du für seine Mutter die Abtreibung arrangiert hättest und deshalb ein Verbrecher seist. Natürlich würde ihm kein Mensch glauben, aber peinlich wäre es schon, und..."

„Aber, mein Gott, Mama, das ist ja Erpressung!"

„Nein, Liebling, denn ich gebe ihm das Geld ja, weil er mir leid tut und nicht, weil ich mich vor seinen dummen, kleinen Drohungen fürchte."

„Aber genau das wird er sich einbilden."

„Ist doch egal, Jan. Er ist ja noch ein grüner Junge, der gar nicht weiß, was er da redet."

„Ein gefährlicher junger Strolch ist er! Und wenn er das nächste Mal hier auftaucht, Mama, dann zögere keinen Augenblick, William zu verständigen, hörst du? So kann es einfach nicht weitergehen."

„Nun ja..."

„Bitte, Mama! Du mußt es tun."

„Schon recht, Liebling. Aber …“

„Versprichst du's mir?“

„Also meinetwegen. Wenn du unbedingt willst.“

Ich schärfte ihr dies noch einmal mit allem Nachdruck ein und verließ sie dann, um meine letzten kostbaren Urlaubsstunden mit Isabella auf Penmarric zu verbringen.

Um acht Uhr läutete das Telefon. Da wir keinen Butler – Medlyn war in den Ruhestand getreten – und keine Lakaien mehr hatten, nahm unser sehr tüchtiges Mädchen den Anruf entgegen und meldete dann, in den Salon tretend: „Ihre Mutter ist am Apparat, Sir.“

Ich nahm den Hörer in die Hand. „Mama?“

„Ich halte Wort, Jan-Yves, Jonas kommt nämlich, er ist fast schon an der Haustür. Willst du selbst kommen oder lieber William schicken?“

„Ich komme selbst“, erwiderte ich sofort. „Und zwar im Wagen. Zum Glück hat Isabella für den Notfall etwas Benzin aufgespart. Ich kann also sehr schnell bei dir sein. Den jungen Rowdy werde ich ein für allemal zur Räson bringen.“

Ich legte auf und ging rasch in den Salon zurück. Isabella blickte nervös hoch. „Was wollte deine Mutter denn von dir?“

„Jonas ist wieder im Anmarsch. Liebling, ich möchte diese Geschichte vor meiner Abreise ins Lot bringen. Tut mir leid, aber ich muß jetzt zu ihr nach Roslyn-Farm. Mir bleibt leider keine Wahl.“

„Aber, Jan …“

„Es wird nicht lange dauern.“

„Aber …“

„Entschuldige, Liebes, aber es geht nicht anders. Ich muß hin.“ Ich beugte mich zu ihr hinab und küßte sie. Ihre Verärgerung, um es gelinde auszudrücken, war nicht zu übersehen. „Warte im Schlafzimmer auf mich“, sagte ich. „Wenn ich zurückkomme, bin ich sofort bei dir.“

In einem Höllentempo jagte ich die Hauptstraße entlang. Bald lag St. Just hinter mir. Dann ging es in kaum verminderter Fahrt durch die Heide, über der sich Abenddunkel breitete. Schließlich sah ich Roslyn-Farm vor mir.

Für einen Augenblick glaubte ich, Jonas sei schon wieder fort. Plötzlich entdeckte ich jedoch, an eine Mauer gelehnt, sein

Fahrrad. Er war also noch da. Ich parkte den Wagen im Hof, stieg aus und trat mit eiligen Schritten in die Küche.

Sich bequem auf einem Stuhl rekelnd, die Füße auf die Tischkante gestützt, saß er dort, wo auch einmal sein Vater gesessen haben mochte. Drei Jahre lang hatte ich ihn nicht gesehen, und so erkannte ich ihn kaum wieder, denn zwischen dreizehn und sechzehn besteht ja oft ein himmelweiter Unterschied. Nichts war mehr zu sehen von jener derben Plumpheit, die ihn als Kind gekennzeichnet hatte; und wenn er auch so kräftig wirkte wie früher, so doch auf eine völlig andere Weise. Er war jetzt schlank und sehr drahtig. Und in dieses Bild der Zähigkeit, das er bot, fügten sich nahtlos die altbekannten Merkmale, der verdrossene Mund und die feindselig starrenden Augen. Sein Haar, eine Mähne von stumpfem Braun, trug er scheitellos nach hinten gekämmt. Seine gesamte Erscheinung machte den Eindruck des verbissenen Rebellen, und vergeblich suchte ich in seinen Zügen nach irgendeiner Ähnlichkeit mit Rebecca.

„Du bist's also", sagte er, ohne aufzustehen. „War auch schon gespannt, ob du mir deine Aufwartung machen würdest. Wenn du's auch nur dem alten Mädchen zuliebe tust, wie?"

Seine Sprache, eine eigentümliche Mischung aus Mundart und gemäßigtem Großstadtslang, stieß mich ab.

„Laß uns bitte allein, Mama, ja?" sagte ich, und sie ging wortlos hinaus. „Und nun zu dir, du junger Strolch", fuhr ich fort, mich mit Anstrengung zur Ruhe zwingend. „Ein Tunichtgut bist du ja immer schon gewesen, aber daß du so tief sinken würdest, deine eigene Großmutter zu terrorisieren und zu deinem Opfer zu machen, hätte ich trotz allem nicht gedacht."

„Opfer?" Er sprang mit zornfunkelnden Augen auf, und ich sah, daß er etwa fünf Zentimeter größer war als ich. „Wer ist denn hier das Opfer, wenn nicht ich! Von Rechts wegen müßte Penmarric jetzt mir gehören und all das Geld dazu! Statt dessen mußte ich bei meinen Kusinen auf dem dreckigen alten Bauernhof unterkriechen, und anstelle einer feudalen Penne besuche ich die Volksschule! Ihr habt mich um mein Erbe betrogen, du und deine – alte Mutter! Ihr habt Onkel Philip so lange bearbeitet, bis er schließlich sein Testament..."

„Nun mal langsam, mein Junge", unterbrach ich ihn, entschlossen, auf keinen Fall die Selbstbeherrschung zu verlieren und mich in Peinlichkeiten verwickeln zu lassen – eine Prügelei etwa, zu der er durchaus bereit schien. „Nun mal langsam. Meine Mutter und ich haben mit der Testamentsänderung nicht das geringste zu tun gehabt."

„O doch!" schrie er. „Simon Peter hat mir gesagt..."

„Simon Peter haßt uns."

„Und trotzdem ist es die Wahrheit!"

„Nein, es ist nicht die Wahrheit. Wahrheit ist vielmehr, daß Philip dich enterbte, weil deine Mutter ihn provozierte. Wenn sie nicht gewesen wäre..."

„Laß du gefälligst meine Mutter aus dem Spiel!" rief er wütend. „Was du ihr angetan hast, ist schlimmer als..."

„... als was? Wahrscheinlich hat man dir, Simon Peter vermutlich, einen Haufen Lügen eingetrichtert. Ich hatte mit dem Tod deiner Mutter nichts zu tun – absolut nichts."

„Umgebracht hast du sie!"

„Das habe ich nicht."

„O doch! Ein gemeiner Mörder bist du! Ich weiß, wie sie gestorben ist! Ich bin kein Kind mehr! Sie war schwanger – durch dich –, und du hast sie zu so einem verdammten Quacksalber gehetzt, der's ihr wegmachen sollte!"

„Du irrst dich. Ich habe ihr vielmehr geraten, nach London zu fahren und dort einen Gynäkologen aufzusuchen. Im übrigen war das Kind nicht von mir."

„Lügner!" brüllte Jonas. „Stinkender Lügner! In Morvah hat jeder gewußt, was du mit ihr in unserem Haus getrieben hast! Und sie hat dich trotz all deiner Gemeinheiten auch noch geliebt – und nur dich! Meine Mutter gehörte nicht zu den Frauen, die mit jedem ins Bett gehen..."

War es sein herrischer Ton? Oder die Art, in der er seine Mutter zur Göttin machte? Plötzlich verlor ich die Geduld.

„Mein lieber Jonas", sagte ich, „es ist offenbar an der Zeit, das Bild, das du dir da malst, ein wenig ins Lot zu rücken. Du scheinst zu glauben, eine Heilige zur Mutter gehabt zu haben. Leider entspricht das nicht ganz den Tatsachen. Erstens war sie hinter mir genauso her wie ich hinter ihr – bei einer gewissen Gelegenheit hat sie mich praktisch von der Straße aufgelesen, bloß weil ihr nach ein bißchen Abwechslung zumute war –, und zweitens kann man ihr Interesse für diesen Schullehrer, der einmal über Weihnachten bei euch auf Deveral-Farm war, kaum platonisch nennen. Begreife also endlich ..."

Sein Angriff kam so plötzlich, daß ich vergeblich versuchte, den Schlag abzuducken. Mit voller Wucht traf seine geballte Faust mein Gesicht und schleuderte mich gegen die Wand. Für einen Augenblick schwankte alles. Keuchend rang ich nach Luft. Doch dann, als Jonas wieder auf mich zustürzte, erwachte in mir plötzlich der unbedingte Wille zur Selbstbehauptung.

Diesmal sah ich den Schlag rechtzeitig. Mit raschem Schritt wich ich beiseite, während meine Faust blitzschnell gegen sein Kinn zuckte. Er taumelte zurück, verlor das Gleichgewicht und begann zu stürzen. Sein Kopf prallte gegen das Tischbein. Und dann lag er da, ausgestreckt und ohne jede Bewegung.

Ich stand mit heftig arbeitender Brust und starrte. Die Küchentür ging auf. Mit einem Ruck drehte ich den Kopf und sah meine Mutter.

„Jan ..."

„Augenblick, Mama."

„Was ist passiert?"

„Er hat mich geschlagen, und ich habe mich revanchiert. Er wird gleich wieder bei sich sein." Mir mit fahriger Hand über die schweißnasse Stirn streichend, trat ich zu ihm und stieß ihn an, überzeugt, daß er sich nur verstellte. „Steh schon auf."

Er rührte sich nicht.

„Jonas!"

Keine Antwort.

Ich beugte mich zu ihm.

„Was ist, Jan?"

„Nichts, Mama, gar nichts. Bleib da."

Ich kniete nieder, lockerte ihm den Hemdkragen, lauschte auf seinen Herzschlag, hörte nur meinen eigenen rasenden Puls.

„Hier", sagte meine Mutter mit zitternder Stimme. „Halt ihm diesen Spiegel vor den Mund."

Ich tat es. Doch das Glas beschlug nicht. Keine Spur fand sich, kein Hauch, nicht der Hauch eines Hauches.

Er war tot. Rebeccas Sohn war tot. Mein Neffe war tot, und ich ...

Ich war es gewesen, der den tödlichen Schlag geführt hatte.

11

„O mein Gott“, sagte ich und brachte, dort an der Leiche kniend und betäubt auf sie niederstarrend, nichts hervor als dieses dumpfe „O mein Gott!“

Rückblickend begreife ich kaum, wie alles kam, wie meine Mutter es fertigbrachte, einen kühlen Kopf zu bewahren und die Situation zu meistern. Und wenn ich immer schon geahnt hatte, daß sie über eine geradezu übermenschliche Zähigkeit verfügte, so sah ich das jetzt bestätigt. Am nächsten Tag warf die Nachwirkung des Schocks sie zwar aufs Krankenlager, wo sie eine ganze Woche blieb, doch in diesem Augenblick, eine Minute nach dem Unglück, war sie von eisiger Ruhe und Umsicht. Während ich noch neben dem toten Jonas hockte, holte sie die Brandyflasche und goß zwei Gläser voll.

„Trink das, Jan-Yves.“

Ich gehorchte, und auch sie trank. Mich mit Mühe hochraffend, stand ich eine Sekunde auf unsicheren Beinen und setzte mich dann auf einen Stuhl.

„Es war nicht deine Schuld“, sagte sie. „Du hast ihn nicht umbringen wollen. Es war ein Unfall.“

Ich schwieg und dachte verstört: Würde Simon Peter das auch glauben? Wenn er oder sonst jemand von Jonas' Erpressungsversuchen erfuhr, so waren wir von vornherein verdächtig.

„Ich werde sagen, daß ich dabei war, Jan-Yves. Ich werde sagen, daß ich dabei war, daß ich alles gesehen habe.“

Aber was konnte ihre Aussage schon gelten? Man würde sie womöglich für meine Komplizin halten.

„Wenn ich ihm doch nur kein Geld gegeben hätte!“ sagte sie. „So mußte er sich ja einbilden, daß du irgendwie in den Tod seiner Mutter verstrickt warst und das verheimlichen wolltest. Bestimmt hat er das nicht für sich behalten. Dabei habe ich ihm das Geld doch nur gegeben, weil er mein Enkel war und mir leid tat. Aber wer wird uns das glauben?“

„Ob wohl jemand weiß, daß er heute abend zu dir wollte?“ fragte ich stockend.

„Es läßt sich jedenfalls nicht ausschließen.“

„Am besten sagen wir ...“, begann ich und brach ab.

„Wir sagen“, setzte sie den angefangenen Satz fort, „daß er kam. Daß ich dich anrief. Daß ich ihm ab und zu schon was gegeben hatte, weil er ja mein Enkel war und ich ihm helfen wollte. Wir werden die Wahrheit sagen, Jan-Yves, die ganze Wahrheit. Bis zu einem gewissen Punkt.“

„Ja“, sagte ich langsam. „Ja. Er war frech und aufsässig, so daß ich gezwungen war, ihm ins Gewissen zu reden, damit er dich in Zukunft in Frieden ließe. Es kam zum Wortwechsel, zu einer heftigen Auseinandersetzung, und dann ...“

„Und dann“, fuhr sie fort, „sagte er dir, du solltest dich zum Teufel scheren, und stürzte hinaus. Wir beide saßen noch lange zusammen und sprachen über den Vorfall, bis du dann schließlich wieder nach Penmarric zurückfuhrst, und zwar um elf Uhr. Um neun – das ist jetzt – riefst du deine Frau an und sagtest ihr, Jonas sei soeben wieder fort, aber du müßtest noch eine Zeitlang bei mir bleiben, weil ich völlig außer Fassung sei und du mich in diesem Zustand unmöglich allein lassen könntest.“

„Ja“, wiederholte ich. „Ja, genauso war es.“ Ich griff nach der Flasche und schenkte nach.

„Gut, daß du den Wagen hier hast“, sagte sie. „Das ist günstig. Aber was willst du mit dem Fahrrad machen? Paßt das hinten ’rein?“

„Das werde ich schon los, keine Sorge ... Wo ist Annie? Im Bett?“

„Ja. Sie geht immer früh schlafen. Aber wie willst du das Fahrrad loswerden, Jan-Yves?“

„Da ist doch diese abgelegene Straße, die zur Ding-Dong-Mine führt ...“

„Steht die Mine unter Wasser?“

„Weiß ich nicht. Ach, ich verstehe. Da wäre Sennen-Garth wohl besser ... aber ich glaube nicht, daß ich Jonas und das Fahrrad bis zur Bucht hinabschaffen kann.“

„Zur Bucht? Warum?“

„Weil die Stollenausgänge auf den Strand hinausführen. Und wenn ich da hineinkönnte ...“

„Nicht weit von King Walloe gibt es einen alten Schacht, wo Philip schon als Kind herumstöberte. Er erzählte mir einmal, daß bei der Sennen-Garth-Katastrophe auch dort die Wassermassen hineinstürzten. Man soll es von oben sogar sehen können.“

„Richtig. Ich kenne den Schacht – Philip hat ihn mir einmal gezeigt. Aber wenn das Wasser je herausgepumpt werden sollte – aber nein, wie denn? Die Mine gehört ja mir, und was einmal nach meinem Tod damit geschieht, kann mir egal sein."

„Sennen-Garth wird niemand mehr in Betrieb nehmen", sagte sie. „Das wäre viel zu teuer und würde nicht lohnen. Du bist völlig sicher."

„Dann muß ich sehen, daß ich mit dem Wagen bis nach Sennen-Garth komme und dann ..."

Wir besprachen jede Einzelheit, bemühten uns, ja nichts zu übersehen.

„Weißt du", sagte ich schließlich, „das vernünftigste ist es wohl, wenn ich das Fahrrad nicht verschwinden lasse. Ein Fußgänger kann bei Dunkelheit leicht in einen ungesicherten Schacht stürzen, aber ein Radfahrer? Nein, das fehlende Rad würde nur unnötig Verdacht erregen. Am besten steche ich, um eine Panne vorzutäuschen, ein Loch in den hinteren Reifen und lasse das Rad an der Straße nach Morvah liegen. Die Polizei wird daraus folgern, daß Jonas, nachdem er mit dem Rad nicht weiterfahren konnte, querfeldein nach Hause wollte und ihm dabei etwas zugestoßen ist."

„Aber würde er nicht eher absteigen und sein Rad schieben?"

„Er war müde und wütend. Und es könnte ja auch gerade jemand gekommen sein, der ihn im Auto mitnahm."

„Ja, das klingt durchaus plausibel."

„Entscheidend ist doch, daß sie ohne die Leiche nichts beweisen können, und die werden sie nie finden."

„Das stimmt."

„Hast du Handschuhe im Haus?"

„Ja ... warum?"

„Ich habe genügend Kriminalromane gelesen, um zu wissen, daß ich das Fahrrad nicht mit bloßen Händen berühren darf."

Während sie sich auf die Suche nach einem Paar von Philips alten Handschuhen machte, stöberte ich im Stall nach Sackleinen, das als Hülle dienen konnte. Als ich zurückkam, wartete sie im erleuchteten Rahmen der Küchentür auf mich.

„Wäre es nicht vernünftiger, das Licht auszumachen?" fragte sie. „Ich habe das schreckliche Gefühl, daß uns vom Hügel her Tausende von Augen beobachten."

„Ja, mach's aus."

„Warte – du mußt sofort Isabella anrufen und ihr sagen, daß du aufgehalten worden bist."

„Gleich. Erst will ich die Leiche ins Auto schaffen – und das Rad in den Kofferraum."

Sie half mir. Schweigend arbeiteten wir in der Dunkelheit. Als wir endlich fertig waren, ging ich in die Diele und hob den Hörer von der Gabel.

„St. Just zwei-eins, bitte..." Ich wartete und lauschte in die Stille. „Hallo, kann ich meine Frau sprechen?... Isabella? Liebes, es tut mir so leid, aber es hat mit Jonas Krach gegeben, und Mutter ist jetzt so aufgeregt, daß ich wenigstens noch eine Stunde bei ihr bleiben muß... Verzeih mir, Liebling, aber es hat keinen Sinn, auf mich zu warten. Geh nur schon zu Bett."

Ich legte auf.

„War sie sehr verärgert?" fragte meine Mutter.

„Ich fürchte, ja."

Plötzlich schlug die Erschöpfung wie eine Woge über mir zusammen. Ich fühlte mich völlig leergepumpt.

„Die Arme. Bestimmt ist sie jetzt böse auf mich, weil ich sie um die letzten schönen Stunden mit dir gebracht habe." Sie griff behutsam nach meinem Arm. „Jan-Yves..."

„Ja?"

„Sag ihr nichts."

„Das wird sich kaum vermeiden lassen. Und es spielt ja auch keine Rolle – Ehegatten können nicht gegeneinander aussagen..."

„Sag niemandem etwas", beschwor sie mich. „Niemandem! Hörst du, Jan?" Für eine mehr als achtzigjährige Frau war ihre Stimme von unglaublicher Kraft. „Du und ich, wir sind die einzigen, die von diesem schrecklichen Unfall wissen. Ich werde bald sterben, und dann bist nur noch du, der davon weiß. Vertraue dich keinem Menschen an. Und quäle dich nicht mit Schuldgefühlen. Es war ein Unfall, das wissen wir doch beide. Er hat zuerst zugeschlagen, und du hast nur in Notwehr gehandelt – jedes Gericht der Welt würde dich freisprechen, wenn wir nur beweisen könnten, was geschehen ist. Da wir dazu nicht in der Lage sind, müssen wir diesen einzig vernünftigen, wenn auch gefährlichen Weg einschlagen. Aber das Risiko muß so gering bleiben wie möglich. Deshalb darfst du keiner Menschenseele etwas sagen. Weder Lizzie noch William und auch nicht Isabella. Daß es zwischen Mann und Frau keine Geheimnisse geben darf, ist ein Irrtum. Manchmal muß es sein – so wie jetzt. Sie ist zu jung und hat zuwenig von der Welt gesehen, auch wenn sie sich das Gegenteil einbilden mag. Es wäre einfach zuviel für sie, und sosehr sie dich liebt, insgeheim würde sie sich doch so halb fragen, ob es denn wirklich ein Unfall war... Du verstehst doch, nicht wahr?"

„Ja", erwiderte ich mühsam, „ja, ich verstehe, aber – mein Gott! Wenn ich heute abend heimkomme, wird sie noch auf sein oder doch wach und Zärtlichkeiten von mir erwarten – Liebe!"

„Dann enttäusche sie nicht", sagte meine Mutter. „Sie darf nicht das Gefühl haben, daß etwas nicht stimmt."

„Aber wenn dann ein Kind käme... Ich könnte es doch nie ansehen, ohne daran zu denken..."

„O doch, durchaus!" sagte meine Mutter plötzlich sehr scharf. „Glaubst du etwa, daß ich bei dir jedesmal daran denke, daß ich dich gegen meinen Willen empfangen habe, damals in diesem abscheulichen Hotel in Brighton? Nach deiner Geburt vielleicht, aber doch längst nicht mehr nach all diesen Jahren, wo du mir lieb und teuer geworden bist... Die Zeit bringt alles ins Lot, Jan-Yves, bitte, glaub mir das. Im Augenblick ist dieser Vorfall voller Grauen für dich, aber in fünf, zehn, zwanzig Jahren wird er nur noch eine Erinnerung sein, die du dir ohne Qual zurückrufen kannst. Das mußt du mir glauben!"

Ich nahm sie in die Arme und hielt sie sekundenlang. Mit ihrer welken alten Hand strich sie mir über Kopf und Nacken und sagte dann: „Du mußt gehen."

„Mama..."

„Bitte, Jan. Kein gefühlvoller Abschied jetzt. Das wäre für uns beide zuviel. Ich hoffe, daß ich noch am Leben bin, wenn du nach dem Kriege heimkehrst, aber falls nicht, so wünsche ich dir Gottes Segen, und vergiß nie, niemals, daß du an dem, was geschehen ist, keine Schuld trägst."

Bevor ich hinaustrat in die kühle Nacht, trank ich noch einen Schluck Brandy. Es war bewölkt, doch dann und wann riß der dunkle Himmel auf, und das Licht des Mondes fiel bleich über die Heide. Eine Nacht, wie geschaffen für Menschen, die Geheimnisse hatten.

Ich glitt hinter das Steuerrad.

„Auf Wiedersehen, Mama."

„Auf Wiedersehen, Jan-Yves."

Ich sah sie stehen: eine gebeugte und sehr gebrechliche alte Frau, die unverwandt starrte und mir wohl noch lange nachblickte, während das Auto den Weg durch die Heide nahm.

Würde ich sie je wiedersehen?

Ich ließ das Fahrrad mit dem kaputten Reifen an der Straße nach Morvah, genau an der Gemeindegrenze, liegen und fuhr dann, Jonas' Leiche im Sackleinen auf dem Rücksitz hinter mir, hügelabwärts in Richtung Nordküste, wo ich dann die verödete Bahn nach Sennen-Garth einschlug.

Den letzten Teil der Strecke mußte ich zu Fuß gehen. Die schwere Last des schlaffen Körpers auf den Schultern, kam ich nur langsam voran, fand den Schacht jedoch ohne Mühe und verharrte am Rand, um Luft zu schöpfen. Wieder filterte Mondlicht durch auffaserndes Gewölk und warf eine geisterhafte Helle durch die Ruinen der zernarbten Klippen, die ich von früher her so gut kannte. Unwillkürlich schauderte ich zusammen und starrte dann auf das Sackleinen zu meinen Füßen. Wie von selbst schlossen sich meine Augen und drängte sich ein Gebet auf meine Lippen.

Ich bat Gott, mir zu vergeben. Ich bat ihn um eine gerechte Strafe, damit ich nicht für den Rest meines Lebens mit der unerträglichen Schuld leben müsse. Ich bat ihn, büßen zu dürfen, um durch Reue alle Selbstpeinigung zu tilgen.

„Ja, büßen", betete ich, „aber nicht sterben."

Nein, das nicht. Denn es wäre nicht gerecht.

„Laß mich weiterleben."

Und plötzlich begriff ich, daß es nicht nur Gott war, zu dem ich jetzt flehte, sondern in gleichem Maße auch jene doppelköpfige Erscheinung, die Zwiegestalt von Gerechtigkeit und Ungerechtigkeit, die mich mein Leben lang verfolgt hatte.

„Gerechtigkeit", sagte ich. „Mehr will ich ja nicht. Nur Gerechtigkeit."

Ich beugte mich über die Leiche. Der Gedanke an Rebecca fiel mich an. Ich versuchte ihn zu verdrängen. Doch es wollte nicht gelingen. Und so bat ich auch sie um Vergebung, ganz als stünde sie jetzt neben mir und könne jedes Wort hören. Tränen strömten mir übers Gesicht. Mit letzter Gewalt nahm ich mich zusammen und schleppte die Leiche zur Öffnung des Schachts und stieß sie hinab in Pechschwärze.

Nach endlos langer Zeit scholl dumpfes Klatschen herauf. Dann Stille.

Es war getan.

Ich ging zum Wagen zurück, setzte mich hinter das Lenkrad, hockte erschöpft. Eine Viertelstunde verging. Immer noch schüttelte mich Schluchzen, das jedoch nach und nach abebbte. Ich zog mein Taschentuch heraus und fuhr mir damit über die Augen. Dann riß ich ein Streichholz an und blickte in den Rückspiegel. Doch meine Augen verrieten nichts. Sie wirkten nur dunkler als sonst und ein wenig gerötet wie durch mangelnden Schlaf.

Ich ließ den Motor an und lenkte das Auto, langsam rückwärts fahrend, zu einer Stelle, wo ich wenden konnte. Das Schwerste stand mir noch bevor. Ich mußte Isabellas Zorn besänftigen, ihr versichern, daß alles in Ordnung sei, und mich exakt so verhalten, wie man es von einem liebenden Gatten kurz vor Ende eines zweitägigen Sonderurlaubs erwarten durfte.

Und davor hatte ich Angst.

Im ersten Morgendämmer brach ich auf, um rechtzeitig für den Frühzug nach London in Penzance zu sein. Isabella begleitete mich zum Bahnhof. Obwohl das Schwarzmarktbenzin kaum noch reichen wollte, nahmen wir den Wagen und fuhren allein.

„Armer Jan", sagte sie, sich dicht an mich schmiegend, während das Auto auf der menschenleeren Straße durch die jetzt kalte und öde Heidelandschaft rollte, „du gibst dir zwar alle Mühe, dir nichts anmerken zu lassen, aber ich spüre doch genau, wie verstört du bist. Bitte, Liebster, mach dir keine Gedanken, weil unsere letzte Nacht so kurz war – wie herrlich war es doch, hinterher noch in deinen Armen zu liegen ... Und diesmal wird es bestimmt ein Baby geben. Das sagt mir mein Gefühl. Wenn du dann das nächste Mal auf Urlaub kommst ..."

Doch es gab kein Baby. Drei Wochen später schrieb sie mir einen kurzen und traurigen Brief, und ich fragte mich unwillkürlich, wie sie wohl meinen erleichterten Seufzer aufgenommen hätte. Ich wollte keine lebende Erinnerung an jene vierundzwanzig tragischen Stunden.

Die Erinnerungen, die ich mit mir schleppte, waren schlimm genug.

Bald danach begannen weitere Briefe einzutreffen.

„Jan, Liebster, Du wirst es nicht glauben: Jonas ist verschwunden, und niemand weiß, wo er geblieben ist ..."

„Mein lieber Jan, erschrick nicht, wenn Dein alter, halbgebildeter Bruder sich endlich wieder zu einem Brief an Dich aufschwingt, aber ich glaube doch, Dir mitteilen zu müssen, daß überall nach Jonas gesucht wird ..."

„Mein liebster Jan", schrieb meine Mutter in unverfänglichem Ton, „zweifellos wirst Du inzwischen gehört haben, daß Jonas verschwunden ist. Eine äußerst mysteriöse Geschichte. Was kann ihm nur zugestoßen sein? Einen Tag, nachdem er bei uns auf Roslyn-Farm war, fand man sein Rad, aber ansonsten fehlt jede Spur von ihm. Man fürchtet allgemein einen Unfall. An ein Verbrechen scheint die Polizei nicht zu denken. Heute morgen besuchte mich ein sehr freundlicher und netter Polizist, weil wir offenbar die letzten waren, die den Jungen lebend sahen, aber leider konnte ich ihm auch nichts weiter berichten, außer daß Jonas wütend fortgestürzt war und Du dann noch zwei Stunden bei mir bliebst, um mich wieder aufzumuntern. Natürlich mußte ich ein wenig aus der Familie plaudern, damit dem Beamten begreiflich wurde, wieso es zwischen Jonas und Dir zum Wortwechsel kam, aber der Mann zeigte sich sehr verständnisvoll, und zu irgendwelcher Besorgnis besteht kein Anlaß ..."

„... es ist schon alles sehr merkwürdig", schrieb William. „Im Augenblick vermutet man, daß Jonas in der Dunkelheit querfeldein ging und in einen ungeschützten Minenschacht stürzte, aber diese Theorie teile ich nicht. Denn als Jonas sein Fahrrad am Straßenrand liegenließ, befand er sich praktisch schon in der Gemeinde Morvah, wo er sich doch auskannte wie kaum ein zweiter. Schließlich war er dort ja aufgewachsen. Außerdem ist es höchst unwahrscheinlich, daß ihn sein Weg überhaupt an irgendeinem alten Schacht vorüberführte. Ob ihn vielleicht jemand im Auto mitnahm und sich an ihm verging? Doch im Grunde will mir dieser Gedanke genausowenig einleuchten, denn Jonas war kräftig und zäh genug, um's auch mit einem ausgewachsenen Mann aufzunehmen. Er hätte sich seiner Haut schon zu wehren gewußt. Was meinst Du?"

„Mein lieber Jan-Yves", lautete der kalte Schreibmaschinentext auf dem Briefpapier der Anwaltfirma Holmes, Holmes, Trebarvah & Holmes. „Fraglos ist Dir Jonas' Verschwinden bereits zur Kenntnis gebracht worden. Mr. Vincent hat mich gebeten, Dir mitzuteilen, daß alles Menschenmögliche unternommen wird, um ihn zu finden. Da die Polizei der Überzeugung zu sein scheint, daß ein Verbrechen auszuschließen ist, haben wir mit der weiteren Untersuchung Privatdetektive betraut, die ich aus meiner Tasche bezahlen werde, da mir Jonas' Verschwinden denn doch, sagen wir einmal, sonderbar vorkommt. Die Polizei allerdings begnügt sich mit der These, daß er zornentbrannt von Roslyn-Farm fortgestürzt sei, um sich dann, als er auch noch eine Fahrradpanne hatte, voll Grimm vom ersten besten vorüberkommenden Auto mitnehmen zu lassen; womöglich sei er dann in Penzance gelandet, wo er dem nicht ganz ungewöhnlichen jugendlichen Drang, von zu Hause durchzubrennen, nachgegeben habe. Er war ja als launischer und schwieriger Junge verschrien, und daß ihm sein Leben hier nicht behagte, wußte man allgemein.

Es gibt jedoch ein paar Aspekte, denen mir einige Bedeutung zuzukommen scheint. Erstens ist es mehr als fraglich, ob Jonas sein Fahrrad je im Stich gelassen hätte, und sei es auch nur vorübergehend. Es war noch neu und für ihn sehr kostbar, da er sich das Geld dafür selbst verdienen mußte. Gewiß hätte er es lieber geschoben, als es so einfach aufzugeben. Zweitens hatte ihm Deine Mutter gerade erst finanzielle Zuwendungen gemacht, was ich seinerzeit per Zufall erfuhr, als ich ihn erstaunt fragte, warum er mich letzthin mit seiner ewigen Bettelei verschont habe. Seine Antwort war: ‚Meine Großmutter gibt mir Geld, wenn auch nicht freiwillig, sondern nur, weil sie es mir nicht abschlagen kann.' Ich schwieg zwar dazu, fand es jedoch höchst bemerkenswert, daß Deine Mutter, ansonsten diesem Zweig der Familie gegenüber kaum von übermäßigem Wohlwollen beseelt, ohne triftigen Grund ausgerechnet bei Jonas so unerhörte Großmut übte. Und drittens hatte der Junge gerade erst kürzlich die Wahrheit über den Tod seiner Mutter in Erfahrung gebracht und versucht, den ‚Doktor' ausfindig zu machen, der für den unerlaubten Eingriff verantwortlich gewesen war. Da die Untersuchungen der Polizei in diesem Punkt nichts weiter zutage gefördert hatten, riet ich ihm davon ab, aber er ließ es sich nicht ausreden und war versessen darauf, den ‚Doktor' und durch den ‚Doktor' jenen Mann aufzuspüren, der Rebecca in die Lage gebracht hatte, um verbotene medizinische Hilfe nachsuchen zu müssen.

Natürlich wird Dir an der Lösung des Rätsels ebensosehr gelegen sein wie mir, und so vertraue ich fest darauf, daß wir unsere bisherige Animosität vergessen und zusammenfinden in der gemeinsamen Aufgabe, Ursachen und Umstände von Jonas' Verschwinden aufzuklären. Dein sehr ergebener Simon Peter."

„Mein lieber Simon Peter", schrieb ich zurück, peinlich darauf bedacht, über keine seiner Fußangeln zu stolpern, indem ich aus dem Brief mehr herauslas, als tatsächlich darin stand. „Vielen Dank für Dein Schreiben und die Bemühungen, durch Einsatz von Privatdetektiven zur Enträtselung dieses so verwirrenden Falles beizutragen. Wenn ich nur meinerseits irgendwelche Erklärungen beisteuern könnte, doch leider bin ich dazu wohl kaum in der Lage. Von der Polizei wirst Du bereits erfahren haben, daß Jonas Roslyn-Farm im Zorn verließ, nachdem ich ihm unmißverständlich klargemacht hatte, daß ich weitere Behelligungen meiner Mutter nicht dulden würde. Er hatte sie eine Zeitlang mit Geldforderungen drangsaliert, wobei er zu seiner Rechtfertigung anführte, ihm stünde ein Teil von meines Vaters Vermögen zu, und da sie alt und gebrechlich und sentimental ist, war sie seinen Forderungen nachgekommen, wenn auch nur, weil er ihr Enkel ist. Ich halte ihn für einen ausgemachten Strolch, und auch Du sprichst ja, wie ich sehe, nicht gerade im Ton tiefsten Mitgefühls von ihm. Interessant war für mich auch, daß Du bezüglich seiner finanziellen Kalamitäten ganz ähnliche Belästigungen zu erdulden hattest wie meine Mutter.

Von seinen privaten Nachforschungen nach dem Quacksalber, der seine Mutter auf dem Gewissen hat, erwähnte er mir gegenüber nichts. Ich persönlich finde es einfach schandbar, daß die Polizei den Schuldigen bisher noch nicht stellen konnte, aber zweifellos ist der Fall längst nicht abgeschlossen. Daß Jonas sich über den Vater des Kindes im unklaren war, verwunderte mich. Aber da der Betreffende – soweit wir wissen – sich bei Rebeccas Tod überhaupt nicht in Cornwall befand, ist kaum anzunehmen, daß er es war, der die Abtreibung in die Wege leitete. Seinen Namen weiß ich nicht, aber da kann gewiß Deborah Auskunft geben. Mir ist nur bekannt, daß er Schullehrer war und aus der Londoner Gegend stammte.

Meine besten Empfehlungen an Deine Gattin. Da Du zur Zeit doch im Dienst der Armee juristisch tätig bist, war ich eigentlich überrascht, auf dem Briefpapier die Kopfleiste von Holmes, Holmes etc. zu finden. Wie ich höre, hast Du außer Deinen beiden Töchtern jetzt auch einen Stammhalter, und so scheint Dich der Krieg denn doch nicht ganz so zu beanspruchen, wie ich glaubte! Dein sehr ergebener Jan-Yves. PS: Es ist nicht einzusehen, warum Du zur Gänze für die engagierten Privatdetektive aufkommen solltest, und ich bestehe darauf, die Hälfte der Kosten zu tragen. Bitte, laß mich wissen, was ich Dir schulde, sobald Du im Besitz der Abrechnung bist."

Seine Antwort ließ auf sich warten, doch als sie dann eintraf, fiel sie sehr zu meiner Zufriedenheit aus:

„... und so habe ich also beschlossen, die privaten Nachforschungen einzustellen und es bei der Vermißtenanzeige bewenden zu lassen", schrieb er. „Vielen Dank für Dein Anerbieten, die Kosten für die Privatdetektive mit mir zu teilen. Ich akzeptiere es in dem gleichen Geiste, in dem es gemacht wurde, und lege eine Kopie der Rechnung bei. Ich möchte jedoch nicht verhehlen, wie tief mein Unbehagen ist und daß ich von einem Verbrechen überzeugt bin. Ob sich je etwas entdecken läßt, bleibt abzuwarten, doch darf ich meinerseits feststellen, daß ich den Fall nicht als abgeschlossen betrachte. Gewiß wirst Du mein Bedauern über den vorerst so unbefriedigenden Ausgang dieser so rätselvollen und unangenehmen Angelegenheit teilen.

Das Militär hetzt mich von einer Kriegsgerichtsverhandlung zur nächsten, so daß ich in Sachen Militärjuristerei langsam zum Fachmann heranreife. Bei meinem letzten Brief an Dich war ich im übrigen auf Heimaturlaub und nahm die Gelegenheit wahr, meiner alten Kanzlei einen Besuch abzustatten und dort ein paar halb geschäftliche Schreiben zu diktieren. Wir haben meinen Sohn nach meinem Großvater John Henry getauft, und sein Name steht bereits auf der Anmeldeliste von Harrow, einer Schule, über die der Bruder meiner Frau sich sehr lobend äußert, und es erscheint mir nur vernünftig, in der festen Zuversicht zu handeln, daß es, wenn für John Henry in dreizehn Jahren die Zeit dafür kommt, noch Harrow und unsere anderen altvertrauten englischen Institutionen geben wird. Das Bewußtsein, einen Sohn zu haben, erfüllt mich, offen gestanden, mit großer Freude und echtem Stolz und erweckt ein gewisses Vertrauen in die Zukunft..."

„Zur Hölle mit ihm!" knirschte ich und riß den Brief in Fetzen. Dennoch begann ich mich bei allem Mißbehagen sicherer zu fühlen. Simon Peter hielt mich für Jonas' Mörder, wußte jedoch ebensogut wie ich, daß er den Beweis dafür nie würde erbringen können. Mich mit diesem Gedanken tröstend, konnte ich über jenen giftigen letzten Absatz getrost hinwegsehen: daß nämlich er zumindest einen Stammhalter hatte und daß dieser Stammhalter einmal nicht weniger Gentleman sein würde als irgendeiner meiner Söhne.

Auch ich wollte und mußte einen Sohn haben. Wenn erst einmal der Krieg vorbei war...

Doch der Friede ließ auf sich warten. Wir schrieben erst 1942, und es sollten noch drei Jahre vergehen, in denen es nur ums nackte Überleben ging.

Am 20. Juni 1942 nahmen die Deutschen Tobruk ein.

Rommels Triumph war mein Unglück. Ich gehörte zu den dreiunddreißigtausend Mann, die sich dem Feind ergeben mußten, und kam nach endlos langem, etappenweisem Transport hinter die Stacheldrahtverhaue eines Kriegsgefangenenlagers in Italien. Warum gerade dort, weiß ich nicht, und der einzig plausible Grund dafür war wohl die geographische Lage: Deutschland war von Tobruk weiter entfernt als Italien. Außerdem schienen sich die Italiener nach den früheren Schlappen, die sie in Nordafrika hatten einstecken müssen, über jeden englischen Kriegsgefangenen zu freuen. Mir war es in meinem

Zustand totaler Depression ohnehin egal, ob ich in Deutschland, Italien oder Timbuktu landete.

Gott oder jenes doppelköpfige Ungeheuer – oder auch beide – hatte mir für Jonas' Tod offenbar eine weniger bequeme Sühne zugedacht als einen raschen Exitus. Für einen in jeder Hinsicht aktiven Menschen wie mich war ein Leben ohne Arbeit und ohne Frau die Hölle – und eine Strafe, über deren Verbüßung ich fast den Verstand verlor.

Ich blieb bis Kriegsende dort.

Meine tiefe Ruhelosigkeit drängte mich wie von selbst zu einer Art Führerschaft unter den Gefangenen. Ich organisierte Konzerte, Dichterlesungen, Schauturnen und vieles andere, das meine Leidensgenossen und mich qualvoller Untätigkeit entriß. Für jemanden, der sich auf der Schule mit der Rolle des nonkonformistischen Rebellen begnügt hatte, entfaltete ich einen geradezu verblüffenden Gemeinsinn.

„Bist ja der reine Wirbelwind", sagte ein Kamerad aus London. „Einfach nicht zu bremsen, dieser Major Castallack. Man sollte dich Major Irrwisch taufen."

Einen Fluchtversuch unternahm ich nicht. Ich half vier Männern, darunter meinem besten Freund, zu entkommen; doch meine Absicht, später zu ihnen zu stoßen, gelangte nicht mehr zur Ausführung: Sie wurden eingefangen und erschossen. Danach beschränkte ich mich auf meine Konzerte und Turnübungen.

Ich hatte immer häufiger Träume, am Tage wie in der Nacht. Im Schlaf träumte ich von Cornwall und Penmarric. Ich träumte von Elisabeth. Und ich träumte von längst vergangenen Zeiten: von meinem alten Kindermädchen, das sich Gin in den Tee kippte und mir Märchen erzählte; von meinem Vater, der zu mir sagte: „Nanny ist fort. Du bekommst ein neues Kindermädchen, zusammen mit Elisabeth . . ."; von Lizzie, die sich, Riesenlutscher in der Hand, dicht zu mir beugte; und von Mariana, strahlend schöne Königin des Balls; majestätisch schritt sie die breite Treppe von Penmarric herab, und Jeanne flüsterte mir ins Ohr: „Ist sie nicht hübsch? Ich möchte auch so hübsch sein!" Tanzende Paare drehten sich, bis das Bild dann abrupt verwischte und Adrian erschien, bedrückte Frage auf den Lippen: „William – ob jetzt wohl alle wissen, wer wir beide sind?" Doch statt William war dann mein Vater dort und legte ihm beschwichtigend die Hand auf die Schulter. Und wieder wechselte die Szene, und ich sah Philips Gesicht mit aufgerissenem Mund: „Sennen-Garth! Mein Sennen-Garth!" Und es war sein Befehl, der mich unter Tage verbannte, tief unter Tage, wo Trevose lachend zu mir sagte: „Aber, Junge, ein Glas Bier wirft doch einen Mann nicht um, einen richtigen Mann." Und er starb, Lachen noch in den Augen, und mit ihm starben viele, und Leiche auf Leiche wurde verscharrt, und die Welt war plötzlich eine Welt des Todes, der auch nach mir auslangte, der auch mein Leben forderte. Aber ich starb nicht. Ich blieb am Leben. Weil Isabella auf mich wartete. Weil irgendwann unwiderruflich der Tag meiner Heimkehr kommen würde.

Und von dieser Heimkehr träumte ich. Dort vor Penmarric stand Isabella im langen weißen Hochzeitskleid, und ich rannte auf sie zu, atemlos. Doch als ich sie dann in die Arme nehmen wollte, zerstob das Spukgebilde unter meinen Händen, und ich stand allein, und Penmarric war nichts als eine verfallene Ruine.

„Isabella!" schrie ich. „Isabella!"

Schweißgebadet fuhr ich hoch und fand mich wieder auf harter Gefangenenpritsche.

„Zum Donnerwetter!" schimpfte eine empörte Stimme. „Was ist denn los?"

„Na, was schon", sagte der Londoner Kamerad. „Major Irrwisch hat's wieder einmal mit der spanischen Königin. Ist doch keine Nacht anders."

Mich unruhig wälzend, träumte ich weiter. Träumte, daß Simon Peter Roslyn, Chauffeur am Volant, im hochherrschaftlichen Rolls-Royce an mir vorüberfuhr, während ich, einfacher Bauer, am Wegrand stand und respektvoll den Hut lüftete. Doch nichts davon zählte, nichts davon fiel ins Gewicht, solange nur Isabella mich liebte, und sie liebte mich ja und wartete auf mich . . .

Und dann war ich auf einem Bahnhof, einem großen Bahnhof, Waterloo wohl: endlich heimgekehrt, doch wie verloren in quirlender Menschenmenge, in der sich keine Spur von Isabella fand, oder doch, oder ja, dort hinten stand sie, mir den Rücken zukehrend, wie unbeteiligt und gar nicht auf der Suche nach mir, der ich doch so verzweifelt spähte. Keuchend hastete ich durch die Menschenmassen auf sie zu und erreichte sie und sah dann, daß es gar nicht Isabella war, sondern irgendeine fremde Frau, und während ich weiterdrängte, an leeren Gesichtern und blinden Augen vorbei, begann ich, ihren Namen zu rufen ...

„Isabella! Isabella! Isabella!“

„Sei endlich still, verdammt noch mal! Kann ja kein Mensch schlafen bei dem Gebrüll ...“

„Himmelsakrament aber auch ...“

„Hat ihn besonders schlimm erwischt heute nacht. Die reine Galavorstellung ...“

Ich träumte von blühendem Heidekraut und grünem Adlerfarn und von den grauen Mauern von Chûn. Ich atmete den Duft der wilden Rosen auf Roslyn-Farm. Ich schritt durch ein Meer von Glockenblumen und Hahnenfuß. Ich betrat den Garten von Penmarric, eine Palette exotischer Pracht. Und dort auf dem Weg sah ich Isabella stehen, lächelnde Isabella, die beschwichtigend zu mir sagte: „Tut mir ja so leid, Jan, aber, siehst du, ich habe mit dir nicht mehr gerechnet. Alles war so fad und öde, und warum hätte ich da länger auf dich warten sollen? Das verstehst du doch, Liebling, ja? Du warst ja immer so verständnisvoll, und gewiß ahnst du längst, daß ich in Wahrheit immer nur Keith geliebt habe. Du hast mich damals eben überrumpelt. Ich war ja noch viel zu jung, um meine eigenen Gefühle zu kennen. Aber mach dir nichts draus, es ist ja alles nicht so wichtig, und hoffentlich kannst du Keith und mich bei Gelegenheit einmal besuchen. Wir würden uns sehr freuen ...“

Doch zum Glück war es nur ein Traum, den ich abschütteln konnte, sobald ich die Augen öffnete: Nachtgesichte, die mit der Wirklichkeit nichts zu tun hatten. Denn Isabella liebte mich und wartete; wartete mit mir auf den Tag meiner Heimkehr.

1945 war er dann endlich da.

Ich war auf einem Bahnhof, einem großen Bahnhof. Waterloo. Menschen drängten durcheinander, genau wie in meinen Träumen, nach denen ich mich halb zurücksehnte. Doch dies war kein Traum. Und plötzlich packte mich Angst.

Eine irre Angst.

Ich stieg aus dem Zug und schob mich langsam durch die Menschen voran. Wiedersehensfreude ringsumher. Lachen und

Weinen und lautes Rufen, heftig sich steigerndes Stimmengewirr. In der Luft ein Knistern wie von elektrischem Strom, pulsende Erregung. Dann ohrenbetäubendes Zischen der Lokomotive und aufwölkender Dampf. Doch niemand schien den Lärm zu vernehmen.

Vergeblich reckte ich den Hals. Vergeblich hielt ich Ausschau nach ihr und zwängte mich, Gepäck in der Hand, vorbei an glücklichen Paaren. Da ich Uniform trug, war ich, auf einige Entfernung jedenfalls, gewiß nur schwer zu unterscheiden. Und so sagte ich mir vor und wiederholte es unablässig: Du mußt sie finden und nicht sie dich. Doch wo nur, wo? Ich ging durch die Sperre und durchquerte die riesige Halle, aber nirgends fand sich eine Spur.

Ich ging zur Sperre zurück und wartete dort mit brennenden Augen. Gesichtslos zog die Menge an mir vorüber, wippende und wogende Köpfe. Fremde Augen, fremdes Glück.

Zwiegestalt von Recht und Unrecht, die für mich nur ein höhnisches Grinsen hatte und kein gütiges Lächeln; Gott, dem ich völlig gleichgültig war. Jahrelang hatte ich mich selbst getäuscht und mich von Phantasiegespinsten genährt. Aber das Leben bestand aus nichts als Zufall, blindem, irrläufigem Zufall, keinem Gesetz gehorchend außer dem der eigenen Sinnlosigkeit. Isabella war nicht gekommen. Isabella liebte mich nicht mehr. Isabella war für mich verloren.

Ich schloß die Augen. Doch dann, als ich sie wieder öffnete, sah ich sie plötzlich: sah ihr Lächeln, sah wie in meinen Träumen ihre schlanke, biegsame Gestalt, ihren schwerelosen Gang. Und doch war es eine andere Isabella, eine verwandelte Isabella, tief vertraut und erschreckend fremd zugleich.

Ich stand und starrte.

Die junge Frau, die da auf mich zueilte, grünäugig und rotlippig, aschblondes Haar unter breitrandigem Hut, im modernen, schick geschnittenen Kleid, trug nicht weniger die Spuren langer Qual als ich.

„Jan!“ rief sie. „Jan, ich konnte und konnte dich nicht finden – es war schrecklich – schlimmer als in meinen schlimmsten Träumen ...“

Doch als sie sich dann in meine Arme warf, endete für uns beide die Qual, das nachtdunkle Grauen.

Utta Danella

Wo hohe Türme sind

Roman. 544 Seiten

Mit weiblicher Sensibilität verfolgt Utta Danella die Schicksalslinien dreier Frauen, die gegensätzlicher nicht sein können. So erzählt sie von Angèle, aufgewachsen im Geist eines fernen Zeitalters, von Blanca, ihrer Tochter, die erst die Fesseln der Familie abstreifen muß, um sich selbst zu finden, und von Josefa, deren Kraft und Mut den anderen Halt in einer schwierigen Zeit bietet. Drei Leben, verknüpft in Schmerz und Hoffnung, Trauer und Liebe.